Как т
Ты ко
Про т
Слава
Как,
Ты би
А теперь ты, Дон, все мутен течешь,
Помутился весь сверху донизу.
Речь возговорит славный тихий Дон:
«Уж как-то мне все мутну не быть,
Распустил я своих ясных соколов,
Ясных соколов — донских казаков.
Размываются без них мои круты бережки,
Высыпаются без них косы желтым песком».

Старинная казачья песня

Часть шестая

I

В апреле 1918 года на Дону завершился великий раздел: казаки-фронтовики северных округов — Хоперского, Усть-Медведицкого и частично Верхнедонского — пошли с отступавшими частями красноармейцев; казаки низовских округов гнали их и теснили к границам области.

Хоперцы ушли с красными почти поголовно, усть-медведицкие — наполовину, верхнедонцы — лишь в незначительном числе.

Только в 1918 году история окончательно разделила верховцев с низовцами. Но начало раздела намечалось еще сотни лет назад, когда менее зажиточные казаки северных округов, не имевшие ни тучных земель Приазовья, ни виноградников, ни богатых охотничьих и рыбных промыслов, временами откалывались от Черкасска, чинили самовольные набеги на великоросские земли и служили надежнейшим оплотом всем бунтарям, начиная с Разина и кончая Секачом.

Даже в позднейшие времена, когда все Войско глухо волновалось, придавленное державной десницей, верховские казаки поднимались открыто и, руководимые своими атаманами, трясли царевы устои: бились с коронными войсками, грабили на Дону караваны, переметывались на Волгу и подбивали на бунт сломленное Запорожье.

К концу апреля Дон на две трети был оставлен красными. После того как явственно наметилась необходимость создания областной власти, руководящими чинами боевых групп, сражавшихся на юге, было предложено созвать Круг. На 28 апреля в Новочеркасске назначен был сбор членов Временного донского правительства и делегатов от станиц и войсковых частей.

На хуторе Татарском была получена от вешенского станичного атамана бумага, извещавшая о том, что в станице Вешенской 22-го сего месяца состоится станичный сбор для выборов делегатов на Войсковой круг.

Мирон Григорьевич Коршунов прочитал на сходе бумагу. Хутор послал в Вешенскую его, деда Богатырева и Пантелея Прокофьевича.

На станичном сборе в числе остальных делегатов на Круг избрали и Пантелея Прокофьевича. Из Вешенской возвратился он в тот же день, а на другой решил вместе со сватом ехать в Миллерово, чтобы загодя попасть в Новочеркасск (Мирону Григорьевичу нужно было приобрести в Миллерове керосину, мыла и еще кое-чего по хозяйству, да, кстати, хотел и подработать, закупив Мохову для мельницы сит и баббиту).

Выехали на зорьке. Бричку легко несли вороные Мирона Григорьевича. Сваты рядком сидели в расписной цветастой люльке. Выбрались на бугор, разговорились; в Миллерове стояли немцы, поэтому-то Мирон Григорьевич и спросил не без опаски:

— А что, сваток, не забастуют нас германцы? Лихой народ, в рот им дышлину!

— Нет, — уверил Пантелей Прокофьевич. — Матвей Кашулин надысь был там, гутарил — робеют немцы... Опасаются казаков трогать.

— Ишь ты! — Мирон Григорьевич усмехнулся в лисью рыжевень бороды и поиграл вишневым

КНИГА 3

кнутовищем; он, видно успокоившись, перевел разговор: — Какую же власть установить, как думаешь?

— Атамана посодим. Своего! Казака!

— Давай бог! Выбирайте лучше! Шшупайте генералов, как цыган лошадей. Чтоб без браку был.

— Выберем. Умными головами ишо не обеднел Дон.

— Так, так, сваток... Их и дураков не сеют — сами родятся. — Мирон Григорьевич сощурился, грусть легла на его веснушчатое лицо. — Я своего Митьку думал в люди вывесть, хотел, чтоб на офицера учился, а он и приходской не кончил, убег на вторую зиму.

На минуту умолкли, думая о сыновьях, ушедших куда-то вслед большевикам. Бричку лихорадило по кочковатой дороге; правый вороной засекался, щелкая нестертой подковой; качалась люлька, и, как рыбы на нересте, терлись бок о бок тесно сидевшие сваты.

— Гдей-то наши казаки? — вздохнул Пантелей Прокофьевич.

— Пошли по Хопру. Федотка Калмык вернулся из Кумылженской, конь у него загубился. Гутарил, кубыть, держут шлях на Тишанскую станицу.

Опять замолчали. Спины холодил ветерок. Позади, за Доном, на розовом костре зари величаво и безмолвно сгорали леса, луговины, озера, плешины полян. Краюхой желтого сотового меда лежало песчаное взгорье, верблюжьи горбы бурунов скупо отсвечивали бронзой.

Весна шла недружно. Аквамариновая прозелень лесов уже сменилась богатым густо-зеленым опереньем, зацветала степь, сошла полая вода, оставив в займище бесчисленное множество озер-блесток, а в ярах под крутыми склонами еще жался к суглинку изъеденный ростепелью снег, белел вызывающе-ярко.

На вторые сутки к вечеру приехали в Миллерово, заночевали у знакомого украинца, жившего под бурым боком элеватора. Утром, позавтракав, Мирон Григорьевич запряг лошадей, поехал к магазинам. Беспрепятственно миновал железнодорожный переезд и тут первый раз в жизни увидел немцев. Трое ландштурмистов шли ему наперерез. Один из них, мелкорослый, заросший по уши курчавой каштановой бородой, позывно махнул рукой.

Мирон Григорьевич натянул вожжи, беспокойно и выжидающе жуя губами. Немцы подошли. Рослый упитанный пруссак, искрясь белозубой улыбкой, сказал товарищу:

— Вот самый доподлинный казак! Смотри, он даже в казачьей форме! Его сыновья, по всей вероятности, дрались с нами. Давайте его живьем отправим в Берлин. Это будет прелюбопытнейший экспонат!

— Нам нужны его лошади, а он пусть идет к черту! — без улыбки ответил клешнятый, с каштановой бородой.

Он опасливо околесил лошадей, подошел к бричке.

— Слезай, старик. Нам необходимы твои лошади — перевезти вот с этой мельницы к вокзалу партию муки. Ну же, слезай, тебе говорят! За лошадьми придешь к коменданту. — Немец указал глазами на мельницу и жестом, не допускавшим сомнений в назначении его, пригласил Мирона Григорьевича сойти.

Двое остальных пошли к мельнице, оглядываясь, смеясь. Мирон Григорьевич оделся иссера-желтым румянцем. Намотав на грядушку люльки вожжи, он молодо прыгнул с брички, зашел наперед лошадям.

«Свата нет, — мельком подумал он и похолодел. — Заберут коней! Эх, врюхался! Черт понес!»

Немец, плотно сжав губы, взял Мирона Григорьевича за рукав, указал знаком, чтобы шел к мельнице.

— Оставь! — Мирон Григорьевич потянулся вперед и побледнел заметней. — Не трожь чистыми руками! Не дам коней.

По голосу его немец догадался о смысле ответа. У него вдруг хищно ощерился рот, оголив иссиня-чистые зубы, — зрачки угрожающе расширились, голос залязгал властно и крикливо. Немец взялся за ремень висевшей на плече винтовки, и в этот миг Мирон Григорьевич вспомнил молодость: бойцовским ударом, почти не размахиваясь, ахнул его по скуле. От удара у того с хряском мотнулась голова и лопнул на подбородке ремень каски. Упал немец плашмя и, пытаясь подняться, выронил изо рта бордовый комок сгустелой крови. Мирон Григорьевич ударил еще раз, уже по затылку, зиркнул по сторонам и, нагнувшись, рывком выхватил винтовку. В этот момент мысль его работала быстро и невероятно четко. Поворачивая лошадей, он уже знал, что в спину ему немец не выстрелит, и боялся лишь, как бы не увидели из-за железнодорожного забора или с путей часовые.

Даже на скачках не ходили вороные таким бешеным намётом! Даже на свадьбах не доставалось так колесам брички! «Господи, унеси! Ослобони, господи! Во имя отца!..» — мысленно шептал Мирон Григорьевич, не снимая с конских спин кнута. Природная жадность чуть не погубила его: хотел заехать на квартиру за оставленной полстью; но разум осилил — повернул в сторону. Двадцать верст до слободы Ореховой летел он, как после сам говорил, шибче, чем пророк Илья на своей колеснице. В Ореховой заскочил к знакомому украинцу и, ни жив ни мертв, рассказал хозяину о происшествии, попросил укрыть его и лошадей. Украинец укрыть укрыл, но предупредил:

— Я сховаю, но як будуть дуже пытать, то я, Григорич, укажу, бо мэни ж расчету нэма! Хатыну спалють, тай и на мэнэ наденуть шворку.

— Уж ты укрой, родимый! Да я тебя отблагодарю чем хошь! Только от смерти отведи, схорони где-нибудь — овец пригоню гурт! Десятка первеющих овец не пожалею! — упрашивал и сулил Мирон Григорьевич, закатывая бричку под навес сарая.

Пуще смерти боялся он погони. Простоял во дворе у украинца до вечера и смылся, едва смерклось. Всю дорогу от Ореховой скакал по-оглашенному, с лошадей по обе стороны сыпалось мыло, бричка тарахтела так, что на колесах спицы сливались, и опомнился лишь под хутором Нижне-Яблоновским. Не доезжая его, из-под сиденья достал отбитую винтовку, поглядел на ремень, исписанный изнутри чернильным карандашом, облегченно крякнул:

— А что — догнали, чертовы сыны? Мелко вы плавали!

Овец украинцу так и не пригнал. Осенью побывал проездом, на выжидающий взгляд хозяина ответил:

— Овечки-то у нас попередохли. Плохо насчет овечков... А вот груш с собственного саду привез тебе по доброй памяти! — Высыпал из брички меры две избитых за дорогу груш, сказал, отводя шельмовские глаза в сторону: — Груши у нас хороши-расхороши... улежалые... — И распрощался.

В то время, когда Мирон Григорьевич скакал из Миллерова, сват его торчал на вокзале. Молодой немецкий офицер написал пропуск, через переводчика расспросил Пантелея Прокофьевича и, закуривая дешевую сигару, покровительственно сказал:

— Поезжайте, только помните, что вам необходима разумная власть. Выбирайте президента, царя, кого угодно, лишь при условии, что этот человек не будет лишен государственного разума и сумеет вести лояльную по отношению к нашему государству политику.

Пантелей Прокофьевич посматривал на немца довольно недружелюбно. Он не был склонен вести разговоры и, получив пропуск, сейчас же пошел покупать билет.

В Новочеркасске поразило его обилие молодых офицеров: они толпами расхаживали по улицам, сидели в ресторанах, гуляли с барышнями, сновали около атаманского дворца и здания судебных установлений, где должен был открыться Круг.

В общежитии для делегатов Пантелей Прокофьевич встретил нескольких станичников, одного знакомого из Еланской станицы. Среди делегатов преобладали казаки, офицеров было немного, и всего лишь несколько десятков — представителей станичной интеллигенции. Шли неуверенные толки о выборе областной власти. Ясно намечалось одно: выбрать должны атамана. Назывались популярные имена казачьих генералов, обсуждались кандидатуры.

Вечером в день приезда, после чая, Пантелей Прокофьевич присел было в своей комнате пожевать домашних харчишек. Он разложил звено вяленого сазана, отрезал хлеба. К нему подсели двое мигулинцев, подошли еще несколько человек. Разговор начался с положения на фронте, постепенно перешел к выборам власти.

— Лучше покойного Каледина — царство ему небесное! — не сыскать, — вздохнул сивобородый шумилинец.

— Почти что, — согласился еланский.

Один из присутствовавших при разговоре, подъесаул, делегат Бессергеневской станицы, не без горячности заговорил:

— Как это нет подходящего человека? Что вы, господа? А генерал Краснов?

— Какой это Краснов?

— Как, то есть, какой? И не стыдно спрашивать, господа? Знаменитый генерал, командир Третьего конного корпуса, умница, георгиевский кавалер, талантливый полководец!

Восторженная, захлебывающаяся речь подъесаула взбеленила делегата, представителя одной из фронтовых частей:

— А я вам говорю фактично: знаем мы его таланты! Никудышный генерал! В германскую войну отличался неплохо. Так и захряс бы в бригадных, кабы не революция!

— Как же это вы, голубчик, говорите, не зная генерала Краснова? И потом, как вы вообще смеете отзываться подобным образом о всеми уважаемом генерале? Вы, по всей вероятности, забыли, что вы рядовой казак?

Подъесаул уничтожающе цедил ледяные слова, и казак растерялся, оробел, тушуясь, забормотал:

— Я, ваше благородие, говорю, как сам служил под ихним начальством... Он на астрицком фронте наш полк на колючие заграждения посадил! Потому и считаем мы его никудышным... А там кто его знает... Может, совсем навыворот...

— А за что ему Георгия дали? Дурак! — Пантелей Прокофьевич подавился сазаньей костью; откашлявшись, напал на фронтовика: — Понабрались дурацкого духу, всех поносите, все вам нехороши... Ишь какую моду взяли! Поменьше б гутарили — не было б такой разрухи. А то ума много нажили. Пустобрехи!

Черкасня, низовцы горой стояли за Краснова. Старикам был по душе генерал — георгиевский кавалер; многие служили с ним в японскую войну. Офицеров прельщало прошлое Краснова: гвардеец, светский, блестяще образованный генерал, бывший при дворе и в свите его императорского величества. Либеральную интеллигенцию удовлетворяло то обстоятельство, что Краснов не только генерал, человек строя и военной муштровки, но как-никак и писатель, чьи рассказы из быта офицерства с удовольствием читались в свое время в приложениях к «Ниве»; а раз писатель, — значит, все же культурный человек.

По общежитию за Краснова ярая шла агитация. Перед именем его блекли имена прочих генералов. Об Африкане Богаевском офицеры — приверженцы Краснова — шепотком передавали слухи, будто у Богаевского с Деникиным одна чашка-ложка, и если выбрать Богаевского атаманом, то, как только похерят большевиков и вступят в Москву, — капут всем казачьим привилегиям и автономии.

Были противники и у Краснова. Один делегат-учитель без успеха пытался опорочить генеральское имя. Бродил учитель по комнатам делегатов, ядовито, по-комариному звенел в заволосатевшие уши казаков:

— Краснов-то? И генерал паршивый, и писатель ни к черту! Шаркун придворный, подлиза! Человек, который хочет, так сказать, и национальный капитал приобрести, и демократическую невинность сохранить. Вот поглядите, продаст он Дон первому же покупателю, на обчин! Мелкий человек. Политик из него равен нулю. Агеева надо выбирать! Тот — совсем иное дело.

Но учитель успехом не пользовался. И когда 1 мая, на третий день открытия Круга, раздались голоса:

— Пригласить генерала Краснова!

— Милости...

— Покорнейше...

— Просим!

— Нашу гордость!

— Нехай придет, расскажет нам про жизню! — весь обширный зал заволновался.

Офицеры басисто захлопали в ладоши, и, глядя на них, неумело, негромко стали постукивать и казаки. От черных, выдубленных работой рук их звук получался сухой, трескучий, можно сказать — даже неприятный, глубоко противоположный той мягкой музыке аплодисментов, которую производили холеные подушечки ладоней барышень и дам, офицеров и учащихся, заполнивших галерею и коридоры.

А когда на сцену по-парадному молодецки вышагал высокий, стройный, несмотря на годы, красавец генерал, в мундире, с густым засевом крестов и медалей, с эполетами и прочими знаками генеральского отличия, — зал покрылся рябью хлопков, ревом. Хлопки выросли в овацию. Буря восторга гуляла по рядам делегатов. В этом генерале, с растроганным и взволнованным лицом, стоявшем в картинной позе, многие увидели тусклое отражение былой мощи империи.

Пантелей Прокофьевич прослезился и долго сморкался в красную, вынутую из фуражки, утирку. «Вот это — генерал! Сразу видать, что человек! Как сам инператор, ажник подходимей на вид. Вроде аж шибается на покойного Александра!» — думал он, умиленно разглядывая стоявшего у рампы Краснова.

Круг — названный «Кругом спасения Дона» — заседал неспешно. По предложению председателя Круга, есаула Янова, было принято постановление о ношении погонов и всех знаков отличия, присвоенных военному званию. Краснов выступил с блестящей, мастерски построенной речью. Он прочувствованно говорил о «России, поруганной большевиками», о ее «былой мощи», о судьбах Дона. Обрисовав настоящее положение, коротко коснулся немецкой оккупации и вызвал шумное одобрение, когда, кончая речь, с пафосом заговорил о самостоятельном существовании Донской области после поражения большевиков:

— Державный Войсковой круг будет править Донской областью! Казачество, освобожденное революцией, восстановит весь прекрасный старинный уклад казачьей жизни, и мы, как в старину наши предки, скажем полнозвучным, окрепшим голосом: «Здравствуй, белый царь, в кременной Москве, а мы, казаки, на тихом Дону!»

3 мая на вечернем заседании ста семью голосами против тридцати и при десяти воздержавшихся войсковым атаманом был избран генерал-майор Краснов. Он не принял атаманского пернача из рук войскового есаула, поставив условия: утвердить основные законы, предложенные им Кругу, и снабдить его неограниченной полнотой атаманской власти.

— Страна наша накануне гибели! Лишь при условии полнейшего доверия к атаману я возьму пернач. События требуют работать с уверенностью и отрадным сознанием исполняемого долга, когда знаешь, что Круг — верховный выразитель воли Дона — тебе доверяет, когда, в противовес большевистской распущенности и анархии, будут установлены твердые правовые нормы.

Законы, предложенные Красновым, представляли собою наспех перелицованные, слегка реставрированные законы прежней империи. Как же Кругу было не принять их? Приняли с радостью. Все, даже неудачно переделанный флаг, напоминало прежнее: синяя, красная и желтая продольные полосы (казаки, иногородние, калмыки), и лишь правительственный герб, в угоду казачьему духу, претерпел радикальное изменение: взамен хищного двуглавого орла, распростершего крылья и расправившего когти, изображен был нагой казак в папахе, при шашке, ружье и амуниции, сидящий верхом на винной бочке.

Один из подхалимистых простаков-делегатов задал подобострастный вопрос:

— Может, их превосходительство что-нибудь предложит изменить либо переделать в принятых за основу законах?

Краснов, милостиво улыбаясь, разрешил себе побаловаться шуткой. Он обещающе оглядел членов Круга и голосом человека, избалованного всеобщим вниманием, ответил:

— Могу. Статьи сорок восьмую, сорок девятую и пятидесятую — о флаге, гербе и гимне. Вы можете предложить мне любой флаг — кроме красного, любой герб — кроме еврейской пятиконечной звезды или иного масонского знака, и любой гимн — кроме «Интернационала».

Смеясь, Круг утвердил законы. И после долго из уст в уста переходила атаманская шутка.

5 мая Круг был распущен. Отзвучали последние речи. Командующий Южной группой, полковник Денисов, правая рука Краснова, сулил в самом скором времени вытравить большевистскую крамолу. Члены Круга разъезжались успокоенные, обрадованные и удачным выбором атамана, и сводками с фронта.

Глубоко взволнованный, начиненный взрывчатой радостью, ехал из донской столицы Пантелей Прокофьевич. Он был неколебимо убежден, что пернач попал в надежные руки, что вскоре разобьют большевиков и сыны вернутся к хозяйству. Старик сидел у окна вагона, облокотившись на столик; в ушах еще полоскались прощальные звуки донского гимна, до самого дна сознания просачивались живительные слова, и казалось, что и в самом деле понастоящему «всколыхнулся, взволновался православный тихий Дон».

Но, отъехав несколько верст от Новочеркасска, Пантелей Прокофьевич увидел из окна аванпосты баварской конницы. Группа конных немцев двигалась по обочине железнодорожного полотна навстречу поезду. Всадники спокойно сутулились в седлах, упитанные широкрупые лошади мотали куце обрезанными хвостами, лоснились под ярким солнцем. Клонясь вперед, страдальчески избочив бровь, глядел Пантелей Прокофьевич, как копыта немецких коней победно, с переплясом попирают казачью землю, и долго после понуро горбатился, сопел, повернувшись к окну широкой спиной.

II

С Дона через Украину катились красные составы вагонов, увозя в Германию пшеничную муку, яйца, масло, быков. На площадках стояли немцы в бескозырках, в сине-серых форменных куртках, с привинченными к винтовкам штыками.

Добротные, желтой кожи, немецкие сапоги с окованными по износ каблуками трамбовали донские шляхи, баварская конница поила лошадей в Дону... А на границе с Украиной молодые казаки, только что обученные в Персиановке, под Новочеркасском, призванные под знамена, дрались с петлюровцами. Почти половина заново сколоченного 12-го Донского казачьего полка легла под Старобельском, завоевывая области лишний кус украинской территории.

На севере станица Усть-Медведицкая гуляла из рук в руки: занимал отряд казаков-красноармейцев, стекшихся с хуторов Глазуновской, Ново-Александровской, Кумылженской, Скуришенской и других станиц, а через час выбивал его отряд белых партизан офицера Алексеева, и по улицам мелькали шинели гимназистов, реалистов, семинаристов, составлявших кадры отряда.

На север из станицы в станицу перекатами валили верхнедонские казаки. Красные уходили к границам Саратовской губернии. Почти весь Хоперский округ был оставлен ими. К концу лета Донская армия, сбитая из казаков всех возрастов, способных носить оружие, стала на границах. Реорганизованная по пути, пополненная прибывшими из Новочеркасска офицерами, армия обретала подобие подлинной армии: малочисленные, выставленные станицами, дружины сливались; восстанавливались прежние регулярные полки с прежним, уцелевшим от германской войны, составом; полки сбивались в дивизии; в штабах хорунжих заменили матерые полковники; исподволь менялся и начальствующий состав.

К концу лета боевые единицы, скомпонованные из сотен мигулинских, мешковских, казанских и шумилинских казаков, по приказу генерал-майора Алферова перешли донскую границу и, заняв Донецкое — первую на рубеже слободу Воронежской губернии, повели осаду уездного города Богучара.

Уже четверо суток сотня татарских казаков под командой Петра Мелехова шла через хутора и станицы на север Усть-Медведицкого округа. Где-то правее их спешно, не принимая боя, отступали к линии железной дороги красные. За все время татарцы не видели противника. Переходы делали небольшие. Петро, да и все казаки, не сговариваясь, решили, что к смерти спешить нет расчета, в переход оставляли за собой не больше трех десятков верст.

На пятые сутки вступили в станицу Кумылженскую. Через Хопер переправлялись на хуторе Дундуковом. На лугу кисейной занавесью висела мошка. Тонкий вибрирующий звон ее возрастал неумолчно. Мириады ее слепо кружились, кишели, лезли в уши, глаза всадникам и лошадям. Лошади нудились, чихали, казаки отмахивались руками, беспрестанно чадили табаком-самосадом.

— Вот забава, будь она проклята! — крякнул Христоня, вытирая рукавом слезившийся глаз.

— Вскочила, что ль? — улыбнулся Григорий.

— Глаз щипет. Стал быть, она ядовитая, дьявол!

Христоня, отдирая красное веко, провел по глазному яблоку шершавым пальцем; оттопырив губу, долго тер глаз тыльной стороной ладони.

Григорий ехал рядом. Они держались вместе со дня выступления. Прибивался к ним еще Аникушка, растолстевший за последнее время и от этого еще более запохожившийся на бабу.

Отряд насчитывал неполную сотню. У Петра помощником был вахмистр Латышев, вышедший на хутор Татарский в зятья. Григорий командовал взводом. У него почти все казаки были с нижнего конца хутора: Христоня, Аникушка, Федот Бодовсков, Мартин Шамиль, Иван Томилин, жердястый Борщев и медвежковатый увалень Захар Королев, Прохор Зыков, цыганская родня — Меркулов, Епифан Максаев, Егор Синилин и еще полтора десятка молодых ребят-одногодков.

Вторым взводом командовал Николай Кошевой, третьим — Яков Коловейдин и четвертым — Митька Коршунов, после казни Подтелкова спешно произведенный генералом Алферовым в старшие урядники.

Сотня грела коней степной рысью. Дорога обегала залитые водой музги, ныряла в лощинки, поросшие молодой кугой и талами, вилюжилась по лугу.

В задних рядах басисто хохотал Яков Подкова, тенорком подголашивал ему Андрюшка Кашулин, тоже получивший урядницкие лычки, заработавший их на крови подтелковских сподвижников.

Петро Мелехов ехал с Латышевым сбочь рядов. Они о чем-то тихо разговаривали. Латышев играл свежим темляком шашки. Петро левой рукой гладил коня, чесал ему промеж ушей. На пухлощеком лице Латышева грелась улыбка, обкуренные, с подточенными коронками зубы изжелта чернели из-под небогатых усов.

Позади всех, на прихрамывающей пегой кобыленке трусил Антип Авдеевич, сын Бреха, прозванный казаками Антипом Бреховичем.

Кое-кто из казаков разговаривал, некоторые, изломав ряды, ехали по пятеро в ряд, остальные внимательно рассматривали незнакомую местность, луг, изъязвленный оспяной рябью озер, зеленую изгородь тополей и верб. По снаряжению видно было, что шли казаки в дальний путь: сумы седел раздуты от клажи, вьюки набиты, в тороках у каждого заботливо увязана шинель. Да и по сбруе можно было судить: каждый ремешок испетлян дратвой, все прошито, подогнано, починено. Если месяц назад верилось, что войны не будет, то теперь шли с покорным безотрадным сознанием: крови не избежать. «Нынче носишь шкуру, а завтра, может, вороны будут ее в чистом поле дубить», — думал каждый.

Проехали хутор Крепцы. Крытые камышом редкие курени замигали справа. Аникушка достал из кармана шаровар бурсак, откусил половину, хищно оголив мелкие резцы, и суетливо, как заяц, задвигал челюстями, прожевывая.

Христоня скосился на него:

— Оголодал?

— А то что ж... Женушка напекла.

— А и жрать ты здоров! Черево у тебя, стало быть, как у борова. — Он повернулся к Григорию и каким-то сердитым и жалующимся голосом продолжал: — Жрет, нечистый дух, неподобно! Куда он столько пихает? Приглядываюсь к нему эти дни, и вроде ажник страшно: сам, стал быть, небольшой, а уж лопает, как на пропасть.

— Свое ем, стараюсь. К вечеру съешь барана, а утром захочешь рано. Мы всякий фрукт потребляем, нам все полезно, что в рот полезло.

Аникушка похохатывал и мигал Григорию на досадливо плевавшего Христоню.

– Петро Пантелеев, ночевку где делаешь? Вишь, коняшки-то поподбились! — крикнул Томилин.

Его поддержал Меркулов:

— Ночевать пора. Солнце садится.

Петро махнул плетью:

— Заночуем в Ключах. А может, и до Кумылги потянем.

В черную курчавую бородку улыбнулся Меркулов, шепнул Томилину:

— Выслуживается перед Алферовым, сука! Спешит...

Кто-то, подстригая Меркулова, из озорства окорнал ему бороду, сделал из пышной бороды бороденку, застругал ее кривым клином. Выглядел Меркулов по-новому, смешно, — это и служило поводом к постоянным шуткам. Томилин не удержался и тут:

— А ты не выслуживаешься?

— Чем это?

— Бороду под генерала подстриг. Небось, думаешь, как обрезал под генерала, так тебе сразу дивизию дадут? А шиша не хочешь?

— Дурак, черт! Ты ему всурьез, а он гнет.

За смехом и разговорами въехали в хутор Ключи. Высланный вперед квартирьером Андрюшка Кашулин встретил сотню у крайнего двора.

— Наш взвод — за мною! Первому — вот три двора, второму — по левой стороне, третьему — вон энтот двор, где колодезь, и ишо четыре сподряд.

Петро подъехал к нему:

— Ничего не слыхал? Спрашивал?

— Ими тут и не воняет. А вот медо́в, парень, тут до черта. У одной старухи триста колодок. Ночью обязательно какой-нибудь расколем!

— Но-но, не дури! А то я расколю! — Петро нахмурился, тронул коня плетью.

Разместились. Убрали коней. Стемнело. Хозяева дали казакам повечерять. У дворов, на ольхах прошлогодней порубки расселись служивые и хуторные казаки. Поговорили о том о сем и разошлись спать.

Наутро выехали из хутора. Почти под самой Кумылженской сотню догнал нарочный. Петро вскрыл пакет, долго читал его, покачиваясь в седле, натужно, как тяжесть, держа в вытянутой руке лист бумаги. К нему подъехал Григорий:

— Приказ?

— Ага!

— Чего пишут?

— Дела... Сотню велят сдать. Всех моих одногодков отзывают, формируют в Казанке Двадцать восьмой полк. Батарейцев — тоже, и пулеметчиков.

— А остальным куда ж?

— А вот тут прописано: «В Арженовской поступить в распоряжение командира Двадцать второго полка. Двигаться безотлагательно». Ишь ты! «Безотлагательно»!

Подъехал Латышев, взял из рук Петра приказ. Он читал, шевеля толстыми тугими губами, косо изогнув бровь.

— Трогай! — крикнул Петро.

Сотня рванулась, пошла шагом. Казаки, оглядываясь, внимательно посматривали на Петра, ждали, что скажет. Приказ объявил Петро в Кумылженской. Казаки старших годов засуетились, собираясь в обратную дорогу. Решили передневать в станице, а на зорьке другого дня трогаться в разные стороны. Петро, весь день искавший случая поговорить с братом, пришел к нему на квартиру.

— Пойдем на плац.

Григорий молча вышел за ворота. Их догнал было Митька Коршунов, но Петро холодно попросил его:

— Уйди, Митрий. Хочу с братом погутарить.

— Эт-то можно. — Митька понимающе улыбнулся, отстал.

Григорий, искоса наблюдавший за Петром, видел, что тот хочет говорить о чем-то серьезном. Отводя это разгаданное намерение, он заговорил с напускной оживленностью.

— Чудно все-таки: отъехали от дома сто верст, а народ уж другой. Гутарят не так, как у нас, и постройки другого порядка, вроде как у полипонов. Видишь, вот ворота накрыты тесовой крышей, как часовня. У нас таких нету. И вот, — он указал на ближний богатый курень, — завалинка тоже обметана тесом: чтоб дерево не гнило, так, что ли?

— Оставь. — Петро сморщился. — Не об этом ты гутаришь... Погоди, давай станем к плетню. Люди глядят.

На них любопытствующе поглядывали шедшие с плаца бабы и казаки. Старик в синей распоясанной рубахе и в казачьей фуражке с розовым от старости околышем приостановился:

— Днюете?

— Хотим передневать.

— Овесец коням есть?

— Есть трошки, — отозвался Петро.

— А то зайдите ко мне, всыплю мерки две.

— Спаси Христос, дедушка!

— Богу святому... Заходи. Вон мой курень, зеленой жестью крытый.

— Ты об чем хочешь толковать? — нетерпеливо, хмурясь, спросил Григорий.

— Обо всем. — Петро как-то виновато и вымученно улыбнулся, закусил углом рта пшеничный ус. — Время, Гришатка, такое, что, может, и не свидимся...

Неосознанная враждебность к брату, ужалившая было Григория, внезапно исчезла, раздавленная жалкой Петровой улыбкой и давнишним, с детства оставшимся обращением «Гришатка». Петро ласково глядел на брата, все так же длительно и нехорошо улыбаясь. Движением губ он стер улыбку — огрубел лицом, сказал:

— Ты гляди, как народ разделили, гады! Будто с плугом проехались: один — в одну сторону, другой — в другую, как под лемешом. Чертова жизня, и время страшное! Один другого уж не угадывает... Вот ты, — круто перевел он разговор, — ты вот — брат мне родной, а я тебя не пойму, ей-богу! Чую, что ты уходишь както от меня... Правду говорю? — И сам себе ответил: — Правду. Мутишься ты... Боюсь, переметнешься ты к красным... Ты, Гришатка, доси себя не нашел.

— А ты нашел? — спросил Григорий, глядя, как за невидимой чертой Хопра, за меловой горою садится солнце, горит закат и обожженными черными хлопьями несутся оттуда облака.

— Нашел. Я на свою борозду попал. С нее меня не спихнешь! Я, Гришка, шататься, как ты, не буду.

— Хо? — обозленную выжал Григорий улыбку.

— Не буду!.. — Петро сердито потурсучил ус, часто замигал, будто ослепленный. — Меня к красным арканам не притянешь. Казачество против них, и я против. Суперечить не хочу, не буду! Да ить как сказать... Незачем мне к ним, не по дороге!

— Бросай этот разговор, — устало попросил Григорий. Он первый пошел к своей квартире, старательно печатая шаг, шевеля сутулым плечом.

У ворот Петро, приотставая, спросил:

— Ты скажи, я знать буду... скажи, Гришка, не переметнешься ты к ним?

— Навряд... Не знаю.

Григорий ответил вяло, неохотно. Петро вздохнул, но расспрашивать перестал. Ушел он взволнованный, осунувшийся. И ему и Григорию было донельзя ясно: стежки, прежде сплетавшие их, поросли непролазью пережитого, к сердцу не пройти. Так над буераком по кособокому склону скользит, вьется гладкая, выстриженная козьими копытами тропка и вдруг где-нибудь на повороте, нырнув на днище, кончится, как обрезанная, — нет дальше пути, стеной лопушится бурьян, топырясь неприветливым тупиком.

... На следующий день Петро увел назад, в Вешенскую, половину сотни. Оставшийся молодняк под командой Григория двинулся на Арженовскую.

С утра нещадно пекло солнце. В буром мареве кипятилась степь. Позади голубели лиловые отроги прихоперских гор, шафранным разливом лежали пески. Под всадниками шагом качались потные лошади. Лица казаков побурели, выцвели от солнца. Подушки седел, стремена, металлические части уздечек накалились так, что рукой не тронуть. В лесу и то не осталось прохлады — парная висела духота, и крепко пахло дождем.

Густая тоска полонила Григория. Весь день он покачивался в седле, несвязно думая о будущем; как горошины стеклянного мониста, перебирал в уме Петровы слова, горько нудился. Терпкий бражный привкус полыни жег губы, дорога дымилась зноем. Навзничь под солнцем лежала золотисто-бурая степь. По ней шарили сухие ветры, мяли шершавую траву, сучили пески и пыль.

К вечеру прозрачная мгла затянула солнце. Небо вылиняло, посерело. На западе грузные появились облака. Они стояли недвижно, прикасаясь обвислыми концами к невнятной, тонко выпряденной нити горизонта. Потом, гонимые ветром, грозно поплыли, раздражающе низко волоча бурые хвосты, сахарно белея округлыми вершинами.

Отряд вторично пересек речку Кумылгу, втиснулся под купол тополевого леса. Листья под ветром рябили молочно-голубой изнанкой, согласно басовито шелестели. Где-то по ту сторону Хопра из ярко-белого подола тучи сыпался и сек землю косой дождь с градом, перепоясанный цветастым кушаком радуги.

Ночевали на хуторе, небольшом и пустынном. Григорий убрал коня, пошел на пасеку. Хозяин, престарелый курчавый казак, выбирая из бороды засетившихся пчел, встревоженно говорил Григорию:

— Вот эту колодку надысь купил. Перевозил сюда, и детва отчегой-то вся померла. Видишь, тянут пчелы. — Остановившись около долбленого улья, он указал на лётку: пчелы беспрестанно вытаскивали на лазок трупики детвы, слетали с ними, глухо жужжа.

Хозяин жалостливо щурил рыжие глаза, огорченно чмокал губами. Ходил он порывисто, резко и угловато размахивая руками. Чересчур подвижной, груботелый, с обрывчатыми спешащими движениями, он вызывал какое-то беспокойство и казался лишним на пчельнике, где размеренно и слаженно огромнейший коллектив пчел вел медлительную мудрую работу. Григорий присматривался к нему с легким чувством недоброжелательства. Чувство это непроизвольно порождал состряпанный из порывов пожилой широкоплечий казак, говоривший скрипуче и быстро:

— Нонешний год взятка хороша. Чабор цвел здорово, несли с него. Рамошные — способней ульи. Завожу вот...

Григорий пил чай с густым, тянким, как клей, медом. Мед сладко пахнул чабрецом, троицей, луговым цветом. Чай разливала дочь хозяина — высокая красивая жалмерка. Муж ее ушел с красными, поэтому хозяин был угодлив, смирен. Он не замечал, как дочь его из-под ресниц быстро поглядывала на Григория, сжимая тонкие неяркие губы. Она тянулась рукой к чайнику, и Григорий видел смолисто-черные курчеватые волосы под мышкой. Он не раз встречал ее щупающий, любознательный взгляд, и даже показалось ему, что, столкнувшись с ним взглядом, порозовела в скулах молодая казачка и согрела в углах губ припрятанную усмешку.

— Я вам в горнице постелю, — после чая сказала она Григорию, проходя с подушкой и полстью мимо и обжигая его откровенным голодным взглядом. Взбивая подушку, будто между прочим сказала невнятно и быстро: — Я под сараем ляжу... Душно в куренях, блохи кусают...

Григорий, скинув одни сапоги, пошел к ней под сарай, как только услышал храп хозяина. Она уступила ему место рядом с собой на снятой с передка арбе и, натягивая на себя овчинную шубу, касаясь Григория ногами, притихла. Губы у нее были сухи, жестки, пахли луком и незахватанным запахом свежести. На ее тонкой и смуглой руке Григорий прозоревал до рассвета. Она с силой всю ночь прижимала его к себе, ненасытно ласкала и со смешками, с шутками в кровь искусала ему губы и оставила на шее, груди и плечах лиловые пятна поцелуев-укусов и крохотные следы своих мелких зверушечьих зубов. После третьих кочетов Григорий собрался было перекочевать в горницу, но она его удержала.

— Пусти, любушка, пусти, моя ягодка! — упрашивал Григорий, улыбаясь в черный поникший ус, мягко пытаясь освободиться.

— Полежи ишо чудок... Полежи!

— Да ить увидют! Гля, скоро рассвенет!

— Ну и нехай!

— А отец?

— Батяня знает.

— Как знает? — Григорий удивленно подрожал бровью.

— А так...

— Вот так голос! Откель же он знает?

— Он, видишь... он вчерась мне сказал: дескать, ежели будет офицер приставать, переспи с ним, примолви его, а то за Гераську коней заберут либо ишо чего... Муж-то, Герасим мой, с красными...

— Во-о-он как! — Григорий насмешливо улыбнулся, но в душе был обижен.

Неприятное чувство рассеяла она же. Любовно касаясь мышц на руке Григория, она вздрогнула:

— Мой-то разлюбезный не такой, как ты...

— А какой же он? — заинтересовался Григорий, потрезвелыми глазами глядя на бледнеющую вершину неба.

— Никудышный... квёлый... — Она доверчиво потянулась к Григорию, в голосе ее зазвучали сухие слезы. — Я с ним безо всякой сладости жила... Негож он по бабьему делу...

Чужая, детски наивная душа открывалась перед Григорием просто, как открывается, впитывая росу, цветок. Это пьянило, будило легкую жалость. Григорий, жалея, ласково гладил растрепанные волосы своей случайной подруги, закрывал усталые глаза.

Сквозь камышовую крышу навеса сочился гаснущий свет месяца. Сорвалась и стремительно скатилась к горизонту падучая звезда, оставив на пепельном небе фосфорический стынущий след. В пруду закрякала матерка, с любовной сипотцой отозвался селезень.

Григорий ушел в горницу, легко неся опорожненное, налитое сладостным звоном устали тело. Он уснул, ощущая на губах солонцеватый запах ее губ, бережно храня в памяти охочее на ласку тело казачки и запах его — сложный запах чабрецового меда, пота и тепла.

Через два часа его разбудили казаки. Прохор Зыков оседлал ему коня, вывел за ворота. Григорий попрощался с хозяином, твердо выдержав его задымленный враждебностью взгляд, — кивнул головой проходившей в курень хозяйской дочери. Она наклонила голову, тепля в углах тонких неярко окрашенных губ улыбку и невнятную горечь сожаления.

По проулку ехал Григорий, оглядываясь. Проулок полудугой огибал двор, где он ночевал, и он видел, как пригретая им казачка смотрела через плетни ему вслед, поворачивая голову, щитком выставив над глазами узкую загорелую ладонь. Григорий с неожиданно ворохнувшейся тоской оглядывался, пытался представить себе выражение ее лица, всю ее — и не мог. Он видел только, что голова казачки в белом платке тихо поворачивается, следя глазами за ним. Так поворачивается шляпка подсолнечника, наблюдающего за медлительным кружным походом солнца.

Этапным порядком гнали Кошевого Михаила из Вешенской на фронт. Дошел он до Федосеевской станицы, там его станичный атаман задержал на день и под конвоем отправил обратно в Вешенскую.

— Почему отсылаете назад? — спросил Михаил станичного писаря.

— Получено распоряжение из Вёшек, — неохотно ответил тот.

Оказалось, что Мишкина мать, ползая на коленях на хуторском сборе, упросила стариков и те написали от общества приговор с просьбой Михаила Кошевого как единственного кормильца в семье назначить в атарщики. К вешенскому станичному атаману с приговором ездил сам Мирон Григорьевич. Упросил.

В станичном правлении атаман накричал на Мишку, стоявшего перед ним во фронт, потом сбавил тон, сердито закончил:

— Большевикам мы не доверяем защиту Дона! Отправляйся на отвод, послужишь атарщиком, а там видно будет. Смотри у меня, сукин сын! Мать твою жалко, а то бы... Ступай!

По раскаленным улицам Мишка шел уже без конвоира. Скатка резала плечо. Натруженные за полтораста верст ходьбы ноги отказывались служить. Он едва дотянул к ночи до хутора, а на другой день, оплаканный и обласканный матерью, уехал на отвод, увозя в памяти постаревшее лицо матери и впервые замеченную им пряжу седин на ее голове.

К югу от станицы Каргинской, на двадцать восемь верст в длину и шесть в ширину, разлеглась целинная, извеку не паханная заповедная степь. Кус земли во многие тысячи десятин был отведен под попас станичных жеребцов, потому и назван — отводом. Ежегодно на Егорьев день из Вешенской, из зимних конюшен, выводили атарщики отстоявшихся за зиму жеребцов, гнали их на отвод. На станичные деньги была выстроена посреди отвода конюшня с летними открытыми станками на восемнадцать жеребцов, с рубленой казармой около для атарщиков, смотрителя и ветеринарного фельдшера. Казаки Вешенского юрта пригоняли маток-кобылиц, фельдшер со смотрителем следили при приеме маток, чтоб ростом каждая была не меньше двух аршин и возрастом не моложе четырех лет. Здоровых отбивали в косяки штук по сорок. Каждый жеребец уводил свой косяк в степь, ревниво соблюдая кобылиц.

Мишка ехал на единственной в его хозяйстве кобыле. Мать, провожая его, утирая завеской слезы, говорила:

— Огуляется, может, кобылка-то... Ты уж блюди ее, не заезживай. Ишо одну лошадь — край надо!

В полдень за парны́м маревом, струившимся поверх ложбины, увидел Мишка железную крышу казармы, изгородь, серую от непогоды тесовую крышу конюшни. Он заторопил кобылу: выправившись на гребень, отчетливо увидел постройки и молочный разлив травы за ними. Далеко-далеко на востоке гнедым пятном темнел косяк лошадей, бежавших к пруду; в стороне от них рысил верховой атарщик — игрушечный человек, приклеенный к игрушечному коньку.

Въехав во двор, Мишка спешился, привязал поводья к крыльцу, вошел в дом. В просторном коридоре ему повстречался один из атарщиков, невысокий веснушчатый казак.

— Кого надо? — недружелюбно спросил он, оглядывая Мишку с ног до головы.

— Мне бы до смотрителя.

— Струкова? Нету, весь вышел. Сазонов, помочник ихний, тут. Вторая дверь с левой руки... А на что понадобился? Ты откель?

— В атарщики к вам.

— Пихают абы кого...

Бормоча, он пошел к выходу. Веревочный аркан, перекинутый через плечо, волочился за ним по полу. Открыв дверь и стоя к Мишке спиной, атарщик махнул плетью, уже миролюбиво сказал:

— У нас, братушка, служба чижелая. Иной раз по двое суток с коня не слазишь.

Мишка глядел на его нераспрямленную спину и резко выгнутые ноги. В просвете двери каждая линия нескладной фигуры казака вырисовывалась рельефно и остро. Колесом изогнутые ноги атарщика развеселили Мишку. «Будто он сорок лет верхом на бочонке сидел», — подумал, усмехаясь про себя, разыскивая глазами дверную ручку.

Сазонов принял нового атарщика величественно и равнодушно.

Вскоре приехал откуда-то и сам смотритель, здоровенный казачина, вахмистр Атаманского полка Афанасий Струков. Он приказал зачислить Кошевого на довольствие, вместе с ним вышел на крыльцо, накаленное белым застойным зноем.

— Неуков учить умеешь? Объезживал?

— Не доводилось, — чистосердечно признался Мишка и сразу заметил, как посоловевшее от жары лицо смотрителя оживилось, струей прошло по нему недовольство.

Почесывая потную спину, выгибая могучие лопатки, смотритель тупо глядел Мишке меж глаз:

— Арканом могешь накидывать?

— Могу.

— А коней жалеешь?

— Жалею.

— Они — как люди, немые только. Жалей, — приказал он и, беспричинно свирепея, крикнул: — Жалеть, а не то что — арапником!

Лицо его на минуту стало и осмысленным и живым, но сейчас же оживление исчезло, твердой корой тупого равнодушия поросла каждая черта.

— Женатый?

— Никак нет.

— Вот и дурак! Женился бы, — обрадованно подхватил смотритель.

Он выжидающе помолчал, с минуту глядел на распахнутую грудину степи, потом, зевая, пошел в дом. Больше за месяц службы в атарщиках Мишка не слышал от него ни единого слова.

Всего на отводе было пятьдесят пять жеребцов. На каждого атарщика приходилось по два, по три косяка. Мишке поручили большой косяк, водимый могучим старым жеребцом Бахарем, и еще один, поменьше, насчитывавший около двадцати маток, с жеребцом по кличке Банальный. Смотритель призвал атарщика Солдатова Илью, одного из самых расторопных и бесстрашных, поручил ему:

— Вот новый атарщик, Кошевой Михаил с Татарского хутора. Укажи ему косяки Банального и Бахаря, аркан ему дай. Жить будет в вашей будке. Указывай ему. Ступайте.

Солдатов молча закурил, кивнул Мишке:

— Пойдем.

На крыльце спросил, указывая глазами на сомлевшую под солнцем Мишкину кобыленку:

— Твоя животина?

— Моя.

— Сжеребая?

— Нету.

— С Бахарем случи. Он у нас Королёвского завода, полумесок с англичанином. Ай да и резвен!.. Ну садись.

Ехали рядом. Лошади по колено брели в траве. Казарма и конюшня остались далеко позади. Впереди, повитая нежнейшим голубым куревом, величественно безмолвствовала степь. В зените, за прядью опаловых облачков, томилось солнце. От жаркой травы стлался тягучий густой аромат. Справа, за туманно очерченной впадиной лога, жемчужно-улыбчиво белела полоска Жирова пруда. А кругом — насколько хватал глаз — зеленый необъятный простор, дрожащие струи марева, полуденным зноем скованная древняя степь и на горизонте — недосягаем и сказочен — сизый грудастый курган.

Травы от корня зеленели густо и темно, вершинки просвечивали на солнце, отливали медянкой. Лохматился невызревший султанистый ковыль, круговинами шла по нему вихрастая имурка, пырей жадно стремился к солнцу, вытягивая обзерненную головку. Местами слепо и цепко прижимался к земле низкорослый железняк, изредка промереженный шалфеем, и вновь половодьем расстилался взявший засилье ковыль, сменяясь разноцветьем: овсюгом, желтой сурепкой, молочаем, чингиской — травой суровой, однолюбой, вытеснявшей с занятой площади все остальные травы.

Казаки ехали молча. Мишка испытывал давно не веданное им чувство покорной умиротворенности. Степь давила его тишиной, мудрым величием. Спутник его просто спал в седле, клонясь к конской гриве, сложив на луке веснушчатые руки словно перед принятием причастия.

Из-под ног взвился стрепет, потянул над балкой, искрясь на солнце белым пером. Приминая травы, с юга поплыл ветерок, с утра, может быть, бороздивший Азовское море.

Через полчаса наехали на косяк, пасшийся возле Осинового пруда. Солдатов проснулся, потягиваясь в седле, лениво сказал:

— Ломакина Пантелюшки косяк. Что-то его не видно.

— Как жеребца кличут? — спросил Мишка, любуясь светло-рыжим длинным донцом.

— Фразер. Злой, проклятый! Ишь вылупился как! Повел!

Жеребец двинулся в сторону, и за ним, табунясь, пошли кобылицы.

Мишка принял отведенные ему косяки и сложил свои пожитки в полевой будке. До него в будке жили трое: Солдатов, Ломакин и наемный косячник — немолодой молчаливый казак Туроверов. Солдатов числился у них старшим. Он охотно ввел Мишку в курс обязанностей, на другой же день рассказал ему про характеры и повадки жеребцов и, тонко улыбаясь, посоветовал:

— По праву должон ты службу на своей коняке несть, но ежли на ней изо дня в день мотаться — поставишь на постав. А ты пусти ее в косяк, чужую заседлай и меняй их почаще.

На Мишкиных глазах он отбил от косяка одну матку и, расскакавшись, привычно и ловко накинул на нее аркан. Оседлал ее Мишкиным седлом, подвел, дрожащую, приседающую на задние ноги, к нему.

— Садись. Она, видно, неука, черт! Садись же! — крикнул он сердито, правой рукой с силой натягивая поводья, левой сжимая кобылицын раздувающийся храп. — Ты с ними помягче. Это на конюшне зыкнешь на жеребца: «К одной!» — он и жмется к одной стороне станка, а тут не балуйся! Бахаря особливо опасайся, близко не подъезжай, зашибет, — говорил он, держась за стремя и любовно лапая переступавшую с ноги на ногу кобылку за тугое атласно-черное вымя.

III

Неделю отдыхал Мишка, целые дни проводя в седле. Степь его покоряла, властно принуждала жить первобытной, растительной жизнью. Косяк ходил где-нибудь неподалеку. Мишка или сидя дремал в седле, или, валяясь на траве, бездумно следил, как, пасомые ветром, странствуют по небу косяки опушенных изморозной белью туч. Вначале такое состояние отрешенности его удовлетворяло. Жизнь на отводе, вдали от людей, ему даже нравилась. Но к концу недели, когда он уже освоился в новом положении, проснулся невнятный страх. «Там люди свою и чужую судьбу решают, а я кобылок пасу. Как же так? Уходить надо, а то засосет», — трезвея, думал он. Но в сознании сочился и другой, ленивый нашепот: «Пускай там воюют, там смерть, а тут — приволье, трава да небо. Там злоба, а тут мир. Тебе-то что за дело до остальных?..» Мысли стали ревниво точить покорную Мишкину успокоенность. Это погнало его к людям, и он уже чаще, нежели в первые дни, искал встреч с Солдатовым, гулявшим со своими косяками в районе Дударова пруда, пытался сблизиться с ним.

Солдатов тягот одиночества, видимо, не чувствовал. Он редко ночевал в будке и почти всегда — с косяком или возле пруда. Жил он звериной жизнью, сам промышлял себе пищу и делал это необычайно искусно, словно всю жизнь только этим и занимался. Однажды увидел Мишка, как он плел лесу из конского волоса.

Заинтересовавшись, спросил:

— На что плетешь?

— На рыбу.
— А где она?
— В пруду. Караси.
— За глиста ловишь?
— За хлеб и за глиста.
— Варишь?
— Подвялю и ем. На вот, — радушно угостил он, вынимая из кармана шаровар вяленого карася.

Как-то, следуя за косяком, напал Мишка на пойманного в силок стрепета. Возле стояло мастерски сделанное чучело стрепета и лежали искусно скрытые в траве силки, привязанные к колышку. Стрепета Солдатов в этот же вечер изжарил в земле, предварительно засыпав ее раскаленными угольями. Он пригласил вечерять и Мишку. Раздирая пахучее мясо, попросил:

— В другой раз не сымай, а то мне дело попортишь.
— Ты как попал сюда? — спросил Мишка.
— Кормилец я.

Солдатов помолчал и вдруг спросил:

— Слухай, а правду брешут ребяты, что ты из красных?

Кошевой, не ожидавший такого вопроса, смутился:

— Нет... Ну, как сказать... Ну да, уходил я к ним... Поймали.

— Зачем уходил? Чего искал? — суровея глазами, тихо спросил Солдатов и стал жевать медленней.

Они сидели возле огня на гребне сухой балки. Кизяки чадно дымили, из-под золы просился наружу огонек. Сзади сухим теплом и запахом вянущей полыни дышала им в спины ночь. Вороное небо полосовали падучие звезды. Падала одна, и потом долго светлел ворсистый след, как на конском крупе после удара кнутом.

Мишка настороженно всматривался в лицо Солдатова, тронутое позолотой огневого отсвета, ответил:

— Пра́во́в хотел добиться.
— Кому? — с живостью встрепенулся Солдатов.
— Народу.
— Каких же право́в? Ты расскажи.

Голос Солдатова стал глух и вкрадчив. Мишка секунду колебался — ему подумалось, что Солдатов нарочно положил в огонь свежий кизяк, чтобы скрыть выражение своего лица. Решившись, заговорил:

— Равноправия всем — вот каких! Не должно быть ни панов, ни холопов. Понятно? Этому делу решку наведут.

— Думаешь, не осилют кадеты?

— Ну да — нет.

— Ты, значит, вон чего хотел... — Солдатов перевел дух и вдруг встал. — Ты, сукин сын, казачество жидам в кабалу хотел отдать?! — крикнул он пронзительно, зло. — Ты... в зубы тебе, и все вы такие-то, хотите искоренить нас?! Ага, вон как!.. Чтоб по степу жиды фабрик своих понастроили? Чтоб нас от земли отнять?!

Мишка, пораженный, медленно поднялся на ноги. Ему показалось, что Солдатов хочет его ударить. Он отшатнулся, и тот, видя, что Мишка испуганно ступил назад, — размахнулся. Мишка поймал его за руку на лету; сжимая в запястье, обещающе посоветовал:

— Ты, дядя, оставь, а то я тебя помету! Ты чего расшумелся?

Они стояли в темноте друг против друга. Огонь, затоптанный ногами, погас; лишь с краю ало дымился откатившийся в сторону кизяк. Солдатов левой рукой схватился за ворот Мишкиной рубахи; стягивая его в кулаке, поднимая, пытался освободить правую руку.

— За грудки не берись! — хрипел Мишка, ворочая сильной шеей. — Не берись, говорю! Побью, слышишь?..

— Не-е-ет, ты... побью... погоди! — задыхался Солдатов.

Мишка, освободившись, с силой откинул его от себя и, испытывая омерзительное желание ударить, сбить с ног и дать волю рукам, судорожно оправлял рубаху.

Солдатов не подходил к нему. Скрипя зубами, он вперемешку с матюками выкрикивал:

— Донесу!.. Зараз же к смотрителю! Я тебя упеку!.. Гадюка! Гад!.. Большевик!.. Как Подтелкова, тебя надо! На сук! На шворку!

«Донесет... набрешет... Посадят в тюрьму... На фронт не пошлют — значит, к своим не перебегу. Пропал!» Мишка похолодел, и мысль его, ища выхода, заметалась отчаянно, как мечется сула в какой-нибудь ямке, отрезанная сбывающей полой водой от реки. «Убить его! Задушу сейчас... Иначе нельзя...» И уже подчиняясь этому мгновенному решению, мысль подыскивала оправдания: «Скажу, что кинулся меня бить... Я его за глотку... нечаянно, мол... Сгоряча...»

Дрожа, шагнул Мишка к Солдатову, и если бы тот побежал в этот момент, скрестились бы над ними смерть и кровь. Но Солдатов продолжал выкрикивать ругательства, и Мишка потух, лишь ноги хлипко задрожали да пот проступил на спине и под мышками.

— Ну, погоди... Слышишь? Солдатов, постой. Не шуми. Ты же первый затеял.

И Мишка стал униженно просить. У него дрожала челюсть, растерянно бегали глаза:

— Мало ли чего не бывает между друзьями... Я ж тебя не вдарил... А ты — за грудки... Ну, чего я такого сказал? И все это надо доказывать?.. Ежли обидел, ты прости... ей-богу! Ну?

Солдатов стал тише, тише покрикивать и умолк. Минуту спустя сказал, отворачиваясь, вырывая свою руку из холодной, потной руки Кошевого:

— Крутишь хвостом, как гад! Ну да уж ладно, не скажу. Дурость твою жалею... А ты мне на глаза больше не попадайся, зрить тебя больше не могу! Сволочь ты! Жидам ты продался, а я не жалею таких людей, какие за деньги продаются.

Мишка приниженно и жалко улыбался в темноту, хотя Солдатов лица его не видел, как не видел и того, что кулаки Мишкины сжимаются и пухнут от прилива крови.

Они разошлись, не сказав больше ни слова. Кошевой яростно хлестал лошадь, скакал, разыскивая свой косяк. На востоке вспыхивали сполохи, погромыхивал гром.

В эту ночь над отводом прошлась гроза. К полуночи, как запаленный, сапно дыша, с посвистом пронесся ветер, за ним невидимым подолом потянулись густая прохлада и горькая пыль.

Небо нахмарилось. Молния наискось распахала взбугренную черноземно-черную тучу, долго копилась тишина, и где-то далеко предупреждающе громыхал гром. Ядреный дождевой сев начал приминать травы. При свете молнии, вторично очертившей круг, Кошевой увидел ставшую в полнеба бурую тучу, по краям обугленно-черную, грозную, и на земле, распростертой под нею, крохотных, сбившихся в кучу лошадей. Гром обрушился с ужасающей силой, молния стремительно шла к земле. После нового удара из недр тучи потоками прорвался дождь, степь невнятно зароптала, вихрь сорвал с головы Кошевого мокрую фуражку, с силой пригнул его к луке седла. С минуту черная полоскалась тишина, потом вновь по небу заджигитовала молния, усугубив дьявольскую темноту. Последующий удар грома был столь силен, сух и раскатисто-трескуч, что лошадь Кошевого присела и, вспрянув, завилась в дыбки. Лошади в косяке затопотали. Со всей силой натягивая поводья, Кошевой крикнул, желая ободрить лошадей:

— Стой!.. Тррр!..

При сахарно-белом зигзаге молнии, продолжительно скользившем по гребням тучи, Кошевой увидел, как косяк мчался на него. Лошади стлались в бешеном намёте, почти касаясь лоснящимися мордами земли. Раздутые ноздри их с храпом хватали воздух, некованые копыта выбивали сырой гул. Впереди, забирая предельную скорость, шел Бахарь. Кошевой рванул лошадь в сторону и едва-едва успел проскочить. Лошади промчались и стали неподалеку. Не зная того, что косяк, взволнованный и напуганный грозой, кинулся на его крик, Кошевой вновь еще громче зыкнул:

— Стойте! А ну!

И опять — уже в темноте — с чудовищной быстротой устремился к нему грохот копыт. В ужасе ударил кобыленку свою плетью меж глаз, но уйти в сторону не успел. В круп его кобылицы грудью ударилась какая-то обезумевшая лошадь, и Кошевой, как кинутый пращой, вылетел из седла. Он уцелел только чудом: косяк основной массой шел правее его, поэтому-то его не затоптали, а лишь одна какая-то матка вдавила ему копытом правую руку в грязь. Мишка поднялся и, стараясь хранить возможную тишину, осторожно пошел в сторону. Он слышал, что косяк неподалеку ждет крика, чтобы вновь устремиться на него в сумасшедшем намёте, и слышал характерный, отличимый похрап Бахаря.

В будку пришел Кошевой только перед светом.

IV

15 мая атаман Всевеликого войска Донского Краснов, сопутствуемый председателем совета управляющих, управляющим отделом иностранных дел генерал-майором Африканом Богаевским, генерал-квартирмейстером Донской армии полковником Кисловым и кубанским атаманом Филимоновым, прибыл на пароходе в станицу Манычскую.

Хозяева земли донской и кубанской скучающе смотрели с палубы, как причаливает к пристани пароход, как суетятся матросы и, закипая, идет от сходней бурая волна. Потом сошли на берег, провожаемые сотнями глаз собравшейся у пристани толпы.

Небо, горизонты, день, тонкоструйное марево — все синее. Дон — и тот отливает не присущей ему голубизной, как вогнутое зеркало, отражая снежные вершины туч.

Запахами солнца, сохлых солончаков и сопревшей прошлогодней травы напитан ветер. Толпа шуршит говором. Генералы, встреченные местными властями, едут на плац.

В доме станичного атамана через час началось совещание представителей донского правительства и Добровольческой армии. От Добровольческой армии прибыли генералы Деникин и Алексеев в сопровождении начштаба армии генерала Романовского, полковников Ряснянского и Эвальда.

Встреча дышала холодком. Краснов держался с тяжелым достоинством. Алексеев, поздоровавшись с присутствующими, присел к столу; подперев сухими белыми ладонями обвислые щеки, безучастно закрыл глаза. Его укачала езда в автомобиле. Он как бы ссохся от старости и пережитых потрясений. Излучины сухого рта трагически опущены, голубые, иссеченные прожилками веки припухли и тяжки. Множество мельчайших морщинок веером рассыпалось к вискам. Пальцы, плотно прижавшие дряблую кожу щек, концами зарывались в старчески желтоватые, коротко остриженные волосы. Полковник Ряснянский бережно расстилал на столе похрустывающую карту, ему помогал Кислов. Романовский стоял около, придерживая ногтем мизинца угол карты. Богаевский прислонился к невысокому окну, с щемящей жалостью вглядываясь в бесконечно усталое лицо Алексеева. Оно белело, как гипсовая маска. «Как он постарел! Ужасно как постарел!» — мысленно шептал Богаевский, не спуская с Алексеева влажных миндалевидных глаз. Еще не успели присутствовавшие усесться за стол, как Деникин, обращаясь к Краснову, заговорил, взволнованно и резко:

— Прежде чем открыть совещание, я должен заявить вам: нас крайне удивляет то обстоятельство, что вы в диспозиции, отданной для овладения Батайском, указываете, что в правой колонне у вас действует немецкий батальон и батарея. Должен признаться, что факт подобного сотрудничества для меня более чем странен... Вы позволите узнать, чем руководствовались вы, входя в сношение с врагами родины — с бесчестными врагами! — и пользуясь их помощью? Вы, разумеется, осведомлены о том, что союзники готовы оказать нам поддержку?.. Добровольческая армия расценивает союз с немцами как измену делу восстановления России. Действия донского правительства находят такую же оценку и в широких союзнических кругах. Прошу вас объясниться.

Деникин, зло изогнув бровь, ждал ответа. Только благодаря выдержке и присущей ему светскости Краснов хранил внешнее спокойствие; но негодование все же осиливало: под седеющими усами нервный тик подергивал и искажал рот. Очень спокойно и очень учтиво Краснов отвечал:

— Когда на карту ставится участь всего дела, не брезгают помощью и бывших врагов. И потом вообще правительство Дона, правительство пятимиллионного суверенного народа, никем не опекаемое, имеет право действовать самостоятельно, сообразно интересам казачества, кои призвано защищать.

При этих словах Алексеев открыл глаза и, видимо, с большим напряжением пытался слушать внимательно. Краснов глянул на Богаевского, нервически крутившего выхоленный в стрелку ус, и продолжал:

— В ваших рассуждениях, ваше превосходительство, превалируют мотивы, так сказать, этического порядка. Вы сказали очень много ответственных слов о нашей якобы измене делу России, об измене союзникам... Но я полагаю, вам известен тот факт, что Добровольческая армия получала от нас снаряды, проданные нам немцами?..

— Прошу строго разграничивать явления глубоко различного порядка! Мне нет дела до того, каким путем вы получаете от немцев боеприпасы, но — пользоваться поддержкой их войск!.. — Деникин сердито вздернул плечами.

Краснов, кончая речь, вскользь, осторожно, но решительно дал понять Деникину, что он не прежний бригадный генерал, каким тот видел его на австро-германском фронте.

Разрушив неловкое молчание, установившееся после речи Краснова, Деникин умно перевел разговор на вопросы слияния Донской и Добровольческой армий и установления единого командования. Но предшествовавшая этому стычка, по сути, послужила началом дальнейшего, непрестанно развивавшегося между ними обострения отношений, окончательно порванных к моменту ухода Краснова от власти.

Краснов от прямого ответа ускользнул, предложив взамен совместный поход на Царицын, для того чтобы, во-первых, овладеть крупнейшим стратегическим центром и, во-вторых, удержав его, соединиться с уральскими казаками.

Прозвучал короткий разговор:

— ... Вам не говорить о той колоссальной значимости, которую представляет для нас Царицын.

— Добровольческая армия может встретиться с немцами. На Царицын не пойду. Прежде всего я должен освободить кубанцев.

— Да, но все же взятие Царицына — кардинальнейшая задача. Правительство Войска Донского поручило мне просить ваше превосходительство.

— Повторяю: бросить кубанцев я не могу.

— Только при условии наступления на Царицын можно говорить об установлении единого командования.

Алексеев неодобрительно пожевал губами.

— Немыслимо! Кубанцы не пойдут из пределов области, не окончательно очищенной от большевиков, а в Добровольческой армии две с половиной тысячи штыков, причем третья часть — вне строя: раненые и больные.

За скромным обедом вяло перебрасывались незначащими замечаниями — было ясно, что соглашение достигнуто не будет. Полковник Ряснянский рассказал о каком-то веселом полуанекдотическом подвиге одного из марковцев, и постепенно, под совместным действием обеда и веселого рассказа, напряженность рассеялась. Но когда после обеда, закуривая, разошлись по горнице, Деникин, тронув плечо Романовского, указал острыми прищуренными глазами на Краснова, шепнул:

— Наполеон областного масштаба... Неумный человек, знаете ли...

Улыбнувшись, Романовский быстро ответил:

— Княжить и володеть хочется... Бригадный генерал упивается монаршей властью. По-моему, он лишен чувства юмора...

Разъехались, преисполненные вражды и неприязни. С этого дня отношения между Добрармией и донским правительством резко ухудшаются, ухудшение достигает апогея, когда командованию Добрармии становится известным содержание письма Краснова, адресованного германскому императору Вильгельму. Раненые добровольцы, отлеживавшиеся в Новочеркасске, посмеивались над стремлением Краснова к автономии и над слабостью его по части восстановления казачьей старинки, в кругу своих презрительно называли его «хузяином», а Всевеликое войско Донское переименовали во «всевеселое». В ответ на это донские самостийники величали их «странствующими музыкантами», «правителями без территории». Кто-то из «великих» в Добровольческой армии едко сказал про донское правительство: «Проститутка, зарабатывающая на немецкой постели». На это последовал ответ генерала Денисова: «Если правительство Дона — проститутка, то Добровольческая армия — кот, живущий на средства этой проститутки».

Ответ был намеком на зависимость Добровольческой армии от Дона, делившего с ней получаемое из Германии боевое снаряжение.

Ростов и Новочеркасск, являвшиеся тылом Добровольческой армии, кишели офицерами. Тысячи их спекулировали, служили в бесчисленных тыловых учреждениях, ютились у родных и знакомых, с поддельными документами о ранениях лежали в лазаретах... Все наиболее мужественные гибли в боях, от тифа, от ран, а остальные, растерявшие за годы революции и честь и совесть, по-шакальи прятались в тылах, грязной накипью, навозом плавали на поверхности бурных дней. Это были еще те нетронутые, залежалые кадры офицерства, которые некогда громил, обличал, стыдил Чернецов, призывая к защите России. В большинстве они являли собой самую пакостную разновидность так называемой «мыслящей интеллигенции», облаченной в военный мундир: от большевиков бежали, к белым не пристали, понемножку жили, спорили о судьбах России, зарабатывали детишкам на молочишко и страстно желали конца войны.

Для них было все равно, кто бы ни правил страной, — Краснов ли, немцы ли, или большевики, — лишь бы конец.

А события грохотали изо дня в день. В Сибири — чехословацкий мятеж, на Украине — Махно, возмужало заговоривший с немцами на наречии орудий и пулеметов. Кавказ, Мурманск, Архангельск... Вся Россия стянута обручами огня... Вся Россия — в муках великого передела...

В июне по Дону широко, как восточные ветры, загуляли слухи, будто чехословаки занимают Саратов, Царицын и Астрахань с целью образовать по Волге восточный фронт для наступления на германские войска. Немцы на Украине неохотно стали пропускать офицеров, пробиравшихся из России под знамена Добровольческой армии.

Германское командование, встревоженное слухами об образовании «восточного фронта», послало на Дон своих представителей. 10 июля в Новочеркасск прибыли майоры германской армии — фон Кокенхаузен, фон Стефани и фон Шлейниц.

В этот же день они были приняты во дворце атаманом Красновым в присутствии генерала Богаевского.

Майор Кокенхаузен, упомянув о том, как германское командование всеми силами, вплоть до вооруженного вмешательства, помогало Великому войску Донскому в борьбе с большевиками и восстановлении границ, спросил, как будет реагировать правительство Дона, если чехословаки начнут против немцев военные действия. Краснов уверил его, что казачество будет строго блюсти нейтралитет и, разумеется, не позволит сделать Дон ареной войны. Майор фон Стефани выразил пожелание, чтобы ответ атамана был закреплен в письменной форме.

На этом аудиенция кончилась, а на другой день Краснов написал следующее письмо германскому императору:

Ваше императорское и королевское величество! Податель сего письма, атаман Зимовой станицы (посланник) Всевеликого Войска Донского при дворе вашего императорского величества, и его товарищи уполномочены мною, донским атаманом, приветствовать ваше императорское величество, могущественного монарха великой Германии, и передать нижеследующее:

Два месяца борьбы доблестных донских казаков, которую они ведут за свободу своей Родины с таким мужеством, с каким в недавнее время вели против англичан родственные германскому народу буры, увенчались на всех фронтах нашего государства полной победой, и ныне земля Всевеликого Войска Донского на $^{9}/_{10}$ освобождена от диких красногвардейских банд. Государственный порядок внутри страны окреп, и установилась полная законность. Благодаря дружеской помощи войск вашего императорского величества создалась тишина на юге Войска, и мною приготовлен корпус казаков для поддерживания порядка внутри страны и воспрепятствования натиску врагов извне. Молодому государственному организму, каковым в настоящее время является Донское войско, трудно существовать одному, и поэтому оно заключило тесный союз с главами астраханского и кубанского войска, полковником князем Тундутовым и полковником Филимоновым, с тем чтобы по очищении земли астраханского войска и Кубанской области от большевиков составить прочное государственное образование на началах федерации из Всевеликого Войска Донского, астраханского войска с калмыками Ставропольской губ., кубанского войска, а также народов Северного Кавказа. Согласие всех этих держав имеется, и вновь образуемое государство, в полном согласии со Всевеликим Войском Донским, решило не допускать до того, чтобы земли его стали ареной кровавых столкновений, и обязалось держать полный нейтралитет. Атаман Зимовой станицы нашей при дворе вашего императорского величества уполномочен мною:

Просить ваше императорское величество признать права Всевеликого Войска Донского на самостоятельное существование, а по мере освобождения последних кубанских, астраханских и терских войск и Северного Кавказа — право на самостоятельное существование и всей федерации под именем Доно-Кавказского союза.

Просить признать ваше императорское величество границы Всевеликого Войска Донского в прежних географических и этнографических его размерах, помочь разрешению спора между Украиной и Войском Донским из-за Таганрога и его округа в пользу Войска Донского, которое владеет Таганрогским округом более 500 лет и для которого Таганрогский округ является частью Тмутаракани, от которой и стало Войско Донское.

Просить ваше величество содействовать о присоединении к Войску, по стратегическим соображениям, городов Камышина и Царицына, Саратовской губернии и города Воронежа и станции Лиски и Поворино и провести границу Войска Донского, как это указано на карте, имеющейся в Зимовой станице.

Просить ваше величество оказать давление на советские власти Москвы и заставить их своим приказом очистить пределы Всевеликого Войска Донского и других держав, имеющих войти в Доно-Кавказский союз, от разбойничьих отрядов Красной Армии и дать возможность восстановить нормальные, мирные отношения между Москвой и Войском Донским. Все убытки населения Войска Донского, торговли и промышленности, происшедшие от нашествия большевиков, должны быть возмещены советской Россией.

Просить ваше императорское величество помочь молодому нашему государству орудиями, ружьями, боевыми припасами и инженерным имуществом и, если признаете это выгодным, устроить в пределах Войска Донского орудийный, оружейный, снарядный и патронный заводы.

Всевеликое Войско Донское и прочие государства Доно-Кавказского союза не забудут дружеские услуги германского народа, с которым казаки бились плечом к плечу еще во время Тридцатилетней войны, когда донские полки находились в рядах армии Валленштейна, а в 1807–1813 годы донские казаки со своим атаманом, графом Платовым, боролись за свободу Германии, и теперь, почти за $3^1/_2$года кровавой войны на полях Пруссии, Галиции, Буковины и Польши, казаки и германцы взаимно научились уважать храбрость и стойкость своих войск и ныне, протянув друг другу руки, как два благородных бойца, борются вместе за свободу родного Дона.

Всевеликое Войско Донское обязуется за услугу вашего императорского величества соблюдать полный нейтралитет во время мировой борьбы народов и не допускать на свою территорию враждебные германскому народу вооруженные силы, на что дали свое согласие и атаман астраханского войска князь Тундутов, и кубанское правительство, а по присоединении — и остальные части Доно-Кавказского союза.

Всевеликое Войско Донское предоставляет Германской империи права преимущественного вывоза избытков, за удовлетворением местных потребностей, хлеба — зерном и мукой, кожевенных товаров и сырья, шерсти, рыбных товаров, растительных и животных жиров и масла и изделий из них, табачных товаров и изделий, скота и лошадей; вина виноградного и других продуктов садоводства и земледелия, взамен чего Германская империя доставит сельскохозяйственные машины, химические продукты и дубильные экстракты, оборудование экспедиции заготовления государственных бумаг с соответственным запасом материалов, оборудование суконных, хлопчатобумажных, кожевенных, химических, сахарных и других заводов и электротехнические принадлежности.

Кроме того, правительство Всевеликого Войска Донского предоставит германской промышленности особые льготы по помещению капиталов в донские предприятия промышленности и торговли, в частности, по устройству и эксплуатации новых водных и иных путей.

Тесный договор сулит взаимные выгоды, и дружба, спаянная кровью, пролитой на общих полях сражений воинственными народами германцев и казаков, станет могучей силой для борьбы со всеми нашими врагами.

К вашему императорскому величеству обращается с этим письмом не дипломат и тонкий знаток международного права, но солдат, привыкший в честном бою уважать силу германского оружия, а поэтому прошу простить прямоту моего тона, чуждую всяких ухищрений, и прошу верить в искренность моих чувств.

Уважающий вас Петр Краснов,
донской атаман, генерал-майор.

15 июля письмо было рассмотрено советом управляющих отделами, и, несмотря на то что отношение к нему было весьма сдержанное, а со стороны Богаевского и еще нескольких членов правительства даже явно отрицательное, Краснов не замедлил вручить его атаману Зимовой станицы в Берлине герцогу

Лихтенбергскому, который выехал с ним в Киев, а оттуда, с генералом Черячукиным, в Германию.

Не без ведома Богаевского письмо до отправления было перепечатано в иностранном отделе, копии его широко пошли по рукам и, снабженные соответствующими комментариями, загуляли по казачьим частям и станицам. Письмо послужило могущественным средством пропаганды. Всё громче стали говорить о том, что Краснов продался немцам. На фронтах бугрились волнения.

А в это время немцы, окрыленные успехами, возили русского генерала Черячукина под Париж, и он, вместе с чинами немецкого генерального штаба, наблюдал внушительнейшее действие крупповской тяжелой артиллерии, разгром англо-французских войск.

V

Во время ледяного похода* Евгений Листницкий был ранен два раза: первый раз — в бою за овладение станицей Усть-Лабинской, второй — при штурме Екатеринодара. Обе раны были незначительны, и он вновь возвращался в строй. Но в мае, когда Добровольческая армия стала в районе Новочеркасска на короткий отдых, Листницкий почувствовал недомогание, выхлопотал себе двухнедельный отпуск. Как ни велико было желание поехать домой, он решил остаться в Новочеркасске, чтобы отдохнуть, не теряя времени на переезды.

Вместе с ним уходил в отпуск его товарищ по взводу, ротмистр Горчаков. Горчаков предложил пожить у него:

— Детей у меня нет, а жена будет рада видеть тебя. Она ведь знакома с тобой по моим письмам.

В полдень, по-летнему горячий и белый, они подъехали к сутулому особнячку на одной из привокзальных улиц.

---

* Ледяным походом корниловцы назвали свое отступление от Ростова к Кубани.

— Вот моя резиденция в прошлом, — торопливо шагая, оглядываясь на Листницкого, говорил черноусый голенастый Горчаков.

Его выпуклые черные до синевы глаза влажнели от счастливого волнения, мясистый, как у грека, нос клонила книзу улыбка. Широко шагая, сухо шурша вытертыми леями защитных бриджей, он вошел в дом, сразу наполнив комнату прогорклым запахом солдатчины.

— Где Леля? Ольга Николаевна где? — крикнул спешившей из кухни улыбающейся прислуге. — В саду? Идем туда.

В саду под яблонями — тигровые, пятнистые тени, пахнет пчельником, выгоревшей землей. У Листницкого в стеклах пенсне шрапнелью дробятся, преломляясь, солнечные лучи. Где-то на путях ненасытно и густо ревет паровоз; разрывая этот однотонный стонущий рев, Горчаков зовет:

— Леля! Леля! Где же ты?

Из боковой аллейки, мелькая за кустами шиповника, вынырнула высокая, в палевом платье, женщина.

На секунду она стала, испуганным прекрасным жестом прижав к груди ладони, а потом, с криком вытянув руки, помчалась к ним. Она бежала так быстро, что Листницкий видел только бившиеся под юбкой округло-выпуклые чаши колен, узкие носки туфель да золотую пыльцу волос, взвихренную над откинутой головой.

Вытягиваясь на носках, кинув на плечи мужу изогнутые, розовые от солнца, оголенные руки она целовала его в пыльные щеки, нос, глаза, губы, черную от солнца и ветра шею. Короткие чмокающие звуки поцелуев сыпались пулеметными очередями.

Листницкий протирал пенсне, вдыхая заклубившийся вокруг него запах вербены, и улыбался, — сам сознавая это, — глупейшей, туго натянутой улыбкой.

Когда взрыв радости поутих, перемеженный секундным перебоем, — Горчаков бережно, но решительно разжал сомкнувшиеся на его шее пальцы жены и, обняв ее за плечи, легонько повернул в сторону:

— Леля... мой друг Листницкий.

— Ах, Листницкий! Очень рада! Мне о вас муж... — Она, задыхаясь, бегло скользила по нему смеющимися, незрячими от счастья глазами.

Они шли рядом. Волосатая рука Горчакова с неопрятными ногтями и заусенцами охватом лежала на девичьей талии жены. Листницкий, шагая, косился на эту руку, вдыхал запах вербены и нагретого солнцем женского тела и чувствовал себя по-детски глубоко несчастным, кем-то несправедливо и тяжко обиженным. Он посматривал на розовую мочку крохотного ушка, прикрытого прядью золотисто-ржавых волос, на шелковистую кожу щеки, находившейся от него на расстоянии аршина; глаза его по-ящериному скользили к вырезу на груди, и он видел невысокую холмистую молочно-желтую грудь и пониклый коричневый сосок. Изредка Горчакова обращала на него светлые голубоватые глаза, взгляд их был ласков, дружествен, но боль, легкая и досадливая, точила Листницкого, когда эти же глаза, устремляясь на черное лицо Горчакова, лучили совсем иной свет...

Только за обедом Листницкий как следует рассмотрел хозяйку. И в ладной фигуре ее и в лице была та гаснущая, ущербная красота, которой неярко светится женщина, прожившая тридцатую осень. Но в насмешливых холодноватых глазах, в движениях она еще хранила нерастраченный запас молодости. Лицо ее с мягкими, привлекательными в своей неправильности чертами было, пожалуй, самое заурядное. Лишь один контраст резко бросался в глаза: тонкие смугло-красные растрескавшиеся, жаркие губы, какие бывают только у черноволосых женщин юга, и просвечивающая розовым кожа щек, белесые брови. Она охотно смеялась, но в улыбке, оголявшей густые мелкие, как срезанные, зубы, сквозило что-то заученное. Низкий голос ее был глуховат и беден оттенками. Листницкому, два месяца не видавшему женщин, за исключением измызганных сестер, она казалась преувеличенно красивой. Он смотрел на гордую в посадке голову Ольги Николаевны, отягченную узлом волос, отвечал невпопад и вскоре, сославшись на усталость, ушел в отведенную ему комнату.

... И вот потянулись дни, сладостные и тоскливые. После Листницкий благоговейно перебирал их в памяти, а тогда он мучился по-мальчишески, безрассудно и глупо. Голубиная чета Горчаковых уединялась, избегала его. Из комнаты, смежной с их спальней, перевели его в угловую под предлогом ремонта, о котором Горчаков говорил, покусывая ус, храня на помолодевшем, выбритом лице улыбчивую серьезность. Листницкий сознавал, что стесняет друга, но перейти к знакомым почему-то не хотел. Целыми днями валялся он под яблоней, в оранжево-пыльном холодке, читая газеты, наспех напечатанные на дрянной, оберточной бумаге, засыпая тяжким, неосвежающим сном. Истомную скуку делил с ним красавец пойнтер, шоколадной в белых крапинах масти. Он молчаливо ревновал хозяина к жене, уходил к Листницкому, ложился, вздыхая, с ним рядом, и тот, поглаживая его, прочувственно шептал:

Мечтай, мечтай... Все у́же и тусклей
Ты смотришь золотистыми глазами...

С любовью перебирал все сохранившиеся в памяти, пахучие и густые, как чабрецовый мед, бунинские строки. И опять засыпал...

Ольга Николаевна чутьем, присущим лишь женщине, распознала тяготившие его настроения. Сдержанная прежде, она стала еще сдержанней в обращении с ним. Как-то, возвращаясь вечером из городского сада, они шли вдвоем (Горчакова остановили у выхода знакомые офицеры Марковского полка), Листницкий вел Ольгу Николаевну под руку, тревожил ее, крепко прижимая ее локоть к себе.

— Что вы так смотрите? — спросила она, улыбаясь.

В низком голосе ее Листницкому почудились игривые, вызывающие нотки. Только поэтому он и рискнул козырнуть меланхолической строфой (эти дни одолевала его поэзия, чужая певучая боль).

Он нагнул голову, улыбаясь, шепнул:

И странной близостью закованный,
Смотрю на темную вуаль —
И вижу берег очарованный
И очарованную даль.

Она тихонько высвободила свою руку, сказала повеселевшим голосом:

— Евгений Николаевич, я в достаточной степени... Я не могу не видеть того, как вы ко мне относитесь... И вам не стыдно? Подождите, подождите! Я вас представляла немножко... иным... Так вот, давайте оставим это. А то как-то и недосказанно и нечестно... Я — плохой объект для подобных экспериментов. Приволокнуться вам захотелось? Ну, так вот давайте-ка дружеских отношений не порывать, а глупости оставьте. Я ведь не «прекрасная незнакомка». Понятно? Идет? Давайте вашу руку!

Листницкий разыграл благородное негодование, но под конец, не выдержав роли, расхохотался вслед за ней. После того как их догнал Горчаков, Ольга Николаевна оживилась и повеселела еще больше, но Листницкий приумолк и до самого дома мысленно жестоко издевался над собой.

Ольга Николаевна, при всем своем уме, искренне верила в то, что после объяснения они станут друзьями. Наружно Листницкий поддерживал в ней эту уверенность, но в душе почти возненавидел ее, и через несколько дней, поймав себя на мучительном выискивании отрицательных черт в характере и наружности Ольги, понял, что стоит на грани подлинного, большого чувства.

Иссякали дни отпуска, оставляя в сознании невыбродивший осадок. Добровольческая армия, пополненная и отдохнувшая, готовилась наносить удары; центробежные силы влекли ее на Кубань. Вскоре Горчаков и Листницкий покинули Новочеркасск.

Ольга провожала их. Черное шелковое платье подчеркивало ее неяркую красоту. Она улыбалась заплаканными глазами, некрасиво опухшие губы придавали ее лицу волнующе-трогательное, детское выражение. Такой она и запечатлелась в памяти Листницкого. И он долго и бережно хранил в воспоминаниях, среди крови и грязи пережитого, ее светлый немеркнущий образ, облекая его ореолом недосягаемости и поклонения.

В июне Добровольческая армия уже втянулась в бои. В первом же бою ротмистру Горчакову осколком трехдюймового снаряда разворотило внутренности. Его выволокли из цепи. Час спустя он, лежа на фурманке, истекая кровью и мочой, говорил Листницкому:

— Я не думаю, что умру... Мне вот сейчас операцию сделают... Хлороформу, говорят, нет... Не стоит умирать. Как ты думаешь?.. Но на всякий случай... Находясь в твердом уме и так далее... Евгений, не оставь Лелю... Ни у меня, ни у нее родных нет. Ты — честный и славный. Женись на ней... Не хочешь?..

Он смотрел на Евгения с мольбой и ненавистью, щеки его, синевшие небритой порослью, дрожали. Он бережно прижимал к разверстому животу запачканные кровью и землей ладони, говорил, слизывая с губ розовый пот:

— Обещаешь? Не покинь ее... если тебя вот так же не изукрасят... русские солдатики. Обещаешь? Молчишь? Она хорошая женщина. — И весь нехорошо покривился. — Тургеневская женщина... Теперь таких нет... Молчишь?

— Обещаю.

— Ну и ступай к черту!.. Прощай!..

Он вцепился в руку Листницкого дрожливым пожатием, а потом неловким, отчаянным движением потянул его к себе и, еще больше бледнея от усилий, приподнимая мокрую голову, прижался к руке Листницкого запекшимися губами. Торопясь, накрывая полой шинели голову, отвернулся, и потрясенный Листницкий мельком увидел холодную дрожь на его губах, серую влажную полоску на щеке.

Через два дня Горчаков умер. Спустя еще один день Листницкого отправили в Тихорецкую с тяжелым ранением левой руки и бедра.

Под Кореновской завязался длительный и упорный бой. Листницкий со своим полком два раза ходил в атаку и контратаку. В третий раз поднялись цепи его батальона. Подталкиваемый криками ротного: «Не ложись!», «Орлята, вперед!», «Вперед — задело Корнилова!» — он бежал по нескошенной пшенице тяжелой трусцой, щитком держа в левой руке над головой саперную лопатку, правой сжимая винтовку. Один раз пуля с звенящим визгом скользнула по покатому желобу лопатки, и Листницкий, выравнивая в руке држак, почувствовал укол радости: «Мимо!» А потом руку его швырнуло в сторону коротким, поразительно сильным ударом. Он выронил лопатку и сгоряча, с незащищенной головой, пробежал еще десяток саженей. Попробовал было взять винтовку наперевес, но не смог поднять руку. Боль, как свинец в форму, тяжело вливалась в каждый сустав. Прилег в борозду, несколько раз, не осилив себя, вскрикнул. Уже лежачего, пуля куснула его в бедро, и он медленно и трудно расстался с сознанием.

В Тихорецкой ему ампутировали раздробленную руку, извлекли из бедра осколок кости. Две недели лежал, терзаемый отчаянием, болью, скукой. Потом перевезли в Новочеркасск. Еще тридцать томительных суток в лазарете. Перевязки, наскучившие лица сестер и докторов, острый запах йода, карболки... Изредка приходила Ольга Николаевна. Щеки ее отсвечивали зеленоватой желтизной. Траур усугублял невыплаканную тоску опустошенных глаз. Листницкий подолгу глядел в ее выцветшие глаза, молчал, стыдливо, воровски прятал под одеяло порожний рукав рубашки. Она словно нехотя выспрашивала подробности о смерти мужа, взгляд ее плясал по койкам, слушала с кажущейся рассеянностью. Выписавшись из лазарета, Листницкий пришел к ней. Она встретила его у крыльца, отвернулась, когда он, целуя ее руку, низко склонил голову в густой повити коротко остриженных белесых волос.

Он был тщательно выбрит, защитный щегольской френч сидел на нем по-прежнему безукоризненно, но пустой рукав мучительно тревожил —

судорожно шевелился внутри него крохотный забинтованный обрубок руки.

Они вошли в дом. Листницкий заговорил, не садясь:

— Борис перед смертью просил меня... взял с меня обещание, что я вас не оставлю...

— Я знаю.

— Откуда?

— Из его последнего письма...

— Желание его, чтобы мы были вместе... Разумеется, если вы согласитесь, если вас устроит брак с инвалидом... Прошу вас верить... речи о чувствах прозвучали бы сейчас... Но я искренне хочу вашего благополучия.

Смущенный вид и бессвязная, взволнованная речь Листницкого ее тронули.

— Я думала об этом... Я согласна.

— Мы уедем в имение к моему отцу.

— Хорошо.

— Остальное можно оформить после?

— Да.

Он почтительно коснулся губами ее невесомой, как фарфор, руки и, когда поднял покорные глаза, увидел бегущую с губ ее тень улыбки.

Любовь и тяжелое плотское желание влекли Листницкого к Ольге. Он стал бывать у нее ежедневно. К сказке тянулось уставшее от боевых будней сердце... И он наедине с собой рассуждал, как герой классического романа, терпеливо искал в себе какие-то возвышенные чувства, которых никогда и ни к кому не питал, — быть может, желая прикрыть и скрасить ими наготу простого чувственного влечения. Однако сказка одним крылом касалась действительности: не только половое влечение, но и еще какая-то незримая нить привязывали его к этой, случайно ставшей поперек жизни, женщине. Он смутно разбирался в собственных переживаниях, одно лишь ощущая с предельной ясностью: что им, изуродованным и выбитым из строя, по-прежнему властно правит разнузданный и дикий инстинкт — «мне все можно». Даже в скорбные для Ольги дни, когда она еще носила в себе, как плод, горечь тягчайшей утраты, он, разжигаемый ревностью к мертвому Горчакову, желал ее, желал исступленно... Бешеной коловертью пенилась жизнь. Люди, нюхавшие запах пороха, ослепленные и оглушенные происходившим, жили стремительно и жадно, одним нынешним днем. И не потому ли Евгений Николаевич и торопился связать узлом свою и Ольгину жизнь, быть может, смутно сознавая неизбежную гибель дела, за которое ходил на смерть.

Он известил отца подробным письмом о том, что женится и вскоре приедет с женой в Ягодное.

«... Я свое кончил. Я мог бы еще и с одной рукой уничтожать взбунтовавшуюся сволочь, этот проклятый «народ», над участью которого десятки лет плакала и слюнявилась российская интеллигенция, но, право, сейчас это кажется мне дико-бессмысленным... Краснов не ладит с Деникиным; а внутри обоих лагерей — взаимное подсиживание, интриги, гнусь и пакость. Иногда мне становится жутко. Что же будет? Еду домой обнять вас теперь единственной рукой и пожить с вами, со стороны наблюдая за борьбой. Из меня уже не солдат, а калека, физический и духовный. Я устал, капитулирую. Наверное, отчасти этим вызвана моя женитьба и стремление обрести «тихую пристань»», — грустно-иронической припиской заканчивал он письмо.

Отъезд из Новочеркасска был назначен через неделю. За несколько дней до отъезда Листницкий окончательно переселился к Горчаковой. После ночи, сблизившей их, Ольга как-то осунулась, потускнела. Она и после уступала его домоганиям, но создавшимся положением мучительно тяготилась и в душе была оскорблена. Не знал Листницкий или не хотел знать, что разной мерой меряют связывающую их любовь и одной — ненависть.

До отъезда Евгений думал об Аксинье нехотя, урывками. Он заслонялся от мыслей о ней, как рукой от солнца. Но, помимо его воли, все настойчивее — полосками света — стали просачиваться, тревожить его воспоминания об этой связи. Одно время он было подумал: «Не буду прерывать с ней отношений. Она согласится». Но чувство порядочности осилило — решил по приезде поговорить и, если представится возможность, расстаться.

На исходе четвертого дня приехали в Ягодное. Старый пан встретил молодых за версту от имения. Еще издали увидел Евгений, как отец тяжело перенес ногу через сиденье беговых дрожек, снял шапку.

— Выехали встретить дорогих гостей. Ну, дайте-ка взглянуть на вас... — забасил он, неловко обнимая невестку, тычась ей в щеки зеленовато-седыми прокуренными пучками усов.

— Садитесь к нам, папа! Кучер, трогай! А, дед Сашка, здравствуй! Живой? На мое место садитесь, папа, я вот рядом с кучером устроюсь.

Старик сел рядом с Ольгой, платком вытер усы и сдержанно, с кажущейся молодцеватостью оглядел сына:

— Ну как, дружок?

— Очень уж я рад вам!

— Инвалид, говоришь?

— Что же делать? Инвалид.

Отец с напускной подтянутостью посматривал на Евгения, пытаясь за суровостью скрыть выражение сострадания, избегая глядеть на холостой, заткнутый за пояс зеленый рукав мундира.

— Ничего, привык. — Евгений пошевелил плечом.

— Конечно, привыкнешь, — заторопился старик, — лишь бы голова была цела. Ведь со щитом... а? Или как? Со щитом, говорю, прибыл. И даже со взятой в плен прекрасной невольницей?

Евгений любовался изысканной, немного устаревшей галантностью отца, глазами спрашивал у Ольги: «Ну как старик?» — и по оживленной улыбке, по теплу, согревшему ее глаза, без слов понял, что отец ей понравился.

Серые полурысистые кони шибко несли коляску под изволок. С бугра завиднелись постройки, зеленая разметная грива левады, дом, белевший стенами, заслонившие окна клены.

— Хорошо-то как! Ах, хорошо! — оживилась Ольга.

От двора, высоко вскидываясь, неслись черные борзые. Они окружили коляску. Сзади дед Сашка щелкнул одну, прыгавшую в дрожки, кнутом, крикнул запальчиво:

— Под колесо лезешь, дьява-а-ал! Прочь!

Евгений сидел спиной к лошадям; они изредка пофыркивали, мелкие брызги ветер относил назад, кропил ими его шею.

Он улыбался, глядя на отца, Ольгу, дорогу, устланную колосьями, на бугорок, медленно поднимавшийся, заслонявший дальний гребень и горизонт.

— Глушь какая! И как тихо...

Ольга улыбкой провожала безмолвно летевших над дорогой грачей, убегавшие назад кусты полынка и донника.

— Нас вышли встречать. — Пан пощурил глаза.

— Кто?

— Дворовые.

Евгений, оглянувшись, еще не различая лиц стоявших, почувствовал в одной из женщин Аксинью, густо побагровел. Он ждал, что лицо Аксиньи будет отмечено волненьем, но когда коляска, резво шурша, поравнялась с воротами и он с дрожью в сердце взглянул направо и увидел Аксинью, — его поразило лицо ее, сдержанно-веселое, улыбающееся. У него словно тяжесть свалилась с плеч, он успокоился, кивнул на приветствие.

— Какая порочная красота! Кто это?.. Вызывающе красива, не правда ли? — Ольга восхищенными глазами указала на Аксинью.

Но к Евгению вернулось мужество, спокойно и холодно согласился:

— Да, красивая женщина. Это наша горничная.

Присутствие Ольги на все в доме налагало свой отпечаток. Старый пан, прежде целыми днями ходивший по дому в ночной рубахе и теплых вязаных подштанниках, приказал извлечь из сундуков пропахшие нафталином сюртуки и генеральские, навыпуск, брюки. Прежде неряшливый во всем, что касалось его персоны, теперь кричал на Аксинью за какую-нибудь крохотную складку на выглаженном белье и делал страшные глаза, когда она подавала ему утром невычищенные сапоги. Он посвежел, приятно удивляя глаз Евгения глянцем неизменно выбритых щек.

Аксинья, словно предчувствуя плохое, старалась угодить молодой хозяйке, была заискивающе покорна и не в меру услужлива. Лукерья из кожи лезла, чтобы лучше сготовить обед, и превосходила самое себя в изобретении отменно приятных вкусу соусов и подливок. Даже деда Сашки, опустившегося и резко постаревшего, коснулось влияние происходивших в Ягодном перемен. Как-то встретил его пан около крыльца, оглядел всего с ног до головы и зловеще поманил пальцем.

— Ты что же это, сукин сын? А? — Пан страшно поворочал глазами. — В каком у тебя виде штаны, а?

— А в каком? — дерзко ответил дед Сашка, но сам был слегка смущен и необычным допросом, и дрожащим голосом хозяина.

— В доме молодая женщина, а ты, хам, ты меня в гроб вогнать хочешь? Почему мотню не застегиваешь, козел вонючий? Ну?!

Грязные пальцы деда Сашки коснулись ширинки, пробежались по длинному ряду ядреных пуговиц, как по клапанам беззвучной гармошки. Он хотел еще что-то предерзкое сказать хозяину, но тот, как в молодости, топнул ногой, да так, что на остроносом, старинного фасона сапоге подошва ощерилась, и гаркнул:

— На конюшню! Марш! Лукерью заставлю кипятком тебя ошпарить! Грязь соскобли с себя, конское быдло!

Евгений отдыхал, бродил с ружьем по суходолу, около скошенных просяников стрелял куропаток. Одно тяготило его: вопрос с Аксиньей. Но однажды вечером отец позвал Евгения к себе; опасливо поглядывая на дверь и избегая встретиться глазами, заговорил:

— Я, видишь ли... Ты простишь мне вмешательство в твои личные дела. Но я хочу знать, как ты думаешь поступить с Аксиньей.

Торопливостью, с какой стал закуривать, Евгений выдал себя. Он опять, как в день приезда, вспыхнул и, чувствуя, что краснеет, покраснел еще больше.

— Не знаю... Просто не знаю... — чистосердечно признался он.

Старик веско сказал:

— А я знаю. Иди и сейчас же поговори с ней. Предложи ей денег, отступное, — тут он улыбнулся в кончик уса, — попроси уехать. Мы найдем еще кого-нибудь.

Евгений сейчас же пошел в людскую.

Аксинья, стоя спиной к двери, месила тесто. На спине ее, с заметным желобом посредине, шевелились лопатки. На смуглых полных руках, с засученными по локоть рукавами, играли мускулы. Евгений посмотрел на ее шею в крупных кольцах пушистых волос, сказал:

— Я попрошу вас, Аксинья, на минутку.

Она живо повернулась, стараясь придать своему просиявшему лицу выражение услужливости и равнодушия. Но Евгений заметил, как дрожали ее пальцы, опуская рукава.

— Я сейчас. — Метнула пугливый взгляд на кухарку и, не в силах побороть радости, пошла к Евгению со счастливой просящей улыбкой.

На крыльце он сказал ей:

— Пойдем в сад. Поговорить надо.

— Пойдемте, — обрадованно и покорно согласилась она, думая, что это — начало прежних отношений.

По дороге Евгений вполголоса спросил:

— Ты знаешь, зачем я тебя позвал?

Она, улыбаясь в темноте, схватила его руку, но он рывком освободил ее, и Аксинья поняла все. Остановилась:

— Что вы хотели, Евгений Николаевич? Дальше я не пойду.

— Хорошо. Мы можем поговорить и здесь. Нас никто не слышит... — Евгений спешил, путался в незримой сети слов. — Ты должна понять меня. Теперь я не могу с тобой, как раньше... Я не могу жить с тобой... Ты понимаешь? Ведь теперь я женат и как честный человек не могу делать подлость... Долг совести не позволяет... — говорил он, мучительно стыдясь своих выспренних слов.

Ночь только что пришла с темного востока.

На западе еще багровела сожженная закатом делянка неба. На гумне при фонарях молотили «за погоду» — там повышенно и страстно бился пульс машины, гомонили рабочие; зубарь, неустанно выкармливавший прожорливую молотилку, кричал осипло и счастливо: «Давай! Давай! Дава-а-ай!» В саду зрела тишина. Пахло крапивой, пшеницей, росой.

Аксинья молчала.

— Что ты скажешь? Что же ты молчишь, Аксинья?

— Мне нечего говорить.

— Я тебе дам денег. Ты должна уехать отсюда. Я думаю, ты согласишься... Мне будет тяжело видеть тебя постоянно.

— Через неделю мне месяц кончается. Можно дослужить?

— Конечно, конечно!

Аксинья помолчала, потом как-то боком, несмело, как побитая, подвинулась к Евгению, сказала:

— Ну что же, уйду... Напоследок аль не пожалеешь? Меня нужда такой бессовестной сделала... Измучилась я одна... Ты не суди, Женя.

Голос ее был звучен и сух. Евгений тщетно пытался разобраться, серьезно она говорит или шутит.

— Чего ты хочешь?

Он досадливо кашлянул и вдруг почувствовал, как она снова робко ищет его руку...

Через пять минут он вышел из-за куста мокрой пахучей смородины, дошел до прясла и, пыхая папиросой, долго тер носовым платком брюки, обзелененные в коленях сочной травой.

Всходя на крыльцо, оглянулся. В людской, в желтом просвете окна, виднелась статная фигура Аксиньи, — закинув руки, Аксинья поправляла волосы, смотрела на огонь, улыбалась...

VI

Вызрел ковыль. Степь на многие версты оделась колышущимся серебром. Ветер упруго принимал его, наплывая, шершавил, бугрил, гнал то к югу, то к западу сизо-опаловые волны. Там, где пробегала текучая воздушная струя, ковыль молитвенно клонился, и на седой его хребтине долго лежала чернеющая тропа.

Отцвели разномастные травы. На гребнях никла безрадостная выгоревшая полынь. Короткие ночи истлевали быстро. По ночам на обугленно-черном небе несчетные сияли звезды; месяц — казачье солнышко, темнея ущербленной боковиной, светил скупо, бело́; просторный Млечный Шлях сплетался с иными звездными путями. Терпкий воздух был густ, ветер сух, полынен; земля, напитанная все той же горечью всесильной полыни, тосковала о прохладе. Забились гордые звездные шляхи, не попранные ни копытом, ни ногой; пшеничная россыпь звезд гибла на сухом, черноземно-черном небе, не всходя и не радуя ростками; месяц — обсохлым солончаком, а по степи — сушь, сгибшая трава, и по ней белый неумолчный перепелиный бой да металлический звон кузнечиков...

А днями — зной, духота, мглистое курево. На выцветшей голубени неба — нещадное солнце, бестучье да коричневые стальные полудужья распростертых крыльев коршуна. По степи слепяще, неотразимо сияет ковыль, дымится бурая, верблюжьей окраски, горячая трава; коршун, кренясь, плывет в голубом — внизу, по траве, неслышно скользит его огромная тень.

Суслики свистят истомно и хрипло. На желтеющих парны́х отвалах нор дремлют сурки. Степь горяча, но мертва, и все окружающее прозрачно-недвижимо. Даже курган синеет на грани видимого сказочно и невнятно, как во сне...

Степь родимая! Горький ветер, оседающий на гривах косячных маток и жеребцов. На сухом конском храпе от ветра солоно, и конь, вдыхая горько-соленый запах, жует шелковистыми губами и ржет, чувствуя на них привкус ветра и солнца. Родимая степь под низким донским небом! Вилюжины балок суходолов, красноглинистых яров, ковыльный простор с затравевшим гнездоватым следом конского копыта, курганы, в мудром молчании берегущие зарытую казачью славу... Низко кланяюсь и по-сыновьи целую твою пресную землю, донская, казачьей, не ржавеющей кровью политая степь!

У него маленькая сухая змеиная голова. Уши мелки и подвижны. Грудные мускулы развиты до предела. Ноги тонкие, сильные, бабки безупречны, копыта обточены, как речной голыш. Зад чуть висловат, хвост мочалист. Он — кровный донец. Мало того: он очень высоких кровей, в жилах его ни капли иномеси, и порода видна во всем. Кличка его Мальбрук.

На водопое он, защищая свою матку, бился с другим, более сильным и старым жеребцом, и тот сильно зашиб ему левую переднюю ногу, несмотря на то что жеребцы на попасе всегда раскованы. Они вставали на дыбы, грызли друг друга, били передними ногами, рвали один на другом кожу...

Атарщика возле не было — он спал в степи, подставив солнцу спину и раскоряченные ноги в пыльных накаленных сапогах. Противник свалил Мальбрука на землю, потом гнал далеко-далеко от косяка и, оставив там истекающего кровью, занял оба косяка, увел вдоль по обочине Топкой балки.

Раненого жеребца поставили на конюшню, фельдшер залечил ему ушибленную ногу. А на шестой день Мишка Кошевой, приехавший к смотрителю с докладом, стал свидетелем того, как Мальбрук, управляемый могучим инстинктом продолжателя рода, перегрыз чумбур, выскочил из станка и, захватив пасшихся возле казармы стреноженных кобылиц, на которых ездили атарщики, смотритель и фельдшер, погнал их в степь — сначала рысью, потом начал покусывать отстававших, торопить. Атарщики и смотритель выскочили из казармы, слышали только, как на кобылицах звучно лопались живцы*.

---

* Живцы — путы, треноги.

— Спе́шил нас, проклятый сын!..

Смотритель выругался, но смотрел вслед удалявшимся лошадям не без тайного одобрения.

В полдень Мальбрук привел и поставил лошадей на водопой. Маток отняли у него пешие атарщики, а самого, заседлав, увел Мишка в степь и пустил в прежний косяк.

За два месяца службы в атарщиках Кошевой внимательно изучил жизнь лошадей на отводе; изучил и проникся глубоким уважением к их уму и нелюдскому благородству. На его глазах покрывались матки; и этот извечный акт, совершаемый в первобытных условиях, был так естественно-целомудрен и прост, что невольно рождал в уме Кошевого противопоставления не в пользу людей. Но много было в отношениях лошадей и людского. Например, замечал Мишка, что стареющий жеребец Бахарь, неукротимо-злой и грубоватый в обращении с кобылицами, выделял одну рыжую четырехлетнюю красавицу, с широкой прозвездью во лбу и горячими глазами. Он всегда был около нее встревожен и волнующе резок, всегда обнюхивал ее с особенным, сдержанным и страстным похрапом. Он любил на стоянке класть свою злую голову на круп любимой кобылицы и дремать так подолгу. Мишка смотрел на него со стороны, видел, как под тонкой кожей жеребца вяло играют связки мускулов, и ему казалось, что Бахарь любит эту кобылицу по-старчески безнадежно-крепко и грустно.

Служил Кошевой исправно. Видно, слух о его усердии дошел до станичного атамана, и в первых числах августа смотритель получил приказ откомандировать Кошевого в распоряжение станичного правления.

Мишка собрался в два счета, сдал казенную экипировку, в тот же день на́вечер выехал домой. Кобылку свою торопил неустанно. На закате солнца выбрался уже за Каргин и там на гребне догнал подводу, ехавшую в направлении Вешенской.

Возница-украинец погонял упаренных сытых коней. В задке рессорных дрожек полулежал статный широкоплечий мужчина в пиджаке городского покроя и сдвинутой на затылок серой фетровой шляпе. Некоторое время Мишка ехал позади, посматривая на вислые плечи человека в шляпе, подрагивавшие от толчков, на белую запыленную полоску воротничка. У пассажира возле ног лежали желтый саквояж и мешок, прикрытый свернутым пальто. Нюх Мишки остро щекотал незнакомый запах сигары. «Чин какой-нибудь едет в станицу», — подумал Мишка, ровняя кобылу с дрожками. Он искоса глянул под поля шляпы — и полураскрыл рот, чувствуя, как от страха и великого изумления спину его проворно осыпают мурашки: Степан Астахов полулежал на дрожках, нетерпеливо жуя черный ошкамелок сигары, щуря лихие светлые глаза. Не веря себе, Мишка еще раз оглядел знакомое, странно изменившееся лицо хуторянина, окончательно убедился, что рессоры качают подлинно живого Степана, и, запотев от волнения, кашлянул:

— Извиняюсь, господин, вы не Астахов будете?

Человек на дрожках кивком бросил шляпу на лоб; поворачиваясь, поднял на Мишку глаза.

— Да, Астахов. А что? Вы разве... Постой, да ведь ты — Кошевой? — Он привстал и, улыбаясь из-под подстриженных каштановых усов одними губами, храня в глазах, во всем постаревшем лице неприступную суровость, растерянно и обрадованно протянул руку. — Кошевой? Михаил? Вот как увиделись!.. Очень рад...

— Как же? Как же так? — Мишка бросил поводья, недоуменно развел руками. — Гутарили, что убили тебя. Гляжу: Астахов...

Мишка зацвел улыбкой, заерзал, засуетился в седле, но внешность Степана, чистый глухой выговор его смутили; он изменил обращение и после в разговоре все время называл его на «вы», смутно ощущая какую-то невидимую грань, разделявшую их.

Между ними завязался разговор. Лошади шли шагом. На западе пышно цвел закат, по небу лазоревые шли в ночь тучки. Сбоку от дороги в зарослях проса оглушительно надсаживался перепел, пыльная тишина оседала над степью, изжившей к вечеру дневную суету и гомон. На развилке чукаринской и кружилинской дорог виднелся на фоне сиреневого неба увядший силуэт часовни; над ним отвесно ниспадала скопившаяся громада кирпично-бурых кучевых облаков.

— Откель же вы взялись, Степан Андреич? — радостно допытывался Мишка.

— Из Германии. Выбрался вот на родину.

— Как же наши казаки гутарили: мол, убили на наших глазах Степана?

Степан отвечал сдержанно, ровно, словно тяготясь расспросами:

— Ранили в двух местах, а казаки... Что казаки? Бросили они меня... Попал в плен... Немцы вылечили, послали на работу...

— Писем от вас не было вроде...

— Писать некому. — Степан бросил окурок и сейчас же закурил вторую сигару.

— А жене? Супруга ваша живая-здоровая.

— Я ведь с ней не жил, — известно, кажется.

Голос Степана звучал сухо, ни одной теплой нотки не вкралось в него. Упоминание о жене его не взволновало.

— Что же, не скучали в чужой стороне? — жадно пытал Мишка, почти ложась грудью на луку.

— Вначале скучал, а потом привык. Мне хорошо жилось. — Помолчав, добавил: — Хотел совсем остаться в Германии, в подданство перейти. Но вот домой потянуло — бросил все, поехал.

Степан, в первый раз смягчив черствые излучины в углах глаз, улыбнулся.

— А у нас тут, видите, какая расторопь идет?.. Воюем промеж себя.

— Да-а-а-а... слыхал.

— Вы каким же путем ехали?

— Из Франции, пароходом из Марселя — город такой — до Новороссийска.

— Мобилизуют и вас?

— Наверное... Что нового в хуторе?

— Да рази всего расскажешь? Много новья.

— Дом мой целый?

— Ветер его колышет...

– Соседи? Мелеховы ребята живые?

— Живые.

— Про бывшую нашу жену слух имеете?

— Там же она, в Ягодном.

— А Григорий... живет с ней?

— Нет, он с законной. С Аксиньей вашей разошелся...

— Вот как... Не знал.

С минуту молчали. Кошевой продолжал жадно разглядывать Степана. Сказал одобрительно и с почтением:

— Видать, хорошо вам жилось, Степан Андреич. Одежа у вас справная, как у благородного.

— Там все чисто одеваются. — Степан поморщился, тронул плечо возницы: — Ну, поторапливайся.

Возница невесело махнул кнутом, усталые лошади недружно дернули барки. Дрожки, мягко шепелявя колесами, закачались на выбоинах, и Степан, кончая разговор, поворачиваясь к Мишке спиной, спросил:

— На хутор едешь?

— Нет, в станицу.

На развилке Мишка свернул вправо, привстал на стременах:

— Прощайте покеда, Степан Андреич!

Тот примял запыленное поле шляпы тяжелой связкой пальцев, ответил холодно, четко, как нерусский, выговаривая каждый слог:

— Будьте здоровы!

VII

По линии Филоново — Поворино выравнивался фронт. Красные стягивали силы, копили кулак для удара. Казаки вяло развивали наступление; испытывая острую нехватку огнеприпасов, не стремились выходить за пределы области. На Филоновском фронте боевые операции проходили с переменным успехом. В августе установилось относительное затишье, и казаки, приходившие с фронта в краткосрочные отпуска, говорили о том, что к осени надо ждать перемирия.

А в это время в тылу, по станицам и хуторам, шла уборка хлебов. Не хватало рабочих рук. Старики и бабы не управлялись с работой; к тому же мешали постоянные назначения в обывательские подводы, доставлявшие фронту боеприпасы и продовольствие.

С хутора Татарского почти ежедневно по наряду отправлялось к Вешенской пять-шесть подвод, в Вешенской грузили их ящиками с патронами и снарядами, направляли до передаточного пункта в хуторе Андроповском, а иногда, по недостатку, загоняли и дальше, в прихоперские хутора.

Хутор жил суетливо, но глухо. К далекому фронту тянулись все мыслями, с тревогой и болью ждали черных вестей о казаках. Приезд Степана Астахова взволновал весь хутор: в каждом курене, на каждом гумне об этом только и говорили. Приехал казак, давно похороненный, записанный лишь у старух, да и то «за упокой», о ком уже почти забыли. Это ли не диво?

Степан остановился у Аникушкиной жены, снес в хату свои пожитки и, пока хозяйка собирала ему вечерять, пошел к своему дому. Тяжелым хозяйским шагом долго мерял увитый белым светом месяца баз, заходил под навесы полуразрушенных сараев, оглядывал дом, качал сохи плетней... У Аникушкиной бабы давно уж остыла на столе яичница, а Степан все еще осматривал свое затравевшее поместье, похрустывая пальцами, и что-то невнятно, как косноязычный, бормотал.

К нему вечером же наведались казаки — посмотреть и порасспросить о жизни в плену. В Аникушкину горницу полно набилось баб и мальчат. Они стояли плотной стеной, слушали Степановы рассказы, чернели провалами раскрытых ртов. Степан говорил неохотно, постаревшего лица его ни разу не освежила улыбка. Видно было, что круто, до корня погнула его жизнь, изменила и переделала.

Наутро — Степан еще спал в горнице — пришел Пантелей Прокофьевич. Он басисто покашливал в горсть, ждал, пока проснется служивый. Из горницы тянуло рыхлой прохладой земляного пола, незнакомым удушливо-крепким табаком и запахом дальней путины, каким надолго пропитывается дорожный человек.

Степан проснулся, слышно было: чиркал спичкой, закуривая.

— Дозволишь взойтить? — спросил Пантелей Прокофьевич и, словно к начальству являясь, суетливо оправил складки топорщившейся новой рубахи, только ради случая надетой на него Ильиничной.

— Входите.

Степан одевался, пыхая окурком сигары, от дыма жмуря заспанный глаз. Пантелей Прокофьевич шагнул через порог не без робости и, пораженный изменившимся Степановым лицом и металлическими частями его шелковых подтяжек, остановился, лодочкой вытянул черную ладонь:

— Здравствуй, сосед! Живого видеть...

— Здравствуйте!

Степан одел подтяжками вислые могучие плечи, пошевелил ими и с достоинством вложил свою ладонь в шершавую руку старика. Бегло оглядели друг друга. В глазах Степана сине попыхивали искры неприязни, в косых выпуклых глазах Мелехова — почтение и легкая, с иронией, удивленность.

— Постарел ты, Степа... постарел, милушка.

— Да, постарел.

— Тебя-то уж отпоминали, как Гришку моего... — сказал и досадливо осекся: не ко времени вспомнил. Попробовал исправить обмолвку: — Слава богу, живой-здоровый пришел... Слава те господи! Гришку так же отпоминали, а он, как Лазарь, очухался и с тем пошел. Уж двое детишков имеет, и жена его, Наталья, слава богу, справилась. Ладная бабочка... Ну а ты, чадушко, как?

— Благодарю.

— К соседу нá гости-то придешь? Приходи, честь сделай, погутарим.

Степан отказался, но Пантелей Прокофьевич просил неотступно, обижался, и Степан сдался. Умылся, зачесал вверх коротко остриженные волосы, на вопрос старика: «Куда ж чуб задевал? Аль прожил?» — улыбнулся и, уверенно кинув на голову шляпу, первый вышел на баз.

Пантелей Прокофьевич был заискивающе-ласков, так, что Степан невольно подумал: «За старую обиду старается...»

Ильинична, следуя молчаливым указаниям мужниных глаз, проворно ходила по кухне, торопила Наталью и Дуняшку, сама собирала на стол. Бабы изредка метали в сторону сидевшего под образами Степана любопытные взгляды, щупали глазами его пиджак, воротничок, серебряную часовую цепку, прическу, переглядывались с плохо скрытыми, изумленными улыбками. Дарья пришла с подворья румяная; конфузливо улыбаясь и утирая тонкую выпрядь губ углом завески, сощурила глаза:

— Ах, соседушка, а я вас и не призначила. Вы и на казака стали непохожие.

Пантелей Прокофьевич, времени не теряя, бутылку самогонки — на стол, тряпочку-затычку из горлышка долой, понюхал сладко-горький дымок, похвалил:

— Спробуй. Собственного заводу. Серник поднесешь — синим огнем дышит, ей-бо!

Шли разбросанные разговоры. Степан пил неохотно, но, выпив, начал быстро хмелеть, помягчел.

— Жениться теперя тебе надо, соседушка.

— Что вы! А старую куда дену?

— Старая... Что же — старая... Старой жене, думаешь, износу не будет? Жена — что кобыла: до той поры ездишь, покеда зубы в роте держатся... Мы тебе молодую сыщем.

— Жизнь наша стала путаная... Не до женитьбов... Отпуск имею себе на полторы недели, а там являться в правление и, небось, на фронт, — говорил Степан, хмелея и понемногу утрачивая заграничный свой выговор.

Вскоре ушел, провожаемый Дарьиным восхищенным взглядом, оставив после себя споры и толки.

— Как он образовался, сукин сын! Гля, гутарил-то как! Как акцизный али ишо какой благородного звания человек... Прихожу, а он встает и сверх исподней рубахи надевает на плечи шелковые шлейки с бляхами, ей-бо! Как коню, подхватило ему спину и грудья. Это как? К чему-нибудь это пристроено? Он все одно как и ученый человек теперя, — восхищался Пантелей Прокофьевич, явно польщенный тем, что Степан его хлебом-солью не побрезговал и, зла не помня, пришел.

Из разговоров выяснилось, что Степан будет по окончании службы жить на хуторе, дом и хозяйство восстановит. Мельком упомянул он, что средства имеет, вызвав этим у Пантелея Прокофьевича тягучие размышления и невольное уважение.

— При деньгах он, видно, — говорил Пантелей Прокофьевич после его ухода, — капитал имеет, стерва. Из плену казаки приходют в мамушкиной одеже, а он ишь выщелкнулся... Человека убил либо украл деньги-то.

Первые дни Степан отлеживался в Аникушкиной хате, изредка показываясь на улице. Соседи наблюдали за ним, караулили каждое его движение, даже Аникушкину жену пробовали расспрашивать, что-де собирается Степан делать. Но та поджимала губы, скрытничала, отделываясь незнанием.

Толки густо пошли по хутору после того, как Аникушкина баба наняла у Мелеховых лошадь и рано утром в субботу выехала неизвестно куда. Один Пантелей Прокофьевич почуял, в чем дело. «За Аксиньей поедет», — подмигнул он Ильиничне, запрягая в тарантас хромую кобылу. И не ошибся. Со Степановым наказом поехала баба в Ягодное: «Выспросишь у Аксиньи, не вернется ли она к мужу, кинув прошлые обиды?»

Степан в этот день невозвратно потерял выдержку и спокойствие, до вечера ходил по хутору, долго сидел на крыльце моховского дома с Сергеем Платоновичем и Цацей, рассказывал о Германии, о своем житье там, о дороге через Францию и море. Говорил, слушая жалобы Мохова, и все время жадно посматривал на часы...

Хозяйка вернулась из Ягодного в сумерках. Собирая вечерять в летней стряпке, рассказывала, что Аксинья испугалась нежданной вести, много расспрашивала о нем, но вернуться отказалась наотрез.

— Нужды ей нету ворочаться, живет барыней. Гладкая стала, лицо белое. Тяжелую работу не видит. Чего ишо надо? Так одета она — и не вздумаешь. Будний день, а на ней юбка, как снег, и ручки чистые-пречистые... — говорила, глотая завистливые вздохи.

У Степана розовели скулы, в опущенных светлых глазах возгорались и тухли злобно-тоскливые огоньки. Ложкой черпал из обливной чашки кислое молоко, удерживая дрожь в руке. Вопросы ронял с обдуманной неторопливостью:

— Говоришь, хвалилась Аксинья житьем?

— Где же там! Так жить каждая душа не против.

— Обо мне спрашивала?

— А то как же? Побелела вся, как сказала, что вы пришли.

Повечеряв, вышел Степан на затравевший баз.

Быстротеком пришли и истухли короткие августовские сумерки. В сыроватой прохладе ночи навязчиво стучали барабаны веялок, слышались резкие голоса. Под желтым пятнистым месяцем в обычной сутолоке бились люди: веяли намолоченные за день вороха хлеба, перевозили в амбары зерно. Горячим терпким духом свежеобмолоченной пшеницы и мякинной пыли обволакивало хутор. Где-то около плаца стукотела паровая молотилка, брехали собаки. На дальних гумнах тягучая сучилась песня. От Дона тянуло пресной сыростью.

Степан прислонился к плетню и долго глядел на текучее стремя Дона, видневшееся через улицу, на огнистую извилистую стежку, наискось протоптанную месяцем. Мелкая курчавая рябь вилась по течению. На той стороне Дона дремотные покоились тополя. Тоска тихо и властно обняла Степана.

На заре шел дождь, но после восхода солнца тучи разошлись, и часа через два только свернувшиеся над колесниками комки присохшей грязи напоминали о непогоде.

Утром Степан прикатил в Ягодное. Волнуясь, привязал лошадь у ворот, резво-увалисто пошел в людскую.

Просторный, в выгоревшей траве, двор пустовал. Около конюшни в навозе рылись куры. На упавшем плетне топтался вороной, как грач, петух. Скликая кур, он делал вид, что клюет ползавших по плетню красных божьих коровок. Зажиревшие борзые собаки лежали в холодке возле каретника. Шесть черно-пегих куцых щенят, повалив мать, молоденькую первощенную суку, упираясь ножонками, сосали, оттягивая вялые серые сосцы. На теневой стороне железной крыши барского дома глянцем лежала роса.

Степан, внимательно оглядываясь, вошел в людскую, спросил у толстой кухарки:

— Могу я видеть Аксинью?

— А вы кто такие? — заинтересовалась та, вытирая потное рябое лицо завеской.

— Вам это не нужно. Аксинья где будет?

— У пана. Обождите.

Степан присел, жестом страшной усталости положил на колени шляпу. Кухарка совала в печь чугуны, стучала рогачами, не обращая внимания на гостя. В кухне стоял кислый запах свернувшегося творога и хмелин. Мухи черной россыпью покрывали камель печки, стены, обсыпанный мукой стол. Степан, напрягаясь, вслушивался, ждал. Знакомый звук Аксиньиной поступи словно пихнул его с лавки. Он встал, уронив с колен шляпу.

Аксинья вошла, неся стопку тарелок. Лицо ее помертвело, затрепыхались углы пухлых губ. Она остановилась, беспомощно прижимая к груди тарелки, не спуская со Степана напуганных глаз. А потом как-то сорвалась с места, быстро подошла к столу, опорожнила руки.

— Здравствуй!

Степан дышал медленно, глубоко, как во сне, губы его расщепляла напряженная улыбка. Он молча, клонясь вперед, протягивал Аксинье руку.

— В горницу ко мне... — жестом пригласила Аксинья.

Шляпу Степан поднимал как тяжесть; кровь била ему в голову, заволакивало глаза. Как только вошли в Аксиньину комнату и присели, разделенные столиком, Аксинья, облизывая ссохшиеся губы, со стоном спросила:

— Откуда ты взялся?..

Степан неопределенно и неестественно-весело, по-пьяному махнул рукой. С губ его все еще не сходила все та же улыбка радости и боли.

— Из плену... Пришел к тебе, Аксинья...

Он как-то нелепо засуетился, вскочил, достал из кармана небольшой сверточек и, жадно срывая с него тряпку, не владея дрожащими пальцами, извлек серебряные дамские часы-браслет и кольцо с дешевым голубым камешком... Все это он протягивал ей на потной ладони, а Аксинья глаз не сводила с чужого ей лица, исковерканного униженной улыбкой.

— Возьми, тебе берег... Жили вместе...

— На что оно мне? Погоди... — шептали Аксиньины помертвевшие губы.

— Возьми... не обижай... Дурость нашу бросать надо...

Заслоняясь рукой, Аксинья встала, отошла к лежанке:

— Говорили, погиб ты...

— А ты бы рада была?

Она не ответила; уже спокойнее разглядывала мужа всего, с головы до ног, бесцельно оправила складки тщательно выглаженной юбки. Заложив руки за спину, сказала:

— Аникушкину бабу ты присылал?.. Говорила, что зовешь к себе... жить...

— Пойдешь? — перебил Степан.

— Нет. — Голос Аксиньи зазвучал сухо. — Нет, не пойду.

— Что так?

— Отвыкла, да и поздновато трошки... Поздно.

— А я вот хочу на хозяйство стать. Из Германии шел — думал, и там жил — об этом не переставал думать... Как же, Аксинья, ты будешь?

Григорий бросил... Или ты другого нажила? Слыхал, будто с панским сыном... Правда?

Щеки Аксиньи жгуче, до слез, проступивших под веками отягощенных стыдом глаз, крыла кровь.

— Живу теперь с ним. Верно.

— Я не в укор, — испугался Степан. — Я к тому говорю, что, может, ты свою жизнь не решила? Ему ты ненадолго нужна, баловство... Вот морщины у тебя под глазами... Ведь бросит, надоешь ты ему — прогонит. Куда прислонишься? В холопках не надоело быть? Гляди сама... Я денег принес. Кончится война, справно будем жить. Думал, сойдемся мы. Я за старое позабыть хочу...

— Об чем же ты раньше думал, милый друг Степа? — с веселыми слезами, с дрожью заговорила Аксинья и оторвалась от лежанки, в упор подошла к столу. — Об чем раньше думал, когда жизнь мою молодую в прах затолочил? Ты меня к Гришке пихнул... Ты мне сердце высушил... Да ты помнишь, что со мной сделал?

— Я не считаться пришел... Ты... почем знаешь? Я, может, об этом изболелся весь. Может, я другую жизню прожил, вспоминая... — Степан долго рассматривал свои выкинутые на стол руки, слова вязал медленно, словно выкорчевывал их изо рта. — Думал об тебе... Сердце кровью запеклось... День и ночь из ума не шла... Я жил там со вдовой, немкой... богато жил — и бросил... Потянуло домой...

— К тихой жизни поклонило? — яростно двигая ноздрями, спрашивала Аксинья. — Хозяйничать хочешь? Небось, детишков хочешь иметь, жену, чтоб стирала на тебя, кормила и поила? — И нехорошо, темно улыбнулась. — Нет уж, спаси Христос! Старая я, морщины вон разглядел... И детей родить разучилась. В любовницах нахожусь, а любовницам их не полагается... Нужна ли такая-то?

— Шустрая ты стала...

— Уж какая есть.

— Значит — нет?

— Нет, не пойду. Нет.

— Ну, бывай здорова. — Степан встал, никчемно повертел в руках браслет и опять положил его на стол. — Надумаешь, тогда сообщи.

Аксинья провожала его до ворот. Долго глядела, как из-под колес рвется пыль, заволакивает широкие Степановы плечи.

Бороли ее злые слезы. Она редко всхлипывала, смутно думая о том, что не сбылось, — оплакивая свою, вновь по ветру пущенную жизнь. После того как узнала, что Евгению она больше не нужна, услышав о возвращении мужа, решила уйти к нему, чтобы вновь собрать по кусочкам счастье, которого не было... С этим решением ждала Степана. Но увидала его, приниженного, покорного, — и черная гордость, гордость, не позволявшая ей, отверженной, оставаться в Ягодном, встала в ней на дыбы. Неподвластная ей злая воля направляла слова ее и поступки. Вспомнила пережитые обиды, все вспомнила, что перенесла от этого человека, от больших железных рук и, сама не желая разрыва, в душе ужасаясь тому, что делала, задыхалась в колючих словах: «Нет, не пойду к тебе. Нет».

Еще раз потянулась взглядом вслед удалявшемуся тарантасу. Степан, помахивая кнутом, скрывался за сиреневой кромкой невысокой придорожной полыни...

На другой день Аксинья, получив расчет, собрала пожитки. Прощаясь с Евгением, всплакнула:

— Не поминайте лихом, Евгений Николаевич.

— Ну что ты, милая!.. Спасибо тебе за все.

Голос его, прикрывая смущение, звучал наигранно-весело.

И ушла. Ввечеру была на хуторе Татарском.

Степан встретил Аксинью у ворот.

— Пришла? — спросил он улыбаясь. — Навовсе? Можно надежду иметь, что больше не уйдешь?

— Не уйду, — просто ответила Аксинья, со сжавшимся сердцем оглядывая полуразрушенный курень и баз, бурно заросший лебедой и черным бурьяном.

VIII

Неподалеку от станицы Дурновской Вешенский полк в первый раз ввязался в бой с отступавшими частями красноармейцев.

Сотня под командой Григория Мелехова к полудню заняла небольшой, одичало заросший левадами хутор. Григорий спешил казаков в сыроватой тени верб, возле ручья, промывшего через хутор неглубокий ярок. Где-то неподалеку из черной хлюпкой земли, побулькивая, били родники. Вода была ледениста; ее с жадностью пили казаки, черпая фуражками и потом с довольным покряхтыванием нахлобучивая их на потные головы. Над хутором, сомлевшим от жары, в отвес встало солнце. Земля калилась, схваченная полуденным дымком. Травы и листья верб, обрызганные ядовито-знойными лучами, вяло поникли, а возле ручья в тени верб тучная копилась прохлада, нарядно зеленели лопухи и еще какие-то, вскормленные мочажинной почвой, пышные травы; в небольших заводях желанной девичьей улыбкой сияла ряска; где-то за поворотом щелоктали в воде и хлопали крыльями утки. Лошади, храпя, тянулись к воде, с чавканьем ступая по топкой грязи, рвали из рук поводья и забредали на середину ручья, мутя воду и разыскивая губами струю посвежее. С опущенных губ их жаркий ветер срывал ядреные алмазные капли. Поднялся серный запах взвороченной илистой земли, тины, горький и сладостный дух омытых и сопревших корней верб...

Только что казаки полегли в лопухах с разговорцами и куревом — вернулся разъезд. Слово «красные» вмиг вскинуло людей с земли. Затягивали подпруги и опять шли к ручью, наполняли фляжки, пили, и, небось, каждый думал: «То ли придется еще попить такой воды — светлой, как детская слеза, то ли нет...»

По дороге переехали ручей, остановились.

За хутором, по серо-песчаному чернобылистому бугру, в версте расстояния, двигалась неприятельская разведка. Восемь всадников сторожко съезжали к хутору.

— Мы их заберем! Дозволишь? — предложил Митька Коршунов Григорию.

Он кружным путем выехал с полувзводом за хутор; но разведка, обнаружив казаков, повернула обратно.

Час спустя, когда подошли две остальные конные сотни полка, выступили. Разъезды доносили, что красные, силой приблизительно в тысячу штыков, идут им навстречу. Сотни вешенцев потеряли связь с шедшим справа 33-м Еланско-Букановским полком, но все же решили дать бой. Перевалив через бугор, спешились. Коноводы свели лошадей в просторный, ниспадавший к хутору лог. Где-то правее сшиблись разведки. Лихо зачечекал ручной пулемет.

Вскоре показались редкие цепи красных. Григорий развернул свою сотню у вершины лога. Казаки легли на гребне склона, поросшего гривастым мелкокустьем. Из-под приземистой дикой яблоньки Григорий глядел в бинокль на далекие цепи противника. Ему отчетливо видно было, как шли первые две цепи, а за ними, между бурыми неубранными валками скошенного хлеба, разворачивалась в цепь черная походная колонна. И его и казаков изумило то, что впереди первой цепи на высокой белой лошади ехал всадник, — видимо, командир. И перед второй цепью порознь шли двое. И третью повел командир, а рядом с ним заколыхалось знамя. Полотнище алело на грязно-желтом фоне жнивья крохотной кровянистой каплей.

— У них комиссары попереди! — крикнул один из казаков.

— Во! Вот это геройски! — восхищенно захохотал Митька Коршунов.

— Гляди, ребятки! Вот они какие, красные!

Почти вся сотня привстала, перекликаясь. Над глазами щитками от солнца повисли ладони. Разговоры смолкли. И величавая, строгая тишина, предшествующая смерти, покорно и мягко, как облачная тень, легла над степью и логом.

Григорий смотрел назад. За пепельно-сизым островом верб, сбоку от хутора, бугрилась колышущаяся пыль: вторая сотня на рысях шла противнику во фланг. Балка пока маскировала продвижение сотни, но версты через четыре развилом выползала на бугор, и Григорий мысленно определял расстояние и время, когда сотня сможет выровняться с флангом.

— Ложи-и-ись! — скомандовал Григорий, круто поворачиваясь, пряча бинокль в чехол.

Он подошел к своей цепи. Лица казаков, багрово-масленые и черные от жары и пыли, поворачивались к нему. Казаки, переглядываясь, ложились. После команды: «Изготовься!» — хищно заклацали затворы. Григорию сверху видны были одни раскоряченные ноги, верхи фуражек да спины в выдубленных пылью гимнастерках, с мокрыми от пота желобками и лопатками. Казаки расползались, ища прикрытия, выбирая места поудобней. Некоторые попробовали шашками рыть черствую землю.

В это время со стороны красных ветерок на гребне своем принес невнятные звуки пения...

Цепи шли, туго извиваясь, неровно, качко. Тусклые, затерянные в знойном просторе, наплывали оттуда людские голоса.

Григорий почуял, как, сорвавшись, резко, с перебоем стукнуло его сердце... Он слышал и раньше этот стонущий напев, слышал, как пели его мокроусовские матросы в Глубокой, молитвенно сняв бескозырки, возбужденно блестя глазами. В нем вдруг выросло смутное, равносильно страху беспокойство.

— Чего они ревут? — встревоженно вертя головой, спросил престарелый казак.

— Вроде как с какой молитвой, — ответил ему другой, лежавший справа.

— Чертячья у них молитва! — улыбнулся Андрей Кашулин; дерзко глядя на Григория, стоявшего возле него, спросил: — Ты, Пантелев, был у них, — небось, знаешь, к чему песню зараз играют? Небось, сам с ними дишканил?

«... владе-еть землей!» — ликующим вскриком взвихрились невнятные от расстояния слова, и вновь тишина расплеснулась над степью. Казаки нехорошо повеселели. Кто-то захохотал в середине цепи. Митька Коршунов суетливо заерзал:

— Слышите, эй, вы?! Землей владеть им захотелось!.. — И похабно выругался. — Григорь Пантелев! Дай я вон энтого, что на коне, спéшу! Я вдарю раз?

Не дожидаясь согласия, выстрелил. Пуля побеспокоила всадника. Он спешился, отдал коня, пошел впереди цепи, поблескивая обнаженной шашкой.

Казаки стали постреливать. Красные легли. Григорий приказал пулеметчикам открыть огонь. После двух пулеметных очередей первая цепь поднялась в перебежке. Саженей через десять снова легла. В бинокль Григорий видел, как красноармейцы заработали лопатками, окапываясь. Над ними запорхала сизая пыль, перед цепью выросли крохотные, как возле сурчиных нор, бугорки. Оттуда полыхнули протяжным залпом. Перестрелка возгорелась. Бой грозил стать затяжным. Через час у казаков появился урон: одного из первого взвода пуля сразила насмерть, трое раненых уползли к коноводам в лог. Вторая сотня показалась с фланга, запылила в атаке. Атаку отбили пулеметным огнем. Видно было, как панически скакали назад казаки, грудясь в кучи и рассыпаясь веером. Отступив, сотня выровнялась и без сплошного крика, молчком пошла опять. И опять шквальный пулеметный огонь, как ветер листья, погнал ее обратно.

Но атаки поколебали стойкость красноармейцев — первые цепи смешались, тронулись назад.

Григорий, не прекращая огня, поднял сотню. Казаки пошли, не ложась. Некоторая нерешительность и тягостное недоумение, владевшие ими вначале, как будто исчезли. Бодрое настроение их поддерживала батарея, на рысях прискакавшая на позиции. Первый батарейный взвод, выдвинутый в огневое положение, открыл огонь. Григорий послал коноводам приказ подвести коней. Он готовился к атаке. Возле той яблоньки, откуда он в начале боя наблюдал за красными, снималось с передков третье орудие. Высокий, в узких галифе офицер тенористо, свирепо кричал на замешкавшихся ездовых, подбегая к орудию, щелкая по голенищу плетью:

— Отводи! Ну?! Черт вас мордует!..

Наблюдатель со старшим офицером в полуверсте от батареи, спешившись, с кургашка глядели в бинокль на отходившие цепи противника. Телефонисты бегом тянули провод, соединяя батарею с наблюдательным пунктом. Крупные пальцы пожилого есаула — командира батареи — нервно крутили колесико бинокля (на одном из пальцев золотом червонело обручальное кольцо). Он зряшно топтался около первого орудия, отмахиваясь головой от цвенькавших пуль, и при каждом его резком движении сбоку болталась поношенная полевая сумка.

После рыхлого и трескучего гула Григорий проследил место падения пристрельного снаряда, оглянулся: номера, налегая, с хрипом накатывали орудие. Первая шрапнель покрыла ряды неубранной пшеницы, и долго на синем фоне таял раздираемый ветром белый хлопчатый комочек дыма.

Четыре орудия поочередно слали снаряды туда, за поваленные ряды пшеницы, но, сверх Григорьева ожидания, орудийный огонь не внес заметного замешательства в цепи красных, — они отходили неспешно, организованно и уже выпадали из поля зрения сотни, спускаясь за перевал, в балку. Григорий, понявший бессмысленность атаки, все же решил поговорить с командиром батареи. Он увалисто подошел и, касаясь левой рукой спаленного солнцем, порыжелого курчавого кончика уса, дружелюбно улыбнулся:

— Хотел в атаку пойтить.

— Какая там атака! — Есаул норовисто махнул головой, тылом ладони принял стекавшую из-под козырька струйку пота. — Вы видите, как они отходят, сукины дети? Не дадутся! Да и смешно бы было, — ведь у них в этих частях весь начальствующий состав — кадровики-офицеры. Мой товарищ, войсковой старшина Серов — у них...

— Откуда вы знаете? — Григорий недоверчиво сощурился.

— Перебежчики... Прекратить огонь! — скомандовал есаул и, словно оправдываясь, пояснил: — Бесполезно бить, а снарядов мало... Вы — Мелехов? Будем знакомы: Полтавцев. — Он толчком всунул в руку Григория свою потную крупную ладонь и, не задержав в рукопожатье, ловко кинул ее в раскрытое зевло планшетки, достал папиросы. — Закуривайте!

С глухим громом поднялись из лога ездовые. Батарея взялась на передки. Григорий, посадив на коней, повел свою сотню вслед ушедшим за бугор красным.

Красные заняли следующий хутор, но сдали его без сопротивления. Три сотни вешенцев и батарея расположились в нем. Напуганные жители не выходили из домов. Казаки сновали по дворам в поисках съестного. Григорий спешился возле стоявшего на отшибе дома, завел во двор, поставил у крыльца коня. Хозяин — длинный пожилой казак — лежал на кровати, со стоном перекатывал по грязной подушке непомерно малую птичью головку.

— Хворый, что ли? — поздоровавшись, улыбнулся Григорий.

— Хво-о-орый...

Хозяин притворялся больным и, судя по беспокойному шмыганью его глаз, догадывался, что ему не верят.

— Покормите казаков? — требовательно спросил Григорий.

— А сколько вас? — Хозяйка отделилась от печки.

— Пятеро.

— Ну-к что жа, проходите, покормим чем бог послал.

Пообедав с казаками, Григорий вышел на улицу.

Возле колодца стояла в полной боевой готовности батарея. Обамуниченные лошади, мотая торбами, доедали ячмень. Ездовые и номера спасались от солнца в холодке зарядных ящиков, сидели и лежали возле орудий. Один батареец спал ничком, скрестив ноги и дергая во сне плечом. Он, наверное, прежде лежал в холодке, но солнце передвинуло тени и теперь палило его обнаженные курчавые волосы, посыпанные сенной трухой.

Под широкой ременной упряжью лошадей лоснилась мокрая, желтопенистая от пота шерсть. Привязанные к плетню верховые лошади офицеров и прислуги стояли, понуро поджав ноги. Казаки — пыльные, потные — отдыхали молча. Офицеры и командир батареи сидели на земле, прислонясь спинами к срубу колодца, курили. Неподалеку от них, ногами врозь, шестиконечной звездой лежали на выгоревшей лебеде казаки. Они истово черпали из цибарки кислое молоко, изредка кто-нибудь выплевывал попавшее в рот ячменное зерно.

Солнце смалило исступленно. Хутор простирал к бугру почти безлюдные улицы. Под амбарами, под навесами сараев, возле плетней, в желтой тени лопухов спали казаки. Нерасседланные кони, густо стоявшие у плетней, томились от жары и дремоты. Мимо проехал казак, лениво поднимая плеть до уровня конской спины. И снова улица — как забытый степной шлях, и случайными и ненужными кажутся на ней крашенные в зеленое орудия и изморенные походами и солнцем спящие люди.

Нудясь от скуки, Григорий пошел было в дом, но вдоль улицы показались трое верховых казаков чужой сотни. Они гнали небольшую кучку пленных красноармейцев. Артиллеристы засуетились, повставали, обметая пыль с гимнастерок и шаровар. Поднялись и офицеры. В соседнем дворе кто-то радостно крикнул:

— Ребята, пленных гонют!.. Брешу? И вот тебе матерь божья!

Из дворов, спеша, выходили заспанные казаки. Подошли пленные — восемь провонявших по́том, изузоренных пылью молодых ребят. Их густо окружили.

— Где их забрали? — спросил командир батареи, разглядывая пленных с холодным любопытством.

Один из конвойных ответил не без хвастливого удальства:

— Вояки! Это мы их в подсолнухах возля хутора переловили. Хоронились, чисто перепела от коршуна. Мы их с коней узрили и давай гонять! Одного убили...

Красноармейцы напуганно жались. Они, очевидно, боялись расправы. Глаза их беспомощно бегали по лицам казаков. Лишь один, с виду постарше, коричневый от загара, скуластый, в засаленной гимнастерке и в прах измочаленных обмотках, презрительно глядел поверх голов чуть косящими черными глазами и плотно сжимал разбитые в кровь губы. Был он коренаст, широкоплеч. На черных жестких, как конский волос, кудрях его приплюснуто, зеленым блином, сидела фуражка со следом кокарды, уцелевшая, наверное, еще от германской войны. Он стоял вольно, черными толстыми пальцами с засохшей на ногтях кровью трогал расстегнутый ворот нательной рубахи и острый, в черной щетине, кадык. С виду он казался равнодушным, но вольно отставленная нога, до коленного сгиба уродливо толстая от обмотки, навернутой на портянку, дрожала мелкой ознобной дрожью. Остальные были бледны, безличны. Один он бросался в глаза дюжим складом плеч и татарским энергичным лицом. Может быть, поэтому командир батареи и обратился к нему с вопросом:

— Ты кто такой?

Мелкие, похожие на осколки антрацита глаза красноармейца оживились, и весь он как-то незаметно, но ловко подобрался:

— Красноармеец. Русский.

— Откуда родом?

— Пензенский.

— Доброволец, гад?

— Никак нет. Старший унтер-офицер старой армии. С семнадцатого попал, и так вот до этих пор...

Один из конвоиров вмешался в разговор:

— Он по нас стрелял, вражина!

— Стрелял? — кисло нахмурился есаул и, уловив взгляд стоявшего против него Григория, указал глазами на пленного. — Каков!.. Стрелял, а? Ты что же, не думал, что возьмут? А если за это сейчас в расход?

— Думал отстреляться. — Разбитые губы поежились в виноватой усмешке.

— Каков фрукт! Почему же не отстрелялся?

— Патроны израсходовал.

— А-а-а... — Есаул похолодел глазами, но оглядел солдата с нескрываемым удовольствием. — А вы, сукины сыны, откуда? — уже совсем иным тоном спросил он, скользя повеселевшими глазами по остальным.

— Нибилизованные мы, ваше высокоблагородие! Саратовские мы... балашовские... — заныл высокий длинношеий парень, часто мигая, поскребывая рыжевато-ржавые волосы.

Григорий с щемящим любопытством разглядывал одетых в защитное молодых парней, их простые мужичьи лица, невзрачный пехотный вид. Враждебность возбуждал в нем один скуластый. Он обратился к нему насмешливо и зло:

— На что признавался? Ты, небось, ротой у них наворачивал? Командир? Коммунист? Расстрелял, говоришь, патроны? А мы тебя за это шашками посекем — это как?

Красноармеец, шевеля ноздрями раздавленного прикладом носа, уже смелее говорил:

— Я признавался не от лихости. Чего я буду таиться? Раз стрелял — значит, признавайся... Так я говорю? Что касаемо... казните. Я от вас... — и опять улыбнулся, — добра не жду, на то вы и казаки.

Кругом одобрительно заулыбались. Григорий, покоренный рассудительным голосом солдата, отошел. Он видел, как пленные пошли к колодцу напиться. Из переулка взводными рядами выходила сотня пластунов.

IX

И после, когда полк вступил в полосу непрерывных боев, когда вместо завес уже лег изломистой вилюжиной фронт, Григорий всегда, сталкиваясь с неприятелем, находясь в непосредственной от него близости, испытывал все то же острое чувство огромного, ненасытного любопытства к красноармейцам, к этим русским солдатам, с которыми ему для чего-то нужно было сражаться. В нем словно навсегда осталось то наивно-ребяческое чувство, родившееся в первые дни четырехлетней войны, когда он под Лешнювом с кургана наблюдал в первый раз за суетой австро-венгерских войск и обозов. «А что за люди? А какие они?» Будто и не было в его жизни полосы, когда он бился под Глубокой с чернецовским отрядом. Но тогда он твердо знал обличье своих врагов — в большинстве они были донские офицеры, казаки. А тут ему приходилось иметь дело с русскими солдатами, с какими-то иными людьми, с теми, какие всей громадой подпирали Советскую власть и стремились, как думал он, к захвату казачьих земель и угодий.

Еще раз как-то в бою почти в упор натолкнулся он на красноармейцев, неожиданно высыпавших из отножины буерака. Он выехал со взводом в рекогносцировку, подъехал по теклине буерачка к развилку и тут вдруг услышал окающую русскую речь на жесткое «г», сыпкий шорох шагов. Несколько красноармейцев — из них один китаец — выскочили на гребень и, ошеломленные видом казаков, на секунду замерли от изумления.

— Казаки! — падая, испуганно клохчущим голосом крикнул один.

Китаец выстрелил. И сейчас же резко, захлебываясь, скороговоркой закричал тот белесый, который упал:

— Товарищи! Давай «максимку»! Казаки!

— Давай же! Казаки!..

Китайца Митька Коршунов срезал из нагана и, круто поворачивая коня, тесня им коня Григория, первый поскакал по гулкой крутобережной теклине, работая поводьями, направляя по извилинам тревожный конский бег. За ним скакали остальные, клубясь и норовя обогнать друг друга. За спинами их баритонисто зарокотал пулемет, пули общелкивали листья терна и боярышника, густо росшего по склонам и мысам, дробили и хищно рвали каменистое днище теклины...

Еще несколько раз сходился лицом к лицу с красными, видел, как пули казаков вырывали из-под ног красноармейцев землю и те падали и оставляли жизнь на этой плодовитой и чужой им земле.

... И помалу Григорий стал проникаться злобой к большевикам. Они вторглись в его жизнь врагами, отняли его от земли! Он видел: такое же чувство завладевает и остальными казаками. Всем им казалось, что только по вине большевиков, напиравших на Область, идет эта война. И каждый, глядя на неубранные валы пшеницы, на полегший под копытами нескошенный хлеб, на пустые гумна, вспоминал свои десятины, над которыми хрипели в непосильной работе бабы, и черствел сердцем, зверел. Григорию иногда в бою казалось, что и враги его — тамбовские, рязанские, саратовские мужики — идут, движимые таким же ревнивым чувством к земле. «Бьемся за нее, будто за любушку», — думал Григорий.

Меньше стали брать в плен. Участились случаи расправ над пленными. Широкой волной разлились по фронту грабежи; брали у заподозренных в сочувствии большевикам, у семей красноармейцев, раздевали донага пленных...

Брали всё, начиная с лошадей и бричек, кончая совершенно ненужными громоздкими вещами. Брали и казаки и офицеры. Обозы второго разряда пухли от добычи. И чего только не было на подводах! И одежда, и самовары, и швейные машины, и конская упряжь — все, что представляло какую-нибудь ценность. Добыча из обозов сплавлялась по домам. Приезжали родственники, охотой везли в часть патроны и продовольствие, а оттуда набивали брички грабленым. Конные полки — а их было большинство — вели себя особенно разнузданно. Пехотинцу, кроме подсумка, некуда положить, а всадник набивал сумы седла, увязывал в торока, и конь его запохаживался больше на вьючное животное, нежели на строевого коня. Распоясались братушки. Грабеж на войне всегда был для казаков важнейшей движущей силой. Григорий знал это и по рассказам стариков о прошлых войнах, и по собственному опыту. Еще в дни германской войны, когда полк ходил в тылу по Пруссии, командир бригады — заслуженный генерал — говорил, выстроив двенадцать сотен, указывая плетью на лежавший под холмами крохотный городок:

— Возьмете — на два часа город в вашем распоряжении. Но через два часа первого, уличенного в грабеже, — к стенке!

Но к Григорию как-то не привилось это — он брал лишь съестное да корм коню, смутно опасаясь трогать чужое и с омерзением относясь к грабежам. Особенно отвратительным казался в его глазах грабеж своих же казаков. Сотню он держал жестко. Его казаки если и брали, то таясь и в редких случаях. Он не приказывал уничтожать и раздевать пленных. Чрезмерной мягкостью вызвал недовольство среди казаков и полкового начальства. Его потребовали для объяснений в штаб дивизии. Один из чинов обрушился на него, грубо повышая голос:

— Ты что мне, хорунжий, сотню портишь? Что ты либеральничаешь? Мягко стелешь на всякий случай? По старой памяти играешь на две руки?.. Как это на тебя не кричать?.. А ну без разговоров! Дисциплины не знаешь? Что — сменить? И сменим! Приказываю сегодня же сдать сотню! И того, брат... не шурши!

В конце месяца полк совместно с сотней 33-го Еланского полка, шедшего рядом, занял хутор Гремячий Лог.

Внизу, по падине, густо толпились вербы, ясени и тополя, по косогору разметались десятка три белостенных куреней, обнесенных низкой, из дикого камня, огорожей. Выше хутора, на взгорье, доступный всем ветрам, стоял старый ветряк. На фоне надвигавшейся из-за бугра белой тучи мертво причаленные крылья его чернели косо накренившимся крестом. День был дождлив и хмарен. По балке желтая порошила метель: листья с шепотом ложились на землю. Малиновой кровью просвечивал пышнотелый краснотал. Гумна бугрились сияющей соломой. Мягкая предзимняя наволочь крыла пресно пахнущую землю.

Со своим взводом Григорий занял отведенный квартирьерами дом. Хозяин, оказалось, ушел с красными. Взводу стала угодливо прислуживать престарелая дородная хозяйка с дочерью-подростком.

Григорий из кухни прошел в горницу, огляделся. Хозяева, видно, жили ядрено: полы крашены, стулья венские, зеркало, по стенам обычные фотографии служивых и ученический похвальный лист в черной рамке. Повесив к печке промокший дождевик, Григорий свернул курить.

Прохор Зыков вошел, поставил к кровати винтовку, равнодушно сообщил:

— Обозники приехали. С ними папаша ваш, Григорий Пантелевич.

— Ну?! Будет брехать!

— Право слово. Окромя его, наших хуторных, никак, шесть подвод. Иди встревай!

Григорий, накинув шинель, вышел.

В ворота за уздцы вводил лошадей Пантелей Прокофьевич. На бричке сидела Дарья, закутанная в зипун домашней валки. Она держала вожжи. Из-под мокрого капюшона зипуна блестела на Григория влажной улыбкой, смеющимися глазами.

— Зачем вас принесло, земляки? — крикнул Григорий, улыбаясь отцу.

— А, сынок, живого видать! На́ гости вот приехали, не спроша заезжаем.

Григорий на ходу обнял широкие отцовы плечи, начал отцеплять с барков постромки.

— Не ждал, говоришь, Григорий?

— Конешно.

— А мы вот в обувательских... Захватили. Снаряды вам привезли — только воюйте.

Распрягая лошадей, они перебрасывались отрывистыми фразами. Дарья забирала с брички харчи и зерно лошадям.

— А ты чего приехала? — спросил Григорий.

— С батей. Он у нас хворый, со спасов никак не почуне́ется. Мать забоялась: случись чего, а он один на чужой стороне...

Кинув лошадям ярко-зеленого пахучего пырея, Пантелей Прокофьевич подошел к Григорию, спросил хриплым шепотом, беспокойно расширяя черные, с нездоровыми кровянистыми белками глаза:

— Ну как?

— Ничего. Воюем.

— Слыхал брехню, вроде дальше границы не хотят казаки выступать... Верно?

— Разговоры... — уклончиво ответил Григорий.

— Что ж это вы, братцы? — как-то отчужденно и растерянно заговорил старик. — Как же так? А у нас старики надеются... Опричь вас кто же Дон-батюшку в защиту возьмет? Уж ежели вы — оборони господь! — не схотите воевать... Да как же это так? Обозные ваши брехали... Смуту сеют, сукины дети!

Вошли в хату. Собрались казаки. Разговор вначале вертелся вокруг хуторских новостей. Дарья, пошептавшись с хозяйкой, развязала сумку с харчами, собрала вечерять.

— Гутарют, будто ты уж с сотенных снятый? — спросил Пантелей Прокофьевич, принаряжая костяной расческой свалявшуюся бороду.

— Взводным я теперь.

Равнодушный ответ Григория кольнул старика. Пантелей Прокофьевич собрал на лбу ложбины, захромал к столу и, суетливо помолившись, вытирая полой чекменька ложку, обиженно спросил:

— Это за что такая немилость? Аль не угодил начальству?

Григорию не хотелось говорить об этом в присутствии казаков, досадливо шевельнул плечом:

— Нового прислали... с образованием.

— Так им и ты служи, сынок! Распроценятся они скоро! Ишь с образованием им приспичило! Меня, мол, за германскую дивствительно образовали, небось, побольше иного очкастого знаю!

Старик явно возмущался, а Григорий морщился, искоса поглядывал: не улыбаются ли казаки?

Снижение в должности его не огорчило. Он с радостью передал сотню, понимая, что ответственности за жизнь хуторян нести не будет. Но все же самолюбие его было уязвлено, и отец разговором об этом невольно причинял ему неприятность.

Хозяйка дома ушла на кухню, а Пантелей Прокофьевич, почувствовав поддержку в лице пришедшего хуторянина Богатырева, начал разговор:

— Стал быть, взаправду мыслишку держите дальше границ не ходить?

Прохор Зыков, часто моргая телячье-ласковыми глазами, молчал, тихо улыбался. Митька Коршунов, сидя на корточках у печки, обжигая пальцы, докуривал цигарку. Остальные трое казаков сидели и лежали на лавках. На вопрос что-то никто не отвечал. Богатырев горестно махнул рукой.

— Они об этих делах не дюже печалуются, — заговорил он гудящим густым басом. — По них хучь во полюшке травушка не расти...

— А зачем дальше идтить? — лениво спросил болезненный и смирный казачок Ильин. — Зачем идтить-то? У меня вон сироты после жены остались, а я буду зазря жизню терять.

— Выбьем из казачьей земли — и по домам! — решительно поддержал его другой.

Митька Коршунов улыбнулся одними зелеными глазами, закрутил тонкий пушистый ус.

— А по мне, хучь ишо пять лет воевать. Люблю!

— Выхо-ди-и!.. Седлай!.. — закричали со двора.

— Вот видите! — отчаянно воскликнул Ильин. — Видите, отцы! Не успели обсушиться, а там уж — «выходи»! Опять, значит, на позицьи. А вы гутарите: границы! Какие могут быть границы? По домам надо! Замиренья надо добиваться, а вы гутарите...

Тревога оказалась ложной. Григорий, озлобленный, ввел во двор коня, без причины ударил его сапогом в пах и, бешено округляя глаза, гаркнул:

— Ты, черт! Ходи прямо!

Пантелей Прокофьевич курил у двери. Пропустив входивших казаков, спросил:

— Чего встомашились?

— Тревога!.. Табун коров за красных сочли.

Григорий снял шинель, присел к столу. Остальные, кряхтя, раздевались, кидали на лавки шашки и винтовки с подсумками.

Когда все улеглись спать, Пантелей Прокофьевич вызвал Григория на баз. Присели на крыльце.

— Хочу погутарить с тобой. — Старик тронул колено Григория, зашептал: — Неделю назад ездил я к Петру. Ихний Двадцать восьмой полк за Калачом зараз... Я, сынок, поджился там неплохо. Петро — он гожий, дюже гожий к хозяйству! Он мне чувал одежи дал, коня, сахару... Конь справный...

— Погоди! — сурово перебил его Григорий, обожженный догадкой. — Ты сюда не за этим заявился?

— А что?

— Как — что?

— Люди ить берут, Гриша...

— Люди! Берут! — не находя слов, с бешенством повторял Григорий. — Своего мало? Хамы вы! За такие штуки на германском фронте людей расстреливали!..

— Да ты не сепети! — холодно остановил его отец. — Я у тебя не прошу. Мне ничего не надо. Я нынче живу, а завтра ноги вытяну... Ты об себе думай. Скажи на милость, какой богатей нашелся! Дома одна бричка осталась, а он... Да и что ж не взять у энтих, какие к красным подались?.. Грех у них не брать! А дома каждая лычка бы годилась.

— Ты мне оставь это! А нет — я живо провожу отсель! Я казакам морды бил за это, а мой отец приехал грабить жителев! — дрожал и задыхался Григорий.

— За это и с сотенных прогнали! — ехидно поддел его отец.

— На черта мне это сдалось! Я и от взвода откажусь!..

— А то чего же! Умен, умен...

С минуту молчали. Григорий, закуривая, при свете спички мельком увидел смущенное и обиженное лицо отца. Только сейчас ему стали понятны причины отцова приезда. «Для этого и Дарью взял, чертяка старый! Грабленое оберегать», — думал он.

— Степан Астахов объявился. Слыхал? — равнодушно начал Пантелей Прокофьевич.

— Как это? — Григорий даже папиросу выронил из рук.

— А так. Оказалось — в плену он был, а не убитый. Пришел справный. Там у него одежи и добра — видимо-невидимо! На двух подводах привез, — прибрехнул старик, хвастая, как будто Степан был ему родной. — Аксинью забрал и зараз ушел на службу. Хорошую должность ему дали, етапным комендантом идей-то, никак, в Казанской.

— Хлеба много намолотили? — перевел Григорий разговор.

— Четыреста мер.

— Внуки твои как?

— Ого, внуки, брат, герои! Гостинца бы послал.

— Какие с фронта гостинцы! — тоскливо вздохнул Григорий, а в мыслях был около Аксиньи и Степана.

— Винтовкой не разживусь у тебя? Нету лишней?

— На что тебе?

— Для дому. И от зверя, и от худого человека. На всякий случай. Патрон-то я целый ящик взял. Везли — я и взял.

— Возьми в обозе. Этого добра много. — Григорий хмуро улыбнулся. — Ну, иди спи! Мне на заставу идтить.

Наутро часть полка выступила из хутора. Григорий ехал в уверенности, что он пристыдил отца и тот уедет ни с чем. А Пантелей Прокофьевич, проводив казаков, хозяином пошел в амбар, поснимал с поветки хомуты и шлейки, понес к своей бричке. Следом за ним шла хозяйка, с лицом, залитым слезами, кричала, цепляясь за плечи:

— Батюшка! Родимый! Греха не боишься! За что сирот обижаешь? Отдай хомуты! Отдай, ради господа бога!

— Но-но, ты бога оставь, — прихрамывая, барабошил и отмахивался от бабы Мелехов. — Ваши мужья у нас тоже, небось, брали бы. Твой-то комиссар, никак?.. Отвяжись! Раз «твое — мое — богово», значит — молчок, не жалься!

Потом, сбив на сундуках замки, при сочувственном молчании обозников выбирал шаровары и мундиры поновей, разглядывал их на свет, мял в черных куцых пальцах, вязал в узлы...

Уехал он перед обедом. На бричке, набитой доверху, на узлах сидела, поджав тонкие губы, Дарья. Позади поверх всего лежал банный котел. Пантелей Прокофьевич вывернул его из плиты в бане, едва донес до брички и на укоряющее замечание Дарьи:

— Вы, батенька, и с г... не расстанетесь! — гневно ответил:

— Молчи, шалава! Буду я им котел оставлять! Из тебя хозяйка — как из Гришки-поганца! А мне и котел сгодится. Так-то!.. Ну, трогай! Чего губы растрепала?

Опухшей от слез хозяйке, затворявшей за ними ворота, сказал добродушно:

— Прощай, бабочка! Не гневайся. Вы себе ишо наживете.

X

Цепь дней... Звено, вкованное в звено. Переходы, бои, отдых. Жара. Дождь. Смежные запахи конского пота и нагретой кожи седла. В жилах от постоянного напряжения — не кровь, а нагретая ртуть. Голова от недосыпания тяжелей снаряда трехдюймовки. Отдохнуть бы Григорию, отоспаться! А потом ходить по мягкой пахотной борозде плугатарем, посвистывать на быков, слушать журавлиный голубой трубный клич, ласково снимать со щек наносное серебро паутины и неотрывно пить винный запах осенней, поднятой плугом земли.

А взамен этого — разрубленные лезвиями дорог хлеба́. По дорогам толпы раздетых, трупно-черных от пыли пленных. Идет сотня, копытит дороги, железными подковами мнет хлеба́. В хуторах любители обыскивают семьи ушедших с красными казаков, дерут плетьми жен и матерей отступников...

Тянулись выхолощенные скукой дни. Они выветривались из памяти, и ни одно событие, даже значительное, не оставляло после себя следа. Будни войны казались еще скучнее, нежели в прошлую кампанию, быть может — потому, что все изведано было раньше. Да и к самой войне все участники прежней относились пренебрежительно: и размах, и силы, и потери — все в сравнении с германской войной было игрушечно. Одна лишь черная смерть, так же, как и на полях Пруссии, вставала во весь свой рост, пугала и понуждала по-животному оберегаться.

— Рази это война? Так, одно подобие. В германскую, бывало, немец как сыпанет из орудий — полки выкашивал под корень. А зараз двоих из сотни поранют — урон, говорят! — рассуждали фронтовики.

Однако и эта игрушечная война раздражала. Копились недовольство, усталость, озлобление. В сотне все настойчивее говорили:

— Выбьем из донской земли краснюков — и решка! Дальше границы не пойдем. Нехай Россия — сама по себе, мы — сами по себе. Нам у них свои порядки не устанавливать.

Под Филоновской всю осень шли вялые бои. Главнейшим стратегическим центром был Царицын, туда бросали и белые и красные лучшие силы, а на Северном фронте у противных сторон не было перевеса. Те и другие копили силы для решительного натиска. Казаки имели больше конницы; используя это преимущество, вели комбинированные операции, охватывали фланги, заходили в тыл. Перевес был на стороне казаков лишь потому, что противостояли им морально шаткие части из свежемобилизованных красноармейцев преимущественно прифронтовой полосы. Саратовцы, тамбовцы сдавались тысячами. Но как только командование бросало в дело рабочий полк, матросский отряд или конницу — положение выравнивалось, и вновь инициатива гуляла из рук в руки, и поочередно одерживались победы чисто местного значения.

Участвуя в войне, Григорий равнодушно наблюдал за ее ходом. Он был уверен: к зиме фронта не станет; знал, что казаки настроены примиренчески и о затяжной войне не может быть и речи. В полк изредка приходили газеты. Григорий с ненавистью брал в руки желтый, набранный на оберточной бумаге номер

«Верхнедонского края» и, бегло просматривая сводки фронтов, скрипел зубами. А казаки добродушно ржали, когда он читал им вслух бравурные, притворно-бодрые строки:

27 сентября на филоновском направлении бои с переменным успехом. В ночь на 26-е доблестный Вешенский полк выбил противника из хутора Подгорного и на плечах его ворвался в хутор Лукьяновский. Взяты трофеи и огромное количество пленных. Красные части отступают в беспорядке. Настроение казаков бодрое. Донцы рвутся к новым победам!

— Сколько пленных-то забрали мы? Огромное число? Ох-ох, су-у-укины сыны! Тридцать два человека взяли-то! А они... ах-хаха-ха!.. — покатывался Митька Коршунов, во всю ширь разевая белозубый рот, длинными ладонями стискивая бока.

Не верили казаки и сведениям об успехах «кадетов» в Сибири и на Кубани. Больно беззастенчиво и нагло врал «Верхнедонской край». Охваткин — большерукий, огромного роста казак, — прочитав статью о чехословацком мятеже, заявил в присутствии Григория:

— Вот придавют чеха, а потом как жмякнут на нас всю армию, какая под ним была, — и потекет из нас мокрая жижа... Одно слово — Расея! — И грозно закончил: — Шутишь, что ля?

— Не пужай! Аж возле пупка заноило от дурацкого разговору, — отмахнулся Прохор Зыков.

А Григорий, сворачивая курить, с тихим злорадством решил про себя: «Верно!»

Он долго сидел в этот вечер за столом, ссутулясь, расстегнув ворот выгоревшей на солнце рубахи с такими же выгоревшими защитными погонами. Загорелое лицо его, на котором нездоровая полнота сровняла рытвины и острые углы скул, было сурово. Он ворочал черной мускулистой шеей, задумчиво покручивал закурчавившийся, порыжелый от солнца кончик уса и напряженно глядел в одну точку похолодевшими за последние годы, злыми глазами. Думал с тугой, непривычной трудностью и, уже ложась спать, словно отвечая на общий вопрос, сказал:

— Некуда податься!

Всю ночь не спал. Часто выходил проведывать коня и подолгу стоял на крыльце, повитый черной, шелково шелестящей тишиной.

Знать, еще горела тихим трепетным светом та крохотная звездочка, под которой родился Григорий; видно, еще не созрела пора сорваться ей и лететь, сожигая небеса падучим холодным пламенем. Три коня были убиты под Григорием за осень, в пяти местах продырявлена шинель. Смерть как будто заигрывала с казаком, овевая его черным крылом. Однажды пуля насквозь пробила медную головку шашки, темляк упал к ногам коня, будто перекушенный.

— Кто-то крепко за тебя молится, Григорий, — сказал ему Митька Коршунов и удивился невеселой Григорьевой улыбке.

Фронт перевалил за линию железной дороги. Ежедневно обозы подвозили мотки колючей проволоки. Ежедневно телеграф струил по фронту слова:

Со дня на день прибудут войска союзников. Необходимо укрепиться на границах Области до прихода подкреплений, сдержать натиск красных любой ценой.

Мобилизованное население долбило пешнями мерзлую землю, рыло окопы, опутывало их колючей проволокой. А по ночам, когда казаки бросали окопы и шли к жилью обогреваться, к окопам подходили разведчики-красноармейцы, валяли укрепы и цепляли на ржавые шипы проволоки воззвания к казакам. Казаки читали их с жадностью, словно письма от родимых. Было ясно, что в таких условиях продолжать войну немыслимо. Полыхали морозы, сменяясь оттепелями и обильными снегопадами. Окопы заметал снег. В окопах трудно было пролежать даже час. Казаки мерзли, отмораживали ноги и руки. В пехотных и пластунских частях у многих не было сапог.

Иные вышли на фронт словно на баз скотине наметать: в одних чириках и легких шароварах. В союзников не верили. «На жуках они едут!» — горестно сказал однажды Андрюшка Кашулин. А сталкиваясь с разъездами красных, казаки слышали, как те горланили: «Эге-гей! Христосики! Вы к нам на танках, а мы к вам на санках! Мажьте пятки салом — скоро в гости приедем!»

С середины ноября красные перешли в наступление. Они упорно оттесняли казачьи части к линии железной дороги, однако перелом в операциях наступил позднее. 16 декабря красная конница после длительного боя опрокинула 33-й полк, но на участке Вешенского полка, развернувшегося возле хутора Колодезянского, натолкнулась на отчаянное сопротивление. Из-за оснеженной кромки гуменных прясел вешенцы-пулеметчики встречали противника, наступавшего в пешем строю, шквальным огнем. Правофланговый пулемет в опытнейших руках каргинского казака Антипова бил с рассеиванием вглубь, выкашивал перебегавшие цепи. Сотня крылась дымом выстрелов. А с левого фланга уже тронулись две сотни в обход.

К вечеру вяло наступавшие красноармейские части сменил только что прибывший на фронт отряд матросов. Они пошли в атаку на пулеметы в лоб, не ложась, без крика.

Григорий стрелял непрерывно. Задымилась накладка. Ствол накалился и обжигал пальцы. Охладив винтовку, Григорий снова вгонял обойму, ловил прижмуренным глазом далекие черные фигурки на мушку.

Матросы сбили их. Сотни, разобрав лошадей, проскакали хутор, выметнулись на бугор. Григорий оглянулся и безотчетно бросил поводья. С бугра далеко виднелось тоскливое снежное поле с мысами занесенного снегом бурьяна и лиловыми предвечерними тенями, лежавшими по склонам балок. По нему на протяжении версты черной сыпью лежали трупы порезанных пулеметным огнем матросов. Одетые в бушлаты и кожаные куртки, они чернели на снегу, как стая присевших в отлете грачей...

К вечеру, расчлененные наступлением, сотни, потерявшие связь с Еланским полком и бывшим справа от них одним из номерных полков Усть-Медведицкого округа, стали на ночевку в двух хуторах, расположенных у крохотной речонки, притока Бузулука.

Уже в сумерках Григорий, возвращаясь от места, где по приказанию командира сотни он расставил заставы, встретился в переулке с командиром полка и полковым адъютантом.

— Где третья сотня? — натягивая поводья, спросил командир.

Григорий ответил. Всадники тронули лошадей.

— Потери в сотне большие? — отъехав, спросил адъютант; ответа он не расслышал, переспросил: — Как?

Но Григорий пошел, не отвечая.

Всю ночь через хутор тянулись какие-то обозы. Возле двора, где ночевал с казаками Григорий, долго стояла батарея. Сквозь одинарное оконце слышались матерная брань, крик ездовых, суетня. В хату входили обогреваться номера, ординарцы штаба полка, каким-то образом очутившиеся в этом хуторе. В полночь, разбудив хозяев и казаков, вломились трое из прислуги батареи. Они неподалеку в речке увязили орудие и решили заночевать, чтобы утром выручить его быками. Григорий проснулся, долго глядел, как батарейцы, кряхтя, счищая с сапог липкую мерзлую грязь, разуваются и развешивают на боровке подземки мокрые портянки. Потом вошел по уши измазанный офицер-артиллерист. Он попросился переночевать, стянул шинель и долго с безразличным видом размазывал по лицу рукавом френча брызги грязи.

— Одно орудие мы потеряли, — сказал он, глядя на Григория покорными, как у усталой лошади, глазами. — Сегодня такой бой был, как под Мачехой. Нас нащупали после двух выстрелов... Ка-ак саданет — и моментально перешиб боевую ось! А орудие стояло на гумне. Уж куда лучше замаскировано было!.. — К каждой фразе он привычно и, наверно, бессознательно пристегивал похабное ругательство. — Вы Вешенского полка? А чай пить будете? Хозяюшка, вы бы нам самоварчик, а?

Он оказался болтливым, надоедливым собеседником. Чай поглощал без устали. И через полчаса Григорий уже знал, что родом тот из Платовской станицы, окончил реальное, был на германской войне и два раза неудачно женился.

— Теперь аминь Донской армии! — говорил он, слизывая пот с бритой губы острым и красным языком. — Война приходит к концу. Фронт завтра расползется, а через две недели мы будем уже в Новочеркасске. Хотели с босыми казаками штурмовать Россию! Ну не идиоты ли? А кадровые офицеры — все негодяи, ей-богу! Вы ведь из казаков? Да? Вот вашими руками они и хотят каштанчики из огня таскать. А сами по интендантствам лавровый лист да крупу отвешивают!

Он часто моргал пустоцветными глазами, шевелился, наваливаясь на стол всем крупным и плотно сбитым корпусом, а углы большого, растянутого рта были мрачно и безвольно опущены, и на лице хранилось целостным прежнее выражение покорной замордованной лошади.

— Раньше, хотя бы в эпоху Наполеона, добро было воевать! Сошлись две армии, цокнулись, разошлись. Ни тебе фронтов, ни сиденья в окопах. А теперь начни разбираться в операциях — сам черт голову сломит. Если раньше историки брехали, то в описании этой войны такого наворочают!.. Скука одна, а не война! Красок нет. Грязцо! И вообще — бессмыслица. Я бы этих верховодов свел один на один и сказал: «Вот вам, господин Ленин, вахмистр — учитесь у него владеть оружием. А вам, господин Краснов, стыдно не уметь». И пускай бы, как Давид с Голиафом, бились: чей верх, того и власть. Народу все равно, кто им правит. Как вы думаете, господин хорунжий?

Григорий, не отвечая, сонно следил за тугими движениями его мясистых плеч и рук, за неприятно часто мелькавшим в скважине рта красным языком. Хотелось спать, злил навязчивый, придурковатый артиллерист, вызывал тошноту исходивший от потных ног его запах псины...

Утром Григорий проснулся с нудным ощущением чего-то невырешенного. Развязка, которую он предвидел еще с осени, все же поразила его своей внезапностью. Проглядел Григорий, как недовольство войной, вначале журчившееся по сотням и полкам мельчайшими ручейками, неприметно слилось в могущественный поток. И теперь — видел лишь этот поток, стремительно-жадно размывающий фронт.

Так на провесне едет человек степью. Светит солнце. Кругом — непочатый лиловый снег. А под ним, невидимая глазу, творится извечная прекрасная работа — раскрепощение земли. Съедает солнце снег, червоточит его, наливает из-под исподу влагой. Парна́я туманная ночь — и наутро уже с шорохом и гулом оседает наст, по дорогам и колесникам пузырится зеленая нагорная вода, из-под копыт во все стороны талыми комьями брызжет снег. Тепло. Отходят и оголяются супесные пригорки, первобытно пахнет глинистой почвой, истлевшей травой. В полночь мощно ревут буераки, гудят заваливаемые снежными оползнями яры, сладостным куревом дымится бархатисто-черная обнаженная зябь. К вечеру, стоная, ломает степная речушка лед, мчит его, полноводная, туго налитая, как грудь кормилицы, и, пораженный неожиданным исходом зимы, стоит на песчаном берегу человек, ищет глазами места помельче, щелкает запотевшего, перепрядывающего ушами, коня плетью. А кругом предательски и невинно голубеет снег, дремотная и белая лежит зима...

Весь день полк отступал. По дорогам скакали обозы. Где-то правее, за серой тучей, застлавшей горизонт, рыхлыми обвалами грохотали орудийные залпы. По оттаявшей унавоженной дороге хлюпали сотни, месили мокрый снег лошади с захлюстанными щетками. По обочинам дорог скакали ординарцы. Молчаливые грачи, затянутые в блестящее синеватое оперенье, кургузые и неловкие, как пешие кавалеристы, важно и качко расхаживали сбоку от дороги, пропуская мимо себя, как на параде, отступающие казачьи сотни, колонны оборванных пластунов, валки обозов.

Григорий понял, что стремительно разматывающуюся пружину отступления уже ничто не в силах остановить. И ночью, исполненный радостной решимостью, он самовольно покинул полк.

— Ты куда собрался, Григорь Пантелев? — спросил Митька Коршунов, насмешливо наблюдавший, как Григорий надевает поверх шинели дождевик, цепляет шашку и наган.

— А тебе что?

— Любопытно.

Григорий поиграл зарозовевшими желваками скул, но ответил весело, с подмигом:

— На кудыкино поле. Понял?

И вышел.

Конь его стоял нерасседланный.

До зари он скакал по дымящимся от ночного заморозка шляхам. «Поживу дома, а там услышу, как будут они идтить мимо, и пристану к полку», — отстраненно думал он о тех, с кем сражался вчера бок о бок.

На другой день к вечеру он уже вводил на отцовский баз сделавшего двухсотверстный пробег, исхудавшего за два дня, шатавшегося от усталости коня.

XI

В конце ноября в Новочеркасске стало известно о прибытии военной миссии держав Согласия. По городу пошли упорные слухи о том, что мощная английская эскадра уже стоит на рейде в Новороссийской гавани, что будто бы уже высаживаются, переброшенные из Салоник, огромнейшие десанты союзнических войск, что корпус цветных французских стрелков уже высажен и в самом ближайшем будущем начнет наступление совместно с Добровольческой армией. Снежным комом катились по городу слухи...

Краснов приказал выслать почетный караул казаков лейбгвардии Атаманского полка. Спешно нарядили две сотни молодых атаманцев в высокие сапоги и белую ременную амуницию и столь же спешно отправили их в Таганрог совместно с сотней трубачей.

Представители английской и французской военных миссий на Юге России, в целях своеобразной политической рекогносцировки, решили послать в Новочеркасск несколько офицеров. В задачу их входило ознакомиться с положением на Дону и перспективами дальнейшей борьбы с большевиками. Англию представляли капитан Бонд и лейтенанты Блумфельд и Монро, Францию — капитан Ошэн и лейтенанты Дюпре и Фор. Приезд этих-то небольших чинов союзнических военных миссий, по капризу случая попавших в «послы», и наделал столько переполоху в атаманском дворце.

С великим почетом доставили «послов» в Новочеркасск. Непомерным подобострастием и пресмыкательством вскружили головы скромным офицерам, и те, почувствовав свое «истинное» величие, уже стали покровительственно и свысока посматривать на именитых казачьих генералов и сановников всевеликой бутафорской республики.

У молодых французских лейтенантов сквозь внешний лоск приличия и приторной французской любезности уже начали пробиваться в разговорах с казачьими генералами холодные нотки снисходительности и высокомерия.

Вечером во дворце был сервирован обед на сто кувертов. Певчий войсковой хор стлал по залу шелковые полотнища казачьих песен, богато расшитых тенорами подголосков, духовой оркестр внушительно громыхал и вызванивал союзнические гимны. «Послы» кушали, как и полагается в таких случаях, скромно и с большим достоинством. Чувствуя историческую значимость момента, атаманские гости рассматривали их исподтишка.

Краснов начал речь:

— Вы находитесь, господа, в историческом зале, со стен которого на вас смотрят немые глаза героев другой народной войны, тысяча восемьсот двенадцатого года. Платов, Иловайский, Денисов напоминают нам священные дни, когда население Парижа приветствовало своих освободителей — донских казаков, когда император Александр Первый восстанавливал из обломков и развалин прекрасную Францию...

У делегатов «прекрасной Франции» от изрядной меры выпитого цимлянского уже повеселели и замаслились глаза, но речь Краснова они дослушали со вниманием. Пространно обрисовав катастрофические бедствия, испытываемые «угнетенным дикими большевиками русским народом», Краснов патетически закончил:

— ...Лучшие представители русского народа гибнут в большевистских застенках. Взоры их обращены на вас: они ждут вашей помощи, и им, и только им вы должны помочь, не Дону. Мы можем с гордостью сказать: мы свободны! Но все наши помыслы, цель нашей борьбы — великая Россия, верная своим союзникам, отстаивавшая их интересы, жертвовавшая собою для них и жаждущая так страстно теперь их помощи. Сто четыре года тому назад в марте месяце французский народ приветствовал императора Александра Первого и российскую гвардию. И с того дня началась новая эра в жизни Франции, выдвинувшая ее на первое место. Сто четыре года назад наш атаман граф Платов гостил в Лондоне. Мы ожидаем вас в Москве! Мы ожидаем вас, чтобы под звуки торжественных маршей и нашего гимна вместе войти в Кремль, чтобы вместе испытать всю сладость мира и свободы! Великая Россия! В этих словах — все наши мечты и надежды!

После заключительных слов Краснова встал капитан Бонд. При звуках английской речи среди присутствовавших на банкете мертвая простерлась тишина. Переводчик с подъемом стал переводить:

— Капитан Бонд от своего имени и от имени капитана Ошэна уполномочен заявить донскому атаману, что они являются официально посланными от держав Согласия, чтобы узнать о том, что происходит на Дону. Капитан Бонд заверяет, что державы Согласия помогут Дону и Добровольческой армии в их мужественной борьбе с большевиками всеми силами и средствами, не исключая и войск.

Переводчик еще не кончил последней фразы, как зычное «ура», троекратно повторенное, заставило содрогнуться стены зала. Под бравурные звуки оркестра зазвучали тосты. Пили за процветание «прекрасной Франции» и «могущественной Англии», пили за «дарование победы над большевиками»... В бокалах пенилось донское шипучее, искрилось выдержанное игристое, сладко благоухало старинное «лампадное» вино...

Сло́ва ждали от представителей союзнической миссии, и капитан Бонд не заставил себя ждать:

— Я провозглашаю тост за великую Россию, и я хотел бы услышать здесь ваш прекрасный старый гимн. Мы не будем придавать значения его словам, но я хотел бы услышать только его музыку.

Переводчик перевел, и Краснов, поворачиваясь побледневшим от волнения лицом к гостям, крикнул сорвавшимся голосом:

— За великую, единую и неделимую Россию, ура!

Оркестр мощно и плавно начал «Боже, царя храни». Все поднялись, осушая бокалы. По лицу седого архиепископа Гермогена текли обильные слезы. «Как это прекрасно!..» — восторгался захмелевший капитан Бонд. Кто-то из сановных гостей, от полноты чувств, по-простецки рыдал, уткнув бороду в салфетку, измазанную раздавленной зернистой икрой...

В эту ночь над городом выл и ревел лютый приазовский ветер. Мертвенней блистал купол собора, овеянный первой метелицей...

В эту ночь за городом, на свалке, в суглинистых ярах по приговору военно-полевого суда расстреливали шахтинских большевиков-железнодорожников. С завязанными назад руками их по двое подводили к откосу, били в упор из наганов и винтовок, и звуки выстрелов изморозный ветер гасил, как искры из папирос...

А у входа в атаманский дворец, на стуже, на палящем зимнем ветру мертво стыл почетный караул из казаков лейб-гвардии Атаманского полка. У казаков чернели, сходились с пару сжимавшие эфесы обнаженных палашей руки, от холода слезились глаза, коченели ноги... Из дворца до зари неслись пьяные вскрики, медные всплески оркестра и рыдающие трели теноров войскового хора песенников...

* * *

А неделю спустя началось самое страшное — развал фронта. Первым обнажил занятый участок находившийся на калачовском направлении 28-й полк, в котором служил Петро Мелехов.

Казаки после тайных переговоров с командованием 15-й Инзенской дивизии решили сняться с фронта и беспрепятственно пропустить через территорию Верхнедонского округа красные войска. Яков Фомин, недалекий, умственно ограниченный казак, стал во главе мятежного полка, но, по сути, только вывеска была фоминская, а за спиной Фомина правила делами и руководила Фоминым группа большевистски настроенных казаков.

После бурного митинга, на котором офицеры, побаиваясь пули в спину, неохотно доказывали необходимость сражаться, а казаки дружно, напористо и бестолково выкрикивали все те же надоевшие всем слова о ненужности войны, о примирении с большевиками, — полк тронулся. После первого же перехода ночью возле слободы Солонки командир полка, войсковой старшина Филиппов, с большинством офицерского состава отбился от полка и на рассвете пристал к отступавшей, потрепанной в боях бригаде графа Мольера.

Следом за 28-м полком покинул позиции 36-й полк. Он в полном составе, со всеми офицерами, прибыл в Казанскую. Рабски заискивавший перед казаками, мелкорослый, с вороватыми глазами командир, окруженный всадниками, верхом подъехал к дому, где находился этапный комендант. Вошел воинственно, играя плетью.

— Кто комендант?

— Я — помощник коменданта, — привставая, с достоинством ответил Степан Астахов. — Закройте, господин офицер, дверь.

— Я — командир Тридцать шестого полка, войсковой старшина Наумов. Э... честь имею... Мне необходимо одеть и обуть полк. Люди у меня раздеты и босы. Слышите вы?

— Коменданта нет, а без него я не могу вам выдать со склада ни пары валенок.

— Как?

— А вот так.

— Ты!.. Ты с кем? Ар-р-рестую, черт тебя дер-р-ри! В подвал его, ребята! Где ключи от склада, тыловая ты крыса?.. Что-о-о? — Наумов хлопнул по столу плетью и, побледнев от бешенства, сдвинул на затылок лохматую маньчжурскую папаху. — Давай ключи — и без разговоров!

Через полчаса из дверей склада, вздымая оранжевую пыль, полетели на снег, на руки столпившихся казаков вязанки дубленых полушубков, пачки валенок, сапог, из рук в руки пошли кули с сахаром. Шумный и веселый говор долго будоражил площадь...

А в это время 28-й полк с новым командиром полка, урядником Фоминым, вступал в Вешенскую. Следом за ним, верстах в тридцати, шли части Инзенской дивизии. Красная разведка в этот день побывала уже на хуторе Дубровке.

Командующий Северным фронтом генерал-майор Иванов за четыре дня до этого вместе с начальником штаба генералом Замбржицким спешно эвакуировались в станицу Каргинскую. Автомобиль их буксовал по снегу, жена Замбржицкого в кровь кусала губы, дети плакали...

В Вешенской на несколько дней установилось безвластие. По слухам, в Каргинской сосредоточивались силы для того, чтобы бросить их на 28-й полк. Но 22 декабря из Каргинской в Вешенскую приехал адъютант Иванова и, посмеиваясь, забрал на квартире командующего забытые им вещи: летнюю фуражку с новенькой кокардой, головную щетку, бельишко и еще кое-что по мелочам...

В образовавшийся на Северном фронте стоверстный прорыв хлынули части 8-й красной армии. Генерал Саватеев без боя отходил к Дону. На Талы и Богучар спешно отступали полки генерала Фицхелаурова. На севере на неделю стало необычно тихо. Не слышалось орудийного гула, помалкивали пулеметы. Удрученные изменой верхнедонских полков, без боя отступали бившиеся на Северном фронте низовские казаки. Красные подвигались сторожко, медленно, тщательно щупая разведками лежащие впереди хутора.

Крупнейшую для донского правительства неудачу на Северном фронте сменила радость. В Новочеркасск 26 декабря прибыла союзническая миссия: командующий британской военной миссией на Кавказе генерал Пул с начальником штаба полковником Киссом и представители Франции — генерал Франше-д'Эспере и капитан Фуке.

Краснов повез союзников на фронт. На станции Чир на перроне в холодное декабрьское утро был выстроен почетный караул. Вислоусый, пропойского вида генерал Мамонтов, обычно неряшливый, но на этот раз подтянутый, блистающий сизым глянцем свежевыбритых щек, ходил по перрону, окруженный офицерами. Ждали поезда. Около вокзала топтались и дули на посиневшие пальцы музыканты военного оркестра. В карауле живописно застыли разномастные и разновозрастные казаки низовских станиц. Рядом с седобородыми дедами стояли безусые юнцы, перемеженные чубатыми фронтовиками. У дедов на шинелях блистали золотом и серебром кресты и медали за Ловчу и Плевну, казаки помоложе были густо увешаны крестами, выслуженными за лихие атаки под Геок-Тепе, Сандепу и на германской — за Перемышль, Варшаву, Львов. Юнцы ничем не блистали, но тянулись в струнку и во всем старались подражать старшим.

Окутанный молочным паром, пригрохотал поезд. Не успели еще распахнуться дверцы пульмановского вагона, а капельмейстер уже свирепо взмахнул руками, и оркестр зычно дернул английский национальный гимн. Мамонтов, придерживая шашку, заспешил к вагону. Краснов радушным хозяином вел гостей к вокзалу мимо застывших шпалер казаков.

— Казачество все поднялось на защиту Родины от диких красногвардейских банд. Вы видите представителей трех поколений. Эти люди сражались на Балканах, в Японии, Австро-Венгрии и Пруссии, а теперь сражаются за свободу отечества, — сказал он на превосходном французском языке, изящно улыбаясь, царственным кивком головы указывая на дедов, выпучивших глаза, замерших без дыхания.

Недаром Мамонтов, по распоряжению свыше, старался в подборе почетного караула. Товар был показан лицом.

Союзники побывали на фронте, удовлетворенные вернулись в Новочеркасск.

— Я очень доволен блестящим видом, дисциплинированностью и боевым духом ваших войск, — перед отъездом говорил генерал Пул Краснову. — Я немедленно отдам распоряжение, чтобы из Салоник отправили сюда к вам первый отряд наших солдат. Вас, генерал, я прошу приготовить три тысячи шуб и теплых сапог. Надеюсь, что при нашей помощи вы сумеете окончательно искоренить большевизм...

... Спешно шились дубленые полушубки, заготовлялись валенки. Но что-то не высаживался в Новороссийске союзнический десант. Уехавшего в Лондон Пула сменил холодный, высокомерный Бриггс. Он привез из Лондона новые инструкции и жестко, с генеральской прямолинейностью заявил:

— Правительство его величества будет оказывать Добровольческой армии на Дону широкую материальную помощь, но не даст ни одного солдата.

Комментарии к этому заявлению не требовались...

XII

Враждебность, незримой бороздой разделившая офицеров и казаков еще в дни империалистической войны, к осени 1918 года приняла размеры неслыханные. В конце 1917 года, когда казачьи части медленно стекались на Дон, случаи убийств и выдачи офицеров были редки, зато год спустя они стали явлением почти обычным. Офицеров заставляли во время наступления, по примеру красных командиров, идти впереди цепей — и без шума, тихонько постреливали им в спины. Только в таких частях, как Гундоровский георгиевский полк, спайка была крепка, но в Донской армии их было немного.

Лукавый, смекалистый тугодум Петро Мелехов давно понял, что ссора с казаком накличет смерть, и с первых же дней заботливо старался уничтожить грань, отделявшую его, офицера, от рядового. Он так же, как и они, говорил в удобной обстановке о никчемности войны; причем говорил это неискренне, с великой натугой, но неискренности этой не замечали; подкрашивался под сочувствующего большевикам и неумеренно стал заискивать в Фомине, с тех пор как увидел, что того выдвигает полк. Так же, как и остальные, Петро не прочь был пограбить, поругать начальство, пожалеть пленного, в то время как в душе его припадочно колотилась ненависть и руки корежила судорога от зудящего желания ударить, убить... На службе был он покладист, прост — воск, а не хорунжий! И ведь втерся Петро в доверие к казакам, сумел на их глазах переменить личину.

Когда под слободой Солонкой Филиппов увел офицеров, Петро остался. Смирный и тихий, постоянно пребывающий в тени, во всем умеренный, вместе с полком пришел он в Вешенскую. А в Вешенской, пробыв два дня, не выдержал и, не побывав ни в штабе, ни у Фомина, ахнул домой.

С утра в тот день в Вешенской на плацу, около старой церкви, был митинг. Полк ждал приезда делегатов Инзенской дивизии. По плацу толпами ходили казаки в шинелях, в полушубках — нагольных и сшитых из шинелей, в пиджаках, в ватных чекменях. Не верилось, что эта пестро одетая огромная толпа — строевая часть, 28-й казачий полк. Петро уныло переходил от одного курагота к другому, по-новому оглядывал казаков. Раньше, на фронте, одежда их не бросалась в глаза, да и не приходилось видеть полк целой компактной массой. Теперь Петро, ненавидяще покусывая отросший белый ус, глядел на заиндевевшие лица, на головы, покрытые разноцветными папахами, малахаями, кубанками, фуражками, снижал глаза и видел такое же богатое разнообразие: растоптанные валенки, сапоги, обмотки поверх снятых с красноармейца ботинок.

— Босотва! Мужики проклятые! Выродки! — в бессильной злобе шептал про себя Петро.

На заборах белели фоминские приказы. Жителей не было видно на улицах. Станица выжидающе таилась. В просветах переулков виднелась белая грудина заметенного снегом Дона. Лес за Доном чернел, как нарисованный тушью. Около серой каменной громады старой церкви овечьей отарой кучились приехавшие с хуторов к мужьям бабы.

Петро, одетый в опушенный по бортам полушубок с огромным карманом на груди и эту проклятую каракулевую офицерскую папаху, которой он недавно так гордился, ежеминутно чувствовал на себе косые, холодные взгляды. Они пронизывали его сквозняком, усугубляли и без того тревожно-растерянное состояние. Он смутно помнил, как на днище опрокинутой посредине плаца бочки вырос приземистый красноармеец в добротной шинели и новехонькой мерлушковой папашке с расстегнутыми мотузками наушников. Рукой в пуховой перчатке тот поправил обмотанный вокруг шеи дымчато-серый кроличий, казачий с махрами шарф, огляделся.

— Товарищи казаки! — резнул по ушам Петра низкий простуженный голос.

Оглянувшись, Петро увидел, как казаки, пораженные непривычным в их обиходе словом, переглядываются, подмигивают друг другу обещающе и взволнованно. Красноармеец долго говорил о Советской власти, о Красной Армии и взаимоотношениях с казачеством. Петру особенно запомнилось — оратора все время перебивали криками:

— Товарищ, а что такое коммуния?

— А нас в нее не запишут?

— А что за коммуническая партия?

Оратор прижимал к груди руки, поворачивался во все стороны, терпеливо разъяснял:

— Товарищи! Коммунистическая партия — это дело добровольное. В партию вступают по собственному желанию те, кто хочет бороться за великое дело освобождения рабочих и крестьян от гнета капиталистов и помещиков.

Через минуту из другого угла выкрикивали:

— Просим разъяснить насчет коммунистов и комиссаров!

После ответа не проходило и нескольких минут, как снова чей-нибудь яровитый бас громыхал:

— Непонятно гутаришь про коммунию. Покорнейше просим растолковать. Мы — люди темные. Ты нам простыми словами жарь!

Потом нудно и долго говорил Фомин и часто, к делу и не к делу, щеголял словом «экуироваться». Около Фомина вьюном вился какой-то молодой парень в студенческой фуражке и щегольском пальто. А Петро, слушая бессвязную речь Фомина, вспомнил, как в феврале 1917 года, в день, когда к нему приехала Дарья, в первый раз увидел он Фомина на станции по пути к Петрограду. Перед глазами его стоял строгий, влажно мерцающий взгляд широко посаженных глаз дезертира-атаманца, одетого в шинель с истертым номером «52» на урядницких погонах, медвежковатая его поступь. «Невтерпеж, братушка!» — слышались Петру невнятные слова. «Дезертир, дурак вроде Христони, и зараз — командир полка, а я в холодке», — горячечно блестя глазами, думал Петро.

Казак, опоясанный наперекрест пулеметными лентами, сменил Фомина.

— Братцы! Я сам у Подтелкова в отряде был, и вот ишо, может, бог даст, придется со своими идтить на кадетов! — хрипло кричал он, широко кидая руками.

Петро быстро зашагал к квартире. Седлал коня и слышал, как стреляли казаки, разъезжаясь из станицы, по старому обычаю оповещая хутора о возвращении служивых.

XIII

Пугающие тишиной, короткие дни под исход казались большими, как в страдную пору. Полегли хутора глухой целинной степью. Будто вымерло все Обдонье, будто мор опустошил станичные юрты. И стало так, словно покрыла Обдонье туча густым, непросветно-черным крылом, распростерлась немо и страшно и вотвот пригнет к земле тополя вихрем, полыхнет сухим, трескучим раскатом грома и пойдет крушить и корежить белый лес за Доном, осыпать с меловых отрогов дикий камень, реветь погибельными голосами грозы...

С утра в Татарском застилал землю туман. Гора гудела к морозу. К полудню солнце вышелушивалось из хлипкой мглы, но от этого не становилось ярче. А туман потерянно бродил по высотам Обдонских гор, валился в яры, в отроги и гибнул там, оседая мокрой пылью на мшистых плитняках мела, на оснеженных голызинах гребней.

Вечерами из-за копий голого леса ночь поднимала калено-красный огромный щит месяца. Он мглисто сиял над притихшими хуторами кровяными отсветами войны и пожаров. И от его нещадного немеркнущего света рождалась у людей невнятная тревога, нудился скот. Лошади и быки, лишаясь сна, бродили до рассвета по базам. Выли собаки, и задолго до полуночи вразноголось начинали перекликиваться кочета. К заре заморозок ледком оковывал мокрые ветви деревьев. Ветром сталкивало их, и они звенели, как стальные стремена. Будто конная невидимая рать шла левобережьем Дона, темным лесом, в сизой тьме, позвякивая оружием и стременами.

Почти все татарские казаки, бывшие на Северном фронте, вернулись в хутор, самовольно покинув части, медленно оттягивавшиеся к Дону. Каждый день являлся кто-либо из запоздавших. Иной — для того чтобы надолго расседлать строевого коня и ждать прихода красных, засунув боевое снаряжение в стог соломы или под застреху сарая, а другой, отворив занесенную снегом калитку, только вводил коня на баз и, пополнив запас сухарей, переспав ночь с женкой, поутру выбирался на шлях, с бугра в остатний раз глядел на белый, мертвый простор Дона, на родимые места, кинутые, быть может, навсегда.

Кто зайдет смерти наперед? Кто разгадает конец человечьего пути?.. Трудно шли кони от хутора. Трудно рвали от спекшихся сердец казаки жалость к близким. И по этой перенесенной поземкой дороге многие мысленно возвращались домой. Много тяжелых думок было передумано по этой дороге... Может, и соленая, как кровь, слеза, скользнув по крылу седла, падала на стынущее стремя, на искусанную шипами подков дорогу. Да ведь на том месте по весне желтый лазоревый цветок расставанья не вырастет?

В ночь, после того как приехал из Вешенской Петро, в мелеховском курене начался семейный совет.

— Ну что? — спросил Пантелей Прокофьевич, едва Петро перешагнул порог. — Навоевался? Без погон приехал? Ну иди-иди, поручкайся с братом, матерю порадуй, жена вон истосковалась... Здорово, здорово, Петяша... Григорий! Григорь Пантелевич, что же ты на пече, как сурок, лежишь? Слазь!

Григорий свесил босые ноги с туго подтянутыми штрипками защитных шаровар и, с улыбкой почесывая черную, в дремучем волосе грудь, глядел, как Петро, перехилившись, снимает портупею, деревянными от мороза пальцами шарит по узлу башлыка. Дарья, безмолвно и улыбчиво засматривая в глаза мужа, расстегивала на нем петли полушубка, опасливо обходила с правой стороны, где рядом с кобурой нагана сизо посвечивала привязанная к поясу ручная граната.

На ходу коснувшись щекой заиндевевших усов брата, Дуняшка выбежала убрать коня. Ильинична, вытирая завеской губы, готовилась целовать «старшенького». Около печи хлопотала Наталья. Вцепившись в подол ее юбки, жались детишки. Все ждали от Петра слова, а он, кинув с порога хриплое: «Здорово живете!» — молча раздевался, долго обметал сапоги просяным веником и, выпрямив согнутую спину, вдруг жалко задрожал губами, как-то потерянно прислонился к спинке кровати, и все неожиданно увидели на обмороженных, почерневших щеках его слезы.

— Служивый! Чего это ты? — под шутливостью хороня тревогу и дрожь в горле, спросил старик.

— Пропали мы, батя!

Петро длинно покривил рот, шевельнул белесыми бровями и, пряча глаза, высморкался в грязную, провонявшую табаком утирку.

Григорий ушиб ласкавшегося к нему кота, — крякнув, соскочил с печки. Мать заплакала, целуя завшивевшую голову Петра, но сейчас же оторвалась от него:

— Чадушка моя! Жалкий мой, молочка-то кисленького положить? Да ты иди, садись, щи охолонуть. Голодный, небось?

За столом, нянча на коленях племянника, Петро оживился: сдерживая волнение, рассказал об уходе с фронта 28-го полка, о бегстве командного состава, о Фомине и о последнем митинге в Вешенской.

— Как же ты думаешь? — спросил Григорий, не снимая с головы дочери черножилую руку.

— И думать нечего. Завтра вот передню́ю, а к ночи поеду. Вы, маманя, харчей мне сготовьте, — повернулся он к матери.

— Отступать, значит?

Пантелей Прокофьевич утопил пальцы в кисете, да так и остался с высыпавшимся из щепоти табаком, ожидая ответа.

Петро встал, крестясь на мутные, черного письма, иконы, смотрел сурово и горестно:

— Спаси Христос, наелся!.. Отступать, говоришь? А то как же? Чего же я останусь? Чтобы мне краснопузые кочан срубили? Может, вы думаете оставаться, а я... Не, уж я поеду! Офицеров они не милуют.

— А дом как же? Стал быть, бросим?

Петро только плечами повел на вопрос старика. Но сейчас же заголосила Дарья:

— Вы уедете, а мы должны оставаться? Хороши, нечего сказать! Ваше добро будем оберегать!.. Через него, может, и жизни лишишься! Сгори оно вам ясным огнем! Не останусь я!

Даже Наталья, и та вмешалась в разговор. Глуша звонкий речитатив Дарьи, выкрикнула:

— Ежели хутор миром тронется — и мы не останемся! Пеши уйдем!

— Дуры! Сучки! — исступленно заорал Пантелей Прокофьевич, перекатывая глаза, невольно ища костыль. — Стервы, мать вашу курицу! Цыцте, окаянные! Мущинское дело, а они равняются... Ну давайте бросим все и пойдем куда глаза глядят! А скотину куда денем? За пазуху покладем? А курень?..

— Вы, бабочки, чисто умом тронулись! — обиженно поддержала его Ильинична. — Вы его, добро-то, не наживали, вам легко его кинуть. А мы со стариком день и ночь хрип гнули, да вот тактаки и кинуть? Нет уж! — Она поджала губы, вздохнула. — Идите, а я с места не тронусь. Нехай лучше у порога убьют — все легче, чем под чужим плетнем сдыхать!

Пантелей Прокофьевич подкрутил фитиль у лампы, сопя и вздыхая. На минуту все замолчали. Дуняшка, надвязывавшая наголенок чулка, подняла от спиц голову, шепотом сказала:

— Скотину с собой можно угнать... Не оставаться же из-за скотины.

И опять бешенство запалило старика. Он, как стоялый жеребец, затопал ногами, чуть не упал, споткнувшись о лежавшего у печки козленка. Остановившись против Дуняшки, оранул:

— Погоним! А старая корова починает — это как? Докель ты ее догонишь? Ах ты, фитинов в твою дыхало! Бездомовница! Поганка! Гнида! Наживал-наживал им — и вот что припало услыхать!.. А овец? Ягнят куда денешь?.. Ох, ох, су-у-укина дочь! Молчала бы!

Григорий искоса глянул на Петра и, как когда-то, давным-давно, увидел в карих родных глазах его озорную, подтрунивающую и в то же время смиренно-почтительную улыбку, знакомую дрожь пшеничных усов.

Петро молниеносно мигнул, весь затрясся от сдерживаемого хохота. Григорий и в себе радостно ощутил эту несвойственную ему за последние годы податливость на смех, не таясь засмеялся глухо и раскатисто.

— Ну вот!.. Слава богу... Погутарили! — Старик гневно шибнул в него взглядом и сел, отвернувшись к окну, расшитому белым пухом инея.

Только в полночь пришли к общему решению: казакам ехать в отступ, а бабам оставаться караулить дом и хозяйство.

Задолго до света Ильинична затопила печь и к утру уже выпекла хлеб и насушила две сумы сухарей. Старик, позавтракав при огне, с рассветом пошел убирать скотину, готовить к отъезду сани. Он долго стоял в амбаре, сунув руку в набитый пшеницейгарновкой закром, процеживая сквозь пальцы ядреное зерно. Вышел, будто от покойника: сняв шапку, тихо притворив за собой желтую дверь...

Он еще возился под навесом сарая, меняя на санях кошелку, когда на проулке показался Аникушка, гнавший на водопой корову. Поздоровались.

— Собрался в отступ, Аникей?

— Мне собраться, как голому подпоясаться. Мое — во мне, а чужое будет при мне!

— Нового что слышно?

— Новостей много, Прокофич!

— А что? — встревожился Пантелей Прокофьевич, воткнув в ручицу саней топор.

— Красные что не видно* будут. Подходят к Вёшкам. Человек видал с Большого Громка, рассказывал, будто нехорошо идут. Режут людей... У них жиды да китайцы, загреби их в пыль! Мало мы их, чертей косоглазых, побили!

— Режут?!

— Ну а то нюхают! А тут чигуня** проклятая! — Аникушка заматерился и пошел мимо плетня, на ходу договаривая: — Задонские бабы дымки наварили, пóют

---

* Что не видно — вот-вот, очень скоро.

** Чига, чигуня — насмешливое прозвище верхнедонских казаков.

их, чтоб лиха им не делали, а они напьются, другой хутор займут и шебаршат.

Старик установил кошелку, обошел все сараи, оглядывая каждый стоянок и плетень, поставленный его руками. А потом взял вахли*, захромал на гумно надергать на дорогу сена. Он вытащил из прикладка железный крюк и, все еще не почувствовав неотвратимости отъезда, стал дергать сено похуже, с бурьяном (доброе он всегда приберегал к весенней пахоте), но одумался и, досадуя на себя, перешел к другому стогу. До его сознания как-то не дошло, что вот через несколько часов он покинет баз и хутор и поедет куда-то на юг и, может быть, даже не вернется. Он надергал сена и снова, по-старому, потянулся к граблям, чтобы подгресть, но, отдернув руку, как от горячего, вытирая вспотевший под треухом лоб, вслух сказал:

— Да на что ж мне его беречь-то теперь? Все одно ить помечут коням под ноги, потравют зазря али сожгут.

Хряпнув об колено грабельник, он заскрипел зубами, понес вахли с сеном, старчески шаркая ногами, сгорбясь и постарев спиной.

В курень он не вошел, а, приоткрыв дверь, сказал:

— Собирайтесь! Зараз буду запрягать. Как бы не припоздниться.

Уже накинул на лошадей шлейки, уложил в задок чувал с овсом и, дивясь про себя, что сыны так долго не выходят седлать коней, снова пошел к куреню.

В курене творилось чудно́е: Петро ожесточенно расшматовывал узлы, приготовленные в отступ, выкидывал прямо на пол шаровары, мундиры, праздничные бабьи наряды.

— Это что же такое? — в совершенном изумлении спросил Пантелей Прокофьевич и даже треух снял.

— А вот! — Петро через плечо указал большим пальцем на баб, закончил: — Ревут. И мы никуда не поедем! Ехать — так всем, а не ехать — так никому! Их, может, тут сильничать красные будут, а мы пое-

* Вахли — сетка, в которой носят сено.

дем добро спасать? А убивать будут — на ихних глазах помрем!

— Раздевайся, батя! — Григорий, улыбаясь, снимал с себя шинель и шашку, а сзади ловила и целовала его руку плачущая Наталья и радостно шлепала в ладоши маково-красная Дуняшка.

Старик надел треух, но сейчас же снова снял его и, подойдя к переднему углу, закрестился широким, машистым крестом. Он положил три поклона, встал с колен, оглядел всех:

— Ну, коли так — остаемся! Укрой и оборони нас, царица небесная! Пойду распрягать.

Прибежал Аникушка. В мелеховском курене поразили его сплошь смеющиеся, веселые лица.

— Чего же вы?

— Не поедут наши казаки! — за всех ответила Дарья.

— Вот так хны! Раздумали?

— Раздумали! — Григорий нехотя оскалил рафинадно-синюю подковку зубов, подмигнул: — Смерть — ее нечего искать, она и тут налапает.

— Офицерья не едут, а нам и бог велел! — И Аникушка, как на копытах, прогрохотал с крыльца и мимо окон.

XIV

В Вешенской на заборах трепыхались фоминские приказы. С часу на час ждали прихода красных войск. А в Каргинской, в тридцати пяти верстах от Вешенской, находился штаб Северного фронта. В ночь на 4 января пришел отряд чеченцев, и спешно, походным порядком, от станицы Усть-Белокалитвенской двигался на фоминский мятежный полк карательный отряд войскового старшины Романа Лазарева.

Чеченцы должны были 5-го идти в наступление на Вешенскую. Разведка их уже побывала на Белогорке. Но наступление сорвалось: перебежчик из фоминских казаков сообщил, что значительные силы Красной Армии ночуют на Гороховке и 5-го должны быть в Вешенской.

Краснов, занятый прибывшими в Новочеркасск союзниками, пытался воздействовать на Фомина. Он вызвал его к прямому проводу Новочеркасск — Вешенская. Телеграф, до этого настойчиво выстукивавший «Вешенская, Фомина», связал короткий разговор:

«Вешенская Фомину точка Урядник Фомин зпт приказываю образумиться и стать с полком на позицию точка Двинут карательный отряд точка Ослушание влечет смертную казнь точка Краснов».

При свете керосиновой лампы Фомин, расстегнув полушубок, смотрел, как из-под пальцев телеграфиста бежит, змеясь, испятнанная коричневыми блестками тонкая бумажная стружка, говорил, дыша в затылок телеграфисту морозом и самогонкой:

— Ну чего там брешет? Образумиться? Кончил он?.. Пиши ему... Что-о-о? Как это — нельзя? Приказываю, а то зараз зоб с потрохами вырву!

И телеграф застучал:

«Новочеркасск атаману Краснову точка Катись под такую мать точка Фомин».

Положение на Северном фронте стало чревато такими осложнениями, что Краснов решил сам выехать в Каргинскую, чтобы оттуда непосредственно направить «карающую десницу» против Фомина и, главное, поднять дух деморализованных казаков. С этой целью он и пригласил союзников в поездку по фронту.

В слободе Бутурлиновке был устроен смотр только что вышедшему из боя Гундоровскому георгиевскому полку. Краснов после смотра стал около полкового штандарта. Поворачиваясь корпусом вправо, зычно крикнул:

— Кто служил под моей командой в Десятом полку — шаг вперед!

Почти половина гундоровцев вышла перед строй. Краснов снял папаху, крест-накрест поцеловал ближнего к нему немолодого, но молодецкого вахмистра. Вахмистр рукавом шинели вытер подстриженные усы, обмер, растерянно вытаращил глаза. Краснов перецеловался со всеми полчанинами. Союзники были поражены, недоуменно перешептывались. Но удивление сменили улыбки и сдержанное одобрение, когда Краснов, подойдя к ним, пояснил:

— Это те герои, с которыми я бил немцев под Незвиской, австрийцев у Белжеца и Комарова и помогал нашей общей победе над врагом.

... По обеим сторонам солнца, как часовые у денежного ящика, мертво стояли радужные, в белой опояси столбы. Холодный северо-восточный ветер горнистом трубил в лесах, мчался по степи, разворачиваясь в лаву, опрокидываясь и круша ощетиненные каре бурьянов. К вечеру 6 января (над Чиром уже завесой повисли сумерки) Краснов, в сопутствии офицеров английской королевской службы — Эдвардса и Олкотта, и французов — капитана Бартело и лейтенанта Эрлиха, прибыл в Каргинскую. Союзники — в шубах, в мохнатых заячьих папахах, со смехом, ежась и постукивая ногами, вышли из автомобилей, овеянные запахами сигар и одеколона. Согревшись на квартире богатого купца Левочкина, напившись чаю, офицеры вместе с Красновым и командующим Северным фронтом генерал-майором Ивановым пошли в школу, где должно было состояться собрание.

Краснов долго говорил перед настороженными толпами казаков. Его слушали внимательно, хорошо. Но когда он в речи стал живописно изображать «зверства большевиков», творимые в занимаемых ими станицах, из задних рядов, из табачной сини кто-то крикнул в сердцах:

— Неправда! — И сорвал впечатление.

Наутро Краснов с союзниками спешно уехал в Миллерово.

Столь же поспешно эвакуировался штаб Северного фронта. По станице до вечера рыскали чеченцы, вылавливали не хотевших отступать казаков. Ночью был подожжен склад огнеприпасов. До полуночи, как огромный ворох горящего хвороста, трещали винтовочные патроны; обвально прогрохотали взорвавшиеся снаряды. На другой день, когда на площади шло молебствие перед отступлением, с Каргинского бугра застрочил пулемет. Пули вешним градом забарабанили по церковной крыше, и все в беспорядке хлынуло в степь. Лазарев со своим отрядом и немногочисленные казачьи части пытались заслонить отступавших: пехота цепью легла за ветряком, 36-я Каргинская батарея под командой каргинца, есаула Федора Попова, обстреляла беглым огнем наступавших красных, но вскоре взялась на передки. А пехоту красная конница обошла с хутора Латышева и, прижучив в ярах, изрубила человек двадцать каргинских стариков, в насмешку окрещенных кем-то «гайдамаками».

XV

Решение не отступать вновь вернуло в глазах Пантелея Прокофьевича силу и значимость вещам.

Вечером вышел он метать скотине и, уже не колеблясь, надергал сена из худшего прикладка. На темном базу долго со всех сторон охаживал корову, удовлетворенно думая: «Починает, дюже толстая. Уж не двойню ли господь даст?» Все ему опять стало родным, близким; все, от чего он уже мысленно отрешился, обрело прежнюю значительность и вес. Он уже успел за короткий предвечерний час и Дуняшку выругать за то, что мякину просыпала у катуха и не выдолбила льда из корыта, и лаз заделать, пробитый в плетне боровом Степана Астахова. Кстати спросил у Аксиньи, выскочившей закрыть ставни, про Степана — думает ли ехать в отступ? Аксинья, кутаясь в платок, певуче говорила:

— Нет, нет, где уж ему уехать! Лежит зараз на пече, вроде лихоманка его трепет... Лоб горячий, и на нутро жалится. Захворал Степа. Не поедет...

— И наши тоже. И мы, то есть, не поедем. Чума его знает, к лучшему оно али нет...

Смеркалось. За Доном, за серой пропастью леса, в зеленоватой глубине жгуче горела Полярная звезда. Окраина неба на востоке крылась багрянцем. Вставало зарево. На раскидистых рогах осокоря торчала срезанная горбушка месяца. На снегу смыкались невнятные тени. Темнели сугробы. Было так тихо, что Пантелей Прокофьевич слышал, как на Дону у проруби кто-то, наверное Аникушка, долбил лед пешней. Льдинки брызгали и бились, стеклянно вызванивая. Да на базу размеренно хрустели сеном быки.

В кухне зажгли огонь. В просвете окна скользнула Наталья. Пантелея Прокофьевича потянуло к теплу. Он застал всех домашних в сборе. Дуняшка только что пришла от Христониной жены. Опорожняла чашку с накваской и, боясь, как бы не перебили, торопливо рассказывала новости.

В горнице Григорий смазал винтовку, наган, шашку; завернул в полотенце бинокль, позвал Петра:

— Ты свое прибрал? Неси. Надо схоронить.

— А что, ежели обороняться придется?

— Молчал бы уж! — усмехнулся Григорий. — Гляди, а то найдут, за мотню на ворота повесют.

Они вышли на баз. Оружие, неведомо почему, спрятали порознь. Но новенький черный наган Григорий сунул в горнице под подушку.

Едва лишь поужинали и среди вялых разговоров стали собираться спать — на базу хрипато забрехал цепной кобель, кидаясь на привязи, хрипя от душившего ошейника. Старик вышел посмотреть, вернулся с кем-то, по брови укутанным башлыком. Человек при полном боевом, туго стянутый белым ремнем, войдя, перекрестился; изо рта, обведенного инеем, похожего на белую букву «о», повалил пар:

— Должно, не узнаете меня?

— Да ить это сват Макар! — вскрикнула Дарья.

И тут только Петро и все остальные угадали дальнего родственника, Макара Ногайцева, — казака с хутора Сингина, — известного во всем округе редкостного песенника и пьяницу.

— Каким тебя лихом занесло? — улыбался Петро, но с места не встал.

Ногайцев, содрав с усов, покидал к порогу сосульки, потопал ногами в огромных, подшитых кожей валенках, не спеша стал раздеваться.

— Одному, сдается, скучно ехать в отступ — дай-ка, думаю, заеду за сватами. Слух поимел, что обои вы дома. Заеду, говорю бабе, за Мелеховыми, все веселей будет.

Он отнес винтовку и поставил у печки рядом с рогачами, вызвав у баб улыбки и смех. Подсумок сунул под загнетку, а шашку и плеть почетно положил на кровать. И на этот раз Макар пахуче дышал самогонкой, большие, навыкате, глаза дымились пьяным хмельком, в мокром колтуне бороды белел ровный набор голубоватых, как донские ракушки, зубов.

— С Сингиных аль не выступают казаки? — спросил Григорий, протягивая шитый бисером кисет.

Гость кисет отвел рукой:

— Не займаюсь табачком... Казаки-то? Кто уехал, а кто сурчину ищет, где бы схорониться. Вы-то поедете?

— Не поедут наши казаки. Ты уж не мани их! — испугалась Ильинична.

— Неужели остаетесь? Ажник не верю! Сват Григорий, верно? Жизни решаетесь, братушки!

— Что будет... — вздохнул Петро и, внезапно охваченный огневым румянцем, спросил: — Григорий! Ты как? Не раздумал? Может, поедем?

— Нет уж.

Табачный дым окутал Григория и долго колыхался над курчеватым смоляным чубом.

— Коня твоего отец убирает? — не к месту спросил Петро.

Тишина захрясла надолго. Только прялка под ногой Дуняшки шмелем жужжала, навевая дрему.

Ногайцев просидел до белой зорьки, все уговаривая братьев Мелеховых ехать за Донец. За ночь Петро два раза без шапки выбегал седлать коня и оба раза шел расседлывать, пронзаемый грозящими Дарьиными глазами.

Занялся свет, и гость засобирался. Уже одетый, держась за дверную скобку, он значительно покашлял, сказал с потаенной угрозой:

— Может, оно и к лучшему, а тольки всхомянетесь вы после. Доведется нам вернуться оттель — мы припомним, какие красным на Дон ворота отворяли, оставались им служить...

С утра густо посыпал снег. Выйдя на баз, Григорий увидел, как из-за Дона на переезд ввалился чернеющий ком людей. Лошади восьмеркой тащили что-то, слышались говор, понуканье, матерная ругань. Сквозь метель, как в тумане, маячили седые силуэты людей и лошадей. Григорий по четверной упряжке угадал: «Батарея... Неужели красные?» От этой мысли сдвоило сердце, но, поразмыслив, он успокоил себя.

Раздерганная толпа приближалась к хутору, далеко обогнув черное, глядевшее в небо жерло полыньи. Но на выезде переднее орудие, сломав подмытый у берега ледок, обрушилось одним колесом. Ветер донес крик ездовых, хруст крошащегося льда и торопкий, оскользающийся перебор лошадиных копыт. Григорий прошел на скотиний баз, осторожно выглянул. На шинелях всадников разглядел засыпанные снегом погоны, по обличью угадал казаков.

Минут пять спустя в ворота въехал на рослом, ширококрупом коне стариковатый вахмистр. Он слез у крыльца, чумбур привязал к перилам, вошел в курень.

— Кто тут хозяин? — спросил он, поздоровавшись.

— Я... — ответил Пантелей Прокофьевич, испуганно ждавший следующего вопроса: «А почему ваши казаки дома?»

Но вахмистр кулаком расправил белые от снега, витые и длинные, как аксельбанты, усы, попросил:

— Станишники! Помогите, ради Христа, выручить орудие! Провалилось у берега по самые ося... Может, бечевы есть? Это какой хутор? Заблудились мы. Нам бы в Еланскую станицу надо, но такая посыпала — зги не видать. Малшрут мы потеряли, а тут красные вот-вот хвост прищемют.

— Я не знаю, ей-богу... — замялся старик.

— Чего тут знать! Вон у вас казаки какие... Нам и людей бы — надо помочь.

— Хвораю я, — сбрехнул Пантелей Прокофьевич.

— Что ж вы, братцы! — Вахмистр, как волк, не поворачивая шеи, оглядел всех. Голос его будто помолодел и выпрямился. — Аль вы не казаки? Значит, нехай пропадает войсковое имущество?

Я за командира батареи остался, офицеры поразбегались, неделю вот с коня не схожу, обморозился, пальцы на ноге поотпали, но я жизни решуся, а батарею не брошу! А вы... Тут нечего! Добром не хотите — я зараз кликну казаков, и мы вас... — вахмистр со слезой и гневом выкрикнул: — заставим, сукины сыны! Большевики! В гроб вашу мать! Мы тебя, дед, самого запрягем, коли хошь! Иди народ кличь, а не пойдут, — накажи бог, вернусь на энтот бок и хутор ваш весь с землей смешаю...

Он говорил как человек, не совсем уверенный в своей силе. Григорию стало жаль его. Схватил шапку, сурово, не глянув на расходившегося вахмистра, сказал:

— Ты не разоряйся. Нечего тут! Выручить помогем, а там езжай с богом.

Положив плетни, батарею переправили. Народу сошлось немало. Аникушка, Христоня, Томилин Иван, Мелеховы и с десяток баб при помощи батарейцев выкатили орудия и зарядные ящики, пособили лошадям взять подъем. Обмерзшие колеса не крутились, скользили по снегу. Истощенные лошади трудно брали самую малую горку. Номера, половина которых разбежалась, шли пешком. Вахмистр снял шапку, поклонился, поблагодарил помогавших и, поворачиваясь в седле, негромко приказал:

— Батарея, за мной!

Вслед ему Григорий глядел почтительно, с недоверчивым изумлением. Петро подошел, пожевал ус и, словно отвечая на мысль Григория, сказал:

— Кабы все такие были! Вот как надо тихий Дон-то оборонять!

— Ты про усатого? Про вахмистра? — спросил, подходя, захлюстанный по уши Христоня. — И гляди, стал быть, дотянет свои пушки. Как он, язви его, на меня плетью замахнись! И вдарил бы, — стал быть, человек в отчаянности. Я не хотел идтить, а потом, признаться, спужался. Хучь и валенков нету, а пошел. И скажи, на что ему, дураку, эти пушки? Как шкодливая свинья с колодкой: и трудно и не на добро, а тянет...

 Казаки разошлись, молча улыбаясь.

XVI

Далеко за Доном — время перевалило уже за обед — пулемет глухо выщелкал две очереди и смолк.

Через полчаса Григорий, не отходивший от окна в горнице, ступил назад, до скул оделся пепельной синевой:

— Вот они!

Ильинична ахнула, кинулась к окну. По улице врассыпь скакали восемь конных. Они на рысях дошли до мелеховского база, — приостановившись, оглядели переезд за Дон, чернотропный проследок, стиснутый Доном и горой, повернули обратно. Сытые лошади их, мотая куце обрезанными хвостами, закидали, забрызгали снежными ошметками. Конная разведка, рекогносцировавшая хутор, скрылась. Спустя час Татарский налился скрипом шагов, чужою, окающей речью, собачьим брехом. Пехотный полк, с пулеметами на санях, с обозом и кухнями, перешел Дон и разлился по хутору.

Как ни страшен был этот первый момент вступления вражеского войска, но смешливая Дуняшка не вытерпела и тут: когда разведка повернула обратно, она фыркнула в завеску, выбежала на кухню. Наталья встретила ее испуганным взглядом:

— Ты чего?

— Ох, Наташенька! Милушка!.. Как они верхами ездют! Уж он по седлу взад-вперед, взад-вперед... А руки в локтях болтаются. И сами — как из лоскутов сделанные, все у них трясется!

Она так мастерски воспроизвела, как ерзали в седлах красноармейцы, что Наталья добежала, давясь смехом, до кровати, упала в подушки, чтоб не привлечь гневного внимания свекра.

Пантелей Прокофьевич в мелком трясучем ознобе бесцельно передвигал по лавке в бокоуше дратву, шилья, баночку с березовыми шпильками и все поглядывал в окно сузившимся, затравленным взглядом.

А в кухне расходились бабы, словно не перед добром: пунцовая Дуняшка с мокрыми от слез глазами, блестевшими, как зерна обрызганного росой паслена, показывала Дарье посадку в седлах красноармейцев и в размеренные движения с бессознательным цинизмом вкладывала непристойный намек. Ломались от нервного смеха у Дарьи крутые подковы крашеных бровей, она хохотала, хрипло и сдавленно выговаривая:

— Небось, шаровары до дыр изотрет!.. Такой-то ездок... Луку выгнет!...

Даже Петра, вышедшего из горницы с убитым видом, на минуту развеселил смех.

— Чудно глядеть на ихнюю езду? — спросил он. — А им не жалко. Побьют спину коню — другого подцепют. Мужики! — И с бесконечным презрением махнул рукой. — Он и лошадь-то, может, в первый раз видит: «Мал-ти поéдим, гляди — и доéдим». Отцы ихние колесного скрипу боялись, а они джигитуют!.. Эх! — Он похрустел пальцами, ткнулся в дверь горницы.

Красноармейцы толпой валили вдоль улицы, разбивались на группы, заходили во дворы. Трое свернули в воротца к Аникушке, пятеро, из них один конный, остались около астаховского куреня, а остальные пятеро направились вдоль плетня к Мелеховым. Впереди шел невысокий пожилой красноармеец, бритый, с приплюснутым, широконоздрым носом, сам весь ловкий, подбористый, с маху видать — старый фронтовик. Он первый вошел на мелеховский баз и, остановившись около крыльца, с минуту, угнув голову, глядел, как гремит на привязи желтый кобель, задыхаясь и захлебываясь лаем; потом снял с плеча винтовку. Выстрел сорвал с крыши белый дымок инея. Григорий, поправляя ворот душившей его рубахи, увидел в окно, как в снегу, пятня его кровью, катается собака, в предсмертной яростной муке грызет простреленный бок и железную цепь. Оглянувшись, Григорий увидел омытые бледностью лица женщин, беспамятные глаза матери. Он без шапки шагнул в сенцы.

— Оставь! — чужим голосом крикнул вслед отец.

Григорий распахнул дверь. На порог, звеня, упала порожняя гильза. В калитку входили отставшие красноармейцы.

— За что убил собаку? Помешала? — спросил Григорий, став на пороге.

Широкие ноздри красноармейца хватнули воздуха, углы тонких, выбритых досиня губ сползли вниз. Он оглянулся, перекинул винтовку на руку:

— А тебе что? Жалко? А мне вот и на тебя патрон не жалко потратить. Хочешь? Становись!

— Но-но, брось, Александр! — подходя и смеясь, проговорил рослый рыжебровый красноармеец. — Здравствуйте, хозяин! Красных видали? Принимайте на квартиру. Это он вашу собачку убил? Напрасно!.. Товарищи, проходите.

Последним вошел Григорий. Красноармейцы весело здоровались, снимали подсумки, кожаные японские патронташи, на кровать в кучу валили шинели, ватные теплушки, шапки. И сразу весь курень наполнился ядовито-пахучим спиртовым духом солдатчины, неделимым запахом людского пота, табака, дешевого мыла, ружейного масла — запахом дальних путин.

Тот, которого звали Александром, сел за стол, закурил папиросу и, словно продолжая начатый с Григорием разговор, спросил:

— Ты в белых был?

— Да...

— Вот... Я сразу вижу сову по полету, а тебя по соплям. Беленький! Офицер, а? Золотые погоны?

Дым он столбом выбрасывал из ноздрей, сверлил стоявшего у притолоки Григория холодными, безулыбчивыми глазами, и все постукивал снизу папиросу прокуренным выпуклым ногтем.

— Офицер ведь? Признавайся! Я по выправке вижу; сам, чай, германскую сломал.

— Был офицером. — Григорий насильственно улыбнулся и, поймав сбоку на себе испуганный, молящий взгляд Натальи, нахмурился, подрожал бровью. Ему стало досадно за свою улыбку.

— Жаль! Оказывается, не в собаку надо было стрелять...

Красноармеец бросил окурок под ноги Григорию, подмигнул остальным.

И опять Григорий почувствовал, как, помимо воли, кривит его губы улыбка, виноватая и просящая, и он покраснел от стыда за свое невольное, не подвластное разуму проявление слабости. «Как нашкодившая собака перед хозяином», — стыдом ожгла его мысль, и на миг выросло перед глазами: такой же улыбкой щерил черные атласные губы убитый белогрудый кобель, когда он, Григорий, хозяин, вольный и в жизни его и в смерти, подходил к нему и кобель, падая на спину, оголял молодые резцы, бил пушистым рыжим хвостом...

Пантелей Прокофьевич все тем же незнакомым Григорию голосом спросил: может, гости хотят вечерять? Тогда он прикажет хозяйке...

Ильинична, не дожидаясь согласия, рванулась к печке. Рогач в руках ее дрожал, и она никак не могла поднять чугун со щами. Опустив глаза, Дарья собрала на стол. Красноармейцы рассаживались, не крестясь. Старик наблюдал за ними со страхом и скрытым отвращением. Наконец не выдержал, спросил:

— Богу, значит, не молитесь?

Только тут подобие улыбки скользнуло по губам Александра. Под дружный хохот остальных он ответил:

— И тебе бы, отец, не советовал! Мы своих богов давно отправили... — Запнулся, стиснул брови. — Бога нет, а дураки верят, молятся вот этим деревяшкам!

— Так, так... Ученые люди — они, конечно, достигли, — испуганно согласился Пантелей Прокофьевич.

Против каждого Дарья положила по ложке, но Александр отодвинул свою, попросил:

— Может быть, есть не деревянная? Недостает еще заразы набраться! Разве это ложка? Огрызок!

Дарья пыхнула порохом:

— Свою надо иметь, ежли чужими требуете.

— Но, ты помолчи, молодка! Нет ложки? Тогда дай чистое полотенце, вытру эту.

Ильинична поставила в миске щи, он и ее попросил:

— Откушай сама сначала, мамаша.

— Чего мне их кушать? Может, пересоленные? — испугалась старуха.

— Ты откушай, откушай! Не подсыпала ли ты гостям порошка какого...

— Зачерпни! Ну? — строго приказал Пантелей Прокофьевич и сжал губы. После этого он принес из бокоуши сапожный инструмент, подвинул к окну ольховый обрубок, служивший ему стулом, приладил в пузырьке жирник и сел со старым сапогом в обнимку. В разговор больше не вступал.

Петро не показывался из горницы. Там же сидела с детьми и Наталья. Дуняшка вязала чулок, прижавшись к печке, но после того как один из красноармейцев назвал ее «барышней» и пригласил поужинать, она ушла. Разговор умолк. Поужинав, красноармейцы закурили.

— У вас можно курить? — спросил рыжебровый.

— Своих трубокуров полно, — неохотно сказала Ильинична.

Григорий отказался от предложенной ему папироски. У него все внутри дрожало, к сердцу приливала щемящая волна при взгляде на того, который застрелил собаку и все время держался в отношении его вызывающе и нагло. Он, как видно, хотел столкновения и все время искал случая уязвить Григория, вызвать его на разговор.

— В каком полку служили, ваше благородие?

— В разных.

— Сколько наших убил?

— На войне не считают. Ты, товарищ, не думай, что я родился офицером. Я им с германской пришел. За боевые отличия дали мне лычки эти...

— Я офицерам не товарищ! Вашего брата мы к стенке ставим. Я — грешник — тоже не одного на мушку посадил.

— Я тебе вот что скажу, товарищ... Негоже ты ведешь себя: будто вы хутор с бою взяли. Мы ить сами бросили фронт, пустили вас, а ты как в завоеванную сторону пришел... Собак стрелять — это всякий сумеет, и безоружного убить и обидеть тоже нехитро...

— Ты мне не указывай! Знаем мы вас! «Фронт бросили»! Если б не набили вам, так не бросили бы. И разговаривать с тобой я могу по-всякому.

— Оставь, Александр! Надоело! — просил рыжебровый.

Но тот уже подошел к Григорию, раздувая ноздри, дыша с сапом и свистом:

— Ты меня лучше не тронь, офицер, а то худо будет!

— Я вас не трогаю.

— Нет, трогаешь!

Приоткрывая дверь, Наталья сорванным голосом позвала Григория. Он обошел стоявшего против него красноармейца, пошел и качнулся в дверях, как пьяный. Петро встретил его ненавидящим, стенящим шепотом:

— Что ты делаешь?.. На черта он тебе сдался? Чего ты с ним связываешься! И себя и нас сгубишь! Сядь!.. — Он с силой толкнул Григория на сундук, вышел в кухню.

Григорий раскрытым ртом жадно хлебал воздух, от смуглых щек его отходил черный румянец, и потускневшие глаза обретали слабый блеск.

— Гриша! Гришенька! Родненький! Не связывайся! — просила Наталья, дрожа, зажимая рты готовым зареветь детишкам.

— Чего ж я не уехал? — спросил Григорий и, тоскуя, глянул на Наталью. — Не буду. Цыц! Сердцу нет мочи терпеть!

Позднее пришли еще трое красноармейцев. Один, в высокой черной папахе, по виду начальник, спросил:

— Сколько поставлено на квартиру?

— Семь человек, — за всех ответил рыжебровый, перебиравший певучие лады ливенки.

— Пулеметная застава будет здесь. Потеснитесь.

Ушли. И сейчас же заскрипели ворота. На баз въехали две подводы. Один из пулеметов втащили в сенцы. Кто-то жег спички в темноте и яростно матерился. Под навесом сарая курили, на гумне, дергая сено, зажигали огонь, но никто из хозяев не вышел.

— Пошел бы, коней глянул, — шепнула Ильинична, проходя мимо старика.

Тот только плечами дрогнул, а пойти — не пошел. Всю ночь хлопали двери. Белый пар висел под потолком и росой садился на стены. Красноармейцы постелили себе в горнице на полу. Григорий принес и расстелил им полсть, в голова положил свой полушубок.

— Сам служил, знаю, — примиряюще улыбнулся он тому, кто чувствовал в нем врага.

Но широкие ноздри красноармейца зашевелились, взгляд непримиримо скользнул по Григорию...

Григорий и Наталья легли в той же комнате на кровати. Красноармейцы, сложив винтовки в головах, вповалку разместились на полсти. Наталья хотела потушить лампу, у нее внушительно спросили:

— Тебя кто просил гасить огонь? Не смей! Прикрути фитиль, а огонь должен гореть всю ночь.

Детей Наталья уложила в ногах, сама, не раздеваясь, легла к стенке. Григорий, закинув руки, лежал молча.

«Ушли бы мы, — стискивая зубы, прижимаясь сердцем к углу подушки, думал Григорий. — Ушли бы в отступ, и вот сейчас Наташку распинали бы на этой кровати и тешились над ней, как тогда в Польше над Франей...»

Кто-то из красноармейцев начал рассказ, но знакомый голос перебил его, зазвучал в мутной полутьме с выжидающими паузами:

— Эх, скучно без бабы! Зубами бы грыз... Но хозяин — он офицер... Простым, которые сопливые, они жен не уступают... Слышишь, хозяин?

Кто-то из красноармейцев уже храпел, кто-то сонно засмеялся. Голос рыжебрового зазвучал угрожающе:

— Ну, Александр, мне надоело тебя уговаривать. На каждой квартире ты скандалишь, фулиганишь, позоришь красноармейское звание. Этак не годится! Сейчас вот иду к комиссару или к ротному. Слышишь? Мы с тобой поговорим!

Пристыла тишина. Слышно было только, как рыжебровый, сердито сопя, натягивает сапоги. Через минуту он вышел, хлопнув дверью.

Наталья, не удержавшись, громко всхлипнула. Григорий рукой трясуче гладил голову ее, потный лоб и мокрое лицо. Правой спокойно шарил у себя по груди, а пальцы механически застегивали и расстегивали пуговицы нательной рубахи.

— Молчи, молчи! — чуть слышно шептал он Наталье. И в этот миг знал непреложно, что духом готов на любое испытание и унижение, лишь бы сберечь свою и родимых жизнь.

Спичка осветила лицо привставшего Александра, широкий обод носа, рот, присосавшийся к папироске. Слышно было, как он вполголоса заворчал и, вздохнув сквозь многоголосый храп, стал одеваться.

Григорий, нетерпеливо прислушивавшийся, в душе бесконечно благодарный рыжебровому, радостно дрогнул, услышав под окном шаги и негодующий голос:

— И вот он все привязывается... что делать... беда... товарищ комиссар...

Шаги зазвучали в сенцах, скрипнула, отворившись, дверь. Чей-то молодой командный голос приказал:

— Александр Тюрников, одевайся и сейчас же уходи отсюда. Ночевать будешь у меня на квартире, а завтра мы тебя будем судить за недостойное красноармейца поведение.

Григорий встретил доброжелательный острый взгляд стоявшего у дверей, рядом с рыжебровым, человека в черной кожаной куртке.

Он по виду молод и по-молодому суров; с чересчур уж подчеркнутой твердостью были сжаты его губы, обметанные юношеским пушком.

— Беспокойный гость попался, товарищ? — обратился он к Григорию, чуть приметно улыбаясь. — Ну, теперь спите, мы его завтра утихомирим. Всего доброго. Идем, Тюрников!

Ушли, и Григорий вздохнул облегченно. А наутро рыжебровый, расплачиваясь за квартиру и харчи, нарочито замешкался и сказал:

— Вот, хозяева, не обижайтесь на нас. У нас этот Александр вроде головой тронутый. У него в прошлом году на глазах офицеры в Луганске — он из Луганска родом — расстреляли мать и сестру. Оттого он такой... Ну спасибо. Прощайте. Да, вот детишкам чуть было не забыл! — И, к несказанной радости ребят, вытащил из вещевого мешка и сунул им в руки по куску серого от грязи сахара.

Пантелей Прокофьевич растроганно глядел на внуков.

— Ну вот им гостинец! Мы его, сахар-то, года полтора уж не видим... Спаси Христос, товарищ!.. Кланяйтесь дяденьке! Полюшка, благодари!.. Милушка, чего же ты набычилась, стоишь?

Красноармеец вышел, и старик — гневно к Наталье:

— Необразованность ваша! Хучь бы пышку дала ему на дорогу. Отдарить-то надо доброго человека? Эх!

— Беги! — приказал Григорий.

Наталья, накинув платок, догнала рыжебрового за калиткой. Красная от смущения, сунула пышку ему в глубокий, как степной колодец, карман шинели.

XVII

В полдень через хутор спешным маршем прошел 6-й Мценский краснознаменный полк, захватив кое у кого из казаков строевых лошадей. За бугром далеко погромыхивали орудийные раскаты.

— По Чиру бой идет, — определил Пантелей Прокофьевич.

На вечерней заре и Петро и Григорий не раз выходили на баз.

Слышно было по Дону, как где-то, не ближе Усть-Хоперской, глухо гудели орудия и совсем тихо (нужно было припадать ухом к промерзлой земле) выстрачивали пулеметы.

— Неплохо и там осланивают! Генерал Гусельщиков там с гундоровцами, — говорил Петро, обметая снег с колен и папахи, и уж совершенно не к разговору добавил: — Коней заберут у нас. Твой конь, Григорий, из себя видный, видит бог — возьмут!

Но старик догадался раньше их. На ночь повел Григорий обоих строевых поить, вывел из дверей, увидел: кони улегают на передние. Провел своего — хромает вовсю; то же и с Петровым. Позвал брата:

— Обезножили кони, во дела! Твой на правую, а мой на левую жалится. Засечки не было... Разве мокрецы?

На лиловом снегу, под неяркими вечерними звездами кони стояли понуро, не играли от застоя, не взбрыкивали. Петро зажег фонарь, но его остановил пришедший с гумна отец:

— На что фонарь?

— Кони, батя, захромали. Должно, ножная.

— А ежели ножная — плохо? Хочешь, чтоб какой-нибудь мужик заседлал да с базу повел?

— Оно-то неплохо...

— Ну, так скажи Гришке, что ножную я им сделал. Молоток взял, по гвоздю вогнал ниже хряща, теперь будут хромать, покель фронт стронется.

Петро покрутил головой, пожевал ус и пошел к Григорию.

— Поставь их к яслям. Это отец нарошно их похромил.

Стариковская догадка спасла. В ночь снова загремел от гомона хутор. По улицам скакали конные. Лязгая на выбоинах и раскатах, проползла и свернулась на площади батарея. 13-й кавалерийский полк стал в хуторе на ночлег. К Мелеховым только что пришел Христоня, сел на корточки, покурил.

— Нет у вас чертей? Не ночуют?

— Покуда бог миловал. Какие были-то — весь курень провоняли духом своим мужичьим! — недовольно бормотала Ильинична.

— У меня были. — Голос Христони сполз на шепот, огромная ладонь вытерла смоченную слезинкой глазницу. Но, тряхнув здоровенной, с польско́й котел головой, Христоня покряхтел и уже как будто застыдился своих слез.

— Ты чего, Христоня? — посмеиваясь, спросил Петро, первый раз увидавший Христонины слезы. Они-то и привели его в веселое настроение.

— Воронка взяли... На германскую на нем ходил... Нужду вместе, стал быть... Как человек был, ажник, стал быть, умнее... Сам и подседлал.

«Седлай, говорит, а то он мне не дается». — «Что ж я тебе, говорю, всю жисть буду седлать, что ли? Взял, говорю, стал быть, сам и руководствуй». Оседлал, а он хучь бы человек был... Огарок! Стал быть, в пояс мне, до стремени ногой не достанет... К крыльцу подвел, сел... Закричал я, как дите. «Ну, — говорю бабе, — кохал, поил, кормил...» — Христоня опять перешел на присвистывающий быстрый шепот и встал. — На конюшню глянуть боюсь! Обмертвел баз...

— У меня добро. Трех коней подо мной сразило, это четвертый, его уж не так... — Григорий прислушался. За окном хруст снега, звяк шашек, приглушенное «тр-рррр!». — Идут и к нам. Как рыба на дух, проклятые! Либо кто сказал...

Пантелей Прокофьевич засуетился, руки сделались лишними, некуда стало их девать.

— Хозяин! А ну, выходи!

Петро надел внапашку зипун, вышел.

— Где кони? Выводи!

— Я не против, но они, товарищи, в ножной.

— В какой ножной? Выводи! Мы не так берем, ты не бойся. Бросим своих.

Вывел по одному из конюшни.

— Третья там. Почему не выводишь? — спросил один из красноармейцев, присвечивая фонарем.

— Это матка, сжеребанная. Она старюка, ей уж годов сто...

— Эй, неси седла!.. Постой, в самом деле хромают... В господа бога, в креста, куда ты их, калечь, ведешь?! Станови обратно!.. — свирепо закричал державший фонарь.

Петро потянул за недоуздки и отвернул от фонаря лицо со сморщенными губами.

— Седла где?

— Товарищи забрали ноне утром.

— Врешь, казак! Кто взял?

— Ей-богу!.. Накажи господь — взяли! Мценский полк проходил и забрал. И седла и даже два хомута взяли.

Матерясь, трое конных уехали. Петро вошел, пропитанный запахами конского пота и мочи. Твердые губы его ежились, и он не без похвальбы хлопнул Христоню по плечу.

— Вот как надо! Кони захромали, а седла взяли, мол... Эх, ты!..

Ильинична погасила лампу, ощупью пошла стелить в горничке.

— Посумерничаем, а то принесет нелегкая ночевщиков.

* * *

В эту ночь у Аникушки гуляли. Красноармейцы попросили пригласить соседних казаков. Аникушка пришел за Мелеховыми.

— Красные?! Что нам красные? Они что же, не хрещеные, что ли? Такие ж, как и мы, русские. Ей-богу. Хотите — верьте, хотите — нет... И я их жалею... А что мне? Жид с ними один, то же самое — человек. Жидов мы в Польше перебили... Хм! Но этот мне стакан дымки набуздал. Люблю жидов!.. Пойдем, Григорь! Петя! Ты не гребуй мною...

Григорий отказался идти, но Пантелей Прокофьевич посоветовал:

— Пойди, а то скажут: мол, за низкое считает. Ты иди, не помни зла.

Вышли на баз. Теплая ночь сулила погоду. Пахло золой и кизячным дымом. Казаки стояли молча, потом пошли. Дарья догнала их у калитки.

Насурмленные брови ее, раскрылившись на лице, под неярким, процеженным сквозь тучи, светом месяца блестели бархатной черниной.

— Мою бабу подпаивают... Только ихнего дела не выйдет. Я, брат ты мой, глаз имею... — бормотал Аникушка, а самогонка кидала его на плетень, валила со стежки в сугробину.

Под ногами сахарно похрупывал снег, зернисто-синий, сыпкий. С серой наволочи неба срывалась метель.

Ветер нес огонь из цигарок, перевеивал снежную пыльцу. Под звездами он хищно налетал на белоперую тучу (так сокол, настигнув, бьет лебедя круто выгнутой грудью), и на присмиревшую землю, волнисто качаясь, слетали белые перышки-хлопья, покрывали хутор, скрестившиеся шляхи, степь, людской и звериный след...

У Аникушки в хате — дыхнуть нечем. Черные острые языки копоти снуют из лампы, а за табачным дымом никому не видать. Гармонист-красноармеец не так ли режет «саратовскую», до отказа выбирая мехи, раскидав длинные ноги. На лавках сидят красноармейцы, бабы-соседки. Аникушкину жену голубит здоровенный дяденька в ватных защитных штанах и коротких сапогах, обремененных огромными, словно из музея, шпорами. Шапка мелкой седой смушки сдвинута у него на кучерявый затылок, на буром лице пот. Мокрая рука жжет Аникушкиной женке спину.

А бабочка уже сомлела: слюняво покраснел у нее рот; она бы и отодвинулась, да моченьки нет; она и мужа видит, и улыбчивые взгляды баб, но вот так-таки нет сил снять со спины могучую руку: стыда будто и не было, и она смеется пьяненько и расслабленно.

На столе глотки кувшинов разоткнуты, на весь курень спиртным дымком разит. Скатерть — как хлющ, а посреди хаты по земляному полу зеленым чертом вьется и выбивает частуху взводный 13-го кавалерийского. Сапоги на нем хромовые, на одну портянку, галифе — офицерского сукна. Григорий смотрит от порога на сапоги и галифе и думает: «С офицера добыто...» Потом переводит взгляд на лицо: оно исчерно-смугло, лоснится потом, как круп вороного коня, круглые ушные раковины оттопырены, губы толсты и обвислы. «Жид, а ловкий!» — решает про себя Григорий. Ему и Петру налили самогонки. Григорий пил осторожно, но Петро захмелел скоро. И через час выделывал уже по земляному полу «казачка», рвал каблуками пыль, хрипло просил гармониста: «Чаще, чаще!» Григорий сидел возле стола, щелкая тыквенные семечки.

Рядом с ним — рослый сибиряк, пулеметчик.

Он морщил ребячески-округлое лицо, говорил мягко, сглаживая шипящие, вместо «ц» произнося «с»: «селый полк», «месяс» выходило у него.

— Колчака разбили мы. Краснова вашего сапнем как следует — и все. Во как! А там ступай пахать, земли селая пропастишша, бери ее, заставляй родить! Земля — она, как баба: сама не дается, ее отнять надо. А кто поперек станет — убить. Нам вашего не надо. Лишь бы равными всех поделать...

Григорий соглашался, а сам все исподтишка поглядывал на красноармейца. Для опасений как будто не было оснований. Все глазели, одобрительно улыбаясь, на Петра, на его округлые и ладно подогнанные движения. Чей-то трезвый голос восхищенно восклицал: «Вот черт! Здорово!» Но случайно Григорий поймал на себе внимательно прищуренный взгляд одного курчавого красноармейца, старшины, и насторожился, пить перестал.

Гармонист заиграл польку. Бабы пошли по рукам. Один из красноармейцев, с обеленной спиной, качнувшись, пригласил молоденькую бабенку — соседку Христони, но та отказалась и, захватив в руку сборчатый подол, перебежала к Григорию:

— Пойдем плясать!

— Не хочу.

— Пойдем, Гриша! Цветок мой лазоревый!

— Брось дурить, не пойду!

Она тащила его за рукав, насильственно смеясь. Он хмурился, упирался, но, заметив, как она мигнула, встал. Сделали два круга, гармонист свалил пальцы на басы, и она, улучив секунду, положила Григорию голову на плечо, чуть слышно шепнула:

— Тебя убить сговариваются... Кто-то доказал, что офицер... Беги...

И — громко:

— Ох, что-то голова закружилась!

Григорий повеселел. Подошел к столу, выпил кружку дымки. Дарью спросил:

— Спился Петро?

— Почти готов. Снялся с катушки.

— Веди домой.

Дарья повела Петра, удерживая толчки его с мужской силой. Следом вышел Григорий.

— Куда, куда? Ты куда? Не-ет! Ручку поцелую, не ходи!

Пьяный в дым Аникушка прилип к Григорию, но тот глянул такими глазами, что Аникушка растопырил руки и шатнулся в сторону.

— Честной компании! — Григорий тряхнул от порога шапкой.

Курчавый, шевельнув плечами, поправил пояс, пошел за ним.

На крыльце, дыша в лицо Григорию, поблескивая лихими светлыми глазами, шепотом спросил:

— Ты куда? — И цепко взялся за рукав Григорьевой шинели.

— Домой, — не останавливаясь, увлекая его за собой, ответил Григорий. Взволнованно-радостно решил: «Нет, живьем вы меня не возьмете!»

Курчавый левой рукой держался за локоть Григория; тяжело дыша, ступал рядом. У калитки они задержались. Григорий услышал, как скрипнула дверь, и сейчас же правая рука красноармейца лапнула бедро, ногти царапнули крышку кобуры. На одну секунду Григорий увидел в упор от себя синее лезвие чужого взгляда и, ворохнувшись, поймал руку, рвавшую застежку кобуры. Крякнув, он сжал ее в запястье, со страшной силой кинул себе на правое плечо, нагнулся и, перебрасывая издавна знакомым приемом тяжелое тело через себя, рванул руку книзу, ощущая по хрустящему звуку, как в локте ломаются суставы. Русая, витая, как у ягненка, голова, давя снег, воткнулась в сугроб.

По проулку, пригибаясь под плетнем, Григорий кинулся к Дону. Ноги, пружинисто отталкиваясь, несли его к спуску... «Лишь бы заставы не было, а там...» На секунду стал: позади на виду весь Аникушкин баз. Выстрел. Хищно прожужжала пуля. Выстрелы еще. Под гору, по темному переезду — за Дон. Уже на середине Дона, взвыв, пуля вгрызлась возле Григория в чистую круговину пузырчатого льда, осколки посыпались, обжигая Григорию шею. Перебежав Дон, он оглянулся. Выстрелы все еще хлопали пастушьим арапником. Григория не согрела радость избавления, но чувство равнодушия к пережитому смутило. «Как за зверем били! — механически подумал он, опять останавливаясь. — Искать не будут, побоятся в лес идти... Руку-то ему полечил неплохо. Ах, подлюга, казака хотел голыми руками взять!»

Направился к зимним скирдам, но, из опаски, миновал их, долго, как заяц на жировке, вязал петли следов. Ночевать решил в брошенной копне сухого чакана. Разгреб вершину. Из-под ног скользнула норка. Зарылся с головой в гнилостно-пахучий чакан, подрожал. Мыслей не было. Краешком, нехотя подумал: «Заседлать завтра и махнуть через фронт к своим?» — но ответа не нашел в себе, притих.

К утру стал зябнуть. Выглянул. Над ним отрадно и трепетно сияла утренняя зарница, и в глубочайшем провале иссиня-черного неба, как в Дону на перекате, будто показалось дно: предрассветная дымчатая лазурь в зените, гаснущая звездная россыпь по краям.

XVIII

Фронт прошел. Отгремели боевые деньки. В последний день пулеметчики 13-го кавполка перед уходом поставили на широкоспинные тавричанские сани моховский граммофон, долго вскачь мылили лошадей по улицам хутора. Граммофон хрипел и харкал (в широкую горловину трубы попадали снежные ошметья, летевшие с конских копыт), пулеметчик в сибирской ушастой шапке беспечно прочищал трубу и орудовал резной ручкой граммофона так же уверенно, как ручками затыльника. А позади серой воробьиной тучей сыпали за санями ребятишки; цепляясь за грядушку, орали: «Дядя, заведи энту, какая свистит! Заведи, дядя!» Двое счастливейших сидели на коленях у пулеметчика, и тот в перерывах, когда не крутил ручки, заботливо и сурово вытирал варежкой младшему парнишке облупленный, мокрый от мороза и великого счастья нос.

Потом слышно было, как около Усть-Мечетки шли бои. Через Татарский редкими валками тянулись обозы, питавшие продовольствием и боевыми припасами 8-ю и 9-ю красные армии Южного фронта.

На третий день посыльные шли подворно, оповещали казаков о том, чтобы шли на сход.

— Краснова атамана будем выбирать! — сказал Антип Брехович, выходя с мелеховского база.

— Выбирать будем или нам его сверху спустют? — поинтересовался Пантелей Прокофьевич.

— Там как придется...

На собрание пошли Григорий и Петро. Молодые казаки собрались все. Стариков не было. Один только Авдеич Брех, собрав курагот зубоскалов, тачал о том, как стоял у него на квартире красный комиссар и как приглашал он его, Авдеича, занять командную должность.

— «Я, говорит, не знал, что вы — вахмистр старой службы, а то — с нашим удовольствием, заступай, отец, на должность...»

— На какую же? За старшего — куда пошлют? — скалился Мишка Кошевой.

Его охотно поддерживали:

— Начальником над комиссарской кобылой. Подхвостницу ей подмывать.

— Бери выше!

— Го-го!..

— Авдеич! Слышь! Это он тебя в обоз третьего разряда малосолкой заведовать.

— Вы не знаете делов всех... Комиссар ему речи разводит, а комиссаров вестовой тем часом к его старухе прилабунился. Шшупал ее. А Авдеич слюни распустил, сопли развешал — слухает...

Остановившимися глазами Авдеич осматривал всех, глотал слюну, спрашивал:

— Кто последние слова производил?

— Я! — храбрился кто-то позади.

— Видали такого сукина сына? — Авдеич поворачивался, ища сочувствия, и оно приходило в изобилии:

— Он гад, я давно говорю.

— У них вся порода такая.

— Вот был бы я помоложе... — Щеки у Авдеича загорались, как гроздья калины. — Был бы помоложе, я бы тебе показал развязку! У тебя и выходка вся хохлачья! Мазница ты таганрогская! Гашник хохлачий!..

— Чего же ты, Авдеич, не возьмешься с ним? Кужонок супротив тебя.

— Авдеич отломил, видно...

— Боится, пупок у него с натуги развяжется...

Рев провожал отходившего с достоинством Авдеича. На майдане кучками стояли казаки. Григорий, давным-давно не видавший Мишки Кошевого, подошел к нему.

— Здорово, полчок!

— Слава богу.

— Где пропадал? Под каким знаменем службицу ломал? — Григорий улыбнулся, сжимая руку Мишки, засматривая в голубые его глаза.

— Ого! Я, браток, и на отводе, и в штрафной сотне на Калачовском фронте был. Где только не был! Насилу домой прибился. Хотел к красным на фронте перебечь, но за мной глядели дюжей, чем мать за непробованной девкой глядит. Иван-то Алексеевич надысь приходит ко мне, бурка на нем, походная справа: «Ну, мол, винтовку на изготовку — и пошел». Я только что приехал, спрашиваю: «Неужели будешь отступать?» Он плечами дрогнул, говорит: «Велят. Атаман присылал. Я ить при мельнице служил, на учете у них». Попрощался и ушел. Я думал, он и справди отступил. На другой день Мценский полк уже прошел, гляжу — является... Да вот он метется! Иван Алексеевич!

Вместе с Иваном Алексеевичем подошел и Давыдка-вальцовщик. У Давыдки — полон рот кипенных зубов, Давыдка смеется, будто железку нашел... А Иван Алексеевич помял руку Григория в своих мослаковатых пальцах, навылет провонявших машинным маслом, поцокал языком:

— Как же ты, Гриша, остался?

— А ты как?

— Ну мне-то... Мое дело другое.

— На мое офицерство указываешь? Рисканул! Остался... Чуть было не убили... Когда погнались, зачали стрелять — пожалел, что не ушел, а теперь опять не жалею.

— За что привязались-то? Это из Тринадцатого?

— Они. Гуляли у Аникушки. Кто-то доказал, что офицер я. Петра не тронули, ну а меня... За погоны возгорелось дело. Ушел за Дон, руку одному кучерявому попортил трошки... Они за это пришли домой, мое все дочиста забрали. И шаровары и поддевки. Что на мне было, то и осталось.

— Ушли бы мы в красные тогда, перед Подтелковым... Теперь не пришлось бы глазами моргать. — Иван Алексеевич скис в улыбке, стал закуривать.

Народ все подходил. Собрание открыл приехавший из Вешенской подхорунжий Лапченков, сподвижник Фомина.

— Товарищи станишники! Советская власть укоренилась в нашем округе. Надо установить правление, выбрать исполком, председателя и заместителя ему. Это — один вопрос. А затем привез я приказ от окружного Совета, он короткий: сдать все огнестрельное и холодное оружие.

— Здорово! — ядовито сказал кто-то сзади. И потом надолго во весь рост встала тишина.

— Тут нечего, товарищи, такие возгласы выкрикивать! — Лапченков вытянулся, положил на стол папаху. — Оружие, понятно, надо сдать, как оно не нужное в домашности. Кто хочет идтить на защиту Советов, тому оружие дадут. В трехдневный срок винтовочки снесите. Затем приступаем к выборам. Председателя я обяжу довести приказ до каждого, и должон он печать у атамана забрать и все хуторские суммы.

— Они нам давали оружию, что лапу на нее накладывают?..

Спрашивающий еще не докончил фразы, к нему дружно все повернулись. Говорил Захар Королев.

— А на что она тебе сдалась? — просто спросил Христоня.

— Она мне не нужна. Но уговору не было, как мы пущали Красную Армию через свой округ, чтобы нас обезоруживали.

— Верно!

— Фомин говорил на митинге!

— Шашки на свои копейки справляли!

— Я со своим винтом с германской пришел, а тут отдай!

— Оружие, скажи, не отдадим!

— Казаков обобрать норовят! Я что же значу без вооружения? На каком полозу я должен ехать? Я без оружия, как баба с задратым подолом, — голый.

— При нас останется!

Мишка Кошевой чинно попросил слова:

— Дозвольте, товарищи! Мне даже довольно удивительно слухать такие разговоры. Военное положение или нет у нас?

— Да нехай хучь сзади военного!

— А раз военное — гутарить долго нечего. Вынь и отдай! Мы то не так делали, как занимали хохлачьи слободы?

Лапченков погладил свою папашку и как припечатал:

— Кто в этих трех днях не сдаст оружие, будет предан революционному суду и расстрелян, как контра.

После минуты молчания Томилин, кашляя, прохрипел:

— Просим выбирать власть!

Двинули кандидатуры. Накричали с десяток фамилий. Один из молодятни крикнул:

— Авдеича!

Однако шутка успеха не возымела. Первым голосовали Ивана Алексеевича. Прошел единогласно.

— Дальше и голосовать нечего, — предложил Петро Мелехов.

Сход охотно согласился, и товарищем председателя выбрали без голосования Мишку Кошевого.

Мелеховы и Христоня не успели до дома дойти, а Аникушка уж повстречался им на полдороге.

Под мышкой нес винтовку и патроны, завернутые в женину завеску. Увидел казаков — засовестился, шмыгнул в боковой переулок. Петро глянул на Григория, Григорий — на Христоню. Все, как по сговору, рассмеялись.

XIX

Казакует по родимой степи восточный ветер. Лога позанесло снегом. Падины и яры сровняло. Нет ни дорог, ни тропок. Кругом, наперекрест, прилизанная ветрами, белая голая равнина. Будто мертва степь. Изредка пролетит в вышине ворон, древний, как эта степь, как курган над летником в снежной шапке с бобровой княжеской опушкой чернобыла. Пролетит ворон, со свистом разрубая крыльями воздух, роняя горловой стонущий клекот. Ветром далеко пронесет его крик, и долго и грустно будет звучать он над степью, как ночью в тишине нечаянно тронутая басовая струна.

Но под снегом все же живет степь. Там, где, как замерзшие волны, бугрится серебряная от снега пахота, где мертвой зыбью лежит заборонованная с осени земля, — там, вцепившись в почву жадными, живучими корнями, лежит поваленное морозом озимое жито. Шелковисто-зеленое, все в слезинках застывшей росы, оно зябко жмется к хрушкому чернозему, кормится его живительной черной кровью и ждет весны, солнца, чтобы встать, ломая стаявший паутинно-тонкий алмазный наст, чтобы буйно зазеленеть в мае. И оно встанет, выждав время! Будут биться в нем перепела, будет звенеть над ним апрельский жаворонок. И так же будет светить ему солнце, и тот же будет баюкать его ветер. До поры, пока вызревший, полнозерный колос, мятый ливнями и лютыми ветрами, не поникнет усатой головой, не ляжет под косой хозяина и покорно уронит на току литые, тяжеловесные зерна.

Все Обдонье жило потаенной, придавленной жизнью. Жухлые подходили дни. События стояли у грани. Черный слушок полз с верховьев

Дона, по Чиру, по Цуцкану, по Хопру, по Бланке, по большим и малым рекам, усыпанным казачьими хуторами. Говорили о том, что не фронт страшен, прокатившийся волной и легший возле Донца, а чрезвычайные комиссии и трибуналы. Говорили, что со дня на день ждут их в станицах, что будто бы в Мигулинской и Казанской уже появились они и вершат суды короткие и неправые над казаками, служившими у белых. Будто бы то обстоятельство, что бросили верхнедонцы фронт, оправданием не служит, а суд до отказу прост: обвинение, пара вопросов, приговор — и под пулеметную очередь. Говорили, что в Казанской и Шумилинской вроде уже не одна казачья голова валяется в хворосте без призрения... Фронтовики только посмеивались: «Брехня! Офицерские сказочки! Кадеты давно нас Красной Армией пужают!»

Слухам верили и не верили. И до этого мало ли что брехали по хуторам. Слабых духом молва толкнула на отступление. Но когда фронт прошел, немало оказалось и таких, кто не спал ночами, кому подушка была горяча, постель жестка и родная жена немила.

Иные уже и жалковали о том, что не ушли за Донец, но сделанного не воротишь, уроненной слезы не поднимешь...

В Татарском казаки собирались вечерами на проулках, делились новостями, а потом шли пить самогон, кочуя из куреня в курень. Тихо жил хутор и горьковато. В начале мясоеда одна лишь свадьба прозвенела бубенцами: Мишка Кошевой выдал замуж сестру. Да и про ту говорили с ехидной издевкой:

— Нашли время жениться! Приспичило, видно!

На другой день после выборов власти хутор разоружился до двора. В моховском доме, занятом под ревком, теплые сени и коридор завалили оружием. Петро Мелехов тоже отнес свою и Григория винтовки, два нагана и шашку. Два офицерских нагана братья оставили, сдали лишь те, что остались еще от германской.

Облегченный Петро пришел домой. В горнице Григорий, засучив по локоть рукава, разбирал и отмачивал в керосине приржавевшие части двух винтовочных затворов. Винтовки стояли у лежанки.

— Это откуда? — У Петра даже усы обвисли от удивления.

— Батя привез, когда ездил ко мне на Филоново.

У Григория в сузившихся прорезях глаз заиграли светлячки. Он захохотал, лапая бока смоченными в керосине руками. И так же неожиданно оборвал смех, по-волчьи клацнув зубами.

— Винтовки — это что!.. Ты знаешь, — зашептал он, хотя в курене никого чужого не было, — отец мне нынче признался, — Григорий снова подавил улыбку, — у него пулемет есть.

— Бре-ше-ешь! Откуда? Зачем?

— Говорит, казаки-обозники ему отдали за сумку кислого молока, а по-моему, брешет, старый черт! Украл, небось! Он ить, как жук навозный, тянет все, что и поднять не в силах. Шепчет мне: «Пулемет у меня есть, зарытый на гумне. Пружина в нем, гожая на нарезные крючки, но я ее не трогал». — «Зачем он тебе?» — спрашиваю. «На дорогую пружину позавидовал, может, ишо на что сгодится. Штука ценная, из железа...»

Петро обозлился, хотел идти в кухню к отцу, но Григорий рассоветовал:

— Брось! Помоги почистить и прибрать. Чего ты с него спросишь?

Протирая стволы, Петро долго сопел, а потом раздумчиво сказал:

— Оно, может, и правда... сгодится. Нехай лежит.

В этот день Томилин Иван принес слух, что в Казанской идут расстрелы. Покурили у печки, погутарили. Петро под разговор о чем-то упорно думал. Думалось с непривычки трудно, до бисера на лбу. После ухода Томилина он заявил:

— Зараз поеду на Рубежин к Яшке Фомину. Он у своих нынче, слыхал я. Говорят, он окружным ревкомом заворачивает, как-никак — кочка на ровном месте. Попрошу, чтоб, на случай чего, заступился.

В пичкатые сани Пантелей Прокофьевич запряг кобылу. Дарья укуталась в новую шубу и о чем-то долго шепталась с Ильиничной. Вместе они шмыгнули в амбар, оттуда вышли с узлом.

— Чего это? — спросил старик.

Петро промолчал, а Ильинична скороговоркой шепнула:

— Я тут маслица насбирала, блюла на всяк случай. А теперь уж не до масла, отдала его Дарье, нехай Фомихе гостинца повезет, может, он сгодится Петюшке. — И заплакала. — Служили, служили, жизней решались, и теперь за погоны за ихние, того и гляди...

— Цыц, голосуха! — Пантелей Прокофьевич с сердцем кинул в сено кнут, подошел к Петру: — Ты ему пшенички посули.

— На черта она ему нужна! — вспыхнул Петро. — Вы бы, батя, лучше пошли к Аникушке дымки купили, а то — пшеницы!

Под полой Пантелей Прокофьевич принес ведерный кувшин, самогона, отозвался одобрительно:

— Хороша водка, мать ее курица! Как николаевская.

— А ты уж хлебнул, кобель старый! — насыпалась на него Ильинична; но старик вроде не слыхал, по-молодому захромал в курень, сыто, по-котовски жмурясь, покрякивая и вытирая рукавом обожженные дымкой губы.

Петро тронул со двора и, как гость, ворота оставил открытыми.

Вез и он подарок могущественному теперь сослуживцу: кроме самогона — отрез довоенного шевиота, сапоги и фунт дорогого чая с цветком. Все это раздобыл он в Лисках, когда 28-й полк с боем взял станцию и рассыпался грабить вагоны и склады...

Тогда же в отбитом поезде захватил он корзину с дамским бельем. Послал ее с отцом, приезжавшим на фронт. И Дарья, на великую зависть Наталье и Дуняшке, защеголяла в невиданном досель белье. Тончайшее заграничное полотно было белее снега, шелком на каждой штучке были вышиты герб и инициалы. Кружева на панталонах вздымались пышнее пены на Дону. Дарья в первую ночь по приезде мужа легла спать в панталонах.

Петро, перед тем как гасить огонь, снисходительно ухмыльнулся:

— Мущинские исподники подцепила и носишь?

— В них теплее и красивше, — мечтательно ответила Дарья. — Да их и не поймешь: кабы они мущинские — были б длиннее. И кружева... На что они вашему брату?

— Должно, благородного звания мущины с кружевами носют. Да мне-то что? Носи, — сонно почесываясь, ответил Петро.

Вопрос этот его не особенно интересовал. Но в последующие дни ложился он рядом с женой, уже с опаской отодвигаясь, с невольным почтением и беспокойством глядя на кружева, боясь малейше коснуться их и испытывая некоторое отчуждение от Дарьи. К белью он так и не привык. На третью ночь, озлившись, решительно потребовал:

— Скидай к черту штаны свои! Негоже их бабе носить, и они вовсе не бабские. Лежишь, как барыня! Ажник какая-то чужая в них!

Утром встал он раньше Дарьи. Покашливая и хмурясь, попробовал примерить панталоны на себя. Долго и настороженно глядел на завязки, на кружева и на свои голые, ниже колен волосатые ноги. Повернулся и, нечаянно увидев в зеркале свое отображение с пышными складками назади, плюнул, чертыхнулся, медведем полез из широчайших штанин. Большим пальцем ноги зацепился в кружевах, чуть не упал на сундук и, уже разъярясь всерьез, разорвал завязки, выбрался на волю. Дарья сонно спросила:

— Ты чего?

Петро обиженно промолчал, сопя и часто поплевывая. А панталоны, которые неизвестно на какой пол шились, Дарья в тот же день, вздыхая, сложила в сундук (там лежало еще немало вещей, которым никто из баб не мог найти применения). Сложные вещи эти должны были впоследствии перешить на лифчики. Вот юбки Дарья использовала; были они неведомо для чего коротки, но хитрая владелица надставила сверху так, чтобы нижняя юбка была длиннее длинной верхней, чтобы виднелись на полчетверти кружева. И пошла Дарья щеголять, заметать голландским кружевом земляной пол.

Вот и сейчас, отправляясь с мужем на́ гости, была она одета богато и видно. Под донской, опушенной поречьем шубой и кружева исподней виднелись, и верхняя, шерстяная, была добротна и нова, чтобы поняла вылезшая из грязи в князи фоминская жена, что Дарья не простая казачка, а как-никак офицерша.

Петро помахивал кнутом, чмокал губами. Брюхатая кобылка с облезлой кобаржиной трюпком бежала по накатанной дороге, по Дону. В Рубежин приехали к обеду. Фомин действительно оказался дома. Он встретил Петра по-хорошему, усадил его за стол, улыбнулся в рыжеватые усы, когда отец его принес из Петровых саней, запушенных инеем, осыпанный сенной трухой кувшин.

— Ты что-то, односум, и глаз не кажешь, — говорил Фомин протяжно, приятным баском, искоса поглядывая на Дарью широко поставленными голубыми глазами женолюба, и с достоинством закручивал ус.

— Сам знаешь, Яков Ефимыч, частя шли, время сурьезное...

— Оно-то так. Баба! Ты бы нам огурцов, капустки, рыбки донской сушеной.

В тесной хате было жарко натоплено. На печи лежали детишки: похожий на отца мальчик, с такими же голубыми, широкими в поставе глазами, и девочка. Подвыпив, Петро приступил к делу:

— Гутарют по хуторам, будто чеки́ приехали, добираются до казаков.

— Трибунал Пятнадцатой Инзенской дивизии в Вешенскую приехал. Ну а что такое? Тебе-то что?

— Как же, Яков Ефимыч, сами знаете, офицер считаюсь. Я-то офицер, можно сказать, — одна видимость.

— Ну так что?

Он чувствовал себя хозяином положения. Хмель сделал его самоуверенным и хвастливым. Фомин все приосанивался, оглаживая усы, смотрел исподлобно, властно.

Раскусив его, Петро прикинулся сиротой, униженно и подобострастно улыбался, но с «вы» незаметно перешел на «ты».

— Вместе служили с тобой. Плохого про меня ты не могешь сказать. Или я был когда супротив? Сроду нет! Покарай бог, я всегда стоял за казаков!

— Мы знаем. Ты, Петро Пантелеевич, не сумлевайся. Мы всех наизусть выучили. Тебя не тронут. А кое до кого мы доберемся. Кой-кого возьмем за хи́ршу*. Тут много гадов засело. Остались, а сами — себе на уме. Оружие хоронют... Ты-то отдал свое? А?

Фомин так быстро перешел от медлительной речи к натиску, что Петро на минуту растерялся, кровь заметно кинулась ему в лицо.

— Ты-то сдал? Ну чего же ты? — наседал Фомин, перегибаясь через стол.

— Сдал, конешно, Яков Ефимыч, ты не подумай... я с открытой душой.

— С открытой? Знаем мы вас... Сам тутошний. — Он пьяно подмигнул, раскрыл плоскозубый ядреный рот. — С богатым казаком одной рукой ручкайся, а в другой нож держи, а то саданет... Собаки! Откровенных нету! Я перевидал немало людей. Предатели! Но ты не бойся, тебя не тронут. Слово — олово!

Дарья закусывала холодцом, из вежливости почти не ела хлеба. Ее усердно угощала хозяйка.

Уехал Петро уже перед вечером, обнадеженный и веселый.

* * *

Проводив Петра, Пантелей Прокофьевич пошел проведать свата Коршунова. Он был у него перед приходом красных. Лукинична собирала тогда Митьку в дорогу, в доме были суета, беспорядок. Пантелей Прокофьевич ушел, почувствовав себя лишним. А на этот раз решил пойти узнать, все ли благополучно, да кстати погоревать вместе о наступивших временах.

---

* Хирша — загривок.

Дохромал он в тот конец хутора не скоро. Постаревший и уже растерявший несколько зубов, дед Гришака встретил его на базу. Было воскресенье, и дед направлялся в церковь к вечерне. Пантелея Прокофьевича с ног шибануло при взгляде на свата: под распахнутой шубой у того виднелись все кресты и регалии за турецкую войну, красные петлички вызывающе сияли на стоячем воротнике старинного мундира, старчески обвисшие шаровары с лампасами были аккуратно заправлены в белые чулки, а на голове по самые восковые крупные уши надвинут картуз с кокардой.

— Что ты, дедушка! Сваток, аль не при уме? Да кто же в эту пору кресты носит, кокарду?

— Ась? — Дед Гришака приставил к уху ладонь.

— Кокарду, говорю, сыми! Кресты скинь! Заарестуют тебя на такое подобное. При Советской власти нельзя, закон возбраняет.

— Я, соколик, верой-правдой своему белому царю служил. А власть эта не от бога. Я их за власть не сознаю. Я Александру-царю присягал, а мужикам я не присягал, так-то! — Дед Гришака пожевал блеклыми губами, вытер зеленую цветень усов и ткнул костылем в направлении дома. — Ты к Мирону, что ль? Он дома. А Митюшку проводили мы в отступ. Сохрани его, царица небесная!.. Твои-то остались? Ась? А то что ж... Вот они какие казачкй-то пошли! Наказному, небось, присягали. Войску нужда подошла, а они остались при женах... Натальюшка жива-здорова?

— Живая... Кресты — воротись — сыми, сват! Не полагается их теперь. Господи боже, одурел ты, сваток?

— Ступай с богом! Молод меня учить-то! Ступай себе.

Дед Гришака пошел прямо на свата, и тот уступил ему дорогу, сойдя со стежки в снег, оглядываясь и безнадежно качая головой.

— Служивого нашего ветрел? Вот наказание! И не приберет его господь. — Мирон Григорьевич, заметно сдавший за эти дни, встал навстречу свату. — Нацепил свои висюльки, фуражку с кокардой надел и пошел. Хучь силом с него сымай. Чисто дите стал, ничего не понимает.

— Нехай тешится, недолго уж ему... Ну как там наши? Мы прослыхали, будто Гришу дерзали анчихристы? — Лукинична подсела к казакам, горестно подперлась. — У нас, сват, ить какая беда... Четырех коней взяли, оставили кобылу да стригуна. Разорили вчистую!

Мирон Григорьевич прижмурил глаз, будто прицеливаясь, и заговорил по-новому, с вызревшей злостью:

— А через что жизня рухнулась? Кто причиной? Вот эта чертова власть! Она, сват, всему виновата. Да разве это мысленное дело — всех сравнять? Да ты из меня душу тяни, я не согласен! Я всю жисть работал, хрип гнул, по́том омывался, и чтобы мне жить равно с энтим, какой пальцем не ворохнул, чтоб выйтить из нужды? Нет уж, трошки погодим! Хозяйственному человеку эта власть жилы режет. Через это и руки отваливаются: к чему зараз наживать, на кого работать? Нынче наживешь, а завтра придут да под гребло... И ишо, сваток: был у меня надысь односум с хутора Мрыхина, разговор вели... Фронт-то вот он, возля Донца. Да разве ж удержится? Я, по правде сказать, надежным людям втолковываю, что надо нашим, какие за Донцом, от себя пособить...

— Как так — пособить? — с тревогой, почему-то шепотом спросил Пантелей Прокофьевич.

— Как пособить? Власть эту пихнуть! Да так пихнуть, чтобы она опять очутилась ажник в Тамбовской губернии. Нехай там равнение делает с мужиками. Я все имущество до нитки отдам, лишь бы уничтожить этих врагов. Надо, сват, надо вразумить! Пора! А то поздно будет... Казаки, односум говорил, волнуются и у них. Только бы подружней взяться! — И перешел на быстрый, захлебывающийся шепот: — Частя прошли, а сколько их тут осталось? Считанные люди! По хуторам одни председатели... Головы им поотвязать — пустяковое дело. А в Вёшках, ну что ж... Миромсобором навалиться — на куски порвем! Наши в трату не дадут, соединимся... Верное дело, сват!

Пантелей Прокофьевич встал. Взвешивая слова, опасливо советовал:

— Гляди, поскользнешься — беды наживешь! Казаки-то хучь и шатаются, а чума их знает, куда потянут. Об этих делах ноне толковать не со всяким можно... Молодых вовсе понять нельзя, вроде зажмурки живут. Один отступил, другой остался. Трудная жизня! Не жизня, а потемки.

— Не сумлевайся, сват! — снисходительно улыбнулся Мирон Григорьевич. — Я мимо не скажу. Люди — что овцы: куда баран, туда и весь табун. Вот и надо показать им путя! Глаза на эту власть открыть надо. Тучи не будет — гром не вдарит. Я казакам прямо говорю: восставать надо. Слух есть, будто они приказ отдали — всех казаков перевесть. Об этом как надо понимать?

У Мирона Григорьевича сквозь конопины проступала краска.

— Ну, что оно будет, Прокофич? Гутарют, расстрелы начались... Какая ж это жизня? Гляди, как рухнулось все за эти года! Гасу нету, серников — тоже, одними конфетами Мохов напоследях торговал... А посевы? Супротив прежнего сколько сеют? Коней перевели. У меня вот забрали, у другого... Забирать-то все умеют, а разводить кто будет? У нас раньше, я ишо парнем был, восемьдесят шесть лошадей было. Помнишь, небось? Скакуны были, хучь калмыка догоняй! Рыжий с прозвездью был у нас тогда. Я на нем зайцев топтал. Выеду, оседламши, в степь, подыму зайца в бурьянах и сто сажен не отпущу — стопчу конем. Как зараз помню. — По лицу Мирона Григорьевича пролегла горячая улыбка. — Выехал так-то к ветрякам, гляжу — заяц коптит прямо на меня. Выправился я к нему, он — виль, да под гору, да через Дон! На маслену дело было. Снег по Дону посогнало ветром, сколизь. Разгонись я за тем зайцем, конь посклизнулся, вдарился со всех ног и головы не приподнял. Затрусилось все на мне! Снял с него седло, прибегаю в куреня. «Батя, конь убился подо мной! За зайцем гнал». — «А догнал?» — «Нет». — «Седлай Вороного, догони, сукин сын!» Вот времена были! Жили — кохались казачки́. Конь убился — не жалко, а надо зайца догнать. Коню сотня цена, а зайцу гривенник... Эх, да что толковать!

От свата Пантелей Прокофьевич ушел растерявшийся еще больше, насквозь отравленный тревогой и тоской. Теперь уж чувствовал он со всей полнотой, что какие-то иные, враждебные ему начала вступили в управление жизнью. И если раньше правил он хозяйством и вел жизнь, как хорошо наезженного коня на скачках с препятствиями, то теперь жизнь несла его, словно взбесившийся, запененный конь, и он уже не правил ею, а безвольно мотался на ее колышущейся хребтине и делал жалкие усилия не упасть.

Мга нависла над будущим. Давно ли был Мирон Григорьевич богатейшим хозяином в окружности? Но последние три года источили его мощь. Разошлись работники, вдевятеро уменьшился посев, за так и за пьяно качавшиеся, обесцененные деньги пошли с база быки и кони. Было все будто во сне. И прошло, как текучий туман над Доном. Один дом с фигурным балконом и вылинявшими резными карнизами остался памяткой. Раньше времени высветлила седина лисью рыжевень коршуновской бороды, перекинулась на виски и поселилась там, вначале — как сибирек на супеси — пучками, а потом осилила рыжий цвет и стала на висках полновластной соленая седина; и уже тесня, отнимая по волоску, владела надлобьем. Да и в самом Мироне Григорьевиче свирепо боролись два этих начала: бунтовала рыжая кровь, гнала на работу, понуждала сеять, строить сараи, чинить инвентарь, богатеть; но все чаще наведывалась тоска — «Не к чему наживать. Пропадет!» — красила все в белый мертвенный цвет равнодушия. Страшные в своем безобразии, кисти рук не хватались, как прежде, за молоток или ручную пилку, а праздно лежали на коленях, шевеля изуродованными работой, грязными пальцами. Старость привело безвременье. И стала постыла земля. По весне шел к ней, как к немилой жене, по привычке, по обязанности. И наживал без радости и лишался без прежней печали... Забрали красные лошадей — он и виду не показал. А два года назад за пустяк, за копну, истоптанную быками, едва не запорол вилами жену. «Хапал Коршунов и наелся, обратно прет из него», — говорили про него соседи.

Пантелей Прокофьевич прихромал домой, прилег на койке. Сосало под ложечкой, к горлу подступала колючая тошнота. Повечеряв, попросил он старуху достать соленого арбуза. Съел ломоть, задрожал, еле дошел до печки. К утру он уже валялся без памяти, пожираемый тифозным жаром, кинутый в небытие. Запекшиеся кровью губы его растрескались, лицо пожелтело, белки подернулись голубой эмалью. Бабка Дроздиха отворила ему кровь, нацедила из вены на руке две тарелки черной, как деготь, крови. Но сознание к нему не вернулось, только лицо иссиня побелело да шире раскрылся чернозубый рот, с хлюпом вбиравший воздух.

XX

В конце января Иван Алексеевич выехал в Вешенскую по вызову председателя окружного ревкома. К вечеру он должен был вернуться. Его ждали. Мишка сидел в пустынном моховском доме, в бывшем кабинете хозяина, за широким, как двухспальная кровать, письменным столом. На подоконнике (в комнате был только один стул) полулежал присланный из Вешенской милиционер Ольшанов. Он молча курил, плевал далеко и искусно, каждый раз отмечая плевком новую кафельную плитку камина. За окнами стояло зарево звездной ночи. Покоилась гулкая морозная тишина. Мишка подписывал протокол обыска у Степана Астахова, изредка поглядывая в окно на обсахаренные инеем ветви кленов.

По крыльцу кто-то прошел, мягко похрустывая валенками.

— Приехал.

Мишка встал. Но в коридоре чужой кашель, чужие шаги. Вошел Григорий Мелехов в наглухо застегнутой шинели, бурый от мороза, с осевшей на бровях и усах изморозью.

— Я на огонек. Здорово живешь!

— Проходи, жалься.

— Не на что жалиться. Побрехать зашел да кстати сказать, чтоб в обывательские не назначали. Кони у нас в ножной.

— А быки? — Мишка сдержанно покосился.

— На быках какая ж езда? Сколизь.

Отдирая шагами окованные морозом доски, кто-то крупно прошел по крыльцу. Иван Алексеевич в бурке и по-бабьи завязанном башлыке ввалился в комнату. От него хлынул свежий, холодный воздух, запах сена и табачной гари.

— Замерз, замерз, ребятки!.. Григорий, здравствуй! Чего ты по ночам шалаешься?.. Черт эти бурки придумал: ветер сквозь нее, как через сито!

Разделся и, еще не повесив бурки, заговорил:

— Ну, повидал я председателя. — Иван Алексеевич, сияющий, блестя глазами, подошел к столу. Одолевала его нетерпячка рассказать. — Вошел к нему в кабинет. Он поручкался со мной и говорит: «Садитесь, товарищ». Это окружной! А раньше как было? Генерал-майор! Перед ним как стоять надо было? Вот она, наша власть-любушка! Все ровные!

Его оживленное, счастливое лицо, суетня возле стола и эта восторженная речь были непонятны Григорию. Спросил:

— Чему ты возрадовался, Алексеев?

— Как — чему? — У Ивана Алексеевича дрогнул продавленный дыркой подбородок. — Человека во мне увидали, как же мне не радоваться? Мне руку, как ровне, дал, посадил...

— Генералы тоже в рубахах из мешков стали последнее время ходить. — Григорий ребром ладони выпрямил ус, сощурился. — Я на одном видал и погоны, чернильным карандашом сделанные. Ручку тоже казакам давали...

— Генералы от нужды, а эти от натуры. Разница?

— Нету разницы! — Григорий покачал головой.

— По-твоему, и власть одинаковая? За что же тогда воевали? Ты вот — за что воевал? За генералов? А говоришь — «одинаково».

— Я за себя воевал, а не за генералов. Мне, если направдок гутарить, ни те, ни эти не по совести.

— А кто же?

— Да никто!

Ольшанов плюнул через всю комнату, сочувственно засмеялся. Ему, видно, тоже никто по совести не пришелся.

— Ты раньше будто не так думал.

Мишка сказал с целью уязвить Григория, но тот и виду не подал, что замечание его задело.

— И я и ты — все мы по-разному думали...

Иван Алексеевич хотел, выпроводив Григория, передать Мишке поподробней о своей поездке и беседе с председателем, но разговор начал его волновать. Очертя голову, под свежим впечатлением виденного и слышанного в округе, он кинулся в спор:

— Ты нам голову пришел морочить, Григорий! Сам ты не знаешь, чего ты хочешь.

— Не знаю, — охотно согласился Григорий.

— Чем ты эту власть корить будешь?

— А чего ты за нее распинаешься? С каких это ты пор так покраснел?

— Об этом мы не будем касаться. Какой есть теперь, с таким и гутарь. Понял? Власти тоже дюже не касайся, потому — я председатель, и мне тут с тобой негоже спорить.

— Давай бросим. Да мне и пора уж. Это я в счет обывательских зашел. А власть твоя, — уж как хочешь — а поганая власть. Ты мне скажи прямо, и мы разговор кончим: чего она дает нам, казакам?

— Каким казакам? Казаки тоже разные.

— Всем, какие есть.

— Свободу, права... Да ты погоди!.. Постой, ты чего-то...

— Так в семнадцатом году говорили, а теперь надо новое придумывать! — перебил Григорий. — Земли дает? Воли? Сравняет?.. Земли у нас — хоть заглонись ею. Воли больше не надо, а то на улицах будут друг дружку резать. Атаманов сами выбирали, а теперь сажают. Кто его выбирал, какой тебя ручкой обрадовал? Казакам эта власть, окромя разору, ничего не дает! Мужичья власть, им она и нужна. Но нам и генералы не нужны. Что коммунисты, что генералы — одно ярмо.

— Богатым казакам не нужна, а другим? Дурья голова! Богатых-то в хуторе трое, а энти бедные. А рабочих куда денешь? Нет, мы так судить с тобой не могем! Нехай богатые казаки от сытого рта оторвут кусок и дадут голодному. А не дадут — с мясом вырвем! Будя пановать! Заграбили землю...

— Не заграбили, а завоевали! Прадеды наши кровью ее полили, оттого, может, и родит наш чернозем.

— Все равно, а делиться с нуждой надо. Равнять — так равнять! А ты на холостом ходу работаешь. Куда ветер, туда и ты, как флюгерок на крыше. Такие люди, как ты, жизню мутят!

— Постой, ты не ругайся! Я по старой дружбе пришел погутарить, сказать, что у меня в грудях накипело. Ты говоришь — равнять... Этим темный народ большевики и приманули. Посыпали хороших слов, и попер человек, как рыба на приваду! А куда это равнение делось? Красную Армию возьми: вот шли через хутор. Взводный в хромовых сапогах, а «Ванек» в обмоточках. Комиссара видал, весь в кожу залез, и штаны и тужурка, а другому и на ботинки кожи не хватает. Да ить это год ихней власти прошел, а укоренятся они — куда равенство денется?.. Говорили на фронте: «Все ровные будем. Жалованье и командирам и солдатам одинаковое!..» Нет! Привада одна! Уж ежли пан плох, то из хама пан во сто раз хуже! Какие бы поганые офицеры ни были, а как из казуни выйдет какой в офицеры — ложись и помирай, хуже его не найдешь! Он такого же образования, как и казак: быкам хвосты учился крутить, а глядишь — вылез в люди и сделается от власти пьяный, и готов шкуру с другого спустить, лишь бы усидеть на этой полочке.

— Твои слова — контра! — холодно сказал Иван Алексеевич, но глаз на Григория не поднял. — Ты меня на свою борозду не своротишь, а я тебя и не хочу заламывать. Давно я тебя не видал и не потаю — чужой ты стал. Ты Советской власти враг!

— Не ждал я от тебя... Ежли я думаю за власть, так я — контра? Кадет?

Иван Алексеевич взял у Ольшанова кисет, уже мягче сказал:

— Как я тебя могу убедить? До этого своими мозгами люди доходют. Сердцем доходют! Я словами не справен по причине темноты своей и малой грамотности. И я до многого дохожу ощупкой...

— Кончайте! — яростно крикнул Мишка.

Из исполкома вышли вместе. Григорий молчал. Тяготясь молчанием, не оправдывая чужого метания, потому что далек был от него и смотрел на жизнь с другого кургана, Иван Алексеевич на прощание сказал:

— Ты такие думки при себе держи. А то хоть и знакомец ты мне и Петро ваш кумом доводится, а найду я против тебя средства! Казаков нечего шатать, они и так шатаются. И ты поперек дороги нам не становись. Стопчем!.. Прощай!

Григорий шел, испытывая такое чувство, будто перешагнул порог, и то, что казалось неясным, неожиданно встало с предельной яркостью. Он, в сущности, только высказал вгорячах то, о чем думал эти дни, что копилось в нем и искало выхода. И оттого, что стал он на грани в борьбе двух начал, отрицая оба их, — родилось глухое неумолчное раздражение.

Мишка с Иваном Алексеевичем шли вместе. Иван Алексеевич начал снова рассказывать о встрече с окружным председателем, но, когда стал говорить, показалось — краски и значительность вылиняли. Он пытался вернуться к прежнему настроению и не смог: стояло что-то поперек, мешало радостно жить, хватать легкими пресный промороженный воздух. Помеха — Григорий, разговор с ним. Вспомнил, сказал с ненавистью:

— Такие, как Гришка, в драке только под ногами болтаются. Паскуда! К берегу не прибьется и плавает, как коровий помет в проруби. Ишо раз придет — буду гнать в шею! А начнет агитацию пущать — мы ему садилку найдем... Ну а ты, Мишатка, что? Как дела?

Мишка только выругался в ответ, думая о чем-то своем.

Прошли квартал, и Кошевой повернулся к Ивану Алексеевичу, на полных, девичьих губах его блуждала потерявшаяся улыбка:

— Вот, Алексеевич, какая она, политика, злая, черт! Гутарь о чем хошь, а не будешь так кровя портить. А вот начался с Гришкой разговор... ить мы с ним — корешки, в школе вместе учились, по девкам бегали, он мне — как брат... а вот начал городить, и до того я озлел, ажник сердце распухло, как арбуз в груде сделалось. Трусится все во мне! Кубыть, отнимает он у меня что-то, самое жалкое. Кубыть, грабит он меня! Так под разговор и зарезать можно. В ней, в этой войне, сватов, братов нету. Начертился — и иди! — Голос Мишки задрожал непереносимой обидой. — Я на него ни за одну отбитую девку так не серчал, как за эти речи. Вот до чего забрало!

XXI

Снег падал и таял на лету. В полдень в ярах с глухим шумом рушились снежные оползни. За Доном шумел лсс. Стволы дубов оттаяли, почернели. С ветвей срывались капли, пронзали снег до самой земли, пригревшейся под гниющим покровом листа-падалицы. Уже манило пьяным ростепельным запахом весны, в садах пахло вишенником. На Дону появились прососы. Возле берегов лед отошел, и проруби затопило зеленой и ясной водой окраинцев.

Обоз, везший к Дону партию снарядов, в Татарском должен был сменить подводы. Сопровождавшие красноармейцы оказались ребятами лихими. Старшой остался караулить Ивана Алексеевича; так ему и заявил: «Посижу с тобой, а то ты, не ровен час, сбежишь!» — а остальных направил добывать подводы. Нужно было высточить сорок семь пароконных подвод.

Емельян добрался и до Мелеховых.

— Запрягайте, в Боковскую снаряды везть!

Петро и усом не повел, буркнул:

— Кони в ножной, а на кобыле вчера я раненых отвозил в Вешенскую.

Емельян, слова не говоря, — в конюшню. Петро выскочил за ним без шапки, окликнул:

— Слышишь? Погоди... Может, отставишь?

— Может, бросишь дуру трепать? — Емельян очень серьезно оглядел Петра, добавил: — Охоту маю поглядеть ваших коней, какая такая ножная у них? Не молотком ли нечаянно с намерением суставы побили? Так ты мне не втирай очки! Я лошадей столько перевидал, сколько ты лошадиного помету. Запрягай! Коней или быков — все равно.

С подводой поехал Григорий. Перед тем как выехать, он вскочил в кухню; целуя детишек, торопливо кидал:

— Гостинцев привезу, а вы тут не дурите, матерю слухайте. — И к Петру: — Вы обо мне не думайте. Я далеко не поеду. Ежели погонят дальше Боковской — брошу быков и вернусь. Только я в хутор не приду. Перегожу время на Сингином, у тетки... А ты, Петро, надбеги проведать... Что-то мне страшновато тут ждать. — И усмехнулся. — Ну, бывайте здоровы! Наташка, не скучай!

Около моховского магазина, занятого под продовольственный склад, перегрузили ящики со снарядами, тронулись.

«Они воюют, чтобы им лучше жить, а мы за свою хорошую жизнь воевали, — все о том же думал Григорий под равномерный качкий ступ быков, полулежа в санях, кутая зипуном голову. — Одной правды нету в жизни. Видно, кто кого одолеет, тот того и сожрет... А я дурную правду искал. Душой болел, туда-сюда качался... В старину, слышно, Дон татары обижали, шли отнимать землю, неволить. Теперь — Русь. Нет! Не помирюсь я! Чужие они мне и всем-то казакам. Казаки теперь почунеют. Бросили фронт, а теперь каждый, как я: ах! — да поздно».

Вблизи бурьяны над дорогой, холмистая зыбь, щетинистые буераки наплывали навстречу, а дальше снежные поля, кружась, шли на юг вровень с санями. Дорога разматывалась нескончаемо, угнетала скукой, клонила в сон.

Григорий лениво покрикивал на быков, дремал, ворочался возле увязанных ящиков. Покурив, уткнулся лицом в сено, пропахшее сухим донником и сладостным куревом июньских дней, незаметно уснул. Во сне он ходил с Аксиньей по высоким шуршащим хлебам. Аксинья на руках бережно несла ребенка, сбоку мерцала на Григория стерегущим взглядом. А Григорий слышал биение своего сердца, певучий шорох колосьев, видел сказочный расшив трав на меже, щемящую голубизну небес. В нем цвело, бродило чувство, он любил Аксинью прежней изнуряющей любовью, он ощущал это всем телом, каждым толчком сердца и в то же время сознавал, что не явь, что мертвое зияет перед его глазами, что это сон. И радовался сну и принимал его, как жизнь. Аксинья была та же, что и пять лет назад, но пронизанная сдержанностью, тронутая холодком. Григорий с такой слепящей яркостью, как никогда в действительности, видел пушистые кольца ее волос на шее (ими играл ветер), концы белой косынки... Он проснулся от толчка, отрезвел от голосов. Навстречу, объезжая их, двигались многочисленные подводы.

— Чего везете, земляки? — хрипло крикнул ехавший впереди Григория Бодовсков.

Скрипели полозья, с хрустом давили снег клешнятые копыта быков. На встречных подводах долго молчали. Наконец кто-то ответил:

— Мертвяков! Тифозных...

Григорий поднял голову. В проезжавших санях лежали внакат, прикрытые брезентом, серошинельные трупы. Наклески саней Григория на раскате ударились о торчавшую из проезжавших саней руку, и она отозвалась глухим, чугунным звоном... Григорий равнодушно отвернулся.

Приторный, зовущий запах донника навеял сон, мягко повернул лицом к полузабытому прошлому, заставил еще раз прикоснуться сердцем к отточенному клинку минувшего чувства. Разящую и в то же время сладостную боль испытал Григорий, свалившись опять в сани, щекой касаясь желтой ветки донника. Кровоточило тронутое воспоминаниями сердце, билось неровно и долго отгоняло сон.

XXII

Вокруг хуторского ревкома сгруппировалось несколько человек: Давыдка-вальцовщик, Тимофей, бывший моховский кучер Емельян и рябой чеботарь Филька. На них-то и опирался Иван Алексеевич в повседневной своей работе, с каждым днем все больше ощущая невидимую стену, разделявшую его с хутором. Казаки перестали ходить на собрания, а если и шли, то только после того, как Давыдка и остальные раз по пять обегали хутор из двора во двор. Приходили, молчали, со всем соглашались. Заметно преобладали молодые. Но и среди них не встречалось сочувствующих. Каменные лица, чужие, недоверчивые глаза, исподлобные взгляды видел на майдане Иван Алексеевич, проводя собрание. От этого холодело у него под сердцем, тосковали глаза, голос становился вялым и неуверенным. Рябой Филька как-то неспроста брякнул:

— Развелись мы с хутором, товарищ Котляров! Набычился народ, осатанел. Вчера пошел за подводами раненых красноармейцев в Вёшки везть — ни один не едет. Разведенным-то чижало в одном курене жить...

— А пьют! Дуром! — подхватил Емельян, мусоля трубочку. — Дымку в каждом дворе гонют.

Мишка Кошевой хмурился, свое таил от остальных, но прорвало и его. Уходя вечером домой, попросил Ивана Алексеевича:

— Дай мне винтовку.

— На что?

— Вот тебе! Боюсь идтить с голыми руками. Или ты не видишь ничего? Я так думаю, надо нам кое-кого... Григория Мелехова надо взять, старика Болдырева, Матвея Кашулина, Мирона Коршунова. Нашептывают они, гады, казакам... Своих из-за Донца ждут.

Ивана Алексеевича повело, невесело махнул рукой:

— Эх! Тут ежели начать выдергивать, так многих запевал выдернуть надо. Шатаются люди... А кое-кто и сочувствует нам, да на Мирона Коршунова оглядываются. Боятся, Митька его из-за Донца придет — потрошить будет.

Круто завернула на повороте жизнь. На другой день из Вешенской коннонарочный привез предписание: обложить контрибуцией богатейшие дома. На хутор дали контрольную цифру — сорок тысяч рублей. Разверстали. Прошел день. Контрибуционных денег собралось два мешка, на восемнадцать тысяч с немногим. Иван Алексеевич запросил округу. Оттуда прислали трех милиционеров и предписание: «Не уплативших контрибуцию арестовать и препроводить под конвоем в Вешенскую». Четырех дедов временно посадили в моховский подвал, где раньше зимовали яблоки.

Хутор запохожился на потревоженный пчельник. Коршунов наотрез отказался платить, прижимая подешевевшую деньгу. Однако приспела и ему пора поквитаться с хорошей жизнью. Приехали из округа двое: следователь по местным делам — молодой вешенский казак, служивший в 28-м полку, и другой, в тулупе поверх кожаной куртки. Они предъявили мандаты Ревтрибунала, заперлись с Иваном Алексеевичем в кабинете. Спутник следователя, пожилой голо выбритый человек, деловито начал:

— По округу наблюдаются волнения. Оставшаяся белогвардейщина поднимает голову и начинает смущать трудовое казачество. Необходимо изъять все наиболее враждебное нам. Офицеров, попов, атаманов, жандармов, богатеев — всех, кто активно с нами боролся, давай на список. Следователю помоги. Он кое-кого знает.

Иван Алексеевич смотрел в выбритое, похожее на бабье лицо; перечисляя фамилии, упомянул Петра Мелехова, но следователь покачал головой:

— Это наш человек, Фомин просил его не трогать. Большевистски настроен. Мы с ним в Двадцать восьмом служили.

Написанный рукой Кошевого лег на стол лист графленой бумаги, вырванный из ученической тетради.

А через несколько часов на просторном моховском дворе, под присмотром милиционеров, уже сидели на дубах арестованные казаки. Ждали домашних с харчами и подводу под пожитки. Мирон Григорьевич, одетый, как на смерть, во все новое, в дубленый полушубок, в чирики и чистые белые чулки на вбор, — сидел с краю, рядом с дедом Богатыревым и Матвеем Кашулиным. Авдеич Брех суетливо ходил по двору, то бесцельно заглядывал в колодец, то поднимал какую-нибудь щепку и опять метался от крыльца к калитке, утирая рукавом налитое, как яблоко, багровое, мокрое от пота лицо.

Остальные сидели молча. Угнув головы, чертили костылями снег. Бабы, запыхавшись, прибегали во двор, совали арестованным узелки, сумки, шептались. Заплаканная Лукинична застегивала на своем старике полушубок, подвязывала ему воротник белым бабьим платком, просила, глядя в потухшие, будто пеплом засыпанные глаза:

— А ты, Григорич, не горюй! Может, оно обойдется добром. Что ты так уж опустился весь? Госпо-о-оди!.. — Рот ее удлиняла, плоско растягивала гримаса рыдания, но она с усилием собирала губы в комок, шептала: — Проведать приеду... Грипку привезу, ты ить ее дюжей жалеешь...

От ворот крикнул милиционер:

— Подвода пришла! Клади сумки и трогайся! Бабы, отойди в сторону, нечего тут мокрость разводить!

Лукинична первый раз в жизни поцеловала рыжеволосую руку Мирона Григорьевича, оторвалась.

Бычиные сани медленно поползли через площадь к Дону.

Семь человек арестованных и два милиционера пошли позади. Авдеич приотстал, завязывая чирик, и моложаво побежал догонять. Матвей Кашулин шел рядом с сыном. Майданников и Королев на ходу закуривали. Мирон Григорьевич держался за кошелку саней. А позади всех величавой тяжеловатой поступью шел старик Богатырев. Встречный ветер раздувал, заносил ему назад концы белой патриаршей бороды, прощально помахивая махрами кинутого на плечи шарфа.

В этот же пасмурный февральский день случилось диковинное.

За последнее время в хуторе привыкли к приезду служилых из округа людей. Никого не заинтересовало появление на площади пароконной подводы с зябко съежившимся рядом с кучером седоком. Сани стали у моховского дома. Седок вылез и оказался человеком пожилым, неторопливым в движениях. Он поправил солдатский ремень на длинной кавалерийской шинели, поднял с ушей наушники красного казачьего малахая и, придерживая деревянную коробку маузера, не спеша взошел на крыльцо.

В ревкоме были Иван Алексеевич да двое милиционеров. Человек вошел без стука, у порога расправил тронутый проседью короткий оклад бороды, баском сказал:

— Председателя мне нужно.

Иван Алексеевич округлившимся птичьим взглядом смотрел на вошедшего, хотел вскочить, но не смог. Он только по-рыбьи зевал ртом и скреб пальцами ошарпанные ручки кресла. Постаревший Штокман смотрел на него из-под нелепого красного верха казачьего треуха; его узко сведенные глаза, не узнавая, глядели на Ивана Алексеевича и вдруг, дрогнув, сузились, посветлели, от углов брызнули к седым вискам расщепы морщин. Он шагнул к не успевшему встать Ивану Алексеевичу, уверенно обнял его и, целуя, касаясь лица мокрой бородой, сказал:

— Знал! Если, думаю, жив остался, он будет в Татарском председателем!

— Осип Давыдыч, вдарь!.. Вдарь меня, сукиного сына! Не верю я глазам! — плачуще заголосил Иван Алексеевич.

Слезы до того не пристали его мужественному смуглому лицу, что даже милиционер отвернулся.

— А ты поверь! — улыбаясь и мягко освобождая свои руки из рук Ивана Алексеевича, басил Штокман. — У тебя, что же, и сесть не на чем?

— Садись вот на креслу!.. Да откель же ты взялся? Говори!

— Я — с политотделом армии. Вижу, что ты никак не хочешь верить в мою доподлинность. Экий чудак!

Штокман, улыбаясь, хлопая по колену Ивана Алексеевича, бегло заговорил:

— Очень, браток, все просто. После того как забрали отсюда, осудили, ну, в ссылке встретил революцию. Организовали с товарищем отряд Красной гвардии, дрался с Дутовым и Колчаком. О, брат, там веселые дела были! Теперь загнали мы его за Урал — знаешь? И вот я на вашем фронте. Политотдел Восьмой армии направил меня для работы в ваш округ, как некогда жившего здесь, так сказать, знакомого с условиями. Примчал я в Вешенскую, поговорил в ревкоме с народом и в первую очередь решил поехать в Татарский. Дай, думаю, поживу у них, поработаю, помогу организовать дело, а потом уеду. Видишь, старая дружба не забывается? Ну, да к этому мы еще вернемся, а сейчас давай-ка поговорим о тебе, о положении, познакомишь меня с людьми, с обстановкой. Ячейка есть в хуторе? Кто тут у тебя? Кто уцелел? Ну что же, товарищи... пожалуй, оставьте нас на часок с председателем. Фу, черт! Въехал в хутор, так и пахнуло старым... Да, было время, а теперь времечко... Ну, рассказывай!

Часа через три Мишка Кошевой и Иван Алексеевич вели Штокмана на старую квартиру к Лукешке косой.

Шагали по коричневому настилу дороги. Мишка часто хватался за рукав штокмановской шинели, будто опасаясь, что вот оторвется Штокман и скроется из глаз или растает призраком.

Лукешка покормила старого квартиранта щами, даже ноздреватый от старости кусок сахар достала из потаенного угла сундука.

После чая из отвара вишневых листьев Штокман прилег на лежанку. Он слышал путаные рассказы обоих, вставлял вопросы, грыз мундштук и уже перед зарей незаметно уснул, уронив папиросу на фланелевую грязную рубаху. А Иван Алексеевич еще минут десять продолжал говорить, опомнился, когда на вопрос Штокман ответил храпком, и вышел, ступая на цыпочках, багровея до слез в попытках удержать рвущийся из горла кашель.

— Отлегнуло? — тихо, как от щекотки, посмеиваясь, спросил Мишка, едва лишь сошел с крыльца.

Ольшанов, сопровождавший арестованных в Вешенскую, вернулся с попутной подводой в полночь. Он долго стучался в окно горенки, где спал Иван Алексеевич. Разбудил.

— Ты чего? — Вышел опухший от сна Иван Алексеевич. — Чего пришел? Пакет, что ли?

Ольшанов поиграл плеткой:

— Казаков-то расстреляли.

— Брешешь, гад!

— Пригнали мы — сразу их на допрос и, ишо не стемнело, повели в сосны... Сам видал!..

Не попадая ногами в валенки, Иван Алексеевич оделся, побежал к Штокману.

— Каких отправили мы ноне — расстреляли в Вёшках! Я думал, им тюрьму дадут, а этак что же... Этак мы ничего тут не сделаем! Отойдет народ от нас, Осип Давыдович!.. Тут что-то не так. На что надо было сничтожать людей? Что теперь будет?

Он ждал, что Штокман будет так же, как и он, возмущен случившимся, напуган последствиями, но тот, медленно натягивая рубаху, выпростав голову, попросил:

— Ты не кричи. Хозяйку разбудишь...

Оделся, закурил, попросил еще раз рассказать причины, вызвавшие арест семи, потом холодновато заговорил:

— Должен ты усвоить вот что, да крепко усвоить! Фронт в полутораста верстах от нас. Основная масса казачества настроена к нам враждебно. И это — потому, что кулаки ваши, кулаки-казаки, то есть атаманы и прочая верхушка, пользуются у трудового казачества огромным весом, имеют вес, так сказать. Почему? Ну это же тоже должно быть тебе понятно. Казаки — особое сословие, военщина. Любовь к чинам, к «отцам-командирам» прививалась царизмом... Как это в служивской песне поется? «И что нам прикажут отцы-командиры — мы туда идем, рубим, колем, бьем». Так, что ли? Вот видишь! А эти самые отцы-командиры приказывали рабочие стачки разгонять... Казакам триста лет дурманили голову. Немало! Так вот! А разница между кулаком, скажем, Рязанской губернии и донским, казачьим кулаком очень велика! Рязанский кулак, ущемили его, — он шипит на Советскую власть, бессилен, из-за угла только опасен. А донской кулак? Это вооруженный кулак. Это опасная и ядовитая гадина! Он силен. Он будет не только шипеть, распускать порочащие нас слухи, клеветать на нас, как это делали, по твоим словам, Коршунов и другие, но и попытается открыто выступить против нас. Ну конечно! Он возьмет винтовку и будет бить нас. Тебя будет бить! И постарается увлечь за собой и остальных казаков, так сказать — середнеимущественного казака и даже бедняка. Их руками он норовит бить нас! В чем же дело! Уличен в действиях против нас? Готово! Разговор короткий — к стенке! И тут нечего слюнявиться жалостью: хороший, мол, человек был.

— Да я не жалею, что ты! — Иван Алексеевич замахал руками. — Я боюсь, как бы остальные от нас не откачнулись.

Штокман, до этого с кажущимся спокойствием потиравший ладонью крытую седоватым волосом грудь, вспыхнул, с силой схватил Ивана Алексеевича за ворот гимнастерки и, притягивая его к себе, уже не говорил, а хрипел, подавляя кашель:

— Не откачнутся, если внушить им нашу классовую правду! Трудовым казакам только с нами по пути, а не с кулачьем! Ах, ты!.. Да кулаки же их трудом — их трудом! — живут. Жиреют!.. Эх ты, шляпа! Размагнитился! Душок у тебя... Я за тебя возьмусь! Этакая дубина! Рабочий парень, а слюни интеллигентские... Как какой-нибудь паршивенький эсеришка! Ты смотри у меня, Иван!

Выпустил ворот гимнастерки, чуть улыбнулся, покачал головой и, закурив, глотнул дымку, уже спокойнее докончил:

— Если по округу не взять наиболее активных врагов — будет восстание. Если своевременно сейчас изолировать их — восстания может не быть. Для этого не обязательно всех расстреливать. Уничтожить нужно только матерых, а остальных — ну хотя бы отправить в глубь России. Но вообще с врагами нечего церемониться! «Революцию в перчатках не делают», — говорил Ленин. Была ли необходимость расстреливать в данном случае этих людей? Я думаю — да! Может быть, не всех, но Коршунова, например, незачем исправлять! Это ясно! А вот Мелехов, хоть и временно, а ускользнул. Именно его надо бы взять в дело! Он опаснее остальных, вместе взятых. Ты это учти. Тот разговор, который он вел с тобой в исполкоме, — разговор завтрашнего врага. Вообще же переживать тут нечего. На фронтах гибнут лучшие сыны рабочего класса. Гибнут тысячами! О них — наша печаль, а не о тех, кто убивает их или ждет случая, чтобы ударить в спину. Или они нас, или мы их! Третьего не дано. Так-то, свет Алексеевич!

XXIII

Петро только что наметал скотине и вошел в курень, выбирая из варежек сенные остья. Сейчас же звякнула щеколда в сенцах.

Закутанная в черный ковровый платок Лукинична переступила порог. Мелко шагая, не поздоровавшись, она просеменила к Наталье, стоявшей у кухонной лавки, и упала перед ней на колени.

— Маманя! Милушка! Ты чего?! — не своим голосом вскрикнула Наталья, пытаясь поднять отяжелевшее тело матери.

Вместо ответа Лукинична стукнулась головой о земляной пол, глухо, надорванно заголосила по мертвому:

— И ро-ди-мый ты мо-о-ой! И на кого же ты нас... поки-и-нул!..

Бабы так дружно взревелись, так взвизжались детишки, что Петро, ухватив с печурки кисет, стремглав вылетел в сенцы. Он уже догадался, в чем дело. Постоял, покурил на крыльце. В курене умолкли воющие голоса, и Петро, неся на спине неприятный озноб, вошел в кухню. Лукинична, не отрывая от лица мокрого, хоть выжми, платка, причитала:

— Расстрелили нашего Мирона Григорича!.. Нету в живых сокола!.. Остались мы сиротами!.. Нас теперя и куры загребут!.. — И снова перешла на волчий голос: — Закрылись его глазыньки!.. Не видать им белого све-е-та!..

Дарья отпаивала сомлевшую Наталью водой, Ильинична завеской сушила щеки. Из горницы, где отлеживался больной Пантелей Прокофьевич, слышался кашель и скрежещущий стон.

— Ради господа Христа, сват! Ради создателя, родимушка, съезди ты в Вёшки, привези нам его хучь мертвого! — Лукинична хватала руки Петра, обезумело прижимала их к груди. — Привези его... Ох, царица милостивая! Ох, не хочу я, что он там сгниет непохороненный!

— Что ты, что ты, сваха! — как от зачумленной, отступал от нее Петро. — Мысленное дело — добыть его? Мне своя жизня дороже! Где ж я его там найду?

— Не откажи, Петюшка! Ради Христа! Ради Христа!..

Петро изжевал усы и под конец согласился. Решил заехать в Вешенской к знакомому казаку и при его помощи попытаться выручить труп Мирона Григорьевича. Выехал он в ночь. По хутору зажглись огни, и в каждом курене уже гудела новость: «Казаков расстреляли!»

Остановился Петро возле новой церкви у отцовского полчанина, попросил его помочь вырыть труп свата. Тот охотно согласился.

— Пойдем. Знаю, где это место. И неглубоко зарывают. Только как его найдешь? Там ить он не один. Вчера двенадцать палачей расстреляли, какие казнили наших при кадетской власти. Только уговор: после поставовишь четверть самогону? Ладно?

В полночь, захватив лопаты и ручные, для выделки кизяка, носилки, они пошли краем станицы через кладбище к соснам, около которых приводились в исполнение приговоры. Схватывался снежок. Краснотал, опушенный инеем, хрустел под ногами. Петро прислушивался к каждому звуку и клял в душе свою поездку, Лукиничну и даже покойного свата. Около первого квартала соснового молодняка, за высоким песчаным буруном казак стал.

— Где-то тут, поблизу...

Прошли еще шагов сто. Шайка станичных собак подалась от них с воем и брехом. Петро бросил носилки, хрипло шепнул:

— Пойдем назад! Ну его к...! Не один черт, где ему лежать? Ох, связался я... Упросила, нечистая сила!

— Чего же ты оробел? Пойдем! — посмеивался казак.

Дошли. Около раскидистого застарелого куста краснотала снег был плотно умят, смешан с песком. От него лучами расходились людские следы и низаная мережка собачьих...

... Петро по рыжеватой бороде угадал Мирона Григорьевича. Он вытащил свата за кушак, взвалил туловище на носилки. Казак, покашливая, закидывал яму; прилаживаясь к ручкам носилок, недовольно бормотал:

— Надо бы подъехать на санях к соснам. То-то дураки мы! В нем, в кабане, добрых пять пудов. А по снегу стрямко идтить.

Петро раздвинул отходившие свое ноги покойника, взялся за поручни.

До зари он пьянствовал в курене у казака.

Мирон Григорьевич, закутанный в полог, дожидался в санях. Коня, спьяну, привязал Петро к этим же саням, и тот все время стоял, до отказа вытянув на недоуздке голову, всхрапывая, прядая ушами. К сену так и не притронулся, чуя покойника.

Чуть посерел восход, Петро был уже в хуторе. Он ехал лугом, гнал без передышки. Позади выбивала дробь по поддоске голова Мирона Григорьевича. Петро раза два останавливался, совал под голову ему мочалистое луговое сено. Привез он свата прямо домой. Мертвому хозяину отворила ворота любимая дочь Грипашка и кинулась от саней в сторону, в сугроб. Как мучной куль, на плече внес Петро в просторную кухню свата, осторожно опустил на стол, заранее застланный холстинной дорожкой. Лукинична, выплакавшая все слезы, ползала в ногах мужа, опрятно одетых в белые смертные чулки, осиплая, простоволосая.

— Думала, войдешь ты на своих ноженьках, хозяин наш, а тебя внесли, — чуть слышались ее шепот и всхлипы, дико похожие на смех.

Петро из горенки вывел под руку деда Гришаку. Старик весь ходил ходуном, словно пол под его ногами зыбился трясиной. Но к столу подошел молодцевато, стал в изголовье.

— Ну, здорово, Мирон! Вот как пришлось, сынок, свидеться... — Перекрестился, поцеловал измазанный желтой глиной ледяной лоб. — Миронушка, скоро и я... — Голос его поднялся до стенящего визга. Словно боясь проговориться, дед Гришака проворным, не стариковским движением донес руку до рта, привалился к столу.

Спазма волчьей хваткой взяла Петра за глотку. Он потихоньку вышел на баз, к причаленному у крыльца коню.

XXIV

Из глубоких затишных омутов сваливается Дон на россыпь. Кучеряво вьется там течение. Дон идет вразвалку, мерным тихим разливом. Над песчаным твердым дном стаями пасутся чернопузы; ночью на россыпь выходит жировать стерлядь, ворочается в зеленых прибрежных терёмах тины сазан; белесь и сула гоняют за белой рыбой, сом роется в ракушках; взвернет иногда он зеленый клуб воды, покажется под просторным месяцем, шевеля золотым, блестящим правилом, и вновь пойдет расковыривать лобастой усатой головой залежи ракушек, чтобы к утру застыть в полусне гденибудь в черной обглоданной коряге.

Но там, где узко русло, взятый в неволю Дон прогрызает в теклине глубокую прорезь, с придушенным ревом стремительно гонит одетую пеной белогривую волну. За мысами уступов, в котловинах течение образует коловерть. Завораживающим страшным кругом ходит там вода: смотреть — не насмотришься.

С россыпи спокойных дней свалилась жизнь в прорезь. Закипел Верхнодонской округ. Толканулись два течения, пошли вразброд казаки, и понесла, завертела коловерть. Молодые и которые победней — мялись, отмалчивались, всё еще ждали мира от Советской власти, а старые шли в наступ, уже открыто говорили о том, что красные хотят казачество уничтожить поголовно.

В Татарском собрал Иван Алексеевич 4 марта сход. Народу сошлось на редкость много. Может быть, потому, что Штокман предложил ревкому на общем собрании распределить по беднейшим хозяйствам имущество, оставшееся от бежавших с белыми купцов. Собранию предшествовало бурное объяснение с одним из окружных работников. Он приехал из Вешенской с полномочиями забрать конфискованную одежду. Штокман объяснил ему, что одежду сейчас ревком сдать не может, так как только вчера было выдано транспорту раненых и больных красноармейцев тридцать с лишним теплых вещей. Приехавший молодой паренек насыпался на Штокмана, резко повышая голос:

— Кто тебе позволил отдавать конфискованную одежду?

— Мы разрешения не спрашивали ни у кого.

— Но какое же ты имел право расхищать народное достояние?

— Ты не кричи, товарищ, и не говори глупостей. Никто ничего не расхищал. Шубы мы выдали подводчикам под сохранные расписки, с тем чтобы они, доставив красноармейцев до следующего этапного пункта, привезли выданную одежду обратно. Красноармейцы были полуголые, и отправлять их в одних шинелишках — значило отправлять на смерть. Как же я мог не выдать? Тем более что одежда лежала в кладовой без употребления.

Он говорил, сдерживая раздражение, и, может быть, разговор кончился бы миром, но паренек, заморозив голос, решительно заявил:

— Ты кто такой? Председатель ревкома? Я тебя арестовываю! Сдавай дела заместителю! Сейчас же отправляю тебя в Вешенскую. Ты тут, может, половину имущества разворовал, а я...

— Ты коммунист? — кося глазами, мертвенно бледнея, спросил Штокман.

— Не твое дело! Милиционер! Возьми его и доставь в Вешенскую сейчас же! Сдашь под расписку в окружную милицию.

Паренек смерил Штокмана взглядом.

— А с тобой мы там поговорим. Ты у меня попляшешь, самоуправщик!

— Товарищ! Ты что — ошалел? Да ты знаешь...

— Никаких разговоров! Молчать!

Иван Алексеевич, не успевший в перепалку и слово вставить, увидел, как Штокман медленным страшным движением потянулся к висевшему на стене маузеру. Ужас плескануло в глазах паренька. С изумительной быстротой тот отворил задом дверь, падая, пересчитал спиной все порожки крыльца и, ввалившись в сани, долго, пока не проскакал площади, толкал возницу в спину и все оглядывался, видимо, страшась погони.

В ревкоме раскатами бил в окна хохот. Смешливый Давыдка в судорогах катался по столу. Но у Штокмана еще долго нервный тик подергивал веко, косили глаза.

— Нет, каков мерзавец! Ах, подлюга! — повторял он, дрожащими пальцами сворачивая папироску.

На собрание пошел он вместе с Кошевым и Иваном Алексеевичем. Майдан набит битком. У Ивана Алексеевича даже сердце не по-хорошему екнуло: «Чтой-то они неспроста собрались... Весь хутор на майдане». Но опасения его рассеялись, когда он, сняв шапку, вошел в круг. Казаки охотно расступились. Лица были сдержанные, у некоторых даже с веселинкой в глазах. Штокман оглядел казаков. Ему хотелось разрядить атмосферу, вызвать толпу на разговор. Он, по примеру Ивана Алексеевича, тоже снял свой красноверхий малахай, громко сказал:

– Товарищи казаки! Прошло полтора месяца, как у вас стала Советская власть. Но до сих пор с вашей стороны мы, ревком, наблюдаем какое-то недоверие к нам, какую-то даже враждебность. Вы не посещаете собраний, среди вас ходят всякие слухи, нелепые слухи о поголовных расстрелах, о притеснениях, которые будто бы чинит вам Советская власть. Пора нам поговорить, что называется, по душам, пора поближе подойти друг к другу! Вы сами выбирали свой ревком. Котляров и Кошевой — ваши хуторские казаки, и между вами не может быть недоговоренности. Прежде всего я решительно заявляю, что распространяемые нашими врагами слухи о массовых расстрелах казаков — не что иное, как клевета. Цель у сеющих эту клевету — ясная: поссорить казаков с Советской властью, толкнуть вас опять к белым.

— Скажешь, расстрелов нет? А семерых куда дели? — крикнули из задних рядов.

— Я не скажу, товарищи, что расстрелов нет. Мы расстреливали и будем расстреливать врагов Советской власти, всех, кто вздумает навязывать нам помещицкую власть. Не для этого мы свергли царя, кончили войну с Германией, раскрепостили народ. Что вам дала война с Германией? Тысячи убитых казаков, сирот, вдов, разорение...

— Верно!

— Это ты правильно гутаришь!

— ... Мы — за то, чтобы войны не было, — продолжал Штокман. — Мы за братство народов!

А при царской власти для помещиков и капиталистов завоевывались вашими руками земли, чтобы обогатились на этом те же помещики и фабриканты. Вот у вас под боком был помещик Листницкий. Его дед получил за участие в войне восемьсот двенадцатого года четыре тысячи десятин земли. А что ваши деды получили? Они головы теряли на немецкой земле! Они кровью ее поливали!

Майдан загудел. Гул стал притихать, а потом сразу взмахнул ревом:

— Верна-а-а-а!..

Штокман малахаем осушил пот на лысеющем лбу, напрягая голос, кричал:

— Всех, кто поднимет на рабоче-крестьянскую власть вооруженную руку, мы истребим! Ваши хуторские казаки, расстрелянные по приговору Ревтрибунала, были нашими врагами. Вы все это знаете. Но с вами, тружениками, с теми, кто сочувствует нам, мы будем идти вместе, как быки на пахоте, плечом к плечу. Дружно будем пахать землю для новой жизни и боронить ее, землю, будем, чтобы весь старый сорняк, врагов наших, выкинуть с пахоты! Чтобы не пустили они вновь корней! Чтобы не заглушили роста новой жизни!

Штокман понял по сдержанному шуму, по оживившимся лицам, что ворохнул речью казачьи сердца. Он не ошибся: начался разговор по душам.

— Осип Давыдович! Хорошо мы тебя знаем, как ты проживал у нас когда-то, ты нам вроде как свой. Объясни правильно, не боись нас, что она, эта власть ваша, из нас хочет? Мы, конечно, за нее стоим, сыны наши фронты бросили, но мы — темные люди, никак мы не разберемся в ней...

Долго и непонятно говорил старик Грязнов, ходил вокруг да около, кидал увертливые, лисьи петли слов, видимо, боясь проговориться. Безрукий Алешка Шамиль не вытерпел:

— Можно сказать?

— Бузуй! — разрешил Иван Алексеевич, взволнованный разговором.

— Товарищ Штокман, ты мне наперед скажи: могу я гутарить так, как хочу?

— Говори.

— А не заарестуете меня?

Штокман улыбнулся, молча махнул рукой.

— Только чур — не серчать! Я от простого ума: как умею, так и заверну.

Сзади за холостой рукав Алешкиного чекменишки дергал брат Мартин, испуганно шептал:

— Брось, шалава! Брось, не гутарь, а то они тебя враз на цугундер. Попадешь на книжку, Алешка!

Но тот отмахнулся от него, дергая изуродованной щекой, мигая, стал лицом к майдану.

— Господа казаки! Я скажу, а вы рассудите нас, правильно я поведу речь или, может, заблужусь. — Он по-военному крутнулся на каблуках, повернулся к Штокману, хитро заерзал прижмурой-глазом. — Я так понимаю: направдок гутарить — так направдок. Рубануть уж, так сплеча! И я зараз скажу, что мы все, казаки, думаем и за что мы на коммунистов держим обиду... Вот ты, товарищ, рассказывал, что против хлеборобов-казаков вы не идете, какие вам не враги. Вы против богатых, за бедных, вроде. Ну скажи, правильно расстреляли хуторных наших? За Коршунова гутарить не буду — он атаманил, весь век на чужом горбу катался, а вот Авдеича Бреха за что? Кашулина Матвея? Богатырева? Майданникова? А Королева? Они такие же, как и мы, темные, простые, непутаные. Учили их за чапиги держаться, а не за книжку. Иные из них и грамоте не разумеют. Аз, буки — вот и вся ихняя ученость. И ежели эти люди сболтнули что плохое, то разве за это на мушку их надо брать? — Алешка перевел дух, рванулся вперед. На груди его забился холостой рукав чекменя, рот повело в сторону. — Вы забрали их, кто сдуру набрехал, казнили, а вот купцов не трогаете! Купцы деньгой у вас жизню свою откупили! А нам и откупиться не за что, мы весь век в земле копаемся, а длинный рупь мимо нас идет. Они, каких расстреляли, может, и последнего быка с база согнали б, лишь бы жизню им оставили, но с них кострибуцию не требовали. Их взяли и поотвернули им головы. И ить мы все знаем, что делается в Вёшках. Там купцы, попы — все целенькие. И в Каргинах, небось, целые. Мы слышим, что кругом делается. Добрая слава лежит, а худая по свету бежит!

— Правильна! — одинокий крик сзади.

Гомон вспух, потопил слова Алешки, но тот переждал время и, не обращая внимания на поднятую руку Штокмана, продолжал выкрикивать:

— И мы поняли, что, может, Советская власть и хороша, но коммунисты, какие на должностях засели, норовят нас в ложке воды утопить! Они нам солют за девятьсот пятый год, мы эти слова слыхали от красных солдатов. И мы так промеж себя судим: хотят нас коммунисты изнистожить, перевесть вовзят*. Чтоб и духу казачьего на Дону не было. Вот тебе мой сказ! Я зараз как пьяный: что на уме, то и на языке. А пьяные мы все от хорошей жизни, от обиды, что запеклась на вас, на коммунистов!

Алешка нырнул в гущу полушубков, и над майданом надолго распростерлась потерянная тишина. Штокман заговорил, но его перебили выкриком из задних рядов:

— Правда! Обижаются казаки! Вы послухайте, какие песни зараз на хуторах сложили. Словом не всякий решится сказать, а в песнях играют, с песни короткий спрос. А сложили такую «яблочко»:

> Самовар кипит, рыба жарится,
> А кадеты придут — будем жалиться.

— Значит, есть на что жалиться!

Кто-то некстати засмеялся. Толпа колыхнулась. Шепот, разговоры...

Штокман ожесточенно нахлобучил малахай и, выхватив из кармана список, некогда написанный Кошевым, крикнул:

— Нет, неправда! Не за что обижаться тем, кто за революцию! Вот за что расстреляли ваших хуторян, врагов Советской власти. Слушайте! — И он внятно, с паузами стал читать:

---

* Вовзят — совсем, вконец.

СПИСОК

арестованных врагов Советской власти, препровождающихся в распоряжение следственной комиссии при Ревтрибунале 15-й Инзенской дивизии

№ № пп	Фамилия, имя, отчество	За что арестован	Примечание
1	Коршунов Мирон Григорьевич	б. атаман, богатей, нажитый от чужого труда	
2	Синилин Иван Авдеевич	Пущал пропаганды, чтобы свергнули Советскую власть	
3	Кашулин Матвей Иванович	То же самое	
4	Майданников Семен Гаврилов	Надевал погоны, орал по улицам против власти	
5	Мелехов Пантелей Прокофьевич	Член Войскового круга	
6	Мелехов Григорий Пантелеевич	Подъесаул, настроенный против. Опасный	
7	Кашулин Андрей Матвеев	Участвовал в расстреле красных казаков Подтелкова	
8	Бодовсков Федот Никифоров	То же самое	
9	Богатырев Архип Матвеев	Церковный титор. Против власти выступал в караулке. Возмутитель народа и контра революции	
10	Королев Захар Леонтьев	Отказался сдать оружие. Ненадежный	

Против обоих Мелеховых и Бодовскова в примечании, не прочтенном Штокманом вслух, было указано: «Данные враги Советской власти не доставляются, ибо двое из них в отсутствии, мобилизованы в обывательские подводы, повезли до станции Боковской патроны. А Мелехов Пантелей лежит в тифу. С приездом двое будут немедленно арестованы и доставлены в округ. А третий — как только подымется на ноги».

Собрание несколько мгновений помолчало, а потом взорвалось криками:

— Неверно!

— Брешешь! Говорили они против власти!

— За такие подобные следовает!

— В зубы им заглядать, что ли?

— Наговоры на них!

И Штокман заговорил вновь. Его слушали будто и внимательно и даже покрикивали с одобрением, но когда в конце он поставил вопрос о распределении имущества бежавших с белыми — ответили молчанием.

— Чего ж вы воды в рот набрали? — досадуя, спросил Иван Алексеевич.

Толпа покатилась к выходу, как просыпанная дробь. Один из беднейших, Семка, по прозвищу Чугун, было нерешительно подался вперед, но потом одумался и махнул варежкой:

— Хозяева придут, опосля глазами моргай...

Штокман пытался уговаривать, чтобы не расходились, а Кошевой, мучнисто побелев, шепнул Ивану Алексеевичу:

— Я говорил — не будут брать. Это имущество лучше спалить теперя, чем им отдавать!..

XXV

Кошевой, задумчиво похлопывая плеткой по голенищу, уронив голову, медленно всходил по порожкам моховского дома. Около дверей в коридоре, прямо на полу, лежали в куче седла. Кто-то, видно, недавно приехал: на одном из стремян еще не стаял спрессованный подошвой всадника, желтый от навоза комок снега; под ним мерцала лужица воды. Все это Кошевой видел, ступая по измызганному полу террасы. Глаза его скользили по голубой резной решетке с выщербленными ребрами, по пушистому настилу инея, сиреневой каемкой лежавшему близ стены; мельком взглянул он и на окна, запотевшие изнутри, мутные, как бычачий пузырь. Но все то, что он видел, в сознании не фиксировалось, скользило невнятно, расплывчато, как во сне. Жалость и ненависть к Григорию Мелехову переплели Мишкино простое сердце...

В передней ревкома густо воняло табаком, конской сбруей, талым снегом. Горничная, одна из прислуги оставшаяся в доме после бегства Моховых за Донец, топила голландскую печь. В соседней комнате громко смеялись милиционеры. «Чудно им! Веселость нашли!..» — обиженно подумал Кошевой, шагая мимо, и уже с досадой в последний раз хлопнул плеткой по голенищу, без стука вошел в угловую комнату.

Иван Алексеевич в распахнутой ватной теплушке сидел за письменным столом. Черная папаха его была лихо сдвинута набекрень, а потное лицо — устало и озабоченно. Рядом с ним на подоконнике, все в той же длинной кавалерийской шинели, сидел Штокман. Он встретил Кошевого улыбкой, жестом пригласил сесть рядом:

— Ну как, Михаил? Садись.

Кошевой сел, разбросав ноги. Любознательно-спокойный голос Штокмана подействовал на него отрезвляюще.

— Слыхал я от верного человека... Вчера вечером Григорий Мелехов приехал домой. Но к ним я не заходил.

— Что ты думаешь по этому поводу?

Штокман сворачивал папироску и изредка вкось поглядывал на Ивана Алексеевича, выжидая ответа.

— Посадить его в подвал или как? — часто мигая, нерешительно спросил Иван Алексеевич.

— Ты у нас председатель ревкома... Смотри.

Штокман улыбнулся, уклончиво пожал плечами. Умел он с такой издевкой улыбнуться, что улыбка жгла не хуже удара арапником. Вспотел у Ивана Алексеевича подбородок.

Не разжимая зубов, резко сказал:

— Я — председатель, так я их обоих, и Гришку и брата, арестую — и в Вёшки!

— Брата Григория Мелехова арестовывать вряд ли есть смысл. За него горой стоит Фомин. Тебе же известно, как он о нем прекрасно отзывается... А Григория взять сегодня, сейчас же! Завтра мы его отправим в Вешенскую, а материал на него сегодня же пошли с конным милиционером на имя председателя Ревтрибунала.

— Может, вечером забрать Григория, а, Осип Давыдович?

Штокман закашлялся и уже после приступа, вытирая бороду, спросил:

— Почему вечером?

— Меньше разговоров...

— Ну, это, знаешь ли... ерунда это!

— Михаил, возьми двух человек и иди забери зараз же Гришку. Посадишь его отдельно. Понял?

Кошевой сполз с подоконника, пошел к милиционерам. Штокман походил по комнате, шаркая растоптанными седыми валенками; остановившись против стола, спросил:

— Последнюю партию собранного оружия отправил?

— Нет.

— Почему?

— Не успел вчера.

— Почему?

— Нынче отправим.

Штокман нахмурился, но сейчас же приподнял брови, спросил скороговоркой:

— Мелеховы что сдали?

Иван Алексеевич, припоминая, сощурил глаза, улыбнулся:

— Сдали-то они в аккурат, две винтовки и два нагана. Да ты думаешь, это все?

— Нет?

— Ого! Нашел дурее себя!

— Я тоже так думаю. — Штокман тонко поджал губы. — Я бы на твоем месте после ареста устроил у него тщательный обыск. Ты скажи, между прочим, коменданту-то. Думать-то ты думаешь, а кроме этого, и делать надо.

Кошевой вернулся через полчаса. Он резво бежал по террасе, свирепо прохлопал дверями и, став на пороге, переводя дух, крикнул:

— Черта с два!

— Ка-а-ак?! — быстро идя к нему, страшно округляя глаза, спросил Штокман. Длинная шинель его извивалась между ногами, полами щелкала по валенкам.

Кошевой, то ли от тихого его голоса, то ли еще от чего, взбесился, заорал:

— А ты глазами не играй!.. — И матерно выругался, — Говорят, уехал Гришка на Сингинский, к тетке, а я тут при чем? Вы-то где были? Гвозди дергали? Вот! Проворонили Гришку! А на меня нечего орать! Мое дело телячье — поел да в закут. А вы чего думали? — Пятясь от подходившего к нему в упор Штокмана, он уперся спиной в изразцовую боковину печи и рассмеялся. — Не напирай, Осип Давыдович! Не напирай, а то, ей-богу, вдарю!

Штокман постоял около него, похрустел пальцами; глядя на белый Мишкин оскал, на глаза его, смотревшие улыбчиво и преданно, процедил:

— Дорогу на Сингин знаешь?

— Знаю.

— Чего же ты вернулся? А еще говоришь — с немцем дрался... Шляпа! — И с нарочитым презрением сощурился.

Степь лежала, покрытая голубоватым дымчатым куревом. Из-за обдонского бугра вставал багровый месяц. Он скупо светил, не затмевая фосфорического света звезд.

По дороге на Сингин ехали шесть конников. Лошади бежали рысцой. Рядом с Кошевым трясся в драгунском седле Штокман. Высокий гнедой донец под ним все время взыгрывал, ловчился укусить всадника за колено. Штокман с невозмутимым видом рассказывал какую-то смешную историю, а Мишка, припадая к луке, смеялся детским, заливчатым смехом, захлебываясь и икая, и все норовил заглянуть под башлык Штокману, в его суровые стерегущие глаза.

Тщательный обыск на Сингином не дал никаких результатов.

XXVI

Григория заставили из Боковской ехать в Чернышевскую. Вернулся он через полторы недели. А за два дня до его приезда арестовали отца. Пантелей Прокофьевич только что начал ходить после тифа. Встал еще больше поседевший, мослаковатый, как конский скелет. Серебристый каракуль волос лез, будто избитый молью, борода свалялась и была по краям сплошь намылена сединой.

Милиционер увел его, дав на сборы десять минут. Посадили Прокофьевича — перед отправкой в Вешенскую — в моховский подвал. Кроме него, в подвале, густо пропахшем анисовыми яблоками, сидели еще девять стариков и один почетный судья.

Петро сообщил эту новость Григорию и — не успел еще тот в ворота въехать — посоветовал:

— Ты, браток, поворачивай оглобли... Про тебя пытали, когда приедешь. Поди посогрейся, детишков повидай, а после давай я тебя отвезу на Рыбный хутор, там прихоронишься и перегодишь время. Будут спрашивать, скажу — уехал на Сингин, к тетке. У нас ить семерых прислонили к стенке, слыхал? Как бы отцу такая линия не вышла... А про тебя и гутарить нечего!

Посидел Григорий в кухне с полчаса, а потом, оседлав своего коня, в ночь ускакал на Рыбный. Дальний родственник Мелеховых, радушный казак, спрятал Григория в прикладке кизяков. Там он и прожил двое суток, выползая из своего логова только по ночам.

XXVII

На второй день после приезда с Сингина Кошевой отправился в Вешенскую узнать, когда будет собрание комячейки. Он, Иван Алексеевич, Емельян, Давыдка и Филька решили оформить свою партийную принадлежность.

Мишка вез с собой последнюю партию сданного казаками оружия, найденный в школьном дворе пулемет и письмо Штокмана председателю окружного ревкома. На пути в Вешенскую в займище поднимали зайцев. За годы войны столько развелось их и так много набрело кочевых, что попадались они на каждом шагу. Как желтый султан куги — так и заячье кобло. От скрипа саней вскочит серый с белым подпузником заяц и, мигая отороченным черной опушкой хвостом, пойдет щелкать целиной. Емельян, правивший конями, бросал вожжи, люто орал:

— Бей! А ну, резани его!

Мишка прыгал с саней, с колена выпускал вслед серому катучему комку обойму, разочарованно смотрел, как пули схватывали вокруг него белое крошево снега, а комок наддавал ходу, с разлету обивал с бурьяна снежный покров и скрывался в чаще.

... В ревкоме шла бестолковая сутолочь. Люди потревоженно бегали, подъезжали верховые нарочные, улицы поражали малолюдьем. Мишка, не понимавший причины беспокойной суетни, был удивлен. Письмо Штокмана заместитель председателя рассеянно сунул в карман, на вопрос, будет ли ответ, сурово буркнул:

— Отвяжись, ну тебя к черту! Не до вас!

По площади сновали красноармейцы караульной роты. Проехала, пыхая дымком, полевая кухня. На площади запахло говядиной и лавровым листом.

Кошевой зашел в Ревтрибунал к знакомым ребятам покурить, спросил:

— Чего у вас томаха идет?

Ему неохотно ответил один из следователей по местным делам, Громов:

— В Казанской чтой-то неспокойно. Не то белые прорвались, не то казаки восстали. Вчера бой там шел, по слухам. Телефонная связь-то порватая.

— Верхового кинули б туда.

— Послали. Не вернулся. А нынче в Еланскую пошла рота. И там что-то нехорошо.

Они сидели у окна, курили. За стеклами осанистого купеческого дома, занятого трибуналом, порошил снежок.

Выстрелы глухо захлопали где-то за станицей, около сосен, в направлении на Черную. Мишка побелел, выронил папиросу. Все бывшие в доме кинулись во двор. Выстрелы гремели уже полнозвучно и веско. Возраставшую пачечную стрельбу задавил залп, завизжали пули, заклацали, вгрызаясь в обшивку сараев, в ворота. Во дворе ранило красноармейца. На площадь, комкая и засовывая в карманы бумаги, выбежал Громов. Около ревкома строились остатки караульной роты. Командир в куцей дубленке челноком шнырял меж красноармейцев. Колонной, на рысях, повел он роту на спуск к Дону. Началась гибельная паника. По площади забегали люди. Задрав голову, намётом прошла оседланная, без всадника лошадь.

Ошарашенный Кошевой сам не помнил, как очутился на площади. Он видел, как Фомин, в бурке, черным вихрем вырвался из-за церкви. К хвосту его рослого коня был привязан пулемет. Колесики не успевали крутиться, пулемет волочился боком, его трепал из стороны в сторону шедший карьером конь. Фомин, припавший к луке, скрылся под горой, оставив за собой серебряный дымок снежной пыли.

«К лошадям!» — было первой мыслью Мишки. Он, пригибаясь, перебегал перекрестки, ни разу не передохнул. Сердце зашлось, пока добежал до квартиры. Емельян запряг лошадей, с испугу не мог нацепить постромки.

— Чтой-то, Михаил? Что такое? — лепетал он, выбивая дробь зубами. Запряг — потерял вожжи. Начал вожжать — на хомуте, у левой, развязалась супонь.

Двор, где они стали на квартиру, выходил в степь. Мишка посматривал на сосны, но оттуда не показывались цепи пехоты, не шла лавой конница. Где-то стреляли, улицы были пусты, все было обыденно и скучно. И в то же время творилось страшное: переворот вступал в права.

Пока Емельян возился с лошадьми, Мишка глаз не сводил со степи. Он видел, как из-за часовенки, мимо места, где сгорела в декабре радиостанция, побежал человек в черном пальто. Он мчался изо всех сил, низко клонясь вперед, прижав к груди руки. По пальто Кошевой узнал следователя Громова. И еще успел увидеть он, как из-за плетня мелькнула фигура конного. И его узнал Мишка. Это был вешенский казак Черничкин, молодой отъявленный белогвардеец. Отделенный от Черничкина расстоянием в сто саженей, Громов на бегу оглянулся раз и два, достал из кармана револьвер. Хлопнул выстрел, другой. Громов выскочил на вершину песчаного буруна, бил из нагана. С лошади Черничкин прыгнул на ходу; придерживая повод, снял винтовку, прилег под сугроб. После первого выстрела Громов пошел боком, хватая левой рукой ветви хвороста. Околесив бурун, он лег лицом в снег. «Убил!» — Мишка похолодел. Был Черничкин лучшим стрелком и из принесенного с германской войны австрийского карабина без промаха низал любую на любом расстоянии цель. Уже в санях, выскочив за ворота, Мишка видел, как Черничкин, подскакав к буруну, рубил шашкой черное пальто, косо распростертое на снегу.

Скакать через Дон на Базки было опасно. На белом просторе Дона лошади и седоки стали бы прекрасной мишенью.

Там уже легли двое красноармейцев караульной роты, срезанные пулями. И поэтому Емельян повернул через озеро в лес. На льду стоял наслуз*, из-под конских копыт, шипя, летели брызги и комья, подреза полозьев чертили глубокие борозды. До хутора скакали беше-

* Наслуз — снеговой покров на льду, пропитанный водой.

но. Но на переезде Емельян натянул вожжи, повернул опаленное ветром лицо к Кошевому:

— Что делать? А если и у нас такая заваруха?

Мишка затосковал глазами. Оглядел хутор. По крайней к Дону улице проскакали двое верховых. Показалось, видно, Кошевому, что это милиционеры.

— Гони в хутор. Больше нам некуда деваться! — решительно сказал он.

Емельян с великой неохотой тронул лошадей. Дон переехали. Поднялись на выезд. Навстречу им бежали Антип Брехович и еще двое стариков с верхнего края.

— Ох, Мишка! — Емельян, увидев в руках Антипа винтовку, задернул лошадей, круто повернул назад.

— Стой!

Выстрел. Емельян, не роняя из рук вожжей, упал. Лошади скоком воткнулись в плетень. Кошевой спрыгнул с саней. Подбегая к нему, скользя ногами, обутыми в чирики, Антип качнулся, стал, кинул к плечу винтовку. Падая на плетень, Мишка заметил в руках у одного старика белые зубья вил-тройчаток.

— Бей его!

От ожога в плече Кошевой без крика упал вниз, ладонями закрыл глаза. Человек нагнулся над ним с тяжким дыхом, пырнул его вилами.

— Вставай, сука!

Дальше Кошевой помнил все как во сне. На него, рыдая, кидался, хватал за грудки Антип:

— Отца моего смерти предал... Пустите, добрые люди! Дайте я над ним сердце отведу!

Его оттягивали. Собралась толпа. Чей-то урезонивающий голос простудно басил:

— Пустите парня! Что вы, креста не имеете, что ли? Брось, Антип! В отца жизню не вдунешь, а человека загубишь... Разойдитесь, братцы! Там вон, на складе, сахар делют. Ступайте...

Очнулся Мишка вечером под тем же плетнем. Жарко пощипывал тронутый вилами бок. Зубья, пробив полушубок и теплушку, неглубоко вошли в тело. Но разрывы болели, на них комками запеклась кровь. Мишка встал на ноги, прислушался. По хутору, видно, ходили повстанческие патрули. Редкие гукали выстрелы. Брехали собаки. Издали слышался приближающийся говор. Пошел Мишка скотиньей стежкой вдоль Дона. Выбрался на яр и полз под плетнями, шаря руками по черствой корке снега, обрываясь и падая. Он не узнавал места, полз наобум. Холод бил дрожью тело, замораживал руки. Холод и загнал Кошевого в чьи-то воротца. Мишка открыл калитку, прикляченную хворостом, вошел на задний баз. Налево виднелась половня. В нее забрался было он, но сейчас же заслышал шаги и кашель.

Кто-то шел в половню, поскрипывая валенками. «Добьют зараз», — безразлично, как о постороннем, подумал Кошевой. Человек стал в темном просторе дверей.

— Кто тут такой?

Голос был слаб и словно испуган.

Мишка шагнул за стенку.

— Кто это? — спросили уже тревожнее и громче.

Узнав голос Степана Астахова, Мишка вышел из половни:

— Степан, это я, Кошевой... Спаси, ради бога! Могешь ты не говорить никому? Пособи!

— Вон это кто... — Степан, только что поднявшийся после тифа, говорил расслабленным голосом. Удлиненный худобою рот его широко и неуверенно улыбался. — Ну что ж, переночуй, а дневать уж иди куда-нибудь. Да ты как попал сюда?

Мишка без ответа нащупал его руку, сунулся в ворох мякины.

На другую ночь, чуть смерклось, — решившись на отчаянное, добрел до дома, постучался в окно. Мать открыла ему двери в сенцы, заплакала. Руки ее шарили, хватали Мишку за шею, а голова колотилась у него на груди.

— Уходи! Христа ради, уходи, Мишенька! Приходили ноне утром казаки... Весь баз перерыли, искали тебя. Антипка Брех плетью меня секанул. «Скрываешь, говорит, сына. Жалко, что не добили его доразу*!»

---

* Доразу — сразу.

Где были свои — Мишка не представлял. Что творилось в хуторе — не знал. Из короткого рассказа матери понял, что восстали все хутора Обдонья, что Штокман, Иван Алексеевич, Давыдка и милиционеры ускакали, а Фильку и Тимофея убили на площади еще вчера в полдень.

— Уходи! Найдут тут тебя...

Мать плакала, но голос ее, налитый тоской, был тверд. За долгое время в первый раз заплакал Мишка, по-ребячьи всхлипывая, пуская ртом пузыри. Потом обротал подсосую кобыленку, на которой служил когда-то в атарщиках, вывел ее на гумно, следом шли жеребенок и мать. Мать подсадила Мишку на лошадь, перекрестила. Кобыла пошла нехотя, два раза заржала, прикликая жеребенка. И оба раза сердце у Мишки срывалось и словно катилось куда-то вниз. Но выехал он на бугор благополучно, рыском двинул по Гетманскому шляху на восток, в направлении Усть-Медведицы. Ночь раскохалась темная, беглецкая. Кобыла часто ржала, боясь потерять сосунка. Кошевой стискивал зубы, бил ее по ушам концами уздечки, часто останавливался послушать — не гремит ли сзади или навстречу гулкий бег коней, не привлекло ли чьего-нибудь внимания ржанье. Но кругом мертвела сказочная тишина. Кошевой слышал только, как, пользуясь остановкой, сосет, чмокает жеребенок, припав к черному вымени матери, упираясь задними ножонками в снег, и чувствовал по спине лошади требовательные его толчки.

XXVIII

В кизячнике густо пахнет сухим навозом, выпревшей соломой, объедьями сена. Сквозь чакановую крышу днем сочится серый свет. В хворостяные ворота, как сквозь решето, иногда глянет солнце. Ночью — глаз коли. Мышиный писк. Тишина. Хозяйка, крадучись, приносила Григорию поесть раз в сутки, вечером. Врытый в кизяки, стоял у него ведерный кувшин с водой. Все было бы ничего, но кончился табак. Григорий ядовито мучился первые сутки и, не выдержав без курева, наутро ползал по земляному полу, собирая в пригоршню сухой конский помет, крошил его в ладонях, курил. Вечером хозяин прислал с бабой два затхлых бумажных листа, вырванных из Евангелия, коробку серников и пригоршню смеси: сухой донник и корешки недозрелого самосада — «дюбека». Рад был Григорий, накурился до тошноты и в первый раз крепко уснул на кочковатых кизяках, завернув голову в полу, как птица под крыло.

Утром разбудил его хозяин. Он вбежал в кизячник, резко окликнул:

— Спишь? Вставай! Дон поломало!.. — и рассыпчато засмеялся.

Григорий прыгнул с прикладка. За ним обвалом глухо загремели пудовые квадраты кизяков.

— Что случилось?

— Восстали еланские и вешенские с энтой стороны. Фомин и вся власть из Вёшек убегли на Токин. Кубыть, восстала Казанская, Шумилинская, Мигулинская. Понял, куда оно махнуло?

У Григория вздулись на лбу и на шее связки вен, зеленоватыми искорками брызнули зрачки. Радости он не мог скрыть: голос дрогнул, бесцельно забегали по застежкам шинели черные пальцы.

— А у вас... в хуторе? Что? Как?

— Ничего не слыхать. Председателя видал — смеется: «По мне, мол, все одно, какому богу ни молиться, лишь бы бог был». Да ты вылазь из своей норы.

Они шли к куреню. Григорий отмахивал саженями. Сбоку поспешал хозяин, рассказывая:

— В Еланской первым поднялся Красноярский хутор. Позавчера двадцать еланских коммунов пошли на Кривской и Плешаковский рестовать казаков, а красноярские прослыхали такое дело, собрались и решили: «Докель мы будем терпеть смывание? Отцов наших забирают, доберутся и до нас. Седлай коней, пойдем отобьем арестованных». Собрались человек пятнадцать, все ухи-ребяты. Повел их боевой казачишка Атланов. Винтовок у них только две, у кого шашка, у кого пика, а иной с дрючком. Через Дон прискакали на Плешаков. Коммуны у Мельникова на базу отдыхают. Кинулись красноярцы на баз в атаку в конном строю, а баз-то обнесенный каменной огорожей. Они напхнулись да назад. Коммуняки убили у них одного казака, царство ему небесное. Вдарили вдогон, он с лошади сорвался и завис на плетне. Принесли его плешаковские казаки к станишным конюшням. А у него, у любушки, в руке плетка застыла... Ну и пошло рвать. На этой поре и конец подошел Советской власти, ну ее к...!..

В хате Григорий с жадностью съел остатки завтрака; вместе с хозяином вышел на улицу. На углах проулков, будто в праздник, группами стояли казаки. К одной из таких групп подошли Григорий и хозяин. Казаки на приветствие донесли до папах руки, ответили сдержанно, с любопытством и выжиданием оглядывая незнакомую фигуру Григория.

— Это свой человек, господа казаки! Вы его не пужайтесь. Про Мелеховых с Татарского слыхали? Это сынок Пантелея, Григорий. У меня от расстрела спасался, — с гордостью сказал хозяин.

Только что завязался разговор, один из казаков начал рассказывать, как выбили из Вешенской решетовцы, дубровцы и Черновцы Фомина, — но в это время в конце улицы, упиравшейся в белый лобастый скат горы, показались двое верховых. Они скакали вдоль улицы, останавливаясь около каждой группы казаков, поворачивая лошадей, что-то кричали, махали руками. Григорий жадно ждал их приближения.

— Это не наши, не рыбинские... Гонцы откель-то, — всматриваясь, сказал казак и оборвал рассказ о взятии Вешенской.

Двое, миновав соседний переулок, доскакали. Передний, старик в зипуне нараспашку, без шапки, с потным, красным лицом и рассыпанными по лбу седыми кудрями, молодецки осадил лошадь; до отказа откидываясь назад, вытянул вперед правую руку.

— Что ж вы, казаки, стоите на проулках, как бабы?! — плачуще крикнул он. Злые слезы рвали его голос, волнение трясло багровые щеки.

Под ним ходуном ходила красавица кобылица, четырехлетняя нежеребь, рыжая, белоноздрая, с мочалистым хвостом и сухими, будто из стали литыми ногами. Храпя и кусая удила, она приседала, прыгала в дыбошки, просила повод, чтобы опять пойти броским, звонким намётом, чтобы опять ветер заламывал ей уши, свистел в гриве, чтобы снова охала под точеными раковинами копыт гулкая, выжженная морозами земля. Под тонкой кожей кобылицы играли и двигались каждая связка и жилка. Ходили на шее долевые валуны мускулов, дрожал просвечивающий розовый храп, а выпуклый рубиновый глаз, выворачивая кровяной белок, косился на хозяина требовательно и зло.

— Что же вы стоите, сыны тихого Дона?! — еще раз крикнул старик, переводя глаза с Григория на остальных. — Отцов и дедов ваших расстреливают, имущество ваше забирают, над вашей верой смеются жидовские комиссары, а вы лузгаете семечки и ходите на игрища? Ждете, покель вам арканом затянут глотку? Докуда же вы будете держаться за бабьи курпяки? Весь Еланский юрт поднялся с малу до велика. В Вешенской выгнали красных... а вы, рыбинские казаки! Аль вам жизня дешева стала? Али вместо казачьей крови мужицкий квас у вас в жилах? Встаньте! Возьмитесь за оружию! Хутор Кривской послал нас подымать хутора. На конь, казаки, покуда не поздно! — Он наткнулся осумасшедшевшими глазами на знакомое лицо одного старика, крикнул с великой обидой: — Ты-то чего стоишь, Семен Христофорович? Твоего сына зарубили под Филоновой красные, а ты на пече спасаешься?!

Григорий не дослушал, кинулся на баз. Из половни он на рысях вывел своего застоявшегося коня; до крови обрывая ногти, разрыл в кизяках седло и вылетел из ворот как бешеный.

— Пошел! Спаси, Христос! — успел крикнуть он подходившему к воротам хозяину и, падая на переднюю луку, весь клонясь к конской шее, поднял по улице белый смерчевый жгут снежной пыли, охаживая коня по обе стороны плетью, пуская его во весь мах. За ним оседало снежное курево, в ногах ходили стремена, терлись о крылья седла занемевшие ноги. Под стременами стремительно строчили конские копыта. Он чувствовал такую лютую, огромную радость, такой прилив сил и решимости, что, помимо воли его, из горла рвался повизгивающий, клокочущий хрип. В нем освободились плененные, затаившиеся чувства. Ясен, казалось, был его путь отныне, как высветленный месяцем шлях.

Все было решено и взвешено в томительные дни, когда зверем скрывался он в кизячном логове и по-звериному сторожил каждый звук и голос снаружи. Будто и не было за его плечами дней поисков правды, шатаний, переходов и тяжелой внутренней борьбы.

Тенью от тучи проклубились те дни, и теперь казались ему его искания зряшными и пустыми. О чем было думать? Зачем металась душа, — как зафлаженный на облаве волк, — в поисках выхода, в разрешении противоречий? Жизнь оказалась усмешливой, мудро-простой. Теперь ему уже казалось, что извечно не было в ней такой правды, под крылом которой мог бы посогреться всякий, и, до края озлобленный, он думал: у каждого своя правда, своя борозда. За кусок хлеба, за делянку земли, за право на жизнь всегда боролись люди и будут бороться, пока светит им солнце, пока теплая сочится по жилам кровь. Надо биться с тем, кто хочет отнять жизнь, право на нее; надо биться крепко, не качаясь, — как в стенке, — а накал ненависти, твердость даст борьба. Надо только не взнуздывать чувств, дать простор им, как бешенству, — и все.

Пути казачества скрестились с путями безземельной мужичьей Руси, с путями фабричного люда. Биться с ними насмерть. Рвать у них из-под ног тучную донскую, казачьей кровью политую землю. Гнать их, как татар, из пределов области! Тряхнуть Москвой, навязать ей постыдный мир! На узкой стежке не разойтись — кто-нибудь кого-нибудь, а должен свалить. Проба сделана: пустили на войсковую землю красные полки, испробовали? А теперь — за шашку!

Об этом, опаляемый слепой ненавистью, думал Григорий, пока конь нес его по белогривому покрову Дона. На миг в нем ворохнулось противоречие: «Богатые с бедными, а не казаки с Русью... Мишка Кошевой и Котляров тоже казаки, а насквозь красные...» Но он со злостью отмахнулся от этих мыслей.

Завиднелся Татарский. Григорий передернул поводья, коня, осыпанного шмотьями мыла, свел на легкую побежку. На выезде придавил опять, конской грудью откинул воротца калитки, вскочил на баз.

XXIX

На рассвете, измученный, Кошевой въехал в хутор Большой Усть-Хоперской станицы. Его остановила застава 4-го Заамурского полка. Двое красноармейцев отвели его в штаб. Какой-то штабной долго и недоверчиво расспрашивал его, пытался путать, задавая вопросы, вроде того: «А кто у вас был председателем ревкома? Почему документов нет?» — и все прочее в этом духе. Мишке надоело отвечать на глупые вопросы.

— Ты меня не крути, товарищ! Меня казаки не так крутили, да ничего не вышло.

Он завернул рубаху, показал пробитый вилами бок и низ живота. Хотел уже пугануть штабного печеным словом, но в этот момент вошел Штокман.

— Блудный сын! Чертушка! — Бас его сорвался, руки облапили Мишкину спину. — Что ты его, товарищ, распытываешь? Да ведь это же наш парень! До чего ты глупость спорол! Послал бы за мной или за Котляровым, вот и все, и никаких вопросов... Пойдем, Михаил! Но как ты уцелел? Как ты уцелел, скажи мне? Ведь мы тебя вычеркнули из списка живых. Погиб, думаем, смертью героя.

Мишка вспомнил, как брали его в плен, беззащитность свою, винтовку, оставленную в санях, — мучительно, до слез покраснел.

XXX

В Татарском в день приезда Григория уже сформировались две сотни казаков. На сходе постановили мобилизовать всех способных носить оружие, от шестнадцати до семидесяти лет. Многие чувствовали безнадежность создавшегося положения: на север была враждебная, ходившая под большевиками Воронежская губерния и красный Хоперский округ, на юг — фронт, который, повернувшись, мог лавиной своей раздавить повстанцев. Некоторые особенно осторожные казаки не хотели брать оружия, но их заставляли силой. Наотрез отказался воевать Степан Астахов.

— Я не пойду. Берите коня, что хотите со мной делайте, а я не хочу винтовку брать! — заявил он утром, когда в курень к нему вошли Григорий, Христоня и Аникушка.

— Как это не хочешь? — шевеля ноздрями, спросил Григорий.

— А так, не хочу — и все!

— А ежели красные заберут хутор, куда денешься? С нами пойдешь или останешься?

Степан долго переводил пристальный посвечивающий взгляд с Григория на Аксинью, ответил, помолчав:

— Тогда видно будет...

— Коли так — выходи! Бери его, Христан! Мы тебя зараз к стенке прислоним! — Григорий, стараясь не глядеть на прижавшуюся к печке Аксинью, взял Степана за рукав гимнастерки, рванул к себе. — Пойдем, нечего тут!

— Григорий, не дури... Оставь! — Степан бледнел, слабо упирался.

Его сзади обнял нахмуренный Христоня, буркнул:

— Стал быть, пойдем, ежели ты такого духу.

— Братцы!..

— Мы тебе не братцы! Иди, говорят!

— Пустите, я запишусь в сотню. Слабый я от тифу...

Григорий криво усмехнулся, выпустил рукав Степановой гимнастерки.

— Иди получай винтовку. Давно бы так!

Он вышел, запахнув шинель, не попрощавшись. Христоня не постеснялся после случившегося выпросить у Степана табаку на цигарку и еще долго сидел, разговаривал, как будто между ними ничего и не было.

К вечеру из Вешенской привезли два воза оружия: восемьдесят четыре винтовки и более сотни шашек. Многие достали свое припрятанное оружие. Хутор высточил двести одиннадцать бойцов. Полтораста конных, остальные пластуны.

Еще не было единой организации у повстанцев. Хутора действовали пока разрозненно: самостоятельно формировали сотни, выбирали на сходках командиров из наиболее боевых казаков, считаясь не с чинами, а с заслугами; наступательных операций не предпринимали, а лишь связывались с соседними хуторами и прощупывали конными разведками окрестности.

Командиром конной сотни в Татарском еще до приезда Григория выбрали, как и в восемнадцатом году, Петра Мелехова. Командование пешей сотней принял на себя Латышев. Батарейцы во главе с Иваном Томилиным уехали на Базки. Там оказалось брошенное красными полуразрушенное орудие, без панорамы и с разбитым колесом. Его-то и отправились батарейцы чинить.

На двести одиннадцать человек привезли из Вешенской и собрали по хутору сто восемь винтовок, сто сорок шашек и четырнадцать охотничьих ружей. Пантелей Прокофьевич, освобожденный вместе с остальными стариками из моховского подвала, вырыл пулемет. Но лент не нашлось, и пулемета сотня на вооружение не приняла.

На другой день к вечеру стало известно, что из Каргинской идет на подавление восстания карательный отряд красных войск в триста штыков под командой Лихачева, при семи орудиях и двенадцати пулеметах. Петро решил выслать в направлении хутора Токина сильную разведку, одновременно сообщив в Вешенскую.

Разведка выехала в сумерках. Вел Григорий Мелехов тридцать два человека татарцев. Из хутора пошли намётом, да так и гнали почти до самого Токина. Верстах в двух от него, возле неглубокого яра, при шляху, Григорий спéшил казаков, расположил в ярке. Коноводы отвели лошадей в лощинку. Лежал там глубокий снег. Лошади, спускаясь, тонули в рыхлом снегу по пузо; чей-то жеребец, в предвесеннем возбуждении, игогокал, лягался. Пришлось послать на него отдельного коновода.

Трех казаков — Аникушку, Мартина Шамиля и Прохора Зыкова — Григорий послал к хутору. Они тронулись шагом. Вдали под склоном синели, уходя на юго-восток широким зигзагом, токинские левады. Сходила ночь. Низкие облака валили над степью. В яру молча сидели казаки. Григорий смотрел, как силуэты трех верховых спускаются под гору, сливаются с черной хребтиной дороги. Вот уже не видно лошадей, маячат одни головы всадников. Скрылись и они. Через минуту оттуда горласто затарахтел пулемет. Потом, тоном выше, тенористо защелкал другой — видимо, ручной. Опорожнив диск, ручной умолк, а первый, передохнув, ускоренно кончил еще одну ленту. Стаи пуль рассевом шли над яром, где-то в сумеречной вышине. Живой их звук бодрил, был весел и тонок. Трое скакали во весь опор.

— Напхнулись на заставу! — издали крикнул Прохор Зыков. Голос его заглушило громом конского бега.

— Коноводам изготовиться! — отдал Григорий приказ.

Он вскочил на гребень яра, как на бруствер, и, не обращая внимания на пули, с шипом зарывавшиеся в снег, пошел навстречу подъезжавшим казакам.

— Ничего не видали?

— Слышно, как завозились там. Много их, слыхать по голосам, — запыхавшись, говорил Аникушка.

Он прыгнул с коня, носок сапога заело стремя, и Аникушка заругался, чикиляя, при помощи руки освобождая ногу.

Пока Григорий расспрашивал его, восемь казаков спустились из яра в лощину; разобрав коней, ускакали домой.

— Расстреляем завтра, — тихо сказал Григорий, прислушиваясь к удаляющемуся топоту беглецов.

В яру оставшиеся казаки просидели еще с час, бережно храня тишину, вслушиваясь. Под конец кому-то послышался цокот копыт.

— Едут с Токина...

— Разведка!

— Не могет быть!

Переговаривались шепотом. Высовывая головы, напрасно пытались разглядеть что-либо в ночной непроницаемой наволочи. Калмыцкие глаза Федота Бодовскова первые разглядели.

— Едут, — уверенно сказал он, снимая винтовку.

Носил он ее по-чудному: ремень цеплял на шею, как гайтан креста, а винтовка косо болталась у него на груди. Обычно так ходил он и ездил, положив руки на ствол и на ложе, будто баба на коромысло.

Человек десять конных молча, в беспорядке ехали по дороге. На пол-лошади впереди выделялась осанистая, тепло одетая фигура. Длинный куцехвостый конь шел уверенно, горделиво. Григорию снизу на фоне серого неба отчетливо видны были линии конских тел, очертания всадников, даже плоский, срезанный верх кубанки видел он на ехавшем впереди. Всадники были в десяти саженях от яра; такое крохотное расстояние отделяло казаков от них, что казалось, они должны бы слышать и хриплые казачьи дыхи, и частый звон сердец.

Григорий еще раньше приказал без его команды не стрелять. Он, как зверобой в засаде, ждал момента расчетливо и вывереннo. У него уже созрело решение: окликнуть едущих и, когда они в замешательстве собьются в кучу, — открыть огонь.

Мирно похрустывал на дороге снег. Из-под копыт выпорхнула желтым светлячком искра; должно, подкова скользнула по оголенному кремню.

— Кто едет?

Григорий легко, по-кошачьи выпрыгнул из яра, выпрямился. За ним с глухим шорохом высыпали казаки.

Произошло то, чего никак не ожидал Григорий.

— А вам кого надо? — без тени страха или удивления спросил густой сиплый бас переднего. Всадник повернул коня, направляя его на Григория.

— Кто такой?! — резко закричал Григорий, не трогаясь с места, неприметно поднимая в полусогнутой руке наган.

Тот же бас зарокотал громовито, гневно:

— Кто смеет орать? Я — командир отряда карательных войск! Уполномочен штабом Восьмой красной армии задавить восстание! Кто у вас командир? Дать мне его сюда!

— Я командир.

— Ты? А-а-а...

Григорий увидел вороную штуку во вскинутой вверх руке всадника, успел до выстрела упасть; падая, крикнул:

— Огонь!

Тупоносая пуля из браунинга цвенькнула над головой Григория. Посыпались оглушающие выстрелы с той и с другой стороны. Бодовсков повис на поводьях коня бесстрашного командира. Потянувшись через Бодовскова, Григорий, удерживая руку, рубнул тупяком шашки по кубанке, сдернул с седла грузноватое тело. Схватка кончилась в две минуты. Трое красноармейцев ускакали, двух убили, остальных обезоружили.

Григорий коротко допрашивал взятого в плен командира в кубанке, тыча в разбитый рот ему дуло нагана:

— Как твоя фамилия, гад?

— Лихачев.

— На что ты надеялся, как ехал с девятью охранниками? Ты думал, казаки на колени попадают? Прощения будут просить?

— Убейте меня!

— С этим успеется, — утешал его Григорий. — Документы где?

— В сумке. Бери, бандит!.. Сволочь!

Григорий, не обращая внимания на ругань, сам обыскал Лихачева, достал из кармана его полушубка второй браунинг, снял маузер и полевую сумку. В боковом кармане нашел маленький, обтянутый пестрой звериной шкурой портфель с бумагами и портсигар.

Лихачев все время ругался, стонал от боли. У него было прострелено правое плечо, Григорьевой шашкой сильно зашиблена голова. Был он высок, выше Григория ростом, тяжеловесен и, должно быть, силен. На смуглом свежевыбритом лице куцые широкие черные брови разлаписто и властно сходились у переносицы. Рот большой, подбородок квадратный. Одет Лихачев был в сборчатый полушубок, голову его крыла черная кубанка, помятая сабельным ударом, под полушубком на нем статно сидели защитный френч, широченные галифе. Но ноги были малы, изящны, обуты в щегольские сапоги с лаковыми голенищами.

— Снимай полушубок, комиссар! — приказал Григорий. — Ты — гладкий. Отъелся на казачьих хлебах, небось, не замерзнешь!

Пленным связали руки кушаками, недоуздками, посадили на их же лошадей.

— Рысью за мной! — скомандовал Григорий и поправил на себе лихачевский маузер.

Ночевали они на Базках. На полу у печи, на соломенной подстилке стонал, скрипел зубами, метался Лихачев. Григорий при свете лампы промыл и перевязал ему раненое плечо. Но от расспросов отказался. Долго сидел за столом, просматривая мандаты Лихачева, списки вешенских казаков-контрреволюционеров, переданные Лихачеву бежавшим Ревтрибуналом, записную книжку, письма, пометки на карте. Изредка посматривал на Лихачева, скрещивал с ним взгляды, как клинки. Казаки, ночевавшие в этой хате, всю ночь колготились, выходили к лошадям и курить в сенцы, лежа разговаривали.

Забылся Григорий на заре, но вскоре проснулся, поднял со стола отяжелевшую голову. Лихачев сидел на соломе, зубами развязывая бинт, срывая повязку. Он взглянул на Григория налитыми кровью, ожесточенными глазами. Белозубый рот его был оскален мучительно, как в агонии, в глазах светилась такая мертвая тоска, что у Григория сон будто рукой сняло.

— Ты чего? — спросил он.

— Какого тебе... надо! Смерти хочу! — зарычал Лихачев, бледнея, падая головой на солому.

За ночь он выпил с полведра воды. Глаз не сомкнул до рассвета.

Утром Григорий отправил его на тачанке в Вешенскую с кратким донесением и всеми отобранными документами.

XXXI

В Вешенской к красному кирпичному зданию исполкома резво подкатила тачанка, конвоируемая двумя конными казаками. В задке полулежал Лихачев. Он встал, придерживая руку на окровавленной повязке. Казаки спешились; сопровождая его, вошли в дом.

С полсотни казаков густо толпились в комнате временно командующего объединенными повстанческими силами Суярова. Лихачев, оберегая руку, протолкался к столу. Маленький, ничем не примечательный, разве только редкостно ехидными щелками желтых глаз, сидел за столом Суяров. Он кротко глянул на Лихачева, спросил:

— Привезли голубя? Ты и есть Лихачев?

— Я. Вот мои документы. — Лихачев бросил на стол завязанный в мешок портфель, глянул на Суярова неприступно и строго. — Сожалею, что мне не удалось выполнить моего поручения — раздавить вас, как гадов! Но Советская Россия вам воздаст должное. Прошу меня расстрелять.

Он шевельнул простреленным плечом, шевельнул широкой бровью.

— Нет, товарищ Лихачев! Мы сами против расстрелов восстали. У нас не так, как у вас, — расстрелов нету. Мы тебя вылечим, и ты ишо, может, пользу нам принесешь, — мягко, но поблескивая глазами, проговорил Суяров. — Лишние, выйдите отсель. Ну, поскореича!

Остались командиры Решетовской, Черновской, Ушаковской, Дубровской и Вешенской сотен. Они присели к столу. Кто-то пихнул ногой табурет Лихачеву, но тот не сел. Прислонился к стене, глядя поверх голов в окно.

— Вот что, Лихачев, — начал Суяров, переглядываясь с командирами сотен. — Скажи нам: какой численности у тебя отряд?

— Не скажу.

— Не скажешь? Не надо. Мы сами из бумаг твоих поймем. А нет — красноармейцев из твоей охраны допросим. Ишо одно дело попросим (Суяров налег на это слово) мы тебя: напиши своему отряду, чтобы они шли в Вёшки. Воевать нам с вами не из чего. Мы не против Советской власти, а против коммуны и жидов. Мы отряд твой обезоружим и распустим по домам. И тебя выпустим на волю. Одним словом, пропиши им, что мы такие же трудящиеся и чтоб они нас не опасались, мы не супротив Советов...

Плевок Лихачева попал Суярову на седенький клинышек бородки. Суяров бороду вытер рукавом, порозовел в скулах. Кое-кто из командиров улыбнулся, но чести командующего защитить никто не встал.

— Обижаешь нас, товарищ Лихачев! — уже с явным притворством заговорил Суяров. — Атаманы, офицеры над нами смывались, плевали на нас, и ты — коммунист — плюешься. А всё говорите, что вы за народ... Эй, кто там есть?.. Уведите комиссара. Завтра отправим тебя в Казанскую.

— Может, подумаешь? — строго спросил один из сотенных.

Лихачев рывком поправил накинутый внапашку френч, пошел к стоявшему у двери конвоиру.

Его не расстреляли. Повстанцы же боролись против «расстрелов и грабежей»... На другой день погнали его на Казанскую. Он шел впереди конных конвоиров, легко ступая по снегу, хмурил куцый размет бровей. Но в лесу, проходя мимо смертельно-белой березки, с живостью улыбнулся, стал, потянулся вверх и здоровой рукой сорвал ветку. На ней уже набухали мартовским сладостным соком бурые почки; сулил их тонкий, чуть внятный аромат весенний расцвет, жизнь, повторяющуюся под солнечным кругом. Лихачев совал пухлые почки в рот, жевал их, затуманенными глазами глядел на отходившие от мороза, посветлевшие деревья и улыбался уголком бритых губ.

С черными лепестками почек на губах он и умер: в семи верстах от Вешенской, в песчаных, сурово насупленных бурунах его зверски зарубили конвойные. Живому выкололи ему глаза, отрубили руки, уши, нос, искрестили шашками лицо. Расстегнули штаны и надругались, испоганили большое, мужественное, красивое тело. Надругались над кровоточащим обрубком, а потом один из конвойных наступил на хлипко дрожавшую грудь, на поверженное навзничь тело и одним ударом наискось отсек голову.

XXXII

Из-за Дона, с верховьев, со всех краев шли вести о широком разливе восстания. Поднялось уже не два станичных юрта. Шумилинская, Казанская, Мигулинская, Мешковская, Вешенская, Еланская, Усть-Хоперская станицы восстали, наскоро сколотив сотни; явно клонились на сторону повстанцев Каргинская, Боковская, Краснокутская. Восстание грозило перекинуться и в соседние Усть-Медведицкий и Хоперский округа. Уже начиналось брожение в Букановской, Слащевской и Федосеевской станицах; волновались окраинные к Вешенской хутора Алексеевской станицы... Вешенская, как окружная станица, стала центром восстания. После долгих споров и толков решили сохранить прежнюю структуру власти. В состав окружного исполкома выбрали наиболее уважаемых казаков, преимущественно молодых. Председателем посадили военного чиновника артиллерийского ведомства Данилова. Были образованы в станицах и хуторах советы, и, как ни странно, осталось в обиходе даже, некогда ругательное, слово «товарищ». Был кинут и демагогический лозунг: «За Советскую власть, но против коммуны, расстрелов и грабежей». Поэтому-то на папахах повстанцев вместо одной нашивки или перевязки — белой — появлялись две: белая накрест с красной...

Суярова на должности командующего объединенными повстанческими силами сменил молодой — двадцативосьмилетний — хорунжий Кудинов Павел, георгиевский кавалер всех четырех степеней, краснобай и умница. Отличался он слабохарактерностью, и не ему бы править мятежным округом в такое буревое время, но тянулись к нему казаки за простоту и обходительность. А главное, глубоко уходил корнями Кудинов в толщу казачества, откуда шел родом, и был лишен высокомерия и офицерской заносчивости, обычно свойственной выскочкам. Он всегда скромно одевался, носил длинные, в кружок подрезанные волосы, был сутуловат и скороговорист. Сухощавое длинноносое лицо его казалось мужиковатым, не отличимым ничем.

Начальником штаба выбрали подъесаула Сафонова Илью, и выбрали лишь потому, что парень был трусоват, но на руку писуч, шибко грамотен. Про него так и сказали на сходе:

— Сафонова в штаб сажайте. В строю он негож. У него и урону больше будет, не оберегет он казаков, да и сам, гляди, наломает. Из него вояка, как из цыгана поп.

Малый ростом, кругловатого чекана, Сафонов на такое замечание обрадованно улыбнулся в желтые с белесым подбоем усы и с великой охотой согласился принять штаб.

Но Кудинов и Сафонов только оформляли то, что самостоятельно вершилось сотнями. В руководстве связанными оказались у них руки, да и не по их силам было управлять такой махиной и поспевать за стремительным взмывом событий.

4-й Заамурский конный полк, с влившимися в него большевиками Усть-Хоперской, Еланской и, частью, Вешенской станиц, с боем прошел ряд хуторов, перевалил Еланскую грань и степью двигался на запад вдоль Дона.

5 марта в Татарский прискакал с донесением казак. Еланцы срочно требовали помощи. Они отступали почти без сопротивления: не было патронов и винтовок. На их жалкие выстрелы заамурцы засыпали их пулеметным дождем, крыли из двух батарей. В такой обстановке некогда было дожидаться распоряжений из округа. И Петро Мелехов решил выступить со своими двумя сотнями.

Он принял командование и над остальными четырьмя сотнями соседних хуторов. Поутру вывел казаков на бугор. Сначала, как водится, цокнулись разведки. Бой развернулся позже.

У Красного лога, в восьми верстах от хутора Татарского, где когда-то Григорий с женой пахал, где в первый раз признался он Наталье, что не любит ее, — в этот тусклый зимний день на снегу возле глубоких яров спешивались конные сотни, рассыпались цепи, коноводы отводили под прикрытие лошадей. Внизу из вогнутой просторной котловины, в три цепи шли красные. Белый простор падины был иссечен черными пятнышками людей. К цепям подъезжали подводы, мельтешили конные. Казаки, отделенные от противника двумя верстами расстояния, неспешно готовились принимать бой.

На своем сытом, слегка запаренном коне от еланских, уже рассыпавшихся сотен подскакал к Григорию Петро. Он был весел, оживлен.

— Братухи! Патроны приберегайте! Бить, когда отдам команду... Григорий, отведи свою полусотню сажен на полтораста влево. Поторапливайся! Коноводы пущай в кучу не съезжаются! — Он отдал еще несколько последних распоряжений, достал бинокль. — Никак, батарею устанавливают на Матвеевом кургане?

— Я давно примечаю: простым глазом видать.

Григорий взял из его рук бинокль, вгляделся. За курганом, с обдутой ветрами макушей, — чернели подводы, крохотные мелькали люди.

Татарская пехота, — «пластунки», как их шутя прозвали конные, — несмотря на строгий приказ не сходиться, собирались толпами, делились патронами, курили, перекидывались шутками. На голову выше мелковатых казаков качалась папаха Христони (попал он в пехоту, лишившись коня), краснел треух Пантелея Прокофьевича. В пехоте гуляли большинство стариков и молодятник. Вправо от несрезанной чащи подсолнечных будыльев версты на полторы стояли еланцы. Шестьсот человек было в их четырех сотнях, но почти двести коноводили. Треть всего состава скрывалась с лошадьми в пологих отножинах яров.

— Петро Пантелевич! — кричали из пехотных рядов. — Гляди, в бою не бросай нас, пеших!

— Будьте спокойные! Не покинем, — улыбался Петро и, посматривая на медленно подвигавшиеся к бугру цепи красных, начал нервно поигрывать плеткой.

— Петро, тронь сюда, — попросил Григорий, отходя от цепи в сторону.

Тот подъехал. Григорий, морщась, с видимым недовольством сказал:

— Позиция мне не по душе. Надо бы минуть эти яры. А то обойдут нас с флангу — беды наберемся. А?

— Чего ты там! — досадливо отмахнулся Петро. — Как это нас обойдут! Я в лизерве оставил одну сотню, да на худой конец и яры сгодятся. Они не помеха.

— Гляди, парень! — предостерегающе кинул Григорий, не в последний раз быстро ощупывая глазами местность.

Он подошел к своей цепи, оглядел казаков. У многих на руках уже не было варежек и перчаток. Припекло волнение — сняли. Кое-кто нудился: то шашку поправит, то шпенек пояса передвинет потуже.

— Командер наш слез с коня, — улыбнулся Федот Бодовсков и насмешливо чуть покивал в сторону Петра, развалисто шагавшего к цепям.

— Эй ты, генерал Платов! — ржал однорукий Алешка Шамиль, вооруженный только шашкой. — Прикажи донцам по чарке водки!

— Молчи, водошник! Отсекут тебе красные другую руку, чем до рта понесешь? Из корыта придется хлебать.

— Но-но!

— А выпил бы, недорого отдал! — вздыхал Степан Астахов и даже русый ус закручивал, скинув руку с эфеса.

Разговоры по цепи шли самые не подходящие к моменту. И разом смолкли, как только за Матвеевым курганом октавой бухнуло орудие.

Густой полновесный звук вырвался из жерла комком и долго таял над степью, как белая пенка дыма, сомкнувшись с отчетливым и укороченно-резким треском разрыва. Снаряд не добрал расстояния, разорвался в полуверсте от казачьей цепи. Черный дым в белом лучистом оперенье снега медленно взвернулся над пашней, рухнул, стелясь и приникая к бурьянам. Сейчас же в красной цепи заработали пулеметы. Пулеметные очереди выстукивали ночной колотушкой сторожа. Казаки легли в снег, в бурьянок, в щетинистые безголовые подсолнухи.

— Дым дюже черный! Вроде как от немецкого снаряду! — крикнул Прохор Зыков, оглядываясь на Григория.

В соседней Еланской сотне поднялся шум. Ветром допахнуло крик:

— Кума Митрофана убило!

Под огнем к Петру подбежал рыжебородый рубежинский сотенный Иванов. Он вытирал под папахой лоб, задыхался:

— Вот снег — так снег! До чего стрямок — ног не выдернешь!

— Ты чего? — настропалился, сдвигая брови, Петро.

— Мысля пришла, товарищ Мелехов! Пошли ты одну сотню низом, к Дону. Сними с цепи и пошли. Нехай они низом спущаются и добегут до хутора, а оттель вдарют в тыл красным. Они обозы, небось, побросали... Ну какая там охрана? Опfive же панику наведут.

«Мысля» Петру понравилась. Он скомандовал своей полусотне стрельбу, махнул рукой стоявшему во весь рост Латышеву и валко зашагал к Григорию. Объяснил, в чем дело, коротко приказал:

— Веди полусотню. Нажми на хвост!

Григорий вывел казаков, в лощине посадились верхом, шибкой рысью запылили к хутору.

Казаки выпустили по две обоймы на винтовку, примолкли. Цепи красных легли. Захлебывались чечеткой пулеметы. У одного из коноводов вырвался раненный шальной пулей белоногий конь Мартина Шамиля и, обезумев, промчался через цепь рубежинских казаков, пошел под гору к красным. Пулеметная струя резанула его, и конь на всем скаку высоко вскинул задком, грянулся в снег.

— Цель в пулеметчиков! — передавали по цепи Петров приказ.

Целили. Били только искусные стрелки — и нашкодили: невзрачный казачишка с Верхне-Кривского хутора одного за другим переметил пулями трех пулеметчиков, и «максим» с закипевшей в кожухе водой умолк. Но перебитую прислугу заменили новые. Пулемет опять зарокотал, рассеивая смертные семена. Залпы валились часто. Уже заскучали казаки, все глубже зарываясь в снег. Аникушка докопался до голенькой земли, не переставая чудить. Кончились у него патроны (их было пять штук в зеленой проржавленной обойме), и он изредка, высовывая из снега голову, воспроизводил губами звук, очень похожий на высвист, издаваемый сурком в момент испуга.

— Агхю!.. — по-сурчиному вскрикивал Аникушка, обводя цепь дурашливыми глазами.

Справа от него до слез закатывался Степан Астахов, а слева сердито матил Антипка Брех:

— Брось, гадюка! Нашел час шутки вышучивать!

— Агхю!.. — поворачивался в его сторону Аникушка, в нарочитом испуге округляя глаза.

В батарее красных, вероятно, ощущался недостаток в снарядах: выпустив около тридцати снарядов, она смолкла. Петро нетерпеливо поглядывал назад, на гребень бугра. Он послал двух вестовых в хутор с приказом, чтобы все взрослое население хутора вышло на бугор, вооружившись вилами, кольями, косами. Хотелось ему задать красным острастку и тоже рассыпать три цепи.

Вскоре на кромке гребня появился и повалил под гору густыми толпами народ.

— Гля, галь черная высыпала!

— Весь хутор вышел.

— Да там, никак, и бабы!

Казаки перекрикивались, улыбались. Стрельбу прекратили совсем. Со стороны красных работало лишь два пулемета да изредка прогромыхивали залпы.

— Жалко, батарея ихняя приутихла. Кинули б один снаряд в бабье войско, вот поднялося бы там! С мокрыми подолами бегли бы в хутор! — с удовольствием говорил безрукий Алешка, видимо, всерьез сожалея, что по бабам не кинут красные ни одного снаряда.

Толпы стали выравниваться, дробиться. Вскоре они растянулись в две широкие цепи. Стали.

Петро не велел им подходить даже на выстрел к казачьей цепи. Но одно появление их произвело на красных заметное воздействие. Красные цепи стали отходить, спускаясь на днище падины. Коротко посоветовавшись с сотенными, Петро обнажил правый фланг, сняв две цепи еланцев, — приказал им в конном строю идти на север, к Дону, чтобы там поддержать наскок Григория. Сотни на виду у красных выстроились на той стороне Красного яра, пошли на низ к Дону.

Стрельба по отступавшим красным цепям возобновилась.

В это время из «резерва», составленного из баб, стариков и подростков, в боевую цепь проникло несколько баб поотчаянней и гурт ребятишек. С бабами заявилась и Дарья Мелехова.

— Петя, дай я стре́льну по красному! Я ж умею винтовкой руководствовать.

Она и в самом деле взяла Петров карабин; с колена, по-мужски, уверенно прижав приклад к вершине груди, к узкому плечу, два раза выстрелила.

А «резерв» зябнул, постукивая ногами, попрыгивал, сморкался. Обе цепи шевелились, как от ветра. У баб синели щеки и губы; под широкими подолами юбок охально хозяйничал мороз. Ветхие старики вовсе замерзли. Многих из них, в том числе и деда Гришаку, под руки вели на крутую гору от хутора. Но здесь, на бугре, доступном вышним ветрам, от далекой стрельбы и холода старики оживились. В цепи шли между ними нескончаемые разговоры о прежних войнах и боях, о тяжелой нынешней войне, где сражаются брат с братом, отец с сыном, а пушки бьют так издалека, что простым оком и не увидишь их...

XXXIII

Григорий с полусотней потрепал обоз первого разряда заамурцев. Восемь красноармейцев было зарублено. Взято четыре подводы с патронами и две верховых лошади. Полусотня отделалась убитой лошадью да пустяковой царапиной на теле одного из казаков.

Но пока Григорий уходил вдоль Дона с отбитыми подводами, никем не преследуемый и крайне осчастливленный успехом, на бугре подошла развязка боя. Эскадрон заамурцев далеким кружным путем еще перед боем пошел в обход, сделал десятиверстный круг и, внезапно вывернувшись из-за бугра, ударил атакой по коноводам. Все смешалось. Коноводы вылетели с лошадьми из отножины Красного яра, некоторым казакам успели подать коней, а над остальными уже заблестели клинки заамурцев. Многие безоружные коноводы пораспускали лошадей, поскакали врассыпную. Пехота, лишенная возможности стрелять, из опасения попасть в своих, как горох из мешка, посыпалась в яр, перебралась на ту сторону, беспорядочно побежала. Те из конных (а их было большинство), которые успели переловить коней, ударились к хутору наперегонки, меряя, «чья добрее».

В первый момент, как только на крик повернул голову и увидел конную лаву, устремляющуюся на коноводов, Петро скомандовал:

— По коням! Пехота! Латышев! Через яр!..

Но добежать до своего коновода он не успел. Лошадь его держал молодой парень Андрюшка Бесхлебнов. Он намётом шел к Петру; две лошади, Петра и Федота Бодовскова, скакали рядом по правой стороне. Но на Андрюшку сбоку налетел красноармеец в распахнутой желтой дубленке, сплеча рубанул его, крикнув:

— Эх ты, вояка, растакую!..

На счастье Андрюшки, за плечами его болталась винтовка. Шашка, вместо того чтобы секануть Андрюшкину, одетую белым шарфом, шею, заскрежетала по стволу, визгнув, вырвалась из рук красноармейца и распрямляющейся дугой взлетела в воздух. Под Андрюшкой горячий конь шарахнулся в сторону, понес щелкать. Кони Петра и Бодовскова устремились следом за ним...

Петро ахнул, на секунду стал, побелел, пот разом залил ему лицо. Глянул Петро назад: к нему подбегало с десяток казаков.

— Погибли! — кричал Бодовсков. Ужас коверкал его лицо.

— Сигайте в яр, казаки! Братцы, в яр!

Петро овладел собой, первый побежал к яру и покатился вниз по тридцатисаженной крутизне. Зацепившись, он порвал полушубок от грудного кармана до оторочки полы, вскочил, отряхнулся по-собачьи, всем телом сразу. Сверху, дико кувыркаясь, переворачиваясь на лету, сыпались казаки.

В минуту их напа́дало одиннадцать человек. Петро был двенадцатым. Там, наверху, еще постукивали выстрелы, звучали крики, конский топот. А на дне яра попа́давшие туда казаки глупо стрясали с папах снег и песок, кое-кто потирал ушибленные места. Мартин Шамиль, выхватив затвор, продувал забитый снегом ствол винтовки. У одного паренька, Маныцкова, сына покойного хуторского атамана, щеки, исполосованные мокрыми стежками бегущих слез, дрожали от великого испуга.

— Что делать? Петро, веди! Смерть в глазах... Куда кинемся? Ой, побьют нас!

Федот заклацал зубами, кинулся вниз по теклине, к Дону.

За ним, как овцы, шарахнулись и остальные.

Петро насилу остановил их:

— Стойте! Порешим... Не беги! Постреляют!

Всех вывел под вымоину в красноглинистом боку яра, предложил, заикаясь, но стараясь сохранить спокойный вид:

— Книзу нельзя идтить. Они далеко погонют наших... Надо тут... Расходись по вымоинам... Троим на эту сторону зайтить... Отстреливаться будем!.. Тут можно осаду выдержать...

— Да пропадем же мы! Отцы! Родимые! Пустите вы меня отсель!.. Не хочу... Не желаю умирать! — завыл вдруг белобрысый, плакавший еще и до этого, парнишка Маныцков.

Федот, сверкнув калмыцким глазом, вдруг с силой ударил Маныцкова кулаком в лицо.

У парнишки хлынула носом кровь, спиной он осыпал со стенки яра глину и еле удержался на ногах, но выть перестал.

— Как отстреливаться? — спросил Шамиль, хватая Петра за руки. — А патронов сколько? Нету патронов!

— Гранату метнут. Ухлай нам!

— Ну а что же делать? — Петро вдруг посинел, на губах его под усами вскипела пена. — Ложись!.. Я командир или кто? Убью!

Он и в самом деле замахал наганом над головами казаков.

Свистящий шепот его будто жизнь вдохнул в них. Бодовсков, Шамиль и еще двое казаков перебежали на ту сторону яра, залегли в вымоине, остальные расположились с Петром.

Весной рыжий поток нагорной воды, ворочая самородные камни, вымывает в теклине ямины, рушит пласты красной глины, в стенах яра роет углубления и проходы. В них-то и засели казаки.

Рядом с Петром, держа винтовку наизготове, стоял, согнувшись, Антип Брехович, бредово шептал:

— Степка Астахов за хвост своего коня поймал... ускакал, а мне вот не пришлось... А пехота бросила нас... Пропадем, братцы!.. Видит бог, погибнем!..

Наверху послышался хруст бегущих шагов. В яр посыпались крошки снега, глина.

— Вот они! — шепнул Петро, хватая Антипку за рукав, но тот отчаянно вырвал руку, заглянул вверх, держа палец на спуске.

Сверху никто близко не подходил к прорези яра.

Оттуда послышались голоса, окрики на лошадь...

«Советуются», — подумал Петро, и снова пот, словно широко разверзлись все поры тела, покатился по спине его, по ложбине груди, лицу...

— Эй, вы! Вылазьте! Все равно побьем! — закричали сверху.

Снег падал в яр гуще, белой молочной струей. Кто-то, видимо, близко подошел к яру.

Другой голос там же уверенно проговорил:

— Сюда они прыгали, вот следы. Да я ведь сам видел!

— Петро Мелехов! Вылазь!

На секунду слепая радость полымем обняла Петра. «Кто меня из красных знает? Это же свои! Отбили!» Но тот же голос заставил его задрожать мелкой дрожью:

— Говорит Кошевой Михаил. Предлагаем сдаться добром. Все равно не уйдете!

Петро вытер мокрый лоб, на ладони остались полосы розового кровяного пота.

Какое-то странное чувство равнодушия, граничащего с забытьём, подкралось к нему.

И диким показался крик Бодовскова:

— Вылезем, коли посулитесь отпустить нас. А нет — будем отстреливаться! Берите!

— Отпустим... — помолчав, ответили сверху.

Петро страшным усилием стряхнул с себя сонную одурь. В слове «отпустим» показалась ему невидимая ухмылка. Глухо крикнул:

— Назад! — но его уже никто не слушался.

Казаки — все, за исключением забившегося в вымоину Антипки, — цепляясь за уступы, полезли наверх.

Петро вышел последним. В нем, как ребенок под сердцем женщины, властно ворохнулась жизнь.

 Руководимый чувством самосохранения, он еще

сообразил выкинуть из магазинки патроны, полез по крутому скату. Мутилось у него в глазах, сердце занимало всю грудь. Было душно и тяжко, как в тяжелом сне в детстве. Он оборвал на вороте гимнастерки пуговицы, порвал воротник грязной нательной рубахи. Глаза его застилал пот, руки скользили по холодным уступам яра. Хрипя, он выбрался на утоптанную площадку возле яра, кинул под ноги себе винтовку, поднял кверху руки. Тесно кучились вылезшие раньше него казаки. К ним, отделившись от большой толпы пеших и конных заамурцев, шел Мишка Кошевой, подъезжали конные красноармейцы...

Мишка подошел к Петру в упор, тихо, не поднимая от земли глаз, спросил:

— Навоевался? — Подождав ответа и все так же глядя Петру под ноги, спросил: — Ты командовал ими?

У Петра запрыгали губы. Жестом великой усталости, с трудом донес он руку до мокрого лба. Длинные выгнутые ресницы Мишки затрепетали, пухлая верхняя губа, осыпанная язвочками лихорадки, поползла вверх. Такая крупная дрожь забила Мишкино тело, что казалось — он не устоит на ногах, упадет. Но он сейчас же, рывком вскинул на Петра глаза, глядя ему прямо в зрачки, вонзаясь в них странно-чужим взглядом, скороговоркой бормотнул:

— Раздевайся!

Петро проворно скинул полушубок, бережно свернул и положил его на снег; снял папаху, пояс, защитную рубашку и, присев на полу полушубка, стал стаскивать сапоги, с каждой секундой все больше и больше бледнея.

Иван Алексеевич спешился, подошел сбоку и, глядя на Петра, стискивал зубы, боясь разрыдаться.

— Белье не сымай, — прошептал Мишка и, вздрогнув, вдруг пронзительно крикнул: — Живей, ты!..

Петро засуетился, скомкал снятые с ног шерстяные чулки, сунул их в голенища, выпрямившись, ступил с полушубка на снег босыми, на снегу шафранно-желтыми ногами.

— Кум! — чуть шевеля губами, позвал он Ивана Алексеевича. Тот молча смотрел, как под босыми ступнями Петра подтаивает снег. — Кум Иван, ты моего дитя крестил... Кум, не казните меня! — попросил Петро и, увидев, что Мишка уже поднял на уровень его груди наган, расширил глаза, будто готовясь увидеть нечто ослепительное, как перед прыжком вобрал голову в плечи.

Он не слышал выстрела, падая навзничь, как от сильного толчка.

Ему почудилось, что протянутая рука Кошевого схватила его сердце и разом выжала из него кровь. Последним в жизни усилием Петро с трудом развернул ворот нательной рубахи, обнажив под левым соском пулевой надрез. Из него, помедлив, высочилась кровь, потом, найдя выход, со свистом забила вверх дегтярно-черной струей.

XXXIV

На заре разведка, посланная к Красному яру, вернулась с известием, что красных не обнаружено до Еланской грани и что Петро Мелехов с десятью казаками лежат, изрубленные, там же, в вершине яра.

Григорий распорядился посылкой за убитыми подвод, доночевывать ушел к Христоне. Выгнали его из дому бабьи причитания по мертвому, дурной плач в голос Дарьи. До рассвета просидел он в Христониной хате около пригрубка. Жадно выкуривал папироску и, словно боясь остаться с глазу на глаз со своими мыслями, с тоской по Петру, снова, торопясь, хватался за кисет, — до отказа вдыхая терпкий дым, заводил с дремавшим Христоней посторонние разговоры.

Рассвело. Оттепель началась с самого утра. Часам к десяти на унавоженной дороге показались лужи. С крыш капало. Голосили по-весеннему кочета, где-то, как в знойный полдень, одиноко кудахтала курица.

На сугреве, на солнечной стороне базов, терлись

о плетни быки. Ветром несло с бурых спин их

осекшийся по весне волос. Пахло талым снегом пряно и пресно. Покачиваясь на голой ветке яблони около Христониных ворот, чурликала крохотная желтопузая синичка-зимнуха.

Григорий стоял около ворот, ждал появления с бугра подвод и невольно переводил стрекотание синицы на знакомый с детства язык. «Точи-плуг! Точи-плуг!» — радостно выговаривала синичка в этот ростепельный день, а к морозу — знал Григорий — менялся ее голос: скороговоркой синица советовала, и получалось также похоже: «Обувай-чирики! Обувай-чирики!»

Григорий перебрасывал взгляд с дороги на скачущую зимнуху. «Точи-плуг! Точи-плуг!» — выщелкивала она. И нечаянно вспомнилось Григорию, как вместе с Петром в детстве пасли они в степи индюшат, и Петро, тогда белоголовый, с вечно облупленным курносым носом, мастерски подражал индюшиному бормотанию и так же переводил их говор на свой детский, потешный язык. Он искусно воспроизводил писк обиженного индюшонка, тоненько выговаривая: «Все в сапожках, а я нет! Все в сапожках, а я нет». И сейчас же, выкатывая глазенки, сгибал в локтях руки, — как старый индюк, ходил боком, бормотал: «Гур! Гур! Гур! Гур! Купим на базаре сорванцу сапожки!» Тогда Григорий смеялся счастливым смехом, просил еще погутарить по-индюшиному, упрашивал показать, как озабоченно бормочет индюшиный выводок, обнаруживший в траве какой-нибудь посторонний предмет вроде жестянки или клочка материи...

В конце улицы показалась головная подвода. Сбоку шел казак. Следом за первой выползали вторая и третья. Григорий смахнул слезу и тихую улыбку непрошеных воспоминаний, торопливо пошел к своим воротам: мать, обезумевшую от горя, хотел удержать в первую страшную минуту и не допустить к подводе с трупом Петра. Рядом с передней подводой шагал без шапки Алешка Шамиль. Обрубком руки он прижимал к груди папаху, в правой держал волосяные вожжи. Григорий, не задержавшись взглядом на лице Алешки, глянул на сани. На соломенной подстилке, лицом вверх, лежал Мартин Шамиль. Лицо, зеленая гимнастерка на груди и втянутом животе залиты смерзшейся кровью. На второй подводе везли Маныцкова. Изрубленным лицом уткнут он в солому. У него зябко втянута в плечи голова, а затылок срезан начисто умелым ударом: черные сосульки волос бахромой окаймляли обнаженные черепные кости. Григорий глянул на третью подводу. Он не узнал мертвого, но руку с восковыми, желтыми от табака пальцами приметил. Она свисала с саней, чертила талый снег пальцами, перед смертью сложенными для крестного знамения. Мертвый был в сапогах и шинели; даже шапка лежала на груди. Лошадь четвертой подводы Григорий схватил за уздцы, на рысях ввел ее во двор. Следом вбегали соседи, детишки, бабы. Толпа сгрудилась около крыльца.

— Вот он, наш любушка Петро Пантелевич! Отходил по земле, — сказал кто-то тихонько.

Без шапки вошел в ворота Степан Астахов. Невесть откуда появились дед Гришака и еще трое стариков. Григорий растерянно оглянулся:

— Давайте понесем в курень...

Подводчик взялся было за ноги Петра, но толпа молча расступилась, почтительно дала дорогу сходившей с порожков Ильиничне.

Она глянула на сани. Мертвенная бледность полосой легла у ней на лбу, покрыла щеки, нос, поползла по подбородку. Под руки подхватил ее дрожавший Пантелей Прокофьевич. Первая заголосила Дуняшка, ей откликнулись в десяти концах хутора. Дарья, хлопнув дверьми, растрепанная, опухшая, выскочила на крыльцо, рухнула в сани.

— Петюшка! Петюшка, родимый! Встань! Встань!

У Григория чернь в глазах.

— Уйди, Дашка! — не помня себя, дико закричал он и, не рассчитав, толкнул Дарью в грудь.

Она упала в сугроб. Григорий быстро подхватил Петра под руки, подводчик — за босые щиколотки, но Дарья на четвереньках ползла за ними на крыльцо, целуя, хватая негнущиеся, мерзлые руки мужа.

Григорий отталкивал ее ногой, чувствовал, что еще миг — и он потеряет над собой власть. Дуняшка силком оторвала Дарьины руки, прижала обеспамятевшую голову ее к своей груди.

Стояла на кухне выморочная тишина. Петро лежал на полу странно маленький, будто ссохшийся весь. У него заострился нос, пшеничные усы потемнели, а все лицо строго вытянулось, похорошело. Из-под завязок шаровар высовывались босые волосатые ноги. Он медленно оттаивал, под ним стояла лужица розоватой воды. И чем больше отходило промерзшее за ночь тело, — резче ощущался соленый запах крови и приторно-сладкий васильковый трупный дух.

Пантелей Прокофьевич стругал под навесом сарая доски на гроб. Бабы возились в горенке около не приходившей в память Дарьи. Изредка оттуда слышался чей-нибудь резкий истерический всхлип, а потом ручьисто журчал голос свахи Василисы, прибежавшей «делить» горе. Григорий сидел на лавке против брата, крутил цигарку, смотрел на желтое по краям лицо Петра, на руки его с посинелыми круглыми ногтями. Великий холод отчуждения уже делил его с братом. Был Петро теперь не своим, а недолгим гостем, с которым пришла пора расстаться. Лежит сейчас он, равнодушно привалившись щекой к земляному полу, словно ожидая чего-то, с успокоенной таинственной полуулыбкой, замерзшей под пшеничными усами. А завтра в последнюю путину соберут его жена и мать.

Еще с вечера нагрела ему мать три чугуна теплой воды, а жена приготовила чистое белье и лучшие шаровары с мундиром. Григорий — брат его однокровник — и отец обмоют отныне не принадлежащее ему, не стыдящееся за свою наготу тело. Оденут в праздничное и положат на стол. А потом придет Дарья, вложит в широкие, ледяные руки, еще вчера обнимавшие ее, ту свечу, которая светила им обоим в церкви, когда они ходили вокруг аналоя, — и готов казак Петро Мелехов к проводам туда, откуда не возвращаются на побывку к родным куреням.

«Лучше б погиб ты где-нибудь в Пруссии, чем тут, на материных глазах!» — мысленно с укором говорил брату Григорий и, взглянув на труп, вдруг побелел: по щеке Петра к пониклой усине ползла слеза. Григорий даже вскочил, но, всмотревшись внимательней, вздохнул облегченно: не мертвая слеза, а капелька с оттаявшего курчавого чуба упала Петру на лоб, медленно скатилась по щеке.

XXXV

Приказом командующего объединенными повстанческими силами Верхнего Дона Григорий Мелехов назначен был командиром Вешенского полка. Десять сотен казаков повел Григорий на Каргинскую. Предписывал ему штаб во что бы то ни стало разгромить отряд Лихачева и выгнать его из пределов округа, с тем чтобы поднять все чирские хутора Каргинской и Боковской станиц.

И Григорий 7 марта повел казаков. На оттаявшем бугре, покрытом черными голызинами, пропустил он мимо себя все десять сотен. В стороне от шляха, избоченясь, горбатился он на седле, туго натягивал поводья, сдерживал горячившегося коня, а мимо походными колоннами шли сотни обдонских хуторов: Базков, Белогорки, Ольшанского, Меркулова, Громковского, Семеновского, Рыбинского, Водянского, Лебяжьего, Ерика.

Перчаткой гладил Григорий черный ус, шевелил коршунячьим носом, из-под крылатых бровей угрюмым, осадистым взглядом провожал каждую сотню. Множество захлюстанных конских ног месило бурую толочь снега. Знакомые казаки, проезжая, улыбались Григорию. Над папахами их слоился и таял табачный дымок. От лошадей шел пар.

Примкнул Григорий к последней сотне. Версты через три встретил их разъезд. Урядник, водивший разъезд, подскакал к Григорию:

— Отступают красные по дороге на Чукарин!

Боя лихачевский отряд не принял. Но Григорий кинул в обход три сотни казаков и так нажал с остальными, что уже по Чукарину стали бросать красноармейцы подводы, зарядные ящики. На выезде из Чукарина, возле убогой церковенки, застряла в речке лихачевская батарея. Ездовые обрубили постромки, через левады ускакали на Каргинскую.

Пятнадцать верст от Чукарина до Каргинской казаки прошли без боя. Правее, за Ясеновку, разъезд противника обстрелял разведку вешенцев. На том дело и кончилось. Казаки уже начали пошучивать: «До Новочеркасска пойдет!»

Григория радовала захваченная батарея. «Даже замки не успели попортить», — пренебрежительно подумал он. Быками выручали застрявшие орудия. Из сотен в момент набралась прислуга. Орудия шли в двойной упряжке: шесть пар лошадей тянули каждое. Полусотня, назначенная в прикрытие, сопровождала батарею.

В сумерках налетом забрали Каргинскую. Часть лихачевского отряда с последними тремя орудиями и девятью пулеметами была взята в плен. Остальные красноармейцы вместе с Каргинским ревкомом успели хуторами бежать в направлении Боковской станицы.

Всю ночь шел дождь. К утру заиграли лога и буераки. Дороги стали непроездны: что ни ложок — ловушка. Напитанный водой снег проваливался до земли. Лошади стряли, люди падали от усталости.

Две сотни под командой базковского хорунжего Ермакова Харлампия, высланные Григорием для преследования отступающего противника, переловили в сплошных хуторах — Латышевском и Вислогузовском — около тридцати отставших красноармейцев; утром привели их в Каргинскую.

Григорий стал на квартире в огромном доме местного богача Каргина. Пленных пригнали к нему во двор. Ермаков пошел к Григорию, поздоровался.

— Взял двадцать семь красных. Тебе там вестовой коня подвел. Зараз выезжаешь, что ль?

Григорий подпоясал шинель, причесал перед зеркалом свалявшиеся под папахой волосы, только тогда повернулся к Ермакову:

— Поедем. Выступать сейчас. На площади устроим митинг — и в поход.

— Нужен он, митинг! — Ермаков повел плечом, улыбнулся. — Они и без митинга уже все на конях. Да вон, гляди! Это не вешенцы подходят сюда?

Григорий выглянул в окно. По четыре в ряд, в прекрасном порядке шли сотни. Казаки — как на выбор, кони — хоть на смотр.

— Откуда это? Откуда их черт принес? — радостно бормотал Григорий, на бегу надевая шашку.

Ермаков догнал его у ворот.

К калитке уже подходил сотенный командир передней сотни. Он почтительно держал руку у края папахи, протянуть ее Григорию не осмелился.

— Вы — товарищ Мелехов?

— Я. Откуда вы?

— Примите в свою часть. Присоединяемся к вам. Наша сотня сформирована за нынешнюю ночь. Эта — с хутора Лиховидова, а другие две сотни — с Грачева, с Архиповки и Василевки.

— Ведите казаков на площадь. Там зараз митинг будет.

Вестовой (Григорий взял в вестовые Прохора Зыкова) подал ему коня, даже стремя подержал. Ермаков как-то особенно ловко, почти не касаясь луки и гривы, вскинул в седло свое сухощавое железное тело, спросил, подъезжая и привычно оправляя над седлом разрез шинели:

— С пленниками как быть?

Григорий взял его за пуговицу шинели, близко нагнулся, клонясь с седла. В глазах его сверкнули рыжие искорки, но губы под усами хоть и зверовато, а улыбались.

— В Вёшки прикажи отогнать. Понял? Чтоб ушли не дальше вон энтого кургана! — Он махнул плетью в направлении нависшего над станицей песчаного кургана, тронул коня.

«Это им за Петра первый платеж», — подумал он, трогая рысью, и без видимой причины плетью выбил на крупе коня белесый вспухший рубец.

XXXVI

Из Каргинской Григорий повел на Боковскую уже три с половиной тысячи сабель. Вдогон ему штаб и окрисполком слали нарочными приказы и распоряжения. Один из членов штаба в частной записке витиевато просил Григория:

Многоуважаемый товарищ Григорий Пантелеевич! До нашего сведения коварные доходят слухи, якобы ты учиняешь жестокую расправу над пленными красноармейцами. Будто бы по твоему приказу уничтожены — сиречь порубаны — тридцать красноармейцев, взятых Харлампием Ермаковым под Боковской. Среди означенных пленных, по слухам, был один комиссаришка, коий мог нам очень пригодиться на предмет освещения их сил. Ты, дорогой товарищ, отмени приказ пленных не брать. Такой приказ нам вредный ужасно, и казаки вроде роптают даже на такую жестокость и боятся, что и красные будут пленных рубить и хутора наши уничтожать. Командный состав тоже препровождай живьем. Мы их потихоньку будем убирать в Вешках либо в Казанской, а ты идешь со своими сотнями, как Тарас Бульба из исторического романа писателя Пушкина, и все предаешь огню и мечу и казаков волнуешь. Ты остепенись, пожалуйста, пленных смерти не предавай, а направляй к нам. В вышеуказанном и будет наша сила. А за сим будь здоров. Шлем тебе низкий поклон и ждем успехов.

Письмо Григорий, не дочитав, разорвал, кинул под ноги коню. Кудинову на его приказ:

Немедленно развивай наступление на юг, участок Крутенький — Астахово — Греково. Штаб считает необходимым соединиться с фронтом кадетов. В противном случае нас окружат и разобьют,—

не сходя с седла, написал:

Наступаю на Боковскую, преследую бегущего противника. А на Крутенький не пойду, приказ твой считаю глупым. И за кем я пойду наступать на Астахово? Там, окромя ветра и хохлов, никого нет.

На этом официальная переписка его с повстанческим центром закончилась. Сотни, разбитые на два полка, подходили к граничащему с Боковской хутору Конькову. Ратный успех еще в течение трех дней не покидал Григория. С боем заняв Боковскую, Григорий на свой риск тронулся на Краснокутскую. Искрошил небольшой отряд, заградивший ему дорогу, но взятых пленных рубить не приказал, отправил в тыл.

9 марта он уже подводил полки к слободе Чистяковка. К этому времени красное командование, почувствовав угрозу с тыла, кинуло на восстание несколько полков и батарей. Под Чистяковкой подошедшие красные полки цокнулись с полками Григория. Бой продолжался часа три. Опасаясь «мешка», Григорий оттянул части к Краснокутской. Но в утреннем бою 10 марта вешенцев изрядно потрепали красные хоперские казаки. В атаке и контратаке сошлись донцы с обеих сторон, рубанулись, как и надо, и Григорий, потеряв в бою коня, с разрубленной щекой, вывел полки из боя, отошел до Боковской.

Вечером он допросил пленного хоперца. Перед ним стоял немолодой казак Тепикинской станицы, белобрысый, узкогрудый, с клочьями красного банта на отвороте шинели. На вопросы он отвечал охотливо, но улыбался туго и как-то вкось.

— Какие полки были в бою вчера?

— Наш Третий казачий имени Стеньки Разина. В нем почти все Хоперского округа казаки. Пятый Заамурский, Двенадцатый кавалерийский и Шестой Мценский.

— Под чьей общей командой? Говорят, Киквидзе* вел?

— Нет, товарищ Домнич сводным отрядом командовал.

— Припасов много у вас?

— Черт-те сколько!

* Киквидзе Василий Исидорович (1894–1919) — революционер, коммунист, герой гражданской войны, командир дивизии. Погиб в бою 11 февраля 1919 года.

— Орудий?

— Восемь, никак.

— Откуда сняли полк?

— С Каменских хуторов.

— Объяснили, куда посылают?

Казак помялся, но все же ответил. Григорию захотелось проведать о настроении хоперцев.

— Что гутарили промеж себя казаки?

— Неохота, мол, идтить...

— Знают в полку, против чего мы восстали?

— Откеда же знать-то?

— Почему же неохотно шли?

— Дык казаки же вы-то! А тут надоело пестаться с войной. Мы ить как с красными пошли — и вот доси.

— У нас, может, послужишь?

Казак пожал узкими плечами.

— Воля ваша! Оно бы неохота...

— Ну, ступай. Пустим к жене... Наскучал, небось?

Григорий, сузив глаза, посмотрел вслед уходившему казаку, позвал Прохора. Долго курил, молчал. Потом подошел к окну, стоя спиной к Прохору, спокойно приказал:

— Скажи ребятам, чтоб вон энтого, какого я зараз допрашивал, потихоньку увели в сады. Казаков красных я в плен не беру! — Григорий круто повернулся на стоптанных каблуках. — Нехай зараз же его... Ходи!

Прохор ушел. С минуту стоял Григорий, обламывая хрупкие веточки гераней на окне, потом проворно вышел на крыльцо. Прохор тихо говорил с казаками, сидевшими на сугреве под амбаром.

— Пустите пленного. Пущай ему пропуск напишут, — не глядя на казаков, сказал Григорий и вернулся в комнату, стал перед стареньким зеркалом, недоуменно развел руками.

Он не мог объяснить себе, почему он вышел и велел отпустить пленного. Ведь испытал же он некоторое злорадное чувство, что-то похожее на удовлетворение, когда с усмешкой про себя проговорил: «Пустим к жене... Ступай», — а сам знал, что сейчас позовет Прохора и прикажет хоперца стукнуть в садах.

Ему было слегка досадно на чувство жалости, — что же иное, как не безотчетная жалость, вторглось ему в сознание и побудило освободить врага? И в то же время освежающе радостно... Как это случилось? Он сам не мог дать себе отчета. И это было тем более странно, что вчера же сам он говорил казакам: «Мужик — враг, но казак, какой зараз идет с красными, двух врагов стоит! Казаку, как шпиону, суд короткий: раз, два — и в божьи ворота».

С этим неразрешенным, саднящим противоречием, с восставшим чувством неправоты своего дела Григорий и покинул квартиру. К нему пришли командир Чирского полка — высокий атаманец с неприметными, мелкими, стирающимися в памяти чертами лица и двое сотенных.

— Подвалили ишо подкрепления! — улыбаясь, сообщил полковой. — Три тысячи конных с Наполова, с Яблоневой речки, с Гусынки, окромя двух сотен пеших. Куда ты их будешь девать, Пантелевич?

Григорий повесил маузер и щегольскую полевую сумку, доставшиеся от Лихачева, вышел на баз. Тепло грело солнце. Небо было по-летнему высоко и сине, и по-летнему шли на юг белые барашковые облака. Григорий на проулке собрал всех командиров посовещаться. Сошлось их около тридцати человек, расселись на поваленном плетне, загулял по рукам чей-то кисет.

— Какие будем планы строить? Каким родом нам резануть вот эти полки, что потеснили нас от Чистяковки, и куда будем путя держать? — спросил Григорий и попутно передал содержание приказа Кудинова.

— А сколько их супротив нас? Дознался у пленного? — помолчав, спросил один из сотенных.

Григорий перечислил полки, противостоящие им, бегло подсчитал вероятное число штыков и сабель противника. Помолчали казаки. На совете нельзя было выступать с глупым, необдуманным словом. Грачевский сотенный так и сказал:

— Погоди трошки, Мелехов! Дай подумать. Это ить не палашом секануть. Как бы не прошибиться.

Он же первый и заговорил.

Григорий выслушал всех внимательно. Мнение большинства высказавшихся сводилось к тому, чтобы не зарываться далеко даже в случае успеха и вести оборонительную войну. Впрочем, один из чирцев горячо поддерживал приказ командующего повстанческими силами, говорил:

— Нам нечего тут топтаться. Пущай Мелехов ведет нас к Донцу. Что вы — ума решились? Нас кучка, за плечами вся Россия. Как мы могем устоять? Даванут нас — и пропали! Надо пробиваться! Хучь и чудок у нас патрон, но мы их добудем. Рейду надо дать! Решайтесь!

— А народ куда денешь? Баб, стариков, детишков?

— Нехай остаются!

— Умная у тебя голова, да дураку досталась!

До этого сидевшие на краю плетня командиры шепотом говорили о подступавшей весенней пахоте, о том, что станется с хозяйствами, ежели придется идти на прорыв, но после речи чирца загорланили все. Совещание разом приняло бурный характер какого-нибудь хуторского схода. Выше остальных поднял голос престарелый казак с Наполова:

— От своих плетней не пойдем! Я первый уведу свою сотню на хутор! Биться, так возле куреней, а не чужую жизню спасать!

— Ты мне на горло не наступай! Я рассуждаю, а ты — орать!

— Да что и гутарить!

— Пущай Кудинов сам идет к Донцу!

Григорий, выждав тишины, положил на весы спора решающее слово:

— Фронт будем держать тут! Станет с нами Краснокутская — будем и ее оборонять! Идтить некуда. Совет покончился. По сотням! Зараз же выступаем на позиции.

Через полчаса, когда густые лавы конницы нескончаемо потекли по улицам, Григорий остро ощутил горделивую радость: такой массой людей он еще никогда не командовал. Но рядом с самолюбивой радостью тяжко ворохнулись в нем тревога, терпкая горечь: сумеет ли он водить так, как надо? Хватит ли у него умения управлять тысячами казаков? Не сотня, а дивизия была в его подчинении. И ему ли, малограмотному казаку, властвовать над тысячами жизней и нести за них крестную ответственность. «А главное — против кого веду? Против народа... Кто же прав?»

Григорий, скрипя зубами, провожал проходившие сомкнутым строем сотни. Опьяняющая сила власти состарилась и поблекла в его глазах. Тревога, горечь остались, наваливаясь непереносимой тяжестью, горбя плечи.

XXXVII

Весна отворяла жилы рек. Ядренее становились дни, звучнее нагорные зеленые потоки. Солнце приметно порыжело, слиняла на нем немощно-желтая окраска. Ости солнечных лучей стали ворсистей и уже покалывали теплом. В полдень парилась оголенная пахота, нестерпимо сиял ноздреватый, чешуйчатый снег. Воздух, напитанный пресной влагой, был густ и духовит.

Спины казакам грело солнце. Подушки седел приятно потеплели, бурые казачьи щеки увлажнял мокрогубый ветер. Иногда приносил он и холодок с заснеженного бугра. Но тепло одолевало зиму. По-весеннему яровито взыгрывали кони, сыпался с них линючий волос, резче колол ноздри конский пот.

Казаки уже подвязывали коням мочалистые хвосты. Уже ненужными болтались на спинах всадников башлыки верблюжьей шерсти, а под папахами мокрели лбы, и жарковато становилось в полушубках и теплых чекменях.

Вел Григорий полк летним шляхом. Вдали, за распятьем ветряка, разворачивались в лаву эскадроны красных: возле хутора Свиридова начинался бой.

Еще не умел Григорий, как полагалось ему, руководить со стороны. Он сам водил в бой сотни вешенцев, затыкал ими самые опасные места. И бой вершился без общего управления. Каждый полк, нарушая предварительный сговор, действовал в зависимости от того, как складывались обстоятельства.

Фронта не было. Это давало возможность широкого разворота в маневрировании.

Обилие конницы (в отряде Григория она преобладала) было важным преимуществом. Используя это преимущество, Григорий решил вести войну «казачьим» способом: охватывать фланги, заходить в тыл, громить обозы, тревожить и деморализовать красных ночными набегами.

Но под Свиридовом решил он действовать иначе: крупной рысью вывел на позиции сотни, одну из них оставил в хуторе, приказал спешиться, залечь в левадах в засаду, предварительно отправив коноводов в глубь хутора во дворы, а с двумя остальными выскочил на пригорок в полуверсте от ветряка и помалу ввязался в бой.

Против него было побольше двух эскадронов красной кавалерии. Это не были хоперцы, так как в бинокль Григорий видел маштаковатых, не донских коньков с подрезанными хвостами, а казаки хвостов коням никогда не резали, не срамили лошадиной красоты. Следовательно, наступал или 13-й кавалерийский, или вновь подошедшие части.

Григорий с пригорка рассматривал местность в бинокль. С седла всегда просторней казалась ему земля, и уверенней чувствовал он себя, когда носки сапог покоились в стременах.

Он видел, как той стороной реки Чира бугром двигалась бурая длинная колонна в три с половиной тысячи казаков. Она, медленно извиваясь, поднималась в гору, уходила на север, на грань Еланского и Усть-Хоперского юртов, чтобы там встретить наступающего от Усть-Медведицы противника и помочь изнемогавшим в борьбе еланцам.

Версты полторы расстояния отделяло Григория от готовившейся к атаке лавы красных. Григорий торопливо — по старому образцу — развернул свои сотни. Пики были не у всех казаков, но те, у кого они были, выдвинулись в первую шеренгу, отъехали саженей на десять вперед. Григорий выскакал вперед первой шеренги, стал вполоборота, вынул шашку.

— Тихой рысью марш!

В первую минуту под ним споткнулся конь, попав ногой в заваленную снегом сурчину. Григорий выправился в седле, побледнел от злости и сильно ударил коня шашкой плашмя. Под ним был добрый, взятый у одного из вешенских, строевой резвач, но Григорий относился к нему с затаенной недоверчивостью. Он знал, что конь за два дня не мог привыкнуть к нему, да и сам не изучил его повадок и характера, — боялся, что не будет чужой конь понимать его сразу, с крохотного движения поводьями так, как понимал свой, убитый под Чистяковкой. После того как удар шашки взгорячил коня, и он, не слушаясь поводьев, захватил в намёт, Григорий внутренне похолодел и даже чуть растерялся. «Подведет он меня!» — полохнулась колючая мысль. Но чем дальше и ровнее стлался в машистом намёте конь, чем больше повиновался он еле заметному движению руки, направлявшей его бег, тем увереннее и холоднее становился Григорий. На секунду оторвавшись взглядом от двигавшейся навстречу качкой раздробившейся лавы противника, скользнул он глазами по шее коня. Рыжие конские уши были плотно и зло прижаты, шея, вытянутая, как на плаху, ритмически вздрагивала. Григорий выпрямился в седле, жадно набрал в легкие воздуха, глубоко просунул сапоги в стремена, оглянулся. Сколько раз он видел позади себя грохочущую, слитую из всадников и лошадей лавину, и каждый раз его сердце сжималось страхом перед надвигающимся и каким-то необъяснимым чувством дикого, животного возбуждения. От момента, когда он выпускал лошадь, и до того, пока дорывался до противника, был неуловимый миг внутреннего преображения. Разум, хладнокровие, расчетливость — все покидало Григория в этот страшный миг, и один звериный инстинкт властно и неделимо вступал в управление его волей. Если бы кто мог посмотреть на Григория со стороны в час атаки, тот, наверно, думал бы, что движениями его управляет холодный, не теряющийся ум. Так были они с виду уверенны, выверенны и расчетливы.

Расстояние между обеими сторонами сокращалось с облегчающей быстротой. Крупнели фигуры всадников, лошадей. Короткий кусок бурьянистой, засыпанной снегом хуторской толоки, бывшей между двумя конными лавами, поглощался конскими копытами. Григорий приметил одного всадника, скакавшего впереди своего эскадрона примерно на три лошадиных корпуса. Караковый рослый конь под ним шел куцым волчьим скоком. Всадник шевелил в воздухе офицерской саблей, серебряные ножны болтались и бились о стремя, огнисто поблескивая на солнце. Через секунду Григорий узнал всадника. Это был каргинский коммунист из иногородних, Петр Семиглазов. В семнадцатом году с германской первый пришел он, тогда двадцатичетырехлетний парняга, в невиданных доселе обмотках; принес с собой большевистские убеждения и твердую фронтовую напористость. Большевиком он и остался. Служил в Красной Армии и перед восстанием пришел из части устраивать в станице Советскую власть. Этот-то Семиглазов и скакал на Григория, уверенно правя конем, картинно потрясая отобранной при обыске, годной лишь для парадов офицерской саблей.

Оскалив плотно стиснутые зубы, Григорий приподнял поводья, и конь послушно наддал ходу.

Был у Григория один, ему лишь свойственный маневр, который применял он в атаке. Он прибегал к нему, когда чутьем и взглядом распознавал сильного противника, или тогда, когда хотел сразить наверняка, насмерть, сразить одним ударом, во что бы то ни стало. С детства Григорий был левшой. Он и ложку брал левой рукой и крестился ею же. Жестоко бивал его за это Пантелей Прокофьевич, даже ребятишки-сверстники прозвали его «Гришка-левша». Побои и ругань, надо думать, возымели действие на малолетнего Гришку. С десяти лет вместе с кличкой «левша» отпала у него привычка заменять правую руку левой. Но до последнего времени он мог с успехом делать левой все, что делал правой. И левая была у него даже сильнее. В атаке Григорий пользовался всегда с неизменным успехом этим преимуществом. Он вел коня на выбранного противника, как и обычно все, заходя слева, чтобы правой рубить; так же норовил и тот, который должен был сшибиться с Григорием. И вот, когда до противника оставался какой-нибудь десяток саженей и тот уже чуть свешивался набок, занося шашку, — Григорий крутым, но мягким поворотом заходил справа, перебрасывая шашку в левую руку. Обескураженный противник меняет положение, ему неудобно рубить справа налево, через голову лошади, он теряет уверенность, смерть дышит ему в лицо... Григорий рушит страшный по силе, режущий удар с потягом.

Со времени, когда Чубатый учил Григория рубке, «баклановскому» удару, ушло много воды. За две войны Григорий «наломал» руку. Шашкой владеть — не за плугом ходить. Многое постиг он в технике рубки.

Никогда не продевал кисти в темляк: чтобы легче было кинуть шашку из руки в руку в короткий, неуловимый миг. Знал он, что при сильном ударе, если неправильный будет у шашки крен, вырвет ее из руки, а то и кисть вывихнет. Знал прием, очень немногим дающийся, как еле заметным движением выбить у врага оружие или коротким, несильным прикосновением парализовать руку. Многое знал Григорий из той науки, что учит умерщвлять людей холодным оружием.

На рубке лозы от лихого удара падает косо срезанная хворостинка, не дрогнув, не ворохнув подставки. Мягко воткнется острым концом в песок рядом со стеблем, от которого отделила ее казачья шашка. Так и калмыковатый красивый Семиглазов опустился под вздыбившегося коня, тихо сполз с седла, зажимая ладонями наискось разрубленную грудь. Смертным холодом оделось тело...

Григорий в ту же минуту выпрямился в седле, привстал на стремена. На него слепо летел, уже не в силах сдержать коня, второй. За вскинутой запененной конской мордой Григорий не видел еще всадника, но видел горбатый спуск шашки, темные долы ее. Изо всей силы дернул Григорий поводья, принял и отвел удар, — забирая в руку правый повод, рубанул по склоненной подбритой красной шее.

Он первый выскакал из раздерганной, смешавшейся толпы. В глазах — копошащаяся куча конных. На ладони — нервный зуд. Кинул шашку в ножны, рванул маузер, тронул коня назад уже во весь мах. За ним устремились казаки. Сотни шли вроссыпь. То там, то сям виднелись папахи и малахаи с белыми перевязками, припавшие к лошадиным шеям. Сбоку от Григория скакал знакомый урядник в лисьем треухе, в защитном полушубке. У него разрублены ухо и щека до самого подбородка. На груди будто корзину спелой вишни раздавили. Зубы оскалены и залиты красным.

Красноармейцы, дрогнувшие и наполовину тоже обратившиеся в бегство, повернули лошадей. Отступление казаков распалило их на погоню. Одного приотставшего казака как ветром снесло с лошади и лошадьми втолочило в снег. Вот-вот хутор, черные купы садов, часовенка на пригорочке, широкий проулок. До плетней левады, где лежала в засаде сотня, осталось не более ста саженей... С конских спин — мыло и кровь. Григорий, на скаку яростно жавший спуск маузера, сунул отказавшееся служить оружие в коробку (патрон пошел на перекос), грозно крикнул:

— Делись!!!

Слитная струя казачьих сотен, как стремя реки, наткнувшееся на утес, плавно разлилась на два рукава, обнажив красноармейскую лаву. По ней из-за плетня сотня, лежавшая в засаде, полыхнула залпом, другим, третьим... Крик! Лошадь с красноармейцем зашкобырдала через голову. У другой колени подогнулись, морда по уши в снег. С седел сорвали пули еще трех или четырех красноармейцев. Пока на всем скаку остальные, грудясь, повернули лошадей, по ним расстреляли по обойме и умолкли. Григорий только что успел крикнуть сорвавшимся голосом: «Со-о-от-ни!..» — как тысячи конских ног, взрыхляя на крутом повороте снег, повернулись и пошли вдогон. Но преследовали казаки неохотно: пристали кони. Версты через полторы вернулись. Раздели убитых красноармейцев, расседлали убитых лошадей. Трех раненых добивал безрукий Алешка Шамиль. Он ставил их лицом к плетню, рубил по очереди. После долго возле дорубленных толпились казаки, курили, рассматривали трупы. У всех трех одинаковые были приметы: туловища развалены наискось от ключицы до пояса.

— Из трех шестерых сделал, — хвастался Алешка, мигая глазом, дергая щекой.

Его подобострастно угощали табаком, смотрели с нескрываемым уважением на небольшой Алешкин кулак величиной с ядреную тыкву-травянку, на выпуклый заслон груди, распиравшей чекмень.

У плетня, покрытые шинелями, дрожали мокрые кони. Казаки подтягивали подпруги. На проулке у колодца в очередь стояли за водой. Многие в поводу вели усталых, волочащих ноги лошадей.

Григорий уехал с Прохором и пятью казаками вперед. Словно повязка свалилась у него с глаз. Опять, как и перед атакой, увидел он светившее миру солнце, притаявший снег возле прикладков соломы, слышал весеннее чулюканье воробьев по хутору, ощущал тончайшие запахи ставшей на порог дней весны. Жизнь вернулась к нему не поблекшая, не состарившаяся от пролитой недавно крови, а еще более манящая скупыми и обманчивыми радостями. На черном фоне оттаявшей земли всегда заманчивей и ярче белеет оставшийся кусочек снега...

XXXVIII

Полой водой взбугрилось и разлилось восстание, затопило все Обдонье, задонские степные края на четыреста верст в окружности. Двадцать пять тысяч казаков сели на конь. Десять тысяч пехоты выстачили хутора Верхнедонского округа.

Война принимала формы, доселе не виданные. Где-то около Донца держала фронт Донская армия, прикрывая Новочеркасск, готовясь к решающей схватке. А в тылу противостоявших ей 8-й и 9-й красных армий бурлило восстание, бесконечно осложняя и без того трудную задачу овладения Доном.

В апреле перед Реввоенсоветом республики со всей отчетливостью встала угроза соединения повстанцев с фронтом белых. Требовалось задавить восстание во что бы то ни стало, пока оно не успело с тыла разъесть участок красного фронта и слиться с Донской армией. На подавление стали перебрасываться лучшие силы: в число экспедиционных войск вливали экипажи матросов — балтийцев и черноморцев, надежнейшие полки, команды бронепоездов, наиболее лихие кавалерийские части. С фронта целиком были сняты пять полков боевой Богучарской дивизии, насчитывавшей до восьми тысяч штыков при нескольких батареях и пятистах пулеметах. В апреле на Казанском участке повстанческого фронта уже дрались с беззаветным мужеством Рязанские и Тамбовские курсы, позднее прибыла часть школы ВЦИКа, под Шумилинской бились с повстанцами латышские стрелки.

Казаки задыхались от нехватки боевого снаряжения. Вначале не было достаточного числа винтовок, кончались патроны. Их надо было добывать ценою крови, их надо было отбивать атакой или ночным набегом. И отбивали. В апреле у повстанцев уже было полное число винтовок, шесть батарей и около полутораста пулеметов.

В начале восстания в Вешенской на складе осталось пять миллионов холостых патронов. Окружной совет мобилизовал лучших кузнецов, слесарей, ружейников. В Вешенской организовалась мастерская по отливке пуль, но не было свинца, не из чего было лить пули. Тогда по призыву окружного совета на всех хуторах стали собирать свинец и медь. С паровых мельниц были взяты все запасы свинца и баббита. Кинули по хуторам с верховыми гонцами короткое воззвание:

Вашим мужьям, сыновьям и братьям нечем стрелять. Они стреляют только тем, что отобьют у проклятого врага. Сдайте все, что есть в ваших хозяйствах годного на литье пуль. Снимите с веялок свинцовые решета.

Через неделю по всему округу ни на одной веялке не осталось решет.

«Вашим мужьям, сыновьям и братьям нечем стрелять...» И бабы несли в хуторские советы все годное и негодное, ребятишки хуторов, где шли бои, выковыривали из стен картечь, рылись в земле в поисках осколков. Но и в этом деле не было крутого единства; кое-каких бабенок из бедноты, не желавших лишиться последней хозяйственной мелочи, арестовали и отправили в округ за «сочувствие красным». В Татарском зажиточные старики в кровь избили пришедшего из части в отпуск Семена Чугуна за единую неосторожную фразу: «Богатые нехай веялки разоряют. Им небось красные-то страшнее разорения».

Запасы свинца плавились в вешенской мастерской, но отлитые пули, лишенные никелевой оболочки, тоже плавились... После выстрела самодельная пуля вылетала из ствола растопленным свинцовым комочком, летела с диким воем и фурчаньем, но разила только на сто, сто двадцать саженей. Зато раны, наносимые такими пулями, были ужасны. Красноармейцы, разузнав, в чем дело, иногда, близко съезжаясь с разъездами казаков, орали: «Жуками стреляете... Сдавайтесь, все равно всех перебьем!»

Тридцать пять тысяч повстанцев делились на пять дивизий и шестую по счету отдельную бригаду. На участке Мешковская — Сетраков — Веже билась 3-я дивизия под командой Егорова. Участок Казанская — Донецкое — Шумилинская занимала 4-я дивизия. Водил ее угрюмейший с виду подхорунжий, рубака и черт в бою, Кондрат Медведев. 5-я дивизия дралась на фронте Слащевская — Букановская, командовал ею Ушаков. В направлении Еланские хутора — Усть-Хоперская — Горбатов бился со своей 2-й дивизией вахмистр Меркулов. Там же была и 6-я отдельная бригада, крепко сколоченная, почти не несшая урона, потому что командовавший ею максаевский казак, чином подхорунжий, Богатырев был осмотрителен, осторожен, никогда не рисковал и людей зря в трату не давал. По Чиру раскидал свою 1-ю дивизию Мелехов Григорий.

Его участок был лобовым, на него с юга обрушивались отрываемые с фронта красные части, но он успевал не только отражать натиски противника, но и пособлять менее устойчивой 2-й дивизии, перебрасывая на помощь ей пешие и конные сотни.

Восстанию не удалось перекинуться в станицы Хоперского и Усть-Медведицкого округов. Было и там брожение, являлись и оттуда гонцы с просьбами двинуть силы к Бузулуку и в верховья Хопра, чтобы поднять казаков, но повстанческое командование не решилось выходить за пределы Верхнедонского округа, зная, что в основной массе хоперцы подпирают Советскую власть и за оружие не возьмутся. Да и гонцы успехов не сулили, направдок рассказывая, что недовольных красными по хуторам не так-то много, что офицеры, оставшиеся по глухим углам Хоперского округа, скрываются, значительных сил, сочувствующих восстанию, сколотить не могут, так как фронтовики либо дома, либо с красными, а стариков загнали, как телят в закут, и ни силы, ни прежнего веса они уже не имеют.

На юге, в волостях, населенных украинцами, красные мобилизовали молодежь, и та с большой охотой дралась с повстанцами, влившись в полки боевой Богучарской дивизии. Восстание замкнулось в границах Верхнедонского округа. И все яснее становилось всем, начиная с повстанческого командования, что долго оборонять родные курени не придется, — рано или поздно, а Красная Армия, повернувшись от Донца, задавит.

18 марта Григория Мелехова Кудинов вызвал в Вешенскую на совещание. Поручив командование дивизией своему помощнику Рябчикову, Григорий рано утром с ординарцем выехал в округ.

В штаб он явился как раз в тот момент, когда Кудинов в присутствии Сафонова вел переговоры с одним из гонцов Алексеевской станицы. Кудинов, сгорбясь, сидел за письменным столом, вертел в сухих смуглых пальцах кончик своего кавказского ремешка и, не поднимая опухлых, гноящихся от бессонных ночей глаз, спрашивал у казака, сидевшего против него:

— А сами-то вы что? Вы-то чего думаете?

— Оно и мы, конешно... Самим как-то несподручно... Кто его знает, как и что другие. А тут, знаешь, народ какой? Робеют. И гребтится им, и то ж самое робеют...

— «Гребтится»! «Робеют»! — злобно бледнея, прокричал Кудинов и ерзнул в кресле, будто жару сыпанули ему на сиденье. — Все вы как красные девки! И хочется, и колется, и маменька не велит. Ну и ступай в свою Алексеевскую, скажи своим старикам, что мы и взвода не пошлем в ваш юрт, покуда вы сами не начнете. Нехай вас хучь по одному красные перевешают!

Багровая рука казачины трудно сдвинула на затылок искристый лисий малахай. По морщинам лба, как по ерикам вешняя вода, стремительно сыпал пот, короткие белесые ресницы часто мигали, а глаза смотрели улыбчиво и виновато.

— Оно, конешно, чума вас заставит идтить к нам. Но тут все дело в почине. Дороже денег этот самый почин...

Григорий, внимательно слушавший разговор, посторонился, — из коридора в комнату без стука шагнул одетый в дубленый полушубок невысокий черноусый человек. Он поздоровался с Кудиновым кивком головы, присел к столу, подперев щеку белой ладонью. Григорий, знавший в лицо всех штабных, видел его впервые, всмотрелся. Тонко очерченное лицо, смуглое, но не обветренное и не тронутое солнцем, мягкая белизна рук, интеллигентные манеры — все изобличало в нем человека не местного.

Кудинов, указывая глазами на незнакомца, обратился к Григорию:

— Познакомься, Мелехов. Это — товарищ Георгидзе. Он... — и замялся, повертел черненого серебра бирюльку на пояске, сказал, вставая и обращаясь к гонцу Алексеевской станицы: — Ну ты, станишник, иди. У нас зараз дела заступают. Езжай домой и слова мои передай кому следует.

Казак поднялся со стула. Пламенно-рыжий с черными ворсинами лисий малахай почти достал до потолка. И сразу от широких плеч казака, заслонивших свет, комната стала маленькой и тесной.

— За помочью прибегал? — обратился Григорий, все еще неприязненно ощущая на ладони рукопожатие кавказца.

— Во-во! За помочью. Да оно, видишь, как выходит... — Казак обрадованно повернулся к Григорию, ища глазами поддержки. Красное, под цвет малахая, лицо его было так растерянно, пот омывал его так обильно, что даже борода и пониклые рыжие усы были осыпаны будто мелким бисером.

— Не полюбилась и вам Советская власть? — продолжал расспросы Григорий, делая вид, что не замечает нетерпеливых движений Кудинова.

— Оно бы, братушка, ничего, — рассудительно забасил казачина, — да опасаемся, как бы хужей не стало.

— Расстрелы были у вас?

— Нет, упаси бог! Такого не слыхать. Ну а, словом, лошадков брали, зернецо, ну, конешно, рестовали народ, какой против гутарил. Страх в глазах, одно слово.

— А если б пришли вешенцы к вам, поднялись бы? Все бы поднялись?

Мелкие, позлащенные солнцем глаза казака хитро прижмурились, вильнули от глаз Григория, малахай пополз на отягченный в этот миг складками и буграми раздумья лоб.

— За всех как сказать?.. Ну а хозяйственные казаки, конешно, поперли ба.

— А бедные, не хозяйственные?

Григорий, до этого тщетно пытавшийся поймать глаза собеседника, встретил его по-детски изумленный, прямой взгляд.

— Хм!.. Лодыри с какого же пятерика пойдут? Им самая жизня с этой властью, вакан!

— Так чего же ты, тополина чертова! — уже с нескрываемой злобой закричал Кудинов, и кресло под ним протяжно заскрипело. — Чего же ты приехал подбивать нас? Что ж у вас — аль все богатые?

Какое же это в... восстание, ежели в хуторе два-три двора подымутся? Иди отселева! Ступай, говорят тебе! Жареный кочет вас ишо в зад не клюнул, а вот как клюнет — тогда и без нашей помочи зачнете воевать! Приобыкли, сукины сыны, за чужой спиной затишек пахать! Вам бы на пече да в горячем просе... Ну иди, иди! Глядеть на тебя, на черта, тошно!

Григорий нахмурился, отвернулся. У Кудинова по лицу все явственней проступали красные пятна. Георгидзе крутил ус, шевелил ноздрей круто горбатого, как стесанного, носа.

— Просим прощенья, коли так. А ты, ваше благородие, не шуми и не пужай, тут дело полюбовное. Просьбицу наших стариков я вам передал и ответец ваш отвезу им, а шуметь нечего! И до каких же пор на православных шуметь будут? Белые шумели, красные шумели, зараз вот ты пришумливаешь, всяк власть свою показывает да ишо салазки тебе норовит загнуть... Эх ты, жизня крестьянская, поганой сукой лизанная!..

Казак остервенело нахлобучил малахай, глыбой вывалился в коридор, тихонько притворил дверь; но зато в коридоре развязал руки гневу и так хлопнул выходной дверью, что штукатурка минут пять сыпалась на пол и подоконники.

— Ну и народишко пошел! — уже весело улыбался Кудинов, играя пояском, добрея с каждой минутой. — В семнадцатом году весной еду на станцию, пахота шла, время — около пасхи. Пашут свободные казачки и чисто одурели от этой свободы, дороги все как есть запахивают, — скажи, будто земли им мало! За Токийским хутором зову такого пахаря, подходит к тарантасу. «Ты, такой-сякой, зачем дорогу перепахал?» Оробел парень. «Не буду, говорит, низко извиняюсь, могу даже сровнять». Таким манером ишо двух или трех настращал. Выехали за Грачев — опять дорога перепахана, и тут же гаврик ходит с плугом. Шумлю ему: «А ну, иди сюда!» Подходит. «Ты какое имеешь право дорогу перепахивать?» Посмотрел он на меня, бравый такой казачок, и глаза светлые-светлые, а потом молчком повернулся и — рысью к быкам.

Подбег, выдернул из ярма железную занозу и опять рысью ко мне. Ухватился за крыло тарантаса, на подножку лезет. «Ты, говорит, что такое есть и до каких пор вы будете из нас кровь сосать? Хочешь, говорит, в два счета голову тебе на черепки поколю?» И занозой намеревается. Я ему: «Что ты, Иван, я пошутил!» А он: «Я теперь не Иван, а Иван Осипыч, и морду тебе за грубость побью!» Веришь — насилу отвязался. Так и этот: сопел да кланялся, а под конец характер оказал. Гордость в народе выпрямилась.

— Хамство в нем проснулось и поперло наружу, а не гордость. Хамство получило право законности, — спокойненько сказал подполковник-кавказец и, не дожидаясь возражений, закончил разговор: — Прошу начинать совещание. Я бы хотел попасть в полк сегодня же.

Кудинов постучал в стенку, крикнул:

— Сафонов! — И обратился к Григорию: — Ты побудь с нами, посоветуемся сообща. Знаешь поговорку: «Ум хорошо, а два — еще хуже»? На наше счастье, товарищ Георгидзе случаем остался в Вёшках, а теперь нам пособляет. Они — чином подполковник, генеральную академию окончили.

— Как же вы остались в Вешенской? — почему-то внутренне холодея и настораживаясь, спросил Григорий.

— Тифом заболел, меня оставили на хуторе Дударевском, когда началось отступление с Северного фронта.

— В какой части были?

— Я? Нет, я не строевой. Я был при штабе особой группы.

— Какой группы? Генерала Ситникова?

— Нет...

Григорий хотел еще что-то спросить, но выражение лица подполковника Георгидзе, как-то напряженно собранное, заставило почувствовать неуместность расспросов, и Григорий на полуслове осекся.

Вскоре подошли начштаба Сафонов, командир 4-й дивизии Кондрат Медведев и румяный белозубый подхорунжий Богатырев — командир 6-й отдельной бригады. Началось совещание. Кудинов по сводкам коротко информировал собравшихся о положении на фронтах. Первым попросил слова подполковник. Медленно развернув на столе трехверстку, он заговорил ладно и уверенно, с чуть заметным акцентом:

— Прежде всего я считаю абсолютно необходимой переброску некоторых резервных частей Третьей и Четвертой дивизий на участок, занимаемый дивизией Мелехова и особой бригадой подхорунжего Богатырева. По имеющимся у нас сведениям секретного порядка и из опроса пленных с совершенной очевидностью выясняется, что красное командование именно на участке Каменка — Каргинская — Боковская готовит нам серьезный удар. Со слов перебежчиков и пленных установлено, что из Облив и Морозовской направлены штабом Девятой красной армии два кавалерийских полка, взятых из Двенадцатой дивизии, пять заградительных отрядов, с приданными к ним тремя батареями и пулеметными командами. По грубому подсчету, эти пополнения дадут противнику пять с половиной тысяч бойцов. Таким образом, численный перевес будет, несомненно, за ними, не говоря уже о том, что на их стороне превосходство вооружения.

Крест-накрест перечеркнутое оконным переплетом, засматривало с юга в комнату желтое, как цветок подсолнуха, солнце. Голубое облако дыма недвижно висело под потолком. Горьковатый самосад растворялся в острой вони отсыревших сапог. Где-то под потолком отчаянно звенела отравленная табачным дымом муха. Григорий дремотно поглядывал в окно (он не спал две ночи подряд), набухали свинцово отяжелевшие веки, сон вторгался в тело вместе с теплом жарко натопленной комнаты, пьяная усталость расслабляла волю и сознание. А за окном взлетами бились весенние низовые ветры, на базковском бугре розово сиял и отсвечивал последний снег, вершины тополей за Доном так раскачивались на ветру, что Григорию при взгляде на них чудился басовитый неумолчный гул.

Голос подполковника, четкий и напористый, притягивал внимание Григория. Напрягаясь, Григорий вслушивался, и незаметно исчезла, будто растаяла, сонная одурь.

— ... Ослабление активности противника на фронте Первой дивизии и настойчивые попытки его перейти в наступление на линии Мигулинская — Мешковская заставляют нас насторожиться. Я полагаю... — подполковник поперхнулся словом «товарищи» и, уже зло жестикулируя женски белой прозрачной рукой, повысил голос, — что командующий Кудинов при поддержке Сафонова совершает крупнейшую ошибку, принимая маневрирование красных за чистую монету, идя на ослабление участка, занятого Мелеховым. Помилуйте, господа! Это же азбука стратегии — оттяжка сил противника для того, чтобы обрушиться...

— Но резервный полк Мелехову не нужен, — перебил Кудинов.

— Наоборот! Мы должны иметь под рукой часть резервов Третьей дивизии для того, чтобы в случае прорыва нам было чем заслонить его.

— Кудинов, видно, у меня не хочет спрашивать, дам я ему резерв или нет, — озлобляясь, заговорил Григорий. — А я не дам. Сотни одной не дам!

— Ну это, братец... — протянул Сафонов, улыбаясь и приглаживая желтый подбой усов.

— Ничего не «братец»! Не дам — и все!

— В оперативном отношении...

— Ты мне про оперативные отношения не говори. Я отвечаю за свой участок и за своих людей.

Спор, так неожиданно возникший, прекратил подполковник Георгидзе. Красный карандаш в его руке пунктиром отметил угрожаемый участок, и, когда головы совещавшихся тесно сомкнулись над картой, всем стало понятно с непреложной ясностью, что удар, подготавливаемый красным командованием, действительно единственно возможен на южном участке, как наиболее приближенном к Донцу и выгодном в отношении сообщения.

Совещание кончилось через час. Угрюмый, бирючьего вида и бирючьей повадки, Кондрат

Медведев, с трудом владевший грамотой, отмалчиваясь на совещании, под конец сказал, все так же исподлобно оглядывая всех:

— Пособить мы Мелехову пособим. Лишние люди есть. Только одна думка спокою не дает, сволочь! Что, ежли начнут нажимать на нас со всех сторон, тогда куда деваться? Собьют нас в кучу, и очутимся мы на ужачином положении, вроде как ужаки в половодье где-нибудь на островке.

— Ужаки плавать умеют, а нам и плавать некуда! — хохотнул Богатырев.

— Мы об этом думали, — раздумчиво проговорил Кудинов. — Ну что же, подойдет тугач — бросим всех неспособных носить оружие, бросим семьи и с боем пробьемся к Донцу. Сила нас немалая, тридцать тысяч.

— А примут нас кадеты? Злобу они имеют на верхнедонцев.

— Курочка в гнезде, а яичко... Нечего об этом толковать! — Григорий надел шапку, вышел в коридор. Через дверь слышал, как Георгидзе, шелестя сворачиваемой картой, отвечал:

— Вешенцы, да и вообще все повстанцы, искупят свою вину перед Доном и Россией, если будут так же мужественно бороться с большевиками...

«Говорит, а про себя смеется, гадюка!» — вслушиваясь в интонации, подумал Григорий. И снова, как вначале, при встрече с этим неожиданно появившимся в Вешенской офицером, Григорий почувствовал какую-то тревогу и беспричинное озлобление.

У ворот штаба его догнал Кудинов. Некоторое время шли молча. На унавоженной площади ветер шершавил и рябил лужи. Вечерело. Округло-грузные, белые, как летом, лебедями медлительно проплывали с юга облака. Живителен и пахуч был влажный запах оттаявшей земли. У плетней зеленела оголившаяся трава, и уже в действительности доносил ветер из-за Дона волнующий рокот тополей.

— Скоро поломает Дон, — покашливая, сказал Кудинов.

— Да.

— Черт его знает... Пропадем, не куря. Стакан самосаду — сорок рублей керенскими.

— Ты скажи вот что, — на ходу оборачиваясь, резко спросил Григорий, — офицер этот, из черкесов, он что у тебя делает?

— Георгидзе-то? Начальником оперативного управления. Башковитый, дьявол! Это он планы разрабатывает. По стратегии нас всех засекает.

— Он постоянно в Вёшках?

— Не-е-ет... Мы его прикомандировали к Черновскому полку, к обозу.

— А как же он следит за делами?

— Видишь ли, он часто наезжает. Почти кажин день.

— А что же вы его не возьмете в Вешки? — пытаясь уяснить, допрашивал Григорий.

Кудинов, все покашливая, ладонью прикрывая рот, нехотя отвечал:

— Неудобно перед казаками. Знаешь, какие они, братушки? «Вот, скажут, позасели офицерья, свою линию гнут. Опять погоны...» — и все прочее.

— Такие, как он, ишо в войске есть?

— В Казанской двое, не то трое... Ты, Гриша, не нудись особо. Я вижу, к чему ты норовишь. Нам, милок, окромя кадетов, деваться некуда. Так ведь? Али ты думаешь свою республику из десяти станиц организовать? Тут же нечего... Соединимся, с повинной головой придем к Краснову: «Не суди, мол, Петро Миколаич, трошки заблудились мы, бросимши фронт...»

— Заблудились? — переспросил Григорий.

— А то как же? — с искренним удивлением ответил Кудинов и старательно обошел лужицу.

— А у меня думка... — Григорий потемнел, насильственно улыбаясь. — А мне думается, что заблудились мы, когда на восстание пошли... Слыхал, что хоперец говорил?

Кудинов промолчал, сбоку пытливо вглядываясь в Григория.

На перекрестке, за площадью они расстались. Кудинов зашагал мимо школы на квартиру. Григорий вернулся к штабу, знаком подозвал ординарца с лошадьми. В седле уже, медленно разбирая поводья, поправляя винтовочный погон, все еще пытался он отдать себе отчет в том непонятном чувстве неприязни и настороженности, которое испытал к обнаруженному в штабе подполковнику, и вдруг, ужаснувшись, подумал: «А что, если кадеты нарочно наоставляли у нас этих знающих офицеров, чтоб поднять нас в тылу у красных, чтоб они по-своему, по-ученому руководили нами? — и сознание с злорадной услужливостью подсунуло догадки и доводы. — Не сказал, какой части... замялся... Штабной, а штабы тут и не проходили... За каким чертом его занесло на Дударевский, в глушину такую? Ох, неспроста! Наворошили мы делов...» И, домыслами обнажая жизнь, затравленно, с тоской додумал: «Спутали нас ученые люди... Господа спутали! Стреножили жизню и нашими руками вершают свои дела. В пустяковине — и то верить никому нельзя...»

За Доном во всю рысь пустил коня. Позади поскрипывал седлом ординарец, добрый вояка и лихой казачишка с хутора Ольшанского. Таких и подбирал Григорий, чтобы шли за ним «в огонь и в воду», такими, выдержанными еще в германской войне, и окружал себя. Ординарец, в прошлом — разведчик, всю дорогу молчал, на ветру, на рыси закуривал, высекая кресалом огонь, забирая в ядреную пригоршню ком вываренного в подсолнечной золе пахучего трута. Спускаясь в хутор Токин, он посоветовал Григорию:

— Коли нету нужды поспешать, давай заночуем. Кони мореные, нехай передохнут.

Ночевали в Чукарином. В ветхой хате, построенной связью*, было после морозного ветра по-домашнему уютно и тепло. От земляного пола солоно попахивало телячьей и козьей мочой, из печи — словно преснопригорелыми хлебами, выпеченными на капустных листах. Григорий нехотя отвечал на расспросы хозяйки — старой казачки, проводившей на восстание трех сыновей и старика. Говорила она басом, покровительственно

* Связь — хата из двух комнат, соединенных сенями.

подчеркивая свое превосходство в летах, и с первых же слов грубовато заявила Григорию:

— Ты хучь старшой и командер над казаками-дураками, а надо мной, старухой, не властен и в сыны мне годишься. И ты, сокол, погутарь со мной, сделай милость. А то ты все позевываешь, кубыть, не хошь разговором бабу уважить. А ты уважь! Я вон на вашу войну — лихоман ее возьми! — трех сынов выстачила да ишо деда, на грех, проводила. Ты ими командуешь, а я их, сынов-то, родила, вспоила, вскормила, в подоле носила на бахчи и огороды, что му́ки с ними приняла. Это тоже нелегко доставалось! И ты носом не крути, не задавайся, а гутарь со мной толком: скоро замиренье выйдет?

— Скоро... Ты бы спала, мамаша!

— То-то скоро! А как оно скоро? Ты спать-то меня не укладывай, я тут хозяйка, а не ты. Мне вон ишо за козлятами-ягнятами на баз идтить. Забираем их на ночь с базу, махонькие ишо они. К пасхе-то замиритесь?

— Прогоним красных и замиримся.

— Скажи на милость! — Старуха кидала на острые углы высохших колен пухлые в кистях руки и с искривленными работой и ревматизмом пальцами, горестно жевала коричневыми и сухими, как вишневая кора, губами. — И на чуму они вам сдались? И чего вы с ними стражаетесь? Чисто побесились люди... Вам, окаянным, сладость из ружьев палить да на кониках красоваться, а матерямто как? Ихних ить сынов-то убивают, ай нет? Войны какие-то попридумали...

— А мы-то не материны сыны, сучкины, что ли? — злобно и хрипато пробасил ординарец Григория, донельзя возмущенный старухиным разговором. — Нас убивают, а ты — «на кониках красоваться»! И вроде матери чижалей, чем энтим, каких убивают! Дожила ты, божья купель, до седых волос, а вот лопочешь тут... несешь и с Дону и с моря, людям спать не даешь...

— Выспишься, чумовой! Чего вылупился-то? Молчал-молчал, как бирюк, а потом осерчал с чегой-то. Ишь! Ажник осип от злости.

— Не даст она нам спать, Григорь Пантелевич! — с отчаянием крякнул ординарец и, закуривая, так шваркнул по кремню, что целая туча искр брызнула из-под кресала.

Пока, разгораясь, вонюче тлел, дымился трут, ординарец язвительно доканачивал словоохотливую хозяйку.

— Въедливая ты, бабка, как васса́! Небось, ежли старика убьют на позициях, помирая радоваться будет. «Ну, скажет, слава богу, ослобонился от старухи, земля ей пухом лебяжьим!»

— Чирий тебе на язык, нечистый дух!

— Спи, бабушка, за-ради Христа. Мы три ночи безо сна. Спи! За такие дела умереть можешь без причастья.

Григорий насилу помирил их. Засыпая, он приятно ощущал кисловатое тепло овчинной шубы, укрывавшей его, сквозь сон слышал, как хлопнула дверь, и холодок и пар окутали его ноги. Потом резко над ухом проблеял ягненок. Дробно зацокотали по полу крохотные копытца козлят, и свежо и радостно запахло сеном, парным овечьим молоком, морозом, запахом скотиньего база-

Сон покинул его в полночь. Долго лежал Григорий с открытыми глазами. В закутанной подземке под опаловой золой рдяно светились угли. У самого жара, возле творила, лежали, скучившись, ягнята. В полуночной сладкой тишине слышно было, как сонно поскрипывали они зубами, изредка чихали и фыркали. В окно глядел далекий-далекий полный месяц. На земляном полу в желтом квадрате света подскакивал и взбрыкивал неугомонный вороной козленок. Косо тянулась жемчужная — в лунном свете — пыль. В хате изжелта-синий, почти дневной свет. Искрится на камельке осколок зеркала, лишь в переднем углу темно и тускло отсвечивает посеребренный оклад иконы... Снова вернулся Григорий к мыслям о совещании в Вешенской, о гонце с Хопра и снова, вспомнив подполковника, его чуждую, интеллигентную внешность и манеру говорить, — ощутил неприятное, тягучее волнение. Козленок, взобравшись на шубу, на живот Григорию, долго и глупо всматривался, сучил ушами, потом, осмелев, подпрыгнул раз и два и вдруг раздвинул курчавые ноги. Тоненькая струйка, журча, скатилась с овчины на вытянутую ладонь спавшего рядом с Григорием ординарца. Тот замычал, проснулся, вытер руку о штанину и горестно покачал головой:

— Намочил, проклятый... Кызь! — и с наслаждением дал щелчка в лоб козленку.

Пронзительно мекекекнув, козленок скакнул с шубы, потом подошел и долго лизал руку Григория крохотным шершавым и теплым язычком.

XXXIX

После бегства из Татарского Штокман, Кошевой, Иван Алексеевич и еще несколько казаков, служивших милиционерами, пристали к 4-му Заамурскому полку. Полк этот в начале восемнадцатого года в походе с немецкого фронта целиком влился в один из отрядов Красной Армии и за полтора года боев на фронтах гражданской войны еще сохранил основные кадры. Заамурцы были прекрасно экипированы, лошади их — сыты и вышколены. Полк отличался боеспособностью, моральной устойчивостью и щеголеватой кавалерийской подготовкой бойцов.

В начале восстания заамурцы, при поддержке 1-го Московского пехотного полка, почти одни сдерживали напор повстанцев, стремившихся прорваться к Усть-Медведице; потом подошли подкрепления, и полк, не разбрасываясь, окончательно занял участок Усть-Хоперской, по Кривой речке.

В конце марта повстанцы вытеснили красные части из юрта Еланской станицы, захватив часть хуторов Усть-Хоперской. Установилось некоторое равновесие сил, почти на два месяца определившее недвижность фронта. Прикрывая Усть-Хоперскую с запада, батальон Московского полка, подкрепленный батареей, занял хутор Крутовский, лежащий над Доном. С гористой отножины обдонского отрога, что лежит от Крутовского на юг, красная батарея, маскируясь на полевом гумне, ежедневно с утра до вечера обстреливала скоплявшихся на буграх правобережья повстанцев, поддерживая цепи Московского полка, потом переносила огонь и сеяла его по хутору Еланскому, расположенному по ту сторону Дона. Над тесно скученными дворами высоко и низко вспыхивали и стремительно таяли крохотные облачка шрапнельных разрывов. Гранаты то ложились по хутору, — и по проулкам, в диком ужасе, ломая плетни, мчался скот, перебегали, согнувшись, люди, — то рвались за старообрядческим кладбищем, возле ветряков, на безлюдных песчаных буграх, вздымая бурую, не оттаявшую комкастую землю.

15 марта Штокман, Мишка Кошевой и Иван Алексеевич выехали с хутора Чеботарева в Усть-Хоперскую, прослышав о том, что там организуется дружина из коммунистов и советских работников, бежавших из повстанческих станиц. Вез их казак-старообрядец с таким детски розовым и чистым лицом, что даже Штокман беспричинно ежил улыбкой губы, глядя на него. У казака, несмотря на его молодость, кучерявилась густейшая светло-русая борода, арбузным ломтем розовел в ней свежий румяный рот, возле глаз золотился пушок, и то ли от пушистой бороды, то ли от полнокровного румянца глаза как-то особенно прозрачно синели.

Мишка всю дорогу мурлыкал песни, Иван Алексеевич сидел в задке, уложив на колени винтовку, хмуро ежась, а Штокман начал разговор с подводчиком с пустяков.

— Не жалуешься на здоровье, товарищ? — спрашивал он.

И пышущий силой и молодостью старовер, распахивая овчинный полушубок, тепло улыбался:

— Нет, бог грехами терпит покуда. А с чего она будет — нездоровье? Спокон веков не курим, водку пьем натурально, хлеб с махоньких едим пшенишный. Откель же ей, хворости, взяться?

— Ну а на службе был?

— Трошки был. Кадеты прихватили.

— Что ж за Донец не пошел?

— Чудно ты гутаришь, товарищ! — Бросил из конского волоса сплетенные вожжи, снял голицы и вытер рот, обиженно щурясь, — Чего б я туда пошел? За новыми песнями? Я бы и у кадетов не служил, кабы они не силовали. Ваша власть справедливая, только вы трошки неправильно сделали...

— Чем же?

Штокман свернул папироску, закурил и долго ждал ответа.

— И зачем жгешь зелью эту? — заговорил казак, отворачивая лицо. — Гля, какой кругом вешний дух чистый, а ты поганишь грудя вонючим дымом... Не уважаю! А чем неправильно сделали — скажу. Потеснили вы казаков, надурили, а то бы вашей власти и износу не было. Дурастного народу у вас много, через это и восстание получилось.

— Как надурили? То есть, по-твоему, глупостей наделали? Так? Каких же?

— Сам, небось, знаешь... Расстреливали людей. Нынче одного, завтра, глядишь, другого... Кому же антирес своей очереди ждать? Быка ведут резать, он и то головой мотает. Вот, к примеру, в Букановской станице... Вон она виднеется, видишь — церква ихняя? Гляди, куда кнутом указываю, видишь?.. Ну и рассказывают: комиссар у них стоит с отрядом, Малкин фамилия. Ну и что ж он, по справедливости обращается с народом? Вот расскажу зараз. Собирает с хуторов стариков, ведет их в хворост, вынает там из них души, телешит их допрежь и хоронить не велит родным. А беда ихняя в том, что их станишными почетными судьями выбирали когда-то. А ты знаешь, какие из них судья? Один насилу свою фамилию распишет, а другой либо палец в чернилу обмакнет, либо хрест поставит. Такие судья только для виду, бывалоча, сидят. Вся его заслуга — длинная борода, а он уж от старости и мотню забывает застегивать. Какой с него спрос? Все одно как с дитя малого. И вот этот Малкин чужими жизнями, как бог, распоряжается, и тем часом идет по плацу старик — Линек по-улишному. Идет он с уздечкой на свое гумно, кобылу обротать и весть, а ему ребята шутейно и скажи: «Иди, Малкин тебя кличет». Линек этот еретическим своим крестом перекрестился, — они там все по новой вере живут, — шапку еще на плацу снял. Входит — трусится. «Звали?» — говорит. А Малкин как заиржет, в бока руками взялся. «А, говорит, назвался грибом — полезай в кузов. Никто тебя не звал, а уж ежели пришел — быть по сему. Возьмите, товарищи! По третьей категории его». Ну, натурально, взяли его и зараз же в хворост. Старуха ждать-пождать, — нету. Пошел дед и гинул. А он уж с уздечкой в царство небесное сиганул. А другого старика, Митрофана с хутора Андреяновского, увидал сам Малкин на улице, зазывает к себе: «Откуда? Как по фамилии? — и иржет. — Ишь, говорит, бороду распушил, как лисовин хвостяку! Очень уж ты на угодника Николая похож бородой. Мы, говорит, из тебя, из толстого борова, мыла наварим! По третьей категории его!» У этого деда, на грех, борода, дивствительно, как просяной веник. И расстреляли только за то, что бороду откохал да в лихой час попался Малкину на глаза. Это не смыванье над народом?

Мишка оборвал песню еще в начале рассказа и под конец озлобленно сказал:

— Нескладно брешешь ты, дядя!

— Сбреши лучше! Допрежь чем брехню задавать, ты узнай, а тогда уж гутарь.

— А ты-то это точно знаешь?

— Люди говорили.

— Люди! Люди говорят, что кур доят, а у них сиськов нету. Брехнев наслухался и трепешь языком, как баба!

— Старики-то были смирные...

— Ишь ты! Смирные! — ожесточаясь, передразнил Мишка. — Эти твои старики смирные, небось, восстание подготовляли, может, у этих судей зарытые пулеметы на базах имелись, а ты говоришь, что за бороду да вроде шутки ради расстреливали... Что же тебя-то за бороду не расстреляли? А уж куда твоя борода широка, как у старого козла!

— Я почем купил, потом и продаю. Чума его знает, может, и брешут люди, может, и была за ними какая шкода супротив власти... — смущенно бормотал старовер.

Он соскочил с кошевок, долго хлюпал по талому снегу. Ноги его разъезжались, гребли синеватый от влаги, податливый снег. Над степью ласково светило солнце. Светло-голубое небо могуче обнимало далеко видные окрест бугры и перевалы. В чуть ощутимом шевеленье ветра мнилось пахучее дыхание близкой весны. На востоке, за белесым зигзагом Обдонских гор, в лиловеющем мареве уступом виднелась вершина Усть-Медведицкой горы. Смыкаясь с горизонтом, там, вдалеке, огромным волнистым покровом распростерлись над землей белые барашковые облака.

Подводчик вскочил в сани, повернул к Штокману погрубевшее лицо, заговорил опять:

— Мой дед, он и до се живой, зараз ему сто восьмой год идет, рассказывал, а ему тоже дед ведал, что при его памяти, то есть пращура моего, был в наши верхи Дона царем Петром посланный князь, — вот кинь, господь, память! — не то Длинноруков, не то Долгоруков. И этот князь спущался с Воронежу с солдатами и разорял казачьи городки за то, что не хотели никонскую поганую веру примать и под царя идтить. Казаков ловили, носы им резали, а каких вешали и на плотах спущали по Дону.

— Ты это к чему загинаешь? — строго настораживаясь, спросил Мишка.

— А к тому, что, небось, царь ему, хучь он и Длиннорукий, а таких правов не давал. А комиссар в Букановской так, к примеру, наворачивал: «Я, дескать, вас расказачу, сукиных сынов, так, что вы век будете помнить!..» Так на майдане в Букановской и шумели при всем станишном сборе. А дадены ему такие права от Советской власти? То-то и оно! Мандаты, небось, нету на такие подобные дела, чтоб всех под одну гребенку стричь. Казаки — они тоже разные...

У Штокмана кожа на скулах собралась комками.

— Я тебя слушал, теперь ты меня послушай.

— Может, конешно, я сдуру не так чего сказал, вы уж меня извиняйте.

— Постой, постой... Так вот. То, что ты рассказал о каком-то комиссаре, действительно не похоже на правду. Я это проверю. И если это так, если он издевался над казаками и самодурствовал, — то мы ему не простим.

— Ох, навряд!

— Не навряд, а так точно! Когда шел фронт в вашем хуторе, разве не расстреляли красноармейцы красноармейца же своей части за то, что он ограбил какую-то казачку? Об этом мне говорили у вас в хуторе.

— Во-во! У Перфильевны пошкодил он в сундуке. Это было! Это истинно. Оно конешно... Строгость была. А это ты верно, — за гумнами его и убили. Посля долго у нас спорили, где его хоронить. Одни, мол, — на кладбище, а другие восстали, что это осквернит место. Так и зарыли его, горюна, возле гумна.

— Был такой случай? — Штокман торопливо вертел папироску.

— Был, был, не отрекусь, — оживленно соглашался казак.

— А почему же ты думаешь, что комиссара не накажем, если установим его вину?

— Милый товарищ! Может, у вас на него и старшого не найдется. Ить энто солдат, а этот — комиссар...

— Тем суровей с него будет спрос! Понял? Советская власть расправляется только с врагами, и тех представителей Советской власти, которые несправедливо обижают трудовое население, мы беспощадно караем.

Тишину мартовского степного полдня, нарушаемую лишь свистом полозьев да чавкающим перебором конских копыт, обвальным раскатом задавил гул орудия. За первым выстрелом последовало с ровными промежутками еще три. Батарея с Крутовского возобновила обстрел левобережья.

Разговор на подводе прервался. Орудийный гул могучей чужеродной гаммой вторгся и нарушил бледное очарование дремлющей в предвесеннем томлении степи. Лошади — и те пошли шаговитей, подбористей, невесомо неся и переставляя ноги, деловито перепрядывая ушами.

Выехали на Гетманский шлях, и в глаза сидевшим на санях кинулось просторное Задонье, огромное, пятнисто-пегое, с протаявшими плешинами желтых песков, с мысами и сизыми островами верб и ольхового леса.

В Усть-Хоперской подводчик подкатил к зданию ревкома, по соседству с которым помещался и штаб Московского полка.

Штокман, порывшись в кармане, достал из кисета сорокарублевую керенку, подал ее казаку. Тот расцвел в улыбке, обнажая под влажными усами желтоватые зубы, смущенно помялся:

— Что вы, товарищ, спаси Христос! Не стоит денег.

— Бери — твоих лошадей труд. А за власть ты не сомневайся. Помни: мы боремся за власть рабочих и крестьян. И на восстание вас толкнули наши враги — кулаки, атаманы, офицеры. Они — основная причина восстания. А если кто-либо из наших несправедливо обидел трудового казака, сочувствующего нам, помогающего революции, то на обидчика можно было найти управу.

— Знаешь, товарищ, побаску: до бога высоко, а до царя далеко... И до вашего царя все одно далеко... С сильным не борись, а с богатым не судись, а вы и сильные и богатые. — И лукаво оскалился: — Ишь вон ты, сорок целковых отвалил, а ей, поездке, красная цена пятерик. Ну, спаси Христос!

— Это он тебе за разговор накинул, — улыбался Мишка Кошевой, прыгнув с кошевок и подсмыкивая шаровары, — да за приятную бороду. Ты знаешь, кого вез, пенек восьмиугольный? Красного генерала.

— Хо?

— Вот тебе и «хо»! Вы тоже народец!.. Мало дай — собакам на хвосты навяжешь: «Вот, вез товарищев, дали один пятерик, такиесякие!» Обижаться будешь всю зиму. А много дал — тоже у тебя горит: «Ишь богачи какие! Сорок целковых отвалил. Деньги у него несчитанные...» Я б тебе ни шиша не дал! Обижайся, как хошь. Все равно ить не угодишь. Ну пойдемте... Прощай, борода!

Даже хмурый Иван Алексеевич улыбнулся под конец Мишкиной горячей речи.

Из двора штаба на сибирской лохматой лошаденке выскочил красноармеец конной разведки.

— Откуда подвода? — крикнул он, на коротком поводу поворачивая лошадь.

— Тебе что? — спросил Штокман.

— Патроны везти на Крутовский. Заезжай!

— Нет, товарищ, эту подводу мы отпустим.

— А вы кто такой?

Красноармеец, молодой красивый парнишка, подъехал в упор.

— Мы из Заамурского. Подводу не держи.

— А... Ну хорошо, пусть едет. Езжай, старик.

XL

На поверку оказалось, что никакой дружины в Усть-Хоперской не организуется. Была организована одна, но не в Усть-Хоперской, а в Букановской. Дружину организовал тот самый комиссар Малкин, посланный штабом 9-й красной армии в низовые станицы Хопра, о котором дорогой рассказывал казак-старовер. Еланские, букановские, слащевские и кумылженские коммунисты и советские работники, пополненные красноармейцами, составляли довольно внушительную боевую единицу, насчитывавшую двести штыков при нескольких десятках сабель приданной им конной разведки. Дружина временно находилась в Букановской, вместе с ротой Московского полка сдерживая повстанцев, пытавшихся наступать с верховьев речки Еланки и Зимовной.

Поговорив с начальником штаба, бывшим кадровым офицером, хмурым и издерганным человеком, и с политкомом — московским рабочим с завода Михельсона, Штокман решил остаться в Усть-Хоперской, влившись во 2-й батальон полка. В чистенькой комнатушке, заваленной мотками обмоток, катушками телефонной проволоки и прочим военным имуществом, Штокман долго говорил с политкомом.

— Видишь ли, товарищ, — не спеша говорил приземистый желтолицый комиссар, страдавший от припадков острого аппендицита, — тут сложная механика. У меня ребята все больше москвичи да рязанцы, немного нижегородцев. Крепкие ребята, рабочие в большинстве. А вот был здесь эскадрон из Четырнадцатой дивизии, так те волынили. Пришлось их отправить обратно в УстьМедведицу... Ты оставайся, работы много. Надо с населением работать, разъяснять. Тебе же понятно, что казаки это... Тут надо ухо востро держать.

— Все это я понимаю не хуже тебя, — улыбаясь покровительственному тону комиссара и глядя на пожелтевшие белки его страдающих глаз, говорил Штокман. — А вот ты скажи мне: что это за комиссар в Букановской?

Комиссар гладил серую щеточку подстриженных усов, вяло отвечал, изредка поднимая синеватые прозрачные веки.

— Он там одно время пересаливал. Парень-то он хороший, но не особенно разбирается в политической обстановке. Да ведь лес рубят, щепки летят... Сейчас он эвакуирует в глубь России мужское население станиц... Зайди к завхозу, он вас на кошт зачислит, — говорил комиссар, мучительно морщась, придерживая ладонью засаленные ватные штаны.

Наутро 2-й батальон по тревоге сбегался «в ружье», шла перекличка. Через час батальон походной колонной двинулся на хутор Крутовский.

В одной из четверок рядом шагали Штокман, Кошевой и Иван Алексеевич.

С Крутовского на ту сторону Дона выслали конную разведку. Следом перешла Дон колонна. На отмякшей дороге с коричневыми навозными подтеками стояли лужи. Лед на Дону сквозил неяркой пузырчатой синевой. Небольшие окраинцы переходили по плетням. Сзади, с горы, батарея посылала очереди по купам тополевых левад, видневшихся за хутором Еланским. Батальон должен был, минуя брошенный казаками хутор Еланский, двигаться в направлении станицы Еланской и, связавшись с наступавшей из Букановской ротой 1-го батальона, овладеть хутором Антоновом. По диспозиции, командир батальона обязан был вести свою часть в направлении на хутор Безбородов. Конная разведка вскоре донесла, что на Безбородовом противника не обнаружено, а правее хутора, верстах в четырех, идет частая ружейная перестрелка.

Через головы колонны красноармейцев где-то высоко со скрежетом и гулом неслись снаряды. Недалекие разрывы гранат потрясали землю. Позади, на Дону с треском лопнул лед. Иван Алексеевич оглянулся:

— Вода, должно, прибывает.

— Пустяковое дело в это время переходить Дон. Его, того гляди, поломает, — обиженно буркнул Мишка, все никак не приспособившийся шагать по-пехотному — четко и в ногу.

Штокман глядел на спины идущих впереди, туго перетянутые ремнями, на ритмичное покачивание винтовочных дул с привинченными дымчато-сизыми отпотевшими штыками. Оглядываясь, он видел серьезные и равнодушные лица красноармейцев, такие разные и нескончаемо похожие друг на друга, видел качкое движение серых шапок с пятиконечными красными звездами, серых шинелей, желтоватых от старости и шершаво-светлых, которые поновей; слышал хлюпкий и тяжкий походный шаг массы людей, глухой говор, разноголосый кашель, звяк манерок; обонял духовитый запах отсырелых сапог, махорки, ременной амуниции. Полузакрыв глаза, он старался не терять ноги́ и, испытывая прилив большой внутренней теплоты ко всем этим, вчера еще незнакомым и чужим ему ребятам, думал: «Ну хорошо, почему же они вот сейчас стали мне так особенно милы и жалки? Что связующее? Ну, общая идея... Нет, тут, пожалуй, не только идея, а и дело. А еще что? Быть может, близость опасности и смерти? И как-то по-особенному родные... — И усмехнулся глазами: — Неужто старею?»

Штокман с удовольствием, похожим на отцовское чувство, смотрел на могучую, крутую, крупную спину идущего впереди него красноармейца, на видневшийся между воротником и шапкой красный и чистый отрезок юношески круглой шеи, перевел глаза на своего соседа. Смуглое бритое лицо с плитами кровянокрасного румянца, тонкий мужественный рот, сам — высокий, но складный, как голубь; идет, почти не махая свободной рукой, и все как-то болезненно морщится, а в углах глаз — паутина старческих морщин. И потянуло Штокмана на разговор.

— Давно в армии, товарищ?

Светло-коричневые глаза соседа холодно и пытливо, чуть вкось скользнули по Штокману.

— С восемнадцатого, — сквозь зубы.

Сдержанный ответ не расхолодил Штокмана.

— Откуда уроженец?

— Земляка ищешь, папаша?

— Земляку буду рад.

— Москвич я.

— Рабочий?

— Угу.

Штокман мельком взглянул на руку соседа. Еще не смыты временем следы работы с железом.

— Металлист?

И опять коричневые глаза прошлись по лицу Штокмана, по его чуть седоватой бороде.

— Токарь по металлу. А ты тоже? — И словно потеплело в углах строгих коричневых глаз.

— Я слесарем был... Ты что это, товарищ, все морщишься?

— Сапоги трут, ссохлись. Ночью в секрете был, промочил ноги.

— Не побаиваешься? — догадливо улыбнулся Штокман.

— Чего?

— Ну как же, идем в бой...

— Я — коммунист.

— А коммунисты, что же, не боятся смерти? Не такие же люди? — встрял в разговор Мишка.

Сосед Штокмана ловко подкинул винтовку, не глядя на Мишку, подумав, ответил:

— Ты еще, братишка, мелко плаваешь в этих делах. Мне нельзя трусить. Сам себе приказал, —

понял? И ты ко мне без чистых рукавичек в душу не лазай... Я знаю, за что и с кем я воюю, знаю, что мы победим. А это главное. Остальное все чепуха. — И, улыбнувшись какому-то своему воспоминанию, сбоку поглядывая на профиль Штокмана, рассказал: — В прошлом году я был в отряде Красавцева на Украине, бои были. Нас теснили все время. Потери. Стали бросать раненых. И вот неподалеку от Жмеринки нас окружают. Надо было ночью пройти через линию белых и взорвать в тылу у них на речушке мост, чтобы не допустить бронепоезд, а нам пробиваться надо через линию железной дороги. Вызывают охотников. Таковых нет. Коммунисты — было нас немного — говорят: «Давайте жеребок бросим, кому из нас». Я подумал и вызвался. Взял шашки, шнур, спички, попрощался с товарищами, пошел.

Ночь темная, с туманом. Отошел саженей сто, пополз. Полз нескошенной рожью, потом оврагом. Из оврага стал выползать, помню, как шарахнет у меня из-под носа какая-то птица. Да-а-а... В десяти саженях пролез мимо сторожевого охранения, пробрался к мосту. Пулеметная застава его охраняла. Часа два лежал, выжидал момент. Заложил шашки, стал в полах спички жечь, а они отсырели, не горят. Я ведь на брюхе полз, мокрый от росы был — хоть выжми, головки отсырели. И вот, папаша, тогда мне стало страшно. Скоро рассвет, а у меня руки дрожат, пот глаза заливает. «Пропало все, — думаю. — Не взорву — застрелюсь!» — думаю. Мучилсямучился, но все-таки кое-как зажег — и ходу. Когда полыхнуло сзади, — я лежал за насыпью, под щитами, — у них крик получился. Тревога. Трахнули из двух пулеметов. Много конных проскакало мимо меня, да разве ночью найдешь? Выбрался из-под щитов — и в хлеба. И только тут, знаешь, отнялись у меня ноги и руки, не могу двинуться, да и баста! Лег. Туда шел ничего, храбро, а оттуда — вот как... И знаешь, начало меня рвать, всего вымотало в доску! Чувствую — и ничего уж нет, а все тянет. Да-а-а... Ну конечно, до своих все же добрался. — И оживился, странно потеплели и похорошели горячечно заблестевшие коричневые глаза. — Ребятам утром, после боя, рассказываю, какой у меня со спичками номер вышел, а дружок мой говорит: «А зажигалку, Сергей, разве ты потерял?» Я — цап за грудной карман, — там! Вынул, чиркнул — и, представь, ведь загорелась сразу.

От дальнего острова тополей, гонимые ветром, высоко и стремительно неслись два ворона. Ветер бросал их толчками. Они уже были в сотне саженей от колонны, когда на Крутовской горе после часового перерыва снова гухнуло орудие, пристрельный снаряд с тугим нарастающим скрежетом стал приближаться, и, когда вой его, казалось, достиг предельного напряжения, один из воронов, летевший выше, вдруг бешено завертелся, как стружка, схваченная вихрем, и, косо простирая крылья, спирально кружась, еще пытаясь удержаться, стал падать огромным черным листом.

— Налетел на смерть! — в восторге сказал шагавший позади Штокмана красноармеец. — Как оно его кружануло, лихо!

От головы колонны на высокой караковой кобылице скакал, разбрызгивая талый снег, ротный.

— В це-епь!..

Обдав молчаливо шагавшего Ивана Алексеевича ошметьями снега, галопом промчались трое саней с пулеметами. Один из пулеметчиков на раскате сорвался с задних саней, и ядреный и смачный хохот красноармейцев звучал до тех пор, пока ездовой, матерясь, не завернул лихо лошадей и упавший пулеметчик на ходу не вскочил в сани.

XLI

Станица Каргинская стала опорным пунктом для 1-й повстанческой дивизии. Григорий Мелехов, прекрасно учитывая стратегическую выгодность позиции под Каргинской, решил ни в коем случае ее не сдавать. Горы, тянувшиеся левобережьем реки Чира, были теми командными высотами, которые давали казакам прекрасную возможность обороняться.

Внизу, по ту сторону Чира, лежала Каргинская, за ней на много верст мягким сувалком уходила на юг степь, кое-где перерезанная поперек балками и логами. На горе Григорий сам выбрал место установки трехорудийной батареи. Неподалеку был отличный наблюдательный пункт — господствовавший над местностью насыпной курган, прикрытый дубовым лесом и холмистыми складками.

Бои шли под Каргинской каждый день. Красные обычно наступали с двух сторон: степью с юга, со стороны украинской слободы Астахово, и с востока, из станицы Боковской, продвигаясь вверх по Чиру, по сплошным хуторам. Казачьи цепи лежали в ста саженях за Каргинской, редко постреливая. Ожесточенный огонь красных почти всегда заставлял их отступать в станицу, а затем, по крутым теклинам узких яров, — на гору. У красных не было достаточных сил для того, чтобы теснить дальше. На успешности их наступательных операций резко отрицательно сказывалось отсутствие нужного количества конницы, которая могла бы обходным движением с флангов принудить казаков к дальнейшему отступлению и, отвлекая силы противника, развязать руки пехоте, нерешительно топтавшейся на подступах к станице. Пехота же не могла быть использована для подобного маневра ввиду ее слабой подвижности, неспособности к быстрому маневрированию и потому, что у казаков была преимущественно конница, которая могла в любой момент напасть на пехоту на марше и тем отвлечь ее от основной задачи.

Преимущества повстанцев заключались еще и в том, что, прекрасно зная местность, они не теряли случая незаметно перебрасывать конные сотни по балкам во фланги и тыл противника, постоянно грозить ему и парализовать его дальнейшее продвижение.

К этому времени у Григория созрел план разгрома красных. Ложным отступлением он хотел заманить их в Каргинскую, а тем временем бросить Рябчикова с полком конницы по Гусынской балке — с запада и по Грачам — с востока, во фланг им, с тем чтобы окружить их и нанести сокрушительный удар. План был тщательно разработан. На совещании вечером все командиры самостоятельных частей получили точные инструкции и приказы. Обходное движение, по мысли Григория, должно было начаться с рассветом, для того чтобы лучше замаскироваться. Все было просто, как в игре в шашки. И Григорий, тщательно проверив и прикинув в уме все возможные случайности, все, что непредвиденно могло помешать осуществлению его плана, выпил два стакана самогонки, не раздеваясь повалился на койку; покрыв голову влажной полой шинели, уснул мертвецки.

На следующий день около четырех часов утра красные цепи уже занимали Каргинскую. Часть казачьей пехоты для отвода глаз бежала через станицу на гору, по ним, лихо повернув лошадей, строчили два пулемета с тачанок, остановившихся на въезде в Каргинскую. По улицам медленно растекались красные.

Григорий был за курганом, около батареи. Он видел, как красная пехота занимает Каргинскую и накапливается около Чира. Было условлено, что после первого орудийного выстрела две сотни казаков, лежавшие под горой в садах, перейдут в наступление, а в это время полк, пошедший в обход, начнет охват. Командир батареи хотел было прямой наводкой ударить по пулеметной тачанке, быстро катившейся по Климовскому бугру к Каргинской, когда наблюдатель передал, что на мосту в хуторе Нижне-Латышском, верстах в трех с половиной, показалось орудие: красные одновременно наступали и со стороны Боковской.

— Полохните по ним из мортирки, — посоветовал Григорий не отнимая от глаз цейссовского бинокля.

Наводчик, перекинувшись несколькими фразами с вахмистром, исполнявшим обязанности командира батареи, быстро установил прицел. Номера изготовились, и четырехсполовинойдюймовая мортирка, как определили ее казаки, осадисто рявкнула, пахая хвостом землю. Первый же снаряд угодил в конец моста. Второе орудие красной батареи в этот момент въезжало на мост.

Снаряд разметал упряжку лошадей, из шестерых — как выяснилось впоследствии — уцелела только одна, зато ездовому, сидевшему на ней, начисто срезало осколком голову. Григорий видел: перед орудием вспыхнул желто-серый клуб дыма, тяжко бухнуло, и, окутанные дымом, взвиваясь на дыбы, как срезанные, повалились лошади; падая, бежали люди. Конного красноармейца, бывшего в момент падения гранаты около передка, вместе с лошадью и перилами моста вынесло и ударило о лед.

Такого удачного попадания не ожидали батарейцы. На минуту под курганом возле орудия установилась тишина; лишь находившийся неподалеку наблюдатель, вскочив на колени, кричал что-то и размахивал руками.

И сейчас же снизу, из густых зарослей вишневых садов и левад, донеслось недружное «ура», трескучая зыбь винтовочных выстрелов. Позабыв об осторожности, Григорий взбежал на курган. По улицам бежали красноармейцы, оттуда слышны были нестройный гул голосов, резкие командные вскрики, шквальные вспышки стрельбы. Одна из пулеметных тачанок поскакала было на бугор, но сейчас же, неподалеку от кладбища, круто повернула, и через головы бежавших и припадавших на бегу красноармейцев пулемет застрочил по казакам, высыпавшим из садов.

Тщетно Григорий старался увидеть на горизонте казачью лаву, Конница, под командой Рябчикова ушедшая в обход, все еще не показывалась. Красноармейцы, бывшие на левом фланге, уже подбегали к мосту через Забурунный лог, соединявшему Каргинскую со смежным хутором Архиповским, в то время как правофланговые еще бежали вдоль по станице и падали под выстрелами казаков, завладевших двумя ближними к Чиру улицами.

Наконец из-за бугра показалась первая сотня Рябчикова, за ней — вторая, третья, четвертая... Рассыпаясь в лаву, сотни круто повернули влево, наперерез бежавшим по косогору к Климовке толпам красноармейцев.

Григорий, комкая в руках перчатки, взволнованно следил за исходом боя. Он бросил бинокль и смотрел уже невооруженным глазом на то, как стремительно приближается лава к Климовской дороге, как в замешательстве поворачивают обратно и бегут к архиповским дворам кучками и в одиночку красноармейцы и, встречаемые оттуда огнем казачьей пехоты, развивающей преследование вверх по течению Чира, снова устремляются на дорогу. Только незначительной части красноармейцев удалось прорваться в Климовку.

На бугре, страшная тишиной, началась рубка. Сотни Рябчикова повернулись фронтом к Каргинской и, словно ветер листья, погнали обратно красноармейцев. Возле моста через Забурунный человек тридцать красноармейцев, видя, что они отрезаны и выхода нет, начали отстреливаться. У них был станковый пулемет, немалый запас лент. Едва из садов показывалась пехота повстанцев, как с лихорадочной быстротой начинал работать пулемет, а казаки падали, переползали под прикрытие сараев и каменной огорожи базов. С бугра видно было, как по Каргинской казаки бегом тащили свой пулемет. Возле одного из крайних к Архиповке дворов они замешкались, потом вбежали во двор. Вскоре с крыши амбара в этом дворе резво затакало. Вглядевшись, Григорий увидел в бинокль и пулеметчиков. Разбросав ноги в шароварах, заправленных в белые чулки, согнувшись под щитком, один лежал на крыше; второй карабкался по лестнице, обмотавшись пулеметной лентой. Батарейцы решили прийти на помощь пехоте. Место сосредоточения сопротивлявшейся группы красных покрыла очередь шрапнели. Последний бризантный снаряд разорвался далеко на отшибе.

Через четверть часа возле Забурунного пулемет красных внезапно умолк, и сейчас же вспыхнуло короткое «ура». Между голыми стволами верб замелькали фигуры конных казаков.

Все было кончено.

По приказу Григория сто сорок семь порубленных красноармейцев жители Каргинской и Архиповки крючьями и баграми стащили в одну яму, мелко зарыли возле Забурунного. Рябчиков захватил шесть патронных двуколок с лошадьми и патронами и одну пулеметную тачанку с пулеметом без замка. В Климовке отбил сорок две подводы с военным имуществом. У казаков убито было четыре человека и ранено — пятнадцать.

После боя на неделю в Каргинской установилось затишье. Противник перебросился на 2-ю дивизию повстанцев и вскоре, тесня ее, захватил ряд хуторов Мигулинской станицы: Алексеевский, Чернецкую слободку и подошел к хутору Верхне-Чирскому.

Оттуда ежедневно утренними зорями слышался орудийный гул, но сообщения о ходе боев приходили с большим опозданием и не давали ясного представления о положении на фронте 2-й дивизии.

В эти дни Григорий, уходя от черных мыслей, пытаясь заглушить сознание, не думать о том, что творилось вокруг и чему он был видным участником, — начал пить. Если повстанцы испытывали острую нужду в муке при огромных запасах пшеницы (мельницы не успевали работать на армию, и зачастую казаки питались вареной пшеницей), то в самогоне не было недостатка. Рекой лился самогон. На той стороне Дона сотня дударевских казаков пьяным-пьяна пошла в конном строю в атаку, в лоб на пулеметы, и была уничтожена наполовину. Случаи выхода на позиции в пьяном виде стали обычным явлением. Григорию услужливо доставляли самогон. Особенно отличался в добыче Прохор Зыков. После боя в Каргинской он, по просьбе Григория, привез три ведерных кувшина самогона, созвал песенников, и Григорий, испытывая радостную освобожденность, отрыв от действительности и раздумий, пропил с казаками до утра. Наутро похмелился, переложил, и к вечеру снова понадобились песенники, веселый гул голосов, людская томаха, пляска — все, что создавало иллюзию подлинного веселья и заслоняло собой трезвую лютую действительность.

А потом потребность в пьянке стремительно вошла в привычку. Садясь с утра за стол, Григорий уже испытывал непреодолимое желание глотнуть водки.

Пил он много, но не перепивал через край, на

ногах всегда был тверд. Даже под утро, когда остальные, выблевавшись, спали за столами и на полу, укрываясь шинелями и попонами, — он сохранял видимость трезвого, только сильнее бледнел и суровел глазами да часто сжимал голову руками, свесив курчеватый чуб.

За четыре дня беспрерывных гульбищ он заметно обрюзг, ссутулился; под глазами засинели мешковатые складки, во взгляде все чаще стал просвечивать огонек бессмысленной жестокости.

На пятый день Прохор Зыков предложил, многообещающе улыбаясь:

— Поедем к одной хорошей бабе, на Лиховидов? Ну, лады? Только ты, Григорий Пантелевич, не зевай. Баба сладкая, как арбуз! Хучь я ее и не пробовал, а знаю. Только неука, дьявол! Дикая. У такой не сразу выпросишь, она и погладить не дается. А дымку варить — лучше не найдешь. Первая дымоварка по всему Чиру. Муж у нее в отступе, за Донцом, — будто между прочим закончил он.

На Лиховидов поехали с вечера. Григорию сопутствовали Рябчиков, Харлампий Ермаков, безрукий Алешка Шамиль и приехавший со своего участка комдив Четвертой Кондрат Медведев. Прохор Зыков ехал впереди. В хуторе он свел коня на шаг, свернул в проулок, отворил воротца на гумно. Григорий следом за ним тронул коня, тот прыгнул через огромный подтаявший сугроб, лежавший у ворот, провалился передними ногами в снег и, всхрапнув, выправился, перелез через сугроб, заваливший ворота и плетень по самую макушку. Рябчиков, спешившись, провел коня под уздцы. Минут пять Григорий ехал с Прохором мимо прикладков соломы и сена, потом по голому, стеклянно-звонкому вишневому саду. В небе, налитая синим, косо стояла золотая чаша молодого месяца, дрожали звезды, зачарованная ткалась тишина, и далекий собачий лай да хрусткий чок конских копыт, не нарушая, только подчеркивали ее. Сквозь частый вишенник и разлапистые ветви яблонь желто засветился огонек, на фоне звездного неба четкий возник силуэт большого, крытого камышом куреня.

Прохор, перегнувшись в седле, услужливо открыл скрипнувшую калитку. Около крыльца, в замерзшей луже, колыхался отраженный месяц. Конь Григория копытом разбил на краю лужи лед и стал, разом переведя дух. Григорий прыгнул с седла, замотал поводья за перильца, вошел в темные сени. Позади загомонили, спешившись и вполголоса поигрывая песенки, Рябчиков с казаками.

Ощупью Григорий нашел дверную скобку, шагнул в просторную кухню. Молодая низенькая, но складная, как куропатка, казачка со смуглым лицом и черными лепными бровями, стоя спиной к печи, вязала чулок. На печке спала, раскинув руки, белоголовая девчурка лет девяти.

Григорий, не раздеваясь, присел к столу.

— Водка есть?

— А поздороваться не надо? — спросила хозяйка, не глядя на Григория и все так же быстро мелькая углами вязальных спиц.

— Здорово, если хочешь! Водка есть?

Она подняла ресницы, улыбнулась Григорию круглыми карими глазами, вслушиваясь в гомон и стук шагов в сенцах:

— Водка-то есть. А много вас, поночевщиков, приехало?

— Много. Вся дивизия-

Рябчиков от порога пошел вприсядку, волоча шашку, хлопая по голенищам папахой. В дверях столпились казаки; кто-то из них чудесно выбивал на деревянных ложках ярую плясовую дробь.

На кровать свалили ворох шинелей, оружие сложили на лавках. Прохор расторопно помогал хозяйке собирать на стол. Безрукий Алешка Шамиль пошел в погреб за соленой капустой, сорвался с лестницы, вылез, принес в полах чекменя черепки разбитой тарелки и ворох мокрой капусты.

К полуночи выпили два ведра самогонки, поели несчетно капусты и решили резать барана. Прохор ощупью поймал в катухе ярку-перетоку, а Харлампий Ермаков — тоже рубака не из последних — шашкой отсек ей голову и тут же под сараем освежевал. Хозяйка затопила печь, поставила ведерный чугун баранины.

Снова резанули плясовую в ложки, и Рябчиков пошел, выворачивая ноги, жестоко ударяя в голенища ладонями, подпевая резким, но приятным тенором:

> Вот таперя нам попить, погулять,
> Когда нечего на баз загонять...

— Гулять хочу! — рычал Ермаков и все норовил попробовать шашкой крепость оконных рам.

Григорий, любивший Ермакова за исключительную храбрость и казачью лихость, удерживал его, постукивая по столу медной кружкой:

— Харлампий, не дури!

Харлампий послушно бросал шашку в ножны, жадно припадал к стакану с самогоном.

— Вот при таком кураже и помереть не страшно, — говорил Алешка Шамиль, подсаживаясь к Григорию, — Григорий Пантелевич. Ты — наша гордость! Тобой только и на свете держимся! Давай шшелканем ишо по одной?.. Прохор, дымки!

Нерасседланные кони стояли ввольную у прикладка сена. Их по очереди выходили проведывать.

Только перед зарей Григорий почувствовал, что опьянел. Он словно издалека слышал чужую речь, тяжело ворочал кровяными белками и огромным напряжением воли удерживал сознание.

— Опять нами золотопогонники владеют! Забрали власть к рукам! — орал Ермаков, обнимая Григория.

— Какие погоны? — спрашивал Григорий, отстраняя руки Ермакова.

— В Вёшках. Что же, ты не знаешь, что ли? Кавказский князь сидит! Полковник!.. Зарублю! Мелехов! Жизнь свою положу к твоим ножкам, не дай нас в трату! Казаки волнуются. Веди нас в Вёшки, — все побьем и пустим в дым! Илюшку Кудинова, полковника — всех уничтожим! Хватит им нас мордовать! Давай биться и с красными и с кадетами! Вот чего хочу!

— Полковника убьем. Он нарочно остался... Харлампий! Давай Советской власти в ноги поклонимся: виноватые мы... — Григорий, на минуту трезвея, вкривь улыбнулся: — Я шучу, Харлампий, пей.

— Чего шутишь, Мелехов? Ты не шути, тут дело сурьезное, — строго заговорил Медведев. — Мы хотим перетряхнуть власть. Всех сменим и посадим тебя. Я гутарил с казаками, они согласны. Скажем Кудинову и его опричине добром: «Уйдите от власти. Вы нам негожи». Уйдут — хорошо, а нет — двинем полк на Вёшки, и ажник черт их хмылом возьмет!

— Нету больше об этом разговоров! — свирепея, крикнул Григорий.

Медведев пожал плечами, отошел от стола и пить перестал. А в углу, свесив с лавки взлохмаченную голову, чертя рукой по загрязненному полу, Рябчиков жалобно выводил:

Ты, мальчишечка, разбедняжечка,
Ой, ты склони свою головушку.
Ты склони свою головушку...
И-эх! на правую сторонушку.
На правую, да на левую,
Да на грудь мою, грудь белую.

И, сливая с его тенорком, по-бабьи трогательно жалующимся, свой глуховатый бас, Алешка Шамиль подтягивал:

На грудях когда лежал,
Тяжелехонько вздыхал...
Тяжелехонько вздыхал
И в остатний раз сказал:
«Ты прости-прощай, любовь прежняя,
Любовь прежняя, черт паршивая!..»

За окном залиловел рассвет, когда хозяйка повела Григория в горницу.

— Будя вам его поить! Отвяжись, чертяка! Не видишь, он не гожий никуда, — говорила она, с трудом поддерживая Григория, другой рукой отталкивая Ермакова, шедшего за ними с кружкой самогона.

— Зоревать, что ли? — подмигивал Ермаков, качаясь, расплескивая из кружки.

— Ну да, спать.

— Ты с ним зараз не ложись, толку не будет...

— Не твое дело! Ты мне не свекор!

— Ложку возьми! — падая от приступа пьяного смеха, ржал Ермаков.

— И-и-и, черт бессовестный! Залил зенки-то и несешь неподобное!

Она втолкнула Григория в комнату, уложила на кровать, в полусумерках с отвращением и жалостью осмотрела его мертвенно-бледное лицо с невидящими открытыми глазами:

— Может, взвару выпьешь?

— Зачерпни.

Она принесла стакан холодного вишневого взвару и, присев на кровать, до тех пор перебирала и гладила спутанные волосы Григория, пока не уснул. Себе постелила на печке рядом с девочкой, но уснуть ей не дал Шамиль. Уронив голову на локоть, он всхрапывал, как перепуганная лошадь, потом вдруг просыпался, словно от толчка, хрипло голосил:

... Да со служби-цы до-мой!
На грудях — по-го-ни-ки,
На плечах — кресты-ы-ы...

Ронял голову на руки, а через несколько минут, дико озираясь, опять начинал:

Да со служб'цы д'мой!..

XLII

Наутро, проснувшись, Григорий вспомнил разговор с Ермаковым и Медведевым. Он не был ночью уж настолько пьян и без особого напряжения восстановил в памяти разговоры о замене власти. Ему стало ясно, что пьянка в Лиховидовом была организована с заведомой целью: подбить его на переворот. Против

Кудинова, открыто выражавшего желание идти к Донцу и соединиться с Донской армией, плелась интрига лево настроенными казаками, втайне мечтавшими об окончательном отделении от Дона и образовании у себя некоего подобия Советской власти без коммунистов. Григория же хотели привлечь к себе, не понимая всей гибельности распри внутри повстанческого лагеря, когда каждую минуту красный фронт, будучи поколеблен у Донца, мог без труда смести их вместе с их «междуусобьем». «Ребячья игра», — мысленно проговорил Григорий и легко вскочил с кровати. Одевшись, он разбудил Ермакова и Медведева, позвал их в горницу, плотно притворил дверь.

— Вот что, братцы: выкиньте из головы вчерашний разговор и не шуршите, а то погано вам будет! Не в том дело, кто командующий. Не в Кудинове дело, а в том, что мы в кольце, мы — как бочка в обручах. И не нынче-завтра обруча нас раздавют. Полки надо двигать не на Вёшки, а на Мигулин, на Краснокутскую, — значительно подчеркивал он, не сводя глаз с угрюмого, бесстрастного лица Медведева. — Так-то, Кондрат, нечего белым светом мутить! Вы пораскиньте мозгами и поймите: ежели зачнем браковать командование и устраивать всякие перевороты, — гибель нам. Надо либо к белым, либо к красным прислоняться. В середке нельзя, — задавят.

— Разговор чур не выносить, — отвернувшись, попросил Ермаков.

— Помрет между нами, но с уговором, чтоб вы перестали казаков мутить. А Кудинов с его советниками, что же? Полной власти у них нет, — как умею я, так и вожу свою дивизию. Плохи они, слов нет, и с кадетами они нас опять сосватают, как пить дать. Но куда же подадимся? Пути нам — все жилушки перерезаны!

— Оно-то так... — туго согласился Медведев и в первый раз за время разговора поднял на Григория крохотные, насталенные злостью, медвежьи глазки.

После этого Григорий еще двое суток подряд пил по ближним от Каргинской хуторам, пьяным кружалом пуская жизнь. Запахом дымки пропитался даже потник на его седле. Бабы и потерявшие девичий цвет девки шли через руки Григория, деля с ним короткую любовь. Но к утру, пресытившись любовной горячностью очередной утехи, Григорий трезво и равнодушно, как о постороннем, думал: «Жил и все испытал я за отжитое время. Баб и девок перелюбил, на хороших конях... эх!., потоптал степя, отцовством радовался и людей убивал, сам на смерть ходил, на синее небо красовался. Что же новое покажет мне жизнь? Нету нового! Можно и помереть. Не страшно. И в войну можно играть без риску, как богатому. Невелик проигрыш!»

Голубым солнечным днем проплывало в несвязных воспоминаниях детство: скворцы в каменных кладках, босые Гришкины ноги в горячей пыли, величаво застывший Дон в зеленой опуши леса, отраженного водой, ребячьи лица друзей, моложавая статная мать... Григорий закрывал глаза ладонью, и перед мысленным взором его проходили знакомые лица, события, иногда очень мелкие, но почему-то цепко всосавшиеся в память, звучали в памяти забытые голоса утерянных людей, обрывки разговоров, разноликий смех. Память направляла луч воспоминаний на давно забытый, когда-то виденный пейзаж, и вдруг ослепительно возникали перед Григорием — степной простор, летний шлях, арба, отец на передке, быки, пашня в золотистой щетине скошенных хлебов, черная россыпь грачей на дороге... Григорий в мыслях, спутанных, как сетная дель, ворошил пережитое, натыкался в этой ушедшей куда-то в невозвратное жизни на Аксинью, думал: «Любушка! Незабудняя!» — и брезгливо отодвигался от спавшей рядом с ним женщины, вздыхал, нетерпеливо ждал рассвета и, едва лишь солнце малиновой росшивью, золотым позументом начинало узорить восток, — вскакивал, умывался, спешил к коню.

XLIII

Степным всепожирающим па́лом взбушевало восстание. Вокруг непокорных станиц сомкнулось стальное кольцо фронтов. Тень обреченности тавром лежала на людях. Казаки играли в жизнь, как в орлянку, и немалому числу выпадала «решка». Молодые бурно любили, постарше возрастом — пили самогонку до одурения, играли в карты на деньги и патроны (причем патроны ценились дороже дорогого), ездили домой на побывку, чтобы хоть на минутку, прислонив к стене опостылевшую винтовку, взяться руками за топор или рубанок, чтобы сердцем отдохнуть, заплетая пахучим красноталом плетень или готовя борону либо арбу к весенней работе. И многие, откушав мирной живухи, пьяными возвращались в часть и, протрезвившись, со зла на «жизню-жестянку» шли в пешем строю в атаку, в лоб, на пулеметы, а не то, опаляемые бешенством, люто неслись, не чуя под собой коней, в ночной набег и, захватив пленных, жестоко, с первобытной дикостью глумились над ними, жалея патроны, приканчивая шашками.

А весна в тот год сияла невиданными красками. Прозрачные, как выстекленные, и погожие стояли в апреле дни. По недоступному голубому разливу небес плыли, плыли, уплывали на север, обгоняя облака, ватаги казарок, станицы медноголосых журавлей. На бледно-зеленом покрове степи возле прудов рассыпанным жемчугом искрились присевшие на попас лебеди. Возле Дона в займищах стон стоял от птичьего гогота и крика. По затопленным лугам, на грядинах и рынках незалитой земли перекликались, готовясь к отлету, гуси, в талах неумолчно шипели охваченные любовным экстазом селезни. На вербах зеленели сережки, липкой духовитой почкой набухал тополь. Несказанным очарованием была полна степь, чуть зазеленевшая, налитая древним запахом оттаявшего чернозема и вечно юным — молодой травы.

Тем была люба война на восстании, что под боком у каждого бойца был родимый курень. Надоедало ходить в заставы и секреты, надоедало в разъездах мотаться по буграм и перевалам, — казак отпрашивался у сотенного, ехал домой, а взамен себя присылал на служивском коне своего ветхого деда или сына-подростка. Сотни всегда имели полное число бойцов и всегда текучий состав. Но кое-кто ухитрялся и так: солнце на закате — выезжал с места стоянки сотни, придавливал коня намётом и, отмахав верст тридцать, а то и сорок, на исходе вечерней зари был уже дома. Переспав ночь с женой или любушкой, после вторых кочетов седлал коня, и не успевали еще померкнуть Стожары — снова был в сотне.

Многие весельчаки нарадоваться не могли на войну возле родных плетней. «И помирать не надо!» — пошучивали казаки, частенько проведывавшие жен.

Командование особенно боялось дезертирства к началу полевых работ. Кудинов специально объезжал части и с несвойственной ему твердостью заявлял:

— Пущай лучше на наших полях ветры пасутся, пущай лучше ни зерна в землю не кинем, а отпускать из частей казаков не приказываю! Самовольно уезжающих будем сечь и расстреливать!

XLIV

И еще в одном бою под Климовкой довелось участвовать Григорию. К полудню около крайних дворов завязалась перестрелка. Спустя немного в Климовку сошли красноармейские цепи. На левом фланге в черных бушлатах мерно продвигались матросы — экипаж какого-то судна Балтийского флота. Бесстрашной атакой они выбили из хутора две сотни Каргинского повстанческого полка, оттеснили их по балке к Василёвскому.

Когда перевес начал склоняться на сторону красноармейских частей, Григорий, наблюдавший за боем с пригорка, махнул перчаткой Прохору Зыкову, стоявшему с его конем возле патронной двуколки, на ходу прыгнул в седло; обскакивая буерак, шибкой рысью направился к спуску в Гусынку. Там — он знал — прикрытая левадами, стояла резервная конная сотня 2-го полка. Через сады и плетни он направился к месту стоянки сотни. Издали увидев спешенных казаков и лошадей у коновязи, выхватил шашку, крикнул:

— На конь!

Двести всадников в минуту разобрали лошадей. Командир сотни скакал Григорию навстречу.

— Выступаем?

— Давно бы надо! Зеваешь! — Григорий сверкнул глазами.

Осадив коня, он спешился и, как назло, замешкался, натуго подтягивая подпруги (вспотевший и разгоряченный конь вертелся, не давался затянуть чересподушечную подпругу, дулся, хрипел нутром и, зло щеря зубы, пытался сбоку накинуть Григория передком). Надежно укрепив седло, Григорий сунул ногу в стремя; не глядя на смущенного сотенного, прислушивавшегося к разраставшейся стрельбе, бросил:

— Сотню поведу я. До выезда из хутора взводными рядами, рысью!

За хутором Григорий рассыпал сотню в лаву; попробовал, легко ли идет из ножен шашка; отделившись от сотни саженей на тридцать, намётом поскакал к Климовке. На гребне бугра, южной стороной сползавшего в Климовку, на секунду он попридержал коня, всматриваясь. По хутору скакали и бежали отступавшие конные и пешие красноармейцы, вскачь неслись двуколки и брички обоза первого разряда. Григорий полуобернулся к сотне:

— Шашки вон! В атаку! Братцы, за мной! — Легко выхватил шашку, первый закричал: — Ура-а-а-а!.. — и, испытывая холодок и знакомую легкость во всем теле, пустил коня. В пальцах левой руки дрожали, струной натянутые, поводья, поднятый над головой клинок со свистом рассекал струю встречного ветра.

Огромное, клубившееся на вешнем ветру белое облако на минуту закрыло солнце, и, обгоняя Григория, с кажущейся медлительностью по бугру поплыла серая тень. Григорий переводил взгляд с приближающихся дворов Климовки на эту скользящую по бурой непросохшей земле тень, на убегающую куда-то вперед светло-желтую, радостную полоску света. Необъяснимое и неосознанное, явилось вдруг желание догнать бегущий по земле свет. Придавив коня, Григорий выпустил его во весь мах, наседая, стал приближаться к текучей грани, отделявшей свет от тени. Несколько секунд отчаянной скачки — и вот уже вытянутая голова коня осыпана севом светоносных лучей, и рыжая шерсть на ней вдруг вспыхнула ярким, колющим блеском. В момент, когда Григорий перескакивал неприметную кромку тучевой тени, из проулка туго защелкали выстрелы. Ветер стремительно нес хлопья звуков, приближая и усиливая их. Еще какой-то неуловимый миг — и Григорий сквозь сыплющийся гул копыт своего коня, сквозь взвизги пуль и завывающий в ушах ветер перестал слышать грохот идущей сзади сотни. Из его слуха будто выпал тяжелый, садкий, сотрясающий непросохшую целину скок массы лошадей, — как бы стал удаляться, замирать. В этот момент встречная стрельба вспыхнула, как костер, в который подбросили сушняку; взвыли стаи пуль. В замешательстве, в страхе Григорий оглянулся. Растерянность и гнев судорогами обезобразили его лицо. Сотня, повернув коней, бросив его, Григория, скакала назад. Невдалеке командир вертелся на коне, нелепо махал шашкой, плакал и что-то кричал сорванным, осипшим голосом. Только двое казаков приближались к Григорию, да еще Прохор Зыков, на коротком поводу завернув коня, подскакивал к командиру сотни. Остальные врассыпную скакали назад, кинув в ножны шашки, работая плетьми.

Только на единую секунду Григорий укоротил бег коня, пытаясь уяснить, что же произошло позади, почему сотня, не понесши урону, неожиданно ударилась в бегство. И в этот короткий миг сознание подтолкнуло: не поворачивать, не бежать — а вперед! Он видел, что в проулке, в ста саженях от него, за плетнем, возле пулеметной тачанки суетилось человек семь красноармейцев. Они пытались повернуть тачанку дулом пулемета на атакующих их казаков, но в узком проулке это им, видимо, не удавалось: пулемет молчал, и все реже хлопали винтовочные выстрелы, все реже обжигал слух Григория горячий посвист пуль. Выправив коня, Григорий целился вскочить в этот проулок через поваленный плетень, некогда отгораживавший леваду. Он оторвал взгляд от плетня и как-то внезапно и четко, будто притянутых биноклем, увидел уже вблизи матросов, суетливо выпрягавших лошадей, их черные, изляпанные грязью бушлаты, бескозырки, туго натянутые, делавшие лица странно круглыми. Двое рубили постромки, третий, вобрав голову в плечи, возился у пулемета, остальные стоя и с колен били в Григория из винтовок. Доскакивая, он видел, как руки их шмурыгали затворы винтовок, и слышал резкие, в упор, выстрелы. Выстрелы так быстро чередовались, так скоро приклады взлетывали и прижимались к плечам, что Григория, всего мокрого от пота, опалила радостная уверенность: «Не попадут!»

Плетень хрястнул под копытами коня, остался позади. Григорий заносил шашку, сузившимися глазами выбирая переднего матроса. Еще одна вспышка страха жиганула молнией: «Вдарют в упор... Конь — в дыбки... запрокинется... убьют!..» Уже в упор два выстрела, словно издалека — крик: «Живьем возьмем!» Впереди — оскал на мужественном гололобом лице, взвихренные ленточки бескозырки, тусклое золото выцветшей надписи на околыше... Упор в стремена, взмах — и Григорий ощущает, как шашка вязко идет в мягко податливое тело матроса. Второй, толстошеий и дюжий, успел прострелить Григорию мякоть левого плеча и тотчас же упал под шашкой Прохора Зыкова с разрубленной наискось головой. Григорий повернулся на близкий щелк затвора. Прямо в лицо ему смотрел из-за тачанки черный глазок винтовочного дула. С силой швырнув себя влево, так, что двинулось седло и качнулся хрипевший, обезумевший конь, уклонился от смерти, взвизгнувшей над головой, и в момент, когда конь прыгнул через дышло тачанки, зарубил стрелявшего, рука которого так и не успела дослать затвором второй патрон.

В непостижимо короткий миг (после в сознании Григория он воплотился в длиннейший промежуток времени) он зарубил четырех матросов и, не слыша криков Прохора Зыкова, поскакал было вдогон за пятым, скрывшимся за поворотом проулка.

Но наперед ему заскакал подоспевший командир сотни, схватил Григорьева коня под уздцы.

— Куда?! Убьют!.. Там, за сараями, у них другой пулемет!

Еще двое казаков и Прохор, спешившись, подбежали к Григорию, силой стащили его с коня. Он забился у них в руках, крикнул:

— Пустите, гады!.. Матросню!.. Всех!.. Ррруб-лю!..

— Григорий Пантелевич! Товарищ Мелехов! Да опомнитесь вы! — уговаривал его Прохор.

— Пустите, братцы! — уже другим, упавшим голосом попросил Григорий.

Его отпустили. Командир сотни шепотом сказал Прохору:

— Сажай его на коня и поняй в Гусынку: он, видать, заболел.

А сам, было, пошел к коню, скомандовал сотне:

— Сади-и-ись!..

Но Григорий кинул на снег папаху, постоял, раскачиваясь, и вдруг скрипнул зубами, страшно застонал и с исказившимся лицом стал рвать на себе застежки шинели. Не успел сотенный и шага сделать к нему, как Григорий как стоял, так и рухнул ничком оголенной грудью на снег. Рыдая, сотрясаясь от рыданий, он, как собака, стал хватать ртом снег, уцелевший под плетнем. Потом, в какую-то минуту чудовищного просветления, попытался встать, но не смог и, повернувшись мокрым от слез, изуродованным болью лицом к столпившимся вокруг него казакам, крикнул надорванным, дико прозвучавшим голосом:

— Кого же рубил!.. — И впервые в жизни забился в тягчайшем припадке, выкрикивая, выплевывая вместе с пеной, заклубившейся на губах: — Братцы, нет мне прощения!.. Зарубите, ради бога... в бога мать... Смерти... предайте!..

Сотенный подбежал к Григорию, со взводным навалились на него, оборвали на нем ремень шашки и полевую сумку, зажали рот, придавили ноги. Но он долго еще выгибался под ними дугой, рыл судорожно выпрямлявшимися ногами зернистый снег и, стоная, бился головой о взрытую копытами, тучную, сияющую черноземом землю, на которой родился и жил, полной мерой взяв из жизни — богатой горестями и бедной радостями — все, что было ему уготовано.

Лишь трава растет на земле, безучастно приемля солнце и непогоду, питаясь земными жизнетворящими соками, покорно клонясь под гибельным дыханием бурь. А потом, кинув по ветру семя, столь же безучастно умирает, шелестом отживших былинок своих приветствуя лучащее смерть осеннее солнце...

XLV

На другой день Григорий, передав командование дивизией одному из своих полковых командиров, в сопровождении Прохора Зыкова поехал в Вешенскую.

За Каргинской, в Рогожкинском пруду, лежавшем в глубокой котловине, густо плавали присевшие на отдых казарки. Прохор указал по направлению пруда плетью, усмехнулся:

— Вот бы, Григорь Пантелевич, подвалить дикого гусака. То-то вокруг него мы ба самогону выпили!

— Давай подъедем поближе, я попробую из винтовки. Когда-то я неплохо стрелял.

Они спустились в котловину. За выступом бугра Прохор стал с лошадьми, а Григорий снял шинель, поставил винтовку на предохранитель и пополз по мелкому ярку, щетинившемуся прошлогодним серым бурьяном. Полз он долго, почти не поднимая головы; полз как в разведке к вражескому секрету, как тогда, на германском фронте, когда около Стохода снял немецкого часового. Вылинявшая защитная гимнастерка сливалась с зеленовато-бурой окраской почвы; ярок прикрывал Григория от зорких глаз сторожевого гусака, стоявшего на одной ноге возле воды, на коричневом бугорке вешнего наплава. Подполз Григорий на ближний выстрел, чуть приподнялся. Сторожевой гусак поворачивал серую, как камень, змеиного склада голову, настороженно оглядывался. За ним иссера-черной пеленой вроссыпь сидели на воде гуси, вперемежку с кряквами и головатыми нырками. Тихий гогот, кряканье, всплески воды доносило от пруда. «Можно с постоянного прицела», — подумал Григорий, с бьющимся сердцем прижимая к плечу приклад винтовки, беря на мушку сторожевого гусака.

После выстрела Григорий вскочил на ноги, оглушенный хлопаньем крыльев, гагаканьем гусиной станицы. Тот гусь, в которого он стрелял, суетливо набирал высоту, остальные летели над прудом, клубясь густою кучей. Огорченный Григорий прямо по взвившейся станице ударил еще два раза, проследил взглядом, не падает ли какой, и пошел к Прохору.

— Гляди! Гляди!.. — закричал тот, вскочив на седло, стоя на нем во весь рост, указывая плетью по направлению удалявшейся в голубеющем просторе гусиной станицы.

Григорий повернулся и дрогнул от радости, от охотничьего волнения: один гусь, отделившись от уже построившейся гусиной станицы, резко шел на снижение, замедленно и с перебоями работал крыльями. Поднимаясь на цыпочки, приложив ладонь к глазам, Григорий следил за ним взглядом. Гусь летел в сторону от встревоженно вскричавшейся стаи, медленно снижаясь, слабея в полете, и вдруг с большой высоты камнем ринулся вниз, только белый подбой крыла ослепительно сверкнул на солнце.

— Садись!

Прохор, с улыбкой во весь рот, подскакал и кинул повод Григорию. Они намётом выскочили на бугор, промчались рысью саженей восемьдесят.

— Вот он!

Гусь лежал, вытянув шею, распластав крылья, словно обнимал напоследок эту неласковую землю. Григорий, не сходя с коня, нагнулся, взял добычу.

— Куда же она его кусанула? — любопытствовал Прохор.

Оказалось, пуля насквозь пробила гусю нижнюю часть клюва, вывернула возле глаза кость.

Смерть уже в полете настигла и вырвала его из построенной треугольником стаи, кинула на землю.

Прохор приторочил гуся к седлу. Поехали.

Через Дон переправились на баркасах, оставив коней в Базках.

В Вешенской Григорий остановился на квартире у знакомого старика, приказал тотчас же жарить гуся, а сам, не являясь в штаб, послал Прохора за самогоном. Пили до вечера. В разговоре хозяин обмолвился жалобой:

— Дюже уж, Григорий Пантелевич, засилие у нас в Вёшках начальство забрало.

— Какое начальство?

— Самородное начальство... Кудинов, да и другие.

— А что?

— Иногородних все жмут. Кто с красными ушел, так из ихних семей баб сажают, девчатишек, стариков. Сваху мою за сына посадили. А это вовсе ни к чему! Ну хучь бы вы, к примеру, ушли с кадетами за Донец, а красные бы вашего папашу, Пантелея Прокофича, в кутузку загнали, — ить это же неправильно было бы?

— Конечно!

— А вот тутошние власти сажают. Красные шли, никого не обижали, а эти особачились, остервились, ну, удержу им нету!

Григорий встал, чуть качнулся, потянувшись к висевшей на кровати шинели. Он был лишь слегка пьян.

— Прохор! Шашку! Маузер!

— Вы куда, Григорь Пантелевич?

— Не твое дело! Давай, что сказал.

Григорий нацепил шашку, маузер, застегнул и подпоясал шинель, направился прямо на площадь, к тюрьме. Часовой из нестроевых казаков, стоявший у входа, было преградил ему дорогу.

— Пропуск есть?

— Пусти! Отслонись, говорят!

— Без пропуску не могу никого впущать. Не приказано.

Григорий не успел и до половины обнажить шашку, как часовой юркнул в дверь. Следом за ним, не снимая руки с эфеса, вошел в коридор Григорий.

— Дать мне сюда начальника тюрьмы! — закричал он.

Лицо его побелело, горбатый нос хищно погнулся, бровь избочилась...

Прибежал какой-то хроменький казачишка, исправлявший должность надзирателя, выглянул мальчонка-писарь из канцелярии. Вскоре появился и начальник тюрьмы, заспанный, сердитый.

— Без пропуска — за это, знаешь?! — загремел он, но, узнав Григория и всмотревшись в его лицо, испуганно залопотал: — Это вы, ваше... товарищ Мелехов? В чем тут дело?

— Ключи от камер!

— От камер?

— Я тебе что, по сорок раз буду повторять? Ну! Давай ключи, собачий клеп!

Григорий шагнул к начальнику, тот попятился, но сказал довольно-таки твердо:

— Ключей не дам. Не имеете права!

— Пра-а-ва-а?..

Григорий заскрипел зубами, выхватил шашку. В руке его она с визгом описала под низким потолком коридора сияющий круг. Писарь и надзиратели разлетелись, как вспугнутые воробьи, а начальник прижался к стене, сам белее стены, сквозь зубы процедил:

— Учиняйте! Вот они, ключи... А я буду жаловаться.

— Я тебе учиню! Вы тут, по тылам, привыкли!.. Храбрые тут, баб и дедов сажать!.. Я вас всех тут перетрясу! Езжай на позицию, гад, а то зараз срублю!

Григорий кинул шашку в ножны, кулаком ударил по шее перепуганного начальника; коленом и кулаками толкая его к выходу, орал:

— На фронт!.. Сту-пай!.. Сту-пай!.. Такую вашу... Тыловая вша!..

Вытолкав начальника и услышав шум на внутреннем дворе тюрьмы, он прибежал туда. Около входа на кухню стояло трое надзирателей; один дергал приржавевший затвор японской винтовки, горячей скороговоркой выкрикивал:

— ... Нападение исделал!.. Отражать надо!.. В старом уставе как?

Григорий выхватил маузер, и надзиратели наперегонки покатились по дорожкам в кухню.

— Вы-хо-ди-и-и!.. По домам!.. — зычно кричал Григорий, распахивая двери густо набитых камер, потрясая связкой ключей.

Он выпустил всех (около ста человек) арестованных. Тех, которые из боязни отказались выйти, силой вытолкал на улицу, запер пустые камеры.

Около входа в тюрьму стал скопляться народ. Из дверей на площадь валили арестованные; озираясь, согнувшись, шли по домам. Из штаба, придерживая шашки, бежали к тюрьме казаки караульного взвода; спотыкаясь, шел сам Кудинов.

Григорий покинул опустевшую тюрьму последним. Проходя через раздавшуюся толпу, матерно обругал жадных до новостей, шушукающихся баб и, сутулясь, медленно пошел навстречу Кудинову. Подбежавшим казакам караульного взвода, узнавшим и приветствовавшим его, крикнул:

— Ступайте в помещение, жеребцы! Ну, чего вы бежите, запалились? Марш!

— Мы думали, в тюрьме бунтуются, товарищ Мелехов!

— Писаренок прибег, говорит: «Налетел какой-то черный, замки сбивает!»

— Лживая тревога оказалась!

Казаки, посмеиваясь и переговариваясь, повернули обратно. Кудинов торопливо подходил к Григорию, на ходу поправляя длинные, выбившиеся из-под фуражки волосы.

— Здравствуй, Мелехов. В чем дело?

— Здорово, Кудинов! Тюрьму вашу разгромил.

— На каком основании? Что такое?

— Выпустил всех — и все... Ну, чего глаза вылупил? Вы тут на каких основаниях иногородних баб да стариков сажаете? Это что ишо такое? Ты гляди у меня, Кудинов!

— Самовольничать не смей. Это са-мо-у-правство!

— Я тебе, в гроб твою, посамовольничаю! Я вот вызову зараз свой полк из-под Каргинской, так аж черт вас тут возьмет!

Григорий вдруг схватил Кудинова за сыромятный кавказский поясок, шатая, раскачивая, с холодным бешенством зашептал:

— Хочешь зараз же открою фронт? Хочешь зараз вон из тебя душу выпущу? Ух, ты!.. — Григорий скрипнул зубами, отпустил тихо улыбавшегося Кудинова. — Чему скалишься?

Кудинов поправил пояс, взял Григория под руку:

— Пойдем ко мне. И чего ты вскипятился? Ты бы на себя сейчас поглядел: на черта похож... Мы, брат, по тебе тут соскучились. А что касается тюрьмы — это чепуха... Ну, выпустил, какая же беда?.. Я скажу ребятам, чтобы они действительно приутихли. А то волокут всех бабенок иногородних, у каких мужья в красных... Но зачем вот ты наш авторитет подрываешь? Ах, Григорий! До чего ты взгальный! Приехал бы, сказал бы: «Так и так, мол, надо тюрьму разгрузить, выпустить таких-то и таких-то». Мы бы по спискам рассмотрели и кое-кого выпустили. А ты — всех гамузом! Да ведь это хорошо, что у нас важные преступники отдельно сидят, а если б ты и их выпустил? Горячка ты! — Кудинов похлопал Григория по плечу, засмеялся: — А ведь ты вот при таком случае, поперек скажи тебе — и убьешь. Или, чего доброго, казаков взбунтуешь...

Григорий выдернул свою руку из руки Кудинова, остановился около штабного дома.

— Вы тут все храбрые стали за нашими спинами! Полну тюрьму понасажали людей... Ты бы свои способности там показал, на позициях!

— Я их, Гриша, в свое время не хуже тебя показывал. Да и сейчас садись ты на мое место, а я твою дивизию возьму...

— Нет уж, спасибочко!

— То-то и оно!

— Ну, мне с тобой дюже долго не об чем гутарить. Я зараз еду домой отдохнуть недельку. Я захворал что-то... А тут плечо мне трошки поранили.

— Чем захворал?

— Тоской, — криво улыбнулся Григорий. — Сердце пришло в смятению...

— Нет, не шутя, что у тебя? У нас есть такой доктор, что, может, даже и профессор. Пленный. Захватили его наши за Шумилинской, с матросами ездил. Важный такой, в черных очках. Может, он поглядел бы тебя?

— Ну его к черту!

— Так что же, поезжай отдохни. Дивизию кому сдал?

— Рябчикову.

— Да ты погоди, куда ты спешишь? Расскажи, какие там дела? Ты, говорят, рубанул-таки? Мне вчера ночью передавал кто-то, будто ты матросов под Климовкой нарубил несть числа. Верно?

— Прощай!

Григорий пошел, но, отойдя несколько шагов, стал вполоборота, окликнул Кудинова:

— Эй! Ежели поимею слух, что опять сажаете...

— Да нет, нет! Пожалуйста, не беспокойся! Отдыхай!

День уходил на запад, вослед солнцу. С Дона, с разлива потянуло холодом. Со свистом пронеслась над головой Григория стая чирков. Он уже входил во двор, когда сверху, вниз по Дону, откуда-то с Казанского юрта по воде доплыла октава орудийного залпа.

Прохор быстренько заседлал коней; ведя их в поводу, спросил:

— Восвояси дунем? В Татарский?

Григорий молча принял повод, молча кивнул головой.

XLVI

В Татарском было пусто и скучно без казаков. Пешая сотня татарцев на время была придана одному из полков 5-й дивизии, переброшена на левую сторону Дона.

Одно время красные части, пополненные подкреплениями, подошедшими из Балашова и Поворина, повели интенсивное наступление с северо-востока, заняли ряд хуторов Еланской станицы и подошли к самой станице Еланской. В ожесточенном бою, завязавшемся на подступах к станице, верх одержали повстанцы. И одержали потому, что на помощь Еланскому и Букановскому полкам, отступавшим под напором Московского красноармейского полка и двух эскадронов кавалерии, были кинуты сильные подкрепления. Левой стороной Дона из Вешенской подошли к Еланской 4-й повстанческий полк 1-й дивизии (в составе его — и сотня татарцев), трехорудийная батарея и две резервные конные сотни. Помимо этого, по правобережью были стянуты значительные подкрепления к хуторам Плешакову и Матвеевскому, расположенным от станицы Еланской — через Дон — в трех — пяти верстах. На Кривском бугре был установлен орудийный взвод. Один из наводчиков, казак с хутора Кривского, славившийся беспромашной стрельбой, с первого же выстрела разбил красноармейское пулеметное гнездо и несколькими очередями шрапнели, накрывшими залегшую в краснотале красноармейскую цепь, поднял ее на ноги. Бой кончился в пользу повстанцев. Наседая на отступавшие красные части, повстанцы вытеснили их за речку Бланку, выпустили в преследование одиннадцать сотен конницы, и та на бугре, неподалеку от хутора Заталовского, настигла и вырубила целиком эскадрон красноармейцев.

С той поры татарские «пластуны» мотались где-то по левобережью, по песчаным бурунам. Из сотни почти не приходили в отпуск казаки. Лишь на пасху, как по сговору, сразу явилась в хутор почти половина сотни. Казаки пожили в хуторе день, разговелись и, переменив бельишко, набрав из дому сала, сухарей и прочей снеди, переправились на ту сторону Дона, толпой, как богомольцы (только с винтовками вместо посохов), потянули в направлении Еланской. С бугра в Татарском, с обдонской горы провожали их взглядами жены, матери, сеструшки. Бабы ревели, вытирали заплаканные глаза кончиками головных платков и шалек, сморкались в подолы исподних юбок... А на той стороне Дона, за лесом, затопленным полой водой, по песчаным бурунам шли казаки: Христоня, Аникушка, Пантелей Прокофьевич, Степан Астахов и другие. На привинченных штыках винтовок болтались холщовые сумочки с харчами, по ветру веялись грустные, как запах чабреца, степные песни, вялый тянулся промеж казаков разговор... Шли они невеселые, но зато сытые, обстиранные. Перед праздником жены и матери нагрели им воды, обмыли приросшую к телу грязь, вычесали лютых на кровь служивских вшей. Чем бы не жить дома, не кохаться? А вот надо идти навстречу смерти... И идут. Молодые, лет по шестнадцати-семнадцати парнишки, только что призванные в повстанческие ряды, шагают по теплому песку, скинув сапоги и чиричонки. Им неведомо отчего радостно, промеж них и веселый разговоришко вспыхнет, и песню затянут ломающимися, несозревшими голосами. Им война — в новинку, вроде ребячьей игры. Они в первые дни и к посвисту пуль прислушиваются, подымая голову от сырого бугорка земли, прикрывающего окопчик. «Куга зеленая!» — пренебрежительно зовут их фронтовые казаки, обучая на практике, как рыть окопы, как стрелять, как носить на походе служивское имущество, как выбрать прикрытие получше, и даже мастерству выпаривать на огне вшей и обворачивать ноги портянками так, чтобы нога устали не слышала и «гуляла» в обувке, учат несмысленный молодняк. И до тех пор «кужeнок» смотрит на окружающий его мир войны изумленным, птичьим взглядом, до тех пор подымает голову и высматривает из окопчика, сгорая от любопытства, пытаясь рассмотреть «красных», пока не щелкнет его красноармейская пуля. Ежели — насмерть, вытянется такой шестнадцатилетний «воин», и ни за что не дашь ему его коротеньких шестнадцати лет. Лежит этакое большое дитя с мальчишески крупными руками, с оттопыренными ушами и зачатком кадыка на тонкой, невозмужалой шее. Отвезут его на родной хутор схоронить на могилках, где его деды и прадеды истлели, встретит его мать, всплеснув руками, и долго будет голосить по мертвому, рвать из седой головы космы волос. А потом, когда похоронят и засохнет глина на могилке, станет, состарившаяся, пригнутая к земле материнским неусыпным горем, ходить в церковь, поминать своего «убиенного» Ванюшку либо Семушку.

Доведется же так, что не до смерти кусанет пуля какого-нибудь Ванюшку или Семушку, — тут только познает он нещадную суровость войны. Дрогнут у него обметанные темным пухом губы, покривятся. Крикнет «воин» заячьим, похожим на детский, криком: «Родимая моя мамунюшка!» — и дробные слезы сыпанут у него из глаз. Будет санитарная бричка потряхивать его на бездорожных ухабах, бередить рану. Будет бывалый сотенный фельдшер промывать пулевой или осколочный надрез и, посмеиваясь, утешать, как дитятю: «У кошки боли, у сороки боли, а у Ванюшки заживи». А «воин» Ванюшка будет плакать, проситься домой, кликать мать. Но ежели заживет рана и снова попадет он в сотню, то уж тут-то научится окончательно понимать войну. Неделю-две пробудет в строю, в боях и стычках, зачерствеет сердцем, а потом, смотри еще, как-нибудь будет стоять перед пленным красноармейцем и, отставив ногу, сплевывая в сторону, подражая какомунибудь зверюге-вахмистру, станет цедить сквозь зубы, спрашивать ломающимся баском:

— Ну что, мужик, в кровину твою мать, попался? Га-а-а! Земли захотел? Равенства? Ты ить, небось, коммуняка? Признавайся, гад! — и, желая показать молодечество, «казацкую лихость», подымет винтовку, убьет того, кто жил и смерть принял на донской земле, воюя за Советскую власть, за коммунизм, за то, чтобы никогда больше на земле не было войн.

И где-либо в Московской или Вятской губернии, в каком-нибудь затерянном селе великой Советской России мать красноармейца, получив извещение о том, что сын «погиб в борьбе с белогвардейщиной за освобождение трудового народа от ига помещиков и капиталистов...» — запричитает, заплачет... Горючей тоской оденется материнское сердце, слезами изойдут тусклые глаза, и каждодневно, всегда, до смерти будет вспоминать того, которого некогда носила в утробе, родила в крови и бабьих муках, который пал от вражьей руки где-то в безвестной Донщине...

Шла полусотня дезертировавшей с фронта татарской пехоты. Шла по песчаным разливам бурунов, по сиявшему малиновому красноталу. Молодые — весело, бездумно, старики, в насмешку прозванные «гайдамаками», — со вздохами, с потаенно укрытой слезой; заходило время пахать, боронить, сеять; земля кликала к себе, звала неустанно день и ночь, а тут надо было воевать, гибнуть на чужих хуторах от вынужденного безделья, страха, нужды и скуки. Через это и кипела слеза у бородачей, через это самое и шли они хмурые. Всяк вспоминал свое кинутое хозяйство, ху́добу, инвентарь. Ко всему требовались мужские руки, все плакало без хозяйского глаза. А с баб какой же спрос? Высохнет земля, не управятся с посевом, голодом пугнет следующий год. Ведь недаром же говорится в народной поговорке, что «в хозяйстве и старичишка сгодится дюжей, чем молодица».

По пескам шли старики молча. Оживились, только когда один из молодых выстрелил по зайцу. За истраченный по-пустому патрон (что строго воспрещалось приказом командующего повстанческими силами) решили старики виновного наказать. Сорвали на парнишке зло, выпороли.

— Сорок розгов ему! — предложил было Пантелей Прокофьевич.

— Дюже много!

— Он не дойдет тогда!

— Шеш-над-цать! — рявкнул Христоня.

Согласились на шестнадцати, на четном числе. Провинившегося положили на песке, спустили штаны. Христоня перочинным ножом резал хворостины, покрытые желтыми пушистыми китушками, мурлыкая песню, а Аникушка порол. Остальные сидели около, курили. Потом снова пошли. Позади всех плелся наказанный, вытирая слезы, натуго затягивая штаны.

Как только миновали пески и выбрались на серосупесные земли, начались мирные разговоры.

— Вот она, землица-любушка, хозяина ждет, а ему некогда, черти его по буграм мыкают, воюет, — вздохнул один из дедов, указывая на сохнувшую делянку зяби.

Шли мимо пахоты, и каждый нагибался, брал сухой, пахнувший вешним солнцем комочек земли, растирал его в ладонях, давил вздох.

— Подоспела земля!

— Самое зараз бы с букарем.

— Тут перепусти трое суток, и сеять нельзя будет.

— У нас-то, на энтой стороне, трошки рано.

— Ну да, рано! Гля-кось, вон над ярами по Обдонью ишо снег лежит.

Потом стали на привал, пополудновали. Пантелей Прокофьевич угощал высеченного парнишку откидным, «портошным» молоком. (Нес он его в сумке, привязанной к винтовочному дулу, и всю дорогу цедилась стекавшая из сумки вода. Аникушка уже, смеясь, говорил ему: «Тебя, Прокофич, по следу можно свесть, за тобой мокрая вилюга, как за быком, остается».) Угощал и степенно говорил:

— А ты на стариков не обижайся, дурастной. Ну и выпороли, какая же беда! За битого двух небитых дают.

— Тебе бы так вложили, дед Пантелей, небось, другим бы голосом воспел!

— Мне, парень, и похуже влаживали.

— Похуже!

— Ну да, похуже. Явственное дело, в старину не так бивали.

— Бивали.

— Конешно, бивали. Меня, парнишша, отец раз оглоблей вдарил по спине — и то выходился.

— Оглоблей!

— Говорю — оглоблей, стало быть — оглоблей. Э, долдон! Молоко-то ешь, чего ты мне в рот глядишь? Ложка у него без черенка, сломал, небось? Халява! Мало тебя, сукиного сына, ноне пороли!

После полудновани решили подремать на легком и пьянящем, как вино, вешнем воздухе. Легли, подставив солнцу спины, похрапели малость, а потом опять потянули по бурой степи, по прошлогодним жнивьям, минуя дороги, напрямик. Шли — одетые в сюртуки, шинели, зипуны и дубленые полушубки; обутые в сапоги, в чирики, с шароварами, заправленными в белые чулки, и ни во что не обутые. На штыках болтались харчевые сумки.

Столь невоинствен был вид возвращавшихся в сотню дезертиров, что даже жаворонки, отзвенев в голубом разливе небес, падали в траву около проходившей полусотни.

* * *

Григорий Мелехов не застал в хуторе никого из казаков. Утром он посадил верхом на коня своего подросшего Мишатку, приказал съехать к Дону и напоить, а сам пошел с Натальей проведать деда Гришаку и тещу.

Лукинична встретила зятя со слезами:

— Гришенька, сыночек! Пропадем мы без нашего Мирона Григорьевича, царство ему небесное!.. Ну кто у нас будет нá полях работать? Зерна полны амбары, а сеять некому. И, головушка ты моя горькая! Остались мы сиротами, никому-то мы не нужны, всем-то мы чужие, лишние!.. Ты глянь-кось, как хозяйство наше рухнулось! Ни к чему руки не доходют...

А хозяйство и в самом деле стремительно шло к упадку: быки били и валяли плетни на базах, кое-где упали сохи; подмытая вешней водой, обрушилась саманная стена в сарае; гумно было разгорожено, двор не расчищен; под навесом сарая стояла заржавевшая лобогрейка, и тут же валялся сломанный косогон... Всюду виднелись следы запустения и разрухи.

«Скоро все покачнулось без хозяина», — равнодушно подумал Григорий, обходя коршуновское подворье.

Он вернулся в курень.

Наталья что-то шепотом говорила матери, но при виде Григория умолкла, заискивающе улыбнулась.

— Маманя вот просит, Гриша... Ты же, кубыть, собирался ехать на́ поля... Может, и им какую десятинку бы посеял?

— Да на что вам сеять, мамаша? — спросил Григорий. — Ить у вас же пшеницы полны закрома.

Лукинична так и всплеснула руками:

— Гришенька! А земля-то как же? Ить покойничек наш зяби напахал три круга.

— А чего же ей поделается, земле? Перележится, что ли? На энтот год, живы будем, посеем.

— Как можно? Земля вхолостую пролежит.

— Фронты отслонются, тогда и сеять будете, — пробовал уговорить тещу Григорий.

Но та уперлась на своем, даже будто бы обиделась на Григория и под конец в оборочку собрала дрогнувшие губы:

— Ну уж ежели тебе некогда, может, али охоты нету нам подсобить...

— Да ладно уж! Поеду завтра себе сеять и вам обсеменю десятины две. С вас и этого хватит... А дед Гришака живой?

— То-то спасибо, кормилец! — обрадовалась просиявшая Лукинична. — Семена, скажу ноне Грипашке, чтоб отвезла... Дед-то? Все никак его господь не приберет. Живой, а кубыть, трошки умом начал мешаться. Так и сидит дни-ночи напролет, Святое писание читает. Иной раз загутарит-загутарит, да так все непонятно, церковным языком... Ты бы пошел его проведать. Он в горенке.

По полной щеке Натальи сползла слезинка.

Улыбаясь сквозь слезы, Наталья сказала:

— Зараз взошла я к нему, а он говорит: «Дщерь лукавая! Что же ты меня не проведывать? Скоро помру я, милушка... За тебя, за внученьку, как преставлюсь, богу словцо замолвлю. В землю хочу, Натальюшка... Земля меня к себе кличет. Пора!»

Григорий вошел в горенку. Запах ладана, плесени и гнили, запах старого неопрятного человека густо ударил ему в ноздри. Дед Гришака, все в том же армейском сером мундирчике с красными петлицами на отворотах, сидел на лежанке. Широкие шаровары его были аккуратно залатаны, шерстяные чулки заштопаны. Попечение о деде перешло на руки подраставшей Грипашки, и та стала следить за ним с такой же внимательностью и любовью, как некогда ходившая в девках Наталья.

Дед Гришака держал на коленях Библию. Из-под очков в позеленевшей медной оправе он глянул на Григория, открыл в улыбке белозубый рот.

— Служивый? Целенький? Оборонил господь от лихой пули? Ну слава богу. Садись.

— Ты-то как здоровьем, дедушка?

— Ась?

— Как здоровье — говорю.

— Чудак! Пра слово, чудак! Какое в моих годах могет быть здоровье? Мне ить уж под сто пошло. Да, под сто... Прожил — не видал. Кубыть, вчера ходил я с русым чубом, молодой да здоровый. А ноне проснулся — и вот она, одна ветхость... Мелькanула жизня, как летний всполох, и нету ее... Немощен плотью стал. Домовина уж какой год в анбаре стоит, а господь, видно, забыл про меня. Я уже иной раз, грешник, и взмолюсь ему: «Обороти, господи, милостливый взор на раба твоего Григория! И я земле в тягость, и она мне...»

— Ишо поживешь, дед. Зубов вон полон рот.

— Ась?

— Зубов ишо много!

— Зубов-то? Эка дурак! — осердился дед Гришака. — Зубами-то небось душу не удержишь, как она соберется тело покидать... Ты-то все воюешь, непутевый?

— Воюю.

— Митюшка наш в отступе тоже, гляди, лиха хватит, как горячего — до слез.

— Хватит.

— Вот и я говорю. А через чего воюете? Сами не разумеете! По божьему указанию все вершится. Мирон наш через чего смерть принял? Через то, что супротив бога шел, народ бунтовал супротив власти. А всякая власть — от бога. Хучь она и анчихристова, а все одно богом данная. Я ему ишо тогда говорил: «Мирон! Ты казаков не бунтуй, не подговаривай супротив власти, не пихай на грех!» А он — мне: «Нет, батя, не потерплю! Надо восставать, этую власть изнистожить, она нас пó миру пущает. Жили людьми, а изделаемся старцами*». Вот и не потерпел. Поднявший меч бранный от меча да погибнет. Истинно. Люди брешут, будто ты, Гришка, в генеральском чине ходишь, дивизией командуешь. Верно ай нет?

— Верно.

— Командуешь?

— Ну, командую.

— А еполеты твои где?

— Мы их отменили.

— Эх, чумовые! Отменили! Да ишо какой из тебя генерал-то? Горе! Раньше были генералы — на него ажник радостно глядеть: сытые, пузатые, важные! А то ты зараз... Так, тьфу — и больше ничего! Шинелка одна на тебе мазаная, в грязи, ни висячей еполеты нету, ни белых шнуров на грудях. Одних вшей небось полны швы.

Григорий захохотал. Но дед Гришака с горячностью продолжал:

— Ты не смеись, поганец! Людей на смерть водишь, супротив власти поднял. Грех великий примаешь, а зубы тут нечего скалить! Ась?.. Ну вот то-то и оно. Все одно вас изнистожут, а заодно и нас. Бог — он вам свою стезю укажет. Это не про наши смутные времена Библия гласит? А ну, слухай, зараз прочту тебе от Еремии-пророка сказание...

Старик желтым пальцем перелистал желтые страницы Библии; замедленно, отделяя слог от слога, стал читать:

— «Возвестите во языцех и слышано сотворите, воздвигните знамение, возопийте и не скрывайте, рцыте: пленен бысть Вавилон, посрамися Вил, победися Меродах, посрамишася изваяния его, сокрушишася кумиры

* Старцы — нищие.

их. Яко приде нань язык от севера, той положит землю его в запустение и не будет живяй в ней от человека даже и до скота: подвигнушася отидоша...» Уразумел, Гришака? С северу придут и вязы вам, вавилонщикам, посворачивают. И дале слухай: «В тыя дни и в то время, глаголет господь, приидут сынове израилевы тии и сынове иудины, вкупе ходяще и плачуще, пойдут и господа бога своего взыщут. Овцы погибшие быше людие мои, пастыри их совратиша их, и сотвориша сокрытися по горам: с горы на холм ходиша».

— Это к чему же? Как понять? — спросил Григорий, плохо понимавший церковнославянский язык.

— К тому, поганец, что бегать вам, смутителям, по горам. Затем, что вы не пастыри казакам, а сами хуже бестолочи-баранов, не разумеете, что творите... Слухай дале: «Забыша ложа своего, вси обретающая их снедаху их». И это в точку! Вша вас не гложет зараз?

— От вши спасенья нету, — признался Григорий.

— Вот оно и подходит в точку. Дале: «И врази их рекоша: не пощадим их, зане согрешиша господу. Отыдите от среды Вавилона и от земли Халдейски, изыдите и будете яко козлища пред овцами. Яко се аз воздвигну и приведу на Вавилон собрания языков великих от земли полунощныя, и ополчатся нань: оттуда пленен будет, яко же стрела мужа сильна, искусна, не возвратится праздна. И будет земля Халдейска в разграбление, вси грабители ее наполнятся, глаголет господь: зане веселитеся и велеречиваете, расхищающие наследие мое».

— Дед Григорий! Ты бы мне русским языком пересказал, а то мне непонятно, — перебил Григорий.

Но старик пожевал губами, поглядел на него отсутствующим взглядом, сказал:

— Зараз кончу, слухай. «... Скакаете бо яко тельцы на траве и бодосте яко же волы. Поругана бысть мати ваше зело, и посрамися родившая вас: се последняя во языцех пуста и непроходна, и суха. От гнева господня не поживут вовек, но будет весь в запустение, и всяк ходяй сквозе Вавилон подивится и позвиждет над всякою язвою его».

— Как же это понять? — снова спросил Григорий, ощущая легкую досаду.

Дед Гришака не отвечал, закрыл Библию и прилег на лежанку.

«И вот сроду люди так, — думал Григорий, выходя из горенки. — Смолоду бесются, водку жрут и к другим грехам прикладываются, а под старость, что ни лютей смолоду был, то больше начинает за бога хорониться. Вот хучь бы и дед Гришака. Зубы — как у волка. Говорят, молодым, как пришел со службы, все бабы в хуторе от него плакали, и летучие и катучие — все были его. А зараз... Ну уж ежели мне доведется до старости дожить, я эту хреновину не буду читать! Я до библиев не охотник».

Григорий возвращался от тещи, думая о разговоре с дедом Гришакой, о таинственных, непонятных «речениях» Библии. Наталья тоже шла молча. В этот приезд она встретила мужа с необычайной суровостью, — видно, слух о том, как гулял и путался с бабами Григорий по хуторам Каргинской станицы, дошел и до нее. Вечером, в день его приезда, она постелила ему в горнице на кровати, а сама легла на сундуке, прикрывшись шубой. Но ни единого слова в упрек не сказала, ни о чем не спрашивала. Ночь промолчал и Григорий, решив, что лучше пока не допытываться у нее о причинах столь небывалого в их взаимоотношениях холода...

Они шли молча по безлюдной улице, чужие друг другу больше, чем когда бы то ни было. С юга дул теплый, ласковый ветер, на западе кучились густые, по-весеннему белые облака. Сахарно-голубые вершины их, клубясь, меняли очертания, наплывали и громоздились над краем зазеленевшей Обдонской горы. Погромыхивал первый гром, и благостно, живительно пахло по хутору распускающимися древесными почками, пресным черноземом оттаявшей земли. По синему разливу Дона ходили белогребнистые волны, низовой ветер нес бодрящую сырость, терпкий запах гниющей листвы и мокрого дерева. Долевой клин зяби, лежавший на склоне бугра плюшево-черной заплатой, курился паром, струистое марево рождалось и плыло над буграми Обдонских гор, над самой дорогой упоенно заливался жаворонок, тоненько посвистывали перебегавшие дорогу суслики. А над всем этим миром, дышавшим великим плодородием и изобилием жизнетворящих сил, — высокое и гордое солнце.

На середине хутора, возле моста через ярок, по которому еще бежала в Дон с веселым детским лепетом вешняя нагорная вода, Наталья остановилась. Нагнувшись, будто бы для того, чтобы завязать ремешок у чирика, а на самом деле пряча от Григория лицо, спросила:

— Чего же ты молчишь?

— А об чем гутарить с тобой?

— Есть об чем... Рассказал бы, как пьянствовал под Каргинской, как с б... вязался...

— А ты уж знаешь?.. — Григорий достал кисет, стал делать цигарку. Смешанный с табаком-самосадом, сладко заблагоухал донник. Григорий затянулся, переспросил: — Знаешь, стал быть? От кого?

— Знаю, ежли говорю. Весь хутор знает, есть от кого слыхать.

— Ну а раз знаешь, чего же и рассказывать?

Григорий крупно зашагал. По деревянному настилу мостка в прозрачной весенней тишине четко зазвучали его редкие шаги и отзвуки дробной поступи Натальи, поспешавшей за ним. От мостка Наталья пошла молча, вытирая часто набегавшие слезы, а потом, проглотив рыдание, запинаясь, спросила:

— Опять за старое берешься?

— Оставь, Наталья!

— Кобелина проклятый, ненаедный! За что ж ты меня опять мучаешь?

— Ты бы поменьше брехней слухала.

— Сам же признался!

— Тебе, видно, больше набрехали, чем на самом деле было. Ну, трошки виноват перед тобой... Она, жизня, Наташка, виноватит... Все время на краю смерти ходишь, ну и перелезешь иной раз через борозду...

— Дети у тебя уж вон какие! Как гляделками-то не совестно моргать!

— Ха! Совесть! — Григорий обнажил в улыбке кипенные зубы, засмеялся. — Я об ней и думать позабыл. Какая уж там совесть, когда вся жизня похитнулась... Людей убиваешь... Неизвестно для чего всю эту кашу... Да ить как тебе сказать? Не поймешь ты! В тебе одна бабья лютость зараз горит, а до того ты не додумаешься, чтó мне сердце точит, кровя пьет. Я вот и к водке потянулся. Надысь припадком меня вдарило. Сердце на коий миг вовзят остановилося, и холод пошел по телу... — Григорий потемнел лицом, тяжело выжимал из себя слова: — Трудно мне, через это и шаришь, чем бы забыться, водкой ли, бабой ли... Ты погоди! Дай мне сказать: у меня вот тут сосет и сосет, кортит все время... Неправильный у жизни ход, и, может, и я в этом виноватый... Зараз бы с красными надо замириться и — на кадетов. А как? Кто нас сведет с Советской властью? Как нашим обчим обидам счет произвесть? Половина казаков за Донцом, а какие тут остались — остервились, землю под собой грызут... Все у меня, Наташка, помутилось в голове... Вот и твой дед Гришака по Библии читал и говорит, что, мол, неверно мы свершили, не надо бы восставать. Батю твоего ругал.

— Дед — он уж умом рухнулся! Теперь твой черед.

— Вот только так ты и могешь рассуждать. На другое твой ум не подымется...

— Ох, уж ты бы мне зубы не заговаривал! Напаскудил, обвиноватился, а теперь все на войну беду сворачиваешь. Все вы такието! Мало через тебя, черта, я лиха приняла? Да и жалко уж, что тогда не до смерти зарезалась...

— Больше не об чем с тобой гутарить. Ежели чижало тебе, ты покричи, — слеза ваша бабье горе завсегда мягчит. А я тебе зараз не утешник. Я так об чужую кровь измазался, что у меня уж и жали ни к кому не осталось. Детву — и эту почти не жалею, а об себе и думки нету. Война все из меня вычерпала. Я сам себе страшный стал... В душу ко мне глянь, а там чернота, как в пустом колодезе...

Они почти дошли до дома, когда из набежавшей серой тучки, косой и ядреный, брызнул дождь. Он прибил на дороге легкую, пахнущую солнцем пыль, защелкал по крышам, пахнул свежестью, трепетным холодком. Григорий расстегнул шинель, одной полой прикрыл навзрыд плачущую Наталью, обнял ее. Так под вешним резвым дождем они и на баз вошли, тесно прижавшись, покрытые одной шинелью.

Вечером Григорий ладил на базу запашник, проверял рукава сеялки. Пятнадцатилетний сынишка Семена Чугуна, выучившийся кузнечному ремеслу и оставшийся со дня восстания единственным кузнецом в Татарском, с грехом пополам наложил лемех на стареньком мелеховском плуге. Все было приготовлено к весенней работе. Быки вышли с зимовки в теле, в достатке хватило им приготовленного Пантелеем Прокофьевичем сена.

Наутро Григорий собирался ехать в степь. Ильинична с Дуняшкой, на ночь глядя, затеяли топить печь, чтобы сготовить пахарю к заре харчи. Григорий думал поработать дней пять, посеять себе и теще, вспахать десятины две под бахчу и подсолнухи, а потом вызвать из сотни отца, чтобы он доканчивал посев.

Из трубы куреня вился сиреневый дымок, по базу бегала взматеревшая в девках Дуняшка, собирая сухой хворост на поджижки. Григорий поглядывал на ее округленный стан, на крутые скаты грудей, с грустью и досадой думал: «Эка девнища какая вымахала! Летит жизня, как резвый конь. Давно ли Дуняшка была сопливой девчонкой; бывало, бегает, а по спине косички мотаются, как мышиные хвостики, а зараз уж вон она, хучь ныне замуж. А я уж сединой побитый, все от меня отходит... Верно говорил дед Гришака: «Мельканула жизня, как летний всполох». Тут и так коротко отмеряно человеку в жизни пройтись, а тут надо и этого срока лишаться... Тудыть твою мать с такой забавой! Убьют, так пущай уж скорее».

К нему подошла Дарья. Она удивительно скоро оправилась после смерти Петра. Первое время тосковала, желтела от горя и даже будто состарилась. Но как только дунул вешний ветерок, едва лишь пригрело солнце, — и тоска Дарьина ушла вместе со ставшим снегом. На продолговатых щеках ее зацвел тонкий румянец, заблестели потускневшие было глаза, в походке появилась прежняя вьющаяся легкость... Вернулись к ней и старые привычки: снова тонкие ободья бровей ее покрылись черной краской, щеки заблестели жировкой; вернулась к ней и охота пошутить, непотребным словом смутить Наталью; все чаще на губах ее стала появляться затуманенная ожиданием чего-то улыбка... Торжествующая жизнь взяла верх.

Она подошла к Григорию, стала, улыбаясь. Пьяный запах огуречной помады исходил от ее красивого лица.

— Может, подсобить в чем, Гришенька?

— Не в чем подсоблять.

— Ах, Григорий Пантелевич! До чего вы со мной, со вдовой, строгие стали! Не улыбнетесь и даже плечиком не ворохнете.

— Шла бы ты стряпаться, зубоскалая!

— Ах, какая надобность!

— Наталье бы подсобила. Мишатка вон бегает грязней грязи.

— Ишо чего недоставало! Вы их будете родить, а мне за вами замывать? Как бы не так! Наталья твоя — как трусиха* плодющáя. Она их тебе нашибает ишо штук десять. Этак я от рук отстану, обмываючи всех их.

— Будет, будет тебе! Ступай!

— Григорь Пантелевич! Вы зараз в хуторе один казак на всех. Не прогоните, дайте хучь издаля поглядеть на ваши черные завлекательные усы.

Григорий засмеялся, откинул с потного лба волосы.

— Ну и ухо ты! Как с тобой Петро жил... У тебя уж, небось, не сорвется.

— Будьте покойные! — горделиво подтвердила Дарья и, поглядывая на Григория поигрывающими, прижмуренными глазами, с деланным испугом оглянулась на курень. — Ай, что-то мне показалось, кубыть, Наталья вышла... До чего она у тебя ревнивая, — неподобно! Нынче, как полудновали, глянула я разок на тебя, так она ажник с лица сменилась. А мне уж вчера

---

* Трусиха — крольчиха.

бабы молодые говорили: «Что это за права? Казаков нету, а Гришка ваш приехал на побывку и от жены не отходит. А мы, дескать, как же должны жить? Хучь он и израненный, хучь от него и половинка супротив прежнего осталась, а мы бы и за эту половинку подержались бы с нашим удовольствием. Перекажи ему, чтобы ночью по хутору не ходил, а то поймаем, беды он наживет!» Я им и сказала: «Нет, бабочки, Гриша наш только на чужих хуторах прихрамывает на короткую ножку, а дома он за Натальин подол держится без отступу. Он у нас с недавней поры святой стал...»

— Ну и сука ты! — смеясь, беззлобно говорил Григорий. — У тебя язык — чистое помело!

— Уж какая есть. А вот Наташенька-то твоя писаная, немазаная, а вчера отшила тебя? Так тебе и надо, кобелю, не будешь через закон перелазить!

— Ну ты вот чего... Ты иди, Дашка. Ты не путайся в чужие дела.

— Я не путаюсь. Я это к тому, что дура твоя Наталья. Муж приехал, а она задается, ломается, как копеешный прянец, на сундуке легла... Вот уж я бы от казака зараз не отказалась! Попадись мне... Я бы и такого храброго, как ты, в страх ввела!

Дарья скрипнула зубами, захохотала и пошла в курень, оглядываясь на смеющегося и смущенного Григория, поблескивая золотыми серьгами.

«Усчастливился ты, брат Петро, помереть... — думал развеселившийся Григорий. — Это не Дарья, а распрочерт! От нее до поры до времени все одно помер бы!»

XLVII

По хутору Бахмуткину гасли последние огни. Легкий морозец тончайшей пленкой льда крыл лужицы. Где-то за хутором, за толокой, на прошлогодней стерне опустились ночевать припозднившиеся журавли. Их сдержанное усталое курлыканье нес к хутору набегавший с северо-востока ветерок. И оно мягко оттеняло, подчеркивало умиротворенную тишину апрельской ночи. В садах густые копились тени; где-то мычала корова; потом все стихло. С полчаса глухая покоилась тишина, лишь изредка нарушавшаяся тоскующей перекличкой летевших и ночью куликов да дребезжащим посвистом бесчисленных утиных крыльев: стаи уток летели, спешили, добираясь до привольной поймы разлившегося Дона... А потом на крайней улице зазвучали людские голоса, рдяно загорелись огни цигарок, послышался конский храп, хруст промерзшей грязи, продавливаемой лошадиными копытами. В хутор, где стояли две повстанческие казачьи сотни, входившие в состав 6-й отдельной бригады, вернулся разъезд. Казаки расположились на базу крайней хаты, переговариваясь, поставили к брошенным посреди база саням лошадей, положили им корма. Чей-то хрипатый басок завел плясовую песню, тщательно выговаривая слова, устало и медленно выводя:

Помаленечку я шел,
Да потихонечку ступал,
И по прежней по любови
С девкой шутку зашутил...

И тотчас же задорный тенорок подголоска взмыл, как птица, над гудящим басом и весело, с перебором начал:

Девка шутку не приняла,
Меня в щеку — д'эх! — вдарила,
Моя казацкая сердечка
Была разгарчивая...

В песню подвалило еще несколько басов, темп ее ускорился, оживился, и тенор подголоска, щеголяя высокими концами, уже звучал напористо и подмывающе весело:

Я праву ручку засучил,
Девку да в ухо омочил.
Их, эта девочка стоит,
Как малинов свет горит.
Как малинов свет да горит,

Сам-ма плачет, говорит:
«Что же ты мне есть за друг,
Ежли любишь семь подруг,
Восьмую — вдовую,
А девятаю жану,
А десятаю, подлец, меня...»

И журавлиный крик на пустующих пашнях, и казачью песню, и свист утиных крыльев в непроглядной чернети ночи слышали казаки, бывшие за ветряком в сторожевом охранении. Скучно было им лежать ночью на холодной, скованной морозом земле. Ни тебе покурить, ни поговорить, ни посогреться ходьбой или кулачками. Лежи да лежи промеж подсолнечных прошлогодних будыльев, смотри в зияющую темнотой степь, слушай, приникнув ухом к земле. А в десяти шагах уже ни черта не видно, а шорохами так богата апрельская ночь, так много из темноты несется подозрительных звуков, что любой из них будит тревогу: «Не идет ли, не ползет ли красноармейская разведка?» Как будто издали доносится треск сломанной бурьянины, сдержанное пыхтенье... Молодой казачишка Выпряжкин вытирает перчаткой набежавшую от напряжения слезинку, толкает локтем соседа. Тот дремлет, свернувшись калачом, положив в голова кожаный подсумок; японский патронташ давит ему ребра, но он ленится лечь поудобней, не хочет пускать в плотно запахнутые полы шинели струю ночного холода. Шорох бурьяна и сопение нарастают и неожиданно звучат вот, возле самого Выпряжкина. Он приподнимается на локте, недоуменно смотрит сквозь плетнистый бурьян и с трудом различает очертания большого ежа. Еж торопко подвигается вперед по мышиному следу, опустив крохотную свиную мордочку, сопя и черкая иглистой спиной по сухим бурьянным былкам. Вдруг он чувствует в нескольких шагах от себя присутствие чего-то враждебного и, подняв голову, видит рассматривающего его человека. Человек облегченно выдыхает воздух, шепчет:

— Черт поганый! Как напужал-то...

А еж стремительно прячет голову, втягивает ножки и с минуту лежит нащетинившимся клубком, потом медленно распрямляется, касается ногами холодной земли и катится скользящим серым комом, натыкаясь на подсолнечные будылья, приминая сухой прах сопревшей повители. И снова прядется тишина. И ночь — как сказка...

По хутору отголосили вторые кочеты. Небо прояснилось. Сквозь редкое ряднище облачков показались первые звезды. Потом ветер разметал облака и небо глянуло на землю бесчисленными золотыми очами.

Вот в это-то время Выпряжкин и услышал впереди отчетливый шаг лошади, хруст бурьяна, звяк чего-то металлического, а немного погодя — и поскрипывание седла. Услышали и остальные казаки. Пальцы легли на спуски винтовок.

— Сготовьсь! — шепнул помощник взводного.

На фоне звездного неба возник словно вырезанный силуэт всадника. Кто-то ехал шагом по направлению к хутору.

— Сто-о-ой!.. Кто едет?.. Что пропуск?..

Казаки вскочили, готовые стрелять. Всадник остановился, подняв вверх руки.

— Товарищи, не стреляйте!

— Что пропуск!

— Товарищи!..

— Что пропуск? Взво-о-од...

— Стойте!.. Я один... Сдаюсь!..

— Погодите, братцы! Не стрелять!.. Живого возьмем!..

Помощник взводного подбежал к конному, Выпряжкин схватил коня за поводья. Всадник перенес ногу через седло, спешился.

— Ты кто таков? Красный? Ага, братцы, он! Вот у него и звезда на папахе. По-па-ал-ся, ааа!..

Всадник, разминая ноги, уже спокойно говорил:

— Ведите меня к вашему начальнику. Я имею передать ему сообщение большой важности. Я — командир Сердобского полка и прибыл сюда для ведения переговоров.

— Команди-и-ир?.. Убить его, братцы, гада! Дай, Лука, я ему зараз...

— Товарищи! Убить меня вы можете всегда, но прежде дайте мне сообщить вашему начальнику то, для чего я приехал. Повторяю: это огромной важности дело. Пожалуйста, возьмите мое оружие, если вы боитесь, что я убегу...

Красный командир стал расстегивать портупею.

— Сымай! Сымай! — торопил его один из казаков. Снятые наган и сабля перешли в руки помкомвзвода.

— Обыщите сердобского командира! — приказал он, садясь на принадлежавшего красному командиру коня.

Захваченного обыскали. Помкомвзвода и казак Выпряжкин погнали его в хутор. Он шел пешком, рядом с ним шагал Выпряжкин, нес наперевес австрийский карабин, а позади ехал верхом довольный помкомвзвода.

Минут десять двигались молча. Конвоируемый часто закуривал, останавливаясь, полой шинели прикрывая гаснущие на ветру спички. Запах хороших папирос вывел Выпряжкина из терпения.

— Дай-ка мне, — попросил он.

— Пожалуйста!

Выпряжкин взял кожаный походный портсигар, набитый папиросами, достал из него папироску, а портсигар сунул себе в карман. Командир промолчал, но, спустя немного, когда вошли в хутор, спросил:

— Вы куда меня ведете?

— Там узнаешь.

— А все же?

— К командиру сотни.

— Вы меня ведите к командиру бригады Богатыреву.

— Нету тут такого.

— Как это — нет? Мне известно, что он вчера прибыл со штабом в Бахмуткин и сейчас здесь.

— Нам про это неизвестно.

— Ну, полноте, товарищи! Мне известно, а вам неизвестно... Это не есть военный секрет, особенно когда он уже стал известен вашим врагам.

— Иди, иди!

— Я иду. Так вы меня сведите к Богатыреву.

— Помалкивай! Мне с тобой, по правилам службы, не дозволено гутарить!

— А портсигар взять — это дозволено по правилам службы?

— Мало ли что!.. Ступай, да язык придави, а то и шинелю зараз сопру. Ишь обидчивый какой!

Сотенного насилу растолкали. Он долго тер кулаками глаза, зевал, морщился и никак не мог уразуметь того, что ему говорил сияющий от радости помкомвзвода.

— Кто такой? Командир Сердобского полка? А ты не брешешь? Давай документы.

Через несколько минут он вместе с красным командиром шел на квартиру командующего бригадой Богатырева. Богатырев вскочил как встрепанный, едва услышал о том, что захвачен и приведен командир Сердобского полка. Он застегнул шаровары, набросил на свои плотные плечи подтяжки, зажег пятилинейную лампочку, спросил у стоявшего навытяжку возле двери красного командира:

— Вы командир Сердобского полка?

— Да, я командир Сердобского полка. Вороновский.

— Садитесь.

— Благодарю.

— Как вас... при каких условиях захватили?

— Я сам ехал к вам. Мне надо поговорить с вами наедине. Прикажите посторонним выйти.

Богатырев махнул рукой, и сотенный, пришедший с красным командиром, и стоявший с открытым ртом хозяин дома — рыжебородый старовер — вышли. Богатырев, потирая голо остриженную темную и круглую, как арбуз, голову, сидел за столом в одной грязной нижней рубахе. Лицо его, с отечными щеками и красными полосами от неловкого сна, выражало сдержанное любопытство.

Вороновский, невысокий плотный человек, в ловко подогнанной шинели, стянутый наплечными офицерскими ремнями, расправил прямые плечи; под черными подстриженными усами его скользнула улыбка.

— Надеюсь, с офицером имею честь? Разрешите два слова о себе, а потом уж о той миссии, с которой я к вам прибыл... Я в прошлом — дворянин по происхождению и штабс-капитан царской службы. В годы войны с Германией служил в Сто семнадцатом Любомирском стрелковом полку. В тысяча девятьсот восемнадцатом году был мобилизован по декрету Советского правительства как кадровый офицер. В настоящее время, как вам уже известно, командую в Красной Армии Сердобским полком. Находясь в рядах Красной Армии, я давно искал случая перейти на вашу... на сторону борющихся с большевиками...

— Долго вы, господин штабс-капитан, искали случая...

— Да, но мне хотелось искупить свою вину перед Россией и не только самому перейти (это можно было бы осуществить давно), но и увести с собой красноармейскую часть, те ее элементы, конечно, наиболее здоровые, которые коммунистами были обмануты и вовлечены в эту братоубийственную войну.

Бывший штабс-капитан Вороновский глянул узко поставленными серыми глазами на Богатырева и, заметив его недоверчивую улыбку, вспыхнул, как девушка, заторопился:

— Естественно, господин Богатырев, что вы можете питать ко мне и к моим словам известное недоверие... На вашем месте я, очевидно, испытывал бы такие же чувства. Вы разрешите мне доказать вам это фактами... Неопровержимыми фактами...

Отвернув полу шинели, он достал из кармана защитных брюк перочинный нож, нагнулся так, что заскрипели наплечные ремни, и осторожно стал подпарывать плотно зашитый борт шинели. Спустя минуту извлек из распоротой бортовки пожелтевшие бумаги и крохотную фотографическую карточку.

Богатырев внимательно прочитал документы. В одном из них удостоверялось, что «предъявитель сего есть действительно поручик 117-го Любомирского стрелкового полка Вороновский, направляющийся после излечения в двухнедельный отпуск по месту жительства — в Смоленскую губернию». На удостоверении стояла печать и подпись главврача походного госпиталя № 814-й Сибирской стрелковой дивизии. Остальные документы на имя Вороновского непреложно говорили о том, что Вороновский подлинно был офицером, а с фотографической карточки на Богатырева глянули веселые, узкие в поставе глаза молодого подпоручика Вороновского. На защитном щегольском френче поблескивал офицерский Георгий, и девственная белизна погонов резче оттеняла смуглые щеки подпоручика, темную полоску усов.

— Так что же? — спросил Богатырев.

— Я приехал сообщить вам, что мной, совместно с моим помощником, бывшим поручиком Волковым, красноармейцы сагитированы, и весь целиком состав Сердобского полка, разумеется, за исключением коммунистов, готов в любую минуту перейти на вашу сторону. Красноармейцы — почти все крестьяне Саратовской и Самарской губерний. Они согласны драться с большевиками. Нам необходимо сейчас же договориться с вами об условиях сдачи полка. Полк сейчас находится в Усть-Хоперской, в нем около тысячи двухсот штыков, в комячейке — тридцать восемь, плюс взвод из тридцати человек местных коммунистов. Мы захватим приданную нам батарею, причем прислугу, вероятно, придется уничтожить, так как там преобладающее большинство коммунистов. Среди моих красноармейцев идет брожение на почве тягот, которые несут их отцы от продразверстки. Мы воспользовались этим обстоятельством и склонили их на переход к казакам... к вам, то есть. У моих солдат есть опасения, как бы при сдаче полка не было над ними учинено насилия... Вот по этому вопросу — это, конечно, частности, но... — я и должен с вами договориться.

— Какое насилие могет быть?

— Ну, убийства, ограбления...

— Нет, этого не допустим!

— И еще: солдаты настаивают на том, чтобы Сердобский полк был сохранен в своем составе и дрался с большевиками вместе с вами, но самостоятельной боевой единицей.

— Этого сказать я вам...

— Знаю! Знаю! Вы снесетесь с вашим высшим командованием и поставите нас в известность.

— Да, я должен сообщить в Вёшки.

— Простите, у меня очень мало времени, и если я опоздаю на лишний час, то мое отсутствие может быть замечено комиссаром полка. Я считаю, что мы договоримся об условиях сдачи. Поторопитесь сообщить мне решение вашего командования. Полк могут перебросить к Донцу или пришлют новое пополнение, и таким образом...

— Да, я сейчас же с коннонарочным пошлю в Вешки.

— И еще: прикажите вашим казакам возвратить мне оружие. Меня не только обезоружили, — Вороновский оборвал свою гладкую речь и полусмущенно улыбнулся, — но и взяли... портсигар. Это, конечно, пустяки, но портсигар мне дорог как фамильная вещь...

— Вам все вернут. Как вам сообщить, когда получу ответ из Вёшек?

— К вам сюда, в Бахмуткин, придет через два дня женщина из Усть-Хоперской. Пароль... ну, допустим — «единение». Ей вы сообщите. Безусловно — на словах...

Через полчаса один из казаков Максаевской сотни намётом скакал на запад, в Вешенскую...

На другой день личный ординарец Кудинова прибыл в Бахмуткин, разыскал квартиру командира бригады и, даже коня не привязав, вошел в курень, передал Григорию Богатыреву пакет с надписью:

«В. срочно. Совершенно секретно». Богатырев с живейшим нетерпением сломал сургучную печать. На бланке Верхнедонского окружного совета размашисто, рукою самого Кудинова, было написано:

Доброго здоровья, Богатырев! Новость очень радостная. Уполномочиваем тебя вести с сердобцами переговоры и любой ценой склонить их на сдачу. Предлагаю пойти им на уступки и посулить, что примем полк целиком и даже обезоруживать не будем. Непременным условием поставь захват и выдачу коммунистов, комиссара полка, а главное — наших вешенских, еланских и усть-хоперских коммунистов. Пускай обязательно захватят батарею, обоз, материальную часть. Всемерно ускорь это дело! К месту, куда прибудет полк, стяни побольше своих сил, потихоньку окружи и сейчас же приступи к обезоруживанию. Ежели зашеборшат — выбей их всех до одного человека. Действуй осторожно, но решительно. Как только обезоружишь — направляй гуртом весь полк в Вешенскую. Гони их правой стороной, так удобнее, затем что на этой и фронт будет дальше, и степь голая, — не уйдут, ежели опамятуются и вздумают убегать. Направляй их над Доном, по хуторам, а вназирку за ними пошли две конные сотни. В Вешках мы их по два, по три бойца рассортируем по сотням, поглядим, как они будут своих бить. А там — не наше дело печаль: соединимся со своими, какие за Донцом, они их тогда пускай судят и делают с ними что хотят. По мне, хоть всех пускай перевешают. Не жалко. Радуюсь твоей успешности. Каждодневно сообщай нарочным.

Кудинов

В приписке стояло:

Ежели наших местных коммунистов сердобцы выдадут — гони их под усиленным конвоем в Вешки, тоже по хуторам. Но сначала пропусти сердобцев. В конвой поручи отобрать самых надежных казаков (полютей да стариковатых), пускай они их гонют и народу широко заранее оповещают. Нам об них и руки поганить нечего, их бабы кольями побьют, ежели дело умело и с умом поставить. Понял? Нам эта политика выгодней: расстреляй их — слух дойдет и до красных, — мол, пленных расстреливают; а эдак проще, народ на них натравить, гнев людской спустить, как цепного кобеля. Самосуд — и все. Ни спроса, ни ответа!

XLVIII

12 апреля 1-й Московский полк был жестоко потрепан в бою с повстанцами под хутором Антоновом Еланской станицы.

Плохо зная местность, красноармейские цепи с боем сошли в хутор. Редкие казачьи дворы, словно на островах, угнездились на крохотных участках твердой супесной земли, а замощенные хворостом улицы и проулки были проложены по невылазной болотистой топи. Хутор тонул в густейшей заросли ольшаника, в мочажинной, топкой местности. На искрайке его протекала речка Бланка, мелководная, но с илистым, стрямким дном.

Цепью пошли стрелки 1-го Московского сквозь хутор, но едва миновали первые дворы и вошли в ольшаник, как обнаружилось, что цепью пересечь ольшаник нельзя. Командир 2-го батальона — упрямый латыш — не слушал доводов ротного, еле выручившего из глубокого просова свою застрявшую лошадь, скомандовал: «Вперед!» — и первый смело побрел по зыбкой покачивающейся почве. Заколебавшиеся было красноармейцы двинулись следом за ним, на руках неся пулеметы. Прошли саженей пятьдесят, по колено увязая в иле, и вот тут-то с правого фланга покатилось по цепи: «Обходят!», «Казаки!», «Окружили!»

Две повстанческие сотни действительно обошли батальон, ударили с тыла.

В ольшанике 1-й и 2-й батальоны потеряли почти треть состава, отступили.

В этом бою самодельной повстанческой пулей был ранен в ногу Иван Алексеевич. Его на руках вынес Мишка Кошевой и, за малым не заколов красноармейца, скакавшего по дамбе, заставил взять раненого на патронную двуколку.

Полк был опрокинут, отброшен до хутора Еланского. Поражение губительно отозвалось на исходе наступления всех красноармейских частей, продвигавшихся по левой стороне Дона. Малкин из Букановской вынужден был отойти на двадцать верст севернее, в станицу Слащевскую; а потом, теснимый повстанческими силами, развивавшими бешеное наступление и во много раз численно превосходившими малкинскую дружину, за день до ледохода переправился через Хопер, утопив нескольких лошадей, и двинулся на станицу Кумылженскую.

1-й Московский, отрезанный ледоходом в устье Хопра, переправился через Дон на правобережье; ожидая пополнения, стал в станице Усть-Хоперской. Вскоре туда прибыл Сердобский полк. Кадры его по составу резко отличались от кадров 1-го Московского. Рабочие — москвичи, туляки, нижегородцы, составлявшие боевое ядро Московского полка, — дрались мужественно, упорно, неоднократно сходясь с повстанцами врукопашную, ежедневно теряя убитыми и ранеными десятки бойцов. Только ловушка в Антоновом временно вывела полк из строя, но, отступая, он не оставил врагам ни единой обозной двуколки, ни единой патронной цинки. А рота сердобцев в первом же бою под хутором Ягодинским не выдержала повстанческой конной атаки; завидя казачью лаву, бросила окопы и, несомненно, была бы вырублена целиком, если бы не пулеметчики-коммунисты, отбившие атаку шквальным пулеметным огнем.

Сердобский полк наспех сформировался в городе Сердобске. Среди красноармейцев — сплошь саратовских крестьян поздних возрастов — явно намечались настроения, ничуть не способствовавшие поднятию боевого духа. В роте было удручающе много неграмотных и выходцев из зажиточно-кулацкой части деревни. Комсостав полка наполовину состоял из бывших офицеров; комиссар — слабохарактерный и безвольный человек — не пользовался среди красноармейцев авторитетом; а изменники — командир полка, начштаба и двое ротных командиров, — задумав сдать полк, на глазах ничего не видевшей ячейки вели преступную работу по деморализации красноармейской массы через посредство контрреволюционно настроенных, затесавшихся в полк кулаков, вели против коммунистов искусную агитацию, сеяли неверие в успешность борьбы по подавлению восстания, подготовляя сдачу полка.

Штокман, стоявший на одной квартире с тремя сердобцами, тревожно присматривался к красноармейцам и окончательно убедился в серьезнейшей угрозе, нависшей над полком, после того как однажды резко столкнулся с сердобцами.

27-го, уже в сумерки, на квартиру пришли двое сердобцев второй роты. Один из них, по фамилии Горигасов, не поздоровавшись, с поганенькой улыбочкой посматривая на Штокмана и лежавшего на кровати Ивана Алексеевича, сказал:

— Довоевались! Дома хлеб у родных забирают, а тут приходится воевать неизвестно за что...

— Тебе неизвестно, за что ты воюешь? — резко спросил Штокман.

— Да, неизвестно! Казаки — такие же хлеборобы, как и мы! Знаем, против чего они восстали! Знаем...

— А ты, сволочь, знаешь, чьим ты языком говоришь? Белогвардейским! — вскипел обычно сдержанный Штокман.

— Ты особенно-то не сволочи! А то получишь по усам!.. Слышите, ребята? Какой нашелся!

— Потише! Потише, бородатый! Мы вас, таковских, видывали! — вмешался другой, низенький и плотный, как мучной куль. — Ты думаешь, если ты коммунист, так можешь нам на горло наступать? Смотри, а то мы из тебя выбьем норов!

Он заслонил собой щупленького Горигасова, напирал на Штокмана, заложив куцые сильные руки за спину, играя глазами.

— Вы что же это?.. Все белым духом дышите? — задыхаясь, спросил Штокман и с силой оттолкнул наступавшего на него красноармейца.

Тот качнулся, вспыхнул, хотел было ухватить Штокмана за руку, но Горигасов его остановил:

— Не связывайся!

— Это — контрреволюционные речи! Мы вас будем судить, как предателей Советской власти!

— Весь полк не отправишь в трибунал! — ответил один из красноармейцев, стоявших вместе со Штокманом на одной квартире.

Его поддержали:

— Коммунистам и сахар и папиросы, а нам — нету!

— Брешешь! — крикнул Иван Алексеевич, приподнимаясь на кровати. — То же, что и вы, получаем!..

Слова не говоря, Штокман оделся, вышел. Его не стали задерживать, но проводили насмешливыми восклицаниями.

Штокман застал комиссара полка в штабе. Он вызвал его в другую комнату, взволнованно передал о стычке с красноармейцами, предложил произвести аресты их. Комиссар выслушал его, почесывая огненно-рыжую бородку, нерешительно поправляя очки в черной роговой оправе.

— Завтра соберем собрание ячейки, обсудим положение. А арестовывать этих ребят я не считаю возможным в данной обстановке.

— Почему? — резко спросил Штокман.

— Знаете ли, товарищ Штокман... Я сам замечаю, что у нас в полку неблагополучно, вероятно, существует какая-то контрреволюционная организация, но прощупать ее не удается. А в сфере ее влияния — большинство полка. Крестьянская стихия, что поделаешь! Я сообщил о настроениях красноармейцев и предложил отвести полк и расформировать его.

— Почему вы не считаете возможным арестовать сейчас же этих агентов белогвардейщины и направить их в Ревтрибунал дивизии? Ведь такие разговоры — прямая измена!

— Да, но это может вызвать нежелательные эксцессы и даже восстание.

— Вот как? Так почему же вы, видя такое настроение большинства, давно не сообщили в политотдел?

— Я же вам сказал, что сообщил. Из Усть-Медведицы что-то медлят с ответом. Как только полк отзовут, мы строго покараем всех нарушителей дисциплины, и в частности тех красноармейцев, которые говорили сообщенное вами сейчас... — Комиссар, нахмурясь, шепотом добавил: — У меня на подозрении Вороновский и... начштаба Волков. Завтра же после собрания ячейки я выеду в Усть-Медведицу. Надо принять срочные меры по локализации этой опасности. Прошу вас держать в секрете наш разговор.

— Но почему нельзя сейчас созвать собрание коммунистов? Ведь время не терпит, товарищ!

— Я понимаю. Но сейчас невозможно. Большинство коммунистов в заставах и секретах... Я настоял на этом, так как доверять беспартийным в таком положении — неосмотрительно. Да и батарея, а в ней большинство коммунистов, только сегодня ночью прибудет с Крутовского. Вызвал в связи вот с этими волнениями в полку.

Штокман вернулся из штаба, в коротких чертах передал Ивану Алексеевичу и Мишке Кошевому разговор с комиссаром полка.

— Ходить ты еще не можешь? — спросил он у Ивана Алексеевича.

— Хромаю. Раньше-то боялся рану повредить, ну, а уж зараз, хочешь — не хочешь, а придется ходить.

Ночью Штокман написал подробное сообщение о состоянии полка и в полночь разбудил Кошевого. Засовывая пакет ему за пазуху, сказал:

— Сейчас же добудь себе лошадь и скачи в Усть-Медведицу. Умри, а передай это письмо в политотдел Четырнадцатой дивизии... За сколько часов будешь там? Где думаешь лошадь добыть?

Мишка, кряхтя, набивал на ноги рыжие ссохшиеся сапоги, с паузами отвечал:

— Лошадь украду... у конных разведчиков, а доеду до УстьМедведицы... самое многое... за два часа. Лошади-то в разведке плохие, а то бы... за полтора! В атарщиках служил... Знаю, как из лошади... всею резвость выжать.

Мишка перепрятал пакет, сунув его в карман шинели.

— Это зачем? — спросил Штокман.

— Чтобы скорее достать, ежели сердобцы схватят.

— Ну? — все недопонимал Штокман.

— Вот тебе и «ну»! Как будут хватать — достану и заглону его.

— Молодец! — Штокман скупо улыбнулся, подошел к Мишке и, словно томимый тяжким предчувствием, крепко обнял его, с силой поцеловал холодными дрожащими губами. — Езжай.

Мишка вышел, благополучно отвязал от коновязи одну из лучших лошадей конной разведки, шагом миновал заставу, все время держа указательный палец на спуске новенького кавалерийского карабина, — бездорожно выбрался на шлях. Только там перекинул он ремень карабина через плечо, начал вовсю «выжимать» из куцехвостой саратовской лошаденки несвойственную ей резвость.

XLIX

На рассвете стал накрапывать мелкий дождь. Зашумел ветер. С востока надвинулась черная буревая туча. Сердобцы, стоявшие на одной квартире со Штокманом и Иваном Алексеевичем, встали, ушли, едва забрезжило утро. Полчаса спустя прибежал еланский коммунист Толкачев, — как и Штокман со своими ребятами, приставший к Сердобскому полку. Открыв дверь, он крикнул задыхающимся голосом:

— Штокман, Кошевой, дома? Выходите!

— В чем дело? Иди сюда! — Штокман вышел в переднюю комнату, на ходу натягивая шинель. — Иди сюда!

— Беда! — шептал Толкачев, следом за Штокманом входя во вторую комнату. — Сейчас пехота хотела разоружить возле станицы... возле станицы подъехавшую с Крутовского батарею. Была перестрелка... Батарейцы отбили нападение, орудийные замки сняли и на баркасах переправились на ту сторону...

— Ну, ну? — торопил Иван Алексеевич, со стоном натягивая на раненую ногу сапог.

— А сейчас возле церкви — митинг... Весь полк...

— Собирайся живо! — приказал Ивану Алексеевичу Штокман и схватил Толкачева за рукав теплушки. — Где комиссар? Где остальные коммунисты?..

— Не знаю... Кое-кто убежал, а я — к вам. Телеграф занят, никого не пускают... Бежать надо! А как бежать? — Толкачев растерянно опустился на сундук, уронив меж колен руки.

В это время по крыльцу загремели шаги, в хату толпою ввалились человек шесть красноармейцев-сердобцев. Лица их были разгорячены, исполнены злой решимости.

— Коммунисты, на митинг! Живо!

Штокман обменялся с Иваном Алексеевичем взглядом, сурово поджав губы:

— Пойдем!

— Оружие оставьте. Не в бой идете! — предложил было один из сердобцев, но Штокман, будто не слыша, повесил на плечо винтовку, вышел первый.

Тысяча сто глоток вразноголось ревели на площади. Жителей Усть-Хоперской станицы не было видно. Они попрятались по домам, страшась событий (за день до этого по станице упорные ходили слухи, что полк соединяется с повстанцами и в станице может произойти бой с коммунистами). Штокман первый подошел к глухо гомонившей толпе сердобцев, зашарил глазами, разыскивая кого-либо из командного состава полка. Мимо провели комиссара полка. Двое держали его за руки. Бледный комиссар, подталкиваемый сзади, вошел в гущу непостроенных красноармейских рядов. На несколько минут Штокман потерял его из виду, а потом увидел уже в середине толпы стоящим на вытащенном из чьего-то дома ломберном столе. Штокман оглянулся. Позади, опираясь на винтовку, стоял охромевший Иван Алексеевич, а рядом с ним те красноармейцы, которые пришли за ними.

— Товарищи красноармейцы! — слабо зазвучал голос комиссара. — Митинговать в такое время, когда враг от нас — в непосредственной близости... Товарищи!

Ему не дали продолжать речь. Около стола, как взвихренные ветром, заколебались серые красноармейские папахи, закачалась сизая щетина штыков, к столику протянулись сжатые в кулаки руки, по площади, как выстрелы, зазвучали озлобленные короткие вскрики:

— Товарищами стали!

— Кожаную тужурочку-то скидывай!

— Обманул!

— На кого ведете?!

— Тяни его за ноги!

— Бей!

— Штыком его!

– Откомиссарился!

Штокман увидел, как огромный немолодой красноармеец влез на столик, сцапал левой рукой короткий рыжий оклад комиссаровой бородки. Столик качнулся, и красноармеец вместе с комиссаром рухнули на протянутые руки стоявших кругом стола. На том месте, где недавно был ломберный стол, вскипело серое месиво шинелей; одинокий отчаянный крик комиссара потонул в слитном громе голосов.

Тотчас же Штокман ринулся туда. Нещадно расталкивая, пиная тугие серошинельные спины, он почти рысью пробирался к месту, откуда говорил комиссар. Его не задерживали, а кулаками и прикладами толкали, били в спину, по затылку, сорвали с плеча винтовку, с головы — красноверхий казачий малахай.

— Куда тебя, че-о-орт?.. — негодующе крикнул один из красноармейцев, которому Штокман больно придавил ногу.

У опрокинутого вверх ножками столика Штокману преградил дорогу приземистый взводный. Серой смушки папаха его была сбита на затылок, шинель распахнута настежь, по кирпично-красному лицу катил пот, разгоряченные, замаслившиеся неуемной злобой глаза косили.

— Куда пре-ошь?

— Слово! Слово рядовому бойцу!.. — прохрипел Штокман, едва переводя дух, и мигом поставил столик на ноги. Ему даже помогли взобраться на стол. Но по площади еще ходил перекатами яростный рев, и Штокман во всю мочь голосовых связок заорал: — Мол-ча-а-ать!.. — И через полминуты, когда поулегся шум, надорванным голосом, подавляя кашель, заговорил: — Красноармейцы! Позор вам! Вы предаете власть народа в самую тяжелую минуту! Вы колеблетесь, когда надо твердой рукой разить врага в самое сердце! Вы митингуете, когда Советская страна задыхается в кольце врагов! Вы стоите на границе прямого предательства! Почему?! Вас продали казачьим генералам ваши изменники-командиры! Они — бывшие офицеры — обманули доверие Советской власти и, пользуясь вашей темнотой, хотят сдать полк казакам. Опомнитесь! Вашей рукой хотят помочь душить рабоче-крестьянскую власть!

Стоявший неподалеку от стола командир 2-й роты, бывший прапорщик Вейстминстер, вскинул было винтовку, но Штокман, уловив его движение, крикнул:

— Не смей! Убить всегда успеешь! Слово — бойцу-коммунисту! Мы — коммунисты — всю жизнь... всю кровь свою... капля по капле... — голос Штокмана перешел на исполненный страшного напряжения тенорок, лицо мертвенно побледнело и перекосилось, — ... отдавали делу служения рабочему классу... угнетенному крестьянству. Мы привыкли бесстрашно глядеть смерти в глаза! Вы можете убить меня...

— Слыхали!

— Будет править арапа!

— Дайте сказать!

— А ну, замолчать!

— ... убить меня, но я повторяю: опомнитесь! Не митинговать надо, а идти на белых! — Штокман провел узко сведенными глазами по притихшей красноармейской толпе и заметил невдалеке от себя командира полка Вороновского. Тот стоял плечом к плечу с каким-то красноармейцем; насильственно улыбаясь, что-то шептал ему. — Ваш командир полка...

Штокман протянул руку, указывая на Вороновского, но тот, приложив ко рту ладонь, что-то встревоженно шептал стоявшему рядом с ним красноармейцу, и не успел Штокман докончить фразы, как в сыром воздухе, напитанном апрельской влагой молодого дождя, приглушенно треснул выстрел. Звук винтовочного выстрела был неполон, тих, будто хлопнули нахвостником кнута, но Штокман, лапая руками грудь, упал на колени, поник обнаженной седоватой головой... И тотчас же, качнувшись, снова вскочил на ноги.

— Осип Давыдович! — простонал Иван Алексеевич, увидев вскочившего Штокмана, порываясь к нему, но его схватили за локти, шепнули:

— Молчи! Не рыпайся! Дай сюда винтовку, сво-ла-ачь!

Ивана Алексеевича обезоружили, обшарили у него карманы; повели с площади. В разных концах ее обезоруживали и хватали коммунистов. В проулке, около осадистого купеческого дома вспышкой треснули пять или шесть выстрелов, — убили коммуниста-пулеметчика, не отдавшего пулемет Льюиса.

А в это время Штокман, со вспузырившейся на губах розовой кровицей, судорожно икая, весь мертвенно-белый, с минуту раскачивался, стоя на ломберном столе, и еще успел выкрикнуть, напрягши последние, уходящие силы, остаток воли:

— ... Вас ввели в заблуждение!.. Предатели... они заработают себе прощение, новые офицерские чины... Но коммунизм будет жить!.. Товарищи!.. Опомнитесь!..

И снова стоявший рядом с Вороновским красноармеец вскинул к плечу винтовку. Второй выстрел опрокинул Штокмана навзничь, повалил со стола под ноги красноармейцев. А на стол молодо вскочил один из сердобцев, длинноротый и плоскозубый, с изъеденным оспою лицом, зычно крикнул:

— Мы много тут слухали разных посулов, но это все, дорогие товарищи, есть голая брехня и угрозы. Скопырнулся, лежит этот бородатый оратор, но собаке — собачья смерть! Смерть коммунистам — врагам трудового крестьянства! Я скажу, товарищи, дорогие бойцы, что наши теперь открытые глаза. Мы знаем, против кого надо идти! К примеру, у нас в Вольском уезде что было говорено? Равенство, братство народов! Вот что было говорено обманщиками-коммунистами... А что на самом деле получилось? Хотя бы мой папашка — прислал нам сообщение и слезное письмо, пишет: грабеж идет несусветный среди белого дня! У того же у моего папашки хлебец весь вымели и мельничушку забрали, а декрет так провозглашает за трудовое крестьянство? Если мельничушка эта трудовым потом моих родителей нажитая, тогда, я вас спрашиваю, — это не есть грабеж коммунистов? Бить их в дым и кровь!

Оратору не пришлось закончить речь. С запада в станицу Усть-Хоперскую на рысях вошли две конные повстанческие сотни, с южного склона Обдонских гор спускалась казачья пехота, под охраной полусотни съезжал со штабом командир 6-й повстанческой отдельной бригады хорунжий Богатырев.

И тотчас же из надвинувшейся с восхода тучи хлынул дождь, где-то за Доном, над Хопром разостлался глухой раскат грома.

Сердобский полк начал торопливо строиться, сдвоил ряды. И едва с горы показалась штабная конная группа Богатырева, бывший штабс-капитан Вороновский еще не слыханным красноармейцами командным рыком и клекотом в горле заорал:

— По-о-олк! Смирррр-на-ааа!..

L

Григорий Мелехов пять суток прожил в Татарском, за это время посеял себе и теще несколько десятин хлеба, а потом, как только из сотни пришел исхудавший от тоски по хозяйству, завшивевший Пантелей Прокофьевич, — стал собираться к отъезду в свою часть, по-прежнему стоявшую по Чиру. Кудинов секретным письмом сообщил ему о начавшихся переговорах с командованием Сердобского полка, попросил отправиться, принять командование дивизией.

В этот день Григорий собрался ехать в Каргинскую. В полдень повел к Дону напоить перед отъездом коня и, спускаясь к воде, подступившей под самые прясла огородов, увидел Аксинью. Показалось ли Григорию, или она на самом деле нарочно мешкала, лениво черпая воду, поджидая его, но Григорий невольно ускорил шаг, и за короткую минуту, пока подошел к Аксинье вплотную, светлая стая грустных воспоминаний пронеслась перед ним...

Аксинья повернулась на звук шагов, на лице ее — несомненно, притворное — выразилось удивление, но радость от встречи, но давняя боль выдали ее. Она улыбнулась такой жалкой, растерянной улыбкой, так не приставшей ее гордому лицу, что у Григория жалостью и любовью дрогнуло сердце. Ужаленный тоской, покоренный нахлынувшими воспоминаниями, он придержал коня, сказал:

— Здравствуй, Аксинья дорогая!

— Здравствуй.

В тихом голосе Аксиньи прозвучали оттенки самых чужеродных чувств — и удивления, и ласки, и горечи...

— Давно мы с тобой не гутарили.

— Давно.

— Я уж и голос твой позабыл...

— Скоро!

— А скоро ли?

Григорий держал напиравшего на него коня под уздцы, Аксинья, угнув голову, крючком коромысла цепляла ведерную дужку, никак не могла зацепить. С минуту простояли молча. Над головами их, как кинутая тетивой, со свистом пронеслась чирковая утка. Ненасытно облизывая голубые меловые плиты, билась у обрыва волна. По разливу, затопившему лес, табунились белорунные волны. Ветер нес мельчайшую водяную пыль, пресный запах с Дона, могущественным потоком устремлявшегося в низовья.

Григорий перевел взгляд с лица Аксиньи на Дон. Затопленные водой бледноствольные тополя качали нагими ветвями, а вербы, опушенные цветом — девичьими сережками, пышно вздымались над водой, как легчайшие диковинные зеленые облака. С легкой досадой и огорчением в голосе Григорий спросил:

— Что же?.. Неужели нам с тобой и погутарить не об чем? Что же ты молчишь?

Но Аксинья успела овладеть собой; на похолодевшем лице ее уже не дрогнул ни единый мускул, когда она отвечала:

— Мы свое, видно, уж отгутарили...

— Ой ли?

— Да так уж, должно быть! Деревцо-то — оно один раз в году цветет...

— Думаешь, и наше отцвело?

— А то нет?

— Чудно все это как-то... — Григорий допустил коня к воде и, глядя на Аксинью, грустно улыбнулся. — А я, Ксюша, все никак тебя от сердца оторвать не могу. Вот уж дети у меня большие, да и сам я наполовину седой сделался, сколько годов промеж нами пропастью легли... А все думается о тебе. Во сне тебя вижу и люблю донынче. А вздумаю о тебе иной раз, начну вспоминать, как жили у Листницких... как любились с тобой... и от воспоминаний этих... Иной раз, вспоминаючи всю свою жизнь, глянешь, — а она, как порожний карман, вывернутый наизнанку...

— Я тоже... Мне тоже надо идтить... Загутарились мы.

Аксинья решительно подняла ведра, положила на выгнутую спину коромысла покрытые вешним загаром руки, было пошла в гору, но вдруг повернулась к Григорию лицом, и щеки ее чуть приметно окрасил тонкий, молодой румянец.

— А ить, никак, наша любовь вот тут, возле этой пристани и зачиналась, Григорий. Помнишь? Казаков в энтот день в лагеря провожали, — заговорила она, улыбаясь, и в окрепшем голосе ее зазвучали веселые нотки.

— Все помню!

Григорий ввел коня на баз, поставил к яслям.

 Пантелей Прокофьевич, по случаю проводов

Григория с утра не поехавший боронить, вышел из-под навеса сарая, спросил:

— Что же, скоро будешь трогаться? Зерна-то дать коню?

— Куда трогаться? — Григорий рассеянно взглянул на отца.

— Доброго здоровья! Да на Каргины-то.

— Я нынче не поеду!

— Что так?

— Да так... раздумал... — Григорий облизал спекшиеся от внутреннего жара губы, повел глазами по небу. — Тучки находят, должно, дождь будет, а мне какой же край мокнуть по дождю?

— Краю нет, — согласился старик, но не поверил Григорию, так как несколько минут назад видел со скотиньего база его и Аксинью, разговаривавших на пристаньке. «Опять ухажи начались, — с тревогой думал старик. — Опять как бы не пошло у него с Натальей наперекосяк... Ах, туды его мать с Гришкой! И в кого он такой кобелина выродился? Неужели в меня?» Пантелей Прокофьевич перестал отесывать топором березовый ствол на дрожи ну, поглядел в сутулую спину уходившего сына и, наскоро порывшись в памяти, вспомнил, каким сам был смолоду, решил: «В меня, чертяка! Ажник превзошел отца, сучий хвост! Побить бы его, чтобы сызнова не начинал морочить Аксинье голову, не заводил смятения промеж семьи. Дак как его побить-то?»

В другое время Пантелей Прокофьевич, доглядев, что Григорий разговаривает с Аксиньей вдвоем, наиздальке от людей, не задумался бы потянуть его вдоль спины чем попадя, а в этот момент — растерялся, ничего не сказал и даже виду не подал, что догадался об истинных причинах, понудивших Григория внезапно отложить отъезд. И все это — потому, что теперь Григорий был уже не «Гришкой» — взгальным молодым казаком, а командиром дивизии, хотя и без погонов, но «генералом», которому подчинялись тысячи казаков и которого все называли теперь не иначе как Григорием Пантелеевичем. Как же мог он, Пантелей Прокофьевич, бывший всего-навсего в чине урядника, поднять руку на генерала, хотя бы и родного сына? Субординация не позволяла Пантелею Прокофьевичу даже помыслить об этом, и оттого он чувствовал себя в отношении Григория связанно, как-то отчужденно. Всему виной было необычайное повышение Григория! Даже на пахоте, когда третьего дня Григорий сурово окрикнул его: «Эй, чего рот раззявил! Заноси плуг!..» — Пантелей Прокофьевич стерпел, слова в ответ не сказал... За последнее время они как бы поменялись ролями: Григорий покрикивал на постаревшего отца, а тот, слыша в голосе его командную хрипотцу, суетился, хромал, припадая на искалеченную ногу, старался угодить...

«Дождя напужался! А его, дождя-то, и не будет, откель ему быть, когда ветер с восходу и единая тучка посередь неба мельтешится! Подсказать Наталье?»

Озаренный догадкой, Пантелей Прокофьевич сунулся было в курень, но раздумал; убоявшись скандала, вернулся к недотесанной дрожине...

А Аксинья, как только пришла домой, опорожнила ведра, подошла к зеркальцу, вмазанному в камень печи, и долго взволнованно рассматривала свое постаревшее, но все еще прекрасное лицо. В нем была все та же порочная и манящая красота, но осень жизни уже кинула блеклые краски на щеки, пожелтила веки, впряла в черные волосы редкие паутинки седины, притушила глаза. Из них уже глядела скорбная усталость.

Постояла Аксинья, а потом подошла к кровати, упала ничком и заплакала такими обильными, облегчающими и сладкими слезами, какими не плакала давным-давно.

Зимою над крутобережным скатом Обдонской горы, где-нибудь над выпуклой хребтиной спуска, именуемого в просторечье «тиберем», кружат, воют знобкие зимние ветры. Они несут с покрытого голызинами бугра белое крошево снега, сметают его в сугроб, громоздят в пласты. Сахарно искрящаяся на солнце, голубая в сумерки, бледно-сиреневая по утрам и розовая на восходе солнца повиснет над обрывом снежная громадина. Будет она, грозная безмолвием, висеть до поры, пока не подточит ее изпод исподу оттепель или, обремененную собственной тяжестью, не толкнет порыв бокового ветра. И тогда, влекомая вниз, с глухим и мягким гулом низринется она, сокрушая на своем пути мелкорослые кусты терновника, ломая застенчиво жмущиеся по склону деревца боярышника, стремительно влача за собой кипящий, вздымающийся к небу серебряный подол снежной пыли...

Многолетнему чувству Аксиньи, копившемуся подобно снежному наносу, нужен был самый малый толчок. И толчком послужила встреча с Григорием, его ласковое: «Здравствуй, Аксинья дорогая!» А он? Он ли не был ей дорог? Не о нем ли все эти годы вспоминала она ежедневно, ежечасно, в навязчивых мыслях возвращаясь все к нему же? И о чем бы ни думала, что бы ни делала, всегда неизменно, неотрывно в думках своих была около Григория. Так ходит по кругу в чигире слепая лошадь, вращая вокруг оси поливальное колесо...

Аксинья до вечера пролежала на кровати, потом встала, опухшая от слез, умылась, причесалась и с лихорадочной быстротой, как девка перед смотринами, начала одеваться. Надела чистую рубаху, шерстяную бордовую юбку, покрылась, мельком взглянула на себя в зеркальце, вышла.

Над Татарским сизые стояли сумерки. Где-то на разливе полой воды тревожно гагакали казарки. Немощно бледный месяц вставал из-под обдонских тополей. На воде лежала волнующаяся рябью зеленоватая стежка лунного света. Со степи еще засветло вернулся табун. По базам мычали не наевшиеся молодой зеленки коровы. Аксинья не стала доить свою корову. Она выгнала из закута белоноздрого телка, припустила его к матери, и телок жадно прирос губами к тощему вымени, вертя хвостом, напряженно вытянув задние ноги.

Дарья Мелехова только что подоила корову и с цедилкой и ведром в руке направилась в курень, как ее окликнули из-за плетня:

— Даша!

— Кто это?

— Это я, Аксинья... Зайди зараз ко мне на-час.

— Чего это я тебе понадобилась?

— Дюже нужна! Зайди! Ради Христа!

— Процежу вот молоко, зайду.

— Ну так я погожу тебя возле база.

— Ладно!

Спустя немного Дарья вышла. Аксинья ждала ее возле своей калитки. От Дарьи исходил теплый запах парного молока, запах скотиньего база. Она удивилась, увидев Аксинью не с подоткнутым подолом, а разнаряженную, чистую.

— Рано ты, соседка, управилась.

— Моя управа короткая без Степана. Одна корова за мной, почти не стряпаюсь... Так, всухомятку что-нибудь пожую — и все...

— Ты чего меня кликала?

— А вот зайди ко мне в курень на-час. Дело есть...

Голос Аксиньи подрагивал. Дарья, смутно догадываясь о цели разговора, молча пошла за ней.

Не зажигая огня, Аксинья, как только вошла в горенку, открыла сундук, порылась в нем и, ухватив руку Дарьи своими сухими и горячими руками, стала торопливо надевать ей на палец кольцо.

— Чего это ты? Это, никак, кольцо? Это мне, что ли?..

— Тебе! Тебе. От меня... в память...

— Золотое? — деловито осведомилась Дарья, подходя к окну, при тусклом свете месяца рассматривая на своем пальце колечко.

— Золотое. Носи!

— Ну, спаси Христос!.. Чего нужно, за что даришь?

— Вызови мне... вызови Григория вашего.

— Опять, что ли? — Дарья догадчиво улыбнулась.

— Нет, нет! Ой, что ты! — испугалась Аксинья, вспыхнув до слез. — Мне с ним погутарить надо об Степане... Может, он ему отпуск бы исхлопотал...

— А ты чего же не зашла к нам? Там бы с ним и погутарила, раз у тебя до него дело, — съехидничала Дарья.

— Нет, нет... Наталья могет подумать... Неловко...

— Ну уж ладно, вызову. Мне его не жалко!

Григорий кончил вечерять. Он только что положил ложку, обсосал и вытер ладонью смоченные взваром усы. Почувствовал, что под столом ноги его касается чья-то чужая нога, повел глазами и заметил, как Дарья чуть приметно ему мигнула.

«Ежели она мной покойного Петра хочет заменить и зараз что-нибудь скажет про это, — побью! Поведу ее на гумно, завяжу над головой юбку и выпорю, как суку!» — озлобленно подумал Григорий, все это время хмуро принимавший ухаживания невестки. Но, вылезши из-за стола и закурив, он не спеша пошел к выходу. Почти сейчас же вышла и Дарья.

Проходя в сенцах мимо Григория, на лету прижавшись к нему грудью, шепнула:

— У, злодеюка! Иди уж... Кликала тебя.

— Кто? — дыхом спросил Григорий.

— Она.

Спустя час, после того как Наталья с детьми уснула, Григорий в наглухо застегнутой шинели вышел с Аксиньей из ворот астаховского база. Они молча постояли в темном проулке и так же молча пошли в степь, манившую безмолвием, темнотой, пьяными запахами молодой травы. Откинув полу шинели, Григорий прижимал к себе Аксинью и чувствовал, как дрожит она, как сильными редкими толчками бьется под кофтенкой ее сердце...

LI

На другой день, перед отъездом Григорий коротко объяснился с Натальей. Она отозвала его в сторону, шепотом спросила:

— Куда ночью ходил? Откель это так поздно возвернулся?

— Так уж и поздно!

— А то нет? Я проснулась — первые кочета кричали, а тебя ишо все не было...

— Кудинов приезжал. Ходил к нему по своим военным делам совет держать. Это — не твоего бабьего ума дело.

— А чего же он к нам не заехал ночевать?

— Спешил в Вёшки.

— У кого же он остановился?

— У Абощенковых. Они ему какой-то дальней родней доводются, никак.

Наталья больше ни о чем не спросила. Заметно было в ней некое колебание, но в глазах посвечивала скрытность, и Григорий так и не понял — поверила или нет.

Он наскоро позавтракал. Пантелей Прокофьевич пошел седлать коня, а Ильинична, крестя и целуя Григория, зашептала скороговоркой:

— Ты бога-то... бога, сынок, не забывай! Слухом пользовались мы, что ты каких-то матросов порубил... Господи! Да ты, Гришенька, опамятуйся! У тебя ить вон, гля, какие дети растут, и у энтих, загубленных тобой, тоже, небось, детки поостались... Ну как же так можно? В измальстве какой ты был ласковый да желанный, а зараз так и живешь со сдвинутыми бровями. У тебя уж, глядикось, сердце как волчиное исделалось... Послухай матерю, Гришенька! Ты ить тоже не заговоренный, и на твою шею шашка лихого человека найдется...

Григорий невесело улыбнулся, поцеловал сухую материнскую руку, подошел к Наталье. Та холодно обняла его, отвернулась, и не слезы увидел Григорий в сухих ее глазах, а горечь и потаенный гнев... Попрощался с детишками, вышел...

Придерживая стремя ногой, держась за жесткую конскую гриву, почему-то подумал: «Ну вот, опять по-новому завернулась жизня, а на сердце все так же холодновато и пусто... Видно, и Аксютка зараз не сумеет заслонить эту пустоту...»

Не оглядываясь на родных, толпившихся возле ворот, он шагом поехал по улице и, проезжая мимо астаховского куреня, искоса поглядывая на окна, увидел в просвете крайнего в горнице окна Аксинью. Она, улыбаясь, махнула ему расшитой утиркой и сейчас же скомкала ее, прижала ко рту, к потемневшим от бессонной ночи глазницам...

Григорий поскакал шибкой полевой рысью. Выбрался на гору и тут увидел на летнем шляху медленно подвигавшихся навстречу ему двух всадников и подводу. В верховых узнал Антипа Бреховича и Стремянникова — молодого черненького и бойкого казачишку с верхнего конца хутора. «Битых везут», — догадался Григорий, поглядывая на бычиную подводу. Еще не поравнявшись с казаками, спросил:

— Кого везете?

— Алешку Шамиля, Томилина Ивана и Якова Подкову.

— Убитые?

— Насмерть!

— Когда?

— Вчера перед закатом солнца.

— Батарея целая?

— Целая. Это их, батарейцев-то наших, отхватили красные на квартире в Калиновом Углу. А Шамиля порубили так... дуриком!

Григорий снял папаху, слез с коня. Подводчица, немолодая казачка с Чира, остановила быков. На повозке рядком лежали зарубленные казаки. Не успел Григорий подойти к ней, как ветерком уже нанесло на него сладковато-приторный запах. Алешка Шамиль лежал в середине. Синий старенький чекменишка его был распахнут, холостой рукав был подложен под разрубленную голову, а култышка давным-давно оторванной руки, обмотанная грязной тряпочкой, всегда такая подвижная, была судорожно прижата к выпуклому заслону бездыханной груди. В мертвом оскале белозубого Алешкиного рта навек застыла лютая злоба, но полубеневшие глаза глядели на синее небо, на проплывавшее над степью облачко со спокойной и, казалось, грустной задумчивостью...

У Томилина лицо было неузнаваемо; да, собственно, и лица-то не было, а так, нечто красное и бесформенное, наискось стесанное сабельным ударом. Лежавший на боку Яков Подкова был шафранно-желт, кривошей, оттого что ему почти начисто срубили голову. Из-под расстегнутого ворота защитной гимнастерки торчала белая кость перерубленной ключицы, а на лбу, повыше глаза, черной лучистой прозвездью кровянел пулевой надрез. Кто-то из красноармейцев, видимо, сжалившись над трудно умиравшим казаком, выстрелил в него почти в упор, так что даже ожог и черные пятнышки порохового запала остались на мертвом лице Якова Подковы.

— Ну что же, братцы, давайте помянем своих хуторян, покурим за упокой их, — предложил Григорий и, отойдя в сторону, отпустил подпруги на седле, разнуздал коня и, примотав повод к левой передней ноге его, пустил пощипать шелковистой, стрельчато вытянувшейся зеленки.

Антип и Стремянников охотно спешились, стреножили коней, пустили на попас. Прилегли. Закурили. Григорий, поглядывая на клочковато-шерстого, еще не вылинявшего быка, тянувшегося к мелкому подорожнику, спросил:

— А Шамиль как погиб?

— Веришь, Пантелевич, — через свою дурь!

— Как?

— Да видишь, как оно получилось, — начал Стремянников. — Вчера, солнце с полден, выехали мы в разъезд. Платон Рябчиков сам послал нас под командой вахмистра... Чей он, Антип, вахмистр наш, с каким вчера ездили?

— А чума его знает!

— Ну да черт с ним! Он — незнакомый нам, чужой сотни. Да-а-а... Стал быть, едем мы себе, четырнадцать нас казаков, и Шамиль с нами. Он вчера весь день был веселый такой, значится, сердце его ничего ему не могло подсказать! Едем, а он култышкой своей мотает, повод на луку кинул и гутарит: «Эх, да когда уж наш Григорий Пантелеев приедет! Хучь бы выпить с ним ишо да песенки заиграть!» И так, покеда доехали до Латышевского бугра, все раздишканивал:

Мы по горочкам летали
Наподобье саранчи.
Из берданочков стреляли,
Все — донские казачки!

И вот таким манером съехали мы — это уже возле ажник Топкой балки — в лог, а вахмистр и говорит: «Красных нигде, ребята, не видать. Они должно, ишо из слободы Астаховой не выгружались. Мужики — они ленивые рано вставать, небось, до се полуднуют, хохлачьих курей варют-жарют. Давайте и мы трошки поотдохнем, а то уж и кони наши взмокрели», — «Ну, что ж, говорим, ладно». И вот спешились, лежим на траве, одного дозорного выслали на пригорок. Лежим, гляжу, Алешка, покойник, возля своего коня копается, чересподушечную подпругу ему отпущает. Я ему говорю: «Алексей, ты бы подпруги-то не отпущал, а то, не дай бог такого греха, прийдется естренно выступать, а ты когда ее подтянешь, подпругу-то, своей калекой-рукой?» Но он оскаляется: «Ишо скорей тебя управлюсь! Ты чего меня, кужонок зеленый, учишь?» Ну, с тем ослобонил подпругу, коня разнуздал. Лежим, кто курит, кто сказочками займается, а кто дремлет. А дозорный-то наш тем часом тоже придремал. Лег — туды ж его в перемет! — под кургашек и сны пущает. Только слышу — вроде издалека конь пырскнул. Лень мне было вставать, но все ж таки встал, вылез из того лога на бугор. Глядь, а с сотенник от нас по низу балочки красные едут. Попереди у них командир на гнедом коне. Конь под ним, как илев. И дисковый пулемет везут. Я тут кубырком в лог, шумлю: «Красные! По коням!» И они могли меня узрить. Зараз же слышим — команду у них там подают. Попадали мы на коней, вахмистр было палаш обнажил, хотел в атаку броситься. А где же там в атаку, коли нас — четырнадцать, а их полусотня, да ишо пулемет при них! Кинулись мы ве́рхи бечь, они было полосканули из пулемета, но только видют, что пулеметом им нас не посечь, затем что спасает нас балка. Тогда они пошли в угон за нами. Но у нас кони резвей, отскакали мы, сказать, на лан длиннику, упали с коней и зачали весть отстрел. И только тут видим, что Алешки Шамиля с нами нету. А он, значит, когда поднялася томаха — к коню, черк целой рукой-то за луку, и только ногой — в стремю, а седло — коню под пузо. Не вспопашился вскочить на коня и остался Шамиль глаз на глаз с красными, а конь прибег к нам, из ноздрей ажник полымем бьет, а седло под пузой мотается. Такой полохливый зараз стал, что и человека не подпущает, храпит, как черт! Вот как Алексей дуба дал! Кабы не отпущалچереподушечную, — живой бы был, а то вот... — Стремянников улыбнулся в черненькие усики, закончил: — Он надысь все игрывал:

Уж ты, дедушка-ведьмедюшка,
Задери мою коровушку, —
Опростай мою головушку...

Вот ему и опростали ее, головушку-то... Лица не призначишь! Там из него крови вышло, как из резаного быка... После, когда отбили красных, сбегли в этот ложок, видим — лежит. А крови под ним — огромадная лужчина, весь подплыл.

— Ну, скоро будем ехать? — нетерпеливо спросила подводчица, сдвигая с губ кутавший от загара лицо головной платок.

— Не спеши, тетка, в лепеши. Зараз доедем.

— Как же не спешить-то? От этих убиенных такой чижелый дух идет, ажник с ног шибает!

— А с чего же ему легкому духу быть? И мясу жрали покойники, и баб шшупали. А кто этими делами займается, энтот ишо и помереть не успеет, а уж зачинает приванивать. Гутарють, кубыть, у одних святых после смерти парение идет, а по-моему — живая брехня. Какой бы святой ни был, а все одно после смерти, по закону естества, должно из него вонять, как из обчественного нужника. Все одно и они, святые-то, через утробу пищу примают, а кишок в них обретается положенные человеку от бога тридцать аршин... — раздумчиво заговорил Антип.

Но Стремянников неизвестно отчего вскипел, крикнул:

— Да на черта они тебе нужны? Связался со святыми! Давай ехать!

Григорий попрощался с казаками, подошел к повозке прощаться с мертвыми хуторянами и только тут заметил, что они все трое разуты до боса, а три пары сапог подостланы голенищами им под ноги.

— Зачем мертвых разули?

— Это, Григорь Пантелевич, наши казаки учинили... На них, на покойниках-то, добрая обувка была, ну, в сотне и присоветовали: доброе с них поснять для энтих, у кого плохонькая на ногах справа, а плохонькую привезть в хутор. У покойников ить семьи есть. Ну детва ихняя и плохую износит... Аникушка так и сказал: «Мертвым ходить уж не придется и вéрхи ездить — тоже. Дайте мне Алешкины сапоги, под ними подошва дюже надежная. А то я, покуда добуду с красного ботинки, могу от простуды окочуриться».

Григорий поехал и, отъезжая, слышал, как между казаками возгорался спор. Стремянников звонким теноркoм кричал:

— Брешешь ты, Брехович! На то и батяня твой был Брех! Не было из казаков святых! Все они мужичьего роду.

— Нет, был!

— Брешешь, как кобель!

— Нет, был!

— Кто?

— А Егорий-победоносец?

— Тюууу! Окстись, чумовой! Да рази ж он казак?

— Чистый донской, родом с низовой станицы, кубыть, Семикаракорской.

— Ох и гнешь! Хучь попарил бы спервоначалу. Не казак он!

— Не казак? А зачем его при пике изображают?

Дальше Григорий не слышал. Он тронул рысью, спустился в балочку и, пересекая Гетманский шлях, увидел, как подвода и верховые медленно съезжают с горы в хутор.

Почти до самой Каргинской ехал Григорий рысью. Легонький ветерок поигрывал гривой ни разу не запотевшего коня. Бурые длинные суслики перебегали дорогу, тревожно посвистывали. Их резкий предостерегающий посвист странным образом гармонировал с величайшим безмолвием, господствовавшим в степи. На буграх, на вершинных гребнях сбоку от дороги взлетывали самцыстрепеты. Снежно-белый, искрящийся на солнце стрепеток, дробно и споро махая крыльями, шел ввысь и, достигнув зенита в подъеме, словно плыл в голубеющем просторе, вытянув в стремительном лете шею, опоясанную бархатисто-черным брачным ожерелком, удаляясь с каждой секундой. А отлетев с сотню саженей, снижался, еще чаще трепеща крылами, как бы останавливаясь на месте. Возле самой земли, на зеленом фоне разнотравья в последний раз белой молнией вспыхивало кипенно-горючее оперенье крыльев и гасло: стрепет исчезал, поглощенный травой.

Призывное неудержимо-страстное «тржиканье» самцов слышалось отовсюду. На самом шпиле причирского бугра, в нескольких шагах от дороги, Григорий увидел с седла стрепетиный точок: ровный круг земли, аршина полтора в поперечнике, был плотно утоптан ногами бившихся за самку стрепетов. Ни былки не было внутри точка; одна серая пылица, испещренная крестиками следов, лежала ровным слоем на нем, да по обочинам на сухих стеблях бурьяна и полыни, подрагивая на ветру, висели бледно-пестрые с розовым подбоем стрепетиные перья, вырванные в бою из спин и хлупей ратоборствовавших стрепетов. Неподалеку вскочила с гнезда серенькая, невзрачная стрепетка. Горбясь, как старушонка, проворно перебирая ножками, она перебежала под куст увядшего прошлогоднего донника и, не решаясь подняться на крыло, затаилась там.

Незримая жизнь, оплодотворенная весной, могущественная и полная кипучего биения, разворачивалась в степи: буйно росли травы; сокрытые от хищного человеческого глаза, в потаенных степных убежищах понимались брачные пары птиц, зверей и зверушек, пашни щетинились неисчислимыми остриями выметавшихся всходов. Лишь отживший свой век прошлогодний бурьян — перекати-поле — понуро сутулился на склонах, рассыпанных по степи сторожевых курганов, подзащитно жался к земле, ища спасения, но живительный, свежий ветерок, нещадно ломая его на иссохшем корню, гнал, катил вдоль и поперек по осиянной солнцем, восставшей к жизни степи.

Григорий Мелехов приехал в Каргинскую перед вечером. Через Чир переправился вброд; на стойле, около казачьей слободки, разыскал Рябчикова.

Наутро принял от него командование над разбросанными по хуторам частями своей 1-й дивизии и, прочитав последние присланные из штаба сводки, посоветовавшись со своим начштадивом Михаилом Копыловым, решил наступать на юг до слободы Астахово.

В частях ощущалась острая нехватка патронов. Необходимо было с боем добыть их. Это и было основной целью того наступления, которое Григорий решил предпринять.

К вечеру в Каргинскую было стянуто три полка конницы и полк пехоты. Из двадцати двух ручных и станковых пулеметов, имевшихся в дивизии, решено было взять только шесть: на остальные не было лент.

Утром дивизия пошла в наступление. Григорий, кинув где-то по дороге штаб, взял на себя командование 3-м конным полком, выслал вперед конные разъезды, походным порядком тронулся на юг, направлением на слободу Пономаревку, где, по сведениям разведки, сосредоточивались красноармейские пехотные полки 101-й и 103-й, в свою очередь готовившиеся наступать на Каргинскую.

Верстах в трех от станицы его догнал нарочный, вручил письмо от Кудинова.

Сердобский полк сдался нам! Все солдатишки разоружены, человек двадцать из них, которые было забухтели, Богатырев свел со света: приказал порубить. Сдали нам четыре орудия (но замки проклятые коммунисты-батарейцы успели поснять); более 200 снарядов и 9 пулеметов. У нас — великое ликование! Красноармейцев распихаем по пешим сотням, заставим их бить своих. Как там у тебя? Да, чуть было не забыл, захвачены твои земляки-коммунисты: Котляров, Кошевой и много еланских. Всем им наведут ухлай по дороге в Вешки. Ежели дюже нуждаешься в патронах, сообщи с сим подателем, вышлем штук 500.

Кудинов

— Ординарца! — крикнул Григорий.

Прохор Зыков подскакал тотчас же, но, видя, что на Григории лица нет, от испуга даже под козырек взял:

— Чего прикажешь?

— Рябчикова! Где Рябчиков?

— В хвосте колонны.

— Скачи! Живо его сюда!

Платон Рябчиков, на рыси обойдя походную колонну, поравнялся с Григорием. На белоусом лице его кожа была вышелушена ветрами, усы и брови, припаленные вешним солнцем, отсвечивали лисьей рыжиной. Он улыбался, на скаку дымил цигаркой. Темногнедой конь, сытый телом, нимало не сдавший за весенние месяцы, шел под ним веселой иноходью, посверкивая нагрудником.

— Письмо из Вешек? — крикнул Рябчиков, завидя около Григория нарочного.

— Письмо, — сдержанно отвечал Григорий. — Примай на себя полк и дивизию. Я выезжаю.

— Ну что же, езжай. А что за спешка? Что пишут? Кто? Кудинов?

— Сердобский полк сдался в Усть-Хопре...

— Ну-у-у? Живем ишо? Зараз едешь?

— Зараз.

— Ну, с богом. Покеда вернешься, мы уже в Астаховом будем!

«Захватить бы живым Мишку, Ивана Алексеева... Дознаться, кто Петра убил... и выручить Ивана, Мишку от смерти! Выручить... Кровь легла промеж нас, но ить не чужие ж мы?!» — думал Григорий, бешено охаживая коня плетью, намётом спускаясь с бугра.

LII

Как только повстанческие сотни вошли в Усть-Хоперскую и окружили митинговавших сердобцев, командир 6-й бригады Богатырев с Вороновским и Волковым удалились на совещание. Происходило оно тут же, возле площади, в одном из купеческих домов, и было коротко. Богатырев, не снимая с руки плети, поздоровался с Вороновским, сказал:

— Все хорошо. Это вам зачтется. А вот как это орудий вы не могли сохранить?

— Случайность! Чистая случайность, господин хорунжий! Артиллеристы были почти все коммунисты, они оказали нашим отчаянное сопротивление, когда их начали обезоруживать: убили двух красноармейцев и, сняв замки, убежали.

— Жалко! — Богатырев кинул на стол защитную фуражку с живым следом недавно сорванной с околыша офицерской кокарды и, вытирая грязным носовым платком голо остриженную голову, пот на побуревшем лице, скуповато улыбнулся: — Ну, да и это хорошо. Вы сейчас ступайте и скажите своим солдатам... Погутарьте с ними толком, чтобы они не того... не этого... чтобы они всё оружие сдали.

Вороновский, покоробленный начальственным тоном казачьего офицера, запинаясь, переспросил:

— Всё оружие?

— Ну я вам повторять не буду! Сказано — всё догола, значит, всё.

— Однако ведь вами, господин хорунжий, и вашим командованием было же принято условие полк не разоружать? Как же так?.. Ну, я понимаю, разумеется, что пулеметы, орудия, ручные гранаты — всё это мы безусловно должны сдать, а что касается вооружения красноармейцев...

— Красноармейцев теперича нет! — зло приподнимая бритую губу, повысил голос Богатырев и хлопнул по обрызганному грязью голенищу витою плетью. — Нету зараз красноармейцев, а есть солдаты, которые будут защищать донскую землю. Па-нят-на?.. А не будут, так мы сумеем их заставить! Нечего в похоронки играть! Шкодили тут на нашей земле, да ишо какие-то там условия выдумляешь! Нету промеж нас никаких условий! Па-нят-на?..

Начштаба Сердобского полка, молоденький поручик Волков, обиделся. Взволнованно бегая пальцами по пуговицам стоячего воротника своей черной суконной рубахи, ероша каракулевые завитки курчавейшего черного чуба, он резко спросил:

— Следовательно, вы считаете нас пленными? Так, что ли?

— Я тебе этого не сказал, а стало быть, нечего и наяниваться со своими угадками! — грубо оборвал его казачий комбриг, переходя на «ты» и уже явно выказывая, что собеседники его находятся от него в прямой и полной зависимости.

На минуту в комнате стало тихо. С площади доносился глухой гомон. Вороновский несколько раз прошелся по комнате, похрустел суставами пальцев, а потом на все пуговицы застегнул свой теплый, цвета хаки френч и, нервически помаргивая, обратился к Богатыреву:

— Ваш тон оскорбителен для нас и недостоин вас как русского офицера! Я вам это прямо говорю. И мы еще посмотрим, коли вы нас на это вызвали... посмотрим, как нам поступить... Поручик Волков! Приказываю вам: идите на площадь и скажите старшинам, чтобы ни в коем случае оружие казакам не сдавали! Прикажите полку стать в ружье. Я сейчас окончу разговор с этим... с этим господином Богатыревым и приду на площадь.

Лицо Богатырева черной лапой испятнил гнев, комбриг хотел что-то сказать, но, уже осознавая, что сильно переборщил, сдержался и тотчас же круто переменил обращение. Рывком нахлобучив фуражку, все еще люто поигрывая махорчатой плетью, заговорил, и в голосе его появились неожиданная мягкость и предупредительность:

— Господа, вы не так меня изволили понять. Я, конечно, воспитаниев не получал особых таких, в юнкерских школах не проходил наук и, может, не так объяснялся, ну да ить оно и не всякое лыко должно быть в строку. Мы ить все ж таки свои люди! Обиды промеж нас не должно быть. Как я сказал? Я сказал только, что надо зараз же ваших красноармейцев разоружить, особо какие из них для нас и для вас ненадежные... Я про этих и говорил!

— Так позвольте же! Надо было объясниться яснее, господин хорунжий! И потом, согласитесь, что ваш вызывающий тон, все ваше поведение... — Вороновский пожал плечами и уже миролюбивей, но с оттенком неостывшего негодования продолжал: — Мы сами думали, что колеблющихся, неустойчивых надо обезоружить и передать в ваше распоряжение...

— Вот-вот! Это самое!

— Так ведь и я же говорю, что мы решили сами их обезоружить. А что касается нашего боевого ядра, то мы его сохраним. Сохраним во что бы то ни стало! Я сам или вот поручик Волков, которому вы, не будучи с ним коротко знакомы, сочли позволительным для себя «тыкать»... Мы возьмем на себя командование и сумеем с честью смыть с себя позор нашего пребывания в рядах Красной Армии. Вы должны предоставить нам эту возможность.

— Сколько штыков будет в этой вашей ядре?

— Приблизительно около двухсот.

— Ну что же, ладно, — нехотя согласился Богатырев. Он встал, приоткрыл дверь в коридор, зычно крикнул: — Хозяйка! — И, когда в дверях появилась пожилая, покрытая теплым платком женщина, приказал: — Пресного молока! На одной ноге мне!

– Молока у нас нет, извините, пожалуйста.

— Для красных, небось, было, а как нам — нету? — кисло улыбнулся Богатырев.

Снова неловкая тишина установилась в комнате. Поручик Волков прервал ее:

— Мне идти?

— Да, — со вздохом отвечал Вороновский. — Идите и прикажите, чтобы были разоружены те, которые намечены у нас по спискам. Списки у Горигасова и Вейстминстера.

Только задетое офицерское самолюбие понудило его сказать, что, дескать, «мы еще посмотрим, как нам поступить». На самом деле штабс-капитан Вороновский прекрасно понимал, что игра его сыграна и отступать уже некуда. По имевшимся у него сведениям, из Усть-Медведицы уже двигались и с часу на час должны были прибыть силы, брошенные штабом на разоружение мятежного Сердобского полка. Но и Богатырев успел осознать, что Вороновский — надежный и абсолютно безопасный человек, которому теперь попятиться назад уже нельзя. Комбриг, на свою ответственность, согласился на сформирование из надежной части полка самостоятельной боевой единицы. На этом совещание окончилось.

А тем временем на площади повстанцы, не дожидаясь результатов совещания, уже приступили к энергичным действиям по разоружению сердобцев. По обозным полковым фурманкам и двуколкам шарили жадные казачьи глаза и руки, повстанцы брали нарасхват не только патроны, но и толстоподошвенные желтые красноармейские ботинки, мотки обмоток, теплушки, ватные штаны, продукты. Человек двадцать сердобцев, воочию убедясь, как выглядит казачье самоуправство, попытались было оказать сопротивление. Один из них ударил прикладом обыскивавшего его повстанца, спокойно переложившего кошелек красноармейца к себе в карман, крикнул:

— Грабитель! Что берешь?! Даешь назад, а то — штыком!

Его поддержали товарищи. Взметнулся возмущенный крик:

— Товарищи, к оружию!

— Нас обманули!

— Не давай винтовок!

Возникла рукопашная, и сопротивлявшихся красноармейцев оттеснили к забору; конные повстанцы, поощряемые командиром 3-й конной сотни, вырубили их в две минуты.

С приходом на площадь поручика Волкова разоружение пошло еще успешнее. Под проливным дождем обыскивали выстроившихся красноармейцев. Тут же неподалеку от строя складывали в «костры» винтовки, гранаты, имущество полковой телефонной команды, ящики винтовочных патронов и пулеметных лент...

Богатырев прискакал на площадь и, во все стороны поворачиваясь перед строем сердобцев на своем разгоряченном, переплясывающем коне, угрожающе подняв над головой толстенную витую плеть, крикнул:

— Слу-шай сюда! Вы с нонешнего дня будете биться с злодеями-коммунистами и ихними войсками. Кто пойдет с нами бесперечь — энтот будет прощен, а кто взноровится — тому вот такая же будет награда! — и указал плетью на порубленных красноармейцев, уже раздетых казаками до белья, сваленных в бесформенную, мокнущую под дождем белую кучу.

По красноармейским рядам рябью прошел тихий шепот, но никто не сказал полным голосом ни одного слова протеста, ни один не изломал рядов...

Всюду толпами и вразбивку шныряли пешие и верховые казаки. Они плотным кольцом окружали площадь. А возле церковной ограды, на пригорке, стояли повернутые в сторону красноармейских шеренг полоротые, выкрашенные в зеленое сердобские пулеметы, и около них, за щитками, в готовности присели намокшие казаки-пулеметчики...

Через час Вороновский и Волков отобрали по спискам «надежных». Их оказалось сто девяносто четыре человека. Вновь сформированная часть получила название «1-го отдельного повстанческого батальона»; в этот же день она вышла на позиции к хутору Белавинскому, откуда вели наступление кинутые с Донца полки 23-й кавалерийской дивизии. По слухам, шли красные полки: 15-й под командой Быкадорова, а 32-й вел знаменитый Мишка Блинов. Шли они, сокрушая противостоявшие им повстанческие сотни. Одну из них, спешно выставленную каким-то хутором Усть-Хоперского юрта, искрошили в дым. Против Блинова и решил Богатырев выставить батальон Вороновского, опробовать стойкость его в боевом крещении...

Остальные сердобцы, восемьсот с лишним человек, были направлены пешим порядком по-над Доном в Вешенскую — так, как в письме на имя Богатырева в свое время приказывал командующий повстанческими силами Кудинов. Вназирку за ними пошли обдонским бугром три конные сотни, вооруженные сердобскими пулеметами.

Перед отъездом из Усть-Хоперской Богатырев отслужил в церкви молебен и, едва кончился возглас попа, молившего о даровании победы «христолюбивому казачьему воинству», — вышел. Ему подвели коня. Сел, поманил к себе командира одной из сотен, заслоном оставленных в Усть-Хоперской, — перегнувшись с седла, шепнул ему на ухо:

— Коммунистов охраняй дюжей, чем пороховой погреб! Завтра с утра гони их в Вешенскую под надежным конвоем. А нонче пошли по хуторам гонцов, чтобы оповестили, каких типов гоним. Их народ будет судить своим судом!

С тем уехал.

LIII

Над хутором Сингином Вешенской станицы в апрельский полдень появился аэроплан. Привлеченные глухим рокотом мотора, детишки, бабы и старики выбежали из куреней, задрав головы, приложив к глазам щитки ладоней, долго глядели, как аэроплан в заволоченном пасмурью поднебесье, кренясь, описывает коршунячьи круги. Гул мотора стал резче, звучней. Аэроплан шел на снижение, выбрав для посадки ровную площадку за хутором, на выгоне.

— Зараз начнет бонбы метать! Держися! — испуганно крикнул какой-то догадливый дед.

И собравшаяся на проулке толпа брызнула врассыпную. Бабы волоком тянули взревевшихся детишек, старики с козлиной сноровкой и проворством прыгали через плетни, бежали в левады. На проулке осталась одна старуха. Она тоже было побежала, но то ли ноги подломились от страха, то ли споткнулась о кочку, только упала, да так и осталась лежать, бесстыже задрав тощие ноги, безголосо взывая:

— Ой, спасите, родимые! Ой, смертынька моя!

Спасать старуху никто не вернулся. А аэроплан, страшно рыча, с буревым ревом и свистом пронесся чуть повыше амбара, на секунду закрыл своей крылатой тенью белый свет от вытаращенных в смертном ужасе старухиных очей, — пронесся и, мягко ударившись колесами о влажную землю хуторского выгона, побежал в степь. В этот-то момент со старухой и случился детский грех. Она лежала полумертвая, ничего ни под собой, ни вокруг себя не слыша, не чуя. Понятно, что она не могла видеть, как наиздальке из страшной приземлившейся птицы вышли два человека в черной кожаной одежде и, нерешительно потоптавшись на месте, озираясь, тронулись к двору.

Но схоронившийся в леваде, в прошлогодней заросли ежевичника, старик ее был мужественный старик. Хоть сердце у него и колотилось, как у пойманного воробья, но он все же имел смелость смотреть. Он-то и узнал в одном из подходивших к его двору людей — офицера Богатырева Петра, сына своего полчанина. Петр, доводившийся Григорию Богатыреву — командиру 6-й повстанческой отдельной бригады — двоюродным братом, отступил с белыми за Донец. Но это был, несомненно, он.

Старик с минуту пытливо вглядывался, по-заячьи присев и свесив руки. Окончательно убедившись, что медленно, вразвалку идет доподлинный Петро Богатырев, такой же голубоглазый, каким видели его в прошлом году, лишь немного обросший щетинкой давно не бритой бороды, — старик поднялся на ноги, попробовал, могут ли они его держать. Ноги только слегка подрагивали в поджилках, но держали исправно, и старик иноходью засеменил из левады.

Он не подошел к поверженной в прах старухе, а прямиком направился к Петру и его спутнику, издали снял с лысой головы свою выцветшую казачью фуражку. И Петр Богатырев узнал его, приветствовал помахиванием руки, улыбкой. Сошлись.

— Позвольте узнать, истинно ли это вы, Петро Григорич?

— Я самый, дедушка!

— Вот сподобил господь на старости годов увидеть летучую машину! То-то мы ее и перепужались!

— Красных поблизости нету, дедушка?

— Нету, нету, милый! Прогнали их ажник куда-то за Чир, в хохлы.

— Наши казаки тоже восстали?

— Встать-то — встали, да уж многих и обратно положили.

— Как?

— Побили то есть.

— Ааа... Семья моя, отец — все живые?

— Все. А вы из-за Донца? Моего Тихона не видали там?

— Из-за Донца. Поклон от Тихона привез. Ну ты, дедушка, покарауль нашу машину, чтобы ребятишки ее не трогали, а я — домой... Пойдемте!

Петр Богатырев и его спутник пошли. А из левад, из-под сараев, из погребов и всяческих щелей выступил спасавшийся там перепуганный народ. Толпа окружила аэроплан, еще дышавший жаром нагретого мотора, пахучей гарью бензина и масла. Обтянутые полотном крылья его были во многих местах продырявлены пулями и осколками снарядов. Невиданная машина стояла молчаливая и горячая, как загнанный конь.

Дед — первый встретивший Петра Богатырева — побежал в проулок, где лежала его поваленная ужасом старуха, хотел обрадовать ее сведениями о сыне Тихоне, отступившем в декабре с окружным правлением. Старухи в проулке не было. Она успела дойти до куреня и, забившись в кладовку, торопливо переодевалась: меняла на себе рубаху и юбку. Старик с трудом разыскал ее, крикнул:

— Петька Богатырев прилетел! От Тихона низкий поклон привез! — и несказанно возмутился, увидев, что старуха его переодевается. — Чего это ты, старая карга, наряжаться вздумала? Ах, фитин твоей матери! И кому ты нужна, чертяка облезлая? Чисто — молоденькая!

... Вскоре в курень к отцу Петра Богатырева пришли старики. Каждый из них входил, снимал у порога шапку, крестился на иконы и чинно присаживался на лавку, опираясь на костыль. Завязался разговор. Петр Богатырев, потягивая из стакана холодное неснятое молоко, рассказал о том, что прилетел он по поручению донского правительства, что в задачу его входит установить связь с восставшими верхнедонцами и помочь им в борьбе с красными доставкой на самолетах патронов и офицеров. Сообщил, что скоро Донская армия перейдет в наступление по всему фронту и соединится с армией повстанцев. Попутно Богатырев пожурил стариков за то, что плохо воздействовали на молодых казаков, бросивших фронт и пустивших на свою землю красных. Закончил он свою речь так:

— Но... уже поскольку вы образумились и прогнали из станиц Советскую власть, то донское правительство вас прощает.

— А ить у нас, Петро Григории, Советская власть зараз, за вычетом коммунистов. У нас ить и флак не трех цветов, а красный с белым, — нерешительно сообщил один из стариков.

— Даже в обхождении наши молодые-то, сукины дети, неслухменники, один одного «товарищем» козыряют! — вставил другой.

Петр Богатырев улыбнулся в подстриженные рыжеватые усы и, насмешливо сощурив круглые голубые глаза, сказал:

— Ваша Советская власть, — как лед на провесне. Чуть солнце пригреет — и она сойдет. А уж зачинщиков, какие под Калачом фронт бросали, как только вернемся из-за Донца, пороть будем!

— Пороть, окаянных, до крови!

— Уж это форменно!

— Пороть! Пороть!

— Всенародно сечь, покеда пообмочутся! — обрадованно загомонили старики.

К вечеру, оповещенные коннонарочным, на взмыленной тройке, запряженной в тарантас, прискакали в Сингин командующий повстанческими войсками Кудинов и начштаба Илья Сафонов.

Грязи не обмахнув с сапог и брезентовых плащей, донельзя обрадованные прилетом Богатырева, они чуть не на рысях вбежали в богатыревский курень.

LIV

Двадцать пять коммунистов, выданных повстанцам Сердобским полком, под усиленным конвоем выступили из Усть-Хоперской. О побеге нельзя было и думать. Иван Алексеевич, хромая в середине толпы пленных, с тоскою и ненавистью оглядывал окаменевшие в злобе лица казаков-конвоиров, думал: «Наведут нам концы! Если не будет суда — пропадем!»

Среди конвоиров преобладали бородачи. Командовал ими старик старовер, вахмистр Атаманского полка. С самого начала, как только вышли из Усть-Хоперской, он приказал пленным не разговаривать, не курить, не обращаться с вопросами к конвоирам.

— Молитвы читайте, анчихристовы слуги! На смерть идете, нечего грешить в остатние часы! У-у-у! Забыли бога! Предались нечистому! Заклеймились вражьим клеймом! — И то поднимал наган-самовзвод, то теребил надетый на шею витой револьверный шнур.

Среди пленных было лишь двое коммунистов из комсостава Сердобского полка, — остальные, за исключением Ивана Алексеевича, все иногородние станицы Еланской, рослые и здоровые ребята, вступившие в партию с момента прихода в станицу советских войск, служившие милиционерами, председателями хуторских ревкомов, после восстания бежавшие в Усть-Хоперскую и влившиеся в Сердобский полк.

В прошлом почти все они были ремесленниками: плотники, столяры, бондари, каменщики, печники, сапожники, портные. Старшему из них на вид было не более тридцати пяти, самому молодому — лет двадцать. Плотные, красивые здоровяки, с крупными руками, раздавленными тяжелым физическим трудом, широкоплечие и грудастые, по внешнему виду они резко отличались от сгорбленных стариков конвоиров.

— Судить нас будут, как думаешь? — шепнул шагавший рядом с Иваном Алексеевичем один из еланских коммунистов.

— Едва ли...

— Побьют?

— Должно быть.

— Да ведь у них же нет расстрелов? Казаки так говорили, помнишь?

Иван Алексеевич промолчал, но и у него искрой на ветру схватилась надежда: «А ить верно! Им нас нельзя будет расстрелять. У них, у сволочей, лозунг был выкинутый: «Долой коммуну, грабежи и расстрелы!» Они, по слухам, только на каторгу осуждалиОсудят к розгам, к каторге. Ну, да это не страшно! На каторге посидим до зимы, а зимою, как только Дон станет, наши опять их нажмут!..»

Вспыхнула было надежда и погасла, как искра на ветру: «Нет, побьют! Озлели, как черти! Прощай, жизня!.. Эх, не так бы надо! Воевал с ними и их же жалел сердцем... Не жалеть надо было, а бить и вырубать все до корня!»

Он стиснул кулаки, зашевелил в бессильной ярости плечами и тотчас же споткнулся, чуть не упал от удара сзади в голову.

— Ты чего кулачья сучишь, волчий блуд? Ты чего, спрашиваю, кулачья сучишь?! — загремел, наезжая на него конем, вахмистр, начальник конвоя.

Он ударил Ивана Алексеевича еще раз плетью, рассек ему лицо наискось от надбровной кости до крутого, с ямочкой посредине, подбородка.

— Кого бьешь! Меня ударь, папаша! Меня! Он же раненый, за что ты его? — с просящей улыбкой, с дрожью в голосе крикнул один из еланцев и, шагнув из толпы, выставил вперед крутую плотницкую грудь, заслонив Ивана Алексеевича.

— И тебе хватит! Бейте их, станишники! Бей коммунов!

Плеть с такой силой разрубила защитную летнюю рубаху на плече еланца, что лоскутья свернулись, как листья, припаленные огнем. Омочив их, из раны, из стремительно вздувшегося рубца потекла черная убойная кровь...

Вахмистр, задыхаясь от злобы, топча конем пленных, врезался в гущу толпы, начал нещадно работать плетью...

Еще один удар обрушился на Ивана Алексеевича. В глазах его багряные сверкнули зарницы, качнулась земля и словно бы наклонился зеленый лес, опушиной покрывавший противоположное песчаное левобережье.

Иван Алексеевич схватился своей мослаковатой рукой за стремя, хотел рвануть с седла озверевшего вахмистра, но удар тупяком шашки опрокинул его на землю, в рот поползла удушливая ворсистая, пресная пыль, из носа и ушей, обжигая, хлестнула кровь...

Конвойные били их, согнав в кучу, как овец, били долго и жестоко. Будто сквозь сон, слышал лежавший на дороге ничком Иван Алексеевич глухие вскрики, гулкий топот ног вокруг себя, бешеное всхрапывание лошадей. Клуб теплой лошадиной пены упал ему на обнаженную голову, и почти сейчас же где-то очень близко, над самой его головой, прозвучало короткое и страшное мужское рыдание, крик:

— Сволочи! Безоружных бьете!.. У-у-у!..

На раненую ногу Ивана Алексеевича наступила лошадь, тупые шипы подковы вдавились в мякоть голени, вверху зазвучали гулкие и быстро чередующиеся звуки ударов... Минута — затем грузное мокрое тело, остро пахнущее горьким потом и солонцеватым запахом крови, рухнуло рядом с Иваном Алексеевичем, и он, еще не окончательно потеряв сознание, услышал: из горла упавшего человека, как из горлышка опрокинутой бутылки, забулькала кровь...

А потом их толпою согнали в Дон, заставили обмыть кровь. Стоя по колено в воде, Иван Алексеевич мочил жарко горевшие раны и опухоли от побоев, разгребал ладонью смешанную со своей же кровью воду, жадно пил ее, боясь, что не успеет утолить неутишно всполыхавшую жажду.

По дороге их обогнал верховой казак. Темно-гнедая лошадь его, по-весеннему ярко лоснившаяся от сытости и пота, шла шибкой игристой рысью. Верховой скрылся в хуторе, и не успели пленные дойти до первых базов, как им навстречу уже высыпали толпы народа.

При первом взгляде на бежавших навстречу им казаков и баб Иван Алексеевич понял, что это — смерть. Поняли и все остальные.

— Товарищи! Давайте попрощаемся! — крикнул один из коммунистов-сердобцев.

Толпа, вооруженная вилами, мотыгами, кольями, железными ребрами от арб, приближалась...

Дальше было все, как в тягчайшем сне. Тридцать верст шли по сплошным хуторам, встречаемые на каждом хуторе толпами истязателей. Старики, бабы, подростки били, плевали в опухшие, залитые кровью и темнеющие кровоподтеками лица пленных коммунистов, бросали камни и комки сохлой земли, засыпали заплывшие от побоев глаза пылью и золой. Особенно свирепствовали бабы, изощряясь в самых жесточайших пытках. Двадцать пять обреченных шли сквозь строй. Под конец они уже стали неузнаваемыми, непохожими на людей — так чудовищно обезображены были их тела и лица, иссиня-кровяно-черные, распухшие, изуродованные и вымазанные в смешанной с кровью грязи.

Вначале каждый из двадцати пяти норовил подальше идти от конвойных, чтобы меньше доставалось ударов; каждый старался попасть в середину своих смешанных рядов, от этого двигались плотно сбитой толпой. Но их постоянно разделяли, расталкивали. И они потеряли надежду хоть в какой бы то ни было мере сохранить себя от побоев, шли уже враздробь, и у каждого было лишь одно мучительное желание: превозмочь себя, не упасть, ибо упавший встать уже не смог бы. Ими овладело безразличие. А сначала каждый закрывал лицо и голову руками, беззащитно поднимая ладони к глазам, когда перед самыми зрачками синё вспыхивали железные жала вил-тройчаток или тускло посверкивала тупая белесая концевина кола; из толпы избиваемых пленных слышались и мольбы о пощаде, и стоны, и ругательства, и нутряной животный рев нестерпимой боли. К полудню все молчали. Лишь один из еланцев, самый молодой, балагур и любимец роты в прошлом, ойкал, когда на голову его опрокидывался удар. Он и шел-то будто по горячему, приплясывая, дергаясь всем телом, волоча перебитую жердью ногу...

Иван Алексеевич, после того как обмылся в Дону, потвердел духом. Завидя бежавших навстречу им казаков и баб, наспех попрощался с ближним из товарищей, вполголоса сказал:

— Что же, братцы, умели мы воевать, надо суметь и помереть с гордостью... Об одном мы должны помнить до последнего выдоха. Одна нам остается мысленная утеха, что хотя нас и уколотят, но ить Советскую власть колом не убьешь! Коммунисты! Братцы! Помремте твердо, чтобы враги над нами не надсмехалися!

Один из еланцев не выдержал — когда на хуторе Бобровском его начали умело и жестоко бить старики, он закричал дурным, мальчишеским криком, разорвал ворот гимнастерки, стал показывать казакам, бабам висевший у него на шее, на черном от грязи и пота гайтане, маленький нательный крест:

— Товарищи! Я недавно вступил в партию!.. Пожалейте! Я в бога верую!.. У меня двое детишек!.. Смилуйтесь! У вас тоже дети есть!..

— Какие мы тебе «товарищи»! Цыц!

— Детей вспомнил, идолов гад? Крест вынул? Всхомянулся? А наших, небось, расстреливал, казнил, про бога не вспоминал? — с придыханием спросил у него ударивший его два раза курносый старик с серьгой в ухе. И, не дождавшись ответа, снова размахнулся, целя в голову.

Кусочки того, что воспринимали глаза, уши, сознание, — все это шло мимо Ивана Алексеевича, внимание его ни на чем не задерживалось. Словно

камнем оделось сердце, и дрогнуло оно единственный раз. В полдень вошли они в хутор Тюковновский, пошли по улице сквозь строй, осыпаемые проклятиями и ударами. И вот тут-то Иван Алексеевич, глянув искоса в сторону, увидел, как мальчишка лет семи вцепился в подол матери и со слезами, градом сыпанувшими по исказившимся щекам, с визгом, истошно закричал:

— Маманя! Не бей его! Ой, не бей!.. Мне жалко! Боюсь! На нем кровь!..

Баба, замахнувшаяся колом на одного из еланцев, вдруг вскрикнула, бросила кол, — схватив мальчонка на руки, опрометью кинулась в проулок. И у Ивана Алексеевича, тронутого детским плачем, ребячьей волнующей жалостью, навернулась непрошеная слеза, посолила разбитые, спекшиеся губы. Он коротко всхлипнул, вспомянув своего сынишку, жену, и от этого вспыхнувшего, как молния, воспоминания родилось нетерпеливое желание: «Только бы не на ихних глазах убили! И... поскорее...»

Шли, еле волоча ноги, раскачиваясь от устали и распиравшей суставы боли. На выгоне за хутором, увидев степной колодец, стали упрашивать начальника конвоя, чтобы разрешил напиться.

— Нечего распивать! И так припозднились! Ходу! — крикнул было вахмистр.

Но за пленных вступился один из стариков конвоиров:

— Поимей сердце, Аким Сазоныч! Они ить тоже люди.

— Какие такие люди? Коммунисты — не люди! И ты меня не учи! Я над ними начальник али ты?

— Много вас, таковских начальников-то! Иди, ребятки, пей!

Старичишка спешился, зачерпнул в колодце цибарку воды.

Его обступили пленные, к цибарке потянулось сразу двадцать пять пар рук, обуглившиеся, отекшие глаза загорелись, зазвучал хриплый, прерывистый шепот:

— Дай мне, дедушка!

— Хоть немножко!..

— Глоток бы!..

— Товарищи, не все доразу!

Старик заколебался, кому же дать первому. Помедлив несколько томительных секунд, он вылил воду в скотское долбленое корыто, врытое в землю, отошел, крикнул:

— Что вы, как быки, лезете! По порядку пейте!

Вода, растекаясь по зелено-замшелому, заплесневелому днищу корыта, устремилась в накаленный солнцем, пахнущий сырой древесиной угол. Пленные из последних сил бросились к корыту. Старик раз за разом зачерпнул одиннадцать цибарок, — хмурясь от жалости, поглядывая на пленных, наполнил корыто.

Иван Алексеевич напился, стоя на коленях, и, подняв освеженную голову, увидел с предельной, почти осязательной яркостью: изморозно-белый покров известняковой пыли на придонской дороге, голубым видением вставшие вдали отроги меловых гор, а над ними, над текучим стременем гребнистого Дона, в неохватной величавой синеве небес, в недоступнейшей вышине — облачко. Окрыленное ветром, с искрящимся, белым, как парус, надвершием, оно стремительно плыло на север, и в далекой излучине Дона отражалась его опаловая тень.

LV

На секретном совещании верховного командования повстанческими силами решено было просить донское правительство, атамана Богаевского, о помощи.

Кудинову было поручено написать письмо с изъявлением раскаяния и сожаления о том, что в конце 1918 года верхнедонцы пошли на переговоры с красными, бросили фронт. Письмо Кудинов написал. От имени всего восставшего казачества Верхнего Дона он давал обещание в дальнейшем стойко, до победного конца сражаться с большевиками, просил помочь повстанцам переброской на аэропланах через фронт кадровых офицеров для руководства частями и винтовочных патронов.

Петр Богатырев остался на Сингином, потом переехал в Вешенскую. Летчик отправился обратно с кудиновским письмом в Новочеркасск.

С того дня между донским правительством и повстанческим командованием установилась тесная связь. Почти ежедневно стали прилетать из-за Донца новехонькие, выпущенные французскими заводами аэропланы, доставлявшие офицеров, винтовочные патроны и в незначительном количестве снаряды для трехдюймовых орудий. Летчики привозили письма от верхнедонских казаков, отступивших с Донской армией, из Вешенской везли на Донец казакам ответы родных.

Сообразуясь с положением на фронте, со своими стратегическими планами, новый командующий Донской армией, генерал Сидорин, начал присылать Кудинову разработанные штабом планы операции, приказы, сводки, информации о перебрасываемых на повстанческий фронт красноармейских частях.

Кудинов только несколько человек избранных посвящал в переписку с Сидориным, от остальных все это держалось в строжайшем секрете.

LVI

Пленных пригнали в Татарский часов в пять дня. Уже близки были быстротечные весенние сумерки, уже сходило к закату солнце, касаясь пылающим диском края распростертой на западе лохматой сизой тучи.

На улице, в тени огромного общественного амбара сидела и стояла пешая сотня татарцев. Их перебросили на правую сторону Дона на помощь еланским сотням, с трудом удерживавшим натиск красной конницы, и татарцы по пути на позиции всею сотнею зашли в хутор, чтобы проведать родных и подживиться харчишками.

Им в этот день надо было выходить, но они прослышали о том, что в Вешенскую гонят пленных коммунистов, среди которых находятся и Мишка Кошевой с Иваном Алексеевичем, что пленные вот-вот должны прибыть в Татарский, а поэтому и решили подождать. Особенно настаивали на встрече с Кошевым и Иваном Алексеевичем казаки, доводившиеся роднёю убитым в первом бою вместе с Петром Мелеховым.

Татарцы, вяло переговариваясь, прислонив к стене амбара винтовки, сидели и стояли, курили, лузгали семечки; их окружали бабы, старики и детвора. Весь хутор высыпал на улицу, а с крыш куреней ребятишки неустанно наблюдали — не гонят ли?

И вот ребячий голос заверещал:

— Показалися! Гонют!

Торопливо поднялись служивые, затомашился народ, взметнулся глухой гул оживившегося говора, затопотали ноги бежавших навстречу пленным ребятишек. Вдова Алешки Шамиля, под свежим впечатлением еще не утихшего горя, кликушески заголосила.

— Гонют врагов! — басисто сказал какой-то старик.

— Побить их, чертей! Чего вы смотрите, казаки?!

— На суд их!

— Наших исказнили!

— На шворку Кошевого с его дружком!

Дарья Мелехова стояла рядом с Аникушкиной женой. Она первая узнала Ивана Алексеевича в подходившей толпе избитых пленных.

— Вашего хуторца пригнали! Покрасуйтеся на него, на сукиного сына! Похристосуйтеся с ним! — покрывая свирепо усиливающийся дробный говор, бабьи крики и плач, захрипел вахмистр — начальник конвоя — и протянул руку, указывая с коня на Ивана Алексеевича.

— А другой где? Кошевой Мишка где?

Антип Брехович полез сквозь толпу, на ходу снимая с плеча винтовочный погон, задевая людей прикладом и штыком болтающейся винтовки.

— Один ваш хуторец, окромя не было. Да по куску на человека и этого хватит растянуть... — говорил вахмистр-конвоир, сгребая красной утиркой обильный пот со лба, тяжело перенося ногу через седельную луку.

Бабьи взвизгивания и крик, нарастая, достигли предела напряжения. Дарья пробилась к конвойным и в нескольких шагах от себя, за мокрым крупом лошади конвоира увидела зачугуневшее от побоев лицо Ивана Алексеевича. Чудовищно распухшая голова его со слипшимися в сохлой крови волосами была вышиной с торчмя поставленное ведро. Кожа на лбу вздулась и потрескалась, щеки багрово лоснились, а на самой макушке, покрытой студенистым месивом, лежали шерстяные перчатки. Он, как видно, положил их на голову, стараясь прикрыть сплошную рану от жалящих лучей солнца, от мух и кишевшей в воздухе мошкары. Перчатки присохли к ране, да так и остались на голове...

Он затравленно озирался, разыскивая и боясь найти взглядом жену или своего маленького сынишку, хотел обратиться к комунибудь с просьбой, чтобы их увели отсюда, если они тут. Он уже понял, что дальше Татарского ему не уйти, что здесь он умрет, и не хотел, чтобы родные видели его смерть, а самую смерть ждал со все возраставшим жадным нетерпением. Ссутулясь, медленно и трудно поворачивая голову, обводил он взглядом знакомые лица хуторян и ни в одном встречном взгляде не прочитал сожаления или сочувствия, — исподлобны и люты были взгляды казаков и баб.

Защитная вылинявшая рубаха его топорщилась, шуршала при каждом повороте. Вся она была в бурых потеках стекавшей крови, в крови были и ватные стеганые красноармейские штаны, и босые крупные ноги с плоскими ступнями и искривленными пальцами.

Дарья стояла против него. Задыхаясь от подступившей к горлу ненависти, от жалости и томительного ожидания чего-то страшного, что должно было совершиться вот-вот, сейчас, смотрела в лицо ему и никак не могла понять: видит ли он ее и узнает ли?

А Иван Алексеевич все так же тревожно, взволнованно шарил по толпе одним дико блестевшим глазом (другой затянула опухоль) и вдруг, остановившись взглядом на лице Дарьи, бывшей от него в нескольких шагах, неверно, как сильно пьяный, шагнул вперед. У него кружилась голова от большой потери крови, его покидало сознание, но это переходное состояние, когда все окружающее кажется нереальным, когда горькая одурь кружит голову и затемняет свет в глазах, беспокоило, и он с огромным напряжением все еще держался на ногах.

Увидев и узнав Дарью, шагнул, качнулся. Какое-то отдаленное подобие улыбки тронуло его некогда твердые, теперь обезображенные губы. И вот эта-то похожая на улыбку гримаса заставила сердце Дарьи гулко и часто забиться; казалось ей, что оно бьется где-то около самого горла.

Она подошла к Ивану Алексеевичу вплотную, часто и бурно дыша, с каждой секундой все больше и больше бледнея.

— Ну, здорово, куманек!

Звенящий, страстный тембр ее голоса, необычайные интонации в нем заставили толпу поутихнуть.

И в тишине глуховато, но твердо прозвучал ответ:

— Здорово, кума Дарья.

— Расскажи-ка, родненький куманек, как ты кума своего... моего мужа... — Дарья задохнулась, схватилась руками за грудь. Ей не хватало голоса.

Стояла полная, туго натянутая тишина, и в этом недобром затишном молчании даже в самых дальних рядах услышали, как Дарья чуть внятно докончила вопрос:

— ... как ты мужа моего, Петра Пантелеевича, убивал-казнил?

— Нет, кума, не казнил я его!

— Как же не казнил? — еще выше поднялся Дарьин стенящий голос. — Ить вы же с Мишкой Кошевым казаков убивали? Вы?

— Нет, кума... Мы его... я не убивал его...

— А кто же со света его перевел? Ну кто? Скажи!

— Заамурский полк тогда...

— Ты! Ты убил!.. Говорили казаки, что тебя видали на бугре! Ты был на белом коне! Откажешься, проклятый?

— Был и я в том бою... — Левая рука Ивана Алексеевича трудно поднялась на уровень головы, поправила присохшие к ране перчатки. В голосе его явственная оказалась неуверенность, когда он проговорил: — Был и я в тогдашнем бою, но убил твоего мужа не я, а Михаил Кошевой. Он стрелял его. Я за кума Петра не ответчик.

— А ты, вражина, кого убивал из наших хуторных? Ты сам чьих детишков по миру сиротами пораспустил? — пронзительно крикнула из толпы вдова Якова Подковы.

И снова, накаляя и без того накаленную атмосферу, раздались истерические бабьи всхлипы, крик и голошенье по мертвому «дурным голосом»...

Впоследствии Дарья говорила, что она не помнила, как и откуда в руках ее очутился кавалерийский карабин, кто ей его подсунул. Но когда заголосили бабы, она ощутила в руках своих присутствие постороннего предмета, не глядя, на ощупь догадалась, что это — винтовка. Она схватила ее сначала за ствол, чтобы ударить Ивана Алексеевича прикладом, но в ладонь ее больно вонзилась мушка, и она перехватила пальцами накладку, а потом повернула, вскинула винтовку и даже взяла на мушку левую сторону груди Ивана Алексеевича.

Она видела, как за спиной его шарахнулись в сторону казаки, обнажив серую рубленую стену амбара; слышала напуганные крики: «Тю! Сдурела! Своих побьешь! Погоди, не стреляй!» И подталкиваемая зверино-настороженным ожиданием толпы, сосредоточенными на ней взглядами, желанием отомстить за смерть мужа и отчасти тщеславием, внезапно появившимся оттого, что вот сейчас она совсем не такая, как остальные бабы, что на нее с удивлением и даже со страхом смотрят и ждут развязки казаки, что она должна поэтому сделать что-то необычное, особенное, могущее устрашить всех, — движимая одновременно всеми этими разнородными чувствами, с пугающей быстротой приближаясь к чему-то предрешенному в глубине ее сознания, о чем она не хотела, да и не могла в этот момент думать, она помедлила, осторожно нащупывая спуск, и вдруг, неожиданно для самой себя, с силой нажала его.

Отдача заставила ее резко качнуться, звук выстрела оглушил, но сквозь суженные прорези глаз она увидела, как мгновенно — страшно и непоправимо — изменилось дрогнувшее лицо Ивана Алексеевича, как он развел и сложил руки, словно собираясь прыгнуть с большой высоты в воду, а потом упал навзничь, и с лихорадочной быстротой задергалась у него голова, зашевелились, старательно заскребли землю пальцы раскинутых рук...

Дарья бросила винтовку, все еще не отдавая себе ясного отчета в том, что она только что совершила, повернулась спиной к упавшему и неестественным в своей обыденной простоте жестом поправила головной платок, подобрала выбившиеся волосы.

— А он еще двошит... — сказал один из казаков, с чрезмерной услужливостью сторонясь от проходившей мимо Дарьи.

Она оглянулась, не понимая, о ком и что это такое говорят, услышала глубокий, исходивший не из горла, а откуда-то, словно бы из самого нутра, протяжный на одной ноте стон, прерываемый предсмертной икотой. И только тогда осознала, что это стонет Иван Алексеевич, принявший смерть от ее руки. Быстро и легко пошла она мимо амбара, направляясь на площадь, провожаемая редкими взглядами.

Внимание людей переметнулось к Антипу Бреховичу. Он, как на учебном смотру, быстро, на одних носках, подбегал к лежавшему Ивану Алексеевичу, почему-то пряча за спиной оголенный ножевой штык японской винтовки. Движения его были рассчитаны и верны. Присел на корточки, направил острие штыка в грудь Ивана Алексеевича, негромко сказал:

— Ну, издыхай, Котляров! — и налег на рукоять штыка со всей силой.

Трудно и долго умирал Иван Алексеевич. С неохотой покидала жизнь его здоровое, мослаковатое тело. Даже после третьего удара штыком он все еще разевал рот, и из-под ощеренных, залитых кровью зубов неслось тягуче-хриплое:

— А-а-а!..

— Эх, резак, к чертовой матери! — отпихнув Бреховича, сказал вахмистр, начальник конвоя, и поднял наган, деловито прижмурив левый глаз, целясь.

После выстрела, послужившего как бы сигналом, казаки, допрашивавшие пленных, начали их избивать. Те кинулись врассыпную. Винтовочные выстрелы, перемежаясь с криками, прощелкали сухо и коротко...

Через час в Татарский прискакал Григорий Мелехов. Он насмерть загнал коня, и тот пал по дороге из Усть-Хоперской, на перегоне между двумя хуторами. Дотащив на себе седло до ближайшего хутора, Григорий взял там плохонькую лошаденку. И опоздал... Пешая сотня татарцев ушла бугром на Усть-Хоперские хутора, на грань Усть-Хоперского юрта, где шли бои с частями красной кавалерийской дивизии. В хуторе было тихо, безлюдно. Ночь темной ватолой крыла окрестные бугры, Задонье, ропщущие тополя и ясени...

Григорий въехал на баз, вошел в курень. Огня не было. В густой темноте звенели комары, тусклой позолотой блестели иконы в переднем углу. Вдохнув с детства знакомый, волнующий запах родного жилья, Григорий спросил:

— Есть кто там дома? Маманя! Дуняшка!

— Гриша! Ты, что ли? — Дуняшкин голос из горенки.

Шлепающая поступь босых ног, в вырезе дверей белая фигура Дуняшки, торопливо затягивающей поясок исподней юбки.

— Чего это вы так рано улеглись? Мать где?

— У нас тут...

Дуняшка замолчала. Григорий услышал, как она часто, взволнованно дышит.

— Что тут у вас? Пленных давно прогнали?

— Побили их.

— Ка-а-ак?..

— Казаки побили... Ох, Гриша! Наша Дашка, стерва проклятая... — в голосе Дуняшки послышались негодующие слезы, — ... она сама убила Ивана Алексеевича... стре́льнула в него...

— Чего ты мелешь?! — испуганно хватая сестру за ворот расшитой рубахи, вскричал Григорий.

Белки Дуняшкиных глаз сверкнули слезами, и по страху, застывшему в ее зрачках, Григорий понял, что он не ослышался.

— А Мишка Кошевой? А Штокман?

— Их не было с пленными.

Дуняшка коротко, сбивчиво рассказала о расправе над пленными, о Дарье.

— ... Маманя забоялась ночевать с ней в одной хате, ушла к соседям, а Дашка откель-то явилась пьяная... Пьянее грязи пришла. Зараз спит...

— Где?

— В амбаре.

Григорий вошел в амбар, настежь открыл дверь. Дарья, бесстыже заголив подол, спала на полу. Тонкие руки ее были раскинуты, правая щека блестела, обильно смоченная слюной, из раскрытого рта резко разило самогонным перегаром. Она лежала, неловко подвернув голову, левой щекой прижавшись к полу, бурно и тяжко дыша.

Никогда еще Григорий не испытывал такого бешеного желания рубануть. Несколько секунд он стоял над Дарьей, стоная и раскачиваясь, крепко сцепив зубы, с чувством непреодолимого отвращения и гадливости рассматривая это лежащее тело. Потом шагнул, наступил кованым каблуком сапога на лицо Дарьи, черневшее полудужьями высоких бровей, прохрипел:

— Гтга-дю-ка!

Дарья застонала, что-то пьяно бормоча, а Григорий схватился руками за голову и, гремя по порожкам ножнами шашки, выбежал на баз.

Этою же ночью, не повидав матери, он уехал на фронт.

LVII

8-я и 9-я красные армии, не смогшие до начала весеннего паводка сломить сопротивление частей Донской армии и продвинуться за Донец, все еще пытались на отдельных участках переходить в наступление. Попытки эти в большинстве оканчивались неудачей. Инициатива переходила в руки донского командования.

К середине мая на Южном фронте все еще не было заметных перемен. Но вскоре они должны были произойти. По плану, разработанному еще бывшим командующим Донской армией генералом Денисовым и его начштаба генералом Поляковым, в районе станиц Каменской и Усть-Белокалитвенской заканчивалось сосредоточение частей так называемой ударной группы. На этот участок фронта были стянуты лучшие силы из обученных кадров молодой армии, испытанные низовские полки: Гундоровский, Георгиевский и другие. По грубому подсчету, силы этой ударной группы состояли из шестнадцати тысяч штыков и сабель при двадцати четырех орудиях и ста пятидесяти пулеметах.

По мысли генерала Полякова, группа совместно с частями генерала Фицхелаурова должна была ударить в направлении слободы Макеевки, сбить 12-ю красную дивизию и, действуя во фланги и тыл 13-й и Уральской дивизиям, прорваться на территорию Верхнедонского округа, чтобы соединиться с повстанческой армией, а затем уже идти в Хоперский округ «оздоровлять» заболевших большевизмом казаков.

Около Донца велась интенсивная подготовка к наступлению, к прорыву. Командование ударной группой поручено было генералу Секретеву. Успех начинал явно клониться на сторону Донской армии. Новый командующий этой армией, генерал Сидорин, сменивший ушедшего в отставку ставленника Краснова — генерала Денисова, и вновь избранный войсковой наказный атаман генерал Африкан Богаевский были союзнической ориентации. Совместно с представителями английской и французской военных миссий уже разрабатывались широкие планы похода на Москву, ликвидации большевизма на всей территории России.

В порты Черноморского побережья прибывали транспорты с вооружением. Океанские пароходы привозили не только английские и французские аэропланы, танки, пушки, пулеметы, винтовки, но и упряжных мулов, и обесцененное миром с Германией продовольствие и обмундирование. Тюки английских темно-зеленых бриджей и френчей — с вычеканенным на медных пуговицах вздыбившимся британским львом — заполнили новороссийские пакгаузы. Склады ломились от американской муки, сахара, шоколада, вин. Капиталистическая Европа, напуганная упорной живучестью большевиков, щедро слала на Юг России снаряды и патроны, те самые снаряды и патроны, которые союзнические войска не успели расстрелять по немцам. Международная реакция шла душить истекавшую кровью Советскую Россию... Английские и французские офицеры-инструкторы, прибывшие на Дон и Кубань обучать казачьих офицеров и офицеров Добровольческой армии искусству вождения танков, стрельбы из английских орудий, уже предвкушали торжества вступления в Москву...

А в это время у Донца разыгрывались события, решавшие успех наступления Красной Армии в 1919 году.

Несомненно, что основной причиной неудавшегося наступления Красной Армии было восстание верхнедонцев. В течение трех месяцев оно, как язва, разъедало тыл красного фронта, требовало постоянной переброски частей, препятствовало бесперебойному питанию фронта боеприпасами и продовольствием, затрудняло отправку в тыл раненых и больных. Только из 8-й и 9-й красных армий на подавление восстания было брошено около двадцати тысяч штыков.

Реввоенсовет республики, не будучи осведомлен об истинных размерах восстания, не принял вовремя достаточно энергичных мер к его подавлению. На восстание бросили вначале отдельные отряды и отрядики (так, например, школа ВЦИКа выделила отряд в двести человек), недоукомплектованные части, малочисленные заградительные отряды. Большой пожар пытались затушить, поднося воду в стаканах. Разрозненные красноармейские части окружали повстанческую территорию, достигавшую ста девяноста километров в диаметре, действовали самостоятельно, вне

общего оперативного плана, и, несмотря на то,

что число сражавшихся с повстанцами достигало двадцати пяти тысяч штыков, — эффективных результатов не было.

Одна за другой были кинуты на локализацию восстания четырнадцать маршевых рот, десятки заградительных отрядов; прибывали отряды курсантов из Тамбова, Воронежа, Рязани. И уже тогда, когда восстание разрослось, когда повстанцы вооружились отбитыми у красноармейцев пулеметами и орудиями, 8-я и 9-я армии выделили из своего состава по одной экспедиционной дивизии, с артиллерией и пулеметными командами. Повстанцы несли крупный урон, но сломлены не были.

Искры верхнедонского пожара перекинулись и в соседний Хоперский округ. Под руководством офицеров там произошло несколько выступлений незначительных казачьих групп. В станице Урюпинской войсковой старшина Алимов сколотил было вокруг себя изрядное число казаков и скрывавшихся офицеров. Восстание должно было произойти в ночь на 1 мая, но заговор своевременно был раскрыт. Алимов и часть его сообщников, захваченные на одном из хуторов Преображенской станицы, были расстреляны по приговору Ревтрибунала, восстание, вовремя обезглавленное, не состоялось, и таким образом контрреволюционным элементам Хоперского округа не удалось сомкнуться с повстанцами Верхнедонского округа.

В первых числах мая на станции Чертково, где стояло несколько сводных красноармейских полков, выгружался отряд школы ВЦИКа. Чертково была одна из конечных станций по Юго-Восточной железной дороге, непосредственно граничивших с западным участком повстанческого фронта. Казаки Мигулинской, Мешковской и Казанской станиц в то время огромнейшими конными массами скоплялись на грани Казанского станичного юрта, вели отчаянные бои с перешедшими в наступление красноармейскими частями.

По станции распространились слухи, что казаки окружили Чертково и вот-вот начнут наступление. И, несмотря на то, что до фронта было не менее пятидесяти верст, что впереди были красноармейские части, которые сообщили бы в случае прорыва казаков, — на станции началась паника. Построенные красноармейские ряды дрогнули. Где-то за церковью зычный командный голос орал: «В ружье-е-о-о!» По улицам забегал, засуетился народ.

Паника оказалась ложной. За казаков приняли эскадрон красноармейцев, подходивший к станции со стороны слободы Маньково. Курсанты и два сводных полка выступили в направлении станицы Казанской.

Через день казаками был почти целиком истреблен только недавно прибывший Кронштадтский полк.

После первого же боя с кронштадтцами ночью произвели набег. Полк, выставив заставы и секреты, ночевал в степи, не рискнув занять брошенный повстанцами хутор. В полночь несколько конных казачьих сотен окружили полк, открыли бешеную стрельбу, широко используя изобретенное кем-то средство устрашения — огромные деревянные трещотки! Трещотки эти по ночам заменяли повстанцам пулеметы: во всяком случае, звуки, производимые ими, были почти неотличимы от подлинной пулеметной стрельбы.

И вот, когда окруженные кронштадтцы услышали в ночной непроглядной темени говор многочисленных «пулеметов», суматошные выстрелы своих застав, казачье гиканье, вой и гулкий грохот приближавшихся конных лав, они бросились к Дону, пробились, но были конной атакой опрокинуты. Из всего состава полка спаслось только несколько человек, сумевших переплыть распахнувшийся в весеннем разливе Дон.

В мае с Донца на повстанческий фронт стали прибывать все новые подкрепления красных. Подошла 33-я Кубанская дивизия, и Григорий Мелехов почувствовал впервые всю силу настоящего удара. Кубанцы погнали его 1-ю дивизию без передышки. Хутор за хутором сдавал Григорий, отступая на север, к Дону. На чирском рубеже возле Каргинской он задержался на день, а потом, под давлением превосходящих сил противника, вынужден был не только сдать Каргинскую, но и срочно просить подкреплений.

Кондрат Медведев прислал ему восемь конных сотен своей дивизии. Его казаки были экипированы на диво. У всех было в достатке патронов, на всех была справная одежда и добротная обувь — все добытое с пленных красноармейцев. Многие казакиказанцы, не глядя на жару, щеголяли в кожаных куртках, почти у каждого был либо наган, либо бинокль... Казанцы на некоторое время задержали наступление шедшей напролом 33-й Кубанской дивизии. Воспользовавшись этим, Григорий решил обыденкой съездить в Вешенскую, так как Кудинов неотступно просил его приехать на совещание.

LVIII

В Вешенскую он прибыл рано утром.

Полая вода в Дону начала спадать. Приторно-сладким клейким запахом тополей был напитан воздух. Около Дона сочные темно-зеленые листья дубов дремотно шелестели. Обнаженные грядины земли курились паром. На них уже выметалась острожалая трава, а в низинах еще блистала застойная вода, басовито гудели водяные быки и в сыром, пронизанном запахом ила и тины воздухе, несмотря на то что солнце уже взошло, густо кишела мошкара.

В штабе дребезжала старенькая пишущая машинка, было людно и накурено.

Кудинова Григорий застал за странным занятием: он, не глянув на тихо вошедшего Григория, с серьезным и задумчивым видом обрывал ножки у пойманной большой изумрудно-зеленой мухи. Оторвет, зажмет в сухом кулаке и, поднося его к уху, сосредоточенно склонив голову, слушает, как муха то басовито, то тонко брунжит.

Увидев Григория, с отвращением и досадой кинул муху под стол, вытер о штанину ладонь, устало привалился к обтертой до глянца спинке кресла.

— Садись, Григорий Пантелеевич.

— Здоров, начальник!

— Эх, здорова-то здорова, да не семенна, как говорится. Ну, что там у тебя? Жмут?

— Жмут вовсю!

— Задержался по Чиру?

— Сколь надолго? Казанцы выручили.

— Вот какое дело, Мелехов, — Кудинов намотал на палец сыромятный ремешок своего кавказского пояска и, с нарочитым вниманием рассматривая почерневшее серебро, вздохнул: — Как видно, дела наши будут ишо хуже. Что-то такое делается около Донца.

Или там наши дюже пихают красных и рвут им фронт, или же они поняли, что мы им — весь корень зла, и норовят нас взять в тисы.

— А что слышно про кадетов? С последним аэропланом что сообщали?

— Да ничего особенного. Они, браток, нам с тобой своих стратегий не расскажут. Сидорин — он, брат, дока! Из него не сразу вытянешь. Есть такой план у них — порвать фронт красных и кинуть нам подмогу. Сулились помочь. Но ить посулы — они не всегда сбываются. И фронт порвать нелегкое дело, знаю, сам рвал с генералом Брусиловым. Почем мы с тобой знаем, какие у красных силы на Донце? Может, они с Колчака сняли несколько корпусов и сунули их, а? Живем мы в потемках! И дальше своего носа ничего зрить не можем!

— Так о чем ты хотел гутарить? Какое совещание? — спросил Григорий, скучающе позевывая.

Он не болел душой за исход восстания. Его это както не волновало. Изо дня в день, как лошадь, влачащая молотильный каток по гуменному посаду, ходил он в думках вокруг все этого же вопроса и наконец мысленно махнул рукой: «С Советской властью нас зараз не помиришь, дюже крови много она нам, а мы ей пустили, а кадетская власть зараз гладит, а потом будет против шерсти драть. Черт с ним! Как кончится, так и ладно будет!»

Кудинов развернул карту; все так же не глядя в глаза Григорию, сказал:

— Мы тут без тебя держали совет и порешили...

— С кем это ты совет держал, с князем, что ли? — перебил его Григорий, вспомнив совещание, происходившее в этой же комнате зимой, и подполковника-кавказца.

Кудинов нахмурился, потускнел:

— Его уж в живых нету.

— Как так? — оживился Григорий.

— А я разве тебе не говорил? Убили товарища Георгидзе.

— Ну, какой он нам с тобой товарищ... Пока дубленый полушубок носил, до тех пор товарищем был. А — не приведи господи — соединилися бы мы с кадетами да он в живых бы остался, так на другой же день усы бы намазал помадой, выхолился бы и не руку тебе подавал, а вот этак, мизинчиком. — Григорий отставил свой смуглый и грязный палец и захохотал, блистая зубами.

Кудинов еще пуще нахмурился. Явное недовольство, досада, сдерживаемая злость были в его взгляде и голосе.

— Смеяться тут не над чем. Над чужою смертью не смеются. Ты становишься вроде Ванюшки-дурачка. Человека убили, а у тебя получается: «Таскать вам не перетаскать!»

Слегка обиженный, Григорий и виду не показал, что его задело кудиновское сравнение; посмеиваясь, отвечал:

— Таких-то и верно — «таскать бы не перетаскать». У меня к этим белоликим да белоруким жалости не запасено.

— Так вот, убили его...

— В бою?

— Как сказать... Темная история, и правды не скоро дознаешься. Он же по моему приказу при обозе находился. Ну и вроде не заладил с казаками. За Дударевкой бой завязался, обоз, при котором он ездил, от линии огня в двух верстах был. Он, Георгидзе-то, сидел на дышлине брички (так казаки мне рассказывали), и, дескать, шалая пуля его чмокнула в песик.

И не копнулся вроде... Казаки, сволочи, должно быть, убили...

— И хорошо сделали, что убили!

— Да оставь ты! Будет тебе путаться.

— Ты не серчай. Это я шутейно.

— Иной раз шутки у тебя глупые проскакивают... Ты — как бык: где жрешь, там и надворничаешь. По-твоему, что же, следует офицеров убивать? Опять «долой погоны»? А за ум тебе взяться не пора, Григорий? Хромай, так уж на одну какую-нибудь!

— Не сепети, рассказывай!

— Нечего рассказывать! Понял я, что убили казаки, поехал туда и погутарил с ними по душам. Так и сказал: «За старое баловство взялись, сукины сыны? А не рано вы опять начали офицеров пострелдивать? Осенью тоже их постреливали, а после, как сделали вам закрутку, и офицеры понадобились. Вы же, говорю, сами приходили и на коленях полозили: «Возьми на себя команду, руководствуй!» А зараз опять за старое?» Ну, постыдил, поругал. Они отреклись: мол, «сроду мы его не убивали, упаси бог!» А по глазам ихним б... вижу — они ухандокали! Чего же ты с них возьмешь? Ты им мочись в глаза, а им все — божья роса. — Кудинов раздраженно скомкал ремешок, покраснел. — Убили знающего человека, а я без него зараз как без рук. Кто план накинет? Кто посоветует? С тобою вот так только погутарим, а как дело до стратегии-тактики дошло, так и оказываемся мы вовзят негожими. Петро Богатырев, спасибо, прилетел, а то словом перекинуться не с кем бы... Э, да ну, к черту, хватит! Вот в чем дело: если наши от Донца фронт не порвут, то нам тут не удержаться. Решено, как и раньше говорили, всею тридцатитысячной армией идти на прорыв. Если тебя собьют — отступай до самого Дона. От Усть-Хопра до Казанской очистим им правую сторону, пороем над Доном траншеи и будем обороняться.

В дверь резко постучали.

— Войди. Кто там? — крикнул Кудинов.

Вошел комбриг-6 Богатырев Григорий. Крепкое красное лицо его блестело потом, вылинявшие русые брови были сердито сдвинуты. Не снимая фуражки с мокрым от пота верхом, он присел к столу.

— Чего приехал? — спросил Кудинов, посматривая на Богатырева со сдержанной улыбкой.

— Патронов давай.

— Дадены были. Сколько же тебе надобно? Что у меня тут, патронный завод, что ли?

— А что было дадено? По патрону на брата? В меня смалят из пулеметов, а я только спину гну да хоронюсь. Это война? Это — одно... рыдание! Вот что!..

— Ты погоди, Богатырев, у нас тут большой разговор, — но, видя, что Богатырев поднимается уходить, добавил: — Постой, не уходи, секретов от тебя нету... Так вот, Мелехов, если уж на этой стороне не удержимся, то тогда идем на прорыв. Бросаем всех, кто не в армии, бросаем все обозы, пехоту сажаем на брички, берем с собой три батареи и пробиваемся к Донцу. Тебя мы хочем пустить головным. Не возражаешь?

— Мне все равно. А семьи наши как же? Пропадут девки, бабы, старики.

— Уж это так. Лучше пущай одни они пропадают, чем всем нам пропадать.

Кудинов, опустив углы губ, долго молчал, а потом достал из стола газету.

— Да, ишо новость: главком приехал руководить войсками. Слухом пользовались, что зараз он в Миллерове, не то в Кантемировке. Вот как до нас добираются!

— На самом деле? — усомнился Григорий Мелехов.

— Верно, верно! Да вот, почитай. Прислали мне казанцы. Вчера утром за Шумилинской разъезд наш напал на двух верховых. Обое красные курсанты. Ну, порубили их казаки и у одного — немолодой на вид, говорили, может, и комиссар какой — нашли в планшетке вот эту газету по названию «В пути» от двенадцатого этого месяца. Расчудесно они нас описывают! — Кудинов протянул Мелехову газету с оторванным на «козью ножку» углом.

Григорий бегло взглянул на заголовок статьи, отмеченной химическим карандашом, начал читать:

ВОССТАНИЕ В ТЫЛУ

Восстание части донского казачества тянется уже ряд недель. Восстание поднято агентами Деникина — контрреволюционными офицерами. Оно нашло опору в среде казацкого кулачества. Кулаки потянули за собой значительную часть казаков-середняков. Весьма возможно, что в том или другом случае казаки терпели какие-либо несправедливости от отдельных представителей Советской власти. Этим умело воспользовались деникинские агенты, чтобы раздуть пламя мятежа. Белогвардейские прохвосты притворяются в районе восстания сторонниками Советской власти, чтобы легче втереться в доверие к казаку-середняку. Таким путем контрреволюционные плутни, кулацкие интересы и темнота массы казачества слились на время воедино в бессмысленном и преступном мятеже в тылу наших армий Южного фронта. Мятеж в тылу у воина то же самое, что нарыв на плече у работника. Чтобы воевать, чтобы защищать и оборонять Советскую страну, чтобы добить помещичье-деникинские шайки, необходимо иметь надежный, спокойный, дружный рабоче-крестьянский тыл. Важнейшей задачей поэтому является сейчас очищение Дона от мятежа и мятежников.

Центральная Советская власть приказала эту задачу разрешить в кратчайший срок. В помощь экспедиционным войскам, действующим против подлого контрреволюционного мятежа, прибыли и прибывают прекрасные подкрепления. Лучшие работники-организаторы направляются сюда для разрешения неотложной задачи.

Нужно покончить с мятежом. Наши красноармейцы должны проникнуться ясным сознанием того, что мятежники Вешенской, или Еланской, или Букановской станиц являются прямыми помощниками белогвардейских генералов Деникина и Колчака. Чем дальше будет тянуться восстание, тем больше жертв будет с обеих сторон. Уменьшить кровопролитие можно только одним путем: нанося быстрый, суровый сокрушающий удар.

Нужно покончить с мятежом. Нужно вскрыть нарыв на плече и прижечь его каленым железом. Тогда рука Южного фронта освободится для нанесения смертельного удара врагу.

Григорий докончил читать, мрачно усмехнулся. Статья наполнила его озлоблением и досадой. «Черкнули пером и доразу спаровали с Деникиным, в помощники ему зачислили...»

— Ну как, здорово? Каленым железом собираются прижечь. Ну да мы ишо поглядим, кто кому приварит! Верно, Мелехов? — Кудинов подождал ответа и обратился к Богатыреву: — Патронов надо? Дадим! По тридцать штук на всадника, на всю бригаду. Хватит?.. Ступай на склад, получай. Ордер тебе выпишет начальник отдела снабжения, зайди к нему. Да ты там, Богатырев, больше на шашку, на хитрость налегай, милое дело!

— С паршивой овцы хучь шерсти клок! — улыбнулся обрадованный Богатырев и, попрощавшись, вышел.

После того как договорился с Кудиновым относительно ожидавшегося отхода к Дону, ушел и Григорий Мелехов. Перед уходом спросил:

— В случае, ежли я всю дивизию приведу на Базки, переправиться-то будет на чем?

— Эка выдумал! Конница вся вплымь через Дон пойдет. Где это видано, чтобы конницу переправляли?

— У меня ить обдонцев мало, имей в виду. А казаки с Чиру — не пловцы. Всю жизнь середь степи живут, где уж им плавать. Они все больше по-топоровому.

— При конях переплывут. Бывало, на маневрах плавали и на германской припадало.

— Я про пехоту говорю.

— Паром есть. Лодки сготовим, не беспокойся.

— Жители тоже будут ехать.

— Знаю.

— Ты всем обеспечь переправу, а то я тогда из тебя душу выну! Это ить не шутка, ежли у нас народ останется.

— Да сделаю, сделаю же!

— Орудия как?

— Мортирки взорви, а трехдюймовые вези сюда. Мы большие лодки поскошуем и перекинем батареи на эту сторону.

Григорий вышел из штаба под впечатлением прочитанной статьи.

«Помощниками Деникина нас величают... А кто же мы? Выходит, что помощники и есть, нечего обижаться. Правда-матка глаза заколола...» Ему вспомнились слова покойного Якова Подковы. Однажды в Каргинской, возвращаясь поздно вечером на квартиру, Григорий зашел к батарейцам, помещавшимся в одном из домов на площади; вытирая в сенцах ноги о веник, слышал, как Яков Подкова, споря с кем-то, говорил: «Отделились, говоришь? Ни под чьей властью не будем ходить? Хо! У тебя на плечах не голова, а неедовая тыкла! Коли хочешь знать, мы зараз, как бездомная собака: иная собака не угодит хозяину либо нашкодит, уйдет из дому, а куда денется? К волкам не пристает — страшновато, да и чует, что они звериной породы, и к хозяину нельзя возвернуться — побьет за шкоду. Так и мы. И ты попомни мои слова: подожмем хвост, вдоль пуза вытянем его по-кнутовому и поползем к кадетам. «Примите нас, братушки, помилосердствуйте!» Вот оно что будет!»

Григорий после того боя, когда порубил под Климовкой матросов, все время жил в состоянии властно охватившего его холодного, тупого равнодушия. Жил, понуро нагнув голову, без улыбки, без радости. На какой-то день всколыхнули его боль и жалость к убитому Ивану Алексеевичу, а потом и это прошло. Единственное, что оставалось ему в жизни (так, по крайней мере, ему казалось), это — с новой и неуемной силой вспыхнувшая страсть к Аксинье. Одна она манила его к себе, как манит путника в знобящую черную осеннюю ночь далекий трепетный огонек костра в степи.

Вот и сейчас, возвращаясь из штаба, он вспомнил о ней, подумал: «Пойдем мы на прорыв, а она как же? — И без колебаний и долгих размышлений решил: — Наталья останется с детьми, с матерью, а Аксютку возьму. Дам ей коня, и пущай при моем штабе едет».

Он переехал через Дон на Базки, зашел на квартиру, вырвал из записной книжки листок, написал:

«Ксюша! Может, нам придется отступить на левую сторону Дона, так ты кинь все свое добро и езжай в Вёшки. Меня там разыщешь, будешь при мне».

Записку заклеил жидким вишневым клеем, передал Прохору Зыкову и, багровея, хмурясь, за напускной строгостью скрывая от Прохора свое смущение, сказал:

— Поедешь в Татарский, передашь эту записку Астаховой Аксинье. Да так передай, чтобы... ну, к примеру, из наших кто не доглядел, из моей семьи. Понял? Лучше ночью занеси и отдай ей. Ответа не надо. И потом вот что: даю тебе отпуск на двое суток. Ну, езжай!

Прохор пошел к коню, но Григорий, спохватившись, вернул его.

— Зайди к нашим и скажи матери либо Наталье, чтобы они загодя переправили на энту сторону одежду и другое что ценное. Хлеб пущай зароют, а скотину вплынь перегонют через Дон.

LIX

22 мая началось отступление повстанческих войск по всему правобережью. Части отходили с боем, задерживаясь на каждом рубеже. Население хуторов степной полосы в панике устремилось к Дону. Старики и бабы запрягали все имевшееся в хозяйстве тягло, валили на арбы сундуки, утварь, хлеб, детишек. Из табунов и гуртов разбирали коров и овец, гнали их вдоль дорог. Огромнейшие обозы, опережая армию, покатились к придонским хуторам.

Пехота, по приказу штаба командующего, начала отход на день раньше. Татарские пластуны и иногородняя Вешенская дружина 21 мая вышли из хутора Чеботарева Усть-Хоперской станицы, проделали марш в сорок с лишним верст, ночевать расположились в хуторе Рыбном Вешенской станицы.

22-го с зари бледная наволочь покрыла небо. Ни единой тучки не было на его мглистом просторе, лишь на юге, над кромкой обдонского перевала, перед восходом солнца появилось крохотное ослепительно розовое облачко. Обращенная к востоку сторона его будто кровоточила, истекая багряным светом. Солнце взошло изза песчаных, прохладных после росы бурунов левобережья, и облачко исчезло в невиди. В лугу резче закричали дергачи, острокрылые рыбники голубыми хлопьями падали на россыпи Дона в воду, поднимались ввысь с серебряно сверкающими рыбешками в хищных клювах.

К полудню установилась небывалая для мая жара. Пáрило, словно перед дождем. Еще до зари с востока по правой стороне Дона потянулись к Вешенской валки беженских обозов. По Гетмáнскому шляху неумолчно поцокивали колеса бричек. Ржание лошадей, бычиный мык и людской говор доносились с горы до самого займища.

Вешенская иногородняя дружина, насчитывавшая около двухсот бойцов, все еще находилась в Рыбном. Часов в десять утра был получен приказ из Вешенской: дружине перейти на хутор Большой Громок, выставить на Гетманском шляху и по улицам заставы, задерживать всех направляющихся в Вешенскую казаков служивского возраста.

К Громку подкатилась волна движущихся на Вешенскую беженских подвод. Запыленные, черные от загара бабы гнали скот, по обочинам дорог ехали всадники. Скрип колес, фырканье лошадей и овец, рев коров, плач детишек, стон тифозных, которых тоже везли с собой в отступ, опрокинули нерушимое безмолвие хутора, потаенно захоронившегося в вишневых садах. Так необычен был этот многообразный и слитный гомон, что хуторские собаки окончательно охрипли от бреха и уже не бросались, как вначале, на каждого пешехода, не провожали вдоль проулков подводы, от скуки увязываясь за ними на добрую версту.

Прохор Зыков двое суток погостил дома, передал записку Григория Аксинье Астаховой и словесный наказ Ильиничне с Натальей, двадцать второго выехал в Вешенскую.

Он рассчитывал застать свою сотню на Базках. Но орудийный гул, глухо докатываясь до Обдонья, звучал еще как будто где-то по Чиру. Прохора что-то не потянуло ехать туда, где возгорался бой, и он решил добраться до Базков, там обождать, пока к Дону подойдет Григорий со своей 1-й дивизией.

Всю дорогу до самого Громка Прохор ехал, обгоняемый подводами беженцев. Ехал он не спеша, почти все время шагом. Ему некуда было торопиться. От Рубежина он пристал к штабу недавно сформированного Усть-Хоперского полка.

Штаб перемещался на рессорных дышловых дрожках и на двух бричках. У штабных шли привязанные к задкам повозок шесть подседланных лошадей. На одной из бричек везли какие-то бумаги и телефонные аппараты, а на дрогах — раненого пожилого казака и еще одного, страшно исхудалого, горбоносого, не поднимавшего от седельной подушки головы, покрытой серой каракулевой офицерской папахой. Он, очевидно, только что перенес тиф. Лежал, до подбородка одетый шинелью; на выпуклый бледный лоб его, на тонкий хрящеватый нос, поблескивающий испариной, садилась пыль, но он все время просил укутать ему ноги чем-нибудь теплым и, вытирая пот со лба костистой, жилистой рукой, ругался:

— Сволочи! Стервюги! Под ноги дует мне, слышите? Поликарп, слышишь? Укройте полстью! Здоровый был — нужен был, а зараз... — и вел по сторонам нездешним, строгим, как у всех перенесших тяжелую болезнь, взглядом.

Тот, кого он называл Поликарпом — высокий молодцеватый старовер, — на ходу спешивался, подходил к дрожкам.

— Вы так дюжей могете простыть, Самойло Иванович.

— Прикрой, говорят!

Поликарп послушно исполнял приказание, отходил.

— Это кто же такой есть? — спросил у него Прохор, указывая глазами на больного.

— Офицер усть-медведицкий. Они у нас при штабе находились.

Вместе со штабом ехали и усть-хоперские беженцы с Тюковного, Бобровского, Крутовского, Зимовного и других хуторов.

— Ну, а вас куда нечистая сила несет? — спросил Прохор у одного старика беженца, восседавшего на мажаре, доверху набитой разным скарбом.

— Хотим в Вёшки проехать.

— Посылали за вами, чтобы в Вешки ехали?

— Оно, милок, не посылали, да ить и кому же смерть мила? Небось, поедешь, когда в глазах страх.

— Я к тому спрашиваю: чего вы в Вешки мететесь? В Еланской переправились бы на энту сторону — и вся недолга.

— На чем? Там, гутарил народ, парома нету.

— А в Вёшках на чем? Паром под твою хурду дадут? Частя побросают на берегу, а вас с арбами начнут переправлять? То-то, дедушка, глупые вы люди! Едут черт-те куда и неизвестно зачем. Ну, чего ты это на арбу навалил? — с досадой спрашивал Прохор, равняясь с арбой, указывая на узлы плетью.

— Мало ли тут чего нету! И одежда и хомуты вот, мука и разное прочее, надобное по хозяйству... Кинуть было нельзя. К пустому куреню бы приехал. А то вот я запрег пару коней да три пары быков, все поклал, что можно было, баб посажал и поехал. Ить, милый, все наживалось своим горбом, со слезьми и с потом наживалось, разве ж не жалко кинуть? Кабы можно было, курень бы — и то увез, чтобы красным не достался, холера им в бок!

— Ну а, к примеру, к чему ты это грохот тянешь с собой? Или вот стулья, на какую надобность прешь их? Красным они ничуть не нужны.

— Да ить нельзя же было оставить! Эка, чудак ты... Оставь, а они либо поломают, либо сожгут. Нет, у меня не поджився. Разъязви их в душу! Все начисто забрал!

Старик махнул кнутом на вяло переступавших сытых лошадей, повернулся назад и, указывая кнутовищем на третью сзади бычиную подводу, сказал:

— Вон энта закутанная девка, что быков погоняет, — моя дочь. У ней на арбе свинья с поросятами. Она была супоросая, мы ее, должно быть, помяли, когда вязали да на арбу клали. Она — возьми да и опоросись ночью, прямо на арбе. Слышишь, как поросятки скавчат? Нет, от меня краснюки не дюже разживутся, лихоман их вытряси!

— Нешто не попадешься ты мне, дед, возля парома! — сказал Прохор, злобно уставившись на потную широкую рожу старика. — Нешто не попадешься, а то так и загремят в Дон твои свиньи, поросята и все имение!

— Это через что же такое? — страшно удивился старик.

— Через то, что люди гибнут, всего лишаются, а ты, старая чертяка, как паук, все тянешь за собой! — закричал обычно смирный и тихий Прохор. — Я таких говноедов до смерти не люблю! Мне это — нож вострый!

— Проезжай! Проезжай мимо! — обозлился старик, сопя, отворачиваясь. — Начальство какое нашлось, чужое добро он поспихал бы в Дон... Я с ним, как с хорошим человеком... У меня самого сын-вахмистр зараз с сотней задерживает красных... Проезжай, пожалуйста! На чужое добро нечего завидовать! Своего бы наживал поболее, вот оно бы и глаза не играли!

Прохор тронул рысью. Позади пронзительно, тонко завизжал поросенок, встревоженно заохала свинья. Поросячий визг шилом вонзался в уши.

— Что это за черт? Откуда поросенок? Поликарп!.. — болезненно морщась и чуть не плача, закричал лежавший на дрожках офицер.

— Это поросеночек с арбы упал, а ему ноги колесом потрошило, — отвечал подъехавший Поликарп.

— Скажи им... Езжай, скажи хозяину поросенка, чтобы он его прирезал. Скажи, что тут больные... И так тяжело, а тут этот визг. Скорее! Скачи!

Прохор, поравнявшись с дрожками, видел, как горбоносый офицерик морщился, с остановившимся взглядом прислушиваясь к поросячьему визгу, как тщетно пытался прикрыть уши своей серой каракулевой папахой... Подскакал Поликарп.

— Он не хочет резать, Самойло Иваныч. Говорит, что он, поросенок, выходится, а нет — так мы, мол, его на вечер прирежем.

Офицерик побледнел, с усилием приподнялся и сел на дрогах, свесив ноги.

— Где мой браунинг? Останови лошадей! Где хозяин поросенка? Я сейчас покажу... На какой подводе?

Хозяйственного старика все-таки заставили приколоть поросенка.

Прохор, посмеиваясь, тронул рысью, обогнал валку усть-хоперских подвод. Впереди, в версте расстояния, по дороге ехали новые подводы и всадники. Подвод было не меньше двухсот, всадников, ехавших враздробь, — человек сорок.

«Светопреставление будет возля парома!» — подумал Прохор.

Догнал подводы. Навстречу ему, от головы движущегося обоза, на прекрасном темно-гнедом коне намётом скакала баба. Поравнявшись с Прохором, натянула поводья. Конь под ней был оседлан богатым седлом, нагрудная прозвездь и уздечка посверкивали серебром, даже крылья седла были нимало не обтерты, а подпруги и подушки лоснились глянцем добротной кожи. Баба умело и ловко сидела в седле, в сильной смуглой руке твердо держала правильно разобранные поводья, но рослый служивский конь, как видно, презирал свою хозяйку: он выворачивал налитое кровью глазное яблоко, изгибал шею и, обнажая желтую плиту оскала, норовил цапнуть бабу за круглое, вылезшее из-под юбки колено.

Баба была по самые глаза закутана свежевыстиранным, голубым от синьки головным платком. Сдвинув его с губ, спросила:

— Ты не обгонял, дяденька, подводы с ранеными?

— Обгонял много подвод. А что?

— Да вот беда, — протяжно заговорила баба, — мужа не найду. Он у меня с лазаретом из Вусть-Хопра едет. У него ранения в ногу была. А зараз вроде загноилась рана, он и переказал мне с хуторными, чтобы коня ему привела. Это его конь, — баба хлопнула плетью по конской шее, осыпанной росинками пота, — я подседлала коня, поехала в Вусть-Хопер, а лазарета там уже нету, уехал. И вот сколько ни моталась, никак не нападу на него.

Прохор, любуясь круглым красивым лицом казачки, с удовольствием вслушиваясь в мягкий тембр ее низкого, контральтового голоса, крякнул:

— Эх, мамушка! На черта тебе мужа искать! Пущай его с лазаретом едет, а тебя — такую раскрасавицу, да ишо с таким конем в приданое, любой в жены возьмет! Я и то рискнул бы.

Баба нехотя улыбнулась, перегнувшись полным станом, натянула на оголившиеся колени подол юбки.

— Ты без хаханьков скажи: не обгонял лазарета?

— Вон в энтой валке есть и больные и раненые, — со вздохом отвечал Прохор.

Баба взмахнула плетью, конь ее круто повернулся на одних задних ногах, бело сверкнул набитой в промежножье пеной, пошел рысью, сбиваясь с ноги, переходя на намёт.

Подводы двигались медленно. Быки лениво мотали хвостами, отгоняли гудящих слепней. Стояла такая жара, так душен и сперт был предгрозовой воздух, что у дороги сворачивались и блекли молодые листки невысоких подсолнухов.

Прохор снова ехал рядом с обозом. Его поражало множество молодых казаков. Они или отбились от своих сотен, или просто дезертировали, пристали к семьям и вместе с ними ехали к переправе. Некоторые, привязав к повозкам строевых лошадей, лежали на арбах, переговариваясь с бабами, нянча детишек, другие ехали верхами, не снимая ни винтовок, ни шашек. «Побросали частя и бегут», — решил Прохор, поглядывая на казаков.

Пахло конским и бычьим потом, нагретым деревом бричек, домашней утварью, коломазью. Быки шли понуро, тяжко нося боками. С высунутых языков их до самой придорожной пыли свисали узорчатые нити слюны. Обоз двигался со скоростью четырех-пяти верст в час. Подводы с лошадиными упряжками не перегоняли быков. Но едва лишь где-то далеко на юге мягко разостлался орудийный выстрел, как все пришло в движение: измешав порядок, из длинной вереницы подвод съехали в стороны пароконные и одноконные повозки, запряженные лошадьми. Лошади пошли рысью, замелькали кнуты, послышалось разноголосое: «Но, поди!», «Ноо-о, чертовы сыны!», «Трогай!» По бычьим спинам гулко зашлепали хворостины и арапники, живее загремели колеса. В страхе все ускорило движение. Тяжелыми серыми лохмами поднялась от дороги жаркая пыль и поплыла назад, клубясь, оседая на стеблях хлебов и разнотравья.

Маштаковатый конишка Прохора на ходу тянулся к траве, срывая губами то ветку донника, то желтый венчик сурепки, то кустик горчука; срывал и ел, двигая сторожкими ушами, стараясь выкинуть языком гремящие, натершие десны удила. Но после орудийного выстрела Прохор толкнул его каблуками, и конишка, словно понимая, что теперь не время кормиться, охотно перешел на тряскую рысь.

Канонада разрасталась. Садкие, бухающие звуки выстрелов сливались, в душном воздухе колеблющейся октавой стоял раскатистый, громовитый гул.

— Господи Исусе! — крестилась на арбе молодая баба, вырывая изо рта ребенка коричнево-розовый, блестящий от молока сосок, запихивая в рубаху тугую желтоватую кормящую грудь.

— Наши бьют али кто? Эй, служивый! — крикнул Прохору шагавший рядом с быками старик.

— Красные, дед! У наших снарядов нету.

— Ну спаси их царица небесная!

Старик выпустил из рук налыгач, снял старенькую казачью фуражку; крестясь на ходу, повернулся на восток лицом.

На юге из-за гребня, поросшего стрельчатыми всходами поздней кукурузы, показалось жидковатое черное облако. Оно заняло полгоризонта, мглистым покровом задернуло небо.

— Большой пожар, глядите! — крикнул кто-то с подводы.

— Что бы это могло быть?

— Где горит? — сквозь дребезжащий гул колес зазвучали голоса.

— По Чиру.

— Красные по Чиру хутора жгут!

— Сушь, не приведи господь...

— Гляди, какая туча черная занялась!

— Это не один хутор горит!

— Вниз по Чиру от Каргиновской полышет, там ить бой зараз...

— А может, и по Черной речке? Погоняй, Иван!

— Ох и горит!..

Черная мгла простиралась вширь, занимала все большее пространство. Все сильнее становился орудийный рев. А через полчаса на Гетманский шлях южный ветерок принес прогорклый и тревожный запах гари с пожара, бушевавшего в тридцати пяти верстах от шляха по чирским хуторам.

LX

Дорога по Большому Громку в одном месте шла мимо огорожи, сложенной из серого камня-плитняка, а потом круто заворачивала к Дону, спускалась в неглубокий суходольный ярок, через который был перекинут бревенчатый мост.

В сухую погоду теклина яра желто отсвечивала песком, цветастой галькой, а после летнего ливня с бугра в яр стремительно скатывались мутные дождевые потоки, они сливались, вода шла на низ стеной, вымывая и ворочая камни, с гулом ввергаясь в Дон.

В такие дни мост затопляло, но ненадолго; через час-два бешеная нагорная вода, недавно разорявшая огороды и вырывавшая плетни вместе со стоянками, спадала, на оголенной подошве яра свежо сияла влажная, пахнущая мелом и сыростью омытая галька, по краям коричневым глянцем блистал наносный ил.

По обочинам яра густо росли тополя и вербы. В тени их стояла прохлада даже в самую жаркую пору летнего дня.

Прельстившись холодком, возле моста расположилась застава Вешенской иногородней дружины. В заставе было одиннадцать человек. Пока в хуторе не появлялись беженские подводы, дружинники, лежа под мостом, играли в карты, курили, некоторые, растелешившись, очищали швы рубах и исподников от ненасытных солдатских вшей, двое отпросились у взводного — пошли на Дон купаться.

Но отдых был кратковременным. Вскоре к мосту привалили подводы. Они двигались сплошным потоком, и сразу в сонном тенистом проулке стало людно, шумно, душно, словно вместе с подводами свалилась в хутор с обдонского бугра и едкая степная духота.

Начальник заставы, он же командир 3-го взвода дружины, — высокий сухой унтер-офицер с подстриженной бурой бородкой и большими, по-мальчишески оттопыренными ушами, — стоял около моста, положив ладонь на потерханную кобуру нагана. Он беспрепятственно пропустил десятка два подвод, но, усмотрев на одной арбе молодого, лет двадцати пяти, казака, коротко приказал:

— Стой!

Казак натянул вожжи, нахмурился.

— Какой части? — строго спросил взводный, подойдя к арбе вплотную.

— А вам чего надо?

— Какой части, спрашиваю. Ну?

— Рубеженской сотни. А вы кто такие есть?

— Слазь!

— А кто вы такие?

— Слазь, говорят тебе!

Круглые ушные раковины взводного жарко вспыхнули. Он отстегнул кобуру, вытащил и передал в левую руку наган. Казак сунул вожжи жене, соскочил с арбы.

— Почему не в части? Куда едешь? — допрашивал его взводный.

— Хворал. Еду зараз на Базки... С семейством нашим еду.

— Документ о болезни есть?

— Откель он могет быть? Фершала не было при сотне...

— А, не было?.. Ну-ка, Карпенко, отведи его в школу!

— Да вы кто такие из себя?

— А вот там мы тебе покажем, кто мы такие!

— Я должен в свою часть направляться! Не имеешь прав меня задерживать!

— Сами тебя направим. Оружие при тебе?

— Винтовка одна.

— Бери, да живо у меня, а то враз нашвыряю! Какой молодой, с-с-сукин сын, а под бабу лезешь, хоронишься! Мы, что ли, тебя должны защищать? — И с презрением кинул вслед: — Каз-зу-ня!

Казак вынул из-под полсти винтовку, взял жену за руку, целоваться при людях не стал, лишь черствую женину руку на минуту задержал в своей руке, шепнул что-то, пошел следом за дружинником к хуторской школе.

Скопившиеся в проулке подводы с громом устремились по мосту.

Застава за час задержала человек пятьдесят дезертиров. Из них некоторые при задержании сопротивлялись, особенно — один немолодой, длинноусый, бравый на вид казачок с хутора Нижне-Кривского Еланской станицы. На приказ начальника заставы сойти с брички он ударил по лошадям кнутом. Двое дружинников схватили лошадей под уздцы, остановили уже на той стороне моста. Тогда казачок, не долго думая, выхватил из-под полы американский винчестер, вскинул его к плечу:

— Дороги!.. Убью, сволочь!

— Слазь, слазь! У нас приказ стрелять, кто не подчиняется. Мы тебя скорее посодим на мушку!

— Муж-жи-ки-и-и-и!.. Вчера красные были, а ноне казакам указываете?.. Шерсть вонючая!.. Отойди, вдарю!..

Один из дружинников в новеньких зимних обмотках стал на переднее колесо брички и после короткой схватки вырвал винчестер из рук казака. Тот по-кошачьи изогнулся, скользнул рукой под ватолу, выхватил из ножен шашку; стоя на коленях, потянулся через прицепную раскрашенную люльку и чуть-чуть не достал концом клинка головы вовремя отпрыгнувшего дружинника.

— Тимоша, брось, Тимонюшка! Ох, Тимоша!.. Да не надо же!.. Не связывайся! Убьют они тебя!.. — плакала, ломая руки, дурнолицая исхудалая жененка разбушевавшегося казака.

Но он, поднявшись на бричке во весь рост, еще долго размахивал сине поблескивавшим клинком, не подпускал к бричке дружинников, хрипло матерился, бешено ворочал по сторонам глазами. «О-той-ди-и-и!.. Зарублю!» По исчерна-смуглому лицу его ходили судороги, под длинными желтоватыми усами вскипала пенистая слюна, голубоватые белки все больше наливались кровью.

Его с трудом обезоружили, повалили, связали. Воинственность лихого казачка объяснялась просто: в бричке пошарили и нашли распочатый ведерный кувшин крепчайшего самогона-первака...

В проулке образовался затор. Так плотно стиснулись повозки, что потребовалось выпрягать быков и лошадей, на руках вывозить арбы к мосту. Хряпали, ломались дышла и оглобли, зло взвизгивали кони, быки, облепленные слепнями, не слушая хозяйских окриков, ошалев от нуды, лезли на плетни. Ругань, крик, щелканье кнутов, бабьи причитания еще долго звучали около моста. Задние подводы, там, где можно было разминуться, повернули назад, снова поднялись на шлях, с тем чтобы спуститься к Дону на Базках.

Арестованных дезертиров направили под конвоем на Базки, но так как все они были вооружены, то конвой не смог их удержать. Сейчас же за мостом между конвойными и конвоируемыми возникла драка. Спустя немного дружинники вернулись обратно, а дезертиры организованным порядком сами пошли в Вешенскую.

Прохора Зыкова тоже задержали на Громке. Он предъявил отпускную бумажку, выданную

Григорием Мелеховым, и его пропустили, не чиняя препятствий.

Уже перед вечером он приехал на Базки. Тысячи подвод, приваливших с чирских хуторов, запрудили все улицы и проулки. Возле Дона творилось нечто неописуемое. Беженцы заставили подводами весь берег на протяжении двух верст. Тысяч пятьдесят народа ждали переправы, рассыпавшись по лесу.

Против Вешенской на пароме переправляли батареи, штабы и войсковое имущество. Пехоту перебрасывали на маленьких лодках. Десятки их сновали по Дону, перевозя по три-четыре человека. У самой воды около пристани вскипала дикая давка. А конницы, оставшейся в арьергарде, все еще не было. С Чира по-прежнему доносились раскаты орудийных выстрелов, и еще резче, ощутимей чувствовался терпкий, прогорклый запах гари.

Переправа шла до рассвета. Часов в двенадцать ночи подошли первые конные сотни. С рассветом они должны были начать переправу.

Прохор Зыков, узнав о том, что конные части 1-й дивизии еще не прибыли, решил дождаться своей сотни на Базках. С трудом провел он коня в поводу мимо повозок, сплошняком сбитых к изгороди базковской больницы, не расседлывая, привязал к грядушке чьей-то арбы, разнуздал, а сам пошел между повозками искать знакомых.

Возле дамбы издали увидал Аксинью Астахову. Она шла к Дону, прижимая к груди небольшой узелок, накинув внапашку теплую кофту. Яркая, бросающаяся в глаза красота ее привлекала внимание толпившихся у берега пехотинцев. Они говорили ей чтото похабное, на потных, запыленных лицах их в улыбках бело вспыхивали зубы, слышны были смачный хохот и игогоканье. Рослый беловолосый казак в распоясанной рубахе и сбившейся на затылок папахе сзади обнял ее, коснулся губами смуглой точеной шеи. Прохор видел, как Аксинья резко оттолкнула казака, что-то негромко сказала ему, хищно ощерив рот. Кругом захохотали, а казак снял папаху, сипло пробасил: «Эх, тетуня! Ды хучь разок!»

Аксинья ускорила шаг, прошла мимо Прохора. На полных губах ее дрожала презрительная усмешка. Прохор не окликнул ее, он шарил по толпе глазами, искал хуторян. Медленно подвигаясь между повозками, мертво протянувшими к небу оглобли и дышла, услышал пьяные голоса, смех. Под арбой на разостланной дерюге сидели трое стариков. Между ног у одного из них стояла цибарка с самогоном. Подгулявшие старики по очереди черпали самогон медной кружкой, сделанной из орудийной гильзы, пили, закусывали сушеной рыбой. Резкий запах самогона и солонцеватый душок просоленной рыбы заставили проголодавшегося Прохора остановиться.

— Служивый! Выпей с нами за все хорошее! — обратился к нему один из стариков.

Прохор не заставил себя упрашивать, сел, перекрестился, улыбаясь, принял из рук хлебосольного деда кружку со сладко пахнущим самогоном.

— Пей, покедова живой! Вот чебачком закуси. Стариками не надо, парнишша, требовать. Старики — народ умственный! Вам, молодым, ишо учиться у нас надо, как жизню проводить и... ну и как водочку пить, — гундосил другой дедок, с провалившимся носом и разъеденной до десен верхней губой.

Прохор выпил, опасливо косясь на безносого деда. Между второй и третьей кружкой не вытерпел, спросил:

— Прогулял нос, дедушка?

— Не-е-ет, милый! Это от простуды. Ишо с малюшки дюже от простуды хварывал, через это и попортился.

— А я было погрешил на тебя, думаю: не от дурной ли хворости нос осел? Как бы не набраться этой чепухи! — чистосердечно признался Прохор.

Успокоившись дедовым заверением, он жадно припал губами к кружке и уже без опаски и без передышки опорожнил ее до дна.

— Пропадает жизня! Как тут не запьешь? — орал хозяин самогона, плотный и здоровый дед. — Вот привез я двести пудов пшеницы, а с тыщу бросил дома. Пять пар быков пригнал, и придется все это тут кинуть, через Дон ить не потянешь за собой!

Все мое нажитое пропадает! Песни играть хочу! Гуляй, станишники! — Старик побагровел, глаза его увлажнились слезами.

— Не кричи, Трофим Иваныч. Москва — она слезам не дюже верит. Живы будем — ишо наживем, — уговаривал гундосый старик приятеля.

— Да как же мне не кричать?! — с исказившимся от слез лицом повышал голос старик. — Хлеб пропадает! Быки подохнут! Курень сожгут красные! Сына осенью убили! Как можно мне не кричать! Для кого наживал? За лето десять рубах, бывало, сопреют на плечах от поту, а зараз остаюся нагий и босый... Пей!

Прохор под разговор съел широкого, как печной заслон, чебака, выпил кружек семь самогону, до того набрался, что с чрезвычайными усилиями встал на ноги.

— Служивый! Защита наша! Хошь, коню твоему зерна дам? Сколько хошь?

— Мешок! — безразличный ко всему окружающему, бормотнул Прохор.

Старик насыпал ему травяной чувал отборного овса, помог поднять на плечо.

— Чувал принеси! Не забудь, ради Христа! — просил он, обнимая Прохора и плача пьяными слезами.

— Нет, не принесу. Говорю — не принесу, значится, не принесу... — невесть отчего упорствовал Прохор.

Раскачиваясь, он пошел от арбы. Чувал гнул его, кидая в стороны. Прохору казалось, что идет он по одетой скользкой гололедкой земле, ноги его расползались и дрожали, как у некованой, вступившей на лед сторожкой лошади. Сделав еще несколько неверных шагов, остановился. Никак не мог припомнить: была на нем шапка или нет? Привязанный к бричке гнедой белолобый мерин учуял овес, потянулся к чувалу, куснул угол. В прорыв, мягко шурша, потекло зерно. Прохору стало легче, и он снова пошел.

Может быть, и донес бы остатки овса до своего коня, но огромный бык, мимо которого он проходил, вдруг сбоку, по бычиному обыкновению, лягнул его ногой. Быка измучили оводы и мошкара, он ошалел от жары и нуды, не подпускал к себе людей. Прохор, бывший в этот день не первой жертвой бычиной ярости, отлетел в сторону, ударился головой о ступку колеса, тотчас же уснул.

Очнулся за полночь. Над ним в сизой вышине, клубясь, стремительно неслись на запад свинцово-серые тучи. В просветы на миг выглядывал молодой пологий месяц, и снова тучевою наволочью крылось небо, и словно бы усиливался в темноте резкий, прохладный ветер.

Совсем близко за арбой, около которой лежал Прохор, шла конница. Под множеством обутых в железные подковы лошадиных копыт земля стонала и охала. Пырскали кони, чуя близкий дождь; вызванивали о стремена шашки, вспыхивали рдяные огоньки цигарок. От проходивших сотен наносило конским потом и кислотным душком ременной амуниции.

Прохор — как и всякий служивый казак — сроднился за годы войны с этим смешанным, только коннице присущим запахом. Казаки пронесли его по всем дорогам от Пруссии и Буковины до донских степей, и он, нерушимый душок кавалерийской части, был столь же близок и знаком, как и запах родного куреня. Жадно шевельнув куцыми ноздрями, Прохор приподнял тяжелую голову.

— Это какая часть, братцы?

— Конная... — игриво ответил басок из темноты.

— Да чья, спрашиваю, часть?

— Петлюры... — отвечал тот же басок.

— Эка сволочь! — Подождал немного, повторил вопрос: — Какой полк, товарищи?

— Боковский.

Прохор хотел встать, но в голове тяжко билась кровь, к горлу подступала тошнота. Прилег, снова уснул. К заре потянуло с Дона сыростью и холодом.

— Не помер? — сквозь сон услышал он голос над собой.

— Теплый... и выпитый! — отвечал кто-то над самым Прохоровым ухом.

— Тяни его к черту! Развалился как падло! А ну, дай ему под дыхáло!

Древком пики всадник больно толкнул еще не пришедшего в себя Прохора в бок, чьи-то руки сцапали его за ноги, поволокли в сторону.

— Растягивай повозки! Подохли! Нашли время дрыхнуть! Красные вот-вот на хвост наступают, а они спят, как дома! Отодвигай повозки в сторону, зараз батарея пойдет! Живо!.. Загородили дорогу... Ну и наро-о-од! — загремел властный голос.

Спавшие на повозках и под повозками беженцы зашевелились. Прохор вскочил на ноги. На нем не было ни винтовки, ни шашки, не было и сапога на правой ноге, — все это умудрился растерять он после вчерашней пьянки. Недоумевающе оглянувшись, хотел было поискать под арбой, но соскочившие с лошадей ездовые и номера подошедшей батареи безжалостно опрокинули арбу вместе со стоявшими на ней сундуками, вмиг очистили проход для орудий.

— Тро-га-а-ай!..

Ездовые вскочили на лошадей. Туго дрогнув, натянулись широкие сшивные постромки. Высокие колеса одетого в чехол орудия лязгнули на выбоине. Зарядный ящик зацепился осью за дышлину брички, отломил ее.

— Бросаете фронт? Вояки, разъязви вашу! — крикнул с брички гундосый старик, с которым вечером выпивал Прохор.

Батарейцы проезжали молча, спешили к переправе. Прохор в предрассветных сумерках долго искал винтовку и коня. Так и не нашел. Возле лодок снял и другой сапог, кинул его в воду и долго мочил голову, стянутую обручами невыносимой боли.

Конница начала переправляться на восходе солнца. Полтораста расседланных лошадей 1-й сотни спешенные казаки подогнали к Дону повыше колена, от которого Дон под прямым углом сворачивает на восток. Командир сотни, по глаза заросший рыжей щетинистой бородкой, горбоносый и свирепый на вид, был разительно похож на дикого кабана. Левая рука его висела на грязной окровяненной перевязи, правая — безустально играла плетью.

— Не давай коням пить! Гони! Гони их! Да что ты... мать... мать... мать... воды боишься, что ли?! Заброди!.. Он у тебя не сахарный, не размокнет!.. — кричал он на казаков, загонявших лошадей в воду, и под рыжими усами его обнажались клыкастые белые зубы.

Лошади табунились, неохотно шли в знобкую воду, казаки покрикивали, секли их плетьми. Первым поплыл вороной белоноздрый конь с широкой розоватой прозвездью во лбу. Он, как видно, плавал не впервые. Вислозадый круп его омывала волна, мочалистый хвост относило на сторону, а шея и спина были наружи. За ним шли остальные лошади, разрезая стремя, с гулом и фырканьем погружаясь в закипевшую воду. Казаки на шести баркасах поехали следом. Один из провожатых, стоя на носу баркаса, на всякий случай приготовил веревочный аркан.

— Наперед не заезжай! Направляй их наискосок течению! Не давай, чтобы их сносило.

Плеть в руке сотенного ожила, описала круг, щелкнув, опустилась на голенище измазанного известкой сапога.

Быстрое течение сносило лошадей. Вороной легко плыл впереди остальных, выделившись на два лошадиных корпуса. Он первый выбрался на песчаную отмель левобережья. В этот момент изза кустистых ветвей осокоря глянуло солнце, розовый луч упал на вороного коня, и глянцевая от влаги шерсть его на миг вспыхнула черным неугасимым пламенем.

— За кобылкой Мрыхина поглядывай! Подсоби ей!.. На ней уздечка. Да греби же! Греби!.. — хрипло кричал похожий на кабана сотенный.

Лошади благополучно переплыли. На той стороне их ждали казаки. Они разбирали лошадей, накидывали уздечки. С этой стороны начали перевозить седла.

— Где вчерась горело? — спросил Прохор у казака, подносившего к лодке седла.

— По Чиру.

— Снарядом зажгло?

— Каким там снарядом? — сурово отвечал казак. — Красные подпаливают...

— Всё начисто? — изумился Прохор.

— Да не-е-ет... Богатые курени жгут, какие железом крытые, либо у кого подворье хорошее.

— Какие же хутора погорели?

— С Вислогузова до Грачева.

— А штаб Первой дивизии — не знаешь, где зараз?

— На Чукаринском.

Прохор вернулся к беженским подводам. Всюду над бескрайно тянувшимся станом схватывался под ветерком горький дымок костров из сушняка, разобранных плетней и сухого скотиньего помета: бабы варили завтраки.

За ночь прибыло еще несколько тысяч беженцев со степной полосы правобережья.

Возле костров, на арбах и повозках пчелиный гул голосов:

— Когда она приспеет нам — очередь переправляться? Ох, не дождешься!

— Накажи господь, — высыплю хлеб в Дон, чтобы красным не достался!

— Возле парома ми-и-иру — как туча стоит!

— Болезная моя, как же мы сундуки-то бросим на берегу?

— Наживали-наживали... Господи-Сусе, кормилец наш!

— Было бы на своем хуторе переехать...

— Понесла нелегкая сила в эти Вёшки, эх!

— Калинов Угол, гутарили, начисто спалили.

— Гребтилось на паром добраться...

— Ну, а то помилуют, что ли!

— У них приказ: всех казаков от шести лет и до самых ветхих годов — рубить.

— Зашшучут нас на энтой стороне... Ну, что тогда?

— Вот мяса нашатают!..

Около раскрашенной тавричанской брички ораторствует статный седобровый старик, по виду и властным замашкам — хуторской атаман, не один год носивший атаманскую насеку с медным надвершием:

— ... спрашиваю: «Стало быть, миру погибать надо на берегу? Когда же мы сумеемся со своими гуньями на энту сторону перекинуться? Ить нас же вырубят красные на кореню!» А ихнее благородие говорит мне: «Не сумлевайся, папаша! До сих пор будем позиции занимать и отстаивать, покеда весь народ переедет. Костьми ляжем, а жен, детей, стариков в трату не дадим!»

Седобрового атамана окружают старики и бабы. Они с величайшим вниманием выслушивают его речь, потом поднимается общий суматошный крик:

— А почему батарея смоталась?

— За малым людей не потоптали, скакали на переправу!..

— И конница пришла...

— Григорий Мелехов, гутарили, фронт бросил.

— Что это за порядки? Жителев побросали, а сами?..

— А войска тяпают передом!..

— Кто нас будет оборонять?

— Кавалерия вон вплынь пошла!..

— Всякому своя рубаха...

— То-то и оно!

— Кругом предали нас!

— Гибель подходит, вот что!

— Высылать надо к красным стариков с хлебом-солью. Может, смилуются, не будут казнить.

На въезде в проулок, около большого кирпичного здания больницы, появляется конник. Винтовка висит у него на передней седельной луке, сбоку покачивается выкрашенное в зеленое древко пики.

— Да это мой Микишка! — обрадованно вскрикивает распокрытая пожилая баба.

Она бежит к всаднику, перепрыгивая через дышла, протискиваясь между возками и лошадьми. Верхового хватают за стремена, останавливают. Он поднимает над головой серый пакет с сургучной печатью, кричит:

— С донесением в главный штаб! Пропустите!

— Микишенька! Сынок! — взволнованно кричит пожилая баба. Растрепанные черные с проседью космы волос ее падают на сияющее лицо. Она с дрожащей улыбкой всем телом прижимается к стремени, к потному лошадиному боку, спрашивает:

— На нашем хуторе был?

— Был. Зараз в нем красные...

— Курень наш?..

— Курень целый, а Федотов сожгли. Наш сарай было занялся, но они сами затушили. Фетиска оттель прибегла, рассказывала, что старшой у красных сказал: «Чтоб ни одна бедняцкая хата не сгорела, а буржуев жгите».

— Ну слава те господи! Спаси их Христос! — крестится баба.

Суровый старик негодующе говорит:

— А ты чего же, милушка моя! Суседа спалили — так это «слава те господи»?

— Черт его не взял! — горячо и быстро лопочет баба. — Он себе ишо выстроит, а я за какую петлю строилась бы, ежли б сожгли? У Федота — кубышка золота зарытая, и у меня... весь век по чужим людям, у нужды на поводу!

— Пустите, маманя! Мне с пакетом надо поспешать, — просит всадник, наклоняясь с седла.

Мать идет рядом с лошадью, на ходу целует черную от загара руку сына, бежит к своей повозке, а всадник юношеским тенорком кричит:

— Сторонись! С пакетом к командующему! Сторонись!

Лошадь его горячится, вертит задом, выплясывает. Люди неохотно расступаются, всадник едет с кажущейся медлительностью, но вскоре исчезает за повозками, за спинами быков и лошадей, и только пика колышется над многолюдной толпой, приближаясь к Дону.

LXI

За день на левую сторону Дона были переброшены все повстанческие части и беженцы. Последними переправлялись конные сотни Вешенского полка 1-й дивизии Григория Мелехова.

До вечера Григорий с двенадцатью отборными сотнями удерживал натиск красной 33-й

Кубанской дивизии. Часов в пять от Кудинова получил уведомление о том, что воинские части и беженцы переправлены, и тогда только отдал приказ об отступлении.

По разработанному заранее плану повстанческие сотни Обдонья должны были переправиться и разместиться каждая против своего хутора. К полудню в штаб стали поступать донесения от сотен. Большинство их уже расположилось по левобережью против своих хуторов.

Туда, где между хуторами были интервалы, штаб перебросил сотни из казаков степной полосы побережья. Кружилинская, Максаево-Сингинская, Каргинская пешая, Латышевская, Лиховидовская и Грачевская сотни заняли промежутки между Пегаревкой, Вешенской, Лебяжинским, Красноярским, остальные отошли в тыл, на хутора Задонья — Дубровку, Черный, Гороховку — и должны были, по мысли Сафонова, составить тот резерв, который понадобился бы командованию в случае прорыва.

По левой стороне Дона, от крайних к западу хуторов Казанской станицы до Усть-Хопра, на сто пятьдесят верст протянулся повстанческий фронт.

Переправившиеся казаки готовились к позиционным боям: спешно рыли траншеи, рубили и пилили тополя, вербы, дубы, устраивали блиндажи и пулеметные гнезда. Все порожние мешки, найденные у беженцев, насыпа́ли песком, укладывали внакат, бруствером, перед сплошной линией траншей.

К вечеру рытье траншей всюду было закончено. За Вешенской в сосновых посадках замаскировались 1-я и 3-я повстанческие батареи. На восемь орудий имелось всего-навсего пять снарядов. На исходе были и винтовочные патроны. Кудинов с коннонарочными разослал приказ, строжайше запрещавший отстреливаться. В приказе предлагалось выделить из сотен по одному, по два наиболее метких стрелка, снабдить их достаточным числом патронов, с тем чтобы эти сверхметкие стрелки уничтожали красных пулеметчиков и тех красноармейцев, которые будут показываться на улицах правобережных хуторов. Остальным разрешалось стрелять только в том случае, если красные вздумают предпринять попытку к переправе.

Григорий Мелехов уже в сумерках объехал разбросанные вдоль Дона части своей дивизии, ночевать вернулся в Вешенскую.

Разводить огни в займище было воспрещено. Не было огней и в Вешенской. Все Задонье тонуло в лиловой мгле.

Рано утром на базковском бугре появились первые красные разъезды. Вскоре они замаячили по всем курганам правобережья от Усть-Хоперской до Казанской. Красный фронт могущественной лавой подкатывался к Дону. Потом разъезды скрылись, и до полудня бугры мертвели в пустынной тяжкой тишине.

По Гетманскому шляху ветер кружил белесые столбы пыли. На юге все еще стояла багрово-черная мгла пожарища. Разметанные ветром тучи скапливались снова. По бугру легла крылатая тучевая тень. Жиганула белая при дневном свете молния. Серебристой извилистой росшивью она на миг окаймила синюю тучу, сверкающим копьем метнулась вниз и ударила в тугую выпуклую грудину сторожевого кургана. Гром словно расколол нависшую тучевую громадину: из недр ее хлынул дождь. Ветер косил его, нес белесыми пляшущими волнами по меловым косогорам обдонских отрогов, по увядшим от жара подсолнухам, по поникшим хлебам.

Дождь обновил молодую, но старчески серую от пыли листву. Сочно заблистали яровые всходы, подняли круглые головы желтолицые подсолнухи, с огородов пахнуло медвяным запахом цветущей тыквы. Утолившая жажду земля долго дышала паром...

За полдень на сторожевых насыпных курганах, редкой цепью лежавших по обдонскому гребню, протянувшихся над Доном до самого Азовского моря, снова появились разъезды красноармейцев.

С курганов желтобурунное плоское Задонье, изрезанное зелеными островами ендов, было видно на десятки верст. Красноармейские разъезды с опаской стали съезжать в хутора. С бугра цепями повалила пехота. За сторожевыми курганами, на которых некогда дозорные половцев и воинственных бродников караулили приход врага, стали красные батареи.

Расположившаяся на Белогорской горе батарея начала обстрел Вешенской. Первая граната разорвалась на площади, а потом серые дымки снарядных разрывов и молочно-белые, тающие на ветру шапки шрапнелей покрыли станицу. Еще три батареи начали обстреливать Вешенскую и казачьи траншеи у Дона.

На Большом Громке яростно возговорили пулеметы. Два «гочкиса» били короткими очередями, а баритонистый «максим» рассыпал неумолчную железную дробь, пристрелявшись по звеньям перебегавшей за Доном повстанческой пехоты. К буграм подтягивались обозы. На поросших терновником склонах гор рыли окопы. По Гетманскому шляху цокотали колеса двуколок и фурманок, за ними длинным клубящимся подолом тянулась пыль.

Орудийный гул шел по всему фронту. С господствовавших над местностью Обдонских гор красные батареи обстреливали Задонье до позднего вечера. Изрезанное траншеями повстанцев займище молчало на всем протяжении от Казанской до Усть-Хоперской. Коноводы укрылись с лошадьми в потайных урёмах*, непролазно заросших камышом, осокой и кугой. Там коней не беспокоил гнус, в оплетенной диким хмелем чаще было прохладно. Деревья и высокий белотал надежно укрывали от красноармейских наблюдателей.

Ни души не было на зеленой луговой пойме. Изредка лишь на лугу показывались согбенные от страха фигурки беженцев, пробиравшихся подальше от Дона. Красноармейский пулемет выщелкивал по ним несколько очередей, тягучий посвист пуль кидал перепуганных беженцев на землю. Они лежали в густой траве до сумерек и только тогда на рысях уходили к лесу, без оглядки спешили на север, в ендовы, гостеприимно манившие густейшей зарослью ольшаника и берез.

---

* Урёма — мелкий лес и кустарник в низменных долинах рек.

Два дня Вешенская была под усиленным артиллерийским обстрелом. Жители не показывались из погребов и подвалов. Лишь ночью оживали изрытые снарядами улицы станицы.

В штабе высказывали предположения, что столь интенсивный обстрел есть не что иное, как подготовка к наступлению, к переправе. Были опасения, что красные начнут переправу именно против Вешенской, с целью занять ее и, вонзившись клином в протянувшийся по прямой линии фронт, расчленить его надвое, а затем уже фланговым наступлением с Калача и Усть-Медведицы сокрушить окончательно.

По приказу Кудинова, в Вешенской у Дона было сосредоточено более двадцати пулеметов, снабженных достаточным числом пулеметных лент. Командиры батарей получили приказ расстрелять оставшиеся снаряды только в том случае, если красные вздумают переправляться. Паром и все лодки были заведены в затон выше Вешенской, находились там под сильной охраной.

Григорию Мелехову опасения штабных казались необоснованными. На происходившем 24 мая совещании он высмеял предположения Ильи Сафонова и его единомышленников.

— На чем они будут переправляться против Вёшек? — говорил он. — Да разве ж тут дозволительное для переправы место? Вы поглядите: с энтой стороны голый, как бубен, берег, песчаная ровная коса, у самого Дона — ни лесочка, ни кусточка. Какой же дурак сунется в этой местности переправляться? Один Илья Сафонов при его способностях мог бы в такую пропасть лезть... Пулеметы на таком голом берегу выкосят всех до единого! И ты не думай, Кудинов, что красные командиры дурее нас с тобой. Середь них есть побашковитей нас! В лоб на Вёшки они не пойдут, и нам следовает ждать переправы не тут, а либо там, где мелко, где броды образовываются на россыпях, либо там, где местность потаенная, в складках и в лесу. За такими угрожаемыми местами надо дюже наблюдать, особенно ночьми; казаков предупреждать, чтобы маху не дали, чтобы не прогрaчевали, а к опасным местам загодя подвести резервы, чтобы было что сунуть на случай беды.

— Говоришь — не пойдут на Вёшки? А почему они допоздна кроют по станице из орудий? — задал вопрос помощник Сафонова.

— Это ты уже у них спроси. По одним Вешкам стреляют, что ли? И по Казанке бьют, по Еринскому, вон с Семеновской горы — и то наворачивают. Они сквозь бьют из орудий. У них снарядов, должно, трошки поболе, чем у нас. Это наша с... артиллерия имеет пять снарядов, да и у энтих стаканы из дуба тесанные.

Кудинов захохотал:

— Ну вот это в точку попал!

— Тут критику нечего наводить! — обиделся присутствовавший на совещании командир 3-й батареи. — Тут надо о деле гутарить.

— Гутарь, кто ж тебе на язык наступает? — Кудинов нахмурился, заиграл пояском. — Говорено было не раз вам, чертям: «Не расходуйте без толку снаряды, блюдите для важных случаев!» Так нет, били по чем попадя, по обозам — и то били. А сейчас вот подошло гузном к пузу — вдарить нечем. Чего же обижаться на критику? Правильно Мелехов над вашей дубовой артиллерией надсмехается. Справа ваша истинно смеху достойна!

Кудинов стал на сторону Григория, решительно поддержав его предложение об усиленной охране наиболее подходящих для переправы мест и сосредоточении в непосредственной близости от угрожаемых участков резервных частей. Было решено из имевшихся в самой Вешенской пулеметов выделить несколько штук для передачи Белогорской, Меркуловской и Громковской сотням, на участках которых переправа была всего возможней.

Предположение Григория о том, что красные не будут предпринимать попыток к переправе против Вешенской, а изберут для этого более удобное место, подтвердилось на другой же день. Утром командир Громковской сотни сообщил, что красные готовятся к переправе. Всю ночь на той стороне Дона слышались гомон, стук молотков, скрип колес. Откуда-то на многочисленных подводах на Громок привозили доски, их сбрасывали, и тотчас же начинали повизгивать пилы, слышно было, как стучали топорами и молотками. По всему можно было судить, красные что-то сооружают. Казаки вначале предполагали, что наводится понтонный мост. Двое смельчаков ночью зашли на полверсты выше того места, откуда доносились шумы плотницкой работы, растелешились и, под прикрытием надетых на головы кустов, по течению тихо сплыли на низ. Они были у самого берега, неподалеку от них переговаривались красноармейцы расположившейся под вербами пулеметной заставы, отчетливо слышались голоса и стук топоров в хуторе, но на воде ничего не было видно. Красные если и строили что-то, то, во всяком случае, не мост.

Громковский сотенный усилил наблюдение за неприятельской стороной. На заре наблюдатели, неотрывно смотревшие в бинокль, долго ничего не видели. Но вскоре один из них, считавшийся еще на германской войне лучшим стрелком в полку, приметил в предрассветном сумеречье красноармейца, спускавшегося к Дону с двумя оседланными лошадьми.

— Красный спущается к воде, — шепнул казак товарищу и отложил бинокль.

Лошади забрели по колено, стали пить.

Казак накинул на локоть левой руки длинно отпущенный винтовочный погон, поднял навесную рамку, долго и тщательно выцеливал...

После выстрела одна из лошадей мягко завалилась на бок, другая поскакала в гору. Красноармеец нагнулся, чтобы снять с убитой лошади седло. Казак выстрелил вторично, тихо засмеялся: красноармеец быстро выпрямился, побежал было от Дона, но вдруг упал. Упал ничком и больше уже не поднялся...

Григорий Мелехов, как только получил сообщение о подготовке красных к переправе, оседлал коня, поехал на участок Громковской сотни. За станицей он вброд переехал узкий усынок озера, рукавом отходившего от Дона и тянувшегося до конца станицы, поскакал лесом.

Дорога лежала лугом, но по лугу было опасно ехать, поэтому Григорий избрал несколько кружный путь: лесом проехал до конца озера Рассохова, по кочкам и белоталу добрался до Калмыцкого брода (узкого протока, густо заросшего кувшинками, резучкой и камышом, соединявшего одну из луговых музг с озером Подстойлицей), и только перебравшись через стрямкий Калмыцкий брод, остановил коня, дал ему несколько минут отдохнуть.

До Дона было по прямой около двух верст. Ехать к траншеям лугом — значило подвергнуться обстрелу. Можно было дождаться вечерних сумерек, чтобы пересечь ровное полотнище луга затемно, но Григорий, не любивший ожидания, всегда говаривавший, что «хуже всего на свете — это дожидаться и догонять», решил ехать сейчас же. «Ахну намётом во всю конскую резвость, небось, не попадут!» — подумал он, выезжая из кустов.

Выбрал зеленую гривку верб, отножиной выходившую из придонского леса, поднял плеть. От удара, обжегшего круп, от дикого гика конь дрогнул всем телом, заложил уши и, все больше набирая скорость, птицей понесся к Дону. Не успел Григорий проскакать полсотни саженей, как с бугра правобережья навстречу ему длинными очередями затакал пулемет. «Тюуть! Тюуть! Тюуть! Тью! Тью!» — по-сурчиному засвистали пули. «Увышал, дядя!» — подумал Григорий, стискивая конские бока, пуская поводья, касаясь щекой вихрившейся под встречным ветром конской гривы. И, словно угадав его мысль, красный пулеметчик, лежавший за зеленым щитком станкового пулемета где-то на беломысом бугре, взял прицел с упреждением, резанул струею пулеметного огня ниже, и уже под передними копытами коня смачно зачмокали, по-змеиному

зашипели накаленные в полете пули. Они вгрызались во влажную, еще не просохшую от полой воды почву, брызгали горячей грязью... «Цок! Шшшиу! Цок! Цок!» — и опять над головой и возле конского корпуса: «Тиууу! Тьють!.. Тиииуууу».

Приподнявшись на стременах, Григорий почти лежал на вытянутой конской шее. Со страшной быстротой катилась навстречу зеленая грядина верб. Когда он достиг уже половины пути, с Семеновского бугра садануло орудие. Железный скрежет снаряда потряс воздух. Близкий грохот разрыва заставил Григория качнуться в седле. Еще не заглох в ушах его стонущий визг и вой осколков, еще не успели подняться в ближней музге камыши, поваленные буревым давлением воздуха, с шорохом выпрямлявшиеся, — как на горе раздался гром орудийного выстрела, и вой приближавшегося снаряда снова стал давить Григория, прижимать его к седлу.

Ему показалось, что гнетущий, достигший предельного напряжения скрежет на какую-то сотую долю секунды оборвался, и вот в эту-то сотую секунды перед глазами его дыбом встало взметнувшееся черное облако, от сокрушающего удара задрожала земля, передние ноги коня как будто провалились куда-то...

Григорий очнулся в момент падения. Он ударился о землю так сильно, что на коленях его лопнули защитные суконные шаровары, оборвались штрипки. Мощная волна сотрясенного разрывом воздуха далеко отбросила его от коня, и уже упав, он еще несколько саженей скользил по траве, обжигая о землю ладони и щеку.

Оглушенный падением, Григорий поднялся на ноги. Сверху черным дождем сыпались комки и крохи земли, вывернутые корневища трав... Конь лежал в двадцати шагах от воронки. Голова его была неподвижна, но задние ноги, закиданные землей, мокрый от пота круп и пологий скат репицы дрожали мелкой, конвульсивной дрожью.

Пулемет на той стороне Дона умолк. Минут пять стояла тишина. Над музгой тревожно кричали голубые рыбники. Григорий пошел к коню, преодолевая головокружение. Ноги его тряслись, были странно тяжелы. Он испытывал такое ощущение, какое обычно бывает при ходьбе после долгого и неудобного сидения, когда от временно нарушенного кровообращения отекшие ноги кажутся чужими и каждый шаг звоном отдается во всем теле...

Григорий снял с убитого коня седло и едва вошел в посеченные осколками камыши ближайшей музги, как снова с ровными промежутками застучал пулемет. Полета пуль не было слышно — очевидно, с бугра стреляли уже по какой-нибудь новой цели.

Час спустя он добрался до землянки сотенного.

— Зараз перестали плотничать, — говорил командир сотни, — а ночью непременно опять заработают. Вы бы нам патронишков подкинули, а то ить хучь кричи — по обойме, по две на брата.

— Патроны привезут к вечеру. Глаз не своди с энтого берега!

— И то глядим. Ноне ночью думаю вызвать охотников, чтобы переплыли да поглядели, что они там выстраивают.

— А почему этой ночью не послал?

— Посылал, Григорий Пантелевич, двоих, но они забоялись в хутор идтить. Возле берега проплыли, а в хутор — забоялись... Да и кого же понудишь зараз? Дело рисковое, напхнешься на ихнюю заставу — и враз заворот кровям сделают. Поблизу от своих базов что-то казачки не дюже лихость показывают... На германской, бывало, до черта было рискателей кресты добывать, а зараз не то что в глыбокую разведку — в заставу и то не допросишься идтить. А тут с бабами беда: понашли к мужьям, ночуют тут же в окопах, а выгнать не моги. Вчерась начал их выгонять, а казаки на меня грозятся: «Пущай, дескать, посмирнее себя ведет, а то мы с ним живо управимся!»

Григорий из землянки сотенного пошел в траншеи. Они зигзагом тянулись по лесу саженях в двадцати от Дона. Дубняк, кусты чилизника и густая поросль молодых тополей скрывали желтую насыпь бруствера от глаз красноармейцев. Ходы сообщения соединяли траншеи с блиндажами, где отдыхали казаки. Около землянок валялись сизая шелуха сушеной рыбы, бараньи кости, подсолнечная лузга, окурки, какие-то лоскутья; на ветках висели выстиранные чулки, холстинные исподники, портянки, бабьи рубахи и юбки...

Из первой же землянки высунула простоволосую голову молодая заспанная бабенка. Она протерла глаза, равнодушно оглядела Григория; как суслик в норе, скрылась в черном отверстии выхода. В соседней землянке тихо пели. С мужскими голосами сплетался придушенный, но высокий и чистый женский голос. У самого входа в третью землянку сидела немолодая, опрятно одетая казачка. На коленях у нее покоилась тронутая сединой чубатая голова казака. Он дремал, удобно лежа на боку, а жена проворно искала его, била на деревянном зубчатом гребне черноспинных головных вшей, отгоняла мух, садившихся на лицо ее престарелого «дружечки». Если бы не злобное тарахтенье пулемета за Доном, не гулкое буханье орудий, доносившееся по воде откуда-то сверху, не то с Мигулинского, не то с Казанского юртов, можно было бы подумать, что у Дона станом стали косари — так мирен был вид пребывавшей на линии огня Громковской повстанческой сотни.

Впервые за пять лет войны Григорий видел столь необычайную позиционную картину. Не в силах сдержать улыбки, он шел мимо землянок, и всюду взгляд его натыкался на баб, прислуживавших мужьям, чинивших, штопавших казачью одежду, стиравших служивское бельишко, готовивших еду и мывших посуду после немудрого полуднования.

— Ничего вы тут живете! С удобствами... — сказал сотенному Григорий, возвратясь в его землянку.

Сотенный осклабился:

— Живем — лучше некуда.

— Уже дюже удобно! — Григорий нахмурился: — Баб отседова убрать зараз же! На войне —

и такое!.. Базар тут у тебя али ярмарка? Что это такое? Этак красные Дон перейдут, а вы и не услышите: некогда будет слухать, на бабах будете страдать... Гони всех длиннохвостых, как только смеркнется! А то завтра приеду, и ежели завижу какую в юбке — голову тебе первому сверну!

— Оно-то так... — охотно соглашался сотенный. — Я сам супротив баб, да что с казаками поделаешь? Дисциплина рухнулась... Бабы по мужьям наскучили, ить третий месяц воюем!

А сам, багровея, садился на земляные нары, чтобы прикрыть собою брошенную на нары красную бабью завеску, и, отворачиваясь от Григория, грозно косился на отгороженный дерюгой угол землянки, откуда высматривал смеющийся карий глаз его собственной женушки...

LXII

Аксинья Астахова поселилась в Вешенской у своей двоюродной тетки, жившей на краю станицы, неподалеку от новой церкви. Первый день она разыскивала Григория, но его еще не было в Вешенской, а на следующий день допоздна по улицам и переулкам свистали пули, рвались снаряды, и Аксинья не решилась выйти из хаты.

«Вызвал в Вёшки, сулил — вместе будем, а сам лытает черт-те где!» — озлобленно думала она, лежа в горнице на сундуке, покусывая яркие, но уже блекнущие губы. Старуха тетка сидела у окна, вязала чулок, после каждого орудийного выстрела крестилась.

— Ох, господи Исусе! Страсть-то какая! И чего они воюют? И чего они взъелися один на одного?

На улице, саженях в пятнадцати от хаты, разорвался снаряд. В хате, жалобно звякая, посыпались оконные глазки.

— Тетка! Уйди ты от окна, ить могут в тебя попасть! — просила Аксинья.

Старуха из-под очков усмешливо осматривала ее, с досадой отвечала:

— Ох, Аксютка! Ну и дурная же ты, погляжу я на тебя. Что я, неприятель, что ли, им? С какой стати они будут в меня стрелять?

— Нечаянно убьют! Ить они же не видют, куда пули летят.

— Так уж и убьют! Так уж и не видют! Они в казаков стреляют, казаки им, красным-то, неприятели, а я — старуха, вдова, на что я им нужна? Они знают, небось, в кого им целить из ружьев, из пушков-то!

В полдень по улице, по направлению к нижней луке промчался пригнувшийся к конской шее Григорий. Аксинья увидела его в окно, выскочила на увитое диким виноградом крылечко, крикнула: «Гриша!..» — но Григорий уже скрылся за поворотом, только пыль, вскинутая копытами его коня, медленно оседала на дороге. Бежать вдогонку было бесполезно. Аксинья постояла на крыльце, заплакала злыми слезами.

— Это не Степа промчался? Чегой-то ты выскочила как бешеная? — спросила тетка.

— Нет... Это — один наш хуторный... — сквозь слезы отвечала Аксинья.

— А чего же ты слезу сронила? — допытывалась любознательная старуха.

— И чего вам, тетинка, надо? Не вашего ума дело!

— Так уж и не нашего ума... Ну, значит, любезный промчался. А то чего же! Ни с того ни с сего ты бы не закричала... Сама жизню прожила, знаю!

К вечеру в хату вошел Прохор Зыков.

— Здорово живете! А что у вас, хозяюшка, никого нету из Татарского?

— Прохор! — обрадованно ахнула Аксинья, выбежала из горницы.

— Ну, девка, задала ты мне пару! Все ноги прибил, тебя искамши! Он ить какой? Весь в батю, взгальный. Стрельба идет темная, все живое похоронилось, а он — в одну душу: «Найди ее, иначе в гроб вгоню!»

Аксинья схватила Прохора за рукав рубахи, увлекла в сенцы.

— Где же он, проклятый?

— Хм... Где же ему быть? С позициев пеши припер. Коня под ним убили ноне. Злой пришел, как цепной кобель. «Нашел?» — спрашивает. «Где же я ее найду? — говорю. — Не родить же мне ее!» А он: «Человек не иголка!» Да как зыкнет на меня... Истый бирюк в человечьей коже!

— Чего он говорил-то?

— Собирайся и пойдем, боле ничего!

Аксинья в минуту связала свой узелок, наспех попрощалась с теткой.

— Степан прислал, что ли?

— Степан, тетинка!

— Ну, поклон ему неси. Что же он сам-то не зашел? Молочка бы попил, вареники, вон, у нас осталися...

Аксинья, не дослушав, выбежала из хаты.

Пока дошла до квартиры Григория — запыхалась, побледнела, уж очень быстро шла, так что Прохор под конец даже стал упрашивать:

— Послухай ты меня! Я сам в молодых годах за девками притоптывал, но сроду так не поспешал, как ты. Али тебе терпежу нету? Али пожар какой? Я задвыхаюсь! Ну кто так по песку летит? Все у вас как-то не по-людски...

А про себя думал: «Сызнова склещились... Ну, зараз их и сам черт не растянет! Они свой интерес справляют, а я должон был ее, суку, под пулями искать... Не дай и не приведи бог — узнает Наталья, да она меня с ног и до головы... Коршуновскую породу тоже знаем! Нет, кабы не потерял я коня с винтовкой при моей пьяной слабости, черта с два я пошел бы тебя искать по станице! Сами вязались, сами развязывайтесь!»

В горнице с наглухо закрытыми ставнями дымно горел жирник. Григорий сидел за столом. Он только что вычистил винтовку и еще не кончил протирать ствол маузера, как скрипнула дверь. На пороге стала Аксинья. Узкий белый лоб ее был влажен от пота, а на бледном лице с такой исступленной страстью горели расширившиеся злые глаза, что у Григория при взгляде на нее радостно вздрогнуло сердце.

— Сманул... а сам... пропадаешь... — тяжело дыша, выговаривала она.

Для нее теперь, как некогда, давным-давно, как в первые дни их связи, уже ничего не существовало, кроме Григория. Снова мир умирал для нее, когда Григорий отсутствовал, и возрождался заново, когда он был около нее. Не совестясь Прохора, она бросилась к Григорию, обвилась диким хмелем и, плача, целуя щетинистые щеки любимого, осыпая короткими поцелуями нос, лоб, глаза, губы, невнятно шептала, всхлипывала:

— Из-му-чи-лась!.. Изболелась вся! Гришенька! Кровинушка моя!

— Ну вот... Ну вот видишь... Да погоди!.. Аксинья, перестань... — смущенно бормотал Григорий, отворачивая лицо, избегая глядеть на Прохора.

Он усадил ее на лавку, снял с головы ее сбившуюся на затылок шаль, пригладил растрепанные волосы:

— Ты какая-то...

— Я все такая же! А вот ты...

— Нет, ей-богу, ты — чумовая!

Аксинья положила руки на плечи Григория, засмеялась сквозь слезы, зашептала скороговоркой:

— Ну как так можно? Призвал... пришла пеши, все бросила, а его нету... Проскакал мимо, я выскочила, шумнула, а ты уж скрылся за углом... Вот убили бы, и не поглядела бы на тебя в остатний разочек...

Она еще что-то говорила несказанно-ласковое, милое, бабье, глупое и все время гладила ладонями сутулые плечи Григория, неотрывно смотрела в его глаза своими навек покорными глазами.

Что-то во взгляде ее томилось жалкое и в то же время смертельно-ожесточенное, как у затравленного зверя, такое, отчего Григорию было неловко и больно на нее смотреть.

Он прикрывал глаза опаленными солнцем ресницами, насильственно улыбался, молчал, а у нее на щеках все сильнее проступал полыхающий жаром румянец и словно синим дымком заволакивались зрачки.

Прохор вышел, не попрощавшись, в сенцах сплюнул, растер ногой плевок.

— Заморока, и все! — ожесточенно сказал он, сходя со ступенек, и демонстративно громко хлопнул калиткой.

LXIII

Двое суток прожили они как во сне, перепутав дни и ночи, забыв об окружающем. Иногда Григорий просыпался после короткого дурманящего сна и видел в полусумраке устремленный на него внимательный, как бы изучающий взгляд Аксиньи. Она обычно лежала облокотившись, подперев щеку ладонью, смотрела, почти не мигая.

— Чего смотришь? — спрашивал Григорий.

– Хочу наглядеться досыта... Убьют тебя, сердце мне вещует.

— Ну уж раз вещует — гляди, — улыбался Григорий.

На третьи сутки он впервые вышел на улицу. Кудинов одного за другим с утра слал посыльных, просил прийти на совещание. «Не приду. Пущай без меня совещаются», — отвечал Григорий гонцам.

Прохор привел ему нового, добытого в штабе коня, ночью съездил на участок Громковской сотни, привез брошенное там седло. Аксинья, увидев, что Григорий собирается ехать, испуганно спросила:

— Куда?

— Хочу пробечь до Татарского, поглядеть, как наши хутор обороняют, да, кстати, разузнать, где семья.

— По детишкам скучился? — Аксинья зябко укутала шалью покатые смуглые плечи.

— Скучился.

— Ты бы не ездил, а?

— Нет, поеду.

— Не ездий! — просила Аксинья, и в черных провалах ее глазниц начинали горячечно поблескивать глаза. — Значит, тебе семья дороже меня? Дороже? И туда и сюда потягивает? Так ты либо возьми меня к себе, что ли. С Натальей мы как-нибудь уживемся... Ну, ступай! Езжай! Но ко мне больше не являйся! Не приму. Не хочу я так!.. Не хочу!

Григорий молча вышел во двор, сел на коня.

Сотня татарских пластунов поленилась рыть траншеи.

— Чертовщину выдумывают, — басил Христоня. — Что мы, на германском фронте, что ли? Рой, братишки, обнаковенные, стал быть, окопчики по колено глубиной. Мысленное дело, стал быть, такую заклеьслую землю рыть в два аршина глуби? Да ее ломом не удолбишь, не то что лопатой.

Его послушали, на хрящеватом обрывистом яру левобережья вырыли окопчики для лежания, а в лесу поделали землянки.

— Ну вот мы и перешли на сурчиное положение! — острил сроду не унывающий Аникушка. — В нурях будем жить, трава на пропитание пойдет, а то все бы вам блинцы с каймаком трескать, мясу, лапшу с стерлядью... А донничку не угодно?

Татарцев красные мало беспокоили. Против хутора не было батарей. Изредка лишь с правобережья начинал дробно выстукивать пулемет, посылая короткие очереди по высунувшемуся из окопчика наблюдателю, а потом опять надолго устанавливалась тишина.

Красноармейские окопы находились на горе. Оттуда тоже изредка постреливали, но в хутор красноармейцы сходили только ночью, и то ненадолго.

Григорий въехал на свое займище перед вечером.

Все здесь было ему знакомо, каждое деревцо порождало воспоминания... Дорога шла по Девичьей поляне, на которой казаки ежегодно на Петров день пили водку, после того как «растрясали» (делили) луг. Мысом вдается в займище Алешкин перелесок. Давным-давно в этом, тогда еще безыменном, перелеске волки зарезали корову, принадлежавшую какому-то Алексею — жителю хутора Татарского. Умер Алексей, стерлась память о нем, как стирается надпись на могильном камне, даже фамилия его забыта соседями и сородичами, а перелесок, названный его именем, живет, тянет к небу темно-зеленые кроны дубов и караичей. Их вырубают татарцы на поделку необходимых в хозяйственном обиходе предметов, но от коренастых пней весною выметываются живучие молодые побеги, год-два неприметного роста, и снова Алешкин перелесок летом — в малахитовой зелени распростертых ветвей, осенью — как в золотой кольчуге, в червонном зареве зажженных утренниками резных дубовых листьев.

Летом в Алешкином перелеске колючий ежевичник густо оплетает влажную землю, на вершинах старых караичей вьют гнезда нарядно оперенные сизоворонки и сороки; осенью, когда бодряще и горько пахнет желудями и дубовым листом-падалицей, в перелеске коротко гостят пролетные вальдшнепы, а зимою лишь круглый печатный след лисы протянется жемчужной нитью по раскинутой белой кошме снега. Григорий не раз в юношестве ходил ставить в Алешкин перелесок капканы на лис...

Он ехал под прохладной сенью ветвей, по старым заросшим колесникам прошлогодней дороги. Миновал Девичью поляну, выбрался к Черному яру, и воспоминания хмелем ударили в голову. Около трех тополей мальчишкой когда-то гонялся по музгочке за выводком еще нелетных диких утят, в Круглом озере с зари до вечера ловил линей... А неподалеку — шатристое деревцо калины. Оно стоит на отшибе, одинокое и старое. Его видно с мелеховского база, и каждую осень Григорий, выходя на крыльцо своего куреня, любовался на калиновый куст, издали словно охваченный красным языкастым пламенем. Покойный Петро так любил пирожки с горьковатой и вяжущей калиной...

Григорий с тихой грустью озирал знакомые с детства места. Конь шел, лениво отгоняя хвостом густо кишевшую в воздухе мошкару, коричневых злых комаров. Зеленый пырей и аржанец мягко клонились под ветром. Луг крылся зеленой рябью.

Подъехав к окопам татарских пластунов, Григорий послал за отцом. Где-то далеко на левом фланге Христоня крикнул:

— Прокофич! Иди скорее, стал быть, Григорий приехал!..

Григорий спешился, передал поводья подошедшему Аникушке, еще издали увидел торопливо хромавшего отца.

— Ну, здорово, начальник!

— Здравствуй, батя.

— Приехал?

— Насилу собрался! Ну, как наши? Мать, Наталья где?

Пантелей Прокофьевич махнул рукой, сморщился. По черной щеке его скользнула слеза...

— Ну, что такое? Что с ними? — тревожно и резко спросил Григорий.

— Не переехали...

— Как так?!

— Наталья дня за два легла начисто. Тиф, должно... Ну а старуха не захотела ее покидать... Да ты не пужайся, сынок, у них там все по-хорошему.

— А детишки? Мишатка? Полюшка?

— Тоже там. А Дуняшка переехала. Убоялась оставаться... Девичье дело, знаешь? Зараз с Аникушкиной бабой ушли на Волохов. А дома я уж два раза был. Середь ночи на баркасе тихочко перееду, ну и проотведовал. Наталья дюже плохая, а детишечки ничего, слава богу... Без памяти Натальюшка-то, жар у ней, ажник губы кровью запеклись.

— Чего же ты их не перевез сюда?! — возмущенно крикнул Григорий.

Старик озлился, обида и упрек были в его дрогнувшем голосе:

— А ты чего делал? Ты не мог прибечь загодя перевезть их?

— У меня дивизия! Мне дивизию надо было переправлять! — запальчиво возразил Григорий.

— Слыхали мы, чем ты в Вёшках займаешься... Семья, кубыть, и без надобностев? Эх, Григорий! О боге надо подумывать, ежли о людях не думается... Я не тут переправлялся, а то разве я не забрал бы их? Мой взвод в Елани был, а покедова дошли сюда, красные уже хутор заняли.

— Я в Вёшках!.. Это дело тебя не касается... И ты мне... — Голос Григория был хрипл и придушен.

— Да я ничего! — испугался старик, с неудовольствием оглядываясь на толпившихся неподалеку казаков. — Я не об этом... А ты потише гутарь, люди, вон, слухают... — И перешел на шепот: — Ты сам не махонькое дите, сам должон знать, а об семье не болей душой. Наталья, бог даст, почунеется, а красные их не забижают. Телушку-летошницу, правда, зарезали, а так — ничего. Поимели милость и не трогают... Зерна взяли мер сорок. Ну да ить на войне не без урону!

— Может, их зараз бы забрать?

— Незачем, по-моему. Ну, куда ее, хворую, взять? Да и дело рисковое. Им и там ничего. Старуха за хозяйством приглядывает, оно и мне так спокойнее, а то ить в хуторе пожары были.

— Кто сгорел?

— Плац весь выгорел. Купецкие дома все больше. Сватов Коршуновых начисто сожгли. Сваха Лукинична зараз на Андроповом, а дед Гришака тоже остался дом соблюдать. Мать твоя рассказывала, что он, дед Гришака-то, сказал: «Никуда со своего база не тронуся, и анчихристы ко мне не взойдут, крестного знамения убоятся». Он под конец вовзят зачал умом мешаться. Но, как видать, красюки не испужались его креста, курень и подворье ажник дымом охватились, а про него и не слыхать ничего... Да ему уж и помирать пора. Домовину исделал себе уж лет двадцать назад, а все живет... А жгет хутор друзьяк твой, пропади он пропастью!

— Кто?

— Мишка Кошевой, будь он трижды проклят!

— Да ну?!

— Он, истинный бог! У наших был, про тебя пытал. Матери так и сказал: «Как перейдем на энту сторону — Григорий ваш первый очередной будет на шворку. Висеть ему на самом высоком дубу. Я об него, говорит, и шашки поганить не буду!» А про меня спросил и — ощерился. «А энтого, говорит, хромого черти куда понесли? Сидел бы дома, говорит, на печке. Ну а уж ежли поймаю, то до смерти убивать не буду, но плетюганов ввалю, покеда дух из него пойдет!» Вот какой распрочерт оказался! Ходит по хутору, пущает огонь в купецкие и в поповские дома и говорит: «За Ивана Алексеевича да за Штокмана всю Вешенскую сожгу!» Это тебе голос?

Григорий еще с полчаса проговорил с отцом, потом пошел к коню. В разговоре старик больше и словом не намекнул насчет Аксиньи, но Григорий и без этого был угнетен. «Все прослыхали, должно, раз уж батя знает. Кто же мог пересказать? Кто, окромя Прохора, видал нас вместе? Неужели и Степан знает?» Он даже зубами скрипнул от стыда, от злости на самого себя...

Коротко потолковал с казаками. Аникушка все шутил и просил прислать на сотню несколько ведер самогона.

— Нам и патронов не надо, лишь бы водочка была! — говорил он, хохоча и подмигивая, выразительно щелкая ногтем по грязному вороту рубахи.

Христоню и всех остальных хуторян Григорий угостил припасенным табаком; и уже перед тем, как ехать, увидел Степана Астахова. Степан подошел, не спеша поздоровался, но руки не подал.

Григорий видел его впервые со дня восстания, всматривался пытливо и тревожно: «Знает ли?» Но красивое сухое лицо Степана было спокойно, даже весело, и Григорий облегченно вздохнул: «Нет, не знает!»

LXIV

Через два дня Григорий возвратился из поездки по фронту своей дивизии. Штаб командующего перебрался в хутор Черный. Григорий около Вешенской дал коню отдохнуть с полчаса, напоил его и, не заезжая в станицу, направился в Черный.

Кудинов встретил его весело, посматривал с выжидающей усмешкой.

— Ну, Григорий Пантелеев, что видал? Рассказывай.

— Казаков видал, красных на буграх видал.

— Много делов ты усмотрел! А к нам три аэроплана прилетали, патронов привезли и письмишки кое-какие...

— Что же тебе пишет твой корешок генерал Сидорин?

— Мой односум-то? — в том же шутливом тоне продолжая начатый разговор, переспросил необычно веселый Кудинов. — Пишет, чтобы из всех силов держался и не давал красным переправляться. И ишо пишет, что вот-вот двинется Донская армия в решительное наступление.

— Сладко пишет.

Кудинов посерьезнел:

— Идут на прорыв. Говорю только тебе и совершенно секретно! Через неделю порвут фронт Восьмой красной армии. Надо держаться.

— И то держимся.

— На Громке готовятся красные к переправе.

— Дóсе стучат топорами? — удивился Григорий.

— Стучат... Ну а ты что видал? Где был? Да ты, случаем, не в Вёшках ли отлеживался? Может, ты и не ездил никуда! Позавчера, никак, всю станицу я перерыл, тебя искал, и вот приходит один посыльный, говорит: «На квартире Мелехова не оказалось, а ко мне из горенки вышла какая-то дюже красивая баба и сказала: «Уехал Григорий Пантелевич», — а у самой глаза припухлые». Вот я и подумал: «Может, наш комдив с милушкой забавляется, а от нас хоронится?»

Григорий поморщился. Шутка Кудинова ему не понравилась:

— Ты бы поменьше разных брехнев слухал да ординарцев себе выбирал с короткими языками! А ежели будешь посылать ко мне дюже языкастых, так я им загодя буду языки шашкой отрубать... чтобы не брехали чего зря.

Кудинов захохотал, хлопнул Григория по плечу:

— Иной раз и ты шутки не принимаешь? Ну, хватит шутковать! Есть у меня к тебе и дельный разговор. Надо бы раздостать нам «языка» — это одно, а другое — надо бы ночушкой где-нибудь, не выше Казанской грани, переправить на энту сторону сотни две конных и взворошить красных. Может, даже на Громок переправиться, чтобы им паники нагнать, а? Как ты думаешь?

Григорий помолчал, потом ответил:

— Дело неплохое.

— А ты сам, — Кудинов налег на последнее слово, — не поведешь сотни?

— Почему сам?

— Боевитого надо командира, вот почему! Надо дюже боевитого, через то, что это — дело нешутейное. С переправой можно так засыпаться, что ни один не возвернется!

Польщенный Григорий, не раздумывая, согласился:

— Поведу, конечно!

— Мы тут планировали и надумали так, — оживленно заговорил Кудинов, встав с табурета, расхаживая по скрипучим половицам горницы. — Глубоко в тыл заходить не надо, а над Доном, в двух-трех хуторах тряхнуть их так, чтобы им тошно стало, разжиться патронами и снарядами, захватить пленных и тем же следом — обратно. Все это надо проделать за ночь, чтобы к рассвету быть уж на броду. Верно? Так вот, ты подумай, а завтра бери любых казаков на выбор и бузуй. Мы так и порешили: окромя Мелехова, некому это проделать! А проделаешь — Донское войско тебе не забудет этого. Как только соединимся со своими, напишу рапорт самому наказному атаману. Все твои заслуги распишу, и повышение...

Кудинов взглянул на Григория и осекся на полуслове: спокойное до этого лицо Мелехова почернело и исказилось от гнева.

— Я тебе что?.. — Григорий проворно заложил руки за спину, поднялся. — Я за-ради чинов пойду?.. Наймаешь?.. Повышение сулишь?.. Да я...

— Да ты постой!

— ... плюю на твои чины!

— Погоди! Ты не так меня...

— ... Плюю!

— Ты не так понял, Мелехов!

— Все я понял! — Григорий разом вздохнул и снова сел на табурет. — Ищи другого, я не поведу казаков за Дон!

— Зря ты горячку порешь.

— Не поведу! Нету об этом больше речи.

— Так я тебя не силую и не прошу. Хочешь — веди, не хочешь — как хочешь. Положение у нас зараз дюже сурьезное, поэтому и решили им тревоги наделать, не дать приготовиться к переправе. А про повышение я же шутейно сказал! Как ты шуток не понимаешь? И про бабу шутейно тебе припомнил, а потом вижу — ты чегой-то лютуешь, дай, думаю, ишо его распалю! Ить я-то знаю, что ты недоделанный большевик и чины всякие не любишь. А ты подумал, что я это сурьезно? — изворачивался Кудинов и смеялся так натурально, что у Григория на миг даже ворохнулась мыслишка: «А может, он и на самом деле дурковал?» — Нет, это ты... х-х-хо-хо-хо!.. по-го-ря-чился, браток! Ей-богу, в шутку сказал! Подражнить захотел...

— Все одно за Дон идтить я отказываюсь, передумал.

Кудинов играл кончиком пояска, равнодушно, долго молчал, потом сказал:

— Ну что же, раздумал или испугался — это не важно. Важно, что план наш срываешь! Но мы, конешно, пошлем ишо кого-нибудь. На тебе свет клином пока не сошелся... А что положение у нас зараз дюже сурьезное — сам суди. Нынче из Шумилинской прислал нам Кондрат Медведев новый приказ. Направляют на нас войска... Да вот почитай сам, а то ты как раз не поверишь... — Кудинов достал из полевой сумки желтый листок бумаги с бурыми пятнами засохшей на полях крови, подал его. — Нашли у комиссара какой-то Интернациональной роты. Латыш был комиссар. Отстреливался, гад, до последнего патрона, а потом кинулся на целый взвод казаков с винтовкой наперевес... Из них тоже бывают, из идейных-то... Комиссара подвалил сам Кондрат. Он и нашел у него в грудном кармане этот приказ.

На желтом, забрызганном кровью листке мелким черным шрифтом было напечатано:

ПРИКАЗ

По экспедиционным войскам

8 № 100

Богучар. *25 мая 1919 г.*

Прочесть во всех ротах, эскадронах, батареях и командах.

Конец подлому Донскому восстанию!

Пробил последний час!

Все необходимые приготовления сделаны. Сосредоточены достаточные силы, чтобы обрушить их на головы изменников и предателей. Пробил час расплаты с Каинами, которые свыше двух месяцев наносили удары в спину нашим действующим армиям Южного фронта. Вся рабочекрестьянская Россия с отвращением и ненавистью глядит на те Мигулинские, Вешенские, Еланские, Шумилинские банды, которые, подняв обманный красный флаг, помогают черносотенным помещикам: Деникину и Колчаку.

Солдаты, командиры, комиссары карательных войск!

Подготовительная работа закончена. Все необходимые силы и средства сосредоточены. Ваши ряды построены.

Теперь по сигналу — вперед!

Гнезда бесчестных изменников и предателей должны быть разорены. Каины должны быть истреблены. Никакой пощады к станицам, которые будут оказывать сопротивление. Милость только тем, кто добровольно сдаст оружие и перейдет на нашу сторону. Против помощников Колчака и Деникина — свинец, сталь и огонь!

Советская Россия надеется на вас, товарищи солдаты.

В несколько дней мы должны очистить Дон от черного пятна измены. Пробил последний час.

Все, как один, — вперед!

LXV

Девятнадцатого мая Мишка Кошевой был послан Гумановским — начальником штаба экспедиционной бригады 9-й армии — со спешным пакетом в штаб 32-го полка, который, по имевшимся у Гумановского сведениям, находился в хуторе Горбатовском.

В этот же день к вечеру Кошевой прискакал в Горбатовский, но штаба 32-го полка там не оказалось. Хутор был забит многочисленными подводами обоза второго разряда 23-й дивизии. Они шли с Донца под прикрытием двух рот пехоты, направляясь на УстьМедведицу.

Мишка проблуждал по хутору несколько часов, пытаясь из расспросов установить местопребывание штаба. В конце концов один из конных красноармейцев сообщил ему, что вчера штаб 32-го находился в хуторе Евлантьевском, около станицы Боковской.

Подкормив коня, Мишка ночью приехал в Евлантьевский, однако штаба не было и там. Уже за полночь, возвращаясь на Горбатовский, Кошевой повстречал в степи красноармейский разъезд.

— Кто едет? — издали окликнули Мишку.

— Свой.

— А ну шо ты за свий... — негромко, простуженным баском сказал, подъезжая, командир в белой кубанке и синей черкеске. — Якой части?

— Экспедиционной бригады Девятой армии.

— Бумажка есть из части?

Мишка предъявил документ. Рассматривая его при свете месяца, командир разъезда недоверчиво выспрашивал:

— А кто у вас командир бригады?

— Товарищ Лозовский.

— А дэ вона, зараз, бригада?

— За Доном. А вы какой части, товарищ? Не Тридцать второго полка?

— Ни. Мы Тридцять третьей Кубанськой дивизии. Так ты видкиля ж це йидешь?

— С Евлантьевского.

— А куда?

— На Горбатов.

— Ото ж! Та на Горбатовському же зараз казакы.

— Не могет быть! — изумился Мишка.

— Я тоби кажу, шо там — казакы-восстаньци. Мы тике шо видтиля.

— Как же мне на Бобровский проехать? — растерянно проговорил Мишка.

— А то вже як знаешь.

Командир разъезда тронул своего вислозадого вороного коня, отъехал, но потом полуобернулся на седле, посоветовал:

— Поняй з намы, а то колы б тоби «секим башка» не зробилы.

Мишка охотно пристал к разъезду. Вместе с красноармейцами он в эту же ночь приехал в хутор Кружилин, где находился 294-й Таганрогский полк, передал пакет командиру полка и, объяснив ему, почему не мог доставить пакет по назначению, испросил разрешения остаться в полку при конной разведке.

33-я Кубанская дивизия, недавно сформированная из частей Таманской армии и добровольцев-кубанцев, была переброшена из-под Астрахани в район Воронеж — Лиски. Одна из бригад ее, в состав которой входили Таганрогский, Дербентский и Васильковский полки, была кинута на восстание. Она-то и обрушилась на 1-ю дивизию Мелехова, отбросив ее за Дон.

Бригада с боем форсированным маршем прошла по правобережью Дона с юрта Казанской станицы до первых на западе хуторов Усть-Хоперской станицы, захватила правым флангом чирские хутора и только потом повернула обратно, задержавшись недели на две в Придонье.

Мишка участвовал в бою за овладение станицей Каргинской и рядом чирских хуторов. 27-го утром в степи, за хутором Нижне-Грушинским, командир 3-й роты 294-го Таганрогского полка, выстроив около дороги красноармейцев, читал только что полученный приказ. И Мишке Кошевому крепко запомнились слова: «... Гнезда бесчестных изменников должны быть разорены, Каины должны быть истреблены...» И еще: «Против помощников Колчака и Деникина — свинец, сталь и огонь!»

После убийства Штокмана, после того как до Мишки дошел слух о гибели Ивана Алексеевича и еланских коммунистов, жгучей ненавистью к казакам оделось Мишкино сердце. Он уже не раздумывал, не прислушивался к невнятному голосу жалости, когда в руки ему попадался пленный казак-повстанец. Ни к одному из них с той поры он не относился со снисхождением. Голубыми и холодными, как лед, глазами смотрел на станичника, спрашивал: «Поборолся с Советской властью?» — и, не дожидаясь ответа, не глядя на мертвеющее лицо пленного, рубил. Рубил безжалостно! И не только рубил, но и «красного кочета» пускал под крыши куреней в брошенных повстанцами хуторах. А когда, ломая плетни горящих базов, на проулки с ревом выбегали обезумевшие от страха быки и коровы, Мишка в упор расстреливал их из винтовки.

Непримиримую, беспощадную войну вел он с казачьей сытостью, с казачьим вероломством, со всем тем нерушимым и косным укладом жизни, который столетиями покоился под крышами осанистых куреней. Смертью Штокмана и Ивана Алексеевича вскормилась ненависть, а слова приказа только с предельной яркостью выразили немые Мишкины чувства... В этот же день он с тремя товарищами выжег дворов полтораста станицы Каргинской. Гдето на складе купеческого магазина достал бидон керосина и пошел по площади, зажав в черной ладони коробку спичек, а следом за ним горьким дымом и пламенем занимались ошелеванные пластинами, нарядные, крашеные купеческие и поповские дома, курени зажиточных казаков, жилье тех самых, «чьи плутни толкнули на мятеж темную казачью массу».

Конная разведка первая вступала в покинутые противником хутора; а пока подходила пехота, Кошевой уже пускал по ветру самые богатые курени. Хотел он во что бы то ни стало попасть в Татарский, чтобы отомстить хуторянам за смерть Ивана Алексеевича и еланских коммунистов, выжечь полхутора. Он уже мысленно составил список тех, кого надо сжечь, а на случай если б его часть пошла с Чира левее Вешенской, Мишка решил ночью самовольно отлучиться и побывать-таки в родном хуторе.

Была и другая причина, понуждавшая его ехать в Татарский... За последние два года, за время, когда урывками виделся он с Дуняшкой Мелеховой, связало их еще не высказанное словами чувство. Это Дуняшкины смуглые пальцы вышивали ярким гарусом подаренный Мишке кисет, это она, потаясь родных, принесла ему зимой перчатки дымчатого козьего пуха, это некогда принадлежавшую Дуняшке расшитую утирку бережно хранил в грудном кармане солдатской гимнастерки Кошевой. И крохотная утирка, три месяца хранившая в своих складках невнятный, как аромат сена, запах девичьего тела, была ему так несказанно дорога! Когда он наедине с собою доставал утирку, — всегда непрошеным приходило волнующее воспоминание: обметанный инеем тополь возле колодца, срывающаяся с сумрачного неба метелица, и твердые дрожащие губы Дуняшки, и кристаллический блеск снежинок, тающих на ее выгнутых ресницах...

Он тщательно собирался к поездке домой. Со стены купеческого дома в Каргинской содрал цветастый коврик, приспособил его под попону, и попона получилась на диво нарядная, издали радующая глаз ярчайшим разноцветьем красок и узоров. Из казачьего сундука раздостал почти новые шаровары с лампасами, полдюжины бабьих шалек употребил на три смены портянок, бабьи же нитяные перчатки уложил в сакву, с тем чтобы надеть их не сейчас, в серые будни войны, а на бугре перед въездом в Татарский.

Испокон веков велось так, что служивый, въезжающий в хутор, должен быть нарядным. И Мишка, еще не освободившийся от казачьих традиций, даже будучи в Красной Армии, собирался свято соблюсти старинный обычай.

Конь под ним был справный, темно-гнедой и белоноздрый. Прежнего хозяина его — казака Усть-Хоперской станицы — зарубил Кошевой в атаке. Конь был трофеем, им можно было похвалиться: и статью взял, и резвостью, и проходкой, и строевой выправкой. А вот седло было под Кошевым — так себе седлишко. Подушка потерта и залатана, задняя подпруга — из сыромятного ремня, стремена — в упорно не поддающейся чистке, застарелой ржавчине. Такой же скромной, без единого украшения, была и уздечка. Что-то требовалось предпринять для того, чтобы принарядить хотя бы уздечку. Мишка долго мучился над разрешением этого вопроса, и наконец его озарила счастливейшая догадка. Около купеческого дома, прямо на площади, стояла белая никелевая кровать, вытащенная из горевшего дома Купцовыми челядинцами. На углах кровати ослепительно сверкали, отражая солнце, белые шары. Стоило лишь снять их или отломить, а потом привесить к трензелям, как уздечка обрела бы совершенно иной вид. Мишка так и сделал: он отвинтил с углов кровати полые внутри шары, привесил их на шелковых шнурочках к уздечке, два — на кольца удил, два — по сторонам нахрапника, — и шары засверкали на голове его коня белым полуденным солнцем. Отражая солнечные лучи, они сияли нестерпимо! Сияли так, что конь ходил против солнца зажмуркой, часто спотыкаясь и неуверенно ставя ноги. Но, несмотря на то что зрение коня страдало от блеска шаров, не глядя на то, что конские глаза, пораженные светом, истекали слезами, — Мишка не снял с уздечки ни одного шара. А тут вскоре подошло время выступать из полусожженной, провонявшей горелым кирпичом и пеплом станицы Каргинской.

Полку надлежало идти к Дону, в направлении Вешенской. Потому-то Мишке не стоило особых трудов отпроситься у командира разведки на день, проведать родных.

Начальник не только разрешил кратковременный отпуск, но сделал большее.

— Женатый? — спросил он у Мишки.

— Нет.

— Шмару имеешь, небось?

— Какую?.. Это что есть такое? — удивился Мишка.

— Ну, полюбовницу!

— А-а-а... Этого нет. Любушку имею из честных девок.

— А часы с цепком имеешь?

— Нету, товарищ.

— Эх, ты! — И командир разведки — ставрополец, в прошлом унтер-сверхсрочник, сам не раз ходивший домой из старой армии в отпуск, знавший на опыте, как горько являться из части голодранцем, — снял со своей широкой груди часы и невероятно массивную цепку, сказал: — Боец из тебя добрый! На, носи дома, пущай девкам пыли в глаза, а меня помяни на третьем взводе. Сам молодой был, девок портил, из баб вытяжа делал, знаю... Цепок — нового американского золота. Ежли кто будет пытать — так и отвечай. А ежели какой настырный попадется и будет лезть и пытать, где проба, — бей того прямо в морду! Есть нахальные гражданы, их надо без словестности в морду бить. Ко мне, бывало, в трактире али в публичном месте, а попросту в б... подлетит какой-нибудь щелкопер из приказчиков или из писарей и захочет при народе острамотить: «Распустили цепок по пузе, как будто из настоящего золота... А где на ем проба, разрешите знать?» А я ему никогда, бывало, не дам опомниться: «Проба? Вот она!» — И добродушный Мишкин командир сжимал бурый, величиной с младенческую голову, кулак, выбрасывал его со свирепой и страшной силой.

Надел Мишка часы, ночью, при свете костра побрился, оседлал коня, поскакал. На заре он въезжал в Татарский.

Хутор был все тот же: так же поднимала к голубому небу вылинявший позолоченный крест невысокая колоколенка кирпичной церкви, все так же теснили хуторской плац кряжистые поповские и купеческие дома, все тем же родным языком шептал тополь над полуразвалившейся хатенкой Кошевых...

Поражало лишь несвойственное хутору великое безмолвие, словно паутиной затянувшее проулки. На улицах не было ни души. У куреней были наглухо закрыты ставни, на дверях кое-где висели замки, но большинство дверей было распахнуто настежь. Словно мор прошел черными стопами по хутору, обезлюдив базы и улицы, пустотой и нежилью наполнив жилые постройки.

Не слышно было ни людского голоса, ни скотиньего мыка, ни светлого крика кочетов. Одни воробьи, словно перед дождем, оживленно чирикали под застрехами сараев и на залежах хвороста-сушника.

Мишка въехал к себе на баз. Никто из родных не вышел его встречать. Дверь в сенцы была распахнута настежь, возле порога валялись изорванная красноармейская обмотка, сморщенный, черный от крови бинт, куриные головы, облепленные мухами, уже разложившиеся, и перья. Красноармейцы, видимо, несколько дней назад обедали в хате: на полу лежали черепки разбитых корчажек, обглоданные куриные кости, окурки, затоптанные обрывки газет... Задавив тяжелый вздох, Мишка прошел в горенку. Там все было по-прежнему, лишь одна половина подпола, где обычно осенью сохранялись арбузы, казалась приподнятой.

Мать Мишки имела обыкновение прятать там от детворы сушеные яблоки.

Вспомнив это, Мишка подошел к половице. «Неужели мамаша не ждала меня? Может, она тут чего прихоронила?» — подумал он. И, обнажив шашку, концом ее поддел половицу. Скрипнув, она подалась. Из подпола пахнуло сыростью и гнилью. Мишка стал на колени. Не освоившиеся с темнотой глаза его долго ничего не различали, наконец увидели: на разостланной старенькой скатерти стояла полбутылка с самогоном, сковорода с заплесневелой яишней, лежал наполовину съеденный мышами кусок хлеба; корчажка плотно накрыта деревянным кружком... Ждала сына старая. Ждала, как самого дорогого гостя! Любовью и радостью дрогнуло Мишкино сердце, когда он спустился в подпол. Ко всем этим предметам, в порядке расставленным на старенькой чистенькой скатерке, несколько дней назад прикасались заботливые материнские руки!..

Тут же, привешенная к перерубу, белела холщовая сумка. Мишка торопливо снял ее и обнаружил пару своего старого, но искусно залатанного, выстиранного и выкатанного рубелем белья.

Мыши изгадили еду; одно молоко да самогон остались нетронутыми. Мишка выпил самогон, съел чудесно нахолодавшее в подполе молоко, взял белье, вылез.

Мать, вероятно, была за Доном. «Убоялась оставаться, да оно и лучше, а то казаки все одно убили бы. И так, небось, за меня трясли ее, как грушу...» — подумал он и, помедлив, вышел. Отвязал коня, но ехать к Мелеховым не решился: баз их был над самым Доном, а из-за Дона какой-нибудь искусный стрелок мог легко пометить Мишку свинцовой безоболочной повстанческой пулей. И Мишка решил поехать к Коршуновым, а в сумерках вернуться на плац и под прикрытием темноты запалить моховский и остальные купеческие и поповские дома.

По забазьям прискакал он к просторному коршуновскому подворью, въехал в распахнутые ворота, привязал к перилам коня и только что хотел идти в курень, как на крыльцо вышел дед Гришака. Снежно-белая голова его тряслась, выцветшие от старости глаза подслеповато щурились. Неизносный серый казачий мундир с красными петлицами на отворотах замасленного воротника был аккуратно застегнут, но пустообвислые шаровары спадали, и дед неотрывно поддерживал их руками.

— Здорово, дед! — Мишка стал около крыльца, помахивая плетью.

Дед Гришака молчал. В суровом взгляде его смешались злоба и отвращение.

— Здорово, говорю! — повысил голос Мишка.

— Слава богу, — неохотно ответил старик.

Он продолжал рассматривать Мишку с неослабевающим злобным вниманием. А тот стоял, непринужденно отставив ногу; играл плетью, хмурился, поджимал девически пухлые губы.

— Ты почему, дед Григорий, не отступил за Дон?

— А ты откель знаешь, как меня кличут?

— Тутошный рожак, потому и знаю.

— Это чей же ты будешь?

— Кошевой.

— Акимкин сын? Это какой у нас в работниках жил?

— Его самого.

— Так это ты и есть, сударик? Мишкой тебя нарекли при святом крещении? Хорош! Весь в батю пошел! Энтот, бывало, за добро норовит г... заплатить, и ты, стал быть, таковский?

Кошевой стащил с руки перчатку, еще пуще нахмурился.

— Как бы ни звали и какой бы ни был, тебя это не касаемо. Почему, говорю, за Дон не уехал?

— Не схотел, того и не уехал. А ты что же это? В анчихристовы слуги подался? Красное звездо на шапку навесил? Это ты, сукин сын, поганец, значит, супротив наших казаков? Супротив своих-то хуторных?

Дед Гришака неверными шагами сошел с крыльца. Он, как видно, плохо питался после того, как вся коршуновская семья уехала за Дон. Оставленный родными, истощенный, по-стариковски неопрятный, стал он против Мишки и с удивлением и гневом смотрел на него.

— Супротив, — отвечал Мишка. — И что не видно концы им наведем!

— А в святом писании что сказано? Аще какой мерой меряете, тою и воздастся вам. Это как?

— Ты мне, дед, голову не морочь святыми писаниями, я не за тем сюда приехал. Зараз же удаляйся из дому, — посуровел Мишка.

— Это как же так?

— А все так же.

— Да ты что это?..

— Да нет ничего! Удаляйся, говорю!..

— Из своих куреней не пойду. Я знаю, что и к чему... Ты — анчихристов слуга, его клеймо у тебя на шапке! Это про вас было сказано у пророка Еремии: «Аз напитаю их полынем и напою желчию, и изыдет от них осквернение на всю землю». Вот и подошло, что восстал сын на отца и брат на брата...

— Ты меня, дед, не путляй! Тут не в братах дело, тут арихметика простая: мой папаша на вас до самой смерти работал, и я перед войной вашу пшеницу молотил, молодой живот свой надрывал вашими чувалами с зерном, а зараз подошел срок поквитаться. Выходи из дому, я его зараз запалю! Жили вы в хороших куренях, а зараз поживете так, как мы жили: в саманных хатах. Понятно тебе, старик?

— Во-во! Оно к тому и подошло! В книге пророка Исаии так и сказано: «И изыдут, и узрят трупы человеков, преступивших мне. Червь бо их не скончается, и огнь их не угаснет, и будут в позор всяческой плоти...»

— Ну, мне тут с тобой свататься некогда! — с холодным бешенством сказал Мишка. — Из дому выходишь?

— Нет! Изыди, супостатина!

— Самое через вас, таких закоснелых, и война идет! Вы самое и народ мутите, супротив революции направляете... — Мишка торопливо начал снимать карабин...

После выстрела дед Гришака упал навзничь, внятно сказал:

— Яко... не своею си благодатию... но волею бога нашего приидох... Господи, прими раба твоего... с миром... — и захрипел, под белыми усами его высочилась кровица.

— Примет! Давно бы тебя, черта старого, надо туда спровадить!

Мишка брезгливо обошел протянувшегося возле сходцев старика, взбежал на крыльцо.

Сухие стружки, занесенные в сени ветром, вспыхнули розоватым пламенем, дощатая переборка, отделявшая кладовую от сеней, загорелась быстро. Дым поднялся до потолка и — схваченный сквозняком — хлынул в комнаты.

Кошевой вышел, и, пока зажег сарай и амбар, огонь в курене уже выбился наружу, с шорохом ненасытно лизал сосновые наличники окон, рукасто тянулся к крыше...

До сумерек Мишка спал в соседней леваде, под тенью оплетенных диким хмелем терновых кустов. Тут же, лениво срывая сочные стебли аржанца, пасся его расседланный и стреноженный конь. На вечер конь, одолеваемый жаждой, заржал, разбудил хозяина.

Мишка встал, увязал в торока шинель, напоил коня тут же в леваде колодезной водой, а потом оседлал, выехал на проулок.

На выгоревшем коршуновском подворье еще дымились черные, обугленные сохи, расползался горчайший дымок. От просторного куреня остались лишь высокий каменный фундамент да полуразвалившаяся печь, поднявшая к небу закопченную трубу.

Кошевой направился прямо к мелеховскому базу.

Ильинична под сараем насыпала в завеску поджожки, когда Мишка, не слезая с седла, открыл калитку, въехал на баз.

— Здравствуйте, тетенька! — ласково приветствовал он старуху.

А та, перепугавшись, и слова не молвила в ответ, опустила руки, из завески посыпались щепки...

— Здорово живете, тетенька!

— Слава... слава богу, — нерешительно ответила Ильинична.

— Живая-здоровая?

— Живая, а уж про здоровье не спрашивай.

— Где же ваши казаки?

Мишка спешился, подошел к сараю.

— За Доном...

— Кадетов дожидаются?

— Мое дело бабье... Я в этих делах не знаю...

— А Евдокея Пантелевна дома?

— И она за Доном.

— Понесла их туда нелегкая! — Голос Мишки дрогнул, окреп в злобе. — Я вам, тетенька, так скажу. Григорий, ваш сынок — самый лютый для Советской власти оказался враг. Перейдем мы на энту сторону — и ему первому шворку на шею наденем. А Пантелей Прокофич занапрасну убег. Старый и хромой человек, ему бы вся статья дома сидеть...

— Смерти дожидаться? — сурово спросила Ильинична и опять стала собирать в завеску щепки.

— Ну, до смерти ему далеко. Плетюганов бы, может, заработал трошки, а убивать его бы не стали. Но я, конечно, не затем к вам заехал. — Мишка поправил на груди часовую цепку, потупился: — Я затем заехал, чтобы проведать Евдокею Пантелевну. Жалко мне страшно, что она тоже в отступе, но и вам, тетенька, как вы ее родная мамаша, скажу. А скажу я так: я об ней давно страдаю, но зараз нам дюже некогда по девкам страдать, мы воюем с контрой и побиваем ее беспощадно. А как только вовзят прикончим ее, установится мирная Советская власть по всему свету, тогда я, тетенька, буду к вам сватов засылать за вашу Евдокею.

— Не время об этом гутарить!

— Нет, время! — Мишка нахмурился, упрямая складка легла у него промеж бровей. — Свататься не время, а гутарить об этом можно. И мне другую время для этого не выбирать. Нынче я тут, а завтра меня, может, за Донец пошлют. Поэтому я вам делаю упреждению: Евдокею дуриком ни за кого не отдавайте, а то вам плохо будет. Уж ежли из моей части прийдет письмо, что я убитый, — тогда просватывайте, а зараз нельзя, потому что промеж нас с ней — любовь. Гостинцу я ей не привез, негде его взять, гостинца-то, а ежели вам что из буржуйского, купецкого имения надо, — говорите: зараз пойду и приволоку.

— Упаси бог! Сроду чужим не пользовались!

— Ну это как хотите. Поклон от меня низкий передайте Евдокеи Пантелевне, ежели вы вперед меня ее увидите, а затем прощевайте и, пожалуйста, тетенька, не забудьте моих слов.

Ильинична, не отвечая, пошла в хату, а Мишка сел на коня, поехал к хуторскому плацу.

На ночь в хутор сошли с горы красноармейцы. Оживленные голоса их звучали по проулкам. Трое, направлявшиеся с ручным пулеметом в заставу к Дону, опросили Мишку, проверили документы. Против хатенки Семена Чугуна встретил еще четырех. Двое из них везли на фурманке овес, а двое —

вместе с чахоточной жененкой Чугуна — несли ножную машину и мешок с мукой.

Чугуниха узнала Мишку, поздоровалась.

— Чего это ты тянешь, тетка? — поинтересовался Мишка.

— А это мы женщину бедняцкого класса на хозяйство ставим: несем ей буржуйскую машину и муку, — бойкой скороговоркой ответил один из красноармейцев.

Мишка зажег подряд семь домов, принадлежавших отступившим за Донец купцам Мохову и Атепину-Цаце, попу Виссариону, благочинному отцу Панкратию и еще трем зажиточным казакам, и только тогда тронулся из хутора.

Выехал на бугор, повернул коня. Внизу, в Татарском, на фоне аспидно-черного неба искристым лисьим хвостом распушилось рыжее пламя. Огонь то вздымался так, что отблески его мережили текучую быстринку Дона, то ниспадал, клонился на запад, с жадностью пожирая строения.

С востока набегал легкий степной ветерок. Он раздувал пламя и далеко нес с пожарища черные, углисто сверкающие хлопья...

КНИГА 4

ЧАСТЬ СЕДЬМАЯ

I

Верхнедонское восстание, оттянувшее с Южного фронта значительное количество красных войск, позволило командованию Донской армии не только свободно произвести перегруппировку своих сил на фронте, прикрывавшем Новочеркасск, но и сосредоточить в районе станиц Каменской и Усть-Белокалитвенской мощную ударную группу из наиболее стойких и испытанных полков, преимущественно низовских и калмыцких, в задачу которой входило: в соответствующий момент, совместно с частями генерала Фицхелаурова, сбить 12-ю дивизию, составлявшую часть 8-й красной армии, и, действуя во фланг и тыл 13-й и Уральской дивизиям, прорваться на север, с тем чтобы соединиться с восставшими верхнедонцами.

План по сосредоточению ударной группы, разработанный в свое время командующим Донской армией генералом Денисовым и начштаба генералом Поляковым, к концу мая был почти целиком осуществлен. К Каменской перебросили около 16000 штыков и сабель при 36 орудиях и 140 пулеметах; подтягивались последние конные части и отборные полки так называемой молодой армии, сформированной летом 1918 года из молодых, призывного возраста, казаков.

А в это время, окруженные с четырех сторон, повстанцы продолжали отбивать атаки карательных красных войск. На юге, по левому берегу Дона, две повстанческие дивизии упорно отсиживались в траншеях и не давали противнику переправиться, несмотря на то что на всем протяжении фронта многочисленные красноармейские батареи вели по ним почти беспрерывный ожесточенный огонь; остальные три дивизии ограждали повстанческую территорию с запада, севера и востока, несли колоссальный урон, особенно на северо-восточном участке, но все же не отступали и все время держались на границах Хоперского округа.

Сотня татарцев, расположенная против своего хутора и скучавшая от вынужденного безделья, однажды учинила красноармейцам тревогу: темной ночью вызвавшиеся охотой казаки бесшумно переправились на баркасах на правую сторону Дона, врасплох напали на красноармейскую заставу, убили четырех красноармейцев и захватили пулемет. На другой день красные перебросили из-под Вешенской батарею, и она открыла беглый огонь по казачьим траншеям. Как только по лесу зацокала шрапнель, сотня спешно оставила траншеи, отошла подальше от Дона, в глубь леса. Через сутки батарею отозвали, и татарцы снова заняли покинутые позиции. От орудийного обстрела сотня понесла урон: осколками снаряда было убито двое малолетков из недавно поступившего пополнения и ранен только что приехавший перед этим из Вешенской вестовой сотенного командира.

Потом установилось относительное затишье, и жизнь в траншеях пошла прежним порядком. Частенько наведывались бабы, приносили по ночам хлеб и самогон, а в харчах у казаков нужды не было: зарезали двух приблудившихся телок, кроме того, ежедневно промышляли в озерах рыбу. Христоня числился главным по рыбному делу. В его ведении был десятисаженный бредень, брошенный у берега кем-то из отступавших и доставшийся сотне, и Христоня на ловле постоянно ходил «от глуби», выхваляясь, будто нет такого озера в лугу, которого он не перебрел бы. За неделю безустального рыболовства рубаха и шаровары его настолько пропитались невыветривающимся запахом рыбьей сырости, что Аникушка под конец наотрез отказался ночевать с ним в одной землянке, заявив:

— Воняет от тебя, как от дохлого сома! С тобой тут ежели еще сутки пожить, так потом всю жисть душа не будет рыбы принимать...

С той поры Аникушка, не глядя на комаров, спал возле землянки. Перед сном, брезгливо морщась, отметал веником рассыпанную по песку рыбью шелуху и зловонные рыбьи внутренности, а утром Христоня, возвратясь с ловли, невозмутимый и важный, садился у входа в землянку и снова чистил и потрошил принесенных карасей. Около него роились зеленые мухи-червивки, тучами приползали яростные желтые муравьи. Потом, запыхавшись, прибегал Аникушка, орал еще издали:

— Окромя тебе места нету? Хоть бы ты, чертяка, подавился рыбьей костью! Ну, отойди, ради Христа, в сторону! Я тут сплю, а ты кишков рыбьих накидал, муравьев приманул со всего округа и вонищу распустил, как в Астрахани!

Христоня вытирал самодельный нож о штанину, раздумчиво и долго смотрел на безусое возмущенное лицо Аникушки, спокойно говорил:

— Стало быть, Аникей, в тебе глиста есть, что ты рыбьего духа не терпишь. Ты чеснок ешь натощак, а?

Отплевываясь и ругаясь, Аникушка уходил.

Стычки продолжались у них изо дня в день. Но в общем сотня жила мирно. От сытного котла все казаки были веселые, за исключением Степана Астахова.

Узнал ли от хуторных казаков Степан или подсказало ему сердце, что Аксинья в Вешенской встречается с Григорием, но вдруг заскучал он, ни с того ни с сего поругался со взводным и наотрез отказался нести караульную службу.

Безвылазно лежал в землянке на черной тавреной полсти, вздыхал и жадно курил табак-самосад. А потом прослышал, что сотенный командир посылает Аникушку в Вешенскую за патронами, и впервые за двое суток вышел из землянки. Щуря слезящиеся, опухшие от бессонницы глаза, недоверчиво оглядел взлохмаченную, ослепительно яркую листву колеблющихся деревьев, вздыбленные ветром белогривые облака, послушал ропщущий лесной шум и пошел мимо землянок разыскивать Аникушку.

При казаках не стал говорить, а отвел его в сторону, попросил:

— Разыщи в Вёшках Аксинью и моим словом скажи, чтобы пришла меня проведать. Скажи, что обовшивел я, рубахи и портки нестираные, и, к тому же, скажи... — Степан на миг приумолк, хороня под усами смущенную усмешку; закончил: — Скажи, что, мол, дюже соскучился и ждет вскорости.

Ночью Аникушка приехал в Вешенскую, нашел квартиру Аксиньи. После размолвки с Григорием она жила по-прежнему у тетки. Аникушка добросовестно передал сказанное ему Степаном, но для вящей внушительности добавил от себя, что Степан грозил сам прийти в Вешенскую, в случае если Аксинья не явится в сотню.

Она выслушала наказ и засобиралась. Тетка наспех поставила тесто, напекла бурсаков, а через два часа Аксинья — покорная жена — уже ехала с Аникушкой к месту расположения Татарской сотни.

Степан встретил жену с потаенным волнением. Он пытливо всматривался в исхудавшее ее лицо, осторожно расспрашивал, но ни словом не обмолвился о том, видела она Григория или нет. Только раз в разговоре спросил, опустив глаза, чуть отвернувшись:

— А почему ты пошла на Вёшки энтой стороной? Почему не переправилась против хутора?

Аксинья сухо ответила, что переправиться с чужими не было возможности, а просить Мелеховых не захотела. И, уж после того как ответила, сообразила, что получается так, будто Мелеховы ей не чужие, а свои. И смутилась от того, что и Степан мог так понять ее. А он, вероятно, так и понял. Что-то дрогнуло у него под бровями, и по лицу словно прошла тень.

Он вопрошающе поднял на Аксинью глаза, и она, понимая этот немой вопрос, вдруг вспыхнула от смущения, от досады на самое себя.

Степан, щадя ее, сделал вид, что ничего не заметил, — перевел разговор на хозяйство, стал расспрашивать, что из имущества успела спрятать перед уходом из дому и надежно ли спрятала.

Аксинья, отметив про себя великодушие мужа, отвечала ему, но все время испытывала какую-то щемящую внутреннюю неловкость и, чтобы убедить его в том, что все возникшее между ними зряшно, чтобы скрыть собственное волнение, — нарочито замедляла речь, говорила с деловитой сдержанностью и сухостью.

Они разговаривали, сидя в землянке. Все время им мешали казаки. Входил то один, то другой. Пришел Христоня и тут же расположился спать. Степан, видя, что поговорить без посторонних не удастся, неохотно прекратил разговор.

Аксинья обрадованно встала, торопливо развязала узелок, угостила мужа привезенными из станицы бурсаками и, взяв из походной сумы Степана грязное белье, вышла постирать его в ближней музге.

Предутренняя тишина и голубой туман стояли над лесом. Клонились к земле отягощенные росою травы. В музгах недружно квакали лягушки, и где-то, совсем неподалеку от землянки, за пышно разросшимся кленовым кустом скрипуче кричал коростель.

Аксинья прошла мимо куста. Весь он, от самой макушки до сокрытого в густейшей травяной поросли ствола, был оплетен паутиной. Нити паутины, унизанные мельчайшими капельками росы, жемчужно искрились. Коростель на минутку умолк, а потом — еще не успела выпрямиться примятая босыми ногами Аксиньи трава — снова подал голос, и в ответ ему горестно откликнулся поднявшийся из музги чибис.

Аксинья скинула кофточку и стеснявший движения лиф, по колени забрела в парно-теплую воду музги, стала стирать. Над нею роилась мошкара, звенели комары. Согнутой в локте полной и смуглой рукой она проводила по лицу, отгоняя комаров. Неотвязно думала о Григории, об их последней размолвке, предшествовавшей поездке его в сотню.

«Может, он зараз уже ищет меня? Нынче же ночью вернусь в станицу!» — бесповоротно решила Аксинья и улыбнулась своим мыслям о том, как она встретится с Григорием и каким скорым будет примирение.

И диковинно: последнее время, думая о Григории, она почемуто не представляла его внешнего облика таким, каким он был на самом деле. Перед глазами ее возникал не теперешний Григорий, большой, мужественный, поживший и много испытавший казачина с усталым прижмуром глаз, с порыжелыми кончиками черных усов, с преждевременной сединой на висках и жесткими морщинами на лбу — неистребимыми следами пережитых за годы войны лишений, — а тот прежний Гришка Мелехов, по-юношески грубоватый и неумелый в ласках, с юношески круглой и тонкой шеей и беспечным складом постоянно улыбающихся губ.

И от этого Аксинья испытывала к нему еще бóльшую любовь и почти материнскую нежность.

Вот и теперь: с предельной ясностью восстановив в памяти черты бесконечно дорогого лица, она тяжело задышала, заулыбалась, выпрямилась и, кинув под ноги недостиранную рубаху мужа и ощущая в горле горячий комок внезапно подступивших сладких рыданий, шепнула:

— Вошел ты в меня, проклятый, на всю жизнь!

Слезы облегчили ее, но после этого голубой утренний мир вокруг нее словно бы поблек. Она вытерла щеки тылом ладони, откинула с влажного лба волосы и потускневшими глазами долго и бездумно следила, как крохотный серый рыбник скользит над водой, исчезая в розовом кружеве вспенившегося под ветром тумана.

Выстирав белье, развешала его на кустах, пришла в землянку.

Проснувшийся Христоня сидел около выхода, шевелил узловатыми, искривленными пальцами ног, настойчиво заговаривал со Степаном, а тот, лежа на полсти, молча курил, упорно не отвечая на Христонины вопросы.

— Ты думаешь, стало быть, что красные не будут переправляться на эту сторону? Молчишь? Ну и молчи. А я думаю, что не иначе будут они силоваться на бродах перейтить... Беспременно на бродах! Окромя им негде. Или, думаешь, могут конницу вплынь пустить? Чего же ты молчишь, Степан? Тут, стало быть, дело окончательное подходит, а ты лежишь, как чурбак!

Степан даже привскочил, с сердцем ответил:

— И чего ты привязался? Удивительный народ! Пришла жена проведать, так от вас отбою нет... Лезут с глупыми разговорами, не дадут с бабой словом перекинуться!

— Нашел с кем гутарить... — Недовольный Христоня встал, надел на босые ноги стоптанные чирики, вышел, больно стукнувшись головой о дверную перекладину.

— Не дадут нам поговорить тут, пойдем в лес, — предложил Степан.

И, не дожидаясь согласия, пошел к выходу. Аксинья покорно последовала за ним.

Они вернулись к землянке в полдень. Казаки второго взвода, лежавшие под кустом ольшаника в холодке, завидя их, отложили карты, смолкли, понимающе перемигиваясь, посмеиваясь и притворно вздыхая.

Аксинья прошла мимо них, презрительно скривив губы, на ходу поправляя на голове помятый белый с кружевами платок. Ее пропустили молча, но, едва лишь шедший позади Степан поравнялся с казаками, встал и отделился от группы лежавших Аникушка. Он с лицемерным почтением в пояс поклонился Степану, громко сказал:

— С праздничком вас... разговемшись!

Степан охотно улыбнулся. Ему приятно было, что казаки видели его с женой возвращающимися из лесу. Это ведь в какой-то мере способствовало прекращению всяких слухов о том, что они с женой живут плохо... Он даже шевельнул молодецки плечами, самодовольно показывая не просохшую от пота рубаху на спине.

И только после этого поощренные казаки, хохоча, оживленно заговорили:

— А и люта же, братцы, баба! На Степке-то рубаху хоть выжми... Прикипела к лопаткам!

— Выездила она его, в мылу весь...

А молоденький паренек, до самой землянки провожавший Аксинью восхищенным затуманенным взглядом, потерянно проронил:

— На всем белом свете такой раскрасавицы не найдешь, накажи господь!

На что Аникушка ему резонно заметил:

— А ты пробовал искать-то?

Аксинья, слышавшая непристойный разговор, чуть побледнела, вошла в землянку, гадливо морщась и от воспоминания о только что испытанной близости к мужу, и от похабных замечаний его товарищей. С первого взгляда Степан распознал ее настроение, сказал примиряюще:

— Ты не серчай, Ксюша, на этих жеребцов. От скуки они.

— Не на кого серчать-то, — глухо ответила Аксинья, роясь в своей холстинной сумочке, торопливо вынимая из нее все, что привезла мужу. И еще тише: — На самою себя серчать бы надо, да сердца нет...

Разговор у них как-то не клеился. Минут через десять Аксинья встала. «Сейчас скажу ему, что пойду в Вёшки», — подумала она и тотчас вспомнила, что еще не сняла высохшее Степаново белье.

Долго чинила сопревшие от пота рубахи и исподники мужа, сидя у входа в землянку, часто поглядывая на свернувшее с полдня солнце.

... В этот день она так и не ушла. Не хватило решимости. А наутро, едва взошло солнце, стала собираться. Степан пробовал удержать ее, просил погостить еще денек, но она так настойчиво отклоняла его просьбы, что он не стал уговаривать, только спросил перед расставанием:

— В Вёшках думаешь жить?

— Пока в Вёшках.

— Может, оставалась бы при мне?

— Негоже мне тут быть... с казаками.

— Оно-то так... — согласился Степан, но попрощался холодно.

Дул сильный юго-восточный ветер. Он летел издалека, приустал за ночь, но к утру все же донес горячий накал закаспийских пустынь и, свалившись на луговую пойму левобережья, иссушил росу, разметал туман, розовой душной мглою окутал меловые отроги придонских гор.

Аксинья сняла чирики и, захватив левой рукой подол юбки (в лесу на траве еще лежала роса), легко шла по лесной заброшенной дороге. Босые ноги приятно холодила влажная земля, а оголенные полные икры и шею ищущими горячими губами целовал суховей.

На открытой поляне, возле цветущего куста шиповника, она присела отдохнуть. Где-то недалеко на непересохшем озерце щелоктали в камыше дикие утки, хриповато кликал подружку селезень. За Доном нечасто, но почти безостановочно стучали пулеметы, редко бухали орудийные выстрелы. Разрывы снарядов на этой стороне звучали раскатисто, как эхо.

Потом стрельба перемежилась, и мир открылся Аксинье в его сокровенном звучании: трепетно шелестели под ветром зеленые с белым подбоем листья ясеней и литые, в узорной резьбе, дубовые листья; из зарослей молодого осинника плыл слитный гул; далеко-далеко, невнятно и грустно считала кому-то непрожитые года кукушка; настойчиво спрашивал летавший над озерцом хохлатый чибис: «чьи вы, чьи вы?»; какая-то крохотная серенькая птаха в двух шагах от Аксиньи пила воду из дорожной колеи, запрокидывая головку и сладко прижмурив глазок; жужжали бархатистопыльные шмели; на венчиках луговых цветов покачивались смуглые дикие пчелы. Они срывались и несли в тенистые прохладные дупла душистую «обножку». С тополевых веток капал сок. А изпод куста боярышника сочился бражный и терпкий душок гниющей прошлогодней листвы.

Ненасытно вдыхала многообразные запахи леса сидевшая неподвижно Аксинья. Исполненный чудесного и многоголосого звучания лес жил могущественной первородною жизнью. Поемная почва луга, в избытке насыщенная весенней влагой, выметывала и растила такое богатое разнотравье, что глаза Аксиньи терялись в этом чудеснейшем сплетении цветов и трав.

Улыбаясь и беззвучно шевеля губами, она осторожно перебирала стебельки безыменных голубеньких, скромных цветов, потом перегнулась полнеющим станом, чтобы понюхать, и вдруг уловила томительный и сладостный аромат ландыша. Пошарив руками, она нашла его. Он рос тут же, под непроницаемо тенистым кустом. Широкие, некогда зеленые листья все еще ревниво берегли от солнца низкорослый горбатенький стебелек, увенчанный снежно-белыми пониклыми чашечками цветов. Но умирали покрытые росой и желтой ржавчиной листья, да и самого цветка уже коснулся смертный тлен: две нижние чашечки сморщились и почернели, лишь верхушка — вся в искрящихся слезинках росы — вдруг вспыхнула под солнцем слепящей пленительной белизной.

И почему-то за этот короткий миг, когда сквозь слезы рассматривала цветок и вдыхала грустный его запах, вспомнилась Аксинье молодость и вся ее долгая и бедная радостями жизнь. Что ж, стара, видно, стала Аксинья... Станет ли женщина смолоду плакать оттого, что за сердце схватит случайное воспоминание?

Так в слезах и уснула, лежа ничком, схоронив в ладонях заплаканное лицо, прижавшись опухшей и мокрой щекой к скомканному платку.

Сильнее дул ветер, клонил на запад вершины тополей и верб. Раскачивался бледный ствол ясеня, окутанный белым кипящим вихрем мечущейся листвы. Ветер снижался, падал на доцветающий куст шиповника, под которым спала Аксинья, и тогда, словно вспугнутая стая сказочных зеленых птиц, с тревожным шелестом взлетали листья, роняя розовые перья-лепестки. Осыпанная призавядшими лепестками шиповника, спала Аксинья и не слышала ни угрюмоватого лесного шума, ни возобновившейся за Доном стрельбы, не чувствовала, как ставшее в зенит солнце палит ее непокрытую голову. Проснулась, заслышав над собою людскую речь и конское пырсканье, поспешно привстала.

Около нее стоял, держа в поводу оседланную белоноздрую лошадь, молодой белоусый и белозубый казак. Он широко улыбался, поводил плечами, приплясывал, выговаривал хриповатым, но приятным тенорком слова веселой песни:

Я упала да лежу,
На все стороны гляжу.
Туда глядь,
Сюда глядь,
Меня некому поднять!
Оглянулася назад —
Позади стоит казак...

— Я и сама встану! — улыбнулась Аксинья и проворно вскочила, оправляя смятую юбку.

— Здоро́во живешь, моя любезная! Ноженьки отказались служить аль приленилась? — приветствовал ее веселый казак.

— Сон сморил, — смущенно отвечала Аксинья.

— В Вёшки идешь?

— В Вёшки.

— Хочешь подвезу?

— На чем же это?

— Ты садись верхи, а я пешком. Дело магарычевое... — И казачок подмигнул с шутливой многозначительностью.

— Нет уж, езжай с богом, а я и сама дойду.

Но казак обнаружил и опыт в любовных делах и упрямство. Воспользовавшись тем, что Аксинья покрывалась, он куцей, но сильной рукой обнял ее, рывком притянул к себе и хотел поцеловать.

— Не дури! — крикнула Аксинья и с силой ударила его локтем в переносицу.

— Лапушка моя, не дерись! Глянь, какая кругом благодать... Всякая тварь паруется... Давай и мы грех поимеем?.. — сузив смеющиеся глаза, щекоча шею Аксинье усами, шептал казак.

Выставив руки, беззлобно, но сильно упираясь ладонями в бурое, потное лицо казака, Аксинья попробовала освободиться, однако он держал ее крепко.

— Дурак! Я больная дурной болезнью... Пусти! — просила она, задыхаясь, думая этой наивной хитростью избавиться от приставанья.

— Это... чья болезня старше!.. — уже сквозь зубы бормотнул казак и вдруг легко приподнял Аксинью.

Вмиг осознав, что шутка кончилась и дело принимает дурной оборот, она изо всей силы ударила кулаком по коричневому от загара носу и вырвалась из цепко державших ее рук.

— Я жена Григория Мелехова! Только подойди, рассукин ты сын!.. Расскажу — так он тебе...

Еще не веря в действие своих слов, Аксинья схватила в руки толстую сухую палку. Но казак сразу охладел. Вытирая рукавом защитной рубахи кровь с усов, обильно струившуюся из обеих ноздрей, он огорченно воскликнул:

— Дура! Ах, дура баба! Чего же ты раньше-то не сказала? Ишь кровь-то как хлобыщет... Мало мы ее с неприятелем проливаем, а тут ишо свои природные бабы начинают кровь пущать...

Лицо его вдруг стало скучным и неприветливым. Пока он умывался, черпая воду из придорожной лужины, Аксинья поспешно свернула с дороги, быстро перешла поляну. Минут через пять казак обогнал ее. Он покосился на нее, молча улыбаясь, деловито поправил на груди винтовочный погон и поскакал шибкой рысью.

II

В эту ночь около хутора Малого Громчонка полк красноармейцев переправился через Дон на сбитых из досок и бревен плотах.

Громковская сотня была застигнута врасплох, так как большинство казаков в эту ночь гуляло. С вечера к месту расположения сотни пришли проведать служивых жены. Они принесли с собой харчи, в кувшинах и ведрах — самогон. К полуночи все перепились. В землянках зазвучали песни, пьяный бабий визг, мужской хохот и посвист... Двадцать казаков, бывших в заставе, тоже приняли участие в выпивке, оставив возле пулемета двух пулеметчиков и конский цибар самогону.

От правого берега Дона в полной тишине отчалили загруженные красноармейцами плоты. Переправившись, красноармейцы развернулись в цепь, молча пошли к землянкам, расположенным в полусотне саженей от Дона.

Саперы, строившие плоты, быстро гребли, направляясь за новой партией ожидавших погрузки красноармейцев.

На левой стороне минут пять не слышно было ничего, кроме несвязных казачьих песен, потом стали гулко лопаться ручные гранаты, зарокотал пулемет, разом вспыхнула беспорядочная ружейная стрельба, и далеко покатилось прерывистое: «Ура-а-а! Ура-аа! Ура-а-а-а!»

Громковская сотня была опрокинута и окончательному уничтожению не подверглась лишь потому, что преследование было невозможно ввиду беспроглядной ночной темноты.

Понесшие незначительный урон громковцы вместе с бабами в паническом беспорядке бежали по лугу в направлении Вешенской. А тем временем с правой стороны плоты перевозили новые партии красноармейцев, и полурота первого батальона 111-го полка с двумя ручными пулеметами уже действовала во фланг Базковской сотне повстанцев.

В образовавшийся прорыв устремились прибывшие подкрепления. Продвижение их было крайне затруднено тем, что никто из красноармейцев не знал местности, части не имели проводников и, двигаясь вслепую, все время натыкались в ночной темноте на озера и налитые полой водой глубокие протоки, перейти которые вброд было невозможно.

Руководивший наступлением командир бригады принял решение прекратить преследование до рассвета, с тем чтобы к утру подтянуть резервы, сосредоточиться на подступах к Вешенской и после артиллерийской подготовки вести дальнейшее наступление.

Но в Вешенской уже принимались спешные меры для ликвидации прорыва. Дежурный по штабу тотчас же, как только прискакал связной с вестью о переправе красных, послал за Кудиновым и Мелеховым. С хуторов Черного, Гороховки и Дубровки вызвали конные сотни Каргинского полка. Общее руководство операцией взял на себя Григорий Мелехов. Он бросил на хутор Еринский триста сабель, с расчетом, чтобы они укрепили левый фланг и помогли Татарской и Лебяженской сотням сдержать напор противника, в случае если он устремится в обход Вешенской с востока; с запада, вниз по течению Дона, направил в помощь Базковской сотне Вешенскую иногороднюю дружину и одну из Чирских пеших сотен; на угрожаемых участках расставил восемь пулеметов, а сам с двумя конными сотнями — часов около двух ночи — разместился на опушке Горелого леса, дожидаясь рассвета и намереваясь атаковать красноармейцев в конном строю.

Еще не погасли Стожары, когда Вешенская иногородняя дружина, пробиравшаяся по лесу к базковскому колену, столкнулась с отступавшими базковцами и, приняв их за противника, после короткой перестрелки бежала. Через широкое озеро, отделявшее Вешенскую от луки, дружинники перебирались вплавь, в спешке побросав на берегу обувь и одежду. Ошибка вскоре обнаружилась, но весть, что красные подходят к Вешенской, распространилась с поразительной быстротой. Из Вешенской на север хлынули ютившиеся в подвалах беженцы, разнося повсюду слух, будто красные переправились через Дон, прорвали фронт и ведут наступление на Вешенскую...

Чуть брезжил рассвет, когда Григорий, получив донесение о бегстве иногородней дружины, поскакал к Дону. Дружинники выяснили происшедшее недоразумение и уже возвращались к окопам, громко переговариваясь. Григорий подъехал к одной группе, насмешливо спросил:

— Много перетопло, когда плыли через озеро?

Мокрый, на ходу выжимавший рубаху стрелок смущенно отвечал:

— Щуками плыли! Где уж там утопать...

— Со всеми конфуз бывает, — рассудительно заговорил второй, шедший в одних исподниках. — А вот наш взводный на самом деле чуть не утоп. Разуваться не схотел, обмотки долго сымать, ну и поплыл, а обмотка возьми да и развяжись в воде. Спутала ему ноги... Уж и орал же он! В Елани, небось, слышно было!

Разыскав командира дружины Крамскова, Григорий приказал ему вывести стрелков на край леса, расположить их так, чтобы в случае надобности можно было обстреливать красноармейские цепи с фланга, а сам поехал к своим сотням.

На полпути ему повстречался штабной ординарец. Он осадил тяжело носившего боками коня, облегченно вздохнул:

— Насилу разыскал вас!

— Ты чего?

— Из штаба приказано передать, что Татарская сотня бросила окопы. Опасаются, как бы не окружили их, отступают к пескам... Кудинов, на словах, велел вам зараз же поспешать туда.

С полувзводом казаков, имевших самых резвых лошадей, Григорий лесом выбрался на дорогу. Через двадцать минут скачки они были уже около озера Голого Ильменя. Слева от них по лугу вроссыпь бежали охваченные паникой татарцы. Фронтовики и бывалые казаки пробирались не спеша, держались поближе к озеру, хоронясь в прибрежной куге; большинство же, руководимое, как видно, одним желанием — поскорее добраться до леса, — не обращая внимания на редкий пулеметный огонь, валило напрямик.

— Догоняй их! Пори плетями!.. — скосив глаза от бешенства, крикнул Григорий и первый выпустил коня вдогонку хуторянам.

Позади всех, прихрамывая, диковинной, танцующей иноходью трусил Христоня. Накануне на рыбной ловле он сильно порезал камышом пятку, потому и не мог бежать со всей свойственной его длинным ногам резвостью. Григорий настигал его, высоко подняв над головой плеть. Заслышав конский топот, Христоня оглянулся и заметно наддал ходу.

— Куда?! Стой!.. Стой, говорят тебе!.. — тщетно кричал Григорий.

Но Христоня и не думал останавливаться. Он еще больше убыстрил бег, перейдя на какой-то разнузданный верблюжий галоп.

Тогда взбешенный Григорий прохрипел страшное матерное ругательство, гикнул на коня и, поравнявшись, с наслаждением рубнул плетью по мокрой от пота Христониной спине. Христоня взвился от удара, сделал чудовищный скачок в сторону, нечто вроде заячьей «скидки», сел на землю и начал неторопливо и тщательно ощупывать спину.

Казаки, сопровождавшие Григория, заскакивали наперед бежавшим, останавливали их, но плетей в ход не пускали.

— Пори их!.. Пори!.. — потрясая своей нарядной плетью, хрипло кричал Григорий.

Конь вертелся под ним, становился вдыбки, никак не хотел идти вперед. С трудом направив его, Григорий поскакал к бегущим впереди. На скаку он мельком видел остановившегося возле куста молчаливо улыбавшегося Степана Астахова; видел, как Аникушка, приседая от смеха и сложив ладони рупором, пронзительным, бабьим голосом визжал:

— Братцы! Спасайся, кто может! Красные!.. Ату их!.. Бери!..

Григорий нагонял еще одного хуторянина, одетого в ватную куртку, бежавшего неутомимо и резво. Сутуловатая фигура его была странно знакома, но распознавать было некогда, и Григорий еще издали заорал:

— Стой, сукин сын!.. Стой, зарублю!..

И вдруг человек в ватной куртке замедлил бег, остановился, и, когда стал поворачиваться, — характерным, знакомым с детства жестом выказывая высшую степень возбуждения, — пораженный Григорий, еще не видя обличья, узнал отца.

Щеки Пантелея Прокофьевича передергивали судороги.

— Это родной отец-то — сукин сын? Это отца грозишь срубить? — срывающимся фальцетом закричал он.

Глаза его дымились такой знакомой неуемной свирепостью, что возмущение Григория разом остыло, и он, с силой придержав коня, крикнул:

— Не угадал в спину! Чего орешь, батя?

— Как так не угадал? Отца и не угадал?!

Столь нелепо и неуместно было проявление этой стариковской обидчивости, что Григорий, уже смеясь, поравнялся с отцом, примиряюще сказал:

— Батя, не серчай! На тебе сюртук какой-то неизвестный мне, окромя этого ты летел, как призовая лошадь, и даже хромота твоя куда делась! Как тебя угадать-то?

И опять, как бывало это раньше, всегда, в домашнем быту, Пантелей Прокофьевич утих и, все еще прерывисто дыша, но, посмирнев, согласился:

— Сюртук на мне, верно говоришь, новый, выменял на шубу — шубу таскать тяжело, — а хромать... Когда ж тут хромать? Тут, братец ты мой, уж не до хромоты!.. Смерть в глазах, а ты про ногу гутаришь...

— Ну, до смерти ишо далеко. Поворачивай, батя! Патроны-то не раскидал?

— Куда ж поворачивать? — возмутился старик.

Но тут уж Григорий повысил голос; отчеканивая каждое слово, скомандовал:

— Приказываю вернуться! За ослушание командира в боевой обстановке, знаешь, что по уставу полагается?

Сказанное возымело действие: Пантелей Прокофьевич поправил на спине винтовку, неохотно побрел назад. Поравнявшись с одним из стариков, еще медленнее шагавшим обратно, со вздохом сказал:

— Вот они какие пошли, сынки-то! Нет того, чтобы уважить родителю или, к примеру говоря, ослобонить от бою, а он его же норовит... в это самое направить... да-а-а... Нет, покойничек Петро, царство ему небесное, куда лучше был! Ровная у него душа была, а этот сумарок, Гришка-то, хотя он и командир дивизии, заслуженный, так и далее, а не такой. Весь на кочках, и ни одну нельзя тронуть. Этот при моей старости на печку не иначе как шилом будет подсаживать!

Татарцев образумили без особого труда...

Спустя немного Григорий собрал всю сотню, увел ее под прикрытие; не слезая с седла, коротко пояснил:

— Красные переправились и силуются занять Вёшки. Возле Дона зараз начался бой. Дело не шутейное, и бегать зря не советую. Ежели ишо раз побежите — прикажу коннице, какая стоит в Еринском, рубить вас, как изменников! — Григорий оглядел разношерстно одетую толпу хуторян, закончил с нескрываемым презрением: — Много у вас в сотне всякой сволочи набралось, она и разводит страхи. Побегли, в штаны напустили, вояки! А ишо казаками кличетесь! Особенно вы, деды, глядите у меня! Взялись воевать, так нечего теперь головы промеж ног хоронить! Зараз же, повзводно, рысью вон к энтому рубежу и от кустов — к Дону. По-над Доном — до Семеновской сотни. Вместе с нею вдарите красным во фланг. Марш! Живо!

Татарцы молча выслушали и так же молча направились к кустам. Деды удрученно кряхтели, оглядывались на шибко поскакавшего Григория и сопутствовавших ему казаков. Старик Обнизов, шагавший в ногу с Пантелеем Прокофьевичем, восхищенно сказал:

— Ну и геройским сынком сподобил тебя господь! Истый орел! Как он Христоню-то потянул вдоль спины! Враз привел все в порядок!

И, польщенный в отцовских чувствах, Пантелей Прокофьевич охотно согласился:

— И не говори! Таких сынов по свету поискать! Полный бант крестов, это как, шутка? Вот Петро, покойничек, царство ему небесное, хотя он и родной сын был и первенький, а все не такой! Уж дюже смирный был, какой-то, чума его знает, недоделанный. Душа у него под исподом бабья была! А этот — весь в меня! Ажник превзошел лихостью!

Григорий со своим полувзводом подбирался к Калмыцкому броду. Они уже считали себя в безопасности, достигнув леса, но их увидели с наблюдательного пункта, с той стороны Дона. Орудийный взвод повел обстрел. Первый снаряд пролетел над вершинами верб, чмокнулся где-то в болотистой чаще, не разорвавшись. А второй ударил неподалеку от дороги в обнаженные корневища старого осокоря, брызнул огнем, окатил казаков гулом, комьями жирной земли и крошевом трухлявого дерева.

Оглушенный Григорий инстинктивно поднес к глазам руку, пригнулся к луке, ощутив глухой и мокрый шлепок, как бы по крупу коня.

Казачьи кони от потрясшего землю взрыва будто по команде присели и ринулись вперед; под Григорием конь тяжко поднялся на дыбы, попятился, начал медленно валиться на бок. Григорий поспешно соскочил с седла, взял коня под уздцы. Пролетело еще два снаряда, а потом хорошая тишина стала на искрайке леса. Ложился на траву пороховой дымок; пахло свежевзвернутой землей, щепками, полусгнившим деревом; далеко в чаще встревоженно стрекотали сороки.

Конь Григория всхрапывал и подгибал трясущиеся задние ноги. Желтый навес его зубов был мучительно оскален, шея вытянута. На бархатистом сером храпе пузырилась розовая пена. Крупная дрожь била его тело, под гнедым подшерстком волнами катились судороги.

— Готов кормилец? — громко спросил подскакавший казак.

Григорий смотрел в тускнеющие конские глаза, не отвечая.

Он даже не глянул на рану и только чуть посторонился, когда конь как-то неуверенно заторопился, выпрямился и вдруг упал на колени, низко склонив голову, словно прося у хозяина в чем-то прощения. На бок лег он с глухим стоном, попытался поднять голову, но, видно, покидали его последние силы: дрожь становилась все реже, мертвели глаза, на шее выступила испарина.

Только в щетках, где-то около самых стаканов копыт, еще бились последние живчики. Чуть вибрировало потертое крыло седла.

Григорий искоса глянул на левый пах, увидел развороченную глубокую рану, теплую черную кровь, бившую из нее родниками, сказал спешившемуся казаку, заикаясь и не вытирая слез:

— Стреляй с одной пули! — и передал ему свой маузер.

Пересев на казачью лошадь, поскакал к месту, где оставил свои сотни. Там уже возгорался бой.

С рассветом красноармейцы двинулись в наступление. В слоистом тумане поднялись их цепи, молча пошли по направлению к Вешенской. На правом фланге, около налитой водой ложбины, на минуту замешкались, потом побрели по грудь в воде, высоко поднимая патронные подсумки и винтовки. Спустя немного с Обдонской горы согласно и величаво загремели четыре батареи. Как только по лесу веером начали ложиться снаряды, повстанцы открыли огонь. Красноармейцы уже не шли, а бежали с винтовками наперевес. Впереди них на полверсты сухо лопалась по лесу шрапнель, валились расщепленные снарядами деревья, белесыми клубами поднимался дым. Короткими очередями заработали два казачьих пулемета. В первой цепи начали падать красноармейцы. Все чаще то тут, то там по цепи вырывали пули людей, опоясанных скатками, кидали их ничком или навзничь, но остальные не ложились, и все короче становилось расстояние, отделявшее их от леса.

Впереди второй цепи, чуть клонясь вперед, подоткнув полы шинели, легко и размашисто бежал высокий, с непокрытой головой командир. Цепь на секунду замедлила движение, но командир, на бегу повернувшись, что-то крикнул, и люди снова перешли на побежку, снова все яростнее стало нарастать хрипловатое и страшное «ура-а-а!».

Тогда заговорили все казачьи пулеметы, на опушинах леса жарко, без умолку зачастили винтовочные выстрелы... Откуда-то сзади Григория, стоявшего с сотнями на выезде из леса, длинными очередями начал бить станковый пулемет Базковской сотни. Цепи дрогнули, залегли, стали отстреливаться. Часа полтора длился бой, но огонь пристрелявшихся повстанцев был так настилен, что вторая цепь, не выдержав, поднялась, смешалась с подходившей перебежками третьей цепью... Вскоре луг был усеян беспорядочно бежавшими назад красноармейцами. И тогда Григорий на рыси вывел свои сотни из лесу, построил их и кинул в преследование. Дорогу к плотам отрезала отступавшим шедшая полным карьером Чирская сотня. У придонского леса, возле самого берега, завязался рукопашный бой. К плотам прорвалась только часть красноармейцев. Они до отказа загрузили плоты, отчалили. Остальные бились, вплотную прижатые к Дону.

Григорий спе́шил свои сотни, приказал коноводам не выезжать из лесу, повел казаков к берегу. Перебегая от дерева к дереву, казаки все ближе подвигались к Дону. Человек полтораста красноармейцев ручными гранатами и пулеметным огнем отбросили наседавшую повстанческую пехоту. Плоты было снова направились к левому берегу, но базковцы ружейным огнем перебили почти всех гребцов. Участь оставшихся на этой стороне была предрешена. Слабые духом, побросав винтовки, пытались перебраться вплавь. Их расстреливали залегшие возле прорвы повстанцы. Много красноармейцев потонуло, не будучи в силах пересечь Дон на быстрине. Только двое перебрались благополучно: один в полосатой матросской тельняшке — как видно, искусный пловец — вниз головой кинулся с обрывистого берега, погрузился в воду и вынырнул чуть ли не на середине Дона.

Прячась за разлапистой вербой, Григорий видел, как широкими саженками матрос доспевал к той стороне. И еще один переплыл благополучно. Он расстрелял все патроны, стоя по грудь в воде; что-то крикнул, грозя кулаком в сторону казаков, и пошел отмахивать наискось. Вокруг него чмокали пули, но ни одна не тронула счастливца. Там, где было когда-то скотинье стойло, он выбрел из воды, отряхнулся, не спеша стал взбираться по яру к дворам.

Оставшиеся возле Дона залегли за песчаным бугром. Их пулемет строчил безостановочно до тех пор, пока не закипела в кожухе вода.

— За мной! — негромко скомандовал Григорий, как только пулемет умолк, и пошел к бугру, вынув из ножен шашку.

Позади, тяжко дыша, затопотали казаки.

До красноармейцев оставалось не более полусотни саженей. После трех залпов из-за песчаного бугра поднялся во весь рост высокий смуглолицый и черноусый командир. Его поддерживала под руку одетая в кожаную куртку женщина. Командир был ранен. Волоча перебитую ногу, он сошел с бугра, поправил на руке винтовку с примкнутым штыком, хрипло скомандовал:

— Товарищи! Вперед! Бей беляков!

Кучка храбрецов с пением «Интернационала» пошла в контратаку. На смерть.

Сто шестнадцать павших последними возле Дона были все коммунисты Интернациональной роты.

III

Поздно ночью Григорий пришел из штаба на квартиру. Прохор Зыков ожидал его у калитки.

— Про Аксинью не слышно? — спросил Григорий с деланным равнодушием в голосе.

— Нет. Запропала где-то, — ответил Прохор, позевывая, и тотчас же со страхом подумал: «Не дай бог, опять заставит ее разыскивать... Вот скочетались, черти, на мою голову!»

— Принеси умыться. Потный я весь. Ну, живо! — уже раздраженно сказал Григорий.

Прохор сходил в хату за водой, долго лил из кружки в сложенные ковшом ладони Григория. Тот мылся с видимым наслаждением. Снял провонявшую потом гимнастерку, попросил:

— Слей на спину.

От холодной воды, обжегшей потную спину, ахнул, зафыркал, долго и крепко тер натруженные ремнями плечи и волосатую грудь. Вытираясь чистой попонкой, уже повеселевшим голосом приказал Прохору:

— Коня мне утром приведут — прими его, вычисти, добудь зерна. Меня не буди, пока сам проснусь. Только если из штаба пришлют — разбудишь. Понятно?

Ушел под навес сарая. Лег на повозке и тотчас же окунулся в беспросыпный сон. На заре зяб, поджимал ноги, натягивал влажную от росы шинель, а после того как взошло солнце, снова задремал и проснулся часов около семи от полнозвучного орудийного выстрела. Над станицей, в голубом и чистом небе, кружил матово поблескивающий аэроплан. По нему били с той стороны Дона из орудий и пулеметов.

— А ить могут подшибить его! — проговорил Прохор, яростно охаживая щеткой привязанного к коновязи высокого рыжего жеребца. — Гляди, Пантелевич, какого черта под тебя прислали!

Григорий бегло осмотрел жеребца, довольный, спросил:

– Не поглядел я, сколько ему годов. Шестой, должно?

— Шестой.

— Ох, хорош! Ножки под ним точеные и все в чулках. Нарядный конишко... Ну, седлай его, поеду, погляжу, кто это прилетел.

— Уж хорош — слов нету. Как-то он будет на побежку? Но по всем приметам должон бы быть дюже резвым, — бормотал Прохор, затягивая подпруги.

Еще одно дымчато-белое облачко шрапнельного разрыва вспыхнуло около аэроплана.

Выбрав место для посадки, летчик резко пошел на снижение. Григорий выехал из калитки, поскакал к станичной конюшне, за которой опустился аэроплан.

В конюшне для станичных жеребцов — длинном каменном здании, стоявшем на краю станицы, — было битком набито более восьмисот пленных красноармейцев. Стража не выпускала их оправляться, параш в помещении не было. Тяжкий густой запах человеческих испражнений стеною стоял около конюшни. Из-под дверей стекали зловонные потоки мочи; над ними тучами роились изумрудные мухи...

День и ночь в этой тюрьме для обреченных звучали глухие стоны. Сотни пленных умирали от истощения и свирепствовавших среди них тифа и дизентерии. Умерших иногда не убирали по суткам.

Григорий, объехав конюшню, только что хотел спешиться, как снова глухо ударило орудие с той стороны Дона. Скрежет приближающегося снаряда вырос и сомкнулся с тяжким гулом разрыва.

Пилот и прилетевший с ним офицер вылезли было из кабинки, их окружили казаки. Тотчас же на горе заговорили все орудия батареи. Снаряды стали аккуратно ложиться вокруг конюшни.

Пилот быстро влез в кабинку, но мотор отказался работать.

— Кати на руках! — зычно скомандовал казакам прилетевший из-за Донца офицер и первый взялся за крыло.

Покачиваясь, аэроплан легко двинулся к соснам. Батарея провожала его беглым огнем. Один из снарядов попал в набитую пленными конюшню. В густом дыму, в клубах поднявшейся известняковой пыли обрушился угол. Конюшня дрогнула от животного рева охваченных ужасом красноармейцев. В образовавшийся пролом выскочили трое пленных, сбежавшиеся казаки изрешетили их выстрелами в упор.

Григорий отскакал в сторону.

— Убьют! Езжай в сосны! — крикнул пробегавший мимо казак с испуганным лицом и вытаращенными белесыми глазами.

«А и в самом деле могут накинуть. Чем черт не шутит», — подумал Григорий и не спеша повернул домой.

В этот день Кудинов, обойдя приглашением Мелехова, созвал в штабе строго секретное совещание. Прилетевший офицер Донской армии коротко сообщил, что со дня на день красный фронт будет прорван частями ударной группы, сконцентрированной возле станицы Каменской, и конная дивизия Донской армии под командой генерала Секретева двинется на соединение с повстанцами. Офицер предложил немедленно подготовить средства переправы, чтобы по соединении с дивизией Секретева тотчас же перебросить конные повстанческие полки на правую сторону Дона; посоветовал стянуть резервные части поближе к Дону и уже в конце совещания, после того как был разработан план переправы и движения частей преследования, спросил:

— А почему у вас пленные находятся в Вешенской?

— Больше их негде держать, в хуторах нет помещений, — ответил кто-то из штабных.

Офицер тщательно вытер носовым платком гладко выбритую вспотевшую голову; расстегнул ворот защитного кителя, со вздохом сказал:

— Направьте их в Казанскую.

Кудинов удивленно поднял брови:

— А потом?

— А оттуда — в Вешенскую... — снисходительно пояснил офицер, щуря холодные голубые глаза. И, плотнее сжав губы, жестко закончил: — Я не знаю, господа, почему вы с ними церемонитесь? Время сейчас как будто не такое. Эту сволочь, являющуюся рассадником всяких болезней, как физических, так и социальных, надо истребить. Нянчиться с ними нечего! Я на вашем месте поступил бы именно так.

На другой день в пески вывели первую партию пленных в двести человек. Изможденные, иссиня-бледные, еле передвигающие ноги красноармейцы шли как тени. Конный конвой плотно окружал их нестройно шагавшую толпу... На десятиверстном перегоне Вешенская — Дубровка двести человек были вырублены до одного. Вторую партию выгнали перед вечером. Конвою было строго приказано: отстающих только рубить, а стрелять лишь в крайнем случае. Из полутораста человек восемнадцать дошли до Казанской... Один из них, молодой цыгановатый красноармеец, в пути сошел с ума. Всю дорогу он пел, плясал и плакал, прижимая к сердцу пучок сорванного душистого чабреца. Он часто падал лицом в раскаленный песок, ветер трепал грязные лохмотья бязевой рубашки, и тогда конвоирам были видны его туго обтянутая кожей костистая спина и черные порепавшиеся подошвы раскинутых ног. Его поднимали, брызгали на него водой из фляжек, и он открывал черные, блещущие безумием глаза, тихо смеялся и, раскачиваясь, снова шел.

Сердобольные бабы на одном из хуторов окружили конвойных, и величественная и дородная старуха строго сказала начальнику конвоя:

— Ты ослобони вот этого черняvenького. Умом он тронулся, к богу стал ближе, и вам великий грех будет, коли такого-то загубите.

Начальник конвоя — бравый рыжеусый подхорунжий — усмехнулся:

— Мы, бабуня, лишнего греха не боимся на душу принимать. Все одно из нас праведников не получится!

— А ты ослобони, не противься, — настойчиво просила старуха. — Смерть-то над каждым из вас крылом машет...

Бабы дружно поддержали ее, и подхорунжий согласился.

— Мне не жалко, возьмите его. Он теперь не вредный. А за нашу доброту — молочка нам неснятого по корчажке на брата.

Старуха увела сумасшедшего к себе в хатенку, накормила его, постелила ему в горнице. Он проспал сутки напролет, а потом проснулся, встал спиной к окошку, тихо запел. Старуха вошла в горенку, присела на сундук, подперла щеку ладонью, долго и зорко смотрела на худощавое лицо паренька, потом басовито сказала:

— Ваши-то, слыхать, недалеко...

Сумасшедший на какую-то секунду смолк и сейчас же снова запел, но уже тише.

Тогда старуха строго заговорила:

— Ты, болезный мой, песенки брось играть, не прикидывайся и голову мне не морочь. Я жизню прожила, и меня не обманешь, не дурочка! Умом ты здоровый, знаю... Слыхала, как ты во сне гутарил, да таково складно!

Красноармеец пел, но все тише и тише. Старуха продолжала:

— Ты меня не боись, я тебе не лиха желаю. У меня двух сынков в германскую войну сразили, а меньший в эту войну в Черкасском помер.

А ить я их всех под сердцем выносила... Вспоила, вскормила, ночей смолоду не спала... Вот через это и жалею я всех молодых юношев, какие в войсках служат, на войне воюют... — Она помолчала немного.

Смолк и красноармеец. Он закрыл глаза, и чуть заметный румянец проступил на его смуглых скулах, на тонкой худой шее напряженно запульсировала голубая жилка.

С минуту стоял он, храня выжидающее молчание, затем приоткрыл черные глаза. Взгляд их был осмыслен и полыхал таким нетерпеливым ожиданием, что старуха чуть приметно улыбнулась.

— Дорогу на Шумилинскую знаешь?

— Нет, бабуня, — чуть шевеля губами, ответил красноармеец.

— А как же ты пойдешь?

— Не знаю...

— То-то и оно! Что же мне с тобой теперича делать?

Старуха долго выжидала ответа, потом спросила:

— А ходить-то ты можешь?

— Пойду как-нибудь.

— Зараз тебе как-нибудь нельзя ходить. Надо идтить ночьми и шагать пошибче, ох, пошибче! Переднюй ишо, а тогда дам я тебе харчей и в поводыри внучонка, чтоб он дорогу указывал, и — в час добрый! Ваши-то, красные, за Шумилинской стоят, верно знаю. Вот ты к ним и припожалуешь. А шляхом вам нельзя идтить, надо — степью, логами да лесами, бездорожно, а то казаки перевстренут, и беды наберетесь. Так-то, касатик мой!

На другой день, как только смерклось, старуха перекрестила собравшихся в дорогу своего двенадцатилетнего внучонка и одетого в казачий зипун красноармейца, сурово сказала:

— Идите с богом! Да, глядите, нашим служивым не попадайтеся!.. Не за что, касатик, не за что! Не мне кланяйся, богу святому! Я не одна такая-то, все мы, матери, добрые... Жалко ить вас, окаянных, до смерти! Ну, ну, ступайте, оборони вас господь! — и захлопнула окрашенную желтой глиной покосившуюся дверь хатенки.

IV

Каждый день Ильинична просыпалась чуть свет, доила корову и начинала стряпаться. Печь в доме не топила, а разводила огонь в летней кухне, готовила обед и снова уходила в дом к детишкам.

Наталья медленно оправлялась после тифа. На второй день Троицы она впервые встала с постели, прошлась по комнатам, с трудом переставляя иссохшие от худобы ноги, долго искала в головах у детишек и даже попробовала, сидя на табуретке, стирать детскую одежонку.

И все время с исхудавшего лица ее не сходила улыбка, на ввалившихся щеках розовел румянец, а ставшие от болезни огромными глаза лучились такой сияющей трепетной теплотой, как будто после родов.

— Полюшка, расхороша моя! Не забижал тебя Мишатка, как я хворала? — спрашивала она слабым голосом, протяжно и неуверенно выговаривая каждое слово, гладя рукою черноволосую головку дочери.

— Нет, маманя! Мишка толечко раз меня побил, а то мы с ним хорошо игрались, — шепотом отвечала девочка и крепко прижималась лицом к материнским коленям.

— А бабушка жалела вас? — улыбаясь, допытывалась Наталья.

— Дюже жалела!

— А чужие люди, красные солдаты вас не трогали?

— Они у нас телушку зарезали, проклятые! — баском ответил разительно похожий на отца Мишатка.

— Ругаться нельзя, Мишенька! Ишь ты, хозяин какой! Больших нельзя черным словом обзывать! — назидательно сказала Наталья, подавляя улыбку.

— Это бабка их так обзывала, спроси хоть у Польки, — угрюмо оправдывался маленький Мелехов.

— Верно, маманя, и курей они у нас всех дочиста порезали!

Полюшка оживилась: блестя черными глазенками, стала рассказывать, как приходили на баз красноармейцы, как они ловили кур и уток, как просила бабка Ильинична оставить на завод желтого петуха с обмороженным гребнем и как ей веселый красноармеец ответил, размахивая петухом: «Этот петух, бабка, кукарекал против Советской власти, и мы его присудили за это к смертной казни! Хоть не проси — сварим мы из него лапши, а тебе взамен старые валенки оставим».

И Полюшка развела руками, показывая:

— Во какие валенки оставил! Больпущие-разбольпущие и все на дырьях!

Наталья, смеясь и плача, ласкала детишек и, не сводя с дочери восхищенных глаз, радостно шептала:

— Ах ты моя Григорьевна! Истованная Григорьевна! Вся-то ты, до капельки, на своего батю похожа.

— А я похож? — ревниво спросил Мишатка и несмело прислонился к матери.

— И ты похож. Гляди только: когда вырастешь — не будь таким непутевым, как твой батя...

— А он непутевый? А чем он непутевый? — заинтересовалась Полюшка.

На лицо Натальи тенью легла грусть. Наталья промолчала и с трудом поднялась со скамьи.

Присутствовавшая при разговоре Ильинична недовольно отвернулась. А Наталья, уже не вслушиваясь в детский говор, стоя у окна, долго глядела на закрытые ставни астаховского куреня, вздыхала и взволнованно теребила оборку своей старенькой, вылинявшей кофточки...

На другой день она проснулась чуть свет, встала тихонько, чтобы не разбудить детей, умылась, достала из сундука чистую юбку, кофточку и белый зонтовый платок. Она заметно волновалась, и по тому, как она одевалась, как хранила грустное и строгое молчание, — Ильинична догадалась, что сноха пойдет на могилку деда Гришаки.

— Куда это собралась? — спросила Ильинична, чтобы убедиться в верности своих предположений.

— Пойду дедушку проведаю, — не поднимая головы, боясь расплакаться, обронила Наталья.

Она уже знала о смерти деда Гришаки и о том, что Кошевой сжег их дом и подворье.

— Слабая ты, не дойдешь.

— С передышками дотяну. Детей покормите, мамаша, а то я там, может, долго задержусь.

— И кто его знает — чего ты там будешь задерживаться! Ишо в недобрый час найдешь на этих чертей, прости бог. Не ходила бы, Натальюшка!

— Нет, я уж пойду. — Наталья нахмурилась, взялась за дверную ручку.

— Ну, погоди, чего ж ты голодная-то пойдешь? Сем-ка я молочка кислого положу?

— Нет, мамаша, спаси Христос, не хочу... Прийду, тогда поем.

Видя, что сноха твердо решила идти, Ильинична посоветовала:

— Иди лучше над Доном, огородами. Там тебя не так видно будет.

Над Доном наволочью висел туман. Солнце еще не всходило, но на востоке багряным заревом полыхала закрытая тополями кромка неба, и из-под тучи уже тянуло знобким предутренним ветерком.

Перешагнув через поваленный, опутанный повиликой плетень, Наталья вошла в свой сад. Прижимая руки к сердцу, остановилась возле свежего холмика земли.

Сад буйно зарастал крапивою и бурьяном. Пахло мокрыми от росы лопухами, влажной землей, туманом. На старой засохшей после пожара яблоне одиноко сидел нахохлившийся скворец. Могильная насыпь осела. Кое-где между комьями ссохшейся глины уже показались зеленые жальца выметавшейся травы.

Потрясенная нахлынувшими воспоминаниями, Наталья молча опустилась на колени, припала лицом к неласковой, извечно пахнущей смертным тленом земле...

Через час она крадучись вышла из сада, в последний раз со стиснутым болью сердцем оглянулась на место, где некогда отцвела ее юность, — пустынный двор угрюмо чернел обуглившимися сохами сараев, обгорелыми развалинами печей и фундамента, — и тихо пошла по проулку.

* * *

С каждым днем Наталья поправлялась все больше. Крепли ноги, округлялись плечи, здоровой полнотой наливалось тело. Вскоре стала помогать свекрови в стряпне. Возясь у печи, они подолгу разговаривали.

Однажды утром Наталья с сердцем сказала:

— И когда же это кончится? Вся душа изболелась!

— Вот поглядишь, скоро переправются наши из-за Дона, — уверенно отозвалась Ильинична.

— А почем вы знаете, мамаша!

— У меня сердце чует.

— Лишь бы наши казаки были целые. Не дай бог — убьют кого или поранют. Гриша, ить он отчаянный, — вздохнула Наталья.

— Небось ничего им не сделается, бог не без милости. Старикто наш сулился опять переправиться, проведать нас, да, должно, напужался. Кабы приехал — и ты бы с ним переправилась к своим, от греха. Наши-то, хуторные, супротив хутора лежат, обороняются. Надысь, когда ты ишо лежала без памяти, пошла я на заре к Дону, зачерпнула воды и слышу — из-за Дона Аникушка шумит: «Здорово, бабушка! Поклон от старика!»

— А Гриша где? — осторожно спросила Наталья.

— Он ими всеми командует издаля, — простодушно отвечала Ильинична.

— Откуда ж он командует?

— Должно, из Вёшек. Больше неоткуда.

Наталья надолго умолкла. Ильинична глянула в ее сторону, испуганно спросила:

— Да ты чего это? Чего кричишь-то?

Не отвечая, Наталья прижимала к лицу грязную завеску, тихо всхлипывала.

— Не кричи, Натальюшка. Слезой тут не поможешь. Бог даст, живых-здоровых увидим. Ты сама-то берегись, зря не выходи на баз, а то увидют эти анчихристы, воззрятся...

В кухне стало темнее. Снаружи окно заслонила чья-то фигура. Ильинична повернулась к окну и ахнула:

— Они! Красные! Натальюшка! Скорей ложись на кровать, прикинься, будто ты хворая... Как бы греха... Вот дерюжкой укройся!

Только что Наталья, дрожа от страха, упала на кровать, как звякнула щеколда, и в стряпку, пригибаясь, вошел высокий красноармеец. Детишки вцепились в подол побелевшей Ильиничны. А та как стояла возле печи, так и присела на лавку, опрокинув корчажку с топленым молоком.

Красноармеец быстро оглядел кухню, громко сказал:

— Не пугайтесь. Не съем. Здравствуйте!

Наталья, притворно стоная, с головой укрылась дерюгой, а Мишатка исподлобья всмотрелся в гостя и обрадованно доложил:

— Бабуня! Вот этот самый и зарезал нашего кочета! Помнишь?

Красноармеец снял защитного цвета фуражку, поцокал языком, улыбнулся.

— Узнал, шельмец! И охота тебе про этого петуха вспоминать? Однако, хозяюшка, вот какое дело: не можешь ли ты выпечь нам хлеба? Мука у нас есть.

— Можно... Что ж... Испеку... — торопливо заговорила Ильинична, не глядя на гостя, стирая с лавки пролитое молоко.

А красноармеец присел около двери, вытащил кисет из кармана и, сворачивая папироску, затеял разговор:

— К ночи выпечешь?

— Можно и к ночи, ежели вам спешно.

— На войне, бабушка, завсегда спешно. А за петушка вы не обижайтесь.

— Да мы ничего! — испугалась Ильинична. — Это дите глупое... Вспомнит же, что не надо!

— Однако скупой ты, паренек... — добродушно улыбался словоохотливый гость, обращаясь к Мишатке. — Ну, чего ты таким волчонком смотришь? Подойди сюда, потолкуем всласть про твоего петуха.

— Подойди, болезный! — шепотом просила Ильинична, толкая коленом внука.

Но тот оторвался от бабушкиного подола и норовил уже выскользнуть из кухни, боком-боком пробираясь к дверям. Длинной рукой красноармеец притянул его к себе, спросил:

— Сердишься, что ли?

— Нет, — шепотком отозвался Мишатка.

— Ну вот и хорошо. Не в петухе счастье. Отец-то твой где? За Доном?

— За Доном.

— Воюет, значит, с нами?

Подкупленный ласковым обращением, Мишатка охотно сообщил:

— Он всеми казаками командует!

— Ох, врешь, малый!

— Спроси вот хучь у бабки.

А бабка только руками всплеснула и застонала, окончательно сокрушенная разговорчивостью внука.

— Командует всеми? — переспросил озадаченный красноармеец.

— А может, и не всеми... — уже неуверенно отвечал Мишатка, сбитый с толку отчаянными взглядами бабки.

Красноармеец помолчал немного, потом, искоса поглядывая на Наталью, спросил:

— Молодайка болеет, что ли?

— Тиф у нее, — неохотно ответила Ильинична.

Двое красноармейцев внесли в кухню мешок с мукой, поставили его около порога.

— Затопляй, хозяйка, печь! — сказал один из них. — К вечеру придем за хлебами. Да смотри, чтобы припек был настоящий, а то худо тебе будет!

— Как умею, так и испеку, — ответила Ильинична, донельзя обрадованная тем, что вновь пришедшие помешали продолжению опасного разговора и Мишатка выбежал из кухни.

Один спросил, кивком головы указывая на Наталью:

— Тифозная?

— Да.

Красноармейцы поговорили о чем-то вполголоса, покинули кухню. Не успел последний из них свернуть за угол — из-за Дона защелкали винтовочные выстрелы.

Красноармейцы, согнувшись, подбежали к полуразваленной каменной огороже, залегли за ней и, дружно клацая затворами, стали отстреливаться.

Испуганная Ильинична бросилась во двор искать Мишатку. Из-за огорожи ее окликнули:

— Эй, бабка! Иди в дом! Убьют!

— Парнишка наш на базу! Мишенька! Родименький! — со слезами в голосе звала старуха.

Она выбежала на середину двора, и тотчас же выстрелы из-за Дона прекратились. Очевидно, находившиеся на той стороне казаки увидели ее. Как только она схватила на руки прибежавшего Мишатку и ушла с ним в кухню, стрельба возобновилась и продолжалась до тех пор, пока красноармейцы не покинули мелеховский двор.

Ильинична, шепотом переговариваясь с Натальей, поставила тесто, но выпечь хлеб ей так и не пришлось.

К полудню находившиеся в хуторе красноармейцы пулеметных застав вдруг спешно покинули дворы, по ярам двинулись на гору, таща за собою пулеметы.

Рота, занимавшая окопы на горе, построилась, быстрым маршем пошла к Гетманскому шляху.

Великая тишина как-то сразу распростерлась надо всем Обдоньем. Умолкли орудия и пулеметы. По дорогам, по затравевшим летникам, от хуторов к Гетманскому шляху нескончаемо потянулись обозы, батареи; колоннами пошла пехота и конница.

Ильинична, смотревшая из окна, как по меловым мысам карабкаются на гору отставшие красноармейцы, вытерла о завеску руки, с чувством перекрестилась:

— Привел-то господь, Натальюшка! Уходят красные!

— Ох, маманя, это они из хутора на гору в окопы идут, а к вечеру вернутся.

— А чего же они бегом поспешают? Пихнули их наши! Отступают проклятые! Бегут анчихристы!.. — ликовала Ильинична, а сама снова взялась вымешивать тесто.

Наталья вышла из сенцев, стала у порога и, приложив ладонь к глазам, долго глядела на залитую солнечным светом меловую гору, на выгоревшие бурые отроги.

Из-за горы в предгрозовом величавом безмолвии вставали вершины белых клубящихся туч. Жарко калило землю полуденное солнце. На выгоне свистели суслики, и тихий грустноватый их посвист странно сочетался с жизнерадостным пением жаворонков. Так мила сердцу Натальи была установившаяся после орудийного гула тишина, что она, не шевелясь, с жадностью вслушивалась и в бесхитростные песни жаворонков, и в скрип колодезного журавля, и в шелест напитанного полынной горечью ветра.

Он был горек и духовит, этот крылатый, степной, восточный ветер. Он дышал жаром раскаленного чернозема, пьянящими запахами всех полегших под солнцем трав, но уже чувствовалось приближение дождя: тянуло пресной влагой от Дона, почти касаясь земли раздвоенными остриями крыльев, чертили воздух ласточки, и далеко-далеко в синем поднебесье парил, уходя от подступавшей грозы, степной подорлик.

Наталья прошлась по двору. За каменной огорожей на помятой траве лежали золотистые груды винтовочных гильз. Стекла и выбеленные стены дома зияли пулевыми пробоинами. Одна из уцелевших кур, завидев Наталью, с криком взлетела на крышу амбара.

Ласковая тишина недолго стояла над хутором. Подул ветер, захлопали в покинутых домах распахнутые ставни и двери. Снежно-белая градовая туча властно заслонила солнце и поплыла на запад.

Наталья, придерживая растрепанные ветром волосы, подошла к летней кухне, оттуда снова поглядела на гору. На горизонте — окутанные сиреневой дымкой пыли — на рысях шли двуколки, скакали одиночные всадники. «Значит, верно: уходят!» — облегченно решила Наталья.

Не успела она войти в сенцы, как где-то далеко за горою раскатисто и глухо загремели орудийные выстрелы и, точно перекликаясь с ними, поплыл над Доном радостный колокольный трезвон двух вешенских церквей.

На той стороне Дона из леса густо высыпали казаки. Они тащили волоком и несли на руках баркасы к Дону, спускали их на воду. Гребцы, стоя на кормах, проворно орудовали веслами. Десятка три лодок наперегонки спешили к хутору.

— Натальюшка! Родимая моя! Наши едут!.. — плача навзрыд, причитала выскочившая из кухни Ильинична.

Наталья схватила на руки Мишатку, высоко подняла его. Глаза ее горячечно блестели, а голос прерывался, когда она, задыхаясь, говорила:

— Гляди, родненький, гляди, у тебя глазки вострые... Может, и твой отец с казаками... Не угадаешь? Это не он едет на передней лодке? Ох, да не туда ты глядишь!..

На пристани встретили одного исхудавшего Пантелея Прокофьевича. Старик прежде всего справился, целы ли быки, имущество, хлеб, всплакнул, обнимая внучат. А когда, спеша и прихрамывая, вошел на родное подворье — побледнел, упал на колени, широко перекрестился и, поклонившись на восток, долго не поднимал от горячей выжженной земли свою седую голову.

V

Под командованием генерала Секретева трехтысячная конная группа Донской армии при шести конных орудиях и восемнадцати вьючных пулеметах 10 июня сокрушительным ударом прорвала фронт вблизи станицы Усть-Белокалитвенской, двинулась вдоль линии железной дороги по направлению к станице Казанской.

Ранним утром третьего дня офицерский разъезд 9-го Донского полка наткнулся около Дона на повстанческий полевой караул. Казаки, завидя конный отряд, бросились в яры, но командовавший разъездом казачий есаул по одежде узнал повстанцев, помахал нацепленным на шашку носовым платком и зычно крикнул:

— Свои!.. Не бегай, станичники!..

Разъезд без опаски подскакал к отножине яра. Начальник повстанческого караула — старый седой вахмистр, на ходу застегивая захлюстанную по росе шинель, вышел вперед. Восемь офицеров спешились, и есаул, подойдя к вахмистру, снял защитную фуражку с ярко белевшей на околыше офицерской кокардой, улыбаясь, сказал:

— Ну, здравствуйте, станичники! Что ж, по старому казачьему обычаю — поцелуемся.

Крест-накрест поцеловал вахмистра, вытер платком губы и усы и, чувствуя на себе выжидающие взоры своих спутников, с многозначительной усмешкой, с расстановкой спросил:

— Ну как, опомнились? Свои-то оказались лучше большевиков?

— Так точно, ваше благородие! Покрыли грех... Три месяца сражались, не чаяли дождаться вас!

— Хорошо, что хоть поздно, да взялись за ум. Дело прошлое, а кто старое вспомянет — тому глаз вон. Какой станицы?

— Казанской, ваше благородие!

— Ваша часть за Доном?

— Так точно!

— Красные куда направились от Дона?

— Вверх по Дону, должно — на Донецкую слободку.

— Конница ваша еще не переправлялась?

— Никак нет.

— Почему?

— Не могу знать, ваше благородие. Нас первых направили на эту сторону.

— Артиллерия была у них тут?

— Две батареи были.

— Когда они снялись?

— Вчера на ночь.

— Преследовать надо было! Эх вы, раззявы! — укоризненно проговорил есаул и, подойдя к коню, достал из полевой сумки блокнот и карту.

Вахмистр стоял навытяжку, руки по швам. В двух шагах позади него толпились казаки, со смешанным чувством радости и неосознанного беспокойства рассматривая офицеров, седла, породистых, но истощенных переходом лошадей.

Офицеры, одетые в аккуратно пригнанные английские френчи с погонами и в широкие бриджи, разминали ноги, похаживали возле лошадей, искоса посматривали на казаков. Уже ни на одном из них не было, как осенью 1918 года, самодельных погонов, нарисованных чернильным карандашом. Обувь, седла, патронные сумки, бинокли, притороченные к седлам карабины — все новое и не русского происхождения. Лишь самый пожилой по виду офицер был в черкеске тонкого синего сукна, в кубанке золотистого бухарского каракуля и в горских, без каблуков, сапогах. Он первый, мягко ступая, приблизился к казакам, достал из планшетки нарядную пачку папирос с портретом бельгийского короля Альберта, предложил:

— Курите, братцы!

Казаки жадно потянулись к папиросам. Подошли и остальные офицеры.

— Ну, как жилось под большевиками? — спросил большеголовый и широкоплечий хорунжий.

— Не дюже сладко... — сдержанно отвечал одетый в старый зипун казак, жадно затягиваясь папироской, глаз не сводя с высоких зашнурованных по колено гетр, туго обтягивавших толстые икры хорунжего.

На ногах казака еле держались стоптанные рваные чирики. Белые, многократно штопанные шерстяные чулки, с заправленными в них шароварами, были изорваны; потому-то казак и не сводил очарованного взгляда с английских ботинок, прельщавших его толщиною неизносных подошв, ярко блестевшими медными пистонами. Он не утерпел и простодушно выразил свое восхищение:

— А и хороша же у вас обувка!

Но хорунжий не был склонен к мирному разговору. С ехидством и вызовом он сказал:

— Захотелось вам заграничную экипировку променять на московские лапти, так теперь нечего на чужое завидовать!

— Промашка вышла. Обвиноватились... — смущенно отвечал казак, оглядываясь на своих, ища поддержки.

Хорунжий продолжал издевательски отчитывать:

— Ум у вас оказался бычиный. Бык, он ведь всегда так: сначала шагнет, а потом стоит думает. Промашка вышла! А осенью, когда фронт открыли, о чем думали? Комиссарами хотели быть! Эх вы, защитники отечества!..

Молоденький сотник тихо шепнул на ухо расходившемуся хорунжему: «Оставь, будет тебе!» И тот затоптал папироску, сплюнул, развалисто пошел к лошадям.

Есаул передал ему записку, что-то сказал вполголоса.

С неожиданной легкостью тяжеловатый хорунжий вскочил на коня, круто повернул его и поскакал на запад.

Казаки смущенно молчали. Подошедший есаул, играя низкими нотами звучного баритона, весело спросил:

— Сколько верст отсюда до хутора Варваринского?

— Тридцать пять, — в несколько голосов ответили казаки.

— Хорошо. Так вот что, станичники, ступайте и передайте вашим начальникам, чтобы конные части, не медля ни минуты, переправлялись на эту сторону. С вами отправится до переправы наш офицер, он поведет конницу. А пехота походным порядком пусть движется в Казанскую. Понятно? Ну, как говорится, налево кругом и с богом шагом арш!

Казаки толпою пошли под гору. Саженей сто шагали и молчали, как по сговору, а потом невзрачный казачишка в зипуне, тот самый, которого отходил ретивый хорунжий, покачал головой и горестно вздохнул:

— Вот и соединились, братушки...

Другой с живостью добавил:

– А хрен редьки не слаже! — и смачно выругался.

VI

Тотчас же, как только в Вешенской стало известно о спешном отступлении красных частей, Григорий Мелехов с двумя конными полками вплавь переправился через Дон, выслал сильные разъезды и двинулся на юг.

За обдонским бугром шел бой. Глухо, как под землей, громыхали сливавшиеся раскаты орудийных выстрелов.

— Снарядов-то кадеты, видать, не жалеют! Беглым огнем содют! — восхищенно сказал один из командиров, подъезжая к Григорию.

Григорий промолчал. Он ехал впереди колонны, внимательно осматриваясь по сторонам. От Дона до хутора Базковского на протяжении трех верст стояли тысячи оставленных повстанцами бричек и арб. Всюду по лесу лежало разбросанное имущество: разбитые сундуки, стулья, одежда, упряжь, посуда, швейные машины, мешки с зерном, все, что в великой хозяйской жадности было схвачено и привезено при отступлении к Дону. Местами дорога по колено была усыпана золотистой пшеницей. И тут же валялись раздувшиеся, обезображенные разложением, зловонные трупы быков и лошадей.

— Вот так нахозяевали! — воскликнул потрясенный Григорий и, обнажив голову, стараясь не дышать, осторожно объехал курганчик слежавшегося зерна с распростертым на нем мертвым стариком в казачьей фуражке и окровяненном зипуне.

— Докараулил дедок свое добро! Черти его взмордовали тут оставаться, — с сожалением сказал кто-то из казаков.

— Небось, пашаницу жалко было бросать...

— А ну, трогай рысью! Воняет от него — не дай бог. Эй! Трогай!.. — возмущенно закричали из задних рядов.

И сотня перешла на рысь. Разговоры смолкли. Только цокот множества конских копыт да перезвяк подогнанного казачьего снаряжения согласно зазвучали по лесу.

... Бой шел неподалеку от имения Листницких. По суходолу, в стороне от Ягодного, густо бежали красноармейцы. Над головами их рвалась шрапнель, в спины им били пулеметы, а по бугру, отрезая путь к отступлению, текла лава Калмыцкого полка.

Григорий подошел со своими полками, когда бой уже кончился. Две красноармейские роты, прикрывавшие отход по Вешенскому перевалу разрозненных частей и обозов 14-й дивизии, были разбиты 3-м Калмыцким полком и целиком уничтожены.

Еще на бугре Григорий передал командование Ермакову, сказал:

— Управились тут без нас. Иди на соединение, а я на минуту забегу в усадьбу.

— Что за нужда? — удивился Ермаков.

— Ну, как тебе сказать, жил тут в работниках смолоду, вот и потянуло что-то поглядеть на старые места...

Кликнув Прохора, Григорий повернул в сторону Ягодного и, когда отъехал с полверсты, увидел, как над головной сотней взвилось и заполоскалось на ветру белое полотнище, предусмотрительно захваченное кем-то из казаков.

«Будто в плен сдаются!» — с тревогой и неосознанной тоской подумал Григорий, глядя, как медленно, как бы нехотя, спускается колонна в суходол, а навстречу ей прямо по зеленям на рысях идет конная группа секретевцев.

Грустью и запустением пахнуло на Григория, когда через поваленные ворота въехал он на заросший лебедою двор имения. Ягодное стало неузнаваемым. Всюду виднелись страшные следы бесхозяйственности и разрушения. Некогда нарядный дом потускнел и словно стал ниже. Давным-давно не крашенная крыша желтела пятнистой ржавчиной, поломанные водосточные трубы валялись около крыльца, кособоко висели сорванные с петель ставни, в разбитые окна со свистом врывался ветер, и оттуда уже тянуло горьковатым плесневелым душком нежили.

Угол дома с восточной стороны и крыльцо были разрушены снарядом трехдюймовки. В разбитое венецианское окно коридора просунулась верхушка поваленного снарядом клена. Он так и остался лежать, уткнувшись комлем в вывалившуюся из фундамента груду кирпичей. А по завядшим ветвям его уже полз и кучерявился стремительный в росте дикий хмель, прихотливо оплетал уцелевшие стекла окна, тянулся к карнизу.

Время и непогода делали свое дело. Надворные постройки обветшали и выглядели так, будто много лет не касались их заботливые человеские руки. В конюшне вывалилась подмытая вешними дождями каменная стена, крышу каретника раскрыла буря, и на мертвенно белевших стропилах и перерубах лишь кое-где оставались клочья полусгнившей соломы.

На крыльце людской лежали три одичавшие борзые. Завидев людей, они вскочили и, глухо рыча, скрылись в сенцах. Григорий подъехал к распахнутому окну флигеля; перегнувшись с седла, громко спросил:

— Есть кто живой?

Во флигеле долго стояла тишина, а потом надтреснутый женский голос ответил:

— Погодите, ради Христа! Сейчас выйду.

Постаревшая Лукерья, шаркая босыми ногами, вышла на крыльцо; щурясь от солнца, долго всматривалась в Григория.

— Не угадаешь, тетка Лукерья? — спешиваясь, спросил Григорий.

И только тогда что-то дрогнуло в рябом лице Лукерьи, и тупое безразличие сменилось сильным волнением. Она заплакала и долго не могла проронить ни одного слова Григорий привязал коня, терпеливо выжидал.

— Натерпелась я страсти. Не дай и не приведи... — начала причитать Лукерья, вытирая щеки грязной холстинной завеской. — Думала, опять они приехали... Ох, Гришенька, что тут было... И не расскажешь!.. Одна ить я осталась...

— А дед Сашка где же? Отступил с панами?

— Кабы отступил, может, и живой бы был...

— Неужели помер?

— Убили его... Третьи сутки лежит на погребу... зарыть бы надо, а я сама расхворалась... Насилу встала... Да и боюсь до смерти идтить туда к нему, к мертвому...

— За что же? — не поднимая глаз от земли, глухо спросил Григорий.

— За кобылу порешили... Наши-то паны отступили поспешно. Один капитал взяли, а имущество почти все на меня оставили. — Лукерья перешла на шепот: — Все до нитки соблюла! Зарытое и до се лежит. А из лошадей только трех орловских жеребцов взяли, остальных оставили на деда Сашку. Как началась восстания, брали их и казаки и красные. Вороного жеребца Вихоря — может, помнишь? — взяли на провесне красные. Насилу заседлали. Он ить под седлом сроду не ходил. Только не пришлось им на нем поездить, поликовать. Заезжали через неделю каргиновские казаки, рассказывали. Сошлись они на бугре с красными, зачали палить один в одного. У казаков какая-то немудрячая кобыленка и заржала в тот час. Ништо ж не притянул Вихорь красного к казакам? Кинулся со всех ног к кобыле, и не мог его удержать энтот-то ездок, какой на нем сидел. Видит он, что не совладает с жеребцом, и захотел на всем скаку ссигнуть с него. Сигнуть-то сигнул, а ногу из стремени не вытянул. Вихорь его и примчал прямо к казакам в руки.

— Ловко! — воскликнул восхищенный Прохор.

— Теперь на этом жеребце каргиновский подфорунжий ездит, — размеренно повествовала Лукерья. — Сулил, как только пан вернется — сейчас же Вихоря на конюшню представить. И так вот всех позабрали лошадок, и осталась одна рысачка Стрелка, что от Примера и Суженой. Была она жеребая, через это ее никто и не трогал. Опорожнилась она недавно, и дед Сашка так уж этого жеребеночка жалел, так жалел — и рассказать нельзя! На руках носил и из рожка подпаивал молоком и каким-то травяным настоем, чтобы на ногах крепче был. Вот и случилась беда... Третьего дня прискакали трое перед вечером. Дед в саду траву косил. Они шумят ему: «Иди сюда, такой-сякой!» Он косу бросил, подошел, поздоровался, а они и не глядят, молоко пьют и спрашивают у него: «Лошади есть?» Он и говорит: «Одна есть, но она по вашему военному делу негожая: кобыла, к тому же подсосая, с жеребенком». Самый лютый из них как зашумит: «Это не твоего ума дело! Веди кобылу, старый черт! У моей лошади спина побитая, и должон я ее сменить!» Ему бы покориться и не стоять за эту кобылу, ну а он, сам знаешь, характерный старичок был... Пану и тому, бывало, не смолчит. Помнишь, небось?

— Что же он, так и не дал? — вмешался в рассказ Прохор.

— Ну как же тут не дашь? Он только и сказал им: «До вас, мол, сколько ни прибегало конных, всех лошадей забрали, а к этой жалость имели, а вы что ж...» Тут они и поднялись: «А, шумят, панский холуй, ты пану ее берегешь?!» Ну и потянули его... Один вывел кобылу, начал седлать, а жеребенок к ней под сиську лезет. Дед просить начал: «Смилуйтесь, не берите! Жеребеночка куда ж девать?» — «А вот куда!» — говорит другой да с тем отогнал его от матки, снял с плеча ружье и вдарил в него. Я так и залилась слезьми... Подбегла, прошу их, деда хватаю, хочу увесть от греха, а он как глянул на жеребеночка — бороденка на нем затряслась, побелел весь, как стена, и говорит: «Ежели так, то стреляй и меня, сучий сын!» Кинулся к ним, вцепился, седлать не дает. Ну, они осерчали и порешили его вгорячах. От ума я отошла, как они в него стрельнули... Теперь и ума не приложу, как с ним быть. Домовину бы надо ему сделать, да разве это бабьего ума дело?

— Дай две лопаты и рядно, — попросил Григорий.

— Думаешь похоронять его? — спросил Прохор.

— Да.

— И охота тебе утруждаться, Григорий Пантелевич! Давай я зараз смотаюсь за казаками. Они и гроб сделают и могилку ему выроют подходящую...

Прохору, как видно, не хотелось возиться с похоронами какого-то старика, но Григорий решительно отклонил его предложение.

— Сами и могилу выроем и похороним. Старик этот хороший был человек. Ступай в сад, возле пруда подождешь, а я пойду гляну на покойника.

Под тем же старым разлапистым тополем, возле одетого ряской пруда, где некогда схоронил дед Сашка дочушку Григория и Аксиньи, нашел и он себе последний приют. Положили его сухонькое тело, завернутое в чистый, пахнущий хмелинами дежник, засыпали землей. Рядом с крохотным могильным холмиком вырос еще один, аккуратно притоптанный сапогами, празднично сияющий свежим и влажным суглинком.

Удрученный воспоминаниями, Григорий прилег на траву неподалеку от этого маленького дорогого сердцу кладбища и долго глядел на величаво распростертое над ним голубое небо. Где-то там, в вышних беспредельных просторах, гуляли ветры, плыли осиянные солнцем холодные облака, а на земле, только что принявшей веселого лошадника и пьяницу деда Сашку, все так же яростно кипела жизнь: в степи, зеленым разливом подступившей к самому саду, в зарослях дикой конопли возле прясел старого гумна неумолчно звучала гремучая дробь перепелиного боя, свистели суслики, жужжали шмели, шелестела обласканная ветром трава, пели в струистом мареве жаворонки и, утверждая в природе человеческое величие, где-то далеко-далеко по суходолу настойчиво, злобно и глухо стучал пулемет.

VII

Генерала Секретева, приехавшего в Вешенскую со штабными офицерами и сотней казаков личного конвоя, встречали хлебомсолью, колокольным звоном. В обеих церквах весь день трезвонили, как на пасху. По улицам разъезжали на поджарых, истощенных переходом дончаках низовские казаки. На плечах у них вызывающе синели погоны. На площади около купеческого дома, где отвели квартиру генералу Секретеву, толпились ординарцы. Луща семечки, они заговаривали с проходившими мимо принаряженными станичными девками.

В полдень к генеральской квартире трое конных калмыков пригнали человек пятнадцать пленных красноармейцев. Позади шла пароконная подвода, заваленная духовыми инструментами.

Красноармейцы были одеты необычно: в серые суконные брюки и такие же куртки с красным кантом на обшлагах рукавов. Пожилой калмык подъехал к ординарцам, праздно стоявшим у ворот, спешился, сунул в карман глиняную трубочку.

— Наши красных трубачей пригнала. Понимаешь?

— Чего ж тут понимать-то? — лениво отозвался толстомордый ординарец, сплевывая подсолнечную лузгу на запыленные сапоги калмыка.

— Чего ничего — прими пленных. Наел жирный морда, болтай зря чего!

— Но-но! Ты у меня поговоришь, курюк бараний, — обиделся ординарец. Но доложить о пленных пошел.

Из ворот вышел дебелый есаул в коричневом, туго затянутом в талии бешмете. Раскорячив толстые ноги, картинно подбоченясь, оглядел столпившихся красноармейцев, пробасил:

— Комиссаров музыкой ус-слаж-дали, рвань тамбовская! Откуда серые мундиры? С немцев поснимали, что ли?

— Никак нет, — часто мигая, ответил стоявший впереди всех красноармеец. И скороговоркой пояснил: — Еще при Керенском нашей музыкантской команде пошили эту форму, перед июньским наступлением... Так вот и носим с той поры...

— Поносишь у меня! Поносишь! Вы у меня поносите! — Есаул сдвинул на затылок низко срезанную кубанку, обнажив на бритой голове малиновый незарубцевавшийся шрам, и круто повернулся на высоких стоптанных каблуках лицом к калмыку: — Чего ты их гнал, некрещеная харя? За каким чертом? Не мог по дороге на распыл пустить?

Калмык весь как-то незаметно подобрался, ловко сдвинул кривые ноги и, не отнимая руки от козырька защитной фуражки, ответил:

— Командир сотни приказала гони сюда надо.

— «Гони сюда надо»! — передразнил франтоватый есаул, презрительно скривив тонкие губы, и, грузно ступая отечными ногами, подрагивая толстым задом, обошел красноармейцев: долго и внимательно, как барышник — лошадей, осматривал их.

Ординарцы потихоньку посмеивались. Лица конвойных калмыков хранили всегдашнюю бесстрастность.

— Открыть ворота! Загнать их во двор! — приказал есаул. Красноармейцы и подвода с беспорядочно наваленными инструментами остановились у крыльца.

— Кто капельмейстер? — закуривая, спросил есаул.

— Нет его, — ответили сразу несколько голосов.

— Где же он? Сбежал?

— Нет, убит.

— Туда и дорога. Обойдетесь и без него. А ну, разобрать инструменты!

Красноармейцы подошли к подводе. Смешиваясь с назойливым перезвоном колоколов, во дворе робко и нестройно зазвучали медные голоса труб.

— Приготовиться! Давайте «Боже, царя храни».

Музыканты молча переглянулись. Никто не начинал. С минуту длилось тягостное молчание, а потом один из них, босой, но в аккуратно закрученных обмотках, глядя в землю, сказал:

— Из нас никто не знает старого гимна...

— Никто? Интересно... Эй, там! Полувзвод ординарцев с винтовками!

Есаул отбивал носком сапога неслышный такт. В коридоре, гремя карабинами, строились ординарцы. За палисадником в густо разросшихся акациях чирикали воробьи. Во дворе жарко пахло раскаленными железными крышами сараев и людским едким потом. Есаул отошел с солнцепека в тень, и тогда босой музыкант с тоскою глянул на товарищей, негромко сказал:

— Ваше высокоблагородие! У нас все тут — молодые музыканты. Старое не приходилось играть... Революционные марши всё больше играли... Ваше высокоблагородие!

Есаул рассеянно вертел кончик своего наборного ремешка, молчал.

Ординарцы выстроились возле крыльца, ждали приказания. Расталкивая красноармейцев, из задних рядов поспешно выступил пожилой с бельмом на глазу музыкант; покашливая, спросил:

— Разрешите? Я могу исполнить. — И, не дожидаясь согласия, приложил к дрожащим губам накаленный солнцем фагот.

Гнусавые тоскующие звуки, одиноко взметнувшиеся над просторным купеческим двором, заставили есаула гневно поморщиться. Махнув рукой, он крикнул:

— Перестать! Как нищего за... тянешь! Разве это музыка?

В окнах показались улыбающиеся лица штабных офицеров и адъютантов.

— Вы им похоронный марш закажите! — юношеским тенорком крикнул до половины свесившийся из окна молоденький сотник.

Надсадный звон колоколов на минуту смолк, и есаул, шевеля бровями, вкрадчиво спросил:

— «Интернационал», надеюсь, исполняете? Давайте-ка! Да не бойтесь! Давайте, раз приказываю.

И в наступившей тишине, в полуденном зное, словно зовя на бой, вдруг согласно и величаво загремели трубные негодующие звуки «Интернационала».

Есаул стоял, как бык перед препятствием, наклонив голову, расставив ноги. Стоял и слушал. Мускулистая шея его и синеватые белки прищуренных глаз наливались кровью.

— От-ста-вить!.. — не выдержав, яростно заорал он.

Оркестр разом умолк, лишь валторна запоздала, и надолго повис в раскаленном воздухе ее страстный незаконченный призыв.

Музыканты облизывали пересохшие губы, вытирали их рукавами, грязными ладонями. Лица их были усталы и равнодушны. Только у одного предательская слеза сбежала по запыленной щеке, оставив влажный след...

Тем временем генерал Секретев отобедал у родных своего сослуживца еще по русско-японской войне и, поддерживаемый пьяным адъютантом, вышел на площадь. Жара и самогон одурманили его. На углу против кирпичного здания гимназии ослабевший генерал споткнулся, упал ничком на горячий песок. Растерявшийся адъютант тщетно пытался поднять его. Тогда из толпы, стоявшей неподалеку, поспешили на помощь. Двое престарелых казаков под руки почтительнейше приподняли генерала, которого тут же всенародно стошнило. Но в перерывах между приступами рвоты он еще пытался что-то выкрикивать, воинственно потрясая кулаками. Кое-как уговорили его, повели на квартиру.

Стоявшие поодаль казаки провожали его долгими взглядами, вполголоса переговаривались:

— Эк его, болезного, развезло-то! Не в аккурате держит себя, даром, что генерал.

— Самогонка-то на чины-ордена не глядит.

— Хлебать бы надо не всю, какую становили...

— Эк, сваток, не всякий вытерпит! Иной в пьяном виде сраму наберется и зарекается сроду не пить... Да ить оно как говорится: зарекалась свинья чегой-то есть, бежит, а их два лежит...

— То-то и оно! Шумни ребятишкам, чтобы отошли. Идут рядом, вылупились на него, враженяты, как, скажи, сроду они пьяных не видали.

... Трезвонили и самогон пили по станице до самых сумерек. А вечером в доме, предоставленном под офицерское собрание, повстанческое командование устроило для прибывших банкет.

Высокий статный Секретев — исконный казак, уроженец одного из хуторов Краснокутской станицы — был страстным любителем верховых лошадей, превосходным наездником, лихим кавалерийским генералом. Но он не был оратором. Речь, произнесенная им на банкете, была исполнена пьяного бахвальства и в конце содержала недвусмысленные упреки и угрозы по адресу верхнедонцев.

Присутствовавший на банкете Григорий с напряженным и злобным вниманием вслушивался в слова Секретева. Не успевший протрезвиться генерал стоял, опираясь пальцами о стол, расплескивая из стакана пахучий самогон; говорил, с излишней твердостью произнося каждую фразу:

— ... Нет, не мы вас должны благодарить за помощь, а вы нас! Именно вы, это надо твердо сказать. Без нас красные вас уничтожили бы. Вы это сами прекрасно знаете. А мы и без вас раздавили бы эту сволочь. И давим ее и будем давить, имейте в виду, до тех пор, пока не очистим наголо всю Россию.

Вы бросили осенью фронт, пустили на казачью землю большевиков... Вы хотели жить с ними в мире, но не пришлось! И тогда вы восстали, спасая свое имущество, свою жизнь. Попросту — спасая свои и бычиные шкуры. Я вспоминаю о прошлом не для того, чтобы попрекнуть вас вашими грехами... Это не в обиду вам говорится. Но истину установить никогда не вредно. Ваша измена была нами прощена. Как братья, мы пошли к вам в наиболее трудную для вас минуту, пошли на помощь. Но ваше позорное прошлое должно быть искуплено в будущем. Понятно, господа офицеры? Вы должны искупить его своими подвигами и безупречным служением тихому Дону, понятно?

— Ну, за искупление! — ни к кому не обращаясь в отдельности, чуть приметно улыбаясь, сказал сидевший против Григория пожилой войсковой старшина и, не дожидаясь остальных, выпил первый.

У него — мужественное, слегка тронутое оспой лицо и насмешливые карие глаза. Во время речи Секретева губы его не раз складывались в неопределенную блуждающую усмешку, и тогда глаза темнели и казались совсем черными. Наблюдая за войсковым старшиной, Григорий обратил внимание на то, что тот был на «ты» с Секретевым и держался по отношению к нему крайне независимо, а с остальными офицерами был подчеркнуто сдержан и холоден. Он один из присутствовавших на банкете носил вшитые погоны цвета хаки на таком же кителе и нарукавный корниловский шеврон. «Какой-то идейный. Должно, из добровольцев», — подумал Григорий. Пил войсковой старшина, как лошадь. Не закусывал и не пьянел, лишь время от времени отпускал широкий английский ремень.

— Кто это, насупротив меня, рябоватый такой? — шепотом спросил Григорий у сидевшего рядом Богатырева.

— А черт его знает, — отмахнулся подвыпивший Богатырев.

Кудинов не жалел для гостей самогона. Откуда-то появился на столе спирт, и Секретев, с трудом окончив речь, распахнул защитный сюртук, тяжело опустился на стул. К нему наклонился молодой сотник с ярко выраженным монгольским типом лица, что-то шепнул.

— К черту! — побагровев, ответил Секретев и залпом выпил рюмку спирта, услужливо налитую Кудиновым.

— А это кто с косыми глазами? Адъютант? — спросил Григорий у Богатырева.

Прикрывая ладонью рот, тот ответил:

— Нет, это его вскормленник. Он его в японскую войну привез из Маньчжурии мальчишкой. Воспитал и отдал в юнкерское. Получился из китайчонка толк. Лихой черт! Вчера отбил под Макеевкой денежный ящик у красных. Два миллиона денег хапнул. Глянь-ка, они у него изо всех карманов пачками торчат! Повезло же проклятому! Чистый клад! Да пей ты, чего ты их разглядываешь?

Ответную речь держал Кудинов, но его почти никто уже не слушал. Попойка принимала все более широкий размах. Секретев, сбросив сюртук, сидел в одной нижней рубашке. Голо выбритая голова его лоснилась от пота, и безупречно чистая полотняная рубашка еще резче оттеняла багровое лицо и оливковую от загара шею. Кудинов что-то говорил ему вполголоса, но Секретев, не глядя на него, настойчиво повторял:

— Не-е-ет, извини! Уж это ты извини! Мы вам доверяем, но постольку-поскольку... Ваше предательство не скоро забудется. Пусть это зарубят себе на носу все, кто переметнулся осенью к красным...

«Ну и мы вам послужим постольку-поскольку!» — с холодным бешенством подумал опьяневший Григорий и встал.

Не надевая фуражки, вышел на крыльцо, с облегчением, всей грудью, вдохнул свежий ночной воздух.

У Дона, как перед дождем, гомонили лягушки, угрюмовато гудели водяные жуки. На песчаной косе тоскливо перекликались кулики. Где-то далеко в займище заливисто и тонко ржал потерявший матку жеребенок. «Сосватала нас с вами горькая нужда, а то и на понюх вы бы нам были не нужны.

Сволочь проклятая! Ломается, как копеечный пряник, попрекает, а через неделю прямо начнет на глотку наступать... Вот подошло, так подошло! Куда ни кинь — везде клин. А ить я так и думал... Так оно и должно было получиться. То-то казаки теперь носами закрутят! Отвыкли козырять да тянуться перед их благородиями», — думал Григорий, сходя с крыльца и ощупью пробираясь к калитке.

Спирт подействовал и на него: кружилась голова, движения обретали неуверенную тяжеловесность. Выходя из калитки, он качнулся, нахлобучил фуражку, — волоча ноги, пошел по улице.

Около домика Аксиньиной тетки на минуту остановился в раздумье, а потом решительно шагнул к крыльцу. Дверь в сени была не заперта. Григорий без стука вошел в горницу и прямо перед собой увидел сидевшего за столом Степана Астахова. Около печи суетилась Аксиньина тетка. На столе, покрытом чистой скатертью, стояла недопитая бутылка самогона, в тарелке розовела порезанная на куски вяленая рыба.

Степан только что опорожнил стакан и, как видно, хотел закусить, но, увидев Григория, отодвинул тарелку, прислонился спиной к стене.

Как ни был пьян Григорий, он все же заметил и мертвенно побледневшее лицо Степана, и его по-волчьи вспыхнувшие глаза. Ошеломленный встречей, Григорий нашел в себе силы хрипловато проговорить:

— Здоро́во дневали!

— Слава богу, — испуганно ответила ему хозяйка, безусловно осведомленная об отношениях Григория с ее племянницей и не ожидавшая от этой нечаянной встречи мужа и любовника ничего доброго.

Степан молча гладил левой рукою усы, загоревшихся глаз не сводил с Григория.

А тот, широко расставив ноги, стоял у порога, криво улыбался, говорил:

— Вот, зашел проведать... Извиняйте.

Степан молчал. Неловкая тишина длилась до тех пор, пока хозяйка не осмелилась пригласить Григория:

— Проходите, садитесь.

Теперь Григорию уж нечего было скрывать. Его появление на квартире у Аксиньи объяснило Степану все. И Григорий пошел напролом:

— А где же жена?

— А ты... ее пришел проведать? — тихо, но внятно спросил Степан и прикрыл глаза затрепетавшими ресницами.

— Ее, — со вздохом признался Григорий.

Он ждал в этот миг от Степана всего и, трезвея, готовился к защите. Но тот приоткрыл глаза (в них уже погас недавний огонь), сказал:

— Я послал ее за водкой, она зараз прийдет. Садись, подожди.

Он даже встал — высокий и ладный — и подвинул Григорию стул, не глядя на хозяйку, попросил:

— Тетка, дайте чистый стакан. — И — Григорию: — Выпьешь?

— Немножко можно.

— Ну, садись.

Григорий присел к столу... Оставшееся в бутылке Степан разлил поровну в стаканы, поднял на Григория задернутые какой-то дымкой глаза.

— За все хорошее!

— Будем здоровы!

Чокнулись. Выпили. Помолчали. Хозяйка, проворная, как мышь, подала гостю тарелку и вилку с выщербленным черенком.

— Кушайте рыбку! Это малосольная.

— Благодарствую.

— А вы кладите на тарелку, угощайтесь! — потчевала повеселевшая хозяйка.

Она была донельзя довольна тем, что все обошлось так по-хорошему, без драки, без битья посуды, без огласки. Суливший недоброе разговор окончился. Муж мирно сидел за общим столом с дружком жены. Теперь они молча ели и не смотрели друг на друга. Предупредительная хозяйка достала из сундука чистый рушник и как бы соединила Григория со Степаном, положив концы его обоим на колени.

— Ты почему не в сотне? — обгладывая подлещика, спросил Григорий.

— Тоже проведать пришел, — помолчав, ответил Степан, и по тону его никак нельзя было определить, серьезно он говорит или с издевкой.

— Сотня дома небось?

— Все в хуторе гостюют. Что ж, допьем?

— Давай.

— Будем здоровы!

— За все доброе!

В сенцах звякнула щеколда. Окончательно отрезвевший Григорий глянул исподлобья на Степана, заметил, как бледность снова волной омыла его лицо.

Аксинья, закутанная в ковровый платок, не узнавая Григория, подошла к столу, глянула сбоку, и в черных расширившихся глазах ее плеснулся ужас. Задохнувшись, она насилу выговорила:

— Здравствуйте, Григорий Пантелевич!

Лежавшие на столе большие узловатые руки Степана вдруг мелко задрожали, и Григорий, видевший это, молча поклонился Аксинье, не проронив ни слова.

Ставя на стол две бутылки самогона, она снова метнула на Григория взгляд, полный тревоги и скрытой радости, повернулась и ушла в темный угол горницы, села на сундук, трясущимися руками поправила прическу. Преодолев волнение, Степан расстегнул воротник душившей его рубахи, налил дополна стаканы, повернулся лицом к жене:

— Возьми стакан и садись к столу.

— Я не хочу.

— Садись!

— Я же не пью ее, Степа!

— Сколько разов говорить? — Голос Степана дрогнул.

— Садись, соседка! — Григорий ободряюще улыбнулся.

Она с мольбой взглянула на него, быстро подошла к шкафчику. С полки упало блюдечко, со звоном разбилось.

— Ах, беда-то какая! — Хозяйка огорченно всплеснула руками.

Аксинья молча собирала осколки.

Степан налил и ей стакан доверху, и снова глаза его вспыхнули тоской и ненавистью.

— Ну, выпьем... — начал он и умолк.

В тишине было отчетливо слышно, как бурно и прерывисто дышит присевшая к столу Аксинья.

— ... Выпьем, жена, за долгую разлуку. Что же, не хочешь? Не пьешь?

— Ты же знаешь...

— Я зараз все знаю... Ну, не за разлуку! За здоровье дорогого гостя Григория Пантелевича.

— За его здоровье выпью! — звонко сказала Аксинья и выпила стакан залпом.

— Победная твоя головушка! — прошептала хозяйка, выбежав на кухню.

Она забилась в угол, прижала руки к груди, ждала, что вот-вот с грохотом упадет опрокинутый стол, оглушительно грянет выстрел... Но в горнице мертвая стояла тишина. Слышно было только, как жужжат на потолке потревоженные светом мухи да за окном, приветствуя полночь, перекликаются по станице петухи.

VIII

Темны июньские ночи на Дону. На аспидно-черном небе в томительном безмолвии вспыхивают золотые зарницы, падают звезды, отражаясь в текучей быстрине Дона. Со степи сухой и теплый ветер несет к жилью медвяные запахи цветущего чабреца, а в займище пресно пахнет влажной травой, илом, сыростью, неумолчно кричат коростели, и прибрежный лес, как в сказке, весь покрыт серебристой парчою тумана.

Прохор проснулся в полночь. Спросил у хозяина квартиры:

— Наш-то не пришел?

— Нету. Гуляет с генералами.

— То-то там небось водки попьют! — завистливо вздохнул Прохор и, позевывая, стал одеваться.

— Ты куда это?

— Пойду коней напою да зерна засыплю. Говорил Пантелевич, что с рассветом выедем в Татарский. Переднюем там, а потом свои частя надо догонять.

— До рассвета ишо далеко. Позоревал бы.

Прохор с неудовольствием ответил:

— Сразу по тебе, дед, видать, что нестроевой ты был смолоду! Нам при нашей службе, ежели коней не кормить да не ухаживать за ними, так, может, и живым не быть. На худоконке разве расскачешься? Чем ни добрее под тобою животина, тем скорее от неприятеля ускачешь. Я такой: мне догонять их нету надобностев, а коли туго прийдется, подопрет к кутнице — так я первый махну! Я и так уж какой год лоб под пули подставляю, осточертело! Зажги, дедок, огонь, а то портянки не найду. Вот спасибо! Да-а-а, это наш Григорий Пантелевич кресты да чины схватывал, в пекло лез, а я не такой дурак, мне это без надобностев. Ну, никак, несут его черти, и, небось, пьяный в дымину.

В дверь тихонько постучали.

— Взойдите! — крикнул Прохор.

Вошел незнакомый казак с погонами младшего урядника на защитной гимнастерке и в фуражке с кокардой.

— Я ординарец штаба группы генерала Секретева. Могу я видеть их благородие господина Мелехова? — спросил он, козырнув и вытянувшись у порога.

— Нету его, — ответил пораженный выправкой и обращением вышколенного ординарца Прохор. — Да ты не тянись, я сам смолоду был такой дурак, как ты. Я его вестовой. А по какому ты делу?

— По приказанию генерала Секретева за господином Мелеховым. Его просили сейчас же явиться в дом офицерского собрания.

— Он туда потянул ишо с вечера.

— Был, а потом ушел оттуда домой.

Прохор свистнул и подмигнул сидевшему на кровати хозяину:

— Понял, дед? Зафитилил, значит, к своей жалечке... Ну, ты иди, служивый, а я его разыщу и представлю туда прямо тепленького!

Поручив старику напоить лошадей и задать им зерна, Прохор отправился к Аксиньиной тетке.

В непроглядной темени спала станица. На той стороне Дона в лесу наперебой высвистывали соловьи. Не торопясь, подошел Прохор к знакомой хатенке, вошел в сени и только что взялся за дверную скобу, услышал басистый Степанов голос. «Вот это я нарвался! — подумал Прохор. — Спросит, зачем пришел? А мне и сказануть нечего. Ну, была не была, — повидалась! Скажу, зашел самогонки купить, направили, мол, соседи в этот дом».

И, уже осмелев, вошел в горницу, — пораженный изумлением, молча раскрыл рот: за одним столом с Астаховыми сидел Григорий и — как ни в чем не бывало — тянул из стакана мутно-зеленый самогон.

Степан глянул на Прохора, натужно улыбаясь, сказал:

— Чего же ты зевало раскрыл и не здороваешься? Али диковину какую увидал?

— Вроде этого... — переминаясь с ноги на ногу, отвечал еще не пришедший в себя от удивления Прохор.

— Ну, не пужайся, проходи, садись, — приглашал Степан.

— Мне садиться время не указывает... Я за тобой, Григорий Пантелевич. Приказано к генералу Секретеву явиться зараз же.

Григорий и до прихода Прохора несколько раз порывался уйти. Он отодвигал стакан, вставал и тотчас же снова садился, боясь, что уход его Степан расценит как открытое проявление трусости. Гордость не позволяла ему покинуть Аксинью, уступить место Степану. Он пил, но самогон уже не действовал на него. И, трезво оценивая всю двусмысленность своего положения, Григорий выжидал развязки. На секунду ему показалось, что Степан ударит жену, когда она выпила за его — Григория — здоровье. Но он ошибся: Степан поднял руку, потер шершавой ладонью загорелый лоб и — после недолгого молчания, — с восхищением глядя на Аксинью, сказал: «Молодец, жена! Люблю за смелость!»

Потом вошел Прохор.

Поразмыслив, Григорий решил не идти, чтобы дать Степану высказаться.

— Пойди туда и скажи, что не нашел меня. Понял? — обратился он к Прохору.

— Понять-то понял. Только лучше бы тебе, Пантелевич, сходить туда.

— Не твое дело! Ступай.

Прохор пошел было к дверям. Но тут неожиданно вмешалась Аксинья. Не глядя на Григория, она сухо сказала:

— Нет, чего уж там, идите вместе, Григорий Пантелевич! Спасибо, что зашли, погостевали, разделили с нами время... Только не рано уж, вторые кочета прокричали. Скоро рассвенет, а нам со Степой на зорьке надо домой идтить... Да и выпили вы достаточно. Хватит!

Степан не стал удерживать, и Григорий поднялся. Прощаясь, Степан задержал руку Григория в своей холодной и жесткой руке, словно бы хотел напоследок что-то сказать, — но так и не сказал, молча до дверей проводил Григория глазами, не спеша потянулся к недопитой бутылке...

Страшная усталость овладела Григорием, едва он вышел на улицу. С трудом передвигая ноги, дошел до первого перекрестка, попросил следовавшего за ним неотступно Прохора:

— Иди седлай коней и подъезжай сюда. Не дойду я...

— Не доложить об том, что едешь-то?

— Нет.

— Ну, погоди, я — живой ногой!

И всегда медлительный Прохор на этот раз пустился к квартире рысью.

Григорий присел к плетню, закурил. Восстанавливая в мыслях встречу со Степаном, равнодушно подумал: «Ну что ж, теперь он знает. Лишь бы не бил Аксинью». Потом усталость и пережитое волнение заставили его прилечь. Он задремал.

Вскоре подъехал Прохор.

На пароме переправились на ту сторону Дона, пустили лошадей крупной рысью.

С рассветом въехали в Татарский. Около ворот своего база Григорий спешился, кинул повод Прохору, — торопясь и волнуясь, пошел к дому.

Полуодетая Наталья вышла зачем-то в сенцы. При виде Григория заспанные глаза ее вспыхнули таким ярким брызжущим светом радости, что у Григория дрогнуло сердце и мгновенно и неожиданно увлажнились глаза. А Наталья молча обнимала своего единственного, прижималась к нему всем телом, и по тому, как вздрагивали ее плечи, Григорий понял, что она плачет.

Он вошел в дом, перецеловал стариков и спавших в горнице детишек, стал посреди кухни.

— Ну, как пережили? Все благополучно? — спросил, задыхаясь от волнения.

— Слава богу, сынок. Страху повидали, а так чтобы дюже забижать — этого не было, — торопливо ответила Ильинична и, косо глянув на заплаканную Наталью, сурово крикнула ей: — Радоваться надо, а ты кричишь, дура! Ну, не стой же без дела! Неси дров печь затоплять...

Пока они с Натальей спешно готовили завтрак, Пантелей Прокофьевич принес сыну чистый рушник, предложил:

— Ты умойся, я солью на руки. Оно голова-то и посвежеет... Шибает от тебя водочкой. Должно, выпил вчера на радостях?

— Было дело. Только пока неизвестно: на радостях или при горести...

— Как так? — несказанно удивился старик.

— Да уж дюже Секретев злует на нас.

— Ну, это не беда. Неужли и он выпивал с тобой?

— Ну да.

— Скажи на милость! В какую ты честь попал, Гришка! За одним столом с настоящим генералом! Подумать только! — И Пантелей Прокофьевич, умиленно глядя на сына, с восхищением поцокал языком.

Григорий улыбнулся. Уж он-то никак не разделял наивного стариковского восторга.

Степенно расспрашивая о том, в сохранности ли скот и имущество и сколько потравили зерна, Григорий замечал, что разговор о хозяйстве, как прежде, не интересует отца. Что-то более важное было у старика на уме, что-то тяготило его.

И он не замедлил высказаться:

— Как же, Гришенька, теперича быть? Неужли опять придется служить?

— Ты про кого это?

— Про стариков. К примеру, хоть меня взять.

— Пока неизвестно.

— Стало быть, надо выступать?

— Ты можешь остаться.

— Да что ты! — обрадованно воскликнул Пантелей Прокофьевич и в волнении захромал по кухне.

— Усядься ты, хромой бес! Сор-то не греби ногами по хате! Возрадовался, забегал, как худой щенок! — строго прикрикнула Ильинична.

Но старик и внимания не обратил на окрик. Несколько раз проковылял он от стола до печки, улыбаясь и потирая руки. Тут его настигло сомнение:

— А ты могешь дать освобождение?

— Конечно, могу.

— Бумажку напишешь?

— А то как же!

Старик замялся в нерешительности, но все же спросил:

— Бумажка-то, как она?.. Без печати-то. Али, может, и печать при тебе?

— Сойдет и без печати! — улыбнулся Григорий.

— Ну, тогда и гутарить нечего! — снова повеселел старик. — Дай бог тебе здоровья! Сам-то когда думаешь ехать?

— Завтра.

— Частя твои пошли вперед? На Усть-Медведицу?

— Да. А за себя, батя, ты не беспокойся. Все равно вскорости таких, как ты, стариков, будут спущать по домам. Вы свое уж отслужили.

— Дай-то бог! — Пантелей Прокофьевич перекрестился и, как видно, успокоился окончательно.

Проснулись детишки. Григорий взял их на руки, усадил к себе на колени и, целуя их поочередно, улыбаясь, долго слушал веселое щебетание.

Как пахнут волосы у этих детишек! Солнцем, травой, теплой подушкой и еще чем-то бесконечно родным. И сами они — эта плоть от плоти его, — как крохотные степные птицы. Какими неумелыми казались большие черные руки отца, обнимавшие их. И до чего же чужим в этой мирной обстановке выглядел он — всадник, на сутки покинувший коня, насквозь пропитанный едким духом солдатчины и конского пота, горьким запахом походов и ременной амуниции-

Глаза Григория застилала туманная дымка слез, под усами дрожали губы... Раза три он не ответил на вопросы отца и только тогда подошел к столу, когда Наталья тронула его за рукав гимнастерки.

Нет, нет, Григорий положительно стал не тот! Он никогда ведь не был особенно чувствительным и плакал редко даже в детстве. А тут — эти слезы, глухие и частые удары сердца и такое ощущение, будто в горле беззвучный бьется колокольчик... Впрочем, все это могло быть и потому, что он много пил в эту ночь и провел ее без сна...

Пришла Дарья, прогонявшая коров на выгон. Она подставила Григорию улыбающиеся губы и, когда он, шутливым жестом разгладив усы, приблизил к ней лицо, закрыла глаза. Григорий видел, как, словно от ветра, дрогнули ее ресницы, и на миг ощутил пряный запах помады, исходивший от ее неблекнущих щек.

А вот Дарья была все та же. Кажется, никакое горе не было в силах не только сломить ее, но даже пригнуть к земле. Жила она на белом свете, как красноталовая хворостинка: гибкая, красивая и доступная.

— Цветешь? — спросил Григорий.

— Как придорожная белена! — прижмурив лучистые глаза, ослепительно улыбнулась Дарья. И тотчас же подошла к зеркалу поправить выбившиеся из-под платка волосы, прихорошиться.

Такая уж она была, Дарья. С этим, пожалуй, ничего нельзя было поделать. Смерть Петра словно подхлестнула ее, и, чуть оправившись от перенесенного горя, она стала еще жаднее к жизни, еще внимательнее к своей наружности...

Разбудили спавшую в амбаре Дуняшку. Помолясь, всей семьей сели за стол.

— Ох и постарел же ты, братушка! — сожалеюще сказала Дуняшка. — Серый какой-то стал, как бирюк.

Григорий через стол молча и без улыбки посмотрел на нее, а потом сказал:

— Мне так и полагается. Мне стареть, тебе в пору входить, жениха искать... Только вот что я тебе скажу: о Мишке Кошевом с нонешнего дня и думать позабудь. Ежли услышу, что ты и после этого об нем сохнуть будешь, — на одну ногу наступлю, а за другую возьмусь — так и раздеру, как лягушонка! Поняла?

Дуняшка вспыхнула, как маков цвет, — сквозь слезы посмотрела на Григория.

Он не сводил с нее злого взгляда, и во всем его ожесточившемся лице — в ощеренных под усами зубах, в суженных глазах — еще ярче проступило врожденное мелеховское, звероватое.

Но и Дуняшка была этой породы — оправившись от смущения и обиды, она тихо, но решительно сказала:

— Вы, братушка, знаете? Сердцу не прикажешь!

— Вырвать надо такое сердце, какое тебя слухаться не будет, — холодно посоветовал Григорий.

«Не тебе бы, сынок, об этом гутарить...» — подумала Ильинична.

Но тут в разговор вступил Пантелей Прокофьевич. Грохнув по столу кулаком, заорал:

— Ты, сукина дочь, цыц у меня! А то я тебе такое сердце пропишу, что и волос с головы не соберешь! Ах ты паскуда этакая! Вот пойду зараз, возьму вожжи...

— Батенка! Вожжей-то ни одних у нас не осталось. Все забрали! — со смиренным видом прервала его Дарья.

Пантелей Прокофьевич бешено сверкнул на нее глазами и, не сбавляя голоса, продолжал отводить душу:

— Возьму чересседельню — так я тебе таких чертей...

— И чересседельню красные тоже взяли! — уже громче вставила Дарья, по-прежнему глядя на свекра невинными глазами.

Этого Пантелей Прокофьевич снести уже не мог. Секунду глядел он на сноху, багровея в немой ярости, молча зевая широко раскрытым ртом (был похож он в этот миг на вытащенного из воды судака), а потом хрипло крикнул:

— Замолчи, проклятая, сто чертей тебе в душу! Слова не дадут сказать! Да что это такое? А ты, Дунька, так и знай: сроду не бывать этому делу! Отцовским словом тебе говорю! И Григорий правильно сказал: об таком подлеце будешь думать — так тебя и убить мало! Нашла присуху! Запек ей душу висельник! Да ништо ж это человек? Да чтобы такой христопродавец был моим зятем?! Попадись он мне зараз — своей рукой смерти предам! Только пикни ишо: возьму шелужину, так я тебе...

— Их, шелужинов-то, на базу днем с огнем не сыщешь, — со вздохом сказала Ильинична. — По базу хоть шаром покати, хворостины на растопку и то не найдешь. Вот до чего дожили!

Пантелей Прокофьевич и в этом бесхитростном замечании усмотрел злой умысел. Он глянул на старуху остановившимися глазами, вскочил как сумасшедший, выбежал на баз.

Григорий бросил ложку, закрыл лицо рушником и трясся в беззвучном хохоте. Злоба его прошла, и он смеялся так, как не смеялся давным-давно. Смеялись все, кроме Дуняшки. За столом царило веселое оживление. Но как только по крыльцу затопал Пантелей Прокофьевич, — лица у всех сразу стали серьезные. Старик ворвался ураганом, волоча за собой длиннейшую ольховую жердь.

— Вот! Вот! На всех на вас, на проклятых, языкастых, хватит! Ведьмы длиннохвостые!.. Шелужины нету?! А это что? И тебе, старая чертовка, достанется! Вы ее у меня отпробуете!..

Жердь не помещалась в кухне, и старик, опрокинув чугун, с грохотом бросил ее в сенцы, тяжело дыша, присел к столу.

Настроение его было явно испорчено. Он сопел и ел молча. Молчали и остальные. Дарья не поднимала от стола глаз, боясь рассмеяться. Ильинична вздыхала и чуть слышно шептала: «О, господи, господи! Грехи наши тяжкие!» Одной Дуняшке было не до смеха, да Наталья, в отсутствие старика улыбавшаяся какой-то вымученной улыбкой, снова стала сосредоточенна и грустна.

— Соли подай! Хлеба! — изредка и грозно рычал Пантелей Прокофьевич, обводя домашних сверкающими глазами.

Семейная передряга закончилась довольно неожиданно. При всеобщем молчании Мишатка сразил деда новой обидой. Он не раз слышал, как бабка в ссоре обзывала деда всяческими бранными словами, и, по-детски глубоко взволнованный тем, что дед собирался бить всех и орал на весь курень, дрожа ноздрями, вдруг звонко сказал:

— Развоевался, хромой бес! Дрючком бы тебя по голове, чтоб ты не пужал нас с бабуней!..

— Это ты меня... то есть деда... так?

— Тебя! — мужественно подтвердил Мишатка.

— Да нешто родного деда можно... такими словами?!

— А ты чего шумишь?

— Каков вражененок? — Поглаживая бороду, Пантелей Прокофьевич изумленно обвел всех глазами. — А это все от тебя, старая карга, таких слов наслухался! Ты научаешь!

— И кто его научает? Весь в тебя да в папаню необузданный! — сердито оправдывалась Ильинична.

Наталья встала и отшлепала Мишатку, приговаривая:

— Не учись так гутарить с дедом! Не учись!

Мишатка заревел, уткнулся лицом в колени Григория. А Пантелей Прокофьевич, души не чаявший во внуках, вскочил из-за стола и, прослезившись, не вытирая струившихся по бороде слез, радостно закричал:

— Гришка! Сынок! Фитинóв твоей матери! Верное слово старуха сказала! Наш! Мелеховских кровей!.. Вот она когда кровь сказалась-то!.. Этот никому не смолчит!.. Внучек! Родимый мой!.. На, бей старого дурака, чем хошь!.. Тягай его за бороду!.. — И старик, выхватив из рук Григория Мишатку, высоко поднял его над головой.

Окончив завтрак, встали из-за стола. Женщины начали мыть посуду, а Пантелей Прокофьевич закурил, сказал, обращаясь к Григорию:

— Оно вроде и неудобно просить тебя, ты ить у нас — гость, да делать нечего... Пособи плетни поставить, гумно загородить, а то скрозь все повалено, а чужих зараз не допросишься. У всех одинаково все рухнулось.

Григорий охотно согласился, и они вдвоем до обеда работали на базу, приводя в порядок огорожу.

Врывая стоянки́ на огороде, старик спросил:

— Покос начнется что не видно, и не знаю — прикупать травы али нет. Ты как скажешь всчет хозяйства? Стоит дело хлопотать? А то, может, через месяц красные опять припожалуют, и все сызнова пойдет к чертям на выделку?

— Не знаю, батя, — откровенно сознался Григорий. — Не знаю, чем оно обернется и кто кого придолеет. Живи так, чтобы лишнего ни в закромах, ни на базу не было. По нонешним временам все это ни к чему. Вон возьми тестя: всю жизню хрип гнул, наживал, жилы из себя и из других выматывал, а что осталось? Одни горелые пеньки на базу!

— Я, парень, и сам так думаю, — подавив вздох, согласился старик.

И разговора о хозяйстве больше не заводил. Лишь после полудня, заметив, что Григорий с особой тщательностью приклячивает воротца на гумне, сказал с досадой и нескрываемой горечью:

— Делай абы как. Чего ты стараешься? Не век же им стоять!

Как видно, только теперь старик осознал всю тщетность своих усилий наладить жизнь по-старому...

Пред закатом солнца Григорий бросил работу, пошел в дом. Наталья была одна в горнице. Она принарядилась, как на праздник. На ней ловко сидели синяя шерстяная юбка и поплиновая голубенькая кофточка с прошивкой на груди и с кружевными манжетами. Лицо ее тонко розовело и слегка лоснилось оттого, что она недавно умывалась с мылом. Она что-то искала в сундуке, но при виде Григория опустила крышку, с улыбкой выпрямилась.

Григорий сел на сундук, сказал:

— Присядь на-час, а то завтра уеду и не погутарим.

Она покорно села рядом с ним, посмотрела на него сбоку чутьчуть испуганными глазами. Но он неожиданно для нее взял ее за руку, ласково сказал:

— А ты гладкая, как будто и не хворала.

— Поправилась... Мы, бабы, живущи́е, как кошки, — сказала она, несмело улыбаясь и наклоняя голову.

Григорий увидел нежно розовеющую, покрытую пушком мочку уха и в просветах между прядями волос желтоватую кожу на затылке, спросил:

— Лезут волосы?

— Вылезли почти все. Облиняла, скоро лысая буду.

— Давай я тебе голову побрею сейчас? — предложил вдруг Григорий.

— Что ты! — испуганно воскликнула она. — На что же я буду тогда похожа?

— Надо побриться, а то волосы не будут рость.

— Маманя сулила остричь меня ножницами, — смущенно улыбаясь, сказала Наталья и проворно накинула на голову снежно-белый, густо подсиненный платок.

Она была рядом с ним, его жена и мать Мишатки и Полюшки. Для него она принарядилась и вымыла лицо. Торопливо накинув платок, чтобы не было видно, как безобразна стала ее голова после болезни, слегка склонив голову набок, сидела она такая жалкая, некрасивая и все же прекрасная, сияющая какой-то чистой внутренней красотой. Она всегда носила высокие воротнички, чтобы скрыть от него шрам, некогда обезобразивший ее шею. Все это из-за него... Могучая волна нежности залила сердце Григория. Он хотел сказать ей что-то теплое, ласковое, но не нашел слов и, молча притянув ее к себе, поцеловал белый покатый лоб и скорбные глаза.

Нет, раньше никогда он не баловал ее лаской. Аксинья заслоняла ее всю жизнь. Потрясенная этим проявлением чувства со стороны мужа и вся вспыхнувшая от волнения, она взяла его руку, поднесла к губам.

Минуту они сидели молча. Закатное солнце роняло в горницу багровые лучи. На крыльце шумели детишки. Слышно было, как Дарья вынимала из печи обжарившиеся корчажки, недовольно говорила свекрови: «Вы и коров-то, небось, не каждый день доили. Что-то старая меньше дает молока...»

С попаса возвращался табун. Мычали коровы, щелкали волосяными нахвостниками кнутов ребята. Хрипло и прерывисто ревел хуторской бугай. Шелковистый подгудок его и литая покатая спина в кровь были искусаны оводами. Бугай зло помахивал головой; на ходу поддев на короткие, широко расставленные рога астаховский плетень, опрокинул его и пошел дальше. Наталья глянула в окно, сказала:

— А бугай тоже отступал за Дон. Маманя рассказывала: как только застреляли в хуторе, он прямо со стойла переплыл Дон, в луке и спасался все время.

Григорий молчал, задумавшись. Почему у нее такие печальные глаза? И еще что-то тайное, неуловимое то появлялось, то исчезало в них. Она и в радости была грустна и как-то непонятна... Может быть, она прослышала о том, что он в Вешенской встречался с Аксиньей? Наконец он спросил:

— С чего это ты нынче такая пасмурная? Что у тебя на сердце, Наташа? Ты бы сказала, а?

И ждал слез, упреков... Но Наталья испуганно ответила:

— Нет, нет, тебе так показалось, я ничего... Правда, я ишо не совсем поздоровела. Голова кружится и, ежли нагнусь или подыму что, в глазах темнеет.

Григорий испытующе посмотрел на нее и снова спросил:

— Без меня тут тебя ничего?.. Не трогали?

— Нет, что ты! Я же все время лежала хворая. — И глянула прямо в глаза Григорию и даже чуть-чуть улыбнулась. Помолчав, она спросила: — Рано завтра тронешься?

— С рассветом.

— А передневать нельзя? — В голосе Натальи прозвучала неуверенная, робкая надежда.

Но Григорий отрицательно покачал головой, и Наталья со вздохом сказала:

— Зараз тебе как... погоны надо надевать?

— Прийдется.

— Ну, тогда сыми рубаху, пришью их, пока видно.

Григорий, крякнув, снял гимнастерку. Она еще не просохла от пота. Влажные пятна темнели на спине и на плечах, там, где остались натертые до глянца полосы от боевых наплечных ремней. Наталья достала из сундука выгоревшие на солнце защитные погоны, спросила:

— Эти?

— Эти самые. Соблюла?

— Мы сундук зарывали, — продевая в игольное ушко нитку, невнятно сказала Наталья, а сама украдкой поднесла к лицу пропыленную гимнастерку и с жадностью вдохнула такой родной солоноватый запах пота...

— Чего это ты? — удивленно спросил Григорий.

— Тобой пахнет... — блестя глазами, сказала Наталья и наклонила голову, чтобы скрыть внезапно проступивший на щеках румянец, стала проворно орудовать иглой.

Григорий надел гимнастерку, нахмурился, пошевелил плечами.

— Тебе с ними лучше! — сказала Наталья, с нескрываемым восхищением глядя на мужа.

Но он косо посмотрел на свое левое плечо, вздохнул:

— Век бы их не видать. Ничего-то ты не понимаешь!

Они еще долго сидели в горнице на сундуке, взявшись за руки, молча думая о своем.

Потом, когда смерклось и лиловые густые тени от построек легли на остывшую землю, пошли в кухню вечерять.

И вот прошла ночь. До рассвета полыхали на небе зарницы, до белой зорьки гремели в вишневом саду соловьи. Григорий проснулся, долго лежал с закрытыми глазами, вслушиваясь в певучие и сладостные соловьиные выщелки, а потом тихо, стараясь не разбудить Натальи, встал, оделся, вышел на баз.

Пантелей Прокофьевич выкармливал строевого коня, услужливо предложил:

— Сем-ка я его свожу искупаю перед походом?

— Обойдется, — сказал Григорий, ежась от предутренней сырости.

— Хорошо выспался? — осведомился старик.

— Дюже спал! Только вот соловушки побудили. Беда, как они разорялись всю ночь!

Пантелей Прокофьевич снял с коня торбу, улыбнулся:

— Им, парнишша, только и делов. Иной раз позавидуешь этим божьим птахам... Ни войны им, ни разору...

К воротам подъехал Прохор. Был он свежевыбрит и, как всегда, весел и разговорчив. Привязав чумбур к сохе, подошел к Григорию. Парусиновая рубаха его гладко выутюжена. На плечах новехонькие погоны.

— И ты погоники нацепил, Григорий Пантелевич? — крикнул он, подходя. — Долежались, проклятые! Теперь их нам носить не износить! До самой погибели хватит! Я говорю жене: «Не пришивай, дура, насмерть. Чудок приколбни, лишь бы ветром не сорвало, и хорош!» А то наше дело какое? Попадешь в плен, и сразу по лычкам смикитят, что я — чин хоть и не офицерский, а все же старшего урядника имею. «А, скажут, такой-сякой, умел заслуживать — умей и голову подставлять!» Видал, на чем они у меня зависли? Умора!

Погоны Прохора действительно были пришиты на живую нитку и еле-еле держались.

Пантелей Прокофьевич захохотал. В седоватой бороде его блеснули не тронутые временем белые зубы.

— Вот это служивый! Стал быть, чуть чего — и долой погоны?

— А ты думаешь — как? — усмехнулся Прохор.

Григорий, улыбаясь, сказал отцу:

— Видал, батя, каким вестовым я раздобылся? С этим в беду попадешь — сроду не пропадешь!

— Да ить оно, как говорится, Григорий Пантелевич... Умри ты нынче, а я завтра, — оправдываясь, сказал Прохор и легко сорвал погоны, небрежно сунул их в карман. — К фронту подъедем, там их и пришить можно.

Григорий наскоро позавтракал; попрощался с родными.

— Храни тебя царица небесная! — исступленно зашептала Ильинична, целуя сына. — Ты ить у нас один остался...

— Ну, дальние проводы — лишние слезы. Прощайте! — дрогнувшим голосом сказал Григорий и подошел к коню.

Наталья, накинув на голову черную свекровьину косынку, вышла за ворота. За подол ее юбки держались детишки. Полюшка неутешно рыдала, захлебываясь слезами, просила мать:

— Не пускай его! Не пускай, маманюшка! На войне убивают! Папанька, не ездий туда!

У Мишатки дрожали губы, но — нет, он не плакал. Он мужественно сдерживался, сердито говорил сестренке:

— Не бреши, дура! И вовсе там не всех убивают!

Он крепко помнил дедовы слова, что казаки никогда не плачут, что казакам плакать — великий стыд. Но когда отец, уже сидя на коне, поднял его на седло и поцеловал, — с удивлением заметил, что у отца мокрые ресницы. Тут Мишатка не выдержал испытания: градом покатились из глаз его слезы. Он спрятал лицо на опоясанной ремнями отцовской груди, крикнул:

— Нехай лучше дед едет воевать! На что он нам сдался!.. Не хочу, чтобы ты!..

Григорий осторожно опустил сынишку на землю, тылом ладони вытер глаза и молча тронул коня.

Сколько раз боевой конь, круто повернувшись, взрыв копытами землю возле родимого крыльца, нес его по шляхам и степному бездорожью на фронт, туда, где черная смерть метит казаков, где, по словам казачьей песни, «страх и горе каждый день, каждый час», — а вот никогда Григорий не покидал хутора с таким тяжелым сердцем, как в это ласковое утро.

Томимый неясными предчувствиями, гнетущей тревогой и тоской, ехал он, кинув на луку поводья, не глядя назад, до самого бугра. На перекрестке, где пыльная дорога сворачивала к ветряку, оглянулся. У ворот стояла одна Наталья, и свежий предутренний ветерок рвал из рук ее черную траурную косынку.

Плыли, плыли в синей омутной глубине вспененные ветром облака. Струилось марево над волнистой кромкой горизонта. Кони шли шагом. Прохор дремал, покачиваясь в седле. Григорий, стиснув зубы, часто оглядывался. Сначала он видел зеленые купы верб, серебряную, прихотливо извивавшуюся ленту Дона, медленно взмахивавшие крылья ветряка. Потом шлях отошел на юг. Скрылись за вытоптанными хлебами займище, Дон, ветряк... Григорий насвистывал что-то, упорно смотрел на золотисто-рыжую шею коня, покрытую мелким бисером пота, и уже не поворачивался в седле... Черт с ней, с войной! Были бои по Чиру, прошли по Дону, а потом загремят по Хопру, по Медведице, по Бузулуку. И — в конце концов — не все ли равно, где кинет его на землю вражеская пуля? — думал он.

IX

Бой шел на подступах к станице Усть-Медведицкой. Глухой орудийный гул заслышал Григорий, выбравшись с летника на Гетманский шлях.

Всюду по шляху виднелись следы спешного отступления красных частей. Во множестве попадались брошенные двуколки и брички. За хутором Матвеевским в логу стояло орудие с перебитой снарядом боевой осью и исковерканной люлькой. Постромки на вальках передка были косо обрублены. В полуверсте от лога, на солончаках, на низкорослой, спаленной солнцем траве густо лежали трупы бойцов, в защитных рубахах и штанах, в обмотках и тяжелых окованных ботинках. Это были красноармейцы, настигнутые и порубленные казачьей конницей.

Григорий, проезжая мимо, без труда установил это по обилию крови, засохшей на покоробившихся рубахах, по положению трупов. Они лежали, как скошенная трава. Казаки не успели их раздеть, очевидно, лишь потому, что не прекращали преследования.

Возле куста боярышника запрокинулся убитый казак. На широко раскинутых ногах его рдели лампасы. Неподалеку валялась убитая лошадь светло-гнедой масти, подседланная стареньким седлом с выкрашенным охрой ленчиком.

Кони Григория и Прохора приустали. Их надо было подкормить, но Григорий не захотел останавливаться на месте, где недавно проходил бой. Он проехал еще с версту, спустился в балку, приостановил коня. Неподалеку виднелся пруд с размытой до материка плотиной. Прохор подъехал было к пруду с зачерствевшей и потрескавшейся землей у краев, но тотчас повернул обратно.

— Ты чего? — спросил Григорий.

— Подъезжай, глянь.

Григорий тронул коня к плотине. В промоине лежала убитая женщина. Лицо ее было накрыто подолом синей юбки. Полные белые ноги с загорелыми икрами и с ямочками на коленях были бесстыдно и страшно раздвинуты. Левая рука подвернута под спину.

Григорий торопливо спешился, снял фуражку, нагнулся и поправил на убитой юбку. Смуглое молодое лицо было красиво и после смерти. Под страдальчески изогнутыми черными бровями тускло мерцали полузакрытые глаза. В оскале мягко очерченного рта перламутром блестели стиснутые плотно зубы. Тонкая прядь волос прикрывала прижатую к траве щеку. И по этой щеке, на которую смерть уже кинула шафранно-желтые блеклые тени, ползали суетливые муравьи.

— Какую красоту загубили, сукины сыны! — вполголоса сказал Прохор.

С минуту он молчал, потом с ожесточением сплюнул:

— Я бы таких... таких умников к стенке становил! Поедем отсюда, ради бога! Я на нее глядеть не могу. У меня сердце переворачивается!

— Может, похороним ее? — спросил Григорий.

— Да мы что, подряд взяли всех мертвых хоронить? — возмутился Прохор. — В Ягодном деда какого-то зарывали, тут эту бабу... Нам их всех ежели похоронить, так и музлей на руках не хватит! А могилку чем копать? Ее, брат, шашкой не выроешь, земля от жары на аршин заклёкла.

Прохор так спешил, что насилу попал носком сапога в стремя.

Снова выехали на бугор, и тут Прохор, напряженно о чем-то думавший, спросил:

— А что, Пантелевич, не хватит кровицу-то наземь цедить?

— Почти что.

— А как по твоему разумению, скоро это прикончится?

— Как набьют нам, так и прикончится...

— Вот веселая жизня заступила, да черт ей рад! Хоть бы скорей набили, что ли. В германскую, бывало, самострел палец себе отобьет, и спущают его по чистой домой, а зараз хоть всю руку оторви себе — все одно заставют служить. Косоруких в строй берут, хромых берут, косых берут, грызных берут, всякую сволочь берут, лишь бы на двух ногах телипал. Да разве же так она, война, прикончится? Черт их всех перебьет! — с отчаянием сказал Прохор и съехал с дороги, спешился, бормоча что-то вполголоса, начал отпускать коню подпруги.

В хутор Хованский, расположенный неподалеку от Усть-Медведицкой, Григорий приехал ночью. Выставленная на краю хутора застава 3-го полка задержала его, но, опознав по голосу своего командира дивизии, казаки, на вопрос Григория, сообщили, что штаб дивизии находится в этом же хуторе и что начальник штаба сотник Копылов ждет его с часу на час. Словоохотливый начальник заставы отрядил одного казака, поручив ему проводить Григория до штаба; напоследок сказал:

— Дюже они укрепились, Григорий Пантелевич, и, должно, не скоро мы заберем Усть-Медведицу. А там, конешно, кто его знает... Наших силов тоже достаточно. Гутарют, будто англицкие войска идут с Морозовской. Вы не слыхали?

— Нет, — трогая коня, ответил Григорий.

В доме, занятом под штаб, ставни были наглухо закрыты. Григорий подумал, что в комнатах никого нет, но, войдя в коридор, услышал глухой оживленный говор. После ночной темноты свет большой лампы, висевшей в горнице под потолком, ослепил его, в ноздри ударил густой и горький запах махорочного дыма.

— Наконец-то и ты! — обрадованно проговорил Копылов, появляясь откуда-то из сизого табачного облака, клубившегося над столом. — Заждались мы, брат, тебя!

Григорий поздоровался с присутствовавшими, снял шинель и фуражку, прошел к столу.

— Ну и накурили! Не продыхнешь. Откройте же хучь одно окошко, что вы запечатались! — морщась, сказал он.

Сидевший рядом с Копыловым Харлампий Ермаков улыбнулся:

— А мы принюхались и не чуем, — и, выдавив локтем оконный глазок, с силой распахнул ставню.

В комнату хлынул свежий ночной воздух. Огонь в лампе ярко вспыхнул и погас.

— Вот это по-хозяйски! На что же ты стекло выдавил? — с неудовольствием сказал Копылов, шаря по столу руками. — У кого есть спички? Осторожней, тут возле карты чернила.

Зажгли лампу, прикрыли створку окна, и Копылов торопливо заговорил:

— Обстановка на фронте, товарищ Мелехов, на нынешний день такова: красные удерживают Усть-Медведицкую, прикрывая ее с трех сторон силами приблизительно в четыре тысячи штыков. У них достаточное количество артиллерии и пулеметов. Возле монастыря и еще в ряде мест ими порыты траншеи. Обдонские высоты заняты ими. Ну, и позиции их — нельзя сказать чтобы были неприступные, но, во всяком случае, довольно-таки трудные для овладения. С нашей стороны, кроме дивизии генерала Фицхелаурова и двух штурмовых офицерских отрядов, подошла целиком Шестая бригада Богатырева и наша Первая дивизия. Но она не в полном составе, пешего полка нет, он где-то еще под Усть-Хоперской, а конные прибыли все, но в сотнях состав далеко не комплектный.

— К примеру, у меня в полку в третьей сотне только тридцать восемь казаков, — сказал командир 2-го полка подхорунжий Дударев.

— А было? — осведомился Ермаков.

— Было девяносто один.

— Как же ты позволил распустить сотню? Какой же ты командир? — хмурясь и барабаня пальцами по столу, спросил Григорий.

— А черт их удержит! Расстрялись по хуторам, на провед поехали. Но зараз подтягиваются. Ноне прибегли трое.

Копылов подвинул Григорию карту, указывая мизинцем на месторасположение частей, продолжал:

— Мы еще не втянулись в наступление. У нас только Второй полк вчера в пешем строю наступал на этом вот участке, но неудачно.

— Потери большие?

— По донесению командира полка, у него за вчерашний день выбыло убитыми и ранеными двадцать шесть человек. Так вот о соотношении сил: у нас численный перевес, но для поддержки наступления пехоты не хватает пулеметов, плохо со снарядами. Их начальник боепитания обещал нам, как только подвезут, четыреста снарядов и полтораста тысяч патронов. Но ведь это когда они прибудут! А наступать надо завтра же, таков приказ генерала Фицхелаурова. Он предлагает нам выделить полк для поддержки штурмовиков. Они вчера четыре раза ходили в атаку и понесли огромные потери. Чертовски настойчиво дрались! Так вот, Фицхелауров предлагает усилить правый фланг и перенести центр удара сюда, видишь? Здесь местность позволяет подойти к окопам противника на сто — сто пятьдесят саженей. Кстати, только что уехал его адъютант. Он привез нам с тобой устное распоряжение прибыть завтра к шести утра на совещание для координирования действий. Генерал Фицхелауров и штаб его дивизии сейчас в хуторе Большом Сенином. Задача в общем сводится к тому, чтобы немедленно сбить противника до подхода его подкреплений со станции Себряково. По той стороне Дона наши не очень-то активны... Четвертая дивизия переправилась через Хопер, но красные выставили сильные заслоны и упорно удерживают пути к железной дороге. А сейчас пока они навели понтонный мост через Дон и спешно вывозят из Усть-Медведицкой снаряжение и боеприпасы.

— Казаки болтают, будто союзники идут, верно это?

— Есть слух, что из Чернышевской идет несколько английских батарей и танков. Но вот вопрос: как они эти танки будут через Дон переправлять? По-моему, насчет танков — это брехня! Давно уж о них разговаривают...

В горнице надолго установилась тишина.

Копылов расстегнул коричневый офицерский френч, подпер ладонями поросшие каштановой щетиной пухлые щеки, раздумчиво и долго жевал потухшую папироску. Широко расставленные, круглые, темные глаза его были устало прижмурены, красивое лицо измято бессонными ночами.

Когда-то учительствовал он в церковноприходской школе, по воскресеньям ходил к станичным купцам в гости, перекидывался с купчихами в стуколку и с купцами по маленькой в преферанс, мастерски играл на гитаре и был веселым, общительным молодым человеком; потом женился на молоденькой учительнице и так бы и жил в станице и наверняка дослужился бы до пенсии, но в войну его призвали на военную службу. По окончании юнкерского училища он был направлен на Западный фронт, в один из казачьих полков. Война не изменила характера и внешности Копылова. Было что-то безобидное, глубоко штатское в его полной низкорослой фигуре, в добродушном лице, в манере носить шашку, в форме обращения с младшими по чину. В голосе его отсутствовал командный металл, в разговоре не было присущей военным сухой лаконичности выражений, офицерская форма сидела на нем мешковато, строевой подтянутости и выправки он так и не приобрел за три года, проведенных на фронте; все в нем изобличало случайного на войне человека. Больше походил он на разжиревшего обывателя, переодетого офицером, нежели на подлинного офицера, но, несмотря на это, казаки относились к нему с уважением, к его слову прислушивались на штабных совещаниях, и повстанческий комсостав глубоко оценил его за трезвый ум, покладистый характер и непоказную, неоднократно проявляемую в боях храбрость.

До Копылова начальником штаба у Григория был безграмотный и неумный хорунжий Кружилин. Его убили в одном из боев на Чиру, и Копылов, приняв штаб, повел дело умело, расчетливо, толково. Он так же добросовестно просиживал в штабе над разработкой операции, как когда-то над исправлением ученических тетрадей, однако, в случае необходимости, по первому слову Григория бросал штаб, садился на коня и, приняв командование полком, вел его в бой.

Григорий вначале относился к новому начальнику штаба не без предвзятости, но за два месяца узнал его ближе и однажды после боя сказал напрямик: «Я о тебе погано думал, Копылов, зараз вижу, что ошибался, так ты вот чего, извиняй уж как-нибудь». Копылов улыбнулся, промолчал, но грубоватым этим признанием был, очевидно, польщен.

Лишенный честолюбия и устойчивых политических взглядов, к войне Копылов относился как к неизбежному злу и не чаял ее окончания. Вот и сейчас он вовсе не размышлял о том, как развернутся операции по овладению Усть-Медведицкой, а вспоминал домашних, родную станицу и думал, что было бы неплохо закатиться домой в отпуск, месяца на полтора...

Григорий долго смотрел на Копылова, потом встал:

— Ну, братцы-атаманцы, давайте расходиться и спать. Нам нечего голову морочить об том, как брать Усть-Медведицу. За нас теперича генералы будут думать и решать. Поедем завтра к Фицхелаурову, нехай нас, горемык, уму-разуму поучит... А всчет Второго полка думаю так: пока наша власть — нынче же командира полка Дударева надобно разжаловать, лишить всех чиноворденов...

— И порции каши, — вставил Ермаков.

— Нет, без шуток, — продолжал Григорий, — надо нынче же его перевести в сотенные, а командиром послать Харлампия. Зараз же дуй, Ермаков, туда, примай полк и утром жди наших распоряжений. Приказ о смене Дударева напишет сейчас Копылов, вези его с собой. Я так гляжу, Дударев не управится. Ни черта он ничего не понимает и как бы не подсунул он казаков ишо раз под удар. Пеший бой — это дело такое... Тут нехитро людей в трату дать, ежели командир — бестолочь.

— Правильно. Я — за смену Дударева, — поддержал Копылов.

— Ты что, Ермаков, против? — спросил Григорий, заметив некое неудовольствие на лице Ермакова.

— Да нет, я ничего. Мне уж и бровями двинуть нельзя?

— Тем лучше. Ермаков не против. Конный полк его возьмет пока Рябчиков. Пиши, Михайло Григорич, приказ и ложись позорюй. В шесть чтобы был на ногах. Поедем к этому генералу. С собой беру четырех ординарцев.

Копылов удивленно поднял брови:

— Для чего их столько?

— Для вида! Мы ить тоже не лыком шиты, дивизией командуем. — Григорий, посмеиваясь, ворохнул плечами, накинул внапашку шинель, пошел к выходу.

Он лег под навесом сарая, подстелив попонку, не разуваясь и не снимая шинели. На базу долго гомонили ординарцы, где-то близко фыркали и мерно жевали лошади. Пахло сухими кизяками и не остывшей от дневного жара землей. Сквозь дремоту Григорий слышал голоса и смех ординарцев, слышал, как один из них, судя по голосу — молодой парень, седлая коня, со вздохом проговорил:

— Эх, братушки, да и набрыдло же! Ночь-полночь — езжай с пакетом, ни сна тебе, ни покою... Да стой же ты, чертяка! Ногу! Ногу, говорят тебе!..

А другой глуховатым простуженным басом вполголоса пропел:

— «Надоела ты нам, службица, надоскучила. Добрых коников ты наших призамучила... » — и перешел на просящую деловитую скороговорку: — Всыпь на цигарочку, Прошка! А и жадоба ж ты! Забыл, как я тебе под Белавином красноармейские ботинки отдал? Сволочь ты! За такую обувку другой бы век помнил, а у тебя и на цигарку не выблазнишь!

Звякнули и загремели на конских зубах удила. Лошадь вздохнула всем нутром и пошла, сухо щелкая подковами по сухой и крепкой, как кремень, земле.

«Все об этом гутарют... Надоела ты нам, службица, надоскучила», — улыбаясь, мысленно повторил Григорий и тотчас заснул. И как только заснул — увидел сон, снившийся ему и прежде: по бурому полю, по высокой стерне идут цепи красноармейцев. Насколько видит глаз — протянулась передняя цепь. За ней еще шесть или семь цепей. В гнетущей тишине приближаются наступающие. Растут, увеличиваются черные фигурки, и вот уже видно, как спотыкающимся быстрым шагом идут, идут, подходят на выстрел, бегут с винтовками наперевес люди в ушастых шапках, с безмолвно разверстыми ртами. Григорий лежит в неглубоком окопчике, судорожно двигает затвором винтовки, часто стреляет; под выстрелами его, запрокидываясь, падают красноармейцы; вгоняет новую обойму и, на секунду глянув по сторонам, — видит: из соседних окопов вскакивают казаки. Они поворачиваются и бегут; лица их перекошены страхом. Григорий слышит страшное биение своего сердца, кричит: «Стреляйте! Сволочи! Куда?! Стой, не бегай!..» Он кричит изо всей силы, но голос его поразительно слаб, еле слышен. Ужас охватывает его! Он тоже вскакивает, уже стоя стреляет последний раз в немолодого смуглого красноармейца, молча бегущего прямо на него, и видит, что промахнулся. У красноармейца возбужденно-серьезное бесстрашное лицо. Он бежит легко, почти не касаясь ногами земли, брови его сдвинуты, шапка на затылке, полы шинели подоткнуты. Какой-то миг Григорий рассматривает подбегающего врага, видит его блестящие глаза и бледные щеки, поросшие молодой курчавой бородкой, видит короткие широкие голенища сапог, черный глазок чуть опущенного винтовочного дула и над ним колеблющееся в такт бега острие темного штыка. Непостижимый страх охватывает Григория. Он дергает затвор винтовки, но затвор не поддается: его заело. Григорий в отчаянии бьет затвором о колено — никакого результата! А красноармеец уже в пяти шагах. Григорий поворачивается и бежит. Впереди него все бурое голое поле пестрит бегущими казаками. Григорий слышит позади тяжкое дыхание преследующего, слышит звучный топот его ног, но убыстрить бег не может. Требуется страшное усилие, чтобы заставить безвольно подгибающиеся ноги бежать быстрее. Наконец он достигает какого-то полуразрушенного мрачного кладбища, прыгает через поваленную изгородь, бежит между осевшими могилками, покосившимися крестами и часовенками. Еще одно усилие, и он спасется. Но тут топот позади нарастает, звучнеет. Горячее дыхание преследователя опаляет шею Григория, и в тот же миг он чувствует, как его хватают за хлястик шинели и за полу. Глухой крик исторгает Григорий и просыпается. Он лежит на спине. Ноги его, сжатые тесными сапогами, затекли, на лбу холодный пот, все тело болит, словно от побоев. «Фу ты, черт!» — говорит он сипло, с удовольствием вслушиваясь в собственный голос и еще не веря, что все только что испытанное им — сон. Затем поворачивается на бок, с головой укутывается шинелью, мысленно говорит: «Надо было подпустить его, отвести удар, сшибить прикладом, а потом уж убегать...» Минуту он размышляет о приснившемся вторично сне, испытывая радостное волнение оттого, что все это — только скверный сон и в действительности пока ничто ему не угрожает. «Диковинно, почему во сне это в десять раз страшнее, чем наяву? Сроду в жизни не испытывал такого страха, сколько ни приходилось бывать в переплетах!» — думает он, засыпая и с наслаждением вытягивая затекшие ноги.

X

На рассвете его разбудил Копылов.

— Вставай, пора собираться, ехать! Приказано ведь быть к шести часам.

Начальник штаба только что побрился, вычистил сапоги и надел помятый, но чистый френч. Он, как видно, спешил: пухлые щеки в двух местах порезаны бритвой. Но во всем его облике была видна какая-то, ранее не свойственная ему, щеголеватая подтянутость.

Григорий критически осмотрел его с ног до головы, подумал: «Ишь как выщелкнулся! Не хочет к генералу явиться абы в чем!..»

Словно следя за ходом его мыслей, Копылов сказал:

— Неудобно являться неряхой. Советую и тебе привести себя в порядок.

— Продерет и так! — пробормотал Григорий, потягиваясь. — Так, говоришь, приказано быть к шести? Нам с тобой уж приказывать начинают?

Копылов, посмеиваясь, пожал плечами:

— Новое время — новые песни. По старшинству мы обязаны подчиниться. Фицхелауров — генерал, не ему же к нам ехать.

— Оно-то так. К чему шли, к тому и пришли, — сказал Григорий и пошел к колодцу умываться.

Хозяйка бегом бросилась в дом, вынесла чистый расшитый рушник, с поклоном подала Григорию. Тот яростно потер концом рушника кирпично-красное, обожженное холодной водой лицо, сказал подошедшему Копылову:

— Оно-то так, только господам генералам надо бы вот о чем подумать: народ другой стал с революции, как, скажи, заново народился! А они все старым аршином меряют. А аршин, того и гляди, сломается... Туговаты они на поворотах. Колесной мази бы им в мозги, чтобы скрипу не было!

— Это ты насчет чего? — рассеянно спросил Копылов, сдувая с рукава приставшую соринку.

— А насчет того, что все у них на старинку сбивается. Я вот имею офицерский чин с германской войны. Кровью его заслужил! А как попаду в офицерское общество — так вроде как из хаты на мороз выйду в одних подштанниках. Таким от них холодом на меня попрет, что аж всей спиной его чую! — Григорий бешено сверкнул глазами и незаметно для себя повысил голос.

Копылов недовольно оглянулся по сторонам, шепнул:

— Ты потише, ординарцы слушают.

— Почему это так, спрашивается? — сбавив голос, продолжал Григорий. — Да потому, что я для них белая ворона. У них — руки, а у меня — от старых музлей — копыто! Они ногами шаркают, а я как ни повернусь — за все цепляюсь. От них личны́м мылом и разными бабьими притирками пахнет, а от меня конской мочой и потом. Они все ученые, а я с трудом церковную школу кончил. Я им чужой от головы до пяток. Вот все это почему! И выйду я от них, и все мне сдается, будто у меня на лице паутина насела: щелоктно мне, и неприятно страшно, и все хочется пообчиститься. — Григорий бросил рушник на колодезный сруб, обломком костяной расчески причесал волосы. На смуглом лице его резко белел не тронутый загаром лоб. — Не хотят они понять того, что все старое рухнулось к едреной бабушке! — уже тише сказал Григорий. — Они думают, что мы из другого теста деланные, что неученый человек, какой из простых, вроде скотины. Они думают, что в военном деле я или такой, как я, меньше их понимаем. А кто у красных командирами? Буденный — офицер? Вахмистр, старой службы, а не он генералам генерального штаба вкалывал? А не от него топали офицерские полки? Гусельщиков из казачьих генералов самый боевой, заславный генерал, а не он этой зимой в одних исподниках из Усть-Хоперской ускакал? А знаешь, кто его нагнал на склизкое? Какой-то московский слесарек — командир красного полка. Пленные потом говорили об нем. Это надо понимать! А мы, неученые офицеры, аль плохо водили казаков в восстание? Много нам генералы помогали?

— Помогали немало, — значительно ответил Копылов.

— Ну, может, Кудинову и помогали, а я ходил без помочей и бил красных, чужих советов не слухаясь.

— Так ты что же — науку в военном деле отрицаешь?

— Нет, я науку не отрицаю. Но, брат, не она в войне главное.

— А что же, Пантелеевич?

 — Дело, за какое в бой идешь...

— Ну, это уж другой разговор... — Копылов, настороженно улыбаясь, сказал: — Само собою разумеется... Идея в этом деле — главное. Побеждает только тот, кто твердо знает, за что он сражается, и верит в свое дело. Истина эта стара, как мир, и ты напрасно выдаешь ее за сделанное тобою открытие. Я за старое, за доброе старое время. Будь иначе, я и пальцем бы не ворохнул, чтобы идти куда-то и за что-то воевать. Все, кто с нами, — это люди, отстаивающие силой оружия свои старые привилегии, усмиряющие взбунтовавшийся народ. В числе этих усмирителей и мы с тобой. Но я вот давно к тебе приглядываюсь, Григорий Пантелеевич, и не могу тебя понять...

— Потом поймешь. Давай ехать, — бросил Григорий и направился к сараю.

Хозяюшка, караулившая каждое движение Григория, желая угодить ему, предложила:

— Может, молочка бы выпили?

— Спасибо, мамаша, времени нету моло́ки распивать. Как-нибудь потом.

Прохор Зыков около сарая истово хлебал из чашки кислое молоко. Он и глазом не мигнул, глядя, как Григорий отвязывает коня. Рукавом рубахи вытер губы, спросил:

— Далеко поедешь? И мне с тобой?

Григорий вскипел, с холодным бешенством сказал:

— Ты, зараза, так и этак тебе в душу, службы не знаешь? Почему конь занузданный стоит? Кто должон коня мне подать? Прорва чертова! Все жрешь, никак не нажрешься! А ну, брось ложку! Дисциплины не знаешь!.. Ляда чертова!

— И чего ты расходился? — обиженно бормотал Прохор, угнездившись в седле. — Орешь, а все зря. Тоже не велик в перьях! Что ж, мне и перекусить нельзя перед дорогой? Ну, чего шумишь-то?

— А того, что ты с меня голову сымешь, требуха свиная! Как ты со мной обращаешься? Зараз к генералу едем, так ты у меня гляди!.. А то привык запанибрата!.. Я тебе кто есть? Езжай пять шагов сзади! — приказал Григорий, выезжая из ворот.

Прохор и трое остальных ординарцев приотстали, и Григорий, ехавший рядом с Копыловым, продолжая начатый разговор, насмешливо спросил:

— Ну так чего ты не поймешь? Может, я тебе растолкую?

Не замечая насмешки в тоне и в форме вопроса, Копылов ответил:

— А не пойму я твоей позиции в этом деле, вот что! С одной стороны, ты — борец за старое, а с другой — какое-то, извини меня за резкость, какое-то подобие большевика.

— В чем это я — большевик? — Григорий нахмурился, рывком подвинулся в седле.

— Я не говорю — большевик, а некое подобие большевика.

— Один черт. В чем, спрашиваю?

— А хотя бы и в разговорах об офицерском обществе, об отношении к тебе. Чего ты хочешь от этих людей? Чего ты вообще хочешь? — добродушно улыбаясь и поигрывая плеткой, допытывался Копылов. Он оглянулся на ординарцев, что-то оживленно обсуждавших, заговорил громче: — Тебя обижает то, что они не принимают тебя в свою среду как равноправного, что они относятся к тебе свысока. Но они правы со своей точки зрения, это надо понять. Правда, ты офицер, но офицер абсолютно случайный в среде офицерства. Даже нося офицерские погоны, ты остаешься, прости меня, неотесанным казаком. Ты не знаешь приличных манер, неправильно и грубо выражаешься, лишен всех тех необходимых качеств, которые присущи воспитанному человеку. Например: вместо того чтобы пользоваться носовым платком, как это делают все культурные люди, ты сморкаешься при помощи двух пальцев, во время еды руки вытираешь то о голенища сапог, то о волосы, после умывания не брезгаешь вытереть лицо лошадиной попонкой, ногти на руках либо обкусываешь, либо срезаешь кончиком шашки. Или еще лучше: помнишь, зимой как-то в Каргинской разговаривал ты при мне с одной интеллигентной женщиной, у которой мужа арестовали казаки, и в ее присутствии застегивал штаны...

— Стал быть, было лучше, если б я штаны оставил расстегнутыми? — хмуро улыбаясь, спросил Григорий.

Лошади их шли шагом бок о бок, и Григорий искоса посматривал на Копылова, на его добродушное лицо, и не без огорчения выслушивал его слова.

— Не в этом дело! — досадливо морщась, воскликнул Копылов. — Но как ты вообще мог принять женщину, будучи в одних брюках, босиком? Ты даже кителя на плечи не накинул, я это отлично помню! Все это, конечно, мелочи, но они характеризуют тебя как человека... Как тебе сказать...

— Да уж говори как проще!

— Ну, как человека крайне невежественного. А говоришь ты как? Ужас! Вместо квартира — фатера, вместо эвакуироваться — экуироваться, вместо как будто — кубыть, вместо артиллерия — антилерия. И, как всякий безграмотный человек, ты имеешь необъяснимое пристрастие к звучным иностранным словам, употребляешь их к месту и не к месту, искажаешь невероятно, а когда на штабных совещаниях при тебе произносятся такие слова из специфически военной терминологии, как дислокация, форсирование, диспозиция, концентрация и прочее, то ты смотришь на говорящего с восхищением и, я бы даже сказал, с завистью.

— Ну уж это ты брешешь! — воскликнул Григорий, и веселое оживление прошло по его лицу. Гладя коня между ушей, почесывая ему под гривой шелковистую теплую кожу, он попросил: — Ну, валяй дальше, разделывай своего командира!

— Слушай, чего ж разделывать-то? И так тебе должно быть ясно, что ты с этой стороны неблагополучен. И после этого ты еще обижаешься, что офицеры к тебе относятся не как к равному. В вопросах приличий и грамотности ты просто пробка! — Копылов сказал нечаянно сорвавшееся оскорбительное слово и испугался. Он знал, как несдержан бывает Григорий в гневе, и боялся вспышки, но, бросив на Григория мимолетный взгляд, тотчас успокоился: Григорий, откинувшись на седле, беззвучно хохотал, сияя из-под усов ослепительным оскалом зубов. И так неожидан был для Копылова результат его слов, так заразителен смех Григория, что он сам рассмеялся, говоря: — Вот видишь, другой, разумный, плакал бы от такого разноса, а ты ржешь... Ну, не чудак ли ты?

— Так, говоришь, стало быть, пробка я? И черт с вами! — отсмеявшись, проговорил Григорий. — Не желаю учиться вашим обхождениям и приличиям. Мне они возле быков будут ни к чему. А бог даст — жив буду, — мне же с быками возиться и не с ними же мне расшаркиваться и говорить: «Ах, подвиньтесь, лысый! Извините меня, рябый! Разрешите мне поправить на вас ярмо? Милостивый государь, господин бык, покорнейше прошу не заламывать борозденного!» С ними надо покороче: цоб-цобэ, вот и вся бычиная дисклокация.

— Не дисклокация, а дислокация! — поправил Копылов.

— Ну, нехай дислокация. А вот в одном я с тобой не согласный.

— В чем это?

— В том, что я — пробка. Это я у вас — пробка, а вот погоди, дай срок, перейду к красным, так у них я буду тяжелей свинца. Уж тогда не попадайтесь мне приличные и образованные дармоеды! Душу буду вынать прямо с потрохом! — полушутя-полусерьезно сказал Григорий и тронул коня, переводя его сразу на крупную рысь.

Утро над Обдоньем вставало в такой тонко выпряденной тишине, что каждый звук, даже нерезкий, рвал ее и будил отголоски. В степи властвовали одни жаворонки да перепела, но в смежных хуторах стоял тот неумолчный негромкий роковитый шум, который обычно сопровождает передвижения крупных войсковых частей. Гремели на выбоинах колеса орудий и зарядных ящиков, возле колодцев ржали кони, согласно, глухо и мягко гоцали шаги проходивших пластунских сотен, погромыхивали брички и хода обывательских подвод, подвозящих к линии фронта боеприпасы и снаряжение; возле походных кухонь сладко пахло разопревшим пшеном, мясным кондёром, сдобренным лавровым листом, и свежеиспеченным хлебом.

Под самой Усть-Медведицкой трещала частая ружейная перестрелка, лениво и звучно бухали редкие орудийные выстрелы. Бой только что начинался.

Генерал Фицхелауров завтракал, когда немолодой потасканного вида адъютант доложил:

— Командир Первой повстанческой дивизии Мелехов и начальник штаба дивизии Копылов.

— Проси в мою комнату. — Фицхелауров большой жилистой рукой отодвинул тарелку, заваленную яичной скорлупой, не спеша выпил стакан парного молока и, аккуратно сложив салфетку, встал из-за стола.

Саженного роста, старчески грузный и рыхлый, он казался неправдоподобно большим в этой крохотной казачьей горенке с покосившимися притолоками дверей и подслеповатыми окошками. На ходу поправляя стоячий воротник безупречно сшитого мундира, гулко кашляя, генерал прошел в соседнюю комнату, коротко поклонился вставшим Копылову и Григорию и, не подавая руки, жестом пригласил их к столу.

Придерживая шашку, Григорий осторожно присел на краешек табурета, искоса глянул на Копылова.

Фицхелауров тяжело опустился на хрустнувший под ним венский стул, согнул голенастые ноги, положив на колени крупные кисти рук, густым низким басом заговорил:

— Я пригласил вас, господа офицеры, для того чтобы согласовать кое-какие вопросы... Повстанческая партизанщина кончилась! Ваши части перестают существовать как самостоятельное целое, да целым они, по сути, и не были. Фикция. Они вливаются в Донскую армию. Мы переходим в планомерное наступление, пора все это осознать и безоговорочно подчиняться приказам высшего командования. Почему, извольте ответить, вчера ваш пехотный полк не поддержал наступления штурмового батальона? Почему полк отказался идти в атаку, несмотря на мое приказание? Кто командир вашей так называемой дивизии?

— Я, — негромко ответил Григорий.

— Потрудитесь ответить на вопрос!

— Я только вчера прибыл в дивизию.

— Где вы изволили быть?
— Заезжал домой.
— Командир дивизии во время боевых операций изволит гостить дома! В дивизии — бардак! Распущенность! Безобразие! — Генеральский бас все громче грохотал в тесной комнатушке; за дверями уже ходили на цыпочках и шептались, пересмеиваясь, адъютанты; щеки Копылова все больше и больше бледнели, а Григорий, глядя на побагровевшее лицо генерала, на его сжатые отечные кулаки, чувствовал, как и в нем самом просыпается неудержимая ярость.

Фицхелауров с неожиданной легкостью вскочил, — ухватясь за спинку стула, кричал:

— У вас не воинская часть, а красногвардейский сброд!.. Отребье, а не казаки! Вам, господин Мелехов, не дивизией командовать, аденщиком служить!..Сапоги чистить! Слышите вы?! Почему не был выполнен приказ?! Митинга не провели? Не обсудили? Зарубите себе на носу: здесь вам не товарищи, и большевицких порядков мы не позволим заводить!.. Не поз-волим!...

— Я попрошу вас не орать на меня! — глухо сказал Григорий и встал, отодвинув ногой табурет.

— Что вы сказали?! — перегнувшись через стол, задыхаясь от волнения, прохрипел Фицхелауров.

— Прошу на меня не орать! — громче повторил Григорий. — Вы вызвали нас для того, чтобы решать... — На секунду смолк, опустил глаза и, не отрывая взгляда от рук Фицхелаурова, сбавил голос почти до шепота: — Ежли вы, ваше превосходительство, спробуете тронуть меня хоть пальцем, — зарублю на месте!

В комнате стало так тихо, что отчетливо слышалось прерывистое дыхание Фицхелаурова. С минуту стояла тишина. Чуть скрипнула дверь. В щелку заглянул испуганный адъютант. Дверь так же осторожно закрылась. Григорий стоял, не снимая руки с эфеса шашки. У Копылова мелко дрожали колени, взгляд его блуждал где-то по стене. Фицхелауров тяжело опустился на стул, старчески покряхтел, буркнул:

— Хорошенькое дело! — И уже совсем спокойно, но не глядя на Григория: — Садитесь. Погорячились, и хватит. Теперь извольте слушать: приказываю вам немедленно перебросить все конные части... Да садитесь же!..

Григорий присел, рукавом вытер обильный пот, внезапно проступивший на лице.

— ... Так вот, все конные части немедленно перебросьте на юго-восточный участок и тотчас же идите в наступление. Правым флангом вы будете соприкасаться со вторым батальоном войскового старшины Чумакова...

— Дивизию я туда не поведу, — устало проговорил Григорий и полез в карман шаровар за платком. Кружевной Натальиной утиркой еще раз вытер пот со лба, повторил: — Дивизию туда не поведу.

— Это почему?

— Перегруппировка займет много времени...

— Это вас не касается. За исход операции отвечаю я.

— Нет, касается, и отвечаете не только вы...

— Вы отказываетесь выполнить мое приказание? — с видимым усилием сдерживая себя, хрипло спросил Фицхелауров.

— Да.

— В таком случае потрудитесь сейчас же сдать командование дивизией! Теперь мне понятно, почему не был выполнен мой вчерашний приказ...

— Это уж как вам угодно, только дивизию я не сдам.

— Как прикажете вас понимать?

— А так, как я сказал. — Григорий чуть заметно улыбнулся.

— Я вас отстраняю от командования! — Фицхелауров повысил голос, и тотчас же Григорий встал.

— Я вам не подчиняюсь, ваше превосходительство!

— А вы вообще-то кому-нибудь подчиняетесь?

— Да, командующему повстанческими силами Кудинову подчиняюсь. А от вас мне все это даже удивительно слухать... Пока мы с вами на равных правах. Вы командуете дивизией, и я тоже. И пока вы на меня не шумите... Вот как только переведут меня в сотенные командиры, тогда — пожалуйста. Но драться... — Григорий поднял грязный указательный палец и, одновременно и улыбаясь, и бешено сверкая глазами, закончил: — ... драться и тогда не дам!

Фицхелауров встал, поправил душивший его воротник, с полупоклоном сказал:

— Нам больше не о чем разговаривать. Действуйте как хотите. О вашем поведении я немедленно сообщу в штаб армии, и, смею вас уверить, результаты не замедлят сказаться. Военно-полевой суд у нас пока действует безотказно.

Григорий, не обращая внимания на отчаянные взгляды Копылова, нахлобучил фуражку, пошел к дверям. На пороге он остановился, сказал:

— Вы сообчайте, куда следует, но меня не пужайте, я не из полохливых... И пока не трожьте меня. — Подумал и добавил: — А то боюсь, как бы вас мои казаки не потрепали... — Пинком отворил дверь, гремя шашкой, размашисто зашагал в сенцы.

На крыльце его догнал взволнованный Копылов.

— Ты с ума сошел, Пантелеевич! — шепнул он, в отчаянии сжимая руки.

— Коней! — зычно крикнул Григорий, комкая в руках плеть.

Прохор подлетел к крыльцу чертом.

Выехав за ворота, Григорий оглянулся: трое ординарцев, суетясь, помогали генералу Фицхелаурову взобраться на высоченного, подседланного нарядным седлом коня...

С полверсты скакали молча, Копылов молчал, понимая, что Григорий не расположен к разговору и спорить с ним сейчас небезопасно. Наконец Григорий не выдержал.

— Чего молчишь? — резко спросил он. — Ты из-за чего ездил? Свидетелем был? В молчанку играл?

— Ну, брат, и номер же ты выкинул!

— А он не выкинул?

— Положим, и он не прав. Тон, каким он с нами разговаривал, прямо-таки возмутителен!

— Да разве ж он с нами разговаривал? Он с самого начала заорал, как, скажи, ему шило в зад воткнули!

— Однако и ты хорош! Неповиновение старшему по чину... в боевой обстановке, это, брат...

— Ничего, не это! Вот жалко, что не намахнулся он на меня! Я б его потянул клинком через лоб, ажник черепок бы его хрустнул!

— Тебе и без этого добра не ждать, — с неудовольствием сказал Копылов и перевел коня на шаг. — По всему видно, что теперь они начнут дисциплину подтягивать, держись!

Лошади их, пофыркивая, отгоняя хвостами оводов, шли рядом. Григорий насмешливо оглядел Копылова, спросил:

— Ты из-за чего наряжался-то? Думал, небось, что тебя чаем угощать будут? К столу под белы руки поведут? Побрился, френч вычистил, сапоги наяснил... Я видал, как ты утирку слюнявил да пятнышки на коленях счищал!

— Оставь, пожалуйста! — румянея, защищался Копылов.

— Зря пропали твои труды! — издевался Григорий. — Не токмо чего, но и к ручке тебя не подпустил.

— С тобой и не этого можно было ожидать, — скороговоркой пробормотал Копылов и, сощурив глаза, изумленно-радостно воскликнул: — Смотри! Это — не наши. Союзники!

Навстречу им по узкому проулку шестерная упряжка мулов везла английское орудие. Сбоку на рыжей куцехвостой лошади ехал англичанин-офицер. Ездовой переднего выноса тоже был в английской форме, но с русской офицерской кокардой на околыше фуражки и с погонами поручика.

Не доезжая нескольких саженей до Григория, офицер приложил два пальца к козырьку своего пробкового шлема, движением головы попросил посторониться. Проулок был так узок, что разминуться можно было, только поставив верховых лошадей вплотную к каменной огороже.

На щеках Григория заиграли желваки. Стиснув зубы, он ехал прямо на офицера. Тот удивленно поднял брови, чуть посторонился. Они с трудом разъехались, и то лишь тогда, когда англичанин положил правую ногу, туго обтянутую крагой, на лоснящийся, гладко вычищенный круп своей породистой кобылицы.

Один из артиллерийской прислуги, русский офицер, судя по внешности, злобно оглядел Григория:

— Кажется, вы могли бы посторониться! Неужто и здесь надо оказывать свое невежество?

— Ты проезжай да молчи, сучье вымя, а то я тебе посторонюсь!.. — вполголоса посоветовал Григорий.

Офицер приподнялся на передке, обернулся назад, крикнул:

— Господа! Задержите этого наглеца!

Григорий, выразительно помахивая плетью, шагом пробирался по проулку. Усталые, пропыленные артиллеристы, сплошь безусые, молодые офицерики, озирали его недружелюбными взглядами, но никто не попытался задержать. Шестиорудийная батарея скрылась за поворотом, и Копылов, покусывая губы, подъехал к Григорию вплотную:

— Дуришь, Григорий Пантелеевич! Как мальчишка ведешь себя!

— Ты что, ко мне воспитателем приставлен? — огрызнулся Григорий.

— Мне понятно, что ты озлился на Фицхелаурова, — пожимая плечами, говорил Копылов, — но при чем тут этот англичанин? Или тебе его шлем не понравился?

— Мне он тут, под Усть-Медведицей, что-то не понравился... ему бы его в другом месте носить... Две собаки грызутся — третья не мешайся, знаешь?

— Ага! Ты, оказывается, против иностранного вмешательства? Но, по-моему, когда за горло берут — рад будешь любой помощи.

— Ну ты и радуйся, а я бы им на нашу землю и ногой ступить не дозволил!

— Ты у красных китайцев видел?

— Ну?

— Это не все равно? Тоже ведь чужеземная помощь.

— Это ты зря! Китайцы к красным добровольцами шли.

— А этих, по-твоему, силою сюда тянули?

Григорий не нашелся, что ответить, долго ехал молча, мучительно раздумывая, потом сказал, и в голосе его зазвучала нескрываемая досада:

— Вот вы, ученые люди, всегда так... Скидок наделаете, как зайцы на снегу! Я, брат, чую, что тут ты неправильно гутаришь, а вот припереть тебя не умею... Давай бросим об этом. Не путляй меня, я и без тебя запутанный!

Копылов обиженно умолк, и больше до самой квартиры они не разговаривали. Один лишь снедаемый любопытством Прохор догнал было их, спросил:

— Григорий Пантелевич, ваше благородие, скажи на милость, что это такое за животная у кадетов под орудиями? Ухи у них, как у ослов, а остальная справа — натуральная лошадиная. На эту скотину аж глядеть неудобно... Что это за черт, за порода, — объясни, пожалуйста, а то мы под деньги заспорили...

Минут пять ехал сзади, так и не дождался ответа, отстал и, когда поравнялись с ним остальные ординарцы, шепотом сообщил:

— Они, ребята, едут молчаком и сами, видать, диву даются и ни черта не знают, откуда такая пакость на белом свете берется...

XI

Казачьи сотни четвертый раз вставали из неглубоких окопов и под убийственным пулеметным огнем красных залегали снова. Красноармейские батареи, укрытые лесом левобережья, с самой зари безостановочно обстреливали позиции казаков и накоплявшиеся в ярах резервы.

Молочно-белые тающие облачка шрапнели вспыхивали над обдонскими высотами. Впереди и позади изломанной линии казачьих окопов пули схватывали бурую пыль.

К полудню бой разгорелся, и западный ветер далеко по Дону нес гул артиллерийской стрельбы.

Григорий с наблюдательного пункта повстанческой батареи следил в бинокль за ходом боя. Ему видно было, как, несмотря на потери, перебежками упорно шли в наступление офицерские роты. Когда огонь усиливался, они ложились, окапываясь, и опять бросками передвигались к новому рубежу; а левее, в направлении к монастырю, повстанческая пехота никак не могла подняться. Григорий набросал записку Ермакову, послал ее со связным.

Через полчаса прискакал распаленный Ермаков. Он спешился возле батарейской коновязи, тяжело дыша, поднялся к окопу наблюдателя.

— Не могу поднять казаков! Не встают! — еще издали закричал он, размахивая руками. — У нас уж двадцати трех человек как не было! Видал, как красные пулеметами режут?

— Офицеры идут, а ты своих поднять не можешь? — сквозь зубы процедил Григорий.

— Да ты погляди, у них на каждый взвод по ручному пулемету да патронов по ноздри, а мы с чем?!

— Но-но, ты мне не толкуй! Зараз же веди, а то голову сымем!

Ермаков матерно выругался, сбежал с кургана. Следом за ним пошел Григорий. Он решил сам вести в атаку 2-й пехотный полк.

Около крайнего орудия, искусно замаскированного ветками боярышника, его задержал командир батареи:

— Полюбуйся, Григорий Пантелевич, на английскую работу. Сейчас они начнут по мосту бить. Давай подымемся на курганик?

В бинокль была чуть видна тончайшая полоска понтонного моста, перекинутого через Дон красными саперами. По ней беспрерывным потоком катились подводы.

Минут через десять английская батарея, расположившаяся за каменистой грядой, в лощине, повела огонь. Четвертым снарядом мост был разрушен почти на середине. Поток подвод приостановился. Видно было, как красноармейцы, суетясь, сбрасывали в Дон разбитые брички и трупы лошадей.

Тотчас же от правого берега отвалили четыре баркаса с саперами. Но не успели они заделать разрушенный настил на мосту, как английская батарея снова послала пачку снарядов. Один из них разворотил въездную дамбу на левом берегу, второй взметнул возле самого моста зеленый столб воды, и возобновившееся движение по мосту снова приостановилось.

— А и точно же бьют, сукины сыны! — с восхищением сказал командир батареи. — Теперь они до ночи не дадут им переправляться. Мосту этому не быть живу!

Григорий, не отнимая от глаз бинокля, спросил:

— Ну, а ты чего молчишь? Поддержал бы свою пехоту. Ведь вон они, пулеметные гнезда.

— И рад бы, да ни одного снаряда нету! С полчаса назад кинул последний и заговел.

— Так чего же ты тут стоишь? Берись на передки и езжай к чертовой матери!

— Послал к кадетам за снарядами.

— Не дадут, — решительно сказал Григорий.

— Раз уж отказали, послал в другой раз. Может, смилуются. Да нам хоть бы десяточка два, чтобы подавить вот эти пулеметы. Шутка дело — двадцать три души наших побили. А еще сколько покладут? Глянь, как они строчат!..

Григорий перевел взгляд на казачьи окопы — возле них на косогоре пули по-прежнему рыли сухую землю. Там, где ложилась пулеметная очередь, возникала полоска пыли, словно кто-то невидимый молниеносно проводил вдоль окопов серую тающую черту. На всем протяжении казачьи окопы как бы дымились, заштрихованные пылью.

Теперь Григорий уже не следил за попаданиями английской батареи. Минуту он прислушивался к немолчной артиллерийской и пулеметной стрельбе, а потом сошел с кургана, догнал Ермакова.

— Не ходи в атаку до тех пор, пока не получишь от меня приказа. Без артиллерийской поддержки мы их не собьем.

— А я тебе не это говорил? — укоризненно сказал Ермаков, садясь на своего разгоряченного скачкой и стрельбой коня.

Григорий провожал глазами бесстрашно скакавшего под выстрелами Ермакова, с тревогой думая: «И чего его черт понес напрямки? Скосят пулеметом! Спустился бы в лощину, по теклине поднялся вверх и за бугром без опаски добрался бы до своих». Ермаков бешеным карьером доскакал до лощины, нырнул в нее и на той стороне не показался. «Значит, понял! Теперь доберется», — облегченно решил Григорий и прилег возле кургана, не спеша свернул цигарку.

Странное равнодушие овладело им! Нет, не поведет он казаков под пулеметный огонь. Незачем. Пусть идут в атаку офицерские штурмовые роты. Пусть они забирают Усть-Медведицкую. И тут, лежа под курганом, впервые Григорий уклонился от прямого участия в сражении. Не трусость, не боязнь смерти или бесцельных потерь руководили им в этот момент. Недавно он не щадил ни своей жизни, ни жизни вверенных его командованию казаков. А вот сейчас словно что-то сломалось... Еще никогда до этого не чувствовал он с такой предельной ясностью всю никчемность происходившего. Разговор ли с Копыловым или стычка с Фицхелауровым, а может быть, то и другое, вместе взятое, было причиной того настроения, которое так неожиданно сложилось у него, но только под огонь он решил больше не идти. Он неясно думал о том, что казаков с большевиками ему не примирить, да и сам в душе не мог примириться, а защищать чуждых по духу, враждебно настроенных к нему людей, всех этих Фицхелауровых, которые глубоко его презирали и которых не менее глубоко презирал он сам, — он тоже больше не хотел и не мог. И снова со всей беспощадностью встали перед ним прежние противоречии. «Нехай воюют. Погляжу со стороны. Как только возьмут у меня дивизию — буду проситься из строя в тыл. С меня хватит!» — думал он и, мысленно вернувшись к спору с Копыловым, поймал себя на том, что ищет оправдания красным. «Китайцы идут к красным с голыми руками, поступают к ним и за хреновое солдатское жалованье каждый день рискуют жизнью. Да и при чем тут жалованье? Какого черта на него можно купить? Разве что в карты проиграть... Стало быть, тут корысти нету, что-то другое... А союзники присылают офицеров, танки, орудия, вон даже мулов и то прислали! А потом будут за все это требовать длинный рубль. Вот она в чем разница! Ну, да мы об этом еще вечером поспорим! Как приеду в штаб, так отзову его в сторону и скажу: а разница-то есть, Копылов, и ты мне голову не морочь!»

Но поспорить так и не пришлось. Во второй половине дня Копылов поехал к месторасположению 4-го полка, находившегося в резерве, и по пути был убит шальной пулей. Григорий узнал об этом два часа спустя...

Наутро Усть-Медведицкую с боем заняли части 5-й дивизии генерала Фицхелаурова.

XII

Дня через три после отъезда Григория явился в хутор Татарский Митька Коршунов. Приехал он не один, его сопровождали двое сослуживцев по карательному отряду. Один из них был немолодой калмык, родом откуда-то с Маныча, другой — невзрачный казачишка Распопинской станицы. Калмыка Митька презрительно именовал «ходей», а распопинского пропойцу и бестию величал Силантием Петровичем.

Видно, немалую службу сослужил Митька Войску Донскому, будучи в карательном отряде: за зиму был он произведен в вахмистры, а затем в подхорунжии и в хутор приехал во всей красе новой офицерской формы. Надо думать, что неплохо жилось ему в отступлении, за Донцом; легкий защитный френч так и распирали широченные Митькины плечи, на тугой стоячий воротник набегали жирные складки розовой кожи, сшитые в обтяжку синие диагоналевые штаны с лампасами чуть не лопались сзади... Быть бы

Митьке по его наружным достоинствам лейб-гвардии атаманцем, жить бы при дворце и охранять священную особу его императорского величества, если бы не эта окаянная революция. Но Митька и без этого на жизнь не жаловался. Добился и он офицерского чина, да не так, как Григорий Мелехов, рискуя головой и бесшабашно геройствуя. Чтобы выслужиться, в карательном отряде от человека требовались иные качества... А качеств этих у Митьки было хоть отбавляй: не особенно доверяя казакам, он сам водил на распыл заподозренных в большевизме, не брезгал собственноручно, при помощи плети или шомпола, расправляться с дезертирами, а уж по части допроса арестованных — во всем отряде не было ему равного, и сам войсковой старшина Прянишников, пожимая плечами, говорил: «Нет, господа, как хотите, а Коршунова превзойти невозможно! Дракон, а не человек!» И еще одним замечательным свойством отличался Митька: когда карателям арестованного нельзя было расстрелять, а не хотелось выпустить живым из рук, — его присуждали к телесному наказанию розгами и поручали выполнить это Митьке. И он выполнял, да так, что после пятидесяти ударов у наказываемого начиналась безудержная кровавая рвота, а после ста — человека, не ослушивая, уверенно заворачивали в рогожу... Из-под Митькиных рук еще ни один осужденный живым не вставал. Он сам, посмеиваясь, не раз говаривал: «Ежли б мне со всех красных, побитых мною, посымать штаны да юбки — весь хутор Татарский одел бы!»

Жестокость, свойственная Митькиной натуре с детства, в карательном отряде не только нашла себе достойное применение, но и, ничем не будучи взнуздываема, чудовищно возросла. Соприкасаясь по роду своей службы со всеми стекавшимися в отряд подонками офицерства, — с кокаинистами, насильниками, грабителями и прочими интеллигентными мерзавцами, — Митька охотно, с крестьянской старательностью, усваивал все то, чему они его в своей ненависти к красным учили, и без особого труда превосходил учителей. Там, где уставший от крови и чужих страданий неврастеник-офицер не выдерживал, — Митька только щурил свои желтые, мелкой искрой крапленные глаза и дело доводил до конца.

Таким стал Митька, попав из казачьей части на легкие хлеба — в карательный отряд войскового старшины Прянишникова.

Появившись в хуторе, он, важничая и еле отвечая на поклоны встречавшихся баб, шагом проехал к своему куреню. Возле полуобгоревших, задымленных ворот спешился, отдал поводья калмыку, широко расставляя ноги, прошел во двор. Сопровождаемый Силантием, молча обошел вокруг фундамента, кончиком плети потрогал слившийся во время пожара, отсвечивающий бирюзой комок стекла, сказал охрипшим от волнения голосом:

— Сожгли... А курень был богатый! Первый в хуторе. Наш хуторной сжег, Мишка Кошевой. Он же и деда убил. Так-то, Силантий Петров, пришлось проведать родимую пепелищу...

— А с этих Кошевых есть кто дома? — с живостью спросил тот.

— Должно быть, есть. Да мы повидаемся с ними... А зараз поедем к нашим сватам.

По дороге к Мелеховым Митька спросил у встретившейся снохи Богатыревых:

— Мамаша моя вернулась из-за Дону?

— Кубыть, не вернулась ишо, Митрий Мироныч.

— А сват Мелехов дома?

— Старик-то?

— Да.

— Старик дома, словом — вся семья дома, опричь Григория. Петра-то убили зимой, слыхал?

Митька кивнул головой и тронул коня рысью.

Он ехал по безлюдной улице, и в желтых кошачьих глазах его, пресыщенных и холодных, не было и следа недавней взволнованной живости. Подъезжая к мелеховскому базу и ни к кому из спутников не обращаясь в отдельности, негромко сказал:

— Так-то встречает родимый хутор! Пообедать и то надо к родне ехать... Ну-ну, ишо потягаемся!..

Пантелей Прокофьевич ладил под сараем лобогрейку. Завидев конных и признав среди них Коршунова, пошел к воротам.

— Милости просим, — радушно сказал он, открывая калитку. — Гостям рады! С прибытием!

— Здравствуй, сват! Живой-здоровый?

— Слава богу, покуда ничего. Да ты, никак, уж в офицерах ходишь?

— А ты думал, одним твоим сынам белые погоны носить? — самодовольно сказал Митька, подавая старику длинную жилистую руку.

— Мои до них не дюже охочи были, — с улыбкой ответил Пантелей Прокофьевич и пошел вперед, чтобы указать место, куда поставить лошадей.

Хлебосольная Ильинична накормила гостей обедом, а уж потом начались разговоры. Митька подробно выспрашивал обо всем касающемся его семьи и был молчалив и ничем не выказывал ни гнева, ни печали. Будто мимоходом спросил, остался ли в хуторе кто из семейства Мишки Кошевого, и, узнав, что дома осталась Мишкина мать с детьми, коротко и незаметно для других подмигнул Силантию.

Гости вскоре засобирались. Провожая их, Пантелей Прокофьевич спросил:

— Долго думаешь прогостить в хуторе?

— Да так дня два-три.

— Матерю-то повидаешь?

— А это как прийдется.

— Ну а зараз далеко отъезжаешь?

— Так... Повидать кое-кого из хуторных. Мы скоро прибудем.

Митька со своими спутниками не успел еще вернуться к Мелеховым, а уж по хутору покатилась молва: «Коршунов с калмыками приехал, всю семью Кошевого вырезали!»

Ничего не слышавший Пантелей Прокофьевич только что пришел из кузницы с косогоном и снова собрался было налаживать лобогрейку, но его позвала Ильинична:

— Поди-ка сюда, Прокофич! Да попроворней!

В голосе старухи прозвучали нотки нескрываемой тревоги, и удивленный Пантелей Прокофьевич тотчас направился в хату.

Заплаканная, бледная Наталья стояла у печки. Ильинична указала глазами на Аникушкину жену, глухо спросила:

— Слыхал новость, старик?

«Ох, с Григорием что-то... Сохрани и помилуй!» — опалила Пантелея Прокофьевича догадка. Он побледнел и, в страхе и ярости оттого, что никто ничего не говорит, крикнул:

— Скорей выкладывайте, будь вы прокляты!.. Ну, что случилося? С Григорием?.. — И, словно обессилевший от крика, опустился на лавку, поглаживая трясущиеся ноги.

Дуняшка первая сообразила, что отец боится черных вестей о Григории, поспешно сказала:

— Нет, батенька, это не об Грише весть. Митрий Кошевых побил.

— Как, то есть, побил? — У Пантелея Прокофьевича разом отлегло от сердца, и, еще не понимая смысла сказанных Дуняшкой слов, он снова переспросил: — Кошевых? Митрий?

Аникушкина жена, прибежавшая с новостями, сбиваясь, начала рассказывать:

— Ходила я, дяденька, телка искать и вот иду мимо Кошевых, а Митрий и с ним ишо двое служивых подъехали к базу и пошли в дома. Я и думаю: телок дальше ветряка не уйдет — очередь пасть телят была...

— Да на черта мне твой телок! — гневно прервал Пантелей Прокофьевич.

— ... И пошли они в дома, — захлебываясь, продолжала баба, — а я стою, жду. «Не с добром, думаю, они сюда приехали». И начался там крик, и слышно — бьют. Испугалась я до смерти, хотела бечь, да только отошла от плетня, слышу — топочут сзади; оглянулась, а это Митрий ваш накинул старухе оборку на шею и волокет ее по земле, чисто как собаку, прости господи! Подтянул ее к сараю, она, сердешная, и голосу не отдает, должно, уж без памяти была; калмык, какой с ним был, сигнул на переруб... Гляжу — Митрий конец оборки ему кинул и шумит: «Подтяни и завязывай узлом!» Ох, страсти я натерпелась! На моих глазах и задушили бедную старуху, а после вскочили на коней и поехали по проулку, должно, к правлению. В хату-то я побоялась идти... А видала, как из сенцев, прямо из-под дверей, кровь на приступки текла. Не дай и не приведи господи ишо раз такую страсть видать!

— Хороших гостей нам бог послал! — выжидающе глядя на старика, сказала Ильинична.

Пантелей Прокофьевич в страшном волнении выслушал рассказ и, не сказав ни слова, сейчас же вышел в сени.

Вскоре возле ворот показался Митька со своими подручными. Пантелей Прокофьевич проворно захромал им навстречу.

— Постой-ка! — крикнул он еще издали. — Не вводи коней на баз!

— Что такое, сваток? — удивленно спросил Митька.

— Поворачивай обратно! — Пантелей Прокофьевич подошел вплотную и, глядя в желтые мерцающие Митькины глаза, твердо сказал: — Не гневайся, сват, но я не хочу, чтобы ты был в моем курене. Лучше подобру уезжай куда знаешь.

— А-а-а... — понимающе протянул Митька и побледнел. — Выгоняешь, стало быть?..

— Не хочу, чтобы ты поганил мой дом! — решительно повторил старик. — И больше чтоб и нога твоя ко мне не ступала. Нам, Мелеховым, палачи не сродни, так-то!

— Понятно! Только больно уж ты жалостлив, сваток!

— Ну уж ты, должно, милосердия не поимеешь, коли баб да детишков начал казнить! Ох, Митрий, негожее у тебя рукомесло... Не возрадовался бы твой покойный отец, глядючи на тебя!

— А ты, старый дурак, хотел бы, чтобы я с ними цацкался? Батю убили, деда убили, а я бы с ними христосовался? Иди ты — знаешь куда?.. — Митька яростно дернул повод, вывел коня за калитку.

— Не ругайся, Митрий, ты мне в сыны гож. И делить нам с тобой нечего, езжай с богом!

Все больше и больше бледнея, грозя плетью, Митька глухо покрикивал:

— Ты не вводи меня в грех, не вводи! Наталью жалко, а то бы я тебя, милостивца... Знаю вас! Вижу наскрозь, каким вы духом дышите! За Донец в отступ не пошли? Красным передались? То-то!.. Всех бы вас надо, сукиных сынов, как Кошевых, перевесть! Поехали, ребята! Ну, хромой кобель, гляди не попадайся мне! Из моей горсти не высигнешь! А хлеб-соль твою я тебе попомню! Я такую родню тоже намахивал!..

Пантелей Прокофьевич дрожащими руками запер калитку на засов, захромал в дом.

— Выгнал твоего братца, — сказал он, не глядя на Наталью.

Наталья промолчала, хотя в душе она и была согласна с поступком свекра, а Ильинична быстро перекрестилась и обрадованно сказала:

— И славу богу: унесла нелегкая! Извиняй на худом слове, Натальюшка, но Митька ваш оказался истым супостатом! И службу-то себе такую нашел: нет чтобы, как и другие казаки, в верных частях служить, а он — вишь! — поступил в казнительный отряд! Да разве ж это казацкое дело — казнителем быть, старух вешать да детишков безвинных шашками рубить?! Да разве они за Мишку своего ответчики? Этак и нас с тобой и Мишатку с Полюшкой за Гришу красные могли бы порубить, а ить не порубили же, поимели милость? Нет, оборони господь, я с этим несогласная!

— Я за брата и не стою, маманя... — только и сказала Наталья, кончиком платка вытирая слезы.

Митька уехал из хутора в этот же день. Слышно было, будто пристал он к своему карательному отряду где-то около Каргинской и вместе с отрядом отправился наводить порядки в украинских слободах Донецкого округа, население которых было повинно в том, что участвовало в подавлении Верхнедонского восстания.

После его отъезда с неделю шли по хутору толки. Большинство осуждало самосудную расправу над семьей Кошевого. На общественные средства похоронили убитых; хатенку Кошевых хотели было продать, но покупателей не нашлось. По приказу хуторского атамана ставни накрест забили досками, и долго еще ребятишки боялись играть около страшного места, а старики и старухи, проходя мимо выморочной хатенки, крестились и поминали за упокой души убиенных.

Потом наступил степной покос, и недавние события забылись.

Хутор по-прежнему жил в работе и слухах о фронте. Те из хозяев, у которых уцелел рабочий скот, кряхтели и поругивались, поставляя обывательские подводы. Почти каждый день приходилось отрывать быков и лошадей от работы и посылать в станицу. Выпрягая из косилок лошадей, не один раз недобрым словом поминали старики затянувшуюся войну. Но снаряды, патроны, мотки колючей проволоки, продовольствие надо было подвозить к фронту. И везли. А тут, как назло, установились такие погожие дни, что только бы косить да грести подоспевшую, на редкость кормовитую траву.

Пантелей Прокофьевич готовился к покосу и крепко досадовал на Дарью. Повезла она на паре быков патроны, с перевалочного пункта должна была возвратиться, но прошла неделя, а о ней и слуха не было; без пары же старых, самых надежных быков в степи нечего было и делать.

По сути, не надо бы посылать Дарью... Пантелей Прокофьевич скрепя сердце доверил ей быков, зная, как охоча она до веселого времяпровождения и как нерадива в уходе за скотом, но, кроме нее, никого не нашлось. Дуняшку нельзя было послать, потому что не девичье дело ехать с чужими казаками в дальнюю дорогу; у Натальи — малые дети; не самому же старику было везти эти проклятые патроны? А Дарья с охотой вызвалась ехать. Она и раньше с большим удовольствием ездила всюду: на мельницу ли, на просорушку или еще по какой-либо хозяйской надобности, и все лишь потому, что вне дома чувствовала себя несравненно свободнее. Ей каждая поездка приносила развлечение и радость. Вырвавшись из-под свекровьиного присмотра, она могла и с бабами досыта посудачить, и — как она говаривала — «на ходу любовь покрутить» с каким-нибудь приглянувшимся ей расторопным казачком. А дома и после смерти Петра строгая Ильинична не давала ей воли, как будто Дарья, изменявшая живому мужу, обязана была соблюдать верность мертвому.

Знал Пантелей Прокофьевич, что не будет за быками хозяйского догляда, но делать было нечего, — снарядил в поездку старшую сноху. Снарядить-то снарядил, да и прожил всю неделю в великой тревоге и душевном беспокойстве. «Луснули мои бычки!» — не раз думал он, просыпаясь среди ночи, тяжело вздыхая.

Дарья приехала на одиннадцатые сутки утром. Пантелей Прокофьевич только что вернулся с поля. Он косил в супряге с Аникушкиной женой и, оставив ее и Дуняшку в степи, приехал в хутор за водой и харчами. Старики и Наталья завтракали, когда мимо окон — со знакомым перестуком — загремели колеса брички. Наталья проворно подбежала к окну, увидела закутанную по самые глаза Дарью, вводившую усталых, исхудавших быков.

— Она, что ли? — спросил старик, давясь непрожеванным куском.

— Дарья!

— Не чаял и увидать быков! Ну, слава тебе господи! Хлюстанка проклятая! Насилу-то прибилась к базу... — забормотал старик, крестясь и сыто рыгая.

Разналыгав быков, Дарья вошла в кухню, положила у порога вчетверо сложенное рядно, поздоровалась с домашними.

— А то чего ж, милая моя! Ты бы ишо неделю ездила! — с сердцем сказал Пантелей Прокофьевич, исподлобья глянув на Дарью и не отвечая на приветствие.

— Ехали бы сами! — огрызнулась та, снимая с головы пропыленный платок.

— Чего ж так долго ездила? — вступила в разговор Ильинична, чтобы сгладить неприязненность встречи.

— Не пускали, того и долго.

Пантелей Прокофьевич недоверчиво покачал головой, спросил:

— Христонину бабу с перевалочного пустили, а тебя нет?

— А меня не пустили! — Дарья зло сверкнула глазами, добавила: — Ежли не верите — поезжайте спросите у начальника, какой обоз сопровождал.

— Справляться о тебе мне незачем, но уж в другой раз посиди дома. Тебя только за смертью посылать.

— Загрозили вы мне! Ох, загрозили! Да я и сама не поеду! Посылать будете, и не поеду!

— Быки-то здоровые? — уже мирнее спросил старик.

— Здоровые. Ничего вашим быкам не поделалось... — Дарья отвечала нехотя и была мрачнее ночи.

«Разлучилась в дороге с каким-нибудь милым, через это и злая», — подумала Наталья.

Она всегда относилась к Дарье и к ее нечистоплотным любовным увлечениям с чувством сожаления и брезгливости.

После завтрака Пантелей Прокофьевич собрался ехать, но тут пришел хуторской атаман.

— Сказал бы — в час добрый, да погоди, Пантелей Прокофьевич, не выезжай.

— Уж не сызнова ли за подводой прибег? — с деланным смирением спросил старик, а у самого от ярости даже дух захватило.

— Нет, тут другая музыка. Нынче приезжает к нам сам командующий всей Донской армией, сам генерал Сидорин. Понял? Зараз получил с нарочным бумажку от станичного атамана, приказывает стариков и баб всех до одного собрать на сходку.

— Да они в уме? — вскричал Пантелей Прокофьевич. — Да кто же это в такую горячую пору сходки устраивает? А сена мне на зиму припасет твой генерал Сидорин?

— Он одинаково и твой такой же, как и мой, — спокойно ответил атаман. — Мне что приказано, то и делаю. Распрягай! Надо хлебом-солью встречать. Гутарют, промежду прочим, будто с ним союзниковы генералы едут.

Пантелей Прокофьевич молча постоял около арбы, поразмыслил и начал распрягать быков. Видя, что сказанное им возымело действие, повеселевший атаман спросил:

— Твоей кобылкой нельзя ли попользоваться?

— Чего тебе ей делать?

— Приказано, ёж их наколи, две тройки выслать навстречу ажник к Дурному логу. А где их, тарантасы, брать и лошадей — ума не приложу! До света встал, бегаю, раз пять рубаха взмокла — и только четырех лошадей добыл. Народ весь в работе, прямо хучь криком кричи!

Смирившийся Пантелей Прокофьевич согласился дать кобылу и даже свой рессорный тарантасишко предложил. Как-никак, а ехал командующий армией, да еще с иноземными генералами, а к генералам Пантелей Прокофьевич всегда испытывал чувство трепетного уважения...

Стараниями атамана две тройки кое-как были собраны и высланы к Дурному логу встречать почетных гостей. На плацу собирался народ. Многие, бросив покос, спешили со степи в хутор. Пантелей Прокофьевич, махнув рукой на работу, принарядился, надел чистую рубаху, суконные шаровары с лампасами, фуражку, некогда привезенную Григорием в подарок, и степенно захромал на майдан, наказав старухе, чтобы отправила с Дарьей воду и харчи Дуняшке.

Вскоре густая пыль взвихрилась на шляху и потоком устремилась к хутору, а сквозь нее блеснуло что-то металлическое, и издалека донесся певучий голос автомобильной сирены. Гости ехали на двух новехоньких, блещущих темно-синей краской автомобилях; где-то далеко позади, обгоняя едущих с покоса косарей, порожняком скакали тройки и уныло позванивали под дугами почтарские колокольчики, добытые для торжественного случая атаманом. На плацу в толпе прошло заметное оживление, зазвучал говор, послышались веселые восклицания ребят. Растерявшийся атаман засновал по толпе, собирая почетных стариков, коим надлежало вручать хлеб-соль. На глаза ему попался Пантелей Прокофьевич, и атаман обрадованно вцепился в него:

— Выручай, ради Христа! Человек ты бывалый, знаешь обхождение... Уж ты знаешь, как с ними и ручкаться, и все такое... Да ты же и член Круга, и сын у тебя такой... Пожалуйста, бери хлеб-соль, а то я вроде робею, и дрожание у меня в коленях.

Пантелей Прокофьевич — донельзя польщенный честью — отказывался, соблюдая приличия, потом, както сразу вобрав голову в плечи, проворно перекрестился и взял покрытое расшитым рушником блюдо с хлебом-солью; расталкивая локтями толпу, вышел вперед.

Автомобили быстро приближались к плацу, сопровождаемые целым табуном охрипших от лая разномастных собак.

— Ты... как? Не робеешь? — шепотом справился у Пантелея Прокофьевича побледневший атаман. Он впервые видел столь большое начальство. Пантелей Прокофьевич искоса блеснул на него синеватыми белками, сказал осипшим от волнения голосом:

— На, подержи, пока я бороду причешу. Бери же!

Атаман услужливо принял блюдо, а Пантелей Прокофьевич разгладил усы и бороду, молодецки расправил грудь, и, опираясь на кончики пальцев искалеченной ноги, чтобы не видно было его хромоты, снова взял блюдо. Но оно так задрожало в его руках, что атаман испуганно осведомился:

— Не уронишь? Ох, гляди!

Пантелей Прокофьевич пренебрежительно дернул плечом. Это он-то уронит! Может же человек сказать такую глупость! Он, который был членом Круга и во дворце наказного здоровался со всеми за руку, и вдруг испугается какого-то генерала? Этот несчастный атаманишка окончательно спятил с ума!

— Я, братец ты мой, когда был на Войсковом кругу, так я с самим наказным атаманом чай внакладку... — начал было Пантелей Прокофьевич и умолк.

Передний автомобиль остановился от него в каких-нибудь десяти шагах. Бритый шофер в фуражке с большим козырьком и с узенькими нерусскими погонами на френче ловко выскочил, открыл дверцу. Из автомобиля степенно вышли двое одетых в защитное военных, направились к толпе. Они шли прямо на Пантелея Прокофьевича, а тот как стал навытяжку, так и замер. Он догадался, что именно эти скромно одетые люди и есть генералы, а те, которые шли позади и были по виду наряднее — попросту чины сопровождающей их свиты. Старик смотрел на приближающихся гостей не мигая, и во взгляде его все больше отражалось нескрываемое изумление. Где же висячие генеральские эполеты? Где аксельбанты и ордена? И что же это за генералы, если по виду их ничем нельзя отличить от обыкновеннейших солдатских писарей? Пантелей Прокофьевич был мгновенно и горько разочарован. Ему стало даже как-то обидно и за свое торжественное приготовление к встрече, и за этих позорящих генеральское звание генералов. Черт возьми, если б он знал, что явятся этакие-то генералы, так он и не одевался бы столь тщательно, и не ждал бы с таким трепетом, и уж, во всяком случае, не стоял бы, как дурак, с блюдом в руках и с плохо пропеченным хлебом на блюде, который и пеьсла-то какаянибудь сопливая старуха. Нет, Пантелей Мелехов еще никогда не был посмешищем для людей, а вот тут пришлось: минуту назад он сам слышал, как за его спиной хихикали ребятишки, а один чертенок даже крикнул во всю глотку: «Ребята! Гля, как хромой Мелехов накони́лся! Будто ерша проглотил!» Было бы из-за чего переносить насмешки и утруждать больную ногу, вытянувшись в струну... Внутри у Пантелея Прокофьевича все клокотало от негодования. А всему виной этот проклятый трус атаманишка! Пришел, набрехал, взял кобылу и тарантас, по всему хутору бегал, высунувши язык, громышки и колокольцы для троек искал. Воистину: хорошего не видал человек, так и ветошке рад. За свою бытность Пантелей Прокофьевич не таких генералов видывал! Взять хотя бы на императорском смотру: иной идет — вся грудь в крестах, в медалях, в золотом шитве; глядеть, и то душа радуется, икона, а не генерал!

А эти — все в зеленом, как сизоворонки. На одном даже не фуражка, как полагается по всей форме, а какой-то котелок под кисеей, и морда вся выбрита наголо, ни одной волосинки не найдешь, хоть с фонарем ищи... Пантелей Прокофьевич нахмурился и чуть не сплюнул от отвращения, но его кто-то сильно толкнул в спину, громко зашептал:

— Иди же, подноси!..

Пантелей Прокофьевич шагнул вперед. Генерал Сидорин через его голову бегло оглядел толпу, звучно произнес:

— Здравствуйте, господа старики!

— Здравия желаем, ваше превосходительство! — вразброд загомонили хуторяне.

Генерал милостиво принял хлеб-соль из рук Пантелея Прокофьевича, сказал «спасибо!» и передал блюдо адъютанту.

Стоявший рядом с Сидориным высокий поджарый английский полковник из-под низко надвинутого на глаза шлема с холодным любопытством рассматривал казаков. По приказу генерала Бриггса — начальника британской военной миссии на Кавказе — он сопровождал Сидорина в его инспекционной поездке по очищенной от большевиков земле Войска Донского и при посредстве переводчика добросовестно изучал настроения казаков, а также знакомился с обстановкой на фронтах.

Полковник был утомлен дорожными лишениями, однообразным степным пейзажем, скучными разговорами и всем сложным комплексом обязанностей представителя великой державы, но интересы королевской службы — прежде всего! И он внимательно вслушивался в речь станичного оратора и почти все понимал, так как знал русский язык, скрывая это от посторонних. С истинно британским высокомерием смотрел он на разнохарактерные смуглые лица этих воинственных сынов степей, поражаясь тому расовому смешению, которое всегда бросается в глаза при взгляде на казачью толпу; рядом с белокурым казаком-славянином стоял типичный монгол, а по соседству с ним черный, как вороново крыло, молодой казак, с рукою на грязной перевязи, вполголоса беседовал с седым библейским патриархом — и можно было биться об заклад, что в жилах этого патриарха, опирающегося на посох, одетого в старомодный казачий чекмень, течет чистейшая кровь кавказских горцев...

Полковник немного знал историю; рассматривая казаков, он думал о том, что не только этим варварам, но и внукам их не придется идти в Индию под командованием какого-нибудь нового Платова. После победы над большевиками обескровленная гражданской войной Россия надолго выйдет из строя великих держав, и в течение ближайших десятилетий восточным владениям Британии уже ничто не будет угрожать. А что большевиков победят — полковник был твердо убежден. Он был человеком трезвого ума, до войны долго жил в России и, разумеется, никак не мог верить, чтобы в полудикой стране восторжествовали утопические идеи коммунизма...

Внимание полковника привлекли громко перешептывавшиеся бабы. Он, не поворачивая головы, оглядел их скуластые обветренные лица, и твердо сжатые губы его тронула чуть приметная презрительная усмешка.

Пантелей Прокофьевич, вручив хлеб-соль, замешался в толпе. Он не стал слушать, как от имени казачьего населения станицы Вешенской приветствовал приехавших какой-то вешенский краснобай, а, околесив толпу, направился к стоявшим поодаль тройкам.

Лошади были все в мыле и тяжело носили боками. Старик подошел к своей впряженной в корень кобылке, рукавом протер ей ноздри, вздохнул. Ему хотелось выругаться, тут же выпрячь кобылу и увести ее домой — так велико было его разочарование.

В это время генерал Сидорин держал к татарцам речь. Одобрительно отозвавшись об их боевых действиях в тылу у красных, он сказал:

— Вы мужественно сражались с нашими общими врагами. Ваши заслуги не будут забыты родиной, постепенно освобождающейся от большевиков, от их страшного ига. Мне хотелось бы отметить наградой тех женщин вашего хутора, которые, как нам известно, особенно отличились в вооруженной борьбе против красных. Я прошу выйти вперед наших героинь-казачек, фамилии которых будут сейчас оглашены!

Один из офицеров прочитал короткий список. Первой в нем значилась Дарья Мелехова, остальные были вдовы казаков, убитых в начале восстания, участвовавшие, как и Дарья, в расправе над пленными коммунистами, пригнанными в Татарский после сдачи Сердобского полка.

Дарья не поехала в поле, как приказывал Пантелей Прокофьевич. Она оказалась тут же, в толпе хуторских баб, и была разнаряжена, словно на праздник.

Как только она услышала свою фамилию, растолкала баб и смело пошла вперед, на ходу поправляя белый, с кружевной каемкой, платок, щуря глаза и слегка смущенно улыбаясь. Даже усталая после дороги и любовных приключений, она была дьявольски хороша! Не тронутые загаром бледные щеки резче оттеняли жаркий блеск прищуренных ищущих глаз, а в своевольном изгибе накрашенных бровей и в складке улыбающихся губ таилось что-то вызывающее и нечистое.

Ей загородил дорогу стоявший спиной к толпе офицер. Она легонько оттолкнула его, сказала:

— Пропустите женихову родню! — и подошла к Сидорину.

Он взял из рук адъютанта медаль на георгиевской ленточке, неумело действуя пальцами, приколол ее к Дарьиной кофточке на левой стороне груди и с улыбкой посмотрел Дарье в глаза:

— Вы — вдова убитого в марте хорунжего Мелехова?

— Да.

— Сейчас вы получите деньги, пятьсот рублей. Выдаст их вам вот этот офицер. Войсковой атаман Африкан Петрович Богаевский и правительство Дона благодарят вас за выказанное вами высокое мужество и просят принять сочувствие... Они сочувствуют вам в вашем горе.

Дарья не все поняла из того, что ей говорил генерал. Она поблагодарила кивком головы, взяла из рук адъютанта деньги и тоже, молча улыбаясь, посмотрела прямо в глаза нестарому генералу. Они были почти одинакового роста, и Дарья без особого стеснения разглядывала сухощавое генеральское лицо. «Дешево расценили моего Петра, не дороже пары быков... А генералик ничего из себя, подходящий», — со свойственным ей цинизмом думала она в этот момент. Сидорин ждал, что она вот-вот отойдет, но Дарья что-то медлила. Адъютант и офицеры, стоявшие позади Сидорина, движениями бровей указывали друг другу на разбитную вдову; в глазах их забегали веселые огоньки; даже полковник-англичанин оживился, поправил пояс, переступил с ноги на ногу, и на бесстрастном лице его появилось нечто отдаленно похожее на улыбку.

— Мне можно идти? — спросила Дарья.

— Да-да, разумеется! — торопливо разрешил Сидорин.

Дарья неловким движением сунула в разрез кофточки деньги, направилась к толпе. За ее легкой, скользящей походкой внимательно следили все уставшие от речей и церемоний офицеры.

К Сидорину неуверенно подходила жена покойного Мартина Шамиля. Когда и к ее старенькой кофтенке была приколота медаль, Шамилиха вдруг заплакала, да так беспомощно и по-женски горько, что лица офицеров сразу утратили веселое выражение и стали серьезными, сочувственно-кислыми.

— Ваш муж тоже убит? — нахмурясь, спросил Сидорин. Плачущая женщина закрыла лицо руками, молча кивнула головой.

— У нее детей на воз не покладешь! — басом сказал кто-то из казаков.

Сидорин повернулся лицом к англичанину, громко сказал:

— Мы награждаем женщин, проявивших в боях с большевиками исключительное мужество. У большинства из них мужья были убиты в начале восстания против большевиков, и эти женщины-вдовы, мстя за смерть мужей, уничтожили целиком крупный отряд местных коммунистов. Первая из награжденных мною — жена офицера — собственноручно убила прославившегося жестокостями комиссара-коммуниста.

Переводчик-офицер бегло заговорил по-английски. Полковник выслушал, наклонил голову, сказал:

— Я восхищаюсь храбростью этих женщин. Скажите, генерал, они участвовали в боях наравне с мужчинами?

— Да, — коротко ответил Сидорин и нетерпеливым движением руки пригласил подойти поближе третью вдову.

Вскоре после вручения наград гости отбыли в станицу. Народ торопливо стал расходиться с плаца, спеша на покос, и через несколько минут после того, как скрылись сопровождаемые собачьим лаем автомобили, возле церковной ограды осталось только трое стариков.

— Диковинные времена заступили! — сказал один из них и широко развел руками. — Бывалоча, на войне егорьевский крест али медаль давали за больши-и-ие дела, за геройство, да кому давали-то? Самым ухачам, отчаюгам! Добывать кресты не дюже много рискателей находилось. Недаром сложили поговорку: «Иль домой с крестом, иль лежать пластом». А нынче медали бабам понавешали... Да хучь бы было за что, а то так... Казаки пригнали в хутор, а они кольями побили пленных, обезруженных людей. Какая же тут геройства? Не пойму, накажи господь!

Другой старик, подслеповатый и немощный, отставил ногу, не спеша достал из кармана свернутый в трубку матерчатый кисет, сказал:

— Им, начальству, виднее из Черкасскова. Стало быть, там рассудили так: надо и бабам приманку сделать, чтоб духом все поднялись, чтобы дюжей воевали. Тут медаль, а тут по пятисот деньгами — какая баба супротив такой чести устоит? Иной из казаков и не схотел бы выступать на фронт, думал бы прихорониться от войны, да разве зараз смогет он усидеть? Ему баба все уши прожужжит! Ночная кукушка, она всегда перекукует! И каждая будет думать: «Может, и мне медаль навесют?»

— Это ты зря так говоришь, кум Федор! — возразил третий. — Следовало наградить, вот и наградили. Бабы повдовели, им деньги будут большой подмогой по хозяйству, а медали им за лихость пожалованы. Дашка Мелеховых первая суд навела Котлярову, и правильно! Господь им всем судья, но и баб нельзя винить: своя-то кровь резко гутарит...

Старики спорили и переругивались до тех пор, пока не зазвонили к вечерне. А как только звонарь ударил в колокол — все трое встали, сняли шапки, перекрестились и чинно пошли в ограду.

XIII

Удивительно, как изменилась жизнь в семье Мелеховых! Совсем недавно Пантелей Прокофьевич чувствовал себя в доме полновластным хозяином, все домашние ему безоговорочно подчинялись, работа шла ряд рядом, сообща делили и радость и горе, и во всем быту сказывалась большая, долголетняя слаженность. Была крепко спаянная семья, а с весны все переменилось. Первой откололась Дуняшка. Она не проявляла открытого неповиновения отцу, но всякую работу, которую приходилось ей выполнять, делала с видимой неохотой и так, как будто работала не для себя, а по найму; и внешне стала как-то замкнутей, отчужденней; редко-редко слышался теперь беззаботный Дуняшкин смех.

После отъезда Григория на фронт и Наталья отдалилась от стариков; с детишками проводила почти все время, с ними только охотно разговаривала и занималась, и было похоже, что втихомолку о чем-то крепко горюет Наталья, но ни с кем из близких о своем горе ни разу и словом не обмолвилась, никому не пожаловалась и всячески скрывала, что ей тяжело.

Про Дарью и говорить было нечего: совсем не та стала Дарья после того, как съездила с обывательскими подводами. Все чаще она противоречила свекру, на Ильиничну и внимания не обращала, безо всякой видимой причины злилась на всех, от покоса отделывалась нездоровьем и держала себя так, как будто доживала она в мелеховском доме последние дни.

Семья распадалась на глазах у Пантелея Прокофьевича. Они со старухой оставались вдвоем. Неожиданно и быстро были нарушены родственные связи, утрачена теплота взаимоотношений, в разговорах все чаще проскальзывали нотки раздражительности и отчуждения... За общий стол садились не так, как прежде — единой и дружной семьей, а как случайно собравшиеся вместе люди.

Война была всему этому причиной — Пантелей Прокофьевич это отлично понимал. Дуняшка злилась на родителей за то, что те лишили ее надежды когда-нибудь выйти замуж за Мишку Кошевого — единственного, кого она любила со всей беззаветной девичьей страстью; Наталья молча и глубоко, с присущей ей скрытностью переживала новый отход Григория к Аксинье. А Пантелей Прокофьевич все это видел, но ничего не мог сделать, чтобы восстановить в семье прежний порядок. В самом деле, не мог же он после всего того, что произошло, давать согласие на брак своей дочери с заядлым большевиком, да и что толку было бы от его согласия, коли этот чертов жених мотался где-то на фронте, к тому же в красноармейской части? То же самое и с Григорием: не будь он в офицерском чине, Пантелей Прокофьевич живо управился бы с ним. Так управился бы, что Григорий после этого на астаховский баз и глазом бы не косил. Но война все перепутала и лишила старика возможности жить и править своим домом так, как ему хотелось. Война разорила его, лишила прежнего рвения к работе, отняла у него старшего сына, внесла разлад и сумятицу в семью. Прошла она над его жизнью, как буря над деляной пшеницы, но пшеница и после бури встает и красуется под солнцем, а старик подняться уже не мог. Мысленно он махнул на все рукой — будь что будет!

Получив из рук генерала Сидорина награду, Дарья повеселела. Она пришла с плаца в тот день оживленная и счастливая. Блестя глазами, указала Наталье на медаль.

— За что это тебе? — удивилась Наталья.

— Это за кума Ивана Алексеевича, царство ему небесное, сукиному сыну! А это — за Петю... — И, похваляясь, развернула пачку хрустящих донских кредиток.

В поле Дарья так и не поехала. Пантелей Прокофьевич хотел было отправить ее с харчами, но Дарья решительно отказалась:

— Отвяжитесь, батенка, я уморилась с дороги!

Старик нахмурился. Тогда Дарья, чтобы сгладить грубоватый отказ, полушутливо сказала:

— В такой день грех вам будет заставлять меня ехать на поля. Мне нынче праздник!

— Отвезу и сам, — согласился старик. — Ну а деньги как?

— Что — деньги? — Дарья удивленно приподняла брови.

— Деньги, спрашиваю, куда денешь?

— А это уж мое дело. Куда захочу, туда и дену!

— То есть как же это так? Деньги-то за Петра тебе выдали?

— Выдали их мне, и вам ими не распоряжаться.

— Да ты семьянинка или кто?

— А вы чего от этой семьянинки хотите, батенка? Деньги себе забрать?

— Не к тому, что все забрать, но Петро-то сын нам был или кто, по-твоему? Мы-то со старухой должны быть в части?

Притязания свекра были явно неуверенны, и Дарья решительно взяла перевес. Издевательски спокойно она сказала:

— Ничего я вам не дам, даже рубля не дам! Вашей части тут нету, ее бы вам на руки выдали. Да с чего вы взяли, будто и ваша часть тут есть? Об этом и разговору не было, и вы за моими хоть не тянитесь, не получите!

Тогда Пантелей Прокофьевич предпринял последнюю попытку.

— Ты в семье живешь, наш хлеб ешь, значит — и все у нас должно быть общее. Что это за порядки, ежели каждый зачнет поврозь свое хозяйство заводить? Я этого не дозволю! — сказал он.

Но Дарья отразила и эту попытку овладеть собственно ей принадлежащими деньгами. Бесстыдно улыбаясь, она заявила:

— Я с вами, батенка, не венчанная, нынче у вас живу, а завтра замуж выйду, и только вы меня и видали! А за прокорм я вам не обязана платить. Я на вашу семью десять лет работала, спину не разгинала.

— Ты на себя работала, сука поблудная! — возмущенно крикнул Пантелей Прокофьевич. Он еще что-то орал, но Дарья и слушать не стала, повернулась перед самым его носом, взмахнув подолом, ушла к себе в горницу. «Не на таковскую напал!» — шептала она, насмешливо улыбаясь.

На том разговор и кончился. Воистину, не такая была Дарья, чтобы уступить свое, убоявшись стариковского гнева.

Пантелей Прокофьевич собрался ехать в поле и перед отъездом коротко поговорил с Ильиничной.

— Ты за Дарьей поглядывай... — попросил он.

— А чего за ней глядеть? — удивилась Ильинична.

— Того, что она сорвется и уйдет из дому и из нашего добра с собой прихватит. Я так гляжу, что неспроста она крылья распущает... Видать, приискала себе в пару и не нынче-завтра выскочит замуж.

— Должно быть, так, — со вздохом согласилась Ильинична. — Живет она, как хохол на отживе, ничего ей не мило, все не по ней... Она зараз — отрезанный ломоть, а отрезанный ломоть, как ни старайся, не прилепишь.

— Нам ее и прилепливать не к чему! Гляди, старая дура, не вздумай ее удерживать, ежели разговор зайдет. Нехай идет с двора. Мне уж надоело с ней вожжаться. — Пантелей Прокофьевич взобрался на арбу; погоняя быков, закончил: — Она от работы хоронится, как собака от мух, а сама все норовит сладкий кусок сожрать да увеяться на игрища. Нам после Петра, царство ему небесное, такую в семье не держать. Это не баба, а зараза липучая!

Предположения стариков были ошибочны. У Дарьи и в помыслах не было выходить замуж.

О замужестве она не думала, иная у нее на сердце была забота...

Весь этот день Дарья была общительной и веселой. Даже стычка из-за денег не отразилась на ее настроении. Она долго вертелась перед зеркалом, всячески рассматривая медаль, раз пять переодевалась, примеряя, к какой кофточке больше всего идет полосатая георгиевская ленточка, шутила: «Мне бы теперича ишо крестов нахватать!» — потом отозвала Ильиничну в горенку, сунула ей в рукав две бумажки по двадцать рублей и, прижимая к груди горячими руками узловатую руку Ильиничны, зашептала: «Это — Петю поминать... Закажите, мамаша, вселенскую панихиду, кутьи наварите...» — и заплакала... Но через минуту, еще с блестящими от слез глазами, уже играла с Мишаткой, покрывала его своей шелковой праздничной шалькой и смеялась так, как будто никогда не плакала и не знала соленого вкуса слез.

Окончательно развеселилась после того, как с поля пришла Дуняшка. Рассказала ей, как получала медаль, и шутливо представила, как торжественно говорил генерал и каким чучелом стоял и смотрел на нее англичанин, а потом, лукаво, заговорщицки подмигнув Наталье, с серьезным лицом стала уверять Дуняшку, что скоро ей, Дарье, как вдове офицера, награжденной георгиевской медалью, тоже дадут офицерский чин и назначат ее командовать сотней старых казаков.

Наталья чинила детские рубашонки и слушала Дарью, подавляя улыбку, а сбитая с толку Дуняшка, умоляюще сложив руки, просила:

— Дарьюшка! Милая! Не бреши, ради Христа! А то я уж и не пойму, где ты брешешь, а где правду говоришь. Ты рассказывай сурьезно.

— Не веришь? Ну, значит, ты глупая девка! Я тебе истинную правду говорю. Офицеры-то все на фронте, а кто будет стариков обучать маршировке и всему такому прочему, что по военному делу полагается? Вот их и предоставят под мою команду, а уж я с ними, со старыми чертями, управлюсь! Вот как я ими буду командовать! — Дарья притворила дверь в кухню, чтобы не видела свекровь, быстрым движением просунула между ног подол юбки и, захватив его сзади рукой, сверкая оголенными лоснящимися икрами, промаршировала по горнице, стала около Дуняшки, басом скомандовала: «Старики, смирно! Бороды поднять выше! Кругом налево ша-а-гай!»

Дуняшка не выдержала и пырскнула, спрятав в ладонях лицо. Наталья сквозь смех сказала:

— Ох, будет тебе! Ты как не перед добром расходилась!

— Так уж и не перед добром! Да вы его, добро-то, видите? Вас ежли не расчудить, так вы тут от тоски заплеснеете!

Но этот порыв веселья у Дарьи кончился так же внезапно, как и возник. Спустя полчаса она ушла к себе в боковушку, с досадой сорвала с груди и кинула в сундук злополучную медаль; подперев щеки ладонями, долго сидела у окошка, а в ночь куда-то исчезла и вернулась только после первых петухов.

Дня четыре после этого она прилежно работала в поле.

Покос шел невесело. Не хватало рабочих рук. За день выкашивали не больше двух десятин. Сено в валках намочил дождь, прибавилось работы: пришлось валки растрясать, сушить на солнце. Не успели сметать в копны — снова спустился проливной дождь и шел с вечера до самой зари с осенним постоянством и настойчивостью. Потом установилось вёдро, подул восточный ветер, в степи снова застрекотали косилки, от почерневших копен понесло сладковато-прогорклым запахом плесени, степь окуталась паром, и сквозь голубоватую дымку чуть-чуть наметились неясные очертания сторожевых курганов, синеющие русла балок и зеленые шапки верб над далекими прудами.

На четвертые сутки Дарья прямо с поля собралась идти в станицу. Она заявила об этом, когда сели на стану полудновать. Пантелей Прокофьевич с неудовольствием и насмешкой спросил:

— Чего это тебе приспичило? До воскресенья не могешь подождать?

— Стало быть, дело есть и ждать некогда.

— Так-таки и дня подождать нельзя?

Дарья сквозь зубы ответила:

— Нет!

— Ну уж раз так гребтится, что и трошки потерпеть нельзя, — иди. А все-таки, что это у тебя за дела такие спешные проявились? Прознать можно?

— Все будете знать — раньше времени помрете.

Дарья, как и всегда, за словом в карман не лазила, и Пантелей Прокофьевич, сплюнув от досады, прекратил расспросы.

На другой день, по дороге из станицы, Дарья зашла в хутор. Дома была одна Ильинична с детишками. Мишатка подбежал было к тетке, но она холодно отстранила его рукой, спросила у свекрови:

— А Наталья где же, мамаша?

— Она на огороде, картошку полет. На что она тебе понадобилась? Либо старик за ней прислал? Нехай он с ума не сходит! Так ему и скажи!

— Никто за ней не присылал, я сама хотела кое-что ей сказать.

— Ты пеши пришла?

— Пеши.

— Скоро управятся наши?

— Должно, завтра.

— Да погоди, куда ты летишь? Сено-то дюже дожди попортили? — назойливо выспрашивала старуха, идя следом за сходившей с крыльца Дарьей.

— Нет, не дюже. Ну, я пойду, а то некогда...

— С огорода зайди, рубаху старику возьми. Слышишь?

Дарья сделала вид, будто не расслышала, и торопливо направилась к скотиньему базу. Возле пристани остановилась, прищурившись, оглядела зеленоватый, дышащий пресной влагой простор Дона, медленно пошла к огородам.

Над Доном гулял ветер, сверкали крыльями чайки. На пологий берег лениво наползала волна. Тускло сияли под солнцем меловые горы, покрытые прозрачной сиреневой марью, а омытый дождями прибрежный лес за Доном зеленел молодо и свежо, как в начале весны.

Дарья сняла с натруженных ног чирики, вымыла ноги и долго сидела на берегу, на раскаленной гальке, прикрыв глаза от солнца ладонью, вслушиваясь в тоскливые крики чаек, в равномерные всплески волн. Ей было грустно до слез от этой тишины, от хватающего за сердце крика чаек, и еще тяжелей и горше казалось то несчастье, которое так внезапно обрушилось на нее.

Наталья с трудом разогнула спину, прислонила к плетню мотыгу и, завидев Дарью, пошла к ней навстречу.

— Ты за мной, Даша?

— К тебе со своим горюшком...

Они присели рядом. Наталья сняла платок, поправила волосы, выжидающе глянула на Дарью. Ее поразила перемена, происшедшая с Дарьиным лицом за эти дни: щеки осунулись и потемнели, на лбу наискось залегла глубокая морщинка, в глазах появился горячий тревожный блеск.

— Что это с тобой? Ты ажник с лица почернела, — участливо спросила Наталья.

— Небось почернеешь... — Дарья насильственно улыбнулась, помолчала. — Много тебе ишо полоть?

— К вечеру кончу. Так что с тобой стряслось?

Дарья судорожно проглотила слюну и глухо и быстро заговорила:

— А вот что: захворала я... У меня — дурная болезня... Вот как ездила в этот раз и зацепила... Наделил проклятый офицеришка!

— Догулялась!.. — Наталья испуганно и горестно всплеснула руками.

— Догулялась... И сказать нечего, и жаловаться не на кого... Слабость моя... Подсыпался проклятый, улестил. Зубы белые, а сам оказался червивый... Вот я и пропала теперь.

— Головушка горькая! Ну как же это? Как же ты теперь? — Наталья расширившимися глазами смотрела на Дарью, а та, овладев собой, глядя себе под ноги, уже спокойнее продолжала:

— Видишь, я ишо в дороге за собой стала примечать... Думала спервоначалу: может, это так что... У нас, сама знаешь, по бабьему делу бывает всякое... Я вон весной подняла с земли чувал с пшеницей, и три недели месячные шли. Ну а тут вижу, чтой-то не так... Знаки появились... Вчера ходила в станицу к фершалу. Было со стыда пропала... Зараз уж всё, отыгралась бабочка!

— Лечиться надо, да ить страмы сколько! Их, эти болезни, говорят, залечивают.

— Нет, девка, мою не вылечишь. — Дарья криво улыбнулась и впервые за разговор подняла полышущие огнем глаза. — У меня — сифилис. Это от какого не вылечивают. От какого носы проваливаются... Вон, как у бабки Андронихи, видала?

— Как же ты теперь? — спросила Наталья плачущим голосом, и глаза ее налились слезами.

Дарья долго молчала. Сорвала прилепившийся к стеблю кукурузы цветок повители, близко поднесла его к глазам. Нежнейший, розовый по краям раструб крохотного цветочка, такого прозрачно-легкого, почти невесомого, источал тяжелый плотский запах нагретой солнцем земли. Дарья смотрела на него с жадностью и изумлением, словно впервые видела этот простенький и невзрачный цветок; понюхала его, широко раздувая вздрагивающие ноздри, потом бережно положила на взрыхленную, высушенную ветрами землю, сказала:

— Как я буду, спрашиваешь? Я шла из станицы — думала, прикидывала... Руки на себя наложу, вот как буду! Оно и жалковато, да, видно, выбирать не из чего. Все равно, ежли мне лечиться — все в хуторе узнают, указывать будут, отворачиваться, смеяться... Кому я такая буду нужна? Красота моя пропадет, высохну вся, живьем буду гнить... Нет, не хочу! — Она говорила так, как будто рассуждала сама с собой, и на протестующее движение Натальи не обратила внимания. — Я думала, как ишо в станицу не ходила, ежли это у меня дурная болезня — буду лечиться. Через это и деньги отцу не отдала, думала — они мне пригодятся фершалам платить... А зараз иначе решила. И надоело мне все! Не хочу!

Дарья выругалась страшным мужским ругательством, сплюнула и вытерла тыльной стороной ладони повисшую на длинных ресницах слезинку.

— Какие ты речи ведешь... Бога побоялась бы! — тихо сказала Наталья.

— Мне он, бог, зараз ни к чему. Он мне и так всю жизню мешал. — Дарья улыбнулась, и в этой улыбке, озорной и лукавой, на секунду Наталья увидела прежнюю Дарью. — Того нельзя было делать, этого нельзя, все грехами да страшным судом пужали... Страшнее этого суда, какой я над собой сделаю, не придумаешь. Надоело, Наташка, мне все! Люди все поопостылели... Мне легко будет с собой расквитаться. У меня — ни сзади, ни спереди никого нет. И от сердца отрывать некого... Так-то!

Наталья начала горячо уговаривать, просила одуматься и не помышлять о самоубийстве, но Дарья, рассеянно слушавшая вначале, опомнилась и гневно прервала ее на полуслове:

– Ты это брось, Наташка! Я не за тем пришла, чтоб ты меня отговаривала да упрашивала! Я пришла сказать тебе про свое горе и предупредить, чтобы ты ко мне с нонешнего дня ребят своих не подпускала. Болезня моя прилипчивая, фершал сказал, да я и сама про нее слыхала, и как бы они от меня не заразились, поняла, глупая? И старухе ты скажи, у меня совести не хватает. А я... я не сразу в петлю полезу, не думай, с этим успеется... Поживу, порадуюсь на белый свет, попрощаюсь с ним. А то ить мы знаешь как? Пока под сердце не кольнет — ходим и округ себя ничего не видим... Я вон какую жизню прожила и была вроде слепой, а вот как пошла из станицы по-над Доном да как вздумала, что мне скоро надо будет расставаться со всем этим, и кубыть глаза открылись! Гляжу на Дон, а по нем зыбь, и от солнца он чисто серебряный, так и переливается весь, аж глазам глядеть на него больно. Повернусь кругом, гляну — господи, красота-то какая! А я ее и не примечала... — Дарья застенчиво улыбнулась, смолкла, сжала руки и, справившись с подступившим к горлу рыданием, заговорила снова, и голос ее стал еще выше и напряженнее: — Я уж за дорогу и отревела разов несколько... Подошла к хутору, гляжу — ребятишки махонькие купаются в Дону... Ну, поглядела на них, сердце зашлось, и разревелась, как дура. Часа два лежала на песке. Оно и мне нелегко, ежли подумать... — Поднялась с земли, отряхнула юбку, привычным движением поправила платок на голове. — Только у меня и радости, как вздумаю про смерть: придется же на том свете увидаться с Петром... «Ну, скажу, дружечка мой, Петро Пантелевич, принимай свою непутевую жену!» — И с обычной для нее циничной шутливостью добавила: — А драться ему на том свете нельзя, драчливых в рай не пущают, верно? Ну, прощай, Наташенька! Не забудь свекрухе сказать про мою беду.

Наталья сидела, закрыв лицо узкими грязными ладонями. Между пальцев ее, как в расщепах сосны смола, блестели слезы. Дарья дошла до плетеных хворостяных дверец, потом вернулась, деловито сказала:

— С нонешнего дня я буду есть из отдельной посуды. Скажи об этом матери. Да ишо вот что: пущай она отцу не говорит про это, а то старик взбесится и выгонит меня из дому. Этого ишо мне недоставало. Я отсюда пойду прямо на покос. Прощай!

XIV

На другой день вернулись с поля косари. Пантелей Прокофьевич решил с обеда начинать возку сена. Дуняшка погнала к Дону быков, а Ильинична и Наталья проворно накрыли на стол.

Дарья пришла к столу последняя, села с краю. Ильинична поставила перед ней небольшую миску со щами, положила ложку и ломоть хлеба, остальным, как и всегда, налила в большую, общую миску.

Пантелей Прокофьевич удивленно взглянул на жену, спросил, указывая глазами на Дарьину миску:

— Это что такое? Почему это ей отдельно влила? Она, что, не нашей веры стала?

— И чего тебе надо? Ешь!

Старик насмешливо поглядел на Дарью, улыбнулся:

— Ага, понимаю! С той поры как ей медаль дали, она из общей посуды не желает жрать. Тебе что, Дашка, аль гребостно с нами из одной чашки хлебать?

— Не гребостно, а нельзя, — хрипло ответила Дарья.

— Через чего же это?

— Глотка болит.

— Ну и что?

— Ходила в станицу, и фершал сказал, чтобы ела из отдельной посуды.

— У меня глотка болела, так я не отделялся, и, слава богу, моя болячка на других не перекинулась. Что же это у тебя за простуда такая?

Дарья побледнела, вытерла ладонью губы и положила ложку. Возмущенная расспросами старика, Ильинична прикрикнула на него:

— Чего ты привязался к бабе? И за столом от тебя нету покоя! Прилипнет, как репей, и отцепы от него нету!

— Да мне-то что? — раздраженно буркнул Пантелей Прокофьевич. — По мне, вы хоть через край хлебайте.

С досады он опрокинул в рот полную ложку горячих щей, обжегся и, выплюнув на бороду щи, заорал дурным голосом:

— Подать не умеете, распроклятые! Кто такие щи, прямо с пылу, подает?!

— Поменьше бы за столом гутарил, оно бы и не пекся, — утешала Ильинична.

Дуняшка чуть не пырскнула, глядя, как побагровевший отец выбирает из бороды капусту и кусочки картофеля, но лица остальных были настолько серьезны, что и она сдержалась и взгляд от отца отвела, боясь некстати рассмеяться.

После обеда за сеном поехали на двух арбах старик и обе снохи. Пантелей Прокофьевич длинным навильником подавал на арбы, а Наталья принимала вороха пахнущего гнильцой сена, утаптывала его. С поля она возвращалась вдвоем с Дарьей. Пантелей Прокофьевич на старых шаговитых быках уехал далеко вперед.

За курганом садилось солнце. Горький полынный запах выкошенной степи к вечеру усилился, но стал мягче, желанней, утратив полдневную удушливую остроту. Жара спала. Быки шли охотно, и взбитая копытами пресная пыль на летнике подымалась и оседала на кустах придорожного татарника. Верхушки татарника с распустившимися малиновыми макушками пламенно сияли. Над ними кружились шмели. К далекому степному пруду, перекликаясь, летели чибисы.

Дарья лежала на покачивающемся возе вниз лицом, опираясь на локти, изредка взглядывая на Наталью. Та, о чем-то задумавшись, смотрела на закат; на спокойном чистом лице ее бродили медно-красные отблески. «Вот Наташка счастливая, у нее и муж и дети, ничего ей не надо, в семье ее любят, а я — конченый человек. Издохну — никто и ох не скажет», — думала Дарья, и у нее вдруг шевельнулось желание как-нибудь огорчить Наталью, причинить и ей боль. Почему только она, Дарья, должна биться в припадках отчаяния, беспрестанно думать о своей пропащей жизни и так жестоко страдать? Она еще раз бегло взглянула на Наталью, сказала, стараясь придать голосу задушевность:

— Хочу, Наталья, повиниться перед тобою...

Наталья отозвалась не сразу. Она вспомнила, глядя на закат, как когда-то давно, когда она была еще невестой Григория, приезжал он ее проведать, и она вышла проводить его за ворота, и тогда так же горел закат, малиновое зарево вставало на западе, кричали в вербах грачи... Григорий отъезжал полуобернувшись на седле, и она смотрела ему вслед со слезами взволнованной радости и, прижав к острой, девичьей груди руки, ощущала стремительное биение сердца... Ей стало неприятно от того, что Дарья вдруг нарушила молчание, и она нехотя спросила:

— В чем виниться-то?

— Был такой грех... Помнишь, весной приезжал Григорий с фронта на побывку? Вечером в энтот день, помнится, я доила корову. Пошла в курень, слышу — Аксинья меня окликает. Ну, зазвала к себе, подарила, прямо-таки навязала, вот это колечко, — Дарья повертела на безымянном пальце золотое кольцо, — и упросила, чтобы я вызвала к ней Григория... Мое дело — что ж... Я ему сказала. Он тогда всю ночь... Помнишь, он говорил, будто Кудинов приезжал и он с ним просидел? Брехня! Он у Аксиньи был!

Ошеломленная, побледневшая Наталья молча ломала в пальцах сухую веточку донника.

— Ты не серчай, Наташа, на меня. Я и сама не рада, что призналась тебе... — искательно сказала Дарья, пытаясь заглянуть Наталье в глаза.

Наталья молча глотала слезы. Так неожиданно и велико было снова поразившее ее горе, что она не нашла в себе сил ответить что-либо Дарье и только отворачивалась, пряча свое искаженное страданием лицо.

Уже перед въездом в хутор, досадуя на себя, Дарья подумала: «И черт меня дернул расквелить ее. Теперь будет целый месяц слезы точить! Нехай бы уж жила ничего не знаючи. Таким коровам, как она, вслепую жить лучше». Желая как-то сгладить впечатление, произведенное ее словами, она сказала:

— Да ты не убивайся дюже. Эка беда какая! У меня горюшко потяжельше твоего, да и то хожу козырем. А там черт его знает, может, он и на самом деле не видался с ней, а ходил к Кудинову. Я же за ним не следила. А раз непойманный — значит, не вор.

— Догадывалась... — тихо сказала Наталья, вытирая глаза кончиком платка.

— А догадывалась, так чего ж ты у него не допыталась? Эх ты, никудышняя! У меня бы он не открутился! Я бы его в такое щемило взяла, что аж всем чертям тошно стало бы!

— Боялась правду узнать... Ты думаешь — это легко? — блеснув глазами, заикаясь от волнения, сказала Наталья. — Это ты так... с Петром жили... А мне, как вспомню... как вспомню все, что пришлось... пришлось пережить... И зараз страшно!

— Ну тогда позабудь об этом, — простодушно посоветовала Дарья.

— Да разве это забывается!.. — чужим, охрипшим голосом воскликнула Наталья.

— А я бы забыла. Дело большое!

— Позабудь ты про свою болезню!

Дарья рассмеялась.

— И рада бы, да она, проклятая, сама о себе напоминает! Слушай, Наташка, хочешь, я у Аксиньи все дочиста узнаю? Она мне скажет! Накажи господь! Нет такой бабы, чтобы утерпела, не рассказала об том, кто и как ее любит. По себе знаю!

— Не хочу я твоей услуги. Ты мне и так услужила, — сухо ответила Наталья. — Я не слепая, вижу, для чего ты рассказала мне про это. Ить не из жалости ты призналась, как сводничала, а чтобы мне тяжельше было...

— Верно! — вздохнув, согласилась Дарья. — Рассуди сама, не мне же одной страдать?

Дарья слезла с арбы, взяла в руки налыгач, повела устало заплетавшихся ногами быков под гору. На въезде в проулок она подошла к арбе:

— Эй, Наташка! Что я у тебя хочу спросить... Дюже ты своего любишь?

— Как умею, — невнятно отозвалась Наталья.

— Значит, дюже, — вздохнула Дарья. — А мне вот ни одного дюже не доводилось любить. Любила по-собачьему, кое-как, как приходилось... Мне бы теперь сызнова жизню начать — может, и я бы другой стала?

Черная ночь сменила короткие летние сумерки. В темноте сметывали на базу сено. Женщины работали молча, и Дарья даже на окрики Пантелея Прокофьевича не отвечала.

XV

Стремительно, преследуя отступавшего от Усть-Медведицкой противника, объединенные части Донской армии и верхнедонских повстанцев шли на север. Под хутором Шашкиным на Медведице разгромленные полки 9-й красной армии пытались задержать казаков, но были снова сбиты и отступали почти до самой Грязе-Царицынской железнодорожной ветки, не оказывая решительного сопротивления.

Григорий со своей дивизией участвовал в бою под Шашкином и крепко помог пехотной бригаде генерала Сутулова, попавшей под фланговый удар. Конный полк Ермакова, ходивший по приказу Григория в атаку, захватил в плен около двухсот красноармейцев, отбил четыре станковых пулемета и одиннадцать патронных повозок.

К вечеру с группой казаков первого полка Григорий въехал в Шашкин. Около дома, занятого штабом дивизии, под охраной полусотни казаков, стояла густая толпа пленных, белея бязевыми рубахами и кальсонами. Большинство их было разуто и раздето до белья, и лишь изредка в белесой толпе зеленела грязная защитная гимнастерка.

— До чего белые стали, как гуси! — воскликнул Прохор Зыков, указывая на пленных.

Григорий натянул поводья, повернул коня боком; разыскав в толпе казаков Ермакова, поманил его к себе пальцем.

— Подъезжай, чего ты по-за чужими спинами хоронишься?

Покашливая в кулак, Ермаков подъехал. Под черными негустыми усами его на разбитых зубах запеклась кровь, правая щека вздулась и темнела свежими ссадинами. Во время атаки конь под ним споткнулся на всем скаку, упал, и камнем вылетевший из седла Ермаков сажени две скользил на животе по кочковатой толоке. И он и конь одновременно вскочили на ноги. А через минуту Ермаков, в седле и без фуражки, страшно окровавленный, но с обнаженной шашкой в руке, уже настигал катившуюся по косогору казачью лаву...

— И чего бы это мне хорониться? — с кажущимся удивлением спросил он, поравнявшись с Григорием, а сам смущенно отводил в сторону еще не потухшие после боя, налитые кровью, осатанелые глаза.

— Чует кошка, чью мясу съела! Чего сзади едешь? — гневно спросил Григорий.

Ермаков, трудно улыбаясь распухшими губами, покосился на пленных.

— Про какую это мясу ты разговор ведешь? Ты мне зараз загадки не задавай, все равно не разгадаю, я нынче с коня сторчь головой падал...

— Твоя работа? — Григорий плетью указал на красноармейцев.

Ермаков сделал вид, будто впервые увидел пленных, и разыграл неописуемое удивление:

— Вот сукины сыны! Ах, проклятые! Раздели! Да когда же это они успели?.. Скажи на милость! Только что отъехали, строгонастрого приказал не трогать, и вот тебе, растелешили бедных дочиста!..

— Ты мне дурочку не трепи! Чего ты прикидываешься? Ты велел раздеть?

— Сохрани господь! Да ты в уме, Григорий Пантелевич?

— Приказ помнишь?

— Это насчет того, чтобы...

— Да-да, это насчет того самого!..

— Как же, помню. Наизусть помню! Как стишок, какие в школе, бывалоча, разучивали.

Григорий невольно улыбнулся, — перегнувшись на седле, схватил Ермакова за ремень портупеи. Он любил этого лихого, отчаянно храброго командира.

— Харлампий! Без шуток, к чему ты дозволил? Новенький полковник, какого заместо Копылова посадили в штаб, донесет, и прийдется отвечать. Ить не возрадуешься, как начнется волынка, спросы да допросы.

— Не мог стерпеть, Пантелевич! — серьезно и просто ответил Ермаков. — На них было все с иголочки, им только что в УстьМедведице выдали, ну, а мои ребята пообносились, да и дома с одежей не густо. А с них — один черт — все в тылу посымали бы! Мы их будем забирать, а тыловая сволочь будет раздевать? Нет уж, нехай лучше наши попользуются! Я буду отвечать, а с меня взятки гладки! И ты, пожалуйста, ко мне не привязывайся. Я знать ничего не знаю и об этих делах сном-духом не ведаю!

Поравнялись с толпой пленных. Сдержанный говор в толпе смолк. Стоявшие с краю сторонились конных, поглядывали на казаков с угрюмой опаской и настороженным выжиданием. Один красноармеец, распознав в Григории командира, подошел вплотную, коснулся рукой стремени:

— Товарищ начальник! Скажите вашим казакам, чтобы нам хоть шинели возвратили. Явите такую милость! По ночам холодно, а мы прямо-таки нагие, сами видите.

— Небось, не замерзнешь середь лета, суслик! — сурово сказал Ермаков и, оттеснив красноармейца конем, повернулся к Григорию: — Ты не сумлевайся, я скажу, чтоб им отдали кое-что из старья. Ну, сторонись, сторонись, вояки! Вам бы в штанах вшей бить, а не с казаками сражаться!

В штабе допрашивали пленного командира роты. За столом, покрытым ветхой клеенкой, сидел новый начальник штаба, полковник Андреянов — пожилой курносый офицер, с густою проседью на висках и с мальчишески оттопыренными, крупными ушами. Против него в двух шагах от стола стоял красный командир. Показания допрашиваемого записывал один из офицеров штаба, сотник Сулин, прибывший в дивизию вместе с Андреяновым.

Красный командир — высокий рыжеусый человек, с пепельно-белесыми, остриженными под ежик волосами, — стоял, неловко переступая босыми ногами по крашенному охрой полу, изредка поглядывая на полковника. Казаки оставили на пленном одну нижнюю солдатскую рубаху из желтой, неотбеленной бязи да взамен отобранных штанов дали изорванные в клочья казачьи шаровары с выцветшими лампасами и неумело приштопанными латками. Проходя к столу, Григорий заметил, как пленный коротким смущенным движением поправил разорванные на ягодицах шаровары, стараясь прикрыть оголенное тело.

— Вы говорите, Орловским губвоенкоматом? — спросил полковник, коротко, поверх очков взглянув на пленного, и снова опустил глаза и, прищурившись, стал рассматривать и вертеть в руках какую-то бумажку — как видно, документ.

— Да.

— Осенью прошлого года?

— В конце осени.

— Вы лжете!

— Я говорю правду.

— Утверждаю, вы лжете!..

Пленный молча пожал плечами. Полковник глянул на Григория, сказал, пренебрежительно кивнув в сторону допрашиваемого:

— Вот полюбуйтесь: бывший офицер императорской армии, а сейчас, как видите, большевик. Попался и сочиняет, будто у красных он случайно, будто его мобилизовали. Врет дико, наивно, как гимназистишка, и думает, что ему поверят, а у самого попросту не хватает гражданского мужества сознаться в том, что предал родину... Боится, мерзавец!

Трудно двигая кадыком, пленный заговорил:

— Я вижу, господин полковник, у вас хватает гражданского мужества на то, чтобы оскорблять пленного...

— С мерзавцами я не разговариваю!

— А мне сейчас приходится говорить.

— Осторожнее! Не вынуждайте меня, я могу вас оскорбить действием!

— В вашем положении это так нетрудно и — главное — безопасно!

Не обмолвившийся ни словом Григорий присел к столу, с сочувственной улыбкой смотрел на бледного от негодования, бесстрашно огрызавшегося пленника. «Здорово ощипал он полковничка!» — с удовольствием подумал Григорий и не без злорадства глянул на мясистые, багровые щеки Андреянова, подергивавшиеся от нервного тика.

Своего начальника штаба Григорий невзлюбил с первой же встречи. Андреянов принадлежал к числу тех офицеров, которые в годы мировой войны не были на фронте, а благоразумно отсиживались по тылам, используя влиятельные служебные и родственные связи и знакомства, всеми силами цепляясь за безопасную службу. Полковник Андреянов и в гражданскую войну ухитрился работать на оборону, сидя в Новочеркасске, и только после отстранения от власти атамана Краснова он вынужден был поехать на фронт.

За две ночи, проведенные с Андреяновым на одной квартире, Григорий с его слов успел узнать, что он очень набожен, что он без слез не может говорить о торжественных церковных богослужениях, что жена его — самая примерная жена, какую только можно представить, что зовут ее Софьей Александровной и что за ней некогда безуспешно ухаживал сам наказной атаман барон фон Граббе; кроме этого, полковник любезно и подробно рассказал: каким имением владел его покойный родитель, как он, Андреянов, дослужился до чина полковника, с какими высокопоставленными лицами ему приходилось охотиться в 1916 году; а также сообщил, что лучшей игрой он считает вист, полезнейшим из напитков — коньяк, настоянный на тминном листе, а наивыгоднейшей службой — службу в войсковом интендантстве.

От близких орудийных выстрелов полковник Андреянов вздрагивал, верхом ездил неохотно, ссылаясь на болезнь печени; неустанно заботился об увеличении охраны при штабе, а к казакам относился с плохо скрываемой неприязнью, так как, по его словам, все они были предателями в 1917 году, и с этого года он возненавидел всех «нижних чинов» без разбора. «Только дворянство спасет Россию!» — говорил полковник, вскользь упоминая о том, что и он дворянского рода и что род Андреяновых старейший и заслуженнейший на Дону.

Несомненно, основным пороком Андреянова была болтливость, та старческая, безудержная и страшная болтливость, которой страдают некоторые словоохотливые и неумные люди, достигшие преклонного возраста и еще смолоду привыкшие судить обо всем легко и развязно.

С людьми этой птичьей породы Григорий не раз встречался на своем веку и всегда испытывал к ним чувство глубокого отвращения. На второй день после знакомства с Андреяновым Григорий начал избегать встреч с ним и днем преуспевал в этом, но как только останавливались на ночевку — Андреянов разыскивал его, торопливо спрашивал: «Вместе ночуем?» — и, не дожидаясь ответа, начинал: «Вот вы, любезнейший мой, говорите, что казаки неустойчивы в пешем бою, а я, в бытность мою офицером для поручений при его превосходительстве... Эй, кто там, принесите мой чемодан и постель сюда!» Григорий ложился на спину, закрывал глаза и, стиснув зубы, слушал, потом неучтиво поворачивался к неугомонному рассказчику спиной, с головой укрывался шинелью, думал с немой яростью: «Как только получу приказ о переводе — лупану его чем-нибудь тяжелым по голове: может, после этого он хоть на неделю языка лишится!» — «Вы спите, сотник?» — спрашивал Андреянов. «Сплю», — глухо отвечал Григорий. «Позвольте, я еще не досказал!» — и рассказ продолжался. Сквозь сон Григорий думал: «Нарочно подсунули мне этого балабона. Должно, Фицхелауров постарался. Ну, как с ним, с таким ушибленным служить?» И, засыпая, слушал пронзительный тенорок полковника, звучавший, как дождевая дробь по железной крыше.

Вот поэтому-то Григорий и злорадствовал, видя, как ловко пленный командир отделывает его разговорчивого начальника штаба.

С минуту Андреянов молчал, щурился; длинные мочки его оттопыренных ушей ярко пунцовели, лежавшая на столе белая пухлая рука, с массивным золотым кольцом на указательном пальце вздрагивала.

— Слушайте, вы, ублюдок! — сказал он охрипшим от волнения голосом. — Я приказал привести вас ко мне не для того, чтобы пикироваться с вами, вы этого не забывайте! Понимаете ли вы, что вам не отвертеться?

— Отлично понимаю.

— Тем лучше для вас. В конце концов мне наплевать, добровольно вы пошли к красным или вас мобилизовали. Важно не это, важно то, что вы из ложно понимаемых вами соображений чести отказываетесь говорить...

— Очевидно, мы с вами разно понимаем вопросы чести.

— Это потому, что у вас ее не осталось и вот столько!

— Что касается вас, господин полковник, то, судя по обращению со мной, я сомневаюсь, чтобы честь у вас вообще когда-нибудь была!

— Я вижу — вы хотите ускорить развязку?

— А вы думаете, в моих интересах ее затягивать? Не пугайте меня, не выйдет!

Андреянов дрожащими руками раскрыл портсигар, закурил, сделал две жадные затяжки и снова обратился к пленному:

— Итак, вы отказываетесь отвечать на вопросы?

— О себе я говорил.

— Идите к черту! Ваша паршивая личность меня меньше всего интересует. Потрудитесь ответить вот на какой вопрос: какие части подошли к вам от станции Себряково?

— Я вам ответил, что я не знаю.

— Вы знаете!

— Хорошо, доставлю вам удовольствие: да, я знаю, но отвечать не буду.

— Я прикажу вас выпороть шомполами, и тогда вы заговорите!

— Едва ли! — Пленный тронул левой рукой усы, уверенно улыбнулся.

— Камышинский полк участвовал в этом бою?

— Нет.

— Но ваш левый фланг прикрывала кавалерийская часть, что это за часть?

— Оставьте! Еще раз повторяю вам, что на подобные вопросы отвечать не стану.

— На выбор: или ты, собака, сейчас же развяжешь язык, или через десять минут будешь поставлен к стенке! Ну?!

И тогда неожиданно высоким, юношески звучным голосом пленный сказал:

— Вы мне надоели, старый дурак! Тупица! Если б вы попались ко мне — я бы вас не так допрашивал!..

Андреянов побледнел, схватился за кобуру нагана.

Тогда Григорий неторопливо встал и предостерегающе поднял руку.

— Ого! Ну, теперь хватит! Погутарили — и хватит. Обое вы горячие, как погляжу... Ну, не сошлись, и не надо, об чем толковать? Он правильно делает, что не выдает своих. Ей-богу, это здорово! Я и не ждал!

— Нет, позвольте!.. — горячился Андреянов, тщетно пытаясь расстегнуть кобуру.

— Не позволю! — с веселым оживлением сказал Григорий, вплотную подходя к столу, заслоняя собой пленного. — Пустое дело — убить пленного. Как вас совесть не зазревает намеряться на него, на такого? Человек безоружный, взятый в неволю, вон на нем и одежи-то не оставили, а вы намахиваетесь...

— Долой! Меня оскорбил этот негодяй! — Андреянов с силой оттолкнул Григория, выхватил наган.

Пленный живо повернулся лицом к окну, — как от холода, повел плечами. Григорий с улыбкой следил за Андреяновым, а тот, почувствовав в ладони шероховатую рукоять револьвера, как-то нелепо взмахнул им, потом опустил дулом книзу и отвернулся.

— Рук не хочу марать... — отдышавшись и облизав пересохшие губы, хрипло сказал он.

Не сдерживая смеха, сияя из-под усов кипенным оскалом зубов, Григорий сказал:

— Оно и не пришлось бы! Вы поглядите, наган-то у вас разряженный. Ишо на ночевке, я проснулся утром, взял его со стула и поглядел... Ни одного патрона в нем, и не чищенный, должно, месяца два! Плохо вы доглядаете за личным оружием!

Андреянов опустил глаза, повертел большим пальцем барабан револьвера, улыбнулся:

— Черт! А ведь верно...

Сотник Сулин, молча и насмешливо наблюдавший за всем происходившим, свернул протокол допроса, сказал, приятно картавя:

— Я вам неоднократно говорил, Семен Поликарпович, что с оружием вы обращаетесь безобразно. Сегодняшний случай — лишнее доказательство тому.

Андреянов поморщился, крикнул:

— Эй, кто там из нижних чинов? Сюда!

Из передней вошли два ординарца и начальник караула.

— Уведите! — Андреянов кивком головы указал на пленного.

Тот повернулся лицом к Григорию, молча поклонился ему, пошел к двери. Григорию показалось, будто у пленного под рыжеватыми усами в чуть приметной благодарной усмешке шевельнулись губы...

Когда утихли шаги, Андреянов усталым движением снял очки, тщательно протер их кусочком замши, желчно сказал:

— Вы блестяще защищали эту сволочь — это дело ваших убеждений, но говорить при нем о нагане, ставить меня в неловкое положение — послушайте, что же это такое?

— Беда не дюже большая, — примирительно ответил Григорий.

— Нет, все же напрасно. А знаете ли, я бы мог его убить. Тип возмутительный! До вашего прихода я бился с ним полчаса. Сколько он тут врал, путал, изворачивался, давал заведомо ложных сведений — ужас! А когда я его уличил — попросту и наотрез отказался говорить. Видите ли, офицерская честь не позволяет ему выдавать противнику военную тайну. Тогда об офицерской чести не думал, сукин сын, когда нанимался к большевикам... Полагаю, что его и еще двух из командного состава надо без шума расстрелять. В смысле получения интересующих нас сведений — они все безнадежны: закоренелые и непоправимые негодяи, следовательно, и щадить их незачем. Вы — как?

— Каким путем вы узнали, что он — командир роты? — вместо ответа спросил Григорий.

— Выдал один из его же красноармейцев.

— Я полагаю, надо расстрелять этого красноармейца, а командиров оставить! — Григорий выжидающе взглянул на Андреянова.

Тот пожал плечами и улыбнулся так, как улыбаются, когда собеседник неудачно шутит.

— Нет, серьезно, вы как?

— А вот так, как я уже вам сказал.

— Но, позвольте, это из каких же соображений?

— Из каких? Из тех самых, чтобы сохранить для русской армии дисциплину и порядок. Вчера, когда мы ложились спать, вы, господин полковник, дюже толково рассказывали, какие порядки надо будет заводить в армии после того, как разобьем большевиков, — чтобы вытравить из молодежи красную заразу. Я с вами был целиком согласный, помните? — Григорий поглаживал усы, следя за меняющимся выражением лица полковника, рассудительно говорил: — А зараз вы что предлагаете? Этим же вы разврат заводите! Значит, нехай солдаты выдают своих командиров? Это вы чему же их научаете? А доведись нам с вами быть на таком положении, тогда что? Нет, помилуйте, я тут упрусь! Я — против.

— Как хотите, — холодно сказал Андреянов и внимательно посмотрел на Григория. Он слышал о том, что повстанческий командир дивизии своенравен и чудаковат, но этакого от него не ожидал. Он только добавил: — Мы обычно так поступали в отношении взятых в плен красных командиров, и в особенности — бывших офицеров. У вас что-то новое... И мне не совсем понятно ваше отношение к такому, казалось бы, бесспорному вопросу.

— А мы обычно убивали их в бою, ежли доводилось, но пленных без нужды не расстреливали! — багровея, ответил Григорий.

— Хорошо, пожалуйста, отправим их в тыл, — согласился Андреянов. — Теперь вот какой вопрос: часть пленных — мобилизованные крестьяне Саратовской губернии — изъявила желание сражаться в наших рядах. Третий пехотный полк наш не насчитывает и трехсот штыков. Считаете ли вы возможным после тщательного отбора влить в него часть добровольцев из пленных? На этот счет из штабарма у нас имеются определенные указания.

— Ни одного мужика я к себе не возьму. Убыль пущай пополняют мне казаками, — категорически заявил Григорий.

Андреянов попробовал убедить его:

— Послушайте, не будем спорить. Мне понятно ваше желание иметь в дивизии однородный казачий состав, но необходимость понуждает нас не брезговать и пленными. Даже в Добровольческой армии некоторые полки укомплектовываются пленными.

— Они пущай делают как хотят, а я отказываюсь принимать мужиков. Давайте об этом больше не будем гутарить, — отрезал Григорий.

Спустя немного он вышел распорядиться относительно отправки пленных. А за обедом Андреянов взволнованно сказал:

— Очевидно, не сработаемся мы с вами...

— Я тоже так думаю, — равнодушно ответил Григорий. Не замечая улыбки Сулина, он пальцами достал из тарелки кусок вареной баранины, начал с таким волчьим хрустом дробить зубами твердоватый хрящ, что Сулин сморщился, как от сильной боли, и даже глаза на секунду закрыл.

Через два дня преследование отступавших красных частей повела группа генерала Сальникова, а Григория срочно вызвали в штаб группы, и начальник штаба, пожилой благообразный генерал, ознакомив его с приказом командующего Донской армией о расформировании повстанческой армии, без обиняков сказал:

— Ведя партизанскую войну с красными, вы успешно командовали дивизией, теперь же мы не можем доверить вам не только дивизии, но и полка. У вас нет военного образования, и в условиях широкого фронта, при современных методах ведения боя, вы не сможете командовать крупной войсковой единицей. Вы согласны с этим?

— Да, — ответил Григорий. — Я сам хотел отказаться от командования дивизией.

— Очень хорошо, что вы не переоцениваете ваших возможностей. У нынешних молодых офицеров это качество встречается весьма редко. Так вот: приказом командующего фронтом вы назначаетесь командиром четвертой сотни Девятнадцатого полка. Полк сейчас на марше, верстах в двадцати отсюда, где-то около хутора Вязникова. Поезжайте сегодня же, в крайнем случае — завтра. Вы как будто что-то имеете сказать?

— Я хотел бы, чтобы меня отчислили в хозяйственную часть.

— Это невозможно. Вы будете необходимы на фронте.

— Я за две войны четырнадцать раз ранен и контужен.

— Это не имеет значения. Вы молоды, выглядите прекрасно и еще можете сражаться. Что касается ранений, то кто из офицеров их не имеет? Можете идти. Всего наилучшего!

Вероятно, для того чтобы предупредить недовольство, которое неизбежно должно было возникнуть среди верхнедонцев при расформировании повстанческой армии, многим рядовым казакам, отличившимся во время восстания, тотчас же после взятия Усть-Медведицкой нашили на погоны лычки, почти все вахмистры были произведены в подхорунжии, а офицеры — участники восстания — получили повышение в чинах и награды.

Не был обойден и Григорий: его произвели в сотники, в приказе по армии отметили его выдающиеся заслуги по борьбе с красными и объявили благодарность.

Расформирование произвели в несколько дней. Безграмотных командиров дивизий и полков заменили генералы и полковники, командирами сотен назначили опытных офицеров; целиком был заменен командный состав батарей и штабов, а рядовые казаки пошли на пополнение номерных полков Донской армии, потрепанных в боях на Донце.

Григорий перед вечером собрал казаков, объявил о расформировании дивизии, прощаясь, сказал:

— Не поминайте лихом, станишники! Послужили вместе, неволя заставила, а с нынешнего дня будем трепать кручину наврозь. Самое главное — головы берегите, чтобы красные вам их не подырявили. У нас они, головы, хотя и дурные, но зря подставлять их под пули не надо. Ими ишо прийдется думать, крепко думать, как дальше быть...

Казаки подавленно молчали, потом загомонили все сразу, разноголосо и глухо:

— Опять старинка зачинается?

— Куда же нас теперича?

— Силуют народ как хотят, сволочи!

— Не желаем расформировываться! Что это за новые порядки?!

— Ну, ребяты, объединились на свою шею!..

— Сызнова их благородия заламывать нас зачинают!

— Зараз держися! Суставчики зачнут выпрямлять вовсю...

Григорий выждал тишины, сказал:

— Занапрасну глотки дерете. Кончилась легкая пора, когда можно было обсуждать приказы и супротивничать начальникам. Расходись по квартирам да языками поменьше орудуйте, а то по нынешним временам они не до Киева доводят, а аккурат до полевых судов да до штрафных сотен.

Казаки подходили взводами, прощались с Григорием за руку, говорили:

— Прощай, Пантелевич! Ты нас тоже недобрым словом не поминай.

— Нам с чужими тоже, ох, нелегко будет службицу ломать!

— Зря ты нас в трату дал. Не соглашался бы сдавать дивизию!

— Жалкуем об тебе, Мелехов. Чужие командиры, они, может, и образованнее тебя, да ить нам от этого не легше, а тяжельше будет, вот в чем беда!

Лишь один казак, уроженец с хутора Наполовского, сотенный балагур и острослов, сказал:

— Ты, Григорий Пантелевич, не верь им. Со своими ли работаешь аль с чужими — одинаково тяжело, ежли работа не в совесть!

Ночь Григорий пил самогон с Ермаковым и другими командирами, а наутро взял с собой Прохора Зыкова и уехал догонять Девятнадцатый полк.

Не успел принять сотню и как следует ознакомиться с людьми — вызвали к командиру полка. Было раннее утро. Григорий осматривал лошадей, замешкался и явился только через полчаса. Он ожидал, что строгий и требовательный к офицерам командир полка сделает ему замечание, но тот поздоровался очень приветливо, спросил:

— Ну, как вы находите сотню? Стоящий народ? — И, не дождавшись ответа, глядя куда-то мимо Григория, сказал: — Вот что, дорогой, должен вам сообщить очень прискорбную новость... У вас дома — большое несчастье. Сегодня ночью из Вешенской получена телеграмма. Предоставляю вам месячный отпуск для устройства семейных дел. Поезжайте.

— Дайте телеграмму, — бледнея, проговорил Григорий.

Он взял сложенный вчетверо листок бумаги, развернул его, прочитал, сжал в мгновенно запотевшей руке. Ему потребовалось небольшое усилие, чтобы овладеть собой, и он лишь слегка запнулся, когда говорил:

— Да, этого я не ждал. Стало быть, я поеду. Прощайте.

— Не забудьте взять отпускное свидетельство.

— Да-да. Спасибо, не забуду.

В сени он вышел, уверенно и твердо шагая, привычно придерживая шашку, но когда начал сходить с высокого крыльца — вдруг перестал слышать звук собственных шагов и тотчас почувствовал, как острая боль штыком вошла в его сердце.

На нижней ступеньке он качнулся и ухватился левой рукой за шаткое перильце, а правой — проворно расстегнул воротник гимнастерки. С минуту стоял, глубоко и часто дыша, но за эту минуту он как бы охмелел от страдания, и когда оторвался от перил и направился к привязанному у калитки коню, то шел уже тяжело ступая, слегка покачиваясь.

XVI

Несколько дней после разговора с Дарьей Наталья жила, испытывая такое ощущение, какое бывает во сне, когда тяжко давит дурной сон и нет сил очнуться. Она искала благовидного предлога, чтобы пойти к жене Прохора Зыкова и попытаться у нее узнать, как жил Григорий в Вешенской во время отступления и виделся ли там с Аксиньей или нет. Ей хотелось убедиться в вине мужа, а словам Дарьи она и верила и не верила.

Поздно вечером подошла она к зыковскому базу, беспечно помахивая хворостиной. Прохорова жена, управившись с делами, сидела около ворот.

— Здорово, жалмерка! Телка нашего не видала? — спросила Наталья.

— Слава богу, милушка! Нет, не видала.

— Такой поблудный, проклятый, — дома никак не живет! Где его искать — ума не приложу.

— Постой, отдохни трошки, найдется. Семечками угостить?

Наталья подошла, присела. Завязался немудрый бабий разговор.

— Про служивого не слыхать? — поинтересовалась Наталья.

— И вестки нету. Как, скажи, в воду канул, анчихрист! А твой, либо прислал что?

– Нет. Сулился Гриша написать, да что-то не шлет письма. Гутарют в народе, будто где-то за Усть-Медведицу наши пошли, а окромя ничего не слыхала. — Наталья перевела разговор на недавнее отступление за Дон, осторожно начала выспрашивать, как жили служивые в Вешенской и кто был с ними из хуторных. Лукавая Прохорова женёнка догадалась, зачем пришла к ней Наталья, и отвечала сдержанно, сухо.

Со слов мужа она все знала о Григории, но, хотя язык у нее и чесался, рассказывать побоялась, памятуя Прохорово наставление: «Так и знай: скажешь об этом кому хоть слово — положу тебя головой на дровосеку, язык твой поганый на аршин вытяну и отрублю. Ежли дойдет слух об этом до Григория — он же меня походя убьет, между делом! А мне одна ты осточертела, а жизня пока ишо нет. Поняла? Ну и молчи, как дохлая!»

— Аксинью Астахову не доводилось твоему Прохору видать в Вёшках? — уже напрямик спрашивала потерявшая терпение Наталья.

— Откуда ему было ее видать! Разве им там до этого было? Истинный бог, ничего не знаю,

Мироновна, и ты про это у меня хоть не пытай. У моего белесого черта слова путнего не добьешься. Только и разговору знает — подай да прими.

Так ни с чем и ушла еще более раздосадованная и взволнованная Наталья. Но оставаться в неведении она больше не могла, это и толкнуло ее зайти к Аксинье.

Живя по соседству, они за последние годы часто встречались, молча кланялись друг дружке, иногда перебрасывались несколькими фразами. Та пора, когда они при встречах, не здороваясь, обменивались ненавидящими взглядами, прошла; острота взаимной неприязни смягчилась, и Наталья, идя к Аксинье, надеялась, что та ее не выгонит и уж о ком, о ком, а о Григории будет говорить. И она не ошиблась в своих предположениях.

Не скрывая изумления, Аксинья пригласила ее в горницу, задернула занавески на окнах, зажгла огонь, спросила:

— С чем хорошим пришла?

— Мне с хорошим к тебе не ходить...

— Говори плохое. С Григорием Пантелеевичем беда случилась?

Такая глубокая, нескрываемая тревога прозвучала в Аксиньином вопросе, что Наталья поняла все. В одной фразе сказалась вся Аксинья, открылось все, чем она жила и чего боялась. После этого, по сути, и спрашивать об ее отношениях к Григорию было незачем, однако Наталья не ушла; помедлив с ответом, она сказала:

— Нет, муж живой и здоровый, не пужайся.

— Я и не пужаюсь, с чего ты берешь? Это тебе об его здоровье надо страдать, а у меня своей заботы хватит. — Аксинья говорила свободно, но почувствовала, как кровь бросилась ей в лицо, проворно подошла к столу и, стоя спиной к гостье, долго поправляла и без того хорошо горевший огонь в лампе.

— Про Степана твоего слыхать что?

— Поклон пересылал недавно.

— Живой-здоровый он?

— Должно быть. — Аксинья пожала плечами.

И тут не смогла она покривить душой, скрыть свои чувства: равнодушие к судьбе мужа так явственно проглянуло в ее ответе, что Наталья невольно улыбнулась.

— Видать, не дюже ты об нем печалуешься... Ну, да это — твое дело. Я вот чего пришла: по хутору идет брехня, будто Григорий опять к тебе прислоняется, будто видаетесь вы с ним, когда приезжает он домой. Это верно?

— Нашла у кого спрашивать! — насмешливо сказала Аксинья. — Давай я у тебя спрошу, верно это или нет?

— Правду боишься сказать?

— Нет, не боюсь.

— Тогда скажи, чтобы я знала, не мучилась. Зачем же меня зря томить?

Аксинья сузила глаза, шевельнув черными бровями.

— Мне тебя все одно жалко не будет, — резко сказала она. — У нас с тобой так: я мучаюсь — тебе хорошо, ты мучаешься — мне хорошо... Одного ить делим? Ну, а правду я тебе скажу: чтобы знала загодя. Все это верно, брешут не зря. Завладала я Григорием опять и уж зараз постараюсь не выпустить его из рук. Ну, чего ж ты после этого будешь делать? Стекла мне в курене побьешь или ножом зарежешь?

Наталья встала, завязала узлом гибкую хворостину, бросила ее к печи и ответила с несвойственной ей твердостью:

— Зараз я тебе никакого лиха не сделаю. Погожу, приедет Григорий, погутарю с ним, потом будет видно, как мне с вами, обоими, быть. У меня двое детей, и за них и за себя я постоять сумею!

Аксинья улыбнулась:

— Значит, пока мне можно жить без опаски?

Не замечая насмешки, Наталья подошла к Аксинье, тронула ее за рукав:

— Аксинья! Всю жизню ты мне поперек стоишь, но зараз уж я просить не буду, как тогда, помнишь? Тогда я помоложе была, поглупее, думала — упрошу ее, она пожалеет, смилуется и откажется от Гриши. Зараз не буду! Одно я знаю: не любишь ты его, а тянешься за ним по привычке. Да и любила ли ты его когда-нибудь так, как я? Должно быть, нет. Ты с Листницким путалась, с кем ты, гулящая, не путалась? Когда любят — так не делают.

Аксинья побледнела, отстранив Наталью рукой, встала с сундука:

— Он меня этим не попрекал, а ты попрекаешь? Какое тебе дело до этого? Ладно! Я — плохая, ты — хорошая, дальше что?

— Это все. Не серчай. Зараз уйду. Спасибо, что открыла правду.

— Не стоит, не благодари, и без меня узнала бы. Погоди трошки, я выйду с тобой ставни закрыть. — На крыльце Аксинья приостановилась, сказала: — Я рада, что мы с тобой по-доброму расстаемся, без драки, но напоследок я так тебе скажу, любезная соседушка: в силах ты будешь — возьмешь его, а нет — не обижайся. Добром я от него тоже не откажусь. Года мои не молоденькие, и я, хоть ты и назвала меня гулящей, — не ваша Дашка, такими делами я сроду не шутковала... У тебя хоть дети есть, а он у меня, — голос Аксиньи дрогнул и стал глуше и ниже, — один на всем белом свете! Первый и последний. Знаешь что? Давай об нем больше не гутарить. Жив будет он, оборонит его от смерти царица небесная, вернется — сам выберет...

Ночь Наталья не спала, а наутро вместе с Ильиничной ушла полоть бахчу. В работе ей было легче. Она меньше думала, равномерно опуская мотыгу на высушенные солнцем, рассыпающиеся в прах комки песчаного суглинка, изредка выпрямляясь, чтобы отдохнуть, вытереть пот с лица и напиться.

По синему небу плыли и таяли изорванные ветром белые облака. Солнечные лучи палили раскаленную землю. С востока находил дождь. Не поднимая головы, Наталья спиной чувствовала, когда набежавшая тучка заслоняла солнце; на миг становилось прохладнее, на бурую, дышащую жаром землю, на разветвленные арбузные плети, на высокие стебли подсолнуха стремительно ложилась серая тень. Она покрывала раскинутые по косогору бахчи, разомлевшие и полегшие от зноя травы, кусты боярышника и терна с понурой, испачканной птичьим пометом листвой. Звонче звенел надсадный перепелиный крик, отчетливей слышалось милое пение жаворонков, и даже ветер, шевеливший теплые травы, казался менее горячим. А потом солнце наискось пронизывало ослепительно белую кайму уплывавшей на запад тучки и, освободившись, снова низвергало на землю золотые, сияющие потоки света. Где-то далеко-далеко, по голубым отрогам Обдонских гор, еще шарила и пятнила землю провожающая тучку тень, а на бахчах уже властвовал янтарно-желтый полдень, дрожало, переливалось на горизонте текучее марево, удушливее пахла земля и вскормленные ею травы.

В полдень Наталья сходила к вырытому в яру колодцу, принесла кувшин ледяной родниковой воды. Они с Ильиничной напились, помыли руки, сели на солнцепеке обедать. Ильинична на разостланной завеске аккуратно порезала хлеб, достала из сумки ложки, чашку, из-под кофты вынула спрятанный от солнца узкогорлый кувшин с кислым молоком.

Наталья ела неохотно, и свекровь спросила:

— Давно примечаю за тобой, что-то ты не такая стала. Аль уж с Гришкой что у вас получилось?

У Натальи жалко задрожали обветренные губы:

— Он, маманя, опять с Аксиньей живет.

— Это... откуда же известно?

— Я вчера у Аксиньи была.

— И она, подлюка, призналась?

— Да.

Ильинична помолчала, раздумывая. На морщинистом лице ее в углах губ легли строгие складки.

— Может, она похваляется, проклятая?

— Нет, маманя, это верно, чего уж там...

— Недоглядела ты за ним... — осторожно сказала старуха. — С такого муженька глаз не надо сводить.

— Да разве углядишь? Я на его совесть полагалась... Неужели надо было его к юбке моей привязывать? — Наталья горько улыбнулась, чуть слышно добавила: — Он не Мишатка, чтобы его сдержать. Наполовину седой стал, а старое не забывает...

Ильинична вымыла и вытерла ложки, ополоснула чашку, прибрала посуду в сумку и только тогда спросила:

— Это вся и беда?

— Какая вы, маманя... И этой беды хватит, чтобы белый свет стал не мил!

— И чего ж ты надумала?

— Чего ж окромя надумаешь? Заберу детей и уйду к своим. Больше жить с ним не буду. Нехай берет ее в дом, живет с ней. Помучилась я и так достаточно.

— Смолоду и я так думала, — со вздохом сказала Ильинична. — Мой-то тоже был кобелем не из последних. Что́ я горюшка от него приняла, и сказать нельзя. Только уйтить от родного мужа нелегко, да и не к чему. Пораскинь умом — сама увидишь. Да и детишков от отца забирать, как это так? Нет, это ты зря гутаришь. И не думай об этом, не велю!

— Нет, маманя, жить я с ним не буду, и слов не теряйте.

— Как это мне слов не терять? — возмутилась Ильинична. — Да ты мне что — не родная, что ли? Жалко мне вас, проклятых, или нет? И ты мне, матери, старухе, такие слова говоришь? Сказано тебе: выкинь из головы, стало быть — и все тут. Ишь выдумала: «Уйду из дому!» А куда прийдешь? А кому ты из своих нужна? Отца нету, курень сожгли, мать сама под чужим плетнем Христа ради будет жить, и ты туда воткнешься и внуков моих за собой потянешь? Нет, милая, не будет твоего дела! Приедет Гришка, тогда поглядим, что с ним делать, а зараз ты мне и не толкуй об этом, не велю и слухать не буду!

Все, что так долго копилось у Натальи на сердце, вдруг прорвалось в судорожном припадке рыданий. Она со стоном сорвала с головы платок, упала лицом на сухую, неласковую землю и, прижимаясь к ней грудью, рыдала без слез.

Ильинична — эта мудрая и мужественная старуха — и с места не двинулась. Она тщательно завернула в кофту кувшин с остатками молока, поставила его в холодок, потом налила в чашку воды, подошла и села рядом с Натальей. Она знала, что такому горю словами не поможешь; знала и то, что лучше — слезы, чем сухие глаза и твердо сжатые губы. Дав Наталье выплакаться, Ильинична положила свою загрубелую от работы руку на голову снохи, гладя черные глянцевитые волосы, сурово сказала:

— Ну, хватит! Всех слез не вычерпаешь, оставь и для другого раза. На-ка вот, попей воды.

Наталья утихла. Лишь изредка поднимались ее плечи да по телу пробегала мелкая дрожь. Неожиданно она вскочила, оттолкнула Ильиничну, протягивавшую ей чашку с водой, и, повернувшись лицом на восток, молитвенно сложив мокрые от слез ладони, скороговоркой, захлебываясь, прокричала:

— Господи! Всю душеньку мою он вымотал! Нету больше силы так жить! Господи, накажи его, проклятого! Срази его там насмерть! Чтобы больше не жил он, не мучил меня!..

Черная клубящаяся туча ползла с востока. Глухо грохотал гром. Пронизывая круглые облачные вершины, извиваясь, скользила по небу жгуче-белая молния. Ветер клонил на запад ропщущие травы, нес со шляха горькую пыль, почти до самой земли пригибал отягощенные семечками шляпки подсолнухов.

Ветер трепал раскосмаченные волосы Натальи, сушил ее мокрое лицо, обвивал вокруг ног широкий подол серой будничной юбки.

Несколько секунд Ильинична с суеверным ужасом смотрела на сноху. На фоне вставшей вполнеба черной грозовой тучи она казалась ей незнакомой и страшной.

Стремительно находил дождь. Предгрозовая тишина стояла недолго. Тревожно заверещал косо снижавшийся копчик, в последний раз свистнул возле норы суслик, густой ветер ударил в лицо Ильиничны мелкой песчаной пылью, с воем полетел по степи. Старуха с трудом поднялась на ноги. Лицо ее было смертельно бледно, когда она сквозь гул подступившей бури глухо крикнула:

— Опамятуйся! Бог с тобой! Кому ты смерти просишь?!

— Господи, покарай его! Господи, накажи! — выкрикивала Наталья, устремив обезумевшие глаза туда, где величаво и дико громоздились тучи, вздыбленные вихрем, озаряемые слепящими вспышками молний.

Над степью с сухим треском ударил гром. Охваченная страхом, Ильинична перекрестилась, неверными шагами подошла к Наталье, схватила ее за плечо:

— Становись на колени! Слышишь, Наташка?!

Наталья глянула на свекровь какими-то незрячими глазами, безвольно опустилась на колени.

— Проси у бога прощения! — властно приказала Ильинична. — Проси, чтобы не принял твою молитву. Кому ты смерти просила? Родному отцу своих детей. Ох, великий грех... Крестись! Кланяйся в землю. Говори: «Господи, прости мне, окаянной, мое прегрешение».

Наталья перекрестилась, что-то шепнула побелевшими губами и, стиснув зубы, неловко повалилась на бок.

Омытая ливнем степь дивно зеленела. От дальнего пруда до самого Дона перекинулась горбатая яркая радуга. Глухо погромыхивал на западе гром. В яру с орлиным клекотом мчалась мутная нагорная вода. Вниз, к Дону, по косогору, по бахчам стремились вспенившиеся ручьи. Они несли порезанные дождем листья, вымытые из почвы корневища трав, сломленные ржаные колосья. По бахчам, заваливая арбузные и дынные плети, расползались жирные песчаные наносы; вдоль по летникам, глубоко промывая колеи, стекала взыгравшая вода. У отножины дальнего буерака догорал подожженный молнией стог сена. Высоко поднимался лиловый столб дыма, почти касаясь верхушкой распростертой по небу радуги.

Ильинична и Наталья спускались к хутору, осторожно ступая босыми ногами по грязной, скользкой дороге, высоко подобрав юбки. Ильинична говорила:

— Норов у вас, у молодых, велик, истинный бог! Чуть чего — вы и беситесь. Пожила бы так, как я смолоду жила, что бы ты тогда делала? Тебя Гришка за всю жизню пальцем не тронул, и то ты недовольная, вон какую чуду сотворила: и бросать-то его собралась, и омороком тебя шибало, и чего ты только не делала, бога и то в ваши поганые дела путала... Ну, скажи, болезная, и это — хорошо? А меня идол мой хромоногий смолоду до смерти убивал, да ни за что, ни про что; вины моей перед ним нисколько не было. Сам паскудничал, а на мне зло срывал. Прийдет, бывало, на заре, закричу горькими слезьми, попрекну его, ну он и даст кулакам волю... По месяцу вся синяя, как железо, ходила, а ить выжила же, и детей воскормила, и из дому ни разу не счиналась уходить. Я не охваливаю Гришку, но с таким ишо можно жить. Кабы не эта змея — был бы он из хуторных казаков первым. Приворожила она его, не иначе.

Наталья долго шла молча, что-то обдумывая, потом сказала:

— Маманя, я об этом больше не хочу гутарить. Григорий приедет, там видно будет, куда мне деваться... Может, сама уйду, а может, и он выгонит, а зараз я из вашего дома никуда не тронусь.

— Вот так бы и давно сказала! — обрадовалась Ильинична. — Бог даст, все уладится. Он ни за что тебя не выгонит, и не думай об этом! Так он любит и тебя и детишков, да чтобы помыслил такое? Нет-нет! Не променяет он тебя на Аксинью, не могет он такое сделать! Ну, а промеж своих мало ли чего не бывает? Лишь бы живой он возвернулся...

— Смерти я ему не хочу... Сгоряча я там все говорила... Вы меня не попрекайте за это... Из сердца его не вынешь, но и так жить тяжелехонько!..

— Милушка моя, родимая! Да разве ж я не знаю? Только с размаху ничего не надо делать. Верное слово, бросим об этом гутарить! И ты старику, ради Христа, зараз ничего не говори. Не его это дело.

— Я вам хочу про одно сказать... Буду я с Григорием жить или нет, пока неизвестно, но родить от него больше не хочу. Ишо с этими не видно, куда прийдется деваться... А я беременная зараз, маманя...

— И давно?

— Третий месяц.

— Куда ж от этого денешься? Хочешь не хочешь, а родить придется.

— Не буду, — решительно сказала Наталья. — Нынче же пойду к бабке Капитоновне. Она меня от этого ослобонит... Кое-кому из баб она делала.

— Это — плод травить? И поворачивается у тебя язык, у бессовестной? — Возмущенная Ильинична остановилась среди дороги, всплеснула руками. Она еще что-то хотела сказать, но сзади послышалось тарахтенье колес, звучное чмоканье конских копыт по грязи и чей-то понукающий голос.

Ильинична и Наталья сошли с дороги, на ходу опуская подоткнутые юбки. Ехавший с поля старик Бесхлебнов Филипп Аггеевич поравнялся с ними, придержал резвую кобылку:

— Садитесь, бабы, подвезу, чего зря грязь месить.

— Вот спасибо, Агевич, а то мы уж уморились осклизаться, — довольно проговорила Ильинична и первая села на просторные дроги.

После обеда Ильинична хотела поговорить с Натальей, доказать ей, что нет нужды избавляться от беременности; моя посуду, она мысленно подыскивала, по ее мнению, наиболее убедительные доводы, думала даже о том, чтобы о решении Натальи поставить в известность старика и при его помощи отговорить от неразумного поступка взбесившуюся с горя сноху, но, пока она управлялась с делами, Наталья тихонько собралась и ушла.

— Где Наталья? — спросила Ильинична у Дуняшки.

— Собрала какой-то узелок и ушла.

— Куда? Чего она говорила? Какой узелок?

— Да почем я знаю, маманя? Положила в платок чистую юбку, ишо что-то и пошла, ничего не сказала.

— Головушка горькая! — Ильинична, к удивлению Дуняшки, беспомощно заплакала, села на лавку.

— Вы чего, маманя? Господь с вами, чего вы плачете?

— Отвяжись, настырная! Не твое дело! Чего она говорила-то? И чего же ты мне не сказала, как она собиралась?

Дуняшка с досадою ответила:

— Чистая беда с вами! Да откуда же я знала, что мне надо было вам об этом говорить? Не навовсе же она ушла? Должно быть, к матери в гости направилась, и чего вы плачете — в ум не возьму!

С величайшей тревогой Ильинична ждала возвращения Натальи. Старику решила не говорить, боясь попреков и нареканий.

На закате солнца со степи пришел табун. Спустились куцые летние сумерки. По хутору зажглись редкие огни, а Натальи все не было. В мелеховском курене сели вечерять. Побледневшая от волнения Ильинична подала на стол лапшу, сдобренную поджаренным на постном масле луком. Старик взял ложку, смел в нее крошки черствого хлеба, ссыпал их в забородатевший рот и, рассеянно оглядев сидевших за столом, спросил:

— Наталья где? Чего к столу не кличете?

— Ее нету, — вполголоса отозвалась Ильинична.

— Где ж она?

— Должно, к матери пошла и загостевалась.

— Долго она гостюет. Пора бы порядок знать... — недовольно бормотнул Пантелей Прокофьевич.

Он ел, как всегда, старательно, истово; изредка клал на стол вверх донышком ложку, косым любующимся взглядом окидывал сидевшего рядом с ним Мишатку, грубовато говорил: «Повернись, чадунюшка мой, трошки, дай-ка я тебе губы вытру. Мать у вас — поблуда, а за вами и догляду нет...» И большой заскорузлой и черной ладонью вытирал нежные, розовые губенки внука.

Молча довечеряли, встали из-за стола. Пантелей Прокофьевич приказал:

— Тушите огонь. Гасу мало, и нечего зря переводить.

— Двери запирать? — спросила Ильинична.

— Запирай.

— А Наталья?

— Явится — постучит. Может, она до утра будет шляться? Тоже моду взяла.. Ты бы ей побольше молчала, старая ведьма! Ишь надумала по ночам в гости ходить... Вот я ей утром выкажу. С Дашки пример взяла...

Ильинична легла, не раздеваясь. С полчаса пролежала, молча ворочаясь, вздыхая, и только что хотела встать и идти к Капитоновне, как под окном послышались чьи-то неуверенные, шаркающие шаги. Старуха вскочила с несвойственной ее летам живостью, торопливо выбежала в сенцы, открыла дверь.

Бледная как смерть Наталья, хватаясь за перильце, тяжело всходила по крыльцу. Полный месяц ярко освещал ее осунувшееся лицо, ввалившиеся глаза, страдальчески изогнутые брови. Она шла покачиваясь, как тяжело раненный зверь, и там, где ступала ее нога, — оставалось темное кровяное пятно.

Ильинична молча обняла ее, ввела в сенцы. Наталья прислонилась спиной к двери, хрипло прошептала:

— Наши спят? Маманя, затрите за мной кровь... Видите — наследила я...

— Что же ты с собой наделала?! — давясь рыданиями, вполголоса воскликнула Ильинична.

Наталья попробовала улыбнуться, но вместо улыбки жалкая гримаса исказила ее лицо.

— Не шумите, маманя... А то наших побудите... Вот я и ослобонилась. Теперь у меня душа спокойная. Только уж дюже кровь... Как из резаной, из меня хлыщет... Дайте мне руку, маманя... Голова у меня кружится.

Ильинична заперла на засов дверь, словно в незнакомом доме долго шарила дрожащей рукою и никак не могла найти в потемках дверную ручку. Ступая на цыпочках, она провела Наталью в большую горницу; разбудила и выслала Дуняшку, позвала Дарью, зажгла лампу.

Дверь в кухню была открыта, и оттуда слышался размеренный могучий храп Пантелея Прокофьевича; во сне сладко чмокала губами и что-то лепетала маленькая Полюшка. Крепок детский, ничем не тревожимый сон!

Пока Ильинична взбивала подушку, готовя постель, Наталья присела на лавку, обессиленно положила голову на край стола. Дуняшка хотела было войти в горницу, но Ильинична сурово сказала:

— Уйди, бессовестная, и не показывайся сюда! Не дело тебе тут натираться.

Нахмуренная Дарья взяла мокрую тряпку, ушла в сени. Наталья с трудом подняла голову, сказала:

— Сымите с кровати чистую одежу... Постелите мне дерюжку... Все одно измажу...

— Молчи! — приказала Ильинична. — Раздевайся, ложись. Плохо тебе? Может, воды принесть?

— Ослабла я... Принесите мне чистую рубаху и воды.

Наталья с усилием встала, неверными шагами подошла к кровати. Тут только Ильинична заметила, что юбка Натальи, напитанная кровью, тяжело обвисает, липнет к ногам. Она с ужасом смотрела, как Наталья, будто побывав под дождем, нагнулась, выжала подол, начала раздеваться.

— Да ты же кровью изошла! — всхлипнула Ильинична.

Наталья раздевалась, закрыв глаза, дыша порывисто и часто.

Ильинична глянула на нее и решительно направилась в кухню. С трудом она растолкала Пантелея Прокофьевича, сказала:

— Наталья захворала... Дюже плохая, как бы не померла... Зараз же запрягай и езжай в станицу за фершалом.

— Выдумаешь чертовщину! С чего ей поделалось? Захворала? Поменьше бы по ночам таскалась...

Старуха коротко объяснила, в чем дело. Взбешенный Пантелей Прокофьевич вскочил, на ходу застегивая шаровары, пошел в горницу.

— Ах, паскудница! Ах, сукина дочь! Чего удумала, а? Неволя ее заставила!.. Вот я ей зараз пропесочу...

— Одурел, проклятый?! Куда ты лезешь?.. Не ходи туда, ей не до тебя!.. Детей побудишь! Ступай на баз да скорее запрягай!.. — Ильинична хотела удержать старика, но тот, не слушая, подошел к двери в горницу, пинком распахнул ее.

— Наработала, чертова дочь! — заорал он, став на пороге.

— Нельзя! Батя, не входи! Ради Христа, не входи! — пронзительно вскрикнула Наталья, прижимая к груди снятую рубаху.

Чертыхаясь, Пантелей Прокофьевич начал разыскивать зипун, фуражку, упряжь. Он так долго мешкал, что Дуняшка не вытерпела — ворвалась в кухню и со слезами напустилась на отца:

— Езжай скорее! Чего ты роешься, как жук в навозе? Наташка помирает, а он битый час собирается! Тоже! Отец, называется! А не хочешь ехать — так и скажи! Сама запрягу и поеду!

— Тю, сдурела! Что ты, с привязу сорвалась? Тебя ишо не слыхали, короста липучая! Тоже, на отца шумит, пакость! — Пантелей Прокофьевич замахнулся на девку зипуном и, вполголоса бормоча проклятия, вышел на баз.

После его отъезда в доме все почувствовали себя свободнее. Дарья замывала полы, ожесточенно передвигая стулья и лавки, Дуняшка, которой после отъезда старика Ильинична разрешила войти в горницу, сидела у изголовья Натальи, поправляла подушку, подавала воду; Ильинична изредка наведывалась к спавшим в боковушке детям и, возвратясь в горницу, подолгу смотрела на Наталью, подперев щеку ладонью, горестно качая головой.

Наталья лежала молча, перекатывая по подушке голову с растрепанными, мокрыми от пота прядями волос. Она истекала кровью. Через каждые полчаса Ильинична бережно приподнимала ее, вытаскивала мокрую, как хлющ, подстилку, стлала новую.

С каждым часом Наталья все больше и больше слабела. За полночь она открыла глаза, спросила:

— Скоро зачнет светать?

— Что не видно, — успокоила ее старуха, а про себя подумала: «Значит, не выживет! Боится, что обеспамятеет и не увидит детей...»

Словно в подтверждение ее догадки, Наталья тихо попросила:

— Маманя, разбудите Мишатку с Полюшкой...

— Что ты, милушка! К чему их середь ночи будить? Они напужаются, глядючи на тебя, крик подымут... К чему их будить-то?

— Хочу поглядеть на них... Мне плохо.

— Господь с тобой, чего ты гутаришь? Вот зараз отец привезет фершала, и он тебе пособит. Ты бы уснула, болезная, а?

— Какой мне сон! — с легкой досадой в голосе ответила Наталья. И после этого надолго умолкла, дышать стала ровнее.

Ильинична потихоньку вышла на крыльцо, дала волю слезам. С опухшим красным лицом она вернулась в горницу, когда на востоке чуть забелел рассвет. На скрип двери Наталья открыла глаза, еще раз спросила:

— Скоро рассвенет?

— Рассветает.

— Укройте мне ноги шубой...

Дуняшка набросила ей на ноги овчинную шубу, поправила с боков теплое одеяло. Наталья поблагодарила взглядом, потом подозвала Ильиничну, сказала:

— Сядьте возле меня, маманя, а ты, Дуняшка, и ты, Дарья, выйдите на-час, я хочу с одной маманей погутарить... Ушли они? — спросила Наталья, не открывая глаз.

— Ушли.

— Батя не приехал ишо?

— Скоро приедет. Тебе хужеет, что ли?

— Нет, все одно... Вот что я хотела сказать... Я, маманя, помру вскорости... Чует мое сердце. Сколько из меня крови вышло — страсть! Вы скажите Дашке, чтобы она, как затопит печь, поставила воды побольше... Вы сами обмойте меня, не хочу, чтобы чужие...

— Наталья! Окстись, лапушка моя! Чего ты об смерти заговорила! Бог милостив, очуне́ешься.

Слабым движением руки Наталья попросила свекровь замолчать, сказала:

— Вы меня не перебивайте... Мне уж и гутарить тяжело, а я хочу сказать... Опять у меня голова кружится... Я вам про воду сказала? А я, значит, сильная... Капитоновна мне давно это сделала, с обеда, как только пришла... Она, бедная, сама напужалась... Ой, много крови из меня вышло... Лишь бы до утра дожить... Воды побольше нагрейте... Хочу чистой быть, как помру... Маманя, вы меня оденьте в зеленую юбку, в энту, какая с прошивкой на оборке... Гриша любил, как я ее надевала... и в поплиновую кофточку... она в сундуке сверху, в правом углу, под шалькой лежит... А ребят пущай уведут, как я кончусь, к нашим... Вы бы послали за матерью, нехай прийдет зараз... Мне уж надо прощаться... Примите изпод меня. Мокрое все...

Ильинична, поддерживая Наталью под спину, вытащила подстилку, кое-как подсунула новую. Наталья успела шепнуть:

— На бок меня... поверните! — и тотчас потеряла сознание

В окна глянул голубой рассвет. Дуняшка вымыла цибарку, пошла на баз доить коров. Ильинична распахнула окно — и в горницу, напитанную тяжким духом свежей крови, запахом сгоревшего керосина, хлынул бодрящий, свежий и резкий холодок летнего утра. На подоконник с вишневых листьев ветер отряхнул слезинки росы; послышались ранние голоса птиц, мычание коров, густые отрывистые хлопки пастушьего арапника.

Наталья пришла в себя, открыла глаза, кончиком языка облизала сухие, обескровленные, желтые губы, попросила пить. Она уже не спрашивала ни о детях, ни о матери. Все отходило от нее — и, как видно, навсегда...

Ильинична закрыла окно, подошла к кровати. Как страшно переменилась Наталья за одну ночь! Сутки назад была она, как молодая яблоня в цвету, — красивая, здоровая, сильная, а сейчас щеки ее выглядели белее мела с Обдонской горы, нос заострился, губы утратили недавнюю яркую свежесть, стали тоньше и, казалось, с трудом прикрывали раздвинутые подковки зубов. Одни глаза Натальи сохранили прежний блеск, но выражение их было уже иное. Что-то новое, незнакомое и пугающее, проскальзывало во взгляде Натальи, когда она изредка, повинуясь какой-то необъяснимой потребности, приподнимала синеватые веки и обводила глазами горницу, на секунду останавливая их на Ильиничне...

На восходе солнца приехал Пантелей Прокофьевич. Заспанный фельдшер, усталый от бессонных ночей и бесконечной возни с тифозными и ранеными, потягиваясь, вылез из тарантаса, взял с сиденья сверток, пошел в дом. Он снял на крыльце брезентовый дождевик, перегнувшись через перила, долго мылил волосатые руки, исподлобья посматривая на Дуняшку, лившую ему в пригоршню воду из кувшина, и даже раза два подмигнул ей. Потом вошел в горницу и минут десять пробыл около Натальи, предварительно выслав всех из комнаты.

Пантелей Прокофьевич и Ильинична сидели в кухне.

— Ну что? — шепотом справился старик, как только они вышли из горницы.

— Плохая...

— Это она самовольно?

— Сама надумала... — уклонилась Ильинична от прямого ответа.

— Горячей воды, быстро! — приказал фельдшер, высунув в дверь взлохмаченную голову.

Пока кипятили воду, фельдшер вышел в кухню. На немой вопрос старика безнадежно махнул рукой:

— К обеду отойдет. Страшная потеря крови. Ничего нельзя сделать! Григория Пантелеевича не известили?

Пантелей Прокофьевич, не отвечая, торопливо захромал в сенцы. Дарья видела, как старик, зайдя под навесом сарая за косилку и припав головой к прикладку прошлогодних кизяков, плакал навзрыд...

Фельдшер пробыл еще с полчаса, посидел на крыльце, подремал под лучами восходившего солнца, потом, когда вскипел самовар, снова пошел в горницу, впрыснул Наталье камфары, вышел и попросил молока. С трудом подавляя зевоту, выпил два стакана, сказал:

— Вы меня отвезите сейчас. У меня в станице больные и раненые, да и быть мне тут ни к чему. Все бесполезно. Я бы с дорогой душой послужил Григорию Пантелеевичу, но говорю честно: помочь не могу. Наше дело маленькое — мы только больных лечим, а мертвых воскрешать еще не научились. А вашу бабочку так разделали, что ей и жить не с чем... Матка изорвана, прямо-таки живого места нет. Как видно, железным крючком старуха орудовала. Темнота наша, ничего не попишешь!

Пантелей Прокофьевич подкинул в тарантас сена, сказал Дарье:

— Ты отвезешь. Не забудь кобылу напоить, как спустишься к Дону.

Он предложил было фельдшеру денег, но тот решительно отказался, пристыдил старика:

— Совестно тебе, Пантелей Прокофьевич, и говорить-то об этом. Свои люди, а ты с деньгами лезешь. Нет-нет, и близко не подходи с ними! Чем отблагодарить? Об этом и толковать нечего! Кабы я ее, сноху вашу, на ноги поднял — тогда другое дело.

Утром, часов около шести, Наталья почувствовала себя значительно лучше. Она попросила умыться, причесала волосы перед зеркалом, которое держала Дуняшка, и, оглядывая родных както по-новому сияющими глазами, с трудом улыбнулась:

— Ну, теперь я пошла на поправку! А я уж испужалась... Думала — всё мне, концы... Да что это ребята так долго спят? Поди глянь, Дуняшка, не проснулись они?

Пришла Лукинична с Грипашкой. Старуха заплакала, глянув на дочь, но Наталья взволнованно и часто заговорила:

— Чего вы, маманя, плачете? Не такая уж я плохая... Вы меня не хоронить же пришли? Ну, на самом деле, чего вы плачете?

Грипашка незаметно толкнула мать, и та, догадавшись, проворно вытерла глаза, успокаивающе сказала:

— Что ты, дочушка, это я так, сдуру слезу сронила. Сердце защемило, как глянула на тебя... Уж дюже ты переменилась...

Легкий румянец заиграл на щеках Натальи, когда она услышала Мишаткин голос и смех Полюшки.

— Кличьте их сюда! Кличьте скорее!.. — просила она. — Нехай они потом оденутся!..

Полюшка вошла первая, на пороге остановилась, кулачком протирая заспанные глаза.

— Захворала твоя маменька... — с улыбкой проговорила Наталья. — Подойди ко мне, жаль моя!

Полюшка с удивлением рассматривала чинно сидевших на лавках взрослых, подойдя к матери, огорченно спросила:

— Чего ты меня не разбудила? И чего они все собрались?

— Они пришли меня проведать... А тебя я к чему же будила бы?

— Я б тебе воды принесла, посидела бы возле тебя...

— Ну, ступай, умойся, причешись, помолись богу, а потом прийдешь, посидишь со мной.

— А завтракать ты встанешь?

— Не знаю. Должно быть, нет.

— Ну тогда я тебе сюда принесу, ладно, маманюшка?

— Истый батя, только сердцем не в него, помягче... — со слабой улыбкой сказала Наталья, откинув голову и зябко натягивая на ноги одеяло.

Через час Наталье стало хуже. Она поманила пальцем к себе детей, обняла их, перекрестила, поцеловала и попросила мать, чтобы та увела их к себе. Лукинична поручила отвести ребятишек Грипашке, сама осталась около дочери.

Наталья закрыла глаза, сказала, как бы в забытьи:

— Так я его и не увижу... — Потом, словно что-то вспомнив, резко приподнялась на кровати: — Верните Мишатку!

Заплаканная Грипашка втолкнула мальчика в горницу, сама осталась в кухне, чуть слышно причитая.

Угрюмоватый, с неласковым мелеховским взглядом Мишатка несмело подошел к кровати. Резкая перемена, происшедшая с лицом матери, делала мать почти незнакомой, чужой. Наталья притянула сынишку к себе, почувствовала, как быстро, будто у пойманного воробья, колотится маленькое Мишаткино сердце.

— Нагнись ко мне, сынок! Ближе! — попросила Наталья.

Она что-то зашептала Мишатке на ухо, потом отстранила его, пытливо посмотрела в глаза, сжала задрожавшие губы и, с усилием улыбнувшись жалкой, вымученной улыбкой, спросила:

— Не забудешь? Скажешь?

— Не забуду... — Мишатка схватил указательный палец матери, стиснул его в горячем кулачке, с минуту подержал и выпустил. От кровати пошел он, почему-то ступая на цыпочках, балансируя руками... Наталья до дверей проводила его взглядом и молча повернулась к стене.

В полдень она умерла.

XVII

Многое передумал и вспомнил Григорий за двое суток пути от фронта до родного хутора... Чтобы не оставаться в степи одному со своим горем, с неотступными мыслями о Наталье, он взял с собою Прохора Зыкова. Как только выехали с места стоянки сотни, Григорий завел разговор о войне, вспомнил, как служил в 12-м полку на австрийском фронте, как ходил в Румынию, как бились с немцами. Говорил он без умолку, вспоминал всякие потешные истории, происходившие с их однополчанами, смеялся...

Простоватый Прохор вначале недоуменно косился на Григория, дивясь его необычайной разговорчивости, а потом все же догадался, что Григорий воспоминаниями о давнишних днях хочет отвлечь себя от тяжелых думок, — и стал поддерживать разговор и, быть может, даже с излишним старанием. Со всеми подробностями рассказывая о том, как пришлось ему когда-то лежать в черниговском госпитале, Прохор случайно взглянул на Григория, увидел, как по смуглым щекам его обильно текут слезы... Из скромности Прохор приотстал на несколько саженей, с полчаса ехал позади, а потом снова поравнялся, попробовал было заговорить о чем-то постороннем, пустяковом по значимости, но Григорий в разговор не вступил. Так они до полудня и рысили, молча, рядом, стремя к стремени.

Григорий спешил отчаянно. Несмотря на жару, он пускал своего коня то крупной рысью, то намётом и лишь изредка переводил его на шаг. Только в полдень, когда отвесно падающие лучи солнца начали палить нестерпимо, Григорий остановился в балке, расседлал коня, пустил его на попас, а сам ушел в холодок, лег ничком — и так лежал до тех пор, пока не спала жара. Раз они покормили лошадей овсом, но положенного на выкормку времени Григорий не соблюдал. Даже их — привычные к большим пробегам — лошади к концу первых суток резко исхудали, шли уже не с той неутомимой резвостью, как вначале. «Этак нехитро и погубить коней. Кто так ездит? Ему хорошо, черту, он своего загонит и в любой момент себе другого под седло достанет, а я откуда возьму? Доскачется, дьявол, что придется до самого Татарского из такой дали пеши пороть либо на обывательских тянуться!» — раздраженно думал Прохор.

Наутро следующего дня возле одного из хуторов Федосеевской станицы он не стерпел, сказал, обращаясь к Григорию:

— Скажи, как ты хозяином сроду не был... Ну, кто так, без роздыху, и день и ночь скачет? Ты глянь, как кони перепали. Давай хоть на вечерней зорьке накормим их как полагается.

— Езжай, не отставай, — рассеянно ответил Григорий.

— Я за тобой не угонюсь, мой уже пристает. Может, отдохнем? Григорий промолчал. С полчаса они рысили, не обменявшись ни словом, потом Прохор решительно заявил:

— Давай же дадим им хоть трошки сапнуть! Я дальше так не поеду! Слышишь?

— Толкай, толкай!

— До каких же пор толкать? Пока копыта откинет?

— Не разговаривай!

— Помилосердствуй, Григорий Пантелевич! Я не хочу своего коня обдирать, а дело идет к этому...

— Ну, становись, черт с тобой! Приглядывай, где трава получше.

Телеграмма, блуждавшая в поисках Григория по станицам Хоперского округа, пришла слишком поздно... Григорий приехал домой на третий день после того, как похоронили Наталью. У калитки он спешился, на ходу обнял выбежавшую из дома всхлипывающую Дуняшку, нахмурясь, попросил:

— Вы́води коня хорошенько... Да не реви! — И повернулся к Прохору: — Езжай домой. Понадобишься — скажу тогда.

Ильинична, держа за руки Мишатку и Полюшку, вышла на крыльцо встречать сына.

Григорий схватил в охапку детишек, дрогнувшим голосом сказал:

— Только не кричать! Только без слез! Милые мои! Стало быть, осиротели? Ну-ну... Ну-ну... Подвела нас мамка...

А сам, с величайшим усилием удерживая рыдания, вошел в дом, поздоровался с отцом.

— Не уберегли... — сказал Пантелей Прокофьевич и тотчас же захромал в сенцы.

Ильинична увела Григория в горницу, долго рассказывала про Наталью. Старуха не хотела было говорить всего, но Григорий спросил:

— Почему она надумалась не родить, ты знаешь?

— Знаю.

— Ну?

— Она перед этим ходила к твоей, к этой... Аксинья ей и рассказала про все...

— Ага... так? — Григорий густо побагровел, опустил глаза.

Из горницы он вышел постаревший и бледный; беззвучно шевеля синеватыми, дрожащими губами, сел к столу, долго ласкал детей, усадив их к себе на колени, потом достал из подсумка серый от пыли кусок сахару, расколол его на ладони ножом, виновато улыбнулся:

— Вот и весь гостинец вам... Вот какой у вас отец... Ну, бежите на баз, зовите деда.

— На могилку пойдешь? — спросила Ильинична.

— Как-нибудь потом... Мертвые не обижаются... Как Мишатка, Полюшка? Ничего?

— В первый день дюже кричали, особливо Полюшка... Зараз — как уговорились, и не вспоминают об ней при нас, а нынче ночью слыхала — Мишатка кричал потихоньку... залез под подушку головой, чтобы его не слыхать было... Я подошла, спрашиваю: «Ты чего, родненький? Может, со мной ляжешь?» А он и говорит: «Ничего, бабуня, это я, должно быть, во сне...» Погутарь с ними, пожалей их... Вчерась утром слухаю, гутарют в сенцах промеж собой. Полюшка и говорит: «Она вернется к нам. Она — молодая, а молодые навовсе не умирают». Глупые ишо, а сердчишки-то болят, как у больших... Ты голодный небось? Сем-ка я соберу тебе перекусить чего-нибудь, чего ж молчишь?

Григорий вошел в горницу. Будто впервые попал сюда, он внимательно оглядел стены, остановил взгляд на прибранной, со взбитыми подушками кровати. На ней умерла Наталья, оттуда в последний раз звучал ее голос... Григорий представил, как Наталья прощалась с ребятишками, как она их целовала и, быть может, крестила, и снова, как тогда, когда читал телеграмму о ее смерти, ощутил острую, колющую боль в сердце, глухой звон в ушах.

Каждая мелочь в доме напоминала о Наталье. Воспоминания о ней были неистребимы и мучительны. Григорий зачем-то обошел все комнаты и торопливо вышел, почти выбежал на крыльцо. Боль в сердце становилась все горячее. На лбу у него выступила испарина. Он сошел с крыльца, испуганно прижимая к левой стороне груди ладонь, подумал: «Видно, укатали сивку крутые горки...»

Дуняшка вываживала по двору коня. Около амбара конь, сопротивляясь поводу, остановился, понюхал землю, вытянув шею и подняв верхнюю губу, ощерил желтые плиты зубов, потом фыркнул и неловко стал подгибать передние ноги. Дуняшка потянула за повод, но конь, не слушаясь, стал ложиться.

— Не давай ложиться! — крикнул из конюшни Пантелей Прокофьевич. — Не видишь — он оседланный! Почему не расседлала, чертова дуреха?!

Неторопливо, все еще прислушиваясь к тому, что делалось у него в груди, Григорий подошел к коню, снял седло, пересилив себя, улыбнулся Дуняшке:

— Пошумливает отец?

— Как и всегда, — ответно улыбнулась Дуняшка.

— Поводи ишо трошки, сестра.

— Он уж высох, ну да ладно, повожу.

— Поваляться дай ему, не препятствуй.

— Ну-ну, братушка... Горюешь?

— А ты думала — как? — задыхаясь, ответил Григорий.

Движимая чувством сострадания, Дуняшка поцеловала его в плечо и, отчего-то смутившись до слез, быстро отвернулась, повела коня к скотиньему базу.

Григорий пошел к отцу. Тот старательно выгребал навоз из конюшни.

— Твоему служивскому помещение готовлю.

— Чего же не сказал? Я бы сам вычистил.

— Выдумал тоже! Что я, аль немощный? Я, брат, как кремневое ружье. Мне износу не будет! Ишо прыгаю помаленьку. Завтра вот думаю жи́та ехать косить. Ты надолго прибег?

— На месяц.

— Вот это хорошо! Поедем-ка на́ поля? В работе оно тебе легше будет...

— Я уж и сам подумал об этом.

Старик бросил вилы, рукавом вытер пот с лица, с сокровенными нотками в голосе сказал:

— Пойдем в курень, пообедаешь. От него, от этого горя, никуда не скроешься... Не набегаешься и не схоронишься. Должно быть, так...

Ильинична собрала на стол, подала чистый рушник. И опять Григорий подумал: «Бывало, Наталья угощала...» Чтобы не выдать волнения, он проворно стал есть. С чувством признательноети он взглянул на отца, когда тот принес из кладовой заткнутый пучком сена кувшин с самогоном.

— Помянем покойницу, царство ей небесное, — твердо проговорил Пантелей Прокофьевич.

Они выпили по стакану. Старик немедля налил еще, вздохнул:

— За один год двоих у нас в семье не стало... Прилюбила смерть наш курень.

— Давай об этом не гутарить, батя! — попросил Григорий.

Он выпил второй стакан залпом, долго жевал кусок вяленой рыбы, все ждал, когда хмель ударит в голову, заглушит неотвязные мысли.

— Жита́ нонешний год хороши! А наш посев от других прямо отменитый! — хвастливо сказал Пантелей Прокофьевич. И в этой хвастливости, в тоне, каким было сказано, уловил Григорий чтото наигранное, нарочитое.

— А пшеница?

— Пшеница? Трошки прихваченная, а так — ничего, пудов на тридцать пять, на сорок. Гарновка — ох да и хороша ж вышла у людей, а нам, как на грех, не пришлось ее посеять. Но я дюже не жалкую! В такую разруху куда его, хлеб, девать? К Парамонову не повезешь, а в закромах не удержишь. Как пододвинется фронт — товарищи все выметут, как вылижут. Но ты не думай, у нас и без нынешнего урожая года на два хлеба хватит. У нас, слава богу, и в закромах его по ноздри; да ишо кое-где есть... — Старик лукаво подмигнул, сказал: — Спроси у Дашки, сколько мы его прихоронили про черный день! Яму в твой рост да в полтора маховых ширины — доверху набухали! Нас эта проклятая жизня трошки прибеднила, а то ить мы тоже хозяевами были... — Старик пьяно засмеялся своей шутке, но спустя немного с достоинством расправил бороду и уже деловито и серьезно сказал: — Может, ты об теще чего думаешь, так я тебе скажу так: ее я не забыл и нужде ихней помог. Не успела она как-то и словом заикнуться, а я на другой день воз хлеба, не мерямши, насыпал и отвез. Покойница Наталья была дюже довольная, аж слезьми ее прошибло, как узнала про это... Давай, сынок, по третьей дернем? Только у меня и радости осталось, что ты!

— Что ж, давай, — согласился Григорий, подставляя стакан.

В это время к столу несмело, бочком подошел Мишатка. Он вскарабкался к отцу на колени и, неловко обнимая его за шею левой рукой, крепко поцеловал в губы.

— Ты чего это, сынок? — растроганно спросил Григорий, заглядывая в затуманенные слезами детские глаза, сдерживаясь, чтобы не дохнуть в лицо сынишки самогонной вонью.

Мишатка негромко ответил:

— Маманька, когда лежала в горнице... когда она ишо живая была, подозвала меня и велела сказать тебе так: «Приедет отец — поцелуй его за меня и скажи ему, чтобы он жалел вас». Она ишо что-то говорила, да я позабыл...

Григорий поставил стакан, отвернулся к окну. В комнате долго стояла тягостная тишина.

— Выпьем? — негромко спросил Пантелей Прокофьевич.

— Не хочу. — Григорий ссадил с колен сынишку, встал, поспешно направился в сенцы.

— Погоди, сынок, а мясо? У нас — курица вареная, блинцы! — Ильинична метнулась к печке, но Григорий уже хлопнул дверью.

Бесцельно бродя по двору, он осмотрел скотиний баз, конюшню; глядя на коня, подумал: «Надо бы искупать его», потом зашел под навес сарая. Около приготовленной к покосу лобогрейки увидел валявшиеся на земле сосновые щепки, стружки, косой обрезок доски. «Гроб Наталье отец делал», — решил Григорий. И торопливо зашагал к крыльцу.

Уступая настояниям сына, Пантелей Прокофьевич наскоро собрался, запряг в косилку лошадей, взял бочонок с водой; вместе с Григорием они в ночь уехали в поле.

XVIII

Григорий страдал не только потому, что по-своему он любил Наталью и свыкся с ней за шесть лет, прожитых вместе, но и потому, что чувствовал себя виновным в ее смерти. Если бы при жизни Наталья осуществила свою угрозу — взяла детей и ушла жить к матери; если бы она умерла там, ожесточенная в ненависти к неверному мужу и непримирившаяся, Григорий, пожалуй, не с такой силой испытывал бы тяжесть утраты, и, уж наверное, раскаяние не терзало бы его столь яростно. Но со слов Ильиничны он знал, что Наталья простила ему все, что она любила его и вспоминала о нем до последней минуты. Это увеличивало его страдания, отягчало совесть немолкнущим укором, заставляло по-новому осмысливать прошлое и свое поведение в нем...

Было время, когда Григорий ничего не питал к жене, кроме холодного безразличия и даже неприязни, но за последние годы он стал иначе относиться к ней, и основной причиной перемены, происшедшей в его отношении к Наталье, были дети.

Вначале и к ним Григорий не испытывал того глубокого отцовского чувства, которое возникло в нем за последнее время. На короткий срок приезжая с фронта домой, он пестовал и ласкал их как бы по обязанности и чтобы сделать приятное матери, сам же не только не ощущал в этом какой-то потребности, но не мог без недоверчивого удивления смотреть на Наталью, на бурные проявления ее материнских чувств. Он не понимал, как можно было так самозабвенно любить эти крохотные крикливые существа, и не раз по ночам с досадой и насмешкой говорил жене, когда она еще кормила детей грудью: «Чего ты вскакиваешь, как бешеная? Не успеет крикнуть, а ты уж на ногах. Ну, нехай надуется, покричит, небось золотая слеза не выскочит!» Дети относились к нему с не меньшим равнодушием, но по мере того как они росли — росла и их привязанность к отцу. Детская любовь возбудила и у Григория ответное чувство, и это чувство, как огонек, перебросилось на Наталью.

После разрыва с Аксиньей Григорий никогда не думал всерьез о том, чтобы разойтись с женой; никогда, даже вновь сойдясь с Аксиньей, он не думал, чтобы она когда-нибудь заменила мать его детям. Он не прочь был жить с ними с обеими, любя каждую из них по-разному, но, потеряв жену, вдруг почувствовал и к Аксинье какую-то отчужденность, потом глухую злобу за то, что она выдала их отношения и — тем самым — толкнула Наталью на смерть.

Как ни старался Григорий, уехав в поле, забыть о своем горе, в мыслях он неизбежно возвращался к этому. Он изнурял себя работой, часами не слезая с лобогрейки, и все же вспоминал Наталью; память настойчиво воскрешала давно минувшее, различные, зачастую незначительные эпизоды совместной жизни, разговоры. Стоило на минуту снять узду с услужливой памяти, и перед глазами его вставала живая, улыбающаяся Наталья. Он вспоминал ее фигуру, походку, манеру поправлять волосы, ее улыбку, интонации голоса...

На третий день начали косить ячмень. Григорий как-то среди дня, когда Пантелей Прокофьевич остановил лошадей, слез с заднего стульца косилки, положил на полок короткие вилы, сказал:

— Хочу, батя, поехать домой на-час.

— Зачем?

— Что-то соскучился по ребятишкам...

— Что ж, поезжай, — охотно согласился старик. — А мы тем временем будем копнить.

Григорий тотчас же выпряг из косилки своего коня, сел на него и шагом поехал по желтой щетинистой стерне к шляху. «Скажи ему, чтобы жалел вас!» — звучал в ушах его Натальин голос. Григорий закрывал глаза, бросал поводья и, погруженный в воспоминания, предоставлял коню идти бездорожно.

В густо-синем небе почти недвижно стояли раскиданные ветром редкие облака. По стерне враскачку ходили грачи. Они семьями сидели на копнах; старые из клюва в клюв кормили молодых, только недавно оперившихся и еще неуверенно поднимавшихся на крыло. Над скошенными десятинами стон стоял от грачиного крика.

Конь Григория норовил идти по обочине дороги, изредка на ходу срывал ветку донника, жевал ее, гремя удилами. Раза два он останавливался, ржал, завидев вдали лошадей, и тогда Григорий, очнувшись, понукал его, невидящим взором оглядывал степь, пыльную дорогу, желтую россыпь копен, зеленовато-бурые делянки вызревающего проса.

Как только Григорий приехал домой — явился Христоня, мрачный с виду и одетый, несмотря на жару, в суконный английский френч и широкие бриджи. Он пришел, опираясь на огромную свежеоструганную ясеневую палку, поздоровался:

— Проведать пришел. Прослыхал про ваше горе. Похоронили, стал быть, Наталью Мироновну?

— Ты каким путем с фронта? — спросил Григорий, сделав вид, будто не слышал вопроса, с удовольствием рассматривая нескладную, несколько согбенную фигуру Христони.

— После ранения на поправку пустили. Скобленули меня поперек пуза доразу две пули. И до се там, возле кишок сидят, застряли, стал быть, проклятые. Через это я и при костыле нахожусь. Видишь?

— Где же это тебя попортили?

— Под Балашово́м.

— Взяли его? Как же тебя зацепило?

— В атаку шли. Балашов, стал быть, забрали и Поворино. Я забирал.

— Ну расскажи, с кем ты, в какой части, кто с тобой из хуторных! Присаживайся, вот табак.

Григорий обрадовался новому человеку, возможности поговорить о чем-то постороннем, что не касалось его переживаний. Христоня проявил некоторую сообразительность, догадавшись, что в его сочувствии Григорий не нуждается, и стал охотно, но медлительно рассказывать о взятии Балашова, о своем ранении. Дымя огромной цигаркой, он густо басил:

— Шли в пешем строю по подсолнухам. Они били, стал быть, из пулеметов и из орудий, ну и из винтовок, само собой. Человек я из себя приметный, иду в цепи, как гусак промеж курей, как ни пригинался, а все меня видно, ну они, пули-то, меня и нашли. Да ить это хорошо, что я ростом вышел, а будь пониже — аккурат в голову бы угодили! Были они, стал быть, на излете, но вдарили так, что ажник в животе у меня все забурчало, и каждая горячая, черт, как, скажи, из печки вылетела... Лапнул рукой по этому месту, чую — во мне они сидят, катаются под кожей, как жировики, на четверть одна от другой. Ну, я их помял пальцами и упал, стал быть. Думаю: шутки дурные, к едреной матери с такими шутками! Лучше уж лежать, а то другая прилетит, какая порезвей, и наскрозь пронижет. Ну, и лежу, стал быть. Нет-нет да и потрогаю их, пули-то. Они всё там, одна вблизи другой. Ну, я и испужался, думаю: что как они, подлюки, в живот провалются, тогда что? Будут там промеж кишков кататься, как их доктора разыщут? Да и мне радости мало. А тело у человека, хотя бы и у меня, жидкое, пробредут пульки-то до главной кишки — и ходи тогда, греми ими, как почтарский громышок. Полное нарушение получится. Лежу, шляпку подсолнуха открутил, семечки ем, а самому страшно. Цепь наша ушла. Ну, как взяли этот Балашов, и я туда прикомандировался. В Тишанской в лазарете лежал. Доктор там такой, стал быть, шустрый, как воробей. Все упрашивал: «Давай пули вырежем?» А я сам себе на уме... Спросил: «Могут они, ваше благородие, в нутро провалиться?» — «Нет, говорит, не могут». Ну, тогда, думаю, не дамся их вырезать! Знаю я эти шутки! Вырежут, не успеет рубец затянуться — и опять иди в часть. «Нет, говорю, ваше благородие, не дамся. Мне с ними даже интереснее. Хочу их домой понесть, жене показать, а они мне не препятствуют, не велика тяжесть». Обругал он меня, а на побывку пустил на неделю.

Улыбаясь, Григорий выслушал бесхитростное повествование, спросил:

— Ты куда попал, в какой полк?

— В Четвертый сводный.

— Кто из хуторных с тобой?

— Наших там много: Аникушка-скопец, Бесхлебнов, Коловейдин Аким, Мирошников Семка, Горбачев Тихон.

— Ну, как казачки́? Не жалуются?

— Обижаются на офицерьев, стал быть. Таких сволочей понасажали, житья нету. И почти все — русские, казаков нету.

Христоня, рассказывая, натягивал короткие рукава френча и, словно не веря своим глазам, удивленно рассматривал и гладил на коленях добротное ворсистое сукно английских штанов.

— А ботинок, стал быть, на мою ногу не нашлось, — раздумчиво говорил он. — В английской державе, под ихними людьми, таких ядреных ног нету... Мы же пашаницу сеем и едим, а там, небось, как и в России, на одном жите сидят. Откель же им такие ноги иметь? Всю сотню одели, обули, пахучих папиросов прислали, а всё одно — плохо...

— Что плохо? — поинтересовался Григорий.

Христоня улыбнулся, сказал:

— Снаружи хорошо, в середке плохо. Знаешь, опять казаки не хотят воевать. Стал быть, ничего из этой войны не выйдет. Гутарили так, что дальше Хоперского округа не пойдут...

Проводив Христоню, Григорий после короткого размышления решил: «Поживу с неделю и уеду на фронт. Тут с тоски пропадешь». До вечера он был дома. Вспомнил детство и смастерил Мишатке ветряную мельницу из камышинок, ссучил из конского волоса силки для ловли воробьев, дочери искусно сделал крохотную коляску с вращающимися колесами и причудливо изукрашенным дышлом, пробовал даже свернуть из лоскутков куклу, но тут у него ничего не вышло; кукла была сделана при помощи Дуняшки.

Дети, к которым Григорий никогда прежде не проявлял такого внимания, вначале отнеслись к его затеям с недоверием, но потом уже ни на минуту не отходили от него, и под вечер, когда Григорий собрался ехать в поле, Мишатка, сдерживая слезы, заявил:

— Ты сроду такой! Приедешь на-час и опять нас бросаешь... Забери с собой и силки, и мельницу, и трещотку, все забери! Мне не нужно!

Григорий взял в свои большие руки маленькие ручонки сына, сказал:

— Ежели так — давай решим: ты — казак, вот и поедем со мной ná поля, будем ячмень косить, копнить, на косилке будешь с дедом сидеть, коней будешь погонять. Сколько там кузнецов в траве! Сколько разных птах в буераке! А Полюшка останется с бабкой домоседовать. Она на нас в обиде не будет. Ее, девичье, дело — полы подметать, воду бабке носить из

Дону в маленькой ведрушонке, да и мало ли у них всяких бабьих делов? Согласный?

— А то нет! — с восторгом воскликнул Мишатка. У него даже глаза заблестели от предвкушаемого удовольствия.

Ильинична было воспротивилась:

— Куда ты его повезешь? Выдумываешь чума его знает что! А спать где он будет? И кто за ним там будет наглядывать? Упаси бог, либо к лошадям подойдет — вдарят, либо змея укусит. Не ездий с отцом, милушка, оставайся дома! — обратилась она к внуку.

Но у того вдруг зловеще вспыхнули сузившиеся глаза (точь-в-точь как у деда Пантелея, когда он приходил в ярость), сжались кулачки, и высоким, плачущим голосом он крикнул:

— Бабка, молчи!.. Все одно поеду! Батянюшка, родненький, не слухай ее!..

Смеясь, Григорий взял сына на руки, успокоил мать:

— Спать он будет со мной. Отсюдова поедем шагом, не уроню же я его? Готовь ему, мамаша, одежу и не боись — сохраню в целости, а завтра к ночи привезу.

Так началась дружба между Григорием и Мишаткой.

За две недели, проведенные в Татарском, Григорий только три раза, и то мельком, видел Аксинью. Она, с присущим ей умом и тактом, избегала встреч, понимая, что лучше ей не попадаться Григорию на глаза. Женским чутьем она распознала его настроение, сообразила, что всякое неосторожное и несвоевременное проявление ее чувств к нему может вооружить его против нее, кинуть какое-то пятно на их взаимоотношения. Она ждала, когда Григорий сам заговорит с ней. Это случилось за день до его отъезда на фронт. Он ехал с поля с возом хлеба, припозднился, в сумерках около крайнего к степи проулка встретил Аксинью. Она издали поклонилась, чуть приметно улыбнулась. Улыбка ее была выжидающей и тревожной. Григорий ответил на поклон, но разминуться молча не смог.

— Как живешь? — спросил он, незаметно натягивая вожжи, умеряя легкий шаг лошадей.

— Ничего, спасибо, Григорий Пантелеевич.

— Что это тебя не видно?

— Нá полях была... Бьюсь одна с хозяйством.

Вместе с Григорием на возу сидел Мишатка. Может быть, поэтому Григорий не остановил лошадей, не стал больше занимать Аксинью разговором. Он отъехал несколько саженей, обернулся, услышав оклик. Аксинья стояла около плетня.

— Долго пробудешь в хуторе? — спросила она, взволнованно ощипывая лепестки сорванной ромашки.

— Днями уеду.

По тому, как Аксинья на секунду замялась, было видно, что она хотела еще что-то спросить. Но почему-то не спросила, махнула рукой и торопливо пошла на выгон, ни разу не оглянувшись.

XIX

Небо заволокло тучами. Накрапывал мелкий, будто сквозь сито сеянный, дождь. Молодая отава, бурьяны, раскиданные по степи кусты дикого терна блестели.

Крайне огорченный преждевременным отъездом из хутора. Прохор ехал молча, за всю дорогу ни разу не заговорил с Григорием. За хутором Севастьяновским повстречались им трое конных казаков. Они ехали в ряд, поталкивая каблуками лошадей, оживленно разговаривая. Один из них, пожилой и рыжебородый, одетый в серый домотканый зипун, издали узнал Григория, громко сказал спутникам: «А ить это Мелехов, братушки!» — и, поравнявшись, придержал рослого гнедого коня.

— Здорово живешь, Григорий Пантелевич! — приветствовал он Григория.

— Здравствуй! — ответил Григорий, тщетно пытаясь вспомнить, где он встречался с этим рыжебородым, мрачным на вид казаком.

Его, как видно, недавно произвели в подхорунжии, и он, чтобы не сойти за простого казака, нашил новенькие погоны прямо на зипун.

— Не угадаешь? — спросил он, подъезжая вплотную, протягивая широкую, покрытую огненно-красными волосами руку, крепко дыша запахом водочного перегара. Тупое самодовольство сияло на лице новоиспеченного подхорунжего, крохотные голубые глазки его искрились, под рыжими усами губы расползались в улыбку.

Нелепый вид зипунного офицера развеселил Григория. Не скрывая насмешки, он ответил:

— Не угадаю. Видать, я встречался с тобой, когда ты был ишо рядовым... Тебя недавно произвели в подхорунжии?

— В самый раз попал! С неделю как произвели. А встречались мы с тобой у Кудинова в штабе, кажись — под благовещение. Ты меня тогда из одной беды выручил, вспомни-ка! Эй, Трифон! Езжайте помаленьку, я догоню! — крикнул бородач приостановившимся неподалеку казакам.

Григорий с трудом припомнил, при каких обстоятельствах виделся с рыжим подхорунжим, вспомнил и кличку его: «Семак», и отзыв о нем Кудинова: «Стреляет, проклятый, без промаху! Зайцев на бегу из винтовки бьет, и в бою лихой, и разведчик хороший, а умом — малое дите». Семак, в восстание командуя сотней, совершил какой-то проступок, за который Кудинов хотел с ним расправиться, но Григорий вступился, и Семак был помилован и оставлен на должности командира сотни.

— С фронта? — спросил Григорий.

— Так точно, в отпуск еду из-под Новохоперска. Чудок, верст полтораста, кругу дал, заезжал в Слащевскую, там у меня — сродствие. Я добро помню, Григорий Пантелевич! Не откажи в милости, хочу угостить тебя, а? Везу в сумах две бутылки чистого спирту, давай их зараз разопьем?

Григорий отказался наотрез, но бутылку спирта, предложенную в подарок, взял.

— Что там было! Казачки́ и офицеры огрузились добром! — хвастливо рассказывал Семак. — Я и в Балашове побывал. Взяли мы его и кинулись перво-наперво к железной дороге, там полно стояло составов, все путя были забитые. В одном вагоне — сахар, в другом — обмундирование, в третьем — разное имущество. Иные из казаков по сорок комплектов одежи взяли! А потом, как пошли жидов тресть, — смех! Из моей полусотни один ловкач по жидам восемнадцать штук карманных часов насобирал, из них десять золотых, навешал, сукин кот, на грудях, ну прямо самый что ни на есть богатейший купец! А перстней и колец у него оказалось — не счесть! На каждом пальце по два да по три...

Григорий указал на раздутые переметные сумки Семака, спросил:

— А у тебя что это?

— Так... Разная разность.

— Тоже награбил?

— Ну ты уж скажешь — награбил... Не награбил, а добыл по закону. Наш командир полка так сказал: «Возьмете город — на двое суток он в вашем распоряжении!» Что же я — хуже других? Брал казенное, что под руку попадалось... Другие хуже делали.

— Хороши вояки! — Григорий с отвращением оглядел добычливого подхорунжего, сказал: — С такими подобными, как ты, на большой дороге, под мостами сидеть, а не воевать! Грабиловку из войны учинили! Эх вы, сволочи! Новое рукомесло приобрели! А ты думаешь, за это когда-нибудь не спустят шкуры и с вас, и с вашего полковника?

— За что же это?

— За это самое!

— Кто же это могет спустить?

— Кто чином повыше.

Семак насмешливо улыбнулся, сказал:

— Да они сами такие-то! Мы хучь в сумах везем да на повозках, а они цельными обозами отправляют.

— А ты видал?

— Скажешь тоже — видал! Сам сопровождал такой обоз до Ярыженской. Одной серебряной посуды, чашков, ложков был полный воз! Кое-какие из офицерьев налётывали: «Чего везете? А ну, показывай!» Как скажу, что это — личное имущество генерала такого-то, так и отъедут ни с чем.

— Чей же это генерал? — щурясь и нервно перебирая поводья, спросил Григорий.

Семак хитро улыбнулся, ответил:

— Позабыл его фамилию... Чей же он, дай бог памяти? Нет, заметило, не вспомню! Да ты зря ругаешься, Григорий Пантелевич. Истинная правда, все так делают! Я ишо промежду других, как ягнок супротив волка; я легочко брал, а другие телешили людей прямо середь улицы, жидовок сильничали прямо напропалую! Я этими делами не занимался, у меня своя законная баба есть, да какая баба-то: прямо жеребец, а не баба! Нет-нет, это ты зря на меня сердце поимел. Погоди, куда же ты?

Григорий кивком головы холодно попрощался с Семаком, сказал Прохору:

— Трогай за мной! — и пустил коня рысью.

По пути все чаще попадались одиночками и группами ехавшие в отпуск казаки. Нередко встречались пароконные подводы. Груз на них был прикрыт брезентами или ряднами, заботливо увязан. Позади подвод, привстав на стременах, рысили казаки, одетые в новенькие летние гимнастерки, в красноармейские, защитного цвета, штаны. Запыленные, загорелые лица казаков были оживленны, веселы, но, встречаясь с Григорием, служивые старались поскорее разминуться, проезжали молча, как по команде поднося руки к козырькам фуражек, и заговаривали снова между собой, лишь отъехав на почтительное расстояние.

— Купцы едут! — насмешливо говорил Прохор, издали увидав конных, сопровождавших подводу с награбленным имуществом.

Впрочем, не все ехали на побывку обремененные добычей. На одном из хуторов, остановившись возле колодца, чтобы напоить коней, Григорий услышал доносившуюся из соседнего двора песню. Пели, судя по ребячески чистым, хорошим голосам, молодые казаки.

— Служивого, должно, провожают, — сказал Прохор, зачерпывая ведром воды.

После выпитой накануне бутылки спирта он не прочь был похмелиться, поэтому, поспешно напоив коней, посмеиваясь, предложил:

— А что, Пантелевич, не пойтить ли нам туда? Может, на проводах и нам перепадет по стремянной? Курень, хотя и камышом крытый, но, видно, богатый.

Григорий согласился пойти взглянуть, как провожают «кугаря». Привязав коней к плетню, они с Прохором вошли во двор. Под навесом сарая у круглых яслей стояли четыре оседланные лошади. Из амбара вышел подросток с железной мерой, доверху насыпанной овсом. Он мельком взглянул на Григория, пошел к заржавшим лошадям. За углом куреня разливалась песня. Дрожащий высокий тенорок выводил:

Как по той-то было по дороженьке
Никто пеш не хаживал...

Густой прокуренный бас, повторив последние слова, сомкнулся с тенором, потом вступили новые слаженные голоса, и песня потекла величаво, раздольно и грустно. Григорию не захотелось своим появлением прерывать песенников; он тронул Прохора за рукав, шепнул:

— Погоди, не показывайся, нехай доиграют.

— Это — не проводы. Еланские так играют. Это они та́к запеснячивают. А здорово, черти, тянут! — одобрительно отозвался Прохор и огорченно сплюнул: расчет на то, чтобы выпить, судя по всему, не оправдался.

Ласковый тенорок до конца рассказал в песне про участь оплошавшего на войне казака:

Ни пешего, ни конного следа допрежь не было.
Проходил по дороженьке казачий полк.
За полком-то бежит душа добрый конь.
Он черкесское седельце на боку несет.
А тесмяная уздечка на правом ухе висит,
Шелковы поводьица ноги путают.
За ним гонит млад донской казак,
Он кричит-то своему коню верному:
«Ты постой, погоди, душа верный конь,
Не покинь ты меня, одинокого,
Без тебя не уйтить от чеченцев злых...»

Очарованный пением, Григорий стоял, привалившись спиной к беленому фундаменту куреня, не слыша ни конского ржания, ни скрипа проезжавшей по проулку арбы...

За углом кто-то из песенников, кончив песню, кашлянул, сказал:

— Не так играли, как оторвали! Ну да ладно, как умеем, так могем. А вы бы, бабушки, служивым на дорогу ишо чего-нибудь дали. Поели мы хорошо, спаси Христос, да вот на дорогу у нас с собой никаких харчишек нету...

Григорий очнулся от раздумья, вышел из-за угла. На нижней ступеньке крыльца сидели четверо молодых казаков; окружив их плотной толпой, стояли набежавшие из соседних дворов бабы, старухи, детишки. Слушательницы, всхлипывая и сморкаясь, вытирали слезы кончиками платков, одна из старух — высокая и черноглазая, со следами строгой иконописной красоты на увядшем лице — протяжно говорила, когда Григорий подходил к крыльцу:

— Милые вы мои! До чего же вы хорошо да жалостно поете! И, небось, у каждого из вас мать есть, и, небось, как вспомнит про сына, что он на войне гибнет, так слезьми и обольется... — Блеснув на поздоровавшегося Григория желтыми белками, она вдруг злобно сказала: — И таких цветков ты, ваше благородие, на смерть водишь? На войне губишь?

— Нас самих, бабушка, губят, — хмуро ответил Григорий.

Казаки, смущенные приходом незнакомого офицера, проворно поднялись, отодвигая ногами стоявшие на ступеньках тарелки с остатками пищи, оправляя гимнастерки, винтовочные погоны, портупеи. Они пели, даже винтовок не скинув с плеч. Самому старшему из них на вид было не больше двадцати пяти лет.

— Откуда? — спросил Григорий, оглядывая молодые свежие лица служивых.

— Из части... — нерешительно ответил один из них, курносый, со смешливыми глазами.

— Я спрашиваю — откуда родом, какой станицы? Не здешние?

— Еланские, едем в отпуск, ваше благородие.

По голосу Григорий узнал запевалу, улыбаясь, спросил:

— Ты заводил?

— Я.

— Ну, хорош у тебя голосок! А по какому же случаю вы распелись? С радости, что ли? По вас не видно, чтобы были подпитые.

Высокий русый парень с лихо зачесанным, седым от пыли чубом, с густым румянцем на смуглых щеках, косясь на старух, смущенно улыбаясь, нехотя ответил:

— Какая там радость... Нужда за нас поет! Так, за здорово живешь, в этих краях не дюже кормют, дадут кусок хлеба — и все. Вот мы и приловчились песни играть. Как заиграем, понабегут бабы слухать; мы какую-нибудь жалостную заведем, ну, они растрогаются и несут — какая кусок сала, какая корчажку молока или ишо чего из едового...

— Мы вроде попов, господин сотник, поем и пожертвования собираем! — сказал запевала, подмигивая товарищам, прижмуряя в улыбке смешливые глаза.

Один из казаков вытащил из грудного кармана засаленную бумажку, протянул ее Григорию:

— Вот наше отпускное свидетельство.

— Зачем оно мне?

— Может, сумлеваетесь, а мы не дезертиры...

— Это ты будешь показывать, когда с карательным отрядом повстречаетесь, — с досадой сказал Григорий, но, перед тем как уйти, посоветовал все же: — Езжайте ночами, а днем можно перестоять где-нибудь. Бумажка ваша ненадежная, как бы вы с ней не попались... Без печати она?

— У нас в сотне печати нету.

— Ну, так ежли не хотите калмыкам под шомпола ложиться — послухайтесь моего совета!

Верстах в трех от хутора, не доезжая саженей полтораста до небольшого леса, подступившего к самой дороге, Григорий снова увидел двух конных, ехавших ему навстречу. Они на минуту остановились, вглядываясь, а потом круто свернули в лес.

— Эти без бумажки едут, — рассудил Прохор. — Видал, как они крутнули в лес? И черти их несут днем!

Еще несколько человек, завидев Григория и Прохора, сворачивали с дороги, спешили скрыться. Один пожилой пехотинец-казак, тайком пробиравшийся домой, юркнул в подсолнухи, затаился, как заяц на меже. Проезжая мимо него, Прохор поднялся на стременах, крикнул:

— Эй, земляк, плохо хоронишься! Голову схоронил, а ж... видно! — И с деланной свирепостью вдруг гаркнул: — А ну, вылазь! Показывай документы!

Когда казак вскочил и, пригибаясь, побежал по подсолнухам, Прохор захохотал во все горло, тронул было коня, чтобы скакать вдогонку, но Григорий остановил его:

— Не дури! Ну его к черту, он и так будет бечь, пока запалится. Как раз ишо помрет со страху...

— Что ты! Его и с борзыми не догонишь! Он зараз верст на десять намётом пойдет. Видал, как он маханул по подсолнухам! Откуда при таких случаях и резвость у человека берется, даже удивительно мне.

Неодобрительно отзываясь вообще о дезертирах, Прохор говорил:

— Едут-то как, прямо ва́лками. Как, скажи, их из мешка вытряхнули! Гляди, Пантелевич, как бы вскорости нам с тобой двоим не пришлось фронт держать...

Чем ближе подъезжал Григорий к фронту, тем шире открывалась перед его глазами отвратительная картина разложения Донской армии — разложения, начавшегося как раз в тот момент, когда, пополненная повстанцами, армия достигла на Северном фронте наибольших успехов. Части ее уже в это время были не только не способны перейти в решительное наступление и сломить сопротивление противника, но и сами не смогли бы выдержать серьезного натиска.

В станицах и селах, где располагались ближние резервы, офицеры беспросыпно пьянствовали; обозы всех разрядов ломились от награбленного и еще не переправленного в тыл имущества; в частях оставалось не больше шестидесяти процентов состава; в отпуска казаки уходили самовольно, и составленные из калмыков рыскавшие по степям карательные отряды не в силах были сдержать волну массового дезертирства. В занятых селах Саратовской губернии казаки держали себя завоевателями на чужой территории: грабили население, насиловали женщин, уничтожали хлебные запасы, резали скот. В армию шли пополнения из зеленой молодежи и стариков пятидесятилетнего возраста. В маршевых сотнях открыто говорили о нежелании воевать, а в частях, которые перебрасывались на воронежское направление, казаки оказывали прямое неповиновение офицерам. По слухам, участились случаи убийства офицеров на передовых позициях.

Неподалеку от Балашова уже в сумерках Григорий остановился в одной небольшой деревушке на ночевку. 4-я отдельная запасная сотня из казаков старших призывных возрастов и саперная рота Таганрогского полка заняли в деревушке все жилые помещения. Григорию пришлось долго искать места для ночлега. Можно было бы переночевать в поле, как они обычно делали, но к ночи находил дождь, да и Прохор трясся в очередном припадке малярии; требовалось провести ночь где-нибудь под кровлей. На выезде из деревни, около большого, обсаженного тополями дома стоял испорченный снарядом бронеавтомобиль. Проезжая мимо, Григорий прочитал незакрашенную надпись на его зеленой стенке: «Смерть белой сволочи!», и — ниже: «Свирепый». Во дворе у коновязи фыркали лошади, слышались людские голоса; за домом в саду горел костер, над зелеными вершинами деревьев стлался дым; освещенные огнем, около костра двигались фигуры казаков. Ветер нес от костра запах горящей соломы и паленой свиной щетины.

Григорий спешился, пошел в дом.

— Кто тут хозяин? — спросил он, войдя в низкую, полную людьми комнату.

— Я. А вам чего? — Невысокий мужик, прислонившийся к печи, не меняя положения, оглянулся на Григория.

— Разрешите у вас заночевать? Нас двое.

— Нас тут и так, как семечек в арбузе, — недовольно буркнул лежавший на лавке пожилой казак.

— Я бы ничего, да больно густо у нас народу, — как бы оправдываясь, заговорил хозяин.

— Как-нибудь поместимся. Не под дождем же нам ночевать? — настаивал Григорий. — У меня ординарец больной.

Лежавший на лавке казак крякнул, спустил ноги и, всмотревшись в Григория, уже другим тоном сказал:

— Нас, ваше благородие, вместе с хозяевами четырнадцать душ в двух комнатушках, а третью занимает английский офицер с двомя своими денщиками, да окромя ишо один наш офицер с ними.

— Может, у них как устроитесь? — доброжелательно сказал второй казак с густою проседью в бороде, с погонами старшего урядника.

— Нет, я уж лучше тут. Мне места немного надо, на полу лягу, я вас не потесню. — Григорий снял шинель, ладонью пригладил волосы, сел к столу.

Прохор вышел к лошадям.

В соседней комнате, вероятно, слышали разговор. Минут пять спустя вошел маленький, щеголевато одетый поручик.

— Вы ищете ночлега? — обратился он к Григорию и, мельком глянув на его погоны, с любезной улыбкой предложил: — Переходите к нам, в нашу половину, сотник. Я и лейтенант английской армии господин Кэмпбелл просим вас, там вам будет удобнее. Моя фамилия — Щеглов. Ваша? — Он пожал руку Григория, спросил: — Вы с фронта? Ах, из отпуска! Пойдемте, пойдемте! Мы рады будем оказать вам гостеприимство. Вы, вероятно, голодны, а у нас есть чем угостить.

У поручика на френче из превосходного светло-зеленого сукна болтался офицерский Георгий, пробор на небольшой голове был безукоризнен, сапоги тщательно начищены, от матово-смуглого выбритого лица, от всей его статной фигуры веяло чистотой и устойчивым запахом какого-то цветочного одеколона. В сенях он предупредительно пропустил вперед Григория, сказал:

— Дверь налево. Осторожнее, здесь ящик, не стукнитесь.

Навстречу Григорию поднялся молодой рослый и плотный лейтенант, с пушистыми черными усиками, прикрывавшими наискось рассеченную верхнюю губу, и близко поставленными серыми глазами. Поручик представил ему Григория, что-то сказал по-английски. Лейтенант потряс руку гостя и, глядя то на него, то на поручика, сказал несколько фраз, жестом пригласил сесть.

Посреди комнаты стояли в ряд четыре походные кровати, в углу громоздились какие-то ящики, дорожные мешки, кожаные чемоданы. На сундуке лежали: ручной пулемет незнакомой Григорию системы, чехол от бинокля, патронные цинки, карабин с темной ложей и новеньким, непотертым, тускло-сизым стволом.

Лейтенант что-то говорил приятным глухим баском, дружелюбно поглядывая на Григория. Григорий не понимал чужой, странно звучавшей для его уха речи, но, догадываясь, что говорят о нем, испытывал состояние некоторой неловкости. Поручик рылся в одном из чемоданов, улыбаясь, слушал, потом сказал:

— Мистер Кэмпбелл говорит, что очень уважает казаков, что, по его мнению, они отличные кавалеристы и воины. Вы, вероятно, хотите есть? Вы пьете? Он говорит, что опасность сближает... Э, черт, всякую ерунду говорит! — Поручик извлек из чемодана несколько консервных банок, две бутылки коньяку и снова нагнулся над чемоданом, продолжая переводить: — По его словам, его очень любезно принимали казачьи офицеры в Усть-Медведицкой. Они выпили там огромную бочку донского вина, все были пьяны в лоск и превесело провели время с какими-то гимназистками. Ну, уж это как водится! Он считает для себя приятной обязанностью отплатить за оказанное ему гостеприимство не меньшим гостеприимством. И вы должны будете это перенести. Мне вас жаль... Вы пьете?

— Спасибо. Пью, — сказал Григорий, украдкой рассматривая свои грязные от поводьев и дорожной пыли руки.

Поручик поставил на стол банки — ловко вскрывая их ножом, со вздохом сказал:

— Знаете, сотник, он меня замучил, этот английский боров! Пьет с утра и до поздней ночи. Хлещет ну бесподобно! Я сам, знаете ли, не прочь выпить, но в таких гомерических размерах не могу. А этот, — поручик, улыбаясь, глянул на лейтенанта, неожиданно для Григория матерно выругался, — льет и натощак и всячески!

Лейтенант улыбался, кивал головой, ломаным русским языком говорил:

— Та, та!.. Хор'ошо... Нато вып'ит фаш здор'ов!

Григорий засмеялся, встряхнул волосами. Эти парни ему положительно нравились, а бессмысленно улыбавшийся и уморительно говоривший по-русски лейтенант был прямо великолепен.

Вытирая стаканы, поручик говорил:

— Две недели я с ним валандаюсь, это каково? Он работает в качестве инструктора по вождению танков, приданных к нашему Второму корпусу, а меня пристегнули к нему переводчиком. Я свободно говорю по-английски, это меня и погубило... У нас тоже пьют, но не так. А это — черт знает что! Увидите, на что он способен! Ему одному в сутки надо не меньше четырех-пяти бутылок коньяку. С промежутками выпивает все, а пьяным не бывает и даже после такой порции способен работать. Он меня уморил. Желудок у меня что-то начинает побаливать, настроение все эти дни ужасное, и весь я до того проспиртовался, что теперь даже около горящей лампы боюсь сидеть... Черт знает что! — Говоря, он доверху наполнил коньяком два стакана, себе налил чуть-чуть.

Лейтенант, указывая глазами на стакан, смеясь, что-то начал оживленно говорить. Поручик, умоляюще положив руку на сердце, отвечал ему, сдержанно улыбаясь, и лишь изредка и на миг в черных добрых глазах его вспыхивали злые огоньки. Григорий взял стакан, чокнулся с радушными хозяевами, выпил залпом.

— О! — одобрительно сказал англичанин и, отхлебнув из своего стакана, презрительно посмотрел на поручика.

Большие смуглые рабочие руки лейтенанта лежали на столе, на тыльной стороне ладоней в порах темнело машинное масло, пальцы шелушились от частого соприкосновения с бензином и пестрели застарелыми ссадинами, а лицо было холеное, упитанное, красное. Контраст между руками и лицом был так велик, что Григорию казалось иногда, будто лейтенант сидит в маске.

— Вы меня избавляете, — сказал поручик, наливая вровень с краями два стакана.

— А он один, что же, не пьет?

— В том-то и дело! С утра пьет один, а вечером не может. Ну что ж, давайте выпьем.

— Крепкая штука... — Григорий отпил немного из стакана, но под удивленным взглядом лейтенанта вылил в рот остальное.

— Он говорит, что вы молодчина. Ему нравится, как вы пьете.

— Я поменялся бы с вами должностями, — улыбаясь, сказал Григорий.

— Уверен, что после двух недель вы бы сбежали!

— От такого добра?

— Уж я-то, во всяком случае, от этого добра сбегу.

— На фронте хуже.

— Здесь тоже фронт. Там от пули или осколка можно окочуриться, и то не наверняка, а здесь белая горячка мне обеспечена. Попробуйте вот эти консервированные фрукты. Ветчины не хотите?

— Спасибо, я ем.

— Англичане — мастера на эти штуки. Они свою армию не так кормят, как мы.

— А мы разве кормим? У нас армия — на подножном корму.

— К сожалению, это верно. Однако при таком методе обслуживания бойцов далеко не уедешь, особенно если разрешить этим бойцам безнаказанно грабить население...

Григорий внимательно посмотрел на поручика, спросил:

— А вы далеко собираетесь ехать?

— Нам же по пути, о чем вы спрашиваете? — Поручик не заметил, как лейтенант завладел бутылкой и налил ему полный стакан.

— Теперь уж прийдется вам выпить до донышка, — улыбнулся Григорий.

— Начинается! — глянув на стакан, простонал поручик. Щеки его зацвели сплошным тонким румянцем. Все трое молча чокнулись, выпили.

— Дорога-то у нас одна, да едут все по-разному... — снова заговорил Григорий, морщась и тщетно стараясь поймать вилкой скользивший по тарелке абрикос. — Один ближе слезет, другой едет дальше, вроде как на поезде...

— Вы разве не до конечной станции собираетесь ехать?

Григорий чувствовал, что пьянеет, но хмель еще не осилил его; смеясь, он ответил:

— До конца у меня капиталу на билет не хватит... А вы?

— Ну, у меня другое положение: если даже высадят, то пешком по шпалам пойду до конца!

— Тогда счастливого путя вам! Давайте выпьем!

— Придется. Лиха беда начало...

Лейтенант чокался с Григорием и поручиком, пил молча, почти не закусывал. Лицо его стало кирпично-красным, глаза посветлели, в движениях появилась рассчитанная медлительность. Еще не допили второй бутылки, а он уж тяжело поднялся, уверенно прошел к чемоданам, достал и принес три бутылки коньяку. Ставя их на стол, улыбнулся краешками губ, что-то пробасил.

— Мистер Кэмпбелл говорит, что надо продлить удовольствие. Черт бы его побрал, этого мистера! Вы как?

— Что ж, можно продлить, — согласился Григорий.

— Да, но каков размах! В этом английском теле — душа русского купца. Я, кажется, уже готов...

— По вас не видно, — слукавил Григорий.

— Кой черт! Я слаб сейчас, как девица... Но еще могу соответствовать, да-да, могу соответствовать и даже вполне!

Поручик после выпитого стакана заметно осовел: черные глаза его замаслились и начали слегка косить, лицевые мускулы ослабли, губы почти перестали повиноваться, и под матовыми скулами ритмически задергались живчики. Выпитый коньяк подействовал на него оглушающе. У поручика было такое выражение, как у быка, которого перед зарезом ахнули по лбу десятифунтовым молотом.

— Вы ишо в полной форме. Впились, и он вам нипочем, — подтвердил Григорий. Он тоже заметно охмелел, но чувствовал, что может выпить еще много.

— Серьезно? — Поручик повеселел. — Нет, нет, я несколько раскис вначале, а сейчас — пожалуйста, сколько угодно! Именно — сколько угодно! Вы мне нравитесь, сотник. В вас чувствуется, я бы сказал, сила и искренность. Это мне нравится. Давайте выпьем за родину этого дурака и пьяницы. Он, правда, скотоподобен, но родина его хороша. «Правь, Британия, морями!» Пьем? Только не по всей! За вашу родину, мистер Кэмпбелл! — Поручик выпил, отчаянно зажмурившись, закусил ветчиной. — Какая это страна, сотник! Вы не можете представить, а я жил там... Ну, выпьем!

— Какая бы ни была мать, а она родней чужой.

— Не будем спорить, выпьем!

— Выпьем.

— Из нашей родины надо гниль вытравлять железом и огнем, а мы бессильны. Оказалось так, что у нас вообще нет родины. Ну и черт с ней! Кэмпбелл не верит, что мы справимся с красными.

— Не верит?

— Да, не верит. Он плохого мнения о нашей армии и с похвалой отзывается о красных.

— Он участвовал в боях?

— Еще бы! Его едва не сцапали красные. Проклятый коньяк!

— Крепок! Он такой же, как спирт?

— Немного слабее. Кэмпбелла выручила из беды кавалерия, а то бы его взяли. Это — под хутором Жуковом. Красные тогда отбили у нас один танк... Вид у вас грустный. В чем дело?

— У меня жена недавно померла.

— Это ужасно! Остались дети?

— Да.

— За здоровье ваших детей! У меня их нет, а может быть, и есть, но если и есть, то они где-нибудь, наверное, бегают продавцами газет... У Кэмпбелла в Англии — невеста. Он ей аккуратно, в неделю два раза, пишет. И пишет, наверно, всякую ерунду. Я его почти ненавижу. Что?

— Я ничего не говорю. А почему он красных уважает?

— Кто сказал — «уважает»?

— Вы сказали.

— Не может быть! Он не уважает их, не может уважать, вы ошибаетесь! А впрочем, я спрошу у него.

Кэмпбелл внимательно выслушал бледного и пьяного поручика, что-то долго говорил. Не дождавшись, Григорий спросил:

— Чего он лопочет?

— Он видел, как они в пешем строю, обутые в лапти, шли в атаку на танки. Этого достаточно? Он говорит, что народ нельзя победить. Дурак! Вы ему не верьте.

— Как не верить?

— Вообще.

— Ну, как?

— Он пьян и болтает ерунду. Что значит — нельзя победить народ? Часть его можно уничтожить, остальных привести в исполнение... Как я сказал? Нет, не в исполнение, а в повиновение. Это мы кончаем какую? — Поручик уронил голову на руки, опрокинул локтем банку с консервами и минут десять сидел, навалившись на стол грудью, часто дыша.

За окнами стояла темная ночь. В ставни барабанил частый дождь. Где-то далеко погромыхивало, и Григорий не мог понять — гром это или орудийный гул. Кэмпбелл, окутанный синим облаком сигарного дыма, цедил коньяк. Григорий растолкал поручика, нетвердо стоя на ногах, сказал:

— Слушай, спроси у него: почему это красные нас должны побить?

— К черту! — буркнул поручик.

— Нет, ты спроси.

— К черту! Пошел к черту!

— Спрашивай, тебе говорят!

Поручик с минуту ошалело смотрел на Григория, потом, заикаясь, что-то сказал внимательно выслушавшему Кэмпбеллу и снова уронил голову на сложенные ковшом ладони. Кэмпбелл с пренебрежительной улыбкой посмотрел на поручика, тронул Григория за рукав, молча начал объяснять: подвинул на середину стола абрикосовую косточку, рядом с ней, как бы сопоставляя, ребром поставил свою большую ладонь и, щелкнув языком, прикрыл ладонью косточку.

— Тоже выдумал! Это я и без тебя понимаю... — раздумчиво пробормотал Григорий. Качнувшись, он обнял гостеприимного лейтенанта, широким движением показал на стол, поклонился. — Спасибо за угощение! Прощай. И знаешь, что я тебе скажу? Езжай-ка ты поскорей домой, пока тебе тут голову не свернули. Это я тебе — от чистого сердца. Понятно? В наши дела незачем вам мешаться. Понял? Езжай, пожалуйста, а то тебе тут накостыляют!

Лейтенант встал, поклонился, оживленно заговорил, время от времени беспомощно поглядывая на уснувшего поручика, дружелюбно похлопывая Григория по спине.

Григорий с трудом нашел дверную щеколду, покачиваясь, вышел на крыльцо. Мелкий косой дождь хлестнул его по лицу. Вспышка молнии озарила широкий двор, мокрое прясло, глянцево блестящую листву деревьев в саду. Сходя с крыльца, Григорий поскользнулся, упал и, когда стал подниматься, услышал голоса.

— Офицерики-то всё пьют? — спрашивал кто-то, чиркая в сенях спичкой.

Глухой, простуженный голос со сдержанной угрозой отвечал:

— Они допьются... Они до своего допьются!

XX

Донская армия, выйдя за границы Хоперского округа, вновь, как и в 1918 году, утратила наступательную силу своего движения. Казаки-повстанцы Верхнего Дона и отчасти хоперцы попрежнему не хотели воевать за пределами Донской области; усилилось и сопротивление красных частей, получивших свежие пополнения, действовавших теперь на территории, население которой относилось к ним сочувственно. Казаки снова были не прочь перейти к оборонительной войне, и никакими ухищрениями командование Донской армии не могло понудить их сражаться с таким же упорством, с каким они недавно сражались в пределах своей области — несмотря на то, что соотношение сил на этом участке было в их пользу: против потрепанной в боях 9-й красной армии, исчислявшейся в 11 000 штыков, 5000 сабель, при 52 орудиях, — были выдвинуты казачьи корпуса общей численностью в 14 400 штыков, 10 600 сабель, при 53 орудиях.

Наиболее активные операции происходили на фланговых направлениях и именно там, где действовали части Добровольческо-Кубанской южной армии. Одновременно с успешным продвижением в глубь Украины часть Добровольческой армии под командованием генерала Врангеля оказывала сильное давление на10-ю красную армию, тесня ее и с ожесточенными боями продвигаясь в саратовском направлении. 28 июля кубанская конница вплотную подошла к Камышину, захватив в плен большую часть войск, оборонявших его. Контратака, предпринятая частями 10-й армии, была отбита. Смело маневрировавшая КубанскоТерская сводная конная дивизия грозила обходом левого фланга, вследствие чего командование 10-й армии отвело части на фронт Борзенково — Латышево — Красный Яр — Каменка-Банное. К этому времени 10-я армия насчитывала в своих рядах 18 000 штыков, 8000 сабель и 132 орудия; противостоявшая ей Добровольческо-Кубанская армия исчислялась в 7600 штыков, 10 750 сабель, при 68 орудиях. Кроме этого, белые имели отряды танков, а также располагали значительным числом самолетов, несших разведывательную службу и принимавших участие в боевых операциях. Но не помогли Врангелю ни французские самолеты, ни английские танки и батареи; дальше Камышина продвинуться ему не удалось. На этом участке завязались затяжные, упорные бои, обусловившие лишь незначительные изменения в линии фронта.

В конце июля началась подготовка красных армий к переходу в широкое наступление по всему центральному участку Южного фронта. С этой целью 9-я и 10-я армии объединялись в ударную группу под командованием Шорина. В резерв ударной группы должны были поступить перебрасываемые с Восточного фронта 28-я дивизия с бригадой бывшего Казанского укрепленного района и 25-я дивизия с бригадой Саратовского укрепленного района. Помимо этого, командование Южным фронтом усиливало ударную группу войсками, находившимися во фронтовом резерве, и 56-й стрелковой дивизией. Нанесение вспомогательного удара намечалось на воронежском направлении силами 8-й армии с приданными ей 31-й стрелковой дивизией, снятой с Восточного фронта, и 7-й стрелковой дивизией.

Общий переход в наступление намечался между 1 и 10 августа. Удар 8-й и 9-й армий, по плану главного красного командования, должен был сопровождаться охватывающими действиями фланговых армий, причем особенно ответственная и сложная задача выпадала на долю 10-й армии, которой надлежало, действуя по левому берегу Дона, отрезать главные силы противника от Северного Кавказа. На западе частью сил 14-й армии предполагалось произвести энергичное демонстративное движение к линии Чаплино — Лозовая.

В то время когда на участках 9-й и 10-й армий производились необходимые перегруппировки, белое командование в целях срыва подготовлявшегося противником наступления заканчивало формирование мамонтовского корпуса, рассчитывая прорвать фронт и бросить корпус в глубокий рейд по тылам красных армий.

Успех армии Врангеля на царицынском направлении позволил растянуть фронт этой армии влево и, сократив тем самым фронт Донской армии, взять из состава ее несколько конных дивизий. 7 августа в станице Урюпинской было сосредоточено 6000 сабель, 2800 штыков и три четырехорудийные батареи. А 10-го вновь сформированный корпус под командованием генерала Мамонтова прорвался на стыке 8-й и 9-й красных армий и от Новохоперска направился на Тамбов.

По первоначальному замыслу белого командования предполагалось направить в рейд по красным тылам, кроме корпуса Мамонтова, еще и конный корпус генерала Коновалова, но ввиду завязавшихся боев на участке, занимаемом частями коноваловского корпуса, его не удалось вытянуть с фронта. Этим обстоятельством и объясняется ограниченность задачи, возложенной на Мамонтова, которому вменялось в обязанность не зарываться и не мечтать о походе на Москву, а, разгромив тылы и коммуникации противника, вновь идти на соединение, тогда как вначале ему и Коновалову было приказано всей конной массой нанести сокрушительный удар во фланг и тыл центральным красным армиям, а затем уже форсированным маршем двигаться в глубь России, пополняя силы за счет антисоветски настроенных слоев населения, продолжать движение до Москвы.

Восьмой армии удалось восстановить положение своего левого фланга введением в дело армейского резерва. Правый фланг 9-й армии оказался расстроенным сильнее. Принятыми мерами командующему главной ударной группой Шорину удалось сомкнуть внутренние фланги обеих армий, но не удалось задержать конницу Мамонтова. По приказу Шорина навстречу Мамонтову из района Кирсанова была двинута резервная 56-я дивизия. Батальон ее, посаженный на подводы и высланный на станцию Сампур, был разбит во встречном бою одним из боковых отрядов мамонтовского корпуса. Такая же участь постигла и кавалерийскую бригаду 36-й стрелковой дивизии, двинутую для прикрытия участка железной дороги Тамбов — Балашов. Нарвавшись на всю массу конницы Мамонтова, бригада после короткого боя была рассеяна.

Восемнадцатого августа Мамонтов с налета занял Тамбов. Но это обстоятельство не помешало основным силам ударной группы Шорина начать наступление, хотя для борьбы с Мамонтовым и пришлось выделить из состава группы почти две пехотные дивизии. Одновременно началось наступление и на украинском участке Южного фронта.

Фронт, на севере и северо-востоке почти по прямой тянувшийся от Старого Оскола до Балашова и уступом сходивший к Царицыну, стал выравниваться. Казачьи полки под давлением превосходящих сил противника отступали на юг, переходя в частые контратаки, задерживаясь на каждом рубеже. Вступив на донскую землю, они снова обрели утраченную боеспособность; дезертирство резко сократилось; из станиц Среднего Дона потекли пополнения. Чем дальше части ударной группы Шорина вторгались в землю Войска Донского, тем сильнее и ожесточеннее становилось оказываемое им сопротивление. По собственному почину казаки повстанческих станиц Верхнедонского округа объявляли на сходах поголовную мобилизацию, служили молебны и немедля отправлялись на фронт.

С непрестанными боями продвигаясь к Хопру и Дону, преодолевая ожесточенное сопротивление белых и находясь на территории, большинство населения которой относилось к красным частям явно враждебно, группа Шорина постепенно растрачивала силу наступательного порыва. А тем временем в районе станицы Качалинской и станции Котлубань белое командование уже образовало сильную маневренную группу из трех кубанских корпусов и 6-й пехотной дивизии для удара по 10-й красной армии, продвижение которой развивалось с наибольшим успехом.

XXI

Мелеховская семья за один год убавилась наполовину. Прав был Пантелей Прокофьевич, сказав однажды, что смерть возлюбила их курень. Не успели похоронить Наталью, как уж снова запахло ладаном и васильками в просторной мелеховской горнице. Через полторы недели после отъезда Григория на фронт утопилась в Дону Дарья.

В субботу, приехав с поля, пошла она с Дуняшкой купаться. Около огородов они разделись, долго сидели на мягкой, примятой ногами траве. Еще с утра Дарья была не в духе, жаловалась на головную боль и недомогание, несколько раз украдкой плакала... Перед тем как войти в воду, Дуняшка собрала в узел волосы, повязалась косынкой и, искоса глянув на Дарью, сожалеюще сказала:

— До чего ты, Дашка, худая стала, ажник все жилки наруже!

— Скоро поправлюсь!

— Перестала голова болеть?

— Перестала. Ну, давай купаться, а то уж не рано. — Она первая с разбегу бросилась в воду, окунулась с головой и, вынырнув, отфыркиваясь, поплыла на середину. Быстрое течение подхватило ее, начало сносить.

Любуясь на Дарью, отмахивающую широкими мужскими саженками, Дуняшка забрела в воду по пояс, умылась, смочила грудь и нагретые солнцем сильные, женственно-округлые руки. На соседнем огороде две снохи Обнизовых поливали капусту. Они слышали, как Дуняшка, смеясь, звала Дарью:

— Плыви назад, Дашка! А то сом тебя утянет!

Дарья повернула назад, проплыла сажени три, а потом на миг до половины вскинулась из воды, сложила над головой руки, крикнула: «Прощайте, бабоньки!» — и камнем пошла ко дну.

Через четверть часа бледная Дуняшка в одной исподней юбке прибежала домой.

— Дарья утопла, маманя!.. — задыхаясь, еле выговорила она.

Только на другой день утром поймали Дарью крючками нарезной снасти. Старый и самый опытный в Татарском рыбак Архип Песковатсков на заре поставил шесть концов нарезных по течению ниже того места, где утонула Дарья, проверять поехал вместе с Пантелеем Прокофьевичем. На берегу собралась толпа ребятишек и баб, среди них была и Дуняшка. Когда Архип, подцепив ручкой весла четвертый шнур, отъехал саженей десять от берега, Дуняшка отчетливо слышала, как он вполголоса сказал: «Кажись, есть...» — и стал осторожнее перебирать снасть, с видимым усилием подтягивал отвесно уходивший в глубину шнур. Потом что-то забелело у правого берега, оба старика нагнулись над водой, баркас зачерпнул краем воды, и до притихшей толпы донесся глухой стук вваленного в баркас тела. В толпе дружно вздохнули. Кто-то из баб тихо всхлипнул. Стоявший неподалеку Христоня грубо прикрикнул на ребят: «А ну, марш отседова!» Сквозь слезы Дуняшка видела, как Архип, стоя на корме, ловко и бесшумно опуская весло, греб к берегу. С шорохом и хрустом дробя прибрежную меловую осыпь, баркас коснулся земли. Дарья лежала, безжизненно подогнув ноги, привалившись щекой к мокрому днищу. На белом теле ее, лишь слегка посиневшем, принявшем какой-то голубовато-темный оттенок, виднелись глубокие проколы — следы крючков. На сухощавой смуглой икре, чуть пониже колена, около матерчатой подвязки, которую Дарья перед купанием, как видно, позабыла снять, розовела и слегка кровоточила свежая царапина. Жало нарезного крючка скользнуло по ноге, пробороздило кривую, рваную линию. Судорожно комкая завеску, Дуняшка первая подошла к Дарье, накрыла ее разорванным по шву мешком. Пантелей Прокофьевич с деловитой поспешностью засучил шаровары, начал подтягивать баркас. Вскоре подъехала подвода. Дарью перевезли в мелеховский курень.

Пересилив страх и чувство гадливости, Дуняшка помогала матери обмывать холодное, хранившее студеность глубинной донской струи тело покойницы. Было что-то незнакомое и строгое в слегка припухшем лице Дарьи, в тусклом блеске обесцвеченных водою глаз. В волосах ее серебром искрился речной песок, на щеках зеленели влажные нити прилипшей тины-шелковицы, а в раскинутых, безвольно свисавших с лавки руках была такая страшная успокоенность, что Дуняшка, взглянув, поспешно отходила от нее, дивясь и ужасаясь тому, как не похожа мертвая Дарья на ту, что еще так недавно шутила и смеялась и так любила жизнь. И после долго еще, вспомнив каменную холодность Дарьиных грудей и живота, упругость окостеневших членов, Дуняшка вся содрогалась и старалась поскорее забыть все это. Она боялась, что мертвая Дарья будет ей сниться по ночам, неделю спала на одной кровати с Ильиничной и, перед тем как лечь, молилась богу, мысленно просила: «Господи! Сделай так, чтобы она мне не снилась! Укрой, господи!» Если б не рассказы баб Обнизовых, слышавших, как Дарья крикнула: «Прощайте, бабоньки!» — похоронили бы утопленницу тихо и без шума, но, узнав про этот предсмертный возглас, явно указывавший на то, что Дарья намеренно лишила себя жизни, поп Виссарион решительно заявил, что самоубийцу отпевать не будет. Пантелей Прокофьевич возмутился:

— Как это ты не будешь отпевать? Она что, нехрещеная, что ли?

— Самоубийц не могу хоронить, по закону не полагается.

— А как же ее зарывать, как собаку, по-твоему?

— А по-моему, как хочешь и где хочешь, только не на кладбище, где погребены честные христиане.

— Нет, уж ты смилуйся, пожалуйста! — перешел к уговорам Пантелей Прокофьевич. — У нас в семействе такой срамы век не было.

— Не могу. Уважаю тебя, Пантелей Прокофьевич, как примерного прихожанина, но не могу. Донесут благочинному — и беды мне не миновать, — заупрямился поп.

Это был позор. Пантелей Прокофьевич всячески пытался уговорить взноровившегося попа, обещал уплатить дороже и надежными николаевскими деньгами, предлагал в подарок овцу-переярку, но, видя под конец, что уговоры не действуют, пригрозил:

— За кладбищем я ее зарывать не буду. Она мне не сбоку припека, а родная сноха. Муж ее погиб в бою с красными и был в офицерском чине, сама она егорьевскою медалью была пожалована, а ты мне такую хреновину прешь?! Нет, батя, не выйдет твое дело, будешь хоронить за мое почтение! Нехай она пока лежит в горнице, а я зараз же сообчу об этом станишному атаману. Он с тобой погутарит!

Пантелей Прокофьевич вышел из поповского дома не попрощавшись и даже дверью вгорячах хлопнул. Однако угроза возымела действие: через полчаса пришел от попа посыльный, передал, что отец Виссарион с причтом сейчас придет.

Похоронили Дарью, как и полагается, на кладбище, рядом с Петром. Когда рыли могилу, Пантелей Прокофьевич облюбовал и себе местечко. Работая лопатой, он огляделся, прикинул, что лучше места не сыскать, да и незачем. Над могилой Петра шумел молодыми ветвями посаженный недавно тополь; на вершинке его наступающая осень уже окрасила листья в желтый, горький цвет увядания. Через разломанную ограду, между могил телята пробили тропинки; около ограды проходила дорога к ветряку; посаженные заботливыми родственниками покойников деревца — клены, тополи, акация, а также дикорастущий терн — зеленели приветливо и свежо; около них буйно кучерявилась повитель, желтела поздняя сурепка, колосился овсюг и зернистый пырей. Кресты стояли, снизу доверху оплетенные приветливыми синими вьюнками. Место было действительно веселое, сухое...

Старик рыл могилу, часто бросал лопату, присаживался на влажную глинистую землю, курил, думал о смерти. Но, видно, не такое наступило время, чтобы старикам можно было тихо помирать в родных куренях и покоиться там, где нашли себе последний приют их отцы и деды...

После того как похоронили Дарью, еще тише стало в мелеховском доме. Возили хлеб, работали на молотьбе, собирали богатый урожай с бахчей. Ждали вестей от Григория, но о нем, после отъезда его на фронт, ничего не было слышно. Ильинична не раз говаривала: «И поклона детишкам не пришлет, окаянный! Померла жена, и все мы стали не нужны ему...» Потом в Татарский чаще стали наведываться служивые казаки. Пошли слухи, что казаков сбили на Балашовском фронте и они отступают к Дону, чтобы, пользуясь водной преградой, обороняться до зимы. А что должно было случиться зимой — об этом, не таясь, говорили все фронтовики: «Как станет Дон — погонят красные нас до самого моря!»

Пантелей Прокофьевич, усердно работая на молотьбе, как будто и не обращал особого внимания на бродившие по Обдонью слухи, но оставаться равнодушным к происходившему не мог. Еще чаще начал он покрикивать на Ильиничну и Дуняшку, еще раздражительнее стал, узнав о приближении фронта. Он нередко мастерил что-либо по хозяйству, но стоило только делу не заладиться в его руках, как он с яростью бросал работу, отплевываясь и ругаясь, убегал на гумно, чтобы там приостыть от возмущения. Дуняшка не раз была свидетельницей таких вспышек. Однажды он взялся поправлять ярмо, работа не клеилась, и ни с того ни с сего взбесившийся старик схватил топор и изрубил ярмо так, что от него остались одни щепки. Так же вышло и с починкой хомута. Вечером при огне Пантелей Прокофьевич ссучил дратву, начал сшивать распоровшуюся хомутину; то ли нитки были гнилые, то ли старик нервничал, но дратва оборвалась два раза подряд — этого было достаточно: страшно выругавшись, Пантелей Прокофьевич вскочил, опрокинул табурет, отбросил его ногой к печке и, рыча, словно пес, принялся рвать зубами кожаную обшивку на хомуте, а потом бросил хомут на пол и, по-петушиному подпрыгивая, стал топтать его ногами. Ильинична, рано улегшаяся спать, заслышав шум, испуганно вскочила, но, рассмотрев, в чем дело, не вытерпела, попрекнула старика:

— Очумел ты, проклятый, на старости лет?! Чем тебе хомут оказался виноватый?

Пантелей Прокофьевич обезумевшими глазами глянул на жену, заорал:

— Молчи-и-и-и, такая-сякая!!! — и, ухватив обломок хомута, запустил им в старуху.

Давясь от смеха, Дуняшка пулей вылетела в сенцы. А старик, побушевав немного, угомонился, попросил прощения у жены за сказанные в сердцах крутые слова и долго кряхтел и почесывал затылок, поглядывая на обломки злополучного хомута, прикидывая в уме — на что же их можно употребить? Такие припадки ярости повторялись у него не раз, но Ильинична, наученная горьким опытом, избрала другую тактику вмешательства: как только Пантелей Прокофьевич, изрыгая ругательства, начинал сокрушать какой-нибудь предмет хозяйственного обихода — старуха смиренно, но достаточно громко говорила: «Бей, Прокофич! Ломай! Мы ишо с тобой наживем!» И даже пробовала помогать в учинении погрома. Тогда Пантелей Прокофьевич сразу остывал, с минуту смотрел на жену несмыслящими глазами, а потом дрожащими руками шарил в карманах, находил кисет и сконфуженно присаживался где-нибудь в сторонке покурить, успокоить расходившиеся нервы, в душе проклиная свою вспыльчивость и подсчитывая понесенные убытки. Жертвой необузданного стариковского гнева пал забравшийся в палисадник трехмесячный поросенок. Ему Пантелей Прокофьевич колом переломил хребет, а через пять минут, дергая при помощи гвоздя щетину с прирезанного поросенка, виновато, заискивающе посматривал на хмурую Ильиничну, говорил:

— Он и поросенок-то был так, одно горе... Один черт он бы издох. На них аккурат в это время чума нападает; то хучь съедим, а то бы так, зря пропал. Верно, старуха? Ну, чего ты как градовая туча стоишь? Да будь он трижды проклят, этот поросенок! Уж был бы поросенок как поросенок, а то так, оморок поросячий! Его не то что колом — соплей можно было перешибить! А прокудной какой! Гнездов сорок картошки перерыл!

— Ее и всей-то картошки в палисаднике было не больше тридцати гнезд, — тихо поправила его Ильинична.

— Ну а было бы сорок — он и сорок бы перепаскудил, он такой! И слава богу, что избавились от него, от враженяки! — не задумываясь, отвечал Пантелей Прокофьевич.

Детишки скучали, проводив отца. Занятая по хозяйству Ильинична не могла уделять им достаточного внимания, и они, предоставленные самим себе, целыми днями играли где-нибудь в саду или на гумне. Однажды после обеда Мишатка исчез и пришел только на закате солнца. На вопрос Ильиничны, где он был, Мишатка ответил, что играл с ребятишками возле Дона, но Полюшка тут же изобличила его:

— Брешет он, бабунюшка! Он у тетки Аксиньи был!

— А ты почем знаешь? — спросила, неприятно удивленная новостью, Ильинична.

— Я видала, как он с ихнего база перелезал через плетень.

— Там, что ли, был? Ну, говори же, чадушка, чего ты скраснелся?

Мишатка посмотрел бабке прямо в глаза, ответил:

— Я, бабунюшка, наобманывал... Я правда не у Дона был, а у тетки Аксиньи был.

— Чего ты туда ходил?

— Она меня покликала, я и пошел.

— А на что же ты обманывал, будто с ребятами играл?

Мишатка на секунду потупился, но потом поднял правдивые глазенки, шепнул:

— Боялся, что ты ругаться будешь...

— За что же я тебя ругала бы? Не-ет... А чего она тебя зазвала? Чего ты у ней там делал?

— Ничего. Она увидала меня, шумнула: «Пойди ко мне!», я подошел, она повела меня в курень, посадила на стулу...

— Ну? — нетерпеливо выспрашивала Ильинична, искусно скрывая охватившее ее волнение.

— ... холодными блинцами кормила, а потом дала вот чего. — Мишатка вытащил из кармана кусок сахара, с гордостью показал его и снова спрятал в карман.

— Чего ж она тебе говорила? Может, спрашивала чего?

— Говорила, чтобы я ходил ее проведывал, а то ей одной скушно, сулилась гостинец дать... Сказала, чтобы я не говорил, что был у ней. А то, говорит, бабка твоя будет ругать.

— Вон как... — задыхаясь от сдерживаемого негодования, проговорила Ильинична. — Ну и что же она, спрашивала у тебя что?

— Спрашивала.

— Об чем же она спрашивала? Да ты рассказывай, милушка, не боись!

— Спрашивала: скучаю я по папаньке? Я сказал, что скучаю. Ишо спрашивала, когда он приедет и что про него слыхать, а я сказал, что не знаю: что он на войне воюет. А после она посадила меня к себе на колени и рассказала сказку. — Мишатка оживленно блеснул глазами, улыбнулся. — Хорошую сказку! Про какого-то Ванюшку, как его гуси-лебеди на крылах несли, и про бабу-ягу.

Ильинична, поджав губы, выслушала Мишаткину исповедь, строго сказала:

— Больше, внучек, не ходи к ней, не надо. И гостинцев от ней никаких не бери, не надо, а то дед узнает и высекет тебя! Не дай бог узнает дед — он с тебя кожу сдерет! Не ходи, чадунюшка!

Но, несмотря на строгий приказ, через два дня Мишатка снова побывал в астаховском курене. Ильинична узнала об этом, глянув на Мишаткину рубашонку: разорванный рукав, который она не удосужилась утром зашить, был искусно простирочен, а на воротнике белела перламутром новенькая пуговица. Зная, что занятая на молотьбе Дуняшка не могла возиться днем с починкой детской одежды, Ильинична с укором спросила:

— Опять к соседям ходил?

— Опять... — растерянно проговорил Мишатка и тотчас добавил: — Я больше не буду, бабунюшка, ты только не ругайся...

Тогда же Ильинична решила поговорить с Аксиньей и твердо заявить ей, чтобы она оставила Мишатку в покое и не снискивала его расположения ни подарками, ни рассказыванием сказок. «Свела со света Наталью, а зараз норовит, проклятая, к детям подобраться, чтобы через них потом Гришку опутать. Ну и змея! В снохи при живом муже метит... Только не выйдет ее дело! Да разве ее Гришка после такого греха возьмет?» — думала старуха.

От ее проницательного и ревнивого материнского взора не скрылось то обстоятельство, что Григорий, будучи дома, избегал встреч с Аксиньей. Она понимала, что он это делал не из боязни людских нареканий, а потому, что считал Аксинью повинной в смерти жены. Втайне Ильинична надеялась на то, что смерть Натальи навсегда разделит Григория с Аксиньей и Аксинья никогда не войдет в их семью.

Вечером в тот же день Ильинична увидела Аксинью на пристани возле Дона, подозвала ее:

— А ну, подойди ко мне на-час, погутарить надо...

Аксинья поставила ведра, спокойно подошла, поздоровалась.

— Вот что, милая, — начала Ильинична, испытующе глядя в красивое, но ненавистное ей лицо соседки. — Ты чего это чужих детей приманываешь? На что ты мальчишку зазываешь к себе и примолвываешь его? Кто тебя просил зашивать ему рубашонку и задаривать его всякими гостинцами? Ты что думаешь — без матери за ним догляду нету? Что без тебя не обойдутся? И хватает у тебя совести, бесстыжие твои глаза!

— А что я плохого сделала? Чего вы ругаетесь, бабушка? — вспыхнув, спросила Аксинья.

— Как это — что плохого? Да ты имеешь право касаться Натальиного дитя, ежели ты ее самою свела в могилу?

— Что вы, бабушка! Окститесь! Кто ее сводил? Сама над собой учинила.

— А не через тебя?

— Ну, уж это я не знаю.

— Зато я знаю! — взволнованно выкрикнула Ильинична.

— Не шумите, бабушка, я вам не сноха, чтобы на меня шуметь. У меня для этого муж есть.

— Вижу тебя наскрозь! Вижу, чем ты и дышишь! Не сноха, а в снохи лезешь! Детей попервам хочешь приманнуть, а посля к Гришке подобраться?

— К вам в снохи я идтить не собираюсь. Ополоумели вы, бабушка! У меня муж живой.

— То-то ты от него, от живого-то, и норовишь к другому привязаться!

Аксинья заметно побледнела, сказала:

— Не знаю, с чего вы на меня напустились и срамотите меня... Ни на кого я никогда не навязывалась и навязываться не собираюсь, а что вашего внучонка примолвила — чего ж тут плохого? Детей у меня, вы сами знаете, нету, на чужих радуюсь, и то легче, вот и зазвала его... Подумаешь, задаривала я его! Грудку сахару дала дитю, так это и задариванье! Да к чему мне его задаривать-то? Так болтаете вы бог знает чего!..

— При живой матери что-то ты его не зазывала! А как померла Наталья — так и ты доброхоткой объявилась!

— Он у меня и при Наталье в гостях бывал, — чуть приметно улыбнувшись, сказала Аксинья.

— Не бреши, бесстыжая!

— Вы спросите у него, а потом уж брехню задавайте.

— Ну как бы то ни было, а больше не смей мальчонку заманывать к себе. И не думай, что этим ты милее станешь Григорию. Женой его тебе не бывать, так и знай!

С исказившимся от гнева лицом Аксинья хрипло сказала:

— Молчи! У тебя он не спросится! И ты в чужие дела не лезь!

Ильинична хотела еще что-то сказать, но Аксинья молча повернулась, подошла к ведрам, рывком подняла на плечи коромысло и, расплескивая воду, быстро пошла по стежке.

С той поры при встречах она не здоровалась ни с кем из Мелеховых, с сатанинской гордостью, раздувая ноздри, проходила мимо, но, завидев где-нибудь Мишатку, пугливо оглядывалась и, если никого не было поблизости, подбегала к нему, наклонившись, прижимала его к груди и, целуя загорелый лобик и угрюмоватые черные, мелеховские, глазенки, смеясь и плача, бессвязно шептала: «Родный мой Григорьевич! Хороший мой! Вот как я по тебе соскучилась! Дура твоя тетка Аксинья... Ах, какая дура-то!» И после долго не сходила с ее губ трепетная улыбка, а увлажненные глаза сияли счастьем, как у молоденькой девушки.

В конце августа был мобилизован Пантелей Прокофьевич. Одновременно с ним из Татарского ушли на фронт все казаки, способные носить оружие. В хуторе из мужского населения остались только инвалиды, подростки да древние старики. Мобилизация была поголовной, и освобождения на врачебных комиссиях, за исключением явных калек, не получал никто.

Пантелей Прокофьевич, получив от хуторского атамана приказ о явке на сборный пункт, наскоро попрощался со старухой, с внуками и Дуняшкой, кряхтя, опустился на колени, положил два земных поклона, крестясь на иконы, сказал:

— Прощайте, милые мои! Похоже, что не доведется нам свидеться, должно, пришел последний час. Наказ вам от меня такой: молотите хлеб и день и ночь, до дождей постарайтесь кончить. Нужно будет — наймите человека, чтобы пособил вам. Ежли не вернусь к осени — управляйтесь без меня; зяби вспашите сколько осилите, жита посейте хучь с десятину. Смотри, старуха, веди дело с толком, рук не роняй! Вернемся мы с Григорием, нет ли, а вам хлеб дюжее всего будет нужен. Война войной, но без хлеба жить тоже скушно. Ну, храни вас господь!

Ильинична проводила старика до площади, глянула в последний раз, как он рядом с Христоней прихрамывает, поспешая за подводой, а потом вытерла завеской припухшие глаза и, не оглядываясь, направилась домой. На гумне ждал ее недомолоченный посад пшеницы, в печи стояло молоко, дети с утра были не кормлены, хлопот у старухи было великое множество, и она спешила домой, не останавливаясь, молча кланяясь изредка встречавшимся бабам, не вступая в разговоры, и только утвердительно кивала головой, когда кто-нибудь из знакомых соболезнующе спрашивал: «Служивого провожала, что ли?»

Несколько дней спустя Ильинична, подоив на заре коров, выгнала их на проулок и только что хотела идти во двор, как до слуха ее дошел какой-то глуховатый, осадистый гул. Оглядевшись, она не нашла на небе ни единой тучи. Немного погодя гул повторился.

— Слышишь, бабка, музыку? — спросил собиравший табун старый пастух.

— Какую музыку-то?

— А вот что на одних басах играет.

— Слыхать слышу, да не пойму, что это такое.

— Скоро поймешь. Вот как зачнут с энтой стороны по хутору кидать — сразу поймешь! Это из орудиев бьют. Старикам нашим потроха вынают...

Ильинична перекрестилась, молча пошла в калитку.

С этого дня орудийный гул звучал не переставая четверо суток. Особенно слышно было зорями. Но когда дул северо-восточный ветер, гром отдаленных боев слышался и среди дня. На гумнах на минуту приостанавливалась работа, бабы крестились, тяжело вздыхали, вспоминая родных, шепча молитвы, а потом снова начинали глухо погромыхивать на токах каменные катки, понукали лошадей и быков мальчишки-погонычи, гремели веялки, трудовой день вступал в свои неотъемлемые права. Конец августа был погожий и сухой на диво. По хутору ветер носил мякинную пыль, сладко пахло обмолоченной ржаной соломой, солнце грело немилосердно, но во всем уже чувствовалось приближение недалекой осени. На выгоне тускло белела отцветшая сизая полынь, верхушки тополей за Доном пожелтели, в садах резче стал запах антоновки, по-осеннему прояснились далекие горизонты, и на опустевших полях уже показались первые станицы пролетных журавлей.

По Гетманскому шляху изо дня в день тянулись с запада на восток обозы, подвозившие к переправам через Дон боевые припасы, в обдонских хуторах появились беженцы. Они рассказывали, что казаки отступают с боями; некоторые уверяли, будто отступление это совершается преднамеренно, для того чтобы заманить красных, а потом окружить их и уничтожить. Кое-кто из татарцев потихоньку начал собираться к отъезду. Подкармливали быков и лошадей, ночами зарывали в ямы хлеб, сундуки с наиболее ценным имуществом. Замолкший было орудийный гул 5 сентября возобновился с новой силой и теперь звучал уже отчетливо и грозно. Бои шли верстах в сорока от Дона, по направлению на северо-восток от Татарского. Через день загремело и вверх по течению на западе. Фронт неотвратимо подвигался к Дону.

Ильинична, знавшая о том, что большинство хуторян собираются отступать, предложила Дуняшке уехать. Она испытывала чувство растерянности и недоумения и не знала, как ей быть с хозяйством, с домом: надо ли все это бросать и уезжать вместе с людьми или оставаться дома. Перед отъездом на фронт Пантелей Прокофьевич говорил о молотьбе, о зяби, о скоте, но ни словом не обмолвился о том, как им быть, если фронт приблизится к Татарскому. На всякий случай Ильинична решила так: отправить с кем-нибудь из хуторных Дуняшку с детьми и наиболее ценным имуществом, а самой оставаться, даже в том случае, если красные займут хутор.

В ночь на 17 сентября неожиданно явился домой Пантелей Прокофьевич. Он пришел пешком из-под Казанской станицы, измученный, злой. Отдохнув с полчаса, сел за стол и начал есть так, как Ильинична еще за всю свою жизнь не видела; полуведерный чугун постных щей словно за себя кинул, а потом навалился на пшенную кашу. Ильинична от изумления руками всплеснула:

— Господи, да как уж ты ешь, Прокофич! Как, скажи, ты три дня не ел!

— А ты думала — ел, старая дура? Трое суток в аккурат маковой росинки во рту не было!

— Да что же, вас там не кормят, что ли?

— Черти бы их так кормили! — мурлыча по-кошачьему, с набитым ртом, отвечал Пантелей Прокофьевич. — Что спромыслишь — то и полопаешь, а я воровать ишо не обучился. Это молодым добро, у них совести-то и на семак* не осталося... Они за эту проклятую войну так руки на воровстве набили, что я ужахался-ужахался, да и перестал. Всё, что увидют, — берут, тянут, волокут... Не война, а страсть господня!

— Ты бы не доразу наедался. Как бы тебе чего не поделалось. Глянь, как ты раздулся-то, чисто паук!

— Помалкивай. Молока принеси, да побольше корчажку!

Ильинична даже заплакала, глядя на своего насмерть изголодавшего старика.

— Что ж, ты навовсе пришел? — спросила она, после того как Пантелей Прокофьевич отвалился от каши.

— Там видно будет... — уклончиво ответил он.

— Вас, стариков, стало быть, спустили по домам?

— Никого не спускали. Куда спускать, ежли красные уже к Дону подпирают? Я сам ушел.

— А не прийдется тебе отвечать за это? — опасливо спросила Ильинична.

— Поймают — может, и отвечать прийдется.

— Да ты, что же, хорониться будешь?

— А ты думала, что на игрища буду бегать али по гостям ходить? Тьфу, бестолочь идолова! — Пантелей Прокофьевич с сердцем сплюнул, но старуха не унималась:

— Ох, грех-то какой! Ишо беды наживем, как раз ишо дерзать тебя зачнут...

— Ну, уж лучше тут нехай ловют да в тюрьму сажают, чем там по степям с винтовкой таскаться, — устало сказал Пантелей Прокофьевич. — Я им не молоденький по сорок верст в день отмахивать, окопы рыть, в атаки бегать, да по земле полозить, да хорониться от пулев. Черт от них ухоронится! Моего односума с Кривой речки цокнула пуля под левую лопатку — и ногами ни разу не копнул. Тоже приятности мало в таком деле!

Винтовку и подсумок с патронами старик отнес и спрятал в мякиннике, а когда Ильинична спросила, где же его зипун, хмуро и неохотно ответил:

* Семак — две копейки.

— Прожил. Вернее сказать — бросил. Нажали на нас за станицей Шумилинской так, что всё побросали, бегли, как полоумные. Там уж не до зипуна было... Кой у кого полушубки были, и те покидали... И на черта он тебе сдался, зипун, что ты об нем поминаешь? Уж ежли б зипун был добрый, а то так, нищая справа...

На самом деле зипун был добротный, новый, но все, чего лишался старик, — по его словам, было никуда не годное. Такая уж у него повелась привычка утешать себя. Ильинична знала об этом, а потому и спорить о качестве зипуна не стала.

Ночью на семейном совете решили: Ильиничне и Пантелею Прокофьевичу с детишками оставаться дома до последнего, оберегать имущество, обмолоченный хлеб зарыть, а Дуняшку на паре старых быков отправить с сундуками к родне, на Чир, в хутор Латышев.

Планам этим не суждено было осуществиться в полной мере. Утром проводили Дуняшку, а в полдень в Татарский въехал карательный отряд из сальских казаков-калмыков. Должно быть, ктонибудь из хуторян видел пробиравшегося домой Пантелея Прокофьевича; через час после вступления в хутор карательного отряда четверо калмыков прискакали к мелеховскому базу. Пантелей Прокофьевич, завидев конных, с удивительной быстротой и ловкостью вскарабкался на чердак; гостей встречать вышла Ильинична.

— Где твоя старика? — спросил пожилой статный калмык с погонами старшего урядника, спешиваясь и проходя мимо Ильиничны в калитку.

— На фронте. Где же ему быть, — грубо ответила Ильинична.

— Веди дом, обыск делаю буду.

— Чего искать-то?

— Старика твоя искать. Ай, стыдно! Старая какая — брехня живешь! — укоризненно качая головой, проговорил молодцеватый урядник и оскалил густые белые зубы.

— Ты не ощеряйся, неумытый! Сказано тебе нету, значит — нету!

— Кончай балачка, веди дом! Нет — сами ходим, — строго сказал обиженный калмык и решительно зашагал к крыльцу, широко ставя вывернутые ноги.

Они тщательно осмотрели комнаты, поговорили между собой по-калмыцки, потом двое пошли осматривать подворье, а один — низенький и смуглый до черноты, с рябым лицом и приплюснутым носом — подтянул широкие шаровары, украшенные лампасами, вышел в сенцы. В просвет распахнутой двери Ильинична видела, как калмык прыгнул, уцепился руками за переруб и ловко полез наверх. Пять минут спустя он ловко соскочил оттуда, за ним, кряхтя, осторожно слез весь измазанный в глине, с паутиной на бороде, Пантелей Прокофьевич. Посмотрев на плотно сжавшую губы старуху, он сказал:

— Нашли, проклятые! Значит, кто-нибудь доказал...

Пантелея Прокофьевича под конвоем отправили в станицу Каргинскую, где находился военно-полевой суд, а Ильинична всплакнула немного и, прислушиваясь к возобновившемуся орудийному грому и отчетливо слышимой пулеметной трескотне за Доном, пошла в амбар, чтобы припрятать хоть немного хлеба.

XXII

Четырнадцать изловленных дезертиров ждали суда. Суд был короткий и немилостивый. Престарелый есаул, председательствовавший на заседаниях, спрашивал у подсудимого его фамилию, имя, отчество, чин и номер части, узнавал, сколько времени подсудимый пробыл в бегах, затем вполголоса перебрасывался несколькими фразами с членами суда — безруким хорунжим и разъевшимся на легких хлебах усатым и пухломордым вахмистром — и объявлял приговор. Большинство дезертиров присуждалось к телесному наказанию розгами, которое производили калмыки в специально отведенном для этой цели нежилом доме. Слишком много развелось дезертиров в воинственной Донской армии, чтобы можно было пороть их открыто и всенародно, как в 1918 году...

Пантелея Прокофьевича вызвали шестым по счету. Взволнованный и бледный, стоял он перед судейским столом, держа руки по швам.

— Фамилия? — спросил есаул, не глядя на спрашиваемого.

— Мелехов, ваше благородие.

— Имя, отчество?

— Пантелей Прокофьев, ваше благородие.

Есаул поднял от бумаг глаза, пристально посмотрел на старика.

— Вы откуда родом?

— С хутора Татарского Вешенской станицы, ваше благородие.

— Вы не отец Мелехова Григория, сотника?

— Так точно, отец, ваше благородие. — Пантелей Прокофьевич сразу приободрился, почуяв, что розги как будто отдаляются от его старого тела.

— Послушайте, как же вам не стыдно? — спросил есаул, не сводя колючих глаз с осунувшегося лица Пантелея Прокофьевича.

Тут Пантелей Прокофьевич, нарушив устав, приложил левую руку к груди, плачущим голосом сказал:

— Ваше благородие, господин есаул! Заставьте за вас век бога молить — не приказывайте меня сечь! У меня двое сынов женатых... старшего убили красные... Внуки есть, и меня, такого ветхого старика, пороть надо?

— Мы и стариков учим, как надо служить. А ты думал, тебе за бегство из части крест дадут? — прервал его безрукий хорунжий. Углы рта у него нервически подергивались.

— На что уж мне крест... Отправьте вы меня в часть, буду служить верой и правдой... Сам не знаю, как я убег: должно, нечистый попутал... — Пантелей Прокофьевич еще что-то бессвязно говорил о недомолоченном хлебе, о своей хромоте, о брошенном хозяйстве, но есаул движением руки заставил его замолчать, наклонился к хорунжему и что-то долго шептал ему на ухо. Хорунжий утвердительно кивнул головой, и есаул повернулся к Пантелею Прокофьевичу:

— Хорошо. Вы все сказали? Я знаю вашего сына и удивляюсь тому, что он имеет такого отца. Когда вы бежали из части? Неделю назад? Вы, что же, хотите, чтобы красные заняли ваш хутор и содрали с вас шкуру? Такой-то пример вы подаете молодым казакам? По закону мы должны судить вас и подвергнуть телесному наказанию, но из уважения к офицерскому чину вашего сына я вас избавляю от этого позора. Вы были рядовым?

— Так точно, ваше благородие.

— В чине?

— Младшим урядником был, ваше благородие.

— Снять лычки! — Перейдя на «ты», есаул повысил голос, грубо приказал: — Сейчас же отправляйся в часть! Доложи командиру сотни, что решением военно-полевого суда ты лишен звания урядника. Награды за эту или за прошлые войны имел?.. Ступай!

Не помня себя от радости, Пантелей Прокофьевич вышел, перекрестился на церковный купол и... через бугор бездорожно направился домой. «Ну уж зараз я не так прихоронюсь! Черта с два найдут, нехай хучь три сотни калмыков присылают!» — думал он, хромая по заросшей брицей стерне.

В степи он решил, что лучше идти по дороге, чтобы не привлекать внимания проезжавших. «Как раз ишо подумают, что я — дезертир. Нарвешься на каких-нибудь службистов — и без суда плетей ввалют», — вслух рассуждал он, сворачивая с пашни на заросший подорожником, брошенный летник и уже почему-то не считая себя дезертиром.

Чем ближе подвигался он к Дону, тем чаще встречались ему подводы беженцев. Повторялось то, что было весной во время отступления повстанцев на левую сторону Дона: во всех направлениях по степи тянулись нагруженные домашним скарбом арбы и брички, шли табуны ревущего скота, словно кавалерия на марше — пылили гурты овец... Скрип колес, конское ржание, людские окрики, топот множества копыт, блеяние овец, детский плач — все это наполняло спокойные просторы степи неумолчным и тревожным шумом.

— Куда, дед, правишься? Иди назад: следом за нами — красные! — крикнул с проезжавшей подводы незнакомый казак с забинтованной головой.

— Будя брехать! Где они, красные-то? — Пантелей Прокофьевич растерянно остановился.

— За Доном. Подходют к Вёшкам. А ты к ним идешь?

Успокоившись, Пантелей Прокофьевич продолжал путь и к вечеру подошел к Татарскому. Спускаясь с горы, он внимательно присматривался. Хутор поразил его безлюдьем. На улицах не было ни души. Безмолвно стояли брошенные, с закрытыми ставнями курени. Не слышно было ни людского голоса, ни скотиньего мыка; только возле самого Дона оживленно сновали люди. Приблизившись, Пантелей Прокофьевич без труда распознал вооруженных казаков, вытаскивавших и переносивших в хутор баркасы. Татарский был брошен жителями, это стало ясно Пантелею Прокофьевичу. Осторожно войдя в свой проулок, он зашагал к дому. Ильинична и детишки сидели в кухне.

— Вот он и дедуня! — обрадованно воскликнул Мишатка, бросившись деду на шею.

Ильинична заплакала от радости, сквозь слезы проговорила:

— И не чаяла тебя увидать! Ну, Прокофич, как хочешь, а оставаться тут я больше несогласная! Нехай все горит ясным огнем, только окарауливать порожний курень я не буду. Почти все с хутора выехали, а я с детишками сижу, как дура! Зараз же запрягай кобылу, и поедем куда глаза глядят! Отпустили тебя?

— Отпустили.

— Навовсе?

— Навовсе, пока не поймают...

— Ну и тут тебе не хорониться! Нынче утром как застреляли с энтой стороны красные — ажник страшно! Я уж с ребятами в погребу сидела, пока стрельба шла. А зараз отогнали их. Приходили казаки, молока спрашивали и советовали уехать отсюда.

— Казаки-то не наши хуторные? — поинтересовался Пантелей Прокофьевич, внимателно рассматривая в наличнике окна свежую пулевую пробоину.

— Нет, чужие, никак, откель-то с Хопра.

— Тогда надо уезжать, — со вздохом сказал Пантелей Прокофьевич.

К ночи он вырыл в кизячнике яму, свалил туда семь мешков пшеницы, старательно зарыл и завалил кизяками, а как только смерклось — запряг в арбочку кобылу, положил две шубы, мешок муки, пшена, связанную овцу, привязал к задней грядушке обеих коров и, усадив Ильиничну и детишек, проговорил:

— Ну, теперь — с богом! — выехал со двора, передал вожжи старухе, закрыл ворота и до самого бугра сморкался и вытирал рукавом чекменя слезы, шагая рядом с арбочкой.

XXIII

17 сентября части ударной группы Шорина, сделав тридцативерстный переход, вплотную подошли к Дону. С утра 18-го красные батареи загремели от устья Медведицы до станицы Казанской. После короткой артиллерийской подготовки пехота заняла обдонские хутора и станицы Букановскую, Еланскую, Вешенскую. В течение дня левобережье Дона на протяжении более чем полутораста верст было очищено от белых. Казачьи сотни отступили, в порядке переправившись через Дон на заранее заготовленные позиции. Все имевшиеся средства переправы находились у них в руках, но вешенский мост едва не был захвачен красными. Казаки заблаговременно сложили около него солому и облили деревянный настил керосином, чтобы поджечь при отступлении, и уже собрались было поджигать, как в это время прискакал связной с сообщением, что одна из сотен 37-го полка идет с хутора Перевозного в Вешенскую к переправе. Отставшая сотня карьером прискакала к мосту в тот момент, когда красная пехота уже вступала в станицу. Под пулеметным огнем казаки все же успели проскочить по мосту и поджечь

его за собой, потеряв более десяти человек убитыми и ранеными и такое же число лошадей.

До конца сентября полки 22-й и 23-й дивизий 9-й красной армии удерживали занятые ими хутора и станицы левой стороны Дона. Противников разделяла река, максимальная ширина которой в то время не превышала восьмидесяти саженей, а местами доходила до тридцати. Активных попыток к переправе красные не предпринимали; кое-где на бродах они пробовали перейти Дон, но были отбиты. На всем протяжении фронта на этом участке в течение двух недель шла оживленная артиллерийская и ружейная перестрелка. Казаки занимали господствующие над местностью прибрежные высоты, обстреливая скопления противника на подступах к Дону, не позволяя ему днем продвигаться к берегу; но так как казачьи сотни на этом участке состояли из наименее боеспособных формирований (старики и молодежь в возрасте от семнадцати до девятнадцати лет), то и сами они не пытались перейти Дон, чтобы оттеснить красных и двинуться в наступление по левобережью.

Отступив на правую сторону Дона, в первый день казаки ждали, что вот-вот запылают курени занятых красными хуторов, но, к их великому удивлению, на левой стороне не показалось ни одного дымка; мало того — перебравшиеся ночью с той стороны жители сообщили, что красноармейцы ничего не берут из имущества, а за взятые продукты, даже за арбузы и молоко, щедро платят советскими деньгами. Это вызвало среди казаков растерянность и величайшее недоумение. Им казалось, что после восстания красные должны бы выжечь дотла все повстанческие хутора и станицы; они ждали, что оставшаяся часть населения, во всяком случае мужская его половина, будет беспощадно истреблена, но по достоверным сведениям — красные никого из мирных жителей не трогали и, судя по всему, даже и не помышляли о мщении.

В ночь на 19-е казаки-хоперцы, бывшие в заставе против Вешенской, решили разведать о столь странном поведении противника; один голосистый казак сложил трубою руки, крикнул:

— Эй, краснопузые! Чего же вы дома наши не жгете? Спичек у вас нету? Так плывите к нам, мы вам дадим!

Ему из темноты зычно ответили:

— Вас не прихватили на месте, а то бы сожгли вместе с домами!

— Обнищали? Поджечь нечем? — задорно кричал хоперец.

Спокойно и весело ему отвечали:

— Плыви сюда, белая курва, мы тебе жару в мотню насыпем. Век будешь чесаться!

На заставах долго переругивались и всячески язвили друг друга, а потом постреляли немного и притихли.

В первых числах октября основные силы Донской армии, в количестве двух корпусов сосредоточенные на участке Казанская — Павловск, перешли в наступление. 3-й Донской корпус, насчитывавший в своем составе 8000 штыков и более 6000 сабель, неподалеку от Павловска форсировал Дон, отбросил 56-ю красную дивизию и начал успешное продвижение на восток. Вскоре переправился через Дон и 2-й коноваловский корпус. Преобладание конницы в его составе дало ему возможность глубоко внедриться в расположение противника и нанести ряд сокрушительных ударов. Введенная в дело 21-я стрелковая красная дивизия, находившаяся до этого во фронтовом резерве, несколько задержала продвижение 3-го Донского корпуса, но под давлением соединившихся казачьих корпусов должна была начать отход. 14 октября 2-й казачий корпус в ожесточенном бою разгромил и почти полностью уничтожил 14-ю красную стрелковую дивизию. За неделю красные были выбиты с левого берега Дона вплоть до станицы Вешенской. Заняв широкий плацдарм, казачьи корпуса оттеснили части 9-й красной армии на фронт Лузево — Ширинкин — Воробьевка, принудив 23-ю дивизию 9-й армии поспешно перестроить фронт в западном направлении от Вешенской на хутор Кругловский. Почти одновременно со 2-м корпусом генерала Коновалова форсировал

Дон на своем участке и 1-й Донской корпус, находившийся в районе станицы Клетской.

Угроза окружения встала перед 22-й и 23-й левофланговыми красными дивизиями. Учитывая это, командование Юго-Восточным фронтом приказало 9-й армии отойти на фронт устье реки Икорец — Бутурлиновка — Успенская — Тишанская — Кумылженская. Но удержаться на этой линии армии не удалось. Набранные по всеобщей мобилизации многочисленные и разрозненные казачьи сотни переправились с правого берега Дона и, объединившись с регулярными войсковыми частями 2-го казачьего корпуса, продолжали стремительно гнать ее на север. С 24 по 29 октября белыми были заняты станции Филоново, Поворино и город Новохоперск. Однако, как ни велики были успехи Донской армии в октябре, но в настроении казаков уже отсутствовала та уверенность, которая окрыляла их весной, во время победоносного движения к северным границам области. Большинство фронтовиков понимало, что успех этот — временный и что продержаться дольше зимы им не удастся.

Вскоре обстановка на Южном фронте резко изменилась. Поражение Добровольческой армии в генеральном сражении на орловско-кромском направлении и блестящие действия буденновской конницы на воронежском участке решили исход борьбы: в ноябре Добровольческая армия покатилась на юг, обнажая левый фланг Донской армии, увлекая и ее в своем отступлении.

XXIV

Две с половиной недели Пантелей Прокофьевич благополучно прожил с семьей в хуторе Латышевом и, как только услышал, что красные отступили от Дона, собрался ехать домой. Верстах в пяти от хутора он с решительным видом слез с арбочки, сказал:

— Нету моего терпения тянуться шагом! А через этих проклятых коров рысью не поскачешь. И на черта мы их гоняли с собой? Дуняшка! Останови быков! Привязывай коров к своей арбе, а я рыском тронусь домой. Там теперь уж, может, от подворья одна зола осталась...

Обуянный величайшим нетерпением, он пересадил детишек со своей арбочки на просторную арбу Дуняшки, переложил туда же лишний груз и, налегках, рысью загремел по кочковатой дороге. Кобыла вспотела на первой же версте; еще никогда хозяин не обращался с ней столь безжалостно: он не выпускал кнута из рук, беспрестанно погоняя ее.

— Загонишь кобылу! Чего ты скачешь как оглашенный? — говорила Ильинична, вцепившись в ребра арбочки, страдальчески морщась от тряски.

— Она ко мне на могилу плакать все одно не прийдет... Но-о-о, проклятущая! За-по-тела!.. Там, может, от куреня одни пеньки остались... — сквозь стиснутые зубы цедил Пантелей Прокофьевич.

Опасения его не оправдались: курень стоял целехонький, но почти все окна в нем были выбиты, дверь сорвана с петель, стены исковыряны пулями. Все во дворе являло вид заброшенности и запустения. Угол конюшни начисто снесло снарядом, второй снаряд вырыл неглубокую воронку возле колодца, развалив сруб и переломив пополам колодезный журавль. Война, от которой бегал Пантелей Прокофьевич, сама пришла к нему во двор, оставив после себя безобразные следы разрушения. Но еще больший ущерб хозяйству причинили хоперцы, стоявшие в хуторе постоем: на скотиньем базу они повалили плетни, вырыли глубокие, в рост человека, траншеи; чтобы не утруждать себя излишней работой — разобрали стены у амбара и из бревен поделали накаты в траншеях; раскидали каменную огорожу, мастеря бойницу для пулемета; уничтожили полприкладка сена, бесхозяйственно потравив его лошадьми; пожгли плетни и загадили всю летнюю стряпку...

Пантелей Прокофьевич за голову взялся, осмотрев дом и надворные постройки. На этот раз ему изменила всегдашняя его привычка обесценивать утраченное. Черт возьми, не мог же он сказать, что все нажитое им ничего не стоило и было годно только на слом? Амбар — не зипун, и постройка его обошлась недешево.

— Как не было амбара! — со вздохом проговорила Ильинична.

— Он и амбар-то был... — с живостью отозвался Пантелей Прокофьевич, но не кончил, махнул рукой, пошел на гумно.

Рябые, изуродованные осколками и пулями стены дома выглядели неприветливо и заброшенно. В комнатах свистел ветер, на столах, на скамьях толстым слоем лежала пыль... Много времени требовалось, чтобы привести все в порядок.

Пантелей Прокофьевич на другой же день съездил верхом в станицу и не без труда выпросил у знакомого фельдшера бумагу, удостоверявшую, что ввиду болезни ноги казак Мелехов Пантелей не способен к хождению пешком и нуждается в лечении. Свидетельство это помогло Пантелею Прокофьевичу избавиться от отправки на фронт. Он предъявил его атаману и, когда ходил в хуторское правление, для вящей убедительности опирался на палку, хромал поочередно на обе ноги.

Никогда еще жизнь в Татарском не шла так суетливо и бестолково, как после возвращения из отступления. Люди ходили из двора во двор, опознавая растащенное хоперцами имущество, рыскали по степи и по буеракам в поисках отбившихся от табуна коров. Гурт в триста штук овец с верхнего конца хутора исчез в первый же день, как только Татарский подвергся артиллерийскому обстрелу. По словам пастуха, один из снарядов разорвался впереди пасшегося гурта, и овцы, замигав курдюками, в ужасе устремились в степь и исчезли. Их нашли за сорок верст от хутора, на земле Еланской станицы, через неделю после того как жители возвратились в покинутый хутор, а когда пригнали и стали разбирать, то оказалось, что в гурте половина чужих овец, с незнакомой метой в ушах, своих же, хуторских, недосчитались более пятидесяти штук. На огороде у Мелеховых оказалась швейная машина, принадлежавшая Богатыревым, а жесть со своего амбара Пантелей Прокофьевич разыскал на гумне у Аникушки. То же самое творилось и в соседних хуторах. И долго еще захаживали в Татарский жители ближних и дальних хуторов Обдонья; и долго еще при встречах звучали вопросы: «Не видали вы корову, рыжую, на лбу лысина, левый рог сбитый?», «Случаем, не приблудился к вам бычок-летошник, бурой масти?»

Наверное, не один бычок был сварен в казачьих сотенных котлах и в походных кухнях, но подстегиваемые надеждой хозяева подолгу мерили степь, пока не убеждались, что не все пропавшее находится.

Пантелей Прокофьевич, получив освобождение от службы, деятельно приводил в порядок постройки и огорожу. На гумне стояли недомолоченные прикладки хлеба, по ним шныряли прожорливые мыши, но старик не брался за молотьбу. Да и разве можно было за нее браться, ежели двор стоял разгороженный, амбара не было и в помине и все хозяйство являло мерзостный вид разрухи? К тому же и осень выдалась погожая, и с обмолотом не было надобности спешить.

Дуняшка и Ильинична обмазали и побелили курень, всемерно помогали Пантелею Прокофьевичу в устройстве временной огорожи и в прочих хозяйственных делах. Кое-как добыли стекло, вставили окна, очистили стряпку, колодец. Старик сам спускался в него и, как видно, там приостыл, с неделю кашлял, чихал, ходил с мокрой от пота рубахой. Но стоило ему выпить за присест две бутылки самогона, а потом полежать на горячей печи, как болезнь с него словно рукой сняло.

От Григория по-прежнему не было вестей, и только в конце октября случайно Пантелей Прокофьевич узнал, что Григорий пребывает в полном здравии и вместе со своим полком находится где-то в Воронежской губернии. Сообщил ему об этом раненый однополчанин Григория, проезжавший через хутор. Старик повеселел, на радостях выпил последнюю бутылку целебного, настоянного на красном перце самогона и после целый день ходил разговорчивый, гордый, как молодой петух, останавливал каждого проходившего, говорил:

— Слыхал? Григорий-то наш Воронеж забирал! Слухом пользуемся, будто новое повышение получил он и зараз уже сызнова командует дивизией, а может, и корпусом. Таких вояк, как он, поискать! Небось сам знаешь... — Старик сочинял, испытывая неодолимую потребность поделиться своей радостью, прихвастнуть.

— Сын у тебя геройский, — говорили ему хуторяне.

Пантелей Прокофьевич счастливо подмигивал:

— И в кого бы он уродился не геройский? Смолоду и я был, скажу без хвальбы, тоже не хуже его! Нога мне препятствует, а то бы я и зараз не удал! Дивизией — не дивизией, а уж сотней знал бы, как распорядиться! Кабы нас, таких стариков, побольше на фронт, так уж давно бы Мóскву забрали, а то топчутся на одном месте, никак не могут с мужиками управиться...

Последний, с кем пришлось поговорить Пантелею Прокофьевичу в этот день, был старик Бесхлебнов. Он шел мимо мелеховского двора, и Пантелей Прокофьевич не преминул его остановить:

— Эй, погоди трошки, Филипп Агевич! Здорово живешь! Зайди на-час, потолкуем.

Бесхлебнов подошел, поздоровался.

— Слыхал, какие коленца мой Гришка выкидывает? — спросил Пантелей Прокофьевич.

— А что такое?

— Да ить опять дивизию ему дали! Вон какой махиной командует!

— Дивизию?

— Ну да, дивизию!

— Вон как!

— То-то и есть! Абы кому не дадут, ты как думаешь?

— Само собой.

Пантелей Прокофьевич торжествующе оглядел собеседника, продолжал сладостный его сердцу разговор:

— Сын уродился истинно всем на диковину. Полный бант крестов, это как по-твоему? А сколько разов был раненый и сконтуженный? Другой бы давно издох, а ему нипочем, с него это — как с гуся вода. Нет, ишо не перевелись на тихом Дону настоящие казаки!

— Не перевелись-то — не перевелись, да что-то толку от них мало, — раздумчиво проговорил не отличавшийся особой словоохотливостью дед Бесхлебнов.

— Э, как так толку мало? Гляди, как они красных погнали, уж за Воронежем, под Москву подходют!

— Что-то долго они подходют!..

— Скоро нельзя, Филипп Агевич. Ты в толк возьми, что на войне поспешно ничего не делается. Скоро робют — слепых родют. Тут надо все потихонечку, по картам, по этим, разным, ихним, по планам... Мужика, его в России — темная туча, а нас, казаков, сколько? Горсть!

— Все это так, но, должно, не долго наши продержутся. К зиме опять надо гостей ждать, в народе так гутарют.

— Ежли зараз Мóскву у них не заберут, они явются сюда, это ты верно говоришь.

— А думаешь — заберут?

— Должны бы забрать, а там — как бог даст. Неужели наши не справются? Все двенадцать казачьих войск поднялись, и не справются?

— Чума их знает. Ты-то что же, отвоевался?

— Какой из меня вояка! Кабы не моя ножная хворость — я бы им показал, как надо с неприятелем сражаться! Мы, старики, — народ крепкий.

— Гутарют, что эти крепкие старики на энтом боку Дона так умахивали от красных, что ни на одном полушубка не осталось, всё с себя до живого тела на бегу посымали и покидали. Смеются, будто вся степь была от полушубков желтая, чисто лазоревыми цветками покрытая!

Пантелей Прокофьевич покосился на Бесхлебнова, сухо сказал:

— По-моему, брехня это! Ну, может, кто для облегчения и бросил одежу, да ить люди в сто разов больше набрешут! Великое дело — зипун, то бишь полушубок! Жизня дороже его али нет, спрашиваю? Да и не всякий старик может в одеже резво бегать. На этой проклятой войне нужно иметь такие ноги, как у борзого кобеля, а я, к примеру, где их достану? И об чем ты, Филипп Агевич, горюешь? На черта, прости бог, они тебе нужны, эти полушубки? Дело не в полушубках или, скажем, в зипунах, а в том, чтобы преуспешно неприятеля разить, так я говорю? Ну, пока прощай, а то я с тобой загутарился, а там дело стоит. Что ж, телушку-то свою нашел? Все ищешь? И слуху нету? Ну, стало быть, слопали ее хоперцы, чтоб им подавиться! А насчет войны не сумлевайся: придолеют наши мужиков! — И Пантелей Прокофьевич важно захромал к крыльцу.

Но одолеть «мужиков», как видно, было не так-то легко... Не без урона обошлось и последнее наступление казаков. Час спустя хорошее настроение Пантелея Прокофьевича было омрачено неприятной новостью. Обтесывая бревно на колодезный сруб, он услышал бабий вой и причитания по мертвому. Крик приближался. Пантелей Прокофьевич послал Дуняшку разведать.

— Побеги узнай, кто там помер, — сказал он, воткнув топор в дровосеку.

Вскоре Дуняшка вернулась с известием, что с Филоновского фронта привезли трех убитых казаков — Аникушку, Христоню и еще одного, семнадцатилетнего парнишку с того конца хутора. Пораженный новостью, Пантелей Прокофьевич снял шапку, перекрестился.

— Царство небесное им! Какой казачина-то был... — горестно проговорил он, думая о Христоне, вспоминая, как вместе с ним они недавно отправлялись из Татарского на сборный пункт.

Работать он больше не мог. Аникушкина жена ревела как резаная и так причитала, что у Пантелея Прокофьевича подкатывало под сердце. Чтобы не слышать истошного бабьего крика, он ушел в дом, плотно притворил за собою дверь. В горнице Дуняшка, захлебываясь, рассказывала Ильиничне:

— ... глянула я, ро́дная мамунюшка, а у Аникушки головы почти нету, какая-то каша заместо головы. Ой, и страшно же! И воняет от него за версту... И зачем они их везли — не знаю! А Христоня лежит на спине во всю повозку, ноги сзади из-под шинеля висят... Христоня — чистый и белый-белый, прямо кипенный! Только под правым глазом — дырка, махонькая, с гривенник, да за ухом — видно — запеклась кровь.

Пантелей Прокофьевич ожесточенно сплюнул, вышел во двор, взял топор и весло и захромал к Дону.

— Скажи бабке, что я поехал за Дон хворосту срубить. Слышишь, родимушка? — на ходу обратился он к игравшему возле стряпки Мишатке.

За Доном в лесу прижилась тихая, ласковая осень. С шелестом падали с тополей сухие листья. Кусты шиповника стояли, будто объятые пламенем, и красные ягоды в редкой листве их пылали как огненные язычки. Горький, всепобеждающий запах сопревшей дубовой коры заполнял лес. Ежевичник — густой и хваткий — опутывал землю; под сплетением ползучих ветвей его искусно прятались от солнца дымчато-сизые, зрелые кисти ежевики. На мертвой траве в тени до полудня лежала роса, блестела посеребренная ею паутина. Только деловитое постукивание дятла да щебетание дроздов-рябинников нарушало тишину.

Молчаливая, строгая красота леса умиротворяюще подействовала на Пантелея Прокофьевича. Он тихо ступал меж кустов, разгребая ногами влажный покров опавшей листвы, думал: «Вот она какая, жизня: недавно были живые, а нынче уж обмывают их. Какого казака-то свалили! А ить будто недавно приходил проведовать нас, стоял у Дона, когда ловили Дарью. Эх, Христан, Христан! Нашлась и на тебя вражья пуля... И Аникушка... какой веселый был, любил выпить, посмеяться, а зараз уж все — покойничек...» — Пантелей Прокофьевич вспомнил Дуняшкины слова и, с неожиданной яркостью восстановив в памяти улыбающееся, безусое, скопцеватое лицо Аникушки, — никак не мог представить себе теперешнего Аникушку — бездыханного, с размозженной головой. «Зря я гневил бога — хвалился Григорием, — укорил себя Пантелей Прокофьевич, припомнив разговор с Бесхлебновым. — Может, и Григорий теперь лежит где-нибудь, проклеванный пулями? Не дай бог и не приведи! При ком же нам, старикам, тогда жить?»

Вырвавшийся из-под куста коричневый вальдшнеп заставил Пантелея Прокофьевича вздрогнуть от неожиданности. Бесцельно проследил он за косым, стремительным полетом птицы, пошел дальше. Около небольшой музги облюбовал несколько кустов хвороста, принялся рубить. Работая, старался ни о чем не думать. За один год смерть сразила столько родных и знакомых, что при одной мысли о них на душе его становилось тяжко и весь мир тускнел и словно одевался какой-то черной пеленой.

— Вот этот куст надо повалить. Хороший хворост! Самое на плетни годится, — вслух разговаривал он сам с собою, чтобы отвлечь себя от мрачных мыслей.

Наработавшись, Пантелей Прокофьевич снял куртку, присел на ворох нарубленного хвороста и, жадно вдыхая терпкий запах увядшей листвы, долго глядел на далекий горизонт, повитый голубой дымкой, на дальние перелески, вызолоченные осенью, блещущие последней красотой. Неподалеку стоял куст черноклена. Несказанно нарядный, он весь сиял под холодным осенним солнцем, и раскидистые ветви его, отягощенные пурпурной листвой, были распахнуты, как крылья взлетающей с земли сказочной птицы. Пантелей Прокофьевич долго любовался им, а потом случайно глянул на музгу и увидел в прозрачной стоячей воде темные спины крупных сазанов, плававших так близко от поверхности, что были видны их плавники и шевелящиеся багряные хвосты. Их было штук восемь. Они иногда скрывались под зелеными щитами кувшинок и снова выплывали на чистое, хватали тонущие, мокрые листочки вербы. Музга к осени почти пересохла, и переловить сазанов не составляло особого труда. После недолгих поисков Пантелей Прокофьевич нашел брошенную возле соседнего озера кошелку без дна, вернулся к музге, снял штаны, поеживаясь и кряхтя от холода, приступил к ловле. Взмутив воду, по колено утопая в иле, он брел вдоль музги, опускал кошелку, придавливал края ее ко дну, а затем совал внутрь кошелки руку, в ожидании, что вот-вот всплеснет и забурлит могучая рыба. Старания его увенчались успехом: ему удалось накрыть трех сазанов фунтов по десяти каждый. Продолжать ловлю и дальше он не смог, от холода судорога начала сводить его искалеченную ногу. Удовольствовавшись добычей, он вылез из музги, обтер чаканом ноги, оделся, снова начал рубить хворост, чтобы согреться. Это была как-никак удача. Неожиданно поймать почти пуд рыбы не всякому придется! Ловля развлекла его, отогнала мрачные мысли. Он надежно спрятал кошелку, с намерением прийти доловить оставшуюся рыбу, — опасливо оглянулся: не видел ли кто, как он выбрасывал на берег золотистых и толстых, словно поросята, сазанов, — и лишь после этого поднял вязанку хвороста и нанизанных на хворостину рыб, не спеша направился к Дону.

С довольной улыбкой он рассказал Ильиничне про свое ловецкое счастье, полюбовался еще раз на отливающих красной медью сазанов, но Ильинична неохотно разделяла его восторг. Она ходила смотреть на убитых и пришла оттуда заплаканная и грустная.

— Пойдешь глянуть на Аникея? — спросила она.

— Не пойду. Что я, мертвых не видал, что ли? Нагляделся я на них, хватит!

— Ты сходил бы. Все вроде неудобно, скажут — и попрощаться не пришел!

— Отвяжись, ради Христа! Я с ним детей не крестил, и нечего мне с ним прощаться! — свирепо огрызнулся Пантелей Прокофьевич.

Он не пошел и на похороны, с утра уехал за Дон и пробыл там весь день. Погребальный звон заставил его в лесу снять шапку, перекреститься, а потом он даже подосадовал на попа: мыслимое ли дело звонить так долго? Ну, ударили бы в колокола по разу — и все, а то заблаговестили на целый час. И что проку от этого звона? Только разбередят людям сердце да заставят лишний раз вспомнить о смерти. А о ней осенью и без этого все напоминает: и падающий лист, и с криком пролетающие в голубом небе станицы гусей, и мертвенно полегшая трава...

Как ни оберегал себя Пантелей Прокофьевич от всяких тяжелых переживаний, но вскоре пришлось ему испытать новое потрясение. Однажды за обедом Дуняшка взглянула в окно, сказала:

— Ну, ишо какого-то убитого с фронта везут! Сзади повозки служивский подседланный конь идет, привязанный на чумбуре, и едут нерезво... Один лошадьми правит, а мертвый под шинелем лежит. Этот, какой правит, сидит спиной к нам, не узнаю — наш хуторной или нет... — Дуняшка присмотрелась внимательнее, и щеки ее стали белее полотна. — А ить это... а ить это... — невнятно зашептала она и вдруг пронзительно крикнула: — Гришу везут!... Его конь! — и, рыдая, выбежала в сенцы.

Ильинична, не вставая из-за стола, прикрыла глаза ладонью. Пантелей Прокофьевич тяжело поднялся со скамьи, пошел к двери, вытянув вперед руки, как слепой.

Прохор Зыков открыл ворота, мельком взглянул на сбежавшую с крыльца Дуняшку, невесело сказал:

— Принимайте гостей... Не ждали?

— Родный ты наш! Братунюшка! — заламывая руки, простонала Дуняшка.

И только тогда Прохор, поглядев на ее мокрое от слез лицо, на безмолвно стоявшего на крыльце Пантелея Прокофьевича, догадался сказать:

— Не пужайтесь, не пужайтесь! Он живой. В тифу он лежит.

Пантелей Прокофьевич обессиленно прислонился спиной к дверному косяку.

— Живой!!! — смеясь и плача, закричала ему Дуняшка. — Живой Гриша! Слышишь?! Его хворого привезли! Иди же скажи матери! Ну, чего стоишь?!

— Не пужайся, Пантелей Прокофич! Доставил живого, а про здоровье не спрашивай, — торопливо подтвердил Прохор, под уздцы вводя лошадей во двор.

Пантелей Прокофьевич сделал несколько неуверенных шагов, опустился на одну из ступенек. Мимо него вихрем промчалась в дом Дуняшка, чтобы успокоить мать. Прохор остановил лошадей возле самого крыльца, поглядел на Пантелея Прокофьевича.

— Чего ж сидишь? Неси полсть, будем сносить.

Старик сидел молча. Из глаз его градом сыпались слезы, а лицо было неподвижно, и ни единый мускул не шевелился на нем. Два раза он поднимал руку, чтобы перекреститься, и опускал ее, будучи не в силах донести до лба. В горле его что-то булькало и клокотало.

— Ты, видать, от ума отошел с перепугу, — сожалеюще сказал Прохор. — И как это я не догадался послать вперед кого-нибудь предупредить вас? Оказался дурак я, право слово — дурак! Ну, поднимайся, Прокофич, надо же хворого сносить. Где у вас полсть? Или на руках понесем?

— Погоди трошки... — хрипло проговорил Пантелей Прокофьевич. — Что-то у меня ноги отнялись... Думал — убитый... Слава богу... Не ждал... — Он оторвал пуговицы на воротнике своей старенькой рубахи, распахнул ворот и стал жадно вдыхать воздух широко раскрытым ртом.

— Вставай, вставай, Прокофич! — торопил Прохор. — Окромя нас, несть-то его ить некому?

Пантелей Прокофьевич с заметным усилием поднялся, сошел с крыльца, откинул шинель и нагнулся над лежавшим без сознания Григорием. В горле его снова что-то заклокотало, но он овладел собой, повернулся к Прохору:

— Берись за ноги. Понесем.

Григория внесли в горницу, сняли с него сапоги, раздели и уложили на кровать. Дуняшка тревожно крикнула из кухни:

— Батя! С матерью плохо... Поди сюда!

В кухне на полу лежала Ильинична. Дуняшка, стоя на коленях, брызгала водой в ее посиневшее лицо.

— Беги, кличь бабку Капитоновну, живо! Она умеет кровь отворять. Скажи, что надо матери кровь кинуть, нехай захватит с собой струмент! — приказал Пантелей Прокофьевич.

Не могла же Дуняшка — заневестившаяся девка — бежать по хутору простоволосой; она ухватила платок, торопливо покрываясь, сказала:

— Детей вон напужали до смерти! Господи, что это такое за напасть... Пригляди за ними, батя, а я смотаюсь в один момент!

Может быть, Дуняшка и в зеркало бы мельком посмотрелась, но оживший Пантелей Прокофьевич глянул на нее такими глазами, что она опрометью выскочила из кухни.

Выбежав за калитку, Дуняшка увидела Аксинью. Ни кровинки не было в белом Аксиньином лице. Она стояла, прислонившись к плетню, безжизненно опустив руки. В затуманенных черных глазах ее не блестели слезы, но столько в них было страдания и немой мольбы, что Дуняшка, остановившись на секунду, невольно и неожиданно для себя сказала:

— Живой, живой! Тиф у него, — и побежала по проулку рысью, придерживая руками подпрыгивающую высокую грудь.

К мелеховскому двору отовсюду спешили любопытные бабы. Они видели, как Аксинья неторопливо пошла от мелеховской калитки, а потом вдруг ускорила шаги, согнулась и закрыла лицо руками.

XXV

Через месяц Григорий выздоровел. Впервые поднялся он с постели в двадцатых числах ноября и — высокий, худой, как скелет, — неуверенно прошелся по комнате, стал у окна.

На земле, на соломенных крышах сараев ослепительно белел молодой снежок. По проулку виднелись следы санных полозьев. Голубоватый иней, опушивший плетни и деревья, сверкал и отливал радугой под лучами закатного солнца.

Григорий долго смотрел в окно, задумчиво улыбаясь, поглаживая костлявыми пальцами усы. Такой славной зимы он как будто еще никогда не видел. Все казалось ему необычным, исполненным новизны и значения. У него после болезни словно обострилось зрение, и он стал обнаруживать новые предметы в окружающей его обстановке и находить перемены в тех, что были знакомы ему издавна.

Неожиданно в характере Григория проявились ранее несвойственные ему любопытство и интерес ко всему происходившему в хуторе и в хозяйстве. Все в жизни обретало для него какой-то новый, сокровенный смысл, все привлекало внимание. На вновь явившийся ему мир он смотрел чуточку удивленными глазами, и с губ его подолгу не сходила простодушная, детская улыбка, странно изменявшая суровый облик лица, выражение звероватых глаз, смягчавшая жесткие складки в углах рта. Иногда он рассматривал какой-нибудь с детства известный ему предмет хозяйственного обихода, напряженно шевеля бровями и с таким видом, словно был человеком, недавно прибывшим из чужой, далекой страны, видевшим все это впервые. Ильинична была несказанно удивлена однажды, застав его разглядывавшим со всех сторон прялку. Как только она вошла в комнату, Григорий отошел от прялки, слегка смутившись.

Дуняшка не могла без смеха смотреть на его мослаковатую длинную фигуру. Он ходил по комнате в одном нижнем белье, придерживая рукой сползающие кальсоны, сгорбясь и несмело переставляя высохшие голенастые ноги, а когда садился, то непременно хватался за что-нибудь рукой, боясь упасть. Черные, отросшие за время болезни волосы его лезли, курчеватый, с густой проседью чуб свалялся.

При помощи Дуняшки он сам обрил себе голову, и когда повернулся лицом к сестре, та уронила на пол бритву, схватилась за живот и, повалившись на кровать, задохнулась от хохота.

Григорий терпеливо ждал, пока она отсмеется, но потом не выдержал, сказал слабым, дрожащим тенорком:

— Гляди, так недолго и до греха. Опосля стыдно будет, ты ить невеста. — В голосе его прозвучала легкая обида.

— Ой, братушка! Ой, родненький! Я лучше уйду... силов моих нету! Ой, на чего ты похо-оож! Ну, чистое огородное чучело! — между приступами смеха еле выговорила Дуняшка.

— Поглядел бы я на тебя, какая ты бы стала опосля тифа. Подыми бритву, ну?!

Ильинична вступилась за Григория, с досадой сказала:

— И чего иржешь, на самом деле? То-то дура ты, Дунька!

— Да погляди, маманя, на чего он похож! — вытирая слезы, говорила Дуняшка. — Голова вся на шишках, круглая, как арбуз, и такая же темная... Ой, не могу!

— Дай зеркало! — попросил Григорий.

Он посмотрелся в крохотный осколок зеркала и сам долго беззвучно смеялся.

— И на что ты, сынок, брился, уж лучше бы так ходил, — с неудовольствием сказала Ильинична.

— По-твоему, лучше лысым быть?

— Ну и так страмотно до невозможности.

— Да ну вас совсем! — с досадой проговорил Григорий, взбивая помазком мыльную пену.

Лишенный возможности выходить из дому, он подолгу возился с детишками. Разговаривая с ними обо всем, избегал упоминать о Наталье. Но однажды Полюшка, ласкаясь к нему, спросила:

— Батяня, а маманька к нам не вернется?

— Нет, милушка, оттуда не возвертаются...

— Откуда? С кладбища?

— Мертвые, словом, не возвертаются...

— А она навовсе мертвая?

— Ну а как же иначе? Конечно, мертвая.

— А я думала, что она когда-нибудь соскучится по нас и прийдет... — чуть слышно прошептала Полюшка.

— Ты об ней не думай, моя ро́дная, не надо, — глухо сказал Григорий.

— Как же об ней не думать? А они и проведывать не приходют? Хучь на чудок. Нет?

— Нет. Ну, пойди поиграй с Мишаткой. — Григорий отвернулся. Видно, болезнь ослабила его волю: на глазах его показались слезы, и, чтобы скрыть их от детей, он долго стоял у окна, прижавшись к нему лицом.

Не любил он разговаривать с детьми о войне, а Мишатку война интересовала больше всего на свете. Он часто приставал к отцу с вопросами, как воюют, и какие красные, и чем их убивают, и для чего. Григорий хмурился, с досадой говорил:

— Ну вот, опять заладила сорока про Якова! И на что она тебе сдалась, эта война? Давай лучше погутарим об том, как будем летом рыбу удочками ловить. Тебе удочку справить? Вот как только зачну выходить на баз, так зараз же ссучу тебе из конского волоса леску.

Он испытывал внутренний стыд, когда Мишатка заговаривал о войне: никак не мог ответить на простые и бесхитростные детские вопросы. И кто знает — почему? Не потому ли, что не ответил на эти вопросы самому себе? Но от Мишатки не так-то легко было отделаться: как будто и со вниманием выслушивал он планы отца, посвященные рыбной ловле, а потом снова спрашивал:

– А ты, папанька, убивал людей на войне?

— Отвяжись, репей!

— А страшно их убивать? А кровь из них идет, как убивают? А много крови? Больше, чем из курицы либо из барана?

— Я тебе сказал, что брось ты об этом!

Мишатка на минуту замолкал, потом раздумчиво говорил:

— Я видал, как дед резал недавно овцу. Мне было не страшно... Может, так трошки-трошки страшно, а то ничуть!

— Прогони ты его от себя! — с досадой восклицала Ильинична. — Вот ишо душегуб растет! Истый арестанюга! Только от него и послышишь, что про войну, окромя он и разговору не знает. Да мысленное ли дело тебе, чадушка, об ней, об проклятой, прости господи, гутарить? Иди сюда, возьми вот блинец да помолчи хучь чудок.

Но война напоминала о себе ежедневно. Приходили проведывать Григория вернувшиеся с фронта казаки, рассказывали о разгроме Шкуро и Мамонтова конницей Буденного, о неудачных боях под Орлом, об отступлении, начавшемся на фронтах. В боях под Грибановкой и Кардаилом были убиты еще двое татарцев; привезли раненого Герасима Ахваткина; умер болевший тифом Дмитрий Голощеков. Григорий мысленно перебирал в памяти убитых за две войны казаков своего хутора, и оказалось, что нет в Татарском ни одного двора, где бы не было покойника.

Григорий еще не выходил из дома, а уж хуторской атаман принес распоряжение станичного атамана, предписывавшее уведомить сотника Мелехова о незамедлительной явке на врачебную комиссию для переосвидетельствования.

— Отпиши ему, что, как только научусь ходить, — сам явлюсь, без ихних напоминаний, — с досадой сказал Григорий.

Фронт все ближе продвигался к Дону. В хуторе начали поговаривать об отступлении. Вскоре на майдане был оглашен приказ окружного атамана, обязывавший ехать в отступление всех взрослых казаков.

Пантелей Прокофьевич пришел с майдана, рассказал Григорию о приказе, спросил:

— Что будем делать?

Григорий пожал плечами:

— Чего же делать? Надо отступать. И без приказа все тронутся.

— Я про нас с тобой спрашиваю: вместе поедем или как?

— Вместе нам не прийдется ехать. Дня через два я сбегаю верхом в станицу, узнаю, какие частя будут идтить через Вёшки, пристану к какой-нибудь. А твое дело ехать беженским порядком. Или ты хочешь в воинскую часть поступить?

— Будь она неладна! — испуганно сказал Пантелей Прокофьевич. — Я тогда поеду с дедом Бесхлебновым, он надысь приглашал ехать за компанию. Старик он смирный, и конь у него добрячий, вот мы спрягемся и дунем на пару. Моя кобыла тоже стала из жиру вон. Так, проклятая, разъелась и так взбрыкивает, ажник страшно!

— Ну вот и езжай с ним, — охотно поддержал Григорий. — А пока давай договоримся насчет вашего маршрута, а то, может, и мне доведется тем же путем идтить.

Григорий достал из планшетки карту Юга России, подробно рассказал отцу, через какие хутора нужно ехать, и уже начал было записывать на бумагу названия хуторов, но старик, с уважением посматривавший на карту, сказал:

— Постой, не пиши. Ты, конечно, в этих делах больше моего понимаешь, и карта — это дело сурьезное, уж она не сбрешет и покажет прямой путь, но только как его буду держаться, ежели мне это неподходяще? Ты говоришь, надо спервоначалу ехать через Каргинскую, я понимаю: через нее прямее, а все одно мне и тут надо крюку дать.

— Это зачем же тебе крюку давать?

— А затем, что в Латышевом у меня двоюродная сестра, у ней я и себе и коням корму добуду, а у чужих прийдется свое тратить. И дальше: ты говоришь, надо по карте на слободу Астахово ехать, туда прямее, а я поеду на Малаховский; там у меня — тоже дальняя родня и односум есть; там тоже можно своего сена не травить, чужим попользоваться. Поимей в виду, что прикладка сена с собой не увезешь, а в чужом краю, может статься, не токмо не выпросишь, но и за деньги не купишь.

— А за Доном у тебя родни нету? — ехидно спросил Григорий.

— Есть и там.

— Так ты, может, туда поедешь?

— Ты мне чертовщину не пори! — вспыхнул Пантелей Прокофьевич. — Ты дело говори, а не шутки вышучивай! Нашел время шутить, тоже умник выискался!

— Нечего и тебе родню собирать! Отступать — так отступать, а не по родне ездить, это тебе не масленица!

— Ну, ты мне не указывай, куда мне ехать, сам знаю!

— А ты знаешь, так и езжай куда хочешь!

— Не по твоим же планам мне ехать? Прямо только сорока летает, ты об этом слыхал? Попрусь я черттё куда, где, может, зимой и дороги сроду не бывает. Ты-то с умом собрался такую ерунду говорить? А ишо дивизией командовал!

Григорий и старик долго пререкались, но потом, обдумав все, Григорий должен был признать, что в словах отца было много справедливого, и примирительно сказал:

— Не серчай, батя, я тебе не навязываю своего маршрута, езжай, как хочешь. Постараюсь за Донцом тебя разыскать.

— Вот так бы и давно сказал! — обрадовался Пантелей Прокофьевич. — А то лезешь с разными планами да маршлутами, а того не понимаешь, что план — планом, а без корма лошадям ехать некуда.

Еще во время болезни Григория старик исподволь готовился к отъезду: с особой тщательностью выкармливал кобылу, отремонтировал сани, заказал свалять новые валенки и собственноручно подшил их кожей, чтобы не промокали в сырую погоду; заблаговременно насыпал в чувалы отборного овса. Он и отступать готовился как настоящий хозяин: все, что могло понадобиться в поездке, было предусмотрительно приготовлено им. Топор, ручная пила, долото, сапожный инструмент, нитки, запасные подметки, гвозди, молоток, связка ремней, бечева, кусок смолы — все это, вплоть до подков и ухналей, было завернуто в брезент и в одну минуту могло быть уложено в сани. Даже безмен Пантелей Прокофьевич брал с собой и на вопрос Ильиничны, зачем ему понадобится безмен в дороге, укоризненно сказал:

— Ты, бабка, чем ни больше стареешь, тем больше дуреешь. Неужели ты такую простую штуку сама не сообразишь? Сено-то али мякину в отступе мне прийдется на вес покупать? Не аршином же там сено меряют?

— Так уж там и весов нету? — удивилась Ильинична.

— А ты почем знаешь, какие там веса? — озлился Пантелей Прокофьевич. — Может, там все веса с обманом, чтобы нашего брата обвешивать. То-то и оно! Знаем мы, какие там народы живут! Купишь тридцать фунтов, а заплотишь чистую денежку за пуд. А мне — как такой убыток терпеть на каждой остановке, так лучше я со своим безменом поеду, небось не заважит! А вы тут и без весов проживете: на черта они вам сдались? Военные частя будут идтить, так они берут сено не вешамши... Им только успевай в фуражирки навязывать. Видал я их, чертей безрогих, знаю отлично!

Вначале Пантелей Прокофьевич думал даже повозку везти на санях, чтобы весною не тратиться на покупку и ехать на своей, но потом, пораздумав, отказался от этой пагубной мысли.

Начал собираться и Григорий. Он прочистил маузер, винтовку, привел в порядок верно служивший ему клинок; через неделю после выздоровления пошел проведать коня и, глядя на его лоснящийся круп, убедился, что старик выкармливал не только свою кобылу. С трудом сел на взыгравшего коня, проездил его как следует и, возвращаясь домой, видел, — а быть может, это лишь показалось ему, — будто кто-то махнул ему беленьким платочком в окне астаховского куреня...

На сходе татарцы решили выезжать всем хутором. Двое суток бабы пекли и жарили казакам на дорогу всякую снедь. Выезд назначен был на 12 декабря. С вечера Пантелей Прокофьевич уложил в сани сено и овес, а утром, чуть забрезжил рассвет, надел тулуп, подпоясался, заткнул за кушак голицы, помолился богу и распрощался с семьей.

Вскоре огромный обоз потянулся из хутора на гору. Вышедшие на прогон бабы долго махали уезжавшим платками, а потом в степи поднялась поземка, и за снежной кипящей мглой не стало видно ни медленно взбиравшихся на гору подвод, ни шагавших рядом с ними казаков.

Перед отъездом в Вешенскую Григорий увиделся с Аксиньей. Он зашел к ней вечером, когда по хутору уже зажглись огни. Аксинья пряла. Около нее сидела Аникушкина вдова, вязала чулок, что-то рассказывала. Увидев постороннюю, Григорий коротко сказал Аксинье:

— Выйди ко мне на минуту, дело есть.

В сенях он положил ей руку на плечо, спросил:

— Поедешь со мной в отступление?

Аксинья долго молчала, обдумывая ответ, потом тихо сказала:

— А хозяйство как же? Дом?

— Оставишь на кого-нибудь. Надо ехать.

— А когда?

— Завтра заеду за тобой.

Улыбаясь в темноте, Аксинья сказала:

— Помнишь, я тебе давно говорила, что поеду с тобой хучь на край света. Я и зараз такая. Моя любовь к тебе верная. Поеду, ни на что не погляжу! Когда тебя ждать?

— На́ вечер. Много с собой не бери. Одежу и харчей побольше, вот и все. Ну, прощай пока.

— Прощай. Может, зашел бы?.. Она зараз уйдет. Целый век я тебя не видала... Милый мой, Гришенька! А я уж думала, что ты... Нет! Не скажу.

— Нет, не могу. Мне зараз в Вёшки ехать, прощай. Жди завтра.

Григорий уж вышел из сенцев и дошел до калитки, а Аксинья все еще стояла в сенцах, улыбалась и терла ладонями пылающие щеки.

В Вешенской началась эвакуация окружных учреждений и интендантских складов. Григорий в управлении окружного атамана справился о положении на фронте. Молоденький хорунжий, исполнявший должность адъютанта, сказал ему:

— Красные около станицы Алексеевской. Нам неизвестно, какие части будут идти через Вешенскую и будут ли идти. Вы сами видите — никто ничего не знает, все спешат удирать... Я бы вам посоветовал сейчас не разыскивать вашу часть, а ехать в Миллерово, там вы скорее узнаете о ее местопребывании. Во всяком случае, ваш полк будет проходить по линии железной дороги. Будет ли противник задержан у Дона? Ну, не думаю. Вешенскую сдадут без боя, это наверняка.

Поздно ночью Григорий вернулся домой. Готовя ужин, Ильинична сказала:

— Прохор твой заявился. Час спустя, как ты уехал, приходил и сулился зайти ишо, да вот что-то нету его.

Обрадованный Григорий наскоро повечерял, пошел к Прохору. Тот встретил его, невесело улыбаясь, сказал:

— А я уж думал, что ты прямо из Вёшек зацвел в отступление.

— Откуда тебя черти принесли? — спросил Григорий, смеясь и хлопая верного ординарца по плечу.

— Ясное дело — с фронта.

— Удрал?

— Что ты, господь с тобой! Такой лихой вояка, да чтобы убегал? Приехал по закону, не схотел без тебя в теплые края правиться. Вместе грешили, вместе надо и на страшный суд ехать. Дела-то наши — табак, знаешь?

— Знаю. Ты расскажи, как это тебя из части отпустили?

— Это — песня длинная, после расскажу, — уклончиво ответил Прохор и помрачнел еще больше.

— Полк где?

— А чума его знает, где он зараз.

— Да ты когда же оттуда?

— Недели две назад.

— А где же ты был это время?

— Вот какой ты, ей-богу... — недовольно сказал Прохор и покосился на жену. — Где, да как, да чего... Где был — там уж меня нету. Сказал — расскажу, значит, расскажу. Эй, баба! Дымка есть у тебя? Надо бы при встрече с командиром глонуть по маленькой. Есть, что ли? Нету? Ну, сбегай добудь, да чтобы на одной ноге обернулась! Отвыкла без мужа от военной дисциплины! Разболталась!

— И чего это ты расходился? — улыбаясь, спросила Прохорова жена. — Ты на меня не дюже шуми, хозяин ты тут небольшой, в году два дня дома бываешь.

— Все на меня шумят, а я на кого же зашумлю,

окромя тебя? Погоди, дослужусь до генеральского чина, тогда на других буду пошумливать, а пока терпи да поскорее надевай свою амуницию и беги!

После того как жена оделась и ушла, Прохор укоризненно поглядел на Григория, заговорил:

— Понятия у тебя, Пантелевич, никакого нету... Не могу же я тебе при бабе всего рассказывать, а ты нажимаешь, как да что. Ну как, поправился после тифу?

— Я-то поправился, рассказывай про себя. Что-то ты, вражий сын, скрытничаешь... Выкладывай: чего напутал? Как убег?

— Тут хуже, чем убег... После того как отвез тебя хворого, возвертаюсь в часть. Направляют меня в сотню, в третий взвод. А я же страшный охотник воевать! Два раза сходил в атаку, а потом думаю: «Тут мне и копыта откинуть прийдется! Надо искать какуюнибудь дыру, а то пропадешь ты, Проша, как пить дать!» А тут, как на грех, такие бои завязались, так нас жмут, что и воздохнуть не дают! Что ни прорыв — нас туда пихают; где неустойка выходит — опять же наш полк туда прут. За неделю в сотне одиннадцать казаков будто корова языком слизнула! Ну я и заскучал, даже вша на мне появилась от тоски. — Прохор закурил, протянул Григорию кисет, не спеша продолжал: — И вот припало мне возле самых Лисок в разъезде быть. Поехало нас трое. Едем по бугру рыском, во все стороны поглядываем, смотрим — из ярка вылазит красный и руки кверху держит. Подскакиваем к нему, а он кричит: «Станичники! Я — свой! Не рубите меня, я перехожу на вашу сторону!» И черт меня попутал: с чего-то зло меня взяло, подскочил я к нему и говорю: «А ты, говорю, сукин сын, ежли взялся воевать, так сдаваться не должон! Подлюка ты, говорю, этакая. Не видишь, что ли, что мы и так насилу держимся? А ты сдаешься, укрепление нам делаешь?!» Да с тем ножнами его с седла и потянул вдоль спины. И другие казаки, какие были со мной, тоже ему втолковывают: «Разве это резон так воевать, крутиться, вертеться на все стороны? Взялись бы дружнее — вот бы и войне концы!» А черт его знал, что он, этот перебежчик, офицер? А он им в аккурат и оказался! Как я его вгорячах вдарил ножнами, он побелел с лица и тихо так говорит: «Я — офицер, и вы не смейте меня бить! Я сам в старое время в гусарах служил, а к красным попал по набилизации, и вы меня доставьте к вашему командиру, там я ему все расскажу». Мы говорим: «Давай твой документ». А он гордо так отвечает: «Я с вами и говорить не желаю, ведите меня к вашему командиру!»

— Так чего ж ты об этом при жене не схотел гутарить? — удивленно прервал Григорий.

— До этого ишо не дошло, об чем я при ней не мог рассказывать, и ты меня, пожалуйста, не перебивай. Решили мы его доставить в сотню, а зря... Было бы нам его там же убить, и делу конец. Но мы его пригнали, как и полагается, а через день глядим — назначают нам его командиром сотни. Это как? Вот тут и началось! Вызывает он меня, спустя время, спрашивает: «Так-то ты сражаешься за единую неделимую Россию, сукин сын? Ты что мне говорил, когда меня в плен забирал, помнишь?» Я — туда, я — сюда, не дает он мне никакой пощады — и как вспомнит, что я его ножнами потянул, так аж весь затрясется! «Ты знаешь, говорит, что я — ротмистр гусарского полка и дворянин, а ты, хам, смог меня бить?» Вызывает раз, вызывает два, и нету мне от него никакой милости. Велит взводному без очереди меня в заставы и караулы посылать, наряды на меня сыплются, как горох из ведра, ну, словом, съедает меня, стерва, поедом! И такую же гонку гонит на остальных двоих, какие вместе со мной в разъезде были, когда его в плен забирали. Ребяты терпели-терпели, а потом отзывают как-то меня и говорят: «Давайте его убьем, иначе он не даст нам жизни!» Подумал я и решил рассказать обо всем командиру полка, а убивать не дозволила совесть. При том моменте, когда забирали его в плен, можно было бы кокнуть, а уж после как-то рука у меня не подымалась... Жена курицу режет — и то я глаза зажмуряю, а тут человека надо убить...

— Убили-таки? — снова прервал Григорий.

— Погоди трошки, все узнаешь. Ну, рассказал я командиру полка, достиг до него, а он засмеялся и говорит: «Нечего тебе, Зыков, обижаться, раз ты его сам бил, и дисциплину он правильно устанавливает. Он хороший и знающий офицер». С тем я и ушел от него, а сам думаю: «Повесь ты этого хорошего офицера себе на гайтан заместо креста, а я с ним в одной сотне служить не согласный!» Попросил перевесть меня в другую сотню — тоже ничего не получилось, не перевели. Тут я и надумал из части смыться. А как смоешься? Отодвинули нас в ближний тыл на недельный отдых, и тут меня сызнова черт попутал... Думаю: не иначе надо мне раздобыться каким-нибудь завалященьким трипперишком, тогда попаду в околодок, а там и отступление подойдет, дело на это запохаживалось. И, чего сроду со мной не было, начал я за бабами бегать, приглядываться, какая с виду ненадежней. А разве ее угадаешь? На лбу у нее не написано, что она больная, вот тут и подумай! — Прохор ожесточенно сплюнул, прислушался — не идет ли жена.

Григорий прикрыл ладонью рот, чтобы спрятать улыбку, блестя сузившимися от смеха глазами, спросил:

— Добыл?

Прохор посмотрел на него слезящимися глазами. Взгляд их был грустен и спокоен, как у старой, доживающей век собаки. После недолгого молчания он сказал:

— А ты думаешь, легко его было добыть? Когда не надо — его ветром надует, а тут, как на пропасть, не найду, да и все, хучь криком кричи!

Полуотвернувшись, Григорий беззвучно смеялся, потом отнял от лица ладонь, прерывающимся голосом спросил:

— Не томи, ради Христа! Нашел или нет?

— Конечно, тебе — смех... — обиженно проговорил Прохор. — Дурачье дело над чужой бедой смеяться, я так понимаю.

— Да я и не смеюсь... Дальше-то что?

— А дальше начал я за хозяйской дочерью притоптывать. Девка лет сорока, может — чуть помоложе. Из лица вся на угрях, и видимость, ну, одним словом — не дай и не приведи! Подсказали соседи, что она недавно к фершалу учащивала. «Уж у этой, думаю, непременно разживусь!» И вот я вокруг нее, чисто молодой кочет, хожу, зоб надуваю и всякие ей слова... И откуда что у меня бралось, сам не пойму! — Прохор виновато улыбнулся и даже как будто слегка повеселел от воспоминаний. — И жениться обещал, и всякую другую пакость говорил... И так-таки достиг ее, улестил, и доходит дело близко до греха, а она тут как вдарится в слезы! Я так, я сяк, спрашиваю: «Может, ты больная, так это, мол, ничего, даже ишо лучше». А сам боюсь: дело ночное, как раз ишо ктонибудь припрется в мякинник на этот наш шум. «Не кричи, говорю, за-ради Христа! И ежели ты больная — не боись, я из моей к тебе любви на все согласный!» А она и говорит: «Милый мой Прошенька! Не больная я ни чуточку. Я — честная девка, боюся — через это и кричу». Не поверишь, Григорий Пантелевич, как она мне это сказала — так по мне холодный пот и посыпался! «Господи Исусе, думаю, вот это я нарвался! Ишо чего недоставало!..» Не своим голосом я у ней спрашиваю: «А чего ж ты, проклятая, к фершалу бегала? К чему ты людей в обман вводила?» — «Бегала я, говорит, к нему — притирку для чистоты лица брала». Схватился я тут за голову и говорю ей: «Вставай и уходи от меня зараз же, будь ты проклята, анчихрист страшный! Не нужна ты мне честная, и не буду я на тебе жениться!» — Прохор сплюнул с еще большим ожесточением, неохотно продолжал: — Так и пропали мои труды задаром. Пришел в хату, забрал свои манатки и перешел на другую квартиру в эту же ночь. Потом уж ребяты подсказали, и я от одной вдовы получил, чего мне требовалось. Только уж тут я действовал напрямки, спросил: «Больна?» — «Немножко, говорит, есть». — «Ну и мне его не пуд надо». Заплатил ей за выручку двадцатку-керенку, а на другой день покрасовался на свою достижению и зафитилил в околодок, а оттуда прямо домой.

— Ты без коня приехал?

— Как так — без коня? С конем и с полной боевой выкладкой. Коня мне в околодок ребяты прислали. Только не в этом дело; посоветуй: что мне бабе говорить? Или, может, лучше от греха к тебе пойтить переночевать?

— Нет уж, к черту! Ночуй дома. Скажи, что раненый. Бинт есть?

— Есть личный пакет.

— Ну и действуй.

— Не поверит, — уныло сказал Прохор, но все же встал. Порывшись в сумах, ушел в горницу, негромко сказал оттуда: — Прийдет она — займи ее разговором, а я на одной ноге!

Григорий, сворачивая папироску, обдумывал план поездки. «Лошадей спрягем и поедем на паре, — решил он. — Надо на вечер выезжать, чтобы не видали наши, что Аксютку беру с собой. Хотя всё одно узнают...»

— Не досказал я тебе про сотенного. — Прохор, прихрамывая, вышел из горницы, подсел к столу. — Убили наши его на третий день, как я в околодок попал.

— Да ну?

— Ей-богу! В бою стукнули его сзади, на том дело и кончилось. Выходит, зазря я беду принимал, вот что досадно!

— Не нашли виноватого? — рассеянно спросил Григорий, поглощенный мыслями о предстоящей поездке.

— Когда там искать! Началась такая передвижка, что не до него было. Да что это баба моя пропала? Этак и пить расхочется. Когда думаешь ехать?

— Завтра.

— Не перегодим денек?

— Это к чему же?

— Я хучь бы вшей обтрес, неинтересно с ними ехать.

— Дорогой будешь обтрясать. Ждать дело не указывает. Красные в двух переходах от Вёшек.

— С утра поедем?

— Нет, на ночь. Нам лишь бы до Каргинской добраться, там и заночуем.

— А не прихватют нас красные?

— Надо быть насготове. Я вот что... Я думаю с собой Аксинью Астахову взять. Супротив ничего не имеешь?

— А мне-то что? Бери хучь двух Аксиньев... Коням будет тяжеловато.

— Тяжесть небольшая.

— Несподручно с бабами ездить... И на холеру она тебе сдалась? То бы мы одни и нужды не знали! — Прохор вздохнул, глядя в сторону, сказал: — Я так и знал, что ты ее с собой поволокешь. Все женихаешься... Эх, кнут по тебе, Григорий Пантелевич, давно кричит горькими слезьми!

— Ну, это тебя не касается, — холодно сказал Григорий. — Жене об этом не разбреши.

— А раньше-то я разбрехивал? Ты хучь бы совесть поимел! А дом она на кого же бросит?

В сенцах послышались шаги. Вошла хозяйка. На сером пуховом платке ее искрился снег.

— Метель? — Прохор достал из шкафа стаканчики и только тогда спросил: — Да ты принесла чего-нибудь?

Румяная жена его достала из-за пазухи две запотевшие бутылки, поставила на стол.

— Ну вот и дорожку погладим! — оживленно сказал Прохор. Понюхав самогон, по запаху определил: — Первач! И крепкий до дьявола!

Григорий выпил два небольших стаканчика и, сославшись на усталость, ушел домой.

XXVI

— Ну, война кончилась! Пихнули нас красные так, что теперича до самого моря будем пятиться, пока не упремся задом в соленую воду, — сказал Прохор, когда выехали на гору.

Внизу, повитый синим дымом, лежал Татарский. За снежной розовеющей кромкой горизонта садилось солнце. Под полозьями хрустко поскрипывал снег. Лошади шли шагом. В задке пароконных саней, привалившись спиной к седлам, полулежал Григорий. Рядом с ним сидела Аксинья, закутанная в донскую, опушенную поречьем шубу. Из-под белого пухового платка блестели, радостно искрились ее черные глаза. Григорий искоса посматривал на нее, видел нежно зарумяневшую на морозе щеку, густую черную бровь и синевато поблескивающий белок под изогнутыми заиневшими ресницами. Аксинья с живым любопытством осматривала заснеженную, сугробистую степь, натертую до глянца дорогу, далекие, тонущие во мгле горизонты. Все было ново и необычно для нее, привыкшей не покидать дома, все привлекало ее внимание. Но изредка, опустив глаза и ощущая на ресницах приятный пощипывающий холодок инея, она улыбалась тому, что так неожиданно и странно сбылась давно пленившая ее мечта — уехать с Григорием куда-нибудь подальше от Татарского, от родной и проклятой стороны, где так много она перестрадала, где полжизни промучилась с нелюбимым мужем, где все для нее было исполнено неумолчных и тягостных воспоминаний. Она улыбалась, ощущая всем телом присутствие Григория, и уже не думала ни о том, какой ценою досталось ей это счастье, ни о будущем, которое было задернуто такой же темной мглой, как и эти степные, манящие вдаль горизонты.

Прохор, случайно оглянувшись, заметил трепетную улыбку на румяных и припухших от мороза губах Аксиньи, с досадой спросил:

— Ну, чего оскаляешься-то? Невеста, да и только! Рада, что из дому вырвалась?

— А ты думаешь, не рада? — звонко ответила Аксинья.

— Нашла радость... Глупая ты баба! Ишо не видно, чем эта прогулка кончится, и ты загодя не ухмыляйся, прибери зубы.

— Мне хуже не будет.

— Погляжу я на вас, и до того тошно мне становится... — Прохор яростно замахнулся на лошадей кнутом.

— А ты отвернись и — палец в рот, — смеясь, посоветовала Аксинья.

— Опять же оказалась ты глупая! Так я с пальцем в роте и должон до моря ехать? Выдумала!

— Через чего же это тебе тошнота прикинулась?

— Молчала бы! Муж-то где? Схватилась с чужим дядей и едешь черт-те куда! А ежели зараз Степан в хутор заявился, тогда как?

— Знаешь что, Проша, ты бы в наши дела не путался, — попросила Аксинья, — а то и тебе счастья не будет.

— Я в ваши дела и не путаюсь, на шута вы мне сдались! Сказать-то я могу свою мнению? Или мне с вами заместо кучера ехать и с одними коньми гутарить? Тоже, выдумала! Нет, ты хучь серчай, Аксинья, хучь не серчай, а драть бы тебя надо доброй хворостиной, драть, да ишо и кричать не велеть! А насчет счастья меня не пужай, я его с собой везу. Оно у меня особое, такое, что и петь не поет и спать не дает... Но, проклятые! Всё бы вы шагом шли, сатаны лопоухие!

Улыбаясь, Григорий слушал, а потом примиряюще сказал:

— Не ругайтесь попервам. Дорога нам лежит длинная, ишо успеете. Чего ты к ней привязываешься, Прохор?

— А того я к ней привязываюсь, — ожесточенно сказал Прохор, — что пущай она мне зараз лучше поперек не говорит. Я зараз так думаю, что нету на белом свете ничего хуже баб! Это — такое крапивное семя... это, братец ты мой, у бога самая плохая выдумка — бабы! Я бы их, чертей вредных, всех до одной перевел, чтобы они и не маячили на свете! Вот я какой на них злой зараз! И чего ты смеешься? Дурачье дело — над чужой бедой смеяться! Подержи вожжи, я слезу на минуту.

Прохор долго шел пешком, а потом угнездился в санях и разговора больше не заводил.

Ночевали в Каргинской. Наутро, позавтракав, снова тронулись в путь и к ночи оставили за собой верст шестьдесят дороги.

Огромные обозы беженцев тянулись на юг. Чем больше удалялся Григорий от юрта Вешенской станицы, тем труднее становилось найти место для ночлега. Около Морозовской стали попадаться первые воинские части казаков. Шли конные части, насчитывавшие всего по тридцать — сорок сабель, бескончаемо тянулись обозы. В хуторах все помещения к вечеру оказывались занятыми, и негде было не только переночевать, но и поставить лошадей. На одном из тавричанских участков, бесцельно проездив в поисках дома, где бы можно было переночевать, Григорий вынужден был провести ночь в сарае. К утру намокшая во время метели одежда замерзла, покоробилась и гремела при каждом движении. Почти всю ночь Григорий, Аксинья и Прохор не спали и только перед рассветом согрелись, разложив за двором костер из соломы.

Наутро Аксинья робко предложила:

— Гриша, может, передневали бы тут? Всю ночь промучились на холоду и почти не спали, может, отдохнем трошки?

Григорий согласился. С трудом он нашел свободный угол. Обозы с рассветом тронулись дальше, но походный лазарет, перевозивший сто с лишним человек раненых и тифозных, тоже остался на дневку.

В крохотной комнатушке, на грязном земляном полу спало человек десять казаков. Прохор внес полсть и мешок с харчами, возле самых дверей постелил соломы, взял за ноги и оттащил в сторону какого-то беспробудно спавшего старика, сказал с грубоватой лаской:

— Ложись, Аксинья, а то ты так переморилась, что и на себя стала непохожа.

К ночи на участке снова набилось полным-полно народу. До зари на проулках горели костры, слышались людские голоса, конское ржание, скрип полозьев. Чуть забрезжил рассвет — Григорий разбудил Прохора, шепнул:

— Запрягай. Надо трогаться.

— Чего так рано? — зевая, спросил Прохор.

— Послухай.

Прохор приподнял от седельной подушки голову, услышал глухой и далекий раскат орудийного выстрела.

Умылись, поели сала и выехали из ожившего участка. В проулках рядами стояли сани, суетились люди, в предрассветной тьме кто-то хрипло кричал:

— Нет уж, хороните их сами! Пока мы выроем на шесть человек могилу — полдень будет!

— Та хиба ж мы обязаны их ховать? — спокойно спрашивал второй.

— Небось зароете! — кричал хрипатый. — А не хочете — пусть лежат, тухнут у вас, мне дела нет!

— Та шо вы, господин дохтор! Нам колы усих ховать, яки из проезжих помыраютъ, так тике це и робыть. Мабуть, сами приберете?

— Иди к черту, олух царя небесного! Что мне, из-за тебя лазарет красным сдавать прикажешь?

Объезжая запрудившие улочку подводы, Григорий сказал:

— Мертвые никому не нужны...

— Тут до живых-то дела нету, а то — мертвые, — отозвался Прохор.

На юг двигались все северные станицы Дона. Многочисленные обозы беженцев перевалили через железную дорогу Царицын — Лихая, приближались к Манычу. Находясь неделю в дороге, Григорий расспрашивал о татарцах, но в хуторах, через которые доводилось ему проезжать, татарцы не были: по всей вероятности, они уклонились влево и ехали, минуя слободы украинцев, через казачьи хутора на Обливскую. Только на тринадцатые сутки Григорию удалось напасть на след хуторян. Уже за железной дорогой, в одном из хуторов, он случайно узнал, что в соседнем доме лежит больной тифом казак Вешенской станицы. Григорий пошел узнать, откуда этот больной, и, войдя в низенькую хатенку, увидел лежавшего на полу старика Обнизова. От него он узнал, что татарцы уехали позавчера из этого хутора, что среди них много заболевших тифом, что двое уже умерли в дороге и что его, Обнизова, оставили тут по его собственному желанию.

— Коль почуне́юсь и красные товарищи смилуются надо мной, не убьют — как-нибудь доберусь до дому, а нет — помру тут. Помирать-то все одно где, везде несладко... — прощаясь с Григорием, сказал старик.

Григорий спросил о здоровье отца, но Обнизов ответил, что ничего не может сказать, так как ехал на одной из задних подвод и от хутора Малаховского Пантелея Прокофьевича не видел.

На следующей ночевке Григорию повезло: в первом же доме, куда он зашел, чтобы попроситься переночевать, встретил знакомых казаков с хутора Верхне-Чирского. Они потеснились, и Григорий устроился возле печки. В комнате вповалку лежало человек пятнадцать беженцев, из них трое больных тифом и один обмороженный. Казаки сварили на ужин пшенной каши с салом, радушно предложили Григорию и его спутникам. Прохор и Григорий ели с аппетитом, Аксинья отказалась.

— Аль не голодная? — спросил Прохор, за последние дни без видимой причины изменивший свое отношение к Аксинье и обращавшийся с ней грубовато, но участливо.

— Что-то тошно мне... — Аксинья накинула платок, вышла во двор.

— Не захворала она? — обращаясь к Григорию, спросил Прохор.

— Кто ее знает. — Григорий отставил тарелку с кашей, тоже вышел во двор.

Аксинья стояла около крыльца, прижав к груди ладонь. Григорий обнял ее, с тревогой спросил:

— Ты чего, Ксюша?

— Тошно, и голова болит.

— Пойдем в хату, приляжешь.

— Иди, я зараз.

Голос у нее был глухой и безжизненный, движения вялые. Григорий пытливо посмотрел на нее, когда она вошла в жарко натопленную комнату, заметил горячий румянец на щеках, подозрительный блеск глаз. Сердце у него тревожно сжалось: Аксинья была явно больна. Он вспомнил, что и вчера она жаловалась на озноб и головокружение, а перед утром так вспотела, что курчеватые на шее прядки волос стали мокрые, словно после мытья, он заметил это, проснувшись на заре, и долго не сводил глаз со спавшей Аксиньи и не хотел вставать, чтобы не потревожить ее сон.

Аксинья мужественно переносила дорожные лишения, она даже подбадривала Прохора, который не раз говаривал: «И что это за черт, за война, и кто ее такую выдумал? Едешь день-деньской, а приедешь — заночевать негде, и неизвестно, докуда же так будем командироваться?» Но в этот день не выдержала и Аксинья. Ночью, когда улеглись спать, Григорию показалось, что она плачет.

— Ты чего это? — спросил он шепотом. — Чего у тебя болит?

— Захворала я... Как же теперь будем? Бросишь меня?

— Ну вот, дура! Как же я тебя брошу? Не кричи, может, это так у тебя, приостыла с дороги, а ты уж испужалась.

— Гришенька, это — тиф.

— Не болтай зря! Ничего не видно; лоб у тебя холодный, может, и не тиф, — утешал Григорий, но в душе был убежден, что Аксинья заболела сыпняком, и мучительно раздумывал, как же поступить с ней, если болезнь свалит ее с ног.

— Ох, тяжело так ехать! — шептала Аксинья, прижимаясь к Григорию. — Ты глянь, сколько народу набивается на ночевках! Вши нас заедят, Гриша! А мне и обглядеть себя негде, скрозь — мужчины... Я вчера уж вышла в сарай, растелешилась, а их на рубахе... Господи, я сроду такой страсти не видала! Я как вспомню про них — и тошно мне становится, исть ничего не хочу... А вчера ты видал у этого старика, какой на лавке спал, сколько их? Прямо посверх чекменя полозеют.

— Ты об них не думай, заладила черт-те об чем! Ну вши — и вши, их на службе не считают, — с досадой прошептал Григорий.

— У меня все тело зудит.

— У всех зудит, чего ж теперь делать? Терпи. Приедем в Екатеринодар — там обмоемся.

— А чистое хучь не надевай, — со вздохом сказала Аксинья. — Пропадем мы от них, Гриша!

— Спи, а то завтра рано будем трогаться.

Григорий долго не мог уснуть. Не спала и Аксинья. Она несколько раз всхлипнула, накрыв голову полой шубы, потом долго ворочалась, вздыхала и уснула только тогда, когда Григорий, повернувшись к ней лицом, обнял ее. Среди ночи Григорий проснулся от резкого стука. Кто-то ломился в дверь, зычно кричал:

— А ну, открывайте! А то дверь сломаем! Поснули, проклятые!..

Хозяин, пожилой и смирный казак, вышел в сени, спросил:

— Кто такой? Чего вам надо? Ежли ночевать — так у нас негде, и так полным-полно, повернуться негде.

— Открывай, тебе говорят! — кричали с надворья.

В переднюю комнату, широко распахнув двери, ввалилось человек пять вооруженных казаков.

— Кто у тебя ночует? — спросил один из них, чугунно черный от мороза, с трудом шевеля замерзшими губами.

— Беженцы. А вы кто такие?

Не отвечая, один из них шагнул в горницу, крикнул:

— Эй, вы! Разлеглись! Выметайтесь отсель зараз же! Тут войска становются. Подымайтесь, подымайтесь! Да попроворней, а то мы скоро вас вытряхнем!

— Ты кто такой, что так орешь? — хриплым спросонья голосом спросил Григорий и медленно поднялся.

— А вот я тебе покажу, кто я такой! — Казак шагнул к Григорию, и в тусклом свете керосиновой лампчонки в руке его матово блеснуло дуло нагана.

— Вон ты какой шустрый... — вкрадчиво проговорил Григорий, — а ну-ка, покажи свою игрушку! — Быстрым движением он схватил казака за кисть руки, стиснул ее с такой силой, что казак охнул и разжал пальцы. Наган с мягким стуком упал на полсть. Григорий оттолкнул казака, проворно нагнулся, поднял наган, положил его в карман, спокойно сказал: — А теперь давай погутарим. Какой части? Сколько вас таких расторопных тут?

Казак, оправившись от неожиданности, крикнул:

— Ребяты! Сюда!

Григорий подошел к двери и, став на пороге, прислонясь спиной к косяку, сказал:

— Я сотник Девятнадцатого Донского полка. Тише! Не орать! Кто это там гавкает? Вы что это, милые станишники, развоевались? Кого это вы будете вытряхивать? Кто это вам такие полномочия давал? А ну, марш отседова!

— Ты чего шумишь? — громко сказал один из казаков. — Видали мы всяких сотников! Нам, что же, на базу ночевать? Очищайте помещению! Нам такой приказ отдатый — всех беженцев выкидывать из домов, понятно вам? А то, ишь ты, расшумелся! Видали мы вас таких!

Григорий подошел в упор к говорившему, не разжимая зубов, процедил:

— Таких ты ишо не видал. Сделать из одного тебя двух дураков? Так я сделаю! Да ты не пяться! Это не мой наган, это я у вашего отобрал. На, отдашь ему, да поживей катитесь отседова, пока я бить не начал, а то я с вас скоро шерсти нарву! — Григорий легонько повернул казака, толкнул его к выходу.

— Дать ему взбучки? — раздумчиво спросил дюжий казак с лицом, закутанным верблюжьим башлыком. Он стоял позади Григория, внимательно осматривая его, переступая с ноги на ногу, поскрипывая огромными валенками, подшитыми кожей.

Григорий повернулся к нему лицом и, уже не владея собой, сжал кулаки, но казак поднял руку, дружелюбно сказал:

— Слухай, ты, ваше благородие или как там тебя: погоди, не намахивайся! Мы уйдем от скандалу. Но ты, по нонешним временам, на казаков не дюже напирай. Зараз опять подходит такое сурьезное время, как в семнадцатом году. Нарвешься на каких-нибудь отчаянных — и они из одного тебя не то что двоих — пятерых сделают! Мы видим, что офицер из тебя лихой, и по разговору, сдается мне, вроде из нашего брата ты, так ты уж зараз держи себя поаккуратней, а то греха наживешь...

Тот, у которого Григорий отобрал наган, сказал раздраженно:

— Будет тебе ему акафист читать! Пойдемте в соседнюю хату. — Он первый шагнул к порогу. Проходя мимо Григория, покосился на него, сожалеюще сказал: — Не хочем мы, господин офицер, связываться с тобой, а то бы мы тебя окрестили!

Григорий презрительно скривил губы:

— Это ты бы самое и крестил? Иди, иди, пока я с тебя штаны не снял! Крестильщик нашелся! Жалко, что наган твой отдал, таким ухватистым, как ты, не наганы носить, а овечьи чески!

— Пойдемте, ребяты, ну его к черту! Не тронь — оно вонять не будет! — добродушно посмеиваясь, проговорил один из казаков, не принимавших участия в разговоре.

Ругаясь, грохоча смерзшимися сапогами, казаки толпой вышли в сени. Григорий сурово приказал хозяину:

— Не смей открывать двери! Постучат и уйдут, а нет — разбуди меня.

Верхнечирцы, проснувшиеся от шума, вполголоса переговаривались.

— Вот как рухнулась дисциплина! — сокрушенно вздохнул один из стариков. — С офицером и как, сукины сыны, разговаривают... А будь это в старое время? Их бы на каторгу упекли!

— Разговаривают — это что! Видал, драться намерялись! «Дать ему взбучки?» — говорит один, этот, нерубленая тополина, какой в башлыке. Вот враженяки, какие отчаянные стали!

— И ты им это так простишь, Григорий Пантелевич? — спросил один из казаков.

Укрываясь шинелью и с беззлобной улыбкой прислушиваясь к разговору, Григорий ответил:

— А чего с них возьмешь? Они зараз ото всех оторвались и никому не подчиняются; идут шайкой, без командного состава, кто им судья и кто начальник? Над ними тот начальник, кто сильнее их. У них, небось, и офицера-то ни одного в части не осталось. Видал я такие сотня, гольная безотцовщина! Ну, давайте спать.

Аксинья тихо прошептала:

— И на что ты с ними связывался, Гриша? Не наскакивай ты на таких, ради Христа! Они и убить могут, такие-то оглашенные.

— Спи, спи, а то завтра рано подымемся. Ну, как ты себя сознаешь? Не легчает тебе?

— Так же.

— Голова болит?

— Болит. Видно, не подыматься мне уж...

Григорий приложил ладонь ко лбу Аксиньи, вздохнул:

— Полышет-то от тебя как, будто от печки. Ну, ничего, не робей! Баба ты здоровая, поправишься.

Аксинья промолчала. Ее томила жажда. Несколько раз она выходила в кухню, пила противную степлившуюся воду и, преодолевая тошноту и головокружение, снова ложилась на полсть.

За ночь являлось еще партии четыре постояльцев. Они стучали прикладами в дверь, открывали ставни, барабанили в окна и уходили только тогда, когда хозяин, наученный Григорием, ругаясь, кричал из сенцев: «Уходите отсюда! Тут штаб бригады помещается!»

На рассвете Прохор и Григорий запрягли лошадей. Аксинья с трудом оделась, вышла. Всходило солнце. Из труб к голубому небу стремился сизый дымок. Озаряемая снизу солнцем, высоко в небе стояла румяная тучка. Густой иней лежал на изгороди, на крышах сараев. От лошадей шел пар.

Григорий помог Аксинье сесть в сани, спросил:

— Может, ты приляжешь? Так тебе ловчее будет.

Аксинья утвердительно кивнула головой. Она с молчаливой благодарностью взглянула на Григория, когда он заботливо укутал ей ноги, прикрыла глаза.

В полдень, когда остановились в поселке Ново-Михайловском, расположенном верстах в двух от шляха, кормить лошадей, Аксинья уже не смогла встать с саней. Григорий под руку ввел ее в дом, уложил на кровать, гостеприимно предложенную хозяйкой.

— Тебе плохо, родимая? — спросил он, наклоняясь над побледневшей Аксиньей.

Она с трудом раскрыла глаза, посмотрела затуманенным взором и снова впала в полузабытье. Григорий трясущимися руками снял с нее платок. Щеки Аксиньи были холодны как лед, а лоб пылал, и на висках, где проступала испарина, намерзли сосульки. К вечеру Аксинья потеряла сознание. Перед этим она попросила пить, шепнула:

— Только холодной воды, снеговой. — Помолчала и внятно произнесла: — Кличьте Гришу.

— Я тут. Чего ты хочешь, Ксюша? — Григорий взял ее руку, погладил неумело и застенчиво.

— Не бросай меня, Гришенька!

— Не брошу я. С чего ты берешь?

— Не бросай в чужой стороне... Помру я тут.

Прохор подал воды. Аксинья жадно припала спекшимися губами к краю медной кружки, отпила несколько глотков, со стоном уронила голову на подушку. Через пять минут она бессвязно и невнятно заговорила, Григорий, сидевший у изголовья, разобрал несколько слов: «Надо стирать... подсиньки добудь... рано...» Невнятная речь ее перешла в шепот. Прохор покачал головой, с укором сказал:

— Говорил тебе, не бери ее в дорогу! Ну, что теперь будем делать? Наказание, да и только, истинный бог! Ночевать тут будем? Оглох ты, что ли? Ночевать, спрашиваю, тут будем или тронемся дальше?

Григорий промолчал. Он сидел сгорбясь, не сводя глаз с побледневшего лица Аксиньи. Хозяйка — радушная и добрая женщина, — указывая глазами на Аксинью, тихонько спросила у Прохора:

— Жена ихняя? И дети есть?

— И дети есть, всё есть, одной удачи нам нету, — бормотнул Прохор.

Григорий вышел во двор, долго курил, присев на сани. Аксинью надо было оставлять в поселке, дальнейшая поездка могла окончиться для нее гибелью. Это было Григорию ясно. Он вошел в дом, снова присел к кровати.

— Будем ночевать, что ли? — спросил Прохор.

— Да. Может, и завтра перестоим.

Вскоре пришел хозяин — низкорослый и щуплый мужик с пронырливыми бегающими глазами. Постукивая деревяшкой (одна нога его была отнята по колено), он бодро прохромал к столу, разделся, недоброжелательно покосился на Прохора, спросил:

— Господь гостей дал? Откуда? — И, не дожидаясь ответа, приказал жене: — Живо дай чего-нибудь перехватить, голодный я, как собака!

Он ел долго и жадно. Шныряющий взгляд его часто останавливался на Прохоре, на неподвижно лежавшей Аксинье. Из горницы вышел Григорий, поздоровался с хозяином. Тот молча кивнул головой, спросил:

— Отступаете?

— Отступаем.

— Отвоевались, ваше благородие?

— Похоже.

— Это, что же, жена ваша? — Хозяин кивнул в сторону Аксиньи.

— Жена.

— Зачем же ты ее на койку? А самим где спать? — с неудовольствием обратился он к жене.

— Больная, Ваня, жалко, как-никак.

— Жалко! Всех их не ужалеешь, вон их сколько прет! Стесните вы нас, ваше благородие...

В голосе Григория прозвучала несвойственная ему просительность, почти мольба, когда он, обращаясь к хозяевам, прижимая руку к груди, сказал:

— Добрые люди! Пособите моей беде, ради Христа. Везть дальше ее нельзя, помрет, дозвольте оставить ее у вас. За догляд я заплачу, сколько положите, и всю жизню буду помнить вашу доброту... Не откажите, сделайте милость!

Хозяин вначале отказался наотрез, ссылаясь на то, что ухаживать за больной будет некогда, что она стеснит их, а потом, кончив обедать, сказал:

— Само собой — даром кто же будет за ней уход несть. А сколько бы вы положили за уход? Сколько вам будет не жалко положить за наши труды?

Григорий достал из кармана все деньги, какие имел, протянул их хозяину. Тот нерешительно взял пачку донских кредиток — слюнявя пальцы, пересчитал их, осведомился:

— А николаевских у вас нету?

— Нет.

— Может, керенки есть? Эти уж больно ненадежные...

— И керенок нету. Хотите, коня своего оставлю?

Хозяин долго соображал, потом раздумчиво ответил:

— Нет. Я бы, конечно, взял лошадь, нам в крестьянстве лошадь — первое дело, но по нынешним временам это не подходит, не белые, так красные все одно ее заберут, и попользоваться не прийдется. У меня вон какая-то безногая кобыленка держится, и то души нет, того и гляди, и эту обротают и уведут со двора. — Он помолчал в раздумье и, как бы оправдываясь, добавил: — Вы не подумайте, что я такой ужасный жадный, упаси бог! Но посудите сами, ваше благородие: она пролежит месяц, а то и больше, то подай ей, то прими, опять же кормить ее надо, хлебец, молочко, какое-то там яичко, мясца, а ведь все это денежку стоит, так я говорю? Также и постирать за ней надо, и обмыть ее, и все такое прочее... То моя баба по хозяйству возилась, а то надо возле нее уход несть. Это дело нелегкое! Нет, вы уж не скупитесь, накиньте что-нибудь. Я — инвалид, видите — безногий, какой из меня добытчик и работник? Так, живем, чем бог пошлет, с хлеба да на квас перебиваемся...

С закипевшим глухим раздражением Григорий сказал:

— Я не скуплюсь, добрая твоя душа. Все деньги, какие были, я тебе отдал, я проживу и без денег. Чего же ты ишо хочешь с меня?

— Так уж и все деньги вы отдали! — недоверчиво усмехнулся хозяин. — При вашем жалованье у вас их должно быть целые сумки.

— Ты скажи прямо, — бледнея, проговорил Григорий. — Оставите вы у себя больную или нет?

— Нет, уж раз вы так считаетесь — оставлять ее нам нету резону. — Голос хозяина звучал явно обиженно. — Тоже, дело это не из простых... Жена офицера, то да се, соседи узнают, а там товарищи прийдут следом за вами, узнают и начнут тягать... Нет, в таком разе забирайте ее, может, кто из соседей согласится, возьмет. — С видимым сожалением он вернул Григорию деньги, достал кисет и начал сворачивать цигарку.

Григорий надел шинель, сказал Прохору:

— Побудь возле нее, я пойду приищу квартиру.

Он уже взялся за дверную скобу, когда хозяин остановил его:

— Погодите, ваше благородие, чего вы спешите? Вы думаете, мне не жалко бедную женщину? Очень даже жалко, и сам я в солдатах служил и уважаю ваше звание и чин. А к этим деньгам вы не могли бы чего-нибудь добавить?

Тут не выдержал Прохор. Побагровев от возмущения, он прорычал:

— Чего же тебе добавлять, аспид ты безногий?! Отломать тебе последнюю ногу, вот чего тебе надо добавить! Григорий Пантелевич! Дозволь, я его изватлаю, как цуцика, а после погрузим Аксинью и поедем, будь он трижды, анафема, проклят!..

Хозяин выслушал задыхающуюся речь Прохора, не прервав его ни словом; под конец сказал:

— Напрасно вы меня обижаете, служивые! Тут — дело полюбовное, и ругаться, остужаться нам не из чего. Ну, чего ты на меня накинулся, казачок? Да разве я о деньгах говорю? Я вовсе не об этой добавке речь вел! Я к тому сказал, что, может, у вас есть какое лишнее вооружение, ну, скажем, винтовка или какой ни на есть револьвер... Вам все равно это, иметь или не иметь, а для нас, по нынешним временам, это — целое состояние. Для дома непременно надо оружие иметь! Вот к чему я это подводил! Давайте деньги, какие давали, и прикиньте к этому винтовочку, и — по рукам, оставляйте вашу больную, будем глядеть за ней, как за своей родной, вот вам крест!

Григорий посмотрел на Прохора, тихо сказал:

— Дай ему мою винтовку, патронов, а потом иди запрягай. Нехай остается Аксинья... Бог мне судья, но везть ее на смерть я не могу!

XXVII

Дни потянулись серые и безрадостные. Оставив Аксинью, Григорий сразу утратил интерес к окружающему. С утра садился в сани, ехал по раскинувшейся бескрайней, заснеженной степи, к вечеру, приискав где-нибудь пристанище для ночлега, ложился спать. И так изо дня в день. То, что происходило на отодвигавшемся к югу фронте, его не интересовало. Он понимал, что настоящее, серьезное сопротивление кончилось, что у большинства казаков иссякло стремление защищать родные станицы, что белые армии, судя по всему, заканчивают свой последний поход и, не удержавшись на Дону, — на Кубани уже не смогут удержаться...

Война подходила к концу. Развязка наступала стремительно и неотвратимо. Кубанцы тысячами бросали фронт, разъезжались по домам. Донцы были сломлены. Обескровленная боями и тифом, потерявшая три четверти состава, Добровольческая армия была не в силах одна противостоять напору окрыленной успехами Красной Армии.

Среди беженцев шли разговоры, что на Кубани растет возмущение, вызванное зверской расправой генерала Деникина над членами Кубанской рады. Говорили, что Кубань готовит восстание против Добровольческой армии и что будто бы уже ведутся переговоры с представителями Красной Армии о беспрепятственном пропуске советских войск на Кавказ. Упорно говорили и о том, что в станицах Кубани и Терека к донцам относятся резко враждебно, так же как и к добровольцам, и что якобы где-то около Кореновской уже произошел первый большой бой между донской дивизией и кубанскими пластунами.

Григорий на остановках внимательно прислушивался к разговорам, с каждым днем все больше убеждаясь в окончательном и неизбежном поражении белых. И все же временами у него рождалась смутная надежда на то, что опасность заставит распыленные, деморализованные и враждующие между собою силы белых объединиться, дать отпор и опрокинуть победоносно наступающие красные части. Но после сдачи Ростова он утратил эту надежду, и слух о том, что под Батайском после упорных боев красные начали отступать, встретил недоверчиво. Угнетаемый бездельем, он хотел было влиться в какую-нибудь воинскую часть, но когда предложил это Прохору, тот решительно воспротивился.

— Ты, Григорий Пантелевич, видать, окончательно спятил с ума! — возмущенно заявил он. — За каким мы чертом полезем туда, в это пекло? Дело конченое, сам видишь, чего же мы будем себя в трату давать зазря? Аль ты думаешь, что мы двое им пособим? Пока нас не трогают и силком не берут в часть, надо, как ни мога скорее, уезжать от греха подальше, а ты вон какую чертовщину порешь! Нет уж, давай, пожалуйста, мирно, по-стариковски отступать. Мы с тобой и так предостаточно навоевались за пять лет, зараз нехай другие пробуются! Из-за этого я триппер добывал, чтобы мне сызнова на фронте кальячить? Спасибо! Уважил! Я этой войной так наелся, что до сих пор рвать тянет, как вспомню о ней! Хочешь — ступай сам, а я не согласный. Я тогда подамся в госпиталь, с меня хватит!

После долгого молчания Григорий сказал:

— Будь по-твоему. Поедем на Кубань, а там видно будет.

Прохор вел свою линию: в каждом крупном населенном пункте он разыскивал фельдшера, приносил порошки или питье, но лечился без особенного усердия и на вопрос Григория, почему он, выпив один порошок, остальные уничтожает, старательно затаптывая в снег, объяснил это тем, что хочет не излечиться, а только заглушить болезнь, так как при этом условии, в случае переосвидетельствования, ему будет легче уклониться от посылки в часть. В станице Великокняжеской какой-то бывалый казак посоветовал ему лечиться отваром из утиных лапок. С той поры Прохор, въезжая в хутор или станицу, спрашивал у первого встречного: «А скажите на милость, утей у вас тут водят?» И когда недоумевающий житель отвечал отрицательно, ссылаясь на то, что поблизости нет воды и уток разводить нет расчета, Прохор с уничтожающим презрением цедил: «Живете тут, чисто нелюди! Вы, небось, и утиного кряку сроду не слыхали! Пеньки степовые!» Потом, обращаясь к Григорию, с горьким сожалением добавлял: «Не иначе, поп нам дорогу перешел! Ни в чем нету удачи! Ну, будь у них тут утки — зараз же купил бы одну, никаких денег не жалеючи, либо украл бы, и пошли бы мои дела на поправку, а то уж дюже моя болезня разыгрывается! Спервоначалу была забавой, только дремать в дороге не давала, а зараз, проклятая, становится чистым наказанием! На санях не удержишься!»

Не встречая сочувствия со стороны Григория, Прохор надолго умолкал и иногда по целым часам ехал, не проронив ни слова, сурово нахохлившись.

Томительно длинными казались Григорию уходившие на передвижение дни, еще более долгими были нескончаемые зимние ночи. Времени, чтобы обдумать настоящее и вспомнить прошедшее, было у него в избытке. Подолгу перебирал он в памяти пролетевшие годы своей диковинно и нехорошо сложившейся жизни. Сидя на санях, устремив затуманенный взор в снежные просторы исполненной мертвого безмолвия степи, или лежа ночью с закрытыми глазами и стиснутыми зубами где-нибудь в душной, переполненной людьми комнатушке, думал все об одном: об Аксинье, больной, обеспамятевшей, брошенной в безвестном поселке, о близких, оставленных в Татарском... Там, на Дону, была Советская власть, и Григорий постоянно с тоскливой тревогой спрашивал себя: «Неужто будут за меня терзать маманю или Дуняшку?» И тотчас же начинал успокаивать себя, припоминал не раз слышанные в дороге рассказы о том, что красноармейцы идут мирно и обращаются с населением занятых станиц хорошо. Тревога постепенно угасала, мысль, что старуха мать будет отвечать за него, уже казалась ему невероятной, дикой, ни на чем не основанной. При воспоминаниях о детишках на секунду сердце Григория сжималось грустью; он боялся, что не уберегут их от тифа, и в то же время чувствовал, что, при всей его любви к детям, после смерти Натальи уже никакое горе не сможет потрясти его с такой силой...

В одном из сальских зимовников они с Прохором прожили четыре дня, решив дать лошадям отдых. За это время у них не раз возникали разговоры о том, что делать дальше. В первый же день, как только приехали на зимовник, Прохор спросил:

— Будут наши на Кубани держать фронт или потянут на Кавказ? Как думаешь?

— Не знаю. А тебе не все равно?

— Придумал тоже! Как же это мне могет быть все равно? Этак нас загонют в бусурманские земли, куда-нибудь под турка, а потом и пой репку там?

— Я тебе не Деникин, и ты меня об этом не спрашивай, куда нас загонют, — недовольно отвечал Григорий.

— Я потому спрашиваю, что поимел такой слух, будто на речке Кубани сызнова начнут обороняться, а к весне тронутся восвояси.

— Кто это будет обороняться? — усмехнулся Григорий.

— Ну, казаки и кадеты, окромя кто же?

— Дурацкие речи ведешь! Повылазило тебе, не видишь, что кругом делается? Все норовят поскорее удрать, кто же обороняться-то будет?

— Ох, парень, я сам вижу, что дело наше — табак, а все как-то не верится... — вздохнул Прохор. — Ну а на случай ежели прийдется в чужие земли плыть или раком полозть, ты — как? Тронешься?

— А ты?

— Мое дело такое: куда ты — туда и я. Не оставаться же мне одному, ежели народ поедет.

— Вот и я так думаю. Раз уж попали мы на овечье положение — значит, надо за баранами держаться...

— Они, бараны-то, иной раз черт-те куда сдуру прут... Нет, ты эти побаски брось! Ты дело говори!

— Отвяжись, пожалуйста! Там видно будет. Чего мы с тобой раньше времени ворожить будем!

— Ну и аминь! Больше пытать у тебя ничего не буду, — согласился Прохор.

Но на другой день, когда пошли убирать лошадей, снова вернулся к прежнему разговору.

— Про зеленых ты слыхал? — осторожно спросил он, делая вид, будто рассматривает держак вил-тройчаток.

— Слыхал. Дальше что?

— Это ишо какие такие зеленые проявились? Они за кого?

— За красных.

— А с чего ж они зелеными кличутся?

— Чума их знает, в лесах хоронются, должно, от этого и кличка.

— Может, и нам с тобой позеленеть? — после долгого раздумья несмело предложил Прохор.

— Что-то охоты нету.

— А окромя зеленых, нету никаких таких, чтобы к дому поскорей прибиться? Мне-то один черт — зеленые, или синие, или какие-нибудь там яично-желтые, я в любой цвет с дорогой душой окунусь, лишь бы этот народ против войны был и по домам служивых спущал...

— Потерпи, может, и такие проявются, — посоветовал Григорий.

В конце января, в туманный ростепельный полдень, Григорий и Прохор приехали в слободу Белую Глину. Тысяч пятнадцать беженцев сбилось в слободе, из них добрая половина — больных сыпняком. По улицам в поисках квартир и корма лошадям ходили казаки в куцых английских шинелях, в полушубках, в бешметах, разъезжали всадники и подводы. Десятки истощенных лошадей стояли во дворах возле яслей, уныло пережевывая солому; на улицах, в переулках виднелись брошенные сани, обозные брички, зарядные ящики. Проезжая по одной из улиц, Прохор всмотрелся в привязанного к забору высокого гнедого коня, сказал:

— А ить это кума Андрюшки конь! Стал быть, наши хуторные тут, — и проворно соскочил с саней, пошел в дом узнать.

Через несколько минут из дома, накинув внапашку шинель, вышел Андрей Топольсков — кум и сосед Прохора. Сопровождаемый Прохором, он степенно подошел к саням, протянул Григорию черную, провонявшую лошадиным потом руку.

— С хуторским обозом едешь? — спросил Григорий.

— Вместе нужду трепаем.

— Ну, как ехали?

— Езда известная... После каждой ночевки людей и лошадей оставляем...

— Старик-то мой живой-здоровый?

Глядя куда-то мимо Григория, Топольсков вздохнул:

— Плохо, Григорий Пантелевич, плохие дела... Поминай отца, вчера на́ вечер отдал богу душу, скончался...

— Похоронили? — бледнея, спросил Григорий.

— Не могу сказать, нынче не был там. Поедем, я укажу квартеру... Держи, кум, направо, четвертый дом с правой руки от угла.

Подъехав к просторному, крытому жестью дому, Прохор остановил лошадей возле забора, но Топольсков посоветовал заехать во двор.

— Тут тоже тесновато, человек двадцать народу, но как-нибудь поместитесь, — сказал он и соскочил с саней, чтобы открыть ворота.

Григорий первый вошел в жарко натопленную комнату. На полу вповалку лежали и сидели знакомые хуторяне. Кое-кто чинил обувь и упряжь, трое, в числе их старик Бесхлебнов, в супряге с которым ехал Пантелей Прокофьевич, ели за столом похлебку. Казаки при виде Григория встали, хором ответили на короткое приветствие.

— Где же отец? — спросил Григорий, снимая папаху, оглядывая комнату.

— Беда у нас... Пантелей Прокофич уж упокойник, — тихо ответил Бесхлебнов и, вытерев рукавом чекменя рот, положил ложку, перекрестился. — Вчера на ночь преставился, царство ему небесное.

— Знаю. Похоронили?

— Нет ишо. Мы его нынче собирались похоронять, а зараз он вот тут, вынесли его в холодную горницу. Пройди сюда. — Бесхлебнов открыл дверь в соседнюю комнату, словно извиняясь, сказал: — С мертвым ночевать в одной комнатухе не схотели казаки, дух чижелый, да тут ему и лучше... Тут не топят хозяева.

В просторной горнице резко пахло конопляным семенем, мышами. Весь угол был засыпан просом, коноплей; на лавке стояли кадки с мукой и маслом. Посреди комнаты на полсти лежал Пантелей Прокофьевич. Григорий отстранил Бесхлебнова, вошел в горницу, остановился около отца.

— Две недели хворал, — вполголоса говорил Бесхлебнов. — Ишо под Мечеткой повалил его тиф. Вот где припало упокоиться твоему папаше... Такая-то наша жизня...

Григорий, наклонясь вперед, смотрел на отца. Черты родного лица изменила болезнь, сделала их странно непохожими, чужими. Бледные, осунувшиеся щеки Пантелея Прокофьевича заросли седой щетиной, усы низко нависли над ввалившимся ртом, глаза были полузакрыты, и синеватая эмаль белков уже утратила искрящуюся живость и блеск. Отвисшая нижняя челюсть старика была подвязана красным шейным платком, и на фоне красной материи седые курчеватые волосы бороды казались еще серебристее, белее.

Григорий опустился на колени, чтобы в последний раз внимательнее рассмотреть и запомнить родное лицо, и невольно содрогнулся от страха и отвращения: по серому, восковому лицу Пантелея Прокофьевича, заполняя впадины глаз, морщины на щеках, ползали вши. Они покрывали лицо живой, движущейся пеленою, кишели в бороде, копошились в бровях, серым слоем лежали на стоячем воротнике синего чекменя...

Григорий и двое казаков выдолбили пешнями в мерзлом, чугунно-твердом суглинке могилу, Прохор из обрезков досок кое-как сколотил гроб. На исходе дня отнесли Пантелея Прокофьевича и зарыли в чужой ставропольской земле. А час спустя, когда по слободе уже зажглись огни, Григорий выехал из Белой Глины по направлению на Новопокровскую.

В станице Кореновской он почувствовал себя плохо. Полдня потратил Прохор на поиски доктора и все же нашел какого-то полупьяного военного врача, с трудом уговорил его, привел на квартиру. Не снимая шинели, врач осмотрел Григория, пощупал пульс, уверенно заявил:

— Возвратный тиф. Советую вам, господин сотник, прекратить путешествие, иначе подомрете в дороге.

— Дожидаться красных? — криво усмехнулся Григорий.

— Ну, красные, положим, еще далеко.

— Будут близко...

— Я в этом не сомневаюсь. Но вам лучше остаться. Из двух зол я бы предпочел это, оно — меньшее.

— Нет, я уж как-нибудь поеду, — решительно сказал Григорий и стал натягивать гимнастерку. — Лекарства вы мне дадите?

— Поезжайте, дело ваше. Я должен был дать вам совет, а там — как вам угодно. Что касается лекарств, то лучшее из них — покой и уход; можно бы прописать вам кое-что, но аптека эвакуирована, а у меня ничего нет, кроме хлороформа, йода и спирта.

— Дайте хучь спирту!

— С удовольствием. В дороге вы все равно умрете, поэтому спирт ничего не изменит. Пусть ваш денщик идет со мной, тысчонку грамм я вам отпущу, я — добрый... — Врач козырнул, вышел, нетвердо шагая.

Прохор принес спирту, добыл где-то плохонькую пароконную повозку, запряг лошадей, с мрачной иронией доложил, войдя в комнату:

— Коляска подана, ваше благородие!

И снова потянулись тягостные, унылые дни.

На Кубань из предгорий шла торопливая южная весна. В равнинных степях дружно таял снег, обнажались жирно блестевшие черноземом проталины, серебряными голосами возговорили вешние ручьи, дорога зарябила просевами, и уже по-весеннему засияли далекие голубые дали, и глубже, синее, теплее стало просторное кубанское небо.

Через два дня открылась солнцу озимая пшеница, белый туман заходил над пашнями. Лошади уже хлюпали по оголившейся от снега дороге, выше щеток проваливаясь в грязь, застревая в балочках, натужно выгибая спины, дымясь от пота. Прохор по-хозяйски подвязал им хвосты, часто слезал с повозки, шел сбоку, с трудом вытаскивая из грязи ноги, бормотал:

— Это не грязь, а смола липучая, истинный бог! Кони не просыхают от места и до места.

Григорий молчал, лежа на повозке, зябко кутаясь в тулуп. Но Прохору было скучно ехать без собеседника; он трогал Григория за ноги или за рукав, говорил:

— До чего грязь тут крутая! Слезь, попробуй! И охота тебе хворать!

— Иди к черту! — чуть слышно шептал Григорий.

Встречаясь с кем-либо, Прохор спрашивал:

— Дальше ишо гуще грязь или такая же?

Ему, смеясь, отвечали шуткой, и Прохор, довольный тем, что перебросился с живым человеком словом, некоторое время шел молча, часто останавливая лошадей, вытирая со своего коричневого лба ядреный зернистый пот. Их обгоняли конные, и Прохор, не выдержав, останавливал проезжавших, здоровался, спрашивал, куда едут и откуда сами родом, под конец говорил:

— Зря едете. Туда дальше ехать невозможно. Почему? Да потому, что там такая грязюка, — встречные люди говорили, — что кони плывут по пузо, на повозках колесы не крутются, а пешие, какие мелкого росту, — прямо на дороге падают и утопают в грязи. Куцый кобель брешет, а я не брешу! Зачем мы едем? Нам иначе нельзя, я хворого архирея везу, ему с красными никак нельзя жить вместе...

Большинство конников, беззлобно обругав Прохора, ехали дальше, а некоторые, перед тем как отъехать, внимательно смотрели на него, говорили:

— С Дону и дураки отступают? У вас в станице все такие, как ты?

Или еще что-нибудь в этом роде, но не менее обидное. Только один кубанец, отбившийся от партии станичников, всерьез рассердился на Прохора за то, что тот задержал его глупым разговором, и хотел было вытянуть его через лоб плетью, но Прохор с удивительным проворством вскочил на повозку, выхватил из-под полсти карабин, положил его на колени. Кубанец отъехал, матерно ругаясь, а Прохор, хохоча во всю глотку, орал ему вслед:

— Это тебе не под Царицыном в кукурузе хорониться! Пеношник — засученные рукава! Эй, вернись, мамалыжная душа! Налетел? Подбери свой балахон, а то в грязи захлюстаешься! Раскрылатился, куроед! Бабий окорок! Поганого патрона нету, а то бы я тебе намахнулся! Брось плеть, слышишь?!

Дурея от скуки, от безделья, Прохор развлекался, как мог.

А Григорий со дня начала болезни жил как во сне. Временами терял сознание, потом снова приходил в себя. В одну из минут, когда он очнулся от долгого забытья, над ним наклонился Прохор.

— Ты ишо живой? — спросил он, участливо засматривая в помутневшие глаза Григория.

Над ними сияло солнце. То клубясь, то растягиваясь в ломаную бархатисто-черную линию, с криком летели в густой синеве неба станицы темнокрылых казарок. Одуряюще пахло нагретой землей, травяной молодью. Григорий, часто дыша, с жадностью вбирал в легкие живительный весенний воздух. Голос Прохора с трудом доходил до его слуха, и все кругом было какое-то нереальное, неправдоподобно уменьшенное, далекое. Позади, приглушенные расстоянием, глухо гремели орудийные выстрелы. Неподалеку согласно и размеренно выстукивали колеса железного хода, фыркали и ржали лошади, звучали людские голоса; резко пахло печеным хлебом, сеном, конским потом. До помраченного сознания Григория доходило все это словно из другого мира. Напрягши всю волю, он вслушался в голос Прохора, с величайшим усилием понял — Прохор спрашивал у него:

— Молоко будешь пить?

Григорий, еле шевеля языком, облизал спекшиеся губы, почувствовал, как в рот ему льется густая, со знакомым пресным привкусом, холодная жидкость. После нескольких глотков он стиснул зубы. Прохор заткнул горлышко фляжки, снова наклонился над Григорием, и тот скорее догадался по движениям обветренных Прохоровых губ, нежели услышал обращенный к нему вопрос:

— Может, тебя оставить в станице? Трудно тебе?

На лице Григория отразились страдание и тревога; еще раз он собрал в комок волю, прошептал:

— Вези... пока помру...

По лицу Прохора он догадался, что тот услышал его, и успокоенно закрыл глаза, как облегчение принимая беспамятство, погружаясь в густую темноту забытья, уходя от всего этого крикливого, шумного мира...

XXVIII

За всю дорогу до самой станицы Абинской Григорию запомнилось только одно: беспросветной темной ночью очнулся он от резкого, пронизывающего насквозь холода. По дороге в несколько рядов двигались подводы. Судя по голосам, по неумолчному глухому говору колес, обоз был огромный. Подвода, на которой ехал Григорий, находилась где-то в средине этого обоза. Лошади шли шагом. Прохор почмокивал губами, изредка простуженным голосом хрипел: «Но-о-о, дружки!» — и взмахивал кнутом. Григорий слышал тонкий посвист ременного кнута, чувствовал, как, брякнув вальками, лошади сильнее влегали в постромки, повозка двигалась быстрее, иногда постукивая концом дышла в задок передней брички.

С трудом Григорий натянул на себя полу тулупа, лег на спину. По черному небу ветер гнал на юг сплошные клубящиеся тучи. Редко-редко в крохотном просвете желтой искрой вспыхивала на миг одинокая звезда, и снова непроглядная темень окутывала степь, уныло свистал в телеграфных проводах ветер, срывался и падал на землю редкий и мелкий, как бисер, дождь.

С правой стороны дороги надвинулась походная колонна конницы. Григорий услышал издавна знакомый, согласный, ритмический перезвяк подогнанного казачьего снаряжения, глухое и тоже согласное чмоканье по грязи множества конских копыт. Прошло не меньше двух сотен, а топот все еще звучал; по обочине дороги шел, вероятно, полк. И вдруг впереди, над притихшей степью, как птица взлетел мужественный грубоватый голос запевалы:

Ой, как на речке было, братцы, на Камышинке,
На славных степях, на саратовских...

И многие сотни голосов мощно подняли старинную казачью песню, и выше всех всплеснулся изумительной силы и красоты тенор подголоска. Покрывая стихающие басы, еще трепетал гдето в темноте звенящий, хватающий за сердце тенор, а запевала уже выводил:

Там жили, проживали казаки — люди вольные,
Все донские, гребенские да яицкие...

Словно что-то оборвалось внутри Григория... Внезапно нахлынувшие рыдания потрясли его тело, спазма перехватила горло. Глотая слезы, он жадно ждал, когда запевала начнет, и беззвучно шептал вслед за ним знакомые с отроческих лет слова:

Атаман у них — Ермак, сын Тимофеевич,
Есаул у них — Асташка, сын Лаврентьевич...

Как только зазвучала песня — разом смолкли голоса разговаривавших на повозках казаков, утихли понукания, и тысячный обоз двигался в глубоком, чутком молчании; лишь стук колес да чавканье месящих грязь конских копыт слышались в те минуты, когда запевала, старательно выговаривая, выводил начальные слова. Над черной степью жила и властвовала одна старая, пережившая века песня. Она бесхитростными, простыми словами рассказывала о вольных казачьих предках, некогда бесстрашно громивших царские рати; ходивших по Дону и Волге на легких воровских стругах; грабивших орленые царские корабли; «щупавших» купцов, бояр и воевод; покорявших далекую Сибирь... И в угрюмом молчании слушали могучую песню потомки вольных казаков, позорно отступавшие, разбитые в бесславной войне против русского народа...

Полк прошел. Песенники, обогнав обоз, уехали далеко. Но еще долго в очарованном молчании двигался обоз, и на повозках не слышалось ни говора, ни окрика на уставших лошадей. А из темноты, издалека, плыла, ширилась просторная, как Дон в половодье, песня:

Они думали все думушку единую:
Уж как лето проходит, лето теплое,

А зима застает, братцы, холодная.
Как и где-то нам, братцы, зимовать будет?
На Яик нам идтить, — переход велик,
А на Волге ходить нам, — все ворами слыть,
Под Казань-град идтить, — да там царь стоит,
Как грозной-то царь, Иван Васильевич...

Уж и песенников не стало слышно, а подголосок звенел, падал и снова взлетал. За ним следили всё с тем же напряженным и мрачным молчанием.

... И еще, как сквозь сон, помнил Григорий: очнулся он в теплой комнате, не раскрывая глаз, всем телом ощутил приятную свежесть чистого постельного белья, в ноздри ему ударил терпкий запах каких-то лекарств. В первый момент он подумал, что находится в лазарете, но из соседней комнаты донесся взрыв безудержного мужского хохота, звон посуды, зазвучали нетрезвые голоса. Кто-то знакомый басил:

— ... тоже умник нашелся! Надо было разузнать, где наша часть, мы бы и пособили. Ну, пей, какого ты черта губы развешал?!

Плачущим пьяным голосом Прохор отвечал:

— Да господи боже мой, почем же я знал? Мне-то, думаете, легко было с ним нянчиться? Жевками, как малого дитя, кормил, молоком отпаивал, истинный Христос! Нажую ему хлеба и пихаю в рот, ей-богу! Клинком зубы разжимал... А один раз зачал ему молоко в рот лить, а он захлебнулся и чуть не помер... Ить это подумать только!

— Купал его вчера?

— И купал его и машинкой волосья постриг, а на молоко все деньги прохарчил... Да мне их не жалко, прах их возьми! Но вот как это было жевать и с рук кормить его? Думаешь, просто? Не говори, что это просто было, а то я тебя вдарю и на чин твой не погляжу!

В комнату к Григорию вошли Прохор, Харлампий Ермаков и в сдвинутой на затылок серой каракулевой папахе красный, как бурак, Петро Богатырев, Платон Рябчиков и еще двое незнакомых казаков.

— Он глядит!!! — дико закричал Ермаков, неверными шагами устремляясь к Григорию.

Размашистый и веселый Платон Рябчиков, потрясая бутылкой, плача, орал:

— Гриша! Родный ты мой! Вспомни, как на Чиру гуляли! А воевали как? Где наша доблесть девалась?! Что с нами генералы вытворяют и что они сделали с нашей армией?! В кровину их и в сердце! Оживел? На, выпей, сразу почунеешься! Это — чистый спирт!

— Насилу нашли тебя! — обрадованно сияя черными маслеными глазами, бормотал Ермаков. И тяжело опустился на койку Григория, вдавил ее своей тяжестью.

— Где мы? — еле слышно спросил Григорий, с трудом ворочая глазами, обводя ими знакомые лица казаков.

— Екатеринодар заняли! Скоро пыхнем дальше! Пей! Григорий Пантелевич! Милушка ты наш! Встань, ради бога, я тебя, лежачего, зрить не могу! — Рябчиков повалился Григорию в ноги, но Богатырев, молчаливо улыбавшийся и по виду бывший трезвее всех, схватил его за поясной ремень, без труда приподнял, бережно положил на пол.

— Возьми у него бутылку! Выльется! — испуганно воскликнул Ермаков и с широкой пьяной улыбкой, обращаясь к Григорию, сказал: — Знаешь, с чего мы гуляем? Тут-таки от неудовольствия, а тут припало казачкам на чужбяк поджиться... Винный склад разграбили, чтобы красным не достался... Что там было-о-о... И во сне такое не приснится! В цистерну начали бить из винтовок: пробьют — а из нее цевкой спирт льется. Всю изрешетили, и каждый возле пробоины стоит, подставляет, кто шапку, кто ведро, кто фляжку, а иные прямо пригоршни держут и тут же пьют... Двоих добровольцев зарубили, какие охраняли склад, ну, дорвались, и пошла потеха! Один казачишка при мне полез на цистерну, хотел конскую цибарку зачерпнуть прямо из вольного, сорвался туда и утоп. Пол цементовый, враз натекло спирту по колено, бродют по нем, нагинаются, пьют, как кони в речке, прямо из-под ног, и тут же ложатся... И смех и грех! Там не один захленется до смерти. Вот и мы там поджились. Нам много не надо: прикатили бочонок ведер на пять, ну, нам и хватит. Гуляй, душа! Все одно — пропадает тихий Дон! Платона там за малым не утопили. Повалили на пол, начали ногами толочь, он хлебнул раза два и готов. Уж я его насилу вытянул оттедова...

Ото всех от них резко разило спиртом, луком, табаком. Григорий почувствовал легкий приступ тошноты, головокружение, улыбаясь слабой, вымученной улыбкой, закрыл глаза.

Неделю он пролежал в Екатеринодаре, на квартире у знакомого Богатыреву врача, медленно поправляясь после болезни, потом, как говорил Прохор, «пошел на поправку» и в станице Абинской в первый раз за время отступления сел на коня.

В Новороссийске шла эвакуация. Пароходы увозили в Турцию российских толстосумов, помещиков, семьи генералов и влиятельных политических деятелей. На пристанях день и ночь шла погрузка. Юнкера работали в артелях грузчиков, заваливая трюмы пароходов военным имуществом, чемоданами и ящиками сиятельных беженцев.

Части Добровольческой армии, опередив в бегстве донцов и кубанцев, первыми докатились до Новороссийска, начали грузиться на транспортные суда. Штаб Добровольческой армии предусмотрительно перебрался на прибывший в порт английский дредноут «Император Индии». Бои шли около Тоннельной. Десятки тысяч беженцев заполняли улицы города. Воинские части продолжали прибывать. Около пристаней шла неописуемая давка. Брошенные лошади тысячными табунами бродили по известняковым склонам гор, окружающих Новороссийск. На прилегавших к пристаням улицах завалами лежали казачьи седла, снаряжение, воинское имущество. Все это было уже никому не нужно. По городу ходили слухи о том, что на суда будет погружена только Добровольческая армия, а донцы и кубанцы походным порядком пойдут в Грузию.

Утром 25 марта Григорий и Платон Рябчиков пошли на пристань узнать, грузятся ли части Второго Донского корпуса, так как накануне среди казаков распространился слух, будто генерал Деникин отдал приказ: вывезти в Крым всех донцов, сохранивших вооружение и лошадей.

Пристань запрудили калмыки Сальского округа. Они пригнали с Маныча и Сала косяки лошадей и верблюдов, до самого моря довезли свои деревянные жилые будки. Нанюхавшись в толпе пресных запахов бараньего сала, Григорий и Рябчиков подошли к самым сходням стоявшего у причала большого транспортного парохода. Сходни охранялись усиленным караулом офицеров Марковской дивизии. Около, ожидая погрузки, толпились донцы-артиллеристы. На корме парохода стояли орудия, накрытые брезентами защитного цвета. С трудом протискавшись вперед, Григорий спросил у молодцеватого черноусого вахмистра:

— Какая это батарея, станишник?

Вахмистр покосился на Григория, неохотно ответил:

— Тридцать шестая.

— Каргиновская?

— Так точно.

— Кто тут заведует погрузкой?

— А вот он стоит у перил, полковник какой-то.

Рябчиков тронул Григория за рукав, злобно сказал:

– Пойдем отседова, ну их к черту! Разве у них тут толку добьешься? Когда воевали — нужны были, а зараз мы им ни к чему...

Вахмистр улыбнулся, подмигнул выстроившимся в очередь батарейцам:

— Усчастливились вы, артиллеристы! Господ офицеров и то не берут.

Полковник, наблюдавший за погрузкой, проворно шел по сходням; следом за ним, спотыкаясь, спешил лысый чиновник в распахнутой дорогой шубе. Он умоляюще прижимал к груди котиковую шапку, что-то говорил, и на потном лице его и в близоруких глазах было такое просительное выражение, что полковник, ожесточаясь, отворачивался от него, грубо кричал:

— Я вам уже сказал раз! Не приставайте, иначе я прикажу свести вас на берег! Вы с ума сошли! Куда, к черту, мы возьмем ваше барахло? Вы что, ослепли? Не видите, что творится? А, да ну вас совсем! Да жалуйтесь, ради бога, хоть самому генералу Деникину! Сказал, не могу, — и не могу, вы русский язык понимаете?!

Когда он, отмахиваясь от назойливого чиновника, проходил мимо Григория, тот преградил ему путь и, приложив руку к козырьку фуражки, волнуясь, спросил:

— Офицеры могут рассчитывать на погрузку?

— На этот пароход — нет. Нет места.

— Тогда на какой же?

— Узнайте в эвакопункте.

— Мы там были, никто ничего не знает.

— Я тоже не знаю, пропустите меня!

— Но вы же грузите тридцать шестую батарею! Почему нам нет места?

— Про-пу-стите, я вам говорю! Я — не справочное бюро! — Полковник попробовал легонько отстранить Григория, но тот стоял на ногах твердо. В глазах его вспыхивали и гасли голубоватые искорки.

— Теперь мы вам не нужны стали? А раньше были нужны? Примите руку, меня вы не спихнете!

Полковник посмотрел в глаза Григорию, оглянулся; стоявшие на сходнях марковцы, скрестив винтовки, с трудом сдерживали напиравшую толпу. Глядя мимо Григория, полковник устало спросил:

— Вы какой части?

— Я — Девятнадцатого Донского, остальные — разных полков.

— Сколько вас всего?

— Человек десять.

— Не могу. Нет места.

Рябчиков видел, как у Григория дрогнули ноздри, когда он вполголоса сказал:

— Что же ты мудруешь, гад?! Вша тыловая! Сейчас же пропускай нас, а то...

«Зараз Гриша его резнет!» — со злобным удовольствием подумал Рябчиков, но, увидев, как двое марковцев, прикладами очищая дорогу сквозь толпу, спешат на выручку полковнику, предупреждающе тронул Григория за рукав:

— Не связывайся с ним, Пантелевич! Пойдем...

— Вы — идиот! И вы ответите за ваше поведение! — сказал побледневший полковник и, обращаясь к подоспевшим марковцам, указал на Григория: — Господа! Уймите вот этого эпилептика! Надо же навести здесь порядок! У меня срочное дело к коменданту, а тут извольте выслушивать всякие любезности от всяких... — и торопливо скользнул мимо Григория.

Высокий марковец с погонами поручика на синей бекеше, с аккуратно подбритыми английскими усиками, подошел к Григорию вплотную.

— Что вам угодно? Почему вы нарушаете порядок?

— Место на пароходе, вот что мне угодно!

— Где ваша часть?

— Не знаю.

— Ваш документ.

Второй из караула, молодой пухлогубый юноша в пенсне, ломающимся баском сказал:

— Его надо отвести в караульное помещение. Не тратьте времени, Высоцкий!

Поручик внимательно прочитал свидетельство Григория, вернул его.

— Разыщите вашу часть. Советую отсюда уйти и не мешать погрузке. У нас есть приказ: арестовывать всех, независимо от их звания, проявляющих недисциплинированность, мешающих погрузке. — Поручик твердо сжал губы, подождал несколько секунд и, косясь на Рябчикова, наклонился к Григорию, шепнул: — Могу вам посоветовать: поговорите с командиром тридцать шестой батареи, станьте в их очередь, и вы сядете на пароход.

Рябчиков, слышавший шепот поручика, обрадованно сказал:

— Иди к Каргину, а я живо смотаюсь за ребятами. Из твоего имущества, окромя вещевого мешка, что брать?

— Пойдем вместе, — равнодушно сказал Григорий.

По пути они встретили знакомого казака — уроженца хутора Семеновского. На огромной фурманке он вез к пристани ворох накрытого брезентом печеного хлеба. Рябчиков окликнул станичника:

— Федор, здорово! Куда везешь?

— А-а-а, Платон, Григорий Пантелевич, здравствуйте! На дорогу свой полк хлебом снабжаем. Насилу выпекли, а то пришлось бы в пути одну кутью жрать...

Григорий подошел к остановившейся фурманке, спросил:

— Хлеб у тебя важенный на весах? Или считанный?

— Какой его черт считал? А вам что, хлеба надо?

— Надо.

— Бери!

— Сколько можно?

— Сколько унесешь, его на нас хватит!

Рябчиков с удивлением смотрел, как Григорий снимает буханку за буханкой, не утерпев, спросил:

— На чуму ты его столько берешь?

— Надо, — коротко ответил Григорий.

Он выпросил у возчика два мешка, сложил в них хлеб, поблагодарил за услугу и, распрощавшись, приказал Рябчикову:

— Бери, понесем.

— Ты не зимовать тут собрался? — насмешливо спросил Рябчиков, взвалив мешок на плечи.

— Это не мне.

— Тогда кому же?

— Коню.

Рябчиков проворно сбросил мешок на землю, растерянно спросил:

— Шутишь?

— Нет, всерьез.

— Значит, ты... ты чего же это надумал, Пантелевич? Хочешь остаться, так я понимаю?

— Правильно понимаешь. Ну, бери мешок, пойдем. Надо же коня кормить, а то он все ясли погрыз. Конь ишо сгодится, не пешему же служить...

До самой квартиры Рябчиков молчал, покряхтывал, подкидывая на плечах мешок; подойдя к калитке, спросил:

— Ребятам скажешь? — и, не дождавшись ответа, с легким оттенком обиды в голосе сказал: — Это ты здорово удумал... А мы как же?

— А как хотите, — с деланным равнодушием ответил Григорий. — Не берут нас, не находится для всех места — и не надо! На кой они ляд нам нужны, навязываться им! Останемся. Спробуем счастья. Да проходи же, чего ты застрял в калитке?

— Тут, с этим разговором, застрянешь... Я ее, и калитки-то, не вижу. Ну и дела! Ты меня, Гриша, как обухом в темя вдарил. Прямо ум мне отшиб. А я-то думаю: «На черта он этот хлеб выпрашивает?» Теперь ребята наши узнают, взволнуются...

— Ну, а ты как? Не останешься? — полюбопытствовал Григорий.

— Что ты! — испуганно воскликнул Рябчиков.

— Подумай.

— И думать нечего! Поеду без разговоров, пока вакан есть. Пристроюсь к каргиновской батарее и поеду.

— Зря.

— Вот это да! Мне, брат, своя голова дороже. Что-то нет охоты, чтобы красные на ней свои палаши пробовали.

— Ох, подумай, Платон! Дело такое...

— И не говори! Поеду зараз же.

— Ну, как хочешь. Не уговариваю, — с досадой сказал Григорий и первый шагнул на каменные ступеньки крыльца.

Ни Ермакова, ни Прохора, ни Богатырева на квартире не было. Хозяйка, пожилая горбатая армянка, сказала, что казаки ушли и обещали скоро вернуться. Григорий, не раздеваясь, крупными ломтями порезал буханку хлеба, пошел в сарай к лошадям. Хлеб разделил поровну, всыпал своему коню и Прохорову — и только что взял ведра и хотел идти, чтобы принести воды, как в дверях стал Рябчиков. В полах шинели он бережно держал наломанный крупными кусками хлеб. Конь Рябчикова, зачуяв хозяина, коротко заржал, а хозяин его молча прошел мимо сдержанно улыбавшегося Григория, ссыпал куски в ясли, не глядя на Григория, сказал:

— Не оскаляйся, пожалуйста! Раз так дело указывает — приходится и мне коня кормить... Ты думаешь, я-то с охотой бы поехал? Сам себя за шиворот взял бы и повел на этот растреьслятый пароход, не иначе! Ить живой страх подгонял... голова-то одна на плечах? Не дай бог эту срубят — другая до покрова не вырастет...

Прохор и остальные казаки вернулись только перед вечером. Ермаков принес огромную бутыль спирта, а Прохор — мешок герметически закупоренных банок с мутновато-желтой жидкостью.

— Вот подработали! На всю ночь хватит, — похваляясь, Ермаков указал на бутыль, пояснил: — Попался нам военный доктор, упросил помочь ему вывезти на пристань со склада медикаменты. Грузчики отказались работать, одни юнкерья со склада таскали, ну и мы к ним припряглись. Спиртом доктор расплатился за нашу помочь, а банки эти Прохор наворовал, накажи господь, не брешу!

— А что в них такое? — полюбопытствовал Рябчиков.

— Это, брату́шка, почище спирту! — Прохор поболтал банку, посмотрел на свет, как под темным стеклом пузырится густая жидкость, самодовольно закончил: — Это — самое что ни на есть дорогое заграничное вино. Одним больным его дают, так мне сказал юнкеришка, какой английский язык понимает. Сядем на пароход, выпьем с горя, заведем «Разродимую мою сторонушку» и до самого Крыму будем пить, а банки в море кидать.

— Иди скорей, садись, а то через тебя пароход задерживают, не отправляют. «Где, говорят, Прохор Зыков — герой из героев, без него не можем плыть!» — насмешливо сказал Рябчиков. И, помолчав, указал желтым, обкуренным пальцем на Григория: — Вот он раздумал ехать. И я тоже.

— Да ну? — ахнул Прохор, от изумления чуть не выронив банку из рук.

— Что такое? Что вы тут надумали? — хмурясь, пристально глядя на Григория, спросил Ермаков.

— Решили не ехать.

— Почему?

— Потому, что местов для нас нету.

— Нынче нету — завтра будут, — уверенно заявил Богатырев.

— А ты на пристанях был?

— Ну, дальше?

— Видал, что там делается?

— Ну, видал.

— Занукал! Коль видал, чего же и толковать. Нас с Рябчиковым только двоих брали, и то один доброволец сказал, чтобы пристраивались к каргиновской батарее, иначе нельзя.

— Она ишо не погрузилась, эта батарея? — с живостью спросил Богатырев.

Узнав, что батарейцы стояли в очереди, ожидая погрузки, он тотчас же стал собираться: сложил в вещевой мешок белье, запасные шаровары, гимнастерку, положил хлеб и попрощался.

— Оставайся, Петро! — посоветовал Ермаков. — Не к чему нам разбиваться.

Богатырев, не отвечая, протянул ему потную руку, с порога еще раз поклонился, сказал:

— Бывайте здоровы! Приведет бог — ишо свидимся! — и выбежал.

После его ухода в комнате долго стояла нехорошая тишина. Ермаков сходил на кухню к хозяйке, принес четыре стакана, молча разлил в них спирт, поставил на стол большой медный чайник с холодной водой, нарезал сала и, все так же молча, присел к столу, облокотился на него, несколько минут тупо смотрел себе под ноги, потом прямо из горлышка чайника выпил воды, хриповато сказал:

— На Кубани везде вода керосином воняет. С чего бы это?

Ему никто не ответил. Рябчиков чистой ветошкой протирал запотевшие долы шашки, Григорий рылся в своем сундучке, Прохор рассеянно смотрел в окно, на голые склоны гор, усеянные конскими табунами.

— Садитесь к столу, выпьем. — Ермаков, не дожидаясь, опрокинул в рот полстакана, запил водой и, разжевывая кусок розового сала, повеселевшими глазами глядя на Григория, спросил: — Не наведут нам решку красные товарищи?

— Всех не перебьют. Народу останется тут большие тыщи, — ответил Григорий.

— Я обо всех и не печалуюсь, — рассмеялся Ермаков. — У меня об своей овчине забота-

После того как изрядно выпили, разговор пошел веселее. А немного погодя неожиданно явился посиневший от холода, нахмуренный, угрюмый Богатырев. Он у порога сбросил целый тюк новеньких английских шинелей, молча начал раздеваться.

— С прибытием вас! — кланяясь, язвительно поздравил Прохор.

Богатырев метнул в его сторону озлобленный взгляд, со вздохом сказал:

— Просить будут все эти Деникины и другие б..., и то не поеду! Стоял в очереди, иззяб, как кобель на морозе, а все без толку. Отрезало как раз по мне. Двое впереди меня стояли, одного пропустили, а другого нет. Половина батареи осталась, ну что это такое, а?

— Вот так вашего брата умывают! — захохотал Ермаков и, расплескивая из бутыли, налил Богатыреву полный стакан спирта. — На, запей свое горькое горе! Или ты будешь ждать, когда тебя просить прийдут? Глянь в окно: это не генерал Врангель за тобой идет?

Богатырев молча цедил спирт. Он вовсе не расположен был к шуткам. А Ермаков и Рябчиков — сами вполпьяна — напоили до отказа старуху хозяйку и уже поговаривали о том, чтобы пойти разыскать где-нибудь гармониста.

— Идите лучше на станцию, — посоветовал Богатырев, — там вагоны расчиняют. Весь состав с обмундированием.

— На черта оно нужно, твое обмундирование! — кричал Ермаков. — Нам этих шинелев хватит, какие ты приволок. А лишнее всё одно заберут, Петро! Клеп собачий! Мы тут решаемся в красные идтить, понял? Ить мы казаки — или кто? Ежли оставят в живых нас красные — пойдем к ним служить! Мы — донские казаки! Чистых кровей, без подмесу! Наше дело — рубить. Знаешь, как я рублю? С кочерыжкой! Становись, на тебе попробую! То-то, ослабел? Нам все равно, кого рубить, лишь бы рубить. Так я говорю, Мелехов?

— Отвяжись! — устало отмахивался Григорий.

Кося налитыми кровью глазами, Ермаков пытался достать свою лежавшую на сундуке шашку. Богатырев беззлобно отталкивал его, просил:

— Ты не буровь дюже, Аника-воин, а то я тебя враз усмирю. Пей степенно, ты же в офицерском чине.

— Я на этот чин кладу с прибором! Он мне зараз нужен, как колодка свинье. Не вспоминай! Сам такой. Дай я тебе погоны отрежу? Петя, жаль моя, погоди, погоди, я их зараз...

— Ишо не время, с этим успеется, — посмеивался Богатырев, отстраняя расходившегося друга.

Пили до зари. Еще с вечера откуда-то появились незнакомые казаки, один из них с двухрядкой. Ермаков танцевал «казачка» до тех пор, пока не свалился. Его оттащили к сундуку, и он тотчас же уснул на голом полу, широко разбросав ноги, неловко запрокинув голову. До утра продолжалась невеселая гулянка. «Я из Кумшатской!.. Из самой станицы! У нас были быки — рóга не достанешь! Кони были — как львы! А сейчас что осталось в хозяйстве? Одна облезлая сучка! Да и она скоро сдохнет, кормить нечем...» — пьяно рыдая, говорил пожилой казак — один из случайных знакомых, пришедших на гульбище. Какой-то кубанец в изорванной черкеске заказывал гармонисту «наурскую» и, картинно раскинув руки, с такой поразительной легкостью скользил по комнате, что Григорию казалось, будто подошвы горских сапог кубанца вовсе и не прикасаются к грязному, зашарпанному полу.

В полночь кто-то из казаков невесть откуда притащил два высоких глиняных узкогорлых кувшина; на боках их темнели полусгнившие этикетки, пробки были опечатаны сургучом, из-под вишнево-красных сургучных печатей свешивались массивные свинцовые пломбы.

 Прохор долго держал в руках ведерный кувшин,

мучительно шевелил губами, стараясь разобрать иностранную надпись на этикетке. Недавно проснувшийся Ермаков взял у него из рук кувшин, поставил на пол, обнажил шашку, Прохор не успел ахнуть, как Ермаков, косо замахнувшись, срезал шашкой горло кувшина на четверть, громко крикнул: «Подставляй посуду!»

Густое, диковинно ароматное и терпкое вино распили в несколько минут, и после долго Рябчиков в восхищении цокал языком, бормотал: «Это не вино, а святое причастие! Такое только перед смертью пить, да и то не всем, а таким, какие за всю жизнь в карты не играли, табак не нюхали, баб не трогали... Архирейский напиток, одним словом!» Тут Прохор вспомнил, что у него в мешке лежат банки с лечебным вином.

— Погоди, Платон, не хвали дюже! У меня винцо получше этого будет! Это — дерьмо, а вот я достал на складе, так это винцо! Ладан с медом, а может, даже лучше! Это тебе, браток, не архирейское, а — прямо сказать — царское! Раньше цари пили, а зараз нам довелось... — бахвалился он, открывая одну из банок.

Жадный на выпивку Рябчиков глотнул сразу полстакана мутно-желтой густой жидкости, мгновенно побледнел и вытаращил глаза.

— Это не вино, а карболка! — прохрипел он и, в ярости выплеснув остатки из стакана Прохору на рубаху, пошел, покачиваясь, в коридор.

— Брешет он, гад! Вино — английское! Первый сорт! Не верьте ему, братцы! — стараясь перекричать гул пьяных голосов, заорал Прохор. Он выпил стакан залпом и тотчас стал белее Рябчикова.

— Ну как? — допытывался Ермаков, раздувая ноздри, заглядывая Прохору в посоловевшие глаза. — Как царское вино? Крепкое? Сладкое? Говори же, чертяка, а то я эту банку об твою голову разобью!

Прохор покачивал головой, страдал молча, а потом икнул, проворно вскочил и выбежал вслед за Рябчиковым. Ермаков, давясь от смеха, заговорщицки подмигнул Григорию, пошел во двор. Спустя минуту он вернулся в комнату. Раскатистый хохот его перекрыл все голоса.

— Ты чего это? — устало спросил Григорий. — Чего ржешь, глупой? Железку нашел?

— Ох, парень, пойди глянь, как они наизнанку выворачиваются! Ты знаешь, что они пили?

— Ну?

— Английскую мазь от вшей!

— Брешешь!

— Истинный бог! Я сам, как на складе был, думал сначала, что это вино, а потом спросил у доктора: «Что это такое, господин доктор?» — «Лекарство», — говорит. Я спрашиваю: «Оно, случаем, не от всех скорбей? Не на спирту?» — «Боже упаси, говорит, это союзники от вшей нам прислали смазку. Это — наружное лекарство, за воротник его никак нельзя употреблять!»

— Чего же ты, лиходей, не сказал им? — с досадой упрекнул Григорий.

— Нехай, черти, очищаются перед сдачей, небось не сдохнут! — Ермаков вытер проступившие от смеха слезы, не без злорадства добавил: — Да и пить будут полегше, а то за ними не успеешь и рюмки со стола взять. Жадных так надо обучать! Ну, что же, мы-то с тобой выпьем или повременим? Давай за нашу погибель выпьем?

Перед рассветом Григорий вышел на крыльцо, дрожащими руками свернул папироску, закурил, долго стоял, прислонившись спиной к влажной от тумана стене.

В доме, не умолкая, звучали пьяные вскрики, захлебывающиеся переборы гармошки, разудалый свист; сухую дробь безустально выбивали каблуки завзятых плясунов... А из бухты ветер нес густой, низкий рев пароходных сирен; на пристанях людские голоса сливались в сплошной гул, прорезываемый громкими возгласами команды, ржанием лошадей, гудками паровозов. Где-то в направлении станции Тоннельная шел бой. Глухо погромыхивали орудия, в интервалах между выстрелами чуть слышался жаркий треск пулеметов. За Мархотским перевалом высоко взметнулась брызжущим светом ракета. На несколько секунд стали видны озаренные зеленым, призрачным сиянием горбатые вершины гор, а потом снова вязкая темень мартовской ночи покрыла горы, и еще отчетливее и чаще, почти сливаясь, загремели артиллерийские залпы.

XXIX

Соленый, густой, холодный ветер дул с моря. Запах неведомых чужих земель нес он к берегу. Но для донцов не только ветер — все было чужое, неродное в этом скучном, пронизанном сквозняками, приморском городе. Стояли они на молу сплошной сгрудившейся массой, ждали погрузки... У берега вскипали зеленые пенистые волны. Сквозь тучу глядело на землю негреющее солнце. На рейде дымили английские и французские миноносцы; серой грозной махиной высился над водой дредноут. Над ним стлалось черное облако дыма. Зловещая тишина стояла на пристанях. Там, где недавно покачивался у причала последний транспорт, плавали в воде офицерские седла, чемоданы, одеяла, шубы, обитые красным плюшем стулья, еще какая-то рухлядь, сброшенная второпях со сходен...

Григорий с утра приехал на пристань; поручив коня Прохору, долго ходил в толпе, высматривал знакомых, прислушивался к отрывистым тревожным разговорам. На его глазах у сходен «Святослава» застрелился пожилой отставной полковник, которому отказали в месте на пароходе.

За несколько минут до этого полковник, маленький, суетливый, с седой щетиной на щеках, с заплаканными, пухлыми, сумчатыми глазами, хватал начальника караула за ремни портупеи, чтото жалко шепелявил, сморкался и вытирал нечистым платком прокуренные усы, глаза и дрожащие губы, а потом вдруг как-то сразу решился... И тотчас же какой-то проворный казак вынул из теплой руки мертвого блещущий никелем браунинг, труп в светло-серой офицерской шинели ногами, как бревно, откатили к штабелю ящиков, и возле сходен еще гуще закипел народ, еще яростнее вспыхнула драка в очереди, еще ожесточеннее залаяли хриплые, озлобленные голоса беженцев.

Когда последний пароход, покачиваясь, начал отходить от причала, в толпе послышались женские рыдания, истерические вскрики, ругань... Не успел еще утихнуть короткий басовитый рев пароходной сирены, как молодой калмык в лисьем треухе прыгнул в воду, поплыл вслед за пароходом.

— Не вытерпел! — вздохнул кто-то из казаков.

— Значит, ему никак нельзя было оставаться, — проговорил стоявший возле Григория казак. — Значит, он красным дюже нашкодил...

Григорий, стиснув зубы, смотрел на плывущего калмыка. Все реже взмахивали руки пловца, все ниже оседали плечи. Намокший чекмень тянул книзу. Волною смыло с головы калмыка, отбросило назад рыжий лисий треух.

— Утопнет, проклятый нехристь! — сожалеюще сказал какойто старик в бешмете.

Григорий круто повернулся, пошел к коню. Прохор оживленно разговаривал с подскакавшими к нему Рябчиковым и Богатыревым. Завидев Григория, Рябчиков заерзал в седле, в нетерпении тронул коня каблуками, крикнул:

— Да поспешай же ты, Пантелевич! — И, не дождавшись, когда Григорий подойдет, еще издали закричал: — Пока не поздно, давай уходить. Тут собралось нас с полсотни казаков, думаем правиться на Геленджик, а оттудова в Грузию. Ты как?

Григорий подходил, глубоко засунув руки в карманы шинели, молча расталкивая плечами бесцельно толпившихся на пристани казаков.

— Поедешь или нет? — настойчиво спрашивал Рябчиков, подъехав вплотную.

— Нет, не поеду.

— С нами пристроился один войсковой старшина. Он дорогу тут наскрозь знает, говорит: «Зажмурки до самого Тифлису доведу!» Поедем, Гриша! А оттуда к туркам, а? Надо же как-то спасаться! Край подходит, а ты какой-то, как рыба, снулый...

— Нет, не поеду. — Григорий взял из рук Прохора поводья, тяжело, по-стариковски, сел в седло. — Не поеду. Не к чему. Да и поздновато трошки... Гляди!

Рябчиков оглянулся, в отчаянии и ярости скомкал, оторвал темляк на шашке: с гор текли цепи красноармейцев. Около цементных заводов лихорадочно застучали пулеметы. С бронепоездов ударили по цепям из орудий. Возле мельницы Асланиди разорвался первый снаряд.

— Поехали на квартиру, ребятки, держи за мной! — приказал повеселевший и как-то весь подобравшийся Григорий.

Но Рябчиков схватил Григорьева коня за повод, испуганно воскликнул:

— Не надо! Давай тут останемся... На миру, знаешь, и смерть красна...

— Э, черт, трогай! Какая там смерть? Чего ты мелешь? — Григорий в досаде хотел еще что-то сказать, но голос его заглушило громовым гулом, донесшимся с моря. Английский дредноут «Император Индии», покидая берега союзной России, развернулся и послал из своих двенадцатидюймовых орудий пачку снарядов. Прикрывая выходившие из бухты пароходы, он обстреливал катившиеся к окраинам города цепи красно-зеленых, переносил огонь на гребень перевала, где показались красные батареи. С тяжким клекотом и воем летели через головы сбившихся на пристани казаков английские снаряды.

Туго натягивая поводья, удерживая приседающего коня, Богатырев сквозь гул стрельбы кричал:

— Ну и резко же гавкают английские пушки! А зря они стервенят красных! Пользы от ихней стрельбы никакой, одного шуму много...

— Нехай стервенят! Нам зараз все равно. — Улыбаясь, Григорий тронул коня, поехал по улице.

Навстречу ему из-за угла, пластаясь в бешеном намёте, вылетели шесть конных с обнаженными клинками. У переднего всадника на груди кровянел, как рана, кумачный бант.

Часть восьмая

I

С юга двое суток дул теплый ветер. Сошел последний снег на полях. Отгремели пенистые вешние ручьи, отыграли степные лога и речки. На заре третьего дня ветер утих, и пали над степью густые туманы, засеребрились влагой кусты прошлогоднего ковыля, потонули в непроглядной белесой дымке курганы, буераки, станицы, шпили колоколен, устремленные ввысь вершины пирамидальных тополей. Стала над широкой донской степью голубая весна.

Туманным утром Аксинья впервые после выздоровления вышла на крыльцо и долго стояла, опьяненная бражной сладостью свежего весеннего воздуха. Преодолевая тошноту и головокружение, она дошла до колодца в саду, поставила ведро, присела на колодезный сруб.

Иным, чудесно обновленным и обольстительным, предстал перед нею мир. Блестящими глазами она взволнованно смотрела вокруг, по-детски перебирая складки платья. Повитая туманом даль, затопленные талой водою яблони в саду, мокрая огорожа и дорога за ней с глубоко промытыми прошлогодними колеями — все казалось ей невиданно красивым, все цвело густыми и нежными красками, будто осиянное солнцем.

Проглянувший сквозь туман клочок чистого неба ослепил ее холодной синевой; запах прелой соломы и оттаявшего чернозема был так знаком и приятен, что Аксинья глубоко вздохнула и улыбнулась краешками губ; незамысловатая песенка жаворонка, донесшаяся откуда-то из туманной степи, разбудила в ней неосознанную грусть. Это она — услышанная на чужбине песенка — заставила учащенно забиться Аксиньино сердце и выжала из глаз две скупые слезинки...

Бездумно наслаждаясь вернувшейся к ней жизнью, Аксинья испытывала огромное желание ко всему прикоснуться руками, все оглядеть. Ей хотелось потрогать почерневший от сырости смородиновый куст, прижаться щекой к ветке яблони, покрытой сизым бархатистым налетом, хотелось перешагнуть через разрушенное прясло и пойти по грязи, бездорожно, туда, где за широким логом сказочно зеленело, сливаясь с туманной далью, озимое поле...

Несколько дней Аксинья провела в ожидании, что вот-вот появится Григорий, но потом узнала от заходивших к хозяину соседей, что война не кончилась, что многие казаки из Новороссийска уехали морем в Крым, а те, которые остались, пошли в Красную Армию и на рудники.

К концу недели Аксинья твердо решила идти домой, а тут вскоре нашелся ей и попутчик. Как-то вечером в хату, не постучавшись, вошел маленький сутулый старичок. Он молча поклонился, стал расстегивать мешковато сидевшую на нем грязную, распоротую по швам английскую шинель.

— Ты что ж это, добрый человек, «здравствуйте» не сказал, а на жительство располагаешься? — спросил хозяин, с изумлением разглядывая незваного гостя.

А тот проворно снял шинель, встряхнул ее у порога, бережно повесил на крюк и, поглаживая коротко остриженную седую бородку, улыбаясь, сказал:

— Прости, ради Христа, мил человек, но я по нынешним временам так обучен: спервоначалу разденься, а потом уж просись ночевать, иначе не пустят. Народ нынче грубый стал, гостям не радуется...

— Куда ж мы тебя положим? Видишь, тесно живем, — уже мирнее сказал хозяин.

— Мне и места-то надо с гулькин нос. Вот тут, у порога, свернусь и усну.

— Ты кто же такой будешь, дедушка? Беженец? — полюбопытствовала хозяйка.

— Вот-вот, беженец и есть. Бегал, бегал, до моря добег, а зараз уж оттуда потихонечку иду, приморился бегать-то... — отвечал словоохотливый старик, присаживаясь у порога на корточки.

— А кто такой есть? Откудова? — продолжал допытываться хозяин.

Старик достал из кармана большие портняжные ножницы, повертел их в руках и, все с той же не сходящей с губ улыбкой, сказал:

— Вот по моему чину документ, от самого Новороссийска с ним командируюсь, а родом я издалека, из-за Вешенской станицы. Туда и иду, попивши в море соленой воды.

— И я вешенская, дедушка, — вспыхнув от радости, сказала Аксинья.

— Скажи на милость! — воскликнул старик. — Вот где станишницу довелось повстречать! Хотя по нынешним временам это и не диковинно: мы зараз, как евреи, — рассеялись по лицу земли. На Кубани так: кинь в собаку палкой, а попадешь в донского казака. Понавтыкано их везде — не оберешься, а сколько в земле зарыто — и того больше. Нагляделся я, мил люди, всякой всячины за это отступление. Какую нужду народ трепает, и не расскажешь! Позавчера сижу на станции, рядом со мной благородная женщина в очках сидит, сквозь очки вошек на себе высматривает. А они по ней пешком идут. И вот она их сымает пальчиками, а сама так морщится, как будто лесовую яблоку раскусила. Начнет эту бедную вошку давить — еще дюжей морщится, аж всю ее наперекос берет, до того ей противно! А другой твердяк человека убивает и не морщится, не косоротится. При мне один такой молодец трех калмыков зарубил, а потом шашку вытер об конскую гриву, достал папироску, закурил, подъезжает ко мне, спрашивает: «Ты чего, дед, гляделки вылупил? Хочешь, тебе голову срублю?» — «Что ты, говорю, сынок, бог с тобой! Срубишь голову мне, а тогда как же я хлеб буду жевать?» Засмеялся он и отъехал.

— Человека убить иному, какой руку на этом деле наломал, легше, чем вшу раздавить. Подешевел человек за революцию, — глубокомысленно вставил хозяин.

— Истинное слово! — подтвердил гость. — Человек — он не скотина, ко всему привыкает. Вот я и спрашиваю у этой женщины: «Кто вы такая будете? По обличью вы словно бы не из простых». Глянула она на меня, слезой умылась. «Я — жена генерала-маёра Гречихина». Вот тебе, думаю, генерал, вот тебе и маёр, а вшей — как на шелудивой кошке блох! И говорю ей: «Вы, ваше превосходительство, ежли будете, извиняюсь, ваших насекомых козявок так переводить, так вам работы до покрова хватит. И коготки все пообломаете. Давите их всех разом!» — «Как так?» — спрашивает. Я и посоветовал ей: «Сымите, говорю, одежку, расстелите на твердом месте, и бутылкой их». Гляжу: сгреблась моя генеральша и — за водокачку, гляжу: катает по рубахе бутылку зеленого стекла, да так здорово, как, скажи, она всю жизнь ее катала! Покрасовался я на нее и думаю: у бога всего много, напустил он козявок и на благородных людей, пущай, мол, они и ихней сладкой кровицы пососут, не все же им трудовой кровушкой упиваться... Бог — он не Микишка! Он свое дело знает. Иной раз он подобреет к людям и до того правильно распорядится, что лучше и не придумаешь...

Без умолку болтая и видя, что хозяева слушают его с большим вниманием, портной ловко намекнул, что мог бы рассказать еще немало занимательного, но так проголодался, что поклонило его в сон.

После ужина, примащиваясь спать, он спросил у Аксиньи:

— А ты, станишница, долго ли думаешь тут гостить?

— Собираюсь домой, дедушка.

— Ну, вот и пойдем со мной вместе, все веселее будет.

Аксинья охотно согласилась, и наутро, попрощавшись с хозяевами, они покинули затерявшийся в степи поселок Ново-Михайловский.

На двенадцатые сутки ночью пришли в станицу Милютинскую. Ночевать выпросились в большом, богатом на вид доме. Утром Аксиньин спутник решил остаться на неделю в станице, отдохнуть и залечить растертые до крови ноги. Идти дальше он не мог. В доме нашлась для него портняжная работа, и наскучавший по делу старик живо примостился у окошка, достал ножницы и связанные веревочкой очки, проворно начал распарывать какую-то ветошь.

Прощаясь с Аксиньей, старый балагур и весельчак перекрестил ее и неожиданно прослезился, но тотчас же смахнул слезы, с обычной для него шутливостью сказал:

— Нужда — не родная матушка, а людей роднит... Вот уж и жалко тебя... Ну, да нечего делать, ступай одна, дочушка, поводырь-то твой охромел сразу на все ноги, должно быть, накормили его где-нибудь ячменным хлебом... Да и то сказать, промаршировали мы с тобой порядочно, для моих семидесяти годков даже чересчур. Будет случай — перекажи моей старухе, что сиз голубок ее жив и здоров, и в ступе его толкли, и в мялке мяли, а он все живой, на ходу добрым людям штаны шьет и что не видно домой припожалует... Так и передай ей: старый дурак, мол, кончил отступать и наступает обратно к дому, не чает, когда до печки доберется...

Еще несколько дней провела Аксинья в дороге. От Боковской доехала до Татарского на попутной подводе. Поздно вечером вошла в настежь распахнутую калитку своего двора, глянула на мелеховский курень и задохнулась от внезапно подступивших к горлу рыданий... В пустой, пахнущей нежилым кухне выплакала все скопившиеся за долгое время горькие бабьи слезы, а потом сходила на Дон за водой, затопила печь, присела к столу, уронив на колени руки. Задумавшись, она не слышала, как скрипнула дверь, и очнулась, когда Ильинична, войдя, негромко сказала:

— Ну, здравствуй, соседушка! Долго ж ты пропадала в чужих краях...

 Аксинья испуганно взглянула на нее, встала.

— Ты чего воззрилась на меня и молчишь? Аль плохие вести принесла? — Ильинична медленно подошла к столу, присела на край лавки, не сводя пытливого взгляда с Аксиньиного лица.

— Нет, какие же у меня вести... Не ждала я вас, задумалась что-то и не слыхала, как вы вошли... — растерянно проговорила Аксинья.

— Исхудала ты, в чем и душа держится.

— В тифу была...

— Григорий-то наш... Он как же... Вы где с ним расстались? Живой он?

Аксинья коротко рассказала. Ильинична выслушала ее, не проронив слова, под конец спросила:

— Он, когда оставил тебя, не хворый поехал?

— Нет, он не хворал.

— И больше ты об нем ничего не слыхала?

— Нет.

Ильинична облегченно вздохнула:

— Ну вот, спасибо на добром слове. А тут по хутору разное брешут про него...

— Что же? — чуть слышно спросила Аксинья.

— Так, пустое... Всех не переслухаешь. Из хуторных один только Ванька Бесхлебнов вернулся. Он видал Гришу в Катеринодаре больного, а другим я не верю!

— А что говорят, бабушка?

— Прослыхали мы, что какой-то казачишка с Сингинского хутора говорил, будто зарубили Гришу красные в Новороссийском городе. Ходила я пеши в Сингин — материнское-то сердце не терпит, — нашла этого казачишку. Отрекся он. И не видал, говорит, и не слыхал. Ишо слух прошел, будто посадили в тюрьму и там он помер от тифу...

Ильинична опустила глаза и долго молчала, рассматривая свои узловатые тяжелые руки. Обрюзгшее лицо старухи было спокойно, губы строго поджаты, но вдруг как-то сразу на смуглых скулах ее проступил вишневый румянец, и мелко задрожали веки. Она взглянула на Аксинью сухими, исступленно горящими глазами, хрипло сказала:

— А я не верю! Не может быть, чтобы лишилась я последнего сына! Не за что богу меня наказывать... Мне уж и жить-то чуть осталось... Мне жить вовсе мало осталось, а горюшка и без этого через край хлебнула!.. Живой Гриша! Сердце мое не вещует — значит, живой он, мой родимый!

Аксинья молча отвернулась.

В кухне долго стояла тишина, потом ветер распахнул дверь в сени, и стало слышно, как глухо ревет за Доном в тополях полая вода и потревоженно перекликаются на разливе дикие гуси.

Аксинья закрыла дверь, приклонилась к печке.

— Вы не печалуйтесь об нем, бабушка, — тихо сказала она. — Разве такого хворость одолеет? Он крепкий, прямо как железный. Такие не помирают. Он всю дорогу в трескучие морозы без перчаток ехал...

— О детишках-то он вспоминал? — устало спросила Ильинична.

— И о вас и о детишках вспоминал. Здоровые они?

— Здоровые, чего им подеется. А Пантелей Прокофич наш помер в отступе. Остались мы одни...

Аксинья молча перекрестилась, про себя дивясь тому спокойствию, с каким старуха сообщила о смерти мужа.

Опираясь на стол, Ильинична тяжело встала:

— Засиделась я у тебя, а на базу уж ночь.

— Сидите, бабушка.

— Там Дуняшка одна, надо идтить. — Поправляя платок на голове, она оглядела кухню, поморщилась: — Дымок из печки подходит. Надо было пустить кого-нибудь на жительство, когда уезжала. Ну, прощай! — И, уже взявшись за дверную скобу, не глядя назад, сказала: — Обживешься — зайди к нам, проведай. Может, услышишь про Григория что — скажи.

С этого дня отношения между Мелеховыми и Аксиньей круто изменились. Тревога за жизнь Григория как бы сблизила и породнила их. На следующее утро Дуняшка, увидев Аксинью во дворе, окликнула ее, подошла к плетню и, обнимая худые Аксиньины плечи, улыбнулась ей ласково и просто:

— Ох, и похудела же ты, Ксюша! Одни мосольчики остались.

— Похудеешь от такой жизни, — ответно улыбнулась Аксинья, не без внутренней зависти разглядывая цветущее зрелой красотой, румяное девичье лицо.

— Была у тебя мать вчера? — почему-то шепотом спросила Дуняшка.

— Была.

— Я так и подумала, что она к тебе пошла. Про Гришу спрашивала?

— Да.

— А не кричала?

— Нет, твердая она старуха.

Дуняшка, доверчиво глядя на Аксинью, сказала:

— Лучше б она покричала, все ей легче было бы... Знаешь, Ксюша, какая-то она с этой зимы чу́дная стала, не такая, как раньше была. Услыхала она про отца, я думала, что сердце у нее зайдется, испужалась страшно, а она и слезинки не выронила. Только и сказала: «Царство ему небесное, отмучился, милый мой...» И до вечеру ни с кем не гутарила. Я к ней и так и сяк, а она рукой отмахивается и молчит. То-то страсти я набралась в этот день! А вечером убрала скотину, пришла с надворья и спрашиваю у ней: «Маманя, вечерять будем, чего варить?» Отошло у нее сердце, заговорила... — Дуняшка вздохнула и, задумчиво глядя куда-то через плечо Аксиньи, спросила: — Григорий наш помер? Верно это болтают?

— Не знаю, милушка.

Дуняшка сбоку испытующе поглядела на Аксинью, вздохнула еще глубже.

— Маманя по нем, ну, чисто, истосковалась вся! Она его иначе и не зовет: «мой младшенький». И никак не верит, что его в живых нету. А ты знаешь, Ксюша, ежли она узнает, что он взапра́вди помер — она от тоски сама помрет. Жизнь-то от нее уж отошла, одна зацепка у ней — Григорий. Она и к внучатам какая-то нежеланная стала, и в работе — все у ней из рук валится... Ты вздумай, за один год у нас четверо в семье...

Движимая состраданием, Аксинья потянулась через плетень, обняла Дуняшку, крепко поцеловала ее в щеку.

— Займи матерю чем-нибудь, моя хорошая, не давай ей дюже горевать.

— Чем же ее займешь? — Дуняшка вытерла кончиком платка глаза, попросила: — Зайди к нам, погутарь с ней, все ей легче будет. Нечего тебе нас чураться!

— Зайду как-нибудь, беспременно зайду!

— Я завтра, должно, на́ поля поеду. Спряглись с Аникушкиной бабой, хотим хоть десятины две пшеницы посеять. Ты-то не думаешь сеять себе?

— Какая я посевщица, — невесело улыбнулась Аксинья. — Не на чем, да и не к чему. Одной мне мало надо, проживу и так.

— Про Степана твоего что слышно?

— А ничего, — равнодушно ответила Аксинья и неожиданно для себя сказала: — Я по нем не дюже сохну. — Нечаянно сорвавшееся признание смутило ее, и она, прикрывая смущение, торопливо сказала: — Ну, прощай, девонька, пойду в курене прибрать.

Делая вид, как будто она не заметила Аксиньиного замешательства, глянув в сторону, Дуняшка сказала:

— Погоди трошки, я вот что хочу тебе сказать, ты не пособишь нам в работе? Земля пересыхает, боюсь, не управимся мы, а казаков во всем хуторе двое осталось, и те калеки.

Аксинья охотно согласилась, и довольная Дуняшка пошла собираться.

Весь день она деятельно готовилась к выезду: с помощью Аникушкиной вдовы подсеяла зерно, кое-как подправила бороны, смазала колеса арбы, наладила сеялку. А вечером нагребла в платок очищенной пшеницы и отнесла на кладбище, посыпала могилы Петра, Натальи и Дарьи, чтобы поутру слетелись на родные могилки птицы. В детской простоте своей она верила, что веселое птичье щебетание будет услышано мертвыми и обрадует их...

Только перед рассветом устанавливалась над Обдоньем тишина. Глухо ворковала вода в затопленном лесу, омывая бледнозеленые стволы тополей, мерно раскачивая потонувшие вершинки дубовых кустов и молодого осинника; шуршали наклоненные струей метелки камыша в залитых озерах; на разливе, в глухих заводях, — там, где полая вода, отражая сумеречный свет звездного неба, стояла неподвижно, как завороженная, — чуть слышно перекликались казарки, сонно посвистывали чирковые селезни да изредка звучали серебряные трубные голоса заночевавших на приволье пролетных лебедей. Иногда всплескивала в темноте жирующая на просторе рыба; по воде, усеянной золотыми бликами, далеко катилась зыбкая волна, и слышался предостерегающий гогот потревоженной птицы. И снова тишина окутывала Обдонье. Но с рассветом, когда лишь чуть розовели меловые отроги гор, подымался низовой ветер. Густой и мощный, он дул против течения. По Дону бугрились саженные волны, бешено клокотала вода в лесу, стонали, раскачиваясь, деревья. Ветер ревел целый день и утихал глубокой ночью. Такая погода стояла несколько дней.

Над степью повисла сиреневая дымка. Земля пересыхала, приостановились в росте травы, по зяби пошли заструги. Почва выветривалась с каждым часом, а на полях хутора Татарского почти не видно было людей. Во всем хуторе осталось несколько древних стариков, из отступления вернулись неспособные к труду, обмороженные и больные казаки, в поле работали одни женщины да подростки. По обезлюдевшему хутору ветер гонял пыльцу, хлопал ставнями куреней, ворошил солому на крышах сараев. «Будем в нонешнем году без хлеба, — говорили старики. — Одни бабы на полях, да и то через три двора сеют. А мертвая землица не зародит...»

На другой день после выезда в поле, перед закатом солнца, Аксинья погнала к пруду быков. Около плотины, держа в поводу оседланную лошадь, стоял десятилетний мальчишка Обнизов. Лошадь жевала губами, с серого бархатистого храпа ее падали капли, а спешившийся ездок забавлялся: бросал в воду комки сухой глины, смотрел, как расходятся по воде круги.

— Ты куда это собрался, Ванятка? — спросила Аксинья.

— Харчи привозил матери.

— Ну, что там в хуторе?

— А ничего. Дед Герасим здо-о-о-ровенного сазана в вентери нынче ночью поймал. А ишо пришел из отступа Федор Мельников.

Приподнимаясь на цыпочки, мальчишка взнуздал лошадь, взял в руки прядку гривы и с дьявольской ловкостью вскочил на седло. От пруда он поехал — как рассудительный хозяин — шагом, но спустя немного оглянулся на Аксинью и поскакал так, что на спине его пузырем вздулась выцветшая голубенькая рубашонка.

Пока пили быки, Аксинья прилегла на плотине и тут же решила идти в хутор. Мельников был служивый казак, и он должен был знать что-либо об участи Григория. Пригнав быков к стану, Аксинья сказала Дуняшке:

— Схожу в хутор, а завтра рано прийду.

— Дело есть?

— Дело.

Наутро Аксинья вернулась. Она подошла к запрягавшей быков Дуняшке, беспечно помахивая хворостиной, но брови ее были нахмурены, а в углах губ лежали горькие складки.

— Мельников Федор пришел. Ходила, спрашивала у него про Григория. Ничего не знает, — сказала она коротко и, круто повернувшись, отошла к сеялке.

После сева Аксинья принялась за хозяйство: посадила на бахче арбузы, обмазала и побелила курень, сама — как сумела — покрыла остатками соломы крышу сарая. Дни проходили в работе, но тревога за жизнь Григория ни на час не покидала Аксинью. О Степане Аксинья вспоминала с неохотой, и почему-то ей казалось, что он не вернется, но, когда в хутор приходил кто-либо из казаков, она сначала спрашивала: «Степана моего не видал?» — а уж потом, осторожно и исподволь, пыталась выведать что-либо о Григории. Про их связь знали все в хуторе. Даже охочие до сплетен бабы перестали судачить о них, но Аксинья стыдилась выказывать свое чувство, и лишь изредка, когда скупой на слова служивый не упоминал про Григория, она, щуря глаза и заметно смущаясь, спрашивала: «А соседа нашего, Григория Пантелевича, не доводилось встречать? Мать об нем беспокоится, высохла вся...»

Никто из хуторных казаков не видел ни Григория, ни Степана после сдачи Донской армии в Новороссийске. И только в конце июня к Аксинье зашел пробиравшийся за Дон сослуживец Степана с хутора Колундаевского. Он-то и сообщил ей:

— Уехал Степан в Крым, верное слово тебе говорю. Сам видал, как он грузился на пароход. Погутарить с ним не пришлось. Давка была такая, что по головам ходили. — На вопрос о Григории уклончиво ответил: — Видал на пристани, в погонах он был, а после не трапилось видать. Много офицеров в Москву увезли, кто его знает, где он зараз...

А неделю спустя в Татарский заявился раненый Прохор Зыков. Его привезли со станции Миллерово на обывательской подводе. Услышав об этом, Аксинья бросила доить корову, припустила к ней телка и, на ходу покрывшись платком, торопливо пошла, почти побежала к зыковскому базу. «Уж Прохор знает, уж он-то должен знать! А что, ежели скажет, что нету Гриши в живых? Как же я тогда?» — думала она дорогой и с каждой минутой все больше замедляла шаги, прижимая руку к сердцу, страшась услышать черную весть.

Прохор встретил ее в горнице, широко улыбаясь, пряча за спину куцый обрубок левой руки.

— Здорово, односумка! Здоро́во! Живую тебя видать! А мы уж думали, что ты дуба дала в энтом поселке. Ох, и тяжелехонько ж ты лежала... Ну, как он, тифок, прихорашивает вашего брата? А меня вот видишь, как белые-поляки обработали, в рот им дышло! — Прохор показал пустой, завязанный узлом рукав защитной гимнастерки. — Жена увидала, слезьми кричит, а я ей говорю: «Не реви, дура, другим головы отрывает, и то не обижаются, а рука — эка важность! Зараз деревянные приделывают. Энта, по крайней мере, холоду не будет бояться, и обрежешь ее — кровь не пойдет». Беда, что не научился, девка, одной рукой с делами управляться. Штаны не застегну — и шабаш! От самого Киева до дому с расстегнутой мотней ехал. Страм-то какой! Так что ты уж извиняй, ежли непорядок за мной приметишь... Ну, проходи, садись, гостем будешь. Погутарим, пока бабы моей нету. Снарядил ее, анчихриста, за самогонкой. Муж приехал с оторватой рукой, а ей и проздравить его нечем. Все вы такие без мужьев, я вас, чертей мокрохвостых, знаю до тонкостев!

— Ты бы сказал...

— Знаю, скажу. Велел вот как кланяться. — Прохор шутливо поклонился, поднял голову и удивленно шевельнул бровями: — Вот тебе и раз! Чего же ты кричишь, глупая? Все вы, бабы, такие крученые-верченые. Убьют — кричат, живой остался — опять кричат. Утрись, утрись, чего рассопливилась-то? Говорю тебе, живой и здоровый, морду наел вó какую! Вместе с ним в Новороссийском поступили в Конную армию товарища Буденного, в Четырнадцатую дивизию. Принял наш Григорий Пантелевич сотню, то бишь эскадрон, я, конешно, при нем состою, и пошли походним порядком под Киев. Ну, девка, и дали мы чертей этим белым-полякам! Шли туда, Григорий Пантелевич и говорит: «Немцев рубил, на всяких там австрияках палаш пробовал, неужли у поляков черепки крепше? Сдается мне, их легше будет рубить, чем своих — русских, как ты думаешь?» — и подмигивает мне, оскаляется. Переменился он, как в Красную Армию заступил, веселый из себя стал, гладкий, как мерин. Ну, не обошлось у нас с ним без семейного скандалу... Раз подъехал к нему и говорю шутейно: «Пора бы привалом стать, ваше благородие — товарищ Мелехов!» Ворохнул он на меня глазами, говорит: «Ты мне эти шутки брось, а то плохо будет». Вечером по какому-то делу подзывает меня, и дернул же черт меня опять обозвать его «благородием»... Как схватится он за маузер! Побелел весь, ощерился, как волк, а зубов у него полон рот, не меньше сотни. Я — коню под пузо да ходу от него. За малым не убил, вот какой чертоломный!

— Что ж он, может, в отпуск... — заикнулась было Аксинья.

— И думать не моги! — отрезал Прохор. — Говорит, буду служить до тех пор, пока прошлые грехи замолю. Это он проделает — дурачье дело нехитрое... Возле одного местечка повел он нас в атаку. На моих глазах четырех ихних уланов срубил. Он же, проклятый, левша сызмальства, вот он и доставал их с обеих сторон... После боя сам Буденный перед строем с ним ручка́лся, и благодарность эскадрону и ему была. Вот он какие коте́лки выкидывает, твой Пантелевич!

Аксинья слушала, как в чаду... Она опомнилась только у мелеховской калитки. В сенях Дуняшка цедила молоко; не поднимая головы, спросила:

— Ты за накваской? А я пообещала принесть, да и забыла. — Но, заглянув в мокрые от слез, сияющие счастьем глаза Аксиньи, она поняла все без слов.

Прижавшись к ее плечу пылающим лицом, задыхаясь от радости, Аксинья шептала:

— Живой и здоровый... Поклон прислал... Иди же! Иди скажи матери!

II

К лету в Татарский возвратилось десятка три казаков из числа ходивших в отступление. В большинстве своем это были старики и служивые старших возрастов, а молодые и средних лет казаки, за вычетом больных и раненых, почти полностью отсутствовали. Часть их была в Красной Армии, остальные — в составе врангелевских полков — отсиживались в Крыму, готовясь к новому походу на Дон.

Добрая половина отступавших навсегда осталась в чужих краях: иные погибли от тифа, другие приняли смерть в последних схватках на Кубани, несколько человек, отбившись от обоза, замерзли в степи за Манычем, двое были захвачены в плен красно-зелеными и пропали без вести... Многих казаков недосчитывались в Татарском. Женщины проводили дни в напряженном и тревожном ожидании и каждый раз, встречая коров на выгоне, подолгу стояли, вглядываясь из-под ладоней — не покажется ли на шляху, задернутом лиловой вечерней марью, запоздалый пешеход?

Приходил домой какой-нибудь оборванный, обовшивевший и худой, но долгожданный хозяин, и в хате начиналась радостная, бестолковая суета: грели воду для черного от грязи служивого, дети наперебой старались услужить отцу и караулили каждое его движение, растерявшаяся от счастья хозяйка то кидалась накрывать на стол, то бежала к сундуку, чтобы достать чистую пару мужниного белья. А бельишко, как на грех, оказывалось незаштопанным, а дрожащие пальцы хозяйки никак не могли продеть нитку в игольное ушко... В эту счастливую минуту даже дворовой собаке, которая издали узнала хозяина и до порога бежала за ним, облизывая ему руки, разрешалось войти в дом; даже за разбитую посуду или пролитое молоко не попадало детям, и любой их проступок сходил безнаказанно... Не успевал хозяин переодеться после купанья, как уже в хату полно набивалось женщин. Приходили узнать о судьбе родных, пугливо и жадно ловили каждое слово служивого. А спустя немного какая-нибудь женщина выходила во двор, прижав ладони к залитому слезами лицу, шла по проулку, как слепая, не разбирая дороги, и вот уж в одном из домишек причитала по мертвому новая вдова и тонко вторили ей плачущие детские голоса. Так было в те дни в Татарском: радость, вступая в один дом, вводила в другой неизбывное горе.

Наутро помолодевший, чисто выбритый хозяин вставал чуть свет, оглядывал хозяйство, примечал, за что надо взяться сразу. После завтрака он уже принимался за дело. Весело шипел рубанок или постукивал топор где-нибудь под навесом сарая, в холодке, словно возвещая, что появились в этом дворе жадные на работу, умелые мужские руки. А там, где накануне узнали о смерти отца и мужа, глухая тишина стояла в доме и на подворье. Молча лежала придавленная горем мать, и около нее теснились, сбиваясь в кучку, повзрослевшие за одну ночь сироты-дети.

Ильинична, услышав о возвращении кого-либо из хуторных, говорила:

— И когда это наш прийдет! Чужие идут, а про нашего и слуху нет.

— Молодых казаков не спускают, как вы не понимаете, маманя! — с досадой отвечала ей Дуняшка.

— Как это — не спускают? А Тихон Герасимов? Он на год моложе Гриши.

— Он же раненый, маманя!

— Какой он там раненый! — возражала Ильинична. — Вчера видала его возле кузницы, ходит как по струнке. Такие раненые не бывают.

— Был раненый, а зараз на поправке.

— А наш мало был раненый? Все тело его в рубцах, что ж, ему и поправка не нужна, по-твоему?

Дуняшка всячески старалась доказать матери, что надеяться на приход Григория сейчас нельзя, но убедить в чем-либо Ильиничну было делом нелегким.

— Замолчи, дура! — приказывала она Дуняшке. — Я не меньше твоего знаю, и ты ишо молода матерю учить. Говорю — должон прийти, значит, прийдет. Ступай, ступай, я с тобой и речей не хочу терять!

Старуха с величайшим нетерпением ждала сына и вспоминала о нем при всяком случае. Стоило только Мишатке оказать ей неповиновение, как она тотчас грозила: «А вот погоди, анчутка вихрастый, прийдет отец, докажу ему, так он тебе всыпет!» Завидев на проезжавшей мимо окон арбе свежевделанные ребра, она вздыхала и непременно говорила: «По справе сразу видно, что хозяин дома, а нашему — как, скажи, кто дорогу домой заказал...» Никогда в жизни Ильинична не любила табачного дыма и всегда выгоняла курцов из кухни, но за последнее время она изменилась и в этом отношении. «Сходи покличь Прохора, — не раз говорила она Дуняшке, — нехай прийдет, выкурит цигарку, а то уже тут мертвежиной воняет. Вот прийдет со службы Гриша, тогда у нас жилым, казачьим духом запахнет...» Каждый день, стряпая, она готовила что-нибудь лишнее и после обеда ставила чугун со щами в печь. На вопрос Дуняшки — зачем она это делает, Ильинична удивленно ответила: «А как же иначе? Может, служивенький наш нынче прийдет, вот он сразу и поест горяченького, а то пока разогреешь, того да сего, а он голодный, небось...» Однажды, придя с бахчи, Дуняшка увидела висевшую на гвозде в кухне старую поддевку Григория и фуражку с выцветшим околышем. Дуняшка вопросительно взглянула на мать, и та, как-то виновато и жалко улыбаясь, сказала: «Это я, Дуняшка, достала из сундука. Войдешь с базу, глянешь, и как-то легше делается... Будто он уже с нами...»

Дуняшке опостылели бесконечные разговоры о Григории. Однажды она не вытерпела, упрекнула мать:

— И как вам, маманя, не надоест все об одном и том же гутарить? Вы уже обрыдли всем с вашими разговорами. Только от вас и послышишь: Гриша да Гриша...

— Как это мне надоест об родном сыне гутарить? Ты народи своих, а тогда узнаешь... — тихо ответила Ильинична.

После этого она унесла из кухни к себе в горницу поддевку и фуражку Григория и несколько дней вслух не вспоминала о сыне. Но незадолго до начала лугового покоса она сказала Дуняшке:

— Вот ты серчаешь, как я вспоминаю об Грише, а как же мы будем без него жить? Об этом ты подумала, глупая? Заходит покос, а у нас и грабельника обтесать некому... Вон как у нас все поползло, и ничему мы с тобой рахунки не дадим. Без хозяина и товар плачет...

Дуняшка промолчала. Она отлично понимала, что вопросы хозяйства вовсе не так уж тревожат мать, что все это служит только предлогом поговорить о Григории, отвести душу. Ильинична с новой силой затосковала по сыну и скрыть этого не смогла. Вечером она отказалась от ужина и, когда Дуняшка спросила ее, — не захворала ли она? — неохотно ответила:

— Старая я стала... И сердце у меня болит об Грише... Так болит, что ничего мне не мило и глазам глядеть на свет больно...

Но не Григорию пришлось хозяйствовать на мелеховском базу... Перед луговым покосом в хутор приехал с фронта Мишка Кошевой. Он заночевал у дальних родственников и наутро пришел к Мелеховым. Ильинична стряпала, когда гость, вежливо постучав в дверь и не получив ответа, вошел в кухню, снял старенькую солдатскую фуражку, улыбнулся Ильиничне:

— Здорово, тетка Ильинична! Не ждала?

— Здравствуй. А ты кто такой мне, чтобы я тебя ждала? Нашему забору двоюродный плетень? — грубо ответила Ильинична, негодующе глянув в ненавистное ей лицо Кошевого.

Нимало не смущенный таким приемом, Мишка сказал:

— Так уж и плетень... Как-никак знакомые были.

— Только и всего.

— Да больше и не надо, чтобы зайти проведать. Я не жить к вам пришел.

— Этого бы ишо недоставало, — проговорила Ильинична и, не глядя на гостя, принялась за стряпню.

Не обращая внимания на ее слова, Мишка внимательно рассматривал кухню, говорил:

— Зашел проведать, поглядеть, как вы живете... Не видалисьто год с лишним.

— Не дюже по тебе соскучились, — буркнула Ильинична, яростно двигая по загнетке чугуны.

Дуняшка прибирала в горнице и, заслышав Мишкин голос, побледнела, безмолвно всплеснула руками. Она вслушивалась в происходивший на кухне разговор, присев на лавку, не шевелясь. На лице Дуняшки то вспыхивал густой румянец, то бледность покрывала щеки так, что на тонкой горбинке носа выступали продольные белые полоски. Она слышала, как твердо прошагал по кухне Мишка, сел на скрипнувший под ним стул, потом чиркнул спичкой. В горницу потянуло папиросным дымком.

— Старик, говорят, помер?

— Помер.

— А Григорий?

Ильинична долго молчала, затем с видимой неохотой ответила:

— В красных служит. Такую ж звезду на шапку нацепил, как и ты.

— Давно бы надо ему нацепить ее...

— Это — его дело.

В голосе Мишки прозвучала явная тревога, когда он спросил:

— А Евдокия Пантелевна?

— Прибирается. Больно ранний ты гость, добрые-то люди спозаранок не ходют.

— Будешь недобрым. Соскучился, вот и пришел. Чего уж тут время выбирать.

— Ох, Михаил, не гневил бы ты меня...

— Чем же я вас, тетушка, гневлю?

— А тем!

— Все-таки чем же?

— Вот этими своими разговорами!

Дуняшка слышала, как Мишка тяжело вздохнул. Больше она не смогла выдержать: вскочила, оправила юбку, вышла на кухню. Желтый, исхудавший до неузнаваемости, Мишка сидел возле окна, докуривал папиросу. Мутные глаза его оживились, на лице проступил чуть приметный румянец, когда он увидел Дуняшку. Торопливо поднявшись, он хрипло сказал:

— Ну, здравствуй!

— Здравствуй... — чуть слышно ответила Дуняшка.

— Ступай воды принеси, — тотчас приказала Ильинична, мельком взглянув на дочь.

Мишка терпеливо ждал возвращения Дуняшки. Ильинична молчала. Молчал и Мишка, потом затушил в пальцах окурок, спросил:

— Чего вы лютуете на меня, тетушка? Дорогу я вам перешел или что?

Ильинична повернулась от печки, словно ужаленная.

— Как тебе только совесть дозволяет приходить к нам, бесстыжие твои глаза?! — сказала она. — И ты у меня ишо спрашиваешь?! Душегуб ты...

— Это какой же я душегуб?

— Истинный! Кто Петра убил? Не ты?

— Я.

— Ну вот! Опосля этого кто же ты есть? И ты идешь к нам... садишься, как будто... — Ильинична задохнулась, смолкла, но, оправившись, продолжала: — Мать я ему или кто? Как же твои глаза на меня глядят?

Мишка заметно побледнел. Он ждал этого разговора. Слегка заикаясь от волнения, он сказал:

— Не с чего моим глазам зажмуриться! А ежели б Петро меня поймал, что бы он сделал? Думаешь, в маковку поцеловал бы? Он бы тоже меня убил. Не для того мы на энтих буграх сходились, чтобы нянькаться один с другим! На то она и война.

— А свата Коршунова? Старика мирного убивать, это — тоже война?

— А как же? — удивился Мишка. — Конечно, война! Знаю я этих мирных! Такой мирный дома сидит, портки в руках держит, а зла наделает больше, чем иной на позициях... Самое такие, как дед Гришака, и настраивали казаков супротив нас. Через них и вся эта война зачалась! Кто агитацию пущал против нас? Они, вот эти самые мирные. А ты говоришь — «душегуб»... Тоже, нашла душегуба! Я, бывало, ягнока или поросенка не могу зарезать и зараз — знаю, что не зарежу. У меня на эту живность рука не налегает. Другие, бывало, режут — и то я уши заткну и ухожу куда-нибудь подальше, чтобы и не слыхать и не видать.

— А свата...

— Дался вам этот сват! — досадливо перебил Мишка. — От него пользы было, как от козла молока, а вреду много. Говорил ему: выходи из дому, не пошел, ну и лег на том месте. Злой я на них, на этих старых чертей! Животную не могу убить, может, со зла только, а такую, вы меня извиняйте, пакость, как этот ваш сват или другой какой вражина — могу сколько угодно! На них, на врагов, какие зря на белом свете живут, у меня рука твердая!

— Через эту твою твердость ты и высох весь, — язвительно сказала Ильинична. — Совесть, небось, точит...

— Как бы не так! — добродушно улыбнулся Мишка. — Станет меня совесть точить из-за такого барахла, как этот дед. Меня лихорадка замучила, вытрепала всего начисто, а то бы я их, мамаша...

— Какая я тебе мамаша? — вспыхнула Ильинична. — Сучку кличь мамашей!

— Ну, ты меня не сучи! — глуховато сказал Мишка и зловеще сощурил глаза. — Я подряда не брал всего от тебя терпеть. А говорю тебе, тетка, толком: за Петра не держи на меня сердце. Сам он нашел, чего искал.

— Душегуб ты! Душегуб! Ступай отсюда, зрить я тебя не могу! — настойчиво твердила Ильинична.

Мишка закурил снова, спокойно спросил:

— А Митрий Коршунов — сват ваш — не душегуб? А Григорий кто? Про сынка-то ты молчишь, а уж он-то душегуб настоящий, без подмесу!

— Не бреши!

— Со вчерашнего дня не брешу. Ну а кто он, по-твоему? Сколько он наших загубил, об этом ты знаешь? То-то и оно! Коли такое прозвище ты, тетушка, даешь всем, кто на войне был, тогда все мы душегубы. Все дело в том, за что души губить и какие, — значительно сказал Мишка.

Ильинична промолчала, но, видя, что гость и не думает уходить, сурово сказала:

— Хватит! Некогда мне с тобой гутарить, шел бы ты домой.

— У меня домов, как у зайца теремов, — усмехнулся Мишка и встал.

Черта с два его можно было отвадить всякими этими штучками и разговорами! Не такой уж он, Мишка, был чувствительный, чтобы обращать внимание на оскорбительные выходки взбесившейся старухи. Он знал, что Дуняшка его любит, а на остальное, в том числе и на старуху, ему было наплевать.

На следующий день утром он снова пришел, поздоровался как ни в чем не бывало, сел у окна, провожая глазами каждое движение Дуняшки.

— Часто наведываешься... — вскользь бросила Ильинична, не отвечая на Мишкино приветствие.

Дуняшка вспыхнула, взглянула на мать загоревшимися глазами и опустила взгляд, не сказав ни слова. Усмехаясь, Мишка ответил:

— Не к тебе хожу, тетка Ильинична, зря ты горишь.

— Лучше б ты вовсе забыл дорогу к нашему куреню.

— А куда же мне идтить-то? — посерьезнев, спросил Мишка. — По милости вашего свата Митрия остался я один, как глаз у кривого, а в пустой хате бирюком не просидишь. Хочешь ты или не хочешь, тетушка, а ходить я к вам буду, — закончил он и сел поудобнее, широко расставив ноги.

Ильинична внимательно посмотрела на него. Да, пожалуй, такого не так-то просто выставить. Бычье упорство было во всей сутуловатой Мишкиной фигуре, в наклоне головы, в твердо сжатых губах...

После того как он ушел, Ильинична проводила детей во двор, сказала, обращаясь к Дуняшке:

— Чтобы больше и ноги его тут не ступало. Поняла?

Дуняшка, не сморгнув, глянула на мать. Что-то присущее всем Мелеховым на миг появилось в бешеном прищуре ее глаз, когда она, словно откусывая каждое слово, проговорила:

— Нет! Будет ходить! Не закажете! Будет! — И, не выдержав, закрыла лицо передником, выбежала в сени.

Ильинична, тяжело переводя дыхание, присела к окну, долго сидела, молча покачивая головой, устремив невидящий взгляд куда-то далеко в степь, где серебряная под солнцем кромка молодой полыни отделяла землю от неба.

Перед вечером Дуняшка с матерью — не примирившиеся и молчаливые — ставили на огороде у Дона упавший плетень. Подошел Мишка. Он молча взял из рук Дуняшки лопату, сказал:

— Мелко роешь. Ветер дунет, и опять упадет ваш плетень. — И стал углублять ямки для стоянов, потом помог поставить плетень, приклячил его к стоянам и ушел.

Утром он принес и поставил возле мелеховского крыльца два только что обструганных грабельника и держак на вилы; поздоровавшись с Ильиничной, деловито спросил:

— Траву в лугу косить думаете? Люди уже поехали за Дон.

Ильинична промолчала. Вместо матери ответила Дуняшка:

— Нам и переехать-то не на чем. Баркас с осени лежит под сараем, рассохся весь.

— Надо бы спустить его весной на воду, — укоризненно сказал Мишка. — Может, его законопатить? Без баркаса вам будет неспособно.

Дуняшка покорно и выжидающе взглянула на мать. Ильинична молча месила тесто и делала вид, будто весь этот разговор ее вовсе не касается.

— Конопи есть у вас? — спросил Мишка, чуть приметно улыбаясь.

Дуняшка пошла в кладовую, принесла охапку конопляных хлопьев.

К обеду Мишка управился с лодкой, зашел в кухню.

— Ну, стянул баркас на воду, нехай замокает. Примкните его к карше, а то как бы кто не угнал. — И снова спросил: — Так как же, тетушка, насчет покоса? Может, пособить вам? Все одно я зараз без дела.

— Вон у нее спроси. — Ильинична кивнула головой в сторону Дуняшки.

— Я у хозяйки спрашиваю.

— Я тут, видно, не хозяйка...

Дуняшка заплакала, ушла в горницу.

— Тогда прийдется пособить, — крякнув, решительно сказал Мишка. — Где тут у вас плотницкий инструмент? Грабли хочу вам поделать, а то старые, должно, негожи.

Он ушел под сарай и, посвистывая, стал выстругивать зубья на грабли. Маленький Мишатка вертелся около него, умоляюще засматривал в глаза, просил:

— Дяденька Михаил, сделай мне маленькие грабли, а то мне некому сделать. Бабуня не умеет, и тетка не умеет... Один ты умеешь, ты хорошо умеешь!

— Сделаю, тезка, ей-богу, сделаю, только отойди трошки, а то как бы тебе стружка в глаза не попала, — уговаривал его Кошевой, посмеиваясь и с изумлением думая: «Ну до чего похож, чертенок! Вылитый батя! И глаза, и брови, и верхнюю губу так же подымает... Вот это — работенка!»

Он начал было мастерить крохотные детские граблишки, но закончить не смог: губы его посинели, на желтом лице появилось озлобленное и вместе с тем покорное выражение. Он перестал насвистывать, положил нож и зябко шевельнул плечами.

— Михайло Григорич, тезка, принеси мне какую-нибудь дерюжку, я ляжу, — попросил он.

— А зачем? — поинтересовался Мишатка.

— Захворать хочу.

— На что?

— Эх, до чего ты неотвязный, прямо как репей... Ну, пришло время захворать, вот и все! Неси скорей!

— А грабли мои?

— Потом доделаю.

Крупная дрожь сотрясала Мишкино тело. Стуча зубами, он прилег на принесенную Мишаткой дерюгу, снял фуражку и накрыл ею лицо.

— Это ты уже захворал? — огорченно спросил Мишатка.

— Готов, захворал.

— А чего ты дрожишь?

— Лихорадка меня трясет.

— А на что зубами клацаешь?

Мишка из-под фуражки одним глазом взглянул на своего маленького докучливого тезку, коротко улыбнулся и перестал отвечать на его вопросы. Мишатка испуганно посмотрел на него, побежал в курень.

— Бабуня! Дядя Михаил лег под сараем и так дрожит, так дрожит, ажник подсигивает!

Ильинична посмотрела в окно, отошла к столу и долго-долго молчала, о чем-то задумавшись...

— Ты чего же молчишь, бабуня? — нетерпеливо спросил Мишатка, теребя ее за рукав кофты.

Ильинична повернулась к нему, твердо сказала:

— Возьми, чадунюшка, одеялу и отнеси ему, анчихристу, нехай накроется. Это лихоманка его бьет, болезня такая. Одеялу ты донесешь? — Она снова подошла к окну, глянула во двор, торопливо сказала: — Постой, постой! Не носи, не надо.

Дуняшка накрывала своей овчинной шубой Кошевого и, наклонившись, что-то говорила ему...

После приступа Мишка до сумерек возился с подготовкой к покосу. Он заметно ослабел. Движения его стали вялы и неуверенны, но грабли Мишатке он все же смастерил.

Вечером Ильинична собрала ужинать, усадила за стол детей, не глядя на Дуняшку, сказала:

— Иди, кличь этого... как его... вечерять.

Мишка сел за стол, не перекрестив лба, устало сгорбившись. На желтом лице его, покрытом грязными полосами засохшего пота, отражалось утомление, рука мелко вздрагивала, когда он нес ко рту ложку. Он ел мало и неохотно, изредка равнодушно оглядывая сидевших за столом. Но Ильинична с удивлением заметила, что потухшие глаза «душегуба» теплели и оживлялись, останавливаясь на маленьком Мишатке, огоньки восхищения и ласки на миг вспыхивали в них и гасли, а в углах рта еще долго таилась чуть приметная улыбка. Потом он переводил взгляд, и снова на лицо его тенью ложилось тупое равнодушие.

Ильинична стала исподтишка наблюдать за Кошевым и только тогда увидела, как страшно исхудал он за время болезни. Под серой от пыли гимнастеркой резко и выпукло очерчивались полудужья ключиц, выступами горбились острые от худобы углы широких плеч, и странно выглядел заросший рыжеватой щетиной кадык на ребячески тонкой шее... Чем больше всматривалась Ильинична в сутулую фигуру «душегуба», в восковое лицо его, тем сильнее испытывала чувство какого-то внутреннего неудобства, раздвоенности. И вдруг непрошеная жалость к этому ненавистному ей человеку — та щемящая материнская жалость, которая покоряет и сильных женщин, — проснулась в сердце Ильиничны. Не в силах совладать с новым чувством, она подвинула Мишке тарелку, доверху налитую молоком, сказала:

— Ешь ты, ради бога, дюжей! До того ты худой, что и смотреть-то на тебя тошно... Тоже, жених!

III

В хуторе стали поговаривать о Кошевом и Дуняшке. Одна из баб, встретив как-то Дуняшку на пристани, спросила с откровенной издевкой: «Аль наняли Михаила в работники? Что-то он у вас с базу не выводится...»

Ильинична на все уговоры дочери упорно твердила: «Хоть не проси, не отдам тебя за него! Нету вам моего благословения!» И только когда Дуняшка заявила, что уйдет к Кошевому, и тут же стала собирать свои наряды, — Ильинична изменила решение.

— Опамятуйся! — испуганно воскликнула она. — Что ж я одна с детишками буду делать? Пропадать нам?

— Как знаете, маманя, а я посмешищем в хуторе не хочу быть, — тихо проговорила Дуняшка, продолжая выкидывать из сундука девичью свою справу.

Ильинична долго беззвучно шевелила губами, потом, тяжело передвигая ноги, пошла в передний угол.

— Ну что ж, до́чушка... — прошептала она, снимая икону, — раз уж ты так надумала, господь с тобой, иди...

Дуняшка проворно опустилась на колени. Ильинична благословила ее, сказала дрогнувшим голосом:

— Этой иконой меня покойница мать благословляла... Ох, поглядел бы на тебя зараз отец... Помнишь, что говорил он о твоем суженом? Видит бог, как тяжело мне... — И, молча повернувшись, вышла в сени.

Как ни старался Мишка, как ни уговаривал невесту отказаться от венчания, — упрямая девка стояла на своем. Пришлось Мишке скрепя сердце согласиться. Мысленно проклиная все на свете, он готовился к венчанию так, как будто собирался идти на казнь. Ночью поп Виссарион потихоньку окрутил их в пустой церкви. После обряда он поздравил молодых, назидательно сказал:

— Вот, молодой советский товарищ, как бывает в жизни: в прошлом году вы собственноручно сожгли мой дом, так сказать — предали его огню, а сегодня мне пришлось вас венчать... Не плюй, говорят, в колодец, ибо он может пригодиться. Но все же я рад, душевно рад, что вы опомнились и обрели дорогу к церкви Христовой.

Этого уже вынести Мишка не смог. Он молчал в церкви все время, стыдясь своей бесхарактерности и негодуя на себя, но тут яростно скосился на злопамятного попа, шепотом, чтобы не слышала Дуняшка, ответил:

— Жалко, что убег ты тогда из хутора, а то бы я тебя, черт долгогривый, вместе с домом спалил! Понятно тебе, ну?

Ошалевший от неожиданности поп, часто моргая, уставился на Мишку, а тот дернул свою молодую жену за рукав, строго сказал: «Пойдем!» — и, громко топая армейскими сапогами, пошел к выходу.

На этой невеселой свадьбе не пили самогонки, не орали песен. Прохор Зыков, бывший на свадьбе за дружка, на другой день долго отплевывался и жаловался Аксинье:

— Ну, девка, и свадьба была! Михаил в церкви что-то такое ляпнул попу, что у старика и рот набок повело! А за ужином, видала, что было? Жареная курятина да кислое молоко... хотя бы капелюшку самогонки выставили, черти! Поглядел бы Григорий Пантелевич, как сеструшку его просватали!.. За голову взялся бы! Нет, девка, шабаш! Я теперича на эти новые свадьбы не ходок. На собачьей свадьбе и то веселей, там хоть шерсть кобели один на одном рвут, шуму много, а тут ни выпивки, ни драки, будь они, анафемы, прокляты! Веришь, до того расстроился опосля этой свадьбы, что всю ночь не спал, лежал, чухался, как, скажи, мне пригоршню блох под рубаху напустили...

Со дня, когда Кошевой водворился в мелеховском курене, все в хозяйстве пошло по-иному: за короткий срок он оправил изгородь, перевез и сложил на гумне степное сено, искусно завершив обчесанный стог; готовясь к уборке хлеба, заново переделал полок и крылья на лобогорейке, тщательно расчистил ток, отремонтировал старенькую веялку и починил конскую упряжь, так как втайне мечтал променять пару быков на лошадь и не раз говорил Дуняшке: «Надо нам обзаводиться лошадью. Оплаканная езда на этих клешнятых апостолах». В кладовой он как-то случайно обнаружил ведерко белил и ультрамарин и тотчас же решил покрасить серые от ветхости ставни. Мелеховский курень словно помолодел, глянув на мир ярко-голубыми глазницами окон.

Ретивым хозяином оказался Мишка. Несмотря на болезнь, он работал не покладая рук. В любом деле ему помогала Дуняшка.

За недолгие дни замужней жизни она заметно похорошела и как будто раздалась в плечах и бедрах. Что-то новое появилось в выражении ее глаз, в походке, даже в манере поправлять волосы. Исчезли ранее свойственные ей неловкая угловатость движений, ребяческая размашистость и живость. Улыбающаяся и притихшая, она смотрела на мужа влюбленными глазами и не видела ничего вокруг. Молодое счастье всегда незряче...

А Ильинична с каждым днем все резче и больнее ощущала подступавшее к ней одиночество. Она стала лишней в доме, в котором прожила почти всю свою жизнь. Дуняшка с мужем работали так, словно на пустом месте создавали собственное гнездо. С ней они ни о чем не советовались и не спрашивали ее согласия, когда предпринимали что-либо по хозяйству; как-то не находилось у них и ласкового слова к старухе. Только садясь за стол, они перебрасывались с ней несколькими незначащими фразами, и снова

Ильинична оставалась одна со своими невеселыми мыслями. Ее не радовало счастье дочери, присутствие чужого человека в доме — а зять по-прежнему оставался для нее чужим — тяготило. Сама жизнь стала ей в тягость. За один год потеряв столько близких ее сердцу людей, она жила, надломленная страданием, постаревшая и жалкая. Много пришлось испытать ей горя, пожалуй, даже слишком много. Она была уже не в силах сопротивляться ему и жила, исполненная суеверного предчувствия, что смерть, так часто повадившаяся навещать их семью, еще не раз переступит порог старого мелеховского дома. Примирившись с замужеством Дуняшки, Ильинична хотела лишь одного: дождаться Григория, передать ему детей, а потом навсегда закрыть глаза. За свою долгую и трудную жизнь она выстрадала это право на отдых.

Нескончаемо тянулись длинные летние дни. Жарко светило солнце. Но Ильиничну уже не согревали колючие солнечные лучи. Она подолгу сидела на крыльце, на самом припеке, неподвижная и безучастная ко всему окружающему. Это была уже не прежняя хлопотливая и рачительная хозяйка. Ей ничего не хотелось делать. Все это было ни к чему и казалось теперь ненужным и нестоящим, да и сил не хватало, чтобы трудиться, как в былые дни. Часто она рассматривала свои раздавленные многолетней работой руки, мысленно говорила: «Вот уж и отработались мои ручушки... Пора на покой... Зажилась я, хватит... Только бы дождаться Гришеньку...»

Лишь однажды к Ильиничне вернулась, и то ненадолго, прежняя жизнерадостность. По пути из станицы зашел Прохор, еще издали крикнул:

— Магарыч станови, бабка Ильинична! Письмо от сына доставил!

Старуха побледнела. Письмо в ее представлении неизбежно связывалось с новым несчастьем. Но когда Прохор прочитал коротенькое письмо, наполовину состоявшее из поклонов родным и лишь в конце содержавшее приписку о том, что он, Григорий, постарается к осени прийти на побывку, —

Ильинична долго ничего не могла сказать от радости. По коричневому лицу ее, по глубоким морщинам на щеках катились мелкие, как бисер, слезинки. Понурив голову, она вытирала их рукавом кофты, шершавой ладонью, а они всё сбегали по лицу и, капая на завеску, пестрили ее, словно частый теплый дождь. Прохор не то что недолюбливал — он прямо-таки не переносил женских слез, поэтому-то он, морщась с нескрываемой досадой, сказал:

— Эк тебя развезло, бабушка! Сколь много у вашего брата, у баб, этой мокрости... Радоваться надо, а не кричать. Ну, пошел я, прощевай! Приятности мне мало на тебя глядеть.

Ильинична спохватилась, остановила его.

— За такую-то весточку, милушка ты мой... Как же это я так... Постой-ка, угощу тебя... — бессвязно бормотала она, доставая из сундука хранившуюся с давнишних пор бутылку самогона.

Прохор присел, разгладил усы.

— Ты-то выпьешь со мной на радостях? — спросил он. И тотчас же с тревогой подумал: «Ну, вот и опять дернул меня черт за язык! Как раз ишо влипнет в часть, а там этой самогонки на одну понюшку...»

Ильинична отказалась. Она бережно свернула письмо, положила его на божницу, но, видно, передумав, снова взяла, подержала в руках и сунула за пазуху, крепко прижала к сердцу.

Дуняшка, вернувшись с поля, долго читала письмо, потом улыбнулась, вздохнула:

— Ох, хотя бы он поскорей пришел! А то вы, маманя, и на себя непохожи стали.

Ильинична ревниво отобрала у нее письмо, опять спрятала его за пазуху и, улыбаясь, глядя на дочь прижмуренными лучистыми глазами, сказала:

— Обо мне и собаки не брешут, уж какая есть, а вот младшенький-то вспомнил про матерю! Как он пишет-то! По отчеству, Ильиничной, повеличал... Низко кланяюсь, пишет, дорогой мамаше и еще дорогим деткам, и про тебя не забыл... Ну чего смеешься-то? Дура ты, Дуняшка, чистая дура!

— Так уж, маманя, и улыбнуться мне нельзя! Куда это вы собираетесь?

— На огород пойду, подобью картошку.

— Я сама завтра схожу, сидели бы дома. То вы жалуетесь, что хвораете, а то и дела враз нашли.

— Нет, я пойду... Радость у меня, хочу одна побыть, — призналась Ильинична и по-молодому проворно покрылась платком.

По пути на огород она зашла к Аксинье, сначала для приличия поговорила о посторонних делах, а потом достала письмо.

— Прислал письмецо наш, порадовал матерю, сулится на побывку прийтить. На-кось, соседушка, почитай, и я ишо разок послухаю.

С той поры Аксинье часто приходилось читать это письмо. Ильинична приходила к ней по вечерам, доставала тщательно завернутый в платочек желтый конверт, вздыхая, просила:

— Почитай-ка, Аксиньюшка, что-то мне нынче так темно на сердце, и во сне его видела маленьким, таким, как он ишо в школу ходил...

Со временем буквы, написанные чернильным карандашом, слились, и многих слов вовсе нельзя было разобрать, но для Аксиньи это не составляло затруднения: она так часто читала письмо, что заучила его наизусть. И после, когда тонкая бумага уже превратилась в лохмотья, Аксинья без запинки рассказывала все письмо до последней строчки.

Недели две спустя Ильинична почувствовала себя плохо. Дуняшка была занята на молотьбе, и отрывать ее от работы Ильинична не хотела, но сама стряпать не могла.

— Не встану я нынче. Уж ты как-нибудь одна управляйся, — попросила она дочь.

— А что у вас болит, маманя?

Ильинична разгладила сборки на своей старенькой кофте, — не поднимая глаз, ответила:

— Все болит... Кубыть, все у меня в середке отбито. Смолоду, бывало, покойничек отец твой разгневается и зачнет меня бить... А кулачья-то у него были железные... По неделе лежала замертво. Вот так и зараз: все у меня ломит, будто избитая я...

— Может, за фельдшером послать Михаила?

— На что он нужен, как-нибудь встану.

Ильинична на другой день действительно поднялась, походила по двору, но к вечеру снова слегла. Лицо ее слегка припухло, под глазами появились отечные мешки. За ночь она несколько раз, опираясь на руки, приподнимала голову с высоко взбитых подушек, часто дышала — ей не хватало дыхания. Потом удушье прошло. Она могла спокойно лежать на спине и даже вставать с постели. Несколько дней провела в состоянии какой-то тихой отрешенности и покоя. Ей хотелось быть одной, и, когда приходила проведать ее Аксинья, она скупо отвечала на вопросы и облегченно вздыхала, когда та уходила. Она радовалась, что детишки большую часть дня проводят во дворе и что Дуняшка редко заходит и не тревожит ее всякими вопросами. Она уже не нуждалась ни в чьем сочувствии и утешении. Пришла такая пора, когда властно потребовалось остаться одной, чтобы вспомнить многое из своей жизни. И она, полузакрыв глаза, часами лежала, не шевелясь, только припухшие пальцы ее перебирали складки одеяла, и вся жизнь проходила перед ней за эти часы.

Удивительно, как коротка и бедна оказалась эта жизнь и как много в ней было тяжелого и горестного, о чем не хотелось вспоминать. Почему-то чаще всего в воспоминаниях, в мыслях обращалась она к Григорию. Быть может, потому, что тревога за его судьбу не покидала ее все годы с начала войны и все, что связывало теперь ее с жизнью, заключалось только в нем. Или же тоска по старшему сыну и мужу притупилась, выветрилась со временем, но о них, о мертвых, она вспоминала реже, и виделись они ей как бы сквозь серую туманную дымку. Она неохотно вспоминала молодость, замужнюю свою жизнь. Все это было просто не нужно, ушло так далеко и не приносило ни радости, ни облегчения. И, возвращаясь к прошлому в последних воспоминаниях, она оставалась строгой и чистой. А вот «младшенький» вставал в памяти с предельной, почти осязательной яркостью. Но стоило ей подумать о нем, как сейчас же она начинала слышать свое учащенное сердцебиение. Потом подступало удушье, лицо ее чернело, и она подолгу лежала в беспамятстве, но, отдышавшись, снова думала о нем. Не могла же она забыть своего последнего сына...

Однажды Ильинична лежала в горнице. За окном сияло полуденное солнце. На южной окраине неба в ослепительной синеве величественно плыли белые вздыбленные ветром облака. Глухую тишину нарушал лишь монотонный, усыпляющий звон кузнечиков. Снаружи под самым окном сохранилась не выжженная солнцем, прижавшаяся к фундаменту трава — полуувядшая лебеда вперемежку с овсюгом и пыреем, — в ней-то, найдя себе приют, и заливались кузнечики. Ильинична прислушалась к их неумолчному звону, уловила проникший в горницу запах нагретой солнцем травы, и перед глазами ее на миг, как видение, возникли опаленная солнцем августовская степь, золотистая пшеничная стерня, задернутое сизой мглою жгуче-синее небо...

Она отчетливо видела быков, пасущихся на полынистой меже, арбу с раскинутым над ней пологом, слышала трескучий звон кузнечиков, вдыхала приторно горький запах полыни... Она увидела и себя — молодую, рослую, красивую... Вот она идет, спешит к стану. Под ногами ее шуршит, покалывает голые икры стерня, горячий ветер сушит на спине мокрую от пота, вобранную в юбку рубаху, обжигает шею. Лицо ее полыхает румянцем, от прилива крови тонко звенит в ушах. Она придерживает согнутой рукою тяжелые, тугие, налитые молоком груди и, заслышав захлебывающийся детский плач, прибавляет шагу, на ходу расстегивает ворот рубахи.

Обветренные губы ее дрожат и улыбаются, когда она достает из подвешенной к арбе люльки крохотного смуглого Гришатку. Придерживая зубами мокрый от пота гайтан нательного крестика, она торопливо дает ему грудь, сквозь стиснутые зубы шепчет: «Милый ты мой, сыночек! Расхорош ты мой! Уморила тебя с голоду мать...» Гришатка, все еще обиженно всхлипывая, сосет и больно прихватывает зубенками сосок. А рядом стоит, отбивает косу, молодой черноусый Гришаткин отец. Из-под опущенных ресниц она видит его улыбку и голубые белки усмешливых глаз... Ей трудно дышать от жары, пот стекает со лба и щекочет щеки, и меркнет, меркнет свет перед глазами...

Она очнулась, провела рукой по мокрому от слез лицу и после долго лежала, мучаясь от жесточайшего приступа удушья, временами впадая в беспамятство.

С вечера, когда Дуняшка с мужем уснули, она собрала последние остатки сил, встала, вышла во двор. Аксинья, допоздна разыскивавшая пропавшую из табуна корову, возвращалась домой и видела, как Ильинична, медленно ступая, покачиваясь, прошла на гумно. «Зачем это она, хворая, туда пошла?» — удивилась Аксинья и, осторожно пройдя к граничившему с мелеховским гумном плетню, заглянула на гумно. Светил полный месяц. Со степи набегал ветерок. От прикладка соломы на голый, выбитый каменными катками ток ложилась густая тень. Ильинична стояла, придерживаясь руками за изгородь, смотрела в степь, туда, где, словно недоступная далекая звездочка, мерцал разложенный косарями костер. Аксинья ясно видела озаренное голубым лунным светом припухшее лицо Ильиничны, седую прядь волос, выбившуюся из-под черной старушечьей шальки. Ильинична долго смотрела в сумеречную степную синь, а потом негромко, как будто он стоял тут же возле нее, позвала:

— Гришенька! Родненький мой! — Помолчала и уже другим, низким и глухим голосом сказала: — Кровинушка моя!..

Аксинья вся содрогнулась, охваченная неизъяснимым чувством тоски и страха, и, резко отшатнувшись от плетня, пошла к дому.

В эту ночь Ильинична поняла, что скоро умрет, что смерть уже подошла к ее изголовью.

На рассвете она достала из сундука рубаху Григория, свернула и положила под подушку; приготовила и свое, смертное, во что ее должны были обрядить после последнего вздоха.

Утром Дуняшка, как всегда, зашла проведать мать. Ильинична достала из-под подушки аккуратно свернутую рубаху Григория, молча протянула ее Дуняшке.

— Что это? — удивленно спросила Дуняшка.

— Гришина рубаха... Отдай мужу, нехай носит, на нем его старая-то, небось, сопрела от пота... — чуть слышно проговорила Ильинична.

Дуняшка увидела лежавшие на сундуке черную материну юбку, рубаху и матерчатые чирики — все, что надевают на покойниц, провожая их в дальний путь, — увидела и побледнела:

— Что это вы, маманюшка, смертное приготовили? Приберите его, ради Христа! Господь с вами, рано вам об смерти думать.

— Нет, пора мне... — прошептала Ильинична. — Мой черед... Детишек береги, соблюдай, пока Гриша возвернется... А я уж его, видно, не дождуся... Ох, не дождуся!..

Чтобы Дуняшка не видела ее слез, Ильинична отвернулась к стене и закрыла лицо платком.

Через три дня она умерла. Сверстницы Ильиничны обмыли ее тело, обрядили в смертное, положили на стол в горнице. Вечером Аксинья пришла попрощаться с покойной. Она с трудом узнала в похорошевшем и строгом лице мертвой маленькой старушки облик прежней гордой и мужественной Ильиничны. Прикоснувшись губами к желтому холодному лбу покойной, Аксинья заметила знакомую ей непокорную, выбившуюся из-под беленького головного платочка седую прядь волос и крохотную круглую, совсем как у молодой, раковинку уха.

С согласия Дуняшки Аксинья увела детей к себе. Она накормила их — молчаливых и напуганных новой смертью, — уложила спать с собой. Странное чувство испытывала она, обнимая прижавшихся к ней с обеих сторон, притихших детишек родного ей человека. Вполголоса она стала рассказывать им слышанные в детстве сказки, чтобы хоть чем-нибудь развлечь их, увести от мыслей о мертвой бабушке. Тихо, нараспев, досказывала она сказку о бедном сиротке Ванюшке:

Гуси-лебеди,
Возьмите меня
На белы крылышки.
Унесите меня
На родимую
На сторонушку...

И не успела закончить сказку, как услышала ровное, мерное дыхание детишек. Мишатка лежал с краю, плотно прижавшись лицом к ее плечу. Аксинья движением плеча осторожно поправила его запрокинувшуюся голову и вдруг ощутила на сердце такую безжалостную, режущую тоску, что горло ее перехватила спазма. Она заплакала тяжело и горько, вздрагивая от сотрясавших ее рыданий, но она даже не могла вытереть слез: на руках ее спали дети Григория, а ей не хотелось их будить.

IV

После смерти Ильиничны Кошевой, оставшийся в доме единственным и полновластным хозяином, казалось бы, должен был с еще большим усердием взяться за переустройство хозяйства, за дальнейшее его расширение, но на деле вышло не так: с каждым днем Мишка работал все менее охотно, все чаще уходил из дому, а вечерами допоздна сидел на крыльце, курил, размышлял о чем-то своем. Дуняшка не могла не заметить происходившей с мужем перемены. Она не раз с удивлением наблюдала, как Мишка, ранее трудившийся с полным самозабвением, вдруг ни с того ни с сего бросал топор или рубанок и садился где-либо в сторонке отдыхать. То же самое было и в поле, когда сеяли озимую рожь: пройдет Мишка два гона, остановит быков, свернет цигарку и долго сидит на пашне, покуривает, морщит лоб.

Унаследовавшая от отца практическую сметку, Дуняшка с тревогой думала: «Ненадолго его хватило... Либо хворает, либо просто приленивается. Беды я наберусь с таким муженьком! Как, скажи, он у чужих людей живет: полдня курит, полдня чухается, а работать некогда... Надо с ним потолковать потихоньку, чтобы не осерчал, а то, ежели он будет и дальше так стараться в хозяйстве, нужду из дома и лопатой не выгребешь...»

Однажды Дуняшка осторожно спросила:

— Что-то ты не такой стал, Миша, аль хворость тебя одолевает?

— Какая там хворость! Тут без хворости тошно, — с досадой ответил Мишка и тронул быков, пошел за сеялкой.

Дуняшка сочла неудобным продолжать расспросы; в конце концов не бабье это дело — учить мужа. На том разговор и кончился.

Дуняшка ошибалась в своих догадках. Единственной причиной, мешавшей Мишке работать с прежним старанием, было росшее в нем с каждым днем убеждение, что преждевременно осел он в родном хуторе. «Рановато я взялся за хозяйство, поспешил...» — с досадой думал Мишка, читая в окружной газете сводки с фронтов или слушая по вечерам рассказы демобилизованных казаковкрасноармейцев. Но особенно тревожило его настроение хуторян: некоторые из них открыто говорили, что Советской власти к зиме будет конец, что Врангель вышел из Таврии и вместе с Махно подходит уже к Ростову, что союзники высадили в Новороссийске огромный десант... Слухи, один нелепей другого, распространялись по хутору. Казаки, вернувшиеся из концентрационных лагерей и с рудников, успевшие за лето отъесться на домашних харчах, держались особняком, по ночам пили самогон, вели какие-то свои разговоры, а встречаясь с Мишкой, с деланным равнодушием спрашивали: «Ты газетки прочитываешь, Кошевой, расскажи, как там, Врангеля скоро прикончат? И верно это или брехня, что союзники опять на нас прут?»

Как-то под воскресенье вечером пришел Прохор Зыков. Мишка только что вернулся с поля, умывался, стоя возле крыльца. Дуняшка лила ему воду из кувшина на руки, с улыбкой смотрела на худую загорелую шею мужа. Прохор, поздоровавшись, сел на нижней ступеньке крыльца, спросил:

— Про Григория Пантелевича ничего не слыхать?

— Нет, — ответила Дуняшка, — не пишет.

— А ты по нем соскучился? — Мишка вытер лицо и руки, без улыбки глянул в глаза Прохора.

Прохор вздохнул, поправил порожний рукав рубахи.

— Само собой. Вместе всю службу сломали.

— И сызнова думаете доламывать?

— Чего это?

— Ну, службу.

— Мы с ним свое отслужили.

— А я думал, что ты его ждешь не дождешься опять служить, — все так же без улыбки продолжал Мишка. — Опять воевать против Советской власти...

— Ну, это ты зря, Михаил, — обиженно проговорил Прохор.

— Чего же зря? Слышу я про всякие разговорчики, какие по хутору ходят.

— Либо я говорил такое? Где это ты слыхал?

— Не ты, а такие вот, вроде тебя с Григорием, какие все «своих» ждут.

— Я этих «своих» не жду, мне все одинаковые.

— Вот это и плохо, что тебе все одинаковые. Пойдем в хату, не обижайся, это я шутейно говорил.

Прохор неохотно поднялся по крыльцу и, переступив порог сеней, сказал:

— Шутки твои, браток, не дюже веселые... Об старом забывать надо. Я за это старое оправдался.

— Старое не все забывается, — сухо сказал Мишка, садясь за стол. — Присаживайся вечерять с нами.

— Спасибо. Конешно, не все забывается. Вот руки я лишился — и рад бы забыть, да оно не забывается, кажный секунд об этом помнишь.

Дуняшка, накрывая на стол и не глядя на мужа, спросила:

— Что же, по-твоему, кто в белых был, так им и сроду не простится это?

— А ты как думала?

— А я так думала, что кто старое вспомянет, тому, говорят, глаз вон.

— Ну, это, может, так по Евангелию гласит, — холодно сказал Мишка. — А по-моему, должон человек всегда отвечать за свои дела.

— Власть про это ничего не говорит, — тихо сказала Дуняшка.

Ей не хотелось вступать в пререкания с мужем при постороннем человеке, но в душе она была обижена на Михаила за его, как казалось ей, неуместную шутку с Прохором и за ту неприязнь к брату, которую он открыто выказал.

— Тебе она, власть, ничего не говорит, ей с тобой не об чем разговаривать, а за службу в белых надо отвечать перед советским законом.

— И мне, стал быть, отвечать? — поинтересовался Прохор.

— Твое дело телячье: поел да в закуток. С денщиков тут не спрашивают, а вот Григорию придется, когда заявится домой. Мы у него спросим за восстание.

— Ты, что ли, будешь спрашивать? — Дуняшка, сверкнув глазами, поставила на стол миску с молоком.

— И я спрошу, — спокойно ответил Мишка.

— Не твое это дело... Без тебя найдутся спрашивальщики. Он в Красной Армии заслужил себе прощение-

Голос Дуняшки вздрагивал. Она села к столу, перебирая пальцами оборки завески. Мишка, словно он и не заметил волнения, охватившего жену, с тем же спокойствием продолжал:

— Мне тоже интересно спросить. А насчет прощения погодить надо... Надо ишо разглядеть, как он его заслужил. Нашей крови он пролил немало. Ишо примерить надо, чья кровь переважит...

Это был первый разлад за все время их совместной жизни с Дуняшкой. В кухне стояла неловкая тишина. Мишка молча хлебал молоко, изредка вытирая рушником губы. Прохор курил, посматривая на Дуняшку. Потом он заговорил о хозяйстве. Посидел еще с полчаса. Перед уходом спросил:

— Кирилл Громов пришел. Слыхал?

— Нет. Откуда он явился?

— Из красных. Тоже в Первой Конной был.

— Это он у Мамонтова служил?

— Он самый.

— Лихой вояка был, — усмехнулся Мишка.

— Куда там! По грабежу первый был. Легкая у него рука на это.

— Рассказывали про него, будто он пленных рубил без милости. За ботинки солдатские убивал. Убьет — одними ботинками пользуется.

— Был такой слух, — подтвердил Прохор.

— Его тоже надо прощать? — вкрадчиво спросил Мишка. — Бог, дескать, прощал врагов и нам велел, или как?

— Да ить как сказать... А что ты с него возьмешь?

— Ну, я бы взял... — Мишка прищурил глаза. — Я бы так с него взял, что он опосля этого и дух выпустил! Да он от этого не уйдет. В Вёшках Дончека есть, она его приголубит.

Прохор улыбнулся, сказал:

— Вот уж истинно, что горбатого могила выпрямит. Он и из Красной Армии пришел с грабленым добром. Моей бабе его женёнка похвалялась, что какую-то пальто женскую ей принес, сколько там платьев и разного другого добра. Он в бригаде Маслака был и оттуда подался домой. Не иначе он дезиком заявился, оружие с собой принес.

— Какое оружие? — заинтересовался Мишка.

— Понятно какое: укороченную карабинку, ну, наган, может, ишо что-нибудь.

— В Совет он ходил регистрироваться, не знаешь?

Прохор рассмеялся, махнул рукой:

— Его туда и на аркане не затянешь! Я так гляжу, что он в бегах. Он не нынче-завтра из дому смотается. Вот Кирилл, по всему видать, ишо думает воевать, а ты на меня грешил. Нет, браток, я свое отвоевал, наелся этого добра по самую завязку.

Прохор вскоре ушел. Спустя немного вышел во двор и Мишка. Дуняшка покормила детей и только что собралась ложиться, как вошел Мишка. В руках он держал что-то завернутое в мешковину.

— Куда тебя черти носили? — неласково спросила Дуняшка.

— Свое приданое доставал, — беззлобно улыбнулся Мишка.

Он развернул заботливо упакованную винтовку, распухший от патронов подсумок, наган и две ручные гранаты. Все это сложил на лавку и осторожно нацедил в блюдце керосину.

— Откуда это? — Дуняшка движением бровей указала на оружие.

— Мое, с фронта.

— А где же ты его хоронил?

— Где бы ни хоронил, а вот соблюл в целости.

— Вон ты, оказывается, какой потаенный... И не сказал ничего. От жены и то хоронишься?

Мишка, с деланной беззаботностью улыбаясь и явно заискивая, сказал:

— И на что это тебе было знать, Дунюшка? Это дело не бабье. Нехай оно — это имение — лежит, оно, девка, в доме не лишнее.

— А к чему ты его в хату приволок? Ты же законником стал, все знаешь... А за это тебе не прийдется по закону отвечать?

Мишка посуровел с виду, сказал:

— Ты дура! Когда Кирюшка Громов оружие приносит — это Советской власти вред, а когда я приношу — окромя пользы, Советской власти от этого ничего не будет. Понимаешь ты? Перед кем же я могу быть в ответе? Болтаешь ты бог знает что, ложись, спи!

Он сделал единственно правильный, по его мнению, вывод: если уж белые недобитки приходят с оружием, то ему надо быть настороже. Он тщательно прочистил винтовку и наган, а наутро, чуть свет, пешком отправился в Вешенскую.

Дуняшка, укладывая ему харчи в подсумок, с досадой и горечью воскликнула:

— Ты все со мной в молчанку играешь! Скажи хоть, надолго ли идешь и по какому делу? Что это за черт, за жизня! Собрался идти — и слова от него не добьешься!.. Муж ты мне или пришей-пристебай?

— Иду в Вёшки, на комиссию, чего я тебе ишо скажу? Вернусь, тогда все узнаешь.

Придерживая рукой подсумок, Мишка спустился к Дону, сел в баркас и ходко погнал его на ту сторону.

В Вешенской после осмотра на врачебной комиссии доктор коротко сказал Мишке:

— Не годитесь вы, дорогой товарищ, для службы в рядах Красной Армии. Очень вас малярия истрепала. Лечиться надо, а то будет плохо. Такие Красной Армии не нужны.

— А какие же ей нужны? Два года служил, а теперь не нужен стал?

— Нужны прежде всего здоровые люди. Станете здоровым — и вы понадобитесь. Возьмите рецепт, в аптеке получите хинин.

— Та-а-ак, все понятно. — Кошевой надевал гимнастерку словно хомут на норовистую лошадь: все никак не мог просунуть голову в воротник, штаны застегнул уже на улице и прямиком направился в окружной комитет партии.

... Вернулся в Татарский Мишка председателем хуторского ревкома. Наскоро поздоровавшись с женой, сказал:

— Ну, теперь поглядим!

— Ты об чем это? — удивленно спросила Дуняшка.

— Все об том же.

— Об чем?

— Председателем меня назначили. Понятно?

Дуняшка горестно всплеснула руками. Она хотела что-то сказать, но Мишка не стал ее слушать, он оправил перед зеркалом ремень на вылинявшей защитной гимнастерке и зашагал в Совет.

Председателем ревкома с самой зимы был старик Михеев. Подслеповатый и глухой, он тяготился своими обязанностями и с превеликой радостью узнал от Кошевого о том, что пришла ему смена.

— Вот бумажки, соколик ты мой, вот хуторская печать, бери их, ради Христа, — говорил он с непритворной радостью, крестясь и потирая руки. — Восьмой десяток мне, сроду в должности не ходил, а тут вот на старости годов пришлось... Это самое ваше молодое дело, а мне где уж там! И недовижу и недослышу... Богу молиться пора, а меня председателем назначили...

Мишка бегло просмотрел предписания и приказы, присланные станичным ревкомом, спросил:

— Секретарь где?

— Ась?

— Э, черт, секретарь где, говорю?

— Секельтарь? Житу сеет. Он, постreли его гром, в неделю раз сюда заходит. Иной раз из станицы придет бумага, какую надо почитать, а его и с собаками не сыщешь. Так и лежит важная бумага, по скольку дней не читанная. А из меня грамотей плохой, ох, плохой! Со трудом расписываюсь, а читать вовсе не могу, только и могу, что печать становить...

Сдвинув брови, Кошевой рассматривал ошарпанную комнату ревкома, украшенную одним стареньким, засиженным мухами плакатом.

Старик до того обрадовался неожиданному увольнению, что даже отважился на шутку: передавая Кошевому завернутую в тряпицу печать, сказал:

— Вот и все хуторское хозяйство, денежных суммов нету, а насеки атаманской при Советской власти иметь не полагается. Коли хочешь — свой стариковский костыль могу отдать. — И протянул, беззубо улыбаясь, отполированную ладонями ясеневую палку.

Но Кошевой не был расположен к шуткам. Еще раз он оглядел жалкую в своей неприглядности комнату ревкома, нахмурился и со вздохом сказал:

— Будем считать, дед, что дела от тебя я принял. Теперь катись отседова к едреной бабушке, — и выразительно показал глазами на дверь.

А потом сел за стол, широко расставил локти и долго сидел в одиночестве, стиснув зубы, выставив вперед нижнюю челюсть. Боже мой, каким же сукиным сыном был он все это время, когда рылся в земле, не поднимая головы и по-настоящему не вслушиваясь в то, что творилось кругом... Злой донельзя на себя и на все окружающее, Мишка встал из-за стола, оправил гимнастерку, сказал, глядя в пространство, не разжимая зубов:

— Я вам, голуби, покажу, что такое Советская власть!

Дверь он плотно прикрыл, накинув цепку на пробой, зашагал через площадь к дому. Около церкви встретил подростка Обнизова, небрежно кивнул ему головой, прошел мимо и, вдруг озаренный догадкой, повернулся, окликнул:

— Эй, Андрюшка! Постой-ка, пойди сюда!

Белобрысый, застенчивый паренек молча подошел к нему.

Мишка, как взрослому, протянул ему руку, спросил:

— Ты куда направлялся? На энтот край? Ну-ну, гуляешь, значит? По делу? Вот что я у тебя хочу спросить: ты вроде в высшем начальном учился? Учился? Это хорошо. А канцелярию-то знаешь?

— Какую?

— Ну, обыкновенную. Разные там уходящие-выходящие знаешь?

— Ты про что говоришь, товарищ Кошевой?

— Ну, про бумажки, какие бывают. Ты это знаешь? Ну, бывают уходящие, а бывают всякие другие. — Мишка неопределенно пошевелил пальцами и, не дожидаясь ответа, твердо сказал: — Ежли не знаешь, потом выучишься. Я зараз председатель хуторского ревкома, а тебя — как грамотного парнишку — назначаю секретарем. Иди в помещение ревкома и карауль там дела, они все на столе лежат, а я вскорости вернусь. Понятно?

— Товарищ Кошевой!

Мишка махнул рукой, нетерпеливо сказал:

— Это потом мы с тобой потолкуем, иди занимай должность. — И медленно, размеренным шагом пошел по улице.

Дома он надел новые шаровары, сунул в карман наган и, тщательно поправляя перед зеркалом фуражку, сказал жене:

— Схожу тут в одно место по делу. Ежли кто будет спрашивать, где, мол, председатель, — скажи, что скоро возвернется.

Должность председателя кое к чему обязывала... Мишка шел медленно и важно; походка его была столь необычна, что кое-кто из хуторных при встрече останавливался и с улыбкой смотрел ему вслед. Прохор Зыков, повстречавшийся ему в переулке, с шутливой почтительностью попятился к плетню, спросил:

— Да ты что это, Михаил? В будний день во все доброе вырядился и выступаешь, как на параде... Уж не сызнова ли свататься идешь?

— Вроде этого, — ответил Мишка, значительно сжав губы.

Около ворот громовского база он, не останавливаясь, полез в карман за кисетом, зорко оглядел широкое подворье, разбросанные по нему дворовые постройки, окна куреня.

Мать Кирилла Громова только что вышла из сеней. Откинувшись назад, она несла таз с мелко нарезанными кусками кормовой тыквы. Мишка почтительно поздоровался с ней, шагнул на крыльцо:

— Дома Кирилл, тетенька?

— Дома, дома, проходи, — сторонясь, сказала старуха.

Мишка вошел в темные сени, в полутьме нащупал дверную ручку.

Кирилл сам открыл ему дверь в горницу, отступил на шаг. Чисто выбритый, улыбающийся и слегка хмельной, он окинул Мишку коротким изучающим взглядом, непринужденно сказал:

— Ишо один служивый! Проходи, Кошевой, садись, гостем будешь. А мы тут выпиваем, так, по маленькой...

— Хлеб-соль да сладкая чарка. — Мишка пожал руку хозяина, оглядывая сидевших за столом гостей.

Приход его был явно не ко времени. Широкоплечий незнакомый Михаилу казак, развалившийся в переднем углу, коротко и вопросительно взглянул на Кирилла, отодвинул стакан. Сидевший по ту сторону стола Ахваткин Семен — дальний родственник Коршуновых, увидев Михаила, нахмурился и отвел глаза.

Хозяин пригласил Мишку к столу.

— Спасибо за приглашение.

— Нет, ты садись, не обижай, выпей с нами.

Мишка присел к столу. Принимая из рук хозяина стакан с самогонкой, кивнул головой:

— С прибытием тебя, Кирилл Иванович!

— Спасибо. Ты-то давно из армии?

— Давно. Успел обжиться.

— И обжиться и жениться, говорят, успел? Да ты что же это кривишь душой? Пей по всей!

— Не хочу. У меня к тебе дело есть.

— Это уж нет! Это ты не балуйся! Нынче я об делах не гутарю. Нынче я гуляю с друзьями. Ежли ты по делу, приходи завтра.

Мишка встал из-за стола, спокойно улыбаясь, сказал:

— Оно и дело пустяшное, да не терпит. Давай выйдем на минутку.

Кирилл, поглаживая тщательно закрученные черные усы, некоторое время молчал, потом встал:

— Может, тут скажешь? Чего же мы будем компанию рушить?

— Нет, давай выйдем, — сдержанно, но настойчиво попросил Мишка.

— Да выйди ты с ним, чего торгуетесь? — сказал незнакомый Мишке широкоплечий казак.

Кирилл неохотно пошел в кухню. Жене, хлопотавшей у печи, шепнул:

— Выйди отседова, Катерина! — И, садясь на лавку, сухо спросил: — Какое дело?

— Ты сколько дней дома?

— А что?

— Сколько, спрашиваю, дома живешь?

— Четвертый день, кажись.

— А в ревком заходил?

— Нет пока.

— А в Вёшки думаешь идти, в военкомат?

— Ты к чему это гнешь? Ты по делу пришел, так об деле и говори.

— Я об деле и говорю.

— Тогда ступай ты к черту! Ты что такое есть за кочка на ровном месте, что я тебе должен отчет давать?

— Я председатель ревкома. Покажи удостоверение из части.

— Во-о-он что! — протянул Кирилл и острыми потрезвевшими глазами глянул в зрачки Михаила. — Во-о-он ты куда!

– Туда самое. Давай удостоверение!

— Нынче прийду в Совет и принесу.

— Сейчас давай!

— Оно у меня где-то прибратое.

— Найди.

— Нет, зараз не буду искать. Ступай домой, Михаил, ступай от скандалу.

— У меня с тобой скандал короткий... — Мишка положил руку в правый карман. — Одевайся!

— Брось, Михаил! Ты меня лучше не трогай...

— Пойдем, я тебе говорю!

— Куда?

— В ревком.

— Мне что-то не хочется. — Кирилл побледнел, но говорил, насмешливо улыбаясь.

Качнувшись влево, Мишка вытащил из кармана наган, взвел курок.

— Ты пойдешь или нет? — спросил он тихо.

Кирилл молча шагнул к горнице, но Мишка стал ему на пути, глазами указал на дверь в сени.

— Ребята! — с деланной непринужденностью крикнул Кирилл. — Меня тут вроде арестовали! Допивайте водку без меня!

Дверь из горницы широко распахнулась, Ахваткин ступил было через порог, но, увидев направленный на него наган, поспешно отшатнулся за притолоку.

— Иди, — приказал Мишка Кириллу.

Тот вразвалку пошел к выходу, лениво взялся за скобу и вдруг одним прыжком перемахнул сени, бешено хлопнул наружной дверью, прыгнул с крыльца. Пока он, пригибаясь, бежал через двор к саду, — Мишка выстрелил по нему два раза и не попал. Положив ствол нагана на локоть согнутой левой руки, широко расставив ноги, Мишка тщательно целился. После третьего выстрела Кирилл как будто споткнулся, но, оправившись, легко прыгнул через плетень. Мишка сбежал с крыльца. Вслед ему из дома грохнул сухой и отрывистый винтовочный выстрел. Впереди, в побеленной стене сарая пуля выхватила глину и, цокнув, осыпала на землю серые каменные брызги.

Кирилл бежал легко и быстро. Согнутая фигура его мелькала между зелеными шатрами яблонь. Мишка перепрыгнул плетень, упал, лежа выстрелил по убегающему еще два раза и повернулся лицом к дому. Наружная дверь была широко распахнута. На крыльце стояла мать Кирилла, козырьком приложив к глазам ладонь, смотрела в сад. «Надо было его без разговоров стрелять на месте!» — тупо подумал Мишка. Он еще несколько минут лежал под плетнем, посматривая на дом, и каким-то размеренным, механическим движением счищал прилипшую к коленям грязь, а потом встал, тяжело перелез через плетень и, опустив дуло нагана, пошел к дому.

V

Вместе с Кириллом Громовым скрылись Ахваткин и тот незнакомый казак, которого видел Кошевой, когда пришел к Громовым. В ночь еще двое казаков исчезли из хутора. Из Вешенской в Татарский приехал небольшой отряд Дончека. Кое-кого из казаков арестовали, четырех, явившихся из частей без документов, направили в Вешенскую в штрафную роту.

Кошевой целыми днями просиживал в ревкоме, в сумерках приходил домой, возле кровати клал заряженную винтовку, наган засовывал под подушку и ложился спать не раздеваясь. На третий день после случая с Кириллом он сказал Дуняшке:

— Давай спать в сенцах.

— Чего ради? — изумилась Дуняшка.

— В окно могут стре́льнуть. Кровать возле окна.

Дуняшка молча переставила кровать в сени, а вечером спросила:

— Что ж, так и будем на заячьем положении жить? И зима прийдет, а мы всё будем в сенцах ютиться?

— До зимы далеко, а пока прийдется так жить.

— И докуда же это «пока» будет?

— Пока Кирюшку не шлепну.

— Так он тебе лоб и подставил!

— Когда-нибудь подставит, — уверенно ответил Мишка.

Но расчеты его не оправдались: Кирилл Громов, скрывшийся вместе со своими приятелями где-то за Доном, — услышав о приближении Махно, перебрался на правую сторону Дона и отправился в станицу Краснокутскую, где, по слухам, оказались передовые отряды махновской банды. Ночью он побывал в хуторе, на улице случайно встретил Прохора Зыкова и приказал передать Кошевому, что, мол, Громов низко кланяется и просит ждать в гости. Прохор утром рассказал Мишке о встрече и разговоре с Кириллом.

— Что ж, пусть является. Один раз ушел, а в другой уже не вырвется. Научил он меня, как с ихним братом надо обходиться, и за это спасибо, — сказал Мишка, выслушав рассказ.

Махно действительно появился в пределах Верхнедонского округа. Под хутором Коньковым в коротком бою он разбил пехотный батальон, высланный ему навстречу из Вешенской, но на окружной центр не пошел, а двинулся к станции Миллерово, севернее ее пересек железную дорогу и ушел по направлению к Старобельску. Наиболее активные белогвардейцы-казаки примкнули к нему, но большинство их остались дома, выжидая.

Все так же настороженно жил Кошевой, внимательно присматриваясь ко всему, что происходило в хуторе. А жизнь в Татарском была не очень-то нарядная. Казаки усердно поругивали Советскую власть за все те нехватки, которые приходилось им испытывать. В крохотной лавчонке недавно организованного ЕПО* почти ничего не было. Мыло, сахар, соль, керосин, спички, махорка, колесная мазь — все эти предметы первой необходимости отсутствовали в продаже, и на голых полках сиротливо лежали одни дорогие асмоловские папиросы да кое-что из скобяных товаров, на которые месяцами не находилось покупателя.

Вместо керосина по ночам жгли в блюдцах топленое коровье масло и жир. Махорку заменял доморощенный табак — самосад. В широком ходу за отсутствием спичек были кремни и наспех выделываемые кузнецами стальные кресала. Трут вываривали в кипятке с подсолнечной золой, чтобы скорее загорался, но все же с непривычки огонь добывался трудно. Не раз Мишка, по вечерам возвращаясь из ревкома, наблюдал, как курцы, собравшись где-нибудь на проулке в кружок и дружно высекая из кремней искры, вполголоса матерно ругались, приговаривали: «Власть Советская, дай огня!» Наконец у кого-либо искра, попавшая в сухой трут, возгоралась, все дружно дули на тлеющий огонек и, закурив, молча присаживались на корточки, делились новостями. Не было и бумаги на раскурку. В церковной караулке растащили все метрические книги, а когда покурили их, по домам пошло на цигарки все, включая старые ребячьи учебники и даже стариковские священные книги.

Прохор Зыков, довольно часто захаживавший на старое мелеховское подворье, разживался у Михаила бумагой на курение, печально говорил:

— У бабы моей крышка на сундуке была обклеена старыми газетами — содрал и покурил. Новый завет был, такая святая книжка, — тоже искурил. Старый завет искурил. Мало этих заветов святые угодники написали... У бабы книжка была поминальная, все сродствие

* ЕПО — Единое потребительское общество.

там, живое и мертвое, прописанное, — тоже искурил. Что же, зараз мне надо капустные листья курить али, скажем, лопухи вялить на бумагу? Нет, Михаил, как хочешь, а давай газетку. Я без курева не могу. Я на германском фронте свою пайку хлеба иной раз на восьмушку махорки менял.

Невеселая была жизнь в Татарском в ту осень... Визжали на ходах и арбах неподмазанные колеса, сохла и лопалась без дегтя ременная упряжь и обувка, но скучнее всего было без соли. За пять фунтов соли в Вешенской отдавали татарцы сытых баранов и возвращались домой, кляня Советскую власть и разруху. Эта проклятая соль много огорчений причинила Михаилу... Как-то в Совет пришли старики. Они чинно поздоровались с председателем, сняли шапки, расселись по лавкам.

— Соли нету, господин председатель, — сказал один из них.

— Господ нету зараз, — поправил Мишка.

— Извиняй, пожалуйста, это всё по старой привычке... Без господ-то жить можно, а без соли нельзя.

— Так что вы хотели, старики?

— Ты, председатель, хлопочи, чтоб привезли соль. С Маныча на быках ее не навозишься.

— Я докладал об этом в округе. Там это известно. Должны вскорости привезти.

— Пока солнце взойдет — роса очи выест, — сказал один из стариков, глядя в землю.

Мишка вспыхнул, встал из-за стола. Багровый от гнева, он вывернул карманы.

— У меня соли нету. Видите? С собой не ношу и из пальца вам я ее не высосу. Понятно, старики?

— Куда она подевалась, эта соль? — после некоторого молчания спросил кривой старик Чумаков, удивленно оглядывая всех единственным глазом. — Раньше, при старой власти, об ней и речей никто не вел, бугры ее лежали везде, а зараз и щепотки не добудешь...

— Наша власть тут ни при чем, — уже спокойнее сказал Мишка. — Тут одна власть виноватая: бывшая ваша кадетская власть! Это она разруху такую учинила, что даже соль представить, может, не на чем! Все железные дороги побитые, вагоны — то же самое...

Мишка долго рассказывал старикам о том, как белые при отступлении уничтожали государственное имущество, взрывали заводы, жгли склады. Кое-что он видел сам во время войны, кое о чем слышал, остальное же вдохновенно придумал с единственной целью — отвести недовольство от родной Советской власти. Чтобы оградить эту власть от упреков, он безобидно врал, ловчился, а про себя думал: «Не дюже большая беда будет, ежели я на сволочей и наговорю немножко. Всё одно они сволочи, и им от этого не убудет, а нам явится польза...»

— Вы думаете, они — эти буржуи — пальцем деланные, что ли? Они не дураки! Они все запасы сахару и соли, огромные тыщи пудов, собрали со всей России и увезли ишо загодя в Крым, а там погрузили на пароходы и — в другие страны, продавать, — блестя глазами, говорил Мишка.

— Что ж они, и мазут весь увезли? — недоверчиво спросил кривой Чумаков.

— А ты думал, дед, тебе оставили? Очень ты им нужен, как и весь трудящийся народ. Они и мазут найдут кому продать! Они бы всё с собой забрали, ежели б могли, чтобы народ тут с голоду подыхал.

— Это, конешно, так, — согласился один из стариков. — Богатые — все такие гущееды. Спокон веков известно: чем ни богаче человек, тем он жаднее. В Вешках один купец, когда первое отступление было, все на подводы сложил, все имущество забрал до нитки, и вот уж красные близко подходют, а он все не выезжает с двора, одетый в шубе бегает по куреню, щипцами гвозди из стен вынает. «Не хочу, говорит, им, проклятым, ни одного гвоздя оставить!» Так что нехитро, что они и мазут забрали с собой.

— Так как же все-таки без соли будем? — под конец разговора добродушно спросил старик Максаев.

— Соли наши рабочие скоро новой нароют, а пока можно на Маныч послать подводы, — осторожно посоветовал Мишка.

— Народ не хочет туда ехать. Калмыки там шкодят, соли на озерах не дают, быков грабежом забирают. Один мой знакомец пришел оттуда с одним кнутом. Ночью за Великокняжеской подъехали трое оружейных калмыков, быков угнали, а ему показали на горло: «Молчи, говорят, бачка, а то плохо помрешь...» Вот и поезжай туда!

— Прийдется подождать, — вздохнул Чумаков.

Со стариками Мишка кое-как договорился, но зато дома, и опять-таки из-за соли, вышел у него с Дуняшкой крупный разговор. Вообще что-то разладилось в их взаимоотношениях...

Началось это с того памятного дня, когда он в присутствии Прохора завел разговор о Григории, да так эта небольшая размолвка и не забылась. Однажды вечером Мишка за ужином сказал:

— Щи у тебя несоленые, хозяйка. Или недосол на столе, а пересол на спине.

— Пересола зараз при этой власти не будет. Ты знаешь, сколько у нас соли осталось?

— Ну?

— Две пригоршни.

— Дело плохое, — вздохнул Мишка.

— Добрые люди ишо летом на Маныч за солью съездили, а тебе все некогда было об этом подумать, — с укором сказала Дуняшка.

— На чем бы это я поехал? Тебя запрягать на первом году замужества как-то неудобно, а бычата нестоящие...

— Ты шуточки оставь до другого раза! Вот как будешь жрать несоленое — тогда пошути!

— Да ты чего на меня взъелась? На самом деле, откуда я тебе этой соли возьму? Вот какой вы, бабы, народ... Хоть отрыгни, да подай вам. А ежли ее нету, этой соли, будь она трижды проклята?

— Люди на быках на Маныч ездили. У них теперь и солка будет и все, а мы будем пресное с кислым жевать...

— Как-нибудь проживем, Дуня. Вскорости должны привезти соль. Аль у нас этого добра мало?
— У вас всего много.
— У кого это, у вас?
— У красных.
— А ты какая?
— Вот такая, какую видишь. Брехали-брехали: «Всего-то у нас будет много, да все будем ровно жить да богато...» Вот оно и богачество ваше: щи посолить нечем!
Мишка испуганно посмотрел на жену, побледнел:
— Что это ты, Дуняха? Как ты гутаришь? Да разве можно?
Но Дуняшка закусила удила: она тоже побледнела от негодования и злости и, уже переходя на крик, продолжала:
— А так можно? Чего ты глаза вылупил-то? А ты знаешь, председатель, что у людей уж десны пухнут без соли? Знаешь ты, что люди вместо соли едят? Землю на солонцах роют, ходят ажник за Нечаев курган да в щи кладут эту землю... Об этом ты слыхал?
— Погоди, не шуми, слыхал... Дальше что?
Дуняшка всплеснула руками:
— Куда же дальше-то?
— Переживать-то это как-нибудь надо?
— Ну и переживай!
— Я-то переживу, а вот ты... А вот у тебя вся ваша мелеховская порода наружу выкинулась...
— Какая это порода?
— Контровая, вот какая! — глухо сказал Мишка и встал из-за стола. Он смотрел в землю, не поднимая на жену глаз; губы его мелко дрожали, когда он говорил: — Ежли ишо раз так будешь говорить — не жить нам с тобой вместе, так и знай! Твои слова — вражьи...
Дуняшка что-то хотела возразить, но Мишка скосил глаза и поднял сжатую в кулак руку.
— Молчи!.. — приглушенно сказал он.
Дуняшка без страха, с нескрываемым любопытством всмотрелась в него, спустя немного спокойно и весело сказала:

— Ну и ладно, черт-те об чем затеялись гутарить... Проживем и без соли! — Она помолчала немного и с тихой улыбкой, которую так любил Мишка, сказала: — Не серчай, Миша! На нас, на баб, ежли за все серчать, так и сердца не хватит. Мало ли чего не скажешь от дурна ума... Ты взвар будешь пить или кислого молока положить тебе?

Несмотря на молодость, Дуняшка была уже умудрена житейским опытом и знала, когда в ссоре можно упорствовать, а когда надо смириться и отступить...

Недели через две после этого от Григория пришло письмо. Он писал, что был ранен на врангелевском фронте и что после выздоровления будет, по всей вероятности, демобилизован. Дуняшка сообщила мужу о содержании письма, осторожно спросила:

— Прийдет он домой, Миша, как же тогда будем жить?

— Перейдем в мою хату. Нехай он один тут живет. Имущество поделим.

— Вместе нам нельзя. Он, по всему видать, Аксинью возьмет.

— Ежли б и можно было, все одно я жить с твоим братцем под одной крышей не стал бы, — резко заявил Мишка.

Дуняшка изумленно подняла брови:

— Почему, Миша?

— Ты же знаешь.

— Это — что он в белых служил?

— Вот-вот, это самое.

— Не любишь ты его... Вы же друзья с ним были!

— На черта он мне сдался — любить его! Были друзьями, да только кончилась наша дружба.

Дуняшка сидела за прялкой. Размеренно жужжало колесо. Нитка пряжи оборвалась. Ладонью Дуняшка придержала обод колеса, ссучивая нитку, не глядя на мужа, спросила:

— Прийдет он, что же ему за службу у казаков будет?

— Суд будет. Трибунал.

— А к чему же он его может присудить?

— Ну, уж этого я не знаю, я не судья.

— Могут и к расстрелу присудить?

Мишка посмотрел на кровать, где спали Мишатка с Полюшкой, прислушался к их ровному дыханию, понизив голос, ответил:

— Могут.

Больше Дуняшка ни о чем не спрашивала. Утром, подоив корову, зашла к Аксинье:

— Скоро Гриша приедет, зашла тебя порадовать.

Аксинья молча поставила чугун с водой на загнетку, прижала руки к груди. Глядя на ее вспыхнувшее лицо, Дуняшка сказала:

— А ты не дюже радуйся. Мой говорит, что суда ему не миновать. К чему присудят — бог его знает.

В глазах Аксиньи, увлажненных и сияющих, на секунду мелькнул испуг.

— За что? — отрывисто спросила она, а сама все еще была не в силах согнать с губ запоздавшую улыбку.

— За восстание, за все.

— Брехня! Не будут его судить. Ничего он, твой Михаил, не знает, тоже, знахарь нашелся!

— Может, и не будут. — Дуняшка помолчала, потом сказала, подавив вздох: — Злой он на братýшку... Так мне от этого тяжело на сердце — и сказать не могу! Жалко братýшку страшно! Его опять поранили... Вот какая у него жизня нескладная...

— Лишь бы пришел: заберем детей и скроемся куда-нибудь, — взволнованно проговорила Аксинья.

Она зачем-то сняла головной платок, снова покрылась и, бесцельно переставляя посуду на лавке, все никак не могла унять охватившего ее сильного волнения.

Дуняшка заметила, как дрожали ее руки, когда она присела на лавку и стала разглаживать на коленях складки старенького, приношенного передника.

Что-то подступило к горлу Дуняшки. Ей захотелось поплакать одной.

— Не дождалась его маманя... — тихо сказала она. — Ну, я пойду. Надо печь затоплять.

В сенях Аксинья торопливо и неловко поцеловала ее в шею, поймала и поцеловала руку.

— Рада? — прерывающимся низким голосом спросила Дуняшка.

— Так, самую малость, чуть-чуть... — ответила Аксинья, пытаясь за шуткой, за дрожащей улыбкой скрыть проступившие слезы.

VI

На станции Миллерово Григорию — как демобилизованному красному командиру — предоставили обывательскую подводу. По пути к дому он в каждой украинской слободе менял лошадей и за сутки доехал до границы Верхнедонского округа. В первом же казачьем хуторе председатель ревкома — молодой, недавно вернувшийся из армии красноармеец — сказал:

— Прийдется вам, товарищ командир, ехать на быках. Лошадей у нас на весь хутор одна, и та на трех ногах ходит. Всех лошадок на Кубани оставили при отступлении.

— Может, на ней как-нибудь доберусь? — спросил Григорий, постукивая пальцами по столу, испытующе глядя в веселые глаза разбитного председателя.

— Не доберетесь. Неделю будете ехать, и все одно не доедете! Да вы не беспокойтесь, быки есть у нас справные, шаговитые, и нам все одно надо подводу в Вешенскую посылать, телефонный провод отправить, завалялся у нас тут после этой войны; вот вам подводу и менять не придется, до самого дома вас доставит. — Председатель прижмурил левый глаз и, улыбаясь и лукаво подмигивая, добавил: — Дадим вам наилучших быков и в подводчицы — молодую вдовую бабу... Есть у нас тут одна такая зараза, что лучше и во сне не приснится! С ней и не заметите, как дома будете. Сам служил — знаю все это и тому подобную военную нужду...

Григорий молча прикидывал в уме: ждать попутную подводу — глупо, идти пешком — далеко. Надо было соглашаться и ехать на быках.

Через час подошла подвода. Колеса на старенькой арбе визгливо скрипели, вместо задней грядушки торчали обломки, клочьями свисало неряшливо наваленное сено. «Довоевались!» — подумал Григорий, с отвращением глядя на убогую справу. Подводчица шагала рядом с быками, помахивая кнутом. Она действительно была очень хороша собой и статна. Несколько портила ее фигуру массивная, не по росту, грудь, да косой шрам на круглом подбородке придавал лицу выражение нехорошей бывалости и словно бы старил смугло-румяное молодое лицо, у переносицы осыпанное мелкими, как просо, золотистыми веснушками.

Поправляя платок, она сощурила глаза, внимательно оглядела Григория, спросила:

— Тебя, что ли, везть?

Григорий встал с крыльца, запахнул шинель.

— Меня. Провод погрузила?

— А я им проклятая грузить? — звонко закричала казачка. — Кажин день в езде да в работе! Таковская я им, что ли? Небось, сами этую проволоку навалят, а нет — так я и порожнем уеду!

Она таскала на арбу мотки провода, громко, но беззлобно переругивалась с председателем и изредка метала на Григория косые изучающие взгляды. Председатель все время посмеивался, смотря на молодую вдову с искренним восхищением. Иногда, подмигивая Григорию, он как бы говорил: «Вот какие у нас бабы есть! А ты не верил!»

За хутором далеко протянулась бурая, поблекшая осенняя степь. От пашни полз через дорогу сизый поток дыма. Пахари жгли выволочки — сухой кустистый жабрей, выцветшую волокнистую брицу. Запах дыма разбудил в Григории грустные воспоминания: когда-то и он, Григорий, пахал зябь в глухой осенней степи, смотрел по ночам на мерцающее звездами черное небо, слушал переклики летевших в вышине гусиных станиц... Он беспокойно заворочался на сене, поглядел сбоку на подводчицу.

— Сколько тебе лет, бабочка?

— Под шестьдесят, — кокетливо ответила она, улыбаясь одними глазами.

— Нет, без шуток.

— Двадцать первый.

— И вдовая?

— Вдовая.

— Куда же мужа дела?

— Убили.

— Давно?

— Второй год пошел.

— В восстание, что ли?

— После него, перед осенью.

— Ну и как живешь?

— Живу кое-как.

— Скучно?

Она внимательно посмотрела на него, надвинула на губу платок, пряча улыбку. Голос ее зазвучал глуше, и какие-то новые интонации появились в нем, когда она говорила:

— Некогда скучать в работе.

— Без мужа-то скучно?

— Я со свекровью живу, в хозяйстве делов много.

— Без мужа-то как обходишься?

Она повернулась к Григорию лицом. На смуглых скулах ее заиграл румянец, в глазах вспыхнули и погасли рыжеватые искорки.

— Ты про что это?

— Про это самое.

Она сдвинула с губ платок, протяжно сказала:

— Ну, этого добра хватает! Свет не без добрых людей... — И, помолчав, продолжала: — Я с мужем-то и бабьей жизни не успела раскутать. Месяц толечко и пожили, а потом его забрали на службу. Обхожусь кое-как без него. Зараз полегчало, молодые казаки попришли в хутор, а то было плохо. Цоб, лысый! Цоб! Вот так-то, служивенький! Такая моя живуха.

Григорий умолк. Ему, пожалуй, не к чему было вести разговор в таком игривом тоне. Он уже жалел об этом.

Крупные упитанные быки шли всё тем же размеренным заплетающимся шагом. У одного из них правый рог был когда-то надломлен и рос, косо ниспадая на лоб. Опираясь на локти, полузакрыв глаза, Григорий лежал на арбе. Он стал вспоминать тех быков, на которых ему в детстве и потом, когда он уже стал взрослым, пришлось работать. Все они были разные по масти, по телосложению, по характеру, даже рога у каждого имели какую-то свою особую форму. Когда-то водился на мелеховском базу бык вот с таким же изуродованным, сбитым набок рогом. Злобный и лукавый, он всегда смотрел искоса, выворачивая иссеченный кровяными прожилками белок, старался лягнуть, когда подходили к нему сзади, и всегда в рабочую пору по ночам, когда пускали скот на попас, норовил уйти домой или — что было еще хуже — скрывался в лесу либо в дальних логах. Часто Григорий верхом на лошади по целым дням разъезжал в степи и, уже изуверившись в том, что когда-либо найдет пропавшего быка, вдруг обнаруживал его где-нибудь в самой теклине буерака, в непролазной гущине терновника, либо в тени, под раскидистой и старой дикой яблоней. Умел этот однорогий дьявол снимать налыгач, ночью поддевал рогом завязку на воротцах скотиньего база, выходил на волю и, переплыв Дон, скитался по лугу. Много неприятностей и огорчений доставил в свое время он Григорию...

— Как этот бык, у какого рог сбитый, смирный? — спросил Григорий.

— Смирный. А что?

— Да так просто.

— Оно и «так» доброе слово, ежели нечего больше сказать, — с усмешкой проговорила подводчица.

Григорий промолчал. Ему приятно было думать о прошлом, о мирной жизни, о работе, обо всем, что не касалось войны, потому что эта затянувшаяся на семь лет война осточертела ему до предела, и при одном воспоминании о ней, о каком-либо эпизоде, связанном со службой, он испытывал щемящую внутреннюю тошноту и глухое раздражение.

Он кончил воевать. Хватит с него. Он ехал домой, чтобы в конце концов взяться за работу, пожить с детьми, с Аксиньей. Еще там, на фронте, он твердо решил взять Аксинью в дом, чтобы она воспитывала его детей и постоянно была возле него. С этим тоже надо было кончать — и чем ни скорее, тем лучше.

Григорий с наслаждением мечтал о том, как снимет дома шинель и сапоги, обуется в просторные чирики, по казачьему обычаю заправит шаровары в белые шерстяные чулки и, накинув на теплую куртку домотканый зипун, поедет в поле. Хорошо бы взяться руками за чапиги и пойти по влажной борозде за плугом, жадно вбирая ноздрями сырой и пресный запах взрыхленной земли, горький аромат порезанной лемехом травы. В чужих краях и земля и травы пахнут по-иному. Не раз он в Польше, на Украине и в Крыму растирал в ладонях сизую метелку полыни, нюхал и с тоской думал: «Нет, не то, чужое...»

А подводчице было скучно. Ей хотелось разговаривать. Она бросила погонять быков, села поудобнее и, теребя ременный махор кнута, долго исподтишка рассматривала Григория, его сосредоточенное лицо, полуопущенные глаза. «Он не дюже старый, хоть и седой. И какой-то чудаковатый, — думала она. — Все глаза прижмуряет, чего он их прижмуряет? Как, скажи, уж такой он уморенный, как, скажи, на нем воза возили... А он из себя ничего. Только седых волос много, и усы вон почти седые. А так ничего из себя. Чего он все думает? Сначала стал вроде заигрывать, а потом приутих, чегой-то про быка спросил. Не об чем ему разговаривать, что ли? Или, может, робеет? Не похоже. Глаза у него твердые. Нет, хороший казак, только вот чудной какой-то. Ну и молчи, черт сутулый! Очень ты мне нужен, как же! Я и сама умею молчать! К жене едешь не доедешь. Ну и молчи на доброе здоровье!»

Она привалилась спиной к ребрам арбы, тихо запела.

Григорий поднял голову, посмотрел на солнце. Было еще довольно рано. Тень от прошлогоднего татарника, угрюмо караулившего дорогу, лежала в полшага; было, по всей вероятности, не больше двух часов пополудни.

Словно очарованная, в мертвом молчании лежала степь. Скупо грело солнце. Легкий ветер беззвучно шевелил рыжую, выгоревшую траву. Ни птичьего голоса, ни посвиста сусликов не было слышно вокруг. В холодном бледно-голубом небе не парили коршуны и орлы. И только раз серая тень скользнула через дорогу, и, еще не поднимая головы, Григорий услышал тяжкий мах больших крыльев: пепельно-сизый, блистающий на солнце белым подбоем оперенья, пролетел дудак и сел возле дальнего кургана, там, где не освещенная солнцем падина сливалась с сумеречно-лиловой далью. Только поздней осенью наблюдал, бывало, Григорий в степи такую грустную и глубокую тишину, когда ему казалось, что он слышит, как шуршит по сухой траве подхваченное ветром перекати-поле, далеко-далеко впереди пересекающее степь.

Дороге, казалось, не будет конца. Она вилась по изволоку, спускалась в балку, снова поднималась на гребень бугра. И все такая же — глазом не окинешь — простиралась вокруг глухая, табунная степь.

Григорий залюбовался росшим на склоне буерака кустом черноклена. Опаленные первыми заморозками листья его светились дымным багрянцем, словно присыпанные пеплом угли затухающего костра.

— Как тебя звать, дяденька? — спросила подводчица, тихонько касаясь кнутовищем плеча Григория.

Он вздрогнул, повернулся к ней лицом. Она смотрела в сторону.

— Григорий. А тебя как?

— Меня зовуткой зовут.

— Помолчала бы ты, зовутка.

— Надоело молчать! Полдня молчу, во рту все пересохло. Ты чего такой невеселый, дядя Гриша?

— А чего мне веселиться?

— Домой едешь, должен веселый быть.

— Года мои ушли — веселиться.

— Ишь ты, старик нашелся. А с чего это ты молодой, а седой?

— Все-то тебе надо знать... От хорошей жизни, видно, поседел.

— Ты женатый, дядя Гриша?

— Женатый. Тебе, зовутка, тоже надо поскорее замуж выходить.

— Почему это — скорее?

— Да уж дюже ты игреливая...

— А это плохо?

— Бывает и плохо. Знал я одну такую игреливую, тоже вдовая была, играла-играла, а потом нос у нее начал проваливаться...

— Ох, господи, страсти-то какие! — с шутливым испугом воскликнула она и тотчас же деловито добавила: — Наше вдовье дело такое: бирюка бояться — в лес не ходить.

Григорий взглянул на нее. Она беззвучно смеялась, стиснув мелкие белые зубы. Вздернутая верхняя губа ее подрагивала, из-под опущенных ресниц озорно светились глаза. Григорий невольно улыбнулся и положил руку на ее теплое круглое колено.

— Бедная ты, разнесчастная, зовутка! — сожалеюще сказал он. — Двадцать годков тебе, а как тебя жизнь выездила...

Вмиг от веселости ее и следа не осталось. Она сурово оттолкнула его руку, нахмурилась и покраснела так, что на переносице исчезли крохотные веснушки.

— Ты жену пожалей, когда приедешь, а у меня и без тебя жалельщиков хватит!

— Да ты не серчай, погоди!

— А ну тебя к черту!

— Я это, жалеючи тебя, сказал.

— Иди ты со своей жалостью прямо... — Она по-мужски умело и привычно выругалась, сверкнула потемневшими глазами.

Григорий поднял брови, смущенно крякнул:

— Загнула, нечего сказать! Вон ты какая необузданная.

— А ты какой? Святой во вшивой шинели, вон ты кто! Знаю я вас! Замуж выходи, то да се, а давно ты таким истовым стал?

— Нет, недавно, — посмеиваясь, сказал Григорий.

— А чего же ты мне уставы читаешь? У меня на это свекровь есть.

— Ну, хватит тебе, чего ты злуешь, дура-баба? Я же промежду прочим так выразился, — примирительно сказал Григорий. — Гляди вон, быки от нашего разговору с дороги сошли.

Примащиваясь на арбе поудобнее, Григорий мельком взглянул на веселую вдову и заметил на глазах ее слезы. «Вот ишо морока! И всегда они, эти бабы, такие...» — подумал он, ощущая какую-то внутреннюю неловкость и досаду.

Вскоре он заснул, лежа на спине, накрыв лицо бортом шинели, и проснулся только в сумерках. На небе светились бледные вечерние звезды. Свежо и радостно пахло сеном.

– Быков надо кормить, — сказала она.

— Что ж, давай останавливаться.

Григорий сам выпряг быков, достал из вещевой сумки банку мясных консервов, хлеб, наломал и принес целый ворох сухого бурьяна, неподалеку от арбы разложил огонь.

— Ну, садись вечерять, зовутка, хватит тебе серчать.

Она присела к огню, молча вытряхнула из сумки хлеб, кусок заржавленного от старости сала. За ужином говорили мало и мирно. Потом она легла на арбе, а Григорий бросил в костер, чтобы не затухал, несколько комьев сухого бычачьего помета, по-походному примостился возле огня. Долго лежал, подложив под голову сумку, смотрел в мерцающее звездами небо, несвязно думал о детях, об Аксинье, потом задремал и очнулся от вкрадчивого женского голоса:

— Спишь, что ли, служивый? Спишь ай нет?

Григорий приподнял голову. Опершись на локоть, спутница его свесилась с арбы. Лицо ее, озаренное снизу неверным светом угасающего костра, было розово и свежо, ослепительно белели зубы и кружевная каемка головного платка. Она, как будто между ними и не было размолвки, снова улыбалась, шевеля бровью, говорила:

— Боюсь, замерзнешь ты там. Земля-то холодная. Уж ежли дюже озяб — иди ко мне. У меня шуба те-о-о-плая-претеплая! Прийдешь, что ли?

Григорий подумал и со вздохом ответил:

— Спасибо, девка, не хочу. Кабы год-два назад... Небось, не замерзну возле огня.

Она тоже вздохнула, сказала:

— Ну, как хочешь. — И укрылась шубой с головой.

Спустя немного Григорий встал, собрал свои пожитки. Он решил идти пешком, чтобы к рассвету добраться до Татарского. Немыслимо было ему — возвращающемуся со службы командиру — приехать домой среди бела дня на быках. Сколько насмешек и разговоров вызвал бы такой приезд...

Он разбудил подводчицу:

— Я пойду пешком. Не боишься одна в степи оставаться?

— Нет, я не из пужливых, да тут и хутор близко. А тебе, что ж, не терпится?

— Угадала. Ну, прощай, зовутка, не поминай лихом!

Григорий вышел на дорогу, поднял воротник шинели. На ресницы его упала первая снежинка. Ветер повернул с севера, и в холодном дыхании его Григорию почудился знакомый и милый сердцу запах снега.

* * *

Кошевой вернулся из поездки в станицу вечером. Дуняшка увидела в окно, как он подъехал к воротам, проворно накинула на плечи платок, вышла во двор.

— Гриша утром пришел, — сказала она у калитки, глядя на мужа с тревогой и ожиданием.

— С радостью тебя, — сдержанно и чуть насмешливо ответил Мишка.

Он вошел в кухню, твердо сжав губы. Под скулами его поигрывали желваки. На коленях у Григория примостилась Полюшка, заботливо принаряженная теткой в чистое платьице. Григорий бережно опустил ребенка на пол, пошел навстречу зятю, улыбаясь, протягивая большую смуглую руку. Он хотел обнять Михаила, но увидел в безулыбчивых глазах его холодок, неприязнь и сдержался.

— Ну, здравствуй, Миша!

— Здравствуй.

— Давно мы с тобой не видались! Будто сто лет прошло.

— Да, давненько... С прибытием тебя.

— Спасибо. Породнились, значит?

— Пришлось... Что это у тебя кровь на щеке?

— Э, пустое, бритвой порезался, спешил.

Они присели к столу и молча разглядывали друг друга, испытывая отчуждение и неловкость. Им еще предстояло вести большой разговор, но сейчас это было невозможно. У Михаила хватило выдержки, и он спокойно заговорил о хозяйстве, о происшедших в хуторе переменах.

Григорий смотрел в окно на землю, покрытую первым голубым снежком, на голые ветви яблонь. Не такой ему представлялась когда-то встреча с Михаилом...

Вскоре Михаил вышел. В сенях он тщательно наточил на бруске нож, сказал Дуняшке:

— Хочу позвать кого-нибудь валушка зарезать. Надо же хозяина угостить как полагается. Сбегай за самогонкой. Погоди, вот что: дойди до Прохора и скажи ему, чтобы в землю зарылся, а достал самогонки. Он это лучше тебя сделает. Покличь его вечерять.

Дуняшка просияла от радости, с молчаливой благодарностью взглянула на мужа... «Может, и обойдется все по-хорошему... Ну, кончили воевать, чего им зараз-то делить? Хоть бы образумил их господь!» — с надеждой думала она, направляясь к Прохору.

Меньше чем через полчаса прибежал запыхавшийся Прохор.

— Григорий Пантелевич!.. Милушка ты мой!.. И не чаял и не думал дождаться!.. — высоким, плачущим голосом закричал он и, споткнувшись о порог, за малым не разбил ведерный кувшин с самогоном.

Обнимая Григория, он всхлипнул, вытер кулаком глаза, разгладил мокрые от слез усы. У Григория что-то задрожало в горле, но он сдержался, растроганно, грубовато хлопнул верного ординарца по спине, несвязно проговорил:

— Вот и увидались... Ну и рад я тебе, Прохор, страшно рад! Что же ты, старик, слезу пущаешь? Ослабел на уторах? Гайки слабоватые стали? Как твоя рука? Другую тебе баба не отшибла?

Прохор гулко высморкался, снял полушубок.

— Мы с бабой живем зараз, как голуби. Вторая рука, видишь, целая, а энта, какую белые-поляки отняли, отрастать начинает, ей-богу! Через год уж на ней пальцы окажутся, — заговорил он со свойственной ему веселостью, потрясая порожним рукавом рубахи.

Война приучила их скрывать за улыбкой истинные чувства, сдабривать и хлеб и разговор ядреной солью; потому-то Григорий и продолжал расспросы в том же шутливом духе:

— Как живешь, старый козел? Как прыгаешь?

— По-стариковски, не спеша.

— Без меня ничего ишо не добыл?

— Чего это?

— Ну, соловья, что прошлой зимой носил...

— Пантелевич! Боже упаси! Зараз к чему же мне такая роскошь? Да и какой из меня добытчик с одной рукой? Это — твое дело, молодое, холостое... а мне уж пора свою справу бабе на помазок отдавать, сковородки подмазывать...

Они долго смотрели друг на друга — старые окопные товарищи, — смеющиеся и обрадованные встречей.

— Совсем пришел? — спросил Прохор.

— Совсем. Вчистую.

— До какого же ты чина дослужился?

— Был помощником командира полка.

— Чего же это тебя рано спустили?

Григорий помрачнел, коротко ответил:

— Не нужен стал.

— Через чего это?

— Не знаю. Должно быть, за прошлое.

— Так ты же эту фильтру-комиссию, какая при Особом отделе офицеров цедила, проскочил, какое может быть прошлое?

— Мало ли что.

— А Михаил где?

— На базу. Скотину убирает.

Прохор придвинулся ближе, снизил голос:

— Платона Рябчикова с месяц назад расстреляли.

— Что ты говоришь?

— Истинный бог!

В сенях скрипнула дверь.

— Потом потолкуем, — шепнул Прохор и — громче: — Так что же, товарищ командир, выпьем при такой великой радости? Пойти покликать Михаила?

— Иди зови.

Дуняшка собрала на стол. Она не знала, как угодить брату: положила ему на колени чистый рушник, придвинула тарелку с соленым арбузом, раз пять вытерла стакан... Григорий с улыбкой отметил про себя, что Дуняшка зовет его на «вы».

За столом Михаил первое время упорно молчал, внимательно вслушивался в слова Григория. Пил он мало и неохотно. Зато Прохор опрокидывал по полному стакану и только багровел да чаще разглаживал кулаком белесые усы.

Накормив и уложив спать детей, Дуняшка поставила на стол большую тарелку с вареной бараниной, шепнула Григорию:

— Брату́шка, я сбегаю за Аксиньей, вы супротив ничего не будете иметь?

Григорий молча кивнул головой. Ему казалось, никто не замечает, что весь вечер он находится в напряженном ожидании, но Дуняшка видела, как он настораживается при каждом стуке, прислушивается и косится на дверь. Положительно ничто не могло ускользнуть от не в меру проницательных глаз этой Дуняшки...

— А Терещенко-кубанец все взводом командует? — спрашивал Прохор, не выпуская из рук стакана, словно опасаясь, что кто-нибудь отнимет его.

— Убит под Львовом.

— Ну, царство ему небесное. Хороший был конармеец! — Прохор торопливо крестился, потягивал из стакана, не замечая язвительной улыбки Кошевого. — А этот, у какого чудна́я фамилия? Какой правофланговым был, фу, будь он проклят, как его, кажись — Май-Борода? Хохол, такой, ту́шистый и веселый, что под Бродами польского офицера напополам разрубил, — он-то живойздоровый?

— Как жеребец! В пулеметный эскадрон его забрали.

— Коня своего кому же сдал?

— У меня уже другой был.

— А белолобого куда дел?

— Убили осколком.

— В бою?

— В местечке стояли. Обстрел шел. У коновязи и убили.

— Ах, жалко! До чего добрый конь был! — Прохор вздыхал и снова прикладывался к стакану.

В сенях звякнула щеколда. Григорий вздрогнул. Аксинья переступила порог, невнятно сказала: «Здравствуйте!» — и стала снимать платок, задыхаясь и не сводя с Григория широко раскрытых сияющих глаз. Она прошла к столу, села рядом с Дуняшкой. На бровях и ресницах ее, на бледном лице таяли крохотные снежинки. Зажмурившись, она вытерла лицо ладонью, глубоко вздохнула и только тогда, пересилив себя, взглянула на Григория глубокими, потемневшими от волнения глазами.

— Односумка! Ксюша! Вместе отступали, вместе вшей кормили... Хотя мы тебя и бросили на Кубани, но что же нам было делать? — Прохор протягивал стакан, плеская на стол самогонку. — Выпей за Григория Пантелевича! Поздравь его с прибытием... Говорил я тебе, что возвернется в целости, и вот он, бери его за рупь двадцать! Сидит как обдутенький!

— Он уже набрался, соседка, ты его не слухай. — Григорий, смеясь, указал глазами на Прохора.

Аксинья поклонилась Григорию и Дуняшке и только слегка приподняла от стола стакан. Она боялась, что все увидят, как дрожит ее рука.

— С приездом вас, Григорий Пантелевич, а тебя, Дуняша, с радостью.

— А тебя с чем? С горем? — Прохор захохотал, толкнул Михаила в бок.

Аксинья густо покраснела, даже маленькие мочки ушей ее стали прозрачно-розовыми, но, твердо и зло глянув на Прохора, она ответила:

— И меня — с радостью... С великой!

Такой прямотой Прохор был обезоружен и умилен. Он попросил:

— Тяни ее, ради бога, всю до капельки. Умеешь прямо сказать — умей и пить прямо! Мне это вострый нож в сердце, кто оставляет.

В гостях Аксинья побыла недолго, ровно столько, сколько, по ее мнению, позволяло приличие. За все это время она лишь несколько раз, и то мельком, взглянула на своего возлюбленного. Она принуждала себя смотреть на остальных и избегала глаз Григория, потому что не могла притворяться равнодушной и не хотела выдавать своих чувств посторонним. Только один взгляд от порога, прямой, исполненный любви и преданности, поймал Григорий, и этим, по сути, все было сказано. Он вышел проводить Аксинью. Захмелевший Прохор крикнул вслед им:

— А ты недолго! Всё попьем!

В сенях Григорий молча поцеловал Аксинью в лоб и губы, спросил:

— Ну как, Ксюша?

— Ох, всего не расскажешь... Прийдешь завтра?

— Прийду.

Она спешила домой, шла быстро, словно там ждало ее неотложное дело, только около крыльца своего куреня замедлила шаг, осторожно поднялась по скрипучим ступенькам. Ей хотелось поскорее остаться наедине со своими мыслями, со счастьем, которое пришло так неожиданно.

Она сбросила кофту и платок, не зажигая огня, прошла в горницу. Через не прикрытое ставнями окно в комнату вторгался густой, лиловый свет ночи. За камелем печи звонко трещал сверчок. По привычке Аксинья заглянула в зеркало, и хоть в темноте и не видела своего отражения, все же поправила волосы, разгладила на груди сборки муслиновой кофточки, потом прошла к окну и устало опустилась на лавку.

Много раз в жизни не оправдывались, не сбывались ее надежды и чаяния, и, быть может, поэтому на смену недавней радости пришла всегдашняя тревога. Как-то сложится теперь ее жизнь? Что ждет ее в будущем? И не слишком ли поздно улыбается ей горькое бабье счастье?

Опустошенная пережитым за вечер волнением, она долго сидела, прижавшись щекой к холодному, заиндевевшему стеклу, устремив спокойный и немножко грустный взгляд в темноту, лишь слегка озаряемую снегом.

Григорий присел к столу, налил себе из кувшина полный стакан, выпил залпом.

— Хороша? — полюбопытствовал Прохор.

— Не разберу. Давно не пил.

— Как николаевская, истинный бог! — убежденно сказал Прохор и, качнувшись, обнял Михаила. — Ты в этих делах, Миша, разбираешься хуже, чем телок в помоях, а вот я знаю в напитках толк! И каких только настоек и вин мне не припадало пить! Есть такое вино, что не успеешь пробку вынуть, а из бутылки пена идет, как из бешеной собаки, видит бог — не брешу! В Польше, когда прорвали фронт и пошли с Семеном Михайловичем белых-поляков кастрычить, взяли мы с налету одну помещицкую усадьбу. Дом в ней стоит об двух с лишним этажах, на базу скотины набито рог к рогу, птицы всякой по двору ходит — плюнуть некуда, ну, словом, жил этот помещик, как царь. Когда взвод наш прибег на конях в эту усадьбу, там как раз офицеры пировали с хозяином, нас не ждали. Всех их порубили, в саду и на лестнице, а одного взяли в плен. Важный офицер был, а как забрали его — и усы книзу опустил, обмяк весь со страху. Григория Пантелевича в штаб эстренно вызвали, остались мы сами хозяева, зашли в нижние комнаты, а там стол огромадный, и чего только на этом столе нету! Покрасовались, а начинать страшно, хотя и ужасные мы голодные. «Ну как, думаем, оно все отравленное?» Пленный наш глядит чертом. Приказуем ему: «Ешь!» Жрет. Не с охотой, а жрет. «Пей!» Опять же пьет он. Из каждой блюды заставили по большому куску пробовать, из каждой бутылки — по стакану пить. Распухает, проклятый, на наших глазах от этих харчей, а у нас соленые слюни текут. Потом, видим, что офицер не помирает, и мы приступили. Наелись, напились пенистого вина по ноздри. Глядь, а офицера чистить с обоих концов начинает. «Ну, думаем, пропали! Сам, гад, отравленный корм ел и нас обманул». Приступаем к нему с шашками, а он — и руками и ногами. «Пане, это же я перекушал по вашей милости, не сумлевайтесь, пища здоровая!» И тут мы взялись обратно за вино! Нажмешь пробку, она стрельнет, будто из винтовки, и пена клубом идет, ажник со стороны глядеть страшно! От этого вина я в ту ночь до трех раз с коня падал! Только сяду в седло, и сызнова меня — как ветром сдует. Вот такое вино кажин день пил бы натощак по стакану, по два и жил бы лет до ста, а так разве свой срок доживешь? Разве это, к примеру, напиток? Зараза, а не напиток! От него, от падлы, раньше сроку копыта откинешь... — Прохор кивком головы указал на кувшин с самогоном и... налил себе стакан доверху.

Дуняшка ушла спать к детям в горницу, спустя немного поднялся и Прохор. Покачиваясь, он накинул внапашку полушубок, сказал:

— Кувшин не возьму. Душа не позволяет ходить с порожней посудой... Прийду, и зараз меня баба зачнет казнить. Она это умеет! Откудова у нее такие вредные слова берутся? Сам не знаю! Прийду выпимши, и она, к примеру, говорит так: «Кобель пьяный, безрукий, такой-сякой, разэтакий!» Тихочко и спокойночко образумляю ее, говорю: «Где же ты, чертова шалава, сучье вымя ты, видала пьяных кобелей, да ишо безруких? Таковых на свете не бывает». Одну подлость опровергаю — она мне другую говорит, другую опровергаю — она мне третью подносит, так у нас всенощная и идет до зари... Иной раз начертеет ее слухать — уйду под сарай спать, а другой раз прийдешь выпимши, и ежели она молчит, не ругается — я уснуть не могу, истинный бог! Чего-то мне вроде не хватает, какая-то чесотка на меня нападет, — не усну и шабаш! И вот затрону супругу, и опять она пошла меня казнить, ажник искры с меня сыпются! Она у меня от черта отрывок, а деваться некуда, пущай лютует, от этого она злей в работе будет, верно я говорю? Ну, пойду, прощайте! То ли уж мне в яслях переночевать, не тревожить ее нынче?

— До дома дотянешь? — смеясь, осведомился Григорий.

— Раком, а доползу! Али я не казак, Пантелевич? Даже очень обидно слухать.

— Ну, тогда — с богом!

Григорий проводил друга за калитку. Вошел в кухню.

— Что ж, потолкуем, Михаил?

— Давай.

Они сидели друг против друга, разделенные столом, молчали. Потом Григорий сказал:

— Что-то у нас не так... По тебе вижу, не так! Не по душе тебе мой приезд? Или я ошибаюсь?

— Нет, ты угадал, не по душе.

— Почему?

— Лишняя забота.

— Я думаю сам прокормиться.

— Я не об этом.

— Тогда об чем же?

— Враги мы с тобой...

— Были.

— Да, видно, и будем.

— Не понимаю. Почему?

— Ненадежный ты человек.

— Это ты зря. Говоришь ты это зря!

— Нет, не зря. Почему тебя в такое время демобилизовали? Скажи прямо?

— Не знаю.

— Нет, знаешь, да не хочешь сказать! Не доверяли тебе, так?

— Ежли б не верили — не дали бы эскадрон.

— Это на первых порах, а раз в армии тебя не оставили, стало быть, дело ясное, браток!

— А ты мне веришь? — глядя в упор, спросил Григорий.

— Нет! Как волка ни корми, он в лес глядит.

— Ты выпил нынче лишнего, Михаил.

— Это ты брось! Я не пьяней твоего. Там тебе не верили и тут веры большой давать не будут, так и знай!

Григорий промолчал. Вялым движением он взял с тарелки кусок соленого огурца, пожевал его и выплюнул.

— Тебе жена рассказывала про Кирюшку Громова? — спросил Михаил.

— Да.

— Тоже не по душе мне был его приезд. Как только услыхал я, в этот же день...

Григорий побледнел, глаза его округлились от бешенства.

— Что ж я тебе — Кирюшка Громов?!

— Не шуми. А чем ты лучше?

— Ну, знаешь...

— Тут и знать нечего. Все давно узнатое. А потом Митька Коршунов явится, мне тоже радоваться? Нет, уж лучше бы вы не являлись в хутор.

— Для тебя лучше?

— И для меня, да и народу лучше, спокойнее.

— Ты меня с ними не равняй!

— Я уже тебе сказал, Григорий, и обижаться тут нечего: ты не лучше их, ты непременно хуже, опасней.

— Чем же? Чего ты мелешь?

— Они рядовые, а ты закручивал всем восстанием.

— Не я им закручивал, я был командиром дивизии.

— А это мало?

— Мало или много — не в том дело... Ежли б тогда на гулянке меня не собирались убить красноармейцы, я бы, может, и не участвовал в восстании.

— Не был бы ты офицером, никто б тебя не трогал.

— Ежли б меня не брали на службу, не был бы я офицером... Ну, это длинная песня!

— И длинная и поганая песня.

— Зараз ее не перепевать, опоздано.

Они молча закурили. Сбивая ногтем пепел с цигарки, Кошевой сказал:

— Знаю я об твоих геройствах, слыхал. Много ты наших бойцов загубил, через это и не могу легко на тебя глядеть... Этого из памяти не выкинешь.

Григорий усмехнулся:

— Крепкая у тебя память! Ты брата Петра убил, а я тебе что-то об этом не напоминаю... Ежли все помнить — волками надо жить.

— Ну что ж, убил, не отказываюсь! Довелось бы мне тогда тебя поймать, я и тебя бы положил, как миленького!

— А я, когда Ивана Алексеевича в Усть-Хопре в плен забрали, спешил, боялся, что и ты там, боялся, что убьют тебя казаки... Выходит, занапрасну я тогда спешил.

— Благодетель какой нашелся! Поглядел бы я, как ты со мной разговаривал, ежли б зараз кадетская власть была, ежли б вы одолели. Ремни бы со спины, небось, вырезывал! Это ты зараз такой добрый...

— Может, кто-нибудь и резал бы ремни, а я поганить об тебя рук не стал бы.

— Значит, разные мы с тобой люди... Сроду я не стеснялся об врагов руки поганить и зараз не сморгну при нужде. — Михаил вылил в стаканы остатки самогона, спросил: — Будешь пить?

— Давай, а то дюже трезвые мы стали для такого разговора...

Они молча чокнулись, выпили. Григорий слег грудью на стол, смотрел на Михаила щурясь, покручивая ус.

— Так ты чего же, Михаил, боишься? Что я опять буду против Советской власти бунтовать?

— Ничего я не боюсь, а между прочим думаю: случись какая-нибудь заварушка — и ты переметнешься на другую сторону.

— Я мог бы там перейти к полякам, как ты думаешь? У нас целая часть перешла к ним.

— Не успел?

— Нет, не схотел. Я отслужил свое. Никому больше не хочу служить. Навоевался за свой век предостаточно и уморился душой страшно. Все мне надоело, и революция и контрреволюция. Нехай бы вся эта... нехай оно все идет пропадом! Хочу пожить возле своих детишек, заняться хозяйством, вот и все. Ты поверь, Михаил, говорю это от чистого сердца!

Впрочем, никакие заверения уже не могли убедить Кошевого, Григорий понял это и умолк. Он испытал мгновенную и горькую досаду на себя. Какого черта он оправдывался, пытался что-то доказать? К чему было вести этот пьяный разговор и выслушивать дурацкие проповеди Михаила? К черту! Григорий встал.

— Кончим этот никчемушний разговор! Хватит! Одно хочу тебе напоследок сказать: против власти я не пойду до тех пор, пока она меня за хрип не возьмет. А возьмет — буду обороняться! Во всяком случае, за восстание голову подкладать, как Платон Рябчиков, не буду.

— Это как, то есть?

— Так. Пущай мне зачтут службу в Красной Армии и ранения, какие там получил, согласен отсидеть за восстание, но уж ежели расстрел за это получать — извиняйте! Дюже густо будет!

Михаил презрительно усмехнулся:

— Тоже моду выдумал! Ревтрибунал или Чека у тебя не будет спрашивать, чего ты хочешь и чего не хочешь, и торговаться с тобой не будут. Раз проштрафился — получай свой паек с довеском. За старые долги надобно платить сполна!

— Ну, тогда поглядим.

— Поглядим, ясное дело.

Григорий снял пояс и рубашку, кряхтя, стал разуваться.

— Делиться будем? — спросил он, с чрезмерным вниманием разглядывая отпоровшуюся подметку на сапоге.

— У нас дележ короткий: подправлю свою хатенку и перейду туда.

— Да, давай уж как-нибудь расходиться. Ладу у нас с тобой не будет.

— Не будет, — подтвердил Михаил.

— Не думал, что ты обо мне такого мнения... Ну что ж...

— Я сказал прямо. Что думаю, то и сказал. В Вешенскую когда поедешь?

— Как-нибудь, днями.

— Не как-нибудь, а надо ехать завтра.

— Я шел пешком почти сорок верст, подбился, завтра отдохну, а послезавтра пойду на регистрацию.

— Приказ есть такой: регистрироваться немедленно. Ступай завтра.

— День-то отдохнуть надо? Не убегу же я.

— А черт тебя знает. Я за тебя отвечать не хочу.

— До чего же ты сволочной стал, Михаил! — сказал Григорий, не без удивления разглядывая посуровевшее лицо бывшего друга.

— Ты меня не сволочи! Я к этому не привык... — Михаил перевел дух и повысил голос: — Эти, знаешь, офицерские повадки бросать надо! Отправляйся завтра же, а ежли добром не пойдешь — погоню под конвоем. Понятно?

— Теперь все понятно... — Григорий с ненавистью посмотрел в спину уходившему Михаилу, не раздеваясь лег на кровать.

Что ж, все произошло так, как и должно было произойти. И почему его, Григория, должны были встречать по-иному? Почему, собственно, он думал, что кратковременная честная служба в Красной Армии покроет все его прошлые грехи? И может быть, Михаил прав, когда говорит, что не все прощается и что надо платить за старые долги сполна?

... Григорий видел во сне широкую степь, развернутый, приготовившийся к атаке полк. Уже, откуда-то издалека, неслось протяжное: «Эскадро-о-он...» — когда он вспомнил, что у седла отпущены подпруги. С силой ступил на левое стремя — седло поползло под ним... Охваченный стыдом и ужасом, он прыгнул с коня, чтобы затянуть подпруги, и в это время услышал мгновенно возникший и уже стремительно удалявшийся грохот конских копыт.

Полк пошел в атаку без него...

Григорий заворочался и, просыпаясь, услышал свой хриплый стон.

За окном чуть брезжил рассвет. Наверно, ветер ночью открыл ставню — и сквозь запушенное изморозью стекло был виден зеленый искрящийся круг ущербленного месяца. Ощупью Григорий нашел кисет, закурил. Все еще гулко и часто сдваивало сердце. Он лег на спину, улыбнулся: «Приснится же такая чертовщина! Не довелось сразиться...» Не думал он в этот предрассветный час, что еще не раз придется ему ходить в атаку и во сне и наяву.

VII

Дуняшка поднялась рано — надо было доить корову. В кухне осторожно ходил, покашливал Григорий. Прикрыв детишек одеялом, Дуняшка проворно оделась, вошла в кухню. Григорий застегивал шинель.

— Вы куда это спозаранок собрались, брату́шка?

— Пройдусь по хутору, погляжу.

— Позавтракали бы — тогда...

— Не хочу, голова болит.

— К завтраку вернетесь? Я зараз печь затоплю.

— Меня нечего ждать, я не скоро прийду.

Григорий вышел на улицу. К утру слегка оттаяло. Ветер дул с юга влажный и теплый. На каблуки сапог прилипал перемешанный с землею снег. Медленно шагая к центру хутора, Григорий внимательно, словно в чужой местности, разглядывал знакомые с детства дома и сараи. На площади чернели обуглившиеся развалины купеческих домов и лавок, сожженных Кошевым в прошлом году, полуразрушенная церковная ограда зияла проломами. «Кирпич на печки понадобился», — равнодушно подумал Григорий. Церковь стояла по-прежнему маленькая, вросшая в землю. Давно не крашенная крыша ее золотилась ржавчиной, стены пестрели бурыми потеками, а там, где отвалилась штукатурка, — ярко и свежо краснел обнаженный кирпич.

На улицах было безлюдно. Две или три заспанные бабы повстречались Григорию неподалеку от колодца. Они молча, как чужому, кланялись Григорию и только тогда, когда он проходил мимо, останавливались и подолгу глядели ему вслед.

«Надо на могилки сходить, проведать мать и Наталью, — подумал Григорий и свернул в проулок по дороге к кладбищу, но, пройдя немного, остановился. И без того тяжело и смутно было у него на сердце. — Как-нибудь в другой раз схожу, — решил он, направляясь к Прохору. — Им-то теперь все равно — приду или не приду. Им там покойно теперь. Все кончено. Могилки присыпало снежком. А земля, наверно, холодная там, в глубине... Вот и отжили — да как скоро, как во сне. Лежат все вместе, рядом: и жена, и мать, и Петро с Дарьей... Всей семьей перешли туда и лежат рядом. Им хорошо, а отец — один в чужой стороне. Скучно ему там среди чужих...» Григорий уже не смотрел по сторонам, шел, глядя под ноги, на белый, слегка увлажненный оттепелью и очень мягкий снежок, настолько мягкий, что он даже не ощущался под ногами и почти не скрипел.

Потом Григорий стал думать о детях. Какие-то они стали не по летам сдержанные, молчаливые, не такие, какими были при матери. Слишком много отняла у них смерть. Они напуганы. Почему Полюшка вчера заплакала, когда увидела его? Дети не плачут при встрече, это на них не похоже. О чем она подумала? И почему в глазах ее мелькнул испуг, когда он взял ее на руки? Может быть, она все время думала, что отца нет в живых и он никогда больше не вернется, а потом, увидев его, испугалась? Во всяком случае, он, Григорий, ни в чем не виноват перед ними. Надо только сказать Аксинье, чтобы она жалела их и всячески старалась заменить им мать... Пожалуй, они привяжутся к мачехе. Она ласковая, добрая баба. Из любви к нему она будет любить и детей.

Об этом тоже тяжело и горько было думать. Все это было не так-то просто. Вся жизнь оказалась вовсе не такой простой, какой она представлялась ему недавно. В глупой, ребячьей наивности он предполагал, что достаточно вернуться домой, сменить шинель на зипун, и все пойдет как по-писаному: никто ему слова не скажет, никто не упрекнет, все устроится само собой, и будет он жить да поживать мирным хлеборобом и примерным семьянином. Нет, не так это просто выглядит на самом деле.

Григорий осторожно открыл повисшую на одной петле калитку зыковского база. Прохор в растоптанных круглых валенках, в надвинутом по самые брови треухе шел к крыльцу, беспечно помахивая порожним дойным ведром. Белые капли молока невидимо сеялись по снегу.

– Здоро́во ночевали, товарищ командир!

— Слава богу.

— Опохмелиться бы надо, а то голова пустая, как вот это ведро.

— Опохмелиться — дело стоящее, а почему ведро пустое? Сам, что ли, корову доил?

Прохор кивком головы сдвинул треух на затылок, и только тогда Григорий увидел необычайно мрачное лицо друга.

— А то черт, что ли, мне ее будет доить? Ну, я ей, проклятой бабе, надоил. Как бы животом она не захворала от моего удоя!.. — Прохор остервенело швырнул ведро, коротко сказал: — Пойдем в хату.

— А жена? — нерешительно спросил Григорий.

— Черти с квасом ее съели! Ни свет ни заря сгреблась и поехала в Кружилинский за терном. Пришел от вас, и взялась она за меня! Читала-читала разные акафисты, потом как вскочит: «Поеду за терном! Нынче Максаевы снохи едут, и я поеду!» — «Езжай, думаю, хоть за грушами, скатертью тебе дорога!» Встал, затопил печь, пошел корову доить. Ну и надоил. Ты думаешь, одной рукой способно такие дела делать?

— Позвал бы какую-нибудь бабу, чудак!

— Чудак баран, он до покрова матку сосет, а я сроду чудаком не был. Думалось — сам управлюсь! Ну, и управился. Уж я под этой коровой лазил-лазил на ракушках, а она, треклятая, не стоит, ногами сучит. Я и треух снял, чтобы не пужать ее, — один толк. Рубаха на мне взмокла, пока подоил ее, и только руку протянул, ведро из-под нее брать, — как она даст ногой! Ведро — на один бок, — я на другой. Вот и надоил. Это не корова, а черт с рогами! Плюнул ей в морду и пошел. Я и без молока проживу. Будем похмеляться?

— А есть?

— Одна бутылка. Заклятая.

— Ну и хватит.

— Проходи, гостем будешь. Яишню сжарить? Я это в один миг.

Григорий нарезал сала, помог хозяину развести на загнетке огонь. Они молча смотрели, как шипят, подтаивают и скользят по сковородке кусочки розового сала. Потом Прохор вытащил из-за божницы запыленную бутылку.

— От бабы хороню там секретные дела, — коротко пояснил он.

Закусывали они в маленькой, жарко натопленной горнице, пили и вполголоса разговаривали.

С кем же, как не с Прохором, мог поделиться Григорий своими самыми сокровенными думами? Он сидел за столом, широко расставив длинные мускулистые ноги, хрипловатый басок его звучал приглушенно:

— ... И в армии и всю дорогу думал, как буду возле земли жить, отдохну в семье от всей этой чертовщины. Шутка дело — восьмой год с коня не слазил! Во сне и то чуть не каждую ночь вся эта красота снится: то ты убиваешь, то тебя убивают... Только, видно, Прохор, не выйдет по-моему... Видно, другим, не мне прийдется пахать землю, ухаживать за ней...

— Говорил с Михаилом вчера?

— Как меду напился.

— Чего же он?

 Григорий крестом сложил пальцы.

— Вот на нашу дружбу. За службу белым попрекает, думает, что зло таю на новую власть, нож держу против нее за пазухой. Боится, что восстание буду подымать, а на черта мне это нужно — он и сам, дурак, не знает.

— Он и мне это говорил.

Григорий невесело усмехнулся.

— Один хохол на Украине, как шли на Польшу, просил у нас оружия для обороны села. Банды их одолевали, грабили, скотину резали. Командир полка — при мне разговор был — и говорит: «Вам дай оружие, а вы сами в банду пойдете». А хохол смеется, говорит: «Вы, товарищ, только вооружите нас, а тогда мы не только бандитов, но и вас не пустим в село». Вот и я зараз вроде этого хохла думаю: кабы можно было в Татарский ни белых, ни красных не пустить — лучше было бы. По мне они одной цены — что, скажем, свояк мой Митька Коршунов, что Михаил Кошевой. Он думает, что такой уж я белым приверженный, что и жить без них не могу. Хреновина! Я им приверженный, как же! Недавно, когда подступили к Крыму, довелось цокнуться в бою с корниловским офицером — полковничек такой шустрый, усики подбритые по-английцки, под ноздрями две полоски, как сопли, — так я его с таким усердием навернул, ажник сердце взыграло! Полголовы вместе с половиной фуражки осталось на бедном полковничке... и белая офицерская кокарда улетела... Вот и вся моя приверженность! Они мне тоже насолили достаточно. Кровью заработал этот проклятый офицерский чин, а промежду офицеров был как белая ворона. Они, сволочи, и за человека меня сроду не считали, руку требовали подавать, да чтобы я им после этого... Под разэтакую мамашу! И говорить-то об этом тошно! Да чтоб я ихнюю власть опять устанавливал? Генералов Фицхелауровых приглашал? Я это дело спробовал раз, а потом год икал, хватит, ученый стал, на своем горбу все отпробовал!

Макая в горячее сало хлеб, Прохор сказал:

— Никакого восстания не будет. Первое дело — казаков вовсе на-мале осталось, а какие уцелели — они тоже грамотные стали. Крови братушкам пустили порядком, и они такие смирные да умные стали, что их зараз к восстанию и на аркане не притянешь. А тут ишо наголодался народ по мирной жизни. Ты поглядел бы, как это лето все работали: сенов понавалили скирды, хлеб убрали весь до зерна, ажник хрипят, а пашут и сеют, как, скажи, каждый сто годов прожить собирается! Нет, об восстании и гутарить нечего. Глупой это разговор. Хотя чума их знает, чего они, казачки, удумать могут...

— А чего же они удумать могут? Ты это к чему?

— Соседи-то наши удумали же...

— Ну?

— Вот тебе и ну. Восстание в Воронежской губернии, где-то за Богучаром, поднялось.

— Брехня это!

— Какая там брехня, вчера сказал знакомый милиционер. Их как будто туда направлять собираются.

— В каком самом месте?

— В Монастырщине, в Сухом Донце, в Пасеке, в Старой и Новой Калитве и ишо где-то там. Восстание, говорит, огромадное.

— Чего же ты вчера об этом не сказал, гусь щипаный?

— Не схотел при Михаиле говорить, да и приятности мало об таких делах толковать. Век бы не слыхать про такие штуки, — с неудовольствием ответил Прохор.

Григорий помрачнел. После долгого раздумья сказал:

— Это плохая новость.

— Она тебя не касается. Нехай хохлы думают. Набьют им зады до болятки, тогда узнают, как восставать. А нам с тобой это вовсе ни к чему. Мне за них нисколько не больно.

— Мне теперь будет трудновато.

— Чем это?

— Как — чем? Ежели и окружная власть обо мне такого мнения, как Кошевой, тогда мне тигулевки не миновать. По соседству восстание, а я бывший офицер да ишо повстанец... Понятно тебе?

Прохор перестал жевать, задумался. Такая мысль ему не приходила в голову. Оглушенный хмелем, он думал медленно и туговато.

— При чем же ты тут, Пантелевич? — недоуменно спросил он.

Григорий досадливо поморщился, промолчал. Новостью он был явно встревожен. Прохор протянул было ему стакан, но он отстранил руку хозяина, решительно сказал:

— Больше не пью.

— А может, ишо по одной протянем? Пей, Григорий Пантелевич, пока почернеешь. От этой развеселой жизни только самогонку и глушить.

— Черней уж ты один. И так голова дурная, а от нее и вовсе загубишься. Мне нынче в Вешки идти, регистрироваться.

Прохор пристально посмотрел на него. Опаленное солнцем и ветрами лицо Григория горело густым, бурым румянцем, лишь у самых корней зачесанных назад волос кожа светилась матовой белизной. Он был спокоен, этот видавший виды служивый, с которым война и невзгоды сроднили Прохора. Слегка припухшие глаза его смотрели хмуро, с суровой усталостью.

— Не боишься, что это самое... что посадят? — спросил Прохор.

Григорий оживился:

— Как раз этого-то, парень, и боюсь! Сроду не сидел и боюсь тюрьмы хуже смерти. А видно, прийдется и этого добра спробовать.

— Зря ты домой шел, — с сожалением сказал Прохор.

— А куда же мне было деваться?

— Прислонился бы где-нибудь в городе, переждал, пока утрясется эта живуха, а тогда и шел бы.

Григорий махнул рукой, засмеялся:

— Это не по мне! Ждать да догонять — самое постылое дело. Куда же я от детей пошел бы?

— Тоже, сказал! Жили же они без тебя? Потом забрал бы их и свою любезную. Да, забыл тебе сказать! Хозяева твои, у каких ты перед войной с Аксиньей проживал, преставились обое.

— Листницкие?

— Они самые. Кум мой Захар был в отсту́пе при молодом Листницком за денщика, рассказывал: старый пан в Морозовской от тифу помер, а молодой до Катеринодара дотянул, там его супруга связалась с генералом Покровским, ну, он и не стерпел, застрелился от неудовольствия.

— Ну и черт с ними, — равнодушно сказал Григорий. — Жалко добрых людей, какие пропали, а об этих горевать некому. — Он встал, надел шинель и, уже держась за дверную скобу, раздумчиво заговорил: — Хотя черт его знает, такому, как молодой Листницкий или как наш Кошевой, я всегда завидовал... Им с самого начала все было ясное, а мне и до́ се все неясное. У них, у обоих, свои, прямые дороги, свои концы, а я с семнадцатого года хожу по вилюжкам, как пьяный качаюсь.. От белых отбился, к красным не пристал, так и плаваю, как навоз в проруби... Видишь, Прохор, мне, конечно, надо бы в Красной Армии быть до конца, может, тогда и обошлось бы для меня все по-хорошему. И я сначала — ты же знаешь это — с великой душой служил Советской власти, а потом все это поломалось... У белых, у командования ихнего, я был чужой, на подозрении у них был всегда. Да и как могло быть иначе? Сын хлебороба, безграмотный казак — какая я им родня? Не верили они мне! А потом и у красных так же вышло. Я ить не слепой, увидал, как на меня комиссар и коммунисты в эскадроне поглядывали... В бою с меня глаз не сводили, караулили каждый шаг и наверняка думали: «Э-э, сволочь, беляк, офицер казачий, как бы он нас не подвел». Приметил я это дело, и сразу у меня сердце захолодало. Остатнее время я этого недоверия уже терпеть не мог больше. От жару ить и камень лопается. И лучше, что меня демобилизовали. Все к концу ближе. — Он глухо откашлялся, помолчал и, не оглядываясь на Прохора, уже другим голосом сказал: — Спасибо за угощение. Пошел я. Бывай здоров. К вечеру, ежели вернусь, зайду. Бутылку прибери, а то жена приедет — сковородник об твою спину обломает.

Прохор проводил его до крыльца, в сенях шепнул:

— Ох, Пантелевич, гляди, как бы тебя там не примкнули.

— Погляжу, — сдержанно ответил Григорий.

Не заходя домой, он спустился к Дону, отвязал у пристани чей-то баркас, пригоршнями вычерпал из него воду, потом выломал из плетня кол, пробил лед в окраинцах и поехал на ту сторону.

По Дону катились на запад темно-зеленые, вспененные ветром волны. В тиховодье у берегов они обламывали хрупкий прозрачный ледок, раскачивали зеленые пряди тины-шелковицы. Над берегом стоял хрустальный звон бьющихся льдинок, мягко шуршала омываемая водой прибрежная галька, а на середине реки, там, где течение было стремительно и ровно, Григорий слышал только глухие всплески и клёкот волн, толпившихся у левого борта баркаса, да низкий, басовитый, неумолчный гул ветра в обдонском лесу.

До половины вытащив баркас на берег, Григорий присел, снял сапоги, тщательно перемотал портянки, чтобы легче было идти.

К полудню он пришел в Вешенскую.

В окружном военном комиссариате было многолюдно и шумно. Резко дребезжали телефонные звонки, хлопали двери, входили и выходили вооруженные люди, из комнат доносилась сухая дробь пишущих машинок. В коридоре десятка два красноармейцев, окружив небольшого человека, одетого в сборчатый романовский полушубок, что-то наперебой говорили и раскатисто смеялись. Из дальней комнаты, когда Григорий проходил по коридору, двое красноармейцев выкатили станковый пулемет. Колесики его мягко постукивали по выщербленному деревянному полу. Один из пулеметчиков, упитанный и рослый, шутливо покрикивал: «А ну сторонись, штрафная рота, а то задавлю!»

«Видно, и на самом деле собираются выступать на восстание», — подумал Григорий.

Его задержали на регистрации недолго. Поспешно отметив удостоверение, секретарь военкомата сказал:

— Зайдите в политбюро* при Дончека. Вам, как бывшему офицеру, надлежит взяться у них на учет.

— Слушаю. — Григорий откозырял, ничем не выдав охватившего его волнения.

На площади он остановился в раздумье. Надо было идти в политбюро, но все существо его мучительно сопротивлялось этому. «Посадят!» — говорил ему внутренний голос, и Григорий содрогался от испуга и отвращения. Он стоял около школьного забора, незрячими глазами смотрел на унавоженную землю и уже видел себя со связанными руками, спускающегося по грязной лестнице в подвал, и — человека сзади, твердо сжимающего шершавую рукоятку нагана. Григорий сжал кулаки, посмотрел на вздувшиеся синие вены. И эти руки свяжут? Вся кровь бросилась ему в лицо. Нет, сегодня он не пойдет туда! Завтра — пожалуйста, а сегодня он сходит в хутор, проживет этот день с детьми, увидит Аксинью и утром вернется в Вешенскую. Черт с ней, с ногой, которая побаливает при ходьбе. Он только на один день сходит домой — и вернется сюда, непременно вернется. Завтра будь что будет, а сегодня — нет!

— А-а, Мелехов! Сколько лет, сколько зим...

Григорий повернулся. К нему подходил Яков Фомин — однополчанин Петра, бывший командир мятежного 28-го полка Донской армии.

Это был уже не тот Фомин, нескладный и небрежно одетый атаманец, каким его некогда знавал Григорий. За два года он разительно изменился: на нем ловко сидела хорошо подогнанная кавалерийская шинель, холеные русые усы были лихо закручены, и во всей фигуре, в подчеркнуто бравой походке, в самодовольной улыбке сквозило сознание собственного превосходства и отличия.

* Политбюро — здесь: название окружных или уездных органов ЧК в 1920–1921 гг.

— Какими судьбами к нам? — спросил он, пожимая руку Григория, засматривая в глаза ему своими широко поставленными голубыми глазами.

— Демобилизован. В военкомат заходил...

— Давно прибыл?

— Вчера.

— Часто вспоминаю братана твоего Петра Пантелевича. Хороший был казак, а погиб зря... Мы же с ним темные* друзья были. Не надо было вам, Мелехов, восставать в прошлом году. Ошибку вы понесли!

Что-нибудь нужно было говорить, и Григорий сказал:

— Да. Ошиблись казаки...

— Ты в какой части был?

— В Первой Конной.

— Кем?

— Командиром эскадрона.

— Вот как! Я тоже зараз командую эскадроном. Тут же у нас, в Вешенской, свой караульный эскадрон. — Он глянул по сторонам и, понизив голос, предложил: — Вот что, пойдем-ка пройдемся, проводишь меня трошки, а то тут народ слоняется, не дадут нам потолковать.

Они пошли по улице. Фомин, искоса посматривая на Григория, спросил:

— Думаешь дома жить?

— А где же мне жить? Дома.

— Хозяйствовать?

— Да.

Фомин сожалеюще покачал головой и вздохнул:

— Плохое время ты, Мелехов, выбрал, ох, плохое... Не надо бы тебе домой являться ишо год, два.

— Почему?

Взяв Григория под локоть, слегка наклонившись, Фомин шепнул:

— Тревожно в округе. Казаки дюже недовольные продразверсткой. В Богучарском уезде восстание. Нынче выступаем на подавление. Лучше бы тебе, парень,

---

* Здесь: в смысле закадычные.

смыться отсюда, да поживее. С Петром друзья мы были большие, поэтому и даю тебе такой совет: уходи!

— Мне уходить некуда.

— Ну, гляди! Я к тому это говорю, что политбюро офицеров зачинает арестовывать. За эту неделю трех подхорунжих с Дударевки привезли, одного с Решетовки, а с энтой стороны Дона их пачками везут, да и простых, нечиненых, казаков начинают щупать. Угадывай сам, Григорий Пантелевич.

— За совет спасибо, но только никуда я не пойду, — упрямо сказал Григорий.

— Это уж твое дело.

Фомин заговорил о положении в округе, о своих взаимоотношениях с окружным начальством и с окрвоенкомом Шахаевым. Занятый своими мыслями, Григорий слушал его невнимательно. Они прошли три квартала, и Фомин приостановился.

— Мне надо зайти в одно место. Пока. — Приложив руку к кубанке, он холодно попрощался с Григорием, пошел по переулку, поскрипывая новыми наплечными ремнями, прямой и до смешного важный.

Григорий проводил его взглядом и повернул обратно. Поднимаясь по каменным ступенькам двухэтажного здания политбюро, он думал: «Кончать — так поскорее, нечего тянуть! Умел, Григорий, шкодить — умей и ответ держать!»

VIII

Часам к восьми утра Аксинья загребла жар в печи, присела на лавку, вытирая завеской раскрасневшееся, потное лицо. Она встала еще до рассвета, чтобы пораньше освободиться от стряпни, — наварила лапши с курицей, напекла блинов, вареники обильно залила каймаком, поставила зажаривать; она знала — Григорий любит зажаренные вареники, и готовила праздничный обед в надежде, что возлюбленный будет обедать у нее.

Ей очень хотелось под каким-нибудь предлогом пойти к Мелеховым, побыть там хоть минутку, хоть одним глазком взглянуть на Григория. Просто немыслимо было думать, что он тут, рядом, и не видеть его. Но она все же пересилила это желание, не пошла. Не девчонка же она, в самом деле. В ее возрасте незачем поступать легкомысленно.

Она тщательнее, чем всегда, вымыла руки и лицо, надела чистую рубашку и новую, с прошивкой нижнюю юбку. У открытого сундука долго стояла в раздумье — что же все-таки надеть? Неудобно было в будничный день наряжаться, но и не хотелось оставаться в простом, рабочем платье. Не зная, на чем остановить свой выбор, Аксинья хмурилась, небрежно перебирала выглаженные юбки. Наконец, она решительно взяла темно-синюю юбку и почти неприношенную голубую кофточку, отделанную черным кружевом. Это было лучшее, что она имела. В конце концов не все ли равно, что подумают о ней соседи? Пусть для них сегодня — будни, зато для нее — праздник. Она торопливо принарядилась, подошла к зеркалу. Легкая удивленная улыбка скользнула по ее губам: чьи-то молодые, с огоньком, глаза смотрели на нее пытливо и весело. Аксинья внимательно, строго рассматривала свое лицо, потом с облегчением вздохнула. Нет, не отцвела еще ее красота! Еще не один казак остановится при встрече и проводит ее ошалелыми глазами!

Оправляя перед зеркалом юбку, она вслух сказала: «Ну, Григорий Пантелевич, держись!..» — и, чувствуя, что краснеет, засмеялась тихим, приглушенным смехом. Однако все это не помешало ей найти на висках несколько седых волос и выдернуть их. Григорий не должен был видеть ничего такого, что напоминало бы ему об ее возрасте. Для него она хотела быть такой же молодой, как и семь лет назад.

До обеда она кое-как высидела дома, но потом не выдержала и, накинув на плечи белый, козьего пуха платок, пошла к Мелеховым. Дуняшка была дома одна. Аксинья поздоровалась, спросила:

— Вы не обедали?

— С такими бездомовниками пообедаешь вовремя! Муж в Совете, а Гриша ушел в станицу. Детишек уже покормила, жду больших.

Внешне спокойная, ни движением, ни словом не выказав постигшего ее разочарования, Аксинья сказала:

— А я думала — вы все в сборе. Когда же Гриша... Григорий Пантелевич вернется? Нынче?

Дуняшка окинула быстрым взглядом принаряженную соседку, нехотя сказала:

— Он пошел на регистрацию.

— Когда сулил вернуться?

В глазах Дуняшки сверкнули слезы; запинаясь, она с упреком проговорила:

— Тоже, нашла время... разнарядилась... А того не знаешь — он, может, и не вернется вовсе.

— Как — не вернется?

— Михаил говорит, что его арестуют в станице... — Дуняшка заплакала скупыми, злыми слезами, вытирая глаза рукавом, выкрикнула: — Будь она проклята, такая жизня! И когда все это кончится? Ушел, а детишки, как, скажи, они перебесились, — ходу мне не дают: «Куда батянька ушел да когда он прийдет?» А я знаю? Проводила вон их на баз, а у самой все сердце изболелось... И что это за проклятая жизня! Нету никакого покоя, хоть криком кричи!..

— Ежли к ночи он не вернется — завтра пойду в станицу, узнаю. — Аксинья сказала это таким безразличным тоном, как будто речь шла о чем-то самом обыденном, что не стоило ни малейшего волнения.

Дивясь ее спокойствию, Дуняшка вздохнула:

— Теперь уж его, видно, не ждать. И на горе он шел сюда!

— Ничего покамест не видно! Ты кричать-то перестань, а то дети подумают... Прощай!

Григорий вернулся поздно вечером. Побыв немного дома, он пошел к Аксинье.

Тревога, в которой провела она весь долгий день, несколько притупила радость встречи. Аксинья к вечеру испытывала такое ощущение, как будто работала весь день, не разгибая спины. Подавленная и уставшая от ожидания, она прилегла на кровать, задремала, но, заслышав шаги под окном, вскочила с живостью девочки.

— Что же ты не сказал, что пойдешь в Вёшки? — спросила она, обнимая Григория и расстегивая на нем шинель.

— Не успел сказаться, спешил.

— А мы с Дуняшкой откричали, каждая поврозь, думали — не вернешься.

Григорий сдержанно улыбнулся:

— Нет, до этого не дошло. — Помолчал и добавил: — Пока не дошло.

Прихрамывая, он прошел к столу, сел. В раскрытую дверь было видно горницу, широкую деревянную кровать в углу, сундук, тускло отсвечивавший медью оковки. Все здесь осталось таким же, каким было в то время, когда он еще парнем захаживал сюда в отсутствие Степана; почти ни в чем он не видел перемен, словно время шло мимо и не заглядывало в этот дом; сохранился даже прежний запах: пахло бражным душком свежих хмелин, чисто вымытыми полами и совсем немного, чуть слышно — увядшим чабрецом. Как будто совсем недавно Григорий в последний раз на заре выходил отсюда, а на самом деле как давно все это было...

Он подавил вздох и не спеша стал сворачивать папироску, но почему-то дрогнули руки, и он рассыпал на колени табак.

Аксинья торопливо собирала на стол. Холодную лапшу надо было подогревать. Сбегав за щепками в сарай, Аксинья — запыхавшаяся и слегка побледневшая — стала разводить огонь на загнетке. Она дула на мечущие искрами пылающие уголья и успевала посматривать на сгорбившегося, молча курившего Григория.

— Как твои дела там? Все управил?

— Все по-хорошему.

— С чего это Дуняшка взяла, что тебя беспременно должны заарестовать? Она и меня-то напужала до смерти.

Григорий поморщился, с досадой бросил папиросу.

— Михаил ей в уши надул. Это он все придумывает, беду на мою голову кличет.

Аксинья подошла к столу. Григорий взял ее за руки.

— А ты знаешь, — сказал он, снизу вверх глядя в ее глаза, — дела мои не дюже нарядные. Я сам думал, как шел в это политбюро, что не выйду оттуда. Как-никак я дивизией командовал в восстание, сотник по чину... Таких зараз к рукам прибирают.

— Что же они тебе сказали?

— Анкету дали заполнить, бумага такая, всю службу там надо описать. А из меня писарь плохой. Сроду так много не припадало писать, часа два сидел, описывал все свое прохождение. Потом ишо двое в комнату зашли, все про восстание расспрашивали. Ничего, обходительные люди. Старший спрашивает: «Чаю не хотите? Только с сахарином». Какой там, думаю, чай! Хотя бы ноги от вас в целости унесть. — Григорий помолчал и презрительно, как о постороннем, сказал: — Жидковат оказался на расплату... Сробел.

Он был зол на себя за то, что там, в Вешенской, струсил и не в силах был побороть охвативший его страх. Ему было вдвойне досадно, что опасения его оказались напрасными. Теперь все пережитое выглядело смешно и постыдно. Он думал об этом всю дорогу и, быть может, потому сейчас рассказывал обо всем этом, высмеивая себя и несколько преувеличивая испытанные переживания.

Аксинья внимательно выслушала его рассказ, затем мягко освободила руки и отошла к печи. Поправляя огонь, она спросила: а как же дальше?

— Через неделю опять надо идти отмечаться.

— Думаешь, тебя все-таки заберут?

— Как видно — да. Рано или поздно возьмут.

— Что же будем делать? Как жить будем, Гриша?

— Не знаю. Давай потом об этом потолкуем. Вода у тебя есть умыться?

Они сели ужинать, и снова к Аксинье вернулось то полновесное счастье, которое испытывала она утром. Григорий был тут, рядом с ней; на него можно было смотреть безотрывно, не думая о том, что посторонние подстерегают ее взгляды, можно было говорить глазами все, не таясь и не смущаясь. Господи, как она соскучилась по нем, как истомилось, наскучало по этим большим неласковым рукам ее тело! Она почти не прикасалась к еде; слегка подавшись вперед, смотрела, как жадно жует Григорий, ласкала затуманившимся взглядом лицо его, смуглую, туго обтянутую стоячим воротником гимнастерки шею, широкие плечи, руки, тяжело лежавшие на столе... Она жадно вдыхала исходивший от него смешанный запах терпкого мужского пота и табака, такой знакомый и родной запах, свойственный лишь одному ему. Только по запаху она с завязанными глазами могла бы отличить своего Григория из тысячи мужчин... На щеках ее горел густой румянец, часто и гулко стучало сердце. В этот вечер она не могла быть внимательной хозяйкой, потому что, кроме Григория, не видела ничего вокруг. А он и не требовал внимания: сам отрезал хлеба, поискал глазами и нашел солонку на камельке печи, налил себе вторую тарелку лапши.

— Голодный я, как собака, — словно оправдываясь, с улыбкой сказал он. — С утра ничего не ел.

И только тогда Аксинья вспомнила о своих обязанностях, торопливо вскочила:

— Ох, головушка горькая! Про вареники и про блинцы-то я и забыла! Ешь курятину, пожалуйста! Ешь дюжей, мой родимый!.. Зараз все подам.

Но как же долго и старательно он ел! Как будто его не кормили целую неделю. Угощать его было делом совершенно излишним. Аксинья терпеливо ждала, потом все же не выдержала: села рядом с ним, левой рукой притянула к себе его голову, правой взяла чистый расшитый рушник, сама вытерла возлюбленному замаслившиеся губы и подбородок и, зажмурив глаза так, что в темноте брызнули оранжевые искорки, не дыша, крепко прижалась губами к его губам.

В сущности, человеку надо очень немного, чтобы он был счастлив. Аксинья, во всяком случае, была счастлива в этот вечер.

IX

Григорию тяжело было встречаться с Кошевым. Отношения их определились с первого дня, и разговаривать им было больше не о чем, да и не к чему. По всей вероятности, и Михаилу не доставляло удовольствия видеть Григория. Он нанял двух плотников, и они спешно ремонтировали его хатенку: меняли полусгнившие стропила на крыше, заново перебирали и ставили одну из покосившихся стен, делали новые притолоки, рамы и двери.

После возвращения из Вешенской Григорий сходил в хуторской ревком, предъявил Кошевому свои отмеченные военкоматом воинские документы и ушел, не попрощавшись. Он переселился к Аксинье, забрал с собою детей и кое-что из своего имущества. Дуняшка, провожая его на новое жительство, всплакнула.

— Братушка, не держите на меня сердца, я перед вами не виноватая, — сказала она, умоляюще глядя на брата.

— За что же, Дуня? Нет-нет, что ты, — успокоил ее Григорий. — Заходи нас проведывать... Я у тебя один из родни остался, я тебя всегда жалел и зараз жалею... Ну а муж твой — это другое дело. С тобой мы дружбу не порушим.

— Мы скоро перейдем из дому, не серчай.

— Да нет же! — досадливо сказал Григорий. — Живите в доме хотя до весны. Вы мне не помеха, а места мне с ребятами и у Аксиньи хватит.

— Женишься на ней, Гриша?

— С этим успеется, — неопределенно ответил Григорий.

— Бери ее, брат, она хорошая, — решительно сказала Дуняшка. — Покойница маманя говорила, что тебе только ее в жены и брать. Она ее прилюбила последнее время, часто наведывалась к ней перед смертью.

— Ты меня вроде как уговариваешь, — улыбаясь, сказал Григорий. — На ком же мне, окромя нее, жениться? Не на бабке же Андронихе?

Андрониха была самая древняя старуха в Татарском. Ей давно перевалило за сто. Дуняшка, вспомнив ее крохотную, согнутую до земли фигурку, рассмеялась:

— Скажешь же ты, братушка! Я ить так только спросила. Ты молчишь об этом — я и спросила.

— Уж кого-кого, а тебя на свадьбу позову. — Григорий шутливо хлопнул сестру по плечу и с легким сердцем пошел с родного двора.

По правде сказать, ему было безразлично, где бы ни жить, лишь бы жить спокойно. Но вот этого-то спокойствия он и не находил... Несколько дней он провел в угнетающем безделье. Пробовал было кое-что смастерить в Аксиньином хозяйстве и тотчас почувствовал, что ничего не может делать. Ни к чему не лежала душа. Тягостная неопределенность мучила, мешала жить; ни на одну минуту не покидала мысль, что его могут арестовать, бросить в тюрьму — это в лучшем случае, а не то и расстрелять.

Просыпаясь по ночам, Аксинья видела, что он не спит. Обычно он лежал на спине, закинув за голову руки, смотрел в сумеречную темноту, и глаза у него были холодные и злые. Аксинья знала, о чем он думает. Помочь ему она ничем не могла. Она сама страдала, видя, как ему тяжело, и догадываясь о том, что надежды ее на совместную жизнь снова становятся несбыточными. Она ни о чем его не спрашивала. Пусть он решает все сам. Только раз ночью, когда проснулась и увидела сбоку багряный огонек папиросы, она сказала:

— Гриша, ты все не спишь... Может, ты ушел бы на это время из хутора? Или, может, нам вместе куда-нибудь уехать, скрыться?

Он заботливо прикрыл одеялом ее ноги и нехотя ответил:

— Я подумаю. Ты спи.

— А потом вернулись бы, когда все тут успокоится, а?

И снова он ответил неопределенно, так, как будто у него не было никакого решения:

— Поглядим, как оно дальше будет. Спи, Ксюша. — И осторожно и ласково прикоснулся губами к ее голому, шелковисто прохладному плечу.

А на самом деле он уже принял решение: в Вешенскую он больше не пойдет. Напрасно будет ждать его тот человек из политбюро, который принимал его прошлый раз. Он тогда сидел за столом, накинув шинель на плечи, с хрустом потягивался и притворно зевал, слушая его, Григория, рассказ о восстании. Больше он ничего не услышит. Все рассказано.

В тот день, когда надо будет отправляться в политбюро, Григорий уйдет из хутора, если понадобится — надолго. Куда — он еще сам не знал, но уйти решил твердо. Ни умирать, ни сидеть в тюрьме ему не хотелось. Выбор он сделал, но преждевременно говорить об этом Аксинье не хотел. Незачем было отравлять ей последние дни, они и так были не очень-то веселыми. Об этом надо будет сказать в последний день, так он решил. А сейчас пусть она спит спокойно, уткнувшись лицом ему в подмышку. Она часто за эти ночи говорила: «Хорошо мне спать под твоим крылом». Ну, и пусть спит пока. Недолго ей, бедной, осталось прижиматься к нему...

По утрам Григорий нянчился с детьми, потом бесцельно бродил по хутору. На людях ему было веселее.

Как-то Прохор предложил собраться у Никиты Мельникова, выпить вместе с молодыми казаками-сослуживцами. Григорий решительно отказался. Он знал из разговоров хуторян, что они недовольны продразверсткой и что во время выпивки об этом неизбежно будет идти речь. Ему не хотелось навлекать на себя подозрения, и даже при встречах со знакомыми он избегал разговоров о политике. Хватит с него этой политики, она и так выходила ему боком.

Осторожность была тем более не лишней, что хлеб по продразверстке поступал плохо, и в связи с этим трех стариков взяли как заложников, под конвоем двух продотрядников отправили в Вешенскую.

На следующий день возле лавки ЕПО Григорий увидел недавно вернувшегося из Красной Армии бывшего батарейца Захара Крамскова. Он был преизрядно пьян, покачивался на ходу, но, подойдя к Григорию, застегнул на все пуговицы измазанную белой глиной куртку, хрипло сказал:

— Здравия желаю, Григорий Пантелевич!

— Здравствуй. — Григорий пожал широченную лапу коренастого и крепкого, как вяз, батарейца.

— Угадываешь?

— А как же.

— Помнишь, как в прошлом годе под Боковской наша батарея выручила тебя? Без нас твоей коннице пришлось бы туго. Сколько мы тогда красных положили — страсть! Один раз на удар давали, другой раз шрапнелью... Это я наводчиком у первого орудия работал! Я! — Захар гулко стукнул кулаком по своей широкой груди.

Григорий покосился по сторонам — на них смотрели стоявшие неподалеку казаки, вслушивались в происходивший разговор. У Григория дрогнули углы губ, в злобном оскале обнажились белые плотные зубы.

— Ты пьяный, — сказал он вполголоса, не разжимая зубов. — Иди проспись и не бреши лишнего.

— Нет, я не пьяный! — громко выкрикнул подгулявший батареец. — Я, может, от горя пьяный! Пришел домой, а тут не жизня, а б...! Нету казакам больше жизни, и казаков нету! Сорок пудов хлеба наложили, это — что? Они его сеяли, что накладывают? Они знают, на чем он, хлеб, растет?

Он смотрел бессмысленными, налитыми кровью глазами и вдруг, качнувшись, медвежковато облапил Григория, дохнул в лицо ему густым самогонным перегаром.

— Ты почему штаны без лампасов носишь? В мужики записался? Не пустим! Лапушка моя, Григорий Пантелевич! Перевоевать надо! Скажем, как в прошлом годе: долой коммунию, да здравствует Советская власть!

Григорий резко оттолкнул его от себя, прошептал:

— Иди домой, пьяная сволочь! Ты сознаешь, что ты говоришь?!

Крамсков выставил вперед руку с широко растопыренными обкуренными пальцами, бормотнул:

— Извиняй, ежели что не так. Извиняй, пожалуйста, но я тебе истинно говорю, как своему командиру... Как все одно родному отцу-командиру: надо перевоевать!

Григорий молча повернулся, пошел через площадь домой. До вечера он находился под впечатлением этой нелепой встречи, вспоминал пьяные выкрики Крамскова, сочувственное молчание и улыбки казаков, думал: «Нет, надо уходить поскорее! Добра не будет...»

В Вешенскую нужно было идти в субботу. Через три дня он должен был покинуть родной хутор, но вышло иначе: в четверг ночью, — Григорий уже собрался ложиться спать, — в дверь кто-то резко постучал. Аксинья вышла в сени. Григорий слышал, как она спросила: «Кто там?» Ответа он не услышал, но, движимый неясным чувством тревоги, встал с кровати и подошел к окну. В сенях звякнула щеколда. Первой вошла Дуняшка. Григорий увидел ее бледное лицо и, еще ни о чем не спрашивая, взял с лавки папаху и шинель.

— Братушка...

— Что? — тихо спросил он, надевая в рукава шинель. Задыхаясь, Дуняшка торопливо сказала:

— Братушка, уходи зараз же! К нам приехали четверо конных из станицы. Сидят в горнице... Они говорили шепотом, но я слыхала... Стояла под дверью и все слыхала... Михаил говорит — тебя надо арестовать... Рассказывает им про тебя... Уходи!

Григорий быстро шагнул к ней, обнял, крепко поцеловал в щеку.

— Спасибо, сестра! Ступай, а то заметят, что ушла. Прощай. — И повернулся к Аксинье: — Хлеба! Скорей! Да не целый, краюху!

Вот и кончилась его недолгая мирная жизнь... Он действовал, как в бою, — поспешно, но уверенно; прошел в горницу, осторожно поцеловал спавших детишек, обнял Аксинью.

— Прощай! Скоро подам вестку, Прохор скажет. Береги детей. Дверь запри. Спросят — скажи, ушел в Вёшки. Ну, прощай, не горюй, Ксюша! — Целуя ее, он ощутил на губах теплую, соленую влагу слез.

Ему некогда было утешать и слушать беспомощный, несвязный лепет Аксиньи. Он легонько разнял обнимавшие его руки, шагнул в сени, прислушался и рывком распахнул наружную дверь. Холодный ветер с Дона плеснулся ему в лицо. Он на секунду закрыл глаза, осваиваясь с темнотой.

Аксинья слышала сначала, как похрустывает снег под ногами Григория. И каждый шаг отдавался острой болью в ее сердце. Потом звук шагов затих и хрястнул плетень. Потом стало вовсе тихо, только ветер шумел за Доном в лесу. Аксинья пыталась услышать что-нибудь сквозь шум ветра, но ничего не услышала. Ей стало холодно. Она вошла в кухню и потушила лампу.

X

Поздней осенью 1920 года, когда в связи с плохим поступлением хлеба по продразверстке были созданы продовольственные отряды, среди казачьего населения Дона началось глухое брожение. В верховых станицах Донской области — в Шумилинской, Казанской, Мигулинской, Мешковской, Вешенской, Еланской, Слащевской и других — появились небольшие вооруженные банды. Это было ответом кулацкой и зажиточной части казачества на создание продовольственных отрядов, на усилившиеся мероприятия Советской власти по проведению продразверстки.

В большинстве своем банды — каждая численностью от пяти до двадцати штыков — состояли из местных жителей-казаков, в прошлом активных белогвардейцев. Среди них были: служившие в восемнадцатом-девятнадцатом годах в карательных отрядах, уклонившиеся от сентябрьской мобилизации младшего командного состава урядники, вахмистры и подхорунжии бывшей Донской армии, повстанцы, прославившиеся ратными подвигами и расстрелами пленных красноармейцев во время прошлогоднего восстания в Верхнедонском округе, — словом, люди, которым с Советской властью было не по пути.

Они нападали на хуторах на продовольственные отряды, возвращали следовавшие на ссыппункты обозы с хлебом, убивали коммунистов и преданных Советской власти беспартийных казаков.

Задача ликвидации банд была возложена на караульный батальон Верхнедонского округа, расквартированный в Вешенской и в хуторе Базках. Но все попытки уничтожить банды, рассеянные по обширной территории округа, оказались безуспешными — во-первых, потому, что местное население относилось к бандитам сочувственно, снабжало их продовольствием и сведениями о передвижении красноармейских частей, а также укрывало от преследования, и, во-вторых, потому, что командир батальона Капарин, бывший штабс-капитан царской армии и эсер, не хотел уничтожения недавно народившихся на Верхнем Дону контрреволюционных сил и всячески препятствовал этому. Лишь время от времени, и то под нажимом председателя окружного комитета партии, он предпринимал короткие вылазки — и снова возвращался в Вешенскую, ссылаясь на то, что он не может распылять сил и идти на неразумный риск, оставляя без должной охраны Вешенскую с ее окружными учреждениями и складами. Батальон, насчитывавший около четырехсот штыков при четырнадцати пулеметах, нес гарнизонную службу: красноармейцы караулили арестованных, возили воду, рубили деревья в лесу, а также собирали, в порядке трудовой повинности, чернильные орешки с дубовых листьев для изготовления чернил. Дровами и чернилами батальон успешно снабжал все многочисленные окружные учреждения и канцелярии, а тем временем число мелких банд по округу угрожающе росло. И только в декабре, когда началось крупное восстание на территории смежного с Верхнедонским округом Богучарского уезда Воронежской губернии, поневоле прекратились и заготовка лесоматериалов, и сбор чернильных орешков. Приказом командующего войсками Донской области батальон в составе трех рот и пулеметного взвода, совместно с караульным эскадроном, 1-м батальоном 12-го продовольственного полка и двумя небольшими заградительными отрядами, был послан на подавление этого восстания.

В бою на подступах к селу Сухой Донец вешенский эскадрон под командованием Якова Фомина атаковал цепи повстанцев с фланга, смял их, обратил в бегство и вырубил при преследовании около ста семидесяти человек, потеряв всего лишь трех бойцов. В эскадроне, за редким исключением, все были казаки — уроженцы верховых станиц Дона. Они и здесь не изменили вековым казачьим традициям: после боя, несмотря на протесты двух коммунистов эскадрона, чуть ли не половина бойцов сменила старенькие шинели и теплушки на добротные дубленые полушубки, снятые с порубленных повстанцев.

Через несколько дней после подавления восстания эскадрон был отозван в станицу Казанскую. Отдыхая от тягот военной жизни, Фомин развлекался в Казанской, как мог. Завзятый бабник, веселый и общительный гуляка — он пропадал по целым ночам и приходил на квартиру только перед рассветом. Бойцы, с которыми Фомин держал себя запанибрата, завидев вечером на улице своего командира в ярко начищенных сапогах, понимающе перемигивались, говорили:

— Ну, пошел наш жеребец по жалмеркам! Теперь его только заря выкинет.

Тайком от комиссара и политрука эскадрона Фомин захаживал и на квартиры к знакомым казакам-эскадронцам, когда ему сообщали, что есть самогон и предстоит выпивка. Случалось это нередко. Но вскоре бравый командир заскучал, помрачнел и почти совсем забыл о недавних развлечениях. По вечерам он уже не начищал с прежним старанием своих высоких щегольских сапог, перестал ежедневно бриться, впрочем, на квартиры к хуторянам, служившим в его эскадроне, изредка заходил, чтобы посидеть и выпить, но в разговорах оставался немногословным.

Перемена в характере Фомина совпала с сообщением, полученным командиром отряда из Вешенской: политбюро Дончека коротко информировало о том, что в Михайловке, соседнего Усть-Медведицкого округа, восстал караульный батальон во главе с командиром батальона Вакулиным.

Вакулин был сослуживцем и другом Фомина. Вместе с ним они были некогда в корпусе Миронова, вместе шли из Саранска на Дон и вместе, в одну кучу, костром сложили оружие, когда мятежный мироновский корпус окружила конница Буденного. Дружеские отношения между Фоминым и Вакулиным существовали до последнего времени. Совсем недавно, в начале сентября, Вакулин приезжал в Вешенскую, и еще тогда он скрипел зубами и жаловался старому другу на «засилие комиссаров, которые разоряют хлеборобов продразверсткой и ведут страну к гибели». В душе Фомин был согласен с высказываниями Вакулина, но держался осторожно, с хитрецой, часто заменявшей ему отсутствие природного ума. Он вообще был осторожным человеком, никогда не торопился и не говорил сразу ни да, ни нет. Но вскоре, после того как он узнал о восстании вакулинского батальона, всегдашняя осторожность ему изменила. Как-то вечером, перед выступлением эскадрона в Вешенскую, на квартире взводного Алферова собрались эскадронцы. Огромная конская цибарка была полна самогоном. За столом шел оживленный разговор. Присутствовавший на этой попойке Фомин молча вслушивался в разговоры и так же молча черпал из цибарки самогон. Но когда один из бойцов стал вспоминать, как ходили в атаку под Сухим Донцом, Фомин, задумчиво покручивая ус, прервал рассказчика:

— Рубили мы, ребята, хохлов неплохо, да как бы самим вскорости не пришлось горевать... Что, как приедем в Вешенскую, а там у наших семей продотряды весь хлебец выкачали? Казанцы шибко обижаются на эти продотряды. Гребут они из закромов чисто, под метло...

В комнате стало тихо, Фомин оглядел своих эскадронцев и, натянуто улыбаясь, сказал:

— Это я — шутейно... Глядите, языками не надо трепать, а то из шутки черт-те чего сделают.

По возвращении в Вешенскую Фомин, сопровождаемый полувзводом красноармейцев, поехал домой, в хутор Рубежный. В хуторе, не заезжая к себе во двор, он спешился около ворот, кинул поводья одному из красноармейцев, пошел в дом.

Он холодно кивнул жене, низко поклонился старухе матери и за руку почтительно поздоровался с ней, обнял детишек.

— А где же батя? — спросил он, присев на табурет, ставя между колен шашку.

— Уехал на мельницу, — ответила старуха и, глянув на сына, строго приказала: — Шапку-то сыми, нехристь! Кто же под образа садится в шапке? Ох, Яков, не сносить тебе головы...

Фомин неохотно улыбнулся, снял кубанку, но раздеваться не стал.

— Чего же не раздеваешься?

— Я заскочил на минутку проведать вас, все некогда за службой.

— Знаем мы твою службу... — сурово сказала старуха, намекая на беспутное поведение сына, на связи его с женщинами в Вешенской.

Слух об этом уже давно прошел по Рубежному.

Преждевременно постаревшая, бледная, забитая с виду жена Фомина испуганно взглянула на свекровь, отошла к печи. Чтобы хоть чем-нибудь угодить мужу, чтобы снискать его расположение и удостоиться хотя бы одного ласкового взгляда, — она взяла изпод загнетки тряпку, стала на колени и, согнувшись, начала счищать густую грязь, прилипшую к сапогам Фомина.

— Сапоги-то какие на тебе добрые, Яша... Замазал ты их дюже... Я зараз вытру их, чисточко вытру! — почти беззвучно шептала она, не поднимая головы, ползая на коленях у ног мужа.

Он давно не жил с ней и давно не испытывал к этой женщине, которую когда-то в молодости любил, ничего, кроме легкой презрительной жалости. Но она всегда любила его и втайне надеялась, что когда-нибудь он снова вернется к ней, — прощала все. Долгие годы она вела хозяйство, воспитывала детей, во всем старалась угодить своенравной свекрови. Вся тяжесть полевых работ ложилась на ее худые плечи. Непосильный труд и болезнь, начавшаяся после вторых родов, из года в год подтачивали ее здоровье. Она исхудала. Лицо ее поблекло. Преждевременная старость раскинула на щеках паутину морщин. В глазах появилось то выражение испуганной покорности, какое бывает у больных умных животных. Она сама не замечала того, как быстро она старится, как с каждым днем тает ее здоровье, и все еще на что-то надеялась, при редких встречах поглядывала на своего красавца мужа с робкой любовью и восхищением...

Фомин смотрел сверху вниз на жалко согнутую спину жены с резко очерченными под кофточкой худыми лопатками, на ее большие дрожащие руки, старательно счищавшие грязь с его сапог, думал: «Хороша, нечего сказать! И с такой холерой я когда-то спал... Хотя она здорово постарела... До чего же она все-таки постарела!»

— Хватит тебе! Все одно вымажу, — с досадой сказал он, высвобождая ноги из рук жены.

Она с усилием распрямила спину, встала. На желтых щеках ее проступил легкий румянец. Столько любви и собачьей преданности было в ее обращенных на мужа увлажнившихся глазах, что он отвернулся, спросил у матери:

— Ну как вы тут живете?

— Все так же, — хмуро ответила старуха.

— Продотряд был в хуторе?

— Только вчера выехали в Нижне-Кривской.

— У нас хлеб брали?

— Взяли. Сколько они насыпали, Давыдушка?

Похожий на отца четырнадцатилетний подросток, с такими же широко поставленными голубыми глазами, ответил:

— Дедуня при них был, он знает. Кажись, десять чувалов.

— Та-а-ак... — Фомин встал, коротко взглянул на сына, оправил портупею. Он слегка побледнел, когда спрашивал: — Говорили вы им, чей они хлеб берут?

Старуха махнула рукой и не без злорадства улыбнулась:

— Они об тебе не дюже понимают! Старший ихний говорит: «Все без разбору должны сдавать хлебные лишки. Нехай он хоть Фомин, хоть сам окружной председатель — все одно лишний хлеб возьмем!» С тем и начали по закромам шарить.

— Я с ними, мамаша, сочтусь. Я сочтусь с ними! — глухо проговорил Фомин и, наскоро попрощавшись с родными, вышел.

После поездки домой он осторожно стал разведывать, каково настроение бойцов его эскадрона, и без особого труда убедился в том, что в большинстве своем они недовольны продразверсткой. К ним приезжали из хуторов и станиц жены, дальние и близкие родственники; привозили рассказы о том, как продотрядники производят обыски, забирают весь хлеб, оставляя только на семена и на продовольствие. Все это привело к тому, что в конце января на гарнизонном собрании, происходившем в Базках, во время речи окружного военкома Шахаева эскадронцы выступили открыто. Из рядов их раздались возгласы:

— Уберите продотряды!

— Пора кончать с хлебом!

— Долой продовольственных комиссаров!

В ответ им красноармейцы караульной роты кричали:

— Контры!

— Расформировать сволочей!

Собрание было длительным и бурным. Один из немногочисленных коммунистов гарнизона взволнованно сказал Фомину:

— Надо тебе выступить, товарищ Фомин! Смотри, какие номера откалывают твои эскадронцы!

Фомин незаметно улыбнулся в усы:

— Я же беспартийный человек, разве они меня послухают?

Отмолчавшись, он ушел задолго до конца собрания вместе с командиром батальона Капариным. По дороге в Вешенскую они заговорили о создавшемся положении и очень быстро нашли общий язык. Через неделю Капарин на квартире у Фомина, с глазу на глаз, говорил ему:

— Либо мы выступим сейчас, либо не выступим никогда, так ты это и знай, Яков Ефимович! Надо пользоваться моментом. Сейчас он очень удобен. Казаки нас поддержат. Авторитет твой в округе велик. Настроение у населения — лучше и придумать нельзя. Что же ты молчишь? Решайся!

— Чего ж тут решаться? — медленно, растягивая слова и глядя исподлобья, проговорил Фомин. — Тут дело решенное. Надо только такой план сработать, чтобы все вышло без заминки, чтобы комар носу не подточил. Об этом и давай говорить.

Подозрительная дружба Фомина с Капариным не осталась незамеченной. Несколько коммунистов из батальона устроили за ними слежку, сообщили о своих подозрениях начальнику политбюро Дончека Артемьеву и военкому Шахаеву.

— Пуганая ворона куста боится, — смеясь, сказал Артемьев. — Капарин этот — трус, да разве он на что-либо решится? За Фоминым будем смотреть, он у нас давно на примете, только едва ли и Фомин отважится на выступление. Ерунда все это, — решительно заключил он.

Но смотреть было уже поздно: заговорщики успели столковаться. Восстание должно было начаться 12 марта в восемь утра. Было условлено, что в этот день Фомин выведет эскадрон на утреннюю проездку в полном вооружении, а затем внезапно атакует расположенный на окраине станицы пулеметный взвод, захватит пулеметы и после этого поможет караульной роте провести «чистку» окружных учреждений.

У Капарина были сомнения, что батальон не полностью его поддержит. Как-то он высказал это предположение Фомину. Тот внимательно выслушал, сказал:

— Лишь бы пулеметы захватить, а батальон твой мы после этого враз усмирим...

Тщательное наблюдение, установленное за Фоминым и Капариным, ничего не дало. Встречались они редко и то лишь по служебным делам, и только в конце февраля однажды ночью патруль увидел их на улице вдвоем. Фомин вел в поводу оседланного коня, Капарин шел рядом. На оклик Капарин отозвался: «Свои». Они зашли на квартиру к Капарину. Коня Фомин привязал к перилам крыльца. В комнате огня не зажигали. В четвертом часу утра Фомин вышел, сел верхом на коня и поехал к себе. Вот все, что удалось установить.

Шифрованной телеграммой на имя командующего войсками Донобласти окружной военком Шахаев сообщил свои подозрения относительно Фомина и Капарина. Через несколько дней был получен ответ командующего, санкционировавший снятие Фомина и Капарина с должностей и их арест.

На совещании бюро окружного комитета партии было решено: известить Фомина приказом окрвоенкомата, что он отзывается в Новочеркасск в распоряжение командующего войсками, предложить ему передать командование эскадроном своему помощнику Овчинникову; в тот же день эскадрон выслать в Казанскую под предлогом появления там банды и после этого ночью произвести арест заговорщиков. Вывести эскадрон из станицы было решено из опасения, как бы эскадрон не восстал, узнав об аресте Фомина. Командиру второй роты караульного батальона коммунисту Ткаченко было предложено предупредить коммунистов батальона и взводных командиров о возможности восстания и привести в боевую готовность находившиеся в станице роту и пулеметный взвод.

Утром на следующий день Фомин получил приказ.

— Ну, что ж, принимай эскадрон, Овчинников. Поеду в Новочеркасск, — сказал он спокойно. — Отчетность будешь глядеть?

Никем не предупрежденный, ничего не подозревая, беспартийный командир взвода Овчинников углубился в бумаги.

Фомин, улучив минуту, написал Капарину записку: «Выступаем нынче. Меня снимают. Готовься». В сенях он передал записку своему ординарцу, шепнул:

— Положи записку за щеку. Шагом, — понял? — шагом езжай к Капарину. Ежели кто будет тебя в дороге останавливать — записку проглоти. Отдашь ему и зараз же вертайся сюда.

Получив приказ о выступлении в станицу Казанскую, Овчинников на церковной площади выстроил эскадрон к походу, Фомин подъехал верхом к Овчинникову:

— Разреши проститься с эскадроном.

— Пожалуйста, только покороче, не задерживайте нас.

Став перед эскадроном, сдерживая переплясывающего коня, Фомин обратился к бойцам:

— Вы меня, товарищи, знаете. Знаете, за что я всегда боролся. Я всегда был вместе с вами. Но зараз я не могу мириться, когда грабят казачество, грабят вообще хлеборобов. Вот за это меня и сняли. А что сделают со мной — это я знаю. Поэтому и хочу с вами проститься...

Шум и выкрики в эскадроне на секунду прервали речь Фомина. Он привстал на стременах, резко повысил голос:

— Ежли хотите избавиться от грабежа — гоните отсюдова продотряды, бейте продкомиссаров Мурзовых и комиссаров Шахаевых! Они приехали к нам на Дон...

Шум покрыл последние слова Фомина. Выждав момент, он зычно подал команду:

— Справа по три, направо шагом — арш!

Эскадрон послушно выполнил команду. Овчинников, ошарашенный всем случившимся, подскакал к Фомину:

— Вы куда, товарищ Фомин?

Не поворачивая головы, тот насмешливо ответил:

— А вот вокруг церкви объедем...

И только тогда до сознания Овчинникова дошло все происшедшее за эти немногие минуты. Он отделился от колонны; политрук, помощник комиссара и всего лишь один красноармеец последовали за ним. Фомин заметил их отсутствие, когда они отъехали шагов на двести. Повернув лошадь, он крикнул:

— Овчинников, стой!..

Четверо всадников с легкой рыси перешли на галоп. Из-под копыт их лошадей во все стороны полетели комья талого снега.

Фомин скомандовал:

— Ружья к бою! Поймать Овчинникова!.. Первый взвод! Вдогон!..

Беспорядочно зазвучали выстрелы. Человек шестнадцать из первого взвода устремились в погоню. Тем временем Фомин разбил оставшихся эскадронцев на две группы: одну во главе с командиром третьего взвода послал обезоружить пулеметный взвод, другую сам повел к расположению караульной роты, помещавшейся на северной окраине станицы, в бывших конюшнях станичных жеребцов.

Первая группа, стреляя в воздух и помахивая клинками, поскакала по главной улице. Изрубив попавшихся на пути четырех коммунистов, мятежники на краю станицы спешно построились и молча, без крика, пошли в атаку на выбежавших из дома красноармейцев пулеметного взвода.

Дом, в котором помещался пулеметный взвод, стоял на отшибе. Расстояние от него до крайних дворов станицы не превышало ста саженей. Встреченные пулеметным огнем в упор, мятежники круто повернули обратно. Трое из них, не доскакав до ближайшего переулка, были пулями сбиты с лошадей. Пулеметчиков захватить врасплох не удалось. Вторичной попытки мятежники не предприняли. Командир третьего взвода Чумаков отвел свою группу за прикрытие; не слезая с коня, осторожно выглянул из-за угла каменного сарая, сказал:

— Ну, выкатили еще два «максима». — Потом вытер папахой потный лоб и повернулся к бойцам: — Поехали назад, ребята!.. Нехай сам Фомин берет пулеметчиков. Сколько у нас на снегу осталось, трое? Ну, вот, нехай он сам попробует.

Как только на восточной окраине станицы началась стрельба, командир роты Ткаченко выскочил из квартиры, на ходу одеваясь, побежал к казарме. Человек тридцать красноармейцев уже стояли возле казармы, выстроившись в шеренгу. Командира роты встретили недоуменными вопросами:

— Кто стреляет?

— В чем дело?

Не отвечая, он молча пристраивал к шеренге выбегавших из казармы красноармейцев. Несколько коммунистов — работников окружных учреждений — почти одновременно с ним прибежали к казарме и стали в строй.

По станице трещали разрозненные винтовочные выстрелы. Где-то на западной окраине гулко ухнула ручная граната. Завидев с полсотни всадников, скакавших с обнаженными шашками по направлению к казарме, Ткаченко не спеша вынул из кобуры наган. Он не успел подать команду: в шеренге разом смолкли разговоры, и красноармейцы взяли винтовки на изготовку.

— Да это свои бегут! Глядите, вон наш комбат товарищ Капарин! — крикнул один красноармеец.

Всадники, вырвавшись из улицы, дружно, как по команде, пригнулись к шеям лошадей и устремились к казарме,

— Не пускай! — резко крикнул Ткаченко.

Покрывая его голос, грохнул залп. В ста шагах от сомкнутой шеренги красноармейцев четыре всадника свалились с лошадей, остальные в беспорядке, рассыпавшись, повернули обратно. Вслед им часто лопались, трещали выстрелы. Один из всадников, как видно легко раненный, сорвался с седла, но повод из руки не выпустил. Саженей десять волочился он за шедшей карьером лошадью, а потом вскочил на ноги, ухватился за стремя, за заднюю луку седла и через какой-то незаметный миг очутился уже на лошади. Яростно дернув повод, он на всем скаку круто повернул, скрылся в ближайшем переулке.

Эскадронцы первого взвода после безрезультатной погони за Овчинниковым вернулись в станицу. Поиски комиссара Шахаева не привели ни к чему. Ни в опустевшем военкомате, ни на квартире его не оказалось. Услышав стрельбу, он бросился к Дону, перебежал по льду в лес, оттуда — в хутор Базки и на другой день очутился уже за пятьдесят верст от Вешенской, в станице Усть-Хоперской.

Большинство руководящих работников успели вовремя спрятаться. Искать их было небезопасно, так как красноармейцы пулеметного взвода с ручными пулеметами подошли к центру станицы и держали под обстрелом все прилегающие к главной площади улицы.

Эскадронцы прекратили поиски, спустились к Дону и намётом прискакали к церковной площади, откуда начали погоню за Овчинниковым. Вскоре там собрались все фоминцы. Они снова стали в строй. Фомин приказал выставить сторожевое охранение, остальным бойцам расположиться по квартирам, но лошадей не расседлывать.

Фомин и Капарин, а также командиры взводов уединились в одном из окраинных домишек.

— Все проиграно! — в отчаянии воскликнул Капарин, обессиленно рухнув на скамью.

— Да, станицу не взяли, стало быть, нам тут не удержаться, — тихо сказал Фомин.

— Надо, Яков Ефимович, махнуть по округу. Чего нам теперича робеть? Все одно раньше смерти не помрем. Подымем казаков, а тогда и станица будет наша, — предложил Чумаков.

Фомин молча посмотрел на него, повернулся к Капарину:

— Раскис, ваше благородие? Утри сопли! Раз взялся за гуж, не говори, что не дюж. Вместе начинали, давай вместе и вытягивать... Как по-твоему — уходить из станицы или ишо разок попробовать?

Чумаков резко сказал:

— Нехай пробуют другие! Я на пулеметы в лоб не пойду. Пустое это занятие.

— Я у тебя не спрашиваю, цыц! — Фомин глянул на Чумакова, и тот опустил глаза.

После недолгого молчания Капарин сказал:

— Да, конечно, теперь уже бессмысленно начинать второй раз. У них превосходство в вооружении. У них четырнадцать пулеметов, а у нас ни одного. И людей у них больше... Надо уходить и организовывать казаков на восстание. Пока им подбросят подкрепления — весь округ будет охвачен восстанием. Только на это и надежда. Только на это!

После долгого молчания Фомин сказал:

— Что ж, на том прийдется и решить. Взводные! Зараз же проверьте снаряжение, подсчитайте, сколько у каждого на руках патронов. Строгий приказ: ни одного патрона зря не расходовать. Первого же, кто ослушается, зарублю самолично. Так и передайте бойцам. — Он помолчал и злобно стукнул по столу огромным кулаком. — Эх, и... пулеметы! А все ты, Чумаков! Хотя бы штучки четыре отбить! Зараз они, конечно, выставят нас из станицы... Ну, расходитесь! Ночуем, ежели не выбьют нас, в станице, а на рассвете выступим, пройдемся по округу...

Ночь прошла спокойно. На одном краю Вешенской находились восставшие эскадронцы, на другом — караульная рота и влившиеся в нее коммунисты и комсомольцы. Всего лишь два квартала разделяли противника, но ни одна сторона не отважилась на ночное наступление.

Утром мятежный эскадрон без боя покинул станицу и ушел в юго-восточном направлении.

XI

Первые три недели после ухода из дому Григорий жил в хуторе Верхне-Кривском Еланской станицы у знакомого казака-пол чанина. Потом ушел в хутор Горбатовский, там у дальнего родственника Аксиньи прожил месяц с лишним.

Целыми днями он лежал в горнице, во двор выходил только по ночам. Все это было похоже на тюрьму. Григорий изнывал от тоски, от гнетущего безделья. Его неудержимо тянуло домой — к детям, к Аксинье. Часто во время бессонных ночей он надевал шинель, с твердым решением идти в Татарский — и всякий раз, пораздумав, раздевался, со стоном падал на кровать вниз лицом. Под конец так жить стало невмоготу. Хозяин, доводившийся Аксинье двоюродным дядей, сочувствовал Григорию, но и он не мог держать у себя такого постояльца бесконечно. Однажды Григорий, после ужина пробравшись в свою комнату, услышал разговор. Тонким от ненависти голосом хозяйка спрашивала:

— Когда же это кончится?

— Что? Об чем ты гутаришь? — баском отвечал ей хозяин.

— Когда ты этого дурноеда сбудешь с рук?

— Молчи!

— Не буду молчать! У самих хлеба осталось — кот наплакал, а ты его, черта горбатого, содержишь, кормишь каждый день. До каких пор это будет, я у тебя спрашиваю? А ежели Совет дознается? С нас головы посымают, детей осиротят!

— Молчи, Авдотья!

— Не буду молчать! У нас дети! У нас хлеба осталось не более двадцати пудов, а ты прикормил в доме этого дармоеда! Кто он тебе доводится? Родный брат? Сват? Кум? Он тебе и близко не родня! Он тебе — двоюродный кисель на троюродной воде, а ты его содержишь, кормишь, поишь. У-у, черт лысый! Молчи, не гавкай, а то завтра сама пойду в Совет и заявлю, какой цветок у тебя в доме кохается!

На другой день хозяин вошел к Григорию в комнату, глядя на половицы, сказал:

— Григорий Пантелевич! Как хочешь суди, а больше тебе жить у меня нельзя... Я тебя уважаю и родителя твоего покойного знал и уважал, но зараз мне тяжело содерживать тебя нахлебником... Да и опасаюсь, как бы власть не дозналась про тебя. Иди куда хочешь. У меня семья. Голову из-за тебя мне закладывать неохота. Прости, ради Христа, но ты нас избавь...

— Хорошо, — коротко сказал Григорий. — Спасибо за хлеб-соль, за приют. Спасибо за все. Я сам вижу, что в тягость тебе, но куда же мне деваться? Все ходы у меня закрыты.

— Куда знаешь.

— Ладно. Нынче уйду. Спасибо тебе, Артамон Васильевич, за все.

— Не стоит, не благодари.

— Я твою доброту не забуду. Может, и я тебе чем-нибудь когда-нибудь сгожусь.

Растроганный хозяин хлопнул Григория по плечу:

— Об чем там толковать! По мне ты хотя бы ишо два месяца жил, да баба не велит, ругается кажин день, проклятая! Я казак, и ты казак, Григорий Пантелевич; мы с тобой обое против Советской власти, и я тебе пособлю: ступай нынче на хутор Ягодный, там мой сват живет, он тебя примет. Скажи ему моим словом: Артамон велит принять тебя, как родного сына, кормить и содерживать, пока силов хватит. А там мы с ним сочтемся. Но ты только уходи от меня нынче же. Мне больше тебя держать нельзя, тут-таки баба одолевает, а тут опасаюсь, как бы Совет не прознал... Пожил, Григорий Пантелевич, и хватит. Мне своя голова тоже дорогая...

Поздней ночью Григорий вышел из хутора и не успел дойти до стоявшего на бугре ветряка, как трое конных, выросших словно из-под земли, остановили его:

— Стой, сукин сын! Ты кто такой?

У Григория дрогнуло сердце. Он молча остановился. Бежать было безрассудно. Около дороги — ни ярка, ни кустика: пустая, голая степь. Он не успел бы сделать и двух шагов.

— Коммунист? Иди назад, в гроб твою мать! А ну, живо!

Второй, наезжая на Григория конем, приказал:

— Руки! Руки из карманов! Вынай, а то голову срублю!

Григорий молча вынул руки из карманов шинели и, еще не совсем ясно осознавая, что с ним произошло и что это за люди, остановившие его, спросил:

— Куда идти?

— В хутор. Вертай назад.

До хутора его сопровождал один всадник, двое остальных на выгоне отделились, поскакали к шляху. Григорий шел молча. Выйдя на дорогу, он замедлил шаг, спросил:

— Слухай, дядя, вы кто такие есть?

— Иди, иди! Не разговаривай! Руки заложи назад, слышишь?

Григорий молча повиновался. Немного спустя снова спросил:

— Нет, все-таки, кто вы такие?

— Православные.

— Я и сам не старовер.

— Ну и радуйся.

— Ты куда меня ведешь?

— К командиру. Иди ты, гад, а то я тебя...

Конвойный легонько ткнул Григория острием шашки. Тонко отточенное, холодное, стальное жало коснулось голой шеи Григория, как раз между воротником шинели и папахой, и в нем, как искра, на миг вспыхнуло чувство испуга, сменившееся бессильным гневом. Подняв воротник, вполоборота глянув на конвойного, он сказал сквозь зубы:

— Не дури! Слышишь? А то как бы я у тебя эту штуку не отобрал...

— Иди, подлюка, не разговаривай! Я тебе отберу! Руки назад!

Григорий шага два ступил молча, потом сказал:

— Я и так молчу, не ругайся. Подумаешь, дерьмо какое...

— Не оглядывайся!

— Я и так не оглядываюсь.

— Молчи, иди шибче!

— Может, рысью побечь? — спросил Григорий, смахивая с ресниц налипающие снежинки.

Конвойный молча тронул коня. Лошадиная влажная от пота и ночной сырости грудь толкнула Григория в спину, возле ног его конское копыто с чавканьем продавило талый снег.

— Потише! — воскликнул Григорий, упираясь ладонью в конскую гриву.

Конвойный поднял на уровень головы шашку, негромко сказал:

— Ты иди, сучий выб..., и не разговаривай, а то я тебя не доведу до места. У меня на это рука легкая. Цыц, и ни слова больше!

До самого хутора они молчали. Около крайнего двора конный придержал лошадь, сказал:

— Иди вот в эти ворота.

Григорий вошел в настежь распахнутые ворота. В глубине двора виднелся просторный крытый железом дом. Под навесом сарая фыркали и звучно жевали лошади. Возле крыльца стояло человек шесть вооруженных людей. Конвойный вложил в ножны шашку, сказал, спешиваясь:

— Иди в дом, по порожкам прямо, первая дверь налево. Иди, не оглядывайся, сколько разов тебе говорить, в рот тебя, в печенку, в селезенку!

Григорий медленно поднимался по ступенькам крыльца. Стоявший у перил человек в буденовке и длинной кавалерийской шинели спросил:

— Поймали, что ли?

— Поймали, — неохотно ответил знакомый Григорию сиплый голос его конвоира. — Возле ветряка взяли.

— Секретарь ячейки или кто он такой?

— А хрен его знает. Какая-то сволочуга, а кто он такой — зараз узнаем.

«Либо это банда, либо вешенские чекисты мудрят, притворяются. Попался! Попался, как дурак», — думал Григорий, нарочно мешкая в сенях, пытаясь собраться с мыслями.

Первый, кого он увидел, открыв дверь, был Фомин. Он сидел за столом в окружении многих одетых в военное незнакомых Григорию людей. На кровати навалом лежали шинели и полушубки, карабины стояли возле лавки, рядком; здесь же на лавке в беспорядочную кучу были свалены шашки, патронташи, подсумки и седельные саквы. От людей, от шинелей и снаряжения исходил густой запах конского пота.

Григорий снял папаху, негромко сказал:

— Здравствуйте!

— Мелехов! Вот уж воистину степь широкая, а дорога узкая! Пришлось-таки опять увидеться! Откудова ты взялся? Раздевайся, садись. — Фомин встал из-за стола, подошел к Григорию, протягивая руку. — Ты чего тут околачивался?

— По делу пришел.

— По какому делу? Далековато ты забрался... — Фомин пытливо рассматривал Григория. — Говори по правде — спасался тут, что ли?

— Это — вся и правда, — нехотя улыбаясь, ответил Григорий.

— Где же тебя мои ребята сцапали?

— Возле хутора.

— Куда шел?

— Куда глаза глядят...

Фомин еще раз внимательно посмотрел Григорию в глаза и улыбнулся:

— Ты, я вижу, думаешь, что мы тебя словили и в Вёшки повезем? Нет, брат, нам туда дорога заказанная... Не робей! Мы перестали Советской власти служить. Не ужились с ней...

— Развод взяли, — пробасил немолодой казак, куривший возле печи.

Кто-то из сидевших за столом громко засмеялся.

— Ты ничего про меня не слыхал? — спросил Фомин.

— Нет.

— Ну, садись за стол, погутарим. Щей и мяса нашему гостю!

Григорий не верил ни одному слову Фомина. Бледный и сдержанный, он разделся, присел к столу. Ему хотелось курить, но он вспомнил, что у него уже вторые сутки нет табака.

— Покурить нечего? — обратился он к Фомину.

Тот услужливо протянул кожаный портсигар. От внимания его не ускользнуло, что пальцы Григория, бравшие папиросу, мелко вздрагивали, и Фомин снова улыбнулся в рыжеватые волнистые усы:

— Против Советской власти мы восстали. Мы — за народ и против продразверстки и комиссаров. Они нам долго головы дурили, а теперь мы им будем дурить. Понятно тебе, Мелехов?

Григорий промолчал. Он закурил, несколько раз подряд торопливо затянулся. У него слегка закружилась голова и к горлу подступила тошнота. Он плохо питался последний месяц и только сейчас почувствовал, как ослабел за это время. Потушив папиросу, он жадно принялся за еду. Фомин коротко рассказал о восстании, о первых днях блуждания по округу, высокопарно именуя свои скитания «рейдом». Григорий молча слушал и, почти не прожевывая, глотал хлеб и жирную, плохо сваренную баранину.

— Однако отощал ты в гостях, — добродушно посмеиваясь, сказал Фомин.

Икая от пресыщения, Григорий буркнул:

— Жил-то не у тещи.

— Оно и видно. Ешь дюжей, наедайся, сколько влезет. Мы хозяева не скупые.

— Спасибо. Вот покурить бы зараз... — Григорий взял предложенную ему папиросу, подошел к стоявшему на лавке чугуну и, отодвинув деревянный кружок, зачерпнул воды. Она была студеная и слегка солоноватая на вкус. Опьяневший от еды, Григорий с жадностью выпил две большие кружки воды, после этого с наслаждением закурил.

— Казаки нас не дюже привечают, — продолжал рассказывать Фомин, подсаживаясь к Григорию. — Нашарахали их в прошлом году во время восстания... Однако добровольцы есть. Человек сорок вступило. Но нам не это требуется. Нам надо весь округ поднять, да чтобы и соседние округа, Хоперский и Усть-Медведицкий, подсобили. Вот тогда мы потолкуем по душам с Советской властью!

За столом шел громкий разговор. Григорий слушал Фомина, украдкой посматривая на его сподвижников. Ни одного знакомого лица! Он все еще не верил Фомину, думал, что тот лукавит, и из осторожности молчал. Но и молчать все время — тоже было нельзя.

— Ежели ты это, товарищ Фомин, всурьез говоришь — чего же вы хотите? Новую войну подымать? — спросил он, силясь отогнать навалившуюся на него сонливость.

— Я уже тебе об этом сказал.

— Власть сменять?

— Да.

— А какую же ставить?

— Свою, казачью!

— Атаманов?

— Ну, об атаманах трошки погодим гутарить. Какую власть народ выберет, такую и поставим. Но это — дело не скорое, да я и не секу насчет политики. Я — военный человек, мое дело — уничтожить комиссаров и коммунистов, а насчет власти — это тебе Капарин, мой начальник штаба, расскажет. Он у меня голова насчет этого. Башковитый человек, грамотный. — Фомин наклонился к Григорию, шепнул: — Бывший штабс-капитан царской армии. Умница парень! Он зараз спит в горнице, что-то прихворнул, должно, с непривычки: переходы делаем большие.

В сенях послышались шум, топот ног, стон, сдержанная возня и приглушенный крик: «Дай ему в душу!» За столом разом смолкли разговоры. Фомин настороженно глянул на дверь. Кто-то рывком распахнул ее. Низом хлынул в комнату белый всклубившийся пар. Высокий человек без шапки, в стеганой защитной теплушке и седых валенках, от звучного удара в спину клонясь вперед, сделал несколько стремительных спотыкающихся шагов и сильно ударился плечом о выступ печи. Из сеней кто-то весело крикнул, перед тем как захлопнуть дверь:

— Возьмите ишо одного!

Фомин встал, поправил на гимнастерке пояс.

— Ты кто такой? — властно спросил он.

Человек в теплушке, задыхаясь, провел рукой по волосам, попробовал шевельнуть лопатками и сморщился от боли. Его ударили в позвоночник чем-то тяжелым, видимо — прикладом.

— Чего же молчишь? Язык отнялся? Кто такой, спрашиваю.

— Красноармеец.

— Какой части?

– Двенадцатого продовольственного полка.

— А-а, это — находка! — улыбаясь, проговорил один из сидевших за столом.

Фомин продолжал допрос:

— Что ты тут делал?

— Заградительный отряд... нас послали...

— Понятно. Сколько вас было тут в хуторе?

— Четырнадцать человек.

— Где остальные?

Красноармеец помолчал и с усилием разжал губы. В горле его что-то заклокотало, из левого угла рта потекла на подбородок тоненькая струйка крови. Он вытер губы рукой, посмотрел на ладонь и вытер ее о штаны.

— Эта сволочь... ваша... — глотая кровь, заговорил он булькающим голосом, — легкие мне отбил...

— Не робь! Вылечим! — насмешливо сказал приземистый казак, вставая из-за стола, подмигивая остальным.

— Где остальные? — вторично спросил Фомин.

— Уехали в Еланскую с обозом.

— Ты откуда? Каких краев рожак?

Красноармеец взглянул на Фомина лихорадочно блестящими голубыми глазами, выплюнул под ноги сгусток крови и ответил уже чистым звучным баском:

— Псковской губернии.

— Псковский, московский... слыхали про таких... — насмешливо сказал Фомин. — Далеко ты, парень, забрался за чужим хлебом... Ну, кончен разговор! Что же нам с тобой делать, а?

— Надо меня отпустить.

— Простой ты, парень... А может, и на самом деле отпустим его, ребята? Вы — как? — Фомин повернулся к сидевшим за столом, посмеиваясь в усы.

Григорий, внимательно наблюдавший за всем происходившим, увидел сдержанные понимающие улыбки на бурых обветренных лицах.

— Нехай у нас послужит месяца два, а тогда пустим его домой, к бабе, — сказал один из фоминцев.

— Может, и взаправди послужишь у нас? — спросил Фомин, тщетно силясь скрыть улыбку. — Коня тебе дадим, седло, заместо валенок — новые сапоги с дутыми голенищами... Плохо вас снабжают ваши командиры. Разве это обувка? На базу ростепель, а ты в валенках. Поступай к нам, а?

— Он — мужик, он верхом сроду не ездил, — юродствуя, притворно тонким голосом прошепелявил один из казаков.

Красноармеец молчал. Он прислонился спиной к печи, оглядывая всех посветлевшими ясными глазами. Время от времени он морщился от боли и слегка приоткрывал рот, когда ему было трудно дышать.

— Остаешься у нас или как? — переспросил Фомин.

— А вы кто такие есть?

— Мы? — Фомин высоко поднял брови, разгладил ладонью усы. — Мы — борцы за трудовой народ. Мы против гнета комиссаров и коммунистов, вот кто мы такие.

И тогда на лице красноармейца Григорий вдруг увидел улыбку.

— Оказывается, вот вы кто... А я-то думал: что это за люди? — Пленный улыбался, показывая окрашенные кровью зубы, и говорил так, словно был приятно удивлен услышанной новостью, но в голосе его звучало что-то такое, что заставило всех насторожиться. — По-вашему, значит, борцы за народ? Та-а-ак. А по-нашему, просто бандиты. Да чтобы я вам служил? Ну и шутники же вы, право!

— Ты тоже веселый парень, погляжу я на тебя... — Фомин сощурился, коротко спросил: — Коммунист?

— Нет, что вы! Беспартийный.

— Не похоже.

— Честное слово, беспартийный!

Фомин откашлялся и повернулся к столу.

— Чумаков! В расход его.

— Меня убивать не стоит. Не за что, — тихо сказал красноармеец.

Ему ответили молчанием. Чумаков — коренастый красивый казак в английской кожаной безрукавке — неохотно встал из-за стола, пригладил и без того гладко зачесанные назад русые волосы.

— Надоела мне эта должность, — бодро сказал он, вытащив из груды сваленных на лавке шашек свою и пробуя лезвие ее на большом пальце.

— Не обязательно самому. Скажи ребятам, какие во дворе, — посоветовал Фомин.

Чумаков холодно оглядел красноармейца с ног до головы, сказал:

— Иди вперед, милый.

Красноармеец отшатнулся от печи, сгорбился и медленно пошел к выходу, оставляя на полу влажные следы промокших валенок.

— Шел сюда — хотя бы ноги вытер! Явился, наследил нам тут, нагрязнил... До чего же ты неряха, братец! — с нарочитым недовольством говорил Чумаков, направляясь за пленным.

— Скажи, чтобы вывели на проулок либо на гумно. Возле дома не надо, а то хозяева будут обижаться! — крикнул вслед им Фомин.

Он подошел к Григорию, сел рядом, спросил:

— Короткий у нас суд?

— Короткий, — избегая встретиться глазами, ответил Григорий.

Фомин вздохнул:

— Ничего не попишешь. Зараз так надо. — Он еще что-то хотел сказать, но на крыльце громко затопали, кто-то крикнул, и звучно хлопнул одинокий выстрел. — Что их там черт мордует! — с досадой воскликнул Фомин.

Один из сидевших возле стола вскочил, ударом ноги распахнул дверь.

— В чем там дело? — крикнул он в темноту.

Вошел Чумаков, оживленно сказал:

— Такой шустрый оказался! Вот чертяка! С верхней приступки сигнул и побег. Пришлось стратить патрон. Ребята там его кончают...

— Прикажи, чтобы вытянули с база на проулок.

— Я уже сказал, Яков Ефимович.

В комнате на минуту стало тихо. Потом кто-то спросил, подавив зевоту:

— Как, Чумаков, погода? Не разведривает на базу?

— Тучки.

— Ежели дождь пройдет — последний снежок смоет.

— А на что он тебе нужен?

— Он мне не нужен. По грязюке неохота хлюстаться.

Григорий подошел к кровати, взял свою папаху.

— Ты куда? — спросил Фомин.

— Оправиться.

Григорий вышел на крыльцо. Неярко светил проглянувший из-за тучки месяц. Широкий двор, крыши сараев, устремленные ввысь голые вершины пирамидальных тополей, покрытые попонами лошади у коновязи — все это было освещено призрачным голубым светом полуночи. В нескольких саженях от крыльца, головою в тускло блистающей луже талой воды, лежал убитый красноармеец. Над ним склонились трое казаков, негромко разговаривая. Они что-то делали возле мертвого.

— Он ишо двошит, ей-богу! — с досадой сказал один. — Что же ты, косорукий черт, так добивал? Говорил тебе — руби в голову! Эх, тюря неквашеная!

Хрипатый казак, тот самый, который конвоировал Григория, ответил:

— Дойдет! Подрыгает и дойдет... Да подыми ты ему голову! Не сыму никак. Подымай за волосья, вот так. Ну а теперь держи.

Хлюпнула вода. Один из стоявших над мертвым выпрямился. Хрипатый, сидя на корточках, кряхтел, стаскивая с убитого теплушку. Немного погодя он сказал:

— У меня рука легкая, через это он и не дошел пока. Бывало, в домашности кабана начну резать... Поддерживай, не бросай! О, черт!.. Да-а, бывало, начну кабана резать, все горло ему перехвачу, до самой душки достану, а он, проклятый, встанет и пойдет по базу. И долго ходит! Весь в кровище, а ходит, хрипит. Дыхать ему нечем, а он все живет. Это, значит, такая уже легкая рука у меня. Ну, бросай его...

Все ишо двошит? Скажи на милость. А ить почти до мосла шею ему располохнул...

Третий распялил на вытянутых руках снятую с красноармейца теплушку, сказал:

— Обкровнили левый бок... Липнет к рукам, тьфу, будь она неладна!

— Обомнется. Это не сало, — спокойно сказал хрипатый и снова присел на корточки. — Обомнется либо отстирается. Не беда.

— Да ты что, и штаны думаешь с него сымать? — недовольно спросил первый.

Хрипатый резко сказал:

— Ты, ежели спешишь, иди к коням, без тебя тут управимся! Не пропадать же добру?

Григорий круто повернулся, пошел в дом.

Фомин встретил его коротким изучающим взглядом, встал:

— Пойдем в горницу, потолкуем, а то тут галдят дюже.

В просторной жарко натопленной горнице пахло мышами и конопляным семенем. На кровати, раскинувшись, спал одетый в защитный френч небольшой человек. Редкие волосы его были всклокочены, покрыты пухом и мелкими перьями. Он лежал, плотно прижавшись щекой к грязной, обтянутой одним наперником подушке. Висячая лампа освещала его бледное, давно не бритое лицо.

Фомин разбудил его, сказал:

— Вставай, Капарин. Гость у нас. Это наш человек — Мелехов Григорий, бывший сотник, к твоему сведению.

Капарин свесил с кровати ноги, потер руками лицо, встал. С легким полупоклоном он пожал Григорию руку:

— Очень приятно. Штабс-капитан Капарин.

Фомин радушно придвинул Григорию стул, сам присел на сундук. По лицу Григория он, вероятно, понял, что расправа над красноармейцем произвела на него гнетущее впечатление, потому и сказал:

— Ты не думай, что мы со всеми так строго обходимся. Это же, чудак, — из продотрядников.

Им и разным комиссарам спуску не даем, а остальных милуем. Вот вчера поймали трех милиционеров; лошадей, седла и оружие у них забрали, а их отпустили. На черта они нужны — убивать их.

Григорий молчал. Положив руки на колени, он думал о своем и слышал как во сне голос Фомина.

— ... Вот так и воюем пока, — продолжал Фомин. — Думаем все-таки поднять казаков. Советской власти не жить. Слухом пользуемся, что везде война идет. Везде восстания: и в Сибири, и на Украине, и даже в самом Петрограде. Весь флот восстал в этой крепости, как ее прозывают...

— В Кронштадте, — подсказал Капарин.

Григорий поднял голову, пустыми, словно незрячими глазами взглянул на Фомина, перевел взгляд на Капарина.

— На, закури. — Фомин протянул портсигар. — Так вот, Петроград уже взяли и подходют к Москве. Везде такая волынка идет! Нечего и нам дремать. Подымем казаков, стряхнем Советскую власть, а там, ежели кадеты подсобят, вовсе дела наши пойдут на лад. Нехай ихние ученые люди власть устанавливают, мы им поможем. — Он помолчал, потом спросил: — Ты как, Мелехов, думаешь: ежели кадеты подопрут от Черного моря и мы соединимся с ними, — нам же это зачтется, что мы первые восстали в тылу? Капарин говорит — непременно зачтется. Неужели, к примеру, мне будут попрекать, что я увел в восемнадцатом году Двадцать восьмой полк с фронта и каких-нибудь два года служил Советской власти.

«Вот ты куда стреляешь! Дурак, а хитрый...» — подумал Григорий, невольно улыбнувшись. Фомин ждал ответа. Вопрос этот, очевидно, занимал его не на шутку. Григорий нехотя сказал:

— Это дело длинное.

— Конечно, конечно, — охотно согласился Фомин. — Я это к слову сказал. Дальше виднее будет, а теперь нам надо действовать, громить коммунистов в тылу. Жить мы им все одно не дадим! Они пехотишку свою посадили на подводы и думают за нами угоняться... Пущай пробуют. Пока конную часть им подкинут, мы весь округ кверх ногами постановим!

Григорий снова смотрел под ноги себе, думал. Капарин извинился, прилег на кровать.

— Устаю очень. Переходы сумасшедшие у нас, мало спим, — сказал он, вяло улыбнувшись.

— Пора и нам на покой. — Фомин встал, опустил тяжелую руку на плечо Григория. — Молодец, Мелехов, что послухал тогда в Вёшках моего совета! Не прихоронись ты тогда — навели бы тебе решку. Лежал бы теперь в вешенских бурунах, и ноготки обопрели бы... Это уж я — как в воду гляжу. Ну, так что надумал? Говори, да давай ложиться спать.

— Об чем говорить?

— С нами идешь или как? Всю жизню по чужим катухам не прохоронишься.

Григорий ждал этого вопроса. Надо было выбирать: или дальше скитаться по хуторам, вести голодную, бездомную жизнь и гибнуть от глухой тоски, пока хозяин не выдаст властям, или самому явиться с повинной в политбюро, или идти с Фоминым. И он выбрал. Впервые за весь вечер глянул прямо в глаза Фомину, кривя губы улыбкой, сказал:

— У меня выбор, как в сказке про богатырей: налево поедешь — коня потеряешь, направо поедешь — убитым быть... И так — три дороги, и ни одной нету путевой...

— Ты уж выбирай без сказок. Сказки потом будем рассказывать.

— Деваться некуда, потому и выбрал.

— Ну?

— Вступаю в твою банду.

Фомин недовольно поморщился, закусил ус.

— Ты это название брось. Почему это — банда? Такое прозвище нам коммунисты дали, а тебе так говорить негоже. Просто восставшие люди. Коротко и ясно.

Недовольство его было минутным. Он явно был обрадован решением Григория — и не мог скрыть этого; оживленно потирая руки, сказал:

— Нашего полку прибыло! Слышишь, ты, штабс-капитан? Дадим тебе, Мелехов, взвод, а ежели не хочешь взводом командовать — будешь при штабе с Капариным заворачивать. Коня тебе отдаю своего. У меня есть запасный.

XII

К заре слегка приморозило. Лужи затянуло сизым ледком. Снег стал жесткий, звучно хрустящий. На зернистой снежной целине копыта лошадей оставляли неясные, осыпающиеся, круглые отпечатки, а там, где вчерашняя оттепель съела снег, голая земля с приникшей к ней мертвой прошлогодней травой лишь слегка вминалась под копытами и, продавливаясь, глухо гудела.

Фоминский отряд строился за хутором в походную колонну. Далеко на шляху маячили шестеро конников высланного вперед головного разъезда.

— Вот оно, мое войско! — подъехав к Григорию, улыбаясь, сказал Фомин. — Черту рога можно сломать с такими ребятами!

Григорий окинул взглядом колонну, с грустью подумал: «Нарвался бы ты со своим войском на мой буденновский эскадрон, мы бы тебя за полчаса по косточкам растрепали!»

Фомин указал плетью, спросил:

— Как они на вид?

— Пленных рубят неплохо и раздевают битых тоже неплохо, а вот как они в бою — не знаю, — сухо ответил Григорий.

Повернувшись в седле спиной к ветру, Фомин закурил, сказал:

— Поглядишь их и в бою. У меня народ все больше служивый, эти не подведут.

Шесть пароконных подвод с патронами и продовольствием поместились в середине колонны. Фомин поскакал вперед, подал команду трогаться. На бугре он снова подъехал к Григорию, спросил:

— Ну, как мой конь? По душе?

— Добрый конь.

Они долго молча ехали рядом, стремя к стремени, потом Григорий спросил:

— В Татарском не думаешь побывать?

— По своим наскучал?

— Хотелось бы проведать.

— Может, и заглянем. Зараз думаю на Чир свернуть, потолкать казачков, расшевелить их трошки.

Но казаки не очень-то охотно «шевелились»... В этом Григорий убедился в течение ближайших же дней. Занимая хутор или станицу, Фомин приказывал созвать собрание граждан. Выступал больше сам он, иногда его заменял Капарин. Они призывали казаков к оружию, говорили о «тяготах, которые возложила на хлеборобов Советская власть», об «окончательной разрухе, которая неизбежно придет, если Советскую власть не свергнуть». Фомин говорил не так грамотно и складно, как Капарин, но более пространно и на понятном казакам языке. Кончал он речь обычно одними и теми же заученными фразами: «Мы с нонешнего дня освобождаем вас от продразверстки. Хлеб больше не возите на приемные пункты. Пора перестать кормить коммунистов-дармоедов. Они жир нагуливали на вашем хлебе, но эта чужбинка кончилась. Вы — свободные люди! Вооружайтесь и поддерживайте нашу власть! Ура, казаки!»

Казаки смотрели в землю и угрюмо молчали, зато бабы давали волю языкам. Из тесных рядов их сыпались ядовитые вопросы и выкрики:

— Твоя власть хорошая, а мыла ты нам привез?

— Где ты ее возишь, свою власть, в тороках?

— А вы сами чьим хлебом кормитесь?

— Небось, зараз поедете по дворам побираться?

— У них шашки. Они без спросу курам начнут головы рубить!

— Как это — хлеб не возить? Нынче вы тут, а завтра вас и с собаками не сыщешь, а нам отвечать?

— Не дадим вам наших мужьев! Воюйте сами!

И многое другое в великом ожесточении выкрикивали бабы, изуверившиеся за годы войны во всем, боявшиеся новой войны и с упорством отчаяния цеплявшиеся за своих мужей.

Фомин равнодушно выслушивал их бестолковые крики. Он знал им цену. Выждав тишину, он обращался к казакам. И тогда коротко и рассудительно те отвечали:

— Не притесняйте нас, товарищ Фомин, навоевались мы вдосталь.

— Пробовались, восставали в девятнадцатом году!

— Не с чем восставать и не к чему! Пока нужды нету.

— Пора подходит — сеять надо, а не воевать.

Однажды из задних рядов кто-то крикнул:

— Сладко гутаришь зараз! А где был в девятнадцатом году, когда мы восставали? Поздно ты, Фомин, всхомянулся!

Григорий видел, как Фомин изменился в лице, но все же сдержался и ничего не сказал в ответ.

Первую неделю Фомин вообще довольно спокойно выслушивал на собраниях возражения казаков, их короткие отказы в поддержке его выступления; даже бабьи крики и ругань не выводили его из душевного равновесия. «Ничего, мы их уломаем!» — самоуверенно говорил он, улыбаясь в усы. Но, убедившись в том, что основная масса казачьего населения относится к нему отрицательно, — он круто изменил свое отношение к выступавшим на собраниях. Говорил он, уже не слезая с седла, и не столько уговаривал, сколько грозил. Однако результат оставался прежним: казаки, на которых он думал опереться, молча выслушивали его речь и так же молча начинали расходиться.

В одном из хуторов после его речи выступила с ответным словом казачка. Большая ростом, дородная и широкая в кости вдова говорила почти мужским басом и по-мужски ухватисто и резко размахивала руками. Широкое изъеденное оспой лицо ее было исполнено злой решимости, крупные вывернутые губы все время кривились в презрительной усмешке.

Тыча красной пухлой рукой в сторону Фомина, каменно застывшего на седле, она словно выплевывала язвительные слова:

— Ты чего смутьянничаешь тут? Ты куда наших казаков хочешь пихнуть, в какую яму? Мало эта проклятая война у нас баб повдовила? Мало деток посиротила? Новую беду на наши головы кличешь? И что это за царь-освободитель такой объявился с хутора Рубежного? Ты бы дома порядку дал, разруху прикончил, а посля нас бы учил, как жить и какую власть принимать, а какую не надо! А то у тебя у самого дома баба из хомута не вылазит, знаем точно! А ты усы распушил, разъезжаешь на конике, народ мутишь. У тебя у самого в хозяйстве — кабы ветер хату не подпирал, она давно бы упала. Учитель нашелся! Чего же ты молчишь, рыжее мурло, аль я неправду говорю?

В толпе зашелестел тихий смешок. Зашелестел, как ветер, и стих. Левая рука Фомина, лежавшая на луке седла, медленно перебирала поводья, лицо темнело от сдерживаемого гнева, но он молчал, искал в уме достойный выход из создавшегося положения.

— И что это за власть твоя, что ты зовешь ее поддерживать? — напористо продолжала вошедшая в раж вдова.

Она подбоченилась и медленно шла к Фомину, виляя широченными бедрами. Перед нею расступались казаки, пряча улыбки, потупив смеющиеся глаза. Они очищали круг словно для пляски, сторонились, толкали друг друга...

— Твоя власть без тебя на земле не остается, — низким басом говорила вдова. — Она следом за тобой волочится и больше часу в одном месте не живет! «Нынче на коне верхом, а завтра в грязе Пахом» — вот кто ты такой, и власть твоя такая же!

Фомин с силой сжал ногами бока коня, послал его в толпу. Народ шарахнулся в разные стороны. В широком кругу осталась одна вдова. Она видала всякие виды и потому спокойно глядела на оскаленную морду фоминского коня, на бледное от бешенства лицо всадника.

Наезжая на нее конем, Фомин высоко поднял плеть:

— Цыц, рябая стерва!.. Ты что тут агитацию разводишь?!

Прямо над головой бесстрашной казачки высилась задранная кверху, оскаленная конская морда. С удил слетел бледно-зеленый комок пены, упал на черный вдовий платок, с него — на щеку. Вдова смахнула его движением руки, ступила шаг назад.

— Тебе можно говорить, а нам нельзя? — крикнула она, глядя на Фомина круглыми, сверкающими от ярости глазами.

Фомин не ударил ее. Потрясая плетью, он заорал:

— Зараза большевицкая! Я из тебя дурь выбью! Вот прикажу задрать тебе подол да всыпать шомполов, тогда дóразу поумнеешь!

Вдова ступила еще два шага назад и, неожиданно повернувшись к Фомину спиной, низко нагнулась, подняла подол юбки.

— А этого ты не видал, Аника-воин? — воскликнула она и, выпрямившись с диковинным проворством, снова стала лицом к Фомину. — Меня?! Пороть?! В носе у тебя не кругло!..

Фомин с ожесточением плюнул, натянул поводья, удерживая попятившегося коня.

— Закройся, кобыла нежерёбая! Рада, что на тебе мяса много? — громко сказал он и повернул коня, тщетно пытаясь сохранить на лице суровое выражение.

Глухой задавленный хохот зазвучал в толпе. Один из фоминцев, спасая посрамленную честь своего командира, подбежал к вдове, замахнулся прикладом карабина, но здоровенный казак, ростом на две головы выше его, заслонил женщину широким плечом, тихо, но многообещающе сказал:

— Не трогай!

И еще трое хуторян быстро подошли и оттеснили вдову назад. Один из них — молодой, чубатый — шепнул фоминцу:

— Чего намахиваешься, ну? Бабу побить нехитро, ты свою удаль вон там, на бугре, покажи, а по забазьям все мы храбрые...

Фомин шагом отъехал к плетню, приподнялся на стременах.

— Казаки! Подумайте хорошенько! — крикнул он, обращаясь к медленно расходившейся толпе. — Зараз добром просим, а через неделю вернемся — другой разговор будет!

Он почему-то пришел в веселое расположение духа и, смеясь, сдерживая танцующего на одном месте коня, кричал:

— Мы не из пужливых! Нас этими бабьими... (последовало несколько нецензурных выражений) не напужаете! Мы видали и рябых и всяких! Приедем, и ежели никто из вас добровольно не впишется в наш отряд — насильно мобилизуем всех молодых казаков. Так и знайте! Нам с вами нянчиться и заглядывать вам в глаза некогда!

В толпе, приостановившейся на минуту, послышались смех и оживленные разговоры. Фомин, все еще улыбаясь, скомандовал:

— По ко-о-ням!..

Багровея от сдерживаемого смеха, Григорий поскакал к своему взводу.

Растянувшийся по грязной дороге фоминский отряд выбрался уже на бугор, скрылся из глаз негостеприимный хутор, а Григорий все еще изредка улыбался, думал: «Хорошо, что веселый народ мы, казаки. Шутка у нас гостюет чаще, чем горе, а не дай бог делалось бы все всурьез — при такой жизни давно бы завеситься можно!» Веселое настроение долго не покидало его, и только на привале он с тревогой и горечью подумал о том, что казаков, наверное, не удастся поднять и что вся фоминская затея обречена на неизбежный провал.

XIII

Шла весна. Сильнее пригревало солнце. На южных склонах бугров потаял снег, и рыжая от прошлогодней травы земля в полдень уже покрывалась прозрачной сиреневой дымкой испарений. На сугревах, на курганах, из-под вросших в суглинок самородных камней показались первые, ярко-зеленые острые ростки травы медвянки. Обнажилась зябь. С брошенных зимних дорог грачи перекочевали на гумна, на затопленную талой водой озимь. В логах и балках снег лежал синий, доверху напитанный влагой; оттуда все еще сурово веяло холодом, но уже тонко и певуче звенели в ярах под снегом невидимые глазу вешние ручейки, и совсем повесеннему, чуть приметно и нежно зазеленели в перелесках стволы тополей.

Подходила рабочая пора, и с каждым днем таяла фоминская банда. После ночевки наутро недосчитывались одного-двух человек, а однажды сразу скрылось чуть ли не полвзвода: восемь человек с лошадьми и вооружением отправились в Вешенскую сдаваться. Надо было пахать и сеять. Земля звала, тянула к работе, и многие фоминцы, убедившись в бесполезности борьбы, тайком покидали банду, разъезжались по домам. Оставался лихой народ, кому нельзя было возвращаться, чья вина перед Советской властью была слишком велика, чтобы можно было рассчитывать на прощение.

К первым числам апреля у Фомина было уже не больше восьмидесяти шести сабель. Григорий тоже остался в банде. У него не хватило мужества явиться домой. Он был твердо убежден в том, что дело Фомина проиграно и что рано или поздно банду разобьют. Он знал, что при первом же серьезном столкновении с какой-либо регулярной кавалерийской частью Красной Армии они будут разгромлены наголову. И все же остался подручным у Фомина, втайне надеясь дотянуть как-нибудь до лета, а тогда захватить пару лучших в банде лошадей, махнуть ночью в Татарский и оттуда вместе с Аксиньей — на юг. Степь донская — широкая, простору и неезженых дорог в ней много; летом все пути открыты, и всюду можно найти приют... Думал он, бросив где-нибудь лошадей, пешком с Аксиньей пробраться на Кубань, в предгорья, подальше от родных мест, и там пережить смутное время. Иного выхода, казалось ему, не было.

Фомин, по совету Капарина, решил перед ледоходом перейти на левую сторону Дона. На грани с Хоперским округом, где было много лесов, надеялся он в случае необходимости укрыться от преследования.

Выше хутора Рыбного банда переправилась через Дон. Местами, на быстринах, лед уже пронесло. Под ярким апрельским солнцем серебряной чешуей сверкала вода, но там, где была набитая зимняя дорога, на аршин возвышавшаяся над уровнем льда, Дон стоял нерушимо. На окраинцы положили плетни, лошадей по одной провели в поводу, на той стороне Дона построились и, выслав вперед разведку, пошли в направлении Еланской станицы.

День спустя Григорию довелось увидеть своего хуторянина — кривого старика Чумакова. Он ходил в хутор Грязновский к родне и повстречался с бандой неподалеку от хутора. Григорий отвел старика в сторону от дороги, спросил:

— Детишки мои — живые-здоровые, дедушка?

— Бог хранит, Григорий Пантелевич, живые и здоровые.

— Великая просьба к тебе, дедушка: передай им и сестре Евдокии Пантелевне от меня низкий поклон и Прохору Зыкову — поклон, а Аксинье Астаховой скажи, пущай меня вскорости поджидает. Только, окромя них, никому не говори, что видал меня, ладно?

— Сделаю, кормилец, сделаю! Не сумлевайся, все передам, как надо.

— Что нового в хуторе?

— А ничего нету, все по-старому.

— Кошевой все председателем?

— Он самый.

— Семью мою не обижают?

— Ничего не слыхал, стало быть, не трогают. Да за что же их и трогать? Они за тебя не ответчики...

— Что обо мне гутарят по хутору?

Старик высморкался, долго вытирал усы и бороду красным шейным платком, потом уклончиво ответил:

— Господь их знает... Разное брешут, кто во что горазд. Замиряться-то с Советской властью скоро будете?

Что мог ответить ему Григорий? Удерживая коня, рвавшегося за ушедшим вперед отрядом, он улыбнулся, сказал:

— Не знаю, дед. Пока ничего не видно.

— Как это не видно? С черкесами воевали, с турком воевали, и то замирение вышло, а вы все свои люди и никак промежду собой не столкуетесь... Нехорошо, Григорий Пантелевич, право слово, нехорошо! Бог-милостивец, он все видит, он вам всем это не простит, попомни мое слово! Ну, мыслимое ли это дело: русские, православные люди сцепились между собой, и удержу нету. Ну, повоевали бы трошки, а то ить четвертый год на драку сходитесь. Я стариковским умом так сужу: пора кончать!

Григорий попрощался со стариком и шибко поскакал догонять свой взвод. Чумаков долго стоял опершись на палку, протирая рукавом слезящуюся пустую глазницу. Единственным, но по-молодому зорким глазом он смотрел вслед Григорию, любовался его молодецкой посадкой и тихо шептал:

— Хороший казак! Всем взял, и ухваткой и всем, а вот непутевый... Сбился со своего шляху! Вся статья ему бы с черкесами воевать, а он ишь чего удумал! И на чуму она ему нужна, эта власть? И чего они думают, эти молодые казаки? С Гришки-то спрашивать нечего, у них вся порода такая непутевая... И покойник Пантелей такой же крученый был, и Прокофия-деда помню... Тоже ягодка-кислица был, а не человек... А вот что другие казаки думают — побей бог, не пойму!

Фомин, занимая хутора, уже не созывал собрания граждан. Он убедился в бесплодности агитации. Впору было удерживать своих бойцов, а не вербовать новых. Он заметно помрачнел и стал менее разговорчив. Утешения начал искать в самогоне. Всюду, где только приходилось ему ночевать, шли мрачные попойки. Глядя на своего атамана, пили и фоминцы. Упала дисциплина. Участились случаи грабежей. В домах советских служащих, скрывавшихся при приближении банды, забиралось все, что можно было увезти на верховой лошади. Седельные вьюки у многих бойцов невероятно распухли. Однажды Григорий увидел у одного из бойцов своего взвода ручную швейную машину. Повесив на луку поводья, он держал ее под мышкой левой руки. Только пустив в ход плеть, Григорию удалось заставить казака расстаться с приобретением. В этот вечер между Фоминым и Григорием произошел резкий разговор. Они были вдвоем в комнате. Распухший от пьянства Фомин сидел за столом, Григорий крупными шагами ходил по комнате.

— Сядь, не маячь перед глазами, — с досадою сказал Фомин.

Не обращая внимания на его слова, Григорий долго метался по тесной казачьей горенке, потом сказал:

— Мне это надоело, Фомин! Кончай грабиловку и гулянки!

— Плохой сон тебе нынче приснился?

— Тоже, шуточки... Народ об нас начинает плохо говорить!

— Ты же видишь, ничего не поделаю с ребятами, — нехотя сказал Фомин.

— Да ты ничего и не делаешь!

— Ну, ты мне не указ! А народ твой доброго слова не стоит. За них же, сволочей, страдаем, а они... Я об себе думаю, и хватит.

— Плохо и об себе думаешь. За пьянством думать некогда. Ты четвертые сутки не просыпаешься, и все остальные пьют. В заставах и то по ночам пьют. Чего хочешь? Чтобы нас пьяных накрыли и вырезали где-нибудь в хуторе?

— А ты думаешь, это нас минует? — усмехнулся Фомин. — Когда-нибудь прийдется помирать. Повадился кувшин по воду ходить... Знаешь?

— Тогда давай завтра сами поедем в Вешенскую и подымем вверх руки: берите, мол, нас, сдаемся.

— Нет, мы ишо погуляем...

Григорий стал против стола, широко расставив ноги.

— Ежели ты не наведешь порядок, ежели не прикончишь грабежи и пьянку, я отколюсь от тебя и уведу с собой половину народа, — тихо сказал он.

— Попробуй, — угрожающе протянул Фомин.

— И без пробы выйдет!

— Ты... ты мне брось грозить! — Фомин положил руку на кобуру нагана.

— Не лапай кобуру, а то я тебя через стол скорей достану! — быстро сказал Григорий, побледнев, до половины обнажив шашку.

Фомин положил руки на стол, улыбнулся:

— Чего ты привязался ко мне? Без тебя голова трещит, а тут ты с глупыми разговорами. Вложи шашку в ножны! И пошутить с тобой нельзя, что ли? Скажи, пожалуйста, строгий какой! Чисто девочка шестнадцати годов...

— Я уже тебе сказал, чего хочу, и ты это заруби себе на носу. У нас не все такого духу, как ты.

— Знаю.

— Знай и помни! Завтра же прикажи, чтобы опорожнили вьюки. У нас — конная часть, а не вьючный обоз. Отсеки им это, как ножом! Тоже, борцы за народ называются! Огрузились грабленым добром, торгуют им на хуторах, как раньше, бывало, купцы-коробейники... Стыду до глаз! И на черта я с вами связывался? — Григорий плюнул и отвернулся к окну, бледный от негодования и злобы.

Фомин засмеялся, сказал:

— Ни разу нас конница не надавила... Сытый волк, когда за ним верховые гонят, все, что сожрал, на бегу отрыгивает. Так и мои стервецы — все покидали бы, ежли бы нажали на нас как следует. Ничего, Мелехов, не волнуйся, все сделаю! Это я так, трошки духом пал и распустил вожжи, но я их подберу! А делиться нам нельзя, давай кручину трепать вместе.

Им помешали закончить разговор: в комнату вошла хозяйка, неся дымящуюся миску щей, потом толпой ввалились предводимые Чумаковым казаки.

Но разговор все же возымел действие. Наутро Фомин отдал приказ опорожнить вьюки, сам проверил исполнение этого приказа. Одного из отъявленных грабителей, оказавшего сопротивление при осмотре вьюков и не пожелавшего расстаться с награбленным, Фомин застрелил в строю из нагана.

— Уберите это падло! — спокойно сказал он, пихнув ногой мертвого, и оглядел строй, повысил голос: — Хватит, сукины сыны, по сундукам лазить! Я вас не для того поднял против Советской власти! С убитого противника можете сымать все, даже мазаные исподники, ежли не погребуете, а семьи не трожьте! Мы с бабами не воюем. А кто будет супротивничать — получит такой же расчет!

В строю прокатился и смолк тихий шумок...

Порядок был как будто восстановлен. Дня три банда рыскала по левобережью Дона, уничтожая в стычках небольшие отрядики местной самообороны.

В станице Шумилинской Капарин предложил перейти на территорию Воронежской губернии. Он мотивировал это тем, что там они наверняка получат широкую поддержку населения, недавно восстававшего против Советской власти. Но когда Фомин объявил об этом казакам, те в один голос заявили: «Из своего округа не пойдем!» В банде замитинговали. Пришлось изменить решение. В течение четырех дней банда безостановочно уходила на восток, не принимая боя, который навязывала ей конная группа, начавшая преследовать Фомина по пятам от самой станицы Казанской.

Заметать свои следы было нелегко, так как всюду на полях шла весенняя работа и даже в самых глухих уголках степи копошились люди. Уходили ночами, но едва лишь утром останавливались где-либо подкормить лошадей — неподалеку появлялась конная разведка противника, короткими очередями бил ручной пулемет, и фоминцы под обстрелом начинали поспешно взнуздывать лошадей. За хутором Мельниковым Вешенской станицы Фомину искусным маневром удалось обмануть противника и оторваться от него. Из донесения своей разведки Фомин знал, что командует конной группой Егор Журавлев — напористый и понимающий в военном деле казак Букановской станицы; знал он, что конная группа численностью почти вдвое превосходит его банду, имеет шесть ручных пулеметов и свежих, не измотанных длительными переходами лошадей. Все это заставляло Фомина уклоняться от боя, с тем чтобы дать возможность отдохнуть людям и лошадям, а потом, при возможности, не в открытом бою, а внезапным налетом растрепать группу и таким образом избавиться от навязчивого преследования. Думал он также разжиться за счет противника пулеметами и винтовочными патронами. Но расчеты его не оправдались. То, чего опасался Григорий, случилось восемнадцатого апреля на опушке Слащевской дубравы. Накануне Фомин и большинство рядовых бойцов перепились в хуторе Севастьяновском, из хутора выступили на рассвете. Ночью почти никто не спал, и многие теперь заснули в седлах. Часам к девяти утра неподалеку от хутора Ожогина стали на привал. Фомин выставил сторожевое охранение и приказал дать лошадям овса.

С востока дул сильный порывистый ветер. Бурое облако песчаной пыли закрывало горизонт. Над степью висела густая мгла. Чуть просвечивало солнце, задернутое высоко взвихренной мглою. Ветер трепал полы шинелей, конские хвосты и гривы. Лошади поворачивались к ветру спиной, искали укрытия возле редких, разбросанных на опушке леса кустов боярышника. От колючей песчаной пыли слезились глаза, и было трудно что-либо рассмотреть даже на недалеком расстоянии.

Григорий заботливо протер своему коню храп и влажные надглазницы, навесил торбу и подошел к Капарину, кормившему лошадь из полы шинели.

— Ну и место для стоянки выбрали! — сказал он, указывая плетью на лес.

Капарин пожал плечами:

— Я говорил этому дураку, но разве его можно в чем-либо убедить!

— Надо было стать в степи или на искрайке хутора.

— Вы думаете, что нападения можно ждать из леса?

— Да.

— Противник далеко.

— Противник может быть и близко, это вам не пехота.

— Лес голый. Пожалуй, увидим в случае чего.

— Смотреть некому, почти все спят. Боюсь, как бы и в охранении не спали.

— Они с ног валятся после вчерашней пьянки, их теперь не добудишься. — Капарин сморщился, как от боли, сказал вполголоса: — С таким руководителем мы погибнем. Он пуст, как пробка, и глуп, прямо-таки непроходимо глуп! Почему вы не хотите взять на себя командование? Казаки вас уважают. За вами они охотно пошли бы.

— Мне это не надо, я у вас короткий гость, — сухо ответил Григорий и отошел к коню, сожалея о нечаянно сорвавшемся с языка неосторожном признании.

Капарин высыпал из полы на землю остатки зерна, последовал за Григорием.

— Знаете, Мелехов, — сказал он, на ходу сломив ветку боярышника, ощипывая набухшие тугие почки, — я думаю, что долго мы не продержимся, если не вольемся в какую-нибудь крупную антисоветскую часть, например — в бригаду Маслака, которая бродит где-то на юге области. Надо пробиваться туда, иначе нас здесь уничтожат в одно прекрасное время.

— Зараз разлив. Дон не пустит.

— Не сейчас, но когда вода спадет — надо уходить. Вы думаете иначе?

После некоторого раздумья Григорий ответил:

— Правильно. Надо подаваться отсюда. Делать тут нечего.

Капарин оживился. Он стал пространно говорить о том, что расчеты на поддержку со стороны казаков не оправдались и что теперь надо всячески убеждать Фомина, чтобы он не колесил бесцельно по округу, а решился на слияние с более мощной группировкой.

Григорию надоело слушать его болтовню. Он внимательно следил за конем, и как только тот опорожнил торбу, снял ее, взнуздал коня и подтянул подпруги.

— Выступаем еще не скоро, напрасно вы спешите, — сказал Капарин.

— Вы лучше пойдите приготовьте коня, а то тогда некогда будет седлать, — ответил Григорий.

Капарин внимательно посмотрел на него, пошел к своей лошади, стоявшей возле обозной линейки.

Ведя коня в поводу, Григорий подошел к Фомину. Широко разбросав ноги, Фомин лежал на разостланной бурке, лениво обгладывал крыло вареной курицы. Он подвинулся, жестом приглашая занять место рядом с ним.

— Садись полудновать со мной.

— Надо уходить отсюда, а не полудновать, — сказал Григорий.

— Выкормим лошадей и тронемся.

— Потом можно выкормить.

— Чего ты горячку порешь? — Фомин отбросил обглоданную кость, вытер о бурку руки.

— Накроют нас тут. Место подходящее.

— Какой нас черт накроет? Зараз разведка вернулась, говорят, что бугор пустой. Стало быть, Журавлев потерял нас, а то бы он теперь на хвосте висел. Из Букановской ждать некого. Военкомом там Михей Павлов, парень он боевой, но силенок у него маловато, и он едва ли пойдет встречать нас. Отдохнем как следует, перегодим трошки этот ветер, а потом направимся в Слащевскую. Садись, ешь курятину, чего над душой стоишь? Что-то ты, Мелехов, трусоват стал, скоро все кусты будешь объезжать, вон какой крюк будешь делать! — Фомин широко повел рукой и захохотал.

Выругавшись в сердцах, Григорий отошел, привязал к кусту коня, лег около, прикрыв от ветра лицо полой шинели. Он задремал под свист ветра, под тонкий напевный шорох склонившейся над ним высокой сухой травы.

Длинная пулеметная очередь заставила его вскочить на ноги. Очередь еще не успела кончиться, а Григорий уже отвязал коня. Покрывая все голоса, Фомин заорал: «По коням!» Еще два или три пулемета затрещали справа, из лесу. Сев в седло, Григорий мгновенно оценил обстановку. Справа над опушкой леса, чуть видные сквозь пыль человек пятьдесят красноармейцев, развернувшись лавой, отрезая путь к отступлению на бугор, шли в атаку. Холодно и так знакомо поблескивали над головами их голубые при тусклом свете солнца клинки. Прямо из лесу, с заросшего кустарником пригорка, с лихорадочной поспешностью опорожняя диск за диском, били пулеметы. Слева тоже с пол-эскадрона красноармейцев мчались без крика, помахивая шашками, растягиваясь, замыкая кольцо окружения. Оставался единственный выход: прорваться сквозь редкие ряды атакующих слева и уходить к Дону. Григорий крикнул Фомину: «За мной держи!» — и пустил коня, обнажив шашку.

Отскакав саженей двадцать, он оглянулся. Фомин, Капарин, Чумаков и еще несколько бойцов бешеным намётом шли позади, в каких-нибудь десяти саженях от него. Пулеметы в лесу смолкли, лишь крайний справа бил короткими злыми очередями по суетившимся около обозных повозок фоминцам. Но и последний пулемет сразу умолк, и Григорий понял, что красноармейцы — уже на месте стоянки и что позади началась рубка. Он догадывался об этом по глухим отчаянным вскрикам, по редкой прерывистой стрельбе оборонявшихся. Ему некогда было оглядываться. Сближаясь в стремительном броске с шедшей навстречу лавой, он выбирал цель. Навстречу скакал красноармеец в куцем дубленом полушубке. Под ним была серая не очень резвая лошадь. Как при вспышке молнии, за какое-то неуловимое мгновение Григорий увидел и лошадь с белой звездой нагрудника, покрытого хлопьями пены, и всадника с красным, разгоряченным, молодым лицом, и широкий пасмурный просвет уходящей к Дону степи — за ним... В следующий миг надо было уклоняться от удара и рубить самому. В пяти саженях от всадника Григорий резко качнулся влево, услышал режущий посвист шашки над головой и, рывком выпрямившись в седле, только кончиком своей шашки достал уже миновавшего его красноармейца по голове. Рука Григория почти не ощутила силы удара, но, глянув назад, он увидел поникшего, медленно сползавшего с седла красноармейца и густую полосу крови на спине его желтой дубленки. Серая лошадь сбилась с намёта и шла уже крупной рысью, дико задрав голову, избочившись так, словно она испугалась собственной тени...

Григорий припал к шее коня, привычным движением опустил шашку. Тонко и резко свистали над головой пули. Плотно прижатые уши коня вздрагивали, на кончиках их бисером проступил пот. Григорий слышал только воющий свист посылаемых ему в угон пуль да короткое и резкое дыхание коня. Он еще раз оглянулся и увидел Фомина и Чумакова, за ними саженях в пятидесяти скакал приотставший Капарин, а еще дальше — лишь один боец второго взвода, хромой Стерлядников, отбивался на скаку от двух наседавших на него красноармейцев. Все остальные восемь или девять человек, устремившиеся следом за Фоминым, были порублены. Разметав по ветру хвосты, лошади без седоков уходили в разные стороны, их перехватывали, ловили красноармейцы. Лишь один гнедой высокий конь, принадлежавший фоминцу Прибыткову, скакал бок о бок с конем Капарина, всхрапывая, волоча следом за собой мертвого хозяина, не высвободившего при падении ногу из стремени.

За песчаным бугром Григорий придержал коня, соскочил с седла, сунул шашку в ножны. Чтобы заставить коня лечь, понадобилось несколько секунд. Этому нехитрому делу Григорий выучил его в течение одной недели. Из-за укрытия он расстрелял обойму, но так как, целясь, он спешил и волновался, то лишь последним выстрелом свалил под красноармейцем коня. Это дало возможность пятому фоминцу уйти от преследования.

— Садись! Пропадешь! — крикнул Фомин, равняясь с Григорием.

Разгром был полный. Только пять человек уцелело из всей банды. Их преследовали до хутора Антоновского, и погоня прекратилась, лишь когда пятеро беглецов скрылись в окружавшем хутор лесу.

За все время скачки никто из пятерых не обмолвился ни одним словом.

Возле речки лошадь Капарина упала, и поднять ее уже не смогли. Под остальными загнанные лошади качались, еле переставляли ноги, роняя на землю густые белые хлопья пены.

— Тебе не отрядом командовать, а овец стеречь! — сказал Григорий, спешиваясь и не глядя на Фомина.

Тот молча слез с коня, стал расседлывать его, а потом отошел в сторону, так и не сняв седла, сел на поросшую папоротником кочку.

— Что ж, коней прийдется бросить, — сказал он, испуганно озираясь по сторонам.

— А дальше? — спросил Чумаков.

— Надо пеши перебираться на энту сторону.

— Куда?

— Перебудем в лесу до ночи, тогда переедем через Дон и схоронимся на первых порах в Рубежном, там у меня родни много.

— Очередная глупость! — яростно воскликнул Капарин. — Ты предполагаешь, что там тебя не будут искать? Именно в твоем хуторе тебя теперь и будут ожидать! Чем ты только думаешь?

— Ну а куда же нам деваться? — растерянно спросил Фомин.

Григорий вынул из седельных сум патроны и кусок хлеба, сказал:

— Вы долго думаете ладиться? Пошли! Привязывайте лошадей, расседлывайте их и — ходу, а то нас и тут сумеют забрать.

Чумаков бросил на землю плеть, затоптал ее ногами в грязь, сказал дрогнувшим голосом:

— Вот мы и пешие стали... А ребятки наши все полегли... Матерь божья, как нас трепанули! Не думал я нынче в живых остаться... Смерть в глазах была...

Они молча расседлали лошадей, привязали всех четырех к одной ольхе и гуськом, одним следом, по-волчьи, пошли к Дону, неся в руках седла, стараясь держаться зарослей погуще.

XIV

Весною, когда разливается Дон и полая вода покрывает всю луговую пойму, против хутора Рубежного остается незатопленным небольшой участок высокого левобережья.

С Обдонской горы весною далеко виден на разливе остров, густо поросший молодыми вербами, дубняком и сизыми раскидистыми кустами чернотала.

Летом деревья там до макушек оплетает дикий хмель, внизу по земле стелется непролазный колючий ежевичник, по кустам ползут, кучерявятся бледно-голубые вьюнки, и высокая глухая трава, щедро вскормленная жирной почвой, поднимается на редких полянах выше человеческого роста.

Летом даже в полдни в лесу тихо, сумеречно, прохладно. Только иволги нарушают тишину да кукушки наперебой отсчитывают кому-то непрожитые года. А зимою лес и вовсе стоит пустой, голый, скованный мертвой тишиной. Мрачно чернеют зубцы его на фоне белесого зимнего неба. Лишь волчьи выводки из года в год находят в чаще надежное убежище, днями отлеживаясь в заваленном снегом бурьяне.

На этом острове обосновались Фомин, Григорий Мелехов и остальные уцелевшие от разгрома фоминской банды. Жили кое-как: питались скудными харчишками, которые по ночам доставлял им на лодке двоюродный брат Фомина, ели впроголодь, зато спали вволю, подложив под головы седельные подушки. Ночами по очереди несли караул. Огня не разводили из опасения, что кто-либо обнаружит их местопребывание.

Омывая остров, стремительно шла на юг полая вода. Она грозно шумела, прорываясь сквозь гряду вставших на пути ее старых тополей, и тихо, певуче, успокоенно лепетала, раскачивая верхушки затопленных кустов.

К неумолчному и близкому шуму воды Григорий скоро привык. Он подолгу лежал возле круто срезанного берега, смотрел на широкий водный простор, на меловые отроги Обдонских гор, тонущих в сиреневой солнечной дымке. Там, за этой дымкой, был родной хутор, Аксинья, дети... Туда летели его невеселые думки. На миг в нем жарко вспыхивала и жгла сердце тоска, когда он вспоминал о родных, вскипала глухая ненависть к Михаилу, но он подавлял эти чувства и старался не смотреть на Обдонские горы, чтобы не вспоминать лишний раз. Незачем было давать волю злой памяти. Ему и без этого было достаточно тяжко. И без этого так наболело в груди, что иногда ему казалось — будто сердце у него освежевано, и не бьется оно, а кровоточит. Видно, ранения, и невзгоды войны, и тиф сделали свое дело: Григорий стал слышать докучливые перестуки сердца каждую минуту. Иногда режущая боль в груди, под левым соском, становилась такой нестерпимо острой, что у него мгновенно пересыхали губы, и он с трудом удерживался, чтобы не застонать. Но он нашел верный способ избавления от боли: он ложился левой стороной груди на сырую землю или мочил холодной водой рубашку, и боль медленно, словно с неохотой, покидала его тело.

Погожие и безветренные стояли дни. Лишь изредка в ясном небе проплывали белые, распушившиеся на вышнем ветру облачка, и по разливу лебединой стаей скользили их отражения и исчезали, коснувшись дальнего берега.

Хорошо было смотреть на разметавшуюся у берега, бешено клокочущую быстрину, слушать разноголосый шум воды и ни о чем не думать, стараться не думать ни о чем, что причиняет страдания. Григорий часами смотрел на прихотливые и бесконечно разнообразные завитки течения. Они меняли форму ежеминутно: там, где недавно шла ровная струя, неся на поверхности побитые стебли камыша, мятые листья и корневища трав, — через минуту рождалась причудливо изогнутая воронка, жадно всасывавшая все, что проплывало мимо нее, а спустя немного на месте воронки уже вскипала и выворачивалась мутными клубами вода, извергая на поверхность то почерневший корень осоки, то распластанный дубовый лист, то неведомо откуда принесенный пучок соломы.

Вечерами горели на западе вишнево-красные зори. Из-за высокого тополя вставал месяц. Свет его белым холодным пламенем растекался по Дону, играя отблесками и черными переливами там, где ветер зыбил воду легкой рябью. По ночам, сливаясь с шумом воды, так же неумолчно звучали над островом голоса пролетавших на север бесчисленных гусиных стай. Никем не тревожимые птицы часто садились за островом, с восточной стороны его. В тиховодье, в затопленном лесу призывно трещали чирковые селезни, крякали утки, тихо гоготали, перекликались казарки и гуси. А однажды, бесшумно подойдя к берегу, Григорий увидел неподалеку от острова большую стаю лебедей. Еще не всходило солнце. За дальней грядиной леса ярко полыхала заря. Отражая свет ее, вода казалась розовой, и такими же розовыми казались на неподвижной воде большие величественные птицы, повернувшие гордые головы на восход. Заслышав шорох на берегу, они взлетели с зычным трубным кликом, и, когда поднялись выше леса, — в глаза Григорию ударил дивно сияющий, снежный блеск их оперения.

Фомин и его соратники каждый по-своему убивали время: хозяйственный Стерлядников, примостив поудобнее хромую ногу, с утра до ночи чинил одежду и обувь, тщательно чистил оружие, Капарин, которому не впрок пошли ночевки на сырой земле, целыми днями лежал на солнце, укрывшись с головой полушубком, глухо покашливая; Фомин и Чумаков без устали играли в самодельные, вырезанные из бумаги карты; Григорий бродил по острову, подолгу просиживал возле воды. Они мало разговаривали между собой, — все было давно переговорено, — и собирались вместе только во время еды да вечерами, ожидая, когда приедет брат Фомина. Скука одолевала их, и лишь однажды за все время пребывания на острове Григорий увидел, как Чумаков и Стерлядников, почему-то вдруг развеселившись, схватились бороться. Они долго топтались на одном месте, кряхтя и перебрасываясь короткими шутливыми фразами. Ноги их по щиколотки утопали в белом зернистом песке. Хромой Стерлядников был явно сильнее, но Чумаков превосходил его ловкостью. Они боролись по-калмыцки, на поясах, выставив вперед плечи и зорко следя за ногами друг друга. Лица их стали сосредоточенны и бледны от напряжения, дыхание — прерывисто и бурно. Григорий с интересом наблюдал за борьбой. Он увидел, как Чумаков, выбрав момент, вдруг стремительно опрокинулся на спину, увлекая за собой противника и движением согнутых ног перебрасывая его через себя. Секунду спустя гибкий и проворный, как хорь, Чумаков уже лежал на Стерлядникове, вдавливая ему лопатки в песок, а задыхающийся и смеющийся Стерлядников рычал: «Ну и стерва же ты! Мы же не уговаривались... чтобы через голову кидать...»

— Связались, как молодые кочета, хватит, а то как раз ишо подеретесь, — сказал Фомин.

Нет, они вовсе не собирались драться. Они мирно, в обнимку, сели на песке, и Чумаков глухим, но приятным баском в быстром темпе завел плясовую:

Ой, вы, морозы! Ой, вы, морозы!
Вы, морозы крещенские, лютые,
Сморозили сера волка в камыше,
Зазнобили девчоночку в тереме...

Стерлядников подхватил песню тоненьким тенорком, и они запели согласно и неожиданно хорошо:

Выходила девчоночка на крыльцо,
Выносила черну шубку на руке,
Одевала урядничка на коне...

Стерлядников не выдержал: он вскочил и, прищелкивая пальцами, загребая песок хромой ногой, пустился в пляс. Не прерывая песни, Чумаков взял шашку, вырыл в песке неглубокую ямку и тогда сказал:

— Погоди, черт хромой! У тебя же одна ножка короче, тебе на ровном месте плясать неспособно... Тебе надо либо на косогоре плясать, либо так, чтобы одна нога, какая длинней, была в ямке, а другая наружи. Становись длинной ногой в ямку и ходи, поглядишь, как оно расхорошо получится... Ну, начали!..

Стерлядников вытер пот со лба, послушно ступил здоровой ногой в вырытое Чумаковым углубление.

— А ить верно, так мне ловчее, — сказал он.

Задыхаясь от смеха, Чумаков хлопнул в ладоши, скороговоркой запел:

Будешь ехать — заезжай, милый, ко мне,
Как заедешь — расцелую я тебя...

И Стерлядников, сохраняя на лице присущее всем плясунам серьезное выражение, начал ловко приплясывать и попробовал даже пройтись на присядку...

Дни проходили похожие один на другой. С наступлением темноты нетерпеливо ждали, когда приедет брат Фомина. Собирались на берегу все пятеро, вполголоса разговаривали, курили, прикрывая полами шинелей огоньки папирос. Было решено пожить на острове еще с неделю, а потом перебраться ночью на правую сторону Дона, добыть лошадей и двинуться на юг. По слухам, где-то на юге округа ходила банда Маслака.

Фомин поручил своим родственникам разузнать, на каком из ближайших хуторов есть годные под верх лошади, а также велел ежедневно сообщать ему обо всем, что происходило в округе. Новости, которые передавали им, были утешительны: Фомина искали на левой стороне Дона; в Рубежном хотя и побывали красноармейцы, но после обыска в доме Фомина тотчас уехали.

— Надо скорее уходить отсюда. Какого тут анчихриста сидеть? Давайте завтра махнем? — предложил однажды во время завтрака Чумаков.

— Про лошадей надо разведать сначала, — сказал Фомин. — Чего нам спешить? Кабы похарчевитее нас кормили — с этой живухой до зимы не расстался бы. Глядите, какая красота кругом! Отдохнем — и опять пойдем в дело. Нехай они нас половят, так мы им в руки не дадимся. Разбили нас, каюсь, по моей глупости, ну, обидно, конечно, только это не все. Мы ишо народу соберем! Как только сядем верхи, проедемся по ближним хуторам, и через неделю вокруг нас уж полсотни будет, а там и сто. Обрастем людишками, ей-богу!

— Чепуха! Глупая самоуверенность! — раздражительно сказал Капарин. — Нас казаки предали, не пошли за нами и не пойдут. Надо иметь мужество и смотреть правде в глаза, а не обольщаться дурацкими надеждами.

— Как это — не пойдут?

— А вот так, как не пошли вначале, так и сейчас не пойдут.

— Ну, это мы ишо поглядим! — вызывающе кинул Фомин. — Оружие я не сложу!

— Все это пустые слова, — устало сказал Капарин.

— Чертова голова! — громко воскликнул вскипевший Фомин. — Чего ты тут панику разводишь? Осточертел ты мне со своими слезьми хуже горькой редьки! Из-за чего же тогда огород было городить? К чему было восставать? Куда ты лез, ежели у тебя кишка такая слабая? Ты первый подбивал меня на восстание, а зараз в кусты? Чего же ты молчишь?

— А не о чем мне с тобой разговаривать, ступай ты к черту, дурак! — истерически вскрикнул Капарин и отошел, зябко кутаясь в полушубок, подняв воротник.

— Они, эти благородные люди, все такие тонкокожие. Чуть что — и он готов уже, спекся... — со вздохом проговорил Фомин.

Некоторое время они сидели молча, вслушиваясь в ровный и мощный гул воды. Над головами их, надсадно крякая, пролетела утка, преследуемая двумя селезнями. Оживленно щебечущая стайка скворцов снизилась над поляной, но, завидев людей, взмыла вверх, сворачиваясь на лету черным жгутом. Спустя немного Капарин подошел снова.

— Я хочу поехать сегодня в хутор, — сказал он, глядя на Фомина и часто моргая.

— Зачем?

— Странный вопрос! Разве ты не видишь, что я окончательно простудился и уже почти не держусь на ногах?

— Ну, так что? В хуторе твоя простуда пройдет, что ли? — с невозмутимым спокойствием спросил Фомин.

— Мне необходимо хотя бы несколько ночей побыть в тепле.

— Никуда ты не поедешь, — твердо сказал Фомин.

— Что же мне, погибать здесь?

— Как хочешь.

— Но почему я не могу поехать? Ведь меня доконают эти ночевки на холоде!

— А ежели тебя захватят в хуторе? Об этом ты подумал? Тогда доконают нас всех. Али я тебя не знаю? Ты же выдашь нас на первом допросе! Ишо до допроса выдашь, по дороге в Вёшки.

Чумаков засмеялся и одобрительно кивнул головой. Он целиком был согласен со словами Фомина. Но Капарин упрямо сказал:

— Я должен поехать. Твои остроумные предположения меня не разубедили.

— А я тебе сказал — сиди и не рыпайся.

— Но пойми же, Яков Ефимович, что я больше не могу жить этой звериной жизнью! У меня плеврит и, может быть, даже воспаление легких!

— Выздоровеешь. Полежишь на солнышке и выздоровеешь.

Капарин резко заявил:

— Все равно я поеду сегодня. Держать меня ты не имеешь права. Уеду при любых условиях!

Фомин посмотрел на него, подозрительно сощурив глаз, и, подмигнув Чумакову, поднялся с земли.

— А ты, Капарин, похоже, что на самом деле захворал... У тебя, должно быть, жар большой... Ну-ка, дай я попробую — голова у тебя горячая? — Он сделал несколько шагов к Капарину, протягивая руку.

Видно, что-то недоброе заметил Капарин в лице Фомина, попятившись, резко крикнул:

— Отойди!

— Не шуми! Что шумишь? Я только попробовать. Чего ты полохаешься? — Фомин шагнул и схватил Капарина за горло. — Сдаваться, сволочь?! —

придушенно бормотал он и весь напрягся, силясь опрокинуть Капарина на землю.

Григорий с трудом разнял их, пустив в ход всю свою силу.

... После обеда Капарин подошел к Григорию, когда тот развешивал на кусте свое выстиранное бельишко, сказал:

— Хочу с вами поговорить наедине... Давайте присядем.

Они сели на поваленный бурей, обопревший ствол тополя.

Капарин, глухо покашливая, спросил:

— Как вы смотрите на выходку этого идиота? Я искренне благодарю вас за вмешательство. Вы поступили благородно, как и подобает офицеру. Но это ужасно! Я больше не могу. Мы — как звери... Сколько дней уже, как мы не ели горячего, и потом этот сон на сырой земле... Я простудился, бок отчаянно болит. У меня, наверно, воспаление легких. Мне очень хочется посидеть у огня, поспать в теплой комнате, переменить белье... Я мечтаю о чистой, свежей рубашке, о простыне... Нет, не могу!

Григорий улыбнулся:

— Воевать хотелось с удобствами?

— Послушайте, какая это война? — с живостью отозвался Капарин, — Это не война, а бесконечные кочевки, убийства отдельных совработников, а затем бегство. Война была бы тогда, когда нас поддержал бы народ, когда началось бы восстание, а так это — не война, нет, не война!

— У нас нету другого выхода. Не сдаваться же нам?

— Да, но что же делать?

Григорий пожал плечами. Он сказал то, что не раз приходило ему на ум, когда он отлеживался тут, на острове:

— Плохая воля все-таки лучше хорошей тюрьмы. Знаете, как говорят в народе: крепка тюрьма, да черт ей рад.

Капарин палочкой чертил на песке какие-то фигуры, после долгого молчания сказал:

— Необязательно сдаваться, но надо искать какие-то новые формы борьбы с большевиками. Надо расстаться с этим гнусным народом. Вы — интеллигентный человек...

— Ну, какой там из меня интеллигент, — усмехнулся Григорий. — Я и слово-то это со трудом выговариваю.

— Вы офицер.

— Это по нечаянности.

— Нет, без шуток, вы же офицер, вращались в офицерском обществе, видели настоящих людей, вы же не советский выскочка, как Фомин, и вы должны понимать, что нам бессмысленно оставаться здесь. Это равносильно самоубийству. Он подставил нас в дубраве под удар и, если с ним и дальше связывать нашу судьбу, — подставит еще не раз. Он попросту хам, да к тому же еще буйный идиот! С ним мы пропадем!

— Так, стало быть, не сдаваться, а уйти от Фомина? Куда? К Маслаку? — спросил Григорий.

— Нет. Это такая же авантюра, только масштабом крупнее. Сейчас я иначе смотрю на это. Уходить надо не к Маслаку...

— А куда же?

— В Вешенскую.

Григорий с досадой пожал плечами:

— Это называется — опять за рыбу деньги. Не подходит это мне.

Капарин посмотрел на него остро заблестевшими глазами.

— Вы меня не поняли, Мелехов. Могу я вам довериться?

— Вполне.

— Честное слово офицера?

— Честное слово казака.

Капарин глянул в сторону возившихся у стоянки Фомина и Чумакова и, хотя расстояние до них было порядочное и они никак не могли слышать происходившего разговора, понизил голос:

— Я знаю ваши отношения с Фоминым и другими. Вы среди них — такое же инородное тело, как и я. Меня не интересуют причины, заставившие вас пойти против Советской власти. Если я правильно понимаю, это — ваше прошлое и боязнь ареста, не так ли?

— Вы сказали, что вас не интересуют причины.

— Да-да, это к слову, теперь несколько слов о себе. Я в прошлом офицер и член партии социалистов-революционеров, позднее я решительно пересмотрел свои политические убеждения... Только монархия может спасти Россию. Только монархия! Само провидение указывает этот путь нашей родине. Эмблема Советской власти — молот и серп, так? — Капарин палочкой начертил на песке слова «молот, серп», потом впился в лицо Григория горячечно блестящими глазами: — Читайте наоборот. Прочли? Вы поняли? Только престолом окончится революция и власть большевиков! Знаете ли, меня охватил мистический ужас, когда я узнал об этом! Я трепетал, потому что это, если хотите, — божий перст, указывающий конец нашим метаниям...

Капарин задохнулся от волнения и умолк. Его острые, с тихой сумасшедшинкой глаза были устремлены на Григория. Но тот вовсе не трепетал и не испытывал мистического ужаса, услышав такое откровение. Он всегда трезво и буднично смотрел на вещи, потому и сказал в ответ:

— Никакой это не перст. Вы в германскую войну на фронте были?

Озадаченный вопросом, Капарин ответил не сразу:

— Собственно, почему вы об этом? Нет, непосредственно на фронте я не был.

— А где же вы проживали в войну? В тылу?

— Да.

— Все время?

— Да, то есть не все время, но почти. А почему вы об этом спрашиваете?

— А я на фронте с четырнадцатого года и по нынешний день, с небольшими перерывами. Так вот насчет этого перста... Какой там может быть перст, когда и бога-то нету? Я в эти глупости верить давно перестал. С пятнадцатого года как нагляделся на войну, так и надумал, что бога нету. Никакого! Ежели бы был — не имел бы права допущать людей до такого беспорядка. Мы, фронтовики, отменили бога, оставили его одним старикам да бабам. Пущай они потешаются. И перста никакого нету, и монархии быть не может. Народ ее кончил раз навсегда. А это, что вы показываете, буквы разные перевертываете, это, извините меня, — детская забава, не больше. И я трошки не пойму — к чему вы все это подводите? Вы мне говорите попроще да покороче. Я в юнкерском не учился и не дюже грамотный, хотя и офицером был. Ежели бы я пограмотнее был, может, и не сидел бы тут с вами на острове, как бирюк, отрезанный половодьем, — закончил он с явственно прозвучавшим в голосе сожалением.

— Это не важно, — торопливо сказал Капарин. — Не важно, верите вы в бога или нет. Это — дело ваших убеждений, вашей совести. Точно так же не имеет значения — монархист вы, или учредиловец, или просто казак, стоящий на платформе самостийности. Важно, что нас объединяет единство отношений к Советской власти. Вы согласны с этим?

— Дальше.

— Мы делали ставку на всеобщее восстание казаков, так? Она оказалась битой. Теперь надо выпутываться из этого положения. С большевиками можно бороться и потом и не только под начальством какого-то Фомина. Важно сейчас сохранить себе жизнь, поэтому я и предлагаю вам союз.

— Какой союз? Против кого?

— Против Фомина.

— Не понимаю.

— Все очень просто. Я приглашаю вас в сообщники... — Капарин заметно волновался и говорил уже, прерывисто дыша: — Мы с вами убиваем эту троицу и идем в Вешенскую. Понятно? Это нас спасет. Эта заслуга перед Советской властью избавляет нас от наказания. Мы живем! Вы понимаете, живем!.. Спасаем себе жизнь! Само собою разумеется, что в будущем при случае мы выступаем против большевиков. Но тогда, когда будет серьезное дело, а не такая авантюра, как с этим несчастным Фоминым. Согласны? Учтите, что это — единственный выход из нашего безнадежного положения, и притом блистательный выход.

— Но как это сделать? — спросил Григорий, внутренне содрогаясь от возмущения, но всеми силами стараясь скрыть охватившее его чувство.

— Я все обдумал: мы сделаем это ночью, холодным оружием, на следующую ночь приезжает этот казак, который снабжает нас продуктами, мы переезжаем Дон — вот и все. Гениально просто, и никаких ухищрений!

С притворным добродушием, улыбаясь, Григорий сказал:

— Это здорово! А скажите, Капарин, вы утром, когда собирались в хутор греться... Вы в Вешки собирались? Фомин разгадал вас?

Капарин внимательно посмотрел на добродушно улыбавшегося Григория и сам улыбнулся, слегка смущенно и невесело:

— Откровенно говоря — да. Знаете ли, когда стоит вопрос о собственной шкуре — в выборе средств не особенно стесняешься.

— Выдали бы нас?

— Да, — честно признался Капарин. — Но вас лично я постарался бы оградить от неприятностей, если б вас взяли здесь, на острове.

— А почему вы один не побили нас? Ночью это легко было сработать.

— Риск. После первого выстрела остальные...

— Клади оружие! — сдержанно сказал Григорий, выхватывая наган... — Клади, а то убью на месте! Я зараз встану, заслоню тебя спиной, чтобы Фомин не видал, и ты кинешь наган мне под ноги. Ну? Не вздумай стрелять! Положу при первом движении.

Капарин сидел, мертвенно бледнея.

— Не убивайте меня! — прошептал он, еле шевеля белыми губами.

— Не буду. А оружие возьму.

— Вы меня выдадите...

По заросшим щекам Капарина покатились слезы. Григорий сморщился от омерзения и жалости, повысил голос:

— Бросай наган! Не выдам, а надо бы! Ну и хлюст ты оказался! Ну и хлюст!

Капарин бросил револьвер к ногам Григория.

— А браунинг? Давай и браунинг. Он у тебя во френче, в грудном кармане.

Капарин вынул и бросил блеснувший никелем браунинг, закрыл лицо руками. Он вздрагивал от сотрясавших его рыданий.

— Перестань ты, сволочь! — резко сказал Григорий, с трудом удерживаясь от желания ударить этого человека.

— Вы меня выдадите... Я погиб.

— Я тебе сказал, что нет. Но как только переедем с острова — копти на все четыре стороны. Такой ты никому не нужен. Ищи сам себе укрытия.

Капарин отнял от лица руки. Мокрое багровое лицо его с опухшими глазами и трясущейся нижней челюстью было страшно.

— Зачем же тогда... Зачем вы меня обезоружили? — заикаясь, спросил он.

Григорий нехотя сказал:

— А это — чтобы ты мне в спину не выстрелил. От вас, от ученых людей, всего можно ждать... А все про какой-то перст толковал, про царя, про бога... До чего же ты склизкий человек...

Не взглянув на Капарина, время от времени сплевывая обильно набегавшую слюну, Григорий медленно пошел к стоянке.

Стерлядников сшивал дратвой скошевку на седле, тихо посвистывал. Фомин и Чумаков, лежа на попонке, по обыкновению, играли в карты.

Фомин коротко взглянул на Григория, спросил:

— Чего он тебе говорил? Об чем речь шла?

— На жизнь жаловался... Болтал, так, абы что...

Григорий сдержал обещание — не выдал Капарина. Но вечером незаметно вынул из капаринской винтовки затвор, спрятал его. «Черт его знает, на что он может ночью решиться...» — думал он, укладываясь на ночлег.

Утром его разбудил Фомин. Наклонившись, он тихо спросил:

— Ты забрал у Капарина оружие?

— Что? Какое оружие? — Григорий приподнялся, с трудом расправил плечи.

Он уснул только перед рассветом и сильно озяб на заре. Шинель его, папаха, сапоги — все было мокрое от упавшего на восходе солнца тумана.

— Оружие его не найдем. Ты забрал? Да проснись же ты, Мелехов!

— Ну я. А в чем дело?

Фомин молча отошел. Григорий встал, отряхнул шинель. Чумаков неподалеку готовил завтрак: он ополоснул единственную в лагере миску, прижав к груди буханку хлеба, отрезал четыре ровных ломтя, налил из кувшина в миску молока и, раскрошив комок круто сваренной пшенной каши, глянул на Григория.

— Долго ты, Мелехов, зорюешь нынче. Гляди, солнышко-то где!

— У кого совесть чистая, энтот всегда хорошо спит, — сказал Стерлядников, вытирая о полу шинели чисто вымытые деревянные ложки. — А вот Капарин всею ноченьку не спал, все ворочался...

Фомин, молча улыбаясь, смотрел на Григория.

— Садитесь завтракать, разбойнички! — предложил Чумаков.

Он первый зачерпнул ложкой молока, откусил добрых поллломтя хлеба. Григорий взял свою ложку, внимательно оглядывая всех, спросил:

— Капарин где?

Фомин и Стерлядников молча ели, Чумаков пристально смотрел на Григория и тоже молчал.

— Капарина куда дели? — спросил Григорий, смутно догадываясь о том, что произошло ночью.

— Капарин теперь далеко, — безмятежно улыбаясь, ответил Чумаков. — Он в Ростов поплыл. Теперь, небось, уже возле УстьХопра качается... Вон его полушубочек висит, погляди.

— На самом деле убили? — спросил Григорий, мельком глянув на капаринский полушубок.

Об этом можно было бы и не спрашивать. И так все было ясно, но он почему-то спросил. Ему ответили не сразу, и он повторил вопрос.

— Ну, ясное дело — убили, — сказал Чумаков и прикрыл ресницами серые, женственно красивые глаза. — Я убил. Такая уж у меня должность — убивать людей...

Григорий внимательно посмотрел на него. Смуглое, румяное и чистое лицо Чумакова было спокойно и даже весело. Белесые с золотистым отливом усы резко выделялись на загорелом лице, оттеняя темную окраску бровей и зачесанных назад волос. Он был по-настоящему красив и скромен на вид, этот заслуженный палач фоминской банды... Он положил на брезент ложку, тыльной стороной ладони вытер усы, сказал:

— Благодари Якова Ефимыча, Мелехов. Это он спас твою душеньку, а то и ты бы зараз вместе с Капариным в Дону плавал...

— Это за что же?

Чумаков медленно, с расстановкой заговорил:

— Капарин, как видно, сдаваться захотел, с тобой вчера об чем-то долго разговаривал... Ну, мы с Яковом Ефимычем и надумали убрать его от греха. Можно ему все рассказывать? — Чумаков вопросительно посмотрел на Фомина.

Тот утвердительно качнул головой, и Чумаков, с хрустом дробя зубами неразварившееся пшено, продолжал рассказ:

— Приготовил я с вечеру дубовое полено и говорю Якову Ефимычу: «Я их обоих, и Капарина и Мелехова, ночушкой порешу». А он говорит: «Капарина кончай, а Мелехова не надо». На том и согласились. Подкараулил я, когда Капарин уснул, слышу — и ты спишь, похрапываешь. Ну, подполз и тюкнул поленом по голове. И ножками наш штабс-капитан не дрыгнул! Сладко так потянулся — и покончил жизню... Потихонечку обыскали его, потом взяли за ноги и за руки, донесли до берега, сняли сапоги, френчик, полушубок — и в воду его. А ты все спишь, сном-духом ничего не знаешь... Близко от тебя, Мелехов, смерть нынешнюю ночь стояла! В головах она у тебя стояла. Хотя Яков Ефимыч и сказал, что тебя трогать не надо, а я думаю: «Об чем они могли днем гутарить? Дохлое это дело, когда из пятерых двое начинают наиздальке держаться, секреты разводить...» Подкрался к тебе и уже хотел тебя рубануть с потягом, а то думаю — вдарь его поленом, а он, черт, здоровый на силу, вскочит и начнет стрелять, ежели не оглушу доразу... Ну, Фомин опять мне все дело перебил. Подошел и шепчет: «Не трогай, он наш человек, ему можно верить». То да се, а тут непонятно нам стало — куда капаринское оружие делось? Так и ушел я от тебя. Ну и крепко же ты спал, беды не чуял!

Григорий спокойно сказал:

— И зря бы убил, дурак! Я в сговоре с Капариным не состоял.

— А с чего же это оружие его у тебя оказалось?

Григорий улыбнулся:

— Я у него пистолеты ишо днем отобрал, а затвор вечером вынул, под седельный потник схоронил.

Он рассказал о вчерашнем разговоре с Капариным и о его предложении.

Фомин недовольно спросил:

— Почему же ты вчера об этом не сказал?

— Пожалел его, черта слюнявого, — откровенно признался Григорий.

— Ах, Мелехов, Мелехов! — воскликнул искренне удивленный Чумаков. — Ты жалость туда же клади, куда затвор от капаринской винтовки положил, — под потник хорони ее, а то она тебя к добру не приведет!

— Ты меня не учи. С твое-то я знаю, — холодно сказал Григорий.

— Учить мне тебя зачем же? А вот ежели бы ночью, через эту твою жалость, ни за что ни про что на тот свет тебя отправил бы, — тогда как?

— Туда и дорога была бы, — подумав, тихо ответил Григорий. И больше для себя, чем для остальных, добавил: — Это в яви смерть животу принимать страшно, а во время сна она, должно быть, легкая...

XV

В конце апреля ночью они переправились на баркасе через Дон. В Рубежном у берега их поджидал молодой казак с хутора Нижне-Кривского Кошелев Александр.

— Я с вами, Яков Ефимыч. Остобрыдло дома проживать, — сказал он, здороваясь с Фоминым.

Фомин толкнул Григория локтем, шепнул:

— Видишь? Я же говорил... Не успели переправиться с острова, а народ уже — вот он! Это — мой знакомец, боевой казачишка. Хорошая примета! Значит, дело будет!

Судя по голосу, Фомин довольно улыбался. Он был явно обрадован появлением нового соучастника. Удачная переправа и то, что сразу же к ним примкнул еще один человек, — все это подбадривало его и окрыляло новыми надеждами.

— Да у тебя, окромя винтовки с наганом, и шашка и бинокль? — довольно говорил он, рассматривая, ощупывая в темноте вооружение Кошелева. — Вот это казак! Сразу видно, что настоящий казак, без подмесу!

Двоюродный брат Фомина подъехал к берегу на запряженной в повозку крохотной лошаденке.

— Кладите на повозку седла, — вполголоса сказал он. — Да поспешайте, ради Христа, а то и время не раннее, да и дорога нам не близкая...

Он волновался, торопил Фомина, а тот, перебравшись с острова и почуяв под ногами твердую землю родного хутора, уже не прочь был бы и домой заглянуть на часок, и проведать знакомых хуторян...

Перед рассветом в табуне около хутора Ягодного выбрали лучших лошадей, оседлали их. Старику, стерегшему табун, Чумаков сказал:

— Дедушка, об конях дюже не горюй. Они доброго слова не стоют, да и поездим мы на них самую малость — как только найдем получше, этих возвернем хозяевам. Ежели спросят: кто, мол, коней угнал? — скажи: милиция станицы Краснокутской забрала. Пущай хозяева туда идут... Мы за бандой гоняем, так и скажи!

С братом Фомина распрощались, выехав на шлях, потом свернули налево, и все пятеро свежей рысью пошли на юго-запад. Где-то неподалеку от станицы Мешковской, по слухам, появилась на днях банда Маслака. Туда и держал путь Фомин, решившийся на слияние.

В поисках банды Маслака трое суток колесили они по степным дорогам правобережья, избегая больших хуторов и станиц. В тавричанских поселках, граничивших с землями Каргинской станицы, обменяли своих плохоньких лошаденок на сытых и легких на побежку тавричанских коней.

На четвертые сутки утром, неподалеку от хутора Вежи, Григорий первый заметил на дальнем перевале походную колонну конницы. Не меньше двух эскадронов шло по дороге, а впереди и по сторонам двигались небольшие разъезды.

— Либо Маслак, либо... — Фомин приложил к глазам бинокль.

— Либо дождик, либо снег, либо будет, либо нет, — насмешливо сказал Чумаков. — Ты гляди лучше, Яков Ефимыч, а то, ежели это красные, нам надо поворачивать, да поскорее!

— А черт их отсюдова разглядит! — с досадой проговорил Фомин.

— Глядите! Они нас узрили! Разъезд сюда бежит! — воскликнул Стерлядников.

Их действительно увидели. Продвигавшийся правой стороной разъезд круто повернул, на рысях направляясь к ним. Фомин поспешно сунул в футляр бинокль, но Григорий, улыбаясь, перегнулся с седла, взял фоминского коня под уздцы:

— Не спеши! Давай подпустим ближе. Их только двенадцать человек. Разглядим их как следует, а в случае чего можно и ускакать. Кони под нами свежие, чего ты испужался? Гляди в бинокль!

Двенадцать всадников шли на сближение, с каждой минутой все более увеличиваясь в размерах. На зеленом фоне поросшего молодой травой бугра уже отчетливо видны были их фигуры.

Григорий и остальные с нетерпением смотрели на Фомина. У того слегка дрожали державшие бинокль руки. Он так напряженно всматривался, что по щеке, обращенной к солнцу, поползла слеза.

— Красные! На фуражках звезды!.. — наконец глухо выкрикнул Фомин и повернул коня.

Началась скачка. Вслед им зазвучали редкие разрозненные выстрелы. Версты четыре Григорий скакал рядом с Фоминым, изредка оглядываясь.

— Вот и соединились!.. — насмешливо сказал он.

Фомин подавленно молчал. Чумаков, слегка придержав коня, крикнул:

— Надо уходить мимо хуторов! Подадимся на вешенский отвод, там глуше.

Еще несколько верст бешеной скачки, и кони сдадут. На вытянутых шеях их проступила пенная испарина, глубоко залегли продольные складки.

— Надо полегче! Придерживай! — скомандовал Григорий.

Из двенадцати всадников позади осталось только девять, остальные отстали. Григорий смерил глазами разделявшее их расстояние, крикнул:

— Стой! Давайте их обстреляем!..

Все пятеро свели лошадей на рысь, на ходу спешились и сняли винтовки.

— Держи повод! По крайнему слева с постоянного прицела... огонь!

Они расстреляли по обойме, убили под одним из красноармейцев лошадь и снова стали уходить от погони. Их преследовали неохотно. Время от времени обстреливали с далекого расстояния, потом отстали совсем.

— Коней надо попоить, вон пруд, — сказал Стерлядников, указывая плетью на синевшую вдали полоску степного пруда.

Теперь они ехали уже шагом, внимательно оглядывая встречные ложбинки и балки, стараясь пробираться так, чтобы их прикрывали неровные складки местности.

В пруду напоили лошадей и снова тронулись в путь, сначала шагом, а спустя немного — рысью. В полдень остановились покормить лошадей на склоне глубокого лога, наискось пересекавшего степь. Фомин приказал Кошелеву пешком подняться на ближний курган, залечь там и вести наблюдение. В случае появления гделибо в степи верховых Кошелев должен был подать сигнал и немедленно бежать к лошадям.

Григорий стреножил своего коня, пустил на попас, а сам прилег неподалеку, выбрав на косогоре место посуше.

Молодая трава здесь, на подсолнечной стороне лога, была выше и гуще. Пресное дыхание согретого солнцем чернозема не могло заглушить тончайшего аромата доцветающих степных фиалок. Они росли на брошенной залежи, пробивались между сухими будыльями донника, цветным узором стлались по краям давнишней межи, и даже на кремнисто-крепкой целине из прошлогодней, поблекшей травы смотрели на мир их голубые, детски чистые глаза. Фиалки доживали положенный им срок в этой глухой и широкой степи, а на смену им, по склону лога, на солонцах уже поднимались сказочно яркие тюльпаны, подставляя солнцу свои пунцовые, желтые и белые чашечки, и ветер, смешав разнородные запахи цветов, далеко разносил их по степи.

На крутой осыпи северного склона, затененные обрывом, еще лежали слитые, сочащиеся влагой пласты снега. От них несло холодом, но холод этот еще резче подчеркивал аромат доцветающих фиалок, неясный и грустный, как воспоминание о чем-то дорогом и давно минувшем...

Григорий лежал, широко раскинув ноги, опершись на локти, и жадными глазами озирал повитую солнечной дымкой степь, синеющие на дальнем гребне сторожевые курганы, переливающееся текучее марево на грани склона. На минуту он закрывал глаза и слышал близкое и далекое пение жаворонков, легкую поступь и фырканье пасущихся лошадей, звяканье удил и шелест ветра в молодой траве... Странное чувство отрешения и успокоенности испытывал он, прижимаясь всем телом к жесткой земле. Это было давно знакомое ему чувство. Оно всегда приходило после пережитой тревоги, и тогда Григорий как бы заново видел все окружающее. У него словно бы обострялись зрение и слух, и все, что ранее проходило незамеченным, — после пережитого волнения привлекало его внимание. С равным интересом следил он сейчас и за гудящим косым полетом ястреба-перепелятника, преследовавшего какую-то крохотную птичку, и за медлительным ходом черного жука, с трудом преодолевавшего расстояние между его, Григория, раздвинутыми локтями, и за легким покачиванием багряно-черного тюльпана, чуть колеблемого ветром, блистающего яркой девичьей красотой. Тюльпан рос совсем близко, на краю обвалившейся сурчины. Стоило лишь протянуть руку, чтобы сорвать его, но Григорий лежал не шевелясь, с молчаливым восхищением любуясь цветком и тугими листьями стебля, ревниво сохранявшими в складках радужные капли утренней росы. А потом переводил взгляд и долго бездумно следил за орлом, парившим над небосклоном, над мертвым городищем брошенных сурчин...

Часа через два они снова сели на лошадей, стремясь достигнуть к ночи знакомых хуторов Еланской станицы.

Красноармейский разъезд, вероятно, по телефону сообщил об их продвижении. При въезде в слободу Каменку откуда-то из-за речки навстречу им защелкали выстрелы. Певучий свист пуль заставил Фомина свернуть в сторону. Под обстрелом проскакали краем слободы и вскоре выбрались на табунные земли Вешенской станицы. За поселком Топкая Балка их попробовал перехватить небольшой отряд милиции.

— Околесим с левой стороны, — предложил Фомин.

— Пойдем в атаку, — решительно сказал Григорий. — Их девять человек, нас пятеро. Прорвемся!

Его поддержали Чумаков и Стерлядников. Обнажив шашки, они пустили усталых лошадей легким намётом. Не спешиваясь, милиционеры открыли частую стрельбу, а потом поскакали в сторону, не приняв атаки.

— Это слабосильная команда. Они протоколы писать мастера, а драться всурьез им слабо́! — насмешливо крикнул Кошелев.

Отстреливаясь, когда увязавшиеся за ними милиционеры начинали наседать, Фомин и остальные уходили на восток, уходили, как преследуемые борзыми волки: изредка огрызаясь и почти не останавливаясь. Во время одной из перестрелок был ранен Стерлядников. Пуля пробила ему икру левой ноги, затронув кость. Стерлядников охнул от пронизавшей ногу боли, сказал, бледнея:

— В ногу попали... И всё в эту же, хромую... Вот сволочуги, а?

Чумаков, откинувшись назад, захохотал во все горло. Он смеялся так, что на глазах его выступили слезы. Подсаживая на лошадь опиравшегося на его руку Стерлядникова, он все еще вздрагивал от смеха, говорил:

— Ну, как это они выбрали? Это они нарочно туда целили... Видят — хромой какой-то скачет, дай, думают, вовзятки ему эту ногу перебьем... Ох, Стерлядников! Ох, смертынькамоя!.. Нога-то ишо на четверть короче станет... Как же ты теперь плясать будешь? Прийдется мне теперь ямку для твоей ноги на аршин глуби копать...

— Замолчи, пустобрех! Не до тебя мне! Замолчи, ради Христа! — морщась от боли, про́сил Стерлядников.

Полчаса спустя, когда стали выезжать на изволок одной из бесчисленных балок, он попросил:

— Давайте остановимся, повременим трошки... Надо мне рану залепить, а то крови натекло полон сапог...

Остановились. Григорий держал лошадей, Фомин и Кошелев вели редкий огонь по маячившим вдали милиционерам. Чумаков помог Стерлядникову разуться.

— А крови-то на самом деле набежало много... — хмурясь, сказал Чумаков и вылил из сапога на землю красную жижу.

Он хотел было разрезать шашкой мокрую и парную от крови штанину, но Стерлядников не согласился.

— Штаны на мне добрые, не к чему их пороть, — сказал он и уперся ладонями в землю, поднял раненую ногу. — Стягивай штанину, только потихоньку.

— Бинт у тебя есть? — спросил Чумаков, ощупывая карманы.

— А на черта он мне нужен, твой бинт? Обойдусь и без него.

Стерлядников внимательно рассмотрел выходное отверстие раны, потом зубами вынул из патрона пулю, всыпал на ладонь пороху и долго размешивал порох с землей, предварительно размочив землю слюною. Оба отверстия сквозной раны он обильно замазал грязью и довольно проговорил:

— Это дело спробованное! Присохнет ранка и через двое суток заживет, как на собаке.

До самого Чира они не останавливались. Милиционеры держались позади на почтительном расстоянии, и лишь изредка оттуда звучали одиночные выстрелы. Фомин часто оглядывался, говорил:

— Провожают нас вна́зирку... Либо подмоги ждут со стороны? Неспроста они держатся издали...

На хуторе Вислогузовском вброд переехали речку Чир, шагом поднялись на пологий бугор. Лошади предельно устали. Под гору на них кое-как съезжали рысцой, а на гору вели в поводу, ладонями сгребая с мокрых лошадиных боков и крупов дрожащие комья пены.

Предположения Фомина сбылись: верстах в пяти от Вислогузовского их стали нагонять семь человек конных на свежих, резво бежавших лошадях.

— Ежели они нас и дальше будут так из рук в руки передавать — рептух нам будет! — мрачно сказал Кошелев.

Они ехали по степи бездорожно, отстреливались по очереди: пока двое, лежа в траве, вели огонь — остальные отъезжали саженей на двести, спешивались и держали под обстрелом противника, давая возможность первым двум проскакать вперед саженей четыреста, залечь и изготовиться к стрельбе.

Они убили или тяжело ранили одного милиционера, под вторым убили лошадь. Вскоре была убита лошадь и под Чумаковым. Он бежал рядом с лошадью Кошелева, держась за стремя.

Длиннее становились тени. Солнце клонилось к закату. Григорий предложил не разъединяться, и они поехали шагом, все вместе. Рядом с ними шагал Чумаков. Потом они увидели на гребне бугра пароконную подводу, повернули к дороге. Пожилой бородатый казак-подводчик погнал лошадей вскачь, но выстрелы заставили его остановиться.

— Зарублю подлюгу! Будет знать, как убегать... — сквозь зубы процедил Кошелев, вырываясь вперед, изо всех сил охаживая лошадь плетью.

— Не трогай его, Сашка, не велю! — предупредил Фомин и еще издали закричал: — Распрягай, дед, слышишь? Распрягай, пока живой!

Не слушая слезных просьб старика, сами отцепили постромки, сняли с лошадей шлеи и хомуты, живо накинули седла.

— Оставьте хоть одну из своих взамен! — плача просил старик.

— А того-сего не хочешь в зубы, старый черт? — спросил Кошелев. — Нам кони самим нужны! Благодари господа бога, что живой остался...

Фомин и Чумаков сели на свежих лошадей. К шестерым всадникам, следовавшим за ними по пятам, вскоре присоединились еще трое.

— Надо погонять! Трогайте, ребята! — сказал Фомин. — К вечеру ежели доберемся до Кривских логов — тогда мы будем спасенные...

Он хлестнул плетью своего коня, поскакал вперед. Слева от него на коротком поводу шел второй конь. Срезанные лошадиными копытами, во все стороны летели, словно крупные капли крови, пунцовые головки тюльпанов. Григорий, скакавший позади Фомина, посмотрел на эти красные брызги и закрыл глаза.

У него почему-то закружилась голова, и знакомая острая боль подступила к сердцу...

Лошади шли из последних сил. От беспрерывной скачки и голода устали и люди. Стерлядников уже покачивался в седле и сидел белый, как полотно. Он много потерял крови. Его мучили жажда и тошнота. Он съел немного зачерствевшего хлеба, но его тотчас же вырвало.

В сумерках неподалеку от хутора Крнвского они въехали в середину возвращавшегося со степи табуна, в последний раз сделали по преследователям несколько выстрелов и с радостью увидели, что погоня отстает. Девять всадников вдалеке съехались вместе, о чем-то, видимо, посовещались, а потом повернули обратно.

В хуторе Кривском у знакомого Фомину казака они пробыли двое суток. Хозяин жил зажиточно и принял их хорошо. Поставленные в темный сарай лошади не поедали овса и к концу вторых суток основательно отдохнули от сумасшедшей скачки. У лошадей дневали по очереди, спали вповалку в прохладном, затянутом паутиной мякиннике и отъедались вволю за все полуголодные дни, проведенные на острове.

Хутор можно было бы покинуть на другой же день, но их задерживал Стерлядников: рана его разболелась, к утру по краям ее появилась краснота, а к вечеру нога распухла, и больной впал в беспамятство. Его томила жажда. Всю ночь, как только сознание возвращалось к нему, он просил воды, пил жадно, помногу. За ночь он выпил почти ведро воды, но вставать даже при посторонней помощи уже не мог — каждое движение причиняло ему жестокую боль. Он мочился, не поднимаясь с земли, и стонал не умолкая. Его перенесли в дальний угол мякинника, чтобы не так слышны были стоны, но это не помогло. Он стонал иногда очень громко, а когда к нему приходило беспамятство, в бреду громко и несвязно кричал.

Пришлось и около него установить дежурство. Ему давали воду, смачивали пылающий лоб и ладонями или шапкой закрывали рот, когда он начинал слишком громко стонать или бредить.

К концу второго дня он пришел в себя и сказал, что ему лучше.

— Когда едете отсюда? — спросил он Чумакова, поманив его к себе пальцем.

— Нынче ночью.

— Я тоже поеду. Не бросайте меня тут, ради Христа!

— Куда ты гож? — вполголоса сказал Фомин. — Ты же и ворохнуться не можешь.

— Как — не могу? Гляди! — Стерлядников с усилием приподнялся и тотчас снова лег.

Лицо его горело, на лбу мелкими капельками выступил пот.

— Возьмем, — решительно сказал Чумаков. — Возьмем, не бойся, пожалуйста! И слезы вытри, ты — не баба.

— Это пот, — тихо шепнул Стерлядников и надвинул на глаза шапку...

— И рады бы тебя тут оставить, да хозяин не соглашается. Не робей, Василий! Заживет твоя нога, и мы с тобой ишо поборемся и казачка спляшем. Чего ты духом пал, ну? Хоть бы рана сурьезная была, а то так, ерунда!

Всегда суровый и хамовитый в обращении с другими, Чумаков сказал это так ласково и с такими подкупающе мягкими и сердечными нотками в голосе, что Григорий удивленно посмотрел на него.

Из хутора они выехали незадолго до рассвета. Стерлядникова с трудом усадили в седло, но самостоятельно сидеть он не мог, валился то на одну сторону, то на другую. Чумаков ехал рядом, обняв его правой рукой.

— Вот обуза-то... Прийдется бросить его, — шепнул Фомин, поравнявшись с Григорием, сокрушенно качая головой.

— Добить?

— Ну а что же, в зубы глядеть ему? Куда мы с ним?

Они долго ехали шагом, молчали. Чумакова сменил Григорий, потом Кошелев.

Взошло солнце. Внизу над Доном все еще клубился туман, а на бугре уже прозрачны и ясны были степные дали, и с каждой минутой все синее становился небосвод, с застывшими в зените перистыми облачками. На траве серебряной парчою лежала густая роса, и там, где проходили лошади, оставался темный ручьистый след. Только жаворонки нарушали великую и благостную тишину, распростертую над степью.

Стерлядников, в такт лошадиному шагу обезволенно мотавший головой, тихо сказал:

— Ох, тяжелехонько!

— Молчи! — грубо прервал его Фомин. — Нам с тобой нянчиться тоже не легче!

Неподалеку от Гетманского шляха из-под ног лошадей свечою взвился стрепет. Тонкий дребезжащий посвист его крыльев заставил Стерлядникова очнуться от забытья.

— Братцы, ссадите меня с коня... — попросил он.

Кошелев и Чумаков осторожно сняли его с седла, положили на мокрую траву.

— Дай хоть поглядим, что у тебя с ногой. А ну, расстегни-ка штаны! — сказал Чумаков, присаживаясь на корточки.

Нога Стерлядникова чудовищно распухла, туго, без единой морщинки натянув, заполнив всю просторную штанину. До самого бедра кожа, принявшая темно-фиолетовый оттенок, лоснилась и была покрыта темными бархатистыми на ощупь пятнами. Такие же пятна, только более светлой окраски, показались и на смуглом, глубоко ввалившемся животе. От раны, от засохшей на штанах бурой крови уже исходил дурной, гнилостный запах, и Чумаков рассматривал ногу своего друга, зажав пальцами нос, морщась и еле удерживая подкатившую к горлу тошноту. Потом он внимательно посмотрел на опущенные синие веки Стерлядникова и переглянулся с Фоминым, сказал:

— Похоже, что антонов огонь прикинулся... Да-а-а... Плохие твои дела, Василий Стерлядников... Прямо-таки дохлые дела!.. Эх, Вася, Вася, как это тебя угораздило...

Стерлядников коротко и часто дышал и не говорил ни слова. Фомин и Григорий спешились как по команде, с наветренной стороны подошли к раненому. Он полежал немного и, опираясь на руки, сел, оглядел всех мутными и строгими в своей отрешенности глазами:

— Братцы! Предайте меня смерти... Я уже не жилец тут... Истомился весь, нету больше моей моченьки...

Он снова лег на спину и закрыл глаза. Фомин и все остальные знали, что такая просьба должна была последовать, и ждали ее. Коротко мигнув Кошелеву, Фомин отвернулся, а Кошелев, не прекословя, сорвал с плеча винтовку. «Бей!» — скорее догадался, чем услышал он, глянув на губы отошедшего в сторону Чумакова. Но Стерлядников снова открыл глаза, твердо сказал:

— Стреляй сюда. — Он поднял руку и пальцем указал себе на переносицу. — Чтобы сразу свет потух... Будете на моем хуторе — скажите бабе, мол, так и так... Нехай не ждет.

Кошелев что-то подозрительно долго возился с затвором, медлил, и Стерлядников, опустив веки, успел договорить:

— У меня — только одна баба... а детишек нету... Одного она родила и то мертвого... А больше не было...

Два раза Кошелев вскидывал винтовку и опускал ее, все больше и больше бледнея... Чумаков яростно толкнул его плечом, вырвал из рук винтовку.

— Не можешь, так не берись, щенячья кровь... — хрипло крикнул он и снял с головы шапку, пригладил волосы.

— Скорей! — потребовал Фомин, ставя ногу в стремя.

Чумаков, подыскивая нужные слова, медленно и тихо сказал:

— Василий! Прощай и прости меня и всех нас, ради Христа! На том свете сойдемся, и нас там рассудят... Бабе твоей перекажем, об чем просил. — Он подождал ответа, но Стерлядников молчал и бледнел, ожидая смерти. Только опаленные солнцем ресницы его вздрагивали, словно от ветра, да тихо шевелились пальцы левой руки, пытавшиеся зачем-то застегнуть на груди обломанную пуговицу гимнастерки.

Много смертей видел Григорий на своем веку, а на эту — смотреть не стал. Он торопливо пошел вперед, с силой натягивая поводья, ведя за собой коня. Выстрела он ждал с таким чувством, как будто ему самому должны были всадить пулю между лопатками... Выстрела ждал, и сердце отсчитывало каждую секунду, но когда сзади резко, отрывисто громыхнуло — у него подкосились ноги, и он еле удержал вставшего на дыбы коня...

Часа два они ехали молча. Только на стоянке Чумаков первый нарушил молчание. Закрыв глаза ладонью, он глухо сказал:

— И на черта я его стрелял? Было бы бросить его в степи, не брать лишнего греха на душу. Так и стоит перед глазами...

— Все никак не привыкнешь? — спросил Фомин. — Сколько народу ты перебил — и не мог привыкнуть? У тебя же не сердце, ржавая железяка заместо него...

Чумаков побледнел, свирепо уставился на Фомина.

— Ты не трогай меня зараз, Яков Ефимович! — тихо сказал он. — Ты не квели мою душу, а то я и тебя могу стукнуть... Очень даже просто!

— На что ты мне нужен, трогать тебя? У меня и без тебя забот хватает, — примирительно сказал Фомин и лег на спину, щурясь от солнца, с наслаждением потягиваясь.

XVI

Вопреки ожиданиям Григория, за полторы недели к ним присоединилось человек сорок казаков. Это были остатки растрепанных в боях различных мелких банд. Потеряв своих атаманов, они скитались по округу и охотно шли к Фомину. Им было решительно все равно — кому бы ни служить и кого бы ни убивать, лишь бы была возможность вести привольную кочевую жизнь и грабить всех, кто попадался под руку. Это был отпетый народ, и Фомин, глядя на них, презрительно говорил Григорию: «Ну,

Мелехов, наплав пошел к нам, а не люди... Висельники, как на подбор!» В глубине души Фомин все еще считал себя «борцом за трудовой народ», и хотя не так часто, как прежде, но говорил: «Мы — освободители казачества...» Глупейшие надежды упорно не покидали его... Он снова стал сквозь пальцы смотреть на грабежи, учиняемые его соратниками, считая, что все это — неизбежное зло, с которым необходимо мириться, что со временем он избавится от грабителей и что рано или поздно все же будет он настоящим полководцем повстанческих частей, а не атаманом крохотной банды...

Но Чумаков, не стесняясь, называл всех фоминцев «разбойниками» и до хрипоты спорил, убеждая Фомина в том, что и он, Фомин, — не кто иной, как разбойник с большой дороги. Между ними, когда отсутствовали посторонние, часто возникали горячие споры.

— Я идейный борец против Советской власти! — багровея от гнева, кричал Фомин. — А ты меня обзываешь черт-те по-каковски! Понимаешь ты это, дурак, что я сражаюсь за идею?!

— Ты мне голову не морочь! — возражал Чумаков. — Ты мне не наводи тень на плетень. Я тебе не мальчик! Тоже, нашелся идейный! Самый натуральный разбойник ты, и больше ничего. И чего ты этого слова боишься? Никак не пойму!

— Почему ты так меня срамишь? Почему, в рот тебе погибель?! Я против власти восстал и дерусь с ней оружием. Какой же я разбойник?..

— А вот потому ты и есть разбойник, что идешь супротив власти. Разбойники — они завсегда супротив власти, спокон веков так. Какая бы она, Советская власть, ни была, а она — власть, с семнадцатого года держится, и кто супротив нее выступает — это и есть разбойный человек.

— Пустая твоя голова! А генерал Краснов или Деникин — тоже разбойники были?

— А то кто же? Только при эполетах... Да ить эполеты — дело маленькое. И мы с тобой можем их навесить...

Фомин стучал кулаком, плевался и, не находя убедительных доводов, прекращал бесполезный спор. Убедить Чумакова в чем-либо было невозможно...

В большинстве вновь вступавшие в банду были прекрасно вооружены и одеты. Почти у всех были хорошие лошади, втянувшиеся в бесконечные переходы и без труда делавшие пробеги по сотне верст в день. У некоторых имелось по две лошади: одна шла под седлом, а вторая, именуемая заводной, — налегках, сбоку всадника. При нужде пересаживаясь с лошади на лошадь, давая возможность им отдыхать по очереди, двуконный всадник мог сделать около двухсот верст в сутки.

Фомин как-то сказал Григорию:

— Ежели б у нас было сначала по два коня, ни черта бы нас не угоняли! Милиции или красноармейским частям нельзя у населения брать коней, они стесняются это делать, а нам все дозволено! Надо обзаводиться каждому лишнею лошадью, и нас сроду тогда не угоняют! Старые люди рассказывали, что в древние времена, бывало, татары, как ходили в набеги, каждый одвуконь, а то и трехконным идет. Кто же таких пристигнет? Надо и нам так проделать. Мне эта татарская мудрость дюже нравится!

Лошадьми они скоро разжились, и это на первое время сделало их действительно неуловимыми. Конная группа милиции, вновь сформированная в Вешенской, тщетно пыталась настигнуть их. Запасные лошади давали возможность малочисленной банде Фомина легко бросать противника и уходить от него на несколько переходов вперед, избегая рискованного столкновения.

Однако в середине мая группа, превосходившая банду численностью почти в четыре раза, ухитрилась прижать Фомина к Дону неподалеку от хутора Бобровского станицы Усть-Хоперской. Но после короткого боя банда все же прорвалась и ушла берегом Дона, потеряв восемь человек убитыми и ранеными. Вскоре после этого Фомин предложил Григорию занять должность начальника штаба.

— Надо нам грамотного человека, чтобы ходить по плану, по карте, а то когда-нибудь зажмут нас и опять дадут трепки. Берись, Григорий Пантелевич, за это дело.

— Чтобы милиционеров ловить да рубить им головы, штаб не нужен, — хмуро ответил Григорий.

— Всякий отряд должон иметь свой штаб, не болтай пустяков.

— Бери Чумакова на эту должность, ежели без штаба жить не можешь.

— А ты почему не хочешь?

— Понятия не имею об этом деле.

— А Чумаков имеет?

— И Чумаков не имеет.

— Тогда на кой же хрен ты мне его суешь? Ты — офицер и должен иметь понятие, тактику знать и всякие другие штуки.

— Из меня такой же офицер был, как из тебя зараз командир отряда! А тактика у нас одна: мотайся по степи да почаще оглядывайся... — насмешливо сказал Григорий.

Фомин подмигнул Григорию и погрозил пальцем:

— Вижу тебя наскрозь! Все в холодок хоронишься? В тени хочешь остаться? Это, брат, тебя не выручит! Что взводным быть, что начальником штаба — одна цена. Думаешь, ежели поймают тебя, скидку сделают? Дожидайся, как же.

— Ничего я про это не думаю, зря ты догадываешься, — внимательно рассматривая темляк на шашке, сказал Григорий. — А чего не знаю — за это и браться не хочу...

— Ну не хочешь — и не надо, как-нибудь обойдемся и без тебя, — согласился обиженный Фомин.

Круто изменилась обстановка в округе: в дворах зажиточных казаков, всюду, где раньше Фомина встречали с великим гостеприимством, теперь на засов запирали ворота, и хозяева при появлении в хуторе банды дружно разбегались, прятались в садах и левадах. Прибывшая в Вешенскую выездная сессия Ревтрибунала строго осудила многих казаков, ранее радушно принимавших Фомина. Слух об этом широко

прокатился по станицам и оказал соответствующее воздействие на умы тех, кто открыто выражал свое расположение бандитам.

За две недели Фомин сделал обширный круг по всем станицам Верхнего Дона. В банде насчитывалось уже около ста тридцати сабель, и уже не наспех сформированная конная группа, а несколько эскадронов переброшенного с юга 13-го кавалерийского полка ходили за ними по пятам.

Из числа примкнувших к Фомину за последние дни бандитов многие были уроженцами дальних мест. Все они попали на Дон разными путями: некоторые в одиночку бежали с этапов, из тюрем и лагерей, но основная масса их состояла из отколовшейся от банды Маслака группы в несколько десятков сабель, а также из остатков разгромленной банды Курочкина. Маслаковцы охотно разделились и были в каждом взводе, но курочкинцы не захотели разъединяться. Они целиком составили отдельный взвод, крепко сколоченный и державшийся несколько обособленно ото всех остальных. И в боях и на отдыхе они действовали сплоченно, стояли друг за друга горой, а разграбив где-либо лавку ЕПО или склад, всё валили в общий взводный котел и делили добычу поровну, строго соблюдая принцип равенства.

Несколько человек терских и кубанских казаков в поношенных черкесках, двое калмыков станицы Великокняжеской, латыш в охотничьих, длинных, до бедер, сапогах и пятеро матросов-анархистов в полосатых тельняшках и выгоревших на солнце бушлатах еще больше разнообразили и без того пестро одетый, разнородный состав фоминской банды.

— Ну, и теперь будешь спорить, что у тебя не разбойнички, а эти, как их... идейные борцы? — спросил однажды у Фомина Чумаков, указывая глазами на растянувшуюся походную колонну. — Только попа-расстриги да свиньи в штанах нам и не хватает, а то был бы полный сбор пресвятой богородицы...

Фомин перемолчал. Единственным желанием его было — собрать вокруг себя как можно больше людей. Он ни с чем не считался, принимая добровольцев. Каждого, изъявлявшего желание служить под его командованием, он опрашивал сам, коротко говорил:

— К службе годен. Принимаю. Ступай к моему начальнику штаба Чумакову, он укажет, в каком взводе тебе состоять, выдаст на руки оружие.

В одном из хуторов Мигулинской станицы к Фомину привели хорошо одетого курчавого и смуглолицего парня. Он заявил о своем желании вступить в банду. Из расспросов Фомин установил, что парень — житель Ростова, был осужден недавно за вооруженное ограбление, но бежал из ростовской тюрьмы и, услышав про Фомина, пробрался на Верхний Дон.

— Ты кто таков по роду-племени? Армянин или булгарин? — спросил Фомин.

— Нет, я еврей, — замявшись, ответил парень.

Фомин растерялся от неожиданности и долго молчал. Он не знал, как ему поступить в таком, столь непредвиденном случае. Пораскинув умом, он тяжело вздохнул, сказал:

— Ну что ж, еврей — так еврей. Мы и такими не гребуем... Все лишним человеком больше. А верхом ездить ты умеешь? Нет? Научишься! Дадим поперваам тебе какую-нибудь немудрячую кобыленку, а потом научишься. Ступай к Чумакову, он тебя определит.

Несколько минут спустя взбешенный Чумаков подскакал к Фомину.

— Ты одурел али шутки шутишь? — крикнул он, осаживая коня. — На черта ты мне жида прислал? Не принимаю! Нехай метется на все четыре стороны!

— Возьми, возьми его, все счетом больше будет, — спокойно сказал Фомин.

Но Чумаков с пеной на губах заорал:

— Не возьму! Убью, а не возьму! Казаки ропот подняли, ступай сам с ними рядись!

Пока они спорили и пререкались, возле обозной тачанки с молодого еврея сняли вышитую рубашку и клешистые суконные штаны. Примеряя на себя рубашку, один из казаков сказал:

— Вон, видишь за хутором — бурьян-старюка? Беги туда рысью и ложись. Лежать будешь —

пока мы уедем отсюдова, а как уедем — вставай и дуй куда хочешь. К нам больше не подходи, убьем, ступай лучше в Ростов к мамаше. Не ваше это еврейское дело — воевать. Господь бог вас обучал торговать, а не воевать. Без вас управимся и расхлебаем эту кашку!

Еврея не приняли, зато в этот же день со смехом и шутками зачислили во второй взвод известного по всем хуторам Вешенской станицы дурачка Пашу. Его захватили в степи, привели в хутор и торжественно обрядили в снятое с убитого красноармейца обмундирование, показали, как обращаться с винтовкой, долго учили владеть шашкой.

Григорий шел к своим лошадям, стоявшим у коновязи, но, увидев в стороне густую толпу, направился туда. Взрыв хохота заставил его ускорить шаг, а затем в наступившей тишине он услышал чей-то поучающий, рассудительный голос:

— Да не так же, Паша! Кто так рубит? Так дрова можно рубить, а не человека. Надо вот так, понял? Поймаешь — и сразу приказывай ему становиться на колени, а то стоячего тебе рубить будет неспособно... Станет он на колени, и ты вот так, сзади, и секани его по шее. Норови не прямо рубить, а с потягом на себя, чтобы лезвие резало, шло наискось...

Окруженный бандитами, юродивый стоял навытяжку, крепко сжимая эфес обнаженной шашки. Он слушал наставления одного из казаков, улыбаясь и блаженно жмуря выпученные серые глаза. В углах рта его, словно у лошади, белели набитые пенистые заеди, по медно-красной бороде на грудь обильно текли слюни... Он облизывал нечистые губы и шепеляво, косноязычно говорил:

— Все понял, родненький, все. Так и сделаю... поставлю на коленочки раба божьего и шеечку ему перережу... как есть перережу! И штаны вы мне дали, и рубаху, и сапоги... Вот только пальта у меня нету... Вы бы мне пальтишечку справили, а я вам угожу! Изо всех силов постараюсь!

— Убьешь какого-нибудь комиссара — вот тебе и пальто. А зараз рассказал бы, как тебя в прошлом году женили, — предложил один из казаков.

В глазах юродивого, расширившихся и одетых мутной наволочью, мелькнул животный страх. Он длинно выругался и под общий хохот стал что-то говорить. Так омерзительно было все это, что Григорий содрогнулся, поспешно отошел. «И вот с такими людьми связал я свою судьбу...» — подумал он, охваченный тоской, горечью и злобой на самого себя, на всю эту постылую жизнь...

Он прилег возле коновязи, стараясь не слушать выкриков юродивого и грохочущего хохота казаков. «Завтра же уеду. Пора!» — решил он, посматривая на своих сытых, поправившихся лошадей. Он готовился к уходу из банды тщательно и обдуманно. У зарубленного милиционера взял документы на имя Ушакова, зашил их под подкладку шинели. Лошадей стал подготавливать к короткому, но стремительному пробегу еще две недели назад: вовремя поил их, чистил так старательно, как не чистил и на действительной службе, всеми правдами и неправдами добывал на ночевках зерно, и лошади его выглядели лучше, чем у всех остальных, особенно — тавричанский серый в яблоках конь. Он весь лоснился, и шерсть его сверкала на солнце, как кавказское черненое серебро.

На таких лошадях можно было смело уходить от любой погони. Григорий встал, пошел в ближний двор. У старухи, сидевшей на порожках амбара, почтительно спросил:

— Коса есть у вас, бабушка?

— Где-то была. Только чума ее знает, где она. А на что тебе?

— Хотел в вашей леваде зеленки лошадям скосить. Можно?

Старуха подумала, потом сказала:

— И когда уж вы с нашей шеи слезете? То вам дай, это подай... Одни приедут — зерна требуют, другие приедут — тоже тянут и волокут всё, что глазом накинут. Не дам я тебе косы! Как хочешь, а не дам.

— Что ж, тебе травы жалко, божья старушка?

— А трава, она, что ж, по-твоему, на пустом месте растет? А корову чем я буду кормить?

— Мало в степи травы?

— Вот и поезжай туда, соколик. В степи ее много.

Григорий с досадой сказал:

— Ты, бабушка, лучше дай косу. Я трошки скошу, остальное тебе останется, а то, ежели пустим туда лошадей, — все потравим!

Старуха сурово глянула на Григория и отвернулась.

— Ступай сам возьми, она, никак, под сараем висит.

Григорий разыскал под навесом сарая старенькую порванную косу и, когда проходил мимо старухи, отчетливо слышал, как та проговорила: «Погибели на вас, проклятых, нету!»

К этому было не привыкать Григорию. Он давно видел, с каким настроением встречают их жители хуторов. «Они правильно рассуждают, — думал он, осторожно взмахивая косой и стараясь выкашивать чище, без огрехов. — На черта мы им нужны? Никому мы не нужны, всем мешаем мирно жить и работать. Надо кончать с этим, хватит!»

Занятый своими мыслями, он стоял около лошадей, смотрел, как жадно хватают они черными бархатистыми губами пучки нежной молодой травы. Из задумчивости его вывел юношеский ломающийся басок:

— До чего конь расхорош, чисто — лебедь!

Григорий глянул в сторону говорившего. Молодой, недавно вступивший в банду казачишка Алексеевской станицы смотрел на серого коня, восхищенно покачивая головой. Не сводя очарованных глаз с коня, он несколько раз обошел вокруг него, пощелкал языком:

— Твой, что ли?

— А тебе чего? — неласково ответил Григорий.

— Давай меняться! У меня гнедой — чистых донских кровей, любую препятствию берет и резвый, до чего резвый! Как молонья!

— Ступай к черту, — холодно сказал Григорий.

Парень помолчал немного, вздохнул огорченно и сел неподалеку. Он долго рассматривал серого, потом сказал:

— Он у тебя с запалом. И отдушины у него нету.

Григорий молча ковырял в зубах соломинкой. Наивный паренек ему начинал нравиться.

— Не будешь меняться, дяденька? — тихо спросил тот, глядя на Григория просящими глазами.

— Не буду. И самого тебя в додачу не возьму.

— А откуда у тебя этот конь?

— Сам выдумал его.

— Нет, взаправди!

— Все из тех же ворот: кобыла ожеребила.

— Вот и погутарь с таким дураком, — обиженно проговорил парень и отошел в сторону.

Пустой, словно вымерший, лежал перед Григорием хутор. Кроме фоминцев, ни души не было видно вокруг. Брошенная на проулке арба, дровосека во дворе с наспех воткнутым в нее топором и недотесанной доской возле, взналыганные быки, лениво щипавшие посреди улицы низкорослую траву, опрокинутое ведро около колодезного сруба — все говорило о том, что мирное течение жизни в хуторе было неожиданно нарушено и что хозяева, бросив незаконченными свои дела, куда-то скрылись.

Такое же безлюдье и такие же следы поспешного бегства жителей видел Григорий, когда казачьи полки ходили по Восточной Пруссии. Теперь довелось ему увидеть это же в родном краю... Одинаково угрюмыми и ненавидящими взглядами встречали его тогда — немцы, теперь — казаки Верхнего Дона. Григорий вспомнил разговор со старухой и тоскливо огляделся по сторонам, расстегнув ворот рубашки. Опять подступила к сердцу проклятая боль...

Жарко калило землю солнце. Пахло на проулке пресным запахом пыли, лебедой и конским потом. В левадах, на высоких вербах, усеянных лохматыми гнездами, кричали грачи. Степная речушка, вскормленная где-то в вершине лога ключами родниковой воды, медлительно текла по хутору, деля его на две части. С обеих сторон к ней сползали просторные казачьи дворы, все в густой заросли садов, с вишнями, заслонившими окна куреней, с разлапистыми яблонями, простиравшими к солнцу зеленую листву и молодую завязь плодов.

Затуманившимися глазами смотрел Григорий на поросший кучерявым подорожником двор, на крытую соломой хату с желтыми ставнями, на высокий колодезный журавль... Возле гумна, на одном из кольев старого плетня висел лошадиный череп, выбеленный дождями, черневший провалами порожних глазниц. По этому же колу, свиваясь спиралью, ползла, тянулась к свету зеленая тыквенная плеть. Она достигла верхушки кола, цепляясь мохнатыми усиками за выступы черепа, за мертвые лошадиные зубы, и свесившийся кончик ее, ища опоры, уже доставал ветку стоявшего неподалеку куста калины.

Во сне или в далеком детстве видел все это Григорий? Охваченный внезапным приступом горячей тоски, он лег под плетень ничком, закрыл лицо ладонями и поднялся только тогда, когда издали донеслось протяжное: «Сед-ла-а-ай ко-ней!»

Ночью на походе он выехал из рядов, остановился, как будто для того чтобы переседлать коней, а потом прислушался к медленно удалявшемуся, затихавшему цокоту конских копыт и, вскочив в седло, намётом поскакал в сторону от дороги.

Верст пять он гнал лошадей не останавливаясь, а потом перевел их на шаг, прислушался — не идет ли позади погоня? В степи было тихо. Только жалобно перекликались на песчаных бурунах кулики да где-то далеко-далеко чуть слышно звучал собачий лай.

В черном небе — золотая россыпь мерцающих звезд. В степи — тишина и ветерок, напитанный родным и горьким запахом полыни... Григорий приподнялся на стременах, вздохнул облегченно, полной грудью...

XVII

Задолго до рассвета он прискакал на луг против Татарского. Ниже хутора, где Дон был мельче, разделся донага, привязал к лошадиным головам одежду, сапоги, оружие и, держа в зубах подсумок с патронами, вместе с лошадьми пустился вплавь. Вода обожгла его нестерпимым холодом. Стараясь согреться, он быстро загребал правой рукой, не выпуская из левой связанных поводьев, вполголоса подбадривая стонущих и фыркающих на плыву лошадей.

На берегу торопливо оделся, подтянул подпруги седел и, чтобы согреть лошадей, шибко поскакал к хутору. Намокшая шинель, мокрые крылья седла, влажная рубашка холодили тело. Зубы Григория стучали, по спине бежал озноб, и сам он весь дрожал, но вскоре быстрая езда его разогрела, и неподалеку от хутора он поехал шагом, осматриваясь по сторонам и чутко прислушиваясь. Лошадей решил оставить в яру. По каменистой россыпи спустился в теклину яра. Под копытами лошадей сухо защелкали камни, посыпались высекаемые подковами огненные брызги.

Григорий привязал лошадей к знакомому с детства сухому караичу, пошел в хутор.

Вот и старый мелеховский курень, темные купы яблонь, колодезный журавль под Большой Медведицей... Задыхаясь от волнения, Григорий спустился к Дону, осторожно перелез через плетень астаховского база, подошел к не прикрытому ставнями окну. Он слышал только частые удары сердца да глухой шум крови в голове. Тихо постучал в переплет рамы, так тихо, что сам почти не расслышал стука. Аксинья молча подошла к окну, всмотрелась. Он увидел, как она прижала к груди руки, и услышал сорвавшийся с губ ее невнятный стон. Григорий знаком показал, чтобы она открыла окно, снял винтовку. Аксинья распахнула створки.

— Тише! Здравствуй! Не отпирай дверь, я — через окно, — шепотом сказал Григорий.

Он стал на завалинку. Голые руки Аксиньи охватили его шею. Они так дрожали и бились на его плечах, эти родные руки, что дрожь их передалась и Григорию.

— Ксюша... погоди... возьми винтовку, — запинаясь, чуть слышно шептал он.

Придерживая рукой шашку, Григорий шагнул через подоконник, закрыл окно.

Он хотел обнять Аксинью, но она тяжело опустилась перед ним на колени, обняла его ноги и, прижимаясь лицом к мокрой шинели, вся затряслась от сдерживаемых рыданий. Григорий поднял ее, усадил на лавку. Клонясь к нему, пряча лицо на груди у него, Аксинья молчала, часто вздрагивала и стискивала зубами отворот шинели, чтобы заглушить рыдания и не разбудить детей.

Видно, и ее, такую сильную, сломили страдания. Видно, солоно жилось ей эти месяцы... Григорий гладил ее рассыпавшиеся по спине волосы, горячий и мокрый от пота лоб. Он дал ей выплакаться вволю, потом спросил:

— Детишки живы-здоровы?

— Да.

— Дуняшка?

— И Дуняшка... Живая... и здоровая.

— Михаил дома? Да погоди же ты! Перестань, у меня рубаха вся мокрая от твоих слез... Ксюша! Дорогая моя, хватит! Некогда кричать, времени мало... Михаил дома?

Аксинья вытерла лицо, мокрыми ладонями сжала щеки Григория. Улыбаясь сквозь слезы, не сводя с возлюбленного глаз, тихо сказала:

— Я не буду... Я уже не кричу... Нету Михаила, второй месяц в Вёшках, служит в какой-то части. Пойди же глянь на детей! Ой, и не ждали мы тебя и не чаяли!..

Мишатка и Полюшка, разметавшись, спали на кровати. Григорий склонился над ними, постоял немного и отошел на цыпочках, молча присел возле Аксиньи.

— Как же ты? — горячим шепотом спросила она. — Как пришел? Где же ты пропадал? А ежели поймают тебя?

— Я за тобой. Небось, не поймают! Поедешь?

— Куда?

— Со мною. Ушел я из банды. Я у Фомина был. Слыхала?

— Да. А куда же я с тобой?

— На юг. На Кубань или дальше. Проживем, прокормимся как-нибудь, а? Никакой работой не погнушаюсь. Моим рукам работать надо, а не воевать. Вся душа у меня изболелась за эти месяцы... Ну, об этом после.

— А дети?

— Оставим на Дуняшку. Потом видно будет. Потом заберем и их. Ну? Едешь?

— Гриша... Гришенька...

— Не надо! Без слез. Хватит же! Потом покричим с тобой, время будет... Собирайся, у меня кони ждут в яру. Ну? Едешь?

— А как бы ты думал? — вдруг громко сказала Аксинья и испуганно прижала руку к губам, глянула на детей. — Как бы ты думал? — уже шепотом спросила она. — Сладко мне одной? Поеду, Гришенька, родненький мой! Пеши пойду, поползу следом за тобой, а одна больше не останусь! Нету мне без тебя жизни... Лучше убей, но не бросай опять!..

Она с силой прижала к себе Григория. Он целовал ее и косился на окно. Коротки летние ночи. Надо спешить.

— Может, приляжешь? — спросила Аксинья.

— Что ты! — испуганно воскликнул он. — Скоро рассвет, надо ехать. Одевайся и ступай покличь Дуняшку. Договоримся с ней. Нам надо затемно добраться до Сухого лога. Там в лесу переднюем, а ночью — дальше. Верхом-то ты усидишь?

— Господи, тут хоть бы как-нибудь, а не то — верхом! Я все думаю — не во сне ли это мне снится? Я тебя часто во сне вижу... и все по-разному... — Аксинья торопливо причесывала волосы, держа в зубах шпильки, и говорила невнятно, тихо. Она быстро оделась, шагнула к двери.

— Разбудить детей? Хоть поглядишь на них.

— Нет, не надо, — решительно сказал Григорий.

Он достал из шапки кисет и стал сворачивать папироску, но как только Аксинья вышла, он поспешно подошел к кровати и долго целовал детей, а потом вспомнил Наталью и еще многое вспомнил из своей нелегкой жизни и заплакал.

Переступив порог, Дуняшка сказала:

— Ну, здравствуй, братец! Прибился к дому? Сколько ни блукать тебе по степи... — И перешла на причитания. — Дождались детки родителя... При живом отце стали сиротами...

Григорий обнял ее, сурово сказал:

— Тише, детишек побудишь! Ты это брось, сестра! Я эту музыку слыхал! А слез и горя у меня своего хватает... Тебя я не за этим покликал. Детей возьмешь на воспитание?

— А ты куда денешься?

— Ухожу и Аксинью беру с собой. Возьмешь детей к себе? Устроюсь на работу, тогда заберу их.

— Ну а как же? Раз уж вы обое уходите — возьму. Не на улице же им оставаться, и на чужих людей их не кинешь...

Григорий молча поцеловал Дуняшку, сказал:

— Великое спасибо тебе, сестра! Я знал, что не откажешь.

Дуняшка молча присела на сундук, спросила:

— Когда уходите? Зараз?

— Да.

— А дом как же? Хозяйство?

Аксинья нерешительно ответила:

— Смотри сама. Пусти квартирантов — или делай как знаешь. Что останется из одежи, из имения — перенеси к себе...

— Что я скажу людям-то? Спросят, куда делась, — что я говорить буду? — спросила Дуняшка.

— Скажи, что ничего не знаешь, вот и весь сказ. — Григорий повернулся к Аксинье. — Ксюша, поспешай, собирайся. Много не бери с собой. Возьми теплую кофту, две-три юбки, бельишко какое есть, харчей на первый случай, вот и все.

Чуть забрезжил рассвет, когда, простившись с Дуняшкой и перецеловав так и не проснувшихся детей, Григорий и Аксинья вышли на крыльцо. Они спустились к Дону, берегом дошли до яра.

— Когда-то мы с тобой в Ягодное вот так же шли, — сказал Григорий. — Только узелок у тебя тогда был побольше, да сами мы были помоложе...

Охваченная радостным волнением, Аксинья сбоку взглянула на Григория.

— А я все боюсь — не во сне ли это? Дай руку твою, потрогаю, а то веры нету. — Она тихо засмеялась, на ходу прижалась к плечу Григория.

Он видел ее опухшие от слез, сияющие счастьем глаза, бледные в предрассветных сумерках щеки. Ласково усмехаясь, подумал: «Собралась и пошла, как будто в гости... Ничто ее не страшит, вот молодец баба!»

Словно отвечая на его мысли, Аксинья сказала:

— Видишь, какая я... свистнул, как собачонке, и побежала я за тобой. Это любовь да тоска по тебе, Гриша, так меня скрутили... Только детишек жалко, а об себе я и «ох» не скажу. Везде пойду за тобой, хоть на смерть!

Заслышав их шаги, тихо заржали кони. Стремительно приближался рассвет. Уже зарозовела чуть приметно на восточной окраине полоска неба. Над Доном поднялся от воды туман.

Григорий отвязал лошадей, помог Аксинье сесть в седло. Стремена были отпущены длинновато по ногам Аксиньи. Досадуя на свою непредусмотрительность, он подтянул ремни, сел на второго коня.

— Держи за мной, Ксюша! Выберемся из яра — пойдем намётом. Тебе будет не так тряско. Поводья не отпускай. Конишка, какой под тобой, этого недолюбливает. Береги колени. Он иной раз балуется, норовит ухватить зубами за колено. Ну, айда!

До Сухого лога было верст восемь. За короткий срок они проскакали это расстояние и на восходе солнца были уже возле леса. На опушке Григорий спешился, помог Аксинье сойти с коня.

— Ну, как? Тяжело с непривычки ездить верхом? — улыбаясь, спросил он.

Раскрасневшаяся от скачки Аксинья блеснула черными глазами.

— Хорошо! Лучше, чем пешком. Вот только ноги... — И она смущенно улыбнулась: — Ты отвернись, Гриша, я гляну на ноги. Что-то кожу пощипывает... потерлась, должно быть.

— Это пустяки, пройдет, — успокоил Григорий. — Разомнись трошки, а то у тебя ноженьки что-то подрагивают... — И с ласковой насмешкой сощурил глаза: — Эх ты, казачка!

У самой подошвы буерака он выбрал небольшую полянку, сказал:

— Тут и будет наш стан, располагайся, Ксюша!

Григорий расседлал коней, стреножил их, положил под куст седла и оружие. Обильная густая роса лежала на траве, и трава от росы казалась сизой, а по косогору, где все еще таился утренний полумрак, она отсвечивала тусклой голубизной. В полураскрытых чашечках цветов дремали оранжевые шмели. Звенели над степью жаворонки, в хлебах, в душистом степном разнотравье, дробно выстукивали перепела: «Спать пора! Спать пора! Спать пора!» Григорий умял возле дубового куста траву, прилег, положив голову на седло. И гремучая дробь перепелиного боя, и усыпляющее пение жаворонков, и теплый ветер, наплывавший из-за Дона с неостывших за ночь песков, — все располагало ко сну. Кому-кому, а Григорию, не спавшему много ночей подряд, пора было спать. Перепела уговорили его, и он, побежденный сном, закрыл глаза. Аксинья сидела рядом, молчала, задумчиво обрывая губами фиолетовые лепестки пахучей медвянки.

— Гриша, а никто нас тут не захватит? — тихо спросила она, коснувшись стебельком цветка заросшей щеки Григория.

Он с трудом очнулся от дремотного забытья, хрипло сказал:

— Никого нету в степи. Зараз же глухая пора. Я усну, Ксюша, а ты покарауль лошадей. Потом ты уснешь. Сон сморил меня... сплю... Четвертые сутки... Потом погутарим...

— Спи, родненький, спи крепше!

Аксинья наклонилась к Григорию, отвела со лба его нависшую прядь волос, тихонько коснулась губами щеки.

— Милый мой, Гришенька, сколько седых волос-то у тебя в голове... — сказала она шепотом. —

Стареешь, стало быть? Ты же недавно парнем был... — И с грустной полуулыбкой заглянула в лицо Григорию.

Он спал, слегка приоткрыв губы, мерно дыша. Черные ресницы его, с сожженными солнцем кончиками, чуть вздрагивали, шевелилась верхняя губа, обнажая плотно сомкнутые белые зубы. Аксинья всмотрелась в него внимательнее и только сейчас заметила, как изменился он за эти несколько месяцев разлуки. Что-то суровое, почти жестокое было в глубоких поперечных морщинах между бровями ее возлюбленного, в складках рта, в резко очерченных скулах... И она впервые подумала, как, должно быть, страшен он бывает в бою, на лошади, с обнаженной шашкой. Опустив глаза, она мельком взглянула на его большие узловатые руки и почему-то вздохнула.

Спустя немного Аксинья тихонько встала, перешла поляну, высоко подобрав юбку, стараясь не замочить ее по росистой траве. Где-то недалеко бился о камни и звенел ручеек. Она спустилась в теклину лога, устланную замшелыми, покрытыми прозеленью, каменными плитами, напилась холодной родниковой воды, умылась и досуха вытерла порумяневшее лицо платком. С губ ее все время не сходила тихая улыбка, радостно светились глаза. Григорий снова был с нею! Снова призрачным счастьем манила ее неизвестность... Много слез пролила Аксинья бессонными ночами, много горя перетерпела за последние месяцы.

Еще вчера днем, на огороде, когда бабы, половшие по соседству картофель, запели грустную бабью песню, — у нее больно сжалось сердце, и она невольно прислушалась.

Тега-тега, гуси серые, домой,
Не пора ли вам наплаваться?
Не пора ли вам наплаваться,
Мне, бабеночке, наплакаться...—

выводил, жаловался на окаянную судьбу высокий женский голос, и Аксинья не выдержала: слезы так и брызнули из ее глаз! Она хотела забыться в работе, заглушить ворохнувшуюся под сердцем тоску, но слезы застилали глаза, дробно капали на зеленую картофельную ботву, на обессилевшие руки, и она уже ничего не видела и не могла работать. Бросив мотыгу, легла на землю, спрятала лицо в ладонях, дала волю слезам...

Только вчера она проклинала свою жизнь, и все окружающее выглядело серо и безрадостно, как в ненастный день, а сегодня весь мир казался ей ликующим и светлым, словно после благодатного летнего ливня. «Найдем и мы свою долю!» — думала она, рассеянно глядя на резные дубовые листья, вспыхнувшие под косыми лучами восходящего солнца.

Возле кустов и на солнцепеке росли душистые пестрые цветы. Аксинья нарвала их большую охапку, осторожно присела неподалеку от Григория и, вспомнив молодость, стала плести венок. Он получился нарядный и красивый. Аксинья долго любовалась им, потом воткнула в него несколько розовых цветков шиповника, положила в изголовье Григорию.

Часов в девять Григорий проснулся от конского ржания, испуганно сел, шаря вокруг себя руками, ища оружие.

— Никого нету, — тихо сказала Аксинья. — Чего ты испужался?

Григорий протер глаза, сонно улыбнулся:

— Приучился по-заячьи жить. Спишь и во сне одним глазом поглядываешь, от каждого стука вздрагиваешь... От этого, девка, скоро не отвыкнешь. Долго я спал?

— Нет. Может, ишо уснешь?

— Мне надо сутки подряд спать, чтобы отоспаться как следует. Давай лучше завтракать. Хлеб и нож у меня в седельных сумах, достань сама, а я пойду коней напою.

Он встал, снял шинель, повел плечами. Жарко пригревало солнце. Ветер ворошил листья деревьев, и за шелестом их уже не слышно было певучего говора ручья.

Григорий спустился к воде, из камней и веток сделал в одном месте запруду, шашкой нарыл земли, засыпал ею промежутки между камнями. Когда вода набралась возле его плотины, он привел лошадей и дал им напиться, потом снял с них уздечки, снова пустил пастись.

За завтраком Аксинья спросила:

— Куда же мы поедем отсюда?

— На Морозовскую. Доедем до Платова, а оттуда пойдем пеши.

— А кони?

— Бросим их.

— Жалко, Гриша! Кони такие добрые, на серого прямо не наглядишься, и надо бросать? Где ты его добыл?

— Добыл... — Григорий невесело усмехнулся. — Грабежом взял у одного тавричанина.

После недолгого молчания он сказал:

— Жалко не жалко, а бросать прийдется... Нам лошадьми не торговать.

— А к чему ты при оружии едешь? На что оно нам сдалось? Не дай бог, увидит кто — беды наберемся.

— Кто нас ночью увидит? Я его так, для опаски оставил. Без него мне уже страшновато... Бросим коней — и оружие брошу. Тогда оно уже будет ненужное.

После завтрака они легли на разостланной шинели. Григорий тщетно боролся со сном, Аксинья, опершись на локоть, рассказывала, как жила без него, как много выстрадала за это время. Сквозь неодолимую дрему Григорий слышал ее ровный голос и не в силах был поднять отяжелевшие веки. Иногда он вовсе переставал слышать Аксинью. Голос ее удалялся, звучал глуше и затихал совсем. Григорий вздрагивал и просыпался, а через несколько минут уже снова закрывал глаза. Усталость была сильнее его желаний и воли.

— ... скучали, спрашивали — где батя? Я с ними по-всячески, всё больше лаской. Приобыкли, привязались ко мне и стали реже проведывать Дуняшку. Полюшка — тихонькая, смирная. Куклят ей нашью из лоскутков, она и сидит с ними под столом, занимается. А Мишатка раз прибегает с улицы, весь дрожит. «Ты чего?» — спрашиваю. Заплакал, да так горько. «Ребята со мной не играются, говорят — твой отец бандит. Мамка, верно, что он бандит? Какие бывают бандиты?» Говорю ему: «Никакой он не бандит, твой отец. Он так... несчастный человек». Вот и привязался он с расспросами: почему несчастный и что такое несчастный? Никак ему не втолкую... Они сами, Гриша, стали звать меня матерью, не подумай, что я их учила. А Михаил ничего с ними обходился, ласково. Со мной не здоровался, отвернется и пройдет мимо, а им раза два сахару привозил из станицы. Прохор все об тебе горевал. Пропал, говорит, человек. На прошлой неделе зашел погутарить об тебе и ажник слезьми закричал... Обыск делали у меня, всё оружие искали — и под застрехами, и в погребу, и везде...

Григорий уснул, так и не дослушав рассказа. Над головой его шептались под ветром листья молодого вяза. По лицу скользили желтые блики света. Аксинья долго целовала его закрытые глаза, а потом и сама уснула, прижавшись к руке Григория щекой, улыбаясь и во сне.

Поздней ночью, когда зашел месяц, они покинули Сухой лог. Через два часа езды спустились с бугра к Чиру. На лугу кричали коростели, в камышистых заводях речки надсаживались лягушки, и где-то далеко и глухо стонала выпь.

Сплошные сады тянулись над речкой, неприветно чернея в тумане.

Неподалеку от мостка Григорий остановился. Полное безмолвие царило в хуторе. Григорий тронул коня каблуками, свернул в сторону. Ехать через мост он не захотел. Не верил он этой тишине и боялся ее. На краю хутора они переехали речку вброд и только что свернули в узкий переулок, как из канавы поднялся человек, за ним — еще трое.

— Стой! Кто едет?

Григорий вздрогнул от окрика, как будто от удара, натянул поводья. Мгновенно овладев собой, он громко отозвался: «Свои! — И, круто поворачивая коня, успел шепнуть Аксинье: — Назад! За мной!»

Четверо из заставы недавно расположившегося на ночевку продотряда молча и не спеша шли к ним. Один остановился прикурить, зажег спичку. Григорий с силой вытянул плетью коня Аксиньи. Тот рванулся и с места взял в карьер. Пригнувшись к лошадиной шее, Григорий скакал следом. Томительные секунды длилась тишина, а потом громом ударил неровный раскатистый залп, вспышки огня пронизали темноту. Григорий услышал жгучий свист пуль и протяжный крик:

— В ружье-о-о!..

Саженях в ста от речки Григорий догнал машисто уходившего серого коня, поравнявшись, крикнул:

— Пригнись, Ксюша! Пригнись ниже!

Аксинья натягивала поводья и, запрокидываясь, валилась набок. Григорий успел поддержать ее, иначе она бы упала.

— Тебя поранили?! Куда попало?! Говори же!.. — хрипло спросил Григорий.

Она молчала и все тяжелее наваливалась на его руку. На скаку прижимая ее к себе, Григорий задыхался, шептал:

— Ради господа бога! Хоть слово! Да что же это ты?!

Но ни слова, ни стона не услышал он от безмолвной Аксиньи.

Верстах в двух от хутора Григорий круто свернул с дороги, спустился к яру, спешился и принял на руки Аксинью, бережно положил ее на землю.

Он снял с нее теплую кофту, разорвал на груди легкую ситцевую блузку и рубашку, ощупью нашел рану. Пуля вошла Аксинье в левую лопатку, раздробила кость и наискось вышла под правой ключицей. Окровавленными трясущимися руками Григорий достал из переметных сум чистую исподнюю рубашку, индивидуальный пакет. Он приподнял Аксинью, подставил под спину ей колено, стал перевязывать рану, пытаясь унять хлеставшую из-под ключицы кровь. Клочья рубашки и бинт быстро чернели, промокали насквозь. Кровь текла также из полуоткрытого рта Аксиньи, клокотала и булькала в горле. И Григорий, мертвея от ужаса, понял, что все кончено, что самое страшное, что только могло случиться в его жизни, — уже случилось...

По крутому склону яра, по тропинке, пробитой в траве и усеянной овечьими орешками, он осторожно спустился в яр, неся на руках Аксинью. Безвольно опущенная голова ее лежала у него на плече. Он слышал свистящее, захлебывающееся дыхание Аксиньи и чувствовал, как теплая кровь покидает ее тело и льется изо рта ему на грудь. Следом за ним сошли в яр обе лошади. Фыркая и гремя удилами, они стали жевать сочную траву.

Аксинья умерла на руках у Григория незадолго до рассвета. Сознание к ней так и не вернулось. Он молча поцеловал ее в холодные и соленые от крови губы, бережно опустил на траву, встал. Неведомая сила толкнула его в грудь, и он попятился, упал навзничь, но тотчас же испуганно вскочил на ноги. И еще раз упал, больно ударившись обнаженной головой о камень. Потом, не поднимаясь с колен, вынул из ножен шашку, начал рыть могилу. Земля была влажная и податливая. Он очень спешил, но удушье давило ему горло, и, чтобы легче было дышать, он разорвал на себе рубашку. Предутренняя свежесть холодила его влажную от пота грудь, и ему стало не так трудно работать. Землю он выгребал руками и шашкой, не отдыхая ни минуты, но пока вырыл могилу глубиною в пояс — ушло много времени.

Хоронил он свою Аксинью при ярком утреннем свете. Уже в могиле он крестом сложил на груди ее мертвенно побелевшие смуглые руки, головным платком прикрыл лицо, чтобы земля не засыпала ее полуоткрытые, неподвижно устремленные в небо и уже начавшие тускнеть глаза. Он попрощался с нею, твердо веря в то, что расстаются они ненадолго...

Ладонями старательно примял на могильном холмике влажную желтую глину и долго стоял на коленях возле могилы, склонив голову, тихо покачиваясь.

Теперь ему незачем было торопиться. Все было кончено.

В дымной мгле суховея вставало над яром солнце. Лучи его серебрили густую седину на непокрытой голове Григория, скользили по бледному и страшному в своей неподвижности лицу. Словно пробудившись от тяжкого сна, он поднял голову и увидел над собой черное небо и ослепительно сияющий черный диск солнца.

XVIII

Ранней весною, когда сойдет снег и подсохнет полегшая на зиму трава, в степи начинаются весенние палы. Потоками струится подгоняемый ветром огонь, жадно пожирает он сухой аржанец, взлетает по высоким будыльям татарника, скользит по бурым верхушкам чернобыла, стелется по низинам... И после долго пахнет в степи горькой гарью от выжженной и потрескавшейся земли. Кругом весело зеленеет молодая трава, трепещут над нею в голубом небе бесчисленные жаворонки, пасутся на кормовитой зеленке пролетные гуси и вьют гнезда осевшие на лето стрепета. А там, где прошлись палы, зловеще чернеет мертвая, обуглившаяся земля. Не гнездует на ней птица, стороною обходит ее зверь, только ветер, крылатый и быстрый, пролетает над нею и далеко разносит сизую золу и едкую темную пыль.

Как выжженная палами степь, черна стала жизнь Григория. Он лишился всего, что было дорого его сердцу. Все отняла у него, все порушила безжалостная смерть. Остались только дети. Но сам он все еще судорожно цеплялся за землю, как будто и на самом деле изломанная жизнь его представляла какую-то ценность для него и для других...

Похоронив Аксинью, трое суток бесцельно скитался он по степи, но ни домой, ни в Вешенскую не поехал с повинной. На четвертые сутки, бросив лошадей в одном из хуторов Усть-Хоперской станицы, он переправился через Дон, пешком ушел в Слащевскую дубраву, на опушке которой в апреле впервые была разбита банда Фомина. Еще тогда, в апреле, он слышал о том, что в дубраве оседло живут дезертиры. К ним и шел Григорий, не желая возвращаться к Фомину.

Несколько дней бродил он по огромному лесу. Его мучил голод, но пойти куда-либо к жилью он не решался. Он утратил со смертью Аксиньи и разум и былую смелость. Треск поломанной ветки, шорох в густом лесу, крик ночной птицы — все повергало его в страх и смятение. Питался Григорий недозрелыми ягодами клубники, какими-то крохотными грибками, листьями орешника — и сильно отощал. На исходе пятого дня его встретили в лесу дезертиры, привели к себе в землянку.

Их было семь человек. Все они — жители окрестных хуторов — обосновались в дубраве с осени прошлого года, когда началась мобилизация. Жили в просторной землянке по-хозяйски домовито и почти ни в чем не нуждались. Ночами часто ходили проведывать семьи; возвращаясь, приносили хлеб, сухари, пшено, муку, картофель, а мясо на варево без труда добывали в чужих хуторах, изредка воруя скот.

Один из дезертиров, некогда служивший в 12-м казачьем полку, опознал Григория, и его приняли без особых пререканий.

Григорий потерял счет томительно тянувшимся дням. До октября он кое-как прожил в лесу, но когда начались осенние дожди, а затем холода — с новой и неожиданной силой проснулась в нем тоска по детям, по родному хутору...

Чтобы как-нибудь убить время, он целыми днями сидел на нарах, вырезывал из дерева ложки, выдалбливал миски, искусно мастерил из мягких пород игрушечные фигурки людей и животных. Он старался ни о чем не думать и не давать дороги к сердцу ядовитой тоске. Днем это ему удавалось, но длинными зимними ночами тоска воспоминаний одолевала его. Он подолгу ворочался на нарах и не мог заснуть. Днем никто из жильцов землянки не слышал от него ни слова жалобы, но по ночам он часто просыпался, вздрагивая, проводил рукою по лицу — щеки его и отросшая за полгода густая борода были мокры от слез.

Ему часто снились дети, Аксинья, мать и все остальные близкие, кого уже не было в живых. Вся жизнь Григория была в прошлом, а прошлое казалось недолгим и тяжким сном. «Походить бы ишо раз по родным местам, покрасоваться на детишек, тогда можно бы и помирать», — часто думал он.

На провесне как-то днем неожиданно заявился Чумаков. Он был мокр по пояс, но по-прежнему бодр и суетлив. Высушив одежду возле печурки, обогревшись, подсел к Григорию на нары.

— Погуляли же мы, Мелехов, с той поры, как ты от нас отбился! И под Астраханью были, и в калмыцких степях... Поглядели на белый свет! А что крови чужой пролили — счету нету. У Якова Ефимыча жену взяли заложницей, имущество забрали, ну, он и остервенился, приказал рубить всех, кто Советской власти служит. И зачали рубить всех подряд: и учителей, и разных там фельдшеров, и агрономов... Черт-те кого только не рубили! А зараз — кончили и нас, совсем, — сказал он, вздыхая и все еще ежась от озноба. — Первый раз разбили нас под Тишанской, а неделю назад — под Соломным. Ночью окружили с трех сторон, оставили один ход на бугор, а там снегу — лошадям по пузо... С рассветом вдарили из пулеметов, и началось... Всех посекли пулеметами. Я да сынишка Фомина — только двое и спаслись. Он, Фомин-то, Давыдку своего с собой возил с самой осени. Погиб и сам Яков Ефимыч... На моих глазах погиб. Первая пуля попала ему в ногу, перебила коленную чашечку, вторая — в голову, наосклизь. До трех раз падал он с коня. Остановимся, подымем, посадим в седло, а он проскачет трошки и опять упадет. Третья пуля нашла его, ударила в бок... Тут уж мы его бросили. Отскакал я на сотенник, оглянулся, а его уже лежачего двое конных шашками полосуют...

— Что ж, так и должно было получиться, — равнодушно сказал Григорий.

Чумаков переночевал у них в землянке, утром стал прощаться.

— Куда идешь? — спросил Григорий.

Улыбаясь, Чумаков ответил:

— Легкую жизню шукать. Может, и ты со мной?

— Нет, топай один.

— Да, мне с вами не жить... Твое рукомесло, Мелехов, — ложки-чашки вырезывать — не по мне, — насмешливо проговорил Чумаков и с поклоном снял шапку: — Спаси Христос, мирные разбойнички, за хлеб-соль, за приют. Нехай боженька даст вам веселой жизни, а то дюже скучно у вас тут. Живете в лесу, молитесь поломанному колесу — разве это жизня?

Григорий после его ухода пожил в дубраве еще с неделю, потом собрался в дорогу.

— Домой? — спросил у него один из дезертиров.

И Григорий, впервые за все время своего пребывания в лесу, чуть приметно улыбнулся:

— Домой.

— Подождал бы весны. К Первому маю амнистию нам дадут, тогда и разойдемся.

— Нет, не могу ждать, — сказал Григорий и распрощался.

Утром на следующий день он подошел к Дону против хутора Татарского. Долго смотрел на родной двор, бледнея от радостного волнения. Потом снял винтовку и подсумок, достал из него шитвянку, конопляные хлопья, пузырек с ружейным маслом, зачем-то пересчитал патроны. Их было двенадцать обойм и двадцать шесть штук россыпью.

У крутояра лед отошел от берега. Прозрачно-зеленая вода плескалась и обламывала иглистый ледок окраинцев. Григорий бросил в воду винтовку, наган, потом высыпал патроны и тщательно вытер руки о полу шинели.

Ниже хутора он перешел Дон по синему, изъеденному ростепелью, мартовскому льду, крупно зашагал к дому. Еще издали он увидел на спуске к пристани Мишатку и еле удержался, чтобы не побежать к нему.

Мишатка обламывал свисавшие с камня ледяные сосульки, бросал их и внимательно смотрел, как голубые осколки катятся вниз, под гору.

Григорий подошел к спуску, задыхаясь, хрипло окликнул сына:

— Мишенька!.. Сынок!..

Мишатка испуганно взглянул на него и опустил глаза. Он узнал в этом бородатом и страшном на вид человеке отца...

Все ласковые и нежные слова, которые по ночам шептал Григорий, вспоминая там, в дубраве, своих детей, сейчас вылетели у него из памяти. Опустившись на колени, целуя розовые холодные ручонки сына, он сдавленным голосом твердил только одно слово:

— Сынок... сынок...

Потом Григорий взял на руки сына. Сухими, исступленно горящими глазами жадно всматриваясь в его лицо, спросил.

— Как же вы тут?.. Тетка, Полюшка — живые-здоровые?

По-прежнему не глядя на отца, Мишатка тихо ответил:

— Тетка Дуня здоровая, а Полюшка померла осенью... От глотошной. А дядя Михаил на службе...

Что ж, и сбылось то немногое, о чем бессонными ночами мечтал Григорий. Он стоял у ворот родного дома, держал на руках сына...

Это было все, что осталось у него в жизни, что пока еще роднило его с землей и со всем этим огромным, сияющим под холодным солнцем миром.

Конец

Содержание

Литературно-художественное издание

Шолохов Михаил Александрович

ТИХИЙ ДОН

[Роман. В 2 т.]

Том II

Ответственный редактор *М. Новикова*
Художественный редактор *Е. Фрей*
Технический редактор *Н. Духанина*
Компьютерная верстка *З. Полосухиной*
Корректор *Т. Барышникова*

Общероссийский классификатор продукции
ОК-034-2014 (КПЕС 2008); 58.11.1 — книги, брошюры печатные

Произведено в Российской Федерации. Изготовлено в 2022 г.

Изготовитель: ООО «Издательство АСТ»

ООО «Издательство АСТ»
129085, г. Москва, Звёздный бульвар, дом 21, строение 1, комната 705, пом. I, 7 этаж.
Наш электронный адрес: **www.ast.ru**
E-mail: ask@ast.ru
ВКонтакте: vk.com/ast_neoclassic

«Баспа Аста» деген ООО
129085, Мәскеу қ., Звёздный бульвары, 21-үй, 1-құрылыс, 705-бөлме, I жай, 7-қабат.
Біздің электрондық мекенжайымыз: www.ast.ru
E-mail: ask@ast.ru

Интернет-магазин: www.book24.kz
Интернет-дүкен: www.book24.kz
Импортёр в Республику Казахстан ТОО «РДЦ-Алматы».
Қазақстан Республикасындағы импорттаушы «РДЦ-Алматы» ЖШС.
Дистрибьютор и представитель по приему претензий на продукцию в Республике Казахстан:
ТОО «РДЦ-Алматы»

Қазақстан Республикасында дистрибьютор
және өнім бойынша арыз-талаптарды қабылдаушының
өкілі «РДЦ-Алматы» ЖШС, Алматы қ., Домбровский көш., 3«а», литер Б, офис 1.
Тел.: 8(727) 2 51 59 89,90,91,92, факс: 8 (727) 251 58 12 вн. 107;
E-mail: RDC-Almaty@eksmo.kz
Өнімнің жарамдылық мерзімі шектелмеген.

Өндірген мемлекет: Ресей
Сертификация қарастырылмаған

Подписано в печать 23.05.2022. Формат 76x100 $^{1}/_{32}$.
Гарнитура «Newton». Печать офсетная. Усл. печ. л. 40,81.
Доп. тираж 5 000 экз. Заказ Э-14311.
Отпечатано в типографии ООО «Экопейпер».
420044, Россия, г. Казань, пр. Ямашева, д. 36Б.

ISBN 978-5-17-094111-7

9 785170 941117 >

12+